S H A K E S P E A R E

Peter Ackroyd
ピーター・アクロイド

シェイクスピア伝

河合祥一郎・酒井もえ◆訳

THE
B I O G R A P H Y

白水社

目次

第6部 ニュー・プレイス◆307

第7部 グローブ座◆325

第9部 ブラックフライアーズ◆431

装幀◆日下充典

凡例

一、原注は、原著では巻末にまとめられていたが、本書では簡便のためＭＬＡ方式を用いて（　）に入れて本文中に組み入れた。（Cressy 81）とあれば、巻末の文献一覧にあるCressyの著書の八一ページを参照したという意味である。著者に同姓がいたり、同一著者に複数著作がある場合は（Jeanne Jones 93）ないし（R. Wilson, *Will Power* 71）のように姓の前に名またはイニシャルを付記したり、書名の略記等を掲げた。また、文献一覧に＊印があるものは本文で引用された著作を示す。頻繁に利用される次の文献については、以下の略記を用いる。

ES—E. K. Chambers, *The Elizabethan Stage*, 4 vols（Oxford, 1923）.

Life—Samuel Schoenbaum, *William Shakespeare: A Documentary Life*（Oxford, 1975）.

Lives—Samuel Schoenbaum, *Shakespeare's Lives*, new ed.（Oxford, 1991）.

MA—Edgar I. Fripp, *Shakespeare: Man and Artist*, 2 vols（Oxford, 1938）.

WS—E. K. Chambers, *William Shakespeare: A Study of Facts and Problems*, 2 vols（Oxford, 1930）.

たとえば、（*WS* ii 247）とあれば、Chambers, *William Shakespeare* の第二巻の二四七ページを指す。

引証以外の原注については、訳注の箇所で原注の内容を明記した。

一、訳注は短いものは本文中に〔　〕で表示し、長いものは四七九ページ以降にまとめた。

一、原書では古綴り版オックスフォード・シェイクスピア全集を用いており、シェイクスピアからの引用は幕場のない通算行数が示されているが、本書では読者の便宜を考えて〔　〕内に幕場も示した。〔　〕の前に示される行数は、従って、その幕場内の行数ではなく、その戯曲の最初から数えた行数である。

著者による注意書き

特殊な呼称の問題についてお断りしておかなければならない。シェイクスピアの戯曲は当初、クォートないしはフォーリオという形式で出版された。クォート版（四つ折本）とは、その名が示すとおり小さな版で、たいてい初演から数年後に一本の戯曲の単行本として出版された。人気作ならクォート版で何度も再版されたが、そうでなければまったく出版されないこともあった。シェイクスピアの戯曲の約半分は、シェイクスピア存命中にクォート版で印刷された。出来は、よい場合も、ひどい場合も、どちらともいえない場合もある。「グッド・クォート（よいクォート版）」、「バッド・クォート（悪いクォート版）」という区別があるが、後者は書誌学者がその信用性を疑い、由来を不詳としているものである以上、「問題のあるクォート版」とでも言うべきものである。

シェイクスピア劇のフォーリオ版（二つ折本）は、それとはまったく異なる本で、シェイクスピアの死後、仲間の二人の役者ジョン・ヘミングズとヘンリー・コンデルによって記念版シェイクスピア作品集として編纂された。一六二三年に初版が出され、約三百年のあいだ、シェイクスピア全作品の決定版と見なされてきたものである。

最初の伝記的史料についても述べておきたい。シェイクスピア存命中に、その作品へのいろいろな言及や論及が活字になったが、シェイクスピア劇を真剣に描写したり評価したりするものはなかった。ベン・ジョンソン(1)は、『ティンバー、あるいは人間と事物についての発見』(2)（一六四一）の中で簡単な作品解説を試み、ジョン・オーブリーは死後出版ではあったが伝記的覚書を書いた。最初の詳細な伝記は、ジェイコブ・トンソンが出版した『シェイクスピア全集』（一七〇九）にニコラス・ロウが序文としてつけた「生涯」という文章であり、これに続いて一八世紀のサミュエル・アイアランド(3)のような古書商やエドマンド・マローンのような学者がさまざまな推測をめぐらせた。シェイクスピア伝の流行それ自体は、エドワード・ダウデンの『シェイクスピア―その心と芸術の評論的研究』（一八七五年初版）によって一九世紀半ばから後半にかけて起こり、それ以降いまだに止《や》むことがない。

著者による謝辞

行数は、参照しやすいように、現在出版されているシェイクスピア戯曲集の最高の版である、オックスフォード出版局より一九八六年に出版された古綴り版全集に拠った。シェイクスピアの印刷された言葉をほぼそのまま伝えてくれた点で、その編者スタンリー・ウェルズとゲイリー・テイラーに恩恵を受けたことも感謝したい。

私の助手トマス・ライトとマロー・オブライエンに、調査と解明を手伝ってくれたことに個人的な恩義があることを記しておきたい。

また、キャサリン・ダンカン＝ジョーンズとジェニー・オヴァートンに貴重な提言や訂正を受けたこと、本書の編集者ペネロピー・ホアに私の原稿を忍耐強く編集してくれたことを感謝したい。それでも誤りが残っていれば、もちろんそれは私の責任である。

第1部

ストラットフォード・アポン・エイヴォン

Stratford-upon-Avon

『主教聖書《ビショップス・バイブル》』のこの版の表紙には、
〈正義《ジャスティス》〉、〈慈悲《マーシー》〉(〈節度《テンパランス》〉)、〈慎重《プルーデンス》〉、〈不屈《フォーティチュード》〉を表す女性たちに囲まれながら
王座に就いている女王エリザベス一世が描かれている。
シェイクスピアは、学校時代に、当時英語に翻訳されたばかりの
聖書の力強い言葉に慣れ親しんでいたことだろう。
(『主教聖書』1569年クォート版、大英図書館G 12188.)

第1章 星が踊ったその下で私は生まれた

〔『から騒ぎ』第二幕第一場〕

ウィリアム・シェイクスピアが生まれたのは、一五六四年四月二三日[1]（聖ジョージの祝日）だと一般に考えられている。本当は四月二一日か二二日だったかもしれないが、たまたま国民の祭日だったというのは、少なくともシェイクスピアにふさわしかろう。

時の流れる世界へと、産婆の手を借りて胎内から現れ出《いで》た一六世紀の嬰児は、産湯を使い、柔らかな布でしっかり包《くる》まれた。それから階下に運ばれて父親とご対面だ。この儀礼的な挨拶がすむと、赤子はまだ暖かく暗い産室へ連れ戻され、母親の隣に寝かされた。赤ん坊が揺り籠に入れられる前に、母親は「あらゆる疾患を母親のほうに引きつける」ことになっていた（Cressy 81）。ほんの少しのバターと蜂蜜を口に含ませてやるのが慣わしであり、シェイクスピアの故郷ウォリックシャー州では、ゼリー状にした野兎《のうさぎ》の脳味噌を与えることになっていた。

洗礼の日付は、誕生日と違って、正確にわかっている。シェイクスピアは、一五六四年四月二六日水曜日に、ストラットフォード・アポン・エイヴォン〔以下ストラットフォードと略す〕のホーリー・トリニティー教会で洗礼を受けた。その教会の教区簿冊に、教区の書記係の牧師が *Guilelmus*《グリエルムス》 *filius*《フイリウス》 *Johannes*《ヨハネス》 *Shakespere*《シャクスペレ》（ジョン・シェイクスピアの息子ウィリアム）と記している。ラテン語をまちがえており、*Johannis*《ヨハニス》が正しいのだが。

生まれたばかりのシェイクスピアを、ヘンリー・ストリートにある生誕の家から、ハイ・ストリートとチャーチ・ストリートを通って教会へ運んだのは父親だった。母親は洗礼式（命名式）に出席しなかった。ジョン・シェイクスピアと新生児の息子には、代父母《ゴッドペアレンツ》――「ゴッドシップ」または「ゴシップ」とも呼ばれた――も付き添っていたことだろう[2]。

新生児は、名づけられたのち、洗礼盤の水に浸《ひた》され、額の前で十字を切られた。代父母は、洗礼盤の前で、ウィリアム・シェイクスピアに英語の説教を聞かせるように、そして信仰宣言と主の祈りを英語で習わせるようにと勧告された[3]。

洗礼のあとで赤ん坊の頭上に載せられた白いリネンの布は、「産後感謝式」で母親の体が清められるまで取ってはならなかった。これは「洗礼布《クリザム・クロス》」と呼ばれ、新生児が一月足らずで死んだ場合は屍衣として用いられるのだった。エリザベス女王の時代[4]、宗教改革後の英国国教会の儀式では、まだ旧教《カトリック》ふうに使徒像のついた銀の匙《さじ》[5]や洗礼式用のシャツを代父母が赤子に贈ってもよかったし、お祝いに洗礼式のケーキを食べてもよかった。とにかく、幼きウィリアム・シェイクスピアの魂に永遠の命を与えてくださる神のご加護を祝ったのである。

それにひきかえ、俗世の命は覚束《おぼつか》なかった。一六世紀において、新生児の死亡率は高かった。九パーセントが生後一週間以内に死に、さらに一一パーセントが生後一ヶ月にならぬうちに死んだ（Jeanne Jones 93）。シェイクスピアが生まれた一五六〇年代のストラットフォードでは、年平均六二・八回洗礼式があったが、子供の埋葬は年平均四二・八回あった(Bearman 92)。この確率のなかで生き残るには、よほど体が丈夫であるか、比較的裕福な家の子でなければならなかった。シェイクスピアはその両方に恵まれていたのだろう。

　幼少時の危機を乗り越えても、まだ苦難が待ち受けていた。成人男性の平均寿命は四七歳だった。シェイクスピアの両親はそれより長生きをしたから、本人もその範に倣《なら》おうとしていたかもしれないが、平均寿命をたった五年上回った(6)だけで没してしまった。何か疲弊することがあったのだ。

　ロンドンでの平均寿命は、富裕な教区でもわずか三五歳。貧しい地域では二五歳だったため、シェイクスピアの命を奪ったのは都市生活だったのかもしれない。しかし、こうしてしょっちゅう死神が訪れていたため、必然的帰結として、ロンドンの人口の半分は二〇歳未満だった。当時の文化は若々しく、若者の活力と野心が充満していたのだ。ロンドンそのものがいつまでも若かったのである。

　シェイクスピア自身の活力は、早くも生後三ヶ月で試されることになった。一五六四年七月一一日の教会記録簿を見ると、ハイ・ストリート在住の機《はた》織り職人の若い徒弟の埋葬記録に添えてラテン語でこう記されている――「疫病始まる」。半年でストラットフォード全住民の一割以上に当たる約二三七人が死亡した。シェイクスピア家と軒《のき》を並べるヘンリー・ストリートの一家四人も死んだが、シェイクスピア家は生き残った。ひょっとすると母親と生まれたばかりの息子は、近隣のウィルムコート村(7)にある実家に、疫病が去るまで避難していたのかもしれない。町に残った人だけが感染したのだ。

　赤ん坊は知る由もなかったが、両親は恐怖に震えていた。生まれたばかりの娘をすでに二人も亡くしていたのだ(8)。初めての男の子に注ぐ心配りは肌理《きめ》細やかで直向《ひたむき》だったことだろう。そんなふうに育てられた子供は、自信に満ち、頑張りのきく大人に育つものだ。自分が、ある意味で、この世の苦難から守られている幸せな人間だと感じるからである。ロンドンをしばしば襲った疫病にシェイクスピアが一度も感染していないことは指摘に値しよう。しかし、幸運な息子というなら、シェイクスピアの出身地そのものにも幸運な息子としての特徴を見出すことができる。

第2章 あの人はわが命

〔『ヴェローナの二紳士』第三幕第一場〕

ウォリックシャー州は原始的だとよく言われたが、確かにこの辺《あた》り一帯の地勢や、今や草木も生えぬ丘には、古代の趣《おもむき》が垣間《かいま》見られる。イングランドの心臓とか臍《へそ》とも言われてきたが、そうした言い方には、ほかならぬシェイクスピアが国民的価値の中心だという明らかな含みがある。シェイクスピアこそは中心の中心、「イングランドらしさ」の真髄ないし源泉というわけだ。

ストラットフォード周辺の田園地方は二つに分かれていた。北に広がるのはアーデンの森。かつてイングランド中部地方に鬱蒼《うっそう》と茂っていた古代の森の名残《なごり》であり、その一帯はウィールド地方と呼ばれていた。森と言うと、果てしなく続く森林を想像するかもしれないが、一六世紀の森はそうではなかった。アーデンの森そのもののなかに、羊を育てる牧場や農場、草地や牧草地、荒地や散在する木立ちなどがあった。家々は路地や通りで便利につながっているのではなく、エリザベス朝の地誌学者ウィリアム・ハリソン[9]の言葉を借りるなら、「あちらこちらに点在し、各人が自分の地所の真んなかに住んでいる」状態だった（R. Wilson, *Will Power* 71）。そんな森も、シェイクスピアがアーデンを歩き回る頃には、新しく家を建てる木材が切り出されてどんどん縮小していた。一軒建てるのに六〇本から八〇本の木が要った。森を枯渇させるものには、鉱業や自給農業もあった。この地域を測量したジョン・スピード[10]は、「著しい大森林破壊」があったと著書『大ブリテン帝国の劇場』（一六一一年）に記している。イングランドに牧歌的楽園などありはしなかったのだ。楽園はいつだって破壊され続けている。

だが、森は常に野生と抵抗の旗頭だった。『お気に召すまま』や『夏の夜の夢』でもそうだし、『シンベリン』や『タイタス・アンドロニカス』でもそうだが、森は民間伝承や古代の記憶の象徴となっている。有史以前、アーデンの大森林は、ローマ人侵略者に土地を追われたブリテンの諸部族が逃げ込む避難所となっていた。

アーデンという名前自体、〈高い木の茂る谷〉を意味するケルト語に由来しており、フランス北東部とベルギーにまたがる地域を〈アルデンヌ地方〉と名づけたのもケルト人だった[11]。アーデンの森は、ケルト人をサクソン部族ホイッカスの襲撃から守ってくれた[12]。幼いシェイクスピアの心に沁み込んでいた「ウォリックのガイ」伝説によれば、騎士ガイ[13]は森のなかに隠者のように身を潜《ひそ》めたという。デーン人侵略者との戦いでガイが使った剣は、ウォリック城に記念品として保管されていた。

つまり、アーデンは、農林鉱業の場であるだけでなく、隠れ場所でもあったのだ。無法者《アウトロー》や浮浪者が罰を免れようと入り込む場所だった。だからこそ森の住人は、開《ひら》けた地域に住む人々からやや白い目で見られていた。森に住む人は「暮らしぶりも言葉遣いも卑俗な輩《やから》」(ibid.)であり、「異教の国に住む野蛮人さながら、神も文明生活も知らぬ」(ibid.)とされた。こうして抵抗の歴史は、叛乱に発展しかねない野蛮さと結びつく。

こうした歴史はかなり根の深いもので、アーデンの土地柄と切り離すことができない。『お気に召すまま』で森に入ったタッチストーンは、「ほら、アーデンに来ちまった、いよいよもって阿呆だぜ、おいらは」と宣言する(七六一行〔第二幕第四場〕)。シェイクスピアの母親はメアリ・アーデンだ。将来の妻アン・ハサウェイはこの森の外《はず》れに住んでいた。この地域は、シェイクスピアの意識のなかに太い根を下ろしていたのである。

ウィールド地方の向こう側、ウォリックシャー州南部には、フィールド地方があった。一五七六年に刊行されたサクストン[14]作成のウォリックシャーの地図を見ると、この地域には藪《やぶ》や木立を別にすれば、まったくと言ってよいほど木がなく、それ以外の土地は雑木林や牧草地に変えられてしまい、高原一帯に耕作地が広がっていた。ウィリアム・キャムデン[15]は、この地を「平原が続く田園地帯であり、豊かな穀物と緑の草に恵まれ、美しく気持ちのよい景色が見られる」と著書『ブリタニア』で描写した。ジョン・スピードは、キャムデンがしたようにエッジヒル[16]の頂《いただき》から一望して、「牧草地は、花の刺繍をした緑のマントをまとっている」と記した。まさにイングランドの典型的な田園風景であり、背後に広がるアーデンの森とともにシェイクスピアの心象風景を形成していた。ウィールド地方が貧しいカトリックの地域であるのに対し、フィールド地方は豊かなプロテスタントの地域だと考えられてきた。これは世間に広まった偏見ゆえの大雑把な見方ではあるものの、対立するものをシェイクスピアが本能的に平等に取り扱うのは、こうした背景があったからかもしれない。

ウェールズの丘に守られたストラットフォードの気候は穏やかだった。ストラットフォードにいくつも小川が流れていたことからもわかるように、土にも空気にも湿気が多かった。南西から流れてくる雲は「セヴァーン・ジャックス[17]」と呼ばれ、雨の前兆となった。「北風の乱暴な息」だけが、『シンベリン』でイモジェンが言うように、「私たちの蕾《つぼみ》を皆、花開く前に吹き落とす」(二五七—八行〔第一幕第四場〕)のだ。

しかし、もっと大きな意味合いで、この風景がシェイクスピアとどう関係したのだろうか、あるいはシェイクスピアはこの風景とどんな関わりをもっていたのだろうか。いつの日か地誌学の天才が現れて、ある土地で育った人々の性格を拘束し決定づける場所の感覚——お国柄と呼ばれるもの——を解明してくれるかもしれないが、シェイクスピアに関して早々に次のようなひとつの結論を出してみよう。

すなわち、作品を見れば決定的に明らかなように、シェイクスピアがロンドン生まれでもロンドン育ちでもないということだ。シェイクスピアにはロンドンのブレッド・ストリート生まれのジョン・ミルトンのような厳格さや大言壮語はないし、ウェストミンスター・スクール(18)で学んだベン・ジョンソンのような硬さもないし、シティ(19)出身のアレグザンダー・ポープのような鋭さも、ソーホー出身のウィリアム・ブレイクのような強迫観念もない。シェイクスピアは地方の人間だということである。

地図1……ウォリックシャー

第3章 絵はいかがですか

〔『じゃじゃ馬馴らし』序幕〕

エイヴォン川を横切るさまざまな道が出会うところ、そこにストラットフォードがある。「エイヴォン」(avon)とは「川」を意味するケルト語「アフォン」(afon)に由来する。

ここに人が定住し始めたのは青銅器時代だ。今も随所に、打ち捨てられた塚や環状列石《ストーン・サークル》や、かつて集会や公開裁判が開かれた「ロウ」(lowes)と呼ばれる墳墓が残っている。現在の町の外れには、古代ローマ帝国時代にローマ人が建てた村の名残があり、町の風格に由緒ある貫禄をつけている。

「ストラットフォード」とは、古代ローマのラテン語で言う「舗装街道《ストラエト》」(straet)が小川《フォード》(ford)を渡るという謂《い》いである。七世紀に岸辺に修道院が建った――当初ホイッカス族の属国王エセルレッド(20)のものだったが、のちにウスター司教エグウィン(21)へ所有権が移った。その少し前にサクソン族はキリスト教に改宗していたのであり、ストラットフォードはかなり昔から旧教《カトリック》とつながりがあったことになる。

シェイクスピアが洗礼を受けた教会は、その古い修道院跡地に建立されたものであり、その僧侶や召し使いは現在「旧市街《オールド・タウン》」として知られる場所に居住していた。そこに農民、労働者、教会関係者から成る村があったことを、一〇八五年、征服王ウィリアム一世(22)の命令により編纂された『土地台帳《ドゥームズデイ・ブック》』の測量士たちは細大漏らさず記録している。それによれば、この村には司祭が一人、「百姓」が二一人、「小屋住農」が七人いたという。

村は一三世紀になって栄え始めた。一二一六年には三日市が始まり、さらに一年の異なる時期に開かれる四つの市が加わり、なかには一五日間続くものもあった。一二五二年の調査では、多数の店舗、露店、住居のみならず、二四〇の「自治邑《ゆう》」(領主から一年契約で借りる地所)が記録されている。そこで働く靴職人、肉屋、鍛冶屋、大工、染物屋、車大工らの仕事は、シェイクスピアも子供の頃、町で目にしたことだろう。ストラットフォードの町は、中世の頃からシェイクスピアが生まれた頃とほぼ同じ大きさだった。昔からずっと続いていると感じること――自分もまたその連続性のなかに身を落ち着けること――は、真の意味でシェイクスピアが生まれながらに得ていた「相続権」だった。

町の向こうには「荒れ果てている」と言われた渺茫《びょうぼう》たる土地が広がり、棘《とげ》のある低木が生え、兎《うさぎ》があふれかえっていた。高い木はほとんど見えず、生け垣もなく、辺りの平地には、黄花九輪桜《キバナノクリンザクラ》、詰草《クローバー》、黄芥子《イエロー・マスタード》が生い茂っていた。牧草地に耕作地、そして自然のままの放牧地が囲われることもなく丘まで延々と広がっているのだった。こうした場所に生える雑草の名にシェイクスピアはどんな作家よりも詳しく、毒人参《ヘムロック》と種つけ花《ククーフラワー》、華鬘草《けまんそう》(カラクサケマン)と毒麦《ダーナル》(23)をはっきり区別している。

一三世紀初頭から、ストラットフォードには、聖《ホーリー・》なる三位一体《トリニティー》を祀《まつ》る教会があった。近くのカムデン石切り場から採掘された粗石や黄石で川岸に建てられたこの教会は、風景にすっかり溶け込んでいた。木造の尖塔を頂き、楡《にれ》の木に囲まれ、北側の入り口へはライムの並木道が続いていた。

この教会内陣《チャンセル》の北側に古い納骨堂があることをシェイクスピアは知っていたことだろう。そこには、ずっと昔に死んだ人々の骨が納められていた。そこはまた、聖歌隊の少年たちの寮や聖職者の書斎としても使われていた。シェイクスピアの時代の人々にとって、死は馴染み深いものだったのだ。そうは言っても、ジュリエットは「納骨堂」のなかの「悪臭を放つ脛《すね》の骨、顎《あご》のない黄ばんだ髑髏《どくろ》の山」を怖がって大声をあげるのだけれども（二二五九行〔第四幕第一場〕）。

シェイクスピアが『ロミオとジュリエット』のこの箇所を書いたときにホーリー・トリニティー教会の納骨堂を意識していたという言い伝えが地元にはあるが、言い伝えどおりかもしれない。シェイクスピア自身の墓は、教会の本堂のなか、納骨堂からわずか数メートルのところに作られることになった。その墓碑銘に刻まれた「我が骨を動かす者」に対する厳粛な呪い[24]は、シェイクスピアがそこに眠っていることを思い出させてくれる。人間の儚《はかな》さを暗示するものはほかにもあった。すなわち、死者の冥福のために寄進を受けて果てしなく祈り続ける聖職者たちの住居である「カレッジ」が、一三五一年、教会境内の西側に建立された。

ホーリー・トリニティー教会と同じくらい古い組織としては、一三世紀初頭にストラットフォードに設立された聖十字架組合《ホーリー・クロスギルド》がある。このギルドは、祭りや宗教上のしきたりを守る一般信徒の集まりだった。ギルドとは「共済組合」であり、会員は年会費を支払えばきちんとした葬式を出してもらえることになっていた。しかし、ギルドはまた共同体でもあり、ギルド独自の幹部や役員が、教会の慈善事業だけでなく町の利権をも監督していた。

シェイクスピアが知悉《ちしつ》していたストラットフォードの公共建築物といえば、このギルドの礼拝堂《チャペル》ということになろう。シェイクスピアが通っていた学校の隣に建てられ、シェイクスピアは平日毎朝ここでの礼拝に参加していた。そこには鐘があった――小さな鐘が朝にはシェイクスピア少年を学校へと呼びたて、大きな鐘が夜明けと日の入りを告げた。ソネットで、臨終と埋葬のときに鳴る「ぶっきらぼうで陰気な鐘[25]」とは、この鐘のことだ。のちにシェイクスピアがストラットフォードの土に埋められたときにも、この鐘が鳴ったのである。

第4章 あなたがいるところが世界です

〔『ヘンリー六世』第二部第三幕第二場〕

　エリザベス一世が戴冠してから五年五ヶ月後[26]に生まれたシェイクスピアは、きわめて一匹狼的な女王の治世のもとで、不自由で不安に満ちた生涯を送ることになった。女王が常に気にかけていたのは、国家（と自らの立場）の安定と財力であり、持ち前の尊大さと巧妙さを駆使して内憂外患を避けていた。何よりも治安紊乱《ぶんらん》を恐れ、どうにも避けられぬとき以外、戦争に踏み切ることはなかった。女王が未婚であったため、とりわけ女王が作り出した「寵臣」たちが宮廷で鎬《しのぎ》を削るようになると、政局は自ずと不安定になった。けれども、王座を狙う陰謀を女王自ら何度か阻止したこともあれば、その矛先を逸《そ》らしたこともあった。性急にして時に優柔不断な女王の統治ぶりのおかげで、イギリスの地平線は広がった。エリザベス朝は、探検の時代、新しい通商と文学の時代となったのだ。のちに回顧して「シェイクスピア時代」とすら呼ばれたが、シェイクスピア自身が女王に好意を抱いていたとか崇拝していたとか想定する理由はない。子供時代のシェイクスピアは、当然ながら、まったく別世界に属していたのである。

　ストラットフォードは、エイヴォン川の北岸にあった。風景には樹木や果樹園や庭園があふれていたが、何より馴染み深いのは川だった。川が氾濫すると、夏であれ冬であれ、鉄砲水の音が町中に響いた。「エイヴォン川が増水した」ときに、川を渡ろうものなら「命が危なかった」とリーランド[27]は言う。たとえば一五八八年の夏、川の水位は毎時約一メートルの速さで八時間にわたって上昇し続けた。地元の有力な紳士サー・ヒュー・クロプトン[28]の出資で石橋が作られたが、これは今も遺《のこ》っている。

　いや、川の氾濫が遺したもっと重要な跡がある。エリザベス朝の劇作家のうち、シェイクスピアほど頻繁に川を引き合いに出した作家はいないのだ。五九の場面で川に言及し、そのうち二六回は洪水に関するものだ（Spurgeon 93）。川はシェイクスピアの想像世界に流れ込んだのである。『ルークリース凌辱』には、川の小さな渦が逆流して上流に向かうという珍しい描写がある〔一六六七―七一行〕が、この現象はストラットフォードの石橋の一八番目のアーチから観察できる（Spurgeon 98）。

　橋の上の壁付きの敷石道は、町の中央を横切るブリッジ・ストリートへと伸びていた。この通りを含めた六、七本の通りが織り成していたストラットフォードには、二一七軒の家に二〇〇世帯が住んでいた。一六世紀後半の人口は推定約一九〇〇人[29]。羊通り《シープ・ストリート》、材木通り《ウッド・ストリート》、粉挽き路地《ミル・レーン》といった現在の通りの名前を見ればわかるように、通りは中世の面影を遺していた。ロザー・ストリートという名も、そこでかつて売られていた地元の家畜《ロザー》に由来する。

地図2……ストラットフォード・アポン・エイヴォン

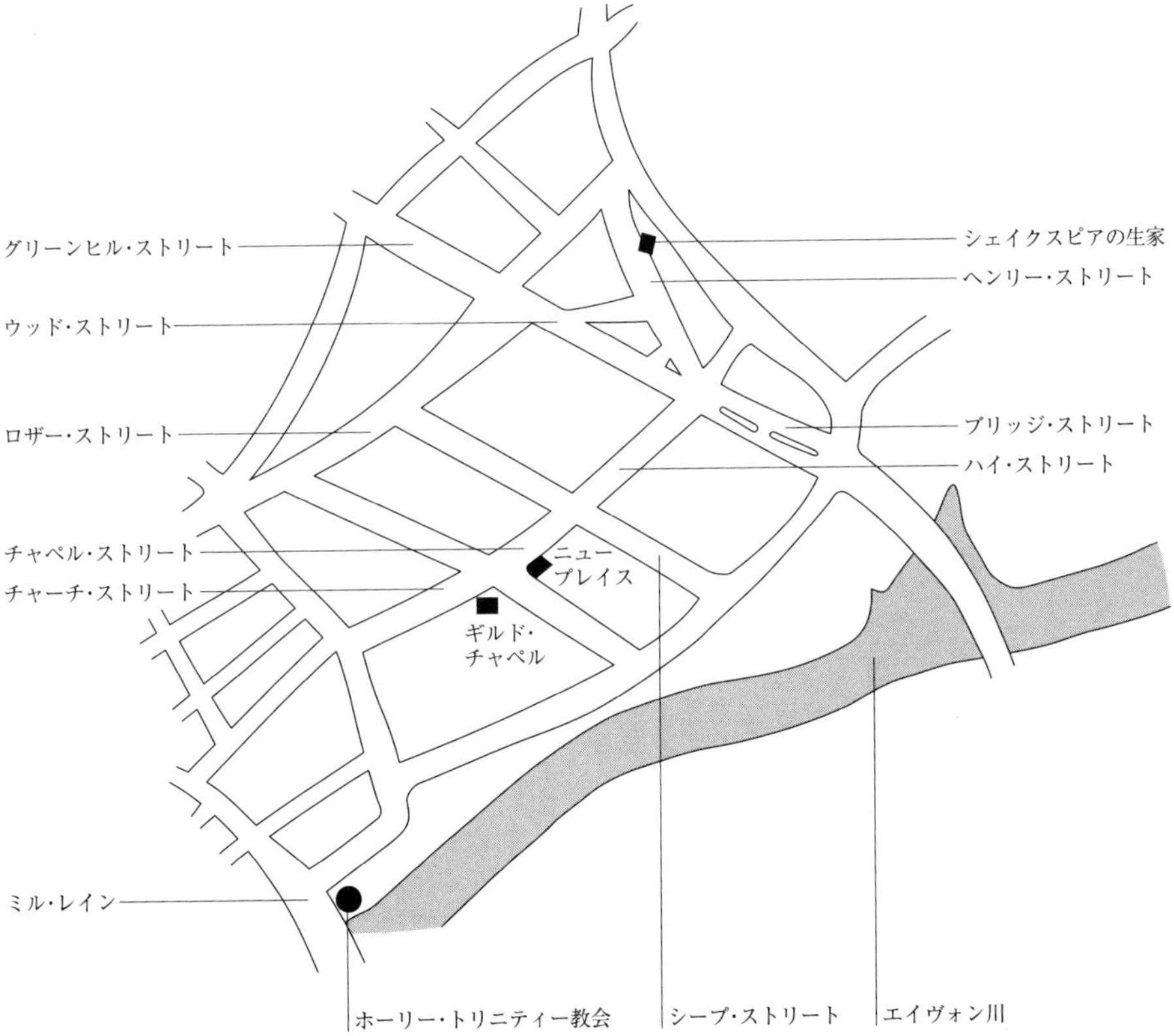

一方、家屋の大部分は比較的新しく建てられたもので、材木を縦に密に並べて壁の骨組みを作る立板密集式《クロース・ティンバー》によって一五世紀に建てられていた。材木は町の隣の森から伐採された樫材であり、当時よくあった「泥壁打ち」という、粘土と泥を混ぜたものを編み枝に塗り込んで壁を作る製法によって、木の骨組みに壁がはめこまれていった。家の礎《いしずえ》は、メアリ・アーデンの出身地である近隣のウィルムコートの村から切り出された青色石灰岩であり、屋根は藁葺《わらぶ》きだった。窓にガラスはなく、木の太い格子で支えられていた。これがこの地域の自然《ナチュラル》な住まい――つまり、普通にあり、大自然に溶け込んだ住まいだった。

水の豊かな町ストラットフォードでは、大小さまざまな小川が町中を走っており、近くには井戸や池、水溜《たま》りや汚水溜《だ》めもあった。シェイクスピアの家から二軒先には、「池《ミア》」と呼ばれた小川の水を使う鍛冶屋がいた。シェイクスピアのそばには、いつも水音があったのだ。

ストラットフォードの通りは荷馬車がすれ違えるほど広かったが、掃き溜めや側溝、溝《どぶ》や泥壁が気にならないほど広いというわけではなかった。通りの両端は丸石を敷き詰めて「舗装」されていたものの、通りの中央には何が流れていてもおかしくなかった。また、通りには未墾の土地が迫っており、間に合わせの不恰好な小道があちらこちらへ伸びていた。

豚・鵞鳥《がちょう》・家鴨《あひる》の放し飼いは町で禁じられていたが、どの通りにも豚小屋や囲いが無数にあったので、とりわけ豚が飼われていることは一目瞭然だった。当時「ご立派な家《グッドリー・ハウス》」と呼ばれていた家もたくさんある一方で、貧しい人たちの住むあばら家や貸し部屋のほか、穀物を貯蔵する藁葺きの納屋や朽ちた離れ家なども多かった。

人に神の道を示すための石の十字架も散見された。シェイクスピアの父親も町の理事の一人であったわけだが、そうした町のお偉いさんの権威に逆らう者を懲らしめるための晒《さら》し台、足枷《あしかせ》、鞭打ち刑のための柱も見えた。刑務所もあり、「檻《おり》」と呼ばれる豚箱や、水責め椅子《ダッキング・スツール》[30]もあった。テューダー朝の牧歌的風景とはとても言えなかった。

ストラットフォードの町並み――水車場、市場の十字架、[31]教会や礼拝堂――を描いた版画は、当然のことながら不動と沈黙の世界を示しており、商人や労働者たちが奇抜な衣装をまとっていた。初めて町が写された頃の古い写真を見ても、また同じように異様なほど粛然たる不動の世界が写っており、広い街路には人の住んでいる形跡がほとんどないように見える。シェイクスピアが実感していた緊迫感と混沌に満ちた生活感は、そこにはない。

どの職業にも自分の居場所や持ち場があった。豚を売るのは豚通り《スワイン・ストリート》、馬なら教会道《チャーチ・ウェイ》だった。皮を売る商人たちは家畜《ロザー・》市場《マーケット》の十字架前に陣取り、塩や砂糖を商う者は穀物通り《コーン・ストリート》に屋台を出した。金物屋やロープ職人は橋通り《ブリッジ・ストリート》に行けば見つかったし、中央横丁《ミドル・ロウ》の端には肉屋があった。穀物や家畜や布地を売るため、各種の市場が立った。シェイクスピアが晩年ストラットフォードに帰ってきた頃には、玄関前のホワイト・クロスにバターとチーズの市場が立った。

町は朝四時には目覚めており、五時ともなれば通りは人でいっぱいになった。商人や労働者は八時に朝食をとり、正午に正餐か軽食をとった。一四時間の労働ののち、仕事を終えるのは夜七時だ。しかし、一五六三年に発布された職人法によれば、昼食のあとに一時間の睡眠が認められていた。休日は、さまざまな宗教上の祝日だけだった。

ストラットフォードの職業の多くは、何世紀にもわたって受け継がれてきたものだった。一五七〇年から一六三〇年にかけて実施された職業調査によれば、ストラットフォードの町には、肉屋二三人、織工二〇人、靴職人一六人、パン屋一五人、大工一五人がいた（Jeanne Jones 22）。これらは「主たる」職業であり、シェイクスピアの父親のような町人はほかにも多種多様な職業に手を染めていた。ジョン・シェイクスピアの第一の職業は手袋職人であり、町全体にはジョン以外に二二人の同業者がいたけれども、ジョンはそのほかに羊毛の取引や金貸業、モルト作りなども手がけて生計を立てていた。エール酒の醸造と販売はストラットフォードの特産であり、六七もの所帯が関わっていた（Jeanne Jones 33）。

だが、これらの商売を根底から支え、町の経済全体の土台となっていたのは、四季を通じての農業上の大きなリズムだ——二月には種蒔《たねま》きと鋤入れ、三月には剪定、六月には干し草作り、八月には収穫、九月には脱穀、一一月には豚の畜殺があった。馬、羊、豚、牛、蜜蜂が飼われていた。耕作地もあれば休閑地もあり、牧草地や放牧地があった。『ヘンリー四世』第二部では、召し使いに「それに、旦那様、畦《あぜ》には小麦を蒔くのでしょうか」と尋ねられたシャロー判事が「夏蒔きの赤麦はな」と農業用語を用いて答える（二七〇四―五行〔第五幕第一場〕）。シェイクスピアは明らかに農業を理解していたのだ。

一五四九年、ウスターの主教はストラットフォードの領有権をウォリック伯ジョン・ダドリーに譲らねばならなくなった。つまり、ストラットフォードの町は世俗化されたのだ。一五五三年、町を自治体として認める勅許状が発布され、それによって、かつての聖十字架組合《ホーリー・クロスギルド》の役員たちが参事会員《オールダマン》となった。一四人の町民にこの役職が与えられ、そのなかから郡代（町長）が選出されることになった。参事会員はさらに一四人の「町会議員《バージス》」を選び、参事会員と町会議員で町議会が構成された。

町議会の集まりは礼拝堂の隣の古いギルドホールで開かれ、議員たちは、橋や学校、また礼拝堂そのものの管理を行った。かつてギルドのものだった財産は、今は町議会の収入源として使われた。教会の権威の失墜を嘆く人も多かったが、これは地域の自治が目覚ましく前進したということでもあった。選抜された参事会員一人と町長が、教会裁判所に代わって治安判事の役目を果たした。二人の収入役と四人の警吏《コンスタブル》を選ぶにあたっても、この寡頭政治を担った尊敬すべき町民たちのなかから任命された。この世界でシェイクスピアの父親は一時《いっとき》花を咲かせたのであり、この世界がシェイクスピアの幼年時代の一部を織り成していたのである。

ストラットフォードに刑務所や水責め椅子《ダッキング・スツール》はもちろん、足枷や晒し台もあったのだから、町の生活のすみずみにまで完全な監視の目が光っていたはずだ。エリザベス一世時代のイングランドを「警察国家」と呼ぶのが今では一般的になっているが、「警察」というのは時代錯誤だ。ただ、当時の社会は厳しく、ほとんど父権的な規律があった。言い換えれば、まだ中世のしきたりによって管理されていたのである。社会階級の違いや、地主の権力が強く意識されていた。こうした道徳規範にシェイクスピア自身忠実に従ったのだ。当時の社会は、庇護や特権が幅を利かせ、慣例を遵守し、地元独自の司法が行われていた世界だった。町の役人に失礼な口をきいたり、町の条例に違反したりする者は誰でも、三日三晩足枷をはめられた。町長の許可なしによそ者を泊めることはできなかったし、夜九時以降、召し使いや徒弟が家を離れることは禁じられていた。ボウリングが許可されたのは特別な時だけだったし、日曜にはウールの帽子をかぶることになっており、少なくとも月に一度は教会に通うことが義務づけられていた。

秘密など、この町にはなかった。誰もが互いの問題を知っており、結婚生活や家族の事情が隣近所の噂となるくらい、つつぬけの社会だった。現在認められるような「プライベートな」生活という概念はなかったのだ。だから、シェイクスピアが戯曲のなかで「プライベートなアイデンティティー」を創り出したなどとよく言われるのは意味深い。そんなものは自分の生まれ故郷にはないということをシェイクスピアははっきりと認識していたのだから。

ストラットフォードの町のありようや雰囲気は、シェイクスピアが生きているあいだに変わることはなく、実質的な変化があったのは一九世紀もかなり経ってからだと一般には考えられているが、これは正しくない。農業のやり方が変わってきたため、それに伴う問題や懸念が生まれていた。特に共有地を囲い込み、羊ばかりを育てたために、多くの労働者が土地から追い立てられていた。町の通りには、浮浪者や土地を持たない労働者が増えていた。一六〇一年にストラットフォードの救貧委員たちは、町に七〇〇人の貧民がいると指摘しているが、これはもっぱら周辺地帯から流れ込んで来た労働者たちのことであろう。貧民が入り込んでくると、社会の根底に緊張が募った。一五九〇年から一六二〇年にかけて、郡の巡回裁判で「重罪」とされた事件が急増した(Wrightson 149)。

土地もなければ職もない者がいたために、「いかにして貧民をさらなる貧困から守るか」という問題は悪化し、当時どうやっても解決できそうになかった。物価上昇の時代でもあった。一五八六年に一ポンド〔四五三・六グラム〕あたり一シリング[32]四ペンスだった砂糖は、一六一二年には二シリング二ペンスに上がった。一五七四年にクォーター〔八ブッシェル〕[33]あたり一三シリング三ペンスで売られていた大麦は、一五九〇年代半ばには一ポンド六シリング八ペンスまで値上がりした。また、人口増加も労働者の賃金低下に拍車をかけた。一五七〇年には石工の日当は一シリング一ペニーだったが、三〇年後、物価は急上昇しているのに、日当は一シリングに減っている。

一五九四年から四度にわたって続いた凶作によって、状況はさらに厳しくなった。一五九六年の後半から一五九七年の初頭にかけて、ストラットフォードでは栄養失調が直接の原因と思われる死亡例が相次いだ。飢饉の時代だった。『コリオレイナス』（二二行〔第一幕第一場〕）の市民たちが「パンを求めて」叛乱を起こすのは、歴史物語の虚構ではないのだ。

ところが、貧民がなんとか食べていける程度かそれ以下の生活に落ちていたのに対し、郷士や地主たちは着実に富を蓄えていた。人口の増加と特に羊毛の需要によって、大規模な土地投機が有利になった。

投機は楽に利益をあげる方法だった。シェイクスピア自身もこれを利用し、実際、貧しい労働者にかなり厳しい結果となるこの経済的変化によって大いに懐を肥やしたのだ。貧民問題に微塵も感傷的になることなく、演劇界で頭角を現したのと同じようなビジネスライクな慧眼《けいがん》をもって資金を運用した。だが、周りで起こっていることはわかっていたのである。

いずれにしても、新たな長期経済の特徴は次第に明らかになってきており、シェイクスピアが中世から初期近代イングランドへの移行をどう表現したかについて多くの研究がなされてきた。信義や権威という古い概念が奪われ、庇護と義務のあいだの古い絆が断ち切られるときに何が起こるのか。それはリア王からゴネリルとリーガンへ、ダンカンからマクベスへの移行だ。また、高雅なしきたりと民衆のしきたりのあいだにも、ますますはっきりとした格差が生まれていた。シェイクスピアはおそらく、この二つの文化の折り合いをつけた最後のイギリス人劇作家だったのである。

第5章 教えておくれ、おまえを生んだのは誰?

〔『ヴェローナの二紳士』第三幕第一場〕

二つの文化と言えば、キリスト教の旧教《カトリック》と新教《プロテスタント》という二つの文化もあった。イギリスの宗教改革は猛烈かつ貪欲に始まったが、そのように荒々しく生まれたものは荒々しい行為を生むものだ。なんらかの妥協ないし和解が成立し得たのは、エリザベス女王の周到で実際的な統治になってからだった。

ヘンリー八世[34]は、ローマ教皇に対する瞋恚《しんい》と苛立ちの末に自らを英国国教会[35]の首長であると宣言し、その至上権を臆せず否定しようとした聖職者数名を処刑台へ送った。王の猛烈な御意見番らは、宗教的熱情に衝《つ》き動かされたのみならず金欲しさの下心ゆえに修道院を弾圧し、その土地を没収した。これはイングランドが中世より受け継いできたものを打ち砕く決定打となった。教区教会に英語の聖書が持ち込まれたのも国王の為せる業《わざ》であったが、こちらのほうはよい結果をもたらす改革となった。

王の死後、息子エドワード六世は、カトリック撲滅にさらに気合いを入れた。エドワードは若きヨシア[36]さながら、偶像を破壊しようとしたのだ。特に祈禱書と典礼を改革しようと意気込んだが、その刷新計画は本人の早世によって中断された。その政策は、メアリ一世[37]のやはり短期の治世でひっくり返されたため、イングランド人はこの国の信仰が何なのか、どうなるのか、不安を抱くことになった。

中道を行くことに成功したのは、メアリの後継者エリザベスだ。できるだけ多くの党派を懐柔する腹だったらしく、国教会に「確定」することでカトリックとプロテスタントそれぞれの行き過ぎが咎められた。教会の礼拝は英語で行われるべしとされたが、十字架や蠟燭《ろうそく》といったカトリックの道具の使用は認められた。国王至上法[38]によってエリザベスは英国国教会の首長としての立場を確立し、礼拝統一法[39]によってすべての教会に『英国国教会祈禱書《ブック・オヴ・コモン・プレア》』を備えた。当時の英国国教会は、妥協や請願によってまとめ上げられたやや不安定な組織であったが、持続したのである。エリザベスは、清教徒派《ピューリタン》の力や、国民自体のなかに残存するカトリック信仰の力を過小評価していたかもしれないが、宗教問題に関する女王の統制力に深刻な異議が唱えられることは一度としてなかった。

しかし、処女王は、反抗的な臣下に対しては必ずしも柔和ではなかった。当時「国教忌避者《リクーザント》」と呼ばれていた人々――英国国教会の礼拝への出席を拒否する人々――は罰金を科せられるか、逮捕、投獄された。主君と王国に対する叛逆者とされたのだ。カトリックの司祭や宣教者たちは拷問され、殺された。古い信仰が残っているとされる町へは、地方行政官たちが定期的に鳴り物入りの「視察」を行い、司教たちは管区を定期的に点検して背教者を探した。カトリックであること、あるいはカトリックと疑われることは危険だった。

女王エリザベス一世。
即位当初は宗教問題で中道を目指したが、
スコットランド女王メアリを支持するカトリック信者によって
王位が脅かされてからは、
英国国教会に帰依することを拒否する国教忌避者《リクーザント》たちに
厳しい処置をとるようになる。
この肖像画は、スペインが無敵艦隊《アルマダ》を送り込んだ際の1588年のもの。
(ロンドン、ナショナル・ポートレイト・ギャラリー)

こうした葛藤や変化は、すべてジョン・シェイクスピアの生涯にはっきりと反映されている。劇作家の父は晩年、「陽気な顔の好々爺であり――『ウィルは正直者のいい奴で、いつだって俺と冗談を飛ばしてたもんさ』と言った」とされる（WS ii 247）。この素描《スケッチ》が最初に出版されたのは一七世紀中頃であって出所も不詳なため、字句どおりに受け取る必要はない。これではフォルスタッフに似すぎではないか。もちろん、歴史劇に登場する赤ら顔の呑兵衛がシェイクスピアの父にどこかしら似ていたということがあったかもしれないが、シェイクスピアの父親およびその先祖に関しては、手がかりとなるもっときちんとした史料がある。

シェイクスピア一族の起源は、遥《はる》か昔に遡《さかのぼ》る。シェイクスピア（Shakespeare）という名前自体、八〇以上の異なる綴りがあった――Sakspere, Schakosper, Schackspere, Saxper, Schaftspere, Shakstaf, Chacsper, Shasspeere……と、まるでシェイクスピアと名乗ることの多面性や多声性を指し示しているかのようだ。この千変万化は多産性や普遍性を思わせる。ストラットフォードの記録だけでも約二〇の違った綴りがある。

シェイクスピアの祖先をたどれば、もともとはノルマン人(40)の出だったかもしれない。一一九五年のノルマンディー(41)の大写本には、「ウィリアム・サクスピー」（William Sakeespee）の名が見える。一三世紀後期のノルマン人の物語《ロマンス》『クーシの城主』(42)の編者は、ジャケーム・サクゼップ（Jakemes Sakesep）だ。また、イングランドのシェイクスピア一族が子供に名前をつけるとき、ノルマン人によくある洗礼名を好んだのも事実だ。シェイク＝スピア（槍を振るう）という姓は軍務となんらかの関わりを持っていたらしく、シェイクスピアの存命中も、その名の勇壮な響きに感心する人がいた。一六世紀初頭のある文書によれば、この名前を「最初にもらった人たち」は「勇気と武勲ゆえにそう名づけられた」という（*Lives* 5）。となれば、シェイクスピアの父親が紋章を申請したとき、自分の祖父がヘンリー七世から「忠実で勇敢な奉仕」（WS ii 19）に対する報賞を受けたと述べているのも意味がありそうだ。

また、シェイクスピアとは「好戦的な人物につけられる」渾名《あだな》、「または、ひょっとすると露出狂を意味する卑語(43)」でもあった（Hanks 482）。このため、この名は「下品な」名前と考えられることもあった。一四八七年、ヒューゴー・シェイクスピア(44)は名字の変更を望んだが、その理由は「下品と見なされるため」というものだった(45)（WS ii 375）。後年、ディケンズの名前にも似たような誹謗中傷が山のように振りかかった。

シェイクスピアの名前が初めて英語での記録に出て来るのは、一二四八年だ。「ウィリアム・サクスピア（William Saksper）」というのがそれで、ストラットフォードからわずか数キロのところにあるクロプトン村出身の男の名だった。一三世紀以降、「シェイクスピア」は、ウォリックシャーの記録に散見される名前となった。シェイクスピア家といえば、この地域に長いこと住み、文字どおり風景の一部となった一族の名前だった。これは劇作家シェイクスピアがイングランドの文化に深く根を下ろしていたことを説明する手がか

地図3……ストラットフォード近郊

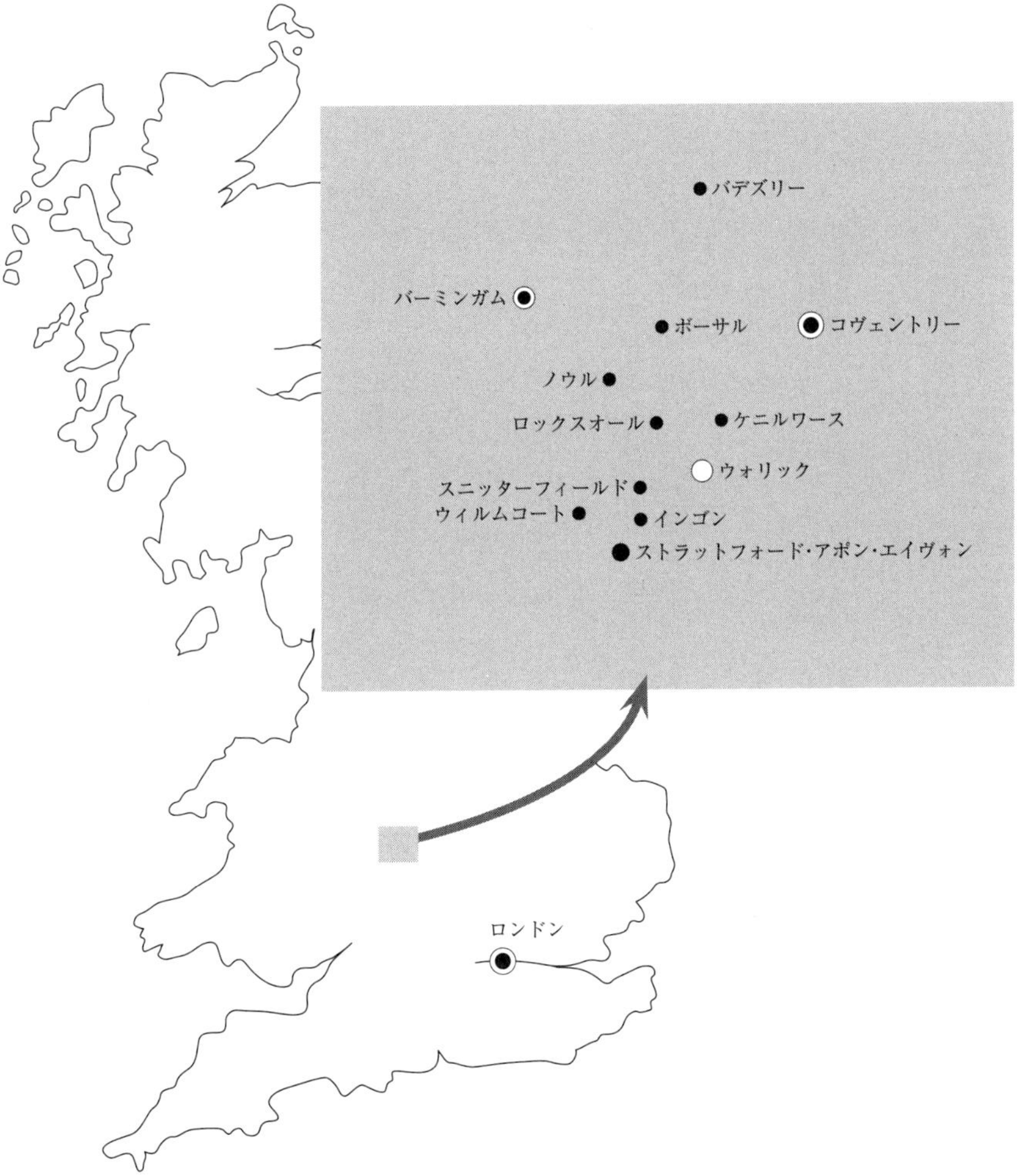

りになるかもしれない。

一三五九年には、コヴェントリー在住のトマス・シェイクスピア（Shakspere）という男がいた。一三八五年、ボーサルの南部に住んでいたのはウィリアム・シェイクスピアだ。一三八九年、バデズリー・クリントン荘園の一員だったのはアダム・シェイクスピア。ノウルの宗教的な組合《ギルド》には、一四五七年にリチャードとアリス・シェイクスピアという会員がおり、一四六四年にはラルフ・シャクスペール（Schakespeire）も加わっている。一四八六年に同じ組合に加入したのは、ボーサル在住のトマスとアリス・シェイクスピアだ。

後代には、さらに多くのシェイクスピア一族が、ボーサル、バデズリー、ノウル、ロックスオールほか近隣の村にいたことがわかっている。これらの名前や年代からはっきりわかることは、シェイクスピア一族が互いに数キロと離れずに住む氏族だったということである。一族のうちの多くはノウルの組合に属してなんらかの世俗的・宗教的任務を果たしていたことから、善良で敬虔なカトリック信者だったと考えられる。一六世紀初めの数年間、イザベラ・シェイクスピアがロックスオール女子修道院長であり、一五二六年、いかにも中世らしく、この地位はジェイン・シェイクスピアなる者へ譲り渡された。こうしたシェイクスピア一族のなかから、ウィリアム・シェイクスピアの直系が現れてきたのである。

シェイクスピアの祖父リチャード・シェイクスピア〔?～一五六〇／六一〕は、ストラットフォードの北六キロ先にあるスニッターフィールド村の農夫だった。リチャードの父は、ボーサルのジョン・シェイクシャフト（Schake-schaffte）かバデズリー・クリントンのアダム・シェイクスペア（Shakespere）のどちらかであるが、いずれにせよ、リチャードの出自ははっきりしている。リチャードは、当時農業主《ハズバンズマン》と呼ばれた富裕な農夫であり、近隣二ヵ所に土地を持っていた。スニッターフィールド自体は、森、牧草地、荒地、草地などが混在する地域に、教会と領主の邸宅、古い農家、小屋が点綴《てんてい》する小教区だった。そんな風景にシェイクスピアは子供時代に親しんでいたのだ。

親族はほかにもいた。リチャード・シェイクスピアの家と土地は、ジョン・シェイクスピアがのちに結婚したメアリ・アーデンの父親ロバート・アーデンから借りたものだった。つまり、劇作家シェイクスピアの両親は幼馴染《おさななじ》みだったのである。二人はハイ・ストリートにあるリチャード・シェイクスピアの古い家で出会ったに違いない。家の敷地はずっと広がって小川にまで達し、家には広間と数部屋の寝室があった。当時の基準からすれば堂々たる住まいだった。

父ジョン・シェイクスピアは農場育ちだった。ジョンは一五二九年生まれだが、この年にジョンの父親の名前がスニッターフィールドの記録に初めて記されており、おそらくリチャード・シェイクスピアは、やがて生まれてくる子供をお腹に宿した妻とともにこの地域に引っ越してきたのだろう。

リチャード・シェイクスピアは、遺言状により三八ポンド一七シリングちょうどを遺しているが、その年齢と立場を考えれば、そこそこ裕福だったと言える。領主の裁判に出席しなかったり、家畜の管理を怠ったり、豚をつないでおかなかったりといった理由で時々罰金を科せられているものの、スニッターフィールドの小さな社会のなかではまずまずの資産家だった。

リチャードは、ストラットフォード在住の友人トマス・アトウッドから数頭の雄牛を遺贈されている。リチャードは隣人の所有物を査定する審査官となり、ノウルの宗教的組合にも入っていたようだ。その意味で、リチャードはまさにシェイクスピア家の典型だった――裕福であり、堅実であり、時に無茶をやった。シェイクスピアは無学な百姓の出だと言われることがあるが、そんなことは決してないのである。

シェイクスピアの父ジョン・シェイクスピアは、若いうちから順風満帆のスタートを切っていた。すでにストラットフォードに定住しているシェイクスピア一族もいたが、ジョンはスニッターフィールドの生まれだった。ジョンの弟ヘンリーはスニッターフィールドでの農業を継いだが、ジョンは家業を継ぐだけでは飽き足らず、ほかの仕事もしたいと望んでいた。

昔から長男は頑張るものだが、ジョンは出谷遷喬《しゅっこくせんきょう》し、やがて息子もそれに倣うことになる。ジョン・シェイクスピアは農地を離れ、ストラットフォードの手袋職人の徒弟になった。たぶんジョンの親方だったのは、手袋職人であると同時にブリッジ・ストリートの端にあるスワン亭という宿屋の主人でもあったトマス・ディクソンである。ディクソンの妻はスニッターフィールドの出身だった。

ジョン・シェイクスピアの徒弟奉公は七年間続き、一五五六年のストラットフォードの記録にはジョンの名前が「手袋職人」として載っている。当時二七才。職に就いてから数年は経っていただろう。後年の記録によれば、「明礬《みょうばん》なめし革業者」、つまり「明礬でなめした革」やまだなめされていない白い革を扱う業者とされている。馬、鹿、羊、犬の皮を浸けたり擦《こす》ったりしたのち、塩と明礬で柔らかくするのだ。皮は糞尿の入った壷に入れられ、庭に広げて乾かされる。これは汚く臭い仕事だった。劇作品を読めば、シェイクスピアが不快な匂いをはっきりと嫌悪していたことがわかる。皮が柔らかく扱いやすくなると、型紙に合わせてナイフと鋏《はさみ》で切られ、手袋や財布、ベルトや鞄の形にされる。それを、客の目を惹《ひ》くように窓際の棒に吊るすのだ。

シェイクスピアは、なめし革業や革製品のことをよく戯曲に書いている。犬革から鹿革に至るまで各種の革を知っており、父親が売っていた商品のうち、牛革の靴、羊革の馬具、鋳掛け屋が持つ雌豚の鞄などが芝居に出てくる。

「証文は羊の皮でできているのだろう?」というハムレットの言葉に、ホレイシオは「そうです。それと、子牛の皮です」とさらに詳しく答えている（三〇八二―三行〔第五幕第一場〕）。特に子山羊革の手袋の柔らかさを称えてシェイクスピアはこう記す――「子山羊革のような柔らかな良心」（『ヘンリー八世』〔九九六行第二幕第三場〕）、「一インチから一エルの幅まで引き伸ばせる、子山羊《こやぎ》革のような機知」（『ロミオとジュリエット』一一三九―四〇行〔第二幕第四場〕）。手袋のことも、帽子にはさむ手袋だの、誓いの印として投げる手袋だの、いろいろと書いている――『ウィンザーの陽気な女房たち』では、クイックリー夫人が「手袋屋の革切りナイフのような、大きな丸い髭」の話をしている〔第一幕第四場〕が、これは身近な観察から生まれた言葉である。

　ジョン・シェイクスピアは、ヘンリー・ストリートに面した自宅の一階に店を構えた。革を伸ばしたり乾かしたりする作業は、店の裏にある離れ家で行い、そこに一人か二人の徒弟を縫い師として雇っていた。店の「看板」は、手袋職人が使うコンパスだ。市の立つ日にはハイ・クロスに屋台を出し、四ペンスからの手袋を売った。もちろん、縁取りや刺繍のある品はずっと高価だ。ジョンの長男がこの木曜の朝市で客寄せの手伝いをしているところを想像するのは面白いが、ウィリアムは平日の朝にはたいてい学校にいたはずだ。但し、どんな商売も、ある意味で家族経営だった。

　ジョン・シェイクスピアは手袋職人組合の一員だった。手袋の製造販売はストラットフォードでは特に発達して栄えていた商売であり、一五七〇年から一六三〇年までのあいだに町には約二三人の手袋職人がいた。しかし、ジョンはほかの仕事もしていた。依然として自作農を続けており、スニッターフィールド在住の父親や隣村インゴン在住の弟〔ヘンリー〕と一緒に畑を耕していたのだ。そこで育てていた動物をやがて屠殺し、その皮をなめして革にした。シェイクスピアの父親が肉屋だったとか、シェイクスピアは肉屋に徒弟奉公をしていたといった後世のストラットフォードの風説はここに由来する。地元の風聞の裏には、確かな事実がわずかながら隠れているものだ。なるほどシェイクスピアの劇作品には肉屋に関する言及がいくつかあり、特に父子関係に関連して出てくる。シェイクスピアは、血の色と手触りに千状万態の違いがあることも知っていて、「屠畜場の穢れた悪臭」〔『ジョン王』二〇〇二行〔第四幕第三場〕〕をも知っていた。これは意義深いつながりだ。

　ジョン・シェイクスピアは、公式書類には大麦や羊毛を扱う「農民《アグリコラ》」として記載されていたが、材木の取引にも手を染めていた。当時、男があれやこれやの技能を身につけ、いろいろな商売に手を出すのはまったく自然で当たり前のことだった。

　ジョンの羊毛の取引については記録が十分残っている。たいていの手袋職人と同じように、ジョンにとって必要なのは羊の皮であり、毛は売りたいものだった。ヘンリー・ストリートの家の一部は「羊毛屋《ウールショップ》」と呼ばれ、後年そこに住んだ人が「居間の床を張り直したとき、羊毛の屑《くず》や、羊毛を梳《す》いたときに出たごみが、古い床下の土中に埋もれているのを見つけた」(*Life 27*)。ジョン・シェイクスピアは、近隣の町の織物商や洋服屋に羊毛を「トッド」単位で、つまり二八ポンド〔一二・七キロ〕単位で売っていたのだ。『冬物語』の田舎者はこんな計算をしている――「えーっと、羊一一匹からウールが一トッドとれて、一トッドで一ポンドちょっとの金になる。羊一五〇〇頭だから、ウールはどれくらいかな?」〔一五〇八―九行〔第四幕第三場〕〕。

だが、ほかの手袋職人同様、ジョン・シェイクスピアは「ブ

17世紀の高価な手袋。香りがつけられたり、
「刺繍や金細工で飾られ」たりすることも多かった。
シェイクスピアの父は手袋職人で、明礬《みょうばん》なめし革業者」、
つまり「白なめし革」（明礬などで処理した革）を扱う業者とされている。
（ヴィクトリア＆アルバート博物館）

ロッガー」すなわち無免許の羊毛ブローカーとしても働いていた。ジョンが二度にわたって羊毛を一トッドにつき一四シリングで違法に購入した証拠が法廷で呈示されている。ジョンの行為が違法だったのは、羊毛の「ステープル」（組合の一種）に属していなかったためもあるが、それ以上に、一方の取引に一四〇ポンド、もう一方には七〇ポンドという値をつけたのが原因だった。どちらも実際、大変な金額であった。ジョン・シェイクスピアが金持ちであったことがわかるというものだ。

金持ちだったからこそ不動産に投資することもできた。ジョンはヘンリー・ストリートを下ったグリーンヒル・ストリートにある家屋を購入して貸していた。ほかにも、庭と果樹園付きの二軒の家を四〇ポンドで買っている。また別の家をウィリアム・バーベッジなる人物に貸しているが、この男がロンドンの役者一家と姻戚関係にあったかどうかは定かでない。ふとした偶然というものはあるものだ。

ジョンはまた、違法な金利で隣人たちに金を貸していたが、この商売は「高利貸し」という不幸な名前で知られていた。正規の金利は一割だったが、ジョン・シェイクスピアは二割の金利で一〇〇ポンドを商売仲間に貸し、同じ金利で八〇ポンドを別の人に貸している。ジョンが金利の上乗せをしたのは、当時それが当たり前だったからだ。つまり、それで捕まるようなことはなかったということである。金貸し業自体は、銀行やクレジットの制度がない当時、広く受け入れられていたし、ジョンの息子ウィリアムさえもこの商売に手を出すことがあった。ある社会史家によると、このような金融取引は「非常に広く行われており」（Wrightson, 52）、実際に共同体の円滑な運営のために必要なことでもあった。ウィリアム・ハリソンは高利貸しについて、「皆がやっているので、無利子で金を貸す者は阿呆と思われるほど」だと述べている（Fripp, *Stratford* 64）。しかし、ジョン・シェイクスピアが取引していた額は巨額だった。ジョンが二一〇ポンドをウールに払い、一八〇ポンドを貸していたことを考えると、その父親の全財産が四〇ポンドに満たなかったことはかなり見劣りする。息子は父親より遥かに裕福だったのだ。この勤倹力行の伝統をジョン自身の息子も継承することになる。

つまり、ジョン・シェイクスピアは抜け目のない成功したビジネスマンだったのだ。だが、読み書きができたかどうかについてはいろいろと取り沙汰されている。[46] ジョンは署名の代わりに記号を用いたから、字が書けなかったのではないかというのだ。読み書きのできない家から世界史上最高の作家が生まれたかもしれないと大喜びする解説者もいる。劇的効果満点だからだ。とは言え、ジョン・シェイクスピアが字を書けなかったからといって、読むこともできなかったわけではない。読むことと書くことは別々に教えられており、異なる技術だと考えられていた。いずれにしても、ジョンが字を読めなかったなら雑多な職業や商売に関わるのは困難だっただろう。ジョンはまた遺産として数冊の本を遺しているが、そこからも同じ結論が引き出せる。

それから、ジョンの信仰はどういうものだったのかという

エドマンド・キャンピオン。
1580年、密かにミサを行ない
イングランドのカトリック信者を鼓舞するという
イエズス会の隠密行動に参加。
シェイクスピアの父親も
この種の隠れカトリックだった可能性がある。
英国国教会内の改革派が影響力を強め、
キャンピオンは拷問ののち処刑された。
同時に、旧教の儀式は次第に潰されていった。
（ストウニーハースト・カレッジ）

厄介な問題がある。シェイクスピアの父親が隠れカトリックだったのではないかという可能性を、学者たちは何世紀にもわたって論《あげつら》ってきた。この問題が一筋縄ではいかないのは、信仰告白をしてもそれが本当でないかもしれず、どの宗教の信奉の仕方にも細かな違いや微妙な温度差があって、当時の状況が面倒なものだったためだ。

愛国心とカトリック教会への忠誠心は相容れないものだった。体面を保つため、あるいは罰金を逃れるために新教の聖餐式に出席するカトリック信者もいれば、プロテスタント信者であるにもかかわらず旧教の儀式や祭りを好むということもあった。確かなものを求めつつ、その時々に応じてどちらかに傾く、決心のつかない人もいた。本当の信仰を持っていないということもありえた。

ジョン・シェイクスピアに関する証拠もやはりどちらつかずだ。ジョンの息子に英国国教会式の洗礼を受けさせ、式を執り行ったブレッチガードル牧師はプロテスタントだった。また、ジョンはヘンリー・ストリートの家の屋根の梁《はり》にあからさまな「信仰遺言書」を隠していたとも言われる。この文書は偽造かでっち上げではないかと、その信憑性を疑う学者も多いが、どうやら真正だったらしい。標準的なローマ・カトリックの書式を使っていたことがわかっているのだ。その書式は、一五八一年にウォリックシャーを訪れてストラットフォード・アポン・エイヴォンからほんの数キロ先に泊まっていたエドマンド・キャンピオン[47]が配布したものだった。ローマからやってきたイエズス会の司祭キャンピオンは、イギリスのカトリック信者の信仰を支え、忠誠心が揺らいでいる人々を改宗させるという秘密の使命を帯びており、それゆえに命を落とすことになる。特に一五七〇年にローマ教皇がエリザベス女王を破門してからは、イエズス会士はイングランドでは歓迎されておらず、やがて捕らえられたキャンピオンは、裁判にかけられて死刑判決を受けたのである。

ヘンリー・ストリートで発見された信仰遺言書には、ジョン・シェイクスピアの「使徒により伝えられたローマ・カトリック教会」に従う誓いと、処女《おとめ》マリアと「我が守護天使」への祈り、そして「聖なる供犠であるミサ」による救済を願う祈りが含まれている。これ以上ないほどに正統かつ篤信の文書だ。

遺言作成者各々の個人情報を記入するための空欄を空けて印刷ないし書写された書式に、ジョン・シェイクスピアの署名に相当する記号があり、守護聖人は「聖ウィニフレッド」[48]だという個人情報も記載されている。この聖女を祀る廟堂《びょうどう》は、ウェールズ北東部の旧州フリントシャーのホリウェルにあり、ウォリックシャーの富裕なカトリックの家族の巡礼先となっていた。この遺言書が贋作だとしたら、地元の聖人に詳しい情報通が捏造したことになる。

表記についてはさらに多くの疑念がつきまとう。ジョン・シェイクスピアが字を書けなかったとすると、ウィニフレッドのことを書き入れたのは誰か？　一五八一年当時、シェイクスピア一族のなかに読み書きができる人物がほかにいただろうか？——手がかりがひとつある。このカトリックの遺言書に「己が罪の花咲き誇るうちに命を落とす」危険性についての言及がある。『ハムレット』では、亡霊が「俗世の罪咲き誇るなか、命を断ち切られ」たと嘆いており（六九三行〔第一幕第五場〕）、カトリックが伝える煉獄を想起している。この亡霊とはもちろん、父親の霊だ。

この文書を書いた人物の正体は推測にゆだねるほかないが、もしこの遺言書にジョン・シェイクスピアが署名し、自宅の屋根裏に隠したとするなら、ジョンはこっそりとカトリックの教えを実践していたことになる。その状況証拠はほかにもある。シェイクスピア家の歴史を遡れば、ロックスオール女子修道院長だった修道女イザベラと修道女ジェインなど敬虔なカトリックの先祖がいるし、ジョンの妻メアリ・アーデンも古いカトリックの家柄だ。ジョン自身、何度か「女王陛下の法に則《のっと》って毎月教会を訪れなかったことに対して告発された」国教忌避者のリストに名前を載せられている。ジョンがカトリックなら、没収を恐れて財産を一族に譲渡したということも考えられる。

他方、ストラットフォードでのあれこれの公職に就《つ》くために、ジョンは国王を至上と認める誓いに署名していたはずだとする議論もある。それに、組合礼拝堂《ギルドチャペル》にある宗教画を石灰で塗りつぶす作業や、[49]「内陣桟敷《ルードロフト》」の磔刑像の撤去作業を命令したり監督した責任もあった。だが、ジョンは野心的な男であり、自らの信念と立身出世の道とのバランスを巧みにとり続けた一六世紀の役人の例に漏れなかった。胸の奥に秘めた個人的な信仰を犠牲にしたり告白したりせずとも、そうした行政上の義務を果たすことができたのだ。

一五五二年までにジョン・シェイクスピアがヘンリー・ストリートの住人ないし家主となったという記録がある。二三歳で徒弟奉公を終え、独立して商売を始めたのだ。一五五六年にはヘンリー・ストリートの隣家を購入した（これは、そののち「羊毛屋《ウールショップ》」と呼ばれた）。二軒の家はやがて一軒につながられ、広い快適な家となって現在も残っている。同年、ジョンは隣のグリーンヒル・ストリートにある庭付き家屋を購入している。とんとん拍子の弥栄《いやさかえ》ぶりだった。

メアリ・アーデンと結婚したのは、翌五七年の春か夏[50]のことだ。自分の父親の家主の娘である。一五五六年にはストラットフォードでそろりそろりと出世をし始めており、この年、「鑑定人《テイスター》」二人のうちの一人に選ばれている。「鑑定人」とは、地域で賄《まかな》われるパンとエール酒の品質を検査する町の役人だ。所帯を構え、商売も成功し、町民として役職に就いて、あらゆることがいっぺんにうまくいき、進境著しかった。

ストラットフォードでの法廷を三度欠席して罰金刑を受けたにもかかわらず、一五五八年にジョンは四人の「警吏《コンスタブル》」の一人に任命された。夜警を監督し、往来での喧嘩を鎮め、乱闘しようとする者の武装解除をするのが職務だ。これは閑職ではなく、ジョン・シェイクスピアが二九歳にして隣人から相当の尊敬を得ていた人物だったことがわかる。

翌五九年には「科料認定係」、すなわち罰金を定める係に任命され、司法上の仕事が増えることになった。それからすぐ、もっと大きな栄誉に恵まれた。ストラットフォードの町会議員《バージス》に選ばれたのである。今や、毎月の議会に出席することになり、息子がいれば無料でキングズ・ニュー・スクールに通わせることを許された。長男はまだあと五年[51]しないと生まれないのだけれども。

一五六一年には会計係《チェインバレン》に選ばれ、町の財産と歳入管理の責任者となった。この仕事を四年間務めるあいだに、ギルドホールの二階に新しい教室を造る仕事を監督した。のちに息子が授業を受けることになる教室だ。

息子が誕生した翌年の一五六五年、ジョンは一四人の参事会員の一人に選出され、これ以降「マスター・シェイクスピア」と呼ばれることになる。聖日や公の祭日には毛皮付きの黒いガウンを着て人前に出るのが決まりだった。参事会員《オールダマン》の地位を示す瑪瑙《めのう》の指輪もつけていたが、幼い息子はこの指輪のことをよく覚えており、『ロミオとジュリエット』で「町役人の人差し指に光る瑪瑙」（五一五―一六行〔第一幕第四場〕）と言及している。

それから一五六八年に、ジョン・シェイクスピアは、町民としての野望の頂点に到達した。ストラットフォードの郡代《ベイリフ》、つまり町長《メイヤー》に選ばれたのである。黒いガウンではなく深紅のガウンを身にまとい、ギルドホールに行くときは職杖を捧げた従士に先導され、家族とともにホーリー・トリニティー教会の最前列に坐った。もう四歳になったウィリアム・シェイクスピア[52]も一緒だったはずだ。しかも、治安判事を兼任し、記録裁判所を管轄した。一五七一年に任期が終わると、今度は首席参事会員、および後任の町長の助役に任命された。大いに人望が厚かったのである。部分的に現存する議会の議事録によれば、しっかりした判断力を持つだけでなく、たとえば同僚を「兄弟」と呼ぶなど、如才なさと穏健さとを兼ね備えた人だったらしい。そうした美徳は息子にも幾分見られることになるだろう。しかし、多くの「たたき上げ」の人がそうであるように、ジョンは自分の能力を過信していたかもしれない。これもまた、シェイクスピア家らしい特徴であった。

　ジョンの弟ヘンリーは、家業の農業を続け、スニッターフィールドと隣の小教区内に土地を借りていた。このシェイクスピアの叔父について知られていることは少ないが、どうやら喧嘩っ早く、独立不羈の人であったようである。近親者（メアリ・アーデンの姉の夫）を襲った廉《かど》で罰金を科せられ、一五八七年に[53]一〇分の一税を納めなかったため教会から破門されている。帽子法令違反でも罰金刑を受けた[54]。日曜日に縁なし帽《キャップ》をあえてかぶらなかったのである。ほかにも農業上の不正行為で何やかやと罰金を取られ、借金や不法侵害で数回にわたって投獄されている。ひょっとすると、ストラットフォードの農業界では厄介者だったのかもしれない。しかし、その荒々しさや大胆さは、若い親戚の心を捕らえただろう。シェイクスピアは、父親の美徳だけでなく叔父の悪徳をも受け継いだかもしれない。ヘンリー・シェイクスピアは借りた金を返さないことで知られていたが、金を儲け、貯めるのは得意だった。ヘンリーが死んだとき、「奴の金庫には金がたっぷりあった」と証言した人がいる。納屋にも「高く売れる」穀物と干し草がぎっしりだった（*Life* 14）。劇作家シェイクスピアの家系は、揺るぎない豊かさを持ち、そうした豊かさが培うゆとりと自信を備えていたのだ。

第6章 賢いお母さんね。息子はばかだけど

〔『じゃじゃ馬馴らし』第二幕第一場〕

かつてチャールズ・ディケンズは、「非凡な人間には、すべからく非凡な母親がいる――これは疑いようのない事実だ」[55]と書いた。だとすると、成人したウィリアム・シェイクスピアの特徴には、メアリ・アーデン譲りのところがあることになる。

並外れた女性だった。おそらくはノルマン征服以前から続く古い家系の出だ。アーデン一族は「ウォリックの領主」であり、その一人トゥルキルス・デ・アーディーンは、『土地台帳《ドウームズデイ・ブック》』によれば、広大な土地を所有していたらしい（*Life* 15）。この富と血筋を直接に受け継いだのがウォリックシャー州北部パーク・ホールに住むアーデン家だった。熱心なカトリックの一家だったが、結局はその信仰のために責められ、迫害されることになる。

ウィルムコート村のアーデン家が、パーク・ホールの裕福な地主と血縁関係にあったという証拠はないのだが、こうしたことは証明などできなくても、血縁のはず、いや、きっと血縁だろうと思うことが大切なのだ。名字が同じというだけでもう十分だった。メアリ・アーデンの先祖のアーデン家は、自分たちは（どれだけ遠縁であろうとも）きっとアーデン一族や一族と縁戚関係にあるシドニー一族[56]やネヴィル一族[57]といったほかの名家ともつながりがあると考えていたことであろう。

よく言われることだが、男性の役者は、駆け出しの頃、自分を母親と重ね合わせ、母親の行動パターンを自分のなかに植えつけ、母親の価値観を自分のものとして取り入れがちだという。少なくともそう考えてみれば、シェイクスピアがこれから書く劇作品のなかで高貴さや上品さに圧倒的なこだわりを持っている説明はつく。シェイクスピアは王侯の役を演じたとされるし、貴族社会を中心に芝居を組み立てている。好みの難しさや尊大さは母親に教わったものなのだろうか。

シェイクスピア別人説では、この劇作家は本当は高名な貴族だったとよく言われる。シェイクスピアは実は第一七代オックスフォード伯だったとか、第六代ダービー伯だったとか言うのである。シェイクスピア本人がすでに自分は貴族の血を引くと考えていたかもしれないのだから、これは大いなる皮肉だ。『じゃじゃ馬馴らし』の冒頭部で次のように書かれているのは、シェイクスピア自身の両親の結婚のことかもしれない。

この男はかつて農夫の長男役を演じたことがある――
おまえが貴婦人を上手に口説くところがあった。

（八二―三行〔序幕第一場〕）

メアリ・アーデンの父ロバート・アーデンは富裕な自作農であり、二軒の農家と一五〇エーカーを超える土地を所有し

ていた。地誌学者ウィリアム・ハリソンは、この種の農民について、「一般に豊かで贅沢な暮らしをし、財を得るために遠くへ出掛け……そして牧場を経営し、市場を頻繁に訪れ、召し使いを雇い、多くの富を得ている」と書いている（Drake 99）。実際、ロバート・アーデンは、ウィルムコート村で一番金回りのよい農夫であり、最大の地主でもあった。ウィルムコートは、ストラットフォードから四キロの、森を開墾した跡地にあった。一家の名前の由来となったアーデンの森のちょうど端近くだ。アーデン家の人々は、この土地の人間であるという帰属意識をもって育ったのである。

アーデン一家が住んでいたのは、一六世紀初頭に建てられた平屋建ての農家だ。周囲には納屋や牛小屋、鳩小屋、材木の山、水汲み機、養蜂所があった。ロバート・アーデンは、雄牛、去勢雄牛、馬、子牛、子馬、羊、蜜蜂、家禽を飼っていた。大麦や燕麦も山ほど蓄えていた。シェイクスピアの母親は、シェイクスピアの父親と同様、農家に必要不可欠な働き手として育てられた。ロバート・アーデン本人を表すどんぴしゃりの表現はこうだろう——すなわち、紳士階級を気取る農民の旧家の出だった、と。

ロバート・アーデンの財産目録が今に伝わっている。そのなかに、リチャード・シェイクスピアとその家族が少し前から住んでいたスニッターフィールドの農場の家、そしてウィルムコートの家があった。ウィルムコートの家には、広間があり、寝室として利用された第二の部屋、そして台所があったが、いささか窮屈だった。なにしろメアリ・アーデンには七人もの姉[58]がいたのであり、親の注意と愛情を求めて激しく争わねばならぬ環境で育ったのだ。

財産目録にはまた、一番大きな部屋である広間にあるテーブルの板、ベンチ、食器棚、小テーブル、棚、椅子三脚などの記載がある。これらの素っ気ない覚え書きから、一六世紀の部屋の内部を想像してみることができる。第二の部屋には羽毛のベッドひとつ、マットレスが二つ、シーツが七組あったほか、二つの木箱に入ったタオルやテーブルクロスもあった。

各部屋には、装飾と徳育のために絵入り壁掛けが掛けられていた。これらの布にはたとえば〈ライオンの洞穴のダニエル〉[59]や〈トロイ包囲戦〉といった、古典や宗教を題材とした場面が描かれており、このかなり質素な農家の主たる室内装飾となっていただろう。メアリ・アーデンにこうした絵入り綴れ織《タペストリー》の少なくとも一枚を遺贈すると父親の遺言書にあり、おそらく結局はヘンリー・ストリートのシェイクスピア家に飾られることになったのだろう。『マクベス』では「絵に描かれた悪魔を怖がるのは子供じみた目」（五九五―六行〔第二幕第二場〕）と言われているし、フォルスタッフは「絵入り壁掛けにあるラザロ」（『ヘンリー四世』第一部、二二八七行〔第四幕第二場〕）の話をする。

メアリ・アーデンが絵入り壁掛けを嫁入り道具に加えて、ヘンリー・ストリートの家の奥様になったのは、おそらく一七歳か一八歳ごろのことだったと思われる。夫は一〇歳年長で、前述のとおり出世街道を驀進中だった。メアリはロバート・アーデンの末娘であり、もしかすると一番かわいがられていたかもしれない。親族のなかでただ独り、土地を遺されているのだ。父親はメアリに「ウィルムコートのなかの、アズビーズと呼ばれる土地すべてと、この土地に蒔かれ育った穀物」を遺贈している（M. Eccles 17）。実務に長けたしっかりとした娘だったのだろう。無能な娘に土地を遺す農夫はいない。

多くの子供を産み、六八歳まで生きたのだから、メアリは丈夫で健康だったはずだ。また、活発で聡明で頭の回転の速い人だったと想像してみてもよいだろう。家に姉が七人もいれば、気配りや従順の美徳も身についたはずだ。読み書きができたかどうかは知られていないが、ある証文にメアリが書き記した印は、恰好がよく、優美ですらある。メアリは一筆でこの印を書けた。

メアリの印章は疾走する馬だった。機敏と勤勉の象徴である。自分の印章を持っていたということ自体が、裕福で社会的地位があった証拠だ。シェイクスピアは母について何も書いていないが、コリオレイナスの功績を称えるヴォラムニア、バートラムに義務を思い出させる伯爵夫人、リチャード三世王を叱りつけるヨーク公爵夫人など、劇作品に登場する数々の意志の強い母親たちのなかにその姿が見られると考えられてきた。喜劇に登場する溌剌とした聡明な若い女性たちの姿にも、シェイクスピアの母親の想い出が投影されている可能性もあるし、実際そうだったかもしれない。

ヘンリー・ストリートの家は今でも見ることができる。昔とは随分様変わりしてしまっているが、面影は残っている。この家はもともと二軒の（あるいは三軒だったかもしれない）家で、それぞれに庭と果樹園がついていた。ヘンリー・ストリートの北側の町外れにあり、狭い部屋がいきなり通りに面していて、プライバシーはほとんどなかった。家の裏手、庭の向こう側には「ギルド・ピッツ」と呼ばれるところがあったが、これは要するに曲がりくねった道が通り抜ける荒れ地だった。

家そのものは一六世紀初頭に、樫材の枠組みと泥壁、藁葺き屋根という当時一般的だった方法で建てられた。室内の天井には石灰塗料が塗られ、壁は絵入り壁掛けで装飾されていたか、壁全体に木煉瓦《ウッドブロック》の模様がついていた。材木は、黒か暗褐色に着色された現代の「偽チューダー風」の梁よりもずっと薄い色だった。漆喰の部分は薄いベージュ色だっただろう。全体的には輝くような感じか、少なくとも明るい感じだった。チューダー様式の室内装飾を復元するとき、くっきりとした白と黒を用いるのはまちがっている。シェイクスピアの同時代人たちはもっと薄い、微妙にぼかした色調を使っていたのだ。

木製の家具が標準的な家庭で用いられていたことは、ロバート・アーデンの財産目録を見てもわかるとおりだ——椅子、簡素なテーブル、組み立て椅子《スツール》（別々の部品を組み立てて作られるのでこのように呼ばれる）などがあった。床はウィルムコートの石灰岩の破片でできていて、藺草《いぐさ》で覆われていた。「カーペット」があったとしたら、テーブルの覆いとして用いられたことだろう。食器類を陳列するために、壁に作り付けの棚があったかもしれない。『ロミオとジュリエット』では召し使いが「折りたたみ椅子を片付けろ。食器棚をどけろ。その皿に気をつけろ」と呼びかけている（五七九―八〇行〔第一幕第五場〕）。

シェイクスピア宅は六つの部屋がある広い家で、一階と二階は階段ではなく梯子でつながっていた。家のなかで最も重要な部屋は広間であり、正面玄関から入ってすぐのところ、渡り廊下の隣に位置していた。広間には大きな暖炉があって、この暖炉の前で一家は食卓を囲んだ。裏手には台所があり、手で回転させる焼き串、真鍮の鍋、酒の革袋といった什器《じゅうき》があった。広間の隣の応接間は、居間と寝室を兼ねており、家中の家具のなかでも最高の逸品としてベッドがその部屋に飾られていた。

壁にはびっしりと模様があり、装飾が施されていた。広間の向かい側、渡り廊下の反対側にはジョン・シェイクスピアの工房があり、ジョンと徒弟たちが革をかがったり縫い合わせたりしていた。この工房は通りに面して開き窓がついていて、外の客と取引をする店舗にもなっており、ほかの部屋とは違う雰囲気があった。シェイクスピアは幼少の頃から、世間の需要というものを熟知していたのである。

二階には三つの寝室があった。シェイクスピアは木の枠組みに張られた綱の上に藺草のマットレスを載せたベッドで眠ったはずだ。屋根裏には召し使いと徒弟たちが寝た。商人が住むにしては大きな家であり、シェイクスピアの父親の事業がどれも成功して羽振りがよかったことを物語っている。

騒々しい家でもあった。どこで会話をしようと家中にはっきりと聞こえる木製の音響室もいいところだ。家で仕事をしていると、材木がきしむ音や人の足音がいつもつきまとったことだろう。シェイクスピアの劇からも、ヘンリー・ストリートで過ごした子供時代の印象がはっきりと見てとれる。閉じた竈《かまど》に煙の出るランプ、水洗いにこすり洗い、叩《はた》き掛けに掃き掃除のイメージが出てくるし、食べ物を茹でたり切り刻んだり煮込んだり揚げたりして準備することも書かれていれば、うまくできなかったケーキやふるっていない粉のこと、兎肉が焼き串に刺されて回される様子、パイ生地を「ぎゅっと締めつける」[60]ことも書かれている。縫い物や編み物といった、家のなかでの女の仕事と考えられていた作業についても頻繁に記されている。また、大工仕事、樽に箍《たが》をはめる作業、指物仕事への言及もある――いずれもジョン・シェイクスピアの家の裏庭や離れ家で行われた作業だ。エリザベス朝の劇作家のなかで、家事のことをこれほど書く作家はほかにいない。シェイクスピアは自分の過去をいつまでも自分なりに大切にしていたのである。

家のなかでこうなのだから、外の世界はかなりシェイクスピアの心に影響を与えたようだ。ストラットフォードのシェイクスピア宅には、近隣の多くの家がそうであったように、庭と果樹園があった。庭のイメージを、シェイクスピアは身体や国家といったさまざまな文脈で使っている。手入れを怠った庭は退廃の象徴だという具合に。

接ぎ木、剪定、耕耡《こうじょ》、肥やしについても知っていた。『ロミオとジュリエット』には、新しい根を生やすために地面に押し付けられる匍匐《ほふく》性の植物のイメージが出てくる。これは都会育ちの作家にはなかなか思いつかないだろう。シェイクスピアは全部で一〇八種類の植物に言及している。実家の果樹園には林檎、プラム、葡萄、杏子《あんず》が生《な》っていた。

シェイクスピア劇に登場する花は、シェイクスピアの故郷に自然に生えている。桜草《プリムローズ》や菫《スミレ》、匂紫羅欄花《ニオイアラセイトウ》、水仙、黄花《キバナノ》九輪桜《クリンザクラ》、薔薇といった野生の花がそこらじゅうに生えていた。思い浮かべるには、目を閉じさえすればよいのだ。オフィーリアが摘んでいた「カラスの足」(61)や、リア王が花冠にしていた「郭公花《かっこう》」(62)のように、シェイクスピアは野の花の地元での呼び名を使っている。三色菫には「遊びの恋」(love-in-idleness)というウォリックシャーでの名前が使われている。ブルーベリーの原生種を「ビルベリー」(bilberry)、クローバーの茎を「蜜の茎」(honey-stalks)と呼ぶのも地元流であり、蒲公英《たんぽぽ》の花が「金色の若者」(golden lad)と呼ばれ、風に吹かれて種がひとつひとつになると「煙突掃除用ブラシ」(chimney sweeper)と呼ばれるのも、やはり地元ならではだ。それゆえ、『シンベリン』(二二一四―一五行〔第四幕第二場〕)に次の詩行がある。

金色の若者たちも娘らも
皆、煙突掃除用ブラシと同様に、土に還る。

シェイクスピアが草原や庭園について考えるときには、子供時代の言葉に包まれるのだった。

天に舞い上がる雲雀《ひばり》や潜水する鳰《かいつぶり》であれ、勇敢な鷦鷯《みそさざい》や悠揚たる白鳥であれ、鳥の魅力をシェイクスピアのように優しく褒め称えた作家は、ほかにチョーサー(63)ぐらいなものだ。シェイクスピアは計六〇種類もの鳥の名前を挙げている。たとえば、岩燕がむきだしの壁に巣を作ることを知っていた。歌う鳥のなかでは、鶫《つぐみ》と首輪鶫《くびわつぐみ》ないし黒歌鳥《ブラックバード》に注目している。不吉な意味を持った鳥には、梟《ふくろう》、大鴉《おおがらす》、烏《からす》、鵲《かささぎ》がいた。シェイクスピアはこうした鳥を皆知っており、鳥が空に描く軌跡を観察していた。飛んでいる鳥の様子に夢中になり、罠にかけられて捕まるところを考えるだけで耐えられなかった。まるでシェイクスピア自身の性質とのあいだになんらかの本能的な共感が働いているかのように、その自由な活力と動きを愛したのである。

第7章 これぞお偉い閣下の社交界だ

〔『ジョン王』第一幕第一場〕

ヘンリー・ストリートの家と庭の向こうには、世の中が広がっていた。依然としてかなり保守的で伝統重視の社会ストラットフォード――その中枢にはシェイクスピア家のような小さな核家族があり、家人は固く結束して自給自足していた。だが、家同士、隣人同士は有機的につながっていた。隣人というのはただ同じ通りに住む老若男女ではなく、持ちつ持たれつ、困ったときに互いに救いの手を差し伸べあう相手だった。勤倹にして頼り甲斐がある――それが隣人だった。

ストラットフォードの住民は姻戚関係で結ばれていることが多く、町そのものが大家族のようなものだった。友人を「従兄弟《いとこ》」と呼ぶこともよくあり、たとえば血縁関係がないはずの人がシェイクスピアを「従兄弟のシェイクスピア」と呼ぶこともあった。おかげで庇護関係や地域共同体の絆が強まった。町長という立場にあったジョン・シェイクスピアは、わが子だけでなく町全体の「父親」だった。土地が先祖からしっかりと受け継がれてきたために、自分たちが土地に根付いているという強い自覚があった。

ヘンリー・ストリートは、この比較的こぢんまりとした共同体の縮図のようなものだった。この通りへは、白鳥亭《スワン・イン》と熊亭《ベア・イン》という二つの宿屋にはさまれたブリッジ・ストリートを通って行く。ブリッジ・ストリートは、ミドル・ロウと呼ばれる建物の列によって真んなかから二つに分かれていた。フォア（表）・ブリッジ・ストリートとバック（裏）・ブリッジ・ストリートには大きな店や宿屋があった〔23ページの地図を参照〕。

市の立つ日にジョン・シェイクスピアが屋台を出していたハイ・クロスを境に、道はヘンリー・ストリートとやや南に伸びるウッド・ストリートとに分岐していた。ヘンリー・ストリートには、ジョン・シェイクスピアが構えていたような店舗や、田舎家や屋敷があった。一般的に中世の通りがそうであるように、雑多な人々が住んでいた。

シェイクスピアのすぐ隣、東側、ブリッジ・ストリートの方角に住んでいたのは、仕立屋のウィリアム・ウェッジウッドだった。つまり、シェイクスピアの手袋屋の並びに仕立屋があったわけだ。ウェッジウッドは同じ通りに別の家を二軒所有していたが、やがて「最初の妻がまだ生きているにもかかわらず別の妻を娶った」ことが発覚し、ストラットフォードを去ることを余儀なくされた。ウェッジウッドはまた、「喧嘩っ早く、高慢で口が悪く、しばしば不道徳な問題に足を突っ込み、まっとうな隣人たちと争う」と非難されてもいる（M. Eccles 39）。こんな男が隣に住んでいたのだから厄介だっただろう。若きシェイクスピアは早いうちから人間のとんでもない行動を知っていたはずだ。

ウェッジウッド家の隣は、リチャード・ホーンビーの鍛冶屋だ。地元の囚人たちをつないでおく鉄の鎖を作るのもホーンビーの仕事だった。自宅のそばを流れる小川を仕事に使っていた。仕立屋ウェッジウッドと鍛冶屋ホーンビーは、どうやらシェイクスピアの『ジョン王』に登場しているようだ。ヒューバートという市民が、こんな光景を見たという。

　鍛冶屋が金槌を（こんなふうに）持って立って、
　鉄が鉄床の上で冷めているというのに、
　布地と巻尺を手にした仕立屋の話に
　口をあんぐり開けて聴き入っているのを見ました。
（一八一五―一八行〔第四幕第二場〕）

これは過去に一瞬観察した光景なのであろう。

ホーンビーには五人の子供がいたが、実際のところ、通りには子供が満ちあふれていた。ヘンリー・ストリートには七人の子持ちと一四人の子持ちもいた。幼いシェイクスピアが独りぼっちになることはありえなかった。それはまさに、『ロミオとジュリエット』、『ヴェローナの二紳士』、『じゃじゃ馬馴らし』、『ウィンザーの陽気な女房たち』で祝われている開けっぴろげな町の生活そのものであり、『オセロー』のヴェニス（ヴェネツィア）や、『まちがいの喜劇』のエフェサス（エフェソス）を理解する助けともなる。

小川をさらに行ったところには、ギルバート・ブラッドレーという別の手袋職人が住んでいた。ブラッドレーはジョン・シェイクスピアのほかの息子の名づけ親になっているので、二人は商売敵にしては仲良しだったと思われる。さらに通りを下ったところには、毛織り反物商人のジョージ・ウェイトリーが住んでいたが、この男は晩年に小さな学校に寄付をするほどの資産家だった。ローマ・カトリックの信者であり、兄弟のうち二人は逃亡中の司祭だった。

その隣に住んでいたのは、シェイクスピアの名づけ親[64]の雑貨小間物商ウィリアム・スミスであり、五人の息子がいた。その店のすぐ向こう、道の反対側、フォア・ブリッジ・ストリートの角にはエンジェル亭があった。この宿屋を所有・経営していたコードリー一家もまた熱烈なカトリック信者であり、その息子の一人はイエズス会の司祭としての訓練を受けて亡命していた。これこそ、あらゆる意味で「近しい」仲間――つまり、親近感のあるご近所だったのだ。

それからヘンリー・ストリートの北側にはいろいろな種類の服屋が集まっており、定期的に市を開くたいていの町の例に漏れず、商売が固まって行われていたことを示している。シェイクスピアは活気にあふれた商売の雰囲気のなかで育ったのだ。ジョン・シェイクスピアが最も親しくしていた隣人は、通りの西端に住むジョージ・バジャーという名の、やはりカトリック信者であり、主にシープ・ストリートで商いを営んだ毛織り反物商人だ。筋金入りのカトリック信者だったため、参事会員に選出されながら、その役職を剝奪され、投獄さえされた。ジョン・シェイクスピアはその轍を踏まないようにした。

バジャーの一軒先には、自作農のジョン・アイチヴァーが住んでいたが、この人物についてはよくわからない。ヘンリー・ストリートにはほかにも隣人がいた。たとえば羊飼いの家族が六世帯あり、そのうちコックス家とデイヴィス家の二軒はシェイクスピア家の真向かいにあった。ジョン・コックスは、やがてシェイクスピア家と親戚になるハサウェイ家の知己だった。シェイクスピア劇に登場する羊飼いたちは牧歌的な想像の産物ではないのである。

シェイクスピア家の並びには、「金物屋《メトル・マン》」こと鋳掛け屋のトマス・ア・プライスが住んでいた。その息子が重罪に問われたとき、ジョン・シェイクスピアは身元保証人になってやっている。同じ並びに、国教忌避のカトリック信者である参事会員ジョン・ホイーラーがおり、この通りに四軒の家を持ち、ほかにも貸し部屋をいくつか持っていた。それからジョン・シェイクスピアに商品を鑑定された羊毛商人レイフ・ショーや、息子が仕立屋になったピーター・スマートもいた。これだけでもう、隣近所という近しい仲間が宗教や仕事の付き合いにとどまらずに家族のように親密に結ばれていたことがわかろう。

ストラットフォードの町民全員の点呼をしてみても仕方ないが、劇作家シェイクスピアの人生に関わった人たちのことは見ておこう。たとえばクイニー家の人々は、シェイクスピアをロンドンに訪ね、「愛しき朋友にして同郷の士」と呼んでいる。クイニー家の息子はいずれシェイクスピアの末娘ジューディスと結婚することになるので、両家はそれなりに親しかったはずだ。

クイニー家は熱烈なカトリックであり、前述のとおりジョン・シェイクスピアの隣家であるバジャー家と姻戚関係になった。エイドリアン・クイニーはハイ・ストリートに住む食料品商であり、ストラットフォード町長を三度務めた。町長として、ジョン・シェイクスピアとは旧知の仲であり、息子リチャードは劇作家シェイクスピアと交友を結んだ。劇作家はたぶん名づけ親となって、リチャードの子に「ウィリアム」の名を与えたと思われる。

クイニー家はサドラー家とも姻戚関係を結んでいたが、このサドラー家もまたシェイクスピア家と昵懇《じっこん》にしていた。チャーチ・ストリート在住のジョン・サドラーは、ストラットフォードに製粉所や納屋をいくつも持っており、ストラットフォードの宿屋熊亭《ベア・イン》の土地と建物の所有者でもあった。町長だったこともあり、その二期目の任期にジョン・シェイクスピアは一票を投じている。

熊亭はやがてストラットフォードのナッシュ家に売却された。ナッシュ家もまたカトリックであって、娘がシェイクスピア家に嫁いでいる。熊亭の主人トマス・バーバーもまたカトリックだった。シェイクスピアは、自分が死ぬ数ヶ月前、「バーバー氏の利権」を守ろうとして気を揉んだ。[65] ストラットフォードの人々が表沙汰にしない相身互いの連帯感があったことを知っておかなければならない。ジョン・サドラーの親戚のパン屋ロジャー・サドラー[66]が死んだときに、ジョン・シェイクスピアとトマス・ハサウェイのどちらもこの男から金を借りていた。

クーム家の一人〔ジョン〕は遺言で劇作家シェイクスピアに金を遺しており、シェイクスピアもまたクーム家の別の人間〔ジョンの甥トマス〕に自分の剣を遺贈した。この剣というのは、あまりありそうもないことだが、シェイクスピアがもし国王の御寝所番だったとすれば、公式行事の際に身につけた儀礼用の剣であって、値打ちものだったかもしれない。クーム家はシェイクスピアに土地を売り、一〇分の一税の収入を分け合っていた。言いかえれば、両家は密に協力し合っていたということになる。

クーム家は「ウォリックシャーを代表するカトリックの家族のひとつ」（Mutschmann 147）と呼ばれたが、二人の兄弟のうち一人はカトリック、一人はプロテスタントであり、この時代の矛盾した信仰の典型ともなっている。また、この家族は代々金貸し業を営んでいたが、すでに見たように、これは裕福なストラットフォード住民には珍しいことではなく、ジョン・クームの墓石に金貸しについて書かれた狂詩[67]は、シェイクスピアが書いたものだと一般に信じられている。

シェイクスピアは、故郷で死の床に就きながら書いた遺言状で、アンソニー・ナッシュとジョン・ナッシュの兄弟それぞれに、記念の指輪を買うようにと二六シリング八ペンスを遺している。アンソニー・ナッシュはシェイクスピアの土地を一〇分の一税を払って耕す小作農であり、ストラットフォードでの各種取引でシェイクスピアの代理を務めるほど近しい人間だった。ジョン・ナッシュもまた、シェイクスピアのために立会人を務めた[68]。このカトリックの兄弟は、いかにもカトリックらしく、クイニー家、クーム家、そしてもちろんシェイクスピア家から成る派閥に縁者として入り込んできた。アンソニー・ナッシュの息子は、シェイクスピアの孫娘と結婚したのだ。

死に瀕した劇作家シェイクスピアは、同じ金額を「ハムレット」（Hamlett）・サドラーなる人物とウィリアム・レノルズに遺した。レノルズは、信仰を捨てなかったためにジョージ・バジャーと同じ獄舎に投じられた熱心なカトリック信者だった。変装したカトリック司祭がレノルズの家に避難して追跡の手を逃れたこともある。

シェイクスピアはまた、二〇シリングを名づけ子ウィリアム・ウォーカー[69]に遺してもいる。ハイ・ストリートで織物商を営む参事会員ヘンリー・ウォーカーの息子だ。そういった面では、ヘンリー・ウォーカーの祖父はシェイクスピアの祖父とかなり親しくしていた。

シェイクスピアの遺言状の証人となった一人に、チャペル・ストリートに住むジュリアス（またはジュライ）・ショーという、羊毛とモルトを扱う商人がいた。ショーの父親もまた羊毛の取引をしており、ジョン・シェイクスピアをよく知っていた。つまり、だいたいが裕福で、まちがいなく頭の切れるビジネスマンばかりなのだ。皆、無愛想だが率直で実際的だ。市場の良し悪しや人物の良し悪しを見抜く鋭い目を持ち、金を貯めたり商談を進めたりするのはお手の物だった。この溶液のなかでシェイクスピアは培養されたのである。

つまり、ストラットフォードには大規模なカトリックの地盤があって、シェイクスピア家もその一部だったというわけだ。だからと言ってシェイクスピア本人が――なんらかの信仰を持っていたと仮定して――カトリックの教えを信じていたとは限らず、カトリック信者とのつきあいに慣れていたとしか言えない。徒党を組んだ排他的な社会という面もあるようだ。カトリックの地主ニコラス・レインの一家は、ウッド・ストリートのカトリックの仕立屋[70]から服を買い、ジョン・シェイクスピアにもヘンリー・シェイクスピアにも金を貸していた（*Fripp, Stratford* 31）。となれば、裕福なカトリック信者は金を貸すなら信者仲間に貸したがったということもありえそうだ。シェイクスピアが後年、大邸宅を購入したのは、ウィリアム・アンダーヒルというカトリック信者からだが、この男は国教忌避の罰金として莫大な金を使ったため、家の売却を余儀なくされていた。シェイクスピアの買い物には、抜け目のない打算と、半ば同胞に対する同情とが混じり合っていたと言えよう。

控え目に見積もってもこの町には三〇世帯ほどのカトリックの家族がいた――もちろん現存する記録が不完全で穴だらけなのは仕方がない。個人的な信条を地元の当局から隠していたカトリック信者はもっとたくさんいたはずだ。このような人々は、当時の言葉を使うなら「国教会《チャーチ》カトリック」となった。プロテスタントの教会に出席することで、本当の信仰を隠していたのである。ストラットフォードで教会に通っていた人々の大半はこの種の信者だったのではないかと推測されている。

ストラットフォードに隠れカトリックが多いことは、どのみち有名な話だった。宗教改革家にしてウスター主教のヒュー・ラティマーは、ストラットフォードは自分の教区の「片隅にあって目が行き届かない」と言い放ち、ラティマーの同僚も、ウォリックシャーでは「立派な教区や町に、神の御《み》言葉がまったく届いていない」（Collinson 246）と言い添えている。のちのウスター主教ジョン・ホイットギフトは、一五七七年に、ストラットフォード近辺では国教忌避者に関する情報がさっぱり手に入らないと愚痴をこぼしている。心を一にした寛容な町なのだ。隣人同士が告発し合うはずがない。組合礼拝堂《ギルド・チャペル》にあったカトリックの壁画や像がジョン・シェイクスピアの命令により石灰で塗りつぶされたのも、撤去の勅命が下りてから四年以上経ってからだった。町で指導者的なカトリックの一族だったクロプトン家が国外逃亡を果たしたあとで、ようやく実行されたのである。いずれにしても、教義に反する壁画を「完全に撲滅、破壊し」、「一切の記憶が残らないようにせよ」という政府の命令にそのまま従って石灰で塗りつぶしたわけではない。ジョン・シェイクスピアはただ絵を石灰で覆っただけだった。もしかすると、よりよい時代の到来を期待してのことだったかもしれない。

礼拝堂の壁に隠されたのは、自分たちの土地が神の祝福を受けていることを寿ぎたい人々のために描かれた地元のサクソン人の聖人、エドマンドとモドウィーナ[71]二人の姿だった。カンタベリーの聖ベネディクトの祭壇に跪《ひざまず》きながら殉教した

ストラットフォード、組合礼拝堂《ギルド・チャペル》の今日の姿。
中世の壁画を石灰で覆うよう命じねばならなかった
シェイクスピアの父の感情は知る由もない。
(マヤ・ヴィジョン・インターナショナル)

聖トマス・ベケットのフレスコ画や、王女が背後で見守るなかドラゴンと死闘を繰り広げる聖ジョージの絵もあった。また、天使の絵、悪魔の絵、聖人と竜、君主や戦闘中の武人たちの絵もあった。このストラットフォードの礼拝堂には、カトリック世界の姿が隠されていたのである。そのうちの幾つかは、シェイクスピアの劇作品に鮮やかに姿を現すことになる。

シェイクスピアが教わった学校教師の何人かもカトリック信者だった。ジョン・シェイクスピアが本当にカトリックの教えを信奉していたとすれば、カトリックであっても町で高い地位に就く妨げにはならなかったことになり、つまり、ストラットフォードのお偉方はカトリックをある程度黙認するどころか同情さえしていたことにもなる。

だが、これは危うい迎合だった。外部からの法規制があり、宗教監督官もいたため、町には緊張が走っていたことだろう。国教に背く司祭を匿うなどのあからさまに党派的行動をとろうものなら、関係者に累が及んだ。それに、いずれにしても時代の趨勢は新しい宗教をしぶしぶ認め、古い信仰の慣習を着実に捨てていった。一七世紀初頭には、ストラットフォードははっきりとプロテスタント寄りになっていた。町の実権は「几帳面な阿呆」とか「聖書人間」とか呼ばれた強硬なピューリタンに握られはしなかったものの、結局は国教会の曖昧な教義を受け容れるようになったのだ。それにしても、勅命や地元での粛正、罰金、差し押さえ、投獄にもかかわらず、一六世紀後半にカトリックの信仰がこの町に生き続けていたことは明らかに見てとれる。

このことは、ある重要な意味で、シェイクスピアの家族に直接的な影響を与えていたかもしれない。新教を嫌えば、信心の場は教会から家庭に移る。子供たちは新式の礼拝に出席してエリザベス女王お墨付きの説教を聞かねばならなくなったかもしれないが、かつて広く行われていた旧教の教えや儀式は、家庭で相変わらず教えられ実践されていたのかもしれない。家庭こそは安全な場所だった。

シェイクスピアの長女スザンナは、生涯を通じてずば抜けて頑強なカトリック信者だった——ということは、シェイクスピア一家は家に伝わる信心の伝統を守り続けたと言えるのだろうか。カトリック社会は母系寄りだったので、女性が「法的・公的に劣った立場にあったために、却って献身的な信心の場では立場が強く、カトリック教会の正規の一員となれた」という意見もある（Walsham 78）。旧教は家庭を守る女性たちによって伝えられてきたと思われるところがあるため、近親の女性に対するシェイクスピアの態度がどういうものだったか察しがつこう。

第8章 私は毬《いが》みたいに、くっついて離れません

〔『尺には尺を』第四幕第三場〕

人が信じるものと言えば、正式の信仰や教義にまでは至らない縁起担ぎや迷信といったものもある。子供の頃シェイクスピアは、嵐を起こす魔女や、狐の手袋《ジギタリス》と呼ばれる花に隠れるウェールズの妖精の話を聞いただろう。『ロミオとジュリエット』で言及される「マブの女王」は、ケルト語で「幼児」や「小さき者」を意味する「マブ」(mab)という言葉に由来する。ウォリックシャーの言葉で「狂気」を意味する「マブに導かれた」(mab-led)という言葉もある。病気を治す宝石を頭に宿した蛙《かえる》(72)や、山査子《さんざし》の束を持った月の男(73)のことも知っていたはずだ。母親から、アーデンの森には幽霊や小鬼《ゴブリン》がいると教わったかもしれない。『冬物語』のかわいそうな子マミリアスは「冬には怖いお話が一番。妖精やお化けが出てくる話、ぼく知ってるよ」(五三八―九行〔第二幕第一場〕)と言う。シェイクスピアは生涯ずっと、超自然現象や怪奇現象を受け容れるようなかなり英国的な感覚を持ち続けたが、そうした好みがあればこそ、恐怖や扇情的なものをありとあらゆる形で描いてみせたのだろう。

シェイクスピアは歴史劇に亡霊を、『マクベス』に魔女を持ち込んだ。大人向けの劇のなかにも妖精物語(童話)の筋を垣間《かいま》見ることができる。『ペリクリーズ』は炉端で語られる昔話であり、『じゃじゃ馬馴らし』の筋にも伝承物語詩《バラッド》や民話がいっぱい詰まっている。こうしたものも、シェイクスピアはストラットフォードから受け継いだのである。

プロテスタント教会の熱心な信徒は、五月柱《メイポール》や教会の祭り《エール》といった偶像崇拝の遺物をよく思っていなかったが、教会の不興を買おうが土着の慣習は続いていた。懺悔火曜日《シュルーヴ・チューズデー》(74)には鐘が鳴り、聖ヴァレンタイン祭には男の子たちが林檎を求めて歌を歌った。受苦日《グッド・フライデー》(75)には労働者がジャガイモを植えつけ、復活祭《イースター》(76)の朝には若者が野兎狩りに出かけた。

ウォリックシャーでは一五八〇年になってもまだ「聖霊降臨祭の王」(77)や、無言劇やモリス・ダンス(78)といった見世物がそっくりそのまま残っていた。たとえば、聖ジョージと竜の野外劇《パジェント》は、ストラットフォードの通りで毎年上演されていた。シェイクスピアはスニッターフィールド村で見た羊の毛刈り祭を『冬物語』のなかで甦らせた。若い頃楽しんだ五月祭は、『夏の夜の夢』で戻ってきた。これらは「楽しきイングランド」の物語ではなく、宗教改革が恒久的な変化をもたらす直前の、儀式を重んじた保守的社会に織り込まれた生活そのものだった。

このような昔から続く生活様式のこまごまとしたところは、あちらこちらにひょっこり表れてくる。シェイクスピアの劇作品には実在の地名や人名が連ねられており、シェイクスピアの伯母(79)がバートン・オン・ザ・ヒースという村に住んでいたが、この名前は「バートン・ヒース」となって『じゃ

じゃ馬馴らし』に再び現れる。劇中ウィンコットとなっているのは、ウィルムコート村のことだ。

『ヘンリー四世』に登場するウィリアム・フルエレンとジョージ・バードルフという名前は、ストラットフォードの国教忌避者リストに挙がっており、シェイクスピアの父親の名の隣にある。ウッドマンコート（地元での発音は「ウォンコット」）在住のジョージ・ヴィザーとスティンチコーム・ヒル在住のパークスはジョン・シェイクスピアの取引相手の二人の羊毛商人だったが、その名は『ヘンリー四世』第二部の台詞に再登場する――「旦那様、ヒルに住むクレメント・パークスに告訴されているウォンコットのウィリアム・ヴィザーを大目に見てやってください」（二七二五―六行〔第五幕第一場〕）。劇中、ヴィザーは「大変な悪党」と呼ばれているが、シェイクスピア家とのあいだに何か争いがあったのかもしれない。

シェイクスピアが子供時代に使った言葉や言い回しも、作品中で思い出されている。シェイクスピアは「酔っている」という意味で“fap”という語を、「警吏」の意味で“third-borough”を、「去る」という意味で“aroynt”を使っている[80]。

シェイクスピアが子供時代に話していたのはこうした言葉だった。それは田舎言葉とすぐにわかるものであり、シェイクスピアはロンドンに着いたときにこの方言を捨てようと努力したかもしれない。何と言ってもシェイクスピアの登場人物たちは、演じ、作り変えるという行動をとり続ける人々なのだ。しかし、「標準」英語というものは当時存在していなかった。後世の出版者や編集者たちはシェイクスピアの言葉本来の響きを抑制し平板化してきたが、たとえばシェイクスピア自身は作品のなかでストラットフォード独特の言い回しを使っている。シェイクスピアの言語を標準化したり現代化したりすることは、その力を半減してしまうことなのだ。「影」を意味するのに“shadow”と綴るのでは“shaddowe”ほどおぼろげでヴェールのかかったような雰囲気が出ないし、「カッコー」も“cuckoo”では“kockowe”[81]のようには歌えない。「音楽」も“music”では“musique”ほど魅惑的ではない。古い言語のなかに、今もシェイクスピアが話しているのを聞くことができる。

シェイクスピアは田舎をよくわかっていた。『リア王』のエドガーの言う「卑しい百姓家、貧しい小村、羊小屋、水車小屋」（二一九〇―一行〔第二幕第三場〕）があるところ――だが、子供時代を過ごしたストラットフォードにはもっと具体的で深い思い出があった。エイヴォン川の氾濫からあちこちへ流れ出る水流、雨のあとに巣穴から出てくる兎たち、もろい桑の実、そして「店先で鼻歌を歌う商人たち[82]」……。シェイクスピアがその生涯を通じて生家のすぐ近くの土地や物件に投資し続けたという事実は、ストラットフォードがシェイクスピアの心を捕らえて離さなかったことを証明している。

ストラットフォード・アポン・エイヴォン。シェイクスピアが初めて野心や期待を抱いた場所。この故郷にあるわが家の家運を立て直そう、自分の力で――そうシェイクスピアは考えていた。父親の名声をもう一度この町の人々のなかで確立するのだ。それがシェイクスピアの望みだった。家族がずっと住み続けた故郷。そこはシェイクスピアが人生の終わりに戻ってきた場所でもあった。ストラットフォードは、シェイクスピアの存在の中心であり続けたのである。

第9章 この愛らしき少年は わが国の至福となるだろう

〔『ヘンリー六世』第三部第四幕第六場〕

一六世紀後半、子供は厳しく躾《しつ》けるのが当たり前だった。少年なら、年上の人に話しかけるときは帽子を脱ぎ、食卓では両親に給仕をし、食事中は坐らず立っているものだった。早起きして朝の祈りを唱え、手と顔を洗い、髪を梳《と》かし、階下へ降りて、跪《ひざまず》いて両親の祝福を受けてから、朝食をとる。父親を「父上《サー》」と呼ぶのが一般的だったが、「お父さん《ダッド》」という言葉もシェイクスピアの戯曲に出てくる。(83)「ダッド」とは、本来は、父親を意味するウェールズ語の雅語であり、シェイクスピアがよく知っていたお国言葉のひとつなのだ。

二〇世紀の社会学者たちは、一六世紀の家庭の厳しさを強調してきた。父親の権威が支配的であり、男児であれ、女児であれ、何かといえば抑えつけられたりお仕置きをされたりしていたのだ、と。しかし、そんな一般論は必ずしも正しいわけではなく、シェイクスピアの戯曲でも、親の権威は失墜していることが多い。子供とは「手に負えない」あるいは「言うことを聞かない」ものであり、樺の鞭などは「恐れられるより嘲られる」(84)ものだった。いずれにしても、シェイクスピアの描く子供は、気が利いていて、真面目で、目ざとく、時には口も達者だ。謙譲や従順の態度を示すものの、おびえたり、へいこらしたりすることは絶えてない。シェイクスピア劇では父子関係もたいていうまくいっていて理想的だ。こうなると、社会学者たちの推測などよりも劇作家シェイクスピアの証言を優先してよいだろう。

作家の人生から隠しおおせないのは、子供時代だ。子供時代は、それこそあちこちで、いつのまにか、ふっと頭をもたげてくる。それを否定したり、偽ろうとしたりすれば、作品が見るからに大きく心理的に乱れてしまう。

子供時代は作品の源泉そのものであり、純粋なまま保たれているはずなのだ。だからこそ、シェイクスピアの戯曲に登場する子供たちが皆一様に早熟で鋭く、自信に満ちていることはとても興味深い。

シェイクスピア作品に登場する子供たちは、時に「わがまま」で「せっかち」である。また不自然なほどよく気がつき、はっきりとものを言い、年長者にも緊張したり劣等感を感じたりすることなく話をする。『リチャード三世』の、すぐに不幸な最期を迎える幼い王子のことを、邪悪な叔父は次のように言っている。

大胆で素早く、悧巧《りこう》で、生意気で、抜け目がない。
頭から爪先まで母親譲りだ。

（一五八〇—一行〔第三幕第一場〕）

シェイクスピア少年はエリザベス朝の伝統的な子供の世界にあって、銭落とし《ペニー・プリック(85)》、おはじき《シャベル・ボード(86)》、目隠し鬼《ハリー・ラケット》、陣取り鬼《バーリーブレイク(87)》といった遊びをしていたと一般に考えられている。戯曲のなかでも、マス[88]やダン・イン・ザ・マイア[89]といった田舎の遊びのほか、フットボールやローン・ボウリング[90]、陣取り《プリズナーズ・ベイス》[91]、かくれんぼ《ハイド・アンド・シーク》に言及している。チェスのことまで書いているが、ルールは知らなかったらしい。しかし、シェイクスピアはある意味で変わった子供だったようだ。早熟で鋭い観察力も持っていたが、皆とは明らかに違う子供だった。

シェイクスピアが本を夢中で読んだことには疑いの余地がない。幼い頃読んだものはたいてい作品に活きている。子供時代に本に埋もれていなかった偉大な作家など、いただろうか[92]。クイックリー夫人が大好きなマロリー著『アーサー王の死[93]』にも言及しているし、騎士ドゥゴアや、騎士エグラモアや、サウサンプトン伯爵ベヴィスら[94]が主人公となって活躍する古いイギリスの騎士道物語《ロマンス》にも言及している。『ウィンザーの陽気な女房たち』のスレンダー氏はアリス・ショートケーキに『なぞなぞ集』を貸しているし、ビアトリスは『笑話百選[95]』を話題にする。初期の伝記作家何人かが声をそろえて言うには、シェイクスピア劇の筋の主題となることの多い伝説がつまっているウィリアム・ペインター著『快楽の宮殿[96]』とリチャード・ロビンソン訳『ゲスタ・ロマノールム[97]』の本を持っていたはずだ。同じような理由で、若きシェイクスピアがコップランド著『テュロスのアポロニオス[98]』、ホーズ[99]著『楽しい気晴らし』、ボカス[100]著『地位を失った君主たちの悲劇』のページを繰っている様子も想像されてきた。また、地元の民話や妖精物語なども、シェイクスピアの後期戯曲で息を吹き返し、末長い命を与えられている。

ヘンリー・ストリートの家では、母親であるメアリ・アーデンが当然中心的な役割を果たしていた。一人の使用人に助けられながら、洗濯物を洗って絞り、縫い物や繕《つくろ》い物をし、パンを焼き、ビールを醸造し、麦芽《モルト》や穀物を量り、庭や家畜の世話をし、糸巻き棒を使って糸を紡ぎ、子供に服を着せ、食事の準備をし、葡萄酒《ワイン》を蒸留し、布を染め、「食器棚を飾り、家の整理整頓をする」（Drake 116）のがメアリの務めだった。小さい頃はアーデン家の農場で育ったのだから、ほかにも牛の乳搾りや脱脂もでき、バターやチーズを作り、豚や鶏に餌をやり、穀物を簸《ひ》り、干し草を作るのにも慣れていただろう。実際的で仕事ができるのが当然と思われていたはずだ。

シェイクスピアが三歳のとき、弟が生まれた。ギルバート・シェイクスピア。一五六六年の秋に洗礼を受けているが、その後のことはあまりわからない。ストラットフォードの商人としてぱっとしない人生を送ったのち、四五歳で逝去。当たり前のように父親の手袋職人の仕事を継いだ。従順な息子だったのだ。しかし、この子が初めてこの世に現れたとき、幼児のシェイクスピアの目には、どれほど恐ろしい脅威的な存在として映ったことだろう。続いて生まれた弟たちの名前リチャードとエドマンドは、シェイクスピア作品の悪役二人の名前と奇妙に一致していた。ジョーンとアンという二人の妹もできた。

シェイクスピアは、同時代の劇作家の誰よりも、家族にこだわっていた。家族のありようとその継続は、シェイクスピア作品においてこれ以上ないほどの意味を与えられており、人間社会そのものの暗喩《メタファー》にもなりえた。シェイクスピアの劇では、父子間よりも兄弟間により多く暴力沙汰が起こる。父親は弱かったり自己中心的だったりするが、憎しみや復讐の対象にはならないのである。

代わりに、シェイクスピア劇における兄弟のライバル関係、特に弟が兄の地位を奪うというパターンには多くの注意が払われてきた。エドマンドはエドガーから父の愛情を奪い、リチャード三世は兄たちの屍《しかばね》を踏み台にしてのし上がっていく。シェイクスピアが語る薔薇戦争は兄弟の戦争と見なせる。クローディアスは兄を殺し、アントニオは兄プロスペローに対して陰謀を企てる。この微妙な問題は、ほかにもあれこれ形を変えて出てくる。カインによる弟アベル殺し[101]にシェイクスピアが言及した数は全部で二五回だ。羨望や嫉妬も遍在し、裏切りへの恐怖としてレオンティーズやオセローなどの登場人物によって巧みに表現されている。

嫉妬はシェイクスピアの主要テーマのひとつなのだ。伝記作家としては安易に素人精神分析医の立場をとるべきではないが、嫉妬と兄弟のつながりは少なくとも暗示的だ。兄弟のライバル関係は、まるで劇作のひとつの原則であるかのように劇作品に何気なく本能的に現れてくるのである。

シェイクスピア家の生活は、もちろん単調な日常に忙殺されていて、演劇的な想像力の及ぶところではなかった。但し、地位や野望を暗示する事例がないわけではない。

一五六八年、ジョン・シェイクスピアがストラットフォードの町長（郡代）になった年、ジョンは紋章を申請した。町長がさまざまな記念品や旗に使用する紋章を持つのは自然だし、実際的なことだった。高い公的地位に就いた今、さらに紳士《ジェントルマン》となることで自らの出世に太鼓判を捺そうとしたのだ。紳士とは、「血筋または少なくとも美徳の点で高貴であり、名を成した者」であった（Wrightson 19）。紳士階級は人口の約二パーセントだった。

ジョン・シェイクスピアは、「紳士と貴族の名簿」（*Life* 36）に名を連ねることを望んだが、この資格を得るには、二五〇ポンド相当の不動産・動産を所有していること、および肉体労働などせずとも生活できることを証明する必要があった。妻は「よい身なりをし」、「召し使いを雇う」べしとされた（*MA* i 74）。ジョンは紋章院に自分の紋章のデザインを提示し、その申請書は正式に受理されている。

紋章の図案は、鷹と盾と槍であり、金銀の浮き彫り模様になっていた。鷹は翼を振り動かし《シェイク》、右足の鉤爪に金の槍《スピア》をつかんでいる。ゆえに「シェイク・スピア」と解釈できる。図案につけられた標語は「ノン・サン・ドロワ」（「権利なきにあらず」）であった。生まれのよさを大胆に主張した言葉だ。

ところが、なぜだかわからぬが、ジョン・シェイクスピアはこの申請を推し進めなかった。紋章院に高い手数料を払うのが嫌だったのだろうか。あるいは、結局のところ公民の務めでしかないような手続きなどどうでもよくなったのかもしれない。

しかし、それから二八年後、息子が父の便宜を図ってくれた。ウィリアム・シェイクスピアが父の申請を再申請し、前述の紋章の図案に認可を得たのだ。ついにシェイクスピアの父親は、紳士となったのである。但し、これが長年の野望であったとしても、母親を喜ばせたくてやったという面もあるだろう。もともと自分たちは紳士階級だという母親の矜持を、シェイクスピアは支持していたのだ。

第10章 そこに何が見えますか?

〔『ヘンリー六世』第二部第一幕第二場〕

一五六九年、ストラットフォードに演劇がやってきた。町長ジョン・シェイクスピアの許可を受け、ロンドンの新しい劇団が町のギルドホールや宿屋で上演してもよいことになったのだ。これはシェイクスピアの生涯のなかでも重要な瞬間だった。五歳にして初めて見世物や虚構の世界を目の当たりにしたのである。

父親が町の余興に招いたのは、女王一座とウスター伯一座の二劇団だ。音楽、踊り、歌、「宙返り」、何でもござれの公演だっただろう。役者は、吟遊詩人や軽業師も務めなければならなかった。黙劇もあれば、台詞もあり、太鼓やトランペットを使っての野外劇があり、決闘やレスリングもあった。幼いシェイクスピアがどれだけのものを見て記憶にとどめたかはわからない。しかし、まったく同じ頃、グロスター州でこの劇団を観た人の証言が残っている。この人は当時を思い出してこう書いている――「そうした芝居に、父は私を連れて行ってくれ、とてもよく見聞きできる席をベンチに陣取ると、私を両足のあいだに立たせてくれた」と。王侯貴族が登場し、歌や変身や色とりどりの衣裳を使った芝居だった。この人はさらにこう述べている――「大変感銘を受けたので、大人になっても、まるで最近再演されて観たばかりであるかのように鮮やかに憶えている」(*MA* i 65)。

シェイクスピアの時代の人々がロンドンの役者たちを見る機会はほかにもたくさんあった。一五六九年から数年のうちに、ストラットフォードには一〇の劇団が「巡業」に来ている。ある年など、一年だけで五つの劇団がストラットフォードを通った。女王一座はストラットフォードを三度訪れ、ウスター伯一座は六度も来ている。

ストラットフォードで公演を打ったのは、ウォリック伯一座、オックスフォード伯一座、エセックス伯一座、その他いくつかの劇団だ。劇団には普通七人から八人の団員がいた。もっと昔、劇団が三人の男性、一人の少年、一匹の犬から成っていた頃とは異なっていた。

こうしてシェイクスピア少年は、ロンドンの最高の劇団を観て、まさに花開こうとしていた演劇の詩心やスペクタクルを吸収できたことだろう。上演されていた劇の題名から、当時の雰囲気が伝わってこよう――『機知と知恵の結婚』[102]、『キャンバイシーズ』[103]、『ホレステス』[104]、『腹八分目はごちそうも同然』[105]、『デイモンとピシアス』[106]、『長生きするほど馬鹿になり』[107]。ここに挙げたのは、新たに世俗の職業となった劇作業からこぼれ出したもののほんの一部だ。劇作家たちはありとあらゆるものから素材を得ていた――歴史、物語集《ロマンス》、法学院で上演された古典劇、大衆的茶番劇、宗教的寓話、幻想的伝説などなど。機知に富んだ当意即妙のやりとりや朗々たる雄弁が繰り広げられると同時に、この劇世界にはいろいろなものがあふれていた――想像上の国々、神秘的な島、未知の海、洞窟、むき出しの悪の力、この世のものとも思えない善の力、芝居がかった嘆き、そして概して大仰な感情。若き日のシェイクスピアは、こうした芝居が演じられるのを目の当たりにし、劇的空間の感覚や、誇張された対話や朗誦に対する耳を知らず知らずのうちに培《つちか》ったのだろう。好都合にも、シェイクスピアの成長期に、演劇もまたちょうどゆっくりと成熟しつつあった。シェイクスピアと演劇はともに時代の落とし子であり、どちらも、何かをやってやろうという新たな覚醒に衝き動かされていたのだ。

ストラットフォードには、ほかの種類の演劇的な娯楽もあった。たとえば、聖霊降臨祭の「余興」は、一五八三年になってもまだシェイクスピア家の親戚デイヴィー・ジョーンズ[108]によって計画されていた。これは、儀式的で象徴的な所作の多い無言劇だった。衣裳や仮面が使われ、登場人物には「大頭《ビッグ・ヘッド》」とか「酢漬けニシン《ピクル・ヘリング》」といった名前が与えられる一方、殺人や奇跡的な治癒が演じられたのである。トマス・ハーディが『帰郷』[109]で、聖ジョージとトルコ人騎士の戦いの仮装無言劇を描写しているが、これなどは当時実際に演じられていたものの最後の形であろう。

ジョン・シェイクスピアが、つい三〇キロ先のコヴェントリーまで聖史劇[110]を見せに息子を連れて行ったこともあっただろう。聖史劇は、シェイクスピアが一五歳になるまで公式に上演され続けていた。シェイクスピアの劇作品中、五ヶ所に、聖史劇の人気者の悪役ヘロデ王への言及がある。また、シェイクスピアは「万歳」（All hail）という表現を不幸な出来事の前兆として用いている。この呼びかけは新約聖書ではイエスが祝福として用いているのだが、聖史劇ではユダがキリストを裏切るときの挨拶の言葉であり、脅威の徴《しるし》となっている。聖史劇を観たシェイクスピアがこの言い回しに不吉な意味を感じたことは想像に難くない。

こうしてシェイクスピア少年は、野外劇《パジェント》の山車《だし》を使って天地創造から最後の審判までを描く壮大な聖書物語劇に馴染んでいた。少年が耳にしたのは、〈卑しい〉登場人物の低俗な喜劇であり、立派な登場人物の洗練された感情だった。少年が目にしたのは、聖史劇らしく、笑劇と精神性とが混ざり合い、信心と茶番劇が融合したものだった。少年が耳を傾けたのは、叙情的な歌と五歩格《ペンタミター》[111]の鼓動するリズムが交錯したものであり、ラテン語の硬い言葉がアングロサクソンの日常語と綯《な》い交ぜになったものだった。聖史劇のなかにはすべてがあり、世界の歴史や世界の民族までもが永遠を背景にして描かれていた。聖史劇のひとつ、キリスト受難劇を観たことで、シェイクスピアは歴史劇を書く力をもらったのではないかとよく言われる。シェイクスピアがイギリス王国の歴史を循環的に変動する劇として捉えていること自体、幼少期の演劇体験をそのまま反映しているように思われる。

一般大衆を魅了しつつ警戒させるために聖史劇で考案された地獄の門である「死の口」――これにもシェイクスピアは言及している。聖史劇で大きな役割を演じる「地獄の番人」

は、『マクベス』の門番として再登場する。

批評家たちは、聖史劇が『リア王』、『オセロー』、『マクベス』の筋と似ていることを指摘してきた。キリストを罠にかけようというモチーフは、『ジュリアス・シーザー』と『コリオレイナス』に再び現れる。シェイクスピアの時代は中世聖史劇の最後の時代だったが、イギリスの文化史というものは、終息せずに継続しているものだ。継続させたのは、古い宗教演劇の魅力、曖昧さ、情熱を新しい形の演劇であますことなく伝えたシェイクスピア自身の功績でもある。シェイクスピア劇中の仮面劇は中世的な発想によるものだし、スレンダー（細い）、シャロー（浅い）、ベンヴォーリオ（善意）といった登場人物の名前もまたそうだ。シェイクスピアの晩年の劇『ペリクリーズ』は、中世的なパジェントの形で見せる奇跡劇[112]に立ち帰っている。もしシェイクスピアが奇跡劇を子供の頃に見ていなかったとすれば、それこそ奇跡劇を改めて創造したという奇跡にほかならない。

第11章 過ぎ去りし事の記憶を呼び戻そう
〔『ソネット』三〇番〕

デイヴィー・ジョーンズがストラットフォード町民の前で聖霊降臨祭の余興を演じたとき、その親戚の少年はキャストに加わっていただろうか。シェイクスピアの少年時代を探ってみると、どうやらその頃からすでに役者志願だったのではないかと思われる。一六八一年に、ジョン・オーブリー[113]は次のように述べている――「シェイクスピアは子供の頃、父親の稼業を手伝っていたが、仔牛を殺すときは、演説をぶちながら恰好よくやったと、何人かの近隣の人々から聞いたことがある」（WS ii 252-3）。オーブリーがストラットフォードを訪れた頃には、「近隣の人々」は自分たちの町が高名な役者兼悲劇作家を生んだことに気づいていて、それに従って記憶を作り替えたのかもしれないし、そもそもオーブリーという語り手自体全然信頼できない。ただ、どんなに突拍子もない話にも一筋の真実が隠れていることもあるわけで、この話も本当かもしれない。実のところ、「仔牛を殺す」というのは、旅回りの役者が市や祭りで披露した即興演技だった。布の向こう側で行う影絵芝居の形で演じられ、一五二一年の王室の記録によれば、「貴婦人の前で、布の背後で仔牛を殺した」男に報酬が支払われている（面白いことに、壁掛けや布のイメージはシェイクスピア劇の主要なモチーフだ）。ということは、もし近隣の人々の記憶が確かであれば、それはきっと若きシェイクスピアが演技するのを覚えていたということなのだろう。これは別段変わったことではない。若き日のモリエール――シェイクスピアに酷似した役者兼劇作家[144]――は、「生まれながらの役者」（Palmer 35）だったという。何かとシェイクスピアと共通点の多いディケンズも、物心ついた頃から演技をしていたと告白している。

演技と言っても、単なる芝居がかった仕草をしたり、恰好をつけたりするだけのことではなく、人前で演じたいと欲して、演じることのできる能力のことだ。それはつまり、不自由な状況を脱したいという願望であり、もっと刺激的で、もっと面白い境遇に身を置きたいという衝動でもあり、『トロイラスとクレシダ』でユリシーズが「熱望するあまり地に足がつかなくなるほどの」「精神」と呼んでいるものであろう（二四五三―四行〔第四幕第五場〕）。そんな思いがあればこそ、若き日のシェイクスピアはストラットフォードへ巡業してきた旅役者の一団に加わり、ロンドンまでついていったのではないか――そのようにいろいろ推測されているのである。

とは言っても、「上り調子の」家の息子は地元の小学校に通ったのち、より正式な教育を受けるべく進学する伝統があり、そうするものだと思われていた。五、六歳のシェイクスピアがそうしなかったと考える理由はまったくないし、学校に行ったとすれば読み書きや算術の楽しみを覚えたことだろう。イギリス初の習字の教科書の手本と非常に近い「筆記体《セクレタリー・ハンド》」を、成人してからもっぱら用いているシェイクスピアのことである。すでに母親から字の読み方を教わっていたとすれば、初等読本と教理問答書を試しに少し読んでみることもできただろう。これらの教科書は、主に倫理宗教の指導書であり、主の祈り、使徒信条、十戒、日々の祈り、また感謝の祈りや韻文の詩編などを収録していた。

シェイクスピアが『恋の骨折り損』で諷刺している「衒学者《ペダント》」つまり教師というのが、「少年たちに角本《ホーンブック》を教える」小学校教師であるのは興味深い（一六四九行〔第五幕第一場〕）。子供が最初に習うのが角本だ。この木製習字手本版には、アルファベット、母音表、音節を表す綴り字、主の祈りなどが印刷された紙が貼りついていて、薄い角質《ホーン》で覆われていた。シェイクスピアは『十二夜』でもこうした初等教育を想起しており、マライアが「教会で学校を開く衒学者」（一四一九―二〇行〔第三幕第二場〕）のことを言う。ストラットフォードの小学校は、実際にはギルドホールで開かれており、助教師と呼ばれる学校教師の助手が監督していた。

シェイクスピアの初等教育の場は教会だった。五、六歳ともなれば、教会で訓話を聞いたり、説教朗読に出席したりするのが当然だった。説教については、あとで教師から質問されるかもしれなかった。ここで言う説教とは、女王と枢密院の認可を受けた、教会と国家の教義のことだ。要するに、エリザベス女王のよき臣民になるための教えであり、のちにシェイクスピアは歴史劇を書くとき、説教を利用している。たとえば、一五七四年出版の『説教集』にある「不服従と身勝手な叛逆を諌《いさ》める」演説などは、『ヘンリー六世』三部作のサブテクストとも言えよう。幼い頃から、家族が信奉する宗教と、町の教会が説く正統なる教えがそぐわないことはわかっていたはずだ。ひょっとすると教理の違いまではわからず、雰囲気の違いがわかっただけかもしれないが、二つの信仰がせめぎあえば、敏感な子供なら、言葉の空虚さを感じつつも、言葉の力をも知るものだ。

どのようにしてかはわからないが、シェイクスピアは聖書に精通するようになった。別に宗教心に富んでいたのではなく、並外れた記憶力に恵まれていただけのことなのかもしれないが、聖書は最重要の情報源のひとつとなった。当時一般的だったジュネーブ聖書と、のちに作られた主教聖書《ビショップス・バイブル》[115]を読んでおり、ジュネーブ聖書の力強い表現力にはっきりと惹かれていた。ジュネーブ聖書は家庭用の聖書として知られ、ストラットフォードの人たちも慣れ親しんでおり、シェイクスピアの劇にもこの聖書の言い回しによく似た表現が出てくる。

数えてみると、シェイクスピアは聖書に収められた書のうち四二の書に言及しているが、ひとつ変わった点がある。書の冒頭部が、終わりの部分よりも好んで使われているのだ。創世記の最初の四章から幅広く引用され、新約聖書ではマタイ伝の第一章から第七章が最も詳しい。同じことは聖書以外の書物についても言え、オウィディウス[116]の『変身物語』のうち最初の二巻に最も詳しかったりするのだが、どうやら、い

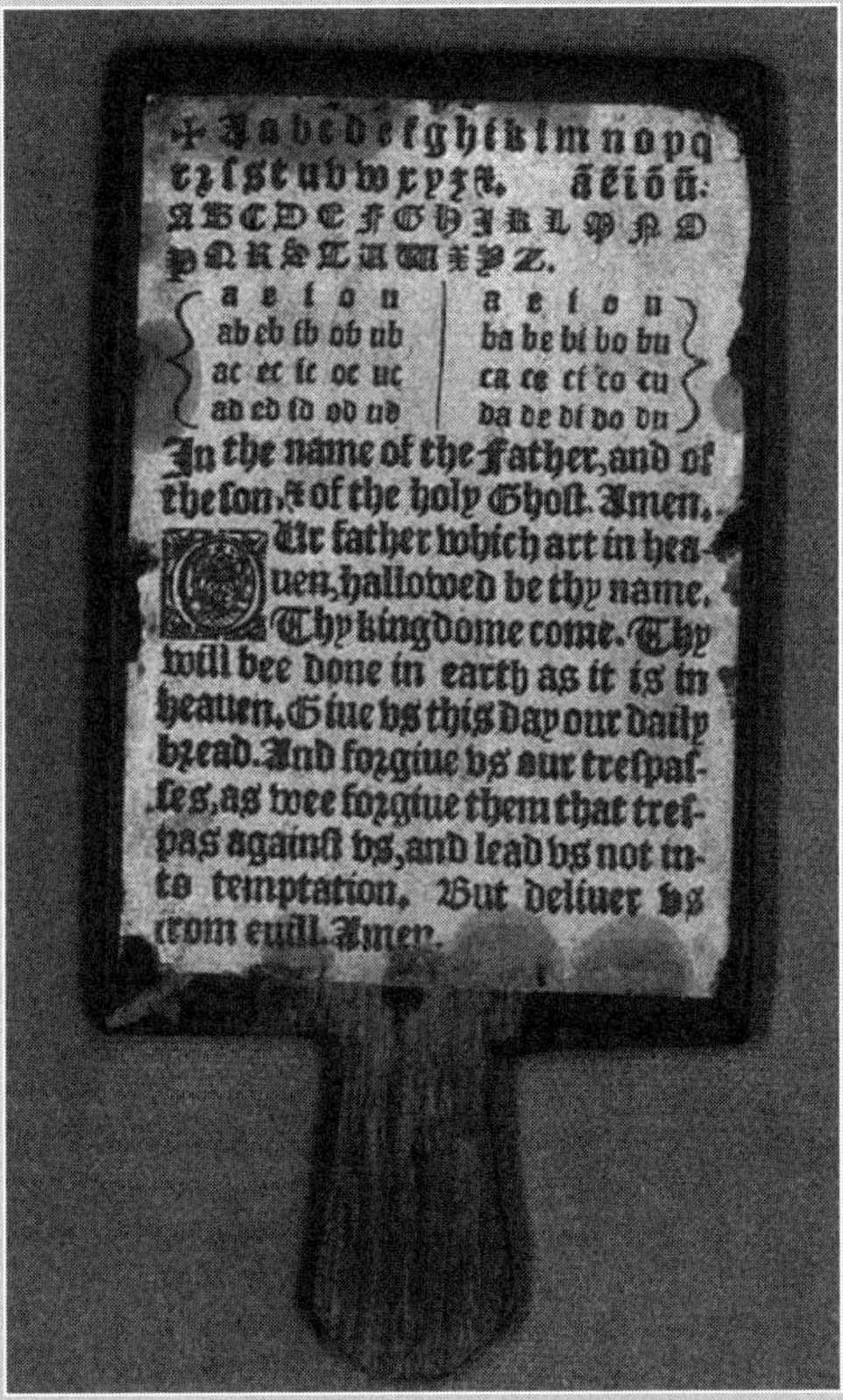

角本《ホーンブック》。シェイクスピアも幼少の頃、角本を使って学んだだろう。
アルファベットと母音、いくつかの音節に加え、
「主の祈り」も印刷されている。
（フォルジャー・シェイクスピア図書館）

ろいろな本を使うものの、どれも必ずしも最後まで精読したわけではなかったようだ。冒頭部から大量に吸収しながら、そのあとが続かない。必要とするものを素早く集めるご都合主義の読者だったのである[117]。少し読んだだけで、どんな話なのかといったことが本能的に理解できたのかもしれない。

　シェイクスピアの言葉に聖書的な「色合い」があるのは、旧約聖書も新約聖書も熱心に読んだからではないかと言われることが多いが、一番身近にあった響きのよい言葉として、聖書をほとんど本能的に取り入れていたというのが真相だろう。言葉の響きとリズムに魅せられていたのだ。もちろん、単に部分的な効果を盗んだのではない。戯曲を見れば、シェイクスピアがヨブ記と「放蕩息子」の喩《たと》え話[118]に感銘を受けていたことがわかる。どちらの話も神の摂理が働くところに興味をそそられたようだ。聖書の言い回しやイメージは必要ならすぐ思い出せたので、聖書はシェイクスピアにとって想像力の反響室《エコールーム》となった。宗教改革者が強く主張したために聖書が英訳されたのは皮肉と言えるかもしれない。言ってみれば、改革者たちがシェイクスピアに聖なる書物を与えたのだ。シェイクスピアは、自らの鳴り響く、豊かな言葉によって、その恩返しをすることになる。

第12章 名詞だの動詞だの、おぞましい言葉

〔『ヘンリー六世』第二部第四幕第七場〕

シェイクスピアは小学校からキングズ・ニュー・スクールへ進学し、ストラットフォードの参事会員の息子の権利として、無料で教育を受けた。シェイクスピアの最初の伝記を書いたニコラス・ロウ[119]は、ジョン・シェイクスピアは「授業料の要らない公立学校で息子に教育を受けさせたことはまちがいなく、たぶんシェイクスピアはそこで所謂お得意の〈少しのラテン語[120]〉を覚えたのだろう」（*WS* ii 264）と一八世紀初頭に述べている。

学校の教室は、組合礼拝堂《ギルドチャペル》の裏手、ギルドホールの二階にあり、タイルで覆われた石造りの階段を上がったところにあった。教室は今日に至るまで使用されており、ここまで長持ちしているのはストラットフォードでは伝統と継続が尊ばれてきたためだとも言えよう。細長い教室の天井はかなり高く、丈夫な樫の板でできており、たくさんの梁があり、梁が交差する真んなかには浮き出し飾りがあった。窓がチャーチ・ストリートに面しているのは、気を散らすもとになったかもしれない。俗世の音を遮断することなど、できない相談だった。

エリザベス朝時代の教室を描いた一五七四年の版画を見てみると、机に本を広げた教師の前で、木製ベンチに腰かけた生徒たちが、集中していたり、気を逸らしていたりと千姿万態の様子が描かれている。床には、奇妙なことに、骨をかじっている犬がいる。一六世紀の学校生活にはつきもののはずだった鞭や杖はどこにも見当たらない。躾《しつけ》が厳しかったなどということは、エリザベス朝の生活の残酷さを強調したがる人々の誇張だったのかもしれない。

この新たな世界に入るには、シェイクスピアは英語の読み書きができ、ラテン語を学ぶ「適性があり」、「文法の初歩や規則を習う準備ができている」（*MA* i 83）ことを示さねばならなかった。シェイクスピアは教養ある人々の言語を教わろうとしていたのだ。父親と一緒に二階の教室に上がっていき、教師が読み上げる校則を聞いてこれに従うことに同意して四ペンスを支払うと、ウィリアム・シェイクスピアの名は生徒名簿に加えられた。学校に持って行くものは、蠟燭、燃料、教科書、そして筆記用具――書き取り帳、グラス一杯のインク、インク壷、そして半帖の紙といったものだ。父親から教科書を譲り受けたはずはないので、教科書も購入したはずだ。こうしたものをそろえるのは、一種の通過儀礼のようなものだった。

学校での一日は厳しく管理され、監視されていた。学校は、結局のところ、社会に出るための研修所だった。シェイクスピア少年は、夏も冬も六時か七時には登校して、名前が呼ばれるとラテン語で *"adsum"*《アドスム》（はい、出席しています）と答えた。それから、その日の祈りが唱えられ、詩編が歌われたあと、

九時まで授業だ。年齢別、能力別に少年たちを分けるための仕切りがあったかもしれない。シェイクスピア自身は、およそ四一人のほかの生徒たちとひとつのクラスで机を並べていた。パンとエール酒[121]の朝食を取るための短い休憩があり、その後はさらに一一時まで授業が続いた。そのあとシェイクスピアは正餐のために自宅に帰り、一時に鐘が鳴ると学校に戻った。午後にはレスリングや弓矢遊びなどのゲームや遊戯に一五分があてられている。学校は五時に終わった。一週間のうち六日間、この日課が続いた。

ストラットフォードの学校のカリキュラムの基本は、読み方、暗記、作文の技術によって、ラテン語文法と修辞学をしっかりと身につけることに置かれていた。最初のうちは日常生活についての簡単なラテン語の言い回しを習い、その構文を理解することで、ラテン語の初歩文法を学んだ。動詞の活用、名詞の活用、対格と奪格[122]の違いの理解、英語と違って文の最後に動詞が来るようにするなど――いずれも幼い子供にとっては困惑の種であり、ひどく骨の折れる課題だったろう。単語に男性形と女性形があるというのも、なんとも奇妙に感じられただろう。言葉は雌雄のある生物になったわけだが、「意味深く」なったのか、「つかみどころがなく」なったのか、人によって感じ方は違っただろう。ミルトンやジョンソンと同様に、シェイクスピアも幼年期において、響きをよくしたり強調したりするために言葉の順序を変えてもよい[123]ということを学んだのだ。これは、シェイクスピアが忘れることのない教訓となった。

生徒は最初の数ヶ月でラテン語の八品詞[124]を覚え、そののち、シェイクスピアが折にふれ何度も思い起こすことになるウィリアム・リリー[125]著『文法入門』に進んだ。ここで児童らは遭難するのだ。リリーは、簡単な文法の定式を説明したのち、その用例をカトー[126]、キケロ[127]、テレンティウス[128]から示す。子供たちは非常に単純なラテン語の文を書くことで、これらの巨匠たちを模倣することを期待されたものと思われる。シェイクスピアの句読点の使い方はこの教科書に由来するものであり、古典から引用するときにはこの教科書で読んだり暗記したりした文章をよく使っているということがわかっている。古典の人名の綴りもこの教科書のとおりだ。ラテン語の授業への言及はシェイクスピアの劇作品によく見られるが、なかでも重要なのは『ウィンザーの陽気な女房たち』でウィリアムという名の生徒が非常に厳しい教師の質問を受ける場面だ――「記憶を持ちたまえ。対格は『ヒング、ハング、ホッグ』[129]」（一八九七―八行〔第四幕第一場〕）。うろたえながら一所懸命学んだ教科書『文法入門』は、記憶に焼きついたのである。

シェイクスピア自身、学校生活のことをあまり楽しいものとして書いてはいない。かたつむりのようにのろのろと学校へ向かう、愚痴を言う生徒[130]のことはよく知られているが、教科書を学ばされる生徒のつらさはほかにもいろいろ書かれている。『ヘンリー四世』第二部には、「放課後」になると、子供たちが一斉に「自分の家に、遊び場に、駆け出していく」とある（二一七七―八行〔第四幕第二場〕）。何気なく書かれていることではあるが、だからこそ一層意味深い。

しかし、ここには逆説がある。シェイクスピアは、同時代の劇作家のだれよりも始終、生徒や教師や学校のカリキュラムを喜劇に仕立てたり論評したりする作家だったのだ。学校教育という概念が重要だった。ひょっとすると大抵の大人と同様、シェイクスピアもまた自分の幼き日々をぼんやり思い出していたのかもしれない。

二年生になると、学習上だけでなく道徳的な見地からも注意深く選ばれた言い回し、警句《アフォリズム》、決まり文句を使って、文法の理解が実地に試されることになった。これらもまた暗記させられるものであり、シェイクスピア少年が記憶術の訓練を継続的に受けていたということは注目に値する。これは教育の基本ではあったが、もちろんのちに役者として活躍する際に役立つことになる。短い箴言《しんげん》を収めた『子供のための箴言集《センテンチアエ・プエリーリス》』に、シェイクスピアは二〇〇回以上言及している。

使い古された言い回しも、シェイクスピアの想像力という錬金術を経れば不思議な詩へと変化する。“*Comparatio*《コンパラティオ》 *omnis*《オムニス》 *odiosa*《オデイオーサ》”（比較はすべて憎むべきもの）という格言は、ドグベリーの口から出ると“Comparisons are odoruous”（比較は臭い）になり〔『から騒ぎ』第三幕第五場〕、“*ad*《アド・》 *unguem*《ウングエム》”〔指の爪に至るまで＝極めて精確に〕はコスタードの「肥溜めに至るまで《アド・ダングヒル》」に変わってしまう〔『恋の骨折り損』第五幕第一場〕。

この学年では、プラウトゥス[131]とテレンティウスの劇選集も教材となった。シェイクスピア自身の演劇魂を呼び覚ましたかもしれない劇作品だ。エラスムス[132]の説く適切な児童教育においては、教師は生徒にテレンティウスの劇一本を最初から最後まですっかり教え、筋と言葉遣いに注意を向けさせるべきだという。教師はまた、「喜劇にもいろいろある」（Joseph 28）と説明したことだろう。このような古典からシェイクスピアは、五幕構成で場面をつなげていけばよいのだと漠然と理解したのである。

三年生になると、やさしいラテン語に訳されたイソップ物語を読んだ。獅子《ライオン》と鼠《ねずみ》の話、借り物の羽根をまとった烏《からす》の話、蟻《あり》と蠅《はえ》の話などをシェイクスピアはのちに語り直しているから、きっとイソップ物語を暗記していたに違いない。シェイクスピア劇には、こうした古典的な寓話への言及が全部で二三ほどある。この頃までに、シェイクスピアは英語をラテン語に、またラテン語を英語に訳せるようになっていたはずだ。

オランダの人文主義者エラスムスやスペインの人文主義者ヴィヴェス[133]の対話文学にも目を通して、エラスムスの言う*copia*《コピア》（豊かさ）を求めただろう。シェイクスピアは、決まり文句を積み重ね、言葉を飾るために隠喩《メタファー》を用い、教訓を強調するために直喩《シミリ》を使う方法を学んだ。特定の言葉をさまざまに響かせ、選んだ主題を変奏した。エラスムスら学者たちから華美で精巧な言い方を学びとったわけだが、古典教育を現代に蘇らせようとする学者たちの目論見は、少なくともシェイクスピアにおいて輝かしい成功を収めたと言えるだろう。

と言うのも、模倣から独創が生まれるからである。そうシェイクスピアは教わった。学校での授業中、あれこれの種本から言い回しを抜き出して新しい作品を作り出すこともできたし、まったくの想像上の視点から、手紙を書いたり演説を作ったりすることもできた。偉大な原作を模倣することはあらゆる作文に不可欠な必要条件であり、盗作や剽窃ではなく、上手に取り込んで自分のものにする行為であると考えられていた。後年のシェイクスピアは、筋を創作することはほとんどなく、ほかの本から一字一句引き写すことが多かった。円熟期の劇作品では、いろいろな種本から取った筋を混ぜ合わせ、異なる素材から新しい化合物を作り出した。

若くして学べば忘れずという意味の中世の格言がある。シェイクスピアが模倣を教わったのは四年生のときであり、『詞華集《フローレス・ポエタールム》』というラテン語詩の選集を与えられた。詩人たちが咲かせた花を勉強して自分の詩を作りなさいというのだ。シェイクスピアがウェルギリウス[134]やホラティウス[135]を知ったのはこのときであり、その引用は作品中に再び現れることになる。

しかし、もっと重要なのは、オウィディウスの『変身物語《メタモルフォセス》』を読み始めたことだ。幼くして、神話の音楽に触れたのだ。シェイクスピアはしょっちゅうオウィディウスから引用している。最初期の劇『タイタス・アンドロニカス』では、登場人物の一人が『変身物語』の本を舞台上に持ってくる。こんな文学的な「小道具」はイギリス演劇でも珍しいが、これは実に正鵠《せいこく》を得たものだ。この本の世界にはイアーソーンとメデイア[136]、アイアスとオデュッセウス[137]、ヴィーナスとアドーニス[138]、ピュラモスとティスベ[139]がいた。そこでは岩石や樹木が意識を持っているかのようであり、丘やせせらぐ小川に神や妖精の世界が重なるように見えるのだった。オウィディウスは、儚さ、欲望、万物流転の本質を称揚した。のちに、シェイクスピアは自らの流麗で甘美な詩において、オウィディウスの「魂」を持っていると言われることになるが、実際、シェイクスピアとオウィディウスには親和性がある。シェイクスピアの性質の何かが、オウィディウスの次々と動いていく情景に反応したのだろう。それがシェイクスピアを日常の世界から連れ出したのだ。オウィディウスの幻想的な技巧、驚異に満ちた演劇性、そして全体に浸透した官能性《セクシュアリティ》としか呼べないものに魅せられたのだ。シェイクスピアが根っから性に敏感な人だったことは疑いようがない。

オウィディウスはクリストファー・マーロウ[140]およびトマス・ナッシュ[141]の両人にとってもお気に入りの作家だった。しかし、『変身物語』はシェイクスピアにとって最高の本となった。オウィディウスの言葉はシェイクスピアのなかに入りこみ、そこに広々とした住処を見つけたのだ。

学校に通った数年間、シェイクスピアはギルドホールの二階の教室で、サルスティウス[142]やカエサル[143]、セネカ[144]、ユウェナリス[145]を学んだ。ハムレットはユウェナリスの諷刺詩第一〇編を読んでいるところを目撃されているが[146]、この作品を「言葉、言葉、言葉」と片付けている。ユウェナリスの諷刺詩はグラマー・スクールの基本的な教科書だった。

ローマの作家のみならずギリシアの作家も少々かじったかもしれないが、その証拠は瑣末なものでしかない。しかし、シェイクスピアのラテン語運用能力には疑う余地はない。ラテン語由来の言葉を申し分なく容易に、また上手に使いこなしている。たとえば「断続する不幸」(intermissive miseries)[147]や「憎むべき幽閉」(loathsome sequestration)[148]などと書いているのがそれだ。学者や教師の言語を使うことができたのだ。ただ耳がよかっただけであり、簡潔でイメージのはっきりとした言葉に対する詩人の本能が備わっていただけだとすることもできるだろうが、(『リチャード三世』に出てくるシェイクスピア自身の言葉を使うなら)この「あまりにも形式にとらわれ、伝統にこだわっ」た言語を自然に身につけたとは考えにくい。博学ゆえに他者の学識を認識することもできたサミュエル・ジョンソン[149]は次のように述べている――「シェイクスピアは自分の英語を文法化するのに十分なラテン語を知っていたと、私は常に言ってきた」。こうしてシェイクスピアは、ラテン語の散文と韻文の暗記、解釈、文法の説明、暗唱に毎週三〇時間か四〇時間を費やしていたと想像できるのである。

シェイクスピアが教師や仲間の生徒たちに向かってラテン語を話すのが聞こえてくるようだ。そんな見方でシェイクスピアを見るのは奇妙な感じもする――特に「自然な、野生のままの森の調べ」[150]をさえずるシェイクスピア像に慣れた人にとっては――けれども、シェイクスピアはフランシス・ベイコン[151]やフィリップ・シドニー[152]と同様、ルネサンス期のラテン語文化復興の一翼を担っているのだ。ある偉いシェイクスピア学者は、「もしシェイクスピアが書いた手紙が発見されるようなことがあったら、それはラテン語で書かれているだろう」とまで示唆している(Wells, *Time* 14)。

シェイクスピアの教育に対して、ベン・ジョンソンは明らかな優越感を持っていた。ジョンソンは「しばしばシェイクスピアの学識の欠如と、古典に対する無知をとがめた」(WS ii 264)が、これはシェイクスピアが古典の規範に従おうとしなかったことを意味している。ジョンソンは無視と無知とを混同しているのだ。シェイクスピアは「ラテン語は少し、ギリシア語はもっと少し」しか知らなかったとジョンソンが宣言したのは、言い回しに凝りすぎて問題を誇張していたと言える。シェイクスピアのラテン語はグラマー・スクールのほかのどんな生徒に劣らないものであり、現代の大学で古典を専攻する学部生の知識に匹敵しただろう。ジョンソンは、シェイクスピアのキングズ・ニュー・スクールと自分が通ったウェストミンスター・スクールのカリキュラムを暗に比較していたのかもしれないが、ストラットフォードに教養あるベテラン教師たちがいたことから判断すれば、この比較は完全にジョンソンに有利というわけでもないようだ。

教育の最終段階は、たぶん文章作成だっただろう。文法から雄弁術へと進み、朗読法の技術を学んだのだ。現代人が「創作」と呼ぶものを、エリザベス朝の人々は「修辞学」と呼んでいた。いまや秘伝とも呼びうるこの教科の原則や法則を、シェイクスピアは教室で学ばされたのだ。キケロとクウィンティリアヌス[153]をかじり、「着想」(*inventio*)、「構成」(*dispositio*)、「叙述」(*elocutio*)、「記憶」(*memoria*)、身振りや話し方などの「演説」(*pronunciatio*)という修辞学の基本の大切さを学んだのだ。この基本をシェイクスピアは生涯忘れなかった。

主題に対して変奏を考案したり、言葉の意味だけでなく音の違いを強調する方法を教わり、主題の組み立て方や形式的な演説調の書き方を学び、誇張や、誤った修辞を避けるべきことを知った――劇を書くようになってから、喜劇的人物にわざとそのまちがいを犯させている。鋭敏な子供にとって、これはまさにすばらしい創作講座となった。なにしろ、修辞学とその技巧が、そのまま創作と結びつくのである。

この創作行為の一環として、シェイクスピアはどんな問題でもその両面から論じるように訓練された。哲学者や修辞学者たちの古くからの習慣に、「論争の両面に立って《イン・ウトラムクェ・パルテム》」論じるということがある。あらゆる出来事や行動は、こうして多様な異なる視点から眺めうるのだ。芸術家はヤヌス神[154]のように、同時に二つの違う方向を見なければならない。そうするうちに、言語そのものが論争や競争の形をとる。しかし、若き日のシェイクスピアにとって同じくらい重要だったのは、どんな情況であれ、真実というものはどうとでも表現できるものであり、話し手の話術に完全に支配されるということだ。劇作家になる準備として、これ以上のものがあるだろうか。『ジュリアス・シーザー』におけるマーク・アントニーの演説や、『ヴェニスの商人』におけるポーシャの弁論を書くための訓練として、まさにうってつけだったのだ。

身振りや話し方についての特別の稽古もあった。グラマー・スクールで使われたある教科書には、生徒たちは「すべてを聞きとりやすいように、ゆっくりと、はっきりと、自然に発音するよう教えられるべきである。それぞれの言葉が十分に理解できるように、特に最後の音節をはっきりと発声すること」とある(Joseph 11)。「美しい発音」を培うことが重要だった。同じ教科書は、生徒が「まるで自分がその言葉を発した当人であるかのように、あらゆる対話文を生き生きと読むこと」を要求している(Joseph 12)。これは演劇のよいトレーニングだ。自己主張を奨励するカリキュラムだった。

のちにシェイクスピアは自分が劇作に傑出した才能を持っていると主張するにやぶさかでなかったことから、非常に競争心の強い少年だったと想像することもできる。少年時代のキーツ[155]のように喧嘩に巻き込まれることこそなかったかもしれないが、敏捷で激しい活力にあふれていた。おそらく飽きっぽい少年だったのではないだろうか。

当時の文化は、必ずしも活字中心ではなかった。主に説教師、聖職者、役者に代表される音声の文化だった。だからこそ演劇が急速にこの時代の最高の芸術形態となったのだ。この口承文化は当然ながら、物語の語り手や詩の暗唱者、バラッド歌いや吟遊詩人たちを巻き込むイングランドの古い中世文化と密接に結びついていた。シェイクスピアは詩を読むというよりも詩に耳を傾けたのだろう。

また、口承文化には、強い記憶力の形成がなくてはならない。本で調べられなければ、記憶せざるをえない。学童たちは「記憶術《ニマニックス》」と呼ばれる記憶法の訓練を受けた。ベン・ジョンソンは「自分が読んだ本のすべてを復唱できる」と言い放ったが（*Gurr, Playgoing* 80）、それはジョンソン独りの特技ではなかった。エリザベス朝の役者たちが一週間のあいだに複数の芝居を上演するといった記憶の妙技は、このような訓練が土台になっているのである。

イングランドのグラマー・スクールでは演劇が定期的に上演され、プラウトゥスとテレンティウスの作品は少年が演じる劇のレパートリーの定番となっていた。シュルーズベリーのグラマー・スクールでは、生徒たちは毎週木曜の朝、喜劇の一幕を演じることになっていた。カンタベリーのキングズ・スクールの生徒たち――このなかにはクリストファー・マーロウもいた――は、毎年クリスマスに劇を上演していたが、この伝統はほかの多くのグラマー・スクールにも及んでいたに違いない。

演劇はエリザベス朝における教育の基礎のひとつだったことを覚えておく必要があろう。小さなグラマー・スクールから法学院の「模擬裁判《ムート》」に至るまで、議論と対話は学習法の定番だった。初期のイギリス演劇の多くが法学院で始まっているのは偶然ではない。そこでは、「仮定してみる」という法曹界の訓練が純粋な演劇へと発展していったのだ。ストラットフォードの学校では、演説が暗記されて発表されたし、会話はしばしば機知の応酬となった。「話し方と美しい身振りは、学者ならではの話の飾りであり美である」と当時の本に書かれている（*Gurr, Playgoing* 17）。シェイクスピアはこの術に特に秀でていたと想像できるだろう。洗練されたなめらかな文体で知られた人物が、その美質を幼少時代から示さなかったとは考えにくい。

キングズ・ニュー・スクールで芝居の上演が行われたかどうかはわからないが、学校でよく上演された『アコラストゥス』（*Acolastus*）という題の劇の痕跡がシェイクスピアの劇作品に見られる。子供には真似ごと遊びをする天賦の才があり、読んだものに出てきた場面や登場人物を真似る能力が十全に備わっているものだ。シェイクスピアが特別だった唯一の点は、これらの能力を晩年に至るまで持ち続けたということだろう。大人の世界の限界に対する深い苛立《いらだ》ちや不満を感じていたのかもしれない。

シェイクスピアが演劇教育を受けた証拠は、ストラットフォードの教師たちの経歴にも窺える。トマス・ジェンキンズとジョン・コタムという二人の教師は、マーチャント・テイラーズ・スクールで、校長リチャード・マルカスターの指導のもとに教育を受けている。マルカスターの教育法は、「演劇、特に演技を通しての教育を唱道していた」（Kay 26）。ジェンキンズとコタムにとって、著名な恩師が作り出した演劇教育の伝統を続けていくこと以上に自然なことがあっただろうか。

ストラットフォードの教師のうち最初の人物、ウォルター・ロッシュについては最も情報が少ない。ロッシュはシェイクスピアが入学した年に教師の職を退いているが、その後も一生ストラットフォードに住み続けた。いずれにしても、ロッシュはシェイクスピア少年を正式に教室に導き入れるという光栄を担ったことになる。

次の教師の経歴はより興味深い。サイモン・ハントは、シェイクスピアの教育の最初の四年のあいだ正教師を務め、おそらく実際の授業は助手たちがほとんど行ったにせよ、シェイクスピアの少年期に強い影響を与え続けた。となると、ハントが昔のカトリックの信仰に戻ったことにも意味があることになる――ハントがストラットフォードを離れたのは、ドゥエーにある神学校でイエズス会の司祭となるためであり、イングランドへの宣教師としての訓練を受けるためだった。ハントのカトリックへの共鳴がシェイクスピア少年に具体的な影響を与えたかどうかはまた別の問題であるものの、きっとシェイクスピア家の信仰を強めたことだろうし、成長期のシェイクスピアのどうやらカトリック的だったと思われる環境に拍車をかけることになっただろう。

サイモン・ハントの後任者トマス・ジェンキンズはロンドン生まれで、サー・トマス・ホワイトの「昔の使用人」だった「貧しい男」の息子だった。まさにそのサー・トマス・ホワイトがオックスフォード大学に設立したセント・ジョンズ学寮に在籍し、ギリシア語とラテン語を学んだのがジェンキンズだ。ホワイトはローマ・カトリック信徒であり、セント・ジョンズ学寮はカトリックの学生に同情的なことで知られていた。カトリックの聖人であり殉教者であったエドマンド・キャンピオンはセント・ジョンズ学寮に招かれ、そこでトマス・ジェンキンズを教えている。それゆえ、ジェンキンズはカトリックの大義に対して少なくとも寛大な態度をとっていたと考えられる。古典にも精通していたと思われ、シェイクスピアに初めてオウィディウスの作品を読ませた人物でもある。ジェンキンズはあらゆる意味において熱心な教師だった。オックスフォード大学の学寮には「子供たちの教育に身を捧げるため」の二年間の休暇を申請していた(M. Eccles 57)。

ジェンキンズは一五七九年に辞職する際に、自らの後任にマーチャント・テイラーズ・スクールとオックスフォード大学でともに学んだジョン・コタムを選んだ。コタムの弟トマス・コタムはイエズス会の司祭兼宣教師であり、ドゥエーではサイモン・ハントと同居していた。そこにもう一人加わったのが、ショタリーに住むカトリックの農夫の息子ロバート・デブデイルだ。したがって、シェイクスピアとのつながりは深く、ほとんど昵懇《じっこん》といってよかった。ロバート・デブデイルは、父親に宛てた手紙をイングランドに帰国するトマス・コタムに託したが、のちにコタム共々イングランドでの改宗宣伝活動の咎で捕らえられ、処刑されたのだ。シェイクスピアの戯曲に見られる言及から、シェイクスピアがこのかつての学友の経歴に興味を持ち続けていたことは明らかだ。シェイクスピアは、この仲間の一員だったとさえ言えるかもしれない。

ジョン・コタムは、弟が処刑された年にキングズ・ニュー・スクールを離れている。シェイクスピアの学校時代の最後の関係者は、教師アレグザンダー・アスピノルであり、衒学的な間抜けホロファニーズのモデルであると一般に考えられている。こんな形でイギリスの文学的想像力のなかに登場するはめになるとは不幸な男だが、シェイクスピアが一八歳の年にアスピノルが初めて学校にやってきたことを考えると、二人のつながりはあまり緊密なものではなかったかもしれない。

シェイクスピア少年はもはやニュー・スクールに通ってはいなかったが、シェイクスピアは確かにアスピノルを知っており、学童よりも客観的な目でその先生ぶりを観察していたかもしれない。アスピノルが（ジョン・シェイクスピアから購入して）将来の花嫁に贈った手袋に添える詩をシェイクスピアが書いたという伝説さえある。

贈り物は小さく（The gift is small）
志《ウィル》がすべて。（The will is all）
アレグザンダー・アスピノル

面白いことに、この短詩にはシェイクスピアらしい響きがある。ホロファニーズに対するちょっとしたお詫びの印ということなのかもしれない。

第13章 あまりいいことではないぞ

〔『オセロー』第四幕第一場〕

シェイクスピアが低学年だった頃、父親は不法な羊毛取引と金貸し業に勤《いそ》しんでいた。これは、言ってみれば月並みな違反であり、ジョン・シェイクスピアの評判を大きく傷つけるようなものではなかった。違法のことは公的記録に残っていたものの、ジョンは通常の公務を続けていたし、一五七二年初頭にはエイドリアン・クイニーと連れ立ってロンドンに旅行し、ウェストミンスター法廷で町の代表役を務めている。領主であるウォリック伯爵との争議があったのだ。数ヶ月後にはジョン・シェイクスピアはウォリックで地元の粉屋の検死に立ち会っている。この時期、議会が召集されれば、ジョンは必要な「議場」に出席していた。

旅行に関してはもうひとつ面白い逸話がある。ジョンが息子を連れて行ったかもしれない旅行があるのだ。一五七五年の夏、エリザベス一世は定期的な巡幸の途中、ケニルワース城に到着した。この城はストラットフォードから二〇キロしか離れておらず、地元の名士たちは女王陛下に敬意を表して出席するよう求められたはずだ。陛下を楽しませるべく、レスター伯一座が控えていたが、そのほかにも仮面劇や練物《パジェント》、芝居仕立ての見せ物やゲームなどが、いろいろと御前で演じられた。なかでも、人工の湖に人魚やいろいろな妖精が現れ、それからイルカにまたがって詩人アリオンが登場するという余興があった。このように寓話や古典をふんだんに使うのは、この手の祭典にはよくあることだったが、これまでの多くのシェイクスピアの伝記では、これぞまさしく『十二夜』の「イルカの背にまたがったアリオン」（五四行〔第一幕第二場〕）への言及や『夏の夜の夢』におけるオーベロンの次のような台詞を生み出すきっかけになったとされている。

……お前も憶えておろう、
かつて私が崖の上に坐り、
イルカの背にまたがる人魚の声を聴いたとき……

（五〇四―六行〔第二幕第一場〕）

少なくともありそうなことではある。面白い話に害はない。この時期、ジョン・シェイクスピアの身代がいささかかなりとも傾きかけていたなどということはない。一五七五年、ストラットフォードに庭園と果樹園付きの二軒の家を四〇ポンドで購入しているのだ。ヘンリー・ストリートの住まいに隣接した家らしい。増え続ける家族のために家を増築したわけである。すでにビショップトンとウェルコームにも土地を購入し（のちに息子に遺贈している）、ウィリアム・バーベッジに家を貸してもいたし、リチャード・ハサウェイ[156]が負う二件の負債の保証人にもなっていた。つまりかなり裕福だったわけだが、それからすると実に不可解な行動をジョンはとり始める。

一五七七年初頭、ジョンは突然、何の前触れもなく町議会を去ったのだ。これまで一三年間、議会の審議に出席し続けていたのに、この日を境に「議場」には一度きりしか出なかった。わけのわからぬ引きこもりになったのは、誰かと不和になったためではないようだ。実際のところ、かつての同僚たちは辛抱強く寛大にジョンに接した。欠席に対して普通なら科せられる罰金を免除し、その後一〇年にわたって議員名簿に載せ続けているのである。議員のガウンも、没収したり「剝奪」したりしなかった。

なぜ議員をやめたのか。病気の発作か、酒浸りかとあれこれ取り沙汰されてきた。経済的な問題を抱えていたわけではないだろう。[157] 息子がストラットフォードにいるあいだは、相変わらず裕福だったようだ。赤貧となったため、地方税を払わなかったり故意に税額を少なく見積もってもらったりしたという説もあったが、それは単にストラットフォードの町税と教区税との違いに関する誤解と思われる。それよりも何よりも、カトリックを信奉していたからというのが本当のところであろう。ジョンが議会に出なくなる一年前、国民の宗教問題調査を行うべしとの大号令を枢密院がかけた。そのなかに「奇矯、異端、外道、有害なる見解すべて」を調査し、「強情かつ執拗に教会と礼拝を欠席するあらゆる人物を監督、矯正し、改心させ、罰する」ための法令があった（Savage ii xlvii）。町議会の議員たちは当然これを促進するよう求められただろう。もしかすると「執拗に」教会の礼拝への参加を拒む国教忌避者の名簿を作れとさえ言われたかもしれない。調査員たちが頼れる人物がジョンのほかにいただろうか。だから、国教忌避者であるジョン・シェイクスピアは自ら議会を離れたのだ。

その後、同じ年（一五七七年）に、ジョン・ホイットギフト[158]がウスター教区（ストラットフォード教区を含む）の新主教に推挙された。「外道、有害なる見解」を持つ者の追及と検挙に熱を入れることで知られたホイットギフトが、主教としてストラットフォードを教区巡察で訪れ、異端者狩りを行ったのは、ジョン・シェイクスピアが辞職した年だった。そのとき、主教はストラットフォードの町議会にも協力を求めたに違いないが、ジョン・シェイクスピアは九ヶ月前にいなくなっていた。

ジョン・シェイクスピアの立場は、結婚によってアーデン家と縁続きとなったことで一層不安定になっていた。この時期、カトリックのエドワード・アーデン[159]は、プロテスタントのレスター伯爵と全面的な抗争状態にあり、郡を管理する伯爵は、自派の説教師たちをストラットフォードに派遣していた。どんなに遠い親戚であろうとも、アーデン家の一員であれば疑惑の対象となりえた。こうして宗教的策動の世界がシェイクスピアの父親に不利に働き、公的生活から身を引くことを余儀なくされたのである。同僚たちはジョンの離職を残念に思ったが、その理由を理解していた。以上述べたことは推測にすぎないが、少なくともジョンがとった一連の行動の説明はつく。

　父親が公的役職と名誉を放棄したとき、シェイクスピアは一三歳だった。息子としてどんな影響を受けたかは想像するしかないが、地位や身分が仲間内で重要となる年頃であった。これほど狭い、しかも徹頭徹尾階級序列的な社会だったのだから、父親の退職が骨身にこたえたことだろう。その反応を推し量るには、語り手でなく、語りそのものを信用するのがよい。シェイクスピアの劇には、失墜する男性権力者が多い。もちろんそれが悲劇の定義なのかもしれないが、それならそれでシェイクスピアが悲劇に執心した理由にもなろう。シェイクスピア劇の男性主人公の多くは、世事に失望している。その例としてタイモンやハムレット、プロスペローやコリオレイナスが挙げられよう。そのような挫折を、劇作家は攻撃したり辛辣に描いたりしない。その逆である。シェイクスピアはいつだって挫折に同情的なのだ。アントニーしかり。ブルータスしかり。リチャード二世しかり。シェイクスピアの最初の伝記作家であるニコラス・ロウが『すべて真実』〔『ヘンリー八世』〕のウルジー枢機卿について述べたように、「シェイクスピアは枢機卿の転落と破滅を万人の同情の的とした」のである（Rowe 17）。男性主人公がその地位を失い始めると忽《たちま》ち、シェイクスピアは自らの心の底にあるものを詩情に託して与えるのだ。ジョン・シェイクスピアが没落したからこそ、シェイクスピアは生まれのよさにこだわり、家族の名誉を回復しようとやっきになったのかもしれない。また、国王という人物像にシェイクスピアが無類の興味を抱いている点も、説明がつくとは言わずとも、それで腑に落ちるところもある。表向きの家長が零落《おちぶ》れてしまったら、理想化された家父長制や、理想化された父子関係を作り出すのはきわめて自然なこととなる。いずれにしても、シェイクスピア自身は絶対に父の轍を踏むまいとしていた。

　それからの四年間、ジョン・シェイクスピアはさらなる揉《も》め事や争議に巻き込まれていた。一五七八年、町が装備を負担して兵士六人を補充するための税金の支払いをジョンは拒否した。同じ年、選挙の日の議会に出席しなかった。こうした違反に定められた罰金を払うように要請されたわけではない。また、妻に遺贈されたアーデン家の地所をめぐる面倒な土地取引にも関わっていた。一一月一二日に、ジョンはアーデン家の先祖代々の屋敷があったウィルムコート村の七〇エーカーの土地[160]をトマス・ウェッブ[161]とその相続人に売却した。二一年後[162]、この土地はシェイクスピア家に返還されるという条件付きだった。ロバート・ウェッブがメアリ・アーデンの甥なので、トマス・ウェッブというのは何かの親戚だろう。わずか二日後、シェイクスピアはウィルムコート村にある家屋と五六エーカーの土地を、メアリ・アーデンの義兄エドマンド・ランバート[163]に抵当として渡した。これはランバートがシェイクスピアに四〇ポンドを貸すにあたっての担保だった。借金は二年後の一五八〇年に返済されることとされ、そのときには家と土地はシェイクスピア家に返されることになっていた。結局エドマンド・ランバートはさまざまな借金の不払いを理由として家と土地を返還しなかったため、ジョン・シェイクスピアは告訴した。頭が混乱するような経緯《いきさつ》だが、話は簡単であり、シェイクスピア家は親族に土地を売りつつ、それがのちに自分たちに戻ってくるようにしていたということである。翌年、シェイクスピア家はスニッターフィールド村に所有していた、かつてのロバート・アーデンの土地の一部を甥に売却[164]した。

こうした複雑な取り決めをした理由は、国教忌避者として知られているジョン・シェイクスピアの困難な立場にあったと考えると一番しっくりくる。ホイットギフト主教はすでにストラットフォードを訪れており、教会での礼拝への出席を拒否した者として元議員シェイクスピアの名前が挙がるのは時間の問題と思われた。国教忌避の罰のひとつは土地の没収だった。ほんの少しあとに出版された公式報告には、国教忌避者らは「皆、偽装のための予防策」を講じたとある。ごまかし方、つまり「予防策」のひとつが次のように詳述されている。「国教忌避者らは所有する土地や物品をすべて友人に譲渡し、その土地の所有者となった人々から救済を受ける」。ほかには「小作人に土地を譲渡する」者もいた（*MA* i 155）。作戦は明確だ。ジョン・シェイクスピアのような国教忌避者は、財産を安全な人の手――「友人」よりむしろ親戚の手――に渡し、予想される財産没収を避けたのだ。取り決めた月日が過ぎれば、財産は戻ってくる。しかし、エドマンド・ランバートの行動を見れば、事は必ずしも計画したほどうまくいったわけではないとわかる。ランバートがウィルムコート村の土地返還を拒否したことが、『ハムレット』でホレイシオが「親父がなくした例の土地」（一〇二─三行〔第一幕第一場〕）について語る何気ない言葉の裏にあるのかもしれない。ジョン・シェイクスピアはまさに、かつてメアリ・アーデンに遺された土地を「なくし」ていく最中だった。アーデン家とシェイクスピア家の財産相続人たる夫婦のあいだにそれとない緊張関係があったことくらい、夫婦関係の専門家でなくても察しがつく。D・H・ロレンスの例[165]が示すように、このような緊張関係は子供には悪影響でも、作家には好影響を与えることがある。

これほどの悶着があったのだから、ジョン・シェイクスピアの立場がますます面倒なことになっており、家族の不安が募っていたことは歴然としている。一五七九年にシェイクスピアの妹が死亡し、状況は悪化した。アン・シェイクスピアはわずか八歳だった。教区の記録に「シャクスペール（Shaxper）氏の娘のための弔鐘と棺の掛け布代」という項目がある。シェイクスピア家の人々の悲しみは知りようもない。

第14章 陽気ではずむ元気な心
〔『恋の骨折り損』第五幕第二場〕

一五七九年当時、シェイクスピアは一五歳だった。『冬物語』の羊飼いによれば、「女に赤子を産ませ、年寄りに悪さをし、盗みに喧嘩」（二三一三—一四行〔第三幕第三場〕）をするほかに何もすることがないような年齢にさしかかっていた。これらの罪のうちシェイクスピアは少なくともひとつを犯し、ほかにも二つを犯したのではないかと一般に考えられている。しかし、ゲーテがハムレットについて言ったように、シェイクスピアもむしろ「よい仲間であり、柔軟で礼儀正しく思慮深く、傷つけられてもそれを忘れ、赦すことができる」人物だったと思いたい。もしシェイクスピアが「芸術のなかのよいものと美しいものを見分け、大切にすることができる」（Bate, *Romantics* 304）人でもあったとすれば、ちょうどよいときに大人時代の境界のなかへ足を踏み入れたと言えるだろう。

この年にはシェイクスピアがのちに借用することになるノース[166]訳のプルタルコス[167]や、リリー[168]の『ユーフュイーズ』、エドマンド・スペンサー[169]の『羊飼いの暦』が出版されている。シェイクスピアの周りには新しい形の散文や詩があふれていたのだ。

息子が一四歳に達したあとも学業を続けさせようと、シェイクスピアの父親は五ポンドの必要経費を支払ったのではないだろうか。当時の一般的な学校のカリキュラムによれば、一四歳以上でなければ、ジョンソンがシェイクスピアを非難した「もっと少しのギリシア語」さえ習えなかったのだ。しかし、一四歳は少年が徒弟奉公を始めるつらい年でもあった。

若きシェイクスピアはなんらかの形で父親の手伝いを始めたかもしれない。他家に徒弟奉公に行かない子供は一般的にそうしていた。ニコラス・ロウは、シェイクスピアの父親は放課後に「自分の手伝いをさせるばかりで、それ以上の教育を与えることができなかった」と述べている（Duncan-Jones, *Ungentle* 14）。この推測は、「シェイクスピアは少年時代、父親の商売を手伝っていた」（*WS* ii 252-3）というジョン・オーブリーの言葉によって裏づけられる。しかしながら、ロウはジョン・シェイクスピアが貧困のただなかにあったとしており、オーブリーは肉屋だったとしている。そうした想定は正しくない。

また、若き日のシェイクスピアは弁護士の助手として働いていたとか、田舎の教員職に就いていたとか、兵役に召集された（一六歳になれば兵役の義務が課せられたはずである）といった推測もなされてきた。シェイクスピアが知っていた唯一の徴兵方法が強制徴集であることや、劇作品に弓術に関する言及が多いことはひょっとすると重要かもしれない。ところが、想像上の世界に入りこむシェイクスピアの非凡な能力が、多くの学者たちを惑わせてきた。たとえば、船乗りの生活に関する専門用語を——乾いた堅パンの詳細に至るまで——知っているように見えるという理由で、シェイクスピアがイングランド海軍に従軍していたと確信した学者がいたほどだ。シェイクスピアの同化と感情移入の能力は、いくら評価してもしすぎるということはない。

確かな事実がないことから、シェイクスピアの青年期については多くの伝説が生まれてきた。最も有名なのは、密猟の腕前についての伝説だろう。地元の名士サー・トマス・ルーシー[170]の領地にシェイクスピアが侵入したという話で、これを初めて活字にしたのはロウである。ロウ自身はこの話を、シェイクスピアについての言い伝えを取材しにストラットフォードまで出かけた役者トマス・ベタートン[171]から聞いたのだ。ロウは次のように書いている。

> シェイクスピアは、若者にはよくある不幸であるが、悪い友達と付き合い始めていた。このうち、鹿泥棒をよく行っていた者たちが、ストラットフォード近くのチャールコートのサー・トマス・ルーシーが所有する庭園に盗みに入ろうと、シェイクスピアを一度ならず誘った。サー・トマスはこの咎でシェイクスピアを起訴したが、当人はこれはいささか厳しすぎると感じた。不当な扱いに対する復讐として、シェイクスピアはサー・トマスに関するバラッドを作った。おそらくシェイクスピアの詩作の最初の試みであるこのバラッドは失われているが、あまりに辛辣だったため、迫害はさらにひどくなった。このためシェイクスピアはウォリックシャーでの商売と家族をしばらくのあいだ離れて、ロンドンに身を隠すことを余儀なくされたのである。（*WS* ii 265）

ある年配のウォリックシャーの住人によれば、バラッドは「庭園の門に貼付けられたが、サー・トマスはひどく怒ってウォリックの弁護士を雇い、シェイクスピアを訴えた」という（*Life* 81）。そしてのちに、このバラッドの現物が二種類偶然に発見されたが、そのうちのひとつには「ルーシー」と「ラウジー」（lowsie）（卑劣な）との押韻が効いている。すべてはちょっとした文学上の推測——あるいは（多くの学者が信じるところによれば）捏造——として片づけることもできるが、ロウの証言とはまったく別に、同じ物語を一七世紀後半の聖職者リチャード・デイヴィスが古物蒐集家のアンソニー・ア・ウッドに、こう語っていた——シェイクスピアは「特にサー・…・ルーシーから鹿や兎を盗んだが、大変運が悪いことに捕まってしまった。ルーシーはシェイクスピアを何度も鞭打たせ、時には投獄したので、シェイクスピアはとうとう故郷を離れざるをえなくなった」（*Life* 80）。二つの関係のない話がほぼ同じ事実を使って語られている[172]のだから、これは注目に値する。

しかし、このままでは、この物語には問題点がいくつかある。サー・トマス・ルーシーの家であるチャールコートの敷地には庭園はなかった。その頃のチャールコートは「野生鳥獣飼育特許地《フリー・ウォレン》」であり、鹿がこの荘園に持ち込まれるのは一八世紀に入ってからなのだ。この発見の結果、シェイクスピアが罪を犯したとされる場所は、エイヴォン川の向こう岸に三キロ離れたフルブルックというルーシーのもうひとつの庭園ではないかとされた。しかし、ルーシー家がフルブルックの所有権を得たのはシェイクスピアの晩年になってからだという指摘もある。仮にシェイクスピアが存在しない庭園で存在しない鹿を密猟することができたとしても、その咎で鞭打たれたということはありえない。罰金を課せられたか投獄されたはずである。シェイクスピアは実際、『ウィンザーの陽気な女房たち』において、シャロー判事というあたりさわりのない人物を通して「ルーシー」と「ラウジー」（卑劣な）との関係をほのめかしている。しかし、この冗談の標的になっているのはサザックの執行吏ウィリアム・ガーディナーである可能性の方が遥かに高い。ガーディナーは演劇嫌いで有名であり、シェイクスピアを逮捕すると脅したこともあった。ガーディナーの妻はフランセス・ルーシーで、紋章には三つの「ルース」（魚のカワカマス、複数形でルーシーズと発音）が左右に描かれていた。いずれにしても、シェイクスピアは『ヘンリー六世』第一部において、サー・トマス・ルーシーの祖先の一人であるウィリアム・ルーシーに大変な敬意をもって言及しているのだ。

　しかし、この憶測の泉の底にはある種の真実があるかもしれない。シェイクスピアが少年だった頃、サー・トマス・ルーシーはカトリックに対する迫害者として知られていた。ルーシーは熱心なプロテスタントで、『殉教者の書』の著者として有名なジョン・フォックス[173]の弟子であり、ウォリックシャーの州長官および副統監として、郡内の国教忌避者たちにその熱意の矛先を向けていた。

　ウォリックシャーでも他州と同様、カトリックは紳士階級《ジェントリー》の宗教であり、領民や使用人たちが信仰だけでなく忠誠心ゆえに支持する「領主の」宗教と呼ばれるものだった。だからこそ、この地方の政治は宗教的に分析できる。すなわち、ルーシー家、ダドリー家、グレヴィル家といった宗教改革推進派の名家が、アーデン家、ケイツビー家、サマヴィル家といった古い信仰の支持者と対抗していたのである。

　トマス・ルーシーはストラットフォードを何度も訪れており、教会礼拝への出席を拒否したとしてジョン・シェイクスピアを糾弾する二つの文書への第一の署名人でもあった。ルーシーはまた、カトリック信者から没収した土地を与えられてもいる。密猟を不法侵害罪から重罪に変える法案を議会に提出したことにも注目が必要だ。一六一〇年には、その息子で同名のサー・トマス・ルーシーが密猟者を起訴している。少しずつ伝説が形を変えてゆき、ルーシー家とシェイクスピア家が不仲だったというだけの話が、シェイクスピア少年はルーシーの鹿を密猟して鞭打たれ投獄されたという物語に変容を遂げたのだろうと見てとるのは難しくはない。

　もうひとつ、この物語の信憑性を高める要素がある。シェイクスピアの詩と劇作品に密猟への言及が多いのだ。「鹿追い」と呼ばれていた密猟行為は、当時の若者にとってよくある楽しみだった。サー・フィリップ・シドニーは『五月祭』

で、鹿泥棒を「すてきな勤め」と呼んでいる。エリザベス朝の神秘学者で医者だったサイモン・フォーマンは、学生たちが「鹿や兎を盗む」（Stopes, *Warwickshire* 23）のを好むと語っている。シェイクスピアの作品では、暗喩であれ直喩であれ引喩であれ、狩りは一貫したテーマとなっている。狩りへの熱中はこの時代に共通したものだが、狩りの細部をシェイクスピアほど熟知したエリザベス朝の劇作家はいない。シェイクスピアは、recheat（猟犬を集める角笛の音）や embossed（追いつめられた）といった狩りの専門用語を知っており、ほかの日常語と同じように楽々と直感的に使いこなしている。弓や石弓への言及も多い。石弓の音が群れを怖がらせることも知っている。狩人についていくかと思えば、狩られる動物とともに走り、その驚異的な共感の力によって狩猟を想像力の傑作としたのだ。犬や馬にも詳しく、雌の猟犬からマスチフ犬に至るまで犬の種類を挙げている。『タイタス・アンドロニカス』には次のような台詞がある。

お前だって、よくやっただろ、雌鹿をズドンと一発、
森番の鼻の先をまんまと運び出すなんてことを？

（五八四―五行〔第二幕第一場〕）

しかし、「涙を流す鹿」や、水を求める手負いの鹿の窮状を嘆く箇所もある。これらはもちろんルネサンス文学の常套ではあったが、シェイクスピアの本能的な態度を表しているところもあるかもしれない。

一六世紀のイングランドでは、狩りに言及することにはまた別の意味もあった。狩りはまだ主として貴族の楽しみと考えられていたためである。狩りは模擬戦争であり、貴族や紳士のスポーツだったという点はシェイクスピアには特に重要だったことだろう。この意味において、貴族性に一貫してこだわるシェイクスピアに狩りはぴったりだった。シェイクスピアが描く狩人は貴族だ。『じゃじゃ馬馴らし』の領主もそうだし、『夏の夜の夢』のアテネ公爵もそうだ。しかもこの二つの芝居の両方で、狩りが芝居の上演の前触れや背景として機能しているということも重要かもしれない。狩り自体がある種の演劇だったのである。

狩りの主催者である貴族が劇団のパトロンでもある場合もあるため、狩りと演劇は、落ち着きが悪いながらも、やはりつながるのだ。狩りと演劇はどちらも抗争と暴力の儀式化された形であり、高貴な雄鹿を角笛の音に合わせて殺すという行為は、模擬的な王殺しに譬《たと》えられるかもしれない。野原での狩人たちの手も、『ジュリアス・シーザー』における暗殺者たちの手も、同じように血に染まる。シェイクスピアは、自分は「染物屋の手」[174]を持っていると白状しており、円熟期にはしばしば他人の劇やプロットの密猟者と呼ばれてきた。ここに垣間見られる連関や類似の網の目を解きほどくのは無理だが、我々がシェイクスピアの着想の中心部を覗いていることは確かだろう。密猟者シェイクスピアの話でずいぶんと脱線してしまった。話を元に戻そう。

シェイクスピアが自分でも経験したことを示唆するような、野外での楽しみに関する言及はほかにもたくさんある。たとえばシェイクスピアはローン・ボウリングをしたかもしれないし、鷹狩り用語はほとんどシェイクスピアの自家薬籠中のものとなっている。シェイクスピア作品のイメージを研究した本では、**check**（獲物追跡の中断）、**quarry**（獲物）、**haggard**（荒鷹）、**jess**（足緒）など、鷹の訓練と鷹狩りに関する言及で八ページも埋められている。シェイクスピアの出版された作品には、鷹狩りへの専門的な言及が八〇件あるが、同時代のほかの劇作家の作品にはほとんど見られない[175]。『じゃじゃ馬馴らし』では、鷹の調教の比喩が一貫して用いられている。鷹の目を縫い閉じる手法は「シーリング」と呼ばれていた。このため、『マクベス』には次のような祈りの言葉が見られる。

さあ、夜よ、瞼を縫い合わせ《シーリング》ろ
思いやりある昼の優しい目を覆い包め。
（九九一―一二行〔第三幕第二場〕）

しかも、こうした言葉の使い方を誤るということがないのだ。こうした言葉は本での学習から得たものかもしれないし、主に貴族の競技だった鷹狩りを身につけようとする努力から生まれたものかもしれない。しかし、シェイクスピアが使ったのは、多く現在でも使用されている実用的な言葉なのである。

シェイクスピアは野兎や狐の狩りにも何度か言及している。当時、網を構えて徒歩で兎狩りをするのは田舎の人の習慣だった。獲物が「風より速く走り」、「幾度となく身を翻して走り回る」（『ヴィーナスとアドーニス』、六八一―二行）という描写もある。そこでは、兎が通って逃げる生け垣や塀に空いた丸い穴を意味する**musit**という非常に特殊な用語を使っているのだが、この言葉は本で学んだものとは思えない。

劇中での言及を根拠に、ある初期の伝記作家はシェイクスピアは「釣り人」であり「毛針を使わず、おもりをつけた釣り糸に親しんでいた」と自信をもって結論づけている（Fripp, *Stratford* 2）。エイヴォン川は近くにあったが、じっと辛抱強くしているシェイクスピアの姿は想像しにくい。また、鳥を鳥もちで獲る方法にも執着していたようだ。これは鳥猟師の風習であり、木の枝に白い粘着質の糊状の鳥もちを塗りつけて、動揺した獲物を捕獲しようとするものである。このイメージが特に気に入っていたらしく、さまざまな文脈や状況で現れ、シェイクスピアの想像力の原光景となっている。

シェイクスピアは速度が抑えられたり、自由な飛行が妨げられるといった発想に饒舌に反応する。自由になろうともがく鳥の姿が心に焼きついていたのだ。『ハムレット』におけるクローディアスの「鳥もちに捕まった魂」（第三幕第三場）や、『ヘンリー六世』第二部で、グロスター公爵夫人を捕らえるための「鳥もちを仕掛け」た茂み（第一幕第三場）などの表現の背後にはこのイメージがある。シェイクスピアは、野原と戸外で行われるあらゆる競技に親しんでいた。これは、もしかすると、田舎で普通の少年時代を過ごしたというだけのことなのかもしれないが。

　この頃の伝説がもうひとつあり、シェイクスピアが人為よりも自然によって育てられた自由で男らしい田舎の伊達男だったことが確認できる。これは男っぽくて素朴な態度を示すあのイングランドらしい習慣、すなわち飲酒に関するものである。この物語によれば、ビッドフォードという近隣の村の男たちは「大酒飲みで愉快な連中」と言われており、その村の男たちと「一杯飲もう」としたシェイクスピアは、男たちが留守だと言われた。その代わり、「ビッドフォードのちびちび飲む連中」（もしかすると女性だったのだろうか）と飲むように誘われ、一緒になってあまりにひどく酔ったので、木陰で眠ってしまった。神聖視されたこのクラブアップル[176]の木は、一八世紀には「シェイクスピアの天蓋」または「シェイクスピアのクラブ」として観光客に披露されるようになった(Stopes, *Warwickshire* 77)。その真偽はまったく立証不可能なので、否定することもできないという強みがあるが、この話には重要な意味合いもある。文学上の伝説を語る人たちには、シェイクスピアをその生まれた土地に結びつけ、「土地の守護神」として描く無意識の傾向があることをこの挿話は示しているのだ。これはそれ自体悪いことではない。ただ、疑いようもなく地元から受け継いだものに、シェイクスピアが洗練と機知をもたらしたという点を忘れてはなるまい。

第15章 ご奉公致します、お仕え致します

〔『ジョン王』第一幕第一場〕

シェイクスピアは「若くして田舎の学校教師をしていた」とジョン・オーブリーは記す。この日記作者は余白に「ビーストン氏より」と書き添えているが、これはある意味で〈確かな筋〉ではないだろうか。役者ウィリアム・ビーストンとは、シェイクスピア存命中にシェイクスピアの劇団で役者をしていたクリストファー・ビーストン(177)なる人物の息子だったのだから。この息子が老け込んでからオーブリーはインタビューをしたわけだが、それでも確かな情報のように思える。一五、六歳の聡明な少年が年下の子供の「助教師」として雇われることは、決しておかしなことではなかった。

それを匂わせる同時代の証拠もある。一六〇六年に出版された三部作の劇のうち、『パルナッソスへの巡礼』(188)と題された劇のなかで、シェイクスピアをモデルとしたストゥディオーソという登場人物が、田舎で子供にラテン語を教える「教師」としてパロディー化されているのだ。シェイクスピアは教師だったということが前もって知られていなければ、これは意味を成さない。

シェイクスピアの劇には教師や学校のカリキュラムへの言及があまりに多く、同時代の劇作家を遥かに凌いでいるので、シェイクスピアを「劇作家たちのなかの教師」と呼んだ研究者もいるほどだ(Baldwin 672)。戯曲にも、学校で教師が文法説明に用いる文章が引用されたり言及されたりしている。シェイクスピアは教師ホロファニーズを嘲笑するとき、かつての自分をも嘲笑しているのかもしれない。しかし、この言い伝えが正しいとしたら、どうしても気になってくるのは、シェイクスピア青年が教師をしていた「田舎」とはどこかということだ。

グロスターシャーのバークレー城(179)からハンプシャーのティッチフィールド(180)に至るまで、さまざまな候補地が挙げられてきた。地元の近くの、ストラットフォードから二〇キロ離れたビーチャム〔ボーシャン〕・コートに住んでいたサー・フルク・グレヴィル(181)の庇護下に教師生活を送ったのではないかと言われたこともある。同姓同名の詩人の父親だったグレヴィルは、教育問題に大きな関心を寄せた地元の名士だった。しかもアーデン家の親族でもあった。興味深いが、これもまた推測の域を出ることはない。

それはともかくとして、近年、若き教師シェイクスピアが働いていた場所として支持されている説はランカシャーである。ひょっとしてと思わせる点がいくつもあるのだ。まず、この州内にあるリー市近郊のホートン・タワーとリー・ホールの所有者である地元の貴族アレグザンダー・ホートンの遺言書を見てみよう。ホートンの妻は熱心なカトリック信者であり、弟はカトリックを信奉したために国外追放になっていた。この遺言書(一五八一年八月三日執行)のなかで、ホートン

は自分の楽器と芝居の衣裳を、異母弟トマス・ホートンに次のような条件付きで譲っている。

トマス・ホートンが役者たちを扶養しない場合、騎士サー・トマス・ヘスケスがこの楽器と芝居の衣裳を所有することが私の遺志である。そして当該サー・トマスが、今、私とともに住むフルク・ギョームおよびウィリアム・シェイクシャフト（Shakeshafte）に親切にしてくれるよう心より望む。この二人を召し抱えるか、よい主人を見つけてやってほしい（Chambers, *Gleanings* 52）。

この遺言書は、一九世紀中頃に発見されて（さらに一九三七年に出版されて有名になって）以来、喧々囂々《けんけんごうごう》たる論争を呼び起こしてきた。ここで名を挙げられているのが本当にウィリアム・シェイクスピアだとすれば、なぜこのような奇妙な形で名前が綴られているのか。なぜ一七歳の若さでこれほど特別扱いされているのか。

遺書の続きを読むと、シェイクシャフトは年間四〇シリングを遺贈されてもいる。シェイクシャフトの名前はこの家で働いていた使用人四〇人のなかにあるが、このような遺贈がなされたということは、何かしら特別に目をかけられていたわけだ。どのようにしてお眼鏡にかなったのだろうか。ホートン・タワーですでに二年間を過ごしていたとすれば、もちろんその驚異的な才能は夙に明らかになっていたことだろう。しかし、そうした疑いや懸念を棚上げするなら、シェイクスピア少年がカトリックの家に教師として入り込み、役者としても働いていたという図が見えてくる。これはなかなか興味をそそる可能性だ。

この説に反対する学者も多い。シェイクスピア少年の動向については真剣な議論が繰り広げられてきたが、この議論には、少年がどの宗教を信じていたのかという難題がつきまとう。シェイクスピアは本当に隠れカトリックだったのか。いや、そもそもカトリック信者に同情していたのか。味方をしていたのか。イングランド北部に足を踏み入れたことなどあったのか。確かなところは何もわからない。

しかし、もし今述べたとおりだったとすれば、ほかにもなるほどと思えるところがある。ホートン家とヘスケス家は、ランカシャーに絶大な影響力を持っていたダービー伯爵家と昵懇《じっこん》の仲だった。ダービー伯爵の名字はスタンリーだが、シェイクスピアは歴史劇のなかで、スタンリー一族の誠実さと忠誠心を、歴史的事実に逆らってまで強調している──『リチャード三世』において、邪悪な王が倒れたとき、その頭からスタンリー卿(182)が王冠をもぎ取っているのだ──そしてまた、シェイクスピアはこの一族の二人のために墓碑銘を書いた(183)と広く信じられている。一族の一人、ストレインジ卿(184)（第五代ダービー伯爵ファーディナンド・スタンリー）は、カトリックまたは隠れカトリックの貴族であり、莫大な富と権力を持っていた。ストレインジ卿は劇団を庇護していたが、それは当然ながら「ストレインジ卿一座」と呼ばれた。シェイクスピアはホートン・タワーに寓居しているあいだに、この劇団に入ったとする伝記作家もいる。ストレインジ卿一座は地方を巡業し、ロンドンでも有名だった。シェイクスピア少年を田舎の教師生活から首都の宿屋の中庭に設えられた舞台へと移動させるには、ただひとつの巧妙な説明を加えればすむことなのだ。

話がうますぎるかもしれないが、必ずしもありえないわけでもない。シェイクスピアがなんらかの形でホートン一族に仕えていたという言い伝えがホートン家には長く伝わっている。言い伝えだけでは何の決め手にもならないが、それを支持するほかの証拠もある。ホートン家が住むリー・ホールのすぐ近く、プレストン近郊に、コタム家があった。ホートン家とコタム家はどちらもカトリックであり、かなり親密な間柄だった。そのうちの一人ジョン・コタムは、ストラットフォードでのシェイクスピアの教師としてすでに本書に登場しているが、コタムはアレグザンダー・ホートンの遺言状に「使用人」として名前を挙げられているのだ。

単なる偶然とは思えない。コタムが、最優秀の教え子（しかもカトリック信者）をホートン家の子供たちの教師に推薦したとすれば、まったくもって自然なことではないか。アレグザンダー・ホートンは、「国教忌避者を教師として」雇い入れたランカシャーの貴族として、元カトリックだったある司祭によって名前を挙げられている（R. Wilson, *Secret* 57）。

となれば、シェイクスピアは一五、六歳のとき離郷したかもしれないことになる。一六世紀後半のイングランドにおけるカトリック信者の組織が理解できれば、これはまことに納得のいく筋の通った行動と言えるだろう。すでに見たとおり、ランカシャーとストラットフォード・アポン・エイヴォンにはつながりがあって、ニュー・スクールの教師五人のうち四人までが、あらゆるイングランドの州のなかでも最もカトリック色の強いランカシャー出身であった。勘定すれば「エリザベス女王治世中に処刑された二一人の教師のうち九人がランカシャー出身だった」のだ（R. Wilson, *Secret* 58）。ジョン・コタムの弟であるイエズス会司祭トマス・コタムは、アレグザンダー・ホートンの従兄弟リチャード・ホートンの家に匿われていた。カトリックへの改宗活動を進めていた宣教師エドマンド・キャンピオンは、一五八一年にホートン・タワーを訪れ、書物や書類をそこに残している。キャンピオンは絞首刑に処せられたため、遺品を取りに戻る機会はなかった。今となってはもはやきちんと、あるいは完全に解明できないが、ここには深い関係がある。

遺言書を証拠とすれば、アレグザンダー・ホートンは「役者たち」（プレイヤーズ）も雇っていたことになる。「プレイヤーズ」とは単に音楽家たちのことを指すにすぎないという反駁もあるが、はっきりしない。いずれにせよ、役者たちが音楽を演奏しなければならないことはよくあった。当時の教師は生徒に音楽の素養と実技を教えることになっていた点も見逃せない。『じゃじゃ馬馴らし』には、この関係を示す一節がある。

　娘が一番喜ぶのは音楽と楽器の演奏、

ストレインジ卿
(ファーディナンドー・スタンリー、
のちの第五代ダービー伯爵)。
カトリックあるいは隠れカトリックの貴族で、
学識と芸術家肌で有名だった。
シェイクスピアは1587年ごろ、
ストレインジ卿一座に加入している。
ストレインジ卿は1594年に死亡したが、
毒殺の可能性がある。油絵。
(©ダービー伯爵/ブリッジマン美術図書館)

それに詩だと私は知っている。
だから我が家に教師を雇い入れよう……
（三六七―九行〔第一幕第一場〕）

若き助教師にはまた、プラウトゥスやテレンティウスの劇の一節からラテン語を教える義務もあっただろう。このような環境ならば、シェイクスピアの修辞と演劇の才能が花開いたとしても不思議ではない。カトリックには児童劇の伝統があり、たとえばキャンピオン自身も『アムブローシア』という学童用の信仰劇を書いている。ホートンの遺書で「ウィリアム・シェイクシャフト」とともに名前が挙がっているフルク・ギラム〔ギョーム〕は、チェスターでの聖史劇を組織していた野外劇責任者の家系だった。こうして、若きシェイクスピアは、ランカシャーにある国教忌避貴族の屋敷の広間で秘密裡に練習され上演されていたカトリック的演劇世界へと足を踏み入れたのだ。

アレグザンダー・ホートンの死後、シェイクスピア少年はラフォード・ホールに住むサー・トマス・ヘスケスの劇団に入団したかもしれない。ホートン・タワーにもラフォード・ホールにも宴会用の大広間があり、衝立《ついたて》と演壇があって、そこで芝居が上演されていた。ヘスケスは舞台に上げるオーケストラも持っており、「ヴィオル、ヴァイオリン、ヴァージナル〔ハープシコードに似た鍵盤楽器〕、サックバット〔トロンボーンの一種〕、オーボエ、コルネット、シターン〔ギターに似た弦楽器」、フルート、小太鼓《ティバー》」など何もかもそろっていた（Honigmann, *Lost* 33）。シェイクスピアが劇のなかで、召し使いがいて宴会をする貴族の家庭生活をずいぶん案内知ったふうに正確に描いているものだと言われることはよくあった。情報源はどこかと探せば、王室の権威が現実問題として遠くに霞《かす》んでしまう地方において、イングランド中に聞こえた権力と権威を誇るランカシャーの貴族の家庭にまでたどり着く。若き日のシェイクスピアが、同時代人たちを大いに感心させた育ちのよい立ち居振る舞いや話し方を身につけたのはここでのことだったのではあるまいか。

この近隣の地域には、もうひとつ、一九世紀初頭に遡《さかのぼ》る言い伝えがあって、シェイクスピアはラフォード・ホールに住み働いていたという。この屋敷にも、トロイ陥落を描いたテューダー朝の壁掛け綴れ織《タペストリー》があったが、『ルークリース凌辱』のなかに、ヒロインが「プライアム王のトロイを描いた見事な絵画」（一三六六―七行）を矯《た》めつ眇《すが》めつして見るところがある。しかも、のちにシェイクスピアは、ほかならぬラフォード出身の人間をグローブ座の管財人の一人として選ぶのに手を貸していた[185]。

ヘスケスがこの若い役者（もしかするとこの若さですでに新進劇作家）の非凡な能力を見抜いていたとすれば、遺言書の指示に従って、この若者を「よい主人」――すなわちストレインジ卿と、その有名で芸達者な役者たちの劇団――に紹介したというのはありそうなことだ。ストレインジ卿一座はシェイクスピアの若書きの戯曲を少なくとも二作[186]上演していることをこの際考慮しておくべきだろう。

一五九二年にシェイクスピアが満を持してロンドン劇壇に登場し、「優れた腕前」と言われる[187]以前に、役者としてなんらかのきちんとした訓練を十分受けていたに違いないという点では誰もが同意している。プロの劇団に所属する役者は皆、徒弟として下積みを重ねるか、事前の訓練を受けていた。シェイクスピアがストレインジ卿一座で修業を積んだとしても不思議はないのではないか。

たまたま出てきたひとつの調査結果が、この見方を強めるとまでは言えなくても、深めてくれる。五〇年前、アラン・キーンとロジャー・ルボックという二人[188]が、無名氏によって注釈がぎっしり書き込まれたホール著『年代記』を一冊発見した。ホールの『年代記』はシェイクスピアの歴史劇に欠かせない種本だが、この一冊が関心を惹くのは別の理由だった。注釈は若々しい筆跡で書かれ、「ホールの熱烈な愛国心への共感と、その反カトリック的態度に対する怒り」が表れていた（Lubbock 9）。リチャード二世の退位などの問題に関してメモや欄外のコメントが書き込まれてもいた。この書体を調べた筆跡学の専門家は、「シェイクスピアとこの注釈者が同一人物である可能性があるが、断定はできない」と結論づけた（Brown, *How* 167）。だからどうしたと言われかねないところだったが、キーンとルボックは、さらに調査を続けて、まさにこの本こそ、トマス・ホートンとトマス・ヘスケスの共同の所有物または共有財産だったことを発見したのである。

一五八一年の夏から秋にかけての目立った出来事の年表を

作ると、シェイクスピア青年が身を置いていた情況がわかってくる。七月一六日にエドマンド・キャンピオンが逮捕され、七月三一日には拷問のためロンドン塔に連行された。アレグザンダー・ホートンが遺言状を作成した二日後の八月五日、枢密院は「エドマンド・キャンピオンがランカシャーのリチャード・ホートンなる人物の家に残したと自白したなんらかの本と書類」の捜索のための令状を発行した。そして、リチャード・ホートンは逮捕されている。ひょっとすると、アレグザンダー・ホートンが遺言状を作ったのは、そのときすでに自分が逮捕されるかもしれないと知っており、あまり長生きできそうにないと思ったからだろうか。八月二一日、国に忠実なランカシャーの執政官たちがキャンピオンを泊めた連中を逮捕し、「ホートン邸のなんらかの書類」を没収したことに、枢密院は満足の意を表している。

　九月一二日、アレグザンダー・ホートンは不審と思える情況下に死亡した。さらに年末には、サー・トマス・ヘスケス——ホートンが「シェイクシャフト」を推挙した相手——が、奉公人らのカトリック信仰を抑制しなかった廉《かど》で投獄された。ヘスケスの友人や従僕らはすべて当然ながら女王の密偵に改めて胡散臭《うさんくさ》そうに睨《にら》まれることになった。睨みはランカシャーの家々にしっかりと効いていたため、シェイクスピア青年がするりと立ち去るにはちょうどよい潮時だった。どんなに遅くとも一五八二年の夏には、再びストラットフォードでシェイクスピアの姿が見られることになる。

第16章 私が己を知る前に、私を知ろうとしなさるな

〔『ヴィーナスとアドーニス』五二五行〕

シェイクスピアが帰郷したとき、家族の人数は増えていたが、[189]だからといって必ずしも幸せが増したとは言えなかった。一五八〇年の春、ジョン・シェイクスピアはウェストミンスターの王座裁判所に召喚され、これに応じなかったために四〇ポンドもの罰金を取られたのだ。

この罪を犯したのはジョン独りではなかった。あちこちの郡でおよそ二〇〇人もの男女が同じ罰を科せられ、最大で二〇〇ポンドに及ぶ大なり小なりの罰金を課せられているのである。これらの「不平家」たちが法廷に連れてこられたのは、国教忌避か、教会での礼拝への出席拒否が理由だったに違いない。翌年、礼拝統一法の規定に従わない者は最低で月に二〇ポンド、最高で「財産のすべてと所有地の三分の一」の罰金を払うべしという正式の布告が出された。カトリック信者は、今や明らかな破産の危機に直面していたのである。

ジョン・シェイクスピアの罰金の半分は、ノッティンガムシャーの帽子職人ジョン・オードリーを法廷に出頭させることを拒否したか、あるいは出頭させられなかったせいで科せられたものだった。同日、オードリー本人のほうは、ジョン・シェイクスピアを王座裁判所に連れてこなかった咎で罰金を科されている。異なる管轄地域の人々を結びつけたこの相互保釈のシステムは、カトリック信者が罰金の徴収を回避するための試みだったと歴史家たちは推測している。しかし、コーラム・レジナ記録[190]の記載によれば、シェイクスピアの父親はこの罰金を支払っているので、ジョン・シェイクスピアはまだ比較的裕福な暮らしをしていたと思われる。

一五八二年、ストラットフォードに戻ったシェイクスピアは、不確かな未来に直面していた。一八歳という年齢で、どのような職業選択の可能性があっただろうか。近年、シェイクスピアはストラットフォードの弁護士の書記として訓練を受けたのではないかという考えが生まれ、満場一致とは言えないまでも根強い支持を受けている。

これは不自然な進路というわけではない。頭の回転が速い知的な青年には、故郷の町に多くの「就職口」があった。元公立学校教師のウォルター・ロッシュは、チャペル・ストリートで弁護士事務所を開業した。ジョン・シェイクスピアは同じ通りの弁護士ウィリアム・コートの世話になっていた。もしシェイクスピアが事務弁護士の書記でなかったとすると、写字生だったか、あるいは代書人の徒弟だったかもしれない。父親のコネで、ウッド・ストリートにあったストラットフォードの町書記官ヘンリー・ロジャーズの事務所で働いていた可能性もある。

シェイクスピアの劇には法律用語、特に財産法に関するものがたくさん織り込まれている。法廷に由来する単語や言い回しが使われない劇はほとんどない。ソネットもまた似たよ

うな言葉に満ちており、どこかの法学院に所属する人物に宛てて書かれたのではないかと推測されたこともあるほどだ。

一方、シェイクスピアの時代は過剰なほどに訴訟好きな時代であり、エリザベス朝に生きる人は誰でも必然的に法律の知識を大量に身につけたはずだと主張することもできる。あるシェイクスピアの同時代人が言うように、「当世では、どんなならず者でも最高の紳士と同様に法律を知っているような口のきき方をする」のだ（*MA* i 173）。法律は、普通の社会生活を営む上で避けられないものだった。

しかし、一八世紀のシェイクスピア学者として最重鎮だったエドマンド・マローンは、「シェイクスピアの法律用語の知識は、あらゆることを理解するその心をもってしても、その時々の観察の結果によって身につけられたものではない。そこには職業的な技術が見られる」と述べている（Malone ii 108）。おそらく、より重要なのは、この知識がシェイクスピアの文章の手触りそのもののなかに表れているということだ。令状や譲渡証書、賃貸契約や目録、陳述や訴訟、罰金や権利回復についてシェイクスピアは綴る。あまりに膨大な数の例があるため、そのうちのひとつを取り出すのはほとんどばかげているほどだ。『ウィンザーの陽気な女房たち』で、ペイジ夫人はフォルスタッフについて「悪魔があの男の魂の単純不動産権[191]を、和解譲渡[192]や財産回復[193]で入手しない限り、もう二度と私たちに毀損[194]を働こうとしないと思うわ」（二一三二—三四行〔第四幕第二場〕）と言っている。この言葉を説明するにはテューダー朝の法律の専門家でなければならないが、いずれにせよウィンザーの女房の口からこんな言葉が自然に出るものではない。マクベス夫人はバンクォーとフリーアンスについての微妙な問題のことで夫を慰めるとき、「彼らのなかの自然の謄本も、永久に続くものではありません」（九八三行〔第三幕第二場〕）という台詞を使うが、これは「コピア」すなわち謄本保有権に言及したものである。『ルークリース凌辱』で、不幸なヒロインは「悲しみのテニュアをたたむ」（一三一〇行）が、「テニュア」とは正しく完成された供述書を示す法律の専門用語である。『終わりよければすべてよし』では、パローレスがかつての上司について「銅貨一枚で自分の救済の単純不動産権とその相続権を売り払うのみならず、あらゆる残余権[195]から限嗣相続予定者を切ってしまう[196]男です」（二二二〇—二二一行〔第四幕第三場〕）と述べている。だが、もうこれで十分だろう。シェイクスピアが自然の言葉を使うのと同じように易々と、また本能的に法律の言葉を使いこなしていたことは、「あらゆることを理解する」想像力の印であると言えば事足りる。より広い意味で言えば、シェイクスピアは全登場人物を衡平法《エクイティー》の法廷に立たせていると言える。そこでは正義が慈悲によって和らげられるのだ。

シェイクスピアの初期の職歴については、ほかにも証拠がある。シェイクスピアが少々侮蔑的に、元「文書作成人[197]」すなわち法律の代書人と呼ばれている古い文書があるのだ。現在残っているシェイクスピアの筆跡、ことに署名は、法律訓練を受けたことを明らかに示していると、数人の古文書学者たちのあいだで意見の一致もある。これらの署名のひとつが、一九三九年に『古期法令集』という本に発見された。この本はウィリアム・ランバードによって書かれた法律の教科書であり、中身は古英語の勅令のラテン語訳である。この本にあるWm Shakspereという署名が学術的論争を大いに招いたわけだが、ランバードとは、ジョン・シェイクスピアが王座裁判所に告訴状を提出した時期にウェストミンスター・ホールの裁判所の役人を務めた人物だ。のちにジョン・シェイクスピアによる五〇の訴状の一通が大法官府に提出されたとき、ランバードは大法官府の長となっていた。ランバードはリンカーンズ・イン法学院の祝宴局長でもあり、適切な演劇の上演も職務のひとつだった。シェイクスピアがランバードを知っていたとする理由は十分にある。

ジョン・シェイクスピアが原告としてウェストミンスターに登場したのがかなり遅かったことから、シェイクスピアの法律の知識に関する説明がもうひとつつけられるかもしれない。シェイクスピアは、一族が関わっていたさまざまな法的な手続きのことで父親を手伝っていたかもしれないのだ。となれば、劇作家シェイクスピアが所有法に関して非凡な知識を持っていた説明がつく。父親のために働いていたと考えられるのだ。シェイクスピアのものかもしれない署名が入った『古期法令集』には、「ウィリアム・シェイクスピア氏はウェストミンスターのリトル・クラウン通り一番地に住んでいた」という意味の奇妙な書き込みがある。これは一八世紀の筆跡で、この場所は実在する。この情報は偽造されたものかもしれないし、まったく別のウィリアム・シェイクスピアという名の人物のことかもしれない。しかし、ある状況を想定すれば、完全に筋が通る。もしシェイクスピアが家族の訴訟問題に従事しているあいだ裁判所の近くに住んでいたとすれば、古代からの判例でランバードを感心させようと『古期法令集』を入手したかもしれない。ランバードの本は『エドマンド剛勇王《アイアンサイド》』という題の芝居の種本ともなっているが、この芝居の現存する手稿(大英図書館の手稿コレクションに入っている)は明らかに法律家の文字で書かれ、法律上の略語が多く含まれている。『エドマンド剛勇王《アイアンサイド》』を誰が書いたのかについては論争があるが、シェイクスピア自身だとする人もいる。結びつきや関連は、それらを見出そうとする者にとっては実在する。伝記作家というものは、シェイクスピアの性質をゆがめることなく、このようにさまざまな可能性を追及することができるのである。

法律関係と言えなくもない余談がもうひとつあり、これにはちょっと引っ掛かるところがある。もし若き日のシェイクスピアが本当にストラットフォードの町書記官の事務所で働いていたとすれば、一五八〇年にエイヴォン川で溺死した若い女性の事件を熟知していただろう。この娘は自殺したと推測されたが、家族は娘をきちんとしたキリスト教徒として埋葬することにこだわり、水を汲もうとミルク用のバケツを持って川に向かう途中で偶然川に落ちたのだと主張した。ティディントン近くのこのあたりのエイヴォン川は、その上にかかるしだれ柳や〈花輪になる雑草〉(198)で有名だった。もしこの娘の「自殺《フェロ・デ・セ》」の罪が認められたなら、十字路の近くの

『古期法令集』(*Archaionomia*)にある
シェイクスピアのものと思しき署名

穴に埋められたことだろう。そこは地元の人々が石や壊れた壺を投げつけることが認められた場所だった。ヘンリー・ロジャーズが審問検死を行い、娘は実は「偶然に《ペル・インフォルトゥニウム》」死を迎えたという結論に達した。もしこれがオフィーリアのイメージを想起させるとしたら、娘の名前がキャサリン・ハムレットだったというのも興味深い。

すべては推測だが、シェイクスピアが実際に弁護士事務所で働き始めたとしても、この仕事はあまり気に入らなかったのだろう。役者・劇作家としてシェイクスピアがロンドンに登場したということは、法律の仕事には早い段階で見切りをつけたということだ。

変化はほかにもあった。シェイクスピアは一五八二年にストラットフォードに戻って間もなく、アン・ハサウェイに求愛していたのである。

第17章 昼の光で教会が見えます
〔『から騒ぎ』第二幕第一場〕

『お気に召すまま』で、従僕アダムは「一七歳にもなれば、たいていの人は立身出世をしようとするものです」（七四六行〔第二幕第一場〕）と言う。シェイクスピアは、ランカシャーのホートン・タワーやラフォード・ホールの屋敷で立身出身しようとしたのかもしれないが、帰郷してしまい、それから弁護士事務所勤めを始めたにしても、少なくともひとつ、慰めになる将来の展望があった。アン・ハサウェイだ。よく知っていた女性だった。一四年前、ジョン・シェイクスピアは、アンの父親の借金の肩代わりをしたことがあった。ともかく、ハサウェイ家は地元の旧家であり、ショタリー村のヒューランド農場に一五世紀末以来住み続けていた。ストラットフォードから一・五キロ離れたショタリーは、アーデンの森の端にあり、農場や農家が点在する地域だった。アンの祖父であるジョン・ハサウェイは、自作農かつ弓の射手として記録されており、大領主裁判所（刑事裁判所）を司《つかさど》る「オールド・ストラットフォードの一二人衆」に選ばれるほど高く評価されていた。アンの父親リチャード・ハサウェイは、この父親から農場と、後世に「アン・ハサウェイのコテージ[199]」として知られるようになる建物を譲り受けた。

リチャード・ハサウェイもまた農夫であり、裕福な一家の主人であった。テンプル・グラフトン出身の最初の妻とのあいだに、アンを含む三人の子供が生まれた。リチャードは再婚し、さらに多くの子供を儲けた。最後は国教に則って「きちんと埋葬」されたが、遺言の執行人として国教忌避の有力者を指名している。つまり、この近隣のほかの家々と同じように、一家の宗旨は、どちらつかずの曖昧なものだったのかもしれない。

アン・ハサウェイは一家の長女であり、そのため弟妹の世話を中心としてかなり多くの家事を背負い込んでいた。農家の娘として、パンを焼き、肉を塩漬けにし、バターを作り、エール酒を醸造する仕方も覚えた。家の庭には家禽や牛、豚、馬がおり、餌やりや飼育もしなければならなかった。ウィリアム・シェイクスピアとアン・ハサウェイとの結びつきは、一部の人が言うような「身分違いの結婚」でも強制結婚でも全然なく、実に筋の通った縁談だったのではないだろうか。生涯の伴侶を選ぶにあたり、シェイクスピアはかなり用心もし、常識も働かせていたことだろう。そうであれば、まったくもって、世事に対して実際的でビジネスライクなシェイクスピアらしいと言える。

アンはシェイクスピアより八歳年上だった。結婚当時、シェイクスピアは一八歳、アンは二六歳だったが、寿命の短い当時においては、年の差は現代よりも大きく感じられたことだろう。一六世紀には男は年下の女と結婚するのが通例だったので、これは珍しい縁談だった。この年の差はもちろん多くの憶測を呼んだ。もっぱら、年上の女が初心《うぶ》な若い男をベッドに誘い込み、挙げ句に結婚に引き込む手管が取り沙汰されてきたが、逆に、シェイクスピアのほうが性的に自信があったと言えないこともない。いずれにせよ、そんな疑いは、一八歳とはいえ、鋭い男だったかもしれないシェイクスピアの判断力と知性を貶《おとし》めるものであり、著名な男性のもの言わぬ妻たちによくあるように、多くの悪評に耐えてきたアン・ハサウェイへの侮辱でもある。ドラマチックな推測を楽しむ伝記作家たちは指摘する――シェイクスピアの歴史劇には手練手管に長けた年上の女が多く登場するが、その美しさは不思議なことに実を結ばずに萎《しお》れてしまうと。『夏の夜の夢』では、ハーミアが「ああ、ひどい！　若い人と結ばれるには年を取りすぎているなんて」（一三八行〔第一幕第一場〕）と叫ぶし、『十二夜』の公爵は「女は自分より年上の男と結婚するのがよい」と助言した上で、次のように警告している。

年下の女を恋人にしろ、
さもなくば、お前の愛情は続くまい。
女は薔薇の花のようなもの、その美しい花を
一度見せたら、一時間のうちに枯れてしまう。
（一八九六―九行〔第二幕第四場〕）

しかし、気の利かない解釈はやめておくのがよかろう。シェイクスピアは公爵をひどく感傷的な男として造形しているわけだし、公爵の言葉にシェイクスピアの個人的な思いがあると論じるのは、まるでシェイクスピア劇に出てくる女性たちが字が読めるからといって、シェイクスピアの周りにいた女性たちもそうだったと主張するようなものだ。

アン・ハサウェイが読み書きができたかどうかは知られていない。アンがきちんと読み書きを習う機会はなかったし、いずれにせよ、当時のイングランド女性の九割以上は文盲だった。シェイクスピアの二人の娘もまた文盲だったと考えられているため、古今東西随一の劇作家は、自分の書いた言葉を一言も読めない女性たちに取り囲まれるという皮肉な事態にあったことになる。

シェイクスピアの連作ソネットの一四五番目に、その位置づけが奇妙で、文脈から外れているように思えるソネットがある。最後の二行を読むと、この詩が実はアン・ハサウェイのために作られたのではないかと思われる。現存するソネットのなかで、ウィリアム・シェイクスピアが最初に書いた一篇とも言われる所以だ。

「嫌い」という言葉をあの女《ひと》は、
嫌いの届かぬ彼方《かなた》に投げ、
こう言い添えてわが命を救ってくれた
「あなたのことではない」

「嫌いの届かぬ」(hate away)とは、「ハサウェイ」(Hathaway)のことだ。詩全体は、ありきたりの若々しい恋人賛歌であ

り、優しく愛情濃《こま》やかな恋人に「愛そのものの手が形作った唇」があると歌う。面白いのは、ここに新参の詩人としてのシェイクスピアの野心が見えることだ。ソネット形式である。これをシェイクスピアは、ワイアット[200]やサリー[201]の作品が収録されている『トッテル詞華集』のような当時の詩集から借りてきたに違いない。ひょっとすると、英語で書かれた最初の連作ソネットであるトマス・ウォトソン[202]著『恋愛詩百篇』(一五八二年夏出版)から借りてきたのかもしれない。この詩形式は、シェイクスピアの創造に拍車をかけたことだろう。何気なく本能的にこの形式を使うことにしたわけだが、この初期の詩は流れるようで力強く、シェイクスピアがソネットというジャンルを輝かしく極めることを示す前兆となっている。

この結婚にも「愛そのものの手」が何かしら働いていたと信じるべきであろう。なにしろ、アン・ハサウェイは婚礼の日、すでに妊娠四ヶ月だったのだ。この時代、婚前同棲は珍しくなかった。ジョージ・バジャーとアリス・コート、ロバート・ヤングとマージャリー・フィールドといったストラットフォードの隣人たちも似たようなことをしている。また、何人かの証人の前で結婚の口約束をする「婚約」(troth-plight)の習慣もあり、「手を握り合う契約」(hand-fasting)、「確かめ」(making sure)とも呼ばれた。この習慣に従って、ウォリックシャーのアリス・ショーは、同州のウィリアム・ホールダーに次のように宣言している――「私はあなたの妻です。あなたのためにすべての友を捨てました。私を大切にしてください」(M. Eccles 66)。男性は女性の手を取り、同じ誓いの言葉を繰り返す。このような「婚約」を済ませてからでないと、女性は処女を捨てることができなかった。結婚披露宴はそのあとだ。婚約とは、名誉ある男女の掟であり、社会的規範と性的規範の両方に基づくものだった。婚約のやり方は、もちろん、二人きりで誓い合うものから、祈禱書を使う儀式まで千差万別だったが、至る所で行われていたことは、花嫁のうち二割から三割が結婚後八ヶ月以内に出産しているという事実からもわかる。

この略式契約としての婚約は、シェイクスピアの意識にしっかりと根づいていた。シェイクスピア劇には婚約への言及が頻出する。『尺には尺を』のクローディオの「私のちゃんとした妻だ」という訴えから、『十二夜』でオリヴィアがセバスチャンに「あなたの変わらぬ愛をきちんと誓って」という要求に至るまで、さまざまな婚約がある。エリザベス朝ならではの劇の筋立てを理解するうえでも大切なことだ。

トロイラスとクレシダが互いに誓いを立てるとき、パンダラスはこう叫ぶ――「契約成立。さ、キスで調印だ、調印だ。私が証人になろう、互いの手を取って。さあ、お二人さん」(一七六八―七〇行〔第三幕第二場〕)。パンダラスは事実上、「手を握り合う契約」を結んでいるのであり、これによってクレシダがのちに犯す裏切りが一層忌まわしいものとなる。オーランドーが、ギャニミードに変装したロザリンドに「ロザリンド、あなたを私の妻とする」と宣言するとき、本人が思うよりも遥かに深く重大な言質を与えているのだ。手を握って誓い合うだけで結婚同然になるということは現在では疾《と》うに捨てられ忘れられた社会的慣習だが、シェイクスピアとその観客には深い意味を持っていたのである。

婚約の儀式には、指輪を交換する習慣もあった（曲がった六ペンス硬貨や手袋といった婚約の贈り物もあった）。このすてきな儀式があったおかげで、一九世紀初頭に同じくらいすてきな「発見」があった。一八一〇年、ストラットフォードの労働者の妻が、町の教会付属の庭に隣接する畑で働いていたとき、ひどく土まみれの指輪を見つけたのだ。指輪は金製で、きれいにしてみると「WS」というイニシャルがあり、WとSのあいだに恋結びの模様が入っていることがわかった。年代は一六世紀のものであり、地元の古物研究家は「当時のストラットフォードの住人のなかで、この指輪の持ち主である可能性が最も高いのはシェイクスピアである」と考えた（Wells, *Time* 269）。これにはもうひとつ、興味をそそる尾鰭《おひれ》がついている。シェイクスピアは印章付きの指輪を持っていたかもしれないが、その遺言状には捺印がない。「以上、まちがいないとのあかしに、ここに署名し、捺印する」という決まり文句には変更が加えられ、「捺印」という言葉が消されている——まるでシェイクスピアが書類に署名する前に指輪をなくしてしまったかのように。

アン・ハサウェイの「コテージ」で、ウィリアム・シェイクスピアとアンは求愛し合ったと一般に考えられている。「コテージ」（小屋）と言っても、実際にはかなり大きな農家の建物だった。木材と泥壁打ちでできており（榛《はしばみ》の小枝と乾燥した泥が壁に埋まっているのが今でも見られる）、各階にいくつも部屋があり、天井は低く、床はでこぼこしていた。木でできているということは、音が筒抜けだったということであり、求愛は難しく、落ち着かないものだっただろう。階上の寝室から下の階の音がすべて聞こえ、床板に空いた穴からすべてを見ることもできた。近くに野原と森があったのは幸運だった。

いずれにせよ、いよいよというときにこの家にアンを訪ねたわけではなかったかもしれない。というのも、一五八一年に父親が死んで以降、アンは近くのテンプル・グラフトン村に住む母方の親族のところに身を寄せていたからだ。アンは、継母と四人の遺児から離れたいと思ったのかもしれないが、父親の監視がなくなったことによって、この縁組の実現が早まったということもあっただろう。

一五八二年という、この婚約と結婚の年、シェイクスピア一家にある奇妙な事件が起こっていた。この年九月、ジョン・シェイクスピアが、ストラットフォード町長選で友人ジョン・サドラーに一票を投じるために、ギルドホールで行われた議会に出席したのだ。サドラーは病気（六ヶ月後に死亡）を理由に辞退したが、六年近く欠席を続けていたジョン・シェイクスピアがまたひょっこり顔を見せたのは、どうにも解せない。突如思い立ったとか、表立って旧友を支援しようとしたということなのかもしれないが、たぶん同じ頃にジョンの名が公文書に記録されているもうひとつの事柄と関係がありそうだ。

　三ヶ月前、ジョンは肉屋のレイフ・コードリーを含む四人の男により「殺され、ばらばらにされる恐れ」があるとして身辺保護を願い出ているのである。決まり文句のようなものであるから、ジョン・シェイクスピアの命が文字どおり危険に曝されていたと解釈する必要はないが、状況はよくわかっていない。コードリー本人が筋金入りのカトリック信者なので、宗旨の派閥争いでないことは確かである。きっと商売または金銭上の争いだったのだろう。この四人とは別に、ジョン・シェイクスピアが告発した相手には地元の染物屋もいた。議会に出ることで、ジョン・シェイクスピアはかつての権勢を少しでも回復しようと思ったのだろうか。


　ウィリアム・シェイクスピアとアン・ハサウェイの第一子は、おそらく九月の最後の二週間のうちに懐妊されたと思われる。一一月末には新郎本人か新婦の保護者たちが、特別結婚許可証を入手するためウスターに急いでいるからだ。アン・ハサウェイは父親から六ポンド一三シリング四ペンスを遺されていたが、これは鍛冶屋か肉屋の一年分の給料にあたり、持参金としては十分だった。許可証は結婚予告を一度したあとでの結婚を認めており、式を行う教区を特定してはいない。急ぐ必要があったのは、待降節《アドヴェント》[203]が迫っていたためだ。待降節のあいだに結婚式を挙げることは、まず許されない。さらに一月二七日から四月七日まで、もうひとつの結婚禁止期間[204]があった。ぐずぐずしていると、両親が正式に結婚していないのに子供が生まれてしまう可能性があったのだ。アンのお腹がはっきりとふくらんできて、アンもアンの保護者たちも赤子が庶子となることは望まなかったのだろう。

　そこで、一五八二年一一月二七日、ウィリアム・シェイクスピアないしアンの代理人がウスターに馬を飛ばし、ウスター大聖堂南側廊の西端にある教会法廷を訪れた。急ぎの結婚や内密の結婚を許すこの特別許可証の料金は、五シリングから七シリングだった。アン・ハサウェイの家はテンプル・グラフトンと書かれたが、なんらかの奇妙な書きまちがいで名字はウェイトリーとされた。このため、許可証には次のように書かれている。「ウィリアム・シャクスペアと、テンプル・グラフトンのアン・ウェイトリーのあいだに」(*inter Willelmum Shaxpere et Annam whateley de Temple Grafton*)。アン・ウェイトリーという名前の身元不明の若い女性に関して要らぬ取り沙汰がされてきたが、役人は単に名前を聞きまちがえたか、読みまちがえたかしたのだろう。同日にウェイトリー[205]という人物が裁判所に出頭しているので、役人が混乱したのも無理もない。

　シェイクスピア本人は二一歳に満たぬ未成年だったので、父親が結婚を許可していることを誓わねばならなかった。翌日、ショタリーに住むアン・ハサウェイの隣人二人、フルク・サンデルズとジョン・リチャードソンが、なんらかの「結婚を無効にする合法的障害」があとで出てきた場合に備えて四〇ポンドの保証金を積んだ。ジョン・シェイクスピアがこの保証書に署名しなかったのは驚くにはあたらない。ジョンは自分の富と所有物を隠すことに熱心な、よく知られた国教忌避者だったのだから。

　結婚予告は一一月三〇日金曜日に公示され、結婚式はその日か次の日に行われた。式の場所として一番可能性があるのは、ストラットフォードから西に八キロのところにある、アン・ハサウェイが所属するテンプル・グラフトン教区の教会である。教区の記録がないので、式はストラットフォードでは行われなかったことは明らかだ。ストラットフォード教区の牧師は強固に国教を信奉していた。アン・ハサウェイの別の親戚が住んでいた、テンプル・グラフトンから五キロ離れたラディントン村で式が行われたとする学者もいる。古くからの住人の一人が教区記録簿にこの結婚式の記録を見たと主張したが、副牧師の家政婦がその後、ある寒い日に「やかんの湯を沸かす」ためにこの記録を燃やしてしまったとされている（*Life* 72）。この話はやはり眉唾であろう。結婚式の場所はウスターのセント・マーティン教会だと主張する者もいるが、この教区の結婚式の一五八二年の記録は注意深く切り取られている。

　しかし、テンプル・グラフトンの教会はいろいろと都合がよかった。この教会の司祭はメアリ女王によるカトリックの治世の生き残りであり、公的な報告によれば「宗教的に不健全」で「説教も朗読も下手」な老人だった。しかし、この人物は鷹狩りに通じ、「怪我や病気の鳥」を治せたので、「そのために多くの人が始終やってきた」と言う（*MA* i 191）。

　テンプル・グラフトンの古い教会で、カトリックの結婚式に近いものが行われたのかどうかはわかっていない。しかし、司祭のカトリックへの親近感を考えれば、ありそうなことだ。もしそうだったとすれば、式はラテン語で、午前八時から一二時という教会法に定められた時刻に行われただろう。結婚式によいとされた日は日曜日だった。式は教会前の階段で始まり、そこで結婚予告が三度読み上げられた。それから、アン・ハサウェイの持参金六ポンド一三シリング四ペンスが提示され、交換された。アンはまずまちがいなく、ウスターで保証人となったフルク・サンデルズかジョン・リチャードソンの手によって「渡された」のだろう。

　アダムの左肋骨からのイヴの奇跡的な誕生を記念して、花嫁は花婿の左側に立つ。婚約の印として、両人は手をつなぐ。教会前の階段で、司祭は聖水を用いて指輪を清め、それから花婿が指輪を取り、「父と子と聖霊の御名によりて、アーメン（*In nomine Patris, in nomine Filii, in nomine Spiritus Sancti, Amen*）」というラテン語に合わせて、花嫁の左手の親指と続く三本の指に順番にはめてゆく。最後の薬指に指輪をはめたままにするのは、この指の血管は直接心臓へとつながっていると信じられていたためである。二人はその後、教会のなかへ招き入れられ、そこで婚姻のミサに与《あずか》り祝福を受けるために跪く。二人は悪魔から頭を守るために、リネンの布「ケアクロス」を頭にかけていた。また、花嫁が腰につける飾り帯からナイフか短剣を吊るすという慣習もあったが、由緒は不詳だ（ジュリエットは短剣を持っていて、それで自分を刺す）。花嫁の髪は編まれず、そのまま肩に垂れていた。ミサのあとは、教会から祝いの行列で家路につき、家では「ブライド・エール」と呼ばれる結婚の正餐が用意されるのが慣わしだった。それから、新婚夫婦は銀製品、お金、食べ物などの贈り物を受け取り、内祝いとして客に手袋を贈ることが多かった——シェイクスピアの父親が手袋商人だったので、手袋の調達は難しくなかったはずだ。こうして第一部は、このめでたい日で締めくくることにしよう。

第2部

女王一座

The Queen's Men

エリザベス朝時代、最も人気のあった喜劇役者リチャード・タールトン
（大英図書館Harley 3885 f. 19.）

第18章 はっきり言えば、俺はお前と寝たいのだ

『ヘンリー六世』第三部第三幕第二場

結婚式のあとどこかの時点で、シェイクスピアはロンドンへと向かった。大変重要な意味を持つこの移動が何年のことかはわからないが、一五八六年か一五八七年にはすでにストラットフォードを離れていたに違いない。

シェイクスピア劇には結婚直後の不幸な別れへの言及が見られる作品もあるが、これはどれもまったく演劇上の趣向かもしれない。ジョン・オーブリーはこの問題に次のような注釈をつけている。「ウィリアムは、詩と演技を自然に好むようになり、一八歳頃にロンドンに上京したと推測される。ある劇場で役者となり、非常に上手に演じた」(WS ii 253)。つまりオーブリーはほかの人々と同様、シェイクスピアは結婚後すぐにロンドンへと移動したと「推測」しているわけだが、これは常識や実際的な体面を蔑ろにするものだ。新妻とともに過ごす時間がいくらかあったと考えてもいいのではないだろうか。きっとウィリアム・シェイクスピアとアン・ハサウェイはまもなく生まれる子供とともに、ヘンリー・ストリートの花婿の家に戻ったに違いないのだ。新婚夫婦は自分たちの資産で家を構えるのが通例だったが、無理な場合は、花婿の父親が住まいを提供することになっていた。シェイクスピアのように若い花婿の場合には、そうしてもらうよりほかなかっただろう。

新婚の二人は、独自のソーラー(階上の部屋)と階段のある、家の裏側に増築された部分に引っ越してきたのではないかと考えられてきた。しかし、この部分はおそらく一六〇一年になって初めて建てられたと思われる。このため、ヘンリー・ストリートの家にあった使用可能なスペースは、エリザベス朝の基準から見てもかなり満杯だった。プライバシーはあまりなかったが、プライバシーが必要不可欠、あるいは特に大切であるという考え自体がなかったのだ。家族はすでに大所帯で、シェイクスピアの四人の弟妹ギルバート、ジョーン、リチャード、エドマンド(シェイクスピアの「忘れられた家族」と呼んでもいいだろう)と四人の大人がいたが、メアリ・アーデンもアン・ハサウェイもこの種の大家族には慣れていた。

まもなくシェイクスピア本人に子供が三人生まれ、世帯はさらに大規模になったので、家は混雑し騒音にあふれることになっただろう。また、シェイクスピア自身はどうだったただろうか。一六世紀には、結婚した男は大学に入ることも、正式に何かの商売の徒弟になることもできなかった。ロンドンに移る前のシェイクスピアは、表向きは弁護士の書記として、ありきたりの慣習どおりの生活をしていたと想像できる。

シェイクスピアの長女スザンナは一五八三年五月に生まれた。スザンナという名前自体は純粋さや無垢を示し、旧約聖書の外典(1)から採られたものである。もう少しで危うく結婚前に生まれるところだったため、美徳を強調しようとしたの

かもしれない。ピューリタン文学を見る限り、この名前はのちに宗教改革者たちのあいだで人気を博すことになるが、ストラットフォードではすでに十分よく知られた名だった。一五八三年の春にはストラットフォードの三人の女児が洗礼式でこの名前を授かっている。

　この年の秋、宗教的な主張がさらに公的かつ危険な文脈で現れた。シェイクスピアの母親となんらかのつながりがあったとされるパーク・ホールのアーデン夫妻エドワードとメアリの娘マーガレット・アーデンは、ウォリックシャー出身のカトリックの紳士と結婚していた。この若者——エドストーンのジョン・サマヴィル——は、過激な意見の持ち主だった。一五八五年一〇月二五日、サマヴィルはエリザベス一世を殺害するという明確な目的のもとに家を出た。耳を傾けてくれる者には誰にでもこの野望を宣言し、その無分別の結果、翌日には逮捕されてロンドン塔に連行されたのだ。精神に異常をきたしていたのかもしれないが、精神錯乱の訴えも王族を暗殺しようと企む者を赦す理由としては十分ではなかった。サマヴィルの旅は、外国の侵攻とイングランドにおけるカトリック政権の復活の予兆と受け取られたのである。

　サマヴィルの行動の報いを受けたのは、不幸にしてその家族だった。数日後、ウォリックシャーのあらゆる疑わしい家を調べ、不審人物を逮捕するようにとの令状が発行された。この捜査が急を要したわけは、責任者の役人の言葉によれば、「郡内のカトリックどもは時間に乗じて、疑いの種となるようなものを家から片付けてしまう」だろうからである（*MA* i 195）。エドワード・アーデンはサウサンプトン伯爵のロンドンの住居で捕らえられた。メアリ・アーデンとほかの家族はサー・トマス・ルーシーに逮捕された。アーデン一家はロンドンのギルドホールで裁判にかけられ、叛逆罪で有罪を宣告された。メアリ・アーデンは恩赦を受けたが、夫はスミスフィールドで絞首刑になったうえ、内臓を抜き出して四つ裂きにされ、その頭部はロンドン橋の南端で棒に突き刺されて晒しものとなった。ジョン・サマヴィルはニューゲイト監獄で自ら首を吊ったが、その頭も義父と同じ目に遭った。この二人の死によって、ウォリックシャーのアーデン家は滅んだのである。

　パーク・ホールのメアリ・アーデンと同姓同名の女性の夫であり、殉教者となったアーデン一族の親族と思われていたジョン・シェイクスピアには、嫌疑がかかっただろうか。ジョンの息子はどうだっただろう。ほんのわずかでも関わりがあったり親族関係にあったりした者にとっては、これは恐怖の時だった。ロンドン塔の冷たい石壁のなかに閉じ込められ、拷問されて恐ろしい死を迎えることが十分ありえたのだ。ジョン・シェイクスピアが自分のカトリックの信仰宣言をヘンリー・ストリートの家の垂木に隠したのは、この重大事に際してのことだったかもしれない。

　わかっているのは、この出来事から一六年の後、シェイクスピア家が自家の紋章を紋章院に提出したときに、パーク・ホールのアーデン家が使っていた「アーミン毛皮の市松模様《チェック》の横帯《フェス》」（*MA* ii 520）が削除されているということだけだ。もうひとつ、意外なところにこんな事実がある――『ヘンリー六世』第三部で、シェイクスピアはウォリックシャー出身の人物を登場させ、ジョン・サマヴィルの名を与えているのである。

もしウィリアム・シェイクスピアがそれほど名前を知られずに暮らせる首都での生活をありがたいと思うときがあったとすれば、これこそがそのときだった。しかし、シェイクスピアは事件のあいだじゅう、ストラットフォードの家族のもとにとどまることを選んだ。一五八五年二月、双子のハムネットとジューディス・シェイクスピアが教区の教会で洗礼を受けたのだ。二人はハイ・ストリートとシープ・ストリートの角にパン屋を構える友人にして隣人のサドラー夫妻――ハムネットとジューディス――から名前をもらっている。サドラー夫妻に息子が生まれたときにはウィリアムと名づけられた。若き日のシェイクスピアは、「不滅たらんとする大望」〔『アントニーとクレオパトラ』第五幕第二場〕を抱いてはいたが、まだ地域共同体に深く関わっていたのである。男児の名「ハムネット」は、いろいろ取り沙汰されたが、「ハンブレット」(Hamblet)、そしてもちろん「ハムレット」(Hamlet) と発音し綴ることもできた（chimney（煙突）は chimbley と発音されていた）。それぞれがユニークでありながら分かちがたいという双生児の神秘はシェイクスピアを刺激し、劇的想像へと駆り立てた。『まちがいの喜劇』と『十二夜』の二つの劇では、双子の片割れが夢のような状況のなかで、失われた自分の分身と出会う。

一五八五年早春に双子が誕生したということは、オーブリーの「推測」に反して、一五八四年春にシェイクスピアはまだ妻とともにいたことになる。しかし、その後、シェイクスピアに子供は生まれない。この点でシェイクスピアは、二二年のあいだに八人の子を生み出した両親のひそみに倣わず、大家族が普通だったこの時代の例にも倣わなかった。双子の誕生時、アンはまだ三〇歳であり、まだまだ子供を産める年齢だった。ハムネットとジューディスの出産がなんらかの傷を与えたのだろうか。

しかし、ヘンリー・ストリートの家の状況では、アンと夫が同じベッドに眠ることは避けられなかっただろう。またこの時代には、効果のあるきちんとした避妊法はなかった。二人はお互いの了承のもと、性交渉を控える取り決めをしていたのかもしれないが、あらゆる証拠はシェイクスピアが非常に性的な気性の持ち主だったことを示している。二〇代前半のシェイクスピアが、特にはっきりした理由もなく節制できたとは考えにくい。もっと筋の通った、明白な説明がある。シェイクスピアはその場にいなかったのだ。では、どこにいたのだろう。

第19章 私はこちらへ

〔『ヘンリー六世』第二部第三幕第二場〕

一般的にシェイクスピアの伝記では、二〇歳頃から二八歳まで「失われた年月」があるとされている。しかし、完全に失われた歳月というものはない。年代記に空白ができても、人生模様はうっすらぼんやりと見てとれるものだ。

役者になったことはわかっているのだから、きっと旅役者の一座に加わったのであろう、おそらくストラットフォード巡業中の一座に入ったのだという推測もなされた。ロンドンで活躍中の劇団に入りたいと上京したのだとも言われる。サー・トマス・ヘスケスお抱えの一座やストレインジ卿一座と以前に付き合いがあったために、コネがあったのかもしれない。利口な若い役者にして大志を抱く劇作家なら、劇団としても大歓迎だったことだろう。

シェイクスピアは旅役者の一座がストラットフォードへ巡業に来たときに、一座に加わったのだろうか。そんな記録は残っていないし、そもそもそんな新人採用の仕方は珍しい。しかし、一五八三年から一五八六年のシーズンに、少なくとも八つの劇団がストラットフォードのギルドホールで上演している——オックスフォード伯一座、バークリー卿一座、チャンドス卿一座、ウスター伯一座、エセックス伯一座などだ。ウスター伯一座には、シェイクスピアより一歳四ヶ月年下のエドワード・アレン[2]がいた。のちにロンドンの演劇界で圧倒的な力を持ち、シェイクスピアの劇団にとって直接のライバルとなった男だ。サー・フィリップ・シドニーの書簡に「レスター様の道化役者ウィリアム」への言及があって、シェイクスピアはレスター伯一座に加わったのだとする説もあるが、シドニーが言っているのは有名なウィリアム・ケンプ[3]のことだろう。

一五八七年にストラットフォードを訪れたもうひとつの劇団、女王一座には、もっと注意が必要だ。エリザベス女王の政策の、今で言う演劇プロパガンダを提供する目的もあって、四年前に宮内大臣と祝宴局長によって再興された劇団だ。宮廷での御前上演のために正式に選ばれた特権的な役者の集団だった。女王の従僕として給金が支払われ、「御寝所係官」の仕着せが与えられた——シェイクスピアがのちに受けた栄誉と似たようなものだ。メンバーはほかの劇団から引き抜かれた一二人であり、役者業の頂点《トップ》に立つと考えられていた。このなかには「当意即妙で、繊細で洗練された」ロバート・ウィルソン[4]と、「すばらしく豊かで感じのよい」リチャード・タールトン[5]という二人の喜劇役者がいた（Savage iv xxi）。

シェイクスピアが加わった演劇界がどういうものだったかは、タールトンを見ればわかる。イギリス史上初の偉大な道化役者にして、エリザベス朝時代の一番人気の喜劇役者《コメディアン》だ。「大地に作物が実る限り、これほどの人は二度と現れない。ああ、すばらしきかな、タールトン！」とは、仲間の役者の言葉である（Nungezer 348）。一説には、タールトンは父親の豚の世話をしているところをレスター伯爵に見いだされ、伯爵はその「巧妙なる不満に満ちた答え《ハッピーアンハッピー》」に興じて雇い入れたのだという。一五七〇年代にそのジグ踊りと小唄《バラッド》が有名になり、タールトンは一五八三年のエリザベス女王一座結成時の創立メンバーとなった。その手の込んだ独特なパフォーマンスをシェイクスピアが目にしたことは疑いない。『七つの大罪』という喜劇を書いた劇作家でもあり、女王のお気に入りとなり、非公式の宮廷道化師となった。一五八八年にショアディッチで亡くなったのち、『タールトンの冗談《ジェスツ》』と題したジョーク集が人気を博した。

タールトンは遺書のなかで、仲間の役者ウィリアム・ジョンソンを管財人に指定している。ジョンソンとは、シェイクスピアがブラックフライアーズに家を購入する際に管財人となった男だ。つまり、つながりがあったのであり、ハムレットがヨリックを思い出すのは、まさにタールトンを懐かしんでのことだともよく言われてきた。

タールトンの衣裳は赤褐色《ラセット》の上下、それにボタンのついた帽子だ。ずた袋を小脇に抱え、大きな棍棒を振り回し、小太鼓《ティバー》と笛を演奏した。藪睨《やぶにら》みで、口髭《くちひげ》を生やし、鼻ぺちゃだった。ストウ(6)によれば「すばらしく豊かで楽しい当意即妙の機知を持つ男」であり、「当代の驚異」だった（*MA* i 206）。タールトンにまつわる逸話や言及は限りなく、童謡にも歌われ、「タールトン」という屋号やその肖像画を掲げた酒場も多かった。舞台の奥から顔を覗かせただけで、観客は笑いの発作に襲われたという。ぽっと出の馬鹿な田舎者に扮し、肉体喜劇《フィジカル・コメディー》とでも呼ぶべき見事な技を備えていた。つまり、喜劇役者本人のほうが、役者が演じる人物や役割よりも重要だったのだ。タールトンは役柄を離れて、たとえば観客と即興のやりとりをしたり、芝居の最中にもジグや滑稽な所作を入れたりした。得意としたのは素っ頓狂な顔つきであり、やってはいけない瞬間にやってみせた。イギリス演劇の最初のスターと言えよう。

舞台の道化役《クラウン》には長い伝統がある。中世イングランドの祝祭の儀式を統括した「無礼講の王《ロード・オブ・ミスルール》」と結びつくのみならず、宮廷の阿呆《フール》や道化師《ジェスター》とも関係があるが、もっと重要なのは、中世演劇の「悪徳《ヴァイス》」の系譜も引いていたことだ。ヴァイスとはまず何よりも、観客の前でというより観客とともに演じる登場人物である。役者たちが互いしか見ていないのに対し、ヴァイスは観客を観察する。観劇の生命線となり、傍白や冗談を観客と分かち合い、観客と共謀関係を結ぶ。ヴァイスにとって、芝居とは誰でも参加できるゲームなのだ。ヴァイスは人類のあらゆる悪徳の代表であり、そのため一座の監督とも共謀者ともなる。ヴァイスは中世演劇のショーマンであり、泣き真似をし、おためごかしの同情をし、説得したり煽《おだ》てたりして役者たちを悪の道に引き込む。歌い、韻《ライム》を踏み、冗談を言い、ギターン〔ギターに似た弦楽器〕などの楽器を弾いたりもする。宙返りやダンスといった肉体喜劇《フィジカル・コメディー》を楽しみ、洒落や裏の意味でいっぱいの独白を行う。シェイクスピアは、ヴァイスが木の短剣を持っていて、それで爪を削ることによく言及している。

　ヴァイスがイギリス流ユーモアの大きな源泉となり、演劇技法を大いに発展させたことは明らかだ。ヴァイスはシェイクスピア劇の多種多様な田舎者《クラウン》や阿呆《フール》の範例となり、イアーゴーやリチャード三世といった悪役の原型ともなった。演劇における原初の登場人物の一人であり、民族的儀式へ遡る祖先と、一九世紀のミュージック・ホールや最近のテレビのお笑い番組へとつながる遺産を持っている。ヴァイスはシェイクスピアが相続した遺産の一部だったのだ。


　女王一座は結成とほぼ同時に巡業を始め、最初の数ヶ月でブリストル、ノリッジ、ケンブリッジ、レスターをめぐった。夏に巡業し、冬にはロンドンに戻って、シティ内の鈴亭《ベル》[7]や雄牛亭《ブル》[8]、郊外のカーテン座やシアター座で公演した。一二月の終わりから二月までは宮廷上演をした。ほかならぬ女王陛下の従者として、どこでも歓迎されたし、報酬も多かった。ほかの劇団のほぼ二倍の額を稼いでいたようである。劇団員は、現代的意味での「役者」であっただけでなく、軽業師やコメディアンでもあった。トルコ人の綱渡り芸人を雇っており、「女王一座の曲芸師」への支払いなどという記録もある。リチャード・タールトンには、現代のコメディアンと同じような自分の「芸」があった。

　但し、巡業生活が厳しく荒っぽいものであったことは、ノリッジで役者数名が乱闘に加わって、一人が剣の一撃を受けて出血多量で死亡したという事件からもわかる。目撃者の証言があるので事件の様子がまざまざと蘇《よみがえ》るが、それによれば「悪党め、女王陛下の僕《しもべ》を殺そうというのか？」と叫んだ者がいたという（Gurr, *Companies* 203）。どうやら、群衆の一人が（まるで一昔前のイギリス演劇のように）木戸銭を払うより先に芝居を観せろとごねて喧嘩になったらしい。五年後、劇団員同士の喧嘩で一人が死んでいる。女王の庇護があっても、役者の評判は依然として芳《かんば》しくなかった。

　この劇団の名前がウィリアム・シェイクスピアの名前と結びづけられるのは、上演した演目が驚くほど一致しているためだ。『ヘンリー五世の有名な勝利』、『レア王』[9]、『ジョン王の乱世』、『リチャード三世の真の悲劇』など、はっきりと聞き覚えのある劇ばかりだ。このため、シェイクスピアは一五八七年にストラットフォードにやってきた女王一座になんらかの形で加わったのであり、これらの芝居はシェイクスピアの初期作品であって、のちに書き直したのだという推測がされている。すっきりしてわかりやすい説だが、エリザベス朝の劇壇はそう単純ではなかった。分裂と融合、争いと和解、雇用と解雇の歴史があるのだ。

　一五八八年、女王一座は二つに分離し、違うレパートリーの劇団となった。皆、リチャード・タールトンの悲しい死に意気消沈していた。あるグループはサセックス伯一座と合流した。この時点で、シェイクスピアもまた別の劇団に移ったのかもしれない。しかし、先走りしすぎたようだ。まず一五八六年と一五八七年に若きシェイクスピアがロンドンに出てきたはずであることを語らねばならない。

第3部 ストレインジ卿一座

Lord Strange's Men

ロンドン、テムズ河の眺め。ロンドン塔、セント・オレイヴ教会が見える。
ロンドン塔はシェイクスピア作品に最も頻繁に言及される建物だ。
（ヴィッセル「ロンドン景観図」、ギルドホール図書館、
コーポレーション・オヴ・ロンドン/ブリッジマン美術図書館）

第20章 明朝はロンドンへ

〔『ヘンリー六世』第二部第二幕第一場〕

ロンドンでは人間のエネルギーが爆発していた。シェイクスピアはそれに手を伸ばさずにはいられなかった。学者や伝記作者たちはシェイクスピアがいつロンドンに到着したかを論じてきたが、目的地がロンドンだということが疑われることはなかった。同時期にストラットフォードからロンドンへと旅した者はほかにもいる。シェイクスピアの同時代人リチャード・フィールド[1]は、キングズ・ニュー・スクールを卒業後、徒弟奉公に入るためにロンドンへ行った。手袋職人ジョン・ロックの息子のロジャー・ロックもまた、ロンドンで徒弟奉公を始めていた。リチャード・クイニーはロンドンの商人になり、その従兄弟ジョン・サドラーもそうだった。もう一人のストラットフォード出身者、ジョン・レインは、商船でロンドンからレヴァントまで旅した。これらの人々は皆、次の言葉に頷《うなず》いたことだろう。「井のなかの蛙大海を知らず」(『ヴェローナの二紳士』二行〔第一幕第一場〕)。

シェイクスピアの劇でも、若者たちはしばしば「どん臭い田舎の家に[2]」押しこめられていることに苛立ち、不平を言う。本能と野心の翼に乗って、すぐにも家を離れて自由になりたいと望むのだ。ゲーテはかつてこう書いた――「才能は静けさのなかで形作られるが、個性は世界の大きな流れのなかで作られる[3]」。

だが、ウィリアム・シェイクスピアの場合はいろいろな意味で特殊だった。実際のところ、若者ができたばかりの自分の家族を置いていくなどほとんど前例がなく、貴族の家庭でも珍しいことだった。これは少なくとも、シェイクスピアの強い決意とひたむきさを示すのだろう。行かねばならないと感じたのだ。

シェイクスピアは実際的な人間だった。はっきりしない曖昧な形で家族を見捨てたとは考えにくい。また、不合理な衝動に駆られて、ロンドンに運試しに行くことにしたというのもありそうにない。うまくいかない、ないし強制された結婚から逃げていたのではないかという説もあって、その証拠はないものの、結婚生活が完全にうまくいって幸福だったわけでもないだろう。もしそうなら、そこから離れることを考えたりはしなかったはずだ。満足した夫が、妻と子供たちを離れて見知らぬ町での未知の未来を選んだりするだろうか。だから、何かしら落ち着かず、または満足できずにいたと考えるのが最低限の常識だろう。家族愛よりも大きななんらかの力に突き動かされていたのだ。計画と目的を持って出発したのである。おそらく劇団からの勧誘を受諾したと思われるが、役者としての収入の見込みは、地方弁護士の書記としてすでに得ている収入よりも大きかった。役者については、「とても貧しい状態でロンドンへ行った者が、やがて大金持ちになって帰ってくる」(Halliwell-Phillips i 79)という噂がやがて広まるようになった。もし新しい家族を養う最善の方法がロンドンにあるのなら、ロンドンに行かねばならない。

但し、偉大な人物の人生には、運命が働いているものだ。そうした人々が動くと、どういうわけか時間と場所がその人についていくように思えるのだ。ロンドンがなければシェイクスピアはありえない。漠然と密かにこの事実を自ら認識していたことが、シェイクスピアの決意に拍車をかけた。ボリス・パステルナークは『シェイクスピア翻訳についての所見』において、この時期のシェイクスピアは「全幅の信頼をおくはっきりした星に導かれていた」と書いている。これも同じことを違った形で表現したものだ。

ジェイムズ・ジョイスは「心から追放され、故郷から追放されること」がシェイクスピア演劇の支配的モチーフだと注釈している。[4] この洞察はシェイクスピアよりジョイス自身の追放の状況に当てはまるかもしれないが、なるほどと思わせるものがある。シェイクスピアは「導きの星」によって家から離れたのかもしれないが、それでも当然、失われたものを振り返りはしただろう。ジョイスは遠くに離れて初めてダブリンのことを書くことができた。シェイクスピアとアーデンの森や野原との関係も似たようなものだったのだろうか。

ロンドンへの道は二つあった。近道を行けばオックスフォードとハイウィコムを通っただろうし、もう一方はバンベリーとエイルズベリーを通って首都へと続く道だ。ジョン・オーブリーは、オックスフォードを通る経路の脇道にある小さな村をシェイクスピアと関連づけている。グレンドン・アンダーウッドというこの村で、シェイクスピアはドグベリーのモデルを見つけたと言うのだ。とは言え、「モデル」がらみの話はどれも見当違いだ。ただ、そののちシェイクスピアは、チルターン丘陵の森林地帯や隆起、大ウーズ河の渓谷など、この旅を特徴づける村や市場町を熟知するようになる。景色は今では変わってしまっているものの、現代の道路もほぼ同じ道に沿っている。

分別のあるシェイクスピアのことだから、晩春か初夏に出発したことだろう。旅にはよい気候だ。盗賊から身を守るため仲間と一緒に行ったか、ストラットフォードとロンドンを結ぶ「運び人《キャリアー》」と一緒に旅したかもしれない。主な「運び人」の一人であるウィリアム・グリーナウェイは、ヘンリー・ストリートの隣人だった。「運び人」は、チーズ、ブローン[5]、子羊の皮、亜麻仁油、ウールのシャツやズボンなどを荷馬に載せて首都へと運び、スパイスや銀器などの都会の品物と交換するのだった。徒歩で行けばロンドンまで四日かかったが、馬に乗ればたった二日だった。

そして、シェイクスピアがロンドンに近づくと、煙が立ち込めているのが見えた。雑多な叫び声に時折鐘の音が加わったロンドンの音が聞こえた。ロンドンの匂いもした。周囲約四〇キロには、この都市特有の匂いがはっきりと漂っていた。ハイゲイトを通ってロンドンの北側に出る道もあったが、もっと真っすぐな道が首都の心臓部へと続いていた。この道はシェパーズ・ブッシュ村とケンジントンの砂利採取場

地図4……ストラッドフォードからロンドンへ

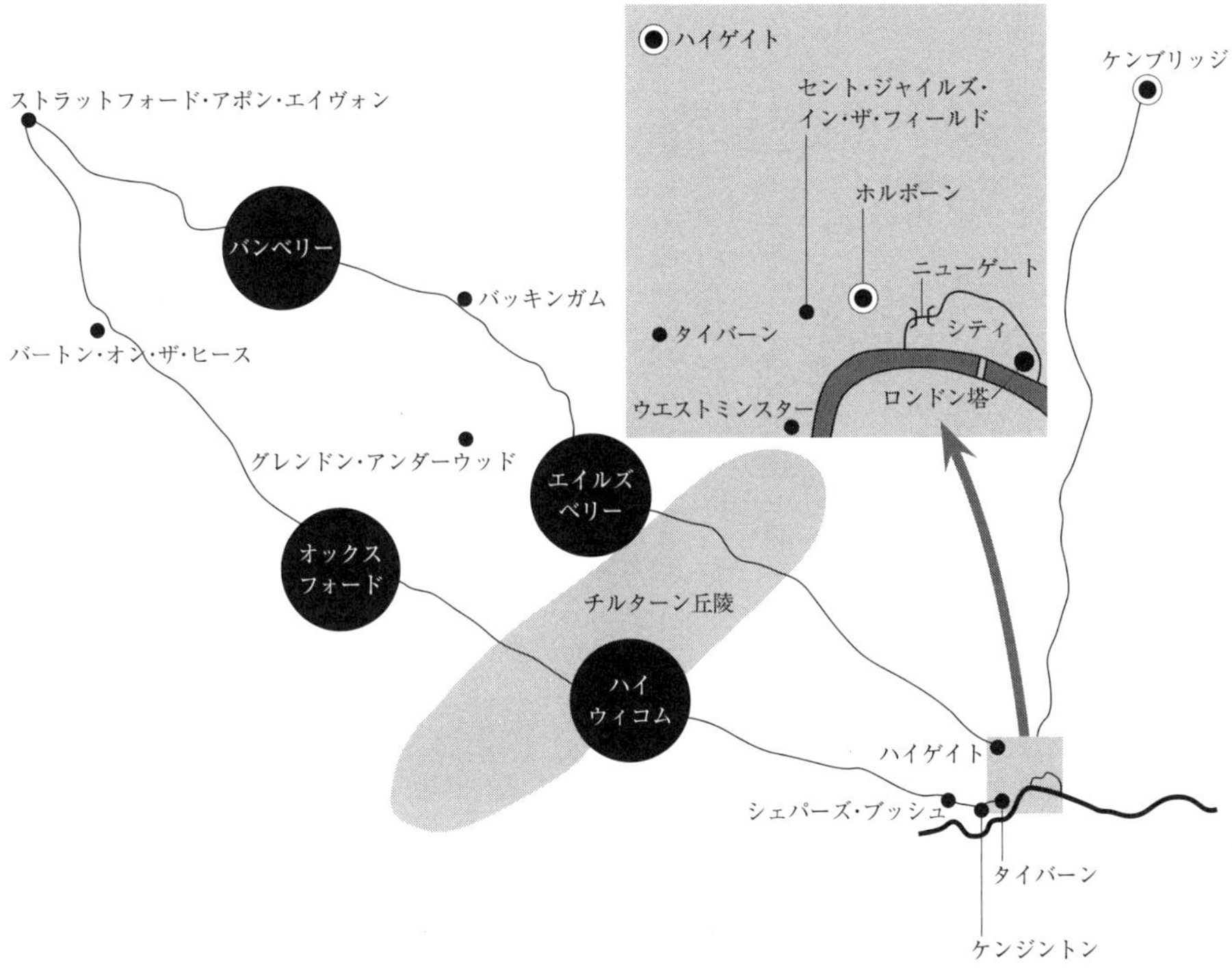

を通り、ウェストバーンとメリーバーンの小川を渡り、タイバーンの絞首台へとたどり着く。道はここで分かれ、一方はウェストミンスターへ、もう一方はシティ自体へと続いていた。シェイクスピアはシティへの道をとった可能性が高いが、そうだとするとオックスフォード・ロードからセント・ジャイルズ・イン・ザ・フィールズ教会、および同名の村へ向かったことになる。

　シェイクスピアがロンドン郊外を見るのはこれが初めてだった。一五九八年に出版されたジョン・ストウの『ロンドン概観』によれば、ここには「多くの美しい家や、紳士の住まい、旅人のための宿などが、セント・ジャイルズ・イン・ザ・フィールズにもう少しで届くくらいまで続いている」という。しかし、郊外には無法地帯としての評判もあった――「放縦でだらしなく無礼な連中が大勢たむろする不快で乱雑な家々、特に貧しい小屋や、乞食や失業者の仮寓、馬小屋、宿屋、酒場、旅籠、東屋を住居に作り替えたもの、定食屋、さいころ賭博場、ボウリング場、淫売宿などがあった」（*Life* 101）のである。

　若きシェイクスピアは、これまでこれに類するようなものを見たことがなかった。シャーロット・ブロンテ[6]が初めてシティ入りしたときに使った言葉で言えば、「大いに刺激的」だと感じたことだろう。道はホルボーンの柵へ向かい、店や家屋、庭や宿屋が散在するところを過ぎて、恐ろしいニューゲイトの監獄へと続いていた。これが「あらゆる都市の華」であるロンドンへの入り口だった。

　初めてロンドンに入る旅人は、否応なくその体験に深く感動するか、あるいは不安を覚えたはずだ。ロンドンはそのどぎつさと力強さによって五感のすべてに攻撃を加えてくる。ロンドンは活力の渦だった。貪欲だった。旅人は、街頭の物売りや、何か買ってくれと頼む商人たちに取り囲まれ、押し合いへし合いになった。ロンドンには絶え間ない騒音――口論や喧嘩の声、街頭での物売りの声、「おはようございます」、「こんばんは」といった挨拶の声など――が響き、頻繁に糞尿、ごみ、人間の労働の悪臭がした。町角で使われる言い回しのいくつかには、ロンドンの生活臭が染みついている――「おいおい、お前は自分の舌の娼婦だ」とか「テムズ河に垂らす小便ほどの価値しかない」などだ。「鼻がきれい《スナウト・フェア》」と言えば美しいという意味だし、性交渉をするという意味で「占領する《オキュパイ》」という言葉が使われていた。自分の店の入り口に立ってのんびりとすごし、歯をせせっている商人たちがいた。妻たちは家のなかで組み立て椅子に坐り、客と商談をしようと待ち構えていた。徒弟たちは主人の工房の前に立ち、通行人に呼びかけていた。家長たちはしばしば玄関前に陣取って、隣人たちと噂話や悪口を交わしていた。現代の意味でのプライバシーは存在しなかった。

　店は何列も立ち並び、ひとつの地域にある店は皆同じ限られた範囲の商品――チーズ類、ピクルス、手袋、スパイスなど――を扱っていた。通りから石段を降りて入れるようになっている、ぼんやりと明かりのついた地下室には、売り物の穀物や麦芽が積んであった。木の実やしなびた野菜の包みを広げて、地面にうずくまる老婆たちがいる。首から下げた木の盆に売り物を堆《うずたか》く積み上げた物売りたちもいる。狭い通りにひしめく人の波をかきわけて、数え切れないほどの男たちが袋や重荷を担いで運んでいる。子供も大人と一緒に忙しく立ち働き、手押し車を押したり呼び売りをしたりしていた。人々は歩きながらパイや小さな焼き鳥を食べ、鳥の骨は路上に捨てた。「歌う男」や「歌う女」と呼ばれるバラッド売りが文字どおり何百人もおり、商品を売ろうと町角や樽の上に立っていた。どこにもつながっていないように見える裏路地もあれば、道に張り出した廃墟のような門や家屋、突然現れる階段やぽっかり空いた穴もあり、汚穢やごみの流れる小川もあった。

ロンドンは人が住み始めてから一五〇〇年以上にもなる古代からの都市であり、古さと腐敗の匂いがした。ジョン・ストウは、自分が歩く一六世紀の通りにある古代の遺跡を観察するのが大好きだった。町の形や感触はまだ中世の都市のものであり、古い城壁や門楼、礼拝堂や納屋があった。修道院や小修道院の跡地は、いくつかはヘンリー八世の「修道院の解散」(7)の結果として解体されていたが、新しい目的に使われているものもあり、指定地区や特別管区《リバティー》として区画されていた。エドワード三世のフランスでの戦争と関係のある、サヴォイ家の宮殿はまだ残っていた。ウォルブルックとテムズ河のあいだのダウゲイトにあったウォリック伯爵の家もまだ現存していた。シェイクスピアが劇中でほかのどの建造物よりもよく宣伝したロンドン塔は、依然として街を見守っていた。ロンバード・ストリートのストーン・ハウスは「ジョン王の家」として知られていた。リチャード三世がイングランドの王冠を受諾した場所とされるクロズビー・ホールも残っていた。シェイクスピアの歴史劇が、作者が住み働いていた都市の中心部から生み出されたのも当然だろう。

しかし、一六世紀ロンドンの奇跡は、街が自らを更新していたという点にある。ロンドンの活気とエネルギーは、若者がいつも新しく出入りしていたことに由来する。概算によれば、ロンドンの人口の半数は二〇歳以下であったという。ロンドンがあれほどやかましく、屈強で、また興奮しやすい街になったのはそのためだ。ロンドンがここまで若くなることはその後二度とない。ロンドンの人口の一割を占める徒弟たちは、上機嫌と時に暴力的になりがちな傾向で有名だった。ロンドンっ子はすぐに徒党を組み、本能的に一致団結して動くので、よく蜂の大群に譬えられた。

この若々しい街には別の一面もあった。ロンドンの各教区の平均寿命は、豊かなところでも貧しいところでも、とても短かったのである。ある一六世紀初頭の日記作者は、自分が「老年の第一部のはじまりである四〇歳に近づいている」と書いている(Picard 89)。かなり短い人生しか望めないとなれば、ロンドンっ子の振る舞いや態度が変わってくるのも当然だ。周りでばたばたと病気や死に倒れる人がいれば、短く爆発するような生き方をするよりほかなかった。だから、人々の人生はよりいっそう生々しく鮮烈なものとなった。演劇の発展にはお誂《あつら》え向きの状況だ。エリザベス朝のロンドンっ子たちは、より熱心かつ迅速に経験を獲得しようと、むさぼるように芝居を観たのである。

ロンドンっ子は、イギリスのほかのところに住む同時代人たちよりも頭の回転が速く、利口で、より個性的だった。エリザベスの治世はしばしば、間抜けで猪突猛進の男どもに囲まれた老いゆく君主の時代として考えられることが多い。奇異に思えるかもしれないが、権威ある歴史学者らがそういう見方をしている。しかし、ロンドンの街で、物を売り買いし、会話をし、戦っていた男たちも――女もだが――いたことを忘れてはならない。

だからこそ、この時代は、冒険者、企画者、壮大な計画を夢見る者の時代だと考えてよいのだ。共同出資会社[8]の設立、植民地計画[9]の推進、マーティン・フロービシャーやフランシス・ドレイクの航海はすべて、こうしたわくわくするような活力と行動力から出てきたものだ。

大志と野望さえあればどこにでも行くことができる若者の世界。それこそ、シェイクスピアの世界だった。

第21章 時の精神が私を急がせてくれる

〔『ジョン王』第四幕第二場〕

ロンドンの街は急速に肥大していた。貧しき者も富める者も、移民も農民も、皆ロンドンに惹き寄せられていた。大志を抱く田舎の若者は法学院の門を叩き、紳士階級《ジェントリー》はウェストミンスターにある法廷や宮廷に足繁《あししげ》く通った。紳士階級と貴族階級が社交のためにロンドンを訪れる「シーズン」は、実は一五九〇年から一六二〇年にかけて成立したにすぎない。それよりも何よりも、ロンドンの乞食の多さときたら、国中のほかの地域をすべて合わせたより凄《すさ》まじかった。

街は建設と再建に沸き立ち、ありとあらゆる空き地や余った土地に住宅が建てられていた。一五八〇年と一五九三年に発布された政令が新築物の増大に歯止めをかけようとしたものの、まるでうねる潮流を押しとどめようとするようなものだった。街路にも裏通りにも面していない庭や中庭まで家や離れ家が建てられ、既存の家屋は次々に小さな住居に分割されていった。墓場の上であろうと家屋が建った。一五二〇年には約五万人だった人口は、一六〇〇年には二〇万人に達していた。この新しい環境に若きシェイクスピアが驚いたとすれば、それは熱気むんむんとひしめき合う人の多さへの衝撃でもあっただろう。

当然ながら、街は、市の城壁を越えて西と東へと広がっていった。ロンドンとウェストミンスターを結ぶ道路は、シティ内の街路と同じくらい混雑しており、担い籠《リター》、六人乗り四輪二頭立て馬車《ハクニー・コーチ》、二輪荷車《カート》、重荷用二輪荷車《ドレー》、四輪荷馬車《ワゴン》、荷馬《パックホース》、四輪馬車《カローチェ》でごった返してしていた。道の狭さにシェイクスピアは驚いたのではないだろうか。なにしろ新たな交通のために作られた道ではないし、ストラットフォードの大通りの方が広いくらいだったのだ。

ロンドンは異色だった。中身にしても、大きさにしても、こんな都市はイングランドに類を見なかった。それゆえ、ロンドンっ子には独特な自覚があった。別に突然の意識変革があったわけではない。たいていの市民は忙しすぎて、そのように自らを顧《かえり》みる暇などなかった。だが、自分たちの生活様式が前例のないものだという本能的な認識はあった。

ロンドンはもはや中世の都市ではなかった。街は著しい変貌を遂げていた。そこにいるのは新種の人間、すなわち都会の大衆だ。その付き合い方も都会風だった。このことは、シェイクスピア劇を考える際に、きわめて重大な意味を持つ。

街は混乱を生み出し、また混乱によって生きていた。トマス・デカー[10]は『貞淑な娼婦』でこう問いかけている――「変化《チェンジ》は変《ストレンジ》か？　変わらなければ流行ではない…」。

紳士階級と商人階級の勃興は、昔からの貴族階級の地位や特権を着実に浸食していった。親族の重要性は薄れ、市民社会の重要性が増した。個人的に従順を誓うことは時代遅れとなり、さほど私的ではない契約関係にとって代わられた。「血統社会」から「市民社会」への移行の時代になったと言われている。

エリザベス朝の都市世界の質を決定する要素として、衣裳は最重要だ。外見は富だけでなく、身分と地位をも示していた。市民という市民が——といっても、こちこちのピューリタンや、貴族的な商人階級に属する謹厳な人々はその限りでないが——色彩の鮮やかさ、その新奇さ、そして服飾品ひとつひとつにふんだんに施された装飾の豊かさを重視した。

特大の絹の薔薇を靴に飾るのが流行った。どんな服装をしているかでどんな職業についているか一目瞭然だった。街頭の物売りさえも、その役割を示す服を着ていた。娼婦たちは自分の商売を宣伝するために青い洗濯糊[11]を使った。徒弟たちは、冬には青いガウン、夏には青いマントを羽織り、また青いズボンと白い靴下、平らな縁なし帽子《フラット・キャップ》も着用しなければならなかった。乞食や放浪者たちは、いかにも憐憫と施しを与えたくなるような服装をしていた。劇場それ自体でも、劇作家や役者を雇う費用よりも遥かに巨額の衣裳代が使われていた。その意味でも若い街だった。街そのものがある種の劇場だという考えが、ますます意味深くなっていたのだ。ロンドンは、劇的即興や演劇的パフォーマンスを促成栽培する温室だった。それは処刑台に上げられた国賊の儀式的な否認から、王立取引所での商人たちの行列にまで及んだ。それこそがシェイクスピアの世界だった。

ロンドンは練物《パジェント》の本場となった。練物とは、芝居仕立ての山車《だし》行列であり、都市世界のあらゆる光景や色彩を映し出した。練物はお祭りであり、門《アーチ》だの噴水だのが特設され、ロンドンはひとつの可動式の書き割りに変わった。

それぞれふさわしい衣裳を着た各種組合《ギルド》の構成員や参事会員、騎士や商人が、旗手や上級騎士[12]に付き添われていた。演壇《プラットフォーム》や舞台では活人画《タブロー》が演じられた。この動く見世物の参加者と見物客とのあいだに実質的な区別はなかった。もはやそれ自体がひとつの演劇作品であって、そこでは人生も芸術も、同じ純粋な光焔に照らし出されていた。それはまたロンドンの力と富を顕示する手段でもあった。

この旭日昇天の精神をもって、ある歴史家はエリザベス朝様式のことを「意図的に壮大で、壮大さこそがあらゆる美徳の総和だと考えられて」おり、どこまでも脱線していく「何でもありの職人芸を華々しく誇示し」、「とどまることを知らず、反応を求め、喜びを惹き起こす。秩序や質素さに歩み寄ることはない」(Mowl 13, 22, 87)と述べている。ある面でシェイクスピア自身の芸術のことを指しているとも言えよう。大胆な色彩や複雑な絵柄が偏愛され、すべては驚嘆を呼び起こすように作られていた——ということもまた、シェイクスピア劇の特徴と言われるものだ。どんな時代でも、文化のなかに生まれるあらゆる発露は同根なのである。

この壮大さの感覚は、とりわけ王族に当てはまった。エリザベス一世は「我ら君主というものは、いわば世界中が見つめる舞台に立っている」と断じたが、スコットランドのメアリ女王も似たようなことを「世界という劇場はイングランド王国よりも広い」と、自ら裁かれる法廷で裁判官相手に説明している。

シェイクスピアは確かな演劇的本能を働かせて、舞台を君主や宮廷人で満たし、歴史劇の世界を作り上げた。儀式や典礼が殊《こと》に大きな役割を果たす世界だ。だが、危険もつきまとう。役者は王にも女王にもなれるからだ。ほかならぬ女王陛下が実は役者でしかないとなったらどうだろう。舞台を終えて王の役を降りるという発想が生まれる――それはシェイクスピアが『リチャード二世』や『リチャード三世』において持ち出すことになる、微妙な可能性を孕んだ問題だった。

教会の聖性が失われ、蠟燭や像が撤去されると、都市社会はいよいよもって儀式的かつ壮麗になっていった。シェイクスピアの天才を理解するためには、これは非常に重要な点である。シェイクスピアが活躍した都市では、劇的な見世物こそが現実を把握する主たる方法だったということだ。セント・ポール大聖堂のすぐ外にある「ポールズ・クロス」と呼ばれる説教壇は「この国の真の舞台」(Kastan 43)と呼ばれており、説教師がそこで己の役割を演じた。ジョン・ダン[13]は「この都市は大きな劇場だ」と述べた。同時代の劇作家エドワード・シャーファム[14]も、「街は喜劇だ。役を演じ、衣裳をまとう。伊達男たちは役者だ」と、同じ感想を述べている(Manley, *Literature* 431)。

現代のニューヨークが映画の街となり、主に映画やテレビの映像を通して知られるように、ロンドンは最初の演劇の街であった。ロンドンにおける演劇の成功は、グローブ座での上演であれ、カーテン座での上演であれ、ほかのヨーロッパの首都には類を見ないものだった。ロバート・ウィルソン作『ロンドンの三貴婦人』[15]が上演された一五八一年以降、ロンドンの街を舞台とする芝居が数限りなく生まれていった。

ロンドンの劇場は、未だかつて建てられたこともない新種の建造物だった。人々は役者たちを凝視し、振る舞い方、話し方、お辞儀の仕方を学び、台詞ひとつひとつに拍手を送った。演劇はまた、集まった人々に社会的・政治的なメッセージを伝達する方法としても利用された。ある説教師は次のような不平を漏《も》らしている――「最近では芝居の人気があまりに高く、神をも恐れぬ冒瀆者たちは、芝居から説教と同じくらい教訓や模範を学べると公言するほどだ」(Manley, *London* 106)。多くのイギリス人にとって、聖史劇や道徳劇といった演劇は、つい最近まで宗教的指導や教義上の寓話を伝えるための主要な道具だった。演劇はまだ教師としての権威を持ち続けていたのであり、現代見なされているようなエンターテインメントにとどまらなかったのだ。

人生は芝居だという深い認識があった。『お気に召すまま』におけるジェイクイズの「この世はすべて舞台……」という比喩は、すでにルネサンス期では誰もが言っていることだった。それはそうだ、言うまでもないとあしらわれてもよいこの概念は、しかし、一六世紀のロンドンではかなり強力な意味を持っていた。人生と演劇が結びつくことで喜劇が生まれ、元気をもらえると思う人もいれば、ウェブスター[16]のメロドラマに登場するモルフィ公爵夫人のように、歓喜よりむしろ悲哀を感じる人もいただろう。どちらであろうと、細かいことを抜きにすれば、「人生は芝居」という概念は〈ロンドン・ヴィジョン〉とでも言うべきものとぴったりくる。これは、そのままシェイクスピアの演劇に結びつく。もし人生が芝居なら、芝居は誇張された人生でなくて何だろう。舞台で演じられるのは虚構であり、その虚構性に注意を向けさせることさえあるが、それでもそこには深い真実味があるのだ。

〈ロンドン・ヴィジョン〉の特徴は何だろうか。それは嘲笑と諷刺、断絶と変化を結びつけるものだ。熊を杭につなげていじめ殺すような残酷さやスペクタクルもそうだ。雑糅混淆《ざつじゅうこんこう》とし、諷刺と悲劇、メロドラマと茶番劇《バーレスク》を融合させる。それこそ、ヴォルテール[17]がシェイクスピアの「奇怪な笑劇《レ・ファルス・モンストゥルーズ》」と呼ぶものの背景だ。偶然や奇遇に頼ることが多く、群衆の行動に興味を持ち、明るくけばけばしい。人目を惹こうと躍起なのだ。ウォルト・ホイットマン[18]が、シェイクスピアは「強烈に描きすぎる」と言ったのも、そのことを指しているのだろう。言うまでもなく平等主義的でもあった。役者たちが王や兵卒の服を脱げば、誰でも平等なのだ。舞台そのものの上では、女王も田舎者《クラウン》と同じ空間を分け合い、同じ存在感を持っていた。のちの時代にハズリット[19]が言ったように、「演劇は偉大なもの、疎遠なもの、ありえることを、実際の、ささいな、近しいものと同じところへ持ってきてしまう」のだ。これぞ、シェイクスピアの都市体験だった。

第22章 それじゃ、人の多い都会は獣だらけ

〔『オセロー』第四幕第一場〕

ロンドンを訪れた人々は、男女間の親密さの度合いに対する驚きや反感を記録に残している。エラスムスは「どこに行っても、皆のキスで迎えられる。帰るときもキスで送られる」と述べている（Stone 520）。一六世紀末から一七世紀初頭には、女性は胸を露出したドレスを着る習慣があった。

同時代の道徳家たちのあいだで、売春宿と劇場との近さは常に論評の標的となっていた。売春宿も劇場も、市の厳しい管轄権の及ばない市の城壁外や川の南岸に建てられたが、両者の近さは地理的な面にとどまらなかった。尊敬を集めたヘンズロウ[20]やアレンなどの劇場所有者は、売春宿の経営者でもあった。アレンの妻は、このような逢い引きの場所と関係したことが原因で、荷車に乗せられて引き回された。郊外には百軒以上の売春宿があり、これらの建物の上に盲目のキューピッドの絵が掲げられていたことにシェイクスピアも言及している。劇場の近くにも、売春婦たちが集まる「庭の散歩道」や「庭の小径」があった。

若い娘たちはイングランド中からやって来ていた。当時の法的な記録によると、シェイクスピアと同時代に、二人の若い女の子がストラットフォード・アポン・エイヴォンからやって来て、非合法な稼ぎをしようとしたという。劇場通いと性的放縦が明らかに結びついていたのは、ひょっとするとどちらも日常世界からの一時的な解放になっていたからかもしれない。劇場も売春宿も、慣習的な倫理や社会の道徳から解放してくれた。シェイクスピアの芝居は卑猥な言葉や性的なあてこすりでいっぱいだ。群衆の多くの好みに合わせていたのである。

病気に関しては、果てがなかった。劇場は疫病が流行ると閉鎖されたが、それはまさに劇場こそ感染の主要な原因であると考えられたためだった。伝染病の波に都市の人々がさらわれる様はひどかった。一五九三年には人口の一四パーセントが疫病で死亡し、感染者数は死者数の二倍にのぼった。

セックスと病気には密接な関係があるとされた。疫病は「ソドムの罪[21]」が原因であるとする人もいた（Duncan-Jones, *Ungentle* 81）。疫病はまた、ロンドンに特徴的な臭いとも関連づけられたため、ロンドンは堕落だけでなく、死の生命体ともなった。完全に健康な人などほとんどいなかった。死と不安が、市民たちが呼吸する空気に漂っていた。一六〇六年のトマス・デカーの作品の表紙には『ロンドンの七つの大罪。七つの異なる馬車に乗り、市の七つの門から入ってくる』と書かれている。シェイクスピアの芝居は、瘧《おこり》や熱病、中風や粟粒熱《ぞくりゅうねつ》[22]など、さまざまな形態の病気に言及している。シェイクスピア劇では、感染という概念が呼吸そのものと関連づけられているのだ。

貧者や浮浪者もまた、現在と同様、ロンドンの生活の一部

だった。そうした人々は都市が投げかける影だ。当時、貧者や浮浪者は人口の約一四パーセントを占めていた。荷物運びや道路掃除や水運びをして日々の糧の足しにする「労働する貧民」もいた。「頑健な乞食」たちもいた。鞭打たれて町から追い出されることが多い。そういう連中は、二度目、三度目に戻ってくると死刑になった。漆喰塗り、建設などの臨時労働によって少ない稼ぎを得る、主人を持たない者たちもいた。教区に養ってもらい、通りで物乞いをする貧窮した者もいた。『リチャード三世』で言われる「人生に疲れた飢えた乞食ども」（三三七四行〔第五幕第三場〕）とはこのような人々のことだ。シェイクスピアはこれら拠りどころのない人々の一団を特にはっきりと意識していた。こうした人々はシェイクスピア劇の周縁に（場所をわきまえて）登場してくる。しかし、小冊子作者や宗教者とは違って、シェイクスピアは時代の状況を声高に非難することはなかった。貧民の危機的状況は――たとえば『コリオレイナス』において――断続的に現れてはくるものの、それを大っぴらに哀れんだり、侮蔑したりすることはないのである。

こうした、失うものがほとんどまたはまったくない見捨てられた者たちの存在ゆえに、犯罪や暴力が大規模に拡大していった。一五八一年から一六〇二年のあいだに、市内での深刻な騒動や暴動は三五回あったと推定されている。食べ物を求める暴動、法学院の紳士たちと徒弟たちのあいだの騒動、移民または「よそ者」に対する暴動の脅しなどがあった。『ヘンリー四世』第一部では、「一時《いっとき》飢えている不機嫌な乞食ども」のせいで「大混乱と騒擾」が起こると国王が非難している（二五七八行〔第五幕第一場〕）。

もちろん、男性市民が短剣や細身の剣を帯び、徒弟たちがナイフを持ち、女たちが簪《かんざし》や長いピンで武装した街だったのだから、人々は常に暴力の危険と隣り合わせだった。短剣は普通、右側の腰につけられていた。シェイクスピアも習慣として、細身の剣か広刃の刀を帯びていただろう。(23) 州長官代理のもとに持ちこまれる暴力沙汰は、盗難や高すぎる値つけと同じくらい、よくあることだった。犯罪グループは除隊兵の連中と区別がつきにくく、ロンドン塔の近くの造幣局やサザックのクリンク刑務所といった町の特定の部分の治安を脅かしたのである。

シェイクスピアは、生活するうちにこの街を熟知するようになった。なにしろ、ビショップズゲイト、ショアディッチ、サザック、ブラックフライアーズと、住所を転々としたのだ。近隣や同じ教区の人々によく知られ、公衆劇場に集まる人々にも顔を知られており、名も知れぬ人物というわけでは全然なかった。

セント・ポール大聖堂境内の本屋やパタノスター通りの本屋は馴染みだっただろう。クォート版で出版されたシェイクスピアの戯曲本の表紙には、セント・オースティンズ・ゲイト近くの「フォックス」の看板から、フリート・ストリートの「ホワイト・ハート」の看板まで、一六の異なる店が挙げられている。

ラインやガスコーニュ産の葡萄酒を売る酒場や、ビールやエール酒を出す宿屋は行きつけだっただろう。サザックのオリファント亭やハート・ストリートのマルコ・ルッチェスの店といった、宴会もできる小料理屋も知っていただろう。ご存じ王立取引所では、夏のあいだ日曜の午後に無料の音楽会が開かれていた。市の城壁の北側にある野原に出かけたこともあるだろう。そこでは、レスリングやアーチェリーの大会が開かれていた。町を取り囲む森は見慣れており、芝居に郊外の森で落ち合う箇所があるときには、観客の大部分はロンドン近郊の森だと思ったことだろう。

シェイクスピアはまた、さまざまな顔を見せるテムズ河にも馴染むようになっていた。しょっちゅうこの河を渡り、主な交通手段としていたのだ。河は現在よりも浅く、広かった。しかし、夜の静寂《しじま》のなかでは、両岸のあいだを流れゆく滔々《とうとう》たる水の音ははっきりと聞こえた。「ちぇ、潮時を逃しちまうって言ってるんだよ、潮時を逃せば、船に乗れないぞ」と、『ヴェローナの二紳士』のパンシーノは言っている（六〇七—八行（第二幕第三場））。シェイクスピアはその作品のなかでロンドンそのものを語る必要はなかった。ロンドンこそシェイクスピアの劇作品すべてを育んだ荒っぽい揺籃だったからである。

第23章 がんばります、閣下〔『リア王』第一幕第一場〕

ロンドンにぽっと出のシェイクスピアは、当時の人たちの目にはどのように映っただろうか。『じゃじゃ馬馴らし』のルーセンシオがピサを発って「学問の揺り籠」であるパデュアに「飛び込」んだときは、「渇きを癒《いや》す満足」を得ようと（二九八行〔第一幕第一場〕）期待に胸をふくらませている。あらゆる経験をしたくてたまらないシェイクスピア青年は、ロンドンでの多彩な生活に「満足」したいだけでなく、「貴族の洒落た会話を聞き、貴族と言葉を交わす」（『ヴェローナの二紳士』三一八行〔第一幕第三場〕）ことも夢想しただろう。青雲の志としてはそれこそが本望であっただろう。さらにまた、思想と演劇を育む都市で自分を試そうとの思いもあった。そんな若々しい野望が、思いもよらぬところに顔を覗かせている。『アントニーとクレオパトラ』でアントニーが言うのだ、朝はまるで

誰かの目にとまりたい
と思う若者の心

のようだと（二一二〇－一行〔第四幕第四場〕）。

では、シェイクスピアは「誰もが人生において追い求める」（『恋の骨折り損』一行〔第一幕第一場〕）とナヴァール国王が言う名声を熱望していただろうか。熱望していたとこれまで多くの人が考えてきたが、当時の役者や劇作家の名声の賞味期限は短いものだった。ただ、シェイクスピアは、この街の精神力を感じ、同時に自分の運命もうすうす感じていただろう。シェイクスピアの強烈で圧倒的な活力に注目しよう。晩年に至るまで発揮され続けたが、若い頃には抑えきれないほどだったに違いない。また、シェイクスピアの軽快さ、融通無碍な精神にも注目したい。役者として、素早く敏捷であるように訓練されていたが、その活力はまさにシェイクスピアの存在の核だった。劇中のイメージは、飛翔や素早い行動、動きや軽さにあふれている。シェイクスピアは速さと敏活さの詩人だった。登場人物たちが属す世界は、書斎や図書室ではなく、忙しく活動的な世界だ。シェイクスピア劇は、咄嗟《とっさ》の一瞬や変化をとらえた演劇であり、『光った』と言う間もなく、消えてしまう」稲妻の直撃のイメージが最も色濃い（『ロミオとジュリエット』八九二－三行〔第二幕第二場〕）。自然界から人間社会に及ぶ無数のイメージのどれを見ても、シェイクスピアが並み外れた鋭敏さの持ち主だったことがわかる。

そしてシェイクスピアは、その喜劇の登場人物同様、当意即妙の素早いやりとりで知られていた。役者一家であるビーストン家から情報を得たジョン・オーブリーは、シェイクスピアは「即座に出てくる快活でよどみない機知」を持っていたと述べ、「とてもハンサムで恰好のよい男だった」とも走

り書いている（WS ii 253）。役者は、喜劇的な役柄を専門とする者以外は、ハンサムで恰好がよいものだった。

優秀な若者は皆精力的なものだが、自意識や照れに悩まされる者も多い。人より抜きん出ているがゆえの代償だ。シェイクスピア劇には、感情が思わず顔に出て赤面したり紅潮したりすることへの何気ない言及が多い。シェイクスピアは、ついついそのように細かなことまで書く癖があった。チャールズ・ラムは、シェイクスピアが「自分によく気をつけている」と言う。舞台であがってしまうことも、劇に書かれている。

誰もがシェイクスピアは優しく礼儀正しいと言っていた。「礼儀正しい」、「心が広い」などさまざまに呼ばれ、とりわけ「ジェントル」だと言われた。法律事務所の書記や田舎教師としての過去を悪しざまに言われることもあったが、生まれがよくて本当に「ジェントル」だとたいていは考えられていた――「ジェントル」とは、「おだやかな」、「優しい」という現代の意味ではなく、紳士《ジェントルマン》としての美徳と属性を備えているという意味である。シェイクスピアはのちに、実際に「生まれがよい」ことを世に示すことになる。

「ジェントル」であるということは、身分や地位が低い者へは本能的に礼儀正しくし、同等の者へは気持ちのよい謙虚さを示し、目上の者へはそれなりの敬意を払うということだ。シェイクスピアは「あらゆる階級の人とうまくやっていける実に礼儀正しい紳士だった」とバーナード・ショー[24]が書いたのはそういう意味だった（Gross 10）。

一五六一年に英訳が出版されたカスティリオーネ[25]の『廷臣論』の流行はまだ終わっていなかった。これはあらゆる紳士（弁護士や裕福な商人を含めて）が手本とすべき礼儀正しい振舞い方の手引書だった。シェイクスピアがこの本を読んでいたことは、あちこちに言及があるので明らかだ。実際、シェイクスピアの芝居自体、礼儀正しい話し方の「お手本」として読まれてきた。だからこそ、エリザベス朝人たちはシェイクスピアのことを「流麗な《メリフルアス》」とか「甘い言葉の《ハニー・タングド》」とか形容したのである。カスティリオーネ自身、「あらゆる身分の男女と付き合い、ある種の優しさがあり、とても風雅に振る舞うため、言葉を交わしたり、ただ拝顔したりするだけで、永遠の愛情を抱かずにはいられなくなる」ような人物を推賞している（Castiglione 33）。多くの人が想像するように、シェイクスピアは生まれつきそんなふうだったのだろうか。それとも、訓練と教育の賜物《たまもの》だったところもあったのだろうか。

いずれにしても、シェイクスピアの性格に関するこのような見解は、一七〇九年というかなり昔に、ニコラス・ロウがシェイクスピアを「気だてのよい男で、振る舞いはとても優雅で、一緒にいると楽しい人だった」と描写したときから確立されていた（WS ii 266）。これは、シェイクスピアがマクベスの恐怖やリア王の苦悩を感じていたと信じるロマン主義者には驚きだ。シェイクスピアは嫉妬深いオセローでもなければ、無法者フォルスタッフでもなかった。ただ、その人物を創造した瞬間、その人物となっただけなのだ。絶望的なギリシア悲劇を書いて右に出る者のいないソポクレスは、幸福な劇作家として知られていた。作者は、少なくとも誰かと一緒にいるときは、作品にまったく「似ていない」ことがある。シェイクスピアは人と一緒にいることが多かった。当時はプライバシーの時代ではなかったのである。

シェイクスピアは「一緒にいるととても楽しい人」だったと、ジョン・オーブリーもまた伝え聞いたという。エリザベス朝人の証言によれば、シェイクスピアは気さくで友好的な人だったらしい。愛想がよくて、まちがいなく剽軽者《ひょうきんもの》だったのだろう。今日に伝わる証言の多くは、シェイクスピアが急に思いついた冗談や、皮肉がかった見事な頓知に関するものだ。シェイクスピアは、命の泉のように脈々とあふれる繊細なユーモアの持ち主だった。J・B・イェイツ(26)は一九二二年の手紙で、非凡な洞察を息子のW・B・イェイツ(27)に伝えている――「ジェントルなシェイクスピアは真面目腐った人ではなかったに違いない。劇中ではシェイクスピアはいつも、真面目腐った人たちを意地悪く観察している、まるで嫌っているかのように」(Gross 10)。

シェイクスピアは突飛または特異な性格の男として目立つことはなかったし、エリザベス朝の人々は自分たちがシェイクスピアと同等であると深く感じていたようだ。シェイクスピアは人々の興味や活動の領域へやすやすと入りこんだ。その意味で、限りなく温厚だったのだ。非凡な人物が一見平凡であったなどとは、伝記には絶対書いてはならない禁忌《タブー》だ。どんなに偉大またはすばらしい人生であろうと、その九五パーセントまでは平凡でつまらなく、ほかの人の人生と変わりばえがしないと認めても仕方ないのであって、それを認めるならもうひとつ別のことも認めなければならない。どれほど力のある作家や政治家や哲学者であっても、その行動や会話はたいてい平均的な、または予想がつくようなものでしかないということだ。膨大なる数の人間を区別するのは、個々の行動や作品ぐらいなものである。そのことを、シェイクスピアは身をもって示している。

だからこそ、エリザベス朝の人たちはシェイクスピアと出会っても、すごい人だと思ったりはしなかった。性的な武勇伝を披露するわけでも、ほかの作家を評すわけでも、荒れ狂うエネルギーを抑えようと酒に酔ったりするわけでもないのだから。ベン・ジョンソンは、イアーゴーがオセローを描写するように、シェイクスピアは「あけっぴろげで、自由闊達な性質(28)」だったと言う。「あけっぴろげ」とは、御《ぎょ》しやすく、考えていることがわかりやすいということかもしれないが、開いた口のように何でも受け入れるという意味でもある。

演劇人である以上、愛想のよさはそれほどはっきりしたものではなかったかもしれない。よく指摘されることだが、シェイクスピアは当時の喧嘩っ早い作家たちの争いに加わらず、表沙汰の争いや論争を大概避けていたらしい。そんなことに巻き込まれるのは時間と労力の無駄だった。しかし、シェイクスピアは劇のなかで同時代の作家たちの文体をパロディー化し、その人柄を『恋の骨折り損』のモスのような登場人物を使って戯画化している。シェイクスピアは鷹揚で超然としていたと言い募《つの》るのはたやすいが、いかなる論争をも嫌って公共の場での議論を避けたとしても、私的な場では鋭く辛辣だったかもしれない。

シェイクスピアの「女性的」な性格、とりわけその並外れた共感力と繊細さについては多くの推測がなされてきた。但し、優しい同情心と思いやりで知られる男は数多くいた。そうした性格は、女性に限定されるものではない。シェイクスピアが喧嘩や論争に加わろうとしなかったのは、性格に「柔弱な」ところがあったからではなく、あらゆる論争の双方の言い分を理解できたためだったのだろう。かつて、ヘンリー・ジェイムズ[29]はあまりに卓越した頭脳の持ち主なので、どんな思想にも侵されないと言われた。シェイクスピアはあまりに卓越した同情心の持ち主なので、いかなる信条があっても同情にひびを入れなかったと言えるかもしれない。

しかし、シェイクスピアが他者との交わりを離れたときはどうだろう。非凡な人物には、常に自らを前へと突き動かす内なる力が備わっているものである。シェイクスピアは断固たる意志を持っており、活力に満ちていた。何かに駆り立てられもせずに、二五年で三六本もの戯曲[30]を書いたりはしないものだ。つまり、シェイクスピアが初めて田舎を出て来たとき、ロンドンっ子たちが出会ったのはかなり野心的な若者だったということだ。マーロウやチャップマン[31]からグリーン[32]やリリーに至るまで、高い教育を受けた作家たちと腕を競う気概が十分あった。他分野でのエリザベス朝の冒険者たちに似ているところもあり、その当時の演劇のすべての様式を自分のものにしてやろうとしていたのだ。エリザベス朝の社会で成功するためにも、機敏で抜け目なく、並々ならぬ決意を持つことが必要だった。

感傷的な人ではなかっただろう。初期の作品に登場する若者たちはずば抜けたユーモアと活力を持ち、ほとんど自分を誇示していると言えるほどだ。内なる疑念に悩まされたりはしていない。たとえば、そのソネットは、自分の詩は後世にも読み継がれるだろうという完全な期待のもとに書かれている。

とは言うものの、内なる葛藤から自由であったとは思えない。その劇は葛藤の上に成り立っている。シェイクスピアは妻子を置きざりにした男であり、劇には喪失、流浪、引き裂かれた自己のイメージがあふれている。詩人としての評判を犠牲にしても演じたいという欲望があり、ソネットを自伝として読むならば、そこには憂鬱な悩みと自己嫌悪さえ窺える。

しかし、シェイクスピアは抜群に実際的でもあった。そうでなければ、あらゆる人を惹きつける劇を書き、演じ、「演出」に手を貸すことはできなかっただろう。ある分野の「天才」はほかのことにも極めて優れているというのは、よく言われることである。ターナー[33]は立派なビジネスマンだった。トマス・モア[34]は腕の立つ弁護士だった。チョーサーは優れた外交官だった。シェイクスピアは金銭問題に関して、抜け目ないとは言わないまでも器用だった。田舎では金貸しとしての評判を得ていたのだ。不動産や一〇分の一税徴収権を買い、飢饉の際には穀物や麦芽に投機した。シェイクスピアの遺言状は優れて実際的かつ非感傷的な書類だ。そして、死の直前には、とても金持ちになっていたのである。

第24章 ぐずぐずせずに運命の大芝居で一役務めてみせる

（『ヘンリー六世』第二部第一幕第二場）

シェイクスピアが初めてロンドンにやって来たときに泊まった可能性のある宿は数限りなくある。セント・ポール大聖堂の近くのカーター・レインにある鈴亭《ベル》は、ウィリアム・グリーナウェイらストラットフォード出身者が使った宿だった。だが、シェイクスピアが事前に連絡を取って同郷人の家に泊まった可能性も高い。クイニー家やサドラー家の人々はシェイクスピアのために、ロンドンにいる親戚や友人への紹介状さえ書いてやったかもしれない。たとえば、バーソロミュー・クイニーは、首都に居を構えていた裕福な布職人だった。シェイクスピアは友人リチャード・フィールドのところに泊まったとも考えられる。フィールドはまだ徒弟の身であり、きちんとした部屋を提供できなかったかもしれないけれども。

シェイクスピアの最初の就職先は劇場だったが、どのような立場で就職したのか判然としない。初期の伝記作者は、「シェイクスピアが初めて劇場に入ったときには……とても低い身分だった」と記述している（WS ii 265）。この記述から、シェイクスピアはプロンプター（後見）だったとか、役者呼び出し係、荷物運び、あるいはほかの作家の芝居を手直しする仕事をしていたなどのさまざまな解釈が生まれた。あるいは、若い役者、つまり「雇いの劇団員」としてスタートを切ったのかもしれない。ストラットフォードでの伝承も同じような話を伝えている。一六九三年にストラットフォードの町を訪れた人物は次のように記録している。「教会を案内してくれた牧師は八〇歳を越えて」おり、この老人が話すところによれば、若いシェイクスピアはロンドンに行き、「下僕として劇場に雇われた」そうだ（Halliwell-Phillips ii 288）。

シェイクスピアの妹ジョーン・シェイクスピアの直系の子孫は、次のように述べている——「シェイクスピアの出世と演劇界への登場は、初めてロンドンに到着したとき、劇場の前で紳士の馬を偶然預かることになったことに由来する。シェイクスピアの外見が関心を惹き、ついには雇い入れられることになったのだ」（ibid.）。これはあまりにも話がうますぎて、本当とは思えない。しかし、一八世紀にはこの話の骨子にサミュエル・ジョンソンが肉付けをして、若き日のシェイクスピアは劇場の客の馬を預かって生計を立てていたという話を繰り返した。一七六五年に出版された『シェイクスピア戯曲全集』では、ジョンソンは客の多くが「馬で芝居を観にきた」という情報を付け加え、シェイクスピアがロンドンに初めて着いたときには「劇場の入り口に控えて、従僕を持たない客たちのために馬を預かり、終演までに再び走れる状態にしておくことが、シェイクスピアの最初の生計の手段だった。シェイクスピアはこの仕事で、気配りと迅速さで人目につくようになったので、誰もが馬から降り立つとすぐに『ウィル・シェイクスピア』を呼ぶようになった」と記す（WS ii 288)。初期の劇場のうち、シアター座とカーテン座の二つには馬で行くのが一番早かったのは確かだ。しかし、この主張のなかで現実的な証拠と呼べるものがあるとすれば、シェイクスピアが実際に馬に詳しく、ナポリ馬とスペイン馬を見分けることができ、馬の飼育場での俗語さえ知っていたということくらいだろう。しかしながら、馬は主要な交通手段だったため、馬に関する知識は広く行き渡っていた。ほかにも、シェイクスピアが馬に興味を持っていたと考えられる理由がある。すなわち、紳士、特に貴族なら、当然馬のことを知っていなければならなかったのである。

いずれにせよ、サミュエル・ジョンソンの権威も、ほかの解説者たちの意見を動かすには至らなかった。シェイクスピア学者であり編者でもあるエドモンド・マローンは、「シェイクスピアの劇場での最初の務めは役者呼び出し係、またはプロンプターの助手だったとする演劇界の伝承がある。これは役者たちに入場の準備のための合図をする仕事だった」と述べている(WS ii 296)。

「役者呼び出し係」(そのような役職が存在したとすればだが)や馬の世話係だった男が、演劇界でいつの間にか出世していったと考える根拠はない。シェイクスピアはのちに役者という立場で公的な記録に登場するので、常識的には役者として雇われたと考えるべきだろう。この頃には、役者業に就くには、非公式に「徒弟奉公」をすることになっていた。役者になるには、立ち居振る舞い、声の使い方、剣術、記憶術、ダンスといった技術の本格的な訓練が必要だったのは確かだ。

シェイクスピアの最初の雇い主という光栄に浴する劇団の候補は二つある。女王一座とストレインジ卿一座だ。すでに見たように、いくつかのシェイクスピアの芝居の元となる古い芝居は女王一座の所有物であり、シェイクスピアは短期間、この劇団に属していた可能性がある。

いずれにせよシェイクスピアはできる限りよい潮時を狙って、劇団から劇団へと移っていったのかもしれない。ひょっとすると一五八八年という早い時期からストレインジ卿一座に加わっていた証拠がある。シェイクスピアの若書きの芝居がいくつか、この劇団で上演されているのだ。ランカシャーで設立されたストレインジ卿一座は、すでにシェイクスピアの能力を聞き及んだか知っていて、仲間に迎え入れたのであろう。

ストレインジ卿――のちに第五代ダービー伯爵となるファーディナンドー・スタンリー――は、イギリス貴族のなかでも群を抜いて裕福で影響力があった。スタンリーの姓を名乗る代々のダービー伯爵は、その権力の本拠地をランカシャーに置いていた。ストレインジ卿の血縁に当たるヘンリー七世は、リッチモンドに自分の宮殿を建てる際に、レイサムにあるスタンリー家の居城を手本とした。ストレインジ卿は自前の屋敷と従者たち、そしてもちろん専属の劇団を持っていた。芝居を好み、チェスターの聖史劇サイクルの最後の上演を鑑賞していたことがわかっている。これらの宗教劇はカトリックの演劇的な儀式に類似しすぎるという理由で、政府の禁令によって上演を差し止められていた。にもかかわらず、一五七七年にチェスターの市長は地元の名士たちのために「十字架のもとで」の特別上演を命じている（Burns 19）。これはストレインジ卿のカトリックとのつながりを示すものであり、またストレインジ卿にとって演劇が単なる曲芸以上のものだったことも示唆している。ストレインジ卿の専属役者たちは、ランカシャーのスタンリー一族の大邸宅のどれかで主に公演を打っていたことはまちがいない。ホートン家ないしヘスケス家に仕えていた若きシェイクスピアが、そこで役者たちに出会ったのもありそうなことである。

ストレインジ卿はシェイクスピアよりたった五歳年長なだけだが、かなり若い頃から学問と芸術に関する定評を得ていた。エドマンド・スペンサーは、シェイクスピア自身も言及されている『コリン・クラウト故郷へ帰る』という詩[35]のなかで、ストレインジ卿の気前のよい後援活動と生来の才能の両方に触れている。

　　笛吹きを養いもしたし、
　　そのうえ、自分でも上手に笛を吹くことができた。
　　　　　　　　　　　　　　（四四二―三行）

ストレインジ卿が若きシェイクスピアの秀でた才能を見抜いたとしてもまったく不思議ではない。

ストレインジ卿はまた、「夜の学派」として知られる貴族や学者の一団と係わり合いがある[36]ともされてきた。このグループは、サー・ウォルター・ローリーのロンドンの住居であるダラム・ハウスに集まり、そのメンバーにはローリー本人、ノーサンバランド伯爵[37]、ジョージ・チャップマン、ジョージ・ピール[38]、トマス・ヘリオット[39]、ジョン・ディー[40]、そしてもしかするとクリストファー・マーロウさえ入っていた。企画家と思索家から成るこの秘教的な集団は、懐疑主義的哲学、数学、化学、航海術について談論した。メンバーは無神論者、冒瀆者と嘲られたが、実際には当時の思索的、冒険的な思潮の一部を形成していた。そこでは、数学も神秘学も同じひとつの大きな構想の一部と考えられていたのだ。シェイクスピアは『恋の骨折り損』という「室内」娯楽の一種として書かれた劇で、このグループに言及しているかもしれない。自身は「夜の学派」のメンバーでこそなかったが、その目的は知っていたのだ。

ストレインジ卿は、早熟で機知に富んだ劇作家ジョン・リリーと同時期にオックスフォードにおり、演劇界の「仲間」と呼べる人々と知り合いになっていた。クリストファー・マーロウは、ストレインジ卿に「とてもよく知られて」いると主張した（Nicholl, *Reckoning* 268）。ストレインジ卿一座はマーロウの『マルタ島のユダヤ人』と『パリの虐殺』を上演しているので、これは信じがたいことではない。トマス・ナッシュは『文無しピアス』で、ストレインジ卿を「私が愛と義務の力を最大限捧げるべき、この著名な主人」と賞賛している。ストレインジ卿はまたトマス・キッド[41]をもよく知っており、キッドの『スペインの悲劇[42]』はストレインジ卿の劇団のレパートリーのひとつだった。シェイクスピアの芝居もまた劇団のレパートリーに加わったことを考えれば、これらの劇作家たちのあいだにはなんらかのつながりがあったと結論づけてもよいだろう。

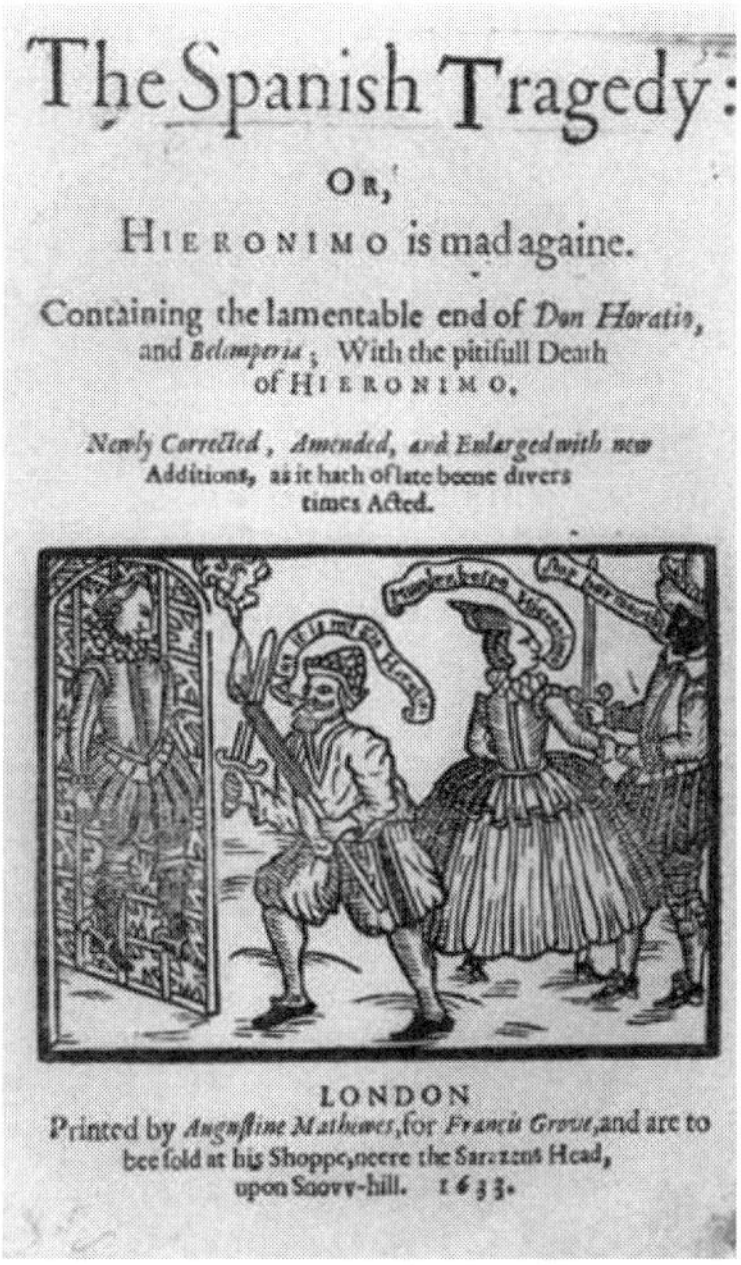
The Spanish Tragedy:
OR,
HIERONIMO is mad againe.
Containing the lamentable end of Don Horatio, and Belimperia; With the pitifull Death of HIERONIMO.
Newly Corrected, Amended, and Enlarged with new Additions, as it hath of late beene divers times Acted.
LONDON
Printed by Augustine Mathewes, for Francis Grove, and are to bee sold at his Shoppe, neere the Sarazens Head, upon Snovv-hill. 1633.

トマス・キッド作『スペインの悲劇』(1633年出版)。
シェイクスピアはこの芝居に出演し〔?〕、
のちにはジョンソンが改訂を行った。
(個人蔵/ブリッジマン美術図書館)

シェイクスピアは『マルタ島のユダヤ人』と『スペインの悲劇』に出演したのではないか。同じグループの一員だったのだ。

この抜きん出た若者たちの一群が同時期に現れ、同じ新興の職業に身を投じたのは文化史上の偶然かもしれない。このように突然爆発的に花が開き、堂々たる成功を収めたという事例は歴史上ほかにもある――たとえば一四世紀末と一八世紀末にイングランドの詩人たちに同じようなことが起こった。

一般の人々の想像のなかでは、シェイクスピアは同時代人たちのなかで独り、冒《おか》し難く立っている――静かに、上品に、謙遜に、またおそらく少し遠慮深く。しかし、この想像は完全に正しいのだろうか。むしろ我々の目につくのは、競争に満ち、止まることのない世界の一部としてのシェイクスピアの姿だ。この世界では、最も抜け目なく、最も活力に満ち、最も忍耐強い者が勝利した。

ストレインジ卿はまた、カトリックないし隠れカトリックだったと考えられており、その身の周りには疑惑とスパイ行為と陰謀が渦巻いていた。一五九三年、リチャード・ヘスケス[43]はダービー伯爵となったばかりのストレインジ卿に書状を手渡し、女王への叛乱計画の指揮者となってくれるようにと頼んだ。ストレインジ卿はヘスケスを当局に引き渡したが、翌年、突如死亡してしまった。ストレインジ卿の予期せぬ死は、一般に魔術か毒殺によるものだと考えられた。シェイクスピアが同時代の派閥争いや抗争をうまく避けていたとしても、驚くべきことであろうか。

第25章 芝居小屋にでもいるかのように見とれて

〔『ジョン王』第二幕第一場〕

一五七二年、二つの国家制定法が役者たちの身分に物質的な影響を与えた。一月に発布されたひとつめの法律では、貴族が雇える召し使いの数が制限された。力を持ちすぎた貴族の権力を抑えようというエリザベスとその顧問たちの画策だったが、貴族の庇護のもとから断ち切られたいくつかの劇団がとばっちりを受けた。このため、ジェイムズ・バーベッジは、レスター伯爵に書状を送り、劇団への後援を再確認してくれるように頼んでいる。

なぜバーベッジがこれほど切迫した要請をしたのかは、一五七二年のふたつめの国家制定法を見れば説明がつく。「放浪者の懲罰」の条件を定めた法律だ。放浪者とは、「王国の男爵以上の身分にある者に仕えていない、あらゆる剣士、熊使い、インタールードに出演する役者、および吟遊詩人」といった手合いである（Kay 62）。権力のある貴族のお抱えでなければ、鞭打たれて耳に焼き印を押されかねなかった。つまり、これこそシェイクスピアが参加した新しい役者の世界の実状だったのだ。

必要に迫られて、役者たちはすでに劇団を抱えている雇い主やパトロンの周りに群がった。役者たちはまた、ロンドンで公演するための安定した拠点を探していた。これは世間的な体面を確保し、法的な懲罰を避ける方便だった。この作戦が完全に成功したとは言えない――役者や劇作家はしばしば取り調べを受けたり投獄されたりした――が、あとから振り返れば、これはロンドン劇壇の創造と、のちの「ウェストエンド」出現の第一歩であったといえる。

シェイクスピアがロンドンに到着した当時、演劇の公演会場としてよく知られた場所がいくつかあった。なかでも最も古いのは宿屋だ。と言うより、普通は会合や集会のために使われる宿屋内の大きな部屋だった。屋根付きの二階廊下《ギャラリー》にぐるりと囲まれた宿屋の中庭が最初の公衆劇場だったと信じている人もいるが、少し考えればそんなところでは芝居は打てないとわかるだろう。宿屋の中庭は旅人たちが到着する場所であり、馬がつながれ、品物が運ばれてくる場所だった。一般の人が出入りするところなのだ。公に芝居を上演するのに理想的な環境とは言えない。唯一の例外として、黒雄牛亭《ブラック・ブル》のような宿屋があり、ここには屋根のある廊下で裏庭につながっている別の庭があった。

現在知られているよりも遥かに多くの上演場所が存在したに違いないが、後世の記録に残っているものは少ない。十字鍵亭《クロス・キーズ》はグレイスチャーチ・ストリートにあり、ストレインジ卿一座が公演を打っていた。鈴亭《ベル》も同じ通りにあった。ラドゲイト・ヒルにはベルサヴェッジ亭、ビショップズゲイト・ストリートには雄牛亭《ブル》、オールドゲイトの向こう側のホワイトチャペル・ストリート北には猪之頭亭《ボアーズ・ヘッド》が

地図5......エリザベス朝のロンドン

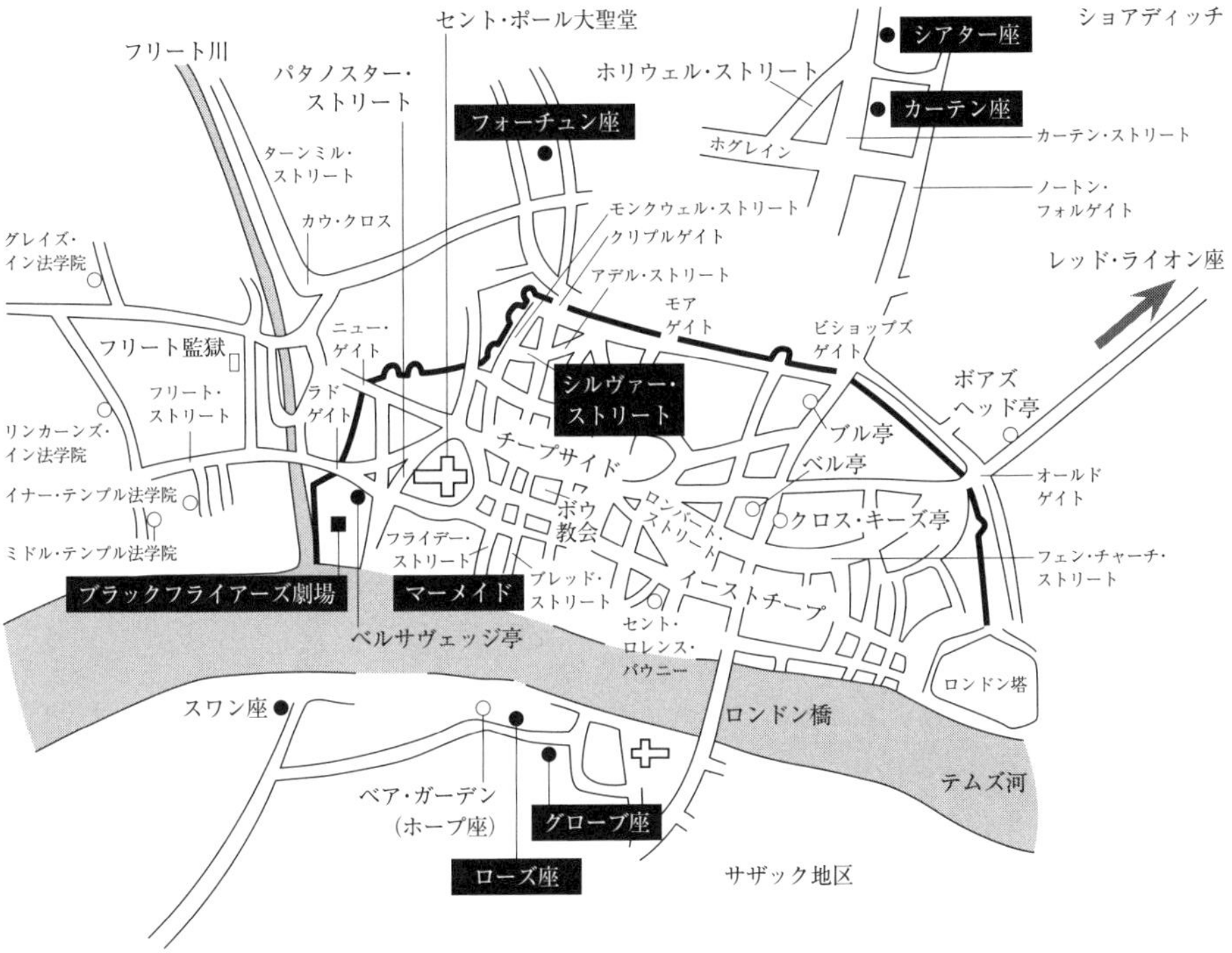

あった。これらが外見上、どれほど宿屋と言うより劇場に近かったかははっきりしない。ロンドン風俗の連続性を考えると、一九世紀初期にあった音楽酒場ないし「ミュージック・ホール」に似ていたのではないだろうか。料金を払った客に「濡れた金《ウエット・マネー》」つまり飲み物を出すところである。追加の娯楽として芝居を上演するだけの宿屋と考えるのは、明らかにまちがっているだろう。たとえば、ボアズ・ヘッド亭は敷地内に常設の演劇用スペースを建設したので、「ボアズ・ヘッドと呼ばれる宿屋が、〔ウスター伯一座が〕特によく利用し、最も好んだ場所だ」（*ES* iv 123）とされた。

最初期の劇団のいくつかは、ビール樽を縄で縛り合わせた上に木の板を渡したものを舞台として使っていた。立派な劇団が宿屋で仕事をし、ある同時代人は「ベルサヴェッジ亭で上演された二つの散文劇では、すべての言葉に機知があり、台詞の一行一行に重みがあり、一字たりとも無駄に使われることはなかった」と書いている（C. Knight 310）。これこそまさに、シェイクスピアが実地に仕事を学んだ場所だった。

但し、シェイクスピアの到着時までには、一般的な娯楽――演劇はレスリングや熊いじめと肩を並べていた――のために建てられた大規模な建造物が、少なくとも四つあった。ロンドンで初めて記録に名が挙げられているマイル・エンドの赤獅子《レッド・ライオン》座[44]は、一五六七年にジョン・ブレインというロンドン市民の食料品商が一山当てようとして建てたものだった。ブレインはジェイムズ・バーベッジの義兄でもあったので、この一族にはさまざまな公の娯楽で儲けようという思惑があったのかもしれない。ジェイムズ・バーベッジは、初めは役者だったが、都市生活の変化に従って有名な興行主となり、その息子リチャードはシェイクスピア劇の重要な役をいくつも演じた高名な役者となった。バーベッジは時代の動きを感じ取る腕利きのビジネスマンだった。

都市が拡大し、都会的な娯楽への嗜好が増大すると、ブレインとバーベッジはチャンスをつかんだ。赤獅子《レッド・ライオン》という名前は宿屋のように聞こえるが、実際は古い農家に隣接した常設の劇場だった。舞台は幅約一二メートル、奥行き約九メートル。特殊効果用の落とし戸があり、約五メートルの「木製の櫓《やぐら》」が舞台より上に建てられて、場面内の上り下りに使われた。設計に一貫性があることから、すでにあった劇場を模して建てられたものであって、この種の建物として初めてのものでないことがわかる。シェイクスピアが登場する以前の演劇は、木の短剣や牛の血を入れた膀胱を使うような粗悪で未発達のものだったとよく言われるが、必ずしもそうではない。もちろん、くだらない芝居も（いつの時代もそうであるように）たくさんあっただろう――くだらない芝居は口語で「バルドゥクツム」[45]劇と呼ばれていた――けれども、初期の劇作家と役者たちの技術と巧妙さを過小評価するのは賢明とは言えない。演劇に関しては進歩や進化はなく――一九世紀の演劇は一六世紀より際立って劣化していた――今では失われた初期の劇は、その種のものとしては疑いなくすばらしいものだっただろう。

赤獅子《レッド・ライオン》座に続いて、ジョン・ブレインとジェイムズ・

バーベッジ共同の投機による劇場が建てられた。二人は市の城壁外にあるショアディッチにもうひとつの場所を選び、一五七六年に劇場座《シアター》[46]と呼ばれる公衆劇場を建設したのである。わざとラテン語の「劇場《テアトウルム》」から名前をとったのは、その古典的な意味合いが自分たちの事業に箔《はく》をつけてくれると期待したのかもしれない。この言葉が演劇というジャンルそのものを表す語になるとは思いもよらなかっただろう。

シアター座は大きな建物で、青天井の庭（平土間）をぐるりと囲んだ三階建ての桟敷席《ギャラリー》には約一五〇〇人が坐れた。平土間には観客も入り、舞台は劇場内の片側に固定されていた。舞台には柱で支えられた屋根があり、背後には「楽屋」があって、登退場や衣裳替えに使われた。当時、次々に建てられる公衆劇場の一般的な形はこのようなものだった。こうした舞台に合わせて、シェイクスピアの劇は書かれたのだ。しかし、舞台の設計に一貫性があることから、この形にも現存しないモデルがあったことがわかる。多角形の構造をしており、黒と白の漆喰が塗られ、屋根は瓦葺《かわらぶ》きだった。大きな入り口がひとつあり、二つの外階段が各階へと続いていた。

この劇場が建ったのはハリウェル（聖なる井戸《ホーリー・ウェル》）という古くからの土地だった。土地の名は近所のベネディクト会の女子修道院に聖なる井戸があったことに由来し、ホリウェル・ストリートという通りの名は現在まで残っている。聖なる井戸の近くには、ほかにも演劇用の場所が生まれているため、井戸と演劇には興味深いつながりがある。たとえば、ロンドン初の聖史劇[47]はクラークンウェル[48]という聖職者が使う井戸のそばで上演されたし、サドラーズ・ウェルズ劇場は同じ名前の癒しの井戸の近くに建造された。何故に井戸なのかきちんと調査されたことはないが、演劇は潜在意識的に神聖ないし儀礼的な活動と見なされていたということなのだろう。

シアター座そのものは修道院の跡地、かつて回廊があったところのすぐ西側に建てられていた。馬の水飲み場と大きな納屋の近くだ。西側と南側はフィンスベリーの野原に隣接し、東にはショアディッチ・ハイ・ストリート、北には個人の庭園があった。野原とのあいだは溝と壁で区切られており、市民が劇場まで徒歩や馬で来られるように壁には裂け目があった。シアター座建設から二年後、ある説教師は「汚らわしい芝居がトランペットの音で千人もの人を呼び集め……劇場は群衆でいっぱいになっているではないか？」と尋ねている（**Halliwell-Phillips ii 354**）。と言うことは、人々はトランペットの音を合図に集まったのだろう。都会の群衆が大挙して娯楽を求めて出かけてゆくというのは比較的新しい現象であるかのように描写されている。

『タールトンの煉獄からの便り』（*Tarlton's News out of Purgatory*）において、リチャード・タールトンは「私は芝居のために劇場へ行かねばならなかったが、着いてみるとひどく乱暴な大群衆がいたため、こんな人ごみに交わるよりは独りで野原を歩いていた方がいいと思うくらいだった」と語っている。近所のホクストンで眠りに落ち、目覚めたときには「野原を歩いている大群衆が見えたので、芝居が終わったことがわかった」という（***WS* ii 386**）。

群衆のいるところには、暴動や乱闘がつきものだった。シアター座の建設から四年後、ブレインとバーベッジは、「芝居やインタールード」を見せたために「平和を乱す騒ぎ」を起こしたとして起訴されている（WS ii 397）。一五八四年には紳士や徒弟たちを巻き込んだ深刻な暴動があった。当時の公的な書類には、劇場の周りをうろつく「身分の低い者たち」、「質《たち》が悪く神をも恐れぬ無用の人間たち」、「浪人や放浪者たち」のことが絶えず書かれている（Halliwell-Phillips ii 355-6）。

そこで見せられていた娯楽とは何か。それは「芝居、熊いじめ、フェンシング、冒瀆的な見せ物」だ。「芝居」とは、『鍛冶屋の娘』、『カティリナの陰謀』[49]、『カエサルとポンペイの物語』、『芝居のなかの芝居』[50]といったようなものであり、段取りをつけた戦いや下品な言葉だけでなく、スペクタクルやメロドラマを見せるものだった[51]。「ケントの娘の卑猥な歌と、新しく雇われたならず者のちょっとした汚らわしい台詞」があったという（Halliwell-Phillips ii 363）。だが、こうしたところでシェイクスピアの若書きの最初の芝居の何本かも上演されていた。「シアター座で牡蠣《かき》売り女のように情けない声で『ハムレット、復讐だ！』と叫ぶ亡霊の仮面[52]」という記述が残っている。劇作家バーナビ・リッチは、「古いシアター座で客を笑わせたり怖がらせたりした、『フォースタス博士』に登場する悪魔の一人」のことを書いている（ibid.）。シェイクスピアとマーローは、剣術士や熊いじめ人と同じ土俵に立っていたのだ。そうした連中と対抗して芝居を書いていたのである。

シアター座は、ブレインとバーベッジにとって商業上の冒険だったが、これがあまりに上手くいったため、その建設の一年後には、ヘンリー・レイナムというもう一人のロンドンっ子が、数百メートル離れたところに新しい劇場を建てた。これは「カーテン座[53]」と呼ばれたが、カーテンとは劇場の緞帳（当時はそんなものはなかった）のことではなく、敷地内にあった、雨風から幾分か身を守ってくれる壁のことだった。

設計図はシアター座と同じであり、屋根のない中庭を三層のギャラリーが取り囲み、一段高くなった組み立て舞台が使われた。ある外国人訪問者は、中庭での立ち見の値段は一ペニーで、もう一ペニー払うとギャラリーに坐れたと書いている。しかし、クッション付きの最も快適な席は三ペンスかかった。

「北から見たロンドンの眺め」という当時の版画があり、二つの劇場が屋根に旗をはためかせているところが描かれている。両者の南には野原があるが、東側には藁葺き屋根の住居や納屋が密集して建っている。これがショアディッチの郊外であり、シェイクスピアはここに住んだのだ。

カーテン座とシアター座はやがて競争することをやめ、カーテン座が劇団の第二本拠地となることで利益分配の取り決めを結んだ。この二つの劇場のおかげで、ショアディッチはロンドンのほかのどの地域よりも大規模で華々しい行楽と娯楽の場という新しい名声を獲得した。そこは、ありとあらゆる辻商い——食べ物やビールもあれば、安手の装身具や芝居のビラも売っていた——の中心となり、酒場や売春宿も軒を並べた。ちょっとした市が立ったわけだが、ほかに類を見ないものであり、当然ながら古くからこの地域に住む人々にはとても評判が悪かった。

劇場自体は装飾され、鍍金《めっき》が施されていた。舞台上の木製の柱は、金と大理石に見えるように塗られており、あらゆる装飾品はできる限りけばけばしく凝って見えるように工夫されていた。彩色豊かな壁があり、彫刻があり、石膏で量感を出した作り物があった。シアター座そのものが古典時代の劇場に基づいて命名されたことになっている以上、華やかな古代の雰囲気を出すことが大事だったのだ。

トマス・ナッシュは『悲運の旅人』（*The Unfortunate Traveller*）でローマの宴会場を描写しようとするとき、「周りは、シアター座の外側のように、緑色の大理石で出来ていた」と述べている。粉飾過多だったという点からすれば、一六世紀の劇場は、気構えとしては、一九世紀末のミュージック・ホールや二〇世紀初頭の大映画館に似ていたわけだ。新しい公共芸術には、新しく魅力的な環境が必要だったのだ。これこそシェイクスピア劇の何本かが上演された環境だった。『ロミオとジュリエット』は「カーテン座で喝采を浴びた」し（*Life* 106）、『ヘンリー五世』の序詞役が「この木でできたオー（O）」に言及するときには、カーテン座のことを言っている。[54] シェイクスピア自身が『ヘンリー五世』でこの序詞役を演じたのではないかとしばしば示唆されているため、我々はシェイクスピアがこの劇場の軋む板の上にいたと想像できる。

川の南側、サザック・ハイ・ストリートから伸びてセント・ジョージズ・フィールルズを横切る道沿いには少なくとももうひとつ、もっと古い劇場があった。これは一五七五年か一五七六年に建てられたものであり、歴史家たちにはその地名を取った「ニューイントン・バッツ座」[55]という名前でのみ知られている。この南の劇場は、北のシアター座やカーテン座ほどには成功しなかったようだが、一五七六年から四年間、ウォリック伯一座の本拠地となり、その後はオックスフォード伯一座に貸し出されていた。

シェイクスピアがロンドンで頭角を現したちょうどその頃、河の南岸、パリス・ガーデンの隣には、ローズ座という新しい劇場が建設中だった。芝居や役者たちが人気を博すよい時代がやってきたという感じだった。ローズ座に出資して経営を一手に引き受けていたのは、演劇興行主という新しい仕事に乗り出したフィリップ・ヘンズロウだ。その「日記」や出納簿が残っていることもあって、エリザベス朝の文化史で大きな役割を演じた男である。入金や出金の無味乾燥な記録をつけるあいだに、いかにも一六世紀らしく、魔法の呪文や占星術についてのメモが書き込まれている。

商人で投機家のヘンズロウは、ローズ座建設の時点でわずか三二歳。エリザベス朝演劇は若者のマネーゲームかと思えるかもしれないが、当時の平均寿命は四〇歳だったことを思い出そう。

ヘンズロウはサザックの裕福な未亡人と結婚し、すでにこの地域に多くの物件を所有していた。劇場経営のほかにも、糊作りや金貸し業で生計を立てていた。しかし、ヘンズロウは時代の趨勢を感知するビジネスマンでもあった。ほかにも三つの劇場の建設と賃貸に手を出していった。それは当時の「成長産業」であり、多くの利益を上げていったのである。

ローズ座そのものは、サザックのバンクサイド、ハイ・ストリートの近く、セント・セイヴィアーズ教区にあった。この劇場はそれ以前のものよりも小さかったが、それはもっぱら建設地の値段が高かったためである。劇場の壁は木摺《きずり》と漆喰で作られ、ギャラリーの屋根は藁葺きだった。熊いじめ、牛いじめのための二軒の建物のあいだに建てられており、この劇場でも似たような見世物が行われていたことを臭わせる。近年の発掘によって熊の頭蓋骨などの骨が見つかったことで、この劇場もまた本来の姿に戻って熊いじめをしていたことが確かになった。役者たちは動物の悪臭のなかで演技していたのだ。劇場自体はかつての売春宿の跡地に建てられたが、「ローズ」というのは紋章の象徴であるだけでなく「娼婦」を意味する隠語でもあり、近隣には連れ込み宿が多くあった。何軒かはフィリップ・ヘンズロウが所有していた。

ヘンズロウの劇場に関する契約書には、不動産の一部である橋や波止場の補修に関する一節があり、この地域に沼地や川があったことを表している。発掘によって、ローズ座は一四の面を持つ多角形型だったことが明らかになったが、これは当時可能な限り円に近づけた形だった。「木でできたオー」型がなぜよいのかは、カーテン座の成功例から明らかだった。

考古学者たちは、実はこの劇場は舞台なしで建設されたという暫定的な結論に達しているが、ヘンズロウはこの空間を多目的に使おうと考えたということだろう。しかし、最初の一年のあいだに、舞台が後付けされた。舞台は中庭に張り出し、午後の太陽の光が十分当たるように設置された。中庭自体は舞台に向かって「傾斜」しており、これはそこに集まった観客がよりよい角度で見られるようにするためだったと思われる。

一九八九年にその跡地が調査されたとき、「オレンジの種、テューダー風の靴、人間の頭蓋骨、熊の頭蓋骨、亀の胸骨、一六世紀の宿屋の引換券《トークン》、石膏のパイプ、拍車、剣の鞘と柄《つか》、銭箱数点、動物の骨たくさん、ピン数本、靴数足、古い衣服」などが見つかった（C. Eccles 94）。こうして当時の生活が再現されたのである。

ローズ座はもともとの形で約一九〇〇人、五年後に内部を改築したあとは約二四〇〇人の客を収容したと算定されている。しかし、劇場の直径は二二メートルしかなく、これは当時のロンドンではほぼ最小の劇場の大きさになる。内側の平土間そのものの直径は約一四メートルだった。ロンドン最大の劇場のひとつ、ドルーリー・レインの王立劇場の収容人数が九〇〇人以下であることを考えると、[56] ローズ座の集客能力はそれだけで驚嘆すべきものと言える。少なくとも現代の娯楽場の三倍の人間が詰まっていたのだ。劇場には人間の体臭、臭い息や汗の臭い、安っぽい食べ物や飲み物の臭いが立ち込めていただろう。劇場に覆いがなかったのは、部分的にはこの不快な臭いの瘴気《しょうき》がこもらないようにするためだった。ハムレットが世界を「金の炎のような星々がちりばめられたこの壮大な天井」のある舞台の背景に譬えて瞑想するとき、そのあと唐突に「汚らしい毒気の集まり」に言及するのはこのためではないだろうか（二幕二場）。若きシェイクスピアが演じ、マーロウの芝居が上演された場所の雰囲気とは、こういうものであった。

河の北側と南側、市の城壁の北側と東側にあったこれらの劇場は、大きさも建築方法もそれぞれ異なるものだった。これらが古典的な原則に基づいて建てられたのか、それとも路上演劇が持つ即興的な技術に基づいて建てられたのかと長いこと議論されてきたものの、これらの建物がロンドンの最初の公衆劇場であるという点では演劇史家たちはほぼ意見の一致を見ている。

だが、この主張を疑う根拠があるのだ。ローマ時代のロンドンには確実に公衆劇場があったし、九世紀にロンドンが再興されたのちの時代にも、民衆のための空間があったはずだという。一二世紀初頭、最初のロンドン史学者であるウィリアム・フィッツスティーブンは、聖人伝を演劇化したものの上演が公の場所に広く普及していたと記録している。「劇場での見せ物」（*spectaculis theatralibus*）や「舞台を使った娯楽」（*ludis scenicis*）への言及もある（P. White 49）。一三五二年、エクセターの司教グランディッソンは、「我々の町の劇場」（*in theatro nostrae civitatis*）における「ある種の不快な娯楽」（*quondam ludum noxium*）に言及している（P. White 51）。これは明らかに、エクセターには「劇場」（*theatrum*）として一般に知られた建物があったことを示している。もし地方都市にひとつあったのなら、ロンドンにもひとつかそれ以上あった可能性があると考えられる。あらゆる証拠が、一般に認められているよりも多くの世俗的な演劇活動があったこと、そして都市内のいくつかの場所が芝居用の場所として指定されていたことを示している。たとえば、最近ギルドホールの近くで発掘された古い円形劇場はどうだろうか。サザックにも、かなり古い時代の円形劇場があったではないか。

また、中世にいた「模倣者」（*mimi*）や「役者」（*histriones*）はシェイクスピア自身の時代まで活動し続けていたとも論じられてきた。「模倣者」は『夏の夜の夢』のボトムのようにロバの頭をつけ、『ヴェローナの二紳士』のラーンスのように犬を連れていた。このように、シェイクスピアら一六世紀劇作家たちは、何百年にもわたる文化的慣習から現れてきたのだ。突然の、あるいは予期しない変化よりも、継続性の方がずっと自然で、必然的ですらあるのではないだろうか。人生とは障害物競争ではなく、ひとつの流れである。イギリス演劇がどういうわけかシェイクスピア登場とともに始まったのだと仮定するのはまちがっている。シェイクスピアはすでに急速に流れている小川のなかへ入っていったのだ。

第26章 こんな激しい機知の応酬

〔『リチャード三世』第一幕第二場〕

シェイクスピアは、考えられる限り最高のタイミングでロンドンに到着した。当時はピールやリリーの演劇が流行の最先端にあり、キッドやマーロウの新しい演劇がこれから台頭しようとする頃だった。一五八〇年代末から一五九〇年代初頭には、劇団は週に六日、日替わりで芝居を上演していた。海軍大臣一座は一シーズンに二一本の新作を発表し、全部で三八作品を上演した。

女王一座は、時に応じて、またシーズンによって、ビショップズゲイト・ストリートのブル亭、ラドゲイト・ヒルのベルサヴェッジ亭、シアター座、カーテン座と、あちこちで演じていた。ストレインジ卿一座は、グレイスチャーチ・ストリートのクロス・キーズ亭からシアター座、それからローズ座へと移った。演劇界には移動や変化が多かった。すでに見たとおり、女王一座は一五八八年にトップの座を失い、海軍大臣一座とストレインジ卿一座の合併劇団に取って代わられた。シェイクスピアがストレインジ卿の劇団に加わったのは、このときだったかもしれない。

これに加えて、ウォリック伯一座、エセックス伯一座、サセックス伯一座といった劇団もあった。これらの劇団は長期にわたって地方巡業を行ったが、もちろんロンドンでも公演を打った。エドマンド・スペンサーの親しい友人ゲイブリエル・ハーヴィ(57)は、スペンサーに「設立されたばかりの新しい劇団」の「新作芝居、と言っても酒の勢いでできた喜劇」について書き送っているが、そんな芝居は「シアター座かどこかの厚化粧した舞台で上演するのにふさわしいものであり、そこでは君や君の元気なロンドン仲間が一ペニーか二ペンス払って抱腹絶倒するわけさ」という(Scott 67)。

演劇が上演できるような場所にはすべて、当時結成され、あるいは合併によって誕生した劇団の予定がぎっしり入っていたことだろう。シェイクスピアは自分の才能を十全に生かせる環境に足を踏み入れたのだ。

主要な劇団は、もう少しあとの時代と比べると随分大人数だったが、それはたぶん劇団同士が何となくひっついたり合併したりしたせいもあっただろう。各劇団の役者数は、成人と少年を合わせてかつて平均七、八人だったのが、二〇人以上にふくれあがった。確かに、ピールの『アルカサルの戦い』のような芝居を上演するには、二六人程の出演者が必要だった。劇団が大人数となったため、演出にも多くの工夫が見られるようになり、あっという間の場面転換や、目を瞠るような舞台効果が出てきた。劇作家たちも野心的になり、よりスケールの大きな作品を書くようになった。また、どういうわけか、劇そのものも自然と長くなっていった。こうした要因がすべて混ざり合って、本物の大衆演劇が生まれたのであり、シェイクスピアはその主たる恩恵を受けたのだ。演劇界は小さな世界であり、多くても二百人から三百人が関わっていたにすぎなかったが、この人数と不釣り合いなほどの影響をロンドンの大衆に与えた。演劇は、最も緊迫し、最も人気のある芸術表現なのであり、その意味で都市生活の新しい雰囲気作りに役立ったのである。

当時大人気を集めたのは少年劇団だ。寓意劇、古典劇、諷刺劇をこなした。エリザベス朝の人々が大人の役者より少年俳優を好んだということは、現在では突飛な趣味と思えるかもしれない。しかし、これは演劇から、その宗教的起源や、卑俗さや、放浪癖とのあらゆるつながりを取り去って演劇を清めたいという願望と関連している。少年劇団とは、あらゆる意味で「純粋」な演劇だったのだ。

セント・ポール大聖堂の敷地内で公演を行うセント・ポール少年劇団もあれば、テムズ河近くのブラックフライアーズのかつての修道院の部屋で演じたチャペル・ロイヤル少年劇団もあった。少年劇団をめぐる当時の騒ぎときたら、まさに劇的だった。

ジェイムズ・バーベッジが一五七六年にシアター[58]座を建設したのち、音楽家兼劇作家のリチャード・ファラントがブラックフライアーズ修道院の広間を借りて、これが「ブラックフライアーズの私設劇場《プライヴェート・ハウス》」として知られるようになった。ここで、女王の宮廷での公演のための稽古をしているという名目のもと、チャペル・ロイヤル少年劇団は金払いのよい顧客を惹きつけたのである。つまり、ロンドンには「屋外」だけでなく「屋内」の劇場も早くから存在したということだ。「屋内」の劇場がいずれ世界中で主流になるなどとは、当時は想像もつかなかっただろう。

一五八三年、チャペル・ロイヤル少年劇団は、オックスフォード伯を通してジョン・リリーを雇い入れた。リリーは、『キャンパスピ』や『サフォーとファオ』といった響きのよい様式化された劇作品によって、見識の高い観客を宮廷風の会話や緻密な筋書きで楽しませた。リリーはすでに『ユーフュイーズ——知恵の解剖』および『ユーフュイーズとイングランド』という物語でかなりの名声を博していた。この散文伝奇物語《ロマンス》は、緻密で雄弁な文体によって「ユーフュイズム」（誇飾体）という文学的流行を生んだ。シェイクスピアもこの文体を模倣し、パロディー化してみせたが、シェイクスピアの喜劇でユーフュイズムの影響を受けていないものはないと言ってよいだろう。ユーフュイズムは当世風の文体だった。現代的で時代の先端を行きたいと思う者は誰でもこの文体を使った。著しく当世風の文体が皆そうであるように、ユーフュイズムもまた非常に急速に色褪《あ》せていった。

ところが、ブラックフライアーズの住民たちは、チャペル・ロイヤル少年劇団の公演に人が殺到するのが気に入らず、建物の所有者は一五八四年に少年たちとその主人たちを追い出した。そこでリリーは、セント・ポール少年劇団へと関心を移し、そこでまた数年間、リリーの「宮廷風喜劇」は私設劇場の観客を魅了し続けた。リリーの芝居がしばしば宮廷でも上演され、エリザベス女王自身がリリーの考案になる古典寓意劇を楽しんだ[59]ことは、後世の人間にはわからないかもしれないが、リリーにとっては重要なことだった。リリーの芸術は、ある意味で君主のための芸術だったのだ。

シェイクスピアがロンドンに到着した頃、リリーは成功の頂点に達しようとするところだった。リリーのあらゆる劇のなかで最も穎脱《えいだつ》し、技巧を凝らした『エンディミオン』が上演されたのは一五八八年のことだった。リリーは、愛の神秘と可能性を喜劇的かつ感傷的に描いていた。牧歌的な設定を取り入れ、人間の行動が計算されたダンスであるかのように、その緻密なパターンを作り上げたのだ。笑劇と下品な台詞を伝奇物語や神話と混ぜ合わせ、表現の美しさで観客を魅了し、喜劇と圧倒的に暖かいムードで筋書きを満たした。このような芝居をこれまでに見たことがなかった若きシェイクスピアが受けた影響は、たやすく理解できよう。これこそは叙情的な言葉とロマンティックな筋立てから成る新しい演劇の世界だった。『恋の骨折り損』や『夏の夜の夢』はリリーの影響なしにありえただろうか。シェイクスピアの芝居には、はっきりとリリーを思わせるような表現が多く見られる。

実際、シェイクスピアはほかの作家の言葉を飲み込む大きな鵜のようなものだった。しかも、シェイクスピアよりわずか一〇歳年上のリリーはすでに流行の先端を行く比較的裕福な男であり、議員にも任命されようとしていた。宮廷上演であろうと、私的上演であろうと、演劇がもたらす報酬をこれ以上宣伝してくれる人物はいなかった。リリーは、シェイクスピアの創作力だけでなく、その野心にも拍車をかけたのである。

だが、プロの成人劇団が力を得て、若い劇作家や大勢の役者を擁するようになると、着実に少年俳優の人気に翳《かげ》りが出てきて、ジョン・リリーの名声を消し去った。一五九〇年ともなると少年劇団は事実上消滅していたものの、それからまた一〇年経つと、また新手の劇作家たちの手で再登場を果たすことになる。

晩年のリリーは、宮廷での昇進を求めても果たされず、祝宴局長になる希望を持ちつつ、上品な貧乏とでもいった状態で暮らしていた。人生最後の一二年間、何ひとつ作品を書くことはなかった。流行も文学的趣向もすっかり様変わりしてしまっていたからだ。「頭の働かせ方を変えます。墓に片足をつっこみながら、もう一方の足を舞台に乗せるのは愚かでしょう」とリリーは一五九七年に書いている（Hunter, *Lyly 87*）。

もう一人のエリザベス朝劇作家であるジョージ・ピールには、このような選択の自由は与えられなかった。ピールについては、『ジョージ・ピールの愉快で冴えてる戯話《おどけばなし》』[60]という小冊子に印象的な描写がある。この際物《きわもの》的な小冊子には、ピールがサザックの劇場の近くに家族とともに住んでいるところが描かれている。ピールが自宅で毛布にくるまって猛然と執筆する一方、妻と幼い娘は夕食用に雲雀《ひばり》を料理[61]しているのだ。「金がなくなる前に書く気が失せるという詩人気質の持ち主」[62]とも描写されている。

小冊子はともかく、歴史上の本物のピールは、ロンドンに到着したばかりのシェイクスピアと知り合っている。ピールは、演劇でもある程度の成功を収めたが、街路での練物《パジェント》などの公共の出し物の発案者としても当時の人々によく知られていた。ピールの劇に仰々しくて儀式的な側面や、明晰な表現が目立つのはこのためである。ピールはまた、血腥《ちなまぐ》ささや殺人、狂気を求める大衆の好みにも応えた。ピールの書いたト書きのひとつはこうだ――「死神と三人の復讐の女神登場。女神の一人は血を、もう一人は皿に載せた死人の頭を、最後の一人は死人の骨を持っている」(63)。

　シェイクスピアはのちに歴史劇においてピールの大言壮語をパロディー化することになるが、二人のあいだの意見の食い違いにはなんらかの原因があったのかもしれない。ロンドンの慈善学校教師の息子だったピールは、オックスフォード大学で教育を受け、修士号を取得したことを自慢にしていた。だが、大学教育を受けた劇作家であっても、首都で出世するのは難しかった。学のある書き手はごろごろいたし、貴族の財力を当てにする者も多すぎた。若い書き手たちが劇場の隆盛のためロンドンに引き寄せられるのも道理ではあったが、豊かな生活への期待が常に報われたわけではない。そこでピールはさまざまな種類の詩や劇――翻訳、大学で演じられた劇、牧歌劇、愛国的な見せ物、聖書劇や喜劇――に手を染めた。どんな時代でも文学を志す若者がそうであるように、ピールもいかなる手段を使っても金を稼がねばならなかった。一六世紀の呼び売り本《チャップブック》に描かれたピールではあったが、ジョージ・ギッシングの『三文文士』(64)に登場していてもおかしくなかった。

　ロンドンで文学を志す若者の例に洩れず、ピールは同時代人たちと徒党を組む傾向があった。ピールはその生涯において、クリストファー・マーロウ、トマス・ナッシュ、ロバート・グリーンと知り合いだった――皆いわゆる「大学出の《ユニヴァーシティ・》才人《ウィッツ》」であり、意気軒昂で向こう見ず、酒に溺れ、淫奔《いんぽん》、荒々しく、(マーロウの場合は)危険でもあった。ナッシュがかつての仲間について言ったように、「剣に突き刺されようとしているときでも、我々は陽気に笑い飛ばす。酒場のベンチに坐り、一万もの危険を冒してつまらないものを手に入れようとする」のだった(Nicholl, *Cup* 61)。

　この連中は一五八〇～九〇年代のつっぱり青年であり、酒と梅毒で早死にする運命にあった。この連中をある種の同人仲間と見なすのはまちがいではあるが、皆同じ文学を(そして社会的出世を)目指していた。シェイクスピアはこの連中をよく知ってはいたが、行動をともにしたという証拠はない。シェイクスピアは自らの天才を大いに尊重していたので、保身の感覚も人並みはずれて強かったのだ。シェイクスピアは自己破壊に走るには健全でありすぎた――または、大学出の才人たちより永続性と安定を必要としていたとも言える(65)。

　こうして演劇界は常に新しい声を求めていた。リリーの作品が宮廷やセント・ポール大聖堂の地下室で上演されるあいだにも、新しい演劇や新しい劇作家が旭日《きょくじつ》の勢いで台頭しつつあった。シェイクスピアがロンドンにやってきたのは、まさに演劇的な啓示の瞬間に当たっていた。トマス・キッドの『スペインの悲劇』がかなりのセンセーションを巻き起こし、その後すぐにクリストファー・マーロウの『タンバレイン大王』が続いた。『スペインの悲劇』はロンドン演劇界における復讐劇流行の嚆矢《こうし》となった。この作品は、『ハムレット』のずっと前の版（若き日のシェイクスピアが書いたと推測する理由も少々ある）に影響を与えている。『スペインの悲劇』と『ハムレット』には多くの類似点がある。どちらも亡霊が登場し、さまざまな殺人が起こる。本物の狂気もあれば佯狂《ようきょう》もあり、復讐を推進する劇中劇があり、大量の血が流れる。しかし、のちの『ハムレット』とは異なり、『スペインの悲劇』は、復讐と報復につきもののお決まりの大げさな言葉——これが当初の観客を熱狂させた——に満ちている。扇情的なイメージにあふれた、非常に力強く誘惑的な言語だ。劇はいわば世俗的な礼拝の儀式となったのである。ヒエロニモは部屋着のまま舞台に現れると、次のように叫ぶ。

何だ、この叫びは？　俺をベッドから叩き起こし、
早鐘を打つ心臓を縮み上がらせるこの叫びは？
（一―二行〔第二幕第五場〕）

この台詞は流行り言葉となり、ほかの劇作家によって繰り返されたり捩《もじ》られたりした。シェイクスピアは『タイタス・アンドロニカス』でこの台詞を取り上げて再利用している。タイタスはヒエロニモのように不安に心を乱し、「何者だ、俺の瞑想を邪魔するのは？」と叫ぶのだ（二一〇六行〔第五幕第二場〕）。

キッド自身、『スペインの悲劇』を書いたときにはまだ若者だった。一五五八年の生まれで（シェイクスピアよりわずか六歳年長なだけである）、ロンドンの代書人の息子だった。シェイクスピアと同じように、キッドもグラマー・スクールで比較的短期間の教育を受け、その後は父親の職業を継いだようだ。キッドについてあまり多くのことが知られていないのは、劇場のために劇を書く作家だとわかれば、それ以上知る必要もないと思われていたからである。数少ない言及のひとつは「働き者のキッド」というもので、日々の糧のためにたくさんの作品を書いていたらしい。

キッドは、一五八三年に女王一座の座付き作家として劇作家人生を始めたようだが、一五八七年にはキッドもクリストファー・マーロウも共にストレインジ卿一座に入っている。シェイクスピアも二人のあとで一座に加わったかもしれない。『スペインの悲劇』が上演されたのも、マーロウの『マルタ島のユダヤ人』や『パリの虐殺』が上演されたのも、この劇団によってであった。

注意すべきは、劇作は若者の仕事だったという点だ——キッドやマーロウは劇作家業に手を染めたとき、せいぜい二三歳ないし二四歳だった（もしかするともっと若かったかもしれない）。キッドはのちに無罪を弁明する手紙のなかで次のように書いている——「私がこのマーロウと最初に知り合ったのは、この男が私の主人〔ストレインジ卿〕に仕えていたためです。卿はご自分の役者たちのために書かれたものを通して以外は、マーロウのことをまったくご存じなかったのですが」（Boas 241）。ここからすぐ、興味深い可能性が読み取れる。もしシェ

イクスピアが一五八六年にストレインジ卿一座に加わっていたとすれば、ほどなくトマス・キッドやクリストファー・マーロウと知り合っていたはずだ。シェイクスピアは、言ってみれば、同じ作家同士の人間関係のなかに身を置いていたはずである。キッドやマーロウの芝居に出演したし、合作することすらあったかもしれない。シェイクスピアは、初期の作品において、この二人の劇作家を順に模倣したりパロディー化したりしているように見えるとしばしば指摘されてきたが、この仲間の後継者に自分がなろうという野心を抱く後輩にとって先輩作家たちを真似ること以上に自然なことがあっただろうか。何と言っても当時は、キッドとマーロウの影響力や成功が頂点に達していた時期だったのだから。

『スペインの悲劇』はあまりに人気が出たため、多くの模倣を生み、作者の死後の一六〇二年にはベン・ジョンソンの加筆を含む改訂版が出たほどだった。つまり、ほとんど二〇年間、『スペインの悲劇』は演劇という娯楽の定番の出し物であり続けたことになる。シェイクスピアがこれを模倣しないはずはなかった。

シェイクスピアとキッドにはもうひとつの共通点がある。どちらも大学に行っていないのだ。グラマー・スクールを出ただけの作家として、二人とも「大学出の才人」たちにその学識のなさを揶揄されていた。二人は、ナッシュやグリーンらの大学出の作家たちに「元代書人」とか「元教師」とか糾弾され、その言葉尻だけを見れば二人のうちどちらに当てた批判なのかわかりにくいほどである。そこに二人のつながりがあった。

演劇界は狭く緊迫した世界だった。若き劇作家たちは互いに台詞や登場人物を盗み合い、互いを批判し合った。その芝居は、ギリシアの悲劇作家の作品のように、競い合って上演された。一五八六年の『スペインの悲劇』の成功は、マーロウが大言壮語の雄弁さを備えたもうひとつの芝居を書く契機――あるいは挑発――となったようだ。

『タンバレイン大王』第一部と第二部は、翌年末に上演されたが、この執筆と上演の早さからすれば、マーロウはすでに芝居の概要を書いていたことになる。しかし、この作品は確かにイギリス演劇の革命を担ったが、ほかの若き芸術家同様、マーロウは芸術で名を挙げるのと同じくらいの悪名をすぐに実生活でも獲得してしまった。マーロウは一般に無神論者、冒瀆者、男色家と見られており、演劇界で最初の成功を収めたのちは悪名高い背教者となっていたのである。

マーロウは、カンタベリーの靴職人の息子であり、シェイクスピアがストラットフォードで受けたのと同種のグラマー・スクール教育をまず受けたが、シェイクスピアとは違って大学へ進学した。しかしながら、学位を受ける前から、なんらかの秘密の政府の活動に関わっていた。伝説の火蜥蜴《サラマンダー》のように、マーロウは炎のなかで生き、成長するかのようだった。間接的に伝えられるマーロウの言葉は、それ自体が扇動的だ。「プロテスタントは皆偽善的な馬鹿者だ」とか「煙草と少年を好まない者は阿呆だ」と言ったという。すでに見たように、マーロウは「夜の学派」と関係があったとされ、「モーセ[66]はただの手品師であり、サー・W・ローリーの召し使いのヘリオットの方がモーセよりたくさんのことができる」と言ったと伝えられている。ヘリオットもローリーも、例の密教的集団のメンバーであった。

マーロウはまた、さまざまな形での監視活動、特にカトリックに関する活動に関わっていたが、政府のスパイだったのか、二重スパイだったのか、それともその両方だったのか皆目わからない。いずれにせよ、マーロウは信頼できる人物ではなかった。一五八九年には、マーロウともう一人の「大学出の才人」トマス・ウォトソンが、ある宿屋の主人の息子に襲撃される事件があった。ウォトソンはこの男を刺し殺し、その結果ウォトソンもマーロウも投獄された。ウォトソンとマーロウは二人ともショアディッチの劇場街に住み働いており、若きシェイクスピアもそこで二人に出会ったかもしれない。

マーロウは、ある意味ではイギリス演劇における神童だった。シェイクスピアと同い年で、シェイクスピアとほぼ同じ頃にロンドンに出て来ている。シェイクスピアがマーロウの「後」に来る、というのは便利な考え方ではあるが、完全に同時代人であって、シェイクスピアのほうが目立って優勢なところが少なかったと考える方が適切だろう。

たとえば、マーロウの『タンバレイン大王』二部作の成功は電撃的で衝撃的だった。異教徒の主人公をいかなる意味でも否定することなく舞台に乗せるということは、マーロウにとって演劇的な独立宣言だったのだ。この作品はおおむね征服と成功の劇なので、劇の筋を生き生きとしたものにする対立要素の葛藤がないと言われてきた。しかし、対立要素は作者と観客のあいだにあったのである。マーロウはおそらく英語で詩人としての自己主張をした最初の劇作家だろう。それ以前の時代の演劇はかなり公共のものであって非個人的なものであったのに、マーロウはそれをすべて変えてしまった。個人の声を演劇に導入したのである。それはタンバレインの声だったが、その声域のなかには、まちがいなくマーロウ本人の響きがある。

俺は運命を鉄の鎖で縛り上げ、
自らの手で運命の紡ぎ車を回すのだ。
タンバレインが殺されるか征服されるくらいなら、
太陽が軌道から落ちるだろう。

（一七五―七八行〔第一幕第二場〕）

この作品が観客を興奮させたのは、野心的な決意と活気に満ちた個人主義という当時芽生え始めた風潮を捉えていたためである。これはまさにエリザベス朝的な声だった。もしタンバレインが傲慢《ヒューブリス》の罪を犯しているとすれば、多くのエリザベス朝の冒険者たちも同じだった。タンバレイン自身の言葉を使うなら、「大望を抱く心」への罰を受けることになる。いわゆる「意気盛んで人を仰天させるような言葉」から成る韻文の脈打つようなリズムは、明らかにマーロウの突然の成功を妬《ねた》んだある若い劇作家の非難を買った。

ケンブリッジ大学生時代のクリストファー・マーロウ。
シェイクスピアのロンドン到着当時、話題の芝居といえば
『スペインの悲劇』と『タンバレイン大王』だった。
シェイクスピア、キッド、マーロウの三劇作家は、
ストレインジ卿の庇護の下で共同作業をした可能性もある。
キッドやマーロウは面倒に足を突っ込んで危険な目に遭ったが、
シェイクスピアはこの種の面倒を避けていたようだ。
(ケンブリッジ大学コーパス・クリスティ・カレッジ)

『タンバレイン大王』上演の翌年に出版された小冊子で、ロバート・グリーンは、自分が「一言一言をボウ教会[67]の鐘の音のように口角泡を飛ばして響かせ、あの無神論者タンバレインのように、神に天国から出てこいと挑んで……韻文を悲劇の演技で舞台に噴出できないからといって」批判されていると不満を漏らしている（Nicholl, *Reckoning* 242）。エリザベス朝の別の小冊子作家トマス・ナッシュもまた、マーロウの大げさな韻文に痛烈な批判を浴びせ、「太鼓を打つような一〇音節[68]の広漠たる饒舌さ」と呼んでいる（Nicholl, *Reckoning* 474）。マーロウの声はあまりに新奇なものだったので、突然の狼狽を呼び起こしたのである。

このマーロウの声こそシェイクスピアが聞き取り、自分のものとした声であり、思うがままに呼び出せる多くの声のひとつとなった。もちろん、このようなかなり狭く閉じられた世界では、影響や関係はどの方向にも見ることができる。『タンバレイン大王』はシェイクスピアの歴史劇の形成に影響を与えたが、シェイクスピアの歴史劇は、逆にマーロウの『エドワード二世』執筆に影響を与えたようだ。二人が『ヘンリー六世』三部作においてあれこれ共同作業を行なったということすらありうる。

すでに見たように、若きシェイクスピアはまちがいなく『マルタ島のユダヤ人』および『パリの虐殺』に出演しただろう[69]。シェイクスピアがマーロウに激しく感銘を受け、その影響を受けていたことは疑う余地がない。またシェイクスピアが初期の劇のなかでマーロウの台詞を盗用したり真似たりし、マーロウをパロディー化し、全面的に張り合っていたことも明らかだ。マーロウは同時代で最もシェイクスピアの注意を惹いた劇作家だった。マーロウはシェイクスピアの競争相手であり、征服すべき敵だったのだ。マーロウはシェイクスピアの肩越しに立つ人影のように、その表現に絶えずつきまとった。だが、シェイクスピアの詩神は嫉妬深く、あらゆる競争者をつぶすか破滅させようと待ち構えていたのだった。

しかしながら、若きシェイクスピアは個人的にはマーロウから距離を置いていたことだろう。マーロウには、とかくの風評が立っていた。ほかの時代の言葉を使うなら、マーロウは概して「狂って《マッド》いて、悪くて《バッド》、知り合いになるのは危険[70]」と考えられていた。だが、二人の劇作家にはもうひとつ違いがある。マーロウは、大学教育を受けたほかの書き手と同様、外から演劇界にやってきた。シェイクスピアは劇団内の序列をのぼって現れた最初の劇作家だった。シェイクスピアは内部から、完全な演劇の専門家としてやってきたのである。シェイクスピアは役者を雇い人や召し使いではなく、仲間と考えた。これは根本的な違いだ。

のちに『パルナッソスからの帰還』第二部という芝居に、役者バーベッジとケンプが「大学出の才人」たちを「あのオウィディウス[71]とかいう作家の臭いがきつすぎ、プロセルピナやらユピテル（ジュピター）やらのことばかり話す」芝居を書いているといって批判する箇所が見られる。そのような寓話や神話好きの書き手とは違い、「我らが仲間シェイクスピアは――実に抜け目のない男だよ――奴らをみんな黙らせてしまう」と言うのだ。ここで強調されているのは、シェイクスピアが「我らが仲間」、つまり役者の仲間であり、雇い人ではなく、劇団に不可欠な一部だということである。シェイクスピアが大学教育を受けた同時代人たちを最初に超えたのは、筋書きよりもむしろ舞台技法においてであったことは重要な点だ。ストレインジ卿一座を通して生じたシェイクスピアとキッドおよびマーロウとの関係は、奇妙なライバル関係を育んだのである。

第27章 わが若葉の時代

〔『アントニーとクレオパトラ』第一幕第五場〕

数年のうちに、ストレインジ卿一座は羨《うらや》むべき評判を手にしていた。その評判の高さは、レスター伯一座が一五八八年のレスター伯の死とともに解散したとき、役者の多くがストレインジ卿一座に加わることを選んだことからも推し量れよう。ストレインジ卿一座には上演すべきよい戯曲があった。シェイクスピアの初期の劇の二本はすでに一座のレパートリーとなっていた。

この初期の時代、劇団が巡業した道筋がわかっている——一五八四年にコヴェントリー、一五八五年にベヴァリー、一五八八年に再びコヴェントリー。ロンドン公演で使ったであろう場所はよく知られている。一五八〇年代、ストレインジ卿一座はシェイクスピアをメンバーに加えて、クロス・キーズ亭、シアター座、カーテン座で公演した。[72]

一五八八年以降の女王一座の衰退のおかげで、ストレインジ卿一座は脚光を浴び、一五九〇年までにはしばしば海軍大臣一座と、当代切っての劇団同士として合同公演をするようになっていた。ということは、エドワード・アレンの参加を得たということになる。すでに当代一の悲劇役者と見なされていた海軍大臣一座の花形役者だ。『タンバレイン大王』、『マルタ島のユダヤ人』、『フォースタス博士』の主役を演じ、マーロウの芝居を成功させたのはアレンだった。シェイクスピアと共演し、『ヘンリー六世』のトールボットや『タイタス・アンドロニカス』の主役を演じたかもしれないので、その演技スタイルは注目に値する。

アレンは非常に長身であり、一八〇センチ以上あって、現代のイギリス人より平均で約一五センチ背が低いとされるエリザベス朝人のなかでひときわ高かった。それゆえ、かなり人目を惹き、いわゆる「威厳ある」役を得意とした。ベン・ジョンソンはのちに『ティンバー、あるいは人間と事物についての発見』において、「劇的な気取った歩き方と激烈な大声」に言及しながらアレンのことを語っている。たとえばアレンの『タンバレイン大王』における役は、「情熱的」または「闊歩する」演技の代名詞となった——当時弱冠二一歳だったことを考えれば、この成功はなおさら驚くべきだろう。

ナッシュはアレンについて、「ロスキウスやアエソプス[73]といった、キリスト誕生以前に尊敬された悲劇役者たちも、高名なネッド・アレンほど身振りで演技をすることはできなかった」と述べている（Hosking 36）。アレンは壮大で誇張された非自然主義的な演技の伝統のなかにいた。当時の言い回しを使えば、アレンは「舞台上で猫を八つ裂きにする」[74]ことができたわけだ。どうやらシェイクスピアはハムレットの言葉を借りてその演技スタイルを批判しているらしい。ハムレットは「かつらをつけた大根役者が熱情をぼろぼろに引き裂いてみせるのはまったく腹に据えかねる……暴君ヘロデもかくやとばかりの荒事ぶりだ」(一七三六―七行〔第三幕第二場〕)と述べているが、実際アレンは、シェイクスピアよりもキッドやマーロウの劇に向いていた。シェイクスピアはリチャード・バーベッジを相手にしたほうがずっとうまくいった。バーベッジは、それほど仰々しくしなくても性格と感情を表せる悲劇役者であり、いわば自分を役柄に従わせることができた。しかし、この二人の役者の違いを強調しすぎることは賢くないし、歴史的にも正しくないだろう。二人とも役を演じる能力については例の変幻自在の神プロテウスに譬えられていたし、エリザベス朝の演技は決して現在言うような「自然主義的」ではなかったし、そうであったはずもなかった。当時の演技は常に、部分的には朗唱のパフォーマンスだったのだ。劇場が示したのは話し方の技術だったのである。

バーベッジもアレンも共に名声を得たことは、演劇事情の大きな流れにも興味深い光を投げかける。一五七〇年代と一五八〇年代が喜劇役者の時代であり、タールトンやケンプが活躍していたのに対し、一五九〇年代と一六〇〇年代初頭には悲劇役者が台頭し、それがエリザベス朝演劇そのものの象徴となったのである。

一五九〇年、海軍大臣一座とストレインジ卿一座はなんらかの相互契約を結び、それにより海軍大臣一座はシアター座で、ストレインジ卿一座は隣のカーテン座で公演するようになった。今やどちらの劇場もジェイムズ・バーベッジが所有していたのだ。多くの出演者を必要とする芝居では、どちらかの劇場を使って合同公演を行った。一五九一年から一五九二年にかけての翌シーズン、この合同劇団は宮廷で六回の公演を行うよう命ぜられた。ストレインジ卿が祝宴局長エドマンド・ティルニーの親戚だった関係から、特別の取り計らいがあったのかもしれないが、芝居が期待外れだったはずもなく、次のクリスマス・シーズンに劇団は再び宮廷に呼ばれて公演を三回も行っている。

となれば、若きシェイクスピアが女王の前で演じているところを思い描くことができる。ストレインジ卿一座にいたほかの二七人の役者たち、つまりシェイクスピアの同僚たちのなかには、オーガスティン・フィリップス[75]、ウィル・スライ[76]、トマス・ポープ[77]、ジョージ・ブライアン[78]、リチャード・カウリー[79]、そしてもちろんバーベッジその人がいた。これらの役者たちが皆シェイクスピアの残りの人生を通して一緒に働き続け、その名前が一六二三年に出版されたシェイクスピア作品のフォーリオ版シェイクスピア全集に記載されているということは注目すべき事実だ。皆やがてシェイクスピアとともに宮内大臣一座に加わり、そこにとどまった。非常に困難な状況においても比較的安定し続けた才能ある役者の小集団を結成したと考えてよいだろう。シェイクスピアはこの仲間に忠実であり、そのうち数人の名を遺書でも挙げているが、仲間たちもまたシェイクスピアに忠実であり続けたのである。

ストレインジ卿一座の初期の芝居のタイトルはいくつか残っており、どこかの段階で若き日のシェイクスピアが出演したかもしれない当時の人気作には、『七つの大罪』[80]、『悪党を見分けるコツ』[81]、『修道士ベイコン』[82]、『狂乱のオルランドー』[83]、『頑固なモロッコ』[84]などがあった。

そのうちの『七つの大罪』には「プロット」、つまり舞台の筋書きが残っており、そこにはポープ、フィリップス、スライ、バーベッジを含む多くの役者の名前が書かれている。また女性の役を演じた役者たちへの断片的な言及もあり、そのなかにはニック、ロバート、ネッド、ウィルの名がある。「ウィル」の名は興味深い。今や二〇代半ばとなった役者が女性の役を演じるなどありそうもないと思えるかもしれないが、考えられないことではない。いずれにせよ、好奇心をそそる名だ。

この初期の時代、シェイクスピアとストレインジ卿本人との関係は、ある一編の詩によって広がったかもしれない。「不死鳥と雉鳩《きじばと》」[85]は、深遠な意味と難解な語彙で多くの批評家や学者を悩ませてきたが、その目的もまた未詳だ。この詩が誰に向けて、何のために書かれたのかわからないのだ。一五八六年のストレインジ卿の妹の結婚[86]の際に書かれた詩かもしれない（**Honigmann**, ***Lost*** **109**）。実際にそうだとすれば、若き劇作家のこの貴族一家との関係は「家つきの詩人」というのに等しい。ストレインジ卿自身が、シェイクスピアに直接、歴史劇連作の執筆を命じたのではないか、それによってエリザベス女王にも国家にも同じように敬意を払っていることを示そうとしたのではないかと推測されることもある。シェイクスピアは歴史劇のなかで、ストレインジ卿ファーディナンドー・スタンリーの祖先に明らかに愛国的で善良な役割を与えているのだ。『ヘンリー六世』三部作で活躍するスタンリー家[87]は、ストレインジ卿の親族だ。『リチャード三世』で勝利を収めたリッチモンド[88]は、〔初代〕ダービー伯爵の手によって戴冠される〔ストレインジ卿は第五代ダービー伯爵〕。たとえば『ヘンリー六世』でクリフォードを賞賛しているのは、ストレインジ卿がマーガレット・クリフォードの息子であるという事実を反映しているのだろう。パトロンに謝意を表明するのにこれ以上の方法があるだろうか。

それにしても、シェイクスピアはいつこれらの歴史劇を書き始めたのか、またいつ『ヴェローナの二紳士』といった喜劇や『タイタス・アンドロニカス』といった感傷的通俗劇《メロドラマ》に手を染めたのか、一切明らかになっていない。伝記作者や学者たちは長年、下手をすると数世紀にわたって、これらの創作年代について議論してきたが、未だに合意には達していない。この当時の劇場の記録は不正確で混乱しており、初期の芝居の出所や所有者を証明しにくいことで悪名高いのだ。劇団が所有していた芝居もあれば、ロンドンの劇場の支配人たちが所有していたものもある。劇団のあいだには多くの行き来があり、時には役者が芝居を持って移動することもあった。劇団はまた互いに芝居を売り買いもしていた。

さまざまなあまり質のよくない劇が、シェイクスピアが戯曲を書き始めたときの若書きの作品とされてきた。ほかの、より成熟した作品は、修業時代に書いた作品を書き直したものだとも言われてきた。おそらくシェイクスピアの最初の劇作品群は、時間と忘却という貪欲な胃袋のなかに呑み込まれ、すっかり失われてしまったのだろう。現在残っている芝居には、若き日のシェイクスピアによる加筆や改変の跡をとどめているものもある。最初の頃、シェイクスピアは駄目になったり完成しなかった作品の改訂者として働いていたのかもしれないし、単に古い芝居に新しい色彩を付け加えて復活させただけなのかもしれない。言い換えれば、現在学術的にシェイクスピア作品とされているより遥かに多くのシェイクスピア作品があるかもしれないのだ。シェイクスピアは昔からほかの劇作家と共作していたのだろうか。それをはっきりさせるのは不可能である。初期の時代には、シェイクスピアは特に「シェイクスピア的」ですらなかったかもしれないのだから。

シェイクスピアはロンドンに来る遥か前から物を書いていたというのが妥当な推測であろう——演劇はともかく、少なくとも詩作は生まれつき楽々できた。シェイクスピア作とされた芝居が多くあることを考えると、役者として演劇界に入ってまもなく戯曲を書き始めたとするのも妥当だろう。現在知られている初期の作品は、構造があまりにも巧妙で台詞もあまりにすばらしいので、シェイクスピアがペンを動かした最初の作品だとは信じ難い（確かにシェイクスピアはペン使いの名人ではあったけれども）。部分的または全体的にシェイクスピアの作品かもしれない初期の作品がいくつかある。『ハムレット』と、おそらくは『ペリクリーズ』の初期の版があり、ほかにも『エドマンド剛勇王』[89]、『エドワード三世』[90]という、まちがいなくシェイクスピアの想像力の痕跡をとどめる作品がある。これらの作品はきちんと構成され、自信にあふれ、韻文の扱いも安定しており、悪罵や雄弁も名調子だ。シェイクスピア的な響きや音色は見られないものの、シェイクスピアにしても最初はこんなものだっただろう。そして、まるでシェイクスピアの影がページの上を通り過ぎたとでも言うような、どこかで聞いたことのあるような韻律や見たことのあるようなイメージがよぎって、不思議な認識の瞬間があるのだ。本文の解析によって、『ジョン王の乱世』と『エドマンド剛勇王』は同一の人物によって書かれたことが示唆されており、それは「エリザベス朝演劇の夜明け前、夜明けの星々が一緒に歌い始める前の暗闇で小さく瞬《またた》いている若い書き手」だとされる（Everitt 61）。決して満足のいく答えの出ない問いがもうひとつある——ほかの誰がこれらの作品を書きえただろうか。

暫定的なシェイクスピア作品のリストにこれらの作品が入ることは驚くべきことではない。大抵はそこからシェイクスピアらしい作品が生まれてくる種と言うべき萌芽的作品だ。あるいは、習作時代の作品をあとで改訂したということがあったかもしれない。シェイクスピアが生涯にわたって自分の劇を改訂し続けて、上演や時代の要請に応えたという説は一般に受け入れられている。改作説を拒否する編者や本文研究者もいるが、なるほど劇の「決定版」を出版する仕事がまったく不可能になってしまうという理由を考えれば拒否するのも首肯しうる。しかし、現在出版されている劇は、実際に上演された劇の暫定版でしかないと信じるだけの十分な理由があるのである。

こうしてシェイクスピアはジョン・リリーやジョージ・ピールの芝居を観に行ったり、『タンバレイン大王』の初演を観たりしたわけだ。シェイクスピアは『スペインの悲劇』を知悉していた。マーロウの輝かしい成功も嫌というほど知っていた。周りにはエリザベス朝文学もあった。エドマンド・スペンサーの『神仙女王』冒頭の三巻の手稿はロンドンにあり、ホリンシェッドの『年代記』の第二版[91]は出版されたばかりだった。もしシェイクスピアがこの時点で舞台のために書く気になれば、これらの種本や影響は手元にあったわけだ。

また控えめに見積もっても三年分の仕事に当たる、シェイクスピアの「初期の」作品とされるものもある。確かに、これらの作品は皆一五八七年から一五九〇年のあいだに収まりきる。また、この時期には小冊子作者ロバート・グリーンが、名前を伏せたある劇作家[92]に対して激しい攻撃を行ったが、グリーンはこの作家を学識がなく他者の文体を剽窃する者と見ていた。この劇作家とは誰だったのだろうか。

第28章 あなたは激情の虜となっている
〔『オセロー』第三幕第三場〕

　ロバート・グリーンは「大学出の才人」であり、ナッシュとマーロウの友人でもあったが、同時代の多くのオックスブリッジ卒業者と同じように、やっつけ仕事で糊口を凌《しの》がざるをえなかった。グリーンは当時とても人気があり、『修道士ベイコンと修道士バンゲイ』や『狂乱のオルランドー』は、ローズ座のフィリップ・ヘンズロウにとってはドル箱のヒット作だった。グリーンの小冊子は一六世紀ロンドンの生活の記録として無類のものだと今でも考えられている。しかし、グリーンは軽んじられることに過敏に反応し、才能ある同時代人たちに激しく嫉妬していた。

　グリーンが最初にシェイクスピアを公然と攻撃したのは一五九二年のことである。[93]だが、これ以前にも、シェイクスピアとトマス・キッドに対して用心深く批判をしている。一五八七年、グリーンは「卑劣な駄馬ども」がよりにもよって「バラッドから掻き出したようなものを……何でも書いたり出版したりしている」と断罪している（Sams 163）。『タイタス・アンドロニカス』の筋書きがバラッドに由来するかどうかについては、今も論争が続いている。これはちょっとした何気ない言及だが、意味深いものだ。

　翌年、グリーンの仲間であり同じく大学出の才人であったトマス・ナッシュが、「しばしば誰よりも教育がないくせに、口の悪い非難の言葉で不平を並べる」書き手たちに対する非難をして攻撃を続けた（Sams 66）。この頃までに公衆劇場の舞台で成功を収めていた「教育がない」劇作家といえば、キッドとシェイクスピアしかいなかった。一五八九年、グリーンは『メナフォン』という伝奇物語を書き、そのなかで「田舎作家」は「こぎれいな台詞を書く役には立つ」が、その文体は「つまらない直喩や強引な暗喩でいっぱい」だと述べている（Sams 67）。この批判はその後、シェイクスピアの文体への批判の典型となる。

　『メナフォン』に寄せた序文では、ナッシュは攻撃をさらに拡大している。一五八九年当時、シェイクスピアは二五歳だった。ナッシュはケンブリッジ大学を出たばかりで、自分の機知を頼りに生きていこうと決心していた。ナッシュはローストフト[94]の副牧師の息子だが、その後の経歴は「司祭の息子は悪魔の孫」という古代ギリシアの諺《ことわざ》を実現しているようである。ナッシュは友人グリーンと結託して、すぐに諷刺家・小冊子作者・詩人、そして時には劇作家という自らの職業を生み出した。

　ナッシュはシェイクスピアをよく知っていた。ストレインジ卿とサウサンプトン伯爵の周りを庇護と賞賛を求めてうろついていたナッシュだが、必ずしも同世代のシェイクスピアのような優しい心根の持ち主だったとは言えない。ナッシュはシェイクスピアより三歳年下だったが、若い頃から野心家であるがゆえの厳しさや残酷さを持っていたようだ。ナッシュはシェイクスピアの成功を軽蔑し、追いつき追い越したいと願っていたが、その目的を達成することはできず、急速に皮肉っぽい失意の若者となっていった。ナッシュはニューゲイト監獄に投獄され、三四歳か三五歳で死んだ。

一五八九年の『メナフォン』序文で、ナッシュはまず、数人の無教養の書き手がオウィディウスやプルタルコスの作品を盗用し、自分のものとして「自慢している」と非難している。「ある種のせこい連中が、あらゆる芸術を試してはどれも大成しないのが最近の風潮のようだ。必要に迫られて免罪詩[95]をラテン語に訳すのもやっとの者たちが、自分たちが生まれついた文書作成の仕事を捨てて、芸術への挑戦に勤しんでいる」と書いている。文書作成の仕事とは法律家の書記のことだが、シェイクスピアが若い頃その仕事をしていたのではないかということはすでに述べた。シェイクスピアがほとんどラテン語が書けないという批判は、ベン・ジョンソンによる「少しのラテン語と、もっと少しのギリシア語」発言を予感させるものであり、名前の挙げられていないこの作家が大学に行っていないという明らかな含みがある。

ナッシュはさらに続けて、「しかし、イングランドのセネカは蠟燭の明かりの下で読めば、『血は乞食だ』といった多くのよい格言を与えてくれる。もし霜の降りた朝にきちんと頼めば、『ハムレット』全体分、いや両手にいっぱいの悲劇的な台詞をくれるだろう。しかし、ああ何と悲しいことか。万物を破壊する時の流れ《テンプス・エダム・レルム》よ、永遠に続くものなどどこにあるだろうか」と書いている。ナッシュが攻撃しているのは誰なのだろうか。

「イングランドのセネカ」――英語で書くセネカ、つまりセネカを原文で読むだけのラテン語力がない名無しの書き手――は、轟くようなメロドラマ『タイタス・アンドロニカス』を書くような作家ではないだろうか。『ハムレット』への言及は説明の必要もないし、『ハムレット』の原型はおそらくセネカを超えようとしたものだっただろう。また、「テンプス・エダム・レルム」という引用の言葉は『ジョン王の乱世』に見られるが、これは明らかにシェイクスピア作品『ジョン王』の先駆的な作品である（シェイクスピア作品のほうが有名ではあるが）。また、シェイクスピアがオウィディウスとプルタルコスを脚色したというのも、今では批評上の常識となっている。

そのあとには「イタリア語の翻訳に足をつっこみ、そこからお粗末な筋書きを作り出す」劇作家たちの描写もあり、おそらくシェイクスピアの現存する最古の作品のひとつである『ヴェローナの二紳士』への言及だと思われる。この劇作家はまた「アリオストーの発明を借りてきた」とも見られているが、『じゃじゃ馬馴らし』の筋書きはその一部をアリオストーの『取り違え』に負っている。ナッシュの序文は「ブランク・ヴァースを『もし』とか『そして』でつぎはぎにする」輩への言及で終わっており、個人的な攻撃に転じて、この連中は「奇妙奇天烈な形に髭を糊づけしている」と非難されている。糊づけした髭のことや、ある田舎者の作家の不運な経歴として法律家の書記や教師をしていたということへの言及は、こののちにも見られる。これは興味深い組み合わせであり、そのなかからシェイクスピアのうっすらとした輪郭が浮かび上がってくるように思われる――断言は出来ないし、まだすっかり形になっておらず、「ああ、この人だ」と認識できたりするわけではない――が、シェイクスピアのことだ。

ほかにも特定の言及は多く、謎めいて暗示に満ちたナッシュの散文のなかにひしめき合っている。「生きるべきか死ぬべきか」はキケロの「存在するか、またはしないかだ（*id aut esse aut non esse*）」に由来するとされている。この作者はキッドの真似をし、自分の「大言壮語のブランク・ヴァース」でグリーンやマーロウを「威勢のよさで負かそう」としていると非難されている。また、「牛を殺すような着想」への言及を、肉屋の出身だとされるシェイクスピアの出生への目配せだと見ることもできるだろうか。

これらの言及は皆同じ方向を指している。つまり一五八九年にはすでに『タイタス・アンドロニカス』、『じゃじゃ馬馴らし』、『ジョン王』、『ハムレット』といった劇の書き直し前の原稿を書いていた名無しの作家を指すものだと結論づけるのが正しいだろう。シェイクスピアのほかに当てはまる人物がいるだろうか。演劇界は住人の数も限られたかなり小さな世界であり、グリーンとナッシュが声をそろえて嘲弄する対象として考えられる人物はほかにほとんどいない。

一五九〇年、ロバート・グリーンは再び攻撃を始めた。『遅すぎることはなし』では、古代ローマの高名な役者にちなんで「ロスキウス」と名づけたある役者を罵倒している。「ロスキウスよ、お前はイソップ物語のカラスのように、他人の羽根で着飾って気取っているのか。自分では何も言うことができないというのに……」（Sams 67）。グリーンは二年後に、敵を「シェイク＝シーン」と呼びつつ同じ非難を繰り返すことになる。しかし、常識的に考えれば、これは「教育がなく、人真似ばかりする「田舎作家」のせいで自分が不当に批判されたり無視されたりしたと感じている「大学出の才人」が始めた長期戦だったのだろう。相手はただの一度も自分に加えられた攻撃に反論することがなかったようだが。

もしも標的として想定されたのが実際にシェイクスピアであったとするならば、シェイクスピアが一五八〇年代末までにはロンドンの演劇界で目立った存在になっていたという証拠になる。つまり、シェイクスピアはロンドンに初めて到着してからすぐに芝居を書き始めたということになる。シェイクスピアがまた「ロスキウス」と呼ばれているということは、すでに役者としての技量でなんらかの評判を得ていたということにもなる。学者や批評家はあらゆる証拠物件について異なる意見を持つものだが、「医者の意見が食い違うときには、患者は去らねばならない」という古い諺もある。我々から去ってゆく人物こそ、若き日のシェイクスピアなのかもしれない。

第29章 俺だって同様の勝利を得られぬはずはない

〔『ヘンリー六世』第三部第一幕第二場〕

ここで、初期の活動について妥当と思われる年表を作ってみよう。一五八七年、女王一座の一員だったとき、シェイクスピアは『ハムレット』の草稿を書いた。この若書きの『ハムレット』は失われてしまった――一五八九年のナッシュの文章から、その作品に「生きるべきか死ぬべきか」という言葉と、「復讐せよ！」と叫ぶ亡霊が含まれていたことがわかるのみである。シェイクスピアがこの亡霊の役を演じたという逸話が昔からあるが、そうだとすれば、名無しの作家に対するナッシュの意味不明の傍白にも納得がいく――「もし霜の降りた朝に丁寧に頼めば」――亡霊は霜の降りた寒い夜に出るのだ。

やはり一五八七年に書かれたもうひとつの作品、『レア王実録年代記』[96]は、シェイクスピアの悲劇『リア王』の古い版なのだろうか。この作品は有名な王国分割に始まるが、その後の展開は『リア王』とは異なっており、当時人気のあった物語から採られた昔ながらの伝奇物語の要素が色濃い。特に『レア王実録年代記』は、レア王と善良な娘が再会して、めでたしめでたしで終わっている。『レア王実録年代記』を上演した女王一座には、その頃シェイクスピアが座員として加わっていたのではないかと推測されており、作品としても多くの点で完成度は高いし、創意に富んでいる。しかし、あまりに類のない作品であり、若いシェイクスピアにしたところで書けたがどうかわからず、シェイクスピアが書いたとするには大いに二の足を踏まなければならない。

あるいはこう考えてみてもよいだろう。もしシェイクスピアが本当にこの古い作品を演じたとすれば、その筋書きや登場人物に想像力を掻き立てられたかもしれない。シェイクスピアに関係するほかの初期の劇作品には、台詞や場面にシェイクスピア作品との顕著な一致が見られるのだが、『レア王実録年代記』と『リア王』には、基本的な筋書きの設定を除けばそうした類似は見られない。となれば、どうやらこの場合、シェイクスピアは元の劇をあまり参照せずに、古い物語を掘り起こしたようだ。『レア王実録年代記』は『リア王』と全然似ていないのだから。

もう一本、一五八七年に書かれたと考えられる芝居がある。『タールトンの冗談』で次のように語られている芝居だ――「ビショップズゲイトのブル亭[97]でヘンリー五世についての芝居があり、そのなかで判事が耳を殴りつけられる場面があった。殴られ役の男がいなかったため、いつも人を喜ばせたがるタールトン自身が、道化役のほかにこの判事の役も引き受けた」。道化役者タールトンは一五八八年に死亡しているので、この『ヘンリー五世』の芝居はそれ以前のものに違いない。タールトンは女王一座の一員だったので、事実関係は十分はっきりしている。「女王陛下の劇団によって上演された」という『ヘンリー五世の有名な勝利』[98]という芝居が本になっており、一五九三年に出版された本が今に伝わっている。とりたてて優雅で上品な作品ではないが、のちにシェイクスピアが『ヘンリー四世』二部作と『ヘンリー五世』で取り上げるいくつかの場面や登場人物が含まれている。特にフォルスタッフ、バードルフなど、ハリー王子の「下賤な」友人たちの姿は、『ヘンリー五世の有名な勝利』におけるネッド、トム、デリック、ジョン・コブラーの荒削りながら効果的なユーモアを下敷きにしている。ほかにもシェイクスピアがこの古い劇に基づいて書いているところがある。『レア王実録年代記』の場合と同じように、シェイクスピアは女王一座の一員として『ヘンリー五世の有名な勝利』に出演し、のちにその筋書きのなかで最も印象に残ったところを自分の作品に使ったのではないだろうか。

内外の証拠から、一五八八年ごろのものと考えられる興味深い上演はほかにもある。なかでも重要なのは『ジャジャ馬ナラシ』[99]であり、これはまちがいなく『じゃじゃ馬馴らし』のモデルとなったか、先駆けとなったものだ。

『ジャジャ馬ナラシ』はイタリアではなくギリシアを舞台とし、登場人物の名前もほとんどが違っており、有名な『じゃじゃ馬馴らし』の半分強の長さしかない。しかし、特に話の流れにはっきりとした類似が見られ、多くの言葉に対応が見られる——なかには「糸巻きの芯で私が死ぬまで叩く」といった意味のつかみにくい言い回しがそのまま使われているところもある。

結論ははっきりしている。シェイクスピアがこの作者不詳の作品から台詞や場面を採ってきたか、自分自身がかつて書いたものに改良を加えたかのどちらかである。最も単純な説明が最も可能性の高いものだという原則に従えば、シェイクスピアの『じゃじゃ馬馴らし』は、駆け出しの頃に書いて成功を収めた作品を改訂して再上演したものだと考えられる。[100]

『じゃじゃ馬馴らし』は『ジャジャ馬ナラシ』より計り知れないほど深く豊かな作品だ。より熟達した詩情に満ち、人物造形もずっと手堅い。両作品は二〇年のあいだを空けて出版されているので、作者には作品を徹底的に作り直す時間が確実にあっただろう。ほかの芸術分野から喩えを借りれば、『ジャジャ馬ナラシ』が素描《スケッチ》なら『じゃじゃ馬馴らし』は油絵だ。しかし、手法や構成の違いが素描と傑作ほど違っていても、その下に潜む類似は隠せない。二つの芝居の出版に関わった出版業者や印刷業者にははっきりしていたことだが、二つとも同一の版権[101]のもとに出版許可が出ている。『ジャジャ馬ナラシ』の出版者は、その後『ルークリース凌辱』と『ヘンリー四世』第一部を出版しているから、シェイクスピアとのつながりが続いたことがわかる。

もっと面白いことは、このシェイクスピアの初期の作品にはマーロウの台詞を盗む癖があるということだ。そうして書き加えられた台詞は、それが時代遅れになった時点でほとんど削除されているものの、『ジャジャ馬ナラシ』の大きな特徴となっている。この劇のフェルナンド（『じゃじゃ馬馴らし』

のペトルーキオに相当）がケイトに食べ物を剣先に突き刺して与えるのは、一五八七年に上演された『タンバレイン大王』二部作の似たような場面を諷刺している。[102]『ジャジャ馬ナラシ』は、『フォースタス博士』の言葉遣いをしょっちゅうパロディー化してもいるが、このことは『フォースタス博士』が『タンバレイン大王』に続いて一五八八年に上演されたことを強く示唆している。

模倣とは最も真摯な賞賛であるという古い格言があるが、『ジャジャ馬ナラシ』の作者がシェイクスピアなら、シェイクスピアはマーロウの雄弁な韻文に深い感銘を受けていたことになる。但し、シェイクスピアには馬鹿げたものに対する感覚がすでにかなり発達していて、マーロウ風の詩の勇壮華麗さは、あまり高尚でない文脈では場違いに見えるかもしれないと気づいていた。のちにシェイクスピアは、英雄的な主人公の高尚なレトリックと一般大衆の話し言葉とを対置してみせるようになる。換言すれば、若き日のシェイクスピアには本能的な喜劇の才能があったのである。

『じゃじゃ馬馴らし』であれ、『ジャジャ馬ナラシ』であれ、作者シェイクスピアは高度な演劇感覚を発揮してみせた。どちらにも劇中劇構造がある。それに、変装したり、衣裳を替えたりするテーマは、シェイクスピアの十八番《おはこ》だ。登場人物はいともたやすく自分ではないものになる巧みな夢想家だ。要するに、皆、パフォーマーなのである。ケイトとペトルーキオが求愛する場面の本質はパフォーマンスだ。ここには言葉が過剰に満ちている。若きシェイクスピアはまるで自分のあふれるばかりの豊かさを抑えきれないかのように、あらゆる種類の言葉遊びに耽《ふけ》る。イタリア語をちょっと引用したかと思えば、ラテン語の格言を取り込み、さらには古典に言及する。こうしたことから言えることは、この劇は自らを喧伝しているということだ。この劇は、何世紀にもわたってこの劇に与えられてきたあらゆる「意味」を超えて、この劇がこの世に存在することを喧伝しているのである。

一方、『じゃじゃ馬馴らし』は、一五八九年に出版されたナッシュとグリーンの『メナフォン』、および二人の共作と伝えられる劇『悪党を見分けるコツ』において諷刺されている。当時、ライバル同士が悪口を言い合う雰囲気というのはどのようなものだったのだろうか。その場その場の状況に応じて軽口を叩くような調子だったり、辛辣だったりしただろう。若い劇作家なら誰だって他人の作品を引用することで、多彩で熱狂的とも言うべきロンドン初期演劇に自作を加えていたわけだが、シェイクスピアだけが、ライバルであるマーロウからあまりにたくさん引用したようだ。[103]借りてきた羽根で自分を飾りやがってというグリーンの批判にも道理があると思わせる証拠が『ジャジャ馬ナラシ』なのだ。この劇はかなり威勢のいいものであり、テンポが速く生き生きしているのだけが取り柄なのだが、こうまでひどくマーロウの台詞を盗んだということは、シェイクスピアとしてはこの芝居をさほど真面目に受け取ってもらうつもりはなかったようだ。その場しのぎのエンターテインメントでしかなかったが、多くのイギリスの笑劇がそうであるように、人気作となってしまったのだ。

喜劇で成功を収めたからと言って、歴史劇を試してみてはならぬ理由はない。一五八八年に現れ、シェイクスピア若書きの作として取り沙汰されるもう二作品は『エドマンド剛勇王』と『ジョン王の乱世』だ。多くの学術的論争を惹き起こしたのは『エドマンド剛勇王』[104]だが、なにしろ大英図書館にその手稿が保管されているのだから、議論は一層過熱した。法的書類に使われるような、部分的に罫線のある紙に、きちんとした法律家の字体で書かれた手稿であり、シェイクスピアの綴りや書体に特徴的な癖が見られる。熱心な研究者であれば、図書館でこの文書を閲覧請求して、シェイクスピアの羽根ペンが書いたのかもしれないインクの跡を凝視して奇想天外な仮説を出すこともできよう。しかし、アガメムノンのマスク[105]やトリノの聖骸布[106]のように、偉大な死者の遺物は激しい闘争や相矛盾する意見を生むだけのことだ。古文書学は必ずしも正確な科学ではない。

『エドマンド剛勇王』という劇は、一一世紀初頭にイングランドをクヌートから勇猛果敢に守ったことで最もよく知られる英国王エドマンド二世を描いている。クヌートと王エドマンドは、軍事的にも修辞学的にも対立しているのだが、両者の高邁な意図に対して、悪人エドリカスの悪企みが時折茶々を入れる。劇が和解で終わると、エドリカスは奇妙にマルヴォーリオを予感させるような口調で、「天に賭けて、お前たち二人に復讐してやるぞ」と言って舞台を去っていく。王エドマンドの役は、タンバレイン大王とフォースタス博士の役で成功したばかりのエドワード・アレンを念頭に置いて書かれたのかもしれない。いずれにせよ、この劇は流暢で力強く、修辞上の効果と筋書きの巧みさの両方に一貫して注意が払われている。今でも新鮮に読める作品である――ということは、どのような基準から言っても、作者の有能さを示していると言わざるを得まい。しかし、上演許可はすぐにはおりなかった。この芝居に登場する二人の大司教の激論が、「マーティン・マープレレット論争[107]」として知られる宗教上の口論で聖職者が互いを諷刺し合っていた当時、見苦しいと思われたためだ。実際、この作品は一六三〇年代まで上演されることはなかったのである。

この劇は本質的には『スペインの悲劇』に倣った復讐悲劇であり、手や鼻を切り落とす場面もあった。また、エドリカスがいるので、演劇におけるシェイクスピア的悪役の最初の登場[108]を記念する作品ともなっている。

俺のように人を騙せる奴はいない、
王を相手に隠し、欺き、ズルをし、おべっかを使い、
腰を屈めて慇懃に、約束し、大丈夫と請け合って……

真にシェイクスピア的な響き[109]が再び現れており、リチャード三世の言葉をはっきりと予感させるような台詞である。『エドマンド剛勇王』は最初の英国史劇だと言われてきたが、実際にはその名誉は、ブル亭で上演された、ヘンリー五世の

遠征に関する未詳の劇のものかもしれない。しかし、『エドマンド剛勇王』は、歴史的な資料を想像力をふくらませながら読んだ結果として生まれた最初の歴史劇である。物語は部分的にはホリンシェッドの『年代記』――『レア王実録年代記』の種本でもある――に基づいている。またオウィディウスも、プルタルコスも、スペンサーも使われている。のちの何世代にもわたるシェイクスピア学者たちがよく知っているような形で、法律や聖書に由来する言い回しがあふれている。散文で書かれた「低俗な」喜劇と韻文で書かれた高尚なレトリックが使用され、その両方が興味深い釣り合いをもって配置されている。若きシェイクスピアの作品と同じ、古典的な神話に対する誤解が現れている。イギリス演劇では初めて「肉屋の仕事」のイメージが使われているが、このイメージはシェイクスピアならではだろう。この劇には「万歳」(all hail) という言い回しがあり、その後すぐにユダに関する言及が続くが、これぞまさしくシェイクスピア劇の印[110]である。また、新婚カップルの別れについて差し挟まれた奇妙な語句もある。

　最近結婚したばかりの男が
　嘆きながら新妻から離れるのと同じくらい悲しげに。
　出立に当たって私は何度ため息をつき、
　何度戻ろうと振り返ったことか……

やっぱりこれもそう、とあらゆる特徴が重なっていくと、どうしたって問わずにはいられなくなる――若き日のシェイクスピア以外の誰が、一五八八年にこれを書き得ただろうか、と。マーロウ？　キッド？　それともグリーン？　シェイクスピアほどふさわしい、納得できる人物はいないように思える。

　こうして『エドマンド剛勇王』は、若きシェイクスピアが歴史物語を舞台上で再創造してみせた才能の証左として挙げることができる。その真似をした劇作家たちは多く、マーロウの『エドワード二世』などはその最も有名な例であるが、年代記作者が苦労してぎこちなく書き綴った描写から記憶に残るアクションを創造するというシェイクスピアの本能的な能力を持つ者はほかに誰もいなかった。

　シェイクスピアは表現力豊かな台詞で登場人物を描くことができ、行動のさまざまな原因を意味深い細部を使ってまとめ、記憶に残る筋書きを創作することができた。しかし、シェイクスピアが人に先駆けて発揮した最大の才能とは、おそらく悲劇的・暴力的なアクションの中休みとして喜劇を取り入れたことだろう。シェイクスピアには変奏や変化に対する完璧な「耳」が備わっていたのだ。

　これらの初期の劇はシェイクスピアの公式な「正典」には含まれていない。これらの作品を誰が書いたのかを示す外的・内的証拠はまったくないと、多くの学者たちは信じている。それはただ単に、これらの作品は十分に「シェイクスピア的」ではないと考えられているというだけのことではないだろうか。しかし、シェイクスピア本人も、すぐに「シェイクスピア的」になったわけではない。初期のワイルドは「ワイルド的」ではなかったし、若き日のブラウニングは成熟したブラウニングの規範には当てはまらない。シェイクスピアの劇は、その執筆・上演後長いこと経ってから出版された。作者の死後初めて出版されたものも多かった。換言すれば、シェイクスピアには改訂し潤色する時間があったということになる。

シェイクスピアの若書きの劇はどれも、エリザベス朝ならではの「新しい」文体で書かれている。流暢な書きっぷりだ。変わり映えのしないことを小器用にすらすら書いているように見えることも時たまあるけれども。オウィディウスやセネカ風の装飾を加えた、行末止め[三]の朗唱風の韻文が使われ、そこにはラテン語の短い引用句や、古典への一般的な言及が見られる。これらの作品はまた多大な気迫と勇壮さをもって書かれ、まるであふれるエネルギーと自信の源から言葉や韻律がたやすく生まれてくるかのようである。

しかし、シェイクスピアはまた技術を常に学び続けており、初期段階で進歩を遂げるその速さは驚くべきである。観客の反応や役者たちの反応からも学んだのだろう。さまざまな演劇の形を試すに従い、その言語の幅は計り知れないほど広がっていった。身の周りにある言葉――詩、劇、小冊子、演説、街の話し言葉――に真摯に耳を傾け、すべてを吸収した。イギリス演劇史上、これほど吸収力のある人物はいなかったかもしれない。

もうひとつのもっともらしい推測によれば、一五八八年にシェイクスピアは年代記に取材した別の劇を書き、これがのちに『ジョン王の乱世』という題で出版されたという。シェイクスピアの『ジョン王』は確かにこの古い劇をかなりモデルにして作られており、その改訂版または翻案と見なすことができるほどである。『ジョン王』のなかで『ジョン王の乱世』(以下『乱世』)の場面に基づかない場面はひとつもない。ある一九世紀の批評家は、「シェイクスピアがより古い劇の台詞にこれほど忠実に従ったのは、それが観客に人気があったからに違いない」と述べている(Praetorius xvi)。しかし、昔の劇の場面に忠実に従ったのは自分でそれを書いたからという方がずっとありそうなことである。そうでなければ、我々は再び、名も知れぬ作家の作品を大々的に剽窃して自分のものとするという、シェイクスピアには珍しい奇妙な行動に直面することになる。シェイクスピアは原文にあった歴史的なまちがいすらそのまま使っているのだ。

一六一一年と一六二二年になって『乱世』を出版した人たちには、その点ははっきりしていた。出版者はこの作品を「W Sh」及び「W・シェイクスピア」の作品としており、その点が訂正されることはなかったのである。一六世紀から一七世紀初頭の出版業者たちはある点で無能あるいは不注意であり、よくタイトルページ(表紙)に誤った名前を掲載したとしばしば言われる。しかし、実際はそうではない。出版業者たちは自分たちの属するギルドである書籍出版業組合によって厳しく規制されており、規範を破れば多額の罰金を払わされる可能性もあった。もちろん、出来の悪い作品を「W・

S」やほかの意味ありげな人物のものとしてごまかそうとするならず者の印刷業者もいたが、『乱世』の一六一一年版を印刷したヴァレンタイン・シムズはシェイクスピアの知り合いであり、シェイクスピアの戯曲のうち四つの初版を手がけている。なんらかの保証がなければ、本に「W　Sh」と載せたりはしないだろう。

この劇は、当時の劇作家たちのあいだで続いていた対立のまっただなかで書かれたものだ。前年のマーロウ作『タンバレイン大王』を模倣して二部構成で書かれているが、『タンバレイン』のプロローグ（序詞）を真似てプロローグとして印刷された「紳士の読者の皆様」への呼びかけは、「スキタイ人のタンバレイン」を「不信心者」として批判し、キリスト教国の演劇にふさわしくないと断罪している。マーロウが自らのプロローグで「韻を踏む凡愚たちのジグ踊りの調子」を馬鹿にしているのに対し、『乱世』の作者はわざわざそうした韻を多く作っている。翌年『乱世』は逆にナッシュによってパロディー化された。いずれも若い書き手たちの争いの一環であり、この時期、諷刺やバーレスクのレベルで行われていたものだが、これはシェイクスピアの人となりや執筆事情への手がかりとなろう。

今に伝わるこの劇が誰のものだったのか、どう解釈すればよいか難しいが、偶然にも当時の演劇状況に光が当たるところがある。『乱世』には黄金を求めて修道院を略奪する場面があり、この場面はシェイクスピアが書いたほかのどんなものともまったく違っている。喜劇的な場面なのだが、非常に質《たち》が悪い。そこで、誰かほかの人物――おそらくは出演した喜劇役者――がこの場面を書き足したと推論することができる。喜劇役者が自分の台詞を書くのはよくあることだった。シェイクスピアが改訂後の『ジョン王』にこの場面を入れなかったのも、この部分がシェイクスピアの作品ではなかったからだろう。つまり、この劇には複数の作者がいたことになる。

このように、シェイクスピア劇の起源を三つの異なる、しかし互いに関連のある状況において見ることができる。一、シェイクスピアには何本か若書きの劇作品があり、のちにそれを改訂した。二、シェイクスピアは自分が演じた作品――特に女王一座にいた頃に出演した芝居――を、思い出したり再創造したりして書き直した。三、シェイクスピアはほかの劇作家や役者と共同執筆した。

今となってはどうしようもなくわけがわからなくなってしまったことだが、少なくともシェイクスピアが、我々の頭を混乱させるような混乱した状況で頭角を現したということだけはわかろう。

第30章 ああ、野蛮で残酷な惨状だ

〔『ヘンリー六世』第二部第四幕第一場〕

若きシェイクスピアが確かに『タイタス・アンドロニカス』の大部分を書いたことについてほとんど異論はない。この血湧き肉躍る古典的なメロドラマは、公衆劇場という大衆的な市場のために書かれた流血と暴力の芝居である。(112)

『タイタス・アンドロニカス』は、キッドやマーロウの最も得意とする手――大掛かりで血腥い復讐悲劇――を使ってキッドたちを逆にやっつけようと試みる芝居である。シェイクスピアは構成や細部をキッドの『スペインの悲劇』から借り、それを一層派手に劇的にしている。すでにシェイクスピアの作劇センスは先輩のキッドよりも遥かに確かなものとなっていたのだ。劇中の悪役アーロンは、マーロウの『マルタ島のユダヤ人』のバラバスを手本に造形されたものだが、バラバスよりずっと邪悪になっている。しょっちゅうマーロウを踏まえた表現をするのは、『ジャジャ馬ナラシ』で明らかにそうしていたのと同じだ。オウィディウスやウェルギリウスがてんこ盛りなのは、まるでシェイクスピアが自分も古典教育を受けたことを証明したかったかのようだ。

シェイクスピアは当世風のやり方でセネカの台詞を引用し、ある場面では、オウィディウスの『変身物語』の本を自分の学校時代の記念品であるかのように舞台に持ち出す。しかし、オウィディウスを劇化するに当たって、シェイクスピアはいわば、まったく新たな試みをしていたのだ。ある意味で、詩そのものを劇化していたのである。もともと持っていた詩才を展開していったのだ。

『タイタス・アンドロニカス』では非業の死が続き、舌や手の切断などの暴行が繰り返される。ヒロインのラヴィニアは舌と両手を切り取られてしまうので、棒を口にくわえ、残った両手の付け根ではさんで犯人の名を書かねばならない。タイタスの右手は舞台上で切り落とされる。恐怖はラストシーンで最高潮に達する。悪人の王妃が自分の二人の息子の肉が入ったパイを食べたあとでタイタスに刺し殺され、タイタス自身も殺されるのだ。これは演劇としてあまりに途方もなく――現代の観客にとっても非常に衝撃的な作品である――シェイクスピアは復讐劇というジャンルの行き過ぎをパロディーとして示しているのだと考えられてきた。しかし、この仮説にはまったく何の根拠もない。また、一六世紀の演劇のあらゆる実践にも反することになる。当時、復讐悲劇はまだあまりにも目新しく刺激的な形式であり、自己反省的に笑い飛ばせるものではなかった。たとえば、両手を切り落とされたラヴィニアを見て、エリザベス朝の観客は笑いはしなかっただろう。手の切断は当時まだ刑罰として公共の場で行われていたのだ。シェイクスピアが流血のスペクタクルを極限まで推し進めたのは、まさに痛ましい変死に慣れた市民たちのために書いていたためだという言い方もできる。シェイクスピアは観客に恐怖をたっぷり味わわせようと、あまりに張り切って打ち込みすぎて、演劇の作法についての概念を忘れたか放棄してしまったのである。朗々と歌い上げることが問題であり、辻褄を合わせようとはしていなかった。もちろん、熊いじめや牛いじめにも使われていたような公衆劇場で、作法などという概念がそもそも存在したかどうかを疑ってみることもできる。一般客を対象としたプロの演劇が始まったばかりのこの段階では、すべてが許されていた。ルールも慣習もなかったのである。

いずれにせよ、『タイタス・アンドロニカス』は、喜劇や悲劇の境を超えた、純粋な創作の喜びに満ちている。シェイクスピアは表現やレトリックやスペクタクルへの圧倒的な熱意に駆られていた。だからこそ、さらさらと素早く書き、『乱世』からの一行をそのまま使う(113)などということさえしたのだ。劇作上の誤りや矛盾はいくつかあるが、ドイツの批評家A・W・シュレーゲルが『タイタス・アンドロニカス』について書いた次の言葉を思い出そう――「シェイクスピアは、試行錯誤を繰り返してようやく正しい道にたどり着いたのかもしれない。天才は、ある意味、決して誤らないものであり、学ぶこともない。しかし、技術は学ぶものであり、実践と体験によって獲得されねばならない」(Bate, *Romantics* 543)。

いずれにせよ、『タイタス・アンドロニカス』は当時「失敗作」と考えられることはなかった。大いに人気を博した芝居であり――初演から三〇年経ってからも、まだ賞賛され上演されるほど――若きシェイクスピアに評判と名声を与えたのだ。初演がいつだったのか、今となっては確かめようがない。初演時は『タイタスとヴェスパシア』(114)という題だったのが、三、四年後に改訂されたということも考えうる。

音楽あり、スペクタクルありの芝居だった。数々の儀式的な場面や行列がある場面では多数の出演者が必要だった。実のところ、舞台の様子がとても面白かったため、知られている限り史上初めてシェイクスピア劇上演の舞台の絵が描かれたほどだ。その絵は『完全な紳士』の作者ヘンリー・ピーチャム(115)によって描かれたものだが、これがある舞台上演の記録なのか、それとも上演を想像して描いたものなのかははっきりしない。しかし、動作や姿勢は真正のエリザベス朝の演技のものだと考えられる。

妙なことだが、作家や劇作家の若書きの作品には、まるで胎児のように、その後の作品の種が潜んでいる。それゆえ『タイタス・アンドロニカス』には、やがてキャリバンやコリオレイナス、マクベスやリアとなるおなかの子たちが初めてぴくりと動いて、注意を惹こうと競い合っているかのように見える。シェイクスピアは一度ならず「魂の予感」〔ハムレットの言葉 prophetic soul〕のことを言うが、偉大な書き手は、未知の未来から霊感を受けるのであろう、わかりきった縮こまった過去からではなく。体験よりもむしろ期待が、シェイクスピアの天才という火に油を注いだのである。

そして数年後、おそらくはいつものとおりに、シェイクスピアは異なる役者たちないしは異なる上演のために改訂をした。筋にはほとんど関係しないが、登場人物の新たな面を明

ウィリアム・シェイクスピア作『タイタス・アンドロニカス』。
当初はストレインジ卿一座のために書かれたが、
その後ペンブルック伯一座、サセックス伯一座、宮内大臣一座など
多くの劇団がこの作品を上演した。
（ウィルトシャー州ウォーミンスター、ロングリート館、バース侯爵）

らかにする一場面をまるごと付け加えすらした[116]。どうやらシェイクスピアは、表現に注意を向ける以前に、演出の技法を素早く本能的に摑んでいたようだ。同時代の劇作家たちとは違って、登場人物というものは、行動し、相手の行動に反応するものだという確乎とした概念を持っていた。登場人物はシェイクスピアのペンの先から現れるやいなや、すでにゲームに参加しているのである。

ありえたかもしれない『ハムレット』の草稿から『タイタス・アンドロニカス』に至るまで、若きシェイクスピアがロンドン到着後、最初の二年間に書いた可能性のある芝居は六本か七本ほどあることになる。そのなかには『ヘンリー五世の有名な勝利』、『ジャジャ馬ナラシ』、『エドマンド剛勇王』、『ジョン王の乱世』が含まれる。そのような短い期間――どう見積もっても三年から四年のあいだ――にこれほど多くの芝居を書けたはずがないという反論がされてきたが、それは一六世紀の演劇の状況を完全に誤解している。シェイクスピアは現代の劇作家ではなかった。むしろもっと作品を書いていないことが驚きなのだ。実際、ほかにもシェイクスピアのものとされる芝居やその一部がある。芝居は驚くべき早さで生み出され、上演され、捨てられていた――ひとつの劇団は毎シーズンに七本か八本の新作を上演していた。ロバート・グリーンのようなエリザベス朝劇作家は要請に応えて芝居を次々生み出し、演劇作品としての寿命は一ヶ月いや一週間でも続けば運がよいと言えた。劇はいかなる意味でも「文学」とは考えられていなかったのだ。しかも、シェイクスピアは演劇界でなんとか名と財を成したいと願っていた時期なのだから、その後の作品が生まれる頻度と比較しても仕方ない。天才が堰を切ったその最初の勢いに圧されて、シェイクスピアは迅速に、猛然と執筆していた。

一七〇〇年代にグラフトン公爵が所有していたことから「グラフトン・ポートレート」の名で知られる、一人の若者の肖像画がある。モデルの年齢は二四歳、制作年は一五八八年と絵のなかに記されている。絵の裏には「W+S」と書かれている。これをシェイクスピアと関連づけるのは希望的観測だとして片付けることもできるが、この若者は一六二三年フォーリオ版シェイクスピア全集に収められたもっと年上のシェイクスピアを描いた版画に驚くほどよく似ている。口も顎も同じであり、鼻筋もアーモンド形の目も、全体の表情も同じものだ。この若者は黒髪でスリムで、ハンサムである(が、年を取ったら、いささか恰幅のよい、禿げた紳士になる可能性を排除するものではない)。若者は洒落た上着《ダブレット》と襟を身につけているが、その表情は、どこか物思わしげなところもあるが鋭い。必要ならロマンティックな主人公を演じることもできそうな男だ。若きシェイクスピアが二四歳だったのは一五八八年であり、その頃にあれほど洒落た高価な衣服を買えたはずがないと言われてきた。それに、シェイクスピア本人にも父親にも、肖像画の作者に報酬を払えたはずがないとも。しかし、もしこの人物がすでに成功した劇作家だったとすればどうだろうか。いずれにせよ、これはすばらしい仮説だ。

肖像画のなかで例外的な1588年の「グラフトン・ポートレート」。
描かれた顔の特徴は1623年のフォーリオ版の銅版画に似ているだろうか？
この24歳の青年が、若き日のシェイクスピアだと想像してみたくなる。
（ジョン・ライランズ図書館）

第31章 もう二度と休んだり、立ち止まったりしない

〔『ヘンリー六世』第三部第二幕第三場〕

こうして、若き劇作家シェイクスピアの姿が浮かび上がってくる。まだ二〇代半ばだが、すでに歴史劇、喜劇、メロドラマという幅広いジャンルの作品群でかなりの人気を得ている。言葉に翼を与えられそうな作家特有の機敏さと自信をもって、あらゆることに手を出していた。独りで書くこともあれば、ほかの人と共同執筆をすることもあった。のちにシェイクスピアの特徴とされる豊かさや饒舌さといった資質は、最初から明らかだった。

だが、シェイクスピアは役者としても生計を立てており、「雇いの劇団員」ながら、すでに難しい役柄を演じていた。(117)「ハリー六世」〔『ヘンリー六世』〕という題の芝居をストレインジ卿一座が所有しているとのちにヘンズロウの日記に記されていることを鑑みても、一五八八年までにはストレインジ卿一座に移籍したであろう。一五八九年明けて最初の数ヶ月、この劇団は地方を巡業していたが、記録に欠落があり、巡業の道程をたどれない。しかし、どんなに遅くてもこの年の秋にはロンドンに戻ってきて、記録にあるとおり、クロス・キーズ亭で上演したはずだ。

当時の宗教論争を扱った笑劇(118)が世間で物議を醸したため、ロンドン市長は海軍大臣一座とストレインジ卿一座を召喚して市内での公演を禁じた。市当局と劇団は年中このような緊張関係にあった。一一月六日付けの市長の書簡(119)によれば、海軍大臣一座は要請に従ったものの、ストレインジ卿一座は「非常に失敬な態度で私のもとを去り、クロス・キーズに戻ってその午後に上演を行い、上演禁止を知る上流の人々を立腹させた」という。その結果、「私はその夜、劇団員数人を債務者用監獄に入れるしかなかった」とある(*WS* ii 305)。投獄された者のなかにシェイクスピアがいた可能性もある。

その後、ストレインジ卿一座は、出入りを禁止されたクロス・キーズ亭から、市当局の管轄外にあったカーテン座へと移った。カーテン座は「夏用」の劇場だったが、この頃は幸運にも空いていた。(120)そのあいだライバルの海軍大臣一座は隣のシアター座で公演を打った。しかし、一五九〇年の末までには、両劇団は再び協力し、一五九〇年一二月と一五九一年二月に行われた女王御前での宮廷公演では、劇団はひとつの記録では公式に「ストレインジ卿一座」と呼ばれ、別の記録では「海軍大臣一座」と呼ばれている。換言すれば両劇団は区別がつかなくなっており、一体化することで、後年には他を圧倒する大規模で豪華な公演を打つ力を手に入れたのだ。そしてこの合同劇団にこそ、シェイクスピアはいたのであり、その主な歴史劇もそこにあったのである。

しかし、具体的な場所としては、シェイクスピアはどこにいたのだろうか。ジョン・オーブリーによれば、若きシェイクスピアは「仲間とつるむことをしないため、かえって尊敬

を集めていた。ショアディッチに住んでおり、酒や女に溺れることを拒絶し、誘われたときには〔体調不良で〕つらい、と手紙を書いた」と言う。オーブリーの情報はまた聞きではあるが、十分に正確だ。ショアディッチとは、役者や劇作家たちが宿屋や酒場にたむろする地域だった。役者が集まる通りさえ決まっていた。それが一六世紀のロンドンのやり方だ。商売や商売人がひとつところに集中するのである。シェイクスピアは仕事場の近く、つまり勤務先である劇場群の近くに住んで、仲間の役者たちやその家族の隣人となったのである。

一五八〇年代後半、ショアディッチでのシェイクスピアの隣人には、ホリウェル・ストリートに住むカスバートとリチャード・バーベッジ兄弟、そしてそれぞれの家族がいた。同じ通りに喜劇役者リチャード・タールトンが、通称エム・ボールという怪しげな評判の女と同棲していた。のちにベン・ジョンソンと喧嘩をして殺されることになるゲイブリエル・スペンサーが住んでいたのはホッグ・レイン――ビーストン一家も住んでいた小道だ。通りを数ヤード行ったところのノートン・フォルゲイトという小さな区域には、クリストファー・マーロウとロバート・グリーンが住んでいた。劇作家トマス・ウォトソンもそこに住んでいた。

もしシェイクスピアが「酒や女に溺れる」ことを望んだとしたら、この地域に機会は豊富にあった。劇場の存在が、宿屋や売春宿を惹きつけた。ウォトソンやマーロウが宿屋の息子と喧嘩をして相手を殺してしまったのは、ホッグ・レインでのことだった。それで二人ともニューゲイト監獄送りとなったのだ。『トマス・ナッシュの懲らしめ』[121]にこの地域の描写があり、「貧しい学者や兵士たちが裏道をうろつき、ぼろさえまとわぬ町のごろつきがいる」場所であり、「火酒売りや靴下直し」だの「フランス風の食べ物や飲み物に漬かった」売春婦たちが徘徊していたと書かれている。占い師、靴屋、「酔っ払ったり、ビールを浴びるほど飲む」ことを求める市民たちがいた。シェイクスピアが劇中でヒモやポン引き、娼婦たちの「下層の暮らし」を紹介するときには、自分が書いている内容を直に知っていたのである。ショアディッチ・ハイ・ストリートの両側には家々が建ち並んでおり、そのうちの一軒に若きシェイクスピアが住んでいたかもしれない。通りから数ヤードのところに、木と石でできた古いセント・レナード教会があり、シェイクスピアが一緒に仕事をした役者たちの多くはやがてここに埋葬されたのである。もし死ぬ前にストラットフォードに戻っていなかったら、そこがシェイクスピアの墓場となったかもしれない。鐘の音で有名な教会だった。

一五九〇年末までに、海軍大臣一座は再びシアター座で、ストレインジ卿一座はカーテン座で上演していた。たとえば、前者がシアター座で『死者の運命』[122]を上演し、後者はカーテン座で『七大罪』を上演したという証拠がある。シェイクスピアは同世代の最も偉大な悲劇役者であるアレンとバーベッジのほか、さまざまな喜劇役者や性格俳優たちと肩を並べて働いたのだ。それぞれ異なる才能を持った人々が集まってかなり激しやすくなっていたため、役者同士、役者と観客、役者と経営者のあいだで暴力、論争、乱闘が起こったという歴史的な記録が多く残っている。

一五九〇年の冬にひとつの事件が起きた。ジョン・ブレイン――すでに見たとおり、シアター座のもともとの所有者および建築者の一人――の未亡人が、収入の分け方をめぐってジェイムズ・バーベッジと口論になったのだ。[123] 一一月のある夜、未亡人と友人たちがギャラリーの入り口にやって来て、自分たちの分け前を求めた。するとバーベッジは未亡人を「人殺しの淫売」と呼び、のちの法廷での証言によれば、さらに「くたばれ、淫売」、「あの女には何もやらんぞ」と言ったという。そのとき悲劇役者リチャード・バーベッジが箒《ほうき》を手に進み出て、未亡人の連れてきた男たちを殴り始めた。男たちは収入の分け前を求めてきたのだが、「拳骨という分け前をくれてやり、追い払った」とリチャードは言う。ブレイン夫人を擁護する声が上がると、「リチャード・バーベッジは、馬鹿にしたような尊大な態度でこの人物の鼻をひねり、『口出しするとお前も殴ってやるぞ』と言って挑発した」（Honigmann, *John* xlviii-xlix）。これは一六世紀ロンドンの騒々しさの一片であり、もしもある学者たちがこの喧嘩の存在をシェイクスピアの『ジョン王』改訂のなかに発見[124]していなければ、ここで注意を払う必要もなかっただろう。もちろんシェイクスピアは観客のためにしばしば同時代的な題材を作品に挿入した。『ジョン王』では、リチャード・バーベッジはおそらく準英雄的な私生児フォークンブリッジを演じただろう。バーベッジにフォークンブリッジのみならず、いわば自分自身を演じさせたのだから、観客は喜んだに違いない。シェイクスピアが自分の劇作品に挿入した言及のすべてを明るみに出すことはできないが、そうしたものがテクストのなかに埋め込まれていることに気づくのは大切なことである。

六ヶ月後の一五九一年春、エドワード・アレンとジェイムズ・バーベッジの口論を契機に起こった演劇界の争議は、ずっと重要な結果を生むことになる。二人の論争の正確な原因や性質はわかっていないが、金銭に関することだったのはまちがいない。バーベッジは、ブレイン未亡人に示したのと同様の高飛車な態度で役者たちを扱っていたのかもしれない。結果としてアレンは、テムズ河の向こう岸のフィリップ・ヘンズロウが所有・経営する劇場、ローズ座へと出奔した。その際、海軍大臣・ストレインジ卿一座の合同劇団から役者たちをごっそり連れていき、台本や衣裳もいくらか持ち出した。もちろんリチャード・バーベッジは、父親が経営する北部郊外の劇場に、アレンと一緒に新劇場でやっていこうとは思わなかった役者たちと共に残った。バーベッジと一緒に残った役者たちには、シンクローと呼ばれたジョン・シンクラー[125]、ヘンリー・コンデル[126]、ニコラス・トゥーリー[127]、クリストファー・ビーストンらがいた。トゥーリーを除く全員が、シェイクスピアの終生の同僚となる。『ジョン王』を改訂するにあたって、シェイクスピアが劇中で最も英雄的な役をリチャード・バーベッジに与えているのは興味深い。[128] シェイクスピアがバーベッジ家を中心とした連中と一緒にシアター座に残ることにしたことは現存する台本からも推察できるのだが、この役者たちはいずれペンブルック伯爵の庇護を得て、ペンブルック伯一座として知られるようになった。[129]

バーベッジたちと残ることにすれば、劇団の看板作家になれる――そうシェイクスピアは考えたに違いない。自分の世界観を表現してくれる劇団が手近にあれば願ったり叶ったりだ。座付き作家として、シェイクスピアはまるで自作の戯曲の所有権が自分にあるかのように、何本かの戯曲を持ってくることもしたようだ。戯曲は一般に劇団か劇場経営者に属するものだったので、これは異例なことだったが、それほど早いうちからシェイクスピアには商才やプロのノウハウが備わっていたということになろう。こうしてバーベッジの役者たちは『タイタス・アンドロニカス』や『ジャジャ馬ナラシ』を上演できたのである。

劇団はまたもう二本の戯曲、『ヨーク、ランカスター両名家の抗争』第一部と『ヨーク公リチャードの実話悲劇』をも上演したが、これらは『ヘンリー六世』第二部と第三部の先触れとなる作品だ。実際にはアレンとバーベッジの決裂以前に書かれた作品かもしれない。抗争と言えば、この二本の古い劇をめぐって、今また別の抗争がある。察しがつくことだろうが、その争いは、この二作品を書いた上で改訂したのは若き日のシェイクスピアだと信じる人たち、一人か二人の名も知れぬ劇作家が書いたとする人たち、あとの時代になってから作り直された（再構成された）ものだと主張する人たちのあいだで展開されている。最初の推測が最もありそうだ。どちらの戯曲も評判のよい出版業者が出版しており、一六一九年に合本として出版されたときには「紳士ウィリアム・シェイクスピア著」と明記されている。『抗争』第一部は、場面全体から台詞の一行一行、細かな言い回しに至るまで、ほとんどすべての点で『ヘンリー六世』第二部を予感させる。『実話悲劇』も『ヘンリー六世』第三部とやはり酷似している。場面の順序が同じ、長台詞が同じ、対話も同じだ。これらがのちの『ヘンリー六世』第二部・第三部というさらに完成された劇のオリジナルでありモデルであることにほとんど何の疑いもない。

しかしながら、『抗争』第一部と『実話悲劇』は実はのちに書かれたもので、実はシェイクスピア劇の「記憶による再構成」であるとする学者もいる。「記憶による再構成」とは、『ヘンリー六世』の第二部・第三部の両方に出演した役者グループが、自分たちの好きなようにこの芝居を演じたり出版したりするために集まり、劇の場面や台詞を思い出そうとしたという仮説である。役者たちはできるだけ思い出そうとし、思い出せない部分は創作したのだという。興味深い仮説だが、戯曲の本文《テクスト》それ自体がこの説を支持しない。長台詞の多くは一字一句正確に憶えられているのに対し、短い場面や台詞が全然記憶されていないのだ。このように記憶が飛んでいるにもかかわらず、筋書きも言葉もイメージも統一のとれた一貫した劇作品を作り出すことができたというのは妙である。たとえば、一体どんな霊感を受けた役者が「ブルータス、お前もか、お前もシーザーを刺そうというのか？」という台詞[130]を書いたのだろう。この役者が『ジュリアス・シーザー』を「再構成」していたはずはない。『ジュリアス・シーザー』は当時まだ書かれていなかったのだから。

単純に考えれば、このような本文上の証拠がある以上、若き日のシェイクスピアがこの古い劇二本を書き、それからしばらくして上演のために改訂を加えたのだと認めねばならない。『抗争』第一部と『実話悲劇』が『ヘンリー六世』第二部・第三部に圧倒的に似ているのは、同じ技術と関心を持った同一人物によって書かれたからだ。演劇界でなんらかの共謀があったという証拠はないし、こっそり集まって台本を再構成することが必要と思われるような状況を想像するのは難しい。すでにシェイクスピア作と知られている劇をつぎはぎするなんて、どんな役者だったのか。どの劇団に所属していたのか。それに、ひとやま当てようという違法な出版を防ぐ対策がまったく取られなかったのはなぜか。一六一九年にもなって、不正な試みを再版した本にシェイクスピアの名前が冠されるなどまずありえなかった。「再構成」説は常識的な道理に反しているのである。

また、これらの劇が、シェイクスピアがすでに『ジョン王の乱世』と『エドマンド剛勇王』によって形成した歴史劇というジャンルへのさらなる冒険となっていることも意味深い。シェイクスピアは再び年代記にあたって情報を集め、行列あり戦闘ありの壮大な歴史絵巻をもう一度作り出したのである。シェイクスピアは自分がこの種の仕事に秀でていることを知っており、また歴史劇は非常に人気が出ることも知っていた。

『ヘンリー六世』第二部・第三部の秀逸な要素はすべて、『抗争』第一部と『実話悲劇』のなかに見られる。どれも真に一大絵巻の壮大なスケールで、戦争や叛乱、野外決戦や謁見室での対決を描き、詩が権力や悲哀を歌うかと思えば、決闘や口論の勇ましい響きもある。海戦あり陸戦あり、殺人あり生首がどっさりあり、臨終あり黒魔法の場面があり、喜劇ありメロドラマあり、笑劇あり悲劇がある。演劇的な目的にかなえば、歴史を創作することもあった。同じ発想で歴史上のエピソードを書き換え、削り、拡大した。時代の規範となる行動を作り出し、戦闘や行列の壮大な場面をまとめあげてみせたのだから、若き劇作家が自分の能力を満喫したことは明らかだ。シェイクスピアには流れるように豊かな想像力が端《はな》からあって、そこに儀式とスペクタクルがつまっていたのだ。

公衆劇場の舞台には、まだ定まったものがなかった。テンポが速く流動的で、さまざまな効果が仕掛けられる舞台だった。歴史劇についても何の演劇論があるわけではなく、劇作家は互いに学び合い、模倣し合って劇を書いた。シェイクスピアは劇作家として駆け出しのこの時期、まだマーロウとグリーンを模倣していた――一人か二人の学者がこれらの劇はマーロウかグリーンのものだとしてしまうほどに。そんなことはありえない。現代の例を挙げるなら、セルゲイ・エイゼンシュテインの歴史映画『イワン雷帝』二部作に比べてみるのが最もよいだろう。深刻な儀式とグロテスクな笑劇とが、圧倒的な威厳のある文脈で組み合わさっている作品だ。シェイクスピアの役者たちは動作と話し方において、初期ロシア映画の役者たちと同じくらい様式化されていたと想像できる。歴史劇が描いているのは、紋章や系図の問題が何よりも重要視されるような、儀礼的で象徴的な社会だ。詠唱や祈禱が入る宗教的な儀式のように、これらの劇そのものが一種の儀式なのである。

シェイクスピアは王権の擁護者だった。司祭とその職務は違うというカトリックの考えを持っていた——司祭や王が弱い人であっても、その職務は神聖なのだから従わねばならないというわけだ。シェイクスピアがジャック・ケイドの信奉者たちのことを、年代記における示され方とはまったく異なり、「騒乱」として描いていることにも、その体制寄りの共感のあり方を見ることができる。ケイドとは、一四五〇年にヘンリー六世の政府に対して「ケント州の叛乱」を起こした不満民衆の長である。蜂起は失敗に終わったが、ケイドはシェイクスピアによって、直接の種本とはまったく矛盾した形で卑しめられている。シェイクスピアはあらゆる民衆運動に反感を持っていたようだ。特に、ロンドンの職人階級が読み書きができないことを軽蔑しており、まるで（自分のように）読み書きができることが大衆から抜きん出て離れていることを示す唯一の印であるかのようだ。シェイクスピアは、自分は他とは違うと感じていたのである。

しかし、ここには奇妙なパラドックスがあり、それはシェイクスピアも観客も気づいていたことかもしれない。一六世紀の演劇には民主化に向かう力があった。普通の役者たちが君主の役を演じた。舞台という空間では、貴族と民衆が、時に行動をともにすることもあった。社会的階層に、演劇的な差はなかった。歴史劇において、シェイクスピアはまるで演劇の真の可能性を試すかのように、貴族たちの騎士道に則った行動と民衆の喜劇的な行動のあいだに皮肉な関連や類似関係を作り出した。これは込み入った論点かもしれないが、舞台の持つ転覆的・革命的な可能性を示唆している。演劇とは、本質的に大衆の媒体《メディア》だったのである。

のちに『ヨーク、ランカスター両名家の抗争』第一部と『ヨーク公リチャードの実話悲劇』を改訂するにあたって、シェイクスピアはある場面での文の構造を変えたり、本題と関係のない行や単語を付け加えたり削ったりし、ロンドンの局地的詳細を削り、まとまった台詞をさらに付け加えた。劇の構造自体には手を加えず、それを潤色したり練り上げたりしただけである。

シェイクスピアはまた人物造形を広げたり深めたりした。たとえば、『実話悲劇』を書き直す際、シェイクスピアはヨーク公の役をかなり書き足している。こうした改訂を行ったとき、シェイクスピアはすでに『リチャード三世の悲劇』を構想または執筆していたのだろう。『実話悲劇』でのリチャードは自らを「野望を抱くカティリナ」に譬えている（カティリナとは、ローマ共和国に対して隠謀を企てた貴族である）が、改訂版ではリチャードはより悪党らしく、「残忍なマキアヴェリ」に自らを譬えている。

シェイクスピアはまた役者の助けになるように役柄を変えてもいる。たとえばジャック・ケイドの人物造形を変えて、劇団一の喜劇役者になっていたウィル・ケンプの才能を活かせるようにした。シェイクスピアはケイドが荒々しいモリス・ダンスの名人であるという詳細を付け加えたが、ケンプはモリス・ダンスの技で有名だった。また、改訂後の劇では、ト書きに「シンクロー」（Sinklo）、「シンク」（Sink.）、「シン」（Sin.）という言及がある。これは劇中の登場人物ではなく、ジョン・シンクローまたはシンクラーという役者の名前である。シンクラーは非常に痩せていることでよく知られていた。これは、シェイクスピアがシンクラーを念頭に置き、また観察しつつ、この役を書き直したことを示唆している。

こうした改訂や変更は、まちがいなく全作品についてのシェイクスピアの習慣だっただろう。『抗争』第一部、『実話悲劇』、『エドマンド剛勇王』、『ジャジャ馬ナラシ』の本が残っているのは偶然または幸運によるものにすぎない。シェイクスピアはまた、別の意味でも自分の技術を学び、変えつつあった。後期の歴史劇、特に『ヘンリー四世』第一部と第二部は、人物造形とその筋書きの両方において繊細さと内面性が遥かに増している。若書きの芝居にあった説明的で演説的な様式は影を潜め、代わりにフォルスタッフの機知や老王の憂鬱に焦点が当てられている。シェイクスピアの歴史劇はそのまま悲劇における実験につながり、歴史劇と悲劇という二つの形式を完全に切り離すことはできないとすら言われてきた。確かにシェイクスピアは両者を区別していないようだ。「ブルータス、お前もか」という叫びが、『実話悲劇』と適切に名づけられた芝居のなかに現れることがそれを示している。英国史劇は『ジュリアス・シーザー』へとつながり、それが今度は『ハムレット』へとつながっていくのである。

The Earl of Pembroke’s Men

第4部

ペンブルック伯一座

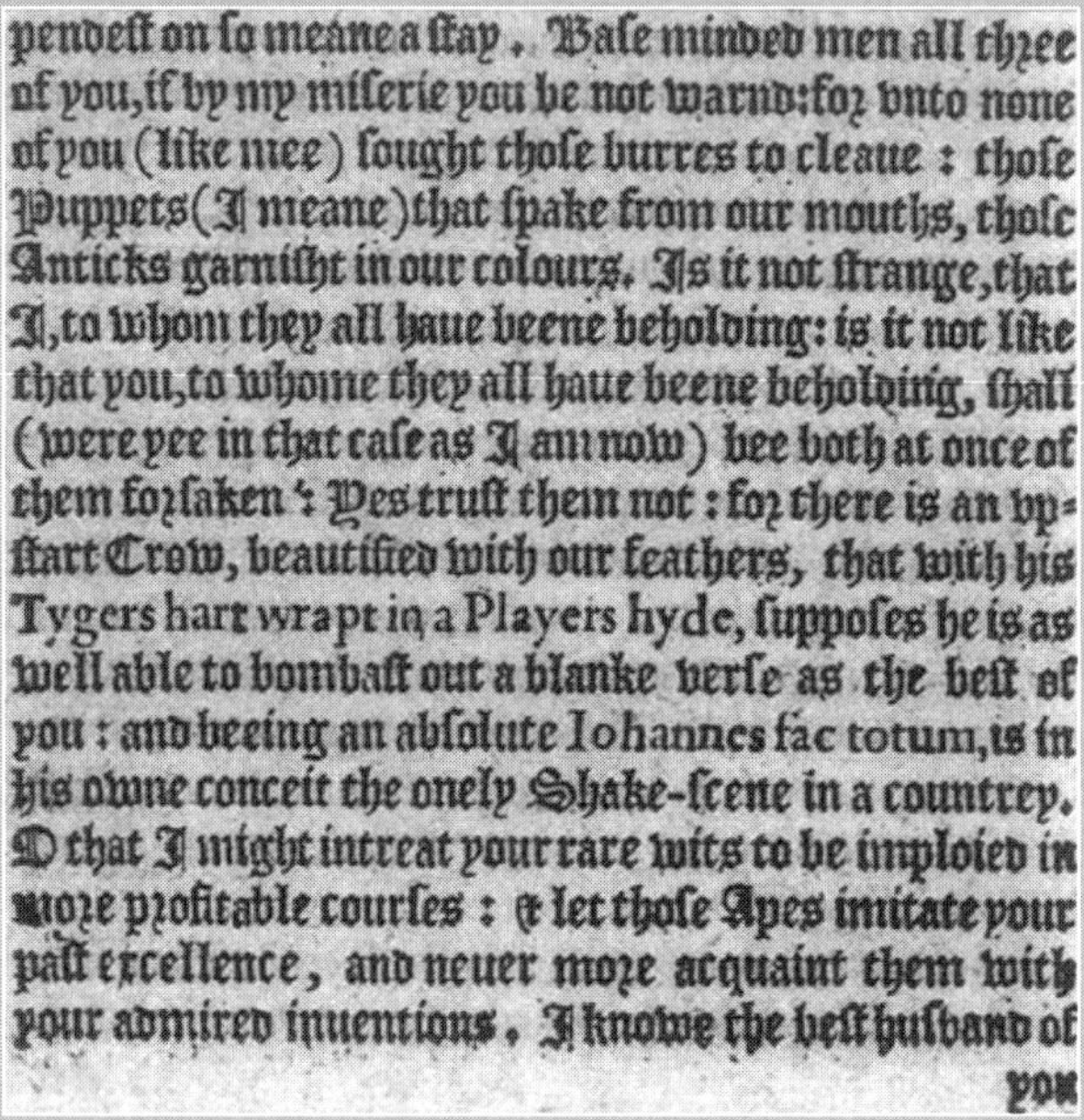
pendeſt on ſo meane a ſtay. Baſe minded men all three
of you, if by my miſerie you be not warnd: for vnto none
of you (like mee) ſought thoſe burres to cleaue: thoſe
Puppets (I meane) that ſpake from our mouths, thoſe
Anticks garniſht in our colours. Is it not ſtrange, that
I, to whom they all haue beene beholding: is it not like
that you, to whome they all haue beene beholding, ſhall
(were yee in that caſe as I am now) bee both at once of
them forſaken? Yes truſt them not: for there is an vp-
ſtart Crow, beautified with our feathers, that with his
Tygers hart wrapt in a Players hyde, ſuppoſes he is as
well able to bombaſt out a blanke verſe as the beſt of
you: and beeing an abſolute Iohannes fac totum, is in
his owne conceit the onely Shake-ſcene in a countrey.
O that I might intreat your rare wits to be imploied in
more profitable courſes: & let thoſe Apes imitate your
paſt excellence, and neuer more acquaint them with
your admired inuentions. I knowe the beſt husband of
you

ロバート・グリーンの自伝的小冊子
『グリーンの三文の知恵』(1592)の一ページ。
シェイクスピアを「我らの羽根で美しく身を飾り、
その虎の心を役者の皮で包んで、
諸君の誰にも負けず見事にブランク・ヴァース(無韻詩)を
大げさな調子で述べたてることができると思っている
一羽の成り上がり者のカラス」と呼んでいる。
(フォルジャー・シェイクスピア図書館)

第32章 喜んだ大衆がぶつぶつ話し出し

〔『ヴェニスの商人』第二幕第一場〕

シェイクスピアは大衆の好みに従ったが、その好みを作り出す一翼を担ってもいた。シェイクスピアは英国史劇を一〇作書いたが、これは同時代の誰よりも遥かに多く、この題材がシェイクスピアには相性のいい、与《くみ》しやすいものだったことを窺わせる。

だが、文学の天才にしばしば見られるように、シェイクスピアに霊感を授けたのは時代の想像力だった。この時代は、ある意味で、イギリスで初めて非宗教的な世俗の歴史が刻まれ始めた時代だった。それ以前の芝居は天地創造から最後の審判までの宗教的な歴史を見せたが、一六世紀半ば以降、宗教改革とルネサンスの学問という二つの力のおかげで、学者や作家たちは教会が説く終末論を越えた世界観を持つようになっていた。もし歴史上重要な事件の原因が神の摂理ではなく人間の意志にあるとすれば、演劇は新しい題材を見つけたことになる。シェイクスピアは、英国史における人間の動機と人間の意志力の創始に立ち会っていたのだ。

ホールの『ランカスター、ヨーク両名家の和合』は一五四八年に、ホリンシェッドの『イングランド、スコットランド、アイルランドの年代記』初版は一五七七年に、それぞれ出版されている。シェイクスピアは両方をむさぼるように読んだが、ホリンシェッドの大衆的な歴史記述のほうが好みだったようだ。もしシェイクスピアをまさしくイギリス的な、あるいは典型的にイギリスらしい作家だと見なしたいなら、英国史を再創造したいというシェイクスピアの欲望こそが、そのように見なすことのできる証拠となるだろう。シェリングは、歴史劇はイギリス特有のジャンルだと述べている(1)。もちろんこのジャンルは永遠には続かず、約二〇年間舞台で成功を収めたのちに消えていった。偶然にせよ必然にせよ、実際に歴史劇というジャンルが存続したのは、シェイクスピアが歴史劇を書き続けたあいだだけだったのである(2)。

一五九一年までにシェイクスピアはかなりの成功を収めていたので、妻と家族に仕送りをしていたに違いない。しかし、自ら帰郷したかどうかはまた別の問題である。運び人に金を預けたのかもしれない。だが、シェイクスピアは、故郷の町での出来事を依然として気にかけていた。特に父親が起こしていた問題には悩まされ続けた。

たとえば、一五八八年の晩夏、厄介な親族エドマンド・ランバートからウィルムコートの家を取り返すため、父ジョンがウェストミンスターの王座裁判所に訴状を提出したことは、事細かにシェイクスピアの耳に入っていた。この件は一五九〇年に審理されるはずだったが、そののち告訴が取り下げられるか法廷外で和解に達するかしたため、審理されることはなかった。だが、この訴えは八年後に再び提出されている。シェイクスピア自身が、父親の訴訟を手伝うためにウェストミンスターに行かねばならなかったという説すらある。法廷記録は、ジョンとメアリのシェイクスピア夫妻に言及するとき、二度にわたって「息子ウィリアム・シェイクスピアとともに」と書いている。

ジョン・シェイクスピアがウェストミンスターに訴え出たという事実は、それだけの資金があったことを示している。ジョンはまた、ある隣人のために一〇ポンドの保証人となり、実に巨額のこの金を没収されている。ジョンはさらにほかの訴訟にも関わっていた。別のストラットフォードの隣人に一〇ポンドを支払えと訴えられ、逮捕され、釈放され、再逮捕されているのだ。その後、地元の弁護士ウィリアム・コートの力を借りて、ジョンは王座裁判所に訴え出ている。となれば、シェイクスピアが家族を貧窮のなかに見捨てていたとは考えられない。

ジョン・シェイクスピアの訴えはウェストミンスターに限られたことではなかった。賃借人の一人ウィリアム・バーベッジとの七ポンドの金をめぐる訴訟にも関わっていた。しかも、ジョン・シェイクスピアの信仰をめぐる問題もあった。一五九二年の春、教会への出席を拒否する人々――あるいは調査を行った者の言葉によれば「教会に行くことを強情に拒む者どもすべて」――のリストのなかにジョン・シェイクスピアの名前があった（*MA* i 306）。宗教的な監督官たちは欠席のあれやこれやの言い訳に慣れており、「この人たちは、借金沙汰を恐れて教会に来ないのだと言われている」と指摘している――教会は人目につきやすい公共の場であり、借金を負った者が見つかってしまう恐れがあったからだが、これはシェイクスピアの父親にはおよそ当てはまらないだろう。同年、ジョンは二つの地元の裁判に白昼堂々と出席しているのだから。それゆえ、シェイクスピアが自分の劇作品のなかで、立てた誓いを破ることに非常に寛容な態度をとっているのは意味深い。これは国教忌避者としてのシェイクスピア家の実体験に基づいているのだ。国教忌避者たちは自分が必ずしも信じていないことを認めたり口にしたりしなければならなかった。つまり、ハムレットの言う「言葉、言葉、言葉」である。「ジョン・シェイクスピア氏」のほかにリストに名前が載った九人の国教忌避者のなかには、フルエレン、バードルフ、コートという名前の三人がいるが、これらの名前は『ヘンリー五世』に再登場する。シェイクスピアは父親の辛苦に注意を払っていたのだ。ブレイクやチョーサーと同じように、シェイクスピアも虚構の状況のなかで実在の名前を使ったわけだが、それは私的な戯言《ジョーク》だったのだ。

こうしてシェイクスピアはバーベッジの仲間たちとシアター座にとどまり、ストレインジ卿一座の残りの連中はアレンとともにローズ座に移っていった。しかし、一五九二年当時、どの劇団にとっても、ロンドン演劇界の将来はまったく不透明で不安定なものだった。

六月初頭、芝居を観にサザックに集まった徒弟たちが暴動を起こした。この騒ぎは河の対岸にも飛び火したため、枢密

A Rod for Run-awayes.

Gods Tokens,

Of his ſeareful Iudgements, ſundry wayes pronounced vpon this City, and on ſeuerall perſons, both flying from it, and ſtaying in it.

Expreſſed in many dreadfull Examples of ſudden Death, falne vpon both young and old, within this City, and the Suburbes, in the Fields, and open Streets, to the terrour of all thoſe who liue, and to the warning of thoſe who are to dye, to be ready when God Almighty ſhall bee pleaſed to call them.

By Tho. D

Printed at London for *Iohn Trundle*, and are to be ſold at his Shop in Smithfield. 1625.

「ロンドンを支配する死」の図。
ほぼ毎年夏になると疫病がロンドンを襲ったが、その度に劇場は閉鎖され、
役者たちは地方巡業に出かけた。
（大英図書館Ashley 617.）

院はあらゆる演劇活動を禁止し、三ヶ月のあいだ全劇場を閉鎖した。七月にはストレインジ卿一座がローズ座の再開を検討してくれるよう枢密院に懇願しているが、このときの劇団員たちの言葉は、当時の役者たちの状態に興味深い光を投げかけてくれる。ロンドンの劇場閉鎖の結果、役者たちは地方を巡業しなければならなかったが、「地方を回る我々の負担は耐えがたいものであり」、その結果、一座は「分裂と解散」寸前になっており、そのようなことになれば自分たちは「おしまい」になってしまうと訴えているのだ。また役者たちは、劇場に行く客を失った「気の毒な渡し守を助けるため」にもローズ座を再開すべきだと論じている（*MA* i 298）。八月の第一週、枢密院の貴族たちは、ロンドンが「病の蔓延を逃れて」いることを条件に、役者たちの望みをかなえてやることにした。しかし、この許可が出たのとほぼ同時に疫病が再び街に発生し、八月一三日には「ロンドンで日増しにひどくなって」いた（ibid.）。バーソロミューの市は禁止された。そしてこの疫病が続く限り、劇場で芝居が観られることはなかった。

バーベッジの劇団員たちも、河の対岸の同業者と同じく危険な状況にあった。ロンドンで仕事ができず、生活が脅かされたため、地方巡業を余儀なくされたのである。旅回りの一座に世間的な信用を与えようと、バーベッジが第二代ペンブルック伯爵ヘンリー・ハーバートの庇護を求めたのはこのときだったかもしれない。その一座に若きシェイクスピアがいたのだろう、ペンブルック伯一座が所有した台本のト書きには、名字なしで「ウィル」という記載がある。(3) ある演劇史学者は、この人物は「明らかに少年」であるとしているが（George 312）、実際には年齢は明示されていない。

このように、シェイクスピアが女王一座からストレインジ卿一座へ、さらにペンブルック伯一座へと移っていき、最後に宮内大臣一座に安住の地を見つけるまでの様子がわかる。これは何人かの学者が示唆したようにシェイクスピアが現代的な意味での「フリーランス」だったということではなく、古い劇団から新しい劇団が生まれるたびに古くからの知り合いや役者仲間に従って動いていったことを意味している。シェイクスピアは非常に勤勉なだけでなく、忠実な人でもあったのだ。

第33章 役者たちでございます

［『じゃじゃ馬馴らし』序幕］

一五九二年の夏、結成したばかりのペンブルック伯一座はロンドンを離れざるをえなかった。現存する記録によれば、この年の疫病はバーベッジやシェイクスピアらの役者たちが住んでいたショアディッチで特に猛威を振るったらしい。この晩夏の巡業の正確なルートは完全にはわかっていないが、ペンブルック伯一座がレスターで公演したという記録が残っており、これはコヴェントリー、ウォリック、そしてストラットフォード・アポン・エイヴォンを通ったに違いない長い巡業のうちの「立寄地」だと考えられる。シェイクスピアは一五九二年の晩夏に家族と再会したと、ある程度自信を持って言うことができる。

シェイクスピアと仲間たちは荷馬車で旅をした。衣裳の入った籠や必要不可欠な小道具類と一緒に、馬車にぎゅう詰めになったのだ。ペンブルック伯一座の役者の一人は、その夏、命に係わる病気になり、持っていた「買ったばかりの衣裳」を売却しなければならなかった（George 307）。進んでもせいぜい一日に五〇キロ程度だっただろう。馬車にぎっしり詰まれるのは居心地が悪かったが、ほかに旅する方法としては徒歩しかなかった。『ジャジャ馬ナラシ』のト書きのひとつに、「荷物を背負った役者二人と少年一人登場」とある。自分用の馬を連れて行く役者もいたかもしれないが、長い巡業中に馬を維持するには多額の金がかかった。役者たちは夜になると宿屋に泊まり、宿代と食事代の代わりに公演を行った。このような生活は、何かにつけ面倒で不確かなものだったが、役者たちのあいだの連帯感を育てるという利点もあっただろう。劇団はひとつの大家族だった。シェイクスピアにとっては、本来の家族の代わりとして歓迎すべきものだったかもしれない。

役者たちは新しい町に自分たちの到着を告げるため、トランペットや太鼓を持参していた。上演許可の書類と、自分たちが町から鞭打たれて追い出されるべき乞食ではないと証明するペンブルック伯爵からの手紙または何らかの証拠を、町会議員たちに提示しなければならなかった。そののち、町長か知事が特別な観客の前での公演を依頼し、これには普通、報酬が支払われた。役者たちはこれを済ませて初めて宿屋の庭やギルドホールでの公演を許可されることになる。但し、ブリストルやヨークといった大きな町には演劇用に作られた劇場もあった。

こうしてシェイクスピアは、約二〇年のあいだ断続的に行われた「巡業」の旅のあいだに、イプスウィッチ、コヴェントリー、ノリッジ、グロスターの町々を知るようになった。シェイクスピアが最も多くの時間をともに過ごした劇団である宮内大臣一座は、イースト・アングリアおよびケント地方を多く巡業したが、ほかにもカーライル、ニューカッスル・アポン・タイン、[4]プリマス、エクセター、[5]ウィンチェスター、サウサンプトン[6]に行っている。劇団は全部で約八〇の町と三〇の貴族の館を訪れており、エジンバラまでも旅した。これはシェイクスピアの社会経験の重要な一面だった。一五九二年の夏から秋にかけては、これが生計を立てる唯一の実行可能な手段だったかもしれない。

しかし、ペンブルック伯一座は、単なる旅役者の一団ではなかった。この年のクリスマス・シーズンには、女王の御前で公演するよう招かれており、これは結成されて間もない劇団としては大変な名誉だった。一座がこれほどの注目を受けたのは、一部にはリチャード・バーベッジの演技のおかげもあっただろう。しかし、一座の成功はまた、上演した演目とも関係があったかもしれない。すでに見たとおり、演目のなかには『ジャジャ馬ナラシ』、『タイタス・アンドロニカス』、およびヘンリー六世の治世に関する二つの芝居があった。シェイクスピア自身もかなりの名声を得たと結論づけられる。これはおそらく芝居を観に集まる観客のあいだよりもむしろ仲間うちでの評判だったが、その根拠はとりわけ、シェイクスピアがこの年、ロバート・グリーンの激しい攻撃を受けたということにある。[7]

一五九二年秋、グリーンの自伝的小冊子『百万の後悔によって贖《あがな》われた三文の知恵』(*Groatsworth of Witte, bought with a million of Repentance*)は、「諸君のうち最上の人々に負けず見事に無韻詩《ブランク・ヴァース》を大げさな調子で述べたてることができると思っている」「国中でたった一人の『舞台を揺り動かす者《シェイク=シーン》』」を非難している。これはシェイクスピアの性格として、ライバル意識と競争心があったということを示唆している。「諸君のうち最上の人々」とは大学出の才人の劇作家を指し、そのなかにはマーロウ、ナッシュ、そしてグリーン本人も含まれていた。言い換えれば、これはナッシュとグリーンが三年前に始めた戦争の継続だと言える。

グリーンは自分のライバルを、「我々の口を借りてしゃべる操り人形、我々の服で身を飾った道化役者ども」と描写している。グリーンが言っているのは「シェイク=シーン」は役者――まして、グリーンやその同時代人たちの劇作品を演じたことのある役者――なのだから、真剣に相手にするに値しないということだ。若きシェイクスピアが役者兼劇作家という二重の役目を果たした数少ない人物の一人であることから、グリーンはこの人物を「何でも屋《ヨハネス・ファクトータム》」と非難している。グリーンはまた、シェイクスピアに台詞を与えてやった(シェイクスピアがその台詞を使って演じた、ないしはその台詞を盗んだという意味)のち、自分は「忘れられて」死の床に横たわっていると打ち明けている。「奴らを信用するな」とグリーンは警告し、シェイクスピアを「我らの羽根でその身を飾り立てた成り上がり者のカラス」と呼び、その「虎の心」(『ヨーク公リチャードの実話悲劇』への言及)を「役者の皮に包んでいる」と述べている。学のない(「成り上がり者の」)剽窃者と呼ばれたシェイクスピアは、「学のなさ」には疑問を呈しただろうが――大学には行かなかったものの、シェイクスピアの芝居は古典への言及でいっぱいなのだ——剽窃に対する非難を否定することはまずできなかっただろう。シェイクスピアの初期の芝居はマーロウの台詞やその模倣で飾られていたのだから。

この非難は、グリーンが小冊子で書いている短い寓話に面白い光を投げかけてくれる。この寓話は「シェイク＝シーン」への攻撃のすぐ後に置かれ、蟻とキリギリスを題材にしている。グリーンは自分をキリギリスに譬えており、読者は「蟻」とは誰のことだろうと訝《いぶか》しく思う。キリギリスが浪費家で不注意なのに対して、蟻は慎重な倹約家で「散らばったわずかな冬の蓄え」を集めている。冬が来ると、蓄えのないキリギリスは、快適に落ち着いている蟻に助けを求める。しかし、蟻はキリギリスの助けを求める声を馬鹿にし、努力もせず仕事もしないキリギリスを責める。キリギリスは蟻を次のように描写している。

まだ貯め込みたいのか、欲深いけちん坊め、
倹約といったって盗みのことだ、
　おまえが栄えるだけほかの人が悲しむ

ここでも盗みまたは剽窃に対する非難がされているが、蟻はまた「欲深いけちん坊」としても非難されている。また、「高利貸し」に対する間接的な言及もある。のちに見るように、晩年のシェイクスピアは飢饉のときに必要な物資を密かに蓄えていた。シェイクスピアは時には金貸しまたはブローカーとして働き、のちの商業的な投機が示すように、金銭に対して健全な敬意を払っていた。このため、グリーンの非難は過熱して誇張されたものであったけれども、シェイクスピアの人となりに対するさらなる攻撃だとわかるものだったのだろう。この文章では、吝嗇だと言われるほどの倹約家で、勤勉で、そうでない人間を軽蔑する傾向があるとされている。蟻は「苦労した働き者は怠け者の客を嫌う」と言っている。これはいかにもロンドンで出世街道を歩む若者シェイクスピアのことを指しているように思える。シェイクスピアが怠惰や放縦を作品中で諷刺しているのは確かだ。

同じ小冊子にもうひとつ別の逸話がある。グリーン（ロベルトという偽名を使っている）が、裕福でしゃれた服装をした役者に話しかけられる話だ。この役者はかつて「田舎文士」だったことを告白するが、グリーンは「あなたはとても暮らし向きのよい紳士かと思いましたよ。本当に、もし外見で人を判断するなら、あなたもちゃんとした人間に見えるでしょうからね」と言う。最近出世した役者はこれに賛同し、「私の衣裳の分け前だけでも、売れば二〇〇ポンドはするでしょう」と言う。グリーンは答えて、「あなたがあの虚栄に満ちた職業で繁栄しているのは奇妙なことですね、声は全然優雅でないのに」と言う。この場合、「優雅」（gratious）とは「宮廷風の」または「洗練された」という意味である。このため、この役者はまだ田舎訛りの抜けきらない、かつての「田舎文士」であったかもしれない。この文は、成功して羽振りのよいシェイクスピアを指しているともそうでないとも取れるが、少な

くともロンドンで役者たちがどのように成功していると思われていたかがわかるだろう。

グリーンが実際にこの死の直前の「悔恨の書」を書いたのか、それとも本人の名前を騙《かた》って売られたものなのかについては少々論争がある。これはグリーンの仲間であるナッシュか、あるいはヘンリー・チェトル[8]が書いたものかもしれない。チェトルは、グリーンの小冊子の出版を監督した印刷業者であり、二流の劇作家でもあった。チェトルは時に詩人であり、他人の劇の「改訂者《ドレッサー》」でもあったが、こうした連中は一六世紀ロンドンの文壇の周縁に生きていた。もし当時三文文士の街《グラブ・ストリート》があったなら、チェトルも属していたことだろう。

シェイクスピアは（もっともなことだが）グリーンによる自分の描写に傷つき、チェトルに抗議した。[9]その後チェトルは一五九二年に出版された小冊子で謝罪文を書き、「まるで悪いことをしたのがそもそも私ででもあるかのように申し訳ないと思っている」と述べている。シェイクスピアについて、[10]チェトルは「その人の振る舞いがそのすばらしい仕事ぶりと同様立派であることを見てきたためでもあるし、さまざまな偉い方々からも、誠実ぶりを示すその人の公正さのことや、その腕前の確かさを証明する洗練された文才のことを聞かされてきたからである」と書いている。シェイクスピアの「洗練された」（facetious）才能について書くにあたり、チェトルはこの形容詞を現在の意味（「愉快な」）で使っているのではない。この言葉はキケロがプラウトゥスの活発で流暢な機知に対して使った褒め言葉だった。シェイクスピアの職業上の「仕事ぶり」とは役者の仕事ぶりであるが、この役者を支持した「さまざまな偉い方々」が誰なのかはわかっていない。これは少なくとも、シェイクスピアがすでに数人の身分の高い人々に認められ、賞賛されていたことを示している。また、シェイクスピア本人にも、この時点でチェトルから謝罪を引き出すほどの影響力があったこともわかる。

この時期になると、シェイクスピアの作品の正確な執筆年代はわからなくとも、その位置をしっかりと定められるようになってくる。そして予想されるとおり、シェイクスピアがすでに喜劇、歴史劇、笑劇、悲劇において無比の書き手だったことがわかる。シェイクスピアはまさにグリーンが言うとおりの「何でも屋《ヨハネス・ファクトータム》」だった。この時期の作品でシェイクスピアが作者かどうか論争されている唯一の作品は『エドワード三世』だが、そのほかの作品はシェイクスピア作品として一般的に認められている。一五九〇年代前半には、特に『ヴェローナの二紳士』、『まちがいの喜劇』、『リチャード三世』といった作品を見ることができる。

『ヴェローナの二紳士』は、『ジャジャ馬ナラシ』のすぐあとに書かれた、シェイクスピア初期の喜劇である。道化ラーンスが犬を連れて登場する場面が最高だ。ラーンスは犬をなだめたりすかしたりするが、犬は何も言わない。これは同じく犬を喜劇の「小道具」として使っていた一六世紀初頭のインタールードを思わせ、この意味で『ヴェローナの二紳士』のルーツはとても古いものだと言える。とてもばかばかしい結末を持った、幾分熱に浮かされたような劇ではあるが、この劇には道化の歪《ゆが》んだニヤニヤ笑いのような喜劇精神が息づいている。この作品の上演記録は一切存在しないため、これは私的な上演のためだけに書かれたものだったのではないかと考える学者もいる。しかし、明らかに公衆劇場の立ち見客《グラウンドリングス》のために作られた露骨に喜劇的な場面があるため、そんなことはありえそうもない。たとえばこんな台詞がある。「お袋はめそめそ泣き、親父は喚《わめ》き、妹は大声で泣き、女中は吼《ほ》えやがる。うちの猫だって両手をもみ合わせて、家中大騒ぎしてるってえのに、この冷酷な畜生は涙ひとつこぼさねえ。こいつは石だ。石っころだ。情け知らずめ、まるで犬畜生だ」(五七一―六行〔第二幕第三場〕)。

この作品は素早く書き上げられたように見える――とは言っても、当時の状況下では、初期の作品は皆素早く書かれたのだが。登場人物の一人が言うように、「すてきな言葉の応酬ですこと、お二人とも、しかも早撃ちね」(六五六行〔第二幕第四場〕)というわけだ。同じイメージが繰り返され、同じ比喩が使われている。作者が明らかに急いだか、あるいはいくつかの段階にわけて執筆したことを示す不統一や矛盾もいくつかある。「皇帝」が突然「公爵」になったり、二人のまったく異なる登場人物に同じ名前が与えられていたりする。『ヴェローナの二紳士』という題だが、ミラノにいるスピードがラーンスに向かって「パデュアへようこそ!」と言う。[11]犬と道化に関わる喜劇的な部分は、テクストのほかの部分から簡単に切り離せるので、あとになって書かれたのではないかと論じられてきた。この部分はある特定の道化役者――すぐに思いつくのはウィル・ケンプである――が演じるために書かれた可能性が高く、シェイクスピアがいかに状況に応じて書かねばならなかったかがよくわかる。シェイクスピアはキャストの変更に従って台本を変えていたのだ。ケンプの有名な出し物のひとつに、自分の脚を杖の上に持ち上げて犬のように放尿する真似をするというものがあった。[12]きっとケンプは劇の終わりに有名なケンプのジグ踊りを踊ったことだろう。

この劇が初期に書かれたということは、シェイクスピアが一五八〇年代に流行した劇作家たちの文章を模倣したり借用したりしている点からも推察できる。シェイクスピアはジョン・リリーから人物と会話を、ロバート・グリーンからロマンス劇の筋書きを、トマス・キッドからは台詞を採ってきている。一五八〇年代のロマンス劇を諷刺していると論じることもできるが、シェイクスピアは同時にこのようなロマンス劇に多くを負ってもいる。

『ヴェローナの二紳士』は当時の雰囲気の一部を映し出すものであり、この劇に影響を与えたのは、サー・フィリップ・シドニーの『アーケイディア』[13]、アーサー・ブルックの『ロミウスとジュリエットの悲劇的物語』という詩、ジョージ・パトナム[14]の『英詩の技法』や、シェイクスピアがむさぼり読んだようである当時の宮廷文学だと思われる。シェイクスピアがマーロウの『ヒアロウとリアンダー』の草稿を読んでいた証拠すらあるのだ。[15]

　劇を見る限り、若き作家は音楽に夢中になっており（作者に明らかに音楽の専門知識があることがわかる）、すでにソネット形式に魅了されている。明らかにシェイクスピア的な、またはシェイクスピアに特有の要素――というよりは、のちの時代にシェイクスピア的だと見なされるようになった要素――はほかにも見られる。結局は区別がつかなくなってしまうほど、ロマンスと笑劇が接近しているのがそれだ。恋人の次に道化が舞台に現れ、ラーンスの飼い犬に対する愛のほうが、恋を競う男たちが女性に捧げる愛よりも強いように思われる。シェイクスピアは人間のあらゆる体験を並列に扱っているが、英雄的なもの、ロマンティックなものを露骨な笑いを使ってガス抜きするのがその流儀だ。シェイクスピアは芯から非感傷的な人物だったということを認識せざるをえない。

　また、『ヴェローナの二紳士』では、劇世界の出来事が演技と微妙に混同される。シェイクスピア劇の特徴となる「男装の少女」の姿が初めて見られるのもこの劇だ。また、膨大な言葉の蓄積もあり、主要な登場人物は、ほかならぬ劇作家の技術を見せつけるためだけに、互いに呼びかけるのにいろいろな言い方を試している。語呂合わせや韻にあふれた言語に、限りない創意と豊かさが現れている。同時代にシェイクスピアほど流暢で変化に富んだ書き手はいなかった。

　『タイタス・アンドロニカス』と同じように、ここにもシェイクスピアののちの作品の兆しや萌芽が見られる。たとえば、宮廷と森の対照《コントラスト》は、のちに大いに活用することになるが、ここでシェイクスピアはイギリス演劇を「時と場所の一致」という制限を越えて想像力豊かに成長させ始めているのだ。駆け落ちの場面もあるが、これは『ロミオとジュリエット』を予感させる。シェイクスピアの想像力――もしかすると「こだわり」かもしれないが――には変わらないところがあるのだ。

　シェイクスピアは、あっという間に書いたもうひとつの喜劇、『まちがいの喜劇』にすぐに取りかかったはずだ。まるで『ヴェローナの二紳士』がまだ作者の心に残っているかのように、『まちがいの喜劇』[16]には二つの劇の人物の名前が混同されているところがある。『まちがいの喜劇』の登場人物は誰もが急いでいる。作者も急いでいた。ヴァージニア・ウルフは日記のなかで次のように告白したことがある――「シェイクスピアの広がり、速度、言葉作りの力がいかに驚くべきものかが初めてわかったのは、それが私自身の力を完全に凌いでいることを感じたときだ……比較的知られておらず質のよくない作品でさえ、ほかの人の最高速度よりもさらに速いスピードで書かれているし、言葉があまりにも速く落ちてくるので拾い上げられないほどである」（Gross 23）。『まちがいの喜劇』には、ある退場に関してシェイクスピア本人が追加したと思われる次のようなト書きがある――「全員、全速力で走って退場」

　『まちがいの喜劇』は、二組の双子がまちがえられ続けて笑いを引き起こす、狂気の疑いやアイデンティティーの混乱に関する、わけがわからなくなるような芝居である。ここでシェイクスピアは自分が初めて学校時代に読んだ戯曲であるプラウトゥスの劇に立ち戻っているが、いつもながら筋をさらに複雑にしている。しかし、構造的にはこの劇は完全に「正しい」ローマ劇である。シェイクスピアの劇には珍しいことに、この劇はアリストテレスがその概略を示した時間と場所の「一致」、すなわち一日のあいだにひとつの場所でひとつの行動が起こるという法則を守っている。この劇は古典喜劇の舞台装置にあるような三つの扉、または「家」が並んでいる舞台で演じられた。まるで、大学教育を受けた同時代人たちに、連中が思うほど自分に教養がないわけではないことを証明しようとしたかのようである。

つまり、『まちがいの喜劇』は、シェイクスピアにとって喜劇であるだけでなく創意工夫の練習でもあったのだ。シェイクスピアのユーモアとは主に言葉の上のものであり、素早く、手が込んでいて、絶妙である。コールリッジが言ったように、それは「笑劇の哲学的原則と性質に正確に一致している」[17](Bate, *Romantics* 279)。それゆえ、最高の知性と感性を持った書き手でなければ劇のペースも方向性も維持できない。この劇には道徳劇の要素も見られるので、才能ある学校教師が書いた、やや独創性に欠ける古臭い劇に見えるところもあるかもしれない。

学生時代のシェイクスピアはランビナス[18]が編集したプラウトゥスの本を使っていたが、そのなかにはさまざまな「まちがい」に関する言及がたくさんある。劇のタイトルはここから来ているのかもしれないが、学校時代の記憶からのみ劇が生まれたわけではない。依然として親しんでいたマーロウやリリーから台詞や場面設定を失敬してきている。かつてT・S・エリオットが、下手な詩人は借用し、うまい詩人は盗むと述べたが[19]、シェイクスピアは両方できたのである。

『まちがいの喜劇』はシェイクスピアの最も短い劇という栄誉を担っているが、人物造形に深みがないわけではない。ここには召し使いの主人に対する優越や、男の片意地な鈍さに対する女性の自然な良識といった、シェイクスピアの想像力の自然な傾向とでもいったものを見ることができる。また、この双子の喜劇には、シェイクスピアの成熟した劇の多くに流れる「自己分裂」のテーマも現れている。

どうしてなの、あなた、ねえ、どうして
あなた自身からそのように身を引き離そうとなさるの。
（五〇〇―一行〔第二幕第二場〕）

夫に捨てられたと思い込んでいる妻によってこの台詞が発せられているため、この台詞からは自分と対話するような私的な響きが聞こえてくるかもしれない。ほかの多くのシェイクスピア劇と同じように、この劇でも多くの運命の変転を経て家族は元どおりに結びつき、失われた子供たちが見出される。

シェイクスピアについて語るとき、「自己疎外」はあまりにも明らかな話題となってしまったため、つい忘れがちになるが、これはシェイクスピアの天才ならではのものであり、その天才についてまわるものなのだ。シェイクスピア自身の内面が引き裂かれていて、そこに対立物の戯れがあるのを自ら見出したのか、それとも身の回りをつぶさに観察した成果なのかは、答えの出ない問題だ。ロンドンにやってきた田舎の若者としてのみならず、高い身分を目指す役者として、役者であると同時に作家として、シェイクスピアには考えることが十分あった。また、面白い見方をすれば、完全に実務的でビジネスライクでありながら、情熱の世界や夢の世界を生み出せる男でもあった。どうしてそうだったのかはひょっとすると最大の謎だろう。自分のなかに大軍勢を抱えていたのだ。どんな論争や口論のうちにも人間的な真実が見えたのだ。シェイクスピアが真実、あるいは単なる意見を表明しても、そののちそれに対立する真実や意見を思いついて——これにもすぐに同意するということは劇作品を見れば一目瞭然だ。それがシェイクスピアにとって、劇作家であることの自然なありようだった。劇中にはシェイクスピアの性格が感じられず、考えているのは登場人物だとよく言われてきた。また、シェイクスピア劇にはシェイクスピアらしい「二重性」が常にあり、これによって英雄的行為や立派な行動が道化や田舎者と二重写しになるとも言われてきた。また、ある行動がふたとおりに解釈可能であったり、性的な嫉妬といった感情が正当であると同時に不当であるとも思えるような箇所もある。しかし、「二重性」とは適切な言葉ではない。王も田舎者も皆、シェイクスピアの想像世界にあって、皆本質的に「独特＝単独《シンギュラー》」なるものなのだから。

第34章 お芝居をご覧になるのがよい

〔『じゃじゃ馬馴らし』序幕〕

一五九一年から翌年にかけて、若きシェイクスピアはペンブルック伯一座のために複数の芝居を同時に書いていたようだ。ひとつの場面や台詞のなかでさえも各種ジャンルが混交しているのだから、喜劇から歴史劇や悲劇へと移行できなかったはずがない。『リチャード三世の悲劇』は、シェイクスピアが『ヨーク公リチャードの実話悲劇』を完成させる過程で思いついた作品だろう。リチャードという人物は『ヨーク公リチャードの実話悲劇』にも登場するが、すでに見たように、その後の改訂ではリチャードの性格描写にさらなる暗さと深みを与えて、より完成された劇にしたのだ。これはほかならぬバーベッジのために書かれた役柄だった。

　実際、リチャード・バーベッジはシェイクスピアの終生、その劇作品の最初の解釈者となったのである。バーベッジは誰もが認める劇団のリーダーであり、英雄的ないし悲劇的な役を専門とした。バーベッジについて当時の文献はこう記す。

> およそ威厳ある雄弁家なら持っている賞賛すべき資質はすべて、バーベッジのなかに実に見事なまでに完璧にあった。思う存分深い意味を籠めて体を動かし、我々の目を釘付けにするのである。満員の劇場に坐れば、ぐるりと囲んだ多くの人々の耳からたくさんの線が延びているのが見えるような気がするだろう。円の中心にこの役者がいる……バーベッジが演じる事柄が、本当に目の前で起こっているように思えるためである。（*MA* ii 831）

　初代リア、初代ハムレット、初代オセロー――いずれも皆バーベッジだった。ロミオ、マクベス、コリオレイナス、プロスペロー、ヘンリー五世、アントニーをイングランドの舞台に初めて乗せたのもバーベッジであろう。これほど多くを成し遂げた役者は世界にも類を見ない。バーベッジの「人物になりきる」様子が自然で生き生きとしていたことはよく話題になる。アイデンティティーを変えることにかけてはプロテウスのように変幻自在で、「自分を役柄に合わせて完全に変えてしまい、衣服と一緒に自分自身をも脱ぎ捨ててしまうので、芝居が終わるまでは（楽屋でさえも）自分に戻ることがない……台詞を話し終えても役柄からはずれることなく、表情や身振りで常に最高の状態を維持していた」と考えられていた（Nungezer 78）。たぶんシェイクスピアが最も親しくした仲間だっただろう。シェイクスピアはバーベッジに指輪を買うための金銭を遺しているが、二人の親密さをもっとよく示してくれるのはバーベッジの子供たちの名前だ。バーベッジの早世した娘はジュリエット、息子はウィリアム、そしてもう一人の娘はアンという名だった。

　そこで、二一歳のバーベッジがリチャード三世に扮して舞台に登場するところを思い描いてみよう。中世のヴァイスは悪を表象する伝統的方法だったが、リチャードは、まるで母親の胎から生まれ出た瞬間からシェイクスピアの想像力の産物であったかのように、作者が思い描いたとおりに完全に武装して現れたのだ。イギリス演劇史上初めて、ヴァイスは成長し変わることができるようになったのだ。リチャードはボズワースの戦いの前夜、初めて良心のかすかな動きを感じる。これは一瞬のことにすぎないが、「俺は何を恐れている？自分か？　他に誰もいない」〔第五幕第三場〕というリチャードの強烈な台詞は、マクベスやオセローの煩悶の予兆となっている。

シェイクスピアは、因襲的なやり方に満足するには偉大な劇作家すぎた。自らの内なるヴィジョンに忠実であるために、人間の意識がたどる道筋を作り直さねばならなかったのだ。シェイクスピアは自分に影響を与えたり種本となったりしたもの——ホール、ホリンシェッド、セネカなど——を、新鮮かつ思いもよらない方法で組み合わせることでそれらを超越していった。形式的なレトリックの高尚な朗唱を喜劇的な傍白とつき合わせ、メロドラマとエロティックなものを混ぜ合わせた。レイディ・アンへの荒っぽい求婚がすぐ頭に浮かぶが、シェイクスピアが男女間のやりとりを描いた場面では、悪意や競争の要素がないものを見つけるほうが難しいくらいだ。マーロウから学んだものも忘れてはおらず、『リチャード三世』には『タンバレイン大王』や『マルタ島のユダヤ人』との類似が見られる。

次はマーロウがシェイクスピアから学ぶ番だった。マーロウの『エドワード二世』は、シェイクスピア劇から一部発想を得たものだと一般に認められている。それも当然のことではないか。演劇界は絶えることのない模倣の場だった。『リチャード三世の悲劇』はシェイクスピアがそれまでに書いたなかで最も長く、最も野心的な劇だった（これより長いのは『ハムレット』だけである）。この劇は決してペースを緩めることなく、創意と感情のクライマックスが次から次へとやってくる。作品中でシェイクスピアは開花し、発展していった。シェイクスピアはせむし男リチャードの悪事と悪意を愛し、歓喜している。この作品には謎と予言——古代から伝わる人物の原型と神話的な出会い——の雰囲気があり、これがイングランドの歴史を新たな意義と意味のレベルへと引き上げている。これはシェイクスピアがイギリス演劇に与えたすばらしい贈り物のひとつだった。

『リチャード三世』は直ちに人気を博し、ほとんど前例のないことだが八回にわたる再版を記録した（うち三回はシェイクスピアの死後）。「馬だ、馬だ、王国をくれてやるから馬をよこせ」という絶望の叫びはさまざまに異なる文脈でパロディー化され繰り返された。すなわち、「男！　男！　王国をくれてやるから男を頂戴！」（『悪行の鞭』、一五九八年）、「ボート！　ボート！　一〇〇点満点やるからボートをくれ！」（『東行きだよ』、一六〇五年）、「阿呆！　阿呆！　阿呆をくれたら道化の帽子をやる！」（『食客』、一六〇六年）などがある。これがロンドンの町なかにおいても人気のキャッチフレーズに

リチャード・バーベッジ。
シェイクスピア劇の最高の役柄のいくつかは、バーベッジのために書かれた。
（ダリッジ・ピクチャー・ギャラリー）

なったとしてもまったく驚くに当たらない。

バーベッジがどのようにリチャード三世を演じたかについては推測するほかない。しかし、小さな手がかりがひとつある。「王はお怒りだ。見ろ、唇を噛んでおられる」〔第四幕第二場〕という台詞だ。劇中この癖に気づくのはケイツビーだが、バーベッジはこの癖をオセロー役でも採用している。デズデモーナが「まあ、なぜそのように唇を噛んだりなさるの」と尋ねる台詞がある〔第五幕第二場〕。[20]

ジョン・マニンガムという市民が日記に書いた次の逸話は、バーベッジの役者としての力量を教えてくれる。

バーベッジがリチャード三世を演じていた頃、ある市民のご婦人が彼をいたくお気に召して、劇場を去る前に「今夜、リチャード三世という名前で私のところにいらして頂戴」と告げた。二人の約束を立ち聞いたシェイクスピアは先に行き、もてなしを受け、バーベッジが来たときにはお楽しみの最中だった。「リチャード三世様が門のところへお越しです」との伝令に、シェイクスピアは、戻ってこう言えと命じた——「ウィリアム征服王のほうがリチャード三世より先だ」。(Nungezer 72)

真偽のほどはわからぬし、わかりようのない話だが、この逸話は一八世紀にトマス・ウィルクスの『演劇概観』にもまた出てくる。マニンガムの日記は一九世紀になるまで発見されなかったので、ウィルクスがそこからこの話を写したということはありえない。この逸話はシェイクスピアの好色さよりも機知を示すものだが、若きシェイクスピアがロンドン生活の楽しみに無反応ではなかったと推測するのは理に適《かな》っていよう。

つまり、シェイクスピアがペンブルック伯一座にいるあいだに書かれたと考えられる作品は、喜劇二本と歴史劇一本ということになる。どちらもリチャード・バーベッジと仕事をし始めてからの作品だ。

それから『エドワード三世』という未解決の問題もある。これはシェイクスピア作ではないとする学者が多いが、この作品にはシェイクスピアの初期の才能の諸要素が見られる。特に響きのよい言い回しの選択がそうだ。

金の盃《さかずき》に入った毒は最も危険に見え、
暗い夜は、稲妻の閃光でさらに暗く見え、
腐った百合は、雑草よりひどい臭いがする。[21]〔第二幕第一場〕

この最後の一行はシェイクスピアのソネット九四番に再登場しており、まさに深遠な二重性をもつシェイクスピアの想像力の特徴を示している。

『エドワード三世』のある場面（特に国王がソールズベリー伯爵夫人に求愛する場面）はほかに比べて完成度が高いという事実を理由に、この作品はシェイクスピアと名前のわからない劇作家との共同執筆なのではないかと言われてきた。シェイクスピアは劇作家人生のさまざまな時点で、ジョンソン、フレッチャー[22]、ピール、マンディ[23]、ナッシュ、ミドルトン[24]と共同執筆したと考えられている。シェイクスピアが共同執筆をしない理由はまったくない。シェイクスピアが生きていた時代に書かれた劇のうち、半分から三分の二は複数の手になるものだ。四人から五人の作家が手がけた劇もある。戯曲が個人ではなく、劇団か劇場の持ち物となりがちだったのはこのためだ。

素早く効率的に公演を打つことが肝要だった。一人ひとりがそれぞれ異なる絵画の技法を専門とする中世の写本彩飾師の放浪の一団のように、作家が劇作品を書くためにグループや組織を形成した可能性すらある。言い換えれば、劇作家同士の共同執筆はありふれた通常の手順であり、各幕を手分けして書いたり、主筋と脇筋を手分けして書いたりすることもあった。喜劇を専門とする作家もいれば、悲しい場面を専門とする作家もいた。おそらくシェイクスピアは、演劇のあらゆる分野で抜きん出ているという点で例外的な存在だっただろう。シェイクスピアはまた、自作の所有権を保持したという点でも例外的だったかもしれない。もちろん、シェイクスピアの芝居にあとからほかの作家が文章や場面を書き加えた可能性もある。たとえば『マクベス』や『オセロー』にはそのようなことが起こったかもしれない。

暫定的に一五九〇年代初期のものとされている『サー・トマス・モア[25]』の現存する手稿には、最も極端な形での共同執筆の例が見られる。これはシェイクスピアの筆跡の証拠がある唯一の劇だ。「筆跡D」として知られるようになった筆跡で書かれた一四七行の断片が真正かどうかについては、長年にわたって古文書学者たちが議論してきたが、現在、証拠はシェイクスピアに有利になってきたようだ。綴りや字の書き方、省略の仕方、文字の形は皆、シェイクスピア的な特徴を備えている。鍵となるのは変わりやすさだ。シェイクスピアの綴りや文字の形は常に変わり続けている。「c」の字を大文字で書き、古風な綴りを使う傾向があり、軽い書記体と重厚な法律家的書体を行ったり来たりしている。そこには性急さが見られるが、その速さのなかには一種の優柔不断さも見られる。

シェイクスピアが執筆を頼まれた場面で、主役の主人公トマス・モアは、ロンドン在住の外国人に対して暴動を起こそうとしている市民たちと話し合う。『抗争』第一部の叛乱シーンが成功したので、シェイクスピアは群衆を描くのが「得意」だと思われていたのかもしれない。より正確に言うなら、権力側が騒擾に立ち向かい、権力者が口語的表現やそのほかの手段を使って、まごつく群衆と話をつける場面において卓越した才能を見せたのだ。ここにも、シェイクスピアの才能の二面性が見え隠れしている。

モアが権力の持つ危険性について独白する箇所もまた、シェイクスピアが書いたものだと言われている。高名または高貴な登場人物が瞑想するように内省する場面でもすでに定評があったようだ。歴史劇『ヘンリー六世』がまさにそのような印象を与えたのだろう。『サー・トマス・モア』執筆の中心となったのはアンソニー・マンディだが、共同執筆者の一人にヘンリー・チェトルがいたことがわかっている。『三文の知恵』でのグリーンのシェイクスピア批判に謝罪しなければならなかった、あのチェトルである。演劇界は狭い世界だとしても、寛大な世界でもあったようだ。

『サー・トマス・モア』は上演されなかったらしく——おそらく一五九二年の暴動にあまりにも内容が酷似していたためだろう——今ではシェイクスピアの自筆原稿があるというそれだけで注目されている。シェイクスピアの筆跡の問題はそれ自体興味深いものだ。この世にシェイクスピアが実際に存在したことを確認する方法は、今となってはほかにないのだから。

たとえば、シェイクスピアのものとわかっている六つの署名のうちすべてにおいて、名字の綴りが異なっていることに着目してもいい。シェイクスピアは、まるで自分の名前が気に入らないかのように名前を省略してもいる。「シェイクスピア（Shakespeare）」が“Shakp”“Shakspe”または“Shaksper”となっているのだ。もちろん、この短さは、書き手が急いでいたり、せっかちな性格だったりしたことによる[26]ものだとも考えられる。あるひとつの署名に対する最上の説明は、次のようなものである。この書き手は「ペンを見事に、素早く動かせたに違いない。しっかりしたペン使いで大きく弧を描いて名字を書いているところなどは実にすばらしく……雑ではあっても自由で素早い筆跡である」（Onions ii 301）。

もちろん、シェイクスピアの名字の綴りの違いは、アイデンティティーのなさの表れではなく、当時の曖昧で不確かな書き方に由来するものだとすることもできるが、少なくとも世の中におけるシェイクスピアの存在がすっかり固定されていなかったことを示すと言えよう。数時間おきか数分おきに署名された抵当証書と購入証書では、シェイクスピアは自分の名前を二つのまったく異なる形で書いている。シェイクスピアの遺言に書かれた三つの署名は「ほとんど説明不能」なほど互いに異なっているので、三人の別人によるものだとする筆跡鑑定家すらいる（Onions ii 304）。書き手は、まるで魔法のように、もはや我々の目の届かぬところに消えてしまったのである！

第35章 偉大な魂が消え去った、それを望んだのは俺だった

〔『アントニーとクレオパトラ』第一幕第二場〕

一五九三年初頭、ペンブルック伯一座はシアター座での興行を再開した。そのレパートリーのなかにシェイクスピアの初期の芝居が入っていた。『タイタス・アンドロニカス』、『ヨーク公リチャードの実話悲劇』、『ジャジャ馬ナラシ』の台本（公認テクスト）は、やがて本の形で出版されたときには皆「ペンブルック伯爵閣下の僕《しもべ》たちにより何度も上演された」と宣伝されていた。『実話悲劇』と『抗争』第一部の台本にはとても詳細なト書きがついており、作者が手を入れたことを窺わせる。

しかし、ロンドンでの興行は長くは続かなかったはずだ。疫病の流行の結果、枢密院は一月二一日、ロンドン市長に「あらゆる芝居、熊いじめ、牛いじめ、ボウリング、および同様に大人数が一カ所に集まる行事」をすべて禁止するよう命じる手紙を書いている。そこで、シェイクスピアとその仲間たちは再び首都を離れねばならなかった。一行は西へ向かい、バースやビュードリー[27]といった場所を経由して、ペンブルック伯爵の領地のひとつラドロウ[28]へと旅した。バースでは、壊した弓の賠償金二シリングを引いた一六シリングを受け取っている。この弓は『ヨーク公リチャードの実話悲劇』のト書きで「二人の番人、弓矢を持って登場」と書かれているもののひとつだったかもしれない。ビュードリーでは、「長官殿の役者たち」として二〇シリングを与えられた。ペンブルック伯爵は公式には「ウェールズ長官」として知られていた。ラドロウでも同じ金額を受け取っているが、ほかにも「白ワイン一クォートと砂糖」が与えられた。シュルーズベリーでは「長官殿の役者たち」が「この町にやってくる」という宣伝があり、四〇シリングもの額を受け取っている。

一五九三年のうちにロンドンに戻った劇団は、それほどの幸運にはありつけなかった。シアター座も他の劇場も、また疫病のために閉鎖されていた。頃は六月末か七月初め。夏の暑さが近づいてきていた。この年、疫病によって一万五千人のロンドン市民が死んでいるが、これは人口の一〇分の一以上だ。エドワード・アレンは巡業でバースに滞在中、妻に手紙を書いて「毎日夕方には玄関先と家の裏に水を撒き、窓にはヘンルーダをたくさん置くように」と指示している（*MA* i 347）。

ロンドンではまた別の現象も起こりつつあった。フランス、オランダ、ベルギーからの移民に対する脅迫状が町中に張られたり釘で打ちつけられたりしていた。五月五日、ひどい外国人嫌悪を表した五三行からなる詩がオランダ人教会の壁に張られていた。詩には「タンバレイン」という署名があった。たぶん無理もないことだが、これらの攻撃はプロの作家の手になるものだと考えられた。そこで、これら「下劣で悪

意ある中傷文」の作者を逮捕し、取り調べなければならなかった。自白を拒否するなら、「この書状が与える権威によって、ブライドウェル監獄で極限まで拷問する」という(Freeman 25)。最初に逮捕された者のなかには『スペインの悲劇』の作者トマス・キッドがおり、しかるべく拷問にかけられた。キッドはクリストファー・マーロウの名前を冒瀆者として挙げた。この事件そのものがキッドを捕らえ、またキッドを通してマーロウ本人を拘束するための当局の巧妙な罠だったのではないかと言われている(Nicholl, *Reckoning* 参照)。マーロウは枢密院に召喚され、二日間取り調べを受けたのちに、毎日枢密院に報告をするという条件で釈放された。その一〇日後、デットフォードで起こったとされる喧嘩の末、マーロウは目を刺されて死亡した。これらの事件が役者仲間に与えた衝撃は、どんなに大きく見積もっても過大評価にはならないだろう。一流劇作家がかなり怪しげな状況で殺され、もう一人は枢密院の取り調べによって死にかけるほどの拷問を受けたのだ。立て続けに起こったこの衝撃的な事件の先行きは誰にもわからなかった。覚束なさと不安は激しく、身のすくむ思いは、疫病の蔓延と劇場閉鎖によってさらにひどくなった。

しかし、シェイクスピアにはもうひとつ考えなければならないことがあった。マーロウの死は、シェイクスピアがペンブルック伯一座と巡業中に起こったが、訃報はすぐに飛び込んできた。これはシェイクスピアにとって大事件だった。最も尊敬し、模倣した劇詩人が死んだのだ。より直裁に言えば、最大の競争者が死んだことになる。これ以降、シェイクスピアは独走状態に入る。その叙情的な傑作——『ロミオとジュリエット』、『夏の夜の夢』、『恋の骨折り損』、『リチャード二世』——が、このあとの四年間に書かれたのは当然かもしれない。これらの劇で、シェイクスピアはマーロウの詩人の魂を祓い清め、また超越していった。マーロウの時ならぬ死によって、シェイクスピアは一六世紀末のロンドンで注目すべき最大の劇作家となったのである。

しかしながら、疫病は夏中続き、このためペンブルック伯一座はまた巡業に出かけざるをえなくなった。劇団はマーロウの『エドワード二世』の台本をウィリアム・ジョーンズという印刷業者に売却しているが、これはたとえ少額でも、必要な金を捻出するためだったに違いない。作者のセンセーショナルな死が売り上げに貢献するかもしれなかった。

その後、一座はイングランド西部へと旅し、ライで一三シリング四ペンスというかなり少額で公演を行っている。八月にロンドンに戻ると解散した。劇団は破産状態にあり、経費をまかなうことができなかったのである。九月二八日、ヘンズロウはまだ「巡業中」のエドワード・アレンに次のように書き送っている。「所在についてお尋ねのあったペンブルック伯一座は、皆この五、六週間のあいだ故郷に帰っています。聞くところによると巡業で金を貯めることができず、衣裳を質に入れざるをえなかったとか」(*MA* i 369)。

つまり、シェイクスピアは失業中だったのだ。[29] しかし、これほど進取の気性に富み、活力にあふれた若者が、長いこと怠惰に過ごしていたとは信じられない。年頭に劇場が閉鎖されたときから、シェイクスピアはすでに将来のことを考えていたに違いない。疫病は終息するのか、またいつ終息するのかは誰にもわからなかった。ロンドンの劇場の扉は永遠に閉ざされてしまうのだろうか。シェイクスピアがこの時期に長編詩を書き始めたことから見て、転職の可能性について真剣に考えてみたに違いない。また、シェイクスピアは裕福なパトロンを得ることで生じるかもしれない利益についても、かなり早くから考えていたかもしれない。そのようなパトロンがいれば、贈り物をもらえるだけでなく、演劇界が苦しいときには仕事を提供してもらえるだろう。

　そんなわけで、一五九三年、ストラットフォード時代からの知り合いのリチャード・フィールドに『ヴィーナスとアドーニス』と題した本を出版してもらうことになる。本の値段は六ペンス程で、本屋たちが集まるセント・ポール大聖堂境内の「白いグレーハウンド」の看板の下で販売された。フィールドの店にはシェイクスピアもきっと顔を出していただろう。シェイクスピアはここで、ジョージ・パトナムの『英詩の技法』のような当時の新刊本を見つけることができた。この論文は、英語で書く物語詩は一連を六行にするのがよいと勧めているが、これはまさにシェイクスピアが『ヴィーナスとアドーニス』で使った形式だった。フィールドの店で、シェイクスピアは刷られたばかりのプルタルコス作、サー・トマス・ノース訳の『英雄列伝』を目にしただろうが、同じくらい重要なのは、フィールドが出したオウィディウスの新版を読み、おそらくは借りられたかもしれないということである。シェイクスピアは『ヴィーナスとアドーニス』の題辞にオウィディウスの言葉を二行借用している。インクと紙の臭いが漂うセント・ポール大聖堂境内の小さな店は、英語で書かれた物語詩のうち最も流暢で雄弁な作品のひとつを生み出す手助けをしたのである。

　表紙に作者名はないが、献辞には「あらゆる義務において閣下の僕《しもべ》であるウィリアム・シェイクスピア」と署名されている。献呈を受けたのはサウサンプトン伯爵ヘンリー・リズリーという若き貴族であった。この献辞は、シェイクスピアが劇とは別に書いた散文のうち現存する最古のものである。

　献辞の冒頭の一行だけを見ても、シェイクスピアが言葉のリズムや強調の仕方に熟練していたことがわかる。

> 私のつたない詩を閣下に捧げることでどのようなご不快を招くかわかりません。また、これほど弱い荷を支えるのにこれほど強い支援者を選んだことで世間からどんな非難を受けるかわかりません。閣下がただ喜ぶそぶりを見せてくだされば非常な光栄に存じ、いっそう重厚な作品をお捧げすべく寸暇を惜しんで働く所存でございます。

　このあと、シェイクスピアはこの詩を「わが創作の最初の子」と呼んでいる。芝居はまだひとつも自分の名前で出版しておらず、匿名の台本では自分の「創作」の証拠にはならなかったのだろう。奇妙なことに、演劇界でやってきたことから距離を置いているようだ。オウィディウスから採られた題辞の初めには“*Vilia miretur vulgus*”という言い回しがあるが、これはマーロウの訳によれば「卑しい考えの者には、価値のないものを崇めさせておけ」という意味になる。“*Vilia*”という言葉には「つまらない見せ物」という意味もあり、一六世紀ロンドンでは「つまらない見せ物」の最たる例は公衆劇場の演劇だった。シェイクスピアは、自分はアポロに導かれてミューズたちの泉にたどり着くだろうと述べることで、劇場での「つまらない見せ物」とのつながりを断ち切っているのである。この文章にはシェイクスピアの劇作家・役者としての役割に対するある種の煮え切らなさやためらいが現れていると伝記作者たちは示唆してきた。結局のところ、劇作家も役者も、どちらも紳士の職業ではなかった。しかし、おそらくシェイクスピアは特別のお願いをしていたというのが本当のところだろう。『ヴィーナスとアドーニス』の献呈によって、シェイクスピアは貴族の庇護を求める詩人という新しい役割を華々しく演じ始めようとしていたのだ。第一印象をよくしようとしていたわけである。そしてシェイクスピアが生涯、必要または適切な役を演じる役者であり続けたことを忘れてはならない。

サウサンプトン伯は当時一九歳で[30]、ケンブリッジ大学のセント・ジョンズ学寮およびグレイズ・イン法学院でひととおりの教育を終えたばかりだった。カトリック貴族の出身だが、父親の死後は大蔵卿であるバーリー卿の後見を受けた。一六歳のときにはすでに何度もバーリー卿の孫娘と結婚するようせき立てられていたが、伯爵はこれを断っている。年上の女が美少年に求愛して嫌がられる『ヴィーナスとアドーニス』は、サウサンプトン伯のために構想されたのかもしれない。この詩は、バーリー卿の秘書の一人がサウサンプトン伯の独り身を遠回しに叱責した『ナルキッソス』という詩の続編とも考えられる。サウサンプトン伯は教養と同様に美貌をも身につけているというのは衆目の一致するところだったので、アドーニスに譬えられるのももっともだった。と言っても、その教養と美のすばらしさは当時の称賛者たちが誇張したものであることはまちがいないのだが。貴族の若者は身分の低い若者よりも常に魅力的に見えたものだ。貴族の出のエリザベス朝の若者の多くと同じように、サウサンプトン伯の精神的（および物質的）な気前のよさには不安定さと熱情的な気性がついて回った。女王本人が、サウサンプトン伯の「助言をもらっても役に立たず、その経験はもっと役立たず」とコメントしている（Akrigg 182）。

恩顧のやりとりは両方向に働いた。『ヴィーナスとアドーニス』がサウサンプトン伯に捧げられたこと、そしてその後この作品が絶大な人気を博したことによって、学問と詩の保護者としての若きサウサンプトン伯のイメージが形作られていった。たとえば、『ヴィーナスとアドーニス』出版の翌年、ナッシュはサウサンプトン伯に言及して「あなたは詩人たちのみならず、詩人を愛する者をも深く愛し、大切にしてくださる」と述べている（Stopes, *Southampton* 56）。宮廷での寵愛と隠謀が激しく渦巻く世界では、このような評判がサウサンプトン伯の邪魔になることは一切なかっただろう。

『ヴィーナスとアドーニス』は、主にオウィディウスを種本とするエロティックな物語詩というジャンルに属する。シェイクスピアは三年前に出版されたスペンサーの『神仙女王』第一部でヴィーナスとアドーニスという不幸なカップルのことを読んでいたであろうし、もちろん同時期にはマーロウの『ヒアロウとリアンダー』の草稿も回覧されていた。ロッジ[31]は『グラウクスとシラ』を出版しており、ドレイトン[32]はまもなく『エンディミオンとフィービー』を世に問おうとしていた。シェイクスピアの作品は当時の文脈のなかに置いてこそ真に意味を持つため、その文脈から切り離すことはできない。シェイクスピアは連（スタンザ）を使った形式をロッジから借用し、テーマはマーロウ作品から見つけてきたかもしれないが、この詩を書いたのは自らの学識を強調するためという面もあった。だからこそ、オウィディウスの『変身物語』を種本としたのだ。『まちがいの喜劇』を書いたときと同じように、自分がマーロウや、スペンサーにさえ匹敵する優れた才能を持って古典的な題材を展開できることを見せたかったのだろう。シェイクスピアを田舎者として諷刺したグリーンの攻撃が、部分的にはこの作品を書く刺激となったのかもしれない。と言っても、依然としてほかから公然と盗んでくることを嫌がってもいなかった。アドーニスの馬の描写はしばしばシェイクスピアの馬に関する知識の証拠として引用されるが、ジョシュア・シルヴェスター訳によるギヨーム・デュ・バルタスの『聖なる週と仕事』からほぼ一言一句くすねてきたものである。[33]

『ヴィーナスとアドーニス』は絶大な人気を博した。一五九三年版は一冊しか現存していない。初版本は文字どおりぼろぼろになるまで読まれたのだ。初版から二五年のあいだに一一回も再版されており、他にも消えてしまった再版本もあるかもしれない。シェイクスピアの生存中、『ヴィーナスとアドーニス』はどの劇作品よりも人気があり、作者の文学的な評判を確乎たるものとするのに演劇よりも多くの貢献をした。このような物語詩を（特に演劇界がどん底にあるときに）書こうとした本能は、まちがいなく正しかったのだ。

『ヴィーナスとアドーニス』は本質的にはシェイクスピアの劇と同じように喜劇的な内容と深刻な内容のあいだでうろついている演劇的な物語である。詩の半分は会話か劇的朗誦として作られている。好色なヴィーナスと冷淡なアドーニスの対決は、典型的なイギリスのお伽芝居[34]の素材となっている。

　彼女は彼の首に腕を巻き付けたまま沈み込み、
　彼女は仰向けに、彼は彼女の腹の上に倒れ込む。

しかし、笑劇のあとには、死んだ少年の厳粛な葬儀の場面が続く。シェイクスピアはひとつのムードを長く続けることができない。この詩は声に出して読む価値があり、チョーサーのようにシェイクスピアも私的な娯楽として朗読をしたかもしれない。詩は急速に、活気に満ちて進行する。シェイクスピアは熟達していると同時に敏捷であり、きめ細かく、また優しげである。この詩は「淫《みだ》ら」と呼ばれたが、確かにその点は著しかった。当時草稿として回覧されていた詩のいくつかには猥褻さで遥かに及ばなかったものの、ジョン・デイヴィス[35]はこの詩を「卑猥な話」と非難している（Stopes, *Southampton* 197）。トマス・ミドルトンは「猥褻な小冊子」のリストにこの作品を入れており、同時代の韻文作家は次のように述べている。

情欲の話を読みたければ『ヴィーナスとアドーニス』
がある、
淫らな好色家の真のお手本だ。[36]（ibid.）

『ヴィーナスとアドーニス』は若い男性に対する抑えがたい欲情を描いた詩であり、トマス・マン[37]の『ヴェニスに死す』よりもかなり情熱的で、シェイクスピアがこれを非常に楽しみながら書いたことは読めば明らかだろう。エロティックな文学作品は、作者の個人的な嗜好やこだわりがその成否や効果のほどを決定的に左右するジャンルだと言えるかもしれない。しかし、同時に、このような個人的な情熱の感覚を作者本人のものとするのは賢明とは言えまい。もちろんシェイクスピアは雄弁だが、同時に超然としてもいる。情熱はシェイクスピアが使う効果のレパートリーの一要素だった。読者は、作者がそこにいると同時にいないような、奇妙な感覚を受ける。多くを感じると同時に、その感情を笑いとばすことができる——これこそ崇高な知性の印である。この詩がしばしば作者の劇的想像力の延長だとされる理由もここにあるのかもしれない。シェイクスピアほど流暢な、つまり技巧的なイギリス人作家はいないのである。

『ヴィーナスとアドーニス』は、特に大学や法学院の学生に人気があり、学生たちはてんでに読んだのみならず、読書会さえ開いたかもしれない。一六〇一年になっても、ゲイブリエル・ハーヴィは「若者たちはシェイクスピアの『ヴィーナスとアドーニス』を大いに楽しんでいる」と書いている。シェイクスピアはしばしば誤解されているような注目されない無名の作家ではなかった。

『ヴィーナスとアドーニス』自体が、ほとんど詩そのものの別名となった。ピールの『愉快で冴えてる戯話』では、宿屋の給仕が「詩に夢中になっている。『太陽の騎士』や『ヴィーナスとアドーニス』、他にも小冊子を集めているんだ」と言う。『ヴィーナスとアドーニス』は「世界で最高の本」と呼ばれ（Drake ii 12）、一六〇八年の『だんまり騎士[38]』という芝居には次のようなやりとりが見られる——「何を読んでおられるのですか」「この王国では弁士の書記までみんなが持っている本ですよ。乙女の哲学、または『ヴィーナスとアドーニス』と呼ばれています」。シェイクスピアはこの時点で、国一番有名な詩人のひとりだったとある程度確信を持って言えよう。群衆のなかの顔のない人間、宿屋の隅に誰にも気づかれずに坐っているような人間ではなかったのだ。

第36章 あいつの頭には言葉の鋳造所がある

〔『恋の骨折り損』第一幕第一場〕

シェイクスピアとサウサンプトン伯が出会ったのは、劇場だったかもしれないし、劇場を通してのことだったかもしれない。サウサンプトン伯は芝居の常連客だった。実際、演劇はサウサンプトン伯のロンドンでの主要な娯楽になっていたようである。ほかにもつながりはある。『ヴィーナスとアドーニス』出版の翌年、サウサンプトン伯の母であるサウサンプトン伯爵夫人がサー・トマス・ヘネッジと結婚しているが、ヘネッジは女王の国庫の財政担当官であり、宮廷で役者たちに給料を支払う責任者だった。これは無理のあるつながりかもしれないが、イングランド宮廷という狭くて混雑した世界では興味深いつながりだ。

詩人と伯爵は、ストレインジ卿の口添えで出会ったのかもしれない。サウサンプトン伯はストレインジ卿の弟（本人もアマチュア劇作家であった）の親友だった。若き伯爵が当代で最も将来を嘱望される作家に紹介されることほど自然なことがあるだろうか。しかも、舞台で役者として見たことのある作家だ。ストレインジ卿とサウサンプトン伯はまた、バーリー卿が疑いの目を向けるカトリックに同情的なグループの一員でもあった。実際、サウサンプトン伯を「カトリック抵抗運動の大いなる希望」と見る者も多かった（R. Wilson, *Secret* 134）。シェイクスピアはこのようなグループに順応していたのだ。若き伯爵はまた、複雑な事情によって、ストラットフォードのアーデン一族と婚姻による縁続きでもあった。このため、シェイクスピアは伯爵とのあいだにもっと近しいつながりがあると主張することもできただろう。さらに、サウサンプトン伯のかつての精神的な指導者であるイエズス会士の詩人ロバート・サウスウェル[39]もまたアーデン家と縁続きであったことも興味深い。シェイクスピアはサウスウェルの詩を読み、模倣したのではないかと言われてきたが、それもありそうなことだ。サウスウェルの詩「聖ペトロの嘆き」に添えられた書簡は、「親しき親族、R・S」から「我が立派な親族、W・S」に宛てられている。今ではほとんど見えなくなっているつながりや、文字に記されない協力関係があるのだ。

また、二人はサウサンプトン伯のフランス語とイタリア語の教師ジョン・フローリオ[40]を通して知り合ったのかもしれない。ロンドン生まれのフローリオは、イタリアから逃げてきたプロテスタントの避難民の子供だった。すばらしい語学の使い手だったフローリオは学者としても有能であり、いくぶん口うるさい演劇愛好家でもあった。フローリオは、自分が生きているのは「わくわくする時代、どんな茨《いばら》にも実がなるような実り豊かな創作の絶頂期」だと宣言している（Yates 127）。この「わくわくする時代」こそシェイクスピアの時代だった。フローリオはまたモンテーニュ[41]の著書を英訳しているが、『リア王』や『あらし』にはモンテーニュから採られた言い回しや言及がある。今ではほとんど忘れられているが、フローリオはシェイクスピアにとって非常に重要な同時代人だったのだ。この時期のシェイクスピアの喜劇はイタリアを舞台にしており（イタリア的情緒があるとは言わないまでも）、その雰囲気は劇作家より一一歳年長のフローリオの影響によるものと考えられる。シェイクスピアはイタリアに関して時にあまりにも細かな知識を示すため、若い頃にイタリアに行ったに違いないと信じる人もいるほどだ。しかし、ここでもフローリオの存在がその知識の説明となるかもしれない。

フローリオはほかの劇作家の手助けもしている。ベン・ジョンソンはヴェニス（ヴェネツィア）を舞台とした『古ぎつね《ヴォルポーネ》』の巻頭に、フローリオの「ミューズの助け」に感謝する自筆の献辞を書いている。フローリオはまた、イタリア語の本がぎっしり詰まった大きな図書室も所有していた。シェイクスピア劇におけるイタリア語の種本なら、フローリオの図書室を探せばよい。シェイクスピアはフローリオのイタリア語辞典『言葉の世界』から多くの言い回しやイメージを借用しており――フローリオは「恋について語るのは骨折り損」と書いている――一五九一年に出版されたフローリオの『第二の実り』の巻頭ソネットを書いたのもシェイクスピアかもしれない。フローリオはシェイクスピアの伝記に時々現れるいささかつかみどころのない人物の一人であり、目立ちはしないが重要な人物であることに変わりはない。

つまり、シェイクスピアとサウサンプトン伯には多くのつながりがあったということになる。二人が出会ったのは確実だ。『ルークリース凌辱』に掲載されたシェイクスピアからサウサンプトン伯への二度目の献辞は、二人がより親しくなったことをはっきりと示している。ソネットもまた、ある貴族の若者に宛てて書いたと想定されているが、この問題はそれほど確かではない。一枚の肖像画が最近発見されたが、この問題に関する論争を解決する助けにはなってくれない。この肖像は一五九〇年代前半のもので、頬紅、口紅、二重のイヤリングをつけて長い髪の房をした、いささか女性的な服装をした若者が描かれている。この絵は長年「レイディ・ノートンの肖像」というまちがった題をつけられてきたが、最近になってサウサンプトン伯の肖像であると同定された。もし一部で言われてきたように、サウサンプトン伯こそシェイクスピアが愛のソネットを贈った相手だとすれば、両性具有的な外見がシェイクスピアの関心を惹いたのかもしれない。

また、一五九三年にシェイクスピアが短期間、サウサンプトン伯の書記を務めた可能性もある。『エドワード三世』には国王とその個人秘書のあいだの喜劇的な一場があるが、そこにはこの二人が何らかの共通の体験をしたという皮肉な暗示がある。シェイクスピアはチャンセリー・レーンのサウサンプトン伯邸で若き貴族に仕えたかもしれないが、この時期の劇作品にハンプシャー州ティッチフィールドにあるサウサンプトン伯一族の領地に関する言及が埋め込まれていると考える学者も多い（Trotter 参照）。ロンドンが疫病に襲われていたこの時期には、田舎に移るほうが賢明かつ適切だったろう。シェイクスピアがサウサンプトン伯に捧げた第二の長編

若き日のヘンリー・リズリー、第三代サウサンプトン伯爵。
（©ケンブリッジ大学フィッツウィリアム博物館/ブリッジマン美術図書館）

物語詩『ルークリース凌辱』を書いたのはここでのことだったかもしれない。

若い作家が貴族への奉仕を強いられるのは全然珍しいことではなかった。トマス・キッドはしばらくのあいだ、サセックス伯爵の書記を務めていた。リリーはオックスフォード伯爵の書記であり、スペンサーもロチェスターの主教に似たような形で仕えていた。実際、のちにサウサンプトン伯は詩人で劇作家のトマス・ヘイウッドをまさに書記として自邸に雇い入れている。シェイクスピアも雇われていたというのは証明不可能な仮説だが、年代的にも、またシェイクスピアが執筆や筆法に精通していると知られていたことからしても、まったく考えられないわけではない。もしそうだったとしたら、シェイクスピアはすばらしい書記になったことだろう。

一五九三年にオックスフォードにて、サウサンプトン伯がイギリス演劇界の主要な四人のパトロン――エセックス伯爵、ストレインジ卿、ペンブルック伯爵、ハワード海軍大臣――と夕食をともにしたという歴史的な記録がある。エリザベス朝の社会や演劇に関するいかなる文章も、このほとんど閉所恐怖症的な帰属意識を除外して書くことはできない。この閉鎖性、あるいは関係の近さは、シェイクスピアがこの時期に書いた劇にも反映している。すなわち『恋の骨折り損』。いささか謎めいた作品だ。有名な同時代人たちへの諷刺のようなところがあり、ほのめかしや皮肉があまりにも多いため公衆劇場のために書かれたものとは思えないくらいだ。この作品は何らかの形でサウサンプトン伯に命じられて書かれたと想定されることもあり、サウサンプトン伯邸かティッチフィールドで初演されたとする憶測すらあるほどである。ティッチフィールドの屋敷の平面図には、主玄関の左側に「劇場室」と書かれた階上の一室がある。

若い貴族に貴婦人、気取った衒学者に教師、頭の回転の速い才子に阿呆といった人物が登場するこの劇は、ストレインジ卿とその支持者たちへの、トマス・ナッシュへの、ジョン・フローリオへの、あるいはサー・ウォルター・ローリーと悪名高い「夜の学派」への諷刺ではないかとさまざまに解釈されてきた。雷のような大声を出すライバル詩人ジョージ・チャップマンや、今では芝居の登場人物のほうが有名になってしまったそのほかの有名人たちへの言及が見られる。実際、この芝居はこれらすべての人々に言及しているのかもしれない。しかし、それほど濃密な暗示に満ちた芝居だとすれば、事情に精通した観客のためだけに書かれたとしか思えない。シェイクスピアはこの劇の調子や構造を得るために、最高の宮廷劇作家ジョン・リリーの作品にまで立ち戻っている。また、サー・フィリップ・シドニーの連作ソネット『アストロフェルとステラ』もシェイクスピアの念頭にあった。このような作品の描く宮廷貴族の世界にこそ、シェイクスピアの心と想像力が働いていたのだ。『恋の骨折り損』は一五九七年にはエリザベス女王の前で上演され、サウサンプトン伯はその八年後、ジェイムズ一世の一家のために自邸で上演させている。おそらくは所有者としての興味を持っていた。しかし、そしておそらくは所有者としての興味を持っていた。しかし、『恋の骨折り損』は単なる内輪受けの劇ではない。この劇は公衆劇場でも上演され、一五九八年には次のように始まる詩が書かれている。(42)

『恋の骨折り損』、そんな名前の芝居を
前に見たことがある…

『恋の骨折り損』の中心となる筋書きは単純なものだ。ナヴァール国王ファーディナンドが宮廷人三人を誘って、三年間、女性との接触を絶って勉学に励もうとする。しかし、このときフランス王女と三人の貴婦人がナヴァールにやってきて、予想どおりの結果になる。王と貴族たちは恋に落ち、誓いを破ってしまうのだ。劇の終わりに使者が到着して王女の父の死を告げ、お楽しみはすべて終わってしまう。この強いが細い筋書きという糸に、さまざまな暗示や人物像や機知に富んだ言葉、さらに種々の喜劇的仕草などが引っ掛けられている。類似や関連は確かに多い。劇中の宮廷は現実のナヴァール宮廷にほぼ基づいており、シェイクスピアは劇中の宮廷人たちの名前も実在の宮廷から借りてきている。ビルーン、ロンガヴィル、デュメインの名前はビロン公、ロングヴィユ公、メイエンヌ公から採られている。シェイクスピアがフランス政界の内紛に言及しているとは考えにくい。当時の小冊子に名前を見つけて、直接の文脈からはずして使っている可能性のほうが高いだろう。これはシェイクスピアに特徴的な習慣であり、見事なご都合主義と呼ぶこともできる。「気取ったスペインの大ぼら吹き」と呼ばれるアーマードの性格描写は、見るからに気取り屋の学者兼詩人だったゲイブリエル・ハーヴィをモデルとしているようだ。アーマードの小姓モスが、トマス・ナッシュの戯画であることはほとんど疑いの余地がない。アーマードがモスを「ちびっこ」(Juvenal)と呼んでいるのは、ナッシュが古代ローマの諷刺家ユウェナリス(Juvenal)を気取ったことと掛けた洒落である。ハーヴィとナッシュは実際には激しい敵同士であり、数年にわたって互いを小冊子で攻撃していたというところに、この設定のおかしみがある。この二人をスペイン貴族と機知に富んだその小姓として舞台に登場させようと思いついたとは、偉大なる喜劇的創意の賜物だった。シェイクスピアには同時代人の奇行に対する鋭い観察眼があったのだ。この時期、ナッシュがシェイクスピアとサウサンプトン伯の庇護を争っていたことにも関係があるのかもしれない。これはライバルに対処するシェイクスピアの陽気なやり方だったのである。

　また、登場人物一覧で「衒学者」と呼ばれているホロファニーズの役がジョン・フローリオに基づいていることも同様に明らかである。ホロファニーズの話し方はまるでフローリオの辞典を飲み込んでしまったかのようであり、その定義をいくつか引用したり、フローリオの『第二の実り』に見られるイタリア語の言い回しを使っていたりする。

　当時の実在の人物とのつながりはほかにもある。ナヴァール国王を「ファーディナンド」(Ferdinand)と名づけることは、サウサンプトン伯と一緒に芝居を観ていたかもしれないストレインジ卿ファーディナンドー（Ferdinando）への軽い言及になる。また、「夜の学派」――スクール・オヴ・ナイト――への言及もある。これはスカウル・オヴ・ナイト[43]（夜の顰め面）、あるいは夜の「服《スート》」ないし夜の「様式《スタイル》」であるとする学者もいるのだが、もし本当に「夜の学派」だとすれば、それはサー・ウォルター・ローリーを中心に結成された学問的な同人会への言及である可能性が高い。この会のメンバーは錬金術や思弁に耽り、このため「無神論学派」と呼ばれていた。

『恋の骨折り損』はシェイクスピアの最も技巧的な文体で書かれ、当時すでに書き終えていたか執筆途中だったソネットや長編の物語詩を思い起こさせる。あらゆるシェイクスピア劇のなかで最も押韻《ライム》を多用した劇だ。特に二行ずつ韻を踏むことで、この劇で起こることが完結して閉ざされた性質であることが強調されている。それは巧妙に作られた世界であり、様式《パターン》や均整美がひときわ目立った特徴となっている。但し、「機知」（wit）という言葉もまた四〇回以上使われている。これは遊びの世界なのだ。だからこそこれは言葉遊びの劇でもある。シェイクスピアの演劇的かつ言語的な妙技を示すものとして、この作品はほとんど驚異的だ。一気呵成に執筆していくなかで、のちに思い出すことになるイメージに出会ったりもしている。道化コスタードを演じるウィル・ケンプが、『ヴェニスの商人』の「ユダヤ人」（Jew）を予感させる台詞を言うのだ――「肉の小さな塊《かたまり》さん、ちびっ子さん（my inconie Jew）」（八六五行〔第三幕第一場〕）。

トマス・マンの小説『ファウストゥス博士』に登場する作曲家アードリアン・レーヴァーキューンは、この芝居をもとに、音楽的な意味で「軽喜歌劇《オペラ・ブッファ》の再来。しかも技巧的なものを嘲り、パロディー化する手つきが実に技巧的。すごく遊び戯れているのにすごくかけがえのないもの」としてのオペラを構想する。小説の語り手がそのオペラを、「レーヴァーキューンのあふれるほど豊かな若々しい作品」と呼んでいるのは、この芝居にもそのまま当てはまる（Lowe-Parker参照）。だが、『恋の骨折り損』は端《はな》からほとんどオペラ・ブッファなのだ。驕奢《きょうしゃ》であり、好色であり、突発的な創意や豊かさや装飾性に満ち、韻文構成が急変し、一六世紀の英語を限界まで試そうとするこの劇は、これまでに書かれた最も才気に富んだ劇のひとつである。劇中、フランスの宮廷人が女性の機知について言うように、

あの人たちの知恵には翼が生えている、
矢よりも弾丸《たま》よりも、風よりも考えよりも、速く飛ぶ。
（二〇一〇―一一行〔第五幕第二場〕）

シェイクスピアは劇中いくつかのソネットを書き、これらはのちにシェイクスピアの「本物の」（つまり『ソネット集』の）ソネット二編とともに、アンソロジー『情熱の巡礼者』に収められた。『ソネット集』に登場する「黒い女」は、『恋の骨折り損』で「黒檀のように黒い」（一四八七行〔第四幕第三場〕）と言われる王女の侍女ロザラインと何らかの関連があるよう

だ。つながりはある。それが本当につながるのか、思い過ごしにすぎないのかは、また別問題だ。

一五九三年に初演されたあと、その五年後にエリザベス女王の宮廷で上演されるまでにシェイクスピアが改訂を行なったという明らかな事実があるために、どんな解釈もさらにややこしくなる。多くの当てこすりが削られるか変更されるかしたのであろうし、書き加えられたところもたくさんあった。女王の前で演じられた台本が出版されると、「W・シェイクスピアにより新たに訂正・加筆された」と銘打たれていたのだ。しかし、印刷者はいつもシェイクスピアの改訂に注意していたわけではない。劇作家はページの余白に追加分を書き入れたか、新たにページを挿入したかしたが、削る部分には軽く印をつけただけだったようである。クォート版に削除されるはずの台詞と差し替えの台詞とが続けて印刷されているのはこのためだ[44]。

『恋の骨折り損』(*Love's Labour's Lost*)の謎は、『恋の骨折り甲斐』(*Love's Labour's Won*)という続編があるためにさらに深まる。これは一五九八年にエリザベス朝人が作ったシェイクスピア作品の目録にあったものであり、この劇が印刷され売られていたことは一六〇三年の書店のカタログが証明している。しかし、この劇は完全に消えてしまっているのだ。これは『じゃじゃ馬馴らし』または『お気に召すまま』のことではないかとする試論もあったが、題名が違うのだから、どうにもならない。これはシェイクスピアの「失われた」作品であり、『カルデーニオ』(*Cardenio*)というもうひとつの「失われた」作品とともに扱われるべきものだとするしかないだろう。

シェイクスピアは宮廷の観客に慣れており、『恋の骨折り損』という貴族的な喜劇を書くことで「特権階級に属する僕《しもべ》」の役を演じていた。貴族が互いにどんな調子で呼びかけるのかといったことが具体的にわかっていたわけであり、宮廷生活の表と裏を知っていたのだ。当時の学問も熟知しており、周りには国一番の学者や文学者たちがいた。言い換えれば、シェイクスピアはエリザベス朝社会の内輪のサークルのどれかに属していたということになる。『恋の骨折り損』にはエセックス伯爵の軍事行動への言及も見られ——このため、この劇はエセックスに捧げられたものだとする伝記作者もいるほどだ——もちろん宮廷の策略の世界では、サウサンプトン伯はエセックス伯の親しい味方だった。かりにシェイクスピアが(伯爵の友人や仲間たちを指す正式な用語を使えば)「エセックス伯爵のお仲間《アフィニティー》」でなかったとしても、そのメンバーと知り合いではあった。同じように、かりにシェイクスピア自身が国教忌避者でなかったとしても、カトリックの信仰を熱心に守る人たちと近しい関係にあったことにも着目しておこう。このような関係者の集まり——エセックス伯、サウサンプトン伯、ストレインジ卿、ローマ・カトリック——のなかに、シェイクスピアのつきあいもあったのである。

第5部

宮内大臣一座

The Lord Chamberlain's Men

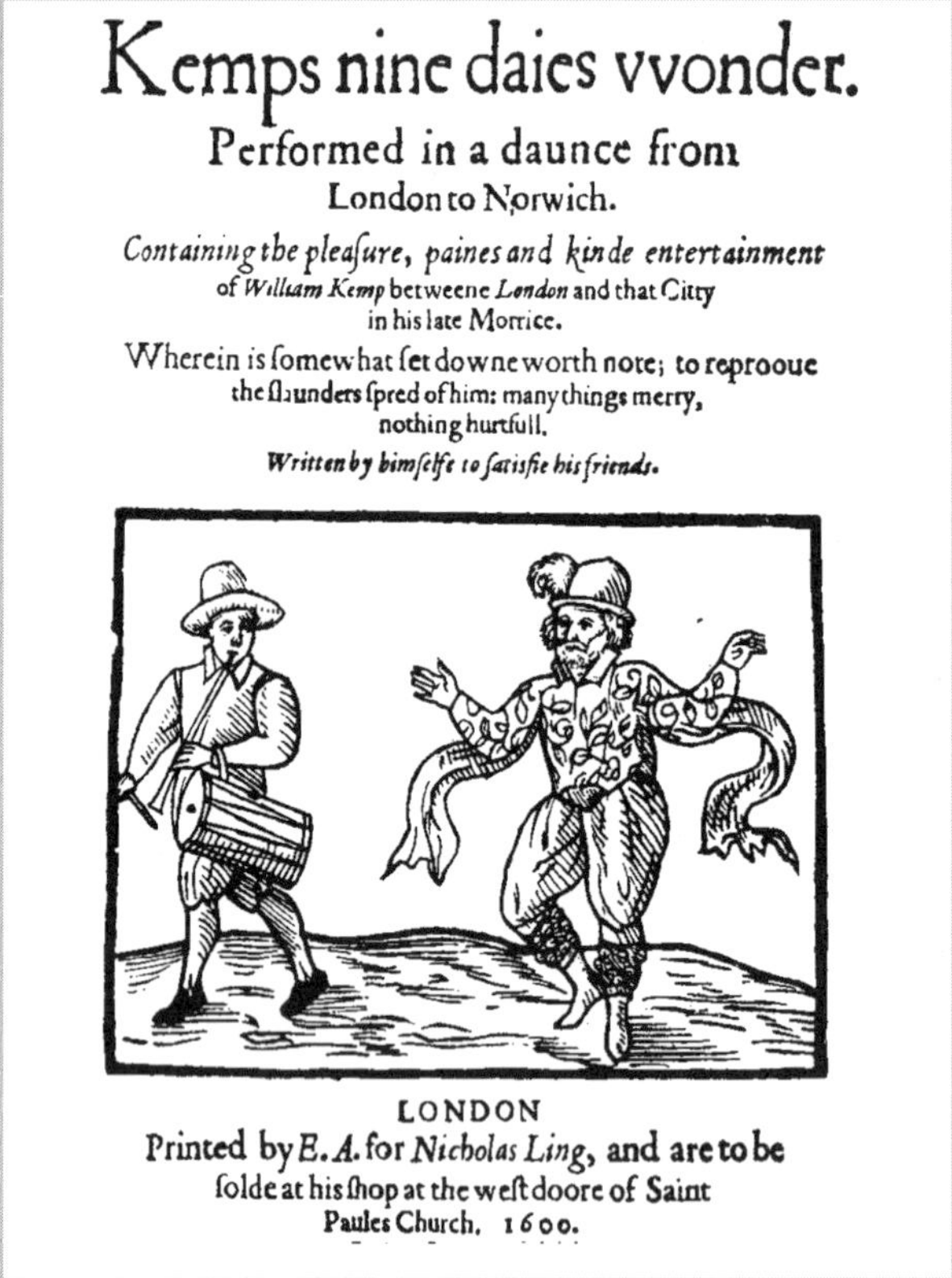

Kemps nine daies vvonder.
Performed in a daunce from
London to Norwich.
Containing the pleaſure, paines and kinde entertainment
of *William Kemp* betweene *London* and that Citty
in his late Morrice.
Wherein is ſomewhat ſet downe worth note; to reprooue
the ſlaunders ſpred of him: many things merry,
nothing hurtfull.
Written by himſelfe to ſatisfie his friends.

LONDON
Printed by *E. A.* for *Nicholas Ling*, and are to be
ſolde at his ſhop at the weſt doore of Saint
Paules Church. 1600.

ウィリアム・ケンプの『九日間の驚異』（1600）表紙。
ケンプの踊りは、道化ぶりや演技と同様に有名だった。
ケンプは、ロンドンからノリッジまでずっとモリス・ダンスを踊って旅した。
（オックスフォード大学ボドレアン図書館）

第37章 とどまるなり行くなり、ご随意に

〔『ヘンリー六世』第一部第四幕第五場〕

シェイクスピアは、サウサンプトン伯の直接の知人の輪のなかにとどまってはいなかった。一五九三年の晩夏、ペンブルック伯一座が解散し、疫病の時期におそらくはサウサンプトン伯の書記を短期間勤めたのち、シェイクスピアは別の劇団に加わった。シェイクスピア作品の台本に記された劇団名の順番から見て、翌年の宮内大臣一座の結成の前に、かなり短期間、サセックス伯一座に加わっていたのではないかと考えられる。[1] もしペンブルック伯一座を去ったあとで実際にサセックス伯一座に加わったのなら、一五九三年の秋から冬にかけてのサセックス伯一座の地方巡業にシェイクスピアもついていったことだろう。一座は八月末にはヨークにおり、そこからニューカッスルとウィンチェスターへ移動した。一五九四年初頭にロンドンに戻ってくると、クリスマス・シーズンのあいだは劇場再開が認められていた。劇場が疫病のため再び閉鎖される前に、サセックス伯一座はシェイクスピアの『タイタス・アンドロニカス』を三度上演している。ヘンズロウは日記にこのタイトルを ne という言葉とともに記載しているが、これが何を表しているのかははっきりしない。ときどき言われるように「新作」(new)を表しているとは考えられない。二回 ne と書かれている劇もあるからだ。ne とは、劇が当時の検閲者だった祝宴局長から新しく上演許可を得たことを示しているのかもしれないし、ある特定の劇団のレパートリーに新しく加わった作品を表しているのかもしれない。ほかにも、これはニューイントン・バッツ座の略ではないかと考えた演劇史研究者もいる。最もありそうな意味は、新しく(newly)改訂されたということであり、『タイタス・アンドロニカス』について言えば、ヘンズロウが三年前に『タイタスとヴェスパシア』と題名を記したストレインジ卿一座上演の芝居が改訂されたということだ。

『タイタス・アンドロニカス』は最後の公演日である二月六日に、書籍出版業組合に出版登録された。シェイクスピアはストレインジ卿一座からペンブルック伯一座へ、またペンブルック伯一座からサセックス伯一座へとこの作品を持って移動していた。一五九四年の夏、宮内大臣一座に加わると、この新生の劇団も今一度『タイタス・アンドロニカス』を上演している。この劇の上演の記録を順次追っていくことで、シェイクスピア本人の軌跡をも追うことになるわけだ。劇場が閉鎖されたすぐあとにこの戯曲が出版されたということは、シェイクスピアが成功作から何らかの利益を得るチャンスがあると考えたことを示している。出版者または印刷業者のジョン・ダンター(偶然にもナッシュの友人であり家主でもあった)は、さらにいくらかの端金《はしたがね》をかき集めようとして、『タイタス・アンドロニカス』と同じ題材のバラッドを発行してもいる。

一五九四年の復活祭シーズンに、劇場はまた短期間、再開した。八晩にわたって、サセックス伯一座は女王一座と合同でローズ座で公演を打ち（合同で公演したのは、これ以前の数ヶ月が苦しい時期だったためかもしれない）、四月の最初の週には『レア王』（*King Leir*）を二度上演した。シェイクスピアはこの劇に出演し、その後この劇を完全に変容させたわけである。

この時期、シェイクスピアは住所を変えており、現存する記録ではショアディッチではなくビショップズゲイトに住んでいたことになっている。この二つの地域は、実際のところ少ししか離れていなかった——徒歩で五分程度だ——が、ビショップズゲイトは健全な地域であり、売春宿や品の悪い宿屋は少なかった。シェイクスピアはビショップズゲイトのセント・ヘレンズ小教区に住んでいたが、この小教区はシティの北側の城壁のすぐそばにあり、コンスタンティヌス帝によって建設されたと言われるセント・ヘレンズ教会の近くだった。これがシェイクスピアが礼拝の義務を負う教会であり、教会では出席の印として金属チップを聖体拝領用のテーブルに置くことになっていた。小教区の査定リストではシェイクスピアは一九番目に位置し、一三シリング四ペンス[2]という比較的少ない評価額は、家具と書籍の値段を表している。シェイクスピアはこの地域の家屋のひとつに、数部屋を借りて居住していた。

この地域は比較的裕福な商人たちに好まれた住宅地であり、かつての住人にはサー・ジョン・クロスビー[3]やサー・トマス・グレシャム[4]もいたかもしれない。小教区内には一五世紀後期の邸宅クロスビー・プレイスがあり、リチャード三世は摂政時代にここに泊まったことがある。シェイクスピアはこの屋敷をよく知っていて、『リチャード三世の悲劇』にはここを舞台とする場面もある。屋敷はサー・トマス・モアが所有したこともあり、シェイクスピアがビショップズゲイトに住んでいた頃の居住者はロンドン市長だった。この小教区にはフランスやフランドル出身の家族も数所帯住んでおり、事実「小フランス」として知られる少々好ましからぬ地域もあった。のちに、シェイクスピアはシルヴァー・ストリートでユグノーの一家と一緒に下宿することになる。落ち着かないロンドン暮らしでは、いわゆる「よそ者」と一緒にいることを好んだのだ。マドリガル作者でチャペル・ロイヤルの侍従トマス・モーリー[5]も、この近所に住んでいた。モーリーはシェイクスピアが書いた二つか三つの歌に曲をつけているため、二人はどこかで知り合ったのだろう。役者としてシェイクスピアは歌の訓練も受けていたはずであり、作品中では音楽用語に関する専門知識を披露している。シェイクスピアとモーリーが、エリザベス朝に一般的だった音楽作りという趣味をともにしたとするのは考えすぎだろうか。

一六世紀ロンドンの地誌学者ジョン・ストウは、この小教区には「商人などが住む、さまざまな美しく大きな家……多くの美しい家屋、主に旅人を迎えるためのいろいろな美しい宿屋、身分ある人々の家も数軒」あると述べている。この近辺には新しい水道があったが、当時の衛生状況を考えれば、これは地域に大きな恩恵を与えただろう。つまり、ビショップズゲイトにはショアディッチにまさる利点がいくつかあったのだ。この地域にある大きな宿屋——雄牛亭《ブル》、緑竜亭《グリーン・ドラゴン》、格闘家亭《レスラーズ》など——は、客室の間取りが広々としていることで有名だった。このうち、ブル亭には、かつて女王一座が公演を行った一般公開用の舞台があった。

　シェイクスピアは、まだストウの言う「身分ある人」ではなかったとしても、着実にその方向へと進んでいた。実際、ビショップズゲイトへの引っ越しは宮内大臣一座に入ったときと同時期だったかもしれず、一座のなかでも「雇いの劇団員」から「株主」に昇格した。宮内大臣一座は一五九四年の春、宮内大臣ハンズドン卿によって設立されたが、ハンズドン卿はロンドンでの劇団の乱立に秩序をもたらそうとしていた。役者の第一の目標は理論的には女王陛下に娯楽を提供することだったのだから、諸劇団と宮廷のつながりを忘れてはならない。この時期、娯楽の質と継続が危うくなっていた。疫病とそれに続く劇場閉鎖が、全劇団に影響を与えたのだ。女王一座のように分裂する劇団もあった。四月にはストレインジ卿が謎めいた状況下で死亡し、ストレインジ卿一座は未亡人のやや心もとない庇護のもとに置かれた。このため、女王の娯楽の恒久的でしっかりした供給源を確保することが宮内大臣の仕事となったわけである。

　そこで、ハンズドン卿は野心的な計画を推し進めた。ロンドン市内に二大劇団による独占状態を作り出したのだ。ハンズドン卿が「宮内大臣一座」と呼ばれる新しい劇団のパトロンとなる一方、その婿である海軍大臣チャールズ・ハワード(6)が「海軍大臣一座」と呼ばれることになる役者集団を庇護・支援することになった。海軍大臣一座はエドワード・アレンをリーダーとし、フィリップ・ヘンズロウが所有するサザック地区のローズ座で公演を行う。宮内大臣一座はリチャード・バーベッジをリーダーとし、ショアディッチにあるジェイムズ・バーベッジ所有の劇場で公演を行う。言い換えれば、ひとつの劇団がテムズ河の南側を自由にし、もうひとつの劇団は北側の郊外を支配するというわけだ。郊外に正式に劇場が設立されるのを喜ばないロンドン市当局への譲歩として、ハンズドン卿は演劇の上演に宿屋が使われることはないとした。これはとてもきちんとした取り決めだったが、当初決めた形で長く続くことはなかった。

　ハンズドン卿は自分の新しい計画に必要な役者をそろえるため、さまざまな劇団——ストレインジ卿一座、女王一座、サセックス伯一座など——から最高の役者を盗んできた。サセックス伯一座からはウィリアム・シェイクスピアを獲得した。シェイクスピアとともにサセックス伯一座から宮内大臣一座へと移った役者はほかにもおり、そのなかにはジョン・シンクラー、そしてほかならぬリチャード・バーベッジもいた。ほかにもうひとつ戦利品の分配があったようである。海軍大臣一座はアレンを獲得したことにより、マーロウの芝居の多くをも手に入れることになった。シェイクスピアは宮内大臣一座に加わったとき、自作の芝居をすべて持ってきた。これは一座の強味となった。以来、宮内大臣一座がシェイクスピア劇を一手に引き受けて上演することになる。このときからシェイクスピアの劇作家人生が終わるまで、この劇団だけがシェイクスピアの芝居を上演したのである。実際、シェイクスピアが加わってすぐ、宮内大臣一座は、『タイタス・アンドロニカス』、『ジャジャ馬ナラシ』、それに『ハムレット』と呼ばれる芝居を上演している。

結成当時、劇団はまたほかの作者の芝居をも継承していたかもしれない。劇団はこの『ハムレット』や『レア王』といった芝居を座付き作家に与え、新しいキャストのために作り直しや書き直しをさせたのかもしれない。また、この状況を考えてみれば、シェイクスピアが新しい劇団のために自分がかつて書いた劇を書き直そうとしたということもありうる。何にせよ、これが新たな出発だった。

宮内大臣一座は革新的な集団であり、新しく作り直した台本が必要だった。一座が上演した芝居の九割は時の流れや使用に耐えられず失われてしまったと推定されている。確かに、現在残っている台本のうちほぼ半分はシェイクスピアによるものであり、これは少なくともシェイクスピア劇の耐久性と人気を証明しているといえる。シェイクスピア劇は保存され、再版されたが、ほかの劇はただ捨てられ、忘れられてしまったのである。

第38章 数少ない我々、幸せな我々、兄弟の絆を持つ我々

〔『ヘンリー五世』第四幕第三場〕

宮内大臣一座という名で知られるこのすばらしい劇団は、これより終生、シェイクスピアのよき仲間となった。シェイクスピアはこの劇団のためだけに書き、また演じた。役者たちはシェイクスピアの同僚だったが、遺書やそのほかの書類を証拠とする限り、親しい友人でもあったようだ。一座はまた、イギリス演劇史上最も長命の劇団でもあった。一五九四年から一六四二年にかけて、はっきりと頭角を保ち続け、その五〇年近くのあいだに世界の演劇史上最も偉大な劇を上演したのである。

劇団員のうち、数人については身元がはっきりしている。リチャード・バーベッジのほか、オーガスティン・フィリップス、トマス・ポープ、ジョージ・ブライアン、ジョン・ヘミングズ、ジョン・シンクラー、ウィリアム・スライ、リチャード・カウリー、ジョン・デューク、そして喜劇役者のウィル・ケンプがいた。[7] ヘミングズは演技だけでなく、商才にも定評があったようだ。劇団の会計担当となり、仲間たちの遺言状の監督人や管財人にしばしば指名されている。死んだときには立派で裕福な市民として、紋章院に紋章を認められ、「紳士」(ジェントルマン)の称号を与えられている。ヘミングズはまた、セント・メアリ・アルダーマンベリー小教区の「教会世話役」つまり役員となっており、これはシェイクスピアの生存中に役者という職業の社会的地位がかなり向上したことを示している。[8] ヘミングズはポローニアスやキャピュレットといった、年長の性格役を演じた可能性が高い。

オーガスティン・フィリップスは、ヘミングズやシェイクスピアと同じように紋章を与えられた役者だった。フィリップスもまた死亡時には裕福であり、モートレイクに田舎の地所を持っていた。劇団の中心的なメンバーであり、あるとき仲間を代表して枢密院に召喚されてもいる。基本的には「まっすぐな《ストレイト》」役を演じ、キャシアスやクローディオ[9]といった役をバーベッジに次ぐ「二番手」として演じたようである。しかし、フィリップスはまた、茶番めいた喜劇で観客を楽しませることもできた。一五九五年春の書籍出版業組合記録には、「フィリップスのスリッパを使ったギグ」という記載がある――「ギグ」(gig)または「ジグ」(jig)とは、音楽とダンスに喜劇的なやりとりを加えた寸劇のことである。[10] エリザベス朝の役者は多才でなければならなかった。役者は舞台上で踊り、歌い、楽器を演奏し、必要とあらば手に汗握る決闘をしてみせなければならなかった。たとえば、トマス・ポープは役者であるのみならず立派な軽業師でクラウンでもあり、[11] また紋章も手に入れている。「シンクロー」と呼ばれたジョン・シンクラーは非常に痩せた男であり、その珍しい外見ゆえに、『まちがいの喜劇』のピンチや『ヘンリー四世』第二部のシャロー判事[12]といったさまざまな喜劇的な役を演じ

た。シンクラーはまた『ロミオとジュリエット』の薬屋のような役も演じた可能性が高い。実際、シェイクスピアは明らかにいくつかの役をシンクラーを念頭において書いている。

　しかし、劇団中で最も多才な喜劇役者はまちがいなくウィル・ケンプだっただろう。国中で最も有名な道化役者だったケンプは背が低く、がっしりしており、特に詰め物をしたり「詰め綿をする」ときには太って見えたが、足取りは素早く敏捷だった。特にジグとモリス・ダンスで有名であり、ケンプの踊りに関する直接・間接の言及は多い。物売りの女の衣裳を着けていないときには、田舎者の衣裳を着た。髪はくしゃくしゃでぼさぼさだった。そのユーモアは笑劇的で、しばしば猥褻だった。観客と即興でやりとりをする「ギャグ」には大変な才能があり、「いやらしい顔つき」をしたり「口をひん曲げる」ことができたが（*MA* i 207）、これは喜劇の定番の演技が数世紀のあいだにあまり変わっていないことを示している。エリザベス朝演劇のユーモア――ひいては中世の聖史劇やインタールードのユーモア――は、現在でも笑劇やお伽芝居のなかに生きている。これはイギリス的想像力の変わらぬ要素のひとつなのだ。

　ケンプは自分の「定番」の演技をしばしば劇中で披露し、劇の進行を一時停止させた。ハムレットは役者たちに指示を与える場面でそうした習慣に対する不満を述べ、役者たちに「道化を演じる者には、決められた台詞以外はしゃべらせるな。自分から笑い出して、馬鹿な客どもの笑いを誘おうとする奴がいる」と教えている（一七六七―六九行〔第三幕第二場〕）。これは、仲間との何らかの諍《いさか》いののちに宮内大臣一座を離れたばかりのケンプに対する直接攻撃だった。ケンプとの争いの原因は、まさにこうした喜劇的演技の問題だったのかもしれない。『ハムレット』の若書きの版で、ケンプは道化と墓掘りを演じてあまりにも「ギャグ」を飛ばしすぎたのかもしれない。この劇の改訂版でそのケンプを叱責することには、詩的正義《ポエティック・ジャスティス》[13]もいくらかあるといえるだろう。

　しかし、それ以前には、ほかの劇作家たちはケンプの踊りや即興演技を歓迎していた。そのおかげで作家たちは創作の苦労を免れていたからである。作家がケンプの入場だけを台本に書き込み、残りは本人に任せていたらしいという痕跡すら見られる。『ハムレット』のある版（この劇には、ほかの多くの劇と同様、継続的な改訂の跡が見られる）では、シェイクスピアは「俺がお粥を食べてしまうあいだ、ここにいてくれないか」とか「俺の紋章には盾がない」とか「君のビールは酸っぱいぞ」といったケンプの決まり文句[14]を引用してすらいる。このうち、最後の台詞はまちがいなく、あの有名な「ひん曲がった」口で言われただろう。また、シェイクスピアがケンプと最初にともに仕事をした頃には、ケンプのために特別に役を作ったに違いない。同じような職業精神に基づいて、モーツァルトも特定の歌手のためにオペラの役を書き、役を演じる歌手の声を聞くまではアリアを書こうとしないこともよくあった。こうして、グルミオ（『じゃじゃ馬ならし』）が短剣でチーズを切ったり、ジャック・ケイド（『ヘンリー六世』第二部）がモリス・ダンスを踊ったり地面にこぼれた酒を舐めたりする場面を書くときには、シェイクスピアはケンプのおどけた仕草をはっきりと念頭に置いていたのである。ケンプは『夏の夜の夢』のボトムや、『から騒ぎ』のドグベリーを演じた。[15]

ケンプは宮内大臣一座を去ると、ロンドンからノリッジまで踊り続けるという「驚異」を行ない、小冊子で自ら「伊達男ケンプ、モリス・ダンサーの長、かけ声組合長、およびシオンからサリー山[16]までのあいだで最高のベル鳴らしにして唯一無比の足鈴の名手」と名乗っているが(Nungezer 219)、この文はイギリス人のユーモアのうちにはもはや永久に失われてしまった要素があることを示している。もしケンプが宮内大臣一座を去ったのが本当に劇団と何か意見が衝突したあとだとすれば、同じ小冊子でケンプが「ぼろをまとった《シェイクラッグズ》高名な方々」へ呼びかけているのは一層意味深いものになる。この名前はケンプが自分のあらゆる敵、つまり「知恵のないカブトムシ頭たち」や自分に関する噂や誹謗中傷を流す「馬鹿の皆様方」を表すのに使われている。同じ小冊子で、ケンプは「マクドールだかマクドベスだかマク何とか――確かに『マク』がついたことは覚えているのだが――の惨めな盗作の話で出世した、つまらん詩人」にも言及している。ここで言われているのはシェイクスピアの『マクベス』のことではなく、同じ題材のあるバラッドのことだと一般に考えられている。それでも、これは興味深いほのめかしではある。

宮内大臣一座には一六人程度の役者がおり、このなかには女性の役を演じる五、六人の少年俳優も含まれた。一六世紀のロンドンには役者の組合はなかったが、これらの少年たちは非公式の「徒弟奉公」をしていた。少年俳優の訓練期間はほかの商売のように七年間と決まってはおらず、三年から一二年のあいだだったようである。少年たちは年長の役者の一人を「主人」とし、その役者のもとに寄宿して指導を受けた。ある契約書によると、少年(実際はその両親だったかもしれない)は奉公を始めるために八ポンドと指定された額を支払っていたことがわかる。そのあと、主人は少年に一日四ペンスの給金を支払い、「インタールードや劇での演技」を教えることを約束する。これらの若い役者たちの望みは役者稼業で徐々に出世していくこと、もし可能ならば自分たちが修行を積んできた劇団にとってなくてはならぬ構成員になることだった。シェイクスピアの仲間の役者たちの遺言状や地位が示すように、役者という職業は実際、かなり儲かる商売になってきていたのである。少年たちは普通、「主人」である役者の家族の一員として教育を受け、「主人」から演劇界での親代わりとして愛情を注がれることも多かった。エドワード・アレンの妻は、夫の巡業中に「ニックとジェイムズは元気ですか。よろしく伝えてください」と手紙で頼んでいる。シェイクスピアは同僚の数人とは異なって何の組合にも属していなかったので、徒弟を持っていたはずはない。

エリザベス朝演劇で女性の役を演じたのは少年だけだと一般に信じられているが、この仮説を疑うべき根拠はいくつかある。たとえばクレオパトラのような成熟した女性の役は、最も技量のある少年にも歯が立たなかったかもしれず、このような役はたぶん若い成人役者によって演じられたのではないか。

非常に熟練した少年俳優がいたことは疑う余地がない。シェイクスピアの劇団には、背が高く金髪の少年俳優と背が低く黒髪の少年俳優がいたことがわかっているが、[17]これは単に台本にそのような言及があるためである。二人の女の子が舞台上で張り合う喜劇が続くのも見逃せない――『夏の夜の夢』のヘレナとハーミア、『ヴェニスの商人』のポーシャとネリッサ、『から騒ぎ』のヒアロウとベアトリス、『お気に召すまま』のロザリンドとシーリア、『十二夜』のオリヴィアとヴァイオラである。才能ある特定の少年俳優コンビがこれらの役をすべて演じたのではないかと思われるが、これはシェイクスピアの作劇術が劇団の能力にいかに決定づけられていたかを示すさらなる証拠となる。

シェイクスピアに影響を与える要素はほかにもあった。劇団員たちは劇の題材に適した物語を教えてくれたかもしれないし、本や古い劇の台本を貸してくれたかもしれない。稽古中にも、場面や会話の改訂について役者たちからの提案がきっとあっただろう。シェイクスピアの創作は一人の手や頭になるものではなかった。宮内大臣一座が「作者」としてのシェイクスピアを作り出したと言って決してまちがいではないだろう。

宮内大臣一座には役者と徒弟のほかに、プロンプターの役割も果たす記録係（おそらくアシスタントの舞台監督がついていただろう）、「楽屋係」と呼ばれる衣裳の管理人、舞台に上がる音楽家たち、大工が一、二人、それぞれの公演の前に入り口で入場料を集める「集金人」、そしてもちろん裏方たちがいた。こうした連中のあいだにも身分や収入面での違いがあり、最も重要なのが「株主」と「雇いの劇団員」との違いだった。宮内大臣一座におけるシェイクスピアのような「株主」は、劇団に加わるに当たって五〇ポンドを支払った。これによって、それぞれの公演の収入の一部が劇場主と劇団のほかのメンバーに配られたあと、収入を山分けする権利を持ったのだ。これは一六世紀後期の経済で大きな役割を演じた「共同出資会社」の演劇版だった。のちにシェイクスピアはグローブ座の所有者グループである「ハウス・キーパー」にもなった。これはヘンズロウのような「仲介者」つまり演劇の興行主を排除する方法だった。ハウス・キーパーは入場料の半分を取り分としたので、これは非常に高い利益をあげることになった。

劇団の九人の「株主」はそれぞれ中心的な役者でもあり、株主たちの台詞がそれぞれの劇の九〇から九五パーセントを占めていたと推定されている。「雇いの劇団員」たちは下位の役者で、長い稽古を必要とせずに憶え切れるような小さな役だけを演じた。「株主」たちは多数決によって金銭的・芸術的な決定を下していたようである。ヘミングズとシェイクスピアにビジネス上の勘が備わっていることはまちがいなく知れわたっていただろうし、新しい芝居や新しい劇作家に関してはシェイクスピアの助言が求められただろう。たとえば、ベン・ジョンソンの芝居を劇団に持ち込んだのはシェイクスピアの功績だと言われている。ニコラス・ロウによれば、宮内大臣一座は『癖者ぞろい』を不採用とするところだったが、「幸運にもシェイクスピアがこの劇に目をとめ、なかなか面白いとわかったので、まず最後まで目を通した」。この話は出所の怪しいものかもしれないが、シェイクスピアが新作戯曲に劇的可能性があるかどうか「目を通す」役割を担っていたことを正確に反映している。

また「株主」たちは稽古の予定を組み、衣裳を購入し、芝居のチラシを貼り、将来の公演の計画を立て、忙しい劇場が必要とするあらゆる運営上の問題に関わっていた。もちろん記録係から集金人に至るまで、劇場に関わるあらゆる人々に給料を支払った。また、新しい芝居の執筆料や新しい衣裳代、祝宴局長に芝居を登録するための料金も支払った。株主たちはまた、エリザベス朝の慣習に従い、小教区の貧しい人々に金を与える義務も負った。

換言すれば、演劇界は利害と義務が共通する友人と同僚からなる社会だったのだ。役者たちは隣近所に暮らす大家族のような関係にあった。また、姉妹、娘、未亡人など、互いの近親と婚姻の絆を結びあった。遺言状では、互いに金銭やさまざまな記念の品を贈りあった。劇団はともに演じ、ともに暮らす家族だった。本人たちが使った言葉で言うなら、「仲間《フェローズ》」だったのだ。

劇団員たちはまた、熱心で働き者でもあった。宮内大臣一座は当時の劇団では唯一、市当局との深刻なトラブルと投獄を避けることができた。ある同時代の諷刺家がその中傷から特定の役者たちを免除して、「まじめで思慮深く、きちんとした教養のある正直な家長また市民であり、故郷では隣人たちの評価も高い人々[18]」と呼んでいるが（Bradbrook, *Rise* 72）、これはまさにシェイクスピアやヘミングズのような人々のことを言っているのだろう。『イギリス劇壇雑録[19]』と題された本で、宮内大臣一座は「重々しくまじめな言動の人々」と描写されている（I. Smith 258）。同世代のどの劇団にもまして、宮内大臣一座は役者の地位を放浪者や軽業師以上のものに向上させるのに役立ったのである。

第39章 まったくなんて変わっちまったんだ!
〔『ヴェニスの商人』第二幕第二場〕

当時の役者が実際にどのような演技をしたかについては、完全にはわかっていない。たとえば、エリザベス朝の演劇では伝統的な演技が行われていたとする意見と、写実的な演技が行われていたという意見が競い合っている。役者たちは朗唱法と身振りという形式的なテクニックに頼っていたのか、それとも動きと発声において新しい自然主義的な方法を開発しつつあったのか。たとえば出版されているバーベッジに関する報告には、バーベッジの自然さと流暢さを強調する傾向がある。バーベッジの演技法は「なりきり《パーソネイション》」と呼ばれ、一人ひとりの登場人物を「甦らせ」たり、「生き生きとした動き」で表現したりするものと考えられていた。バーベッジの演技は、「パントマイムのような動き」と呼ばれるものを避け、感情を「偽る」技法だったのである。

明らかに古い演技法と考えられていたタイプの演技に、シェイクスピアはしばしば言及している。このような古い演技とは、役者が空中に腕を振り回し、舞台上で足を踏み鳴らし、長台詞のあいだに何度もため息をついたり、恐怖を表現するために目をぐるりと回したりするような演技だった。舞台上を歩く古いやり方は気取った歩き方《ストラッティング》だった。下手な演技を意味する「ハム」(ham)という言葉は、気取って歩くと脚の膝腱《ハムストリング》が見えることに由来している。気取って歩く動作は、わめき散らす話法と対になっていたようである。トマス・ナッシュはこれを、「ぎゃあぎゃあいう叫びと、どしんどしんいう足音」と描写している(Hattaway 72)。

つまり、バーベッジの演技スタイルは外面的な象徴主義から模倣へ移行したと考えられる。これ以前の時期には、役者の最も大切な目的とは激情を表象することであった。これに対し、その感情を役者が感じて表現する演技スタイルをバーベッジたちは創始または開発したようなのだ。この点が新しく強調されるようになったのは、社会や政治において、象徴的な天与のヒエラルキーという発想に代わって、個人主義が台頭してきたことと重なるかもしれない。

バーベッジと同僚たちが、感情を表し、感情に訴える動きという何らかの新しい技術を使ったと考えれば、シェイクスピア劇が同時代人たちに与えた衝撃を理解する助けとなるかもしれない。シェイクスピアが新しい「内面的な」スタイルで書いたのは、そのような効果を難なくあげることができる役者がいたという、まさにそのためだったのかもしれない。登場人物がこれまでにないほどの自己認識を持っているという点で、シェイクスピアは先輩劇作家たちと異なっている。これもまた、新しい演技スタイルの結果かもしれない。しかし、宮内大臣一座はシェイクスピア劇以外の作品、動作や身振りの点でより伝統的なスタイルに合わせて書かれた作品も多く上演したということは覚えておかねばならない。

もちろん、何を「自然《ナチュラル》」とするかはそれぞれの世代によって異なる。一六世紀には「何が自然かという基準を定める印や決まり」があった（Joseph 149）。この点で、シェイクスピアについて確実に言えるのは、当時の心理学の専門用語を理解していたということだけである。ある同時代の劇作家の言葉を借りれば、役者には「人物の性質《ネイチャー》が正しくわかる」ように「それぞれの人物を造形する」ことが求められていた（*MA* i 214）。「性質」というのはつまり、多血質《サングウイン》〔快活〕、粘液質《フレグマティック》〔無気力〕、胆汁質《コレリック》〔癇癪持ち〕、黒胆汁質《メランコリック》〔憂鬱〕という支配的な気質《ヒューモア》のことであり、これを表現するには今度は何らかの伝統的な表象が必要だったようだ。一六世紀の役者の目標とは、ある感情（またはさまざまな感情）が個人の気性に影響を与えるさまを体現することであった。たとえば、エリザベス朝演劇の登場人物や状況は、そのほとんどが人間の振る舞いにおける理性と感情のあいだの緊張関係と、その喜劇にも悲劇にもなりうる結果に関わるものである。また、登場人物がひとつの感情から別の感情へと突然移る「反転」や「移行」を表現するのも、役者にとって大切なことだった。役者が演じたのは役割であって、人物ではなかった。「一人二役」の技術が重要だったり、少年俳優が女性の役を演じることが完全に受け入れられたりしたのはこのためである。観客は性の違いに気づいてはいたが、それよりも劇のアクションやストーリーの方が大切だったのだ。現代的な意味での「動機」や「発展」が——もしあるとしても——非常に少ないのはこのためである。イアーゴーはなぜ悪意を持っているのか？　リアが王国を分割したのはなぜか？　なぜレオンティーズは嫉妬するのか？　そのようなことは問われるべきことではなかった。現在理解されているような形でのリアリズムに対する嗜好はなかった。だからこそ、シェイクスピアは遠く離れた魔法の場所を劇の舞台としても、その力を失うことはなかったのである。

このため、あらゆるタイプのエリザベス朝の演技にかなりの形式性が含まれていたことに、現代の観客はきっと驚くだろう。現代の観客の目には、このような演技は笑うべきもの、またはグロテスクなものと映るかもしれない。グローブ座やほかの劇場で、これほど多くの芝居がたった一週間に六作品という急速なペースで作られ、演じられたという事実は、役者がごく自然に身につけた「速記法」的な要素が上演のなかにあったことを示しているのである。

即興演技は「スリブリング」（thribbling）と呼ばれていた。役者たちは伝統的な形式による配置に従って、集まったり相対したりした。愛や憎しみ、嫉妬や不信を表す正統的な方法があったのだ。役者が傍白や独白で観客に語りかけるのは完全に自然なことだったが、これは秘密を打ち明けるような口語的な方法というよりは、むしろ様式的に行われた。立派な長台詞は、役に合わせて語られるというよりむしろ朗唱され、伝統的なジェスチャーがついていただろう。普通、照明効果は太陽光のみだったので、顔の表情は意図的に誇張されたものだったはずだ。役者は「仲間の顔をまっすぐに見る」よう教えられていた（*MA* i 214）。一六一〇年に『オセロー』

を観たある観客は、デズデモーナが「最後に夫に殺されてベッドに横たわりながら、顔のみで、死んでゆくデズデモーナへの観客の哀れみを誘った」と回想している（Seltzer 201）。但し、グローブ座では、観客を驚嘆させるほど魅了する、天にも昇るような詩と言葉が、これらの効果すべてに伴っていたのである。

もうひとつの問題は、百単位ではなく千単位で数えるような観客の数である。観客と親密な関係を結ぼうなどということはできるはずもなかった。動作は生き生きとして、派手で、思わず釣り込まれるようなものだった。現存するいくつかのテクストは長く、役者たちは上演を二、三時間に圧縮するためにはとても速くしゃべったに違いない。動作もまた、生き生きとしているだけでなくきびきびしたものだった。人工的な道具の助けがない分、役者の声は開放的で豊かであり、話し方ははっきりとして響きわたるものだった。「演技《アクティング》」という語そのものが演説家の言動に由来しており、そのような演説の才能がまだいくらか必要とされていた。だからこそ、バーベッジには「（言葉を話しぶりで、話し方を動作で生き生きとさせる）すばらしい演説家のあらゆる才能が備わっていた」とリチャード・フレックノー[20]は述べたのだ（M. White 59）。たとえば、バーベッジは自分の声の高低や調子を変えることを知っていたし、感情の強調を表現するために音節を長くしたり短くしたりできるようになっていた。話し方はリズミカルかつ「音楽的」で、現代の話し方のリズムとは明らかに異なっていただろう。シェイクスピアは非常に短い文を次々に続けるという「隔行対話《スティコミシア》」と呼ばれる修辞的な技巧をしばしば使っている。これには、高度に演劇化された対話が必要となる。エリザベス朝の演劇には「普通の」声などというものは存在せず、現代の「対話」の調子が当時の舞台から聞こえるようなことはまずありえなかった。

どんな演説家も知っていたように、身振り手振りは声と同じくらい大切だった。この技法は「目に見える雄弁」、「身体の雄弁」として知られていた。頭、両手、体を用いた「優雅で魅惑的な動き」によって演技全体を作り上げるのだ（Joseph 17）。観客の多くは時折しか役者の顔を見ることができなかったので、役者は体を使って演技をしなければならなかった。頭を下げることは謙遜を表す仕草であり、額を叩くのは恥か賛嘆の印だ。腕を組むのは沈思黙考の印であり、怒りの顰め面と愛の顰《しか》め面があった。気持ちが沈んでいることは、帽子を目深にかぶることによって表現できた。手を動かすときは左から右に動かさねばならない。実際、手のジェスチャーによって、激しい怒りから議論までのさまざまな状態を示す五九の方法が存在したのである。たとえば、ハムレットの独白では、「生きるべきか」で右手を伸ばし、「死ぬべきか」で左手を伸ばしただろう。「それが問題だ」[21]というときには熟慮するように両手を合わせたはずである。シャイロックは最も重要な場面では拳を握っていただろう。演技の身体性は、演劇の全体的な効果の重要な（おそらく最も重要な）要素だった。古代の医師ガレノスがエリザベス朝の人々に教えたところによれば、心と身体には重要な結びつきがあった。四つの体液（＝気質）が実際に身体や人相を変えると信じられていたのだ。悲しみは文字どおり心臓を縮ませ、血を固まらせる。役者が「反転」によって自分を支配する感情を突然変えるときには、役者のすべてが変化した。これはプロテウスという伝説上の人物と関連づけられる自己超越の行為であり、魔法の行為でもあった。また、役者からあふれ出る動物精気が、観客の精神に影響を与えるとも信じられていた。演じるということは、観客に影響を与えることだったのだ。だからこそピューリタンたちは劇場を危険な場所と考えたのである。

つまり、宮内大臣一座の演技は当時の演劇の慣習や伝統と完全に切り離されたものではなかったと考えられる。まったく新しい革命的なスタイルであれば、それに反発するコメントがあったはずだからだ。もちろん、観客は「人工的」なものと「リアル」なものとの区別に気づいてはいなかっただろう。まだ公衆劇場が始まったばかりであるこの時代には、ある劇がリアルかそうでないかを考えること自体、思いもよらないことだったはずだ。観客の感情を動かすものなら何であれ、十分にリアルだったのだ。このため、宮内大臣一座にとっては、古いテクニックや身構え方に新しいものを継ぎ足せばよかったのだ。まちがいなく様式性と自然主義《ナチュラリズム》との混合が当時の演技の特徴であり、これは現代の劇場なら明らかに奇妙に見えるだろうが、一六世紀後期の観客には面白く「写実的《リアリスティック》」なものだっただろう。これは今となってはもはや再現できない、また今後も再現されることのない組み合わせだったのだ。

第40章 私に話せと命じなさい、あなたの耳を魅了してあげましょう

〔『ヴィーナスとアドーニス』一四五行〕

役者としてのシェイクスピアはどうだったのだろう?

雄弁術の基礎訓練を受けたはずのグラマー・スクールでは、生徒が「耳に心地よい適切な抑揚をもって言葉を発し、これに多彩な変化をつけること」が必要だとある教育家は語っている(Joseph 9)。特に大切とされたのは「美しい発声」だったが、シェイクスピアの一般的な性質や評判を考えれば、これは生来の特徴のひとつだったようである。

シェイクスピアは同僚たちと同様、文字どおり何百もの役を覚えなければならなかったため、真に驚嘆すべき記憶力を備えていたに違いない。まさにこの問題を扱った修辞学の一分野が、当時の学校では教えられていた。それは記憶術《ネモニックス》と呼ばれていた。

シェイクスピアは二〇年以上にわたって役者であり続けたが、これほど長く続けるにはかなりの体力と回復力が必要だったはずだ。役者は運動をし、肉と酒を控え、単旋聖歌《プレーンソング》(22)を歌うのがよいとされていたことを知っていたことだろう。最初に教わるのは歌と踊りで、もしかすると楽器の演奏や、軽業師のようなとんぼ返りも習ったかもしれない。ヨーロッパ大陸では、イングランドの役者は音楽だけでなく「ダンスや跳躍」(Thomson 110)の技でも有名だった。ドイツやデンマークといった国々でも英語で公演したが、それでも幅広い賞賛を受けていた。一般に、イングランドの役者は「世界一である」(Moryson 476)と考えられていたが、この言葉は現在でも真実かもしれない。シェイクスピアはまた、レスリングの仕方も学んだ。フェンシングも習い、細身の剣や短剣や広刃の刀を使った非常に真に迫った試合ができた。役者たちはブラックフライアーズにあったロッコ・ボネッティのフェンシング学校で訓練を受けることが多く、シェイクスピアもおそらくこの学校に通っただろう。その劇には非常に多くの戦闘シーンが見られ、シェイクスピアほど戦闘を多用し、劇的効果をあげた劇作家はほかにいない(23)ことから、戦闘には特別の関心を寄せていたと考えられる。いずれにせよ、観客はフェンシングのあらゆる技巧に精通していた。フェンシングは日常生活の一部だったのである。一八歳以上のほとんどの男子は短剣を携行していた。

シェイクスピアがどの役を演じたかについては果てしない推測がされてきた(24)。数世紀にわたる演劇界の伝説によれば、シェイクスピアは『ハムレット』の亡霊や、『お気に召すまま』の年老いた従僕アダムを演じたとされている。また、「王のような」役を楽しんで演じたとも考えられている(25)。『ヘンリー四世』第一部・第二部の両方で国王役を演じたと推測されており、『ヘンリー六世』、『ジョン王』、『ヘンリー四世』、『シンベリン』の国王役や、『まちがいの喜劇』や『夏の夜の夢』の公爵役も演じたのだろう。つまり、威厳にあふれ、王

族の気品さえ漂う物腰や、響きのよい声を持っていたと思われる。また、高位高官や老人も演じたようだ。ソネット集には迫り来る老齢に対する関心が見られるが、老人を演じることで自分の恐怖心を追い払っていたのだろうか。シェイクスピアは「よぼよぼの老人」を演じ、「長い髭をつけ、弱々しくうなだれて歩くこともできないさまを演じたので、無理矢理ほかの人物に支えられ、運ばれていた」と言われている（WS ii 278）。もしこの記録がまったくの偽りでないとすれば、これは『お気に召すまま』のアダムのことだろう。これらの登場人物にはまた、劇のアクションの一部でありながら、何らかの形で距離をとる人物であるという傾向がみられる。ある伝記作家はこれを「中心にありながら距離を置いている」と呼んだが（Southworth 173）、これは世の中におけるシェイクスピアのあり方と妙に似ているように思われる。創作の過程で、シェイクスピアが自分が何を演じるかおそらく抜け目なく考えていたのだろう。

シェイクスピアが喜劇的な役を演じることはほとんどなく、主役級の役をひとつ演じるのではなく、二つ三つの小さな役を「掛け持ち」で演じたと思われる。劇の最初または最後の台詞を口にしたのはシェイクスピアではないかと言われることがある。これは魅力的な考えではあるが、いつも可能だったはずはない。しかし、劇の前口上や納め口上を言う役や、コーラス役がある芝居では、シェイクスピアがこれらの役割を務めたのではないだろうか[26]。

また、稽古中に（オーケストラの指揮者のように）同時にほかの役者を見て「演出」できるような役をシェイクスピアが演じたと考えるのは理に適っているだろう。シェイクスピアが演じたと推測されている役の多くは、劇の筋が展開するあいだ舞台上にとどまっている。たとえば、シェイクスピアは入退場の演出を行ったり、決闘シーンの構成を決めたりしたかもしれない。モリエールもまた、ほかの役者の訓練に高い技術を持っていたと考えられており、ある同僚には「棒切れに演技させることさえできる」と言われている。おそらく、シェイクスピアにも同じ才能があったのだろう。

劇作家たち自身がしばしば舞台に干渉することがあったことはよく知られている。『シンシアの饗宴』の序幕で、ジョンソンは作家が「楽屋にいて、我々役者に大声で台詞をつけ、記録係に向かって足を踏み鳴らし、小道具を罵《ののし》り、気の毒な楽屋係を呪い、その大声で音楽の調子を外させ、我々が犯すあらゆるちょっとしたまちがいを罵ったりする」と書いている。シェイクスピアが罵ったり足を踏み鳴らしたりしたとは考えにくい――そのような役にはジョンソン自身のほうがずっとふさわしい――が、作家兼役者として、シェイクスピアは自作の初演に介入したことだろう。

演劇界に古くから伝わる伝承によれば、シェイクスピアは役者たちにそれぞれの役を演じるに当たっての指示を出していたという。王政復古期に結成されたサー・ウィリアム・ダヴェナントの劇団の年代記作者はこう記録している――『すべて真実』のヘンリー八世役は「ベタートン氏によって演じられたが、これは当然かつ正当なことだった。ベタートン氏はサー・ウィリアムに教えを受け、サー・ウィリアムは年老いたローウィン氏に、そしてローウィン氏はシェイクスピア氏ご本人から教えを受けたのだから」。トマス・ベタートンがハムレットを演じたときには、「サー・ウィリアムが、あらゆる点でベタートン氏を指導した（サー・ウィリアムは、ブラックフライアーズ座劇団のティラー氏[27]を見たことがあり、ティラー氏は作者シェイクスピア氏に教えを受けていた）」という（W. Armstrong 197）。この種の演劇界の伝承には、真実がひとかけら以上含まれていることがよくあるものだ。

シェイクスピアの演技の善し悪しについては、相矛盾する記録が残っている。ジョン・オーブリーはシェイクスピアが「非常に上手に演じた」と報告しており、ヘンリー・チェトルはシェイクスピアの「仕事の腕前はすばらしい」と語っている。他方、ニコラス・ロウは、シェイクスピアは特に「抜群」の役者ではなく、「自作『ハムレット』での亡霊の演技がその真骨頂」だったと考えている（WS i 84）。一七世紀末には、シェイクスピアは「私が聞くところによると、役者としてより詩人としての方が遥かに優れていた」と言われている[28]（WS ii 262）。

シェイクスピアが演劇界と文壇で出世していくと、嫉妬深い同時代人たちから痛烈な言葉が浴びせられた。ロバート・グリーンを追悼して出版された本には、「グリーンの名誉を失墜させ、その羽根を盗み取った」人々への攻撃が含まれている（WS i 190）。一五九三年に書かれた、ウォリックのガイを題材とする芝居には次のような対話がある。「まったく、私はイングランドはウォリックシャー州ストラットフォード・アポン・エイヴォンで生まれたのですぞ。……名前はスパロウ（雀）というつまらないものですが、……高くまで昇る大望を抱いた雀です」（Wood 146）。これは偶然かもしれないし、そうでないかもしれない。「スパロウ」の発音は「スピア」に近く、好色家を意味する卑語だった（雀は性欲が強いと言われていた）。「ヴィーナスの鳥」（『ヴィーナスとアドーニス』の作者）と自称するストラットフォード生まれの男は、妻を妊娠させておいてウォリックシャーに置き去りにするのだった。ウィリアム征服王がリチャード三世より先にやってくるという逸話を思い出してもよい。また、この時期の別の芝居では、シェイクスピアは「プリックシャフト」という名前の登場人物として控えめに諷刺されている。つまり、ありていに言って、シェイクスピアを好色と結びつける傾向があったということだ。

シェイクスピアはまた finical――つまり気難しくて、口やかましい――とも言われているが、ショアディッチで仲間たちに「酒や女に溺れる」ことを拒んだというオーブリーの証言を思い出そう。ここで言われているのは酒盛りや深酒のことであって性的な不品行のことではないので、好色ではあってもほかの点に関しては口やかましい男の姿が浮かび上がってくる。奇妙な偶然ではあるが、これはシェイクスピア劇には猥褻な事柄への言及は山のようにあるのに、不快な光景や臭いについては一般に敏感であるという証拠が見られることとも一致する。

シェイクスピアが多情だったことをさらに示唆するものが、散文のプロローグがついた奇妙な狂詩『ウィロビーのアヴィーサ』に見られる。この詩はヘンリー・ウィロビーによって書かれたとされているが、ウィロビーはシェイクスピアの親族であるサー・トマス・ラッセルと姻戚関係にあった（このつながりは偶然かもしれないが）。詩の内容は、アヴィーサという宿屋の女主人が数人の不倫の求愛者に言い寄られるというものである。求愛者の一人「H・W」は「W・S」（語呂合わせで「ウィル」とも呼ばれる）という名の友人の助力を得る。詩のなかでこれに関連する箇所では、「W・S」も似たような情熱に囚《とら》われていることがほのめかされている。H・Wは

> 自らの病の秘密を親友のW・Sに打ち明けた。W・Sもまた、つい最近まで似たような情熱を追っていたが、今ではすっかりその病から立ち直っていた。だが、友人が同じ原因で血を流しているのを見たW・Sは、しばらくのあいだ血が流れるのを見て楽しんでいた……つい最近自分が笑われる目にあったので、今度は友人の愚かさをこっそり笑ってやろうと思ったのである。

作者は次のように続けている。「遠くからこの愛の喜劇を眺めて、この新しい役者に、古い役者よりも幸せな結末が訪れるのかを見届けようと決意したのだ」（WS ii 191）。

この作品には複数の意味がある可能性があり、エリザベス朝散文の謎のひとつである。ある説によれば、宿屋の主人の娘は実はエリザベス女王その人の象徴だという。しかし、「H・W」と「W・S」が同じ一人の娘を追いかけるという基本的な状況は、「黒い女」を歌ったソネットそっくりだ。「H・W」とはサウサンプトン伯爵ヘンリー・リズリー（Henry Wriothesley）のことであり、「W・S」、「ウィル」、「老役者」とはシェイクスピアのことかもしれない。好色さと、その結果としての性病に対するほのめかしも、推測の一部となっている。もしソネットの裏に隠された「真実の物語」があるとすれば、この文章は「W・S」が若い娘たちの好意に無反応ではなかったことの確証となるように思われる。詩の序文には「これらの偽の名前や外見の下には、本当に行われたこともいくつかある」という言葉もあるにはあるが、すべては推測の域を出ない。

この時期、シェイクスピアの多情さだけでなく、その剽窃癖に対する相変わらずの攻撃もあった。しかし、剽窃の告発は決まりきったもので、演劇の世界では形骸化した中傷だった。模倣や借用をするのも、創作という技のうちだった。影響を受けて段々と変化するのは当たり前の話だ。一八世紀の偉大な骨相学者フランツ・ヨーゼフ・ガルは、盗みを働く頭の器官は演劇の筋書きを作り出す器官と同じところだと考えたが、これはひとつの説明になるかもしれない。また忘れてはならないのは、シェイクスピアは役者として、マーロウ自身を含むほかの劇作家の台詞を覚えねばならず、それを

うっかり再現してしまったのかもしれないということだ。しかし、シェイクスピアは筋書きや出来事を考え出すことに興味はなかった。そうしたものは多種多様の種本に書いてあることであり、書かれていることをそのまま全部借りるまでのことだ。種本をそっくり、時には一字一句に至るまでそのまま写し取ることもあったが、それは種本を超えられないとわかっていたときだった。シェイクスピアの興味は、出来事や登場人物を想像し直すことにあったのである。

しかし、主に借用した相手は自分自身だったようだ。シェイクスピアは言い回しや場面や状況を再利用する自己剽窃家だった。「冷たいベッドに入って暖まれ」という言い回しは『じゃじゃ馬馴らし』と『リア王』の両方に出てくる。これは小さな例だが、ある特定の言葉の並びが長年にわたってシェイクスピアの記憶に残っていたことを示している。後期の劇作品では、シェイクスピアはまるで成長の全過程がまだ自分のなかに残っているかのように、以前のスタイルに戻ることがある。同じ筋――たとえば、父親が息子の手紙を盗み読みするといったような筋――を何度も使っているのだ。『ヴェローナの二紳士』には、『ロミオとジュリエット』、『ヴェニスの商人』、『十二夜』、『お気に召すまま』を予感させるような場面や出来事が見られる。また、場面や構造が似ている劇も多い。たとえば『お気に召すまま』と『リア王』、『夏の夜の夢』と『あらし』のあいだには強い類似が見られる。それがシェイクスピアの想像力の働き方だったのだ。その想像力には原型があった。しかし、シェイクスピアは自己を模倣するに当たり、自己を改訂してもいる。何を残せばよいか本能的にわかっていて、いつまでも自己精錬をし続けるのである。

第41章 妙なる音楽のようにうっとりさせる

〔『恋の骨折り損』第一幕第一場〕

宮内大臣一座は一五九四年六月に公演を始めたが、シェイクスピアはその前に二つめの長編物語詩を完成させていた。『ルークリース凌辱』である。これは、シェイクスピアがティッチフィールドにて、サウサンプトン伯爵の保護下にあるときに書いたものかもしれず、いずれにしても大仰な言葉で若き伯爵に捧げられている。「私が閣下に捧げる愛には際限がありません」とあり、さらに続けて、「私が成し遂げたものは貴方のもの。私がこれから成し遂げるものも貴方のもの。私が成し遂げるものの一部であるこの作品を貴方へ捧げます」[29]と述べている。「成し遂げたもの」とは、コラティヌスの妻ルクレチア（ルークリース）がセクストゥス・タルクィヌス（タークィン）に凌辱された事件を詩にしたことだった。この伝説的な事件は五〇九年に起こったとされ、ローマ共和国建国の説明として使われてきた。シェイクスピアがこのテーマを得たのは、オウィディウスの『祭暦』[30]およびリウィウスの[31]『ローマ史』からである。オウィディウスとリウィウスは、よくグラマー・スクールで教材にされるものであり、シェイクスピアも慣れ親しんでいたが、オウィディウスをラテン語で直接引用しているわけではない。筋書きは使ったが、詩文は使用しなかったのだ。これはシェイクスピアの創作上のひとつの方法を示している。『祭暦』の本を手に取り、さっと読み、本を置いたきりもう参照しなかった。想像力を刺激する原材料さえあれば十分だったのである。

だが、詩人シェイクスピアが関心を持ったのは歴史ではなかった。タークィンが貴婦人ルークリースを凌辱すべく準備するところから事を終えて逃げ去るまでのあいだの、主人公二人の感情のやり取りに興味を抱いたのだ。この詩の最も注目すべき点は、事が起こったあとのルークリースの悲しみに満ちた瞑想であり、思い悩んだ末、夫の目の前で自決しようと覚悟を決めるのである。

シェイクスピアの韻文のエネルギーとなめらかさは、ここでもたちどころに見て取れる。シェイクスピアの劇と同じように、この詩も「いきなり事件の核心から」（*in medias res*）猛スピードで始まり、最後まで劇的な勢いが失われることはない。物語に「役者《アクター》」という言葉が入り込むほど劇に近いのだ。何もかもに脈動する生命がみなぎっている。『ルークリース凌辱』の言葉遣いは豪華絢爛で、韻律は精妙であり、パラドックスと対比、形容辞と感嘆文、奇想とイメージが充満している。傲然たるリズムと、水際立った押韻形式がある。言い換えれば、この作品はシェイクスピアが自らの興奮と雄弁さをすべて提示した、威風堂々たるパフォーマンスなのだ。ここでも、読者が得る喜びに匹敵するのは、作者本人の喜びだけだろう。

シェイクスピアが劇で用いる韻文は、全般に、形式的な規則正しさから不規則へ動いていると言える。たとえば脚韻《ライム》はほとんど使われなくなっていく。後期の芝居でも、弱強《アイアンビック》・五歩格《ペンタミター》の旋律的な形式に対して英語の口語の自然なアクセントを設定しており、括弧や感嘆符を用いたり、普通終わるところを通り越して言葉の流れを続ける「行またがり《ラン・オン》」の行を導入している。また、行の真んなかで文を終わらせて行間休止を入れ、それによって登場人物の不規則でまとまりのない考えや表現の流れを真似ている。その言葉にはある特徴的なカーブ、すなわち作者の存在の音楽が絶え間なく流れるのを反映するリズミカルな変化が観察されてきた。パステルナーク[32]が見てとったように、「リズムこそシェイクスピアのテクストの基礎である」(Gross 24)。シェイクスピアは言葉の律動で書き、想像した。その頭は、産まれるのを待っている律動でいっぱいだったのである。

　また、『ルークリース凌辱』は、こののちのシェイクスピアの劇作品の種本が埋まった金鉱とも言える。シェイクスピアはその後、乱れた良心や無辜《むこ》の殺害という着想に魅了されるようになる。『ルークリース凌辱』はまた、ダンカン王やデズデモーナの殺害を含む、ベッドでの殺人の嚆矢ともいえる。凌辱者タークィンの逡巡は、舞台上では表現する暇がないリチャード三世の心の動きとして読むことすらできそうである。自分で書き下ろしてみて初めて自分が何に興味を持ち、何にこだわっているかに気づく――これこそ偉大な作家の創作過程だ。

　『ルークリース』の献辞は、当時のシェイクスピアの経済的な状況をめぐる問題を解いてくれるかもしれない。シェイクスピアは宮内大臣一座の「株主」となるための掛け金として必要な五〇ポンドをどこで手に入れたのだろうか。シェイクスピアの収入の多くは、この頃までには妻と幼い子供たちを援助するためにストラットフォードに送金されていたに違いない。掛け金は、毎年決まった数の戯曲を書き下ろすという条件で免除されたのかもしれないし、シェイクスピアはすでに書かれた戯曲の所有権を宮内大臣一座に与えたのかもしれない[33]。または、その金は誰かに借りたか与えられたかしたものなのかもしれない。「あるときサウサンプトン卿は、シェイクスピアがある買い物をしようとしていることを聞き、一千ポンドを与えた」というニコラス・ロウの報告がある。ロウはこの話を「おそらくよく事情に通じていたであろう」ある人物から聞いたという(*Life* 133)。サウサンプトン伯は気前がよいことで有名だったが、金遣いの荒い伯爵の基準から見ても一千ポンドは法外な金額に思える。シェイクスピアがある一時にこれほどの大金を手にしたり投資したりしたという兆候はまったく見られない。実のところ、「一千ポンド」というのはよくある誇張表現であり、シェイクスピアもこの表現を使っている。フォルスタッフがハル王子が王になればもらえると信じている金額も一千ポンドである。実際は五〇ポンドか百ポンドあたりの金額だったのだろう。若き伯爵は『ルークリース』および『ヴィーナスとアドーニス』の作者に、その程度のもっとつつましい金額を報賞として与えたのではないだろうか。

ほかにも『ルークリース凌辱』とある貴族の家とのあいだに興味深いつながりがある。この詩はペンブルック伯爵夫人メアリ・ハーバート[34]の庇護――あるいは少なくとも影響――のもとに考案され書かれたのではないかと言われているのだ(Soellner)。メアリはサー・フィリップ・シドニーの妹であり、亡き兄への思いを籠《こ》めて、自分の仲間《サークル》うちで兄の文学的な理想を培っていた。メアリはシドニーが遺した「詩編」の韻文による翻訳を完成させ、自身も優れた翻訳者だった。メアリはまた、文学のパトロンの気さくな交友関係を作り、自ら指揮をとって三本の新古典的な悲劇を執筆ないしフランス語から訳した。一本はメアリ・ハーバート自身が翻訳している[35]。これらの悲劇はそれぞれ、クレオパトラやコルネリアといった高貴なヒロインの苦しみを扱っており、メアリ・ハーバートに敬意を表して、敵意ある男性社会に裏切られる女性というほとんど「フェミニスト的」ともいえる読みを採用している。『ルークリース凌辱』はまさにこの伝統の一部となっているのだ。そうでなければ、シェイクスピアがこのように一見見込みのなさそうな題材を取り上げた理由がはっきりしない。サミュエル・ダニエル[36]は『ロザモンドの嘆き』という詩を書いてペンブルック伯爵夫人に献呈しているが、この詩もまた、苦しむ女性の悲しみを表現したものである。シェイクスピアは物語詩を書くにあたって、ダニエルの「ライム・ロイヤル」[37]を借用している。同じように、シェイクスピアの詩の劇的な雄弁さもまた、メアリ・ハーバートの文学同人らの新古典的な悲劇と軌を一にする。つまり、つながりはそこにあるということだ。シェイクスピアは一時期ペンブルック伯一座の一員だったということを思い出そう。メアリ・ハーバートが一座に個人的な関心を寄せたことも知られている。役者の一人は、自分の遺言状の管財人としてメアリを指名した。こうなってくるとシェイクスピアの初期のソネットに別の意味が出てきそうだ。初期のソネットはメアリ・ハーバートに依頼されたものかもしれない。

『ルークリース凌辱』自体は、前作『ヴィーナスとアドーニス』とほぼ同じくらい読者の人気を博した。『ルークリース凌辱』はシェイクスピアが生きているあいだに六回の異なる版で再版され、作者の死後も二版が出ている。初版の年には、いくつかの詩や賛辞のなかに題名が挙がっている。当時の大学劇には次のような感嘆の言葉がある。「アドーニスの恋やルークリースの凌辱を愛さないものがいるだろうか!」

ウィリアム・コヴェル[38]著『ポリマンテイア』には、「甘美なるシェイクスピア」が書いた「ルクレチア」は「あらゆる称賛に値する」という言及があり、一五九四年のレイディ・ヘレン・ブランチ[39]のための哀歌では、「我らの偉大な詩人たち」のなかに「貞淑なルクレチアのことを書いたあなた」が含まれている(Halliwell-Phillips i 119)。ゲイブリエル・ハーヴィは、「若者たちはシェイクスピアの『ヴィーナスとアドーニス』を大いに楽しんでいる。しかし、彼〔シェイクスピア〕のルークリース」は「より賢い人々を喜ばせる」と考えられていると書いている(*WS* ii 197)。当時の詩のアンソロジーでは『ルークリース』は非常によく引用され、たとえば一六〇〇年の『イングランドのパルナッソス』では、読者を楽しませるために『ルークリース』から三九ヶ所も引かれている。

このことは、今度は（答えることが不可能だとしても）興味深い問題を生む。なぜシェイクスピアは而立の年に、詩人としてのキャリアを実質上捨ててまで、劇作に戻っていったのだろうか。物語詩二編をものしてあれほど盛大に評価や賞賛の言葉を受けたのだから、イングランドの中心的な詩人としての将来と名声は確かなものと思えただろうに。英語について書かれた一五九五年のあるエッセイでは、シェイクスピアはチョーサーやスペンサーと並べられている。だが、別の道を選んだのだ。宮内大臣一座と一緒にいたほうが、一人のパトロンの愛顧にすがるという当てにならない世界とは違って、経済的にも安定できると考えたのかもしれない。その判断は正しかった。ジョンソンが『へぼ詩人』で書いたように、「詩で生活が成り立っている本職の詩人がいるなら、名前を挙げてみるがいい」というわけだ。シェイクスピアは「生活が成り立つ」以上のことを求めていた。いずれにせよ、自分の劇団の中核で演技し劇作をする仕事を愛していた。さもなければ、それを続けはしなかっただろう。

もっと大きな理由は、本人の天賦の才がそちらに向かっていたということだ。演劇こそ自分が腕前を発揮できる専門分野だ——本能も思慮もそう告げていた。シェイクスピアの文学的な野心が切迫しており、創作力が滾《たぎ》っていたことにも注意を払わなければならない。すでに喜劇でも、メロドラマでも、歴史劇でも才覚を見せた。ほかにも何ができるだろうか。韻文の物語をすらすら書くのはお手の物であるとわかっていたものの、物語詩は当時新しく生まれつつあった演劇ほど足元からシェイクスピアを震撼させなかった。ダンが私書で言ったように、「私を導くのは、『ソネットひとつ作れないのは愚か者、ふたつ作るのは気が狂っている』というスペインの諺だ」（John Donne, "Letter to Sir Henry Goodere," *Letters to Severall Persons of Honour*, 1651）。シェイクスピアにとって、詩は易しすぎたのかもしれない。ひょっとすると、だからこそ詩的効果を過剰なほどに用いたり、『ヴィーナスとアドーニス』の叙情的な哀感《ペーソス》のなかにわざとおふざけ《ファース》を挟み込んだりしたのかもしれない。その頃からソネットという様式をぎりぎりまで試すような一連のソネットを書き始めていたが、それでも十分ではなかった。ひょっとしたらマイケル・ドレイトンのような「紳士詩人」の生活に落ち着くこともできただろうが、それもまた十分ではなかったのである。

ペンブルック伯爵夫人メアリ・ハーバート。
フィリップ・シドニーの妹でもある。
（ロンドン、ナショナル・ポートレイト・ギャラリー）

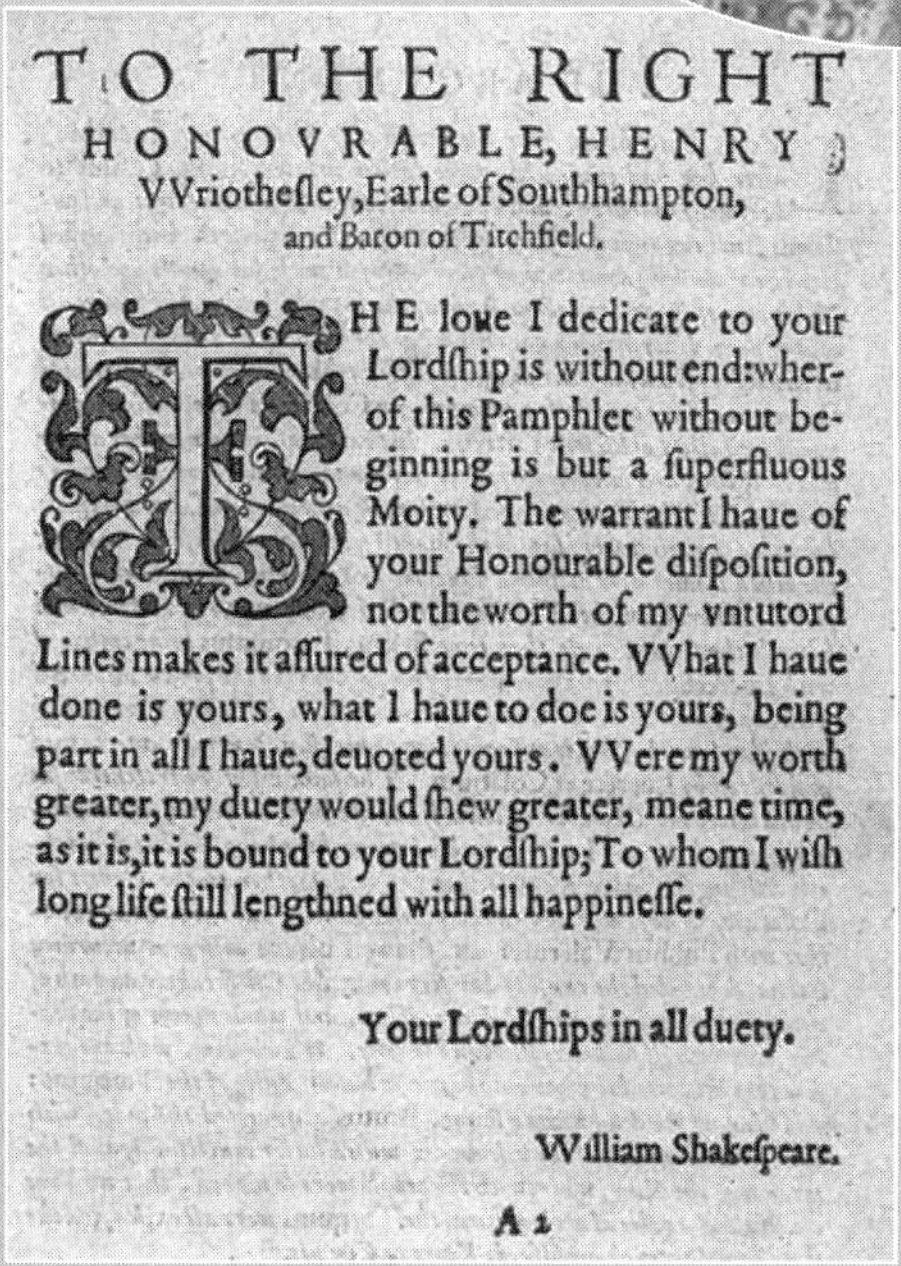

TO THE RIGHT
HONOVRABLE, HENRY
VVriotheſley, Earle of Southhampton,
and Baron of Titchfield.

THE loue I dedicate to your Lordſhip is without end: wherof this Pamphlet without beginning is but a ſuperfluous Moity. The warrant I haue of your Honourable diſpoſition, not the worth of my vntutord Lines makes it aſſured of acceptance. VVhat I haue done is yours, what I haue to doe is yours, being part in all I haue, deuoted yours. VVere my worth greater, my duety would ſhew greater, meane time, as it is, it is bound to your Lordſhip; To whom I wiſh long life ſtill lengthned with all happineſſe.

Your Lordſhips in all duety.

William Shakeſpeare.

A 2

シェイクスピア作
『ルークリース凌辱』に添えられた献辞。
シェイクスピアは『ヴィーナスとアドーニス』
『ルークリース凌辱』の両作品を、
若きサウサンプトン伯爵ヘンリー・リズリーに
献呈した。
リズリーは教養のみならず
美貌をも身につけていたと言われている。
（フォルジャー・シェイクスピア図書館）

第42章 この世を言葉で満たす

〔『ヘンリー六世』第三部第五幕第五場〕

宮内大臣一座の結成直後、シェイクスピアとその仲間たちは、ニューイントン・バッツの芝居小屋で海軍大臣一座と共同で興行を打ち始めた。主たるライバル同士が手を結ぶこの関係は長くは続かなかった。その夏は雨が多く、実入りが少なかったためだ。一〇日ほどして、海軍大臣一座はローズ座へと移っていった。

この二つの劇団はエリザベス朝の演劇界に類のない地位を占めていたため、当然張り合って鎬《しのぎ》を削り合っていた。宮内大臣一座がシェイクスピアの『リチャード三世』や『ヘンリー五世』を舞台に乗せれば、海軍大臣一座は『せむしのリチャード』[40]と独自の『ヘンリー五世』[41]でやり返した。海軍大臣一座は、シェイクスピアの『ヘンリー四世』劇に対抗するための呼び物として『ヘンリー一世の有名な戦い』[42]を上演した。これがうまくいかないと、今度は『サー・ジョン・オールドカースル』[43]という、フォルスタッフのもともとの名前を使った劇を試してみた。しかし、攻守が交代することもあった。海軍大臣一座が聖書を題材とした劇を少なくとも七つ上演したとき、宮内大臣一座は『エステルとアハシュエロス』[44]や、ほかの似たような劇を作って応酬したのだ。海軍大臣一座はウルジー枢機卿の生涯についての劇を二本、ローズ座で上演し、このテーマをシェイクスピアはのちに『すべて真実』〔『ヘンリー八世』〕で扱った。海軍大臣一座はまた、やはりローズ座で『トロイラスとクレシダ』[45]の劇を上演しているが、これはシェイクスピアがまったく同じテーマの変奏を書く前のことだ。片方のグループが『ウィンザーの陽気な女房たち』を上演すれば、もう一方のグループはアビントンの女房に関する芝居[46]を上演した。ローズ座で上演されたヘイウッド作『優しさで殺された女』[47]は、グローブ座の『オセロー』と張り合っていたし、劇場のはしごをする観客が両者を並べて考えていたことはまちがいない。マンディとチェトルが書いた、ロビン・フッドに関する二本の劇[48]が一五九八年にローズ座で人気を博すと、シェイクスピアは森のロマンス『お気に召すまま』でやり返している。つまり、この二つの劇団は流行に煽られ、ライバル関係に刺激されながら、テーマや着想の面で絶えず互いに影響を与えあっていたのだ。『ハムレット』の成功に刺激され、海軍大臣一座は別の復讐悲劇、すなわち『スペインの悲劇』を特別にベン・ジョンソンに加筆させて再演した。実に、シェイクスピア劇の人気によって、『ホフマン、または父のための復讐』[49]や『無神論者の悲劇、または正直者の復讐』[50]といった一連の模倣作品がどっと生まれてきた。芝居客がこれらライバル劇団のあれやこれやの公演に足を運び、それぞれのよい点を比較し合うのは稀なことではなかった。これこれの役ではバーベッジのほうがアレンよりいいだろうか、シェイクスピアは「株主」になってから、芝居のビラに載る名前に「氏」(Mr.)がつくようになっていた――はキッドほどすばらしいだろうか、といったように。

ニューイントン・バッツでの公演後、宮内大臣一座はウィルトシャーとバークシャーを含む地方を巡業してから、冬のシーズンにロンドンに戻ってきた。一〇月八日にはパトロンのハンズドン卿が、召し使いたちのロンドン市内公演の許可を求めて市長に手紙を書いている。卿の新しい劇団はすでにグレイスチャーチ・ストリートのクロス・キーズ亭におり、ハンズドン卿はその契約の延長を望んでいた。一座がシアター座やカーテン座を使っていないのは妙だが、劇場が傷んでいたとか、暗い冬のシーズンには向かないと考えられたのかもしれない。ハンズドン卿は、劇団は午後四時ではなく二時に公演を始め、宣伝のために太鼓やトランペットを使うことはないと約束している。市長とその同僚たちは宮内大臣の願いを容れたが、これは市内の宿屋が公演に使われた最後となった。宮内大臣一座はこの冬、宮廷でも公演を行い、エリザベス女王の御前で二回公演をし、一二月二六日と二八日にはグリニッジ宮殿に伺候した。

役者たちは、ただ衣裳や楽器を持って宮廷に参上するだけではなかった。まず、女王陛下のために上演する予定の芝居を、祝宴局長エドマンド・ティルニーの前で試演しなければならなかったのだ。ティルニーの住居と事務所は、クラークンウェルのセント・ジョン病院の跡地にあった。クラークンウェルはかつてロンドンの聖史劇上演の地であったというのは、ロンドンにつきものの不思議な偶然とでも言おうか。

午後には劇場での公演があるため、この宮廷上演のための試演は朝早くか夜遅くになされたに違いない。祝宴局への蠟燭職人の請求書には、蠟燭、石炭、薪に対する高額の支払いが記録されている。ティルニーは検閲官として、女王が下品または失礼と感じる可能性のある台詞を削除していった。また、宮廷では役者たちのドレスや外套はみすぼらしく見えるかもしれないので、必要に応じて豪華な衣裳を貸し出しもした。役者が本物の前で恥をかかないように「国王のガウン」を借りたり、武道に秀でた宮廷人に馬鹿にされないように「戦う騎士の鎧」を借りたりしたという記録がある。また、宮廷祝宴局長は役者たちに「キャンヴァス地でできた家」、「狩人の装備一式」、「雷と稲妻のための装置」を貸し出してもいる(Fraser 9)。

準備万端整うと、役者たちは「階段」と呼ばれたロンドンの波止場のひとつから舟に乗り、衣裳や道具を載せた平底船《はしけ》を付き添わせてテムズ河を下った。グリニッジ宮殿の大広間は公演のために片付けられており、一方の端には、祝典局の考案による遠近法を使った背景で飾られた舞台があり、その反対側には玉座が据えられていた。こんな晩冬の夕方と夜には、広間は蠟燭や松明《たいまつ》で照らされていた。楽士たちは舞台上方にある木製バルコニーに配置され、役者たちは背景を描いた幕の後ろの通路を「楽屋」として使用できた。女王に招かれた観客は正装をして、女王本人が到着する前に集まっていた。これは一年で最も華やかな娯楽であり、シェイクスピアや仲間たちが少し緊張していたとしても不思議ではない。このときに上演された劇の題名は記録に残っていないが、女王がご覧になったのは『恋の骨折り損』と『ロミオとジュリエット』ではないかと言われている。年をとってきた女王にとって、若い恋人たちの物語にまさる刺激があるだろうか。

宮内大臣一座は成功を収め、女王のお気に入りともいえる存在になった。現存する記録によると、この最初の機会には海軍大臣一座が三回、宮内大臣一座が二回公演しているが、その後は宮内大臣一座のほうが頻繁に招かれている。たとえば、一五九六年から一五九七年の冬のシーズンには、宮内大臣一座は六回公演しているのに対し、海軍大臣一座は一度も宮廷に現れていない。ウィリアム・シェイクスピアへの言及が、一五九四年、グリニッジでの女王のための余興の支払い記録にあるが、それによると「先のクリスマス期に女王陛下の御前で演じられた二つの喜劇」(51)に対して「ウィリアム・ケンプ、ウィリアム・シェイクスピア、リチャード・バーベッジ」に二〇ポンドが支払われたという。シェイクスピアの名前が看板役者の前に書かれているということは、劇団内でシェイクスピアが先輩だったことを示すものだ――もちろん、シェイクスピアが看板役者だったとすれば話は別だが。いずれにしても劇団の発足時には中心的なメンバーであり、すでに劇団の仕事に積極的に関わっていた。出納係のこの記録は、シェイクスピアが舞台と関わっていたことを示す最初の公式書類(52)であって、特別なものだ。

グリニッジでの公演の最後の晩となった一五九四年一二月二八日、宮内大臣一座はグレイズ・イン法学院の広間でも『まちがいの喜劇』を上演した。この劇は、「パープールの君主」と呼ばれる〈無礼講の王〉が司会をするこの法学院のクリスマス祭の出し物のひとつだった。シェイクスピアが劇作家として選ばれたのは、サウサンプトン伯とのつながりによるものだったかもしれない。サウサンプトン伯はグレイズ・イン法学院のメンバーだったのだ。双子と取り違えの劇は、証拠が大いに入り乱れる話で、イギリスの法学生たちに当然人気を博した。(53)この上演のために、特設舞台と「眺めをよくするために建物の上に作られた足場」が設けられた。つまり、この行事には派手な演出が期待されたのだ。しかし、客は芝居をきちんと聞いてはいなかった。招待客の数があまりに多く、行事の管理もひどかったので、余興は途中で打ち切りとならざるを得なかった。同僚に招かれたイナー・テンプル法学院の教員たちは、「不満を抱え、不機嫌に」会場を離れた。そのあと、観客が舞台にまで上がってきて、役者たちはやりづらくて仕方なくなってしまった。『ゲスタ・グレイオールム』(54)に記された報告は、「その夜は始まりから終わりまで、混乱とまちがいそのものだった。このため、その後いつまでもこの夜は『まちがいの夜』と呼ばれるようになった」と結ばれている。二日後、法学院のメンバーが「模擬裁判」を開き(これは法学院で長く続いている伝統である)、「ショアディッチ」からやってきた「下賤な平民たちの一団」が「まちがいと混乱の芝居で我々の混乱を」引き起こしたと非難している(Foakes, *The Comedy of Errors* 116-7)。これはまじめな叱責ではなく、「下賤な平民」の役者への言及は茶目っ気たっぷりの法律上の冗談だ。実際に大失敗を責められているのは法学院のメンバーにして「雄弁家」のフランシス・ベイコンだった。芝居の熱心な観客であり、シェイクスピア作品の作者ではないかと目されることもある著述家だ。この二人がたまたま同じ時代にいたため、まさに「混乱とまちがいそのもの」が生じたのだ。シェイクスピアがベイコンの作品を書いたと非難されたこともあれば、ベイコンがシェイクスピアの作品を書いたと非難されたこともあり、また第三者がシェイクスピア、ベイコン両者の作品を書いたとされることもあるのだ。

　法学院と演劇との関係はとても密接である。当時の詩人や劇作家の多くは、四つの法学院――リンカーンズ・イン、グレイズ・イン、ミドル・テンプル、イナー・テンプル――のどれかとつながりを持っていたし、正規のイギリス演劇は法学院から生まれてきたという信憑性の高い推測もある。最も古いイギリス悲劇のひとつ、『ゴーボダック』[55]は、イナー・テンプルの二人の学生によって書かれ、法学院で初演された。学生たちが行う「ムート」つまり模擬裁判や、法律上の論争および対話と、一六世紀初期の短いインタールードとのあいだには興味深い関係が見られる。法学院はまた、仮面劇やパジェントの企画でも有名だった。これらの仮面劇の作者たちは、その後、セント・ポールやブラックフライアーズといった私設劇場の少年俳優たちのために芝居を書き始めるのである。ミドル・テンプルとイナー・テンプルはブラックフライアーズの劇場の隣にあった。両者は連続していただけでなく隣接してもいたのだ。

　もちろん、ウェストミンスター・ホールの法廷で行われた法的な儀式も、それ自体ある種の演劇性を含んでいた。弁護士は役者と同じように、雄弁と演技の技術を身につけねばならなかった。これは「陳述」と呼ばれていた。討論の際、法学生たちは異なった議論には異なった人物の声を真似るよう指導されていた。学生は自分の「説得《スアソリア》」や「議論《コントロヴェルシア》」に納得させるために、ありそうもない、またはありえないかもしれない物語を作り出す方法を教わっていた。つまり、イギリス演劇の台詞とイギリスの法律における修辞的な説得方法は、その発達のある段階においてとてもよく似ていたのだ。一六世紀のロンドンでは、紀元前五世紀のアテネと同じように、公のパフォーマンスは常に競争と論戦の見地から見られていたのである。

　シェイクスピアはいくつかの作品に、法学を学んだ者にしかわからないような言及やほのめかしを入れ込んでいる。実際、法学生はシェイクスピアの観客としては大きな、少なくとも目につく程度の割合を占めていた。次世代の裁判官、行政官、外交官になるための訓練を受けているこの人々こそ、「売り出し中の人々」だったのだ。シェイクスピア自身の友人や知り合いの多くも、このグループの出身だった。

　また、法学院の人々にはカトリック的な傾向が見られると広く伝えられ、また信じられてもいた。たとえば一五八五年、バーリー卿はグレイズ・インの財務担当者に手紙を書き、「悲しむべきことに、グレイズ・インにカトリック神学校の司祭たちが匿われているだけでなく、集会やミサを開いている」と苦情を述べている（Picard 206）。

法学院のメンバーたちは午後によく劇場を訪れることから「午後の人々《アフタヌーンズ・メン》」と呼ばれ、ある同時代人はこの人々を低級な客と一緒に土間に立ったり、「値段の高い個室をふさいだ」りする「うるさいガキども」と呼んでいる（*MA* i 255）。道徳家ウィリアム・プリン(56)は、「入学した学生が最初に学ぶのは、芝居を観ることだ」と述べている（W. N. Knight 159）。ロンドン市の法廷で出されたある判決では、グレイズ・インの一員が劇場に「不道徳な法学院の紳士たちを連れてきた」という理由で告発を受けている（*MA* i 255）。法学生たちがうるさかったのは、土間で仲間たちと一緒に野次を飛ばしたりブーイングをしたりするためだったが、法学生は役者に向かって語ってほしいテーマや話題を叫ぶことでも知られていた。役者はこれを受けて、喜劇的または機知に富んだ即興演技をするのである。これは法学院における「模擬裁判《ムート》」での練習の発展形であり、これもまたロンドンにおける法律と演劇との結びつきを示すものである。

この結びつきを理解することは、シェイクスピアの劇や詩で使われている法律や法律用語に活を入れるためにも重要である。『ヴェニスの商人』ではポーシャの民事法がシャイロックの慣習法と対立しているが、このような劇は法律と演劇との関係を考慮して初めてきちんと理解することができる。法律と演劇の関係性は、シェイクスピアの想像力を形作る構成要素なのだ。

第43章 ほら、ご覧、二人がくっつき、抱き合い、口づけするようだ

（『ヘンリー六世』第三部第二幕第一場）

新しい劇団には、新しい――または新品同様の――作品という強みがあった。[57] しかし、シェイクスピアがこの時期に書き始めたロマンティックな劇という新しい流れを認識することも大切である。この時期の代表的な作品は、『ロミオとジュリエット』、『リチャード二世』、『恋の骨折り損』、『夏の夜の夢』だ。これらの作品が書かれた正確な順番は今では確かめることができないが、いずれにしてもさほど重要なことではない。もっと意義深いのは、シェイクスピアの技法の全体的な傾向である。初期のイタリア風喜劇の固さや、初期の歴史劇の装飾的な修辞は消えて、大幅な叙情性や、もっと柔軟な（もしかするともっと複雑な）登場人物たちが現れた。あらゆるムード、あらゆる感情を伝えられるひとそろいの役者たちを頼りとして、今やシェイクスピアは当代一の劇詩人の一人となり、当て書きができる安定した劇団という計り知れない幸運に恵まれていたのである。

『ロミオとジュリエット』の配役表については、妥当な推測ができる。キャピュレット家の下品な従僕ピーターを演じたのはウィル・ケンプであること、主役ロミオはリチャード・バーベッジが演じたことはわかっている。少年俳優がジュリエットを演じ、饒舌な乳母も少年俳優か、または年上の役者が演じただろう。[58]

ドライデンは『グラナダ征服』（一六七〇年）につけられた「エピローグの擁護」で、「シェイクスピアがその才能を遺憾なく発揮したのはマキューシオ役[59]であり、自分が役に殺されるのを避けるために第三幕でマキューシオを殺さなければならなかったと自ら語った」と述べている。マキューシオはロミオの淫らで粋《いき》で気まぐれな友人であり、「マブの女王」に関する長台詞はシェイクスピア劇のなかで最も雄弁で奇想をこらしたもののひとつである。マキューシオは威勢がよく、軽快で奇矯であり、理想や妄想に囚われることがないので、ロマンティックな悲劇的結末のためには、シェイクスピアはこの人物を殺さねばならなかった。このような自由な精神は、恋の悲しみの物語とはうまく合わないのである。マキューシオの台詞には卑猥さだけでなく憂鬱の要素もあり、この憂鬱は大部分が性的な嫌悪感から生まれたものだということが次第にわかってくる。悲劇にも必ず笑いの要素を入れ、同じような性的嫌悪感のあらゆる兆候を見せる作者の声に最も近いのはマキューシオの声だと、ドライデンは信じたのである。マキューシオを非情で、冷淡だとすら言う批評家もいるが、だとすればシェイクスピアも同じような人間ということになる。だからこそ、この悲しみに満ちた悲劇のなかに、コメディア・デラルテの要素が少なからず見られるのであろう。だんまり芝居で演じられる場面があったのではないかとすら推測されている。

る。この劇には、大空を走る夏の稲妻のムードとイメージがあ

まるで、「光った」と言う間もなく、
消えてしまう稲妻みたいだもの。愛しい人、
おやすみなさい……
（八九二―三行〔第二幕第二場〕）

シェイクスピアはマーロウの『エドワード二世』(60)で「速く走って」という言い回しを聞き覚えて、日暮れを待ち望むジュリエットにこの台詞を与えている。「ジュリエットが足早に登場、ロミオに抱きつく」とト書きがある。

『ロミオとジュリエット』は、若者の衝動と放縦な行動を描いた、若者の劇である。暴発し、素早く動くダンスと殺陣の劇でもある。この劇では急にムードが変わり、思考が急変する。融通無碍な意識の流れを表現しているのだ。しかし、この劇は移ろいやすいだけでなく神秘的でもある。ジュリエットと乳母がロミオと話しているとき、名前も知れず聞き覚えのない人物の声が舞台の外から「ジュリエット」と呼びかける。まるで何かの守護霊がジュリエットに懇願しているかのように。

『ロミオとジュリエット』は今も昔も恋人たちの本質を表していると言われるが、恋する二人を結びつける完璧な芸術的効果にも注意を払うべきだろう。まるで二人が互いの顔に自分の魂が輝くのを見るかのように、恋人たちの台詞は谺《こだま》しあう。さながら海のなかからアフロディーテが立ち現れてくるかのように、二人の対話から、きちんとした形式に則ったソネットが湧き上がるすばらしい一節がある。

卑しいわが手が、もしもこの
聖なる御堂を汚すなら、どうかやさしいおとがめを。
この唇、顔赤らめた巡礼二人が、控えています、
乱暴に触れられた手をやさしい口づけで慰めるため。
（六六六―九行〔第一幕第五場〕）

このようなことはイギリス演劇において成し遂げられたことはなく、最初の観客には奇跡のように思われただろう。そのあとの世代にしても同じように度肝を抜かれたわけだが。シェイクスピアは宮廷恋愛詩の決まり事や伝統を使って、おそらく本屋の棚からソネット集を手にとってみたことさえないロンドンの観客のためにこれを劇化したのである。シェイクスピアの演劇を通して発展してきたテーマは他にも――追放、愛の不均衡、名誉や評判など――あるが、劇的に呼び起こされた恋愛こそ、いつまでも揺るがない中心的な印象を残す。

この劇は涙の家で終わるが、あらゆる夢の終わりはこのようなものだ。劇の正式の終わりには葬儀の行列があり、これはエリザベス朝演劇では定番の見せ物だったが、葬送歌のあとには陽気なジグ踊りが続いた。最後の悲劇的な場面に登場したウィル・ケンプがそのまま踊りに加わったのだろう。ロミオが墓で死との逢瀬を果たすときにもケンプが付き添って

白水 図書案内

No.757／2008-9月　平成20年9月1日発行

白水社 101-0052 東京都千代田区神田小川町3-24／振替 00190-5-33228／tel. 03-3291-7811
http://www.hakusuisha.co.jp ●表示価格には5%の消費税が加算されています。

寂聴伝 良夜玲瓏

齋藤愼爾
■2940円

一身にして二生も三生も経るがごとき、苛烈にして波瀾万丈の生の軌跡を、渾身の力を込めて書き下ろした初の評伝。未知の光芒を放つ文学空間を出現せしめた作家の、創造の秘密を解く。

モスクワ攻防1941 戦時下の都市と住民

ロドリク・ブレースウェート
川上洸訳■3780円

酸鼻を極めた戦局の推移を軸に、スターリン、ジューコフ、第一線将兵の動向から、市民生活、文化、芸能の流行まで、「時代の空気」と種々多様な人びとの姿を活写する。沼野充義氏推薦！

メールマガジン『月刊白水社』配信中

登録手続きは小社ホームページ http://www.hakusuisha.co.jp の登録フォームでお願いします。

新刊情報やトピックスから、著者・編集者の言葉、さまざまな読み物まで白水社の本に興味をお持ちの方には必ず役立つ楽しい情報をお届けします。（「まぐまぐ」の配信システムを使った無料のメールマガジンです。）

レイテ沖海戦1944 日米四人の指揮官と艦隊決戦

エヴァン・トーマス［平賀秀明／訳］

栗田健男、宇垣纏、ウィリアム・ハルゼー、アーネスト・エヴァンズ……雌雄を決する瞬間に見せた、勇気と決断とは？「空前絶後の海戦」の推移を軸に、四人の生い立ちから最期まで描く。（9月下旬刊）四六判■3780円

図書館 愛書家の楽園

アルベルト・マングェル［野中邦子／訳］

古代アレクサンドリア図書館、ネモ船長の図書室、ヒトラーの蔵書、ボルヘスの自宅の書棚など、古今東西の実在あるいは架空の図書館を通して、書物と人の物語を縦横無尽に語る。（9月下旬刊）四六判■3570円

ヨーロッパ中世象徴史

ミシェル・パストゥロー［篠田勝英／訳］

中世西欧において象徴は、どういう社会的背景から生まれ、また社会にどのような影響を与えたか。動植物

新刊

店じまい

石田 千

手芸屋、文房具店、銭湯、自転車屋……あなたの町にもきっとあった、あの店この店。日常のふとした瞬間に顔を出す懐かしい記憶の断片を、瑞々しい感性と言葉でたどる。（9月下旬刊）四六判■1995円

白水Uブックス

ノリーのおわらない物語

ニコルソン・ベイカー［岸本佐知子／訳］

可愛くて、お話を作るのが大好きなアメリカの少女がイギリスの小学校に転校して大活躍！「中二階」「もしもし」の作家が自分の娘をモデルに、生き生きと描く子どもの世界。（9月中旬刊）新書判■1365円

ビルキス、あるいはシバの女王への旅

アリエット・アルメル［北原ルミ／訳］

時はイタリア・ルネサンス。夫である画家ピエロ・デッラ・

ス詩のひととき　読んで聞く詞華集（CD付）

ポリネール、エリュアール、プレヴェール……珠玉の36篇を
。原詩朗読CD付き。透明感のある訳詩、わかりやすい解説。
声に耳を澄ませてみませんか。（9月下旬刊）四六判■2835円

:解説 フランス文法（CD付・新装版）

やすい、と評判の入門書がCDブックになりました。1項目見
成、左頁は表を多用した「教科書」。右頁は先生の声が聞こえ
親しみやすい「解説」です。（9月下旬刊）A5判■2625円

語不変化詞辞典（新装版）

小野寺和夫

前置詞・接続詞・副詞等）の知識はドイツ語の微妙なニュアン
る上で不可欠です。本書はこの不変化詞を豊富な文例と共に意
従って配列した文体辞典です。B6変型■4935円

イツ語のしくみ

りやすさで評判の『ドイツ語のしくみ』の著者が、さらなる
人のためにドイツ語上達のコツを伝授する。なぜドイツ語は
か。読める文法書！（9月中旬刊）四六判■2940円

クスプレス エスペラント語（CD付）

へ――はじめての入門書・決定版。例外もなく実に学び易く
世界共通語」。言語一般に興味をもつ人も必携です。
（9月下旬刊）A5判■2625円

語・フランス語圏文化をお伝えする唯一の総合月刊誌

らんす

/22刊）■670円

★特集「日仏修好150年」駐日仏大使、松原秀一×F.ジラール、松尾正人、西堀昭、西永良成ほか★「フランスと私」中山恭子★新連載「オリザのフランス創作日記」平田オリザ、「対訳で楽しむ『にんじん』」松田和之、「哲学書を読む〈ルソー〉」川合清隆、「仏検準2級―ここがポイント！」北村卓

地球のカタチ

「不思議はすてき!」を合い言葉に、この地球を楽しもう。

カレンダーから世界を見る　中牧弘允

クリスマスが一月七日に祝われたり、春分の日を正月とする地域があります。世界のカレンダーをとおして、その歴史や紀元など、さまざまな時間のくぎり方を楽しんでみませんか。■1575円

この世界のはじまりの物語　松村一男

世界はどうやってはじまったのか。人間はどのように誕生したのか。この2つの問いに対して私たち人類はさまざまな想像をめぐらしてきた。にぎやかな神さまの世界を堪能してほしい。■1575円

あの星はなにに見える？　出雲晶子

空にはたくさんの星がある。でも、それがどんな姿に見えるかは時代や地域によってさまざまだ。星座だけでなく、月や太陽、七夕の話など、星にまつわる世界の想像力いっぱいの一冊。■1575円

猫を償うに猫をもってせよ　小谷野 敦

■1890円

一人で泊まったラブホテル、もてない大女から持ちかけられた共闘話、スポーツと性欲の関係など、社会風俗から専門の英文学まで、幅広い知見を駆使して縦横に語りつくす過激な評論集。

荷風と私の銀座百年　永井永光

■2100円

銀座の名門バー「偏喜館」の店主が、養父永井荷風との微妙な親子関係を引きずりつつも、それぞれがこよなく愛する街の変遷を描いた親子二代の風物詩。荷風お気に入りの店を詳述。

フラン
の詩
吉田加南子
ユゴー、
集めました
詩人たちの

整理と
大木 健
見易く学び
見開き2頁構
できそうな

ドイツ
岩崎英二郎
不変化詞（
を理解す
・機能に

中級ド
野智昭
倒的なわ
歩を目指
う考えるの

ニューエ
達信明
話から文法
案された

フラン

ふ

10月号（

【哲学の現代を読む7】

フッサール 傍観者の十字路

岡山敬二

あらかじめFremde（よそ者）な俺たちが立ち止まる、この十字路！〈さいはて〉のWelt（世界）。終わりなき分岐と合流、在るか無きかも分からぬ〈純粋〉の探索。もはや救いは…要らぬ！（9月中旬刊）

四六判■2940円

別役実のコント検定！ 不条理な笑いのライセンスをあなたに

別役 実［編著］

誰でも実践できる、カタログ形式のショートコント傑作集。書き方のポイント解説はもちろん、笑いのレベルを確かめながら「ウケる技術」を磨こう。

四六判■1995円

ベルリン・オリンピック1936 ナチの競技

デイヴィッド・クレイ・ラージ［高儀 進／訳］

各国の政治的思惑とボイコット運動、ユダヤ人や黒人への迫害、各競技の様子など、「スポーツと政治」の癒着がもっとも顕著に表れた大会を、最新資料により検証する。

四六判■3675円

ユダヤ人財産はだれのものか

ホロコーストからパレスチナ問題へ

武井彩佳

ナチ・ドイツの時代に「アーリア化」の名の下で収奪されたユダヤ人財産は戦後、だれに、どのように返還されたのか。パレスチナ問題や日本の戦後補償を考えるうえでも示唆に富む。

四六判■2730円

929 弦楽四重奏

シルヴェット・ミリヨ［山本省／訳］

二つのヴァイオリンとヴィオラ、チェロによる弦楽四重奏は、室内楽曲のなかでも最も純粋な音楽形式である。その起源から説き起こし、今日までの歴史と、四重奏楽団の特質も紹介。（10月上旬刊）

新書判■1103円

好評既刊

ムッシュ・マロセーヌ

ダニエル・ペナック［平岡 敦／訳］

マロセーヌ君、表の顔は出版社社員、裏では地上げ屋から町を守るため奮戦中。最愛の恋人から妊娠を知らされたと思ったら、連続殺人犯の濡れ衣をきせられて?! 仏ベストセラー小説。

四六判■3675円

白水Uブックス

マーティン・ドレスラーの夢

スティーヴン・ミルハウザー［柴田元幸／訳］

二十世紀初頭のニューヨーク、想像力を武器に成功の階段を昇る若者の究極の夢は、それ自体がひとつの街であるような大規模ホテルの建設だった。ピュリツァー賞受賞の傑作長編小説。

新書判■1365円

四人の兵士

ユベール・マンガレリ［田久保麻理／訳］

一九一九年冬、ロシアの若き赤軍兵士たちが敵軍に追われ逃げていく。厳しい寒さと空腹で次々と仲間を失いながら、いつしか、ささやかな日常のよろこびを分けあい絆を深める四人がいた――。

四六判■1890円

ベルリン終戦日記 ある女性の記録

［アントニー・ビーヴァー／序文 山本浩司／訳］

陥落前後、不詳の女性が周囲の惨状を赤裸々につづった稀有な記録。生と死、空襲と飢餓、略奪と陵辱、身を護るため赤軍の「愛人」となった女性に安穏は訪れるのか？ 胸を打つ一級資料！

四六判■2730円

文庫クセジュ

928 ヘレニズム文明 地中海都市の歴史と文化

ポール・プティ、アンドレ・ラロンド［北野 徹／訳］

アレクサンドロス大王逝去からローマのエジプト併合まで、ヘレニズム時代における政治・経済・社会を概観。アテナイ、ロドス、デロスなどの主要都市についての解説が当時を活写。（9月中旬刊）

新書判■1103円

おり、塵と死に関する独白のあいだもまちがいなくおどけていただろう。これもまた、エリザベス朝演劇の本質的などぎつさを示すものだ。そこには、必要な落ち着きや中庸はなく、あらゆる過激さが可能なのだ。『ロミオとジュリエット』は悲劇とも喜劇とも解釈可能だが、もちろんその両方なのかもしれない。

　シェイクスピアは物語の筋をアーサー・ブルックの『ロミウスとジュリエットの悲劇的物語』から採ったが、この話を圧縮している。時間の経過を九ヶ月間から五日間に短縮[61]し、綿密に入り組んだ対称《シンメトリー》のパターンを物語に与えたのだ。おそらくもっと意味深いのは、作者が恋人たちに公然と味方することによって、物語の道徳的な枠組みや重圧を取り去ったことだろう。これは詩と演劇との違いである。

　この劇の宗教的な心象《イメージ》、特にカトリック的な雰囲気はしばしば論じられてきた。もちろん、イタリアを舞台にすればどんな芝居でもカトリックの教義と関わらざるをえないが、問題はそれだけにとどまらない。信仰を捨てた者はその宗教用語に執着する傾向があるが、この傾向は特に冒瀆的な事柄を描写するときに顕著になる。シェイクスピアもまた原作よりも遥かに多くの卑猥さや喜劇性を導入し、特にマキューシオに一層大きな役割を与えている。

　また、ブルックの詩では一六歳だったジュリエットの年齢が一三歳になっている。そうすることによって、ロンドン市民の色好みに迎合することになるとはわかっていただろうが、シェイクスピアは効果を使いこなすのに臆面はなかった。『ロミオとジュリエット』ののっけから始まる剣戟も、大衆にうけるとわかっていたのだろう。

　こうして芝居は成功し、初めて出版されたテクストの表紙には「公の場でしばしば（大喝采を浴びて）上演された」劇であると書かれている。ロミオやジュリエットが使った台詞は誰もの口に上《のぼ》っていた。のちに、オックスフォード大学の学生たちは、大学図書館の机に鎖で繋がれたフォーリオ版シェイクスピア全集の『ロミオとジュリエット』のページをあまりに真剣に読んだり書き写したりしたためにすっかりぼろぼろにしてしまっている。

　シェイクスピア存命中に出版された版は二種類あり、最初の版の方が後のものよりかなり短く、役者たちが実際に使用したテクストである可能性が高い。この版には、プロンプターがいなければ台詞を言えなかった役者に関する冗談まであるのだ（「本を持たない」序詞役が「しどろもどろに」話すという）[62]。このような余談から、エリザベス朝の舞台の生命力が甦ってくる。二つめの版は、テクストが稽古や改訂を経て改変されたり短縮されたりする前に、シェイクスピアの直筆原稿から書き写されたもののようである。たとえば、芝居が上演されたあとでシェイクスピアはいくつかの台詞を書き足したり、ある台詞を別の登場人物に振ったりしている。マキューシオの「マブの女王」の長台詞に手を入れようとして作者自ら台本の余白に言葉を書き加えたと思われ、印刷業者はこれを散文の付け足しと誤解したらしい[63]。また、ト書きや登場人物名にも少し不整合がみられる。

しかし、上演を観た後で芝居を改変し、ふくらませたり削除したりすることは、シェイクスピアにとってはまちがいなく通常の作業工程だっただろう。どんな劇作家でもすることである。そうして、シェイクスピアは次の仕事へと移っていった。今度はあからさまな喜劇であり、不運な星のもとに生まれた恋人たちがついには望みをかなえるのだ。

『夏の夜の夢』は、サウサンプトン伯爵の母親で未亡人であったサウサンプトン伯爵夫人メアリがサー・トマス・ヘネッジと結ばれる結婚を祝うために書かれたのではないかと言われてきた。結婚式は一五九四年五月二日に執り行われ、シェイクスピアがこれを祝ったとされるのは同年の夏である。あまりにも完成された芝居なので、これでは少し早すぎると感じられるかもしれないが、決してありえないことではない。この劇には、ティターニアが「季節が狂ってしまった」（四六二行〔第二幕第一場〕）と嘆く長台詞があるが、これは同年のひどい夏についてのサイモン・フォーマンの言葉(64)——「雨が多く、異様に寒い」（*MA* i 393）——を裏書きしているのだろう。

しかし、この結婚賛歌のような劇が書かれるきっかけとされてきた貴族の結婚は、ほかにもある。一五九五年初頭にはダービー伯爵ウィリアム・スタンリー(65)がレイディ・エリザベス・ド・ヴィア(66)と結婚している。この二人はどちらもシェイクスピアとつながりがある。ウィリアム・スタンリーは、シェイクスピアのパトロンであったダービー伯の突然の死によって伯爵の地位を継承したが、この先代ダービー伯とはシェイクスピアのパトロンのストレインジ卿であり、レイディ・エリザベスはサウサンプトン伯の花嫁候補だった。しかし、このつながりはあまり縁起のよいものとは言えない。

『夏の夜の夢』執筆動機の候補としてもっと信憑性が高いのは、一五九六年二月一九日にブラックフライアーズで行われたトマス・バークリー(67)とエリザベス・ケアリー(68)の結婚式であろう。花嫁は宮内大臣ハンズドン卿の孫娘だったので、宮内大臣にすれば自分の役者たちを使う好機だっただろう。以前、エリザベスはペンブルック伯爵家の跡継ぎであるウィリアム・ハーバート(69)の花嫁候補だったことがあり、シェイクスピアのソネットのうち最初に書かれたものはこの縁組みを推奨するためのものだったのではないかという手がかりが残っている。このため、エリザベスの最終的な結婚を祝福するのに最適の劇作家としてシェイクスピアが選ばれたのかもしれない。歴史家たちが、『夏の夜の夢』で祝われている婚礼を探した末に、候補を三組も見つけてしまったのは皮肉である。しかし、シェイクスピアが活動していたのは狭い世界であり、つながりを見つけるのは難しくはなかったし、いずれにしても、これら現実のエリザベス朝の結婚式がどれであれ、『夏の夜の夢』が変わるわけではない。

『夏の夜の夢』は森を舞台とし、貴族が主人公で、妖精たちも登場するなど、完全にシェイクスピア的な作品に思える。これこそ同時代の言説にある「優しいシェイクスピア」、おどけたユーモアと叙情と夢のシェイクスピアである。チョーサーやオウィディウス、セネカ、マーロウ、リリー、スペンサーといったシェイクスピアの読書体験のすべてが集まって、魔法の空間を作り出している。そこでは神話の登場人物テーセウス（シーシュース）とヒポリタが結婚を祝い、妖精の王オーベロンと女王ティターニアが取り替え子の所有権をめぐって口喧嘩をし、ボトムと田舎者の役者たちが劇を上演し、不幸な星の恋人たちが最後には相手の腕のなかに無事収まるのである。これらの出来事を支配するのは月であり、月の白銀の帝国ではすべての人に不思議が起こるのだ。『夏の夜の夢』は、パターンと均整《シンメトリー》、音楽と取り戻された調和の劇である。この劇の構成の様式性と流麗さも、大いに楽しめる点だ。

シェイクスピアには、主たる「種本」を持たないように思える作品が三つある。『恋の骨折り損』、『あらし』、『夏の夜の夢』だ。いずれの構成も見事であり、イギリス人の想像力ならではのものと思われる（Ackroyd, *Albion*）。いずれも注意深く均整よく構成され、いずれも神秘や魔法の要素があり——二作品には超自然的要素があり——いずれも少々人為的な筋書きを茶化すかのように、内側に演劇的な余興が組み込まれている。これらの作品は、シェイクスピアの技法の覗き窓であり、それゆえおそらくイギリス的想像力そのものが垣間見られる窓である。『夏の夜の夢』は、シェイクスピアが初めて演劇というものについて深く考えた劇だ。演劇とは新鮮で目新しい芸術形態であり、感嘆や驚愕を極限まで引き出すことができた。そこではどんなことでも実現可能だったのである。

その頃のシェイクスピアのほかの芝居と同様、『夏の夜の夢』はきわめて凝っていて磨き抜かれた英語で書かれているのだが、叙情的な優雅さが多数の修辞的な「文彩《スキーム》」と対立することがない。タイトルが示すように、この劇は夢の雰囲気に満ちているが、荘厳な劇作品なのだ。登場人物たちは舞台上で眠りに落ち、目覚めると自分が変容していることに気づく。演劇と夢との関係とは何だろう。夢のなかではリアルなものは何もなく、責任を負わされることも、意味のあるものもない。これは演劇そのものに対するシェイクスピアの態度にそっくりである。芝居でも夢でも、問題を提示し解決する手段は、理性的な知とは異なる。人生の神秘という感覚は悲劇に固有のものだとしばしば言われてきた。しかし、シェイクスピアの喜劇もこの感覚を取り入れている。シェイクスピア喜劇では、非合理的で半ば陰に隠れているようなものが、既知のものや理解されていることよりも重要なのである。シェイクスピアが作り出した登場人物の動機や衝動を司るのは、理性や良心の法則ではなく、変幻自在の気まぐれや本能なのだ。

また、想像力そのものに関するテーセウスの次のような指摘が見られるのも『夏の夜の夢』においてである。

狂人と恋人、そして詩人は、
みな想像力でできている。

（一七〇七―八行〔第五幕第一場〕）

シェイクスピア自身がテーセウスを演じたと仮定すると、この言葉はさらに興味深いものになる。また、想像力に関する台詞が（まるで後からの思いつきのように）原稿の余白に書き加えられたものだとわかると、[70] 面白さはさらに倍増する。こうして、シェイクスピアの想像力とはどのようなものか、実り多い推測をめぐらし得るわけである。

第44章 どんな熱が、どんな怒りがおまえに火をつけた？

〔『恋の骨折り損』第四幕第三場〕

シェイクスピアの想像力には、本から生まれたところがあった。種本をすぐ横において、ほぼ一字一句そのままに文章を写し取ることもあった。しかし、どういうわけか、シェイクスピアの想像力という錬金術を経ると、何もかも変わって見えてくる。言葉もリズムも、シェイクスピアという媒体を通ると、過剰なまでの生命力に満ちあふれる。すでにあるものを利用して、連想をふくらませたり、深い意味を引き出してくることは、シェイクスピアの性分にぴったりだった。だからこそ、ほかの劇作家の作品のみならず自分の作品をもいつでも改訂しようとしたのである。

時折、同じ話題を扱った何冊かの本を読むと、それらのテクストはシェイクスピアのなかのどこかで結びついて新しいリアリティーを生み出した。自分の直接の体験よりも本に頼ることもあった。『冬物語』に登場するトリックスター、オートリカスを造形するときには、自らの都市生活の観察を用いず、ロバート・グリーンの都市に関する小冊子『お人よしの《コウニー・》だまし方《キャッチング》、その二』から借用している。創作にはまず模倣の特徴があると学校時代に学んでいたシェイクスピアは、模倣の天才だったのだ。また、すばらしい記憶力の持ち主でもあり、子供の頃読んだ本の文章や引用句を思い出すことができた。使い古された演劇的または修辞的な様式を苦もなく思い出せたのだ。

シェイクスピアは言葉に働きかけた。必ずしも思想やイメージに働きかけたわけではない。言葉が次々に共鳴を呼び起こす魔法によって数珠《じゅず》繋《つな》ぎのようにシェイクスピアから紡ぎ出された。だが、まったく逆の意味を持つ言葉が呼び出されることもあった。『ヘンリー四世』第二部には、まさにこのような転換が見られる。

法院長◆お顔に白い髭を生やしているお年だ、もっと落ち着き（gravity）があってよかろうに。
フォルスタッフ◆もっとあっていいのは、肉汁（gravy）です、肉汁、肉汁。

〔四一二―一四行〔第一幕第二場〕〕

gravity に gravy という結びつきはこの劇の雰囲気を十分に示し、さらに重要なことには、シェイクスピアの感受性をも示してくれる。以前、シェイクスピアは『タイタス・アンドロニカス』の予習としてアーサー・ゴールディング[71]が訳したオウィディウスを読んでいるとき、“desyrde his presence too thentent”（彼の存在を求めたそのわけは）という一行を目にした。最後の一語“thentent”は姿を変え、「テントにいるトラキアの暴君」（the Thracian Tyrant in his Tent）（二三八行〔第一幕第一場〕）のなかに入り込んだ[72]。ある特定の語が一群の語をシェイクスピアから引き出すことがあったようだが、この場合には頭韻がそのきっかけとなっている。[73]「うーむ」（hum）という言葉は、『オセロー』における次の例に見られるように、一二回にわたって死と深く関連づけられている。

デズデモーナ◆それなら私を殺したりなさらないでしょ。
オセロー◆うーむ！
（二九三六―三七行〔第五幕第二場〕）

また、『シンベリン』でも次のように使われている。

クロートン◆うーむ！
ピザーニオ◆奥方様は死んだと旦那様に書き送ろう。
（一七六〇―一行〔第三幕第五場〕）

まるで、言葉自体が独り言を呟いているかのようだ。

しかし、言葉が手元からあまりに自由に飛び立っていくため、シェイクスピアは言葉を信用していなかった。シェイクスピアは言葉の二重性や偽物性に対する疑念を何度も表明している。言葉の流暢さに嫌気がさすときすらあった。最高に美しい詩も見せかけかもしれず、舞台上で行なわれる誓いは偽善かもしれない。『十二夜』でヴァイオラが「残念だなあ、苦労して覚えたのに、それに詩的なんです」と言うと、オリヴィアは次のように答える。「それならきっと見せかけでしょう、しまっておいてちょうだい」（四七一―七三行〔第一幕第五場〕）。シェイクスピアに自分の演劇の人工性や非現実性を強調する芝居が多いのはおそらくこのためだろう。シェイクスピアの物語はありそうもない、いや、ありえないものでなければならなかったのである。

また、シェイクスピアは書き終わるまで自分で何を書いているのかわからなかったのではないか。言葉を使って表現して初めてその意味がわかったのだ。コールリッジの『談話集《テーブル・トーク》』の一八三三年四月七日のところに、次のようなすばらしい指摘がある――「シェイクスピアの場合、一行から次の一行が自然に生まれ出る。意味はすべて織り込まれている。彗星のように、暗い大気のなかに次々と火を点していくのだ」。言葉からメタファーやイメージが生まれ出て独自の生命を持つこと、ひとつの言葉が音の類似や頭韻によって別の言葉を示唆すること、ある一文や一節の響きがある特定の方向に向かっていくこと――シェイクスピアはそうした様子を見て、自分の言葉が持つ影響力を追及していったのである。

こうしたシェイクスピアの手法に対する最も洞察に満ちた記述は、（ひょっとすると驚くべきことだが）一八世紀の論文に見られる。すなわち、ウォルター・ホワイターは、一七九四年に出版された論『シェイクスピア批評の一例』において、こう指摘する――シェイクスピアが言葉や観念を結びつける連想力は、「シェイクスピア自身も気づかぬ結合法則、それも対象となるものとは無関係な法則」によって働いている、と。言い換えれば、シェイクスピアは自分の手を導くのが何であるのか、自分が何の力に動かされているのかを知らなかったということになる。意味はどういうわけか、言葉そのものに内在しているのだ。

　これまでシェイクスピアの心象研究は数多くなされ、さまざまな結論が引き出されてきた――シェイクスピアは潔癖性で匂いや音に敏感だった、屋外でのスポーツをやっていた、田舎の自然に精通していた、など。心象の相互作用に奇妙な連結が見られることがある――シェイクスピアは菫《すみれ》を盗みと、本を恋愛と結びつけている。[74] シェイクスピアの想像力はケンタウロス、難破、夢など、常に自分の周りにあった魔法の世界に属するものであふれていた。しかし、シェイクスピアのイメージは、そこから容易に生まれ出てくるさらなるイメージのための子宮または源泉だと言うほうがより適切だろう。

　それぞれの芝居には、その芝居に特有のイメージやメタファーの切れ目ない流れがある。それらは、映画音楽のように、意味というよりも感情のまとまりを伝える。それぞれの芝居には結合ないし内なる調和があり、最小の端役にも影響を与え、主人公たち全員を同じひとつの魔法の輪のなかに集めるのだ。『夏の夜の夢』において、無教養な職人たちは妖精たちとはまったく異なっているが、どちらも同じ現実の一部なのである。皆が同じ稲妻に打たれたのだ。

　しかし、この稲妻は、シェイクスピアにとって常に新しく驚くべきものであり続けた。シェイクスピアは自分の内にあるものを必ずしも知ってはいなかったのだろう。その想像力は、しかるべき道筋に従って進むうちに加速していく。力強い反応を呼び起こす場面が突然現れたり、最高の台詞を独占する人物が登場したりするのである。

　『ヘンリー四世』にはまさにこのような瞬間がある。ピストルという人物が、古い芝居の台詞を引用というか誤用する癖を見せるときだ。シェイクスピアは喜んだに違いない。その瞬間からずっと、ピストルがすることといえばそればかり――ほかに大した事はしないのだ。バースの女房が登場してチョーサーに不意打ちを食らわせたり、『ピックウィック・ペーパーズ[75]』のサム・ウェラーがどこからともなく現れたりするのと同じである。

　シェイクスピアの劇作家人生にも、これと似たような道筋が見られる。シェイクスピアはどんな主題や形式も扱う、野心的で多作な劇作家としてスタートした。歴史劇でもメロドラマでも、叙情的な哀感のあるものでも笑劇でも抜きん出ていた。何でもできたのだ。たやすく即興で創作できたところから見ると、喜劇に対する天賦の才を持っていたようだが、ほかの素材の使い方も急速に学んでいった。だが、自分のヴィジョンを発見したのは、芝居を書くことを通してだった。ヴィジョンはずっとあったのだが、それをきちんと見つけたのは人生の中盤に入ってからだった。そうして初めて真に「シェイクスピア的」になったのである。後年、シェイクスピアが自らの偉大な創造行為に仰天し、恐れ慄《おのの》いたことさえあり得るかもしれない。

第45章 こう頬杖をついて、俺様が言い始める

〔『ジョン王』第一幕第一場〕

ジョン・キーツに言わせれば、[76]詩心のある人というものは「自分ではない——自分というものを持っていない——あれでもこれでもあるが、どれでもない——人格がなく——光と翳を楽しみ、風格がある。その風格がよいものであれ悪いものであれ、高尚であれ低俗であれ、豊かであれ貧しかれ、下品であれ高潔であれ」。だから、「詩人とは、あらゆる存在のなかで最も詩的ではないものだ。なにしろ、詩人にはアイデンティティーがない——詩人はいつも形成の途中にあって、何か別の体を満たしているのだから」という。

シェイクスピアの登場人物は、いずれも意気揚々たる自信過剰なエネルギーに満ちあふれているので、自然の領域を凌駕してしまう。だからこそ、どんなに偉大な悲劇的人物であっても喜劇に近い。その誇大妄想的な傲慢さはおかしいほどだ。

シェイクスピアが動機にあまり関心を示さないのもこのためだ。登場人物は舞台に登場するやいなや生き生きと動き、その行動をいちいち言い訳する必要がない。シェイクスピアは種本に説明されている動機を消し去ることすらあったが、それは単に登場人物の内的エネルギー、ないしはその人物につきまとうかのような力を増強するためだった。そうすると、登場人物は神秘的で、さらに魅力的な存在となり、観客を驚かせもすれば警戒させもする。行動から動機を推察しなければならないこともあるが、そういうときは人物があまりにも真に迫っているので、人物の周囲を見るしかないのである。

シェイクスピアの登場人物は、言葉と行動が首尾一貫し、口にすることがあまりにもよくまとまっているので、完全で筋の通った精神か魂があるように見える。声のリズムそのものが、ユニークで独自性を持った個性を作り出している。『オセロー』の第一幕第二場でオセローが初めて舞台上に登場するとき、連続するハーフ・ライン[77]——「ほうっておけ……好きにやらせるがいい……いや、俺は逃げも隠れもせぬ……どうした?……何事かね?」——から成る言葉のリズムは、韻文の構造に深く組み込まれており、それこそがオセローという存在が持つリズムとなっているのだ。

偉大な悲劇の主人公には、みな、自分こそすべてを支配する力を持っているという信念が見られる。運命を司るのは星回りでもなければ運命という抽象概念でもなく、ましてや神の摂理などではない。主人公は抗し難い力に衝き動かされて行動し、その内なる生命力があまりに力強いため、劇が進むにつれていよいよ止まらなくなる。倒れるときでさえ、すばらしいのだ。

天才であっても時宜を得て、時代の空気を読まなければ活気づくことはできない。たとえば、一六世紀は冒険者の時代、努力する個人の時代であると言われてきた。イギリスの舞台

で言えば、フォースタス博士やタンバレイン大王がその最初の例だろう。一六世紀の宗教文化の頸木《くびき》から逃れて一七世紀に「社会」が確乎として成立するまでのあいだに、個人という存在が生まれ、モンテーニュの作品と同様にマーロウの戯曲においても、個人が思索と探究の対象となってきたのである。これはまたシェイクスピア的な瞬間でもあった。

シェイクスピア作品の主人公たちには、作者自身の強さと活気がそのまま備わっている。その生命力は驚くべきものだ。肉体的のみならず精神的な力がある。マクベスでさえ、不思議な楽観主義を崩さない。みな、宇宙の力と一体になっているのだ。シェイクスピアの真の悪役は悲観論者《ペシミスト》であり、人間の活力や、偉業を成し遂げる能力を否定してかかる。自分に溺れ、憂鬱であり、動きや活気と敵対する。シェイクスピアがどこかに感情移入するとすれば、そうした活気と生命力を持つ人物なのだ。シェイクスピアがあらゆる形の動きに魅せられていたことは、心象研究《イミジャリー》によっても明らかにされている。まるで、急速な動きや加速のなかだけでしか物事の生命力を捉えられないと考えていたかのように見えるのだ。

どの登場人物にも、当然ながら必ずシェイクスピアの一面が入り込んでいて、それが人物を息づかせる。シェイクスピアこそ存在の根源なのだ。そのことは戯曲そのもののなかで示されている。リチャード三世は「この胸には一千の心臓が高鳴る」と公言し〔第五幕第三場〕、『リチャード二世』ではオーマールが「この胸には一千もの勇気が宿っている」と叫び〔第四幕第一場〕、国王自身も「こうして私は、ひとりで何人も演じ」ていると明かす〔第五幕第五場〕。頻繁ではないが執拗な強調だ。ハズリットがシェイクスピアについて言ったように、「シェイクスピアは、あるもののことを考えさえすれば、そのものになれた。それに伴うあらゆる事情もろともに」(Bate, *Romantics* 182)。超人的に敏感な想像力を持っていたため、他者の存在を身にまとうことができたのだ。この天賦の才能、あるいは力量は、シェイクスピアが繰り返し用いたもうひとつのテーマに表れている。すなわち「私は私ではない」、「私が誰かを教えてくれる者は誰だ?」というテーマである。

シェイクスピア劇のありとあらゆる主人公すべてにシェイクスピアの要素があるわけだから、そうした人物たちもまた根本的に謎めいた存在とならざるをえない。人物は合理的な判断で動くのではなく、いつでも本能という理由や夢の論理で動いているのだ。演じるべき役割と、世の中で担わなければならない役割とが相矛盾することもある。これぞシェイクスピアのヒロインの秘密である。

登場人物は機知に富み、謎めいていて、気まぐれだ。時に不可解であり、少なからず風変わりであったりもする。ハムレットの振る舞いについてオフィーリアが父親に語るように、「わかりません、お父様、どう考えたらいいのか」(五一七行〔第一幕第三場〕)といったふうなのである。作者に似ているのだ。登場人物が多様性と不確定性に基づいて「現代的」に見えるのもこのためである。シェイクスピアは演劇における個人の意識を発明したと言われることがあるが、むしろシェイクスピアは（モンテーニュに倣って）はっきりせず不安定なものとしての意識という概念を伝えたというほうが真実に近いだろう。これはほぼまちがいなくシェイクスピアの意識的な策略ではなく、その天才の自然な表れだった。

これはまた、役者としての意識の表れでもある。サルトルの小説『汚れた手』の主人公が告白しているように、「君は僕が絶望していると思っているのだろう。まったくそんなことはない。僕は絶望の喜劇を演じているのだ」というわけだ。よく言われてきたことだが、シェイクスピア劇では、自己認識の言語が演技の言語となる。他者を演じることによって、登場人物は真の自分に近づく。もっと別の言い方をすれば、シェイクスピアは他者になることによって自分自身を理解したのである。

しばしば演劇のメタファーを使用するシェイクスピアにとって、「役を演じる」という言い回しはお気に入りだった。劇中の恋人たちは、互いの目の前で即興演技をするようになる。シェイクスピアが書く面白い人物には、役者魂がある。これほど演劇性を強調し続ける劇作家は同時代にいなかった。このような関心を持っていたのは、役者だからではない。むしろ、このような関心を持っていたからこそ役者になったのだろう。シェイクスピア劇は、世界の演劇史のなかで（おそらくモリエールの劇を除いて）最も上演に適した劇作品なのである。

『夏の夜の夢』でテーセウス（シーシュース）が想像力について語る台詞のなかに、次のような一見流暢でわかりやすい一節がある。

……詩人の筆が
それに形を与え、空気のような実体のないものに
個々の場所と名前を与える。
（一七一五―一七行〔第五幕第一場〕）

但し、エリザベス朝演劇の言葉では、「形《シェイプ》」とは役者の衣裳のことであり、「場所《ハビテーション》」とは舞台上の持ち場、「名前《ネーム》」とは役者の役名を書いて胸につけた紙のことだった。[78]

ハムレットが長台詞のなかで「このすばらしい大地」、「岩だらけの崖」、「金の炎のような星々がちりばめられたこの壮大な天井」に注意を向けるとき〔第二幕第二場〕、観客にはハムレットがそれぞれ劇場の壁、裸舞台、そして役者の頭上にある差し掛け屋根（星がちりばめられた絵が描かれた天井）のことを言っているとわかっただろう。劇場がきっかけとなって台詞が作られていたのだ。シェイクスピア作品は演劇用語に満ちている。「影」がどうのこうのと語られるとき、「影」が役者を表す専門用語だと誰が思うだろうか。[79] つまり、『夏の夜の夢』の大団円でロビン・グッドフェローが「もし我ら影法師がお気に召さずば」と言うときには役者を代表して語っているわけだし、『すべて真実』（『ヘンリー八世』）でバッキンガムを演じる役者が「今の私は哀れなバッキンガムの影にすぎぬ」（二五八行〔第一幕第一場〕）と言うのは明らかに演劇への言及なのだ。このつながりはまた、「人生は歩き回る影法師、

哀れな役者だ」（二〇〇四行〔第五幕第五場〕）というマクベスの言葉にも含みを持たせる。シェイクスピアの最も演劇性の高い作品のひとつである『リチャード二世』では、現実にあるものが映ってできる影と、実質を持たない非現実性そのものとしての影とが常に互いに影響し合っている。影はシェイクスピア劇の至るところに見られる。また、シェイクスピアは影について奇妙な事実をよく理解していた。すなわち、実体がなくても、影はあらゆる光景に深みと喜びを添えるということを。

シェイクスピアが登場人物へ向けるまなざしは役者のものであって、詩人のものではない。たとえば、登場人物の多くが顔を赤らめるという顕著な傾向がある。これは舞台だからである。ディケンズは、人物を想像しさえすれば目の前にその人物が現れてくると言ったが、まさにその力がシェイクスピアには並外れて備わっていたのだ。しかも、単に登場人物ではなく、その人物を演じる役者が見えていた。あらゆる同時代の劇作家のなかで、シェイクスピアが最も舞台技法を確実に操れた[80]のはこのためである。これは本能的なものだった。ジェスチャー（身振り）が見えてきたのだ。舞台上を動く役者たちが見えてきたのである。

ひとつの身振りで決まる場面、あるいは似たような身振りを続けることで成立する場面がある——たとえば、謙《へりくだ》りのしるしとして跪《ひざまず》いたり、地べたに坐るなどである。大勢の人が出てくる場面の前には、たいてい人数の少ない場面が来る。対比をはっきりさせるためでもあり、大勢が集合する時間をかせぐ方法でもあった。また、劇中の台詞の九五パーセントを劇団の一四名の主要な役者たちに割り当てている。年功序列の問題もあったが、実際的な舞台監督のように稽古の時間をうまくやりくりしようとした結果でもあった。雇いの劇団員がいなくとも稽古ができるようにしたのである。

『アテネのタイモン』のひとつのト書きを見れば、シェイクスピアの想像力が捉えたイメージがわかる——「一同より遅れて、アペマンタスが例によって苦々しい顔つきで登場」〔第一幕第二場〕。『アントニーとクレオパトラ』には次のト書きがある——「数人の衛兵が駆け込んでくる」〔第五幕第二場〕。シェイクスピアには役者たちの姿が見え、その声が聞こえているのだ。こうした場合、自ら記しているように、動きが雄弁に物語る。[81]また、衣裳を想像しながら書いたに違いない。エリザベス朝演劇では、衣服が人を作ると考えられていたのだから。

仮面の使用や、黒衣の着用を指示している場面もある。芝居の視覚的イメージは何にもまして重要だった。だからこそ、青天井の舞台上での時間の経過や太陽光の動きに気をつけており、ロンドンの街自体が暗くなる時間に合わせて暗い場面を書いた。『ロミオとジュリエット』の最終幕で、ロミオと従僕は「松明を持って」登場する。『オセロー』の最終幕では、ムーア人オセローは「あかりを持って」登場する。つまり、それぞれの場面やエピソードには固有の形式やテンポがあり、出来事《アクション》の継続性と一貫性が何よりも強調されているのだ。だからこそ、シェイクスピアは、フォーリオ版全集で「高名な舞台詩人」と呼ばれたのであり、何よりも「場面を巧みに描き出すこと」に才能があるとトルストイに評されたのだ（Jones 4）。

シェイクスピアがケンプやバーベッジ、カウリーやシンクラーといった特定の役者たちが与えられた役を演じるところを思い浮かべながら書いたことが研究によって明らかにされてきた。たいていの役者には独自の得意分野があり、それを見込んで書いていたのだ。役者たちの声が聞こえ、それぞれの役者がどう舞台に立つかあらかじめわかっていたのである。もしバーベッジ本人が汗かきでなければ〔太っていなければ〕[82]、ハムレットがレアーティーズと戦っているときにガートルードが「あの子ったら、太ったのかしら、息なんか切らして」（三五〇八行〔第五幕第二場〕）と言うことはないだろう。ハムレットの体重について言及した箇所はほかにはないのだ。バーベッジの役者としての成長が、シェイクスピアの悲劇の主人公たちが深みと複雑さを増していくのに直接影響していた。また、主人公たちはバーベッジに合わせて次第に年とっていく。シェイクスピアはまた、ケンプにも次第に難しい役を書くようになっていった。その最高傑作が『夏の夜の夢』のボトムであり、ここではケンプの道化ぶりが叙情と神秘に彩られている。

登場人物がある特定の役者に演じられることにより、何か付加的な性質を帯びることもあっただろう。たとえば、一六四九年にチャールズ・ギルドン[83]は次のように述べている。「信頼できる筋からの情報によると、イアーゴーを演じた人物[84]は喜劇役者として名高く、そのためシェイクスピアは（イアーゴーの人物像には合わなかったかもしれない）台詞や表現をいくつか付け足したという」（Dutton, *Shakespeare* 113）。このため、ひょっとしたら偶然なのかもしれないが、『オセロー』はコメディア・デラルテの一種と見られることもある。

演劇史家には、シェイクスピアの技術の進歩を役者や劇場の違いに応じて説明する者がいる。たとえば、シェイクスピア初期の「陽気な」喜劇はケンプのために書かれ、中期の「ほろ苦い」喜劇はケンプの後継者のために書かれたのだと言われてきた。これは証明が不可能だという点でまちがいなく有利な議論ではあるものの、芝居と役者との密接なつながりを強調する有意義な議論でもある。シェイクスピアが仲間の役者たちから演出や台詞に関して提案を受けることもきっとあっただろう。

一人の役者が二つ以上の役を演じるダブリング（doubling）について、シェイクスピアが熟考をめぐらしていたことは明らかだ。同じ人物が同時に舞台上にいないようにしなければならないのは当然だが、二一人もの役者で場合によっては六〇人ほどの役を演じるわけだから、誰が何と何を演じているのか、離れ業のような演劇的記憶力を駆使しなければならなかった。

だが、ダブリングがすばらしい効果を生み出すこともあった。『リア王』でのコーディーリアと道化とのダブリング[85]――リアの善良で忠実な娘コーディーリアが再登場すると、不思議なことに道化は姿を消すのだ――によって、言葉では表現できない深いアイロニーが生まれる。シェイクスピアはまた、前述のとおり、自分が演じる役も作ったわけで、どの芝居にも自分で演じるつもりだった役がある。(86)シェイクスピアに全然似ていなかったかもしれないが、それが自分で演じたい役だったわけだ。

役者の影響を受けて執筆していたことはほかの点にも表れている。何世代にもわたって役者たちは、シェイクスピアの台詞は一度覚えてしまえば記憶に残ると指摘してきた。一九世紀の名優エドマンド・キーン(87)の言葉を借りるなら、シェイクスピアの台詞には「粘着力がある」。これはもちろん、初演時の役者にとっては大きな利点だった。当時の役者はひとつの「シーズン」中に、多数の劇を繰り返し上演しなければならなかったのだから。また、シェイクスピアの言葉は人間の声の動きに合っていた。まるで書くそばから聞こえてきたのではないかと思えるほどだ。自然な口語の語調であり、キッドやマーロウの硬い台詞とはまったく異なっていた。そのうえ、歴代のシェイクスピア役者たちが言うには、台詞そのもののなかに動きや所作のきっかけが含まれているのだ。

また、多くの芝居のなかで沈黙が持つ劇的可能性も追及していた。『マクベス』における門を叩く音や、『ジュリアス・シーザー』における群衆の歓呼の声のように、舞台袖から聞こえる叫びや音が話の流れの変化を示すものとして使われている。演劇のあらゆる仕掛けを、プロとしてこれほど高度に使いこなした作家はほかにいなかった(88)。

役者としても、シェイクスピアは観客と親しく交わっていた。観客を楽しませようとしていたのであり、劇中のあらゆる挿話《エピソード》は客の注意を惹くように作られていた。舞台がよく見えない一部の観客のために、舞台上で起こっていることを対話によって説明しようとしている部分もある。マクベスが「なぜあの釜が沈むのだ」〔第四幕第一場〕と言うのは、釜が落とし戸から下へ沈んでいくのを観客に伝えるためだ。ベン・ジョンソンは究極的には読まれるために芝居を書いたが、シェイクスピアは上演のために芝居を書いたのである。

シェイクスピアの作品にある種の謙虚さがあるとすれば、その美徳は早くから身につけたものだった。何しろ、シェイクスピアは同時代人が書いた下手な芝居で演技をしてこなければならなかったのだから。当時の最高の劇作家は身を低くして、ずっと劣った作家たちの言葉に命を与えなければならなかったのである。あるシーズンには『リア王』とバーナビ・バーンズ(89)の『悪魔の特許状(90)』の両方に出演したし、『じゃじゃ馬馴らし』と『王室森林保護官《レインジャー》の喜劇(91)』を掛け持ちしたシーズンもあった。自分を消して寡黙に一生を過ごしたシェイクスピアにとって、役者業は最大の自己犠牲行為だったかもしれない。自分の選んだ職業に対する不満を時々漏らした(91)のはこのためだったのではないだろうか。

流暢さや流動性はシェイクスピアの思考形式でもあった。二つで一組のものや、二重性や、対立を好んだ。ある考えや感情を思いつけば、必ずそれをひっくり返してみせた。様式や雰囲気に異常なほど敏感だったデンマークの哲学者セーレン・キルケゴールが言うには、「完璧な想像力の緊迫感をもって、全音域を用いて感情を表現しながら、なおかつその反対の響きを聞き取れるような台詞や返答を書く技――そんな技を実践できるのは、唯一無二の詩人シェイクスピア以外いない」(Gross 23-4)。まるで、差異を玩《もてあそ》ぶことでのみこの世の生が表現できるかのように、変化や対比に夢中になっていたのだ。ロミオがジュリエットの墓に入り、ハムレットがオフィーリアの墓の傍らに立つときにも、道化は自分の笑劇を続けている。舞台はめくるめくように変わっていき、宮廷での厳粛な会議があるかと思えば、場末《イーストチープ》の居酒屋ボアーズヘッドでの茶番めいた乱痴気騒ぎが続く。王様と道化が、嵐のなかで真の道連れとなる。トルストイは『リア王』[93]のこの場面には意味も慰めも見いだせないと不平をこぼしたが、シェイクスピアにとっては、この二人の裸の人物が舞台上にいるということ以外に意味はなかったのだ。リアも道化も、相手がいなければ存在しえない。このようにして差異と対比の精神が演じられる。シェイクスピアの技の最も崇高な部分には、教訓はまったく存在しない。そこではただ、高きを目指す人間の意志が、想像力とともにあるのみなのだ。

シェイクスピアの天才的資質はどこか醒めていて、作品に籠められた強烈さもほとんど没個性的であるため、たいていの一八世紀の批評家はシェイクスピアは自然そのものに近かったと思っていた。自分が創った物に対して、自然と同じように無頓着だったと。たとえば、シェイクスピアがデズデモーナの死に深く心をかき乱されたとは思えない――もちろん、ひどく興奮はしただろう。なにしろ、その表現の力や勢いにどっぷりつかっていたわけなのだから。しかし、深く心を動かされてはいなかった。これを書いた日には殊に陽気だったかもしれないのである。

第46章 なんと音楽的な不調和音、甘い調べの雷鳴

〔『夏の夜の夢』第四幕第一場〕

変化と差異という視点から見てみると、シェイクスピア劇を最もよく理解できる。わざと矛盾する解釈を招いているようなところもあって、たとえば『ヘンリー五世』は、英雄叙事詩としても残酷な大言壮語の劇としても上演可能である。シェイクスピアの作品は、どちらの解釈にも同じように開かれているのだ。

ハムレットの性格に関する疑問は尽きないし、『リア王』の終幕についての議論もきりがない。『トロイラスとクレシダ』がどのような意図で書かれたのかは、対立する批評の霧のなかで今はほとんど見えなくなっている。この劇では、ユリシーズの台詞を通してひとつの価値観が確立しているのに、劇中のあらゆる登場人物はこの価値観を破壊するか無視するのである。

シェイクスピアは深い曖昧さの感覚をもって育った。曖昧さこそは、その人生と創作を司る原則のひとつだった。劇自体のなかでもテーマや状況が主筋や副筋において互いを反映し続けるので、読者や観客に提示されるのは同じ主題のさまざまな変奏であり、決してどれかひとつが抜きん出ることはない。シェイクスピアは一度に二つか三つの筋を語り始め、すべての筋が同じ軌道をたどることになる。たとえば、ハムレットと父親との絆は、レアーティーズとポローニアスとの関係、またフォーティンブラスと父親との父子関係にも反響している。ある登場人物たち——普通、身分の高い人物と低い人物であることが多い——が意図的に互いの引き写し、またはパロディーとなっていることもある。視覚的にも、また場面的にも、対になっているのだ。

シェイクスピアはエリザベス朝演劇のありとあらゆる舞台技法を利用した。同時に複数の場面を進行させることで、劇世界が多様で不確かなものであることを示すのもそのひとつだ。どの劇も対置《パラレル》、対比《コントラスト》、反響《エコー》によって構成されているように思える。登場人物の性質もみな単純ではなく、結末は調和するようまとめられているかに見えるが、実際には物語が真に解決しているケースはかなり稀だ。最終場面は意図的に曖昧に作られ、幸せな和解の場面から排除される登場人物がいることが多い。シェイクスピアには「言いたいことが何もなかった」というトルストイの言葉[94]に賛同する批評家がいるのはこのためだ。舞台上でアクションやレトリックを示すのは、ただ視覚的な娯楽を作りたかっただけだというわけである。しかし、何代にもわたって読者はシェイクスピアのいわゆる「深み」に惹きつけられてもきた。作品が根本的にこれほど謎に満ちているイギリスの劇作家はほかにいない。だからこそ、シェイクスピアは今でも力を持ち続けているのである。

作品の内容は際限なく変わり続けたが、やがて暗いものを

連想させるようになっていった。初期の作品の喜劇的な召し使いたちはイアーゴーやマルヴォーリオに姿を変え、初期の喜劇に登場する道化たちは『リア王』の道化や『ハムレット』の墓掘りになる。『ウィンザーの陽気な女房たち』における性的嫉妬は、『オセロー』では殺意となる。フォルスタッフの陽気な無秩序は、サーサイティーズやタイモンにおいては不快で辛辣なものになる。想像力が、同じパターンに何度も繰り返し惹きつけられているのだ。同じように迸《ほとばし》る力、同じような想像力の熱がどの作品にもはっきりとある。ちょっとした傍白や言及から、ひとつの作品を執筆しながらもすでに次回作のことを考えていることがわかることもよくある。たとえば『マクベス』には、明らかに『アントニーとクレオパトラ』の予兆がある。『ヘンリー五世』の言葉遣いは『ジュリアス・シーザー』を予期させる。シェイクスピアの作品はすべて全体の一部であり、相互関係において理解されるべきものなのだ。

　シェイクスピア劇の多くは、「いきなり事件の核心から《イン・メディアス・レス》」始まる。観客が参加するときには、すでに会話が始まっているのだ。あらかじめ動いている世界を作り出すことで、シェイクスピア特有の流れが出る。エリザベス朝の舞台技法とは入場の技法であり（当時は幕を正式に分けることがなかったので）、シェイクスピア作品においては、どこか魔法の空間で生き生きと進行中の世界から役者たちが登場してくるのだ。物語は緊張感に満ちたエピソードの連続として構想されているが、話のテンポがよく、多様性や変化にも流れるような感じがあるので、物語は滞りなく躊躇《ためら》いなく進んでいく。人生そのものの出来事や活動を真似た不断の流れがあるのだ。

　シェイクスピアは名劇作家であるばかりか、演劇の実際に完璧に精通していたことが明らかになっている――むしろ、演劇の実際に精通していたからこそ名劇作家だったと言うべきか。シェイクスピアは役者であり、劇作家であり、収益の配当を受ける株主であり、ついには劇場そのものの共同所有者にもなった。自作のなかですべての役者を使い切るようにしていたようであり、余計な出費を最小限に抑えようとしていた可能性もある。シェイクスピア劇に高価な「特殊効果」が見られないのはこのためだ。いずれにしても、特殊効果は人間同士の問題に基づく筋書きから観客の目をそらしてしまうことになる。

　しかし、シェイクスピアの立場が持っていた利点とは、ほぼ望みどおりに執筆ができるということだった。時代の圧力や流行に屈することを余儀なくされる雇われ作家とは違った。宮内大臣一座とともに早い段階で自らの名声と成功を確かなものとすると、望みどおりどんな方向にも打って出ることができた。だからこそ、シェイクスピア劇は大胆で多様になったとも言えよう。ムーア人を悲劇の主人公とした劇を書こう、あるいは魔法の島を舞台にした作品を書こうと思っても、劇団員たちは喜んでその判断を信頼してくれた。毎年二本か三本の芝居を供給する限り、「仲間たち《フェローズ》」は満足したのである。

それゆえ、社会生活、経済生活、創作生活のすべてが舞台上に織り込まれていた。これほど広範囲に何もかも結びつけられる立場にいた人は当時はいなかった。一種独特の演劇的状況に恵まれていたのだ。たとえば、自作が上演されることに関心を持たない劇作家もいた。ジョージ・チャップマンは、「私は自分の芝居を観ない」と偉そうに公言している（Chute 81）。しかし、シェイクスピアは、興奮状態で劇の言葉を最初に書いたときから、稽古で最後の言葉が精錬され仕上げられるまで、自作のあらゆる段階を見届けた。自作が上演されるときには、観客が漏らすため息や叫びのひとつひとつを熟知していたのである。

果たすべき務めはほかにもあった。ほかの作家が上演許可を求めて提出した台本に目を通し、改訂し、上演用の手稿を準備するのもシェイクスピアの責務だったに違いない。わかりにくい台詞を書き直したり、折のよいところに台詞を入れたりするよう頼まれもしただろう。古い芝居の再演に際してはプロローグやエピローグを書き、祝宴局長による検閲にひっかからないように物議を醸しそうな箇所を書き直した。仕事が速い人だった。当時書かれた戯曲のほとんどはすっかり消失しているということを、常に心にとどめておきたい。失われた何百もの戯曲のなかには、シェイクスピアが手を加えたものもたくさんあっただろう。

生きているあいだに自作を出版することに関心がなかったのも、劇団員としての役割によって説明がつこう。役者たちのあいだの仲間意識は非常に強く、戯曲そのものもある意味で共有物であり、共同体の内部で保存すべき共同作業の賜物だと考えられていた。自分の名前で作品が出版されるように取り計らったとすれば、それは仲間意識に反する、よくないことと思われただろう。別の劇作家による契約書が残っているが、それによれば、作者は「自分が書いた、あるいは今後書くいかなる戯曲をも」「劇団またはその過半数の許可なしに」出版してはならないと明記されている（Dutton, *Birth* 73）。シェイクスピアの同意が契約書の形をとったとは思われないが、それでも劇団に自分の作品を捧げるべきだという深い義務感を感じていただろう。この非公式の合意には、劇団がシェイクスピアの戯曲を保存してくれるという大きな利点があった。おそらくジョンソンを除けば、これほど作品が残っている劇作家はほかにいないのである。(95)

いずれにしても、シェイクスピアとジョンソンとの差異は示唆に富む。ジョンソンは自らを「作家」として、いかなる劇団や仲間意識からも自由な個人として売り込もうとしていた。より年長の世代に属するシェイクスピアは、個人が集団のなかに組み入れられている宮内大臣一座の組合的《ギルド》な共同作業に居心地のよさを感じていたようだ。シェイクスピアの立場は、現代の意味での「芸術家」よりも職人にずっと近かった。仕事仲間たちが一同の尊敬の念を込めてその戯曲を正式に出版したのは、シェイクスピア死後のことだった。

第47章 お言葉にお怒りがあるのはわかります

〔『オセロー』第四幕第二場〕

『サー・トマス・モア』の手稿を見る限り、シェイクスピアはものすごい速さと緊張感をもって執筆していたようだ。思いのままにエネルギーとインスピレーションを呼び起こすことができたらしく、自身の存在の深淵から言葉と韻律を生み出していた。急速で慌しい創作の過程で、台詞を最後まで書かないことさえあった。『アテネのタイモン』には、主人公が「これこれのお金を」用立ててほしいと頼んだという台詞があり、シェイクスピアはあとから正確な金額を書き加えるつもりだったに違いない[96]が、とにかく先に進まねばならなかったのだ。

読点を書き入れることはほとんどなく、むしろ執筆の勢いや流れに身を任せていた。単語と単語のあいだにスペースを残し、創作という発作が過ぎたあとで読点を入れられるようにしたと見えるところもある。

幕や場の区切りを記すこともなかった。ルートヴィッヒ・ヴィトゲンシュタイン[97]は、シェイクスピアの韻文は「いわば自分にすべてを許した人間が一気に書き上げた」という印象を受けている（Gross 169）。サミュエル・ジョンソンは、シェイクスピア劇の結末は時には不当なほど急いで書かれており、まるで何か切迫した事態に急かされているかのようだと述べている。

原稿は綴じられていない紙に書き、気の向くままに別々の場面を書き始めたかもしれない。たとえば、最初と最後のエピソードを完成させてからそのあいだの場面に注意を向けたということもありうる。ベン・ジョンソンが同時代のある作家について自分のノートに書きとどめた次のような言葉は、これと何らかの関連があるかもしれない。この人物は、「書き始めると昼夜を徹して休まず書き続け、休息のことなど気を失うまで考えもしなかった[98]」というのである（I. Brown, *Actors* 71）。但し、もしこれがシェイクスピアの描写だとすれば、ジョンソンがその名を告げなかったのは腑に落ちない。

もちろん、もっとはっきりとシェイクスピアの執筆ぶりを描写した当時の文献もある。ジョン・ヘミングズとヘンリー・コンデルは、フォーリオ版戯曲全集のために共同執筆した序文のなかで、シェイクスピアの「心と手は同時に動いていた。考えたことをたやすく言葉にすることができたので、我々が受けとる原稿には書き直しの跡ひとつなかった」と述べている。これがすっかり真実とは限らないが、シェイクスピアが驚異的にすらすらと創作していたことを強調するのがヘミングズとコンデルの狙いだった。容易さ、あるいは「何気なさ」――各登場人物から自然かつ本能的に韻文が流れ出てくるということ――もまた、シェイクスピア劇の本質のひとつだったのだ。

シェイクスピアの流暢さに対するベン・ジョンソンの意見

はさほど朗らかではなかった。『ティンバー、あるいは人間と事物についての発見』で、ジョンソンは次のように書き記している。

　役者たちがよく、シェイクスピアを褒めるつもりでこんなことを言っていたのを憶えている。すなわち、シェイクスピアは執筆するとき、何を書こうと一行も消すことがなかった、と。私は答えて言った、「一千行でも消してくれたらよかったのに」と。それがシェイクスピアへの悪口と受け取られてしまった。役者たちときたら、友人の一番の欠点を取り上げて褒めちぎろうというのだから、無知もいいところだ。それほど連中が無知でなければ、私も後世にこんなことを伝えはしなかったのだが。(99)

　さらにジョンソンは続けて、シェイクスピアは「あまりにも易々とよどみなく書いていたので、時々歯止めをかける必要があった。ローマ皇帝アウグストゥスがハテリウス(100)について言ったように、『話を制されるべきであった』。機知も自在に扱える人だったが、機知を制御することも同様にできればよかったのだが」と記す。シェイクスピアは同時代で最も多作な作家でこそなかったかもしれないが——トマス・ヘイウッドは単独作・共作を合わせて約二二〇の作品を書いたそうだ(101)——迅速かつ見事な執筆ぶりという定評があったことは確かだ。

　そこで、当時一般的だった羽目板の背もたれのある椅子に坐って机に向かうシェイクスピアの仕事ぶりを想像してみよう。もし書斎を持っていたとすれば、ロンドンで借家暮らしをするあいだに自分で備え付けた家具のある部屋だっただろう。雑音や邪魔の入らない環境で執筆するためにストラットフォードに戻っていたのではないかと言われることもあるが、これはありそうもない。劇場と役者たちに近い、いつもの場所で書いていたのだ。執筆に熱中すれば、雑音や周囲の環境も気にならなかったのではないだろうか。いずれにせよ、劇場でのさまざまな仕事があったのだから、執筆は夜にしなければならなかっただろう。シェイクスピアの劇中には「油の切れたランプ」（『リチャード二世』第一幕第三場）や蠟燭、「生臭い油蠟燭のにぶい燈火《ともしび》」（『シンベリン』六三二—三行〔第一幕第七場〕）へのさまざまな言及がみられる。

　シェイクスピアの所有物には、小さな「デスクボックス」(102)とペン入れ、ペンナイフ、インク壺があっただろう。劇作の材料収集に使う分厚い歴史書や詞華集をきちんと閲読するために、本箱や書見台も持っていただろう。また、「手帳《テーブル・ブック》」と呼ばれる帳面にメモを取っていたかもしれない。ハムレットは「記憶の手帳」に「書きつけておこう」と言っている（七二五行〔第一幕第五場〕）。シェイクスピアもまた、一日のうちに思いついたことや思い浮かんだ文を書きとどめていたかもしれない。繁華街を歩き回ると着想の材料が得られるという作家はいるものだ。

　机の前に坐り、厚くざらざらした紙に、削ったペンや鉛筆で書きつけた。しっかりして頼りがいのある、当時一般的だった鵞鳥の羽根ペンを使っただろう。フォーリオサイズの紙の両面に――紙は高価だった――一ページあたり約五〇行を書いた。ページの左余白には登場人物名を、右余白には簡単なト書きを書いた。急いで先に進んでいるときには話者の名前を抜かし、あとから書き入れることもよくあった。

シェイクスピア劇において、時間は流動的で包容力がある。話の規模に合わせて、思いのままに時間を縮めたり伸ばしたりしているのだ。演劇という媒体にすっぽりと包まれていたために、そのなかで独自の時間を作ったのである。「劇中の時間」と「現実の時間」とが呼応することはごくたまにしかない。『ジュリアス・シーザー』では、ルペルカリア祭[103]から三月一五日の前夜までの一ヶ月間が、情熱的な一夜のうちに過ぎ去ってしまう。これはニュートンの絶対時間ではなく、聖なる意味づけによって形成される中世の時間だ。『オセロー』や『ロミオとジュリエット』には、いわゆる「二重の時間《ダブル・タイム》」が存在し、事件の迅速な進行と感情のゆっくりとした成長の両方を可能にしている。観客が誰も「二重の時間」に気づかないことこそ、この仕掛けが成功しているしるしなのだ。

すでに見たように、シェイクスピアは全般的に劇の完成を急いでいた。しかし、そのような流暢さや器用さを強調しすぎては、明らかに躊躇したり改訂したりしていたことを無視することになる。言わば韻文の途中で立ち止まり、紙の上にペンをおいたまま、一語を削ったり、もっとよい言葉に置き換えようと身構えているように思えることも多いのだ。長台詞や韻文の途中で道を見失ってしまい、最初に戻ってもう一度やり直しているところもある。うまく勢いに乗り、熱中できるかどうかが問題なのだ。初期の劇には、インスピレーションやエネルギーを失ってしまったときの「埋め草」がところどころ見られる。だが、円熟期の劇になると、そのような退屈な箇所はずっと少ない。たいていの場合、シェイクスピアは白熱状態で執筆している。散文を書いているのか韻文を書いているのか、自分でもわからなくなっていることもある。たとえば『ヘンリー四世』第二部にあるフォルスタッフの台詞には、散文としても韻文としても印刷可能な数行がある。『アテネのタイモン』でも、もとは散文となっているのに韻を踏んでいる部分がある。シェイクスピアの言葉は英語独特の五歩格の自然な響きに満ちているので、韻文と散文の違いなどたいしたことではなかったのかもしれない。スペースを節約しようと、韻文をまとめ書きしているところもある。歌の歌詞がひとまとめにされているのも同じ理由だ。『サー・トマス・モア』の手稿では、ページの最後に台詞を書き込んでしまおうというそれだけの理由で、三行半の韻文を二行の散文に圧縮している。ここでも、すべてを書きとめたいという抑え難い欲望のために、散文と韻文の形式上の相違が雲散霧消しているのだ。実際、シェイクスピアのテクストは常に流動的で未完成の状態にあり、役者が重みと意味を与えてくれるのを待っていると言えるかもしれない。

この結果、混乱が生まれる。人名をごっちゃにしたり、同一の戯曲のなかで登場人物に異なる名前を与えたりすることがあった。また、登場人物の描写や職業が異なることもある。たとえば『コリオレイナス』では、コミニウスは執政官だったり将軍だったりする。話の筋が完結せずに終わってしまうこともある。時と場所に一貫性がないこともある。『尺には尺を』では、一九年間だったものが次の場面では突然一四年間に短縮されている[104]が、このことから、必ずしも場面を順番に書かなかったのだろうとわかる。もし順番に書いたのなら、前の場面で何年間と言っていたかを覚えていたはずだからだ。

　口にしたばかりの情報を突然「忘れて」しまったり、同じ質問を何度もする登場人物もいる。『ジュリアス・シーザー』では、ブルータスはポーシャの訃報をキャシアスに伝えたすぐあとにその訃報を受けとる。しかも、同じ質問に対する答えが一貫していない。ブルータスの性格を創り上げる途中で、最初の考えと、あとからの考えの両方をうっかりページ上に残してしまったのかもしれない。『アテネのタイモン』の最後では、タイモンの墓碑銘はある一行では「その名を尋ねることなかれ」となっているにもかかわらず、すぐ次の行には続けて「われタイモン、ここに眠る」と書かれている〔第五幕第四場〕。これもまた、シェイクスピアが二つとも試し、それがなぜか両方とも残って印刷業者の手に渡り、後世に残ることになった一例だろう。ハムレットは第三幕にある有名な独白で、死を

　　行けば帰らぬ人となる黄泉《よみ》の国

と描写しているが（一六一七―一八行〔第三幕第一場〕）、すでに父親の亡霊に出会ったことを忘れているようだ[105]。

　ト書きを見れば、シェイクスピアの創作法がよくわかる。ト書きは時にまちがった所に置かれたり、行き当たりばったりに略記されたり省略されたりしており[106]、まるで創作のスピードと衝動に蹴散らされているかのようだ。一貫した注や体系的なト書きを書かなかったという事実は、のちの稽古に自分が関わるとわかっていたことをはっきり示している。稽古に行けば、何もかも明らかになるのだ。登場人物を「退場」させるのを忘れることもあるが、そんな省略はもちろん稽古では問題にならない。時には、端役の名前を絶望的なまでに混同してしまい、誰が誰に話しかけているのかわからなくなってしまうこともある。『ジョン王』ではフランス王の名がフィリップだったりルイだったりする[107]。まったく台詞のない人物を登場させることもある。何らかの役割を果たさせるつもりだったのかもしれないが、すばやい創作の過程のなかですっかり忘れてしまったのだろう。『から騒ぎ』では、レオナートーにはイノジェンという名の妻がいる[108]ことになっているが、この妻は登場しない。その名は『シンベリン』で再登場する。ト書きに「など」と付け加えることもあるが、それが具体的に役柄のうち誰々なのかは、あとになって少しずつわかってくる。当時の一般的・平均的な上演時間に比べて長過ぎる劇もあり、読み物として書き直したのではないかとも言われてきたが、本当のところは、歯止めをかけずにどん

どん書いていたのであろう。いずれにしても、筆の流れを止める必要はなかった。カットは稽古でできるとわかっていたのだから。ボーモントとフレッチャーの作品集が一六四七年に出版されたときに添えられた書簡が物語っているように、「これらの喜劇や悲劇が舞台にかけられたときには、状況に応じ、作者の了承を得て、役者たちが場面や台詞を割愛することがあった」。シェイクスピアがボーモントとフレッチャーとは異なる対応をしたと考える理由はない。

シェイクスピアの躊躇や不統一は、劇作家なら誰にでもあることだと言われてきた。しかし、必ずしもそうではない。たとえば、モリエールにはこのようなことはまずなかった[109]。それはむしろ、シェイクスピア独自の流れるような想像力と言葉の流暢さの表れだろう。慎重にじっくり考えて書く作家ではなかったのだ。『アテネのタイモン』で、詩人は次のように告白している。

詩は樹液の如く、育まれたところから、
滲み出します。火打石は打たれて初めて
火が出ますが、詩の上品な炎は
自然と燃え上がり、荒れ狂う流れのように
土手にぶつかり飛び上がるのです。
（二一―二五行〔第一幕第一場〕）

詩は作られるそばから、自然と形ができてくる。外部からの刺激は必要なく、自らを鼓舞して、独自の鮮やかな勢いをもって流れ出す。シェイクスピアはいわば、行き先の定まらぬまま、常に手に汗握るような集中をしていたのだろう。普通の人より綴りにミスが多い[110]のもこのためかもしれない。たとえば『サー・トマス・モア』の手稿には、「郡代」（sheriff）という単語が連続した五行にわたって、五通りの異なる綴りで書かれている。「モア」という名前も、同じ一行のなかで三通りに書かれている。まるで、自分の言葉の意味を決定せず、あらゆる解釈に対して開かれたものにしておきたいと願っているかのようだ。これはまた、稽古の過程と役者の解釈にできるだけ多くを委ねようという、プロとしての手法でもあった。しかし、もちろんその結果、言葉が詩人から出てきたのではなく、どこかの自然の泉から樹液さながらに滲み出したかのように思え、いわゆるシェイクスピアの「姿の見えなさ」の度合いをさらに高めることになる。

けれども、ここには明らかな矛盾がある。改訂や書き直しの過程で、シェイクスピアは韻文にさらに磨きをかけたいという漠然とした望みを持って、微小な細部に変更を加えているのだ。本能的に、自分でも気がつかないうちにしたことかもしれないが、無論のこと、場面全体の流れが変わってしまうこともある。シェイクスピアが劇作家として生涯ずっと自作に改訂を加え続けたことは、すでに注目の対象となっており、たとえば、新オックスフォード版では、異なる時に書かれた『リア王』の二つの版をそのまま別々に出版している[111]。多くの作品には書き加えた跡がある。『ハムレット』で話がそれて、大人の芝居が流行らないという話になるのはその一例だ。[112]『ロミオとジュリエット』の「青く薄らぐ目をした朝が、しかめっ面の夜に微笑みながら、……」と始まる台詞はロミオの台詞だったものがロレンス修道士に移り、[113]それによって意味合いが大きく変わっている。『恋の骨折り損』では、ビローンの長台詞に二パターンあり、[114]一方は他方よりも叙情的である。あとのほうはのちに余白に書き込まれたか、別の紙に書かれ、前のほうは削除することになっていることに印刷屋が気づかなかったと思われる。

こうしたことはシェイクスピア劇にはしょっちゅうあることだ。二パターンがなくても、ひとつの台詞のなかに最初の考えと再考の両方が残っていることもある。たとえば『ロミオとジュリエット』の第二クォートには、「鳩の羽持つ飢えた鴉《からす》（Ravenous dovefeathered raven）、狼のように貪《むさぼ》る羊」〔第三幕第二場〕という韻律の合わない不思議な一行がある。ここでは、「飢えた」（ravenous）から「鳩」（dove）を通って「鴉」（raven）へと思考が移っていく過程がはっきりと見てとれる。編者が最初の「飢えた」を取り去れば、意味がはっきりするのだ。[115]『トロイラスとクレシダ』の終幕には大きく手が加えられているが、実のところ、書き直しや構成の改訂の形跡がない戯曲はほとんどないと言ってよい。あとから台詞をカットすることも多い。『ヘンリー六世』三部作と『ヘンリー四世』二部作では、作品同士を結びつけるような台詞を書き加えて、筋書きの構成に統一性を持たせているのではないかと思われる。宮廷で上演される戯曲には筆を加え、時には既存の内容を書き直さなければならないこともあった。こうしてオールドカースルが、のちの版ではフォルスタッフになっていたりする。また、キャストの変更に合わせて内容を変えることもあった。これは、シェイクスピアは迅速かつ楽々と執筆したという、当時の人たちの印象を必ずしも否定するものではない。つまり、シェイクスピアの戯曲は常に暫定的あるいは流動的な状態にあったということだ。どこかの時点で、自分の書いた物を見直したことは明らかだ。それは草稿を清書しているときだったかもしれないし、新しいシーズンに向けて戯曲を書き直しているときだったかもしれない。

ひとつ例を挙げて、あとは推して知るべしとしよう。『ハムレット』では、劇中劇の王妃の台詞は、最初の版では次のようになっている。

> 女は愛すればこそ、恐れも多し
> 女は、恐れも愛も、感じぬときはつゆ感じず、
> 一切感ぜぬか、感ずるとなれば激しく感ずるもの。

しかし、これでは冗漫で、混乱を招くので、次の版ではこの韻文を次のように引き締めた。

> 女は、恐れも愛も、感じぬときはつゆ感じず、
> 感ずるとなれば激しく感ずるもの。
>
> （一八八八—八九行〔第三幕第二場〕）

もちろん役者は新しい台詞を覚えねばならぬのだから、こ

うした変更が役者の承認を得られるようにしなければならなかっただろう。また、抜本的な改訂をして祝宴局長の許可を得るために再提出せねばならないなどということのないよう、気をつける必要もあったはずだ。このため、こうした制約のなかでは、シェイクスピア劇は決して固定することも完成することもなかった。シェイクスピアは常に芝居に手を入れ続け、（「決定版」を求める編集者たちには恐ろしいことだが）毎公演、少しずつ異なっていただろうと考えられるのである。

　これではだめだ、うまくいかないとして捨てられたアイデアや企画もあっただろう。そしてもちろん、執筆の過程で筋書きや人物造形が変わることもあったはずだ。事前に数週間、または数ヶ月にもわたって関連文献を読み、基本的な筋立てははっきりとしていたであろうから、書き始める前に念入りな梗概や計画を作っていたと考える必要はない。むしろ、その膨大な記憶力で戯曲全体を把握していたのだろう。戯曲はいわば形にならぬ状態で宙に浮いていたのだ。だからこそ執筆の途中で方向性を変えることもできた。動機や性格を変え、新しい場面を作ったり、新たな議論を持ち上がらせたりすることができた。台詞の前に書かれる人物名は、人物造形に深みと広がりが出てくるにつれて、決まりきった呼び名から個人名へと徐々に変わっていく。たとえば、『終わりよければすべてよし』では、「道化」は「ラヴァッチ」に、「従僕」は「リナルドー」に変わっている。シェイクスピアの目の前で、登場人物が息づき始めるのだ。

　ある筋を書き始めたあとで、興味を失うこともあった。たとえば『恋の骨折り損』で、フランス王女によるアキテーヌ領の要求がその後発展することはない。『ヴェニスの商人』におけるロレンゾーとバサーニオのあいだにどんな約束があったのかわからないままだ[116]。また、この劇では、シャイロックに興味を持つと同時にアントーニオに対する関心を失っていったことは明らかだ。アントーニオは劇の冒頭では奇妙な憂鬱に取り憑かれているのに、その後この人物がきちんと発展することはない。『コリオレイナス』では公的な文脈がすぐさま私的な人間関係に変わってしまうし、ハムレットの性格は劇の最後の二幕で変容を遂げる。もちろん、これはシェイクスピアが熟慮の末に下した結論だとも言えなくもないが、これらの例がはっきり示しているのは、即興で書いていて、自分のなかから湧き上がってくる創造に身を任せているということである。

第48章 我らは身を震わせ、心を痛める

〔『ヘンリー四世』第一部第一幕第一場〕

一五九五年の夏、宮内大臣一座は地方巡業に出かけた。六月にはイプスウィッチとケンブリッジに滞在し、どちらの町でも四〇シリングという少なからぬ額を手にした。かつてはケンブリッジのような大学町が卑しい役者の存在を嫌った時代もあったが、役者の社会的地位と評価は向上していた。これまで見てきたように、すでに教養ある若年層にはウィリアム・シェイクスピアの熱心な観客がいた。シェイクスピアこそがケンブリッジのさまざまな学寮のメンバーを惹きつける「呼び物」だったかもしれないと言っても過言ではないだろう。

宮内大臣一座がロンドンを離れたのにももっともな理由があった。またしても劇場が閉鎖されたのだ。晩春から初夏にかけて魚とバターの値段が高騰し、食料を求めて暴動がいくつも起こった。六月だけでも一二回の騒ぎがあった。徒弟たちがサザックの市場と、次いでビリングスゲイトの市場を占拠し、自分たちが適正と考えた価格で食料品を売ろうとした。その後、六月二九日には、ロンドンの徒弟が一〇〇〇人でタワー・ヒルを闊歩し、銃職人の店を襲撃した。不埒な目的を持っていたことは明らかだった。チープサイドの晒し台は叩き壊され、ロンドン市長邸の前に急ごしらえの絞首台が建てられた。「叛逆者の争乱」に関する小冊子が回覧され、のちに行われた訴訟手続きでは、徒弟たちはロンドン市長および参事会員から「権威の剣」(Archer 1)を奪おうとした廉で告発されている。指導者のうち五人は絞首刑のうえ内臓を抉《えぐ》られ、八つ裂きにされた。これは非常に厳しい罰だ。このようにロンドンは戒厳令に相当する状況下に置かれ、もちろん劇場は封鎖されたのである。

そもそも、宮内大臣一座のロンドンでの活動が始まったのは、全般的に波乱含みの時期だった。一五九六年、ある参事会員が枢密院に「三年間の疫病に続いて、この三年間は食糧が非常に不足した状態が続いている」と申し立てをしている(Archer 10)。一五九五年の暴動には織物職人の徒弟たちも加わっていたが、「ロンドン市長は狂っている」と訴えた絹織物職人は、ベツレヘム精神病院(ベドラム)に収容された。『夏の夜の夢』に登場する職人たちのリーダーのボトムもまた織物職人だ。シェイクスピアはここで、暴動を笑劇と喜劇に変換しているのではないかと言われてきた。確かに、そうだとすれば、ほかの場合のシェイクスピアのやり方と似ている。もちろん、シェイクスピア劇には、今では何のことだかわからない同時代の言及がほかにもたくさんあるのだけれども。

あるいは、シェイクスピアはこの頃、劇場閉鎖の折を利用してストラットフォードに帰郷していたかもしれない。地元の記録によると、八月末に「シャクスペア氏」(Mr. Shaxpere)が「ジョン・ペラット」から「本一冊」を遺贈さ

れている(117)(*Lives* 462)。オーブリーは、情報源は定かでないが、シェイクスピアは「年に一度、故郷に帰る習慣があった」と報告している(*MA* i 421)。

一座は八月末にロンドン公演を再開したが、ロンドン市長は役者たちの常打ち小屋であるカーテン座およびシアター座の取り壊しを要求した。群衆が集まって地域に騒動が起きるのを避けるためである。しかし、役者たちは、市の長老たちよりも紳士階級の人々に広く受け容れられていた。一二月初頭、サー・エドワード・ホウビー(118)は従兄の枢密院議員サー・ロバート・セシル(119)に「キャノン通りをお訪ねになる」よう招待している。「どんなに遅い時間になっても、門を開け、夕食をご馳走致します。リチャード王がお目見え致します」(*MA* i 421)。これは『リチャード三世の悲劇』が深夜に上演されたことを示すものかもしれないが、一般にはこの時期書かれたばかりだった『リチャード二世の悲劇』を指すものと解釈されている。『リチャード二世』は確かに論争のもととなりうる芝居であり――正当な支配者を無理矢理退位させ、殺すという筋だ――セシルが招かれたのは、この芝居が宮廷で上演されるにふさわしいものかどうかを確かめるためだったのかもしれない。王の退位と死に関する場面はエリザベス女王存命中に上演されることはあったかもしれないが、出版されることはなかった。出版されればあまりにも大きなリスクを伴うことになっただろう。

『リチャード二世』は検閲を受けたにもかかわらず大衆受けし、二年のあいだにクォート版が三種類出版されるほどだった。このうちあとから出た二種類には作者としてウィリアム・シェイクスピアの名前が冠されている。この芝居の人気によって、リチャード二世の生涯は民衆の想像力のなかに息づくことになった。一五九七年夏、『リチャード二世』のクォート版が出版される直前に、ローリーがロバート・セシルに次のような手紙を書いている。「私に頂いた貴方のお手紙を将軍閣下〔エセックス伯のこと〕にお見せし、貴方のおもてなしについてお話し致しました。閣下は『リチャード二世』とはなかなか気が利いていると殊の外お喜びでした」(*ES* i 353)。ここでは、リチャード二世という死んだ国王の名前を、生きている現女王の変名に見立ててふざけているわけである。

韻文で書かれた『リチャード二世』は、シェイクスピアの叙情的な衝動の輝きに満ちている。だからこそ、この芝居は『ロミオとジュリエット』や『夏の夜の夢』と関連づけられる。韻文がきらめき飛翔すると、イングランドの歴史が魔法と混ざり合う――伝説や妖精の魔法ではなく、屈辱と孤独の独白で統治の終わりを嘆く演劇的で叙情的な君主の魔法である。リチャード二世は直喩と隠喩を従える王だ。そのパフォーマンスは、あらゆる意味においてすばらしい。シェイクスピアは、王様と演じる者とをひとつの役柄のなかで結びつけることで記号論理(120)に基づく劇作を行い、その結びつきが示唆するスペクタクルと虚栄をすっかり描いてみせる。だからこそ、『リチャード二世』は儀式とレトリックの劇にもなっており、言語においても上演においても複雑な効果があるのだ。

リチャードは世界のなかでの自分の役回りについて思いに耽るうちに、自己の最も深い存在を発見する。この王は自意識が強く、芝居がかった君主として描かれている。敵である王位簒奪者ヘンリー・ボリングブルックが断乎として心のうちを明かさない外面的な存在であるのに対し、王は劇中で唯一、独白を与えられている。滅びゆく王の姿は、敗北と死に近づくにつれてより一層興味深くなっていく——あるいはむしろシェイクスピアが、王の性質や置かれた状況に興味を持つようになっていく。劇の冒頭ではいささか冷淡で強欲な人物として描かれているが、比喩的な意味でも文字どおりの意味でも、膝を屈して地面に近くなるにつれ、シェイクスピアの最高級の韻文を話すようになるのである。失敗、特にこのような壮大なスケールの失敗に、シェイクスピアはいつも夢中になるのだ。こうしてシェイクスピアならではの思いやりや共感が呼び起こされ、それは劇作家が父親に抱くやさしさにどこか関係しているかもしれないが、この作品において、シェイクスピアは哀感を自由自在に扱う匠であることを疑う余地もなく立証したのである。(121)

だが、シェイクスピアらしいのは、廃位された王と王位簒奪者のどちらが正しいか判断を下さないところだ。ヘンリー・ボリングブルックは勝利者になるが、この戦いに英雄はいない。だからこそ、シェイクスピアは、リチャード二世がグロスター公爵トマス・オヴ・ウッドストックを殺害した黒幕だったという可能性をほのめかすにとどめたのだろう。実際に黒幕だったということを話の中心に据えた大ヒット作『ウッドストックのトマス』(122)という芝居が宮内大臣一座のレパートリーに入っていたかもしれないけれども。『ウッドストックのトマス』ほど党派性の濃くない『リチャード二世』を上演するにあたり、シェイクスピアが観客に『ウッドストックのトマス』による予備知識を期待していたのは明らかだ。どちらが正しいかではなく、どちらが王にふさわしい堂々たる気品があるかということが問題だった。イギリス人はスペクタクルとレトリックを愛し、甘美で力強い演説を愛した。それが一六世紀演劇の本質だったのだ。

『リチャード二世』の種本となった失われた芝居が存在するのではないかと推測されもしたが、悲劇の材料はすでに手元にあった。もちろん、ホールやホリンシェッドの年代記もあり、ここから、ほとんど一字一句変えずに何行かの台詞を取ってきている。また、一五九五年に出版されたサミュエル・ダニエルの叙事詩『ランカスター、ヨーク両家の内戦』という具体例もあるが、シェイクスピアがダニエルを借用したのか、ダニエルがシェイクスピアを借用したのか完全にはわからない。ダニエルは、演劇界よりも宮廷に属する詩人であり、連作ソネット『ディーリア』は一五九二年に出版され、シェイクスピアが同じ形式を試すにあたって影響を与えた。ダニエルとシェイクスピアとの関連はほかにもある。ダニエルはこの頃まで、ウィルトンのペンブルック伯爵夫人の家にいてその息子ウィリアム・ハーバートの家庭教師をしていたのだが、シェイクスピアも自作のソネットを通してハーバートと直接の関係があったかもしれない。ダニエルはまた、シェイクスピアの知己ジョン・フローリオと義兄弟でもあった。さらに、エセックス伯爵の熱狂的な支持者でもある。エセックスとのつながりがまたここでも顔を覗かせている。

シェイクスピアがダニエルの作品から借用したとしても、ダニエルもシェイクスピアから借用している。『アントニーとクレオパトラ』の効果が、同じ題材を扱うダニエルの韻文劇[123]で使われているのだ。ある意味では、二人のあいだに意見の一致があったということになる。ダニエルは、シェイクスピアがなりえたかもしれないもうひとりの自分だった。田舎の無名の出自から、学問と技芸によって、詩人兼家臣となった作家なのだ。一五九九年にエリザベス女王がダニエルをエドマンド・スペンサーに続く桂冠詩人に非公式に選んだという話すらある。真実がどうあれ、ダニエルが宮廷で重んじられていたことはまちがいなかろう。

その宮廷に、宮内大臣一座は一五九五年のクリスマス・シーズンに戻ってきた。キャノン通りのサー・エドワード・ホウビーの屋敷での公演から約三週間後のことである。『リチャード二世』を老いた女王の前で上演したかどうかはわかっていない。六年後、女王はグリニッジ宮殿を訪れた者に[124]「私はリチャード二世なのですよ、知らないのですか?」と言い、『リチャード二世』の悲劇は「大通りや家々で四〇回も上演された」と不満を述べている。女王のいう「大通り」の意味はわからないが、「家々」というのは劇が個人的に上演されたことへの言及に違いない。これもまた、役者が貴族や金持ちに雇われていたことの証拠となる。つまり、少なくとも女王はこの芝居の存在は知っていたということだ。その年の終わりに、『リチャード二世』は宮廷で上演されただろうか。

一二月二八日から一月六日まで宮廷上演にあいだが空くが、このあいだに宮内大臣一座はラトランドへ旅をし、[125]バーリー・オン・ザ・ヒルにあるサー・ジョン・ハリングトン家での一五九六年の新年祝賀の一環として、古くからの人気作品『タイタス・アンドロニカス』を上演した。到着した日の夜に公演を行い、翌朝には出発している。おそらく報酬もよかったのだろう。たったひとつの古い芝居を上演するために劇団総出でラトランドの中心まで一六〇キロ以上もの旅をするのは異例に思えるかもしれないが、さまざまな人間関係や姻戚関係——一六世紀にはよくある話だ——によって説明がつく。サー・ジョン・ハリングトンは、キャノン通りのホウビーその人とイートン校以来の親友だったのである。そのうえ、ハリングトン家のフランス語の家庭教師ムッシュー・ル・ドゥーは、のちにエセックス伯の出資で大陸にスパイとして派遣されていた[126]。しかも謎が深まるのは、アンソニー・ベイコン[127]の私的秘書であったジャック・プティもまた、このクリスマスにバーリー・オン・ザ・ヒルに滞在しており、一説によればムッシュー・ル・ドゥーの従僕を装っていたという(Farey参照)。『タイタス・アンドロニカス』公演の模様を綴った手紙を書いたのはこのプティだった[128]。

つまり、シェイクスピアとその一座は、エセックス伯とつながりのある人物に特別の贈り物、あるいは捧げ物をしていたことになる。これは、シェイクスピア本人がエセックス伯支持者たち――なかでも一際目立つのは若きサウサンプトン伯爵――と親しかったという説を裏付ける。ホウビーとセシルが親戚――ホウビーの母方の伯父[129]がバーリー卿ウィリアム・セシル――であり、しかもこのころエセックス伯とセシル一族とは仲がよかったことを鑑みると、この友人・親戚関係全体がさらに重要になってくる。シェイクスピアは、短期間だけにしても、秘密諜報員や極秘の使命、陰謀やその裏をかく陰謀の世界に生きていたのだ。これは、クリストファー・マーロウを始めとする同時代人の多くが熟知する世界だった。シェイクスピア自身もこの世界を理解していたに違いない。

つまり、ラトランドの大邸宅へのシェイクスピアの登場には、どこか馴染まないところがある。謎があると言ってしまってもよいかもしれない。「ムッシュー・ル・ドゥー」というのはイギリス人スパイの偽名であるとか、もしかすると絶対にまだ生きていたに違いないクリストファー・マーロウの偽名かもしれないといった意見さえある（Farey 参照）。これに比べればあまり面白みはないが、ジャック・プティが書簡のなかで「タイタス・アンドロニカスの悲劇が上演されたが、目を楽しませる演出《モンストル》のほうが話の内容《スジェ》よりも興味深かった」と述べていることも気になる（Bate, *Titus* 43-4）。ラトランドでの集まりについても同じことが言えるかもしれない。ラトランドの舞台が突然照らされると、普通ならつきあわないような人々に混じってシェイクスピアの姿が見えるのだ。もし幾多の伝記が証言するように「知られざるシェイクスピア」像があるとすれば、それはこのような朧《おぼろ》な瞬間にこそある。

第49章 ああ、違う、違う、違う、これは俺の一人息子だ

〔『ヘンリー六世』第三部第二幕第五場〕

宮内大臣一座が抱えていた焦眉の問題は、王室や貴族の庇護では解決がつかなかった。ロンドン市当局はどうやら依然としてシアター座とカーテン座を閉鎖しようと意気込んでおり、ジェイムズ・バーベッジはブラックフライアーズ修道院の一部を屋根付きの劇場に改造する計画をすでに立て始めていた。ブラックフライアーズは市当局の逮捕権の及ばぬ「特別管区《リバティー》」だったため、公的な管轄権の外にあった。また、バーベッジは、劇場の売り上げの分け前を要求するシアター座の地主ジャイルズ・アレン[130]との困難な交渉にも巻き込まれていた。アレンは年間の土地貸借料を一四ポンドから二四ポンドに値上げし、バーベッジは何年かしたら建物の所有権をアレンに渡すことに同意していた。しかし、わずか五年でシアター座がアレンの所有物となるという要求は行き過ぎだった。バーベッジはこれに異議を申し立て、ブラックフライアーズへの投資を始めたのだ。一五九六年の夏じゅう、古い修道院の敷地内にある住居部分を取り壊したり、「食堂《フレイター》」と呼ばれる古い石造りの建物を改装したりする作業を手がけた。これは、いわば〔シアター座が使えなくなるときのための〕保険だった。大工の棟梁ピーター・ストリートが工事現場の近くに住めるように、川の近くへ引っ越す手配までした。

一五九六年七月二三日、ハンズドン卿ヘンリー・ケアリーがサマセット・ハウスで息を引き取った。享年七〇歳。宮内大臣職を引き継いだコバム卿は、演劇人への好意などさらさら持ち合わせていなかった。先祖のサー・ジョン・オールドカースルが、『ヘンリー四世』第一部で嘲笑の対象になっていたからだ。それゆえ、新宮内大臣と宮内大臣一座との関係は必ずしも良好とは言えなかった。ロンドンの公衆劇場を永久に閉鎖するという市長の要求をコバム卿が支持するのではないかとさえ、役者たちは恐れたかもしれない。当時、トマス・ナッシュが書簡に綴ったように、「以前の宮内大臣の時代には、役者たちは自分の地位は安泰だと思っていたが、今やその地位もぐらついてきて、当てにならなくなった」(Thomson, *Career* 117)。一座はハンズドン卿の死後すぐにケントへと巡業に出かけ、八月一日にファヴァシャムの市のホールで公演をしていたが、自分たちの職業の不安定さに改めて気づくことになったのである。

ところが、ファヴァシャムでの公演の数日後に、シェイクスピアはさらに大きな衝撃を受けることになった。一一歳の息子、ハムネット・シェイクスピアが死んだのだ。八月一一日に執り行われた葬儀のために、シェイクスピアはケントからストラットフォードへ急いだはずだ。幼い息子の死は、数多くのさまざまな影響を及ぼしただろう。シェイクスピアはストラットフォードに家族を残してきたことに、罪悪感や責任感を覚えただろうか。自分がいないあいだに子供たちの世

話をしてこなければならなかった妻が嘆き悲しむのにどう対応したのだろう。もちろん、このような問いには答えられない。この不幸のあと、すぐに書かれた『ヘンリー四世』第二部には、ヘンリー・パーシーの妻が[131]、夫パーシーの死の際に不在だった義父ノーサンバランドを責める力強い台詞がある。息子パーシーは

何度も北のほうを眺めては、父上が軍を引き連れてやってくるとじっと目を凝らしたのに、無駄でした。

（九八五―八六行〔第二幕第三場〕）

と言うのだ。シェイクスピアの後期の芝居には、家族の再会や愛情の回復というテーマが根底に流れているものが多い。『冬物語』では、父親の行動が息子マミリアスを死に至らしめる。マミリアス役を演じた少年は、過ちを犯した父親のもとへ終幕になって戻ってくる娘パーディタをダブリングで演じたのだろう[132]。娘の姿形を通して、死んだ息子もまた甦るのだ。

子供の死は、一六世紀には二一世紀の現在よりも遥かによくあることだった。また、エリザベス朝の「家族」は、従兄弟などのさまざまな血縁関係者も含み、現代よりも広範囲だった。このため、誰かが突然死んでもいつまでも激しく嘆いていては身がもたなかった。一六世紀の親はそののちの時代に比べて愛や感情に欠けていたと錯覚する必要はないが、子供の死が特に変わった出来事ではなかったということは心にとめておくべきだろう。シェイクスピアの息子の死因はわかっていないが、この年末、ストラットフォードでは発疹チフスと赤痢による死亡数がひどく多かった。但し、ハムネットの双子の妹ジューディスは、七〇歳という高齢まで生き延びた。

つまり、シェイクスピアは自らの遺産の相続者である一人息子を失ったのだ。一六世紀には家系に特別の意味が籠められていた。シェイクスピアはのちに書く遺書で、末裔の男子後継者に遺産を遺すために念入りに文章を綴っているが、これは男系相続がまだシェイクスピアの関心と気遣いの対象だったことを示している。シェイクスピアは、自分の似姿を失ってしまったのだ。

もちろん、この不幸が劇作家シェイクスピアに及ぼした影響を測ることはできない。慰めようもないほど悲しみに沈んでいたかもしれないし、そうでないかもしれない。多くの人がそうであるように、がむしゃらに仕事をすることに逃げ込んだかもしれない。それでもやはり、当時の作品はこの息子の死という観点から解釈されてきた。『ロミオとジュリエット』を「息子の死に対する挽歌」と呼んだ批評家もいる（Kristeva 9）が、それは信憑性に欠けるだけでなく、年代的にも無理があろう。

ジェイムズ・ジョイスの『ユリシーズ』では、スティーヴン・ディーダラスが次のように述べている。「シェイクスピアの息子の死が、『ジョン王』のアーサー王子の死の場面となった。黒衣の王子ハムレットとは、ハムネット・シェイク

スピアのことなんだ」。実際、のちにシェイクスピアが、父親の亡霊に悩まされるデンマーク王子ハムレットの悲劇に関心を持つのはまったくの偶然ではありえない。『十二夜』では、一卵性双生児――男の子と女の子だが――の物語が、一度は死んだと思われた男の子の奇蹟のような再登場によって解決をみる。双子の兄は甦るのだ。スティーヴン・ディーダラスが言うように、ハムネットの死後すぐに、シェイクスピアはジョン王に関する芝居を書き直している。付け加えられた箇所のひとつが、コンスタンスが幼い息子の突然の死を嘆く次のような台詞だ。

死んだあの子があけた穴を、悲しみが埋めるのです。
悲しみがあの子のベッドに眠り、私と一緒に歩き、
かわいい顔をして、あの子の言葉を繰り返します。
あの子のすてきなところを皆思い出させてくれ、
あの子の空っぽの服に形を与えてくれるのです。
ですから、悲しみが好きになるのも当然でしょう?
さようなら。あなたも私のように子を失ったら、
私があなたより上手にあなたを慰めてあげましょう。
（一三九八―一四〇五行〔第三幕第四場〕）

芸術作品と人生とのあいだに強い関連があるとするのはよくないかもしれないが、このような場合、コンスタンスの嘆きがハムネットを失ったシェイクスピアの悲しみと何ら関係がないようなふりをするのは常識に反する。

同時期に宮内大臣一座のために書かれた『ヴェニスの商人の喜劇、あるいはヴェニスのユダヤ人』もまた、悲しげな調子で始まっている。シェイクスピア作品中、最も奇妙かつ魅力的なオープニングだ。

どうしてこんなに憂鬱なんだろう。
嫌だなあ。君たちも嫌だろうけれど……

密かに友人バサーニオを愛しているこのアントーニオの役を、シェイクスピアが演じたのではないかと推測されることが多い。[133] アントーニオは話の筋の重要なところには登場するが、全体には控えめな役で、稽古ではほかの役者の指導もできただろう。しかし、この芝居はアントーニオの感傷的な悲劇にとどまることなく、シャイロックとその血腥い取引契約の物語によって盛り上がっていくのである。

互いに相容れないような題材からの要素を組み合わせて新しい調和を作り出すのが、シェイクスピアの常套手段だった。『ヴェニスの商人』に関しては、ほとんど二〇年も前にブル亭で上演された古い芝居『ユダヤ人』[134]からネタを盗んできたに違いない。『ユダヤ人』を観たある観客は、この芝居は「世俗の成功を求める者の貪欲と、金貸しの血腥い心」を描いたものだと述べている（*MA* i 416）。これ自体、短いながら、『ヴェニスの商人』の適切な要約となっている。いつものシェイクスピアの手だ――前に観て憶えていた古い「金目当てに書かれた駄作」をもってきて、そこに新しい命を吹

き込むのだ。また、シャイロックという役が部分的にマーロウのバラバス[135]に由来しているところを見ると、シェイクスピアは『マルタ島のユダヤ人』も観ていたはずだ。亡きライバルに文筆で勝ちたいという欲望に、模倣したいという本能が絡み合っている。シャイロックの物語が触媒として働くことで、これら二作品が新たな思いもよらぬ結びつきをみせたのだ。シェイクスピアはまた、セル・ジョヴァンニの『イル・ペコローネ[136]』に収められたイタリアの物語も利用しているが、これは当時まだ英訳されていなかったので、シェイクスピアはイタリア語を読めたか、この話を又聞きしたかのどちらかだろうと結論づけられる。また、学校時代に読んだオウィディウスに、アルゴー船の乗組員たちの物語があったのも憶えていたらしい。もちろんほかにも、今では知られていない、忘れられた題材があって、シェイクスピアの心を織り成す一端となっていたことだろう。だが、二つの芝居とイタリアの物語、学校の教科書だけからでも、シェイクスピアの想像力がどんなふうに題材を組み合わせたか手がかりが得られる。

シャイロックの性質はあまりにも多様な解釈を生んできたため、多数の学位論文や研究論文のなかを旅する「さまよえるユダヤ人」になってしまったかのようだ。シャイロックは、ディケンズのフェイギン氏[137]のモデルとなったかもしれないが、サフロンヒル[138]の住人とは違って、シャイロックは決して戯画になることはない。シャイロックはあまりに生命力と活力にあふれ、言葉も豊かであるため、型にはめられないのだ。とにかく過剰に力強い、厄介な存在だ。まるで、外国人に対する一般的偏見をもとに人物を造形するつもりだったのに、そんな人物には共感できないと気づいたかのようだ。要するにステレオタイプを書けなかったのである。のちに『オセロー』で異人種ないし「アウトサイダー」の高貴さを追究することになるわけだが、シェイクスピアは劇作家としてどこに向かっているのかもよくわからないまま、シャイロックの言動に突き動かされたのではないだろうか。ひょっとするとそのために——シェイクスピア劇の主人公の多くがそうであるように——シャイロックは解釈を超越しているのだろう。シャイロックは善悪を超えているのだ。堂々たる壮大な演劇表現となっているのである。

しかし、エリザベス朝の演劇界のどぎつさを忘れてはならない。シャイロックは赤毛の鬘《かつら》と徳利《とつくり》のような赤い鼻をつけて演じられたことだろう。結局のところ、この芝居は「喜劇」と名づけられているのだから。この芝居にはコメディア・デラルテの要素が色濃く残っており、実際に部分的にはパンタローネ、ドットーレ[139]、第一と第二の恋人、そしてもちろん召し使い役の道化《ザンニ》を含むグロテスクな喜劇と見ることもできる。しかし、シェイクスピアが演劇上の決まり事を用いるときには、必ず何らかの形で変化を加えている。『ヴェニスの商人』では、コメディア・デラルテの通常のルールが覆されているのだ。

他の種本から来た風変わりな要素——ポーシャの箱選びといったようなもの——もこの劇に含まれているという事実は、この劇がきわめて演劇性の高い夢のような世界を舞台としていることを強調している。物語の途中にひょっとすると仮面劇が差し挟まれたかもしれないが、だとすれば、バーベッジが新しく改装したブラックフライアーズ劇場で上演された『ヴェニスの商人』があったかもしれない。この種の優雅な娯楽には、室内劇場こそふさわしい。実際、劇を通して音楽のイメージがあり、それはベルモントでの最後の場面でクレッシェンドの頂点に達する。

……ほら、ご覧、空がまるで
光輝く黄金の小皿でぎっしり覆われた床のようだ。
君の目に映るどんな小さな天体も、
動きながら、天使のように歌っている。
（二三四〇―四四行〔第五幕第一場〕）

どの場面も一六世紀演劇の約束事につきものの大きな非現実性に包まれているが、これは二〇世紀の自然主義的演劇よりも一九世紀のメロドラマやクリスマスのお伽芝居《パントマイム》に近いものである。

一六世紀のロンドンには少数のユダヤ人と、「マラーノ」と呼ばれるユダヤ教からの表向きの改宗者がおり、たいてい偽名を使って生活し働いていた。『ヴェニスの商人』初演からわずか二年前の一五九四年には、女王を毒殺しようとした咎で告発されたユダヤ人医師ロドリーゴ・ロペス(140)を、エセックス伯が中心となって逮捕、拷問、処刑した。劇自体にも、この事件への言及が見られる。(141) しかし、舞台におけるユダヤ人のイメージは主に聖史劇に由来している。聖史劇のユダヤ人は、イエスを苦しめる存在として笑い者にされるのだ。たとえば、聖史劇サイクルではヘロデ王は赤い鬘をつけて演じられたが、これはお伽芝居における道化の起源となる。マーロウの『マルタ島のユダヤ人』でも、バラバスは同様の衣裳を着けていた。つまり、これがシェイクスピアが扱うことになっていたイメージだったのだ。しかし、このような人物像から、シェイクスピアは類型よりも遥かに興味深く共感を呼ぶものを作り上げた。その結果、シャイロックが世界じゅうの人々の想像力のなかに登場したのである。

第50章 何者だ、おまえは？ 紳士だ

〔『コリオレイナス』第四幕第五場〕

ハムネットの死から三ヶ月も経たぬうちに、ジョン・シェイクスピアはガーター紋章官から紋章を授与された。ジョンは紳士《ジェントルマン》となったのであり、もちろん息子もその呼称を相続することになった。実際のところ、二八年前に父親が行った申し込み——結局却下されたが——を更新するにあたって、シェイクスピア自身が関わっていた可能性も大いにある。二八年前にはひどく高いと思われた紋章取得の費用も、シェイクスピアが裕福になり生活が楽になるに従って障害ではなくなった。このような申請に必要な時間は正確にはわからないが、シェイクスピアはハムネットが死ぬ前から父親のために申請を行っていたに違いない。シェイクスピアはもちろんこの新しい身分を一人息子に継がせたいと思っていたただろうが、ハムネットが死んでそれもかなわぬこととなった。

シェイクスピア家の紋章は「判じ絵紋」、つまりシェイクスピアの名前と語呂合わせになっている図柄だった。紋章許可証のページ上方に描かれた紋章は、槍《スピア》を持った鷹が盾形の紋章の上にとまっているという図案である。鷹は翼を広げているが、この動作は「シェイキング」と呼ばれていた（この点はキャサリン・ダンカン＝ジョーンズの教えを受けた）。図案に含まれた銘は「ノン・サン・ドロワ」——「権利なきにあらず」——である。シェイクされた槍《スピア》は金色、その先端は銀で、まるで宮廷や儀式で使う杖のように見える。鷹そのものも高貴な鳥とされていた。サウサンプトン伯爵家のお仕着せには四羽の鷹がついていたので、シェイクスピアがサウサンプトン伯との何らかの関わりを主張している可能性もある。意匠は全体的に少々強気なものであり、自分たちは本当に紳士なのだというシェイクスピア家の男たち（少なくともそのひとり）の強い信念を反映していることはまちがいない。

ガーター紋章官がジョン・シェイクスピアにこの紋章を与えたのは、申請者の「両親及び故人となった祖父を、賢明な君主である高名なヘンリー七世が昇進させ、報酬を与えた」という「信頼のおける情報を得て申請を受けた」ためだという（M. Eccles 84）。これはシェイクスピア家側のまったくの作り話だったようだ。シェイクスピア家の一員がヘンリー七世から栄誉を与えられたという記録はない。しかし、特に調査されることもなく信じられている「一族に伝わる伝説」の一種だったのかもしれない。

シェイクスピアは紋章学に夢中だったようだ。『リチャード二世』には紋章学に関するかなりの専門知識が見られる。『じゃじゃ馬馴らし』では、キャサリンが次のように言う（二〇二八―三〇行〔第二幕第一場〕）。

もし私をぶつなら、あなたは紳士じゃないわ、
紳士じゃないなら、**arms**（紋章、腕）もないわ。

これに対してペトルーキオはこう答える。

君は紋章官なのか、ケイト？　じゃあ君の台帳に俺を
登録してくれよ。

この劇には、明らかにジェラルド・リーの『紋章学の継承』（Morris 84）という紋章学の本から採られたエピソードがあり、シェイクスピアが早くも一五八〇年代にはこの種の本を繙《ひもと》いていたことがわかる。シェイクスピアは自らの「紳士」の身分を示し、世界に向かって宣伝したかったのだ。これは、まだ胡散臭い存在と考えられていたたいていの役者と自分とを区別する方法だった。母親の家系であるアーデン家とのつながりをそれとなく示す方法でもあった。単刀直入に言えば、シェイクスピアは、父ジョンが不可解にも突然公職を退いてからというもの、一族の名誉を回復しようとしていたのだ。

今日では紋章は単なる考案にすぎず、意味のない栄誉と思われるかもしれない。しかし、一六世紀末には、紋章は真のアイデンティティーのしるしであり、象徴であった。紋章を持つことにより、所持者は共同体全体の階級の序列のなかで自分の居場所を確保できるだけでなく、立派な個人としての人格も与えられるのだ。象徴と現実、スペクタクルと装飾を組み合わせた紋章は、実にテューダー朝の強迫観念となっており、紋章学の標準教科書は七種類もあった。少なくともこの点において、シェイクスピアは時代の精神にとても忠実だった。シェイクスピアの劇世界は大貴族や宮廷の世界であり、主人公は、当時の言葉を使うなら「低い生まれの《ロウ・ボーン》」人間ではなく、紳士や貴族、君主であった。唯一の例外は『ウィンザーの陽気な女房たち』であり、この作品では中心人物はみな市民階級である。シェイクスピアは一般大衆のことを一括して「烏合の衆《ラブル》」と呼んでいた。

しかし、ジョン・シェイクスピアの紋章取得には批判もあった。一五九〇年代後半以降、ヨークの紋章官サー・ラルフ・ブルックは、資格がないと思《おぼ》しき人々に紋章を与えたとしてガーター紋章官サー・ウィリアム・デシック[142]を非難した。はっきりと詐欺行為や贈収賄を非難するものでこそなかったかもしれないが、不正行為に対する非難は存在したのだ。誤って紋章を授与されたとしてブルックが名前を挙げた二三名の「卑しい者たち」の一覧表のなかで、シェイクスピアの名は五番目に挙げられている。紋章を受けたシェイクスピアの資質が問題視されたわけだが、ウィリアム・デシックはこれに対し、「この人物はストラットフォード・アポン・エイヴォンの政務官すなわち治安判事であった。アーデン家の跡継ぎ娘と結婚し、性質も能力も優秀である」と答えている。この弁護には少なくとも誤りがひとつある。メアリ・アーデンはアーデン一族のなかでもかなり無名な分家の跡取り娘なのだ。シェイクスピア家はメアリの血統を誇張したのだろう。祖先がヘンリー七世に恩賞を受けたという主張と同様、大望が現実より先走っていた。

この論争が一般に知られるところとなり、強い主張を籠めた紋章と銘に疑いが差し挟まれたことは、シェイクスピアにとって、控えめに言っても、苛立ちの種だっただろう。しかし、それにもかかわらず、シェイクスピアは三年後には一家の紋章をアーデン家の紋章と組み合わせる申請を行っている。ローマ市民がコリオレイナスについて言ったように、これは「母親を喜ばせ、自惚れようという」（三五―三六行〔第一幕第一場〕）のかもしれないが、シェイクスピアがこうしたことに真剣な関心を持続的に寄せていたことがわかる。

　シェイクスピアはまた、劇作家仲間からも辛辣な批判を受けた。ベン・ジョンソンの『癖者そろわず』[143]には見栄っ張りの田舎者ソリアードが登場し、紋章を取得する。「これで僕も名前を書くとき紳士と書けるんだ」と、ソリアードは言う。「これが許可証だ、三〇ポンドもしたんだ、まったく」と。ソリアードの紋章には猪の頭が描かれ、「辛子《マスタード》なきにあらず」というふさわしい銘がついている。これがシェイクスピアの「権利なきにあらず」への言及と一般に受けとられてきたのも当然だろう。辛子はまた、シェイクスピア家の紋章が明るい金色だったことへの当てこすりなのかもしれない[144]。つまり、シェイクスピアが新たに得た高い地位には、意地悪なコメントもいくらかついて回ったのである。

　それでも、いかにもシェイクスピアらしく、シェイクスピアは自分で自分の気取りを揶揄することもできた。デシックがシェイクスピア家に紋章を与えたことにブルックが異議申し立てをした頃に上演された『十二夜』では、執事マルヴォーリオが紳士を気取っている。マルヴォーリオは黄色い靴下に「十字の靴下どめ」――両足に十字になったガーターをつけること――をつけるように言われるので、下半身がシェイクスピアの紋章のグロテスクなパロディーになったはずだ（Duncan-Jones, *Ungentle* 157）。シェイクスピア家の紋章もまた黄色で、対角線状に黒い筋が入っていた。マルヴォーリオは劇中では誰よりも勘違いの激しい滑稽な人物であり、「十字の靴下どめ」のエピソードでは、紳士の戯画のように舞台上を気取って歩き回り、にやにや笑う。「生まれながらに偉大な者あり……偉大さを手に入れる者あり、そして偉大さを授けられる者あり」とマルヴォーリオは言い放つ[145]（一五一六―二〇行〔第二幕第五場〕）。真剣そのもので紳士の身分を追い求めているまさにそのときに、自分の紳士気取りをパロディー化して、自分にとって最も大切なものをばかにするというのは、シェイクスピアが自然にやりそうなことだ。これは、あらゆる世事に対するシェイクスピアの本能的な二面性の一例なのだ。

第51章 やつの仲間は無学、乱暴で、中身がない

〔『ヘンリー五世』第一幕第一場〕

ブラックフライアーズの一部を室内劇場に改装し、ロンドン市当局の権力の及ばぬところで活動しようというジェイムズ・バーベッジの計画は捗々《はかばか》しくなかった。一五九六年の初冬、三一人もの近隣住民がこの計画を批判したのだ。住民たちは、「公衆のための劇場」の建設に反対する嘆願書を出し、この劇場は「いかがわしい人間や浮浪者たちを引き寄せ、近隣に住まう貴族紳士の方々への迷惑になるだけでなく、全近隣住民の迷惑にもなる」と述べた。「周辺地域の混雑」(*MA* i 455-6)や、舞台から聞こえてくる太鼓やラッパの音のことも書かれていた。

もうひとつ劇場関係の揉《も》め事があったために、シェイクスピアが再び公的記録に登場している。宮内大臣一座は、バンクサイドにあるフランシス・ラングリー[146]の劇場スワン座を使わせてもらおうと交渉して結局は頓挫したが、その交渉にシェイクスピアが関わっていたらしいのである。カーテン座、ないし裁判沙汰で揉めていたシアター座に代わってすぐに使える劇場と言えば、スワン座だった。

ラングリーによって二年前にパリス・ガーデン界隈に建てられたスワン座は、公衆劇場のなかで最も壮大な最新の劇場だった。ヨハネス・デ・ウィットによる有名なスケッチがあり、その版画があまりにも広まったため、一六世紀の劇場はすべてスワン座のような形をしていたと長年考えられていたほどだが、それは根拠のない思い込みであり、劇場はそれぞれ違った形をしていた。

スワン座はロンドンで「最も大きく豪勢な」劇場で、三〇〇〇人の観客を収容できると、デ・ウィットは絵に添えた但し書きで説明している。「英国で潤沢にとれる多量の燧石《フリントストーン》」で作られ、「どんなに抜け目ない者でも騙されてしまうような大理石そっくりに彩色された木の柱に支えられている」という。また、「劇場の形はローマの劇場に似ている」(*Life* 108)ともある。ラングリーはいささか安っぽい壮麗さを目指していたのだが、けばけばしい外観にもかかわらず、演劇界で重要な劇場にはならなかった。もし宮内大臣一座が一五九六年の冬にこの劇場に越してきていたら、演劇史におけるスワン座の役割はずいぶん変わっていたことだろう。

シェイクスピアがラングリーとつながりがあったことは、一五九六年秋、ウィリアム・ウェイトなる人物が「死の恐怖に怯えて《オブ・メトウム・モルティス》」書いた嘆願書中に、シェイクスピアとラングリーの名前が——ドロシー・ソーアーとアン・リーとともに——挙がっているのでわかる。シェイクスピアたちのせいで命の危険あるいは深刻な肉体的危害にさらされていると申し立てていたのだ。しかし、これは訴状作成のための法的な言い回しであって、必ずしもシェイクスピアがウェイトを殺すと脅したわけではない。そもそもフランシス・ラング

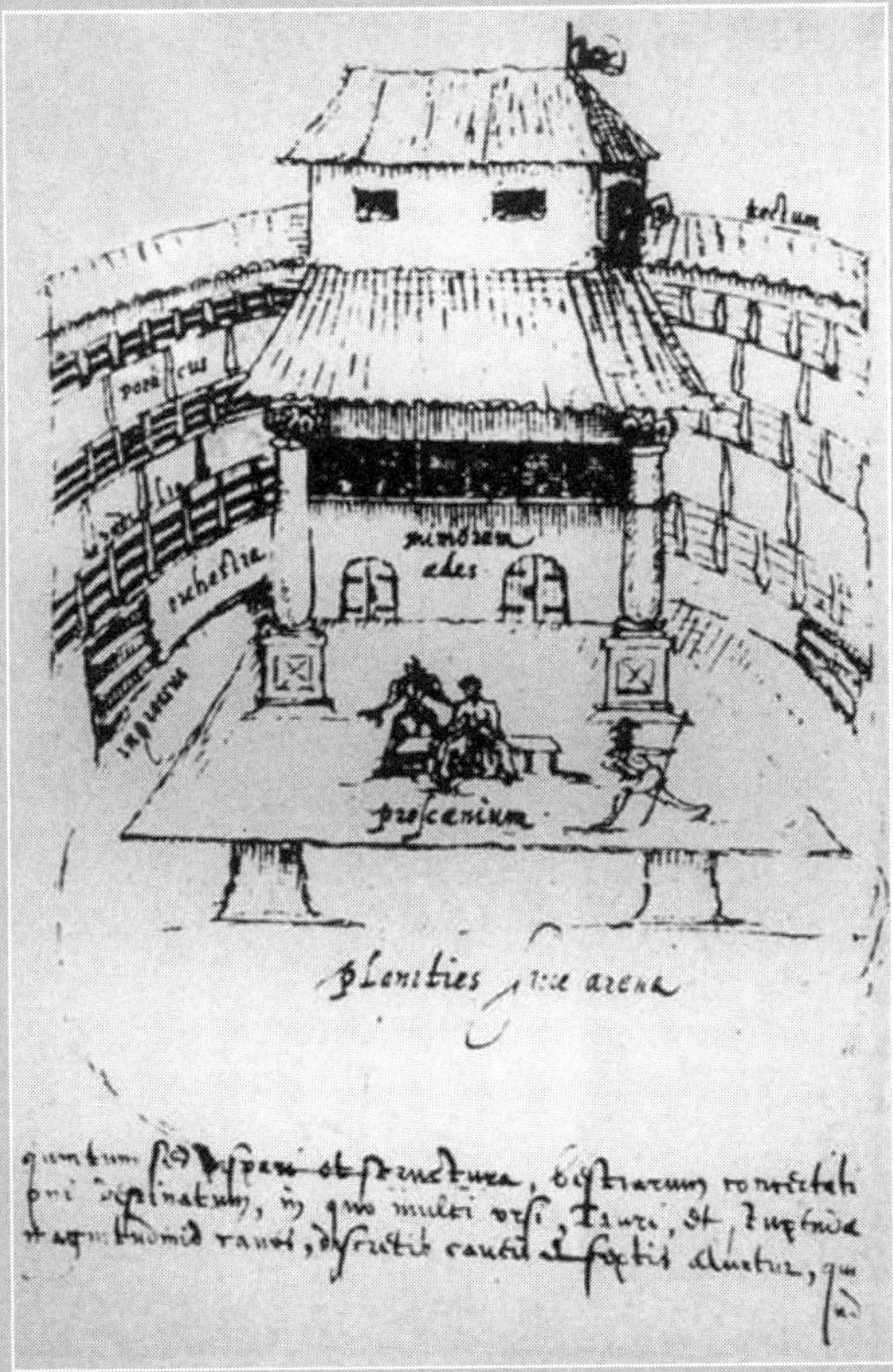

ヨハネス・デ・ウィットによる
パリス・ガーデンのスワン座のスケッチ。
劇場はロンドン市当局の管轄区の外に建てられていた。
スワン座、ローズ座、グローブ座はテムズ河の南岸に、
カーテン座とシアター座は市の北にある
ショアディッチに建てられた。
(個人蔵/ブリッジマン美術図書館)

リーのほうも、かつてウェイトとその継父ウィリアム・ガーディナーを訴える告発状を出していた。パリス・ガーデンを特別管轄する治安判事だったガーディナーは、腐敗にまみれ、何やかやとごまかしをすることで地元では悪名高く、どうやらスワン座を閉鎖しようしていたらしい。実際にスワン座閉鎖を試みたウェイトが、シェイクスピアら被告たちから何らかの抵抗にあったのかもしれない。と言っても、推測にすぎない。確かにわかっているのは、シェイクスピアがこのごたごたに巻き込まれていたことだけである。実際のところ、宮内大臣一座は短期間スワン座で公演していたのではないかと言う演劇学者もいるが、この説の証拠となるのは、トマス・デカーの『諷刺家への懲らしめ』に何気なく表れた次のような言及だけだ――「俺の名前は復讐のハムレットだ。お前はパリス・ガーデンにいただろう？」

ラングリーにしてもそうだ。金貸しとして、また莫大な財産を築いた小役人として、いささか怪しげな評判があり、暴行とゆすりの罪で、最高法廷である星室庁で法務長官に告発されたこともある。ロンドンでは、抜け目のない取引をするのは当たり前だった。ラングリーがパリス・ガーデンの地所を購入したのは、貸家を建てるためであり、その界隈にはもちろん売春宿もあった。嘆願書に名前が挙がっているドロシー・ソーアーは、パリス・ガーデン通りに物件を所有しており、安宿に「ソーアーの貸間」という名をつけていた。このあたりには、いかがわしい店もあったことだろう。

シェイクスピアがこうした連中と一緒に暮らしていた可能性すらある。一八世紀の学者エドマンド・マローンは、次のような覚え書きを残している。「かつて役者エドワード・アレンが所有していた書類が今私の目の前にあるが、それによれば、どうやら我らが詩人は一五九六年にサザック地区のベア・ガーデン付近に住んでいたらしい」（Hotson 12）。この書類の行方はわからなくなってしまっているが、シェイクスピアがテムズ河の南岸に引っ越したのがいつであれ、ウェイの嘆願状がはっきり示す事実がある。シェイクスピアは、自作の芝居に登場する滑稽なポン引きや女衒に近い人々と関わっていたということだ。ロンドンの「下層社会」を熟知していたのである。これは、役者という職業柄、避け難い側面だった。「ジェントルな」シェイクスピアの記録では忘れられがちな事実だが、シェイクスピアが都市生活の高尚なところだけでなく、その深淵をも知っていたことはまちがいない。

その後、冬のシーズンには、シェイクスピアは再び女王の前に立った。宮内大臣一座は宮廷で六回の公演を行ったが、演目には『ヴェニスの商人』や『ジョン王』も含まれていた。また、『ヘンリー四世』第一部で、フォルスタッフが初めて女王にお目見えした可能性もある。長く語り継がれてきた伝説によれば、エリザベスはこの喜劇的ならず者に魅了され[147]、フォルスタッフが恋に落ちる話を書くよう要請したという。女王の頼みが軽く拒否されることはないので、『ウィンザーの陽気な女房たち』はこうして生まれたというのである。確認は取れないにしても、魅力的な逸話だと言えよう。

『ヘンリー四世の物語』または『ヘンリー四世』第一部がどんな作品だったのかも、これまで議論の対象となってきた。シェイクスピアが始めから第二部を書くつもりだったのか、それとも書き進むにつれて物語が長くなっていったのかはわからない。いずれにせよ、第一部はまた別種の論争を生むことになった。宮内大臣であるコバム卿サー・ウィリアム・ブルックが、この劇の中心となる滑稽な登場人物の名がサー・ジョン・オールドカースルだと知って眉をつりあげたのだ。女王が臨席した宮廷での公演で初めてこの芝居を観たのかもしれない。コバム卿は歴史上のオールドカースルの親戚にあたり、その名をつけた登場人物が劇で滑稽に描かれているのが気に食わなかった。実在のオールドカースルはロラード派(148)の支持者であり、ヘンリー五世への叛乱を指揮して失敗したのちに反逆罪で処刑されている。しかし、オールドカースルをプロテスタントの先駆者、宗教改革という大義に身を挺した初期の殉教者と考える人も多かった。子孫であるコバム卿は、オールドカースルが盗人、ほら吹き、臆病者、酔っ払いとして描かれるのが嫌だったのである。

そこでコバム卿は、祝宴局長エドマンド・ティルニー(149)に書状を送り、ティルニーはコバム卿の苦情を宮内大臣一座に伝えた。このため、シェイクスピアは第二部では喜劇の主人公の名前をオールドカースルからフォルスタッフに変更し、最初に創り出した人物を公に否定しなければならなくなった。そもそもシェイクスピアがなぜオールドカースルの名前を選んだのかはわからない。ロラード派で反カトリックのオールドカースルを笑い者にしたのは、シェイクスピアがカトリックに「密かな」共感を抱いていたからだとも言われてきた。トマス・フラー(150)は『教会史』で、シェイクスピアがもともとはオールドカースルの名前を使用していたことに触れているが、「オールドカースルについて無礼な詩人たちが書くことは、悪意に満ちたカトリックどもが書くことと同様に取るに足らない」と述べている。しかし、明らかにカトリック寄りの偏見が劇中に入り込んだわけではないだろう。オールドカースルの名はすでに『ヘンリー五世の有名な勝利』にも登場しており、シェイクスピアは単にコバム卿とのつながりを考慮せずにここから名前を借りてきただけかもしれない。

いずれにせよ名前は変更されたが、これはシェイクスピアにとっていささか屈辱的なことだった。『ヘンリー四世』第二部のエピローグは、次のように述べる(151)。「私の知る限り、フォルスタッフは皆様の厳しいご批判でとうに死んでいなければ、汗のかきすぎで死ぬはずです。オールドカースルは殉教者として死にましたから、フォルスタッフとは別人です」(三二二四―二七行〔エピローグ〕)。それから踊りを披露し、拍手を求めて跪くのである。

しかし、つながりが完全に消えたわけではない。エセックス伯がロバート・セシルに宛てた書簡には、ある貴婦人が「サー・ジョン・フォルスタッフと結婚する」(152)という知らせが綴られている。「フォルスタッフ」とは、宮廷でのコバム卿の渾名《あだな》になったのだ。また、オールドカースルという名前はまだ『ヘンリー四世』とも関連づけられており、実際、宮内大臣一座はバーガンディ大使の前で『サー・ジョン・オールドカースル』という芝居を上演している。シェイクスピアの創り出したものはいつまでも消えないのだ。

　オールドカースルないしフォルスタッフこそこの劇の核である。ロンドンの酒場に君臨するこの人物は、若き王位継承者ハル王子を父親のような包容力をもって庇護する。フォルスタッフが挫折するのは、君主になろうとするハルから厳しい言葉で退けられるときだけだ。このときのハルはシェイクスピア本人に擬《なぞら》えられてきた。シェイクスピアも飲み仲間のロバート・グリーンやトマス・ナッシュと縁を切ったと言われているからである。グリーンの妻が「ドル」という名で、フォルスタッフがドル・ティアシートという娼婦に弱いことには意味があるかもしれないが、偶然かもしれない。いずれにせよ、フォルスタッフは実在の人物と同定するには、あまりにも巨大で途方もない。「グリーン・マン」[153]と同じくらい神話的な人物なのである。

　おそらく、フォルスタッフはシェイクスピアのあらゆる登場人物のなかで最も目立つ存在になったと言えるだろう。今では小説からグランドオペラに至るまで、さまざまなところでその姿が見られる。フォルスタッフは舞台に登場するやいなや有名になった。ある詩によれば、「フォルスタッフが現れさえすれば」劇場は「ぎゅう詰め」になったというし、また別の詩は、長いこと「フォルスタッフは、群衆がナッツの殻を割る手を止めさせた」と称えている（Adams 227）。つまり、フォルスタッフが舞台に登場すると観客は期待で静まり返ったということだ。実際、『ヘンリー四世』二部作に人気が出たのはフォルスタッフがいたおかげだ。『ヘンリー四世』第一部は、シェイクスピアの戯曲のなかで最も頻繁に再版されている。[154] 初版本のクォート版はあまりにも何度も多くの人に読まれたため、断片しか残っていない。出版された最初の年に三度も再版されているのだ。

　この騒々しく突飛で大げさな人物像は、直ちに国民的な類型《タイプ》と認められた。牛肉のパイやビールと同じくらいイギリス的な存在に思えたのだ。権力や尊大さに風穴をあけ、大酒飲みで、自らの罪を機知と虚勢で隠そうとする男。あらゆる深刻さの敵であるため、イギリスならではの想像力を体現している。徴集兵たちを確実な死に導くときですら陽気さと善良さにあふれているがゆえに、単純に非難できない。わがままな行動をしても神性が損なわれることのない、ホメロスに登場する神々のようだ。フォルスタッフに悪意や自意識はない。実際、あらゆるものから自由なのだ。薔薇の花にある棘、国王につきまとう道化、炎が落とす影だ。本能的に猥談や秩序転覆を好むのは、他人のレトリックをおちょくり、でたらめな連想を繰り出すフォルスタッフ独自の言葉遣いと切り離せない。この男が「落ち着き《グラヴィティ》」を「肉汁《グレイヴィ》」に変えてしまうさまについてはすでに見た。考えられないことなどない、とフォルスタッフは言う。シェイクスピアは喜劇をその限界まで推し進めたのだ。[155]

　イニゴー・ジョーンズ[156]が、「サー・ジョン・フォルスタッフなる人物」について当時の見事な描写を残しており、「赤褐色のローブの低い位置でベルトをつけ、……大きな腹と……大きなはげ頭」で、「編み上げブーツからふくれあがった大きな脚が見えていた」という(Honan 220)。つまり、フォルスタッフは、[157] 大いに演劇的な存在として作られたのであり、ウィリアム・ハズリットが言うように、「舞台に上がっていなくても演技する者」なのだ(Bate, *Romantics* 357)。

イニゴー・ジョーンズは偶然フォルスタッフの名前を「フォール・スタッフ（さお落とし）」と綴っており、スタッフ（さお）が男根の隠語であるため、「シェイク＝スピア（槍振るい）」でスピア（やり）が男根を表すのと同じ言葉遊びになっている。分析好きの批評家は、シェイクスピアはフォルスタッフを通じて「もう一人の自分」を創造し、自らの手に負えないエネルギーや反抗心、秩序転覆を願う本能を表に出したのだと言ってきた。フォルスタッフの顔の陰で、シェイクスピアが微笑んでいるのが見えるというわけだ。

作者シェイクスピアが歴史と英雄的行為を題材として芝居を書くそばから、フォルスタッフはそうした大事なことをすっかり台無しにしてしまう。『ヘンリー五世』を作った人が、フォルスタッフに戦場で非英雄的なふざけた振る舞いをさせ、武勇をからかわせ、死そのものまでおちょくらせたりする作者でもあるのだから驚きだ。そうした意味では、フォルスタッフはあらゆるイデオロギーや伝統から切り離されたシェイクスピアの本質なのだ。フォルスタッフとその創造者は、地上の価値観の及ばない天空へと飛んで行く。もちろん、シェイクスピアをニヒリストととらえるのは非常識で時代錯誤だ。しかし、自堕落で道徳律に縛られないフォルスタッフが力強くエネルギッシュなのは、どこかにシェイクスピアの力とエネルギーを宿しているからこそである。[158]

ヘーゲルは、シェイクスピアの偉大な登場人物たちは常に新しく自己創造をし続ける「自由に自らを創る芸術家」だと言った。フォルスタッフの台詞が自らのペンから生まれたときにシェイクスピアが驚いたのと同じように、登場人物たちも自らの天才に驚かされる。シェイクスピアはどこから言葉がやって来たのかわからず、ただやって来たということだけを知っていた。シェイクスピアの登場人物が芝居の境界を越えて独立した人格を持っているかのように論じるのは近年では流行らないが、当時はそうではなかった。フォルスタッフと愉快な仲間たちは大うけで、そのためシェイクスピアは『ウィンザーの陽気な女房たち』でアンコールに応えて、連中を呼び戻したのだ。

フォルスタッフとシェイクスピアとのつながりはまだありそうだ。太った騎士とハル王子との関係は、シェイクスピアと『ソネット集』の「若い男」との関係——熱愛のあとに裏切りが続く——を喜劇的に描いたものだとしばしば言われてきた。また、『ソネット集』で年上の男が若い男と織り成す「一幕」は、死んだ息子を思い切れないシェイクスピアの気持ちとも関連づけられてきた。シェイクスピアの生涯にこのとき働いていたこうした力が、作者を至高の詩的功績へと駆り立てていたのである。

第52章 おまえ、今、なぞなぞの本、持ってたりしないかい？

〔『ウィンザーの陽気な女房たち』第一幕第一場〕

『ソネット集』は、正真正銘シェイクスピアの心が経験したものを表すのか、それとも演劇的な技法の練習にすぎないのか。あるいは、経験とも技法とも区別のつかないような曖昧な世界に属していて、実在の人々や行動を記録する形で始まりながら、次第にそれ自体だけで評価されるべき詩作品へとゆっくりと変化していったのだろうか。

ソネット作りには多くの手本があった。当時、多くの詩人や詩人もどきが、実在または想像上の人物に宛てた連作ソネットを定期的に出版していた。シェイクスピアもこの混雑した領域に足を踏み入れようとしていたのである。サー・フィリップ・シドニーのソネット『アストロフェルとステラ』は一五九一年に非公式に出版されたが、これはこの種の作品に対する需要があったことを示している。この海賊版は回収されたが、ナッシュは序文でシドニーのソネットを次のように評している。「真珠がちりばめられた紙の舞台で……星明かりの下、恋の悲喜劇が演じられる」（*MA* i 248）。これはソネットというジャンルの圧倒的な演劇性ないし人工性を示すものだが、このようなジャンルには個人的な情熱の表現は必ずしも必要条件とは言えない。ソネットはまず何よりも詩人の機知と技術を示すものであり、繊細な韻律や凝った隠喩を扱う能力を試すものでもあった。

シドニーのソネット集が出版されたのちには、サミュエル・ダニエルの『ディーリア』、バーナビ・バーンズの『パーシーノフィルとパーシーノフィ』、ウィリアム・パーシー[159]の『シーリア』、五〇のソネットから成るドレイトンの『イデアの鏡』、バーソロミュー・グリフィン[160]の『フィデッサ』、ヘンリー・コンスタブル[161]の『ダイアナ』など多数の模倣が続いた。ソネット作りはイングランド文学界の流行となったのだ。

これら多くのソネット作者たちの特徴は、詩的な求愛に法律のイメージを用いていたという点だ。作者がさまざまな法学院のメンバーであり、このため法律用語を使っていたことも原因のひとつだろうが、一六世紀のイングランドでは法律と恋愛は無意識に重ねて考えられていたということもあるだろう。シェイクスピアのソネットにも、法律用語や法律のイメージがあふれている。しかし、商売人や法律家のように発想するときのシェイクスピアの頭脳は、惜しみなく与える詩神とは相容れない。ちょうどシェイクスピアの芝居で信仰が懐疑と対立することが多いのと同様だ。そうした葛藤からシェイクスピアの偉大さが生まれてきたのである。

もちろん、シェイクスピアは自作のソネットが出版されることを望んでいなかったかもしれない。いずれにせよ、ソネットが書かれてから出版されるまでに約一五年の歳月が経過している。自作の連作ソネット『シーリカ』を引き出しに眠らせておいたフルク・グレヴィルのように、シェイクスピアはソネットを選ばれた読者のためだけの私的な創作物だと考えていたのかもしれない。しかし、だからといってソネットが作者の真の感情を記録したものだということにはならない。フルク・グレヴィルのソネットの女主人公も、実在しない架空の人物なのだから。

ジャイルズ・フレッチャー[162]というソネット作家は、自分がこの詩的な挑戦を始めたのは「ただ自分の気質を試すため」(Adams 163) だったと認めている。シェイクスピアのソネット創作にも同様の説明ができるかもしれない。シェイクスピアは生涯を通してさまざまな文学形式を試し続けたが、その目的はただ単に自分の思いどおりにこれらの形式を利用できることを証明することだったようだ。マーロウやキッドを超えていったことからもわかるとおり、シェイクスピアの性質には負けん気の強さが見られる。そしてこの当時、ソネットこそは詩人としての能力を試す最高のジャンルだったのだ。そこで、シェイクスピアは使い古された多くのテーマ――愛する対象の美しさと残酷さ、偉大な詩が持つ不滅の命を相手に付与しようという願い、詩人の年寄り気取りなど――を劇的に強調する一方、同時にソネットという形式をすばらしく巧みに扱ってみせた。シェイクスピアは、その気になれば誰よりもよいソネットを書くことができたのである。

最初のソネットは、明らかにある若い男性に宛てて書かれている。この人物は結婚して子孫を増やし、自分の美しい姿を世に残すようにと勧告される。愛情のこもったこの助言を受[illegible]人物については憶測が絶えないが、多くの伝記作者が朱冠を与えるのはサウサンプトン伯爵だ。サウサンプトン伯はバーリー卿の孫娘レイディ・エリザベス・ド・ヴィアとの結婚を拒否しているが、これが初期のソネットの創作のきっかけとなったというのだ。サウサンプトン伯の母親が立腹してソネットの製作を命じたのだと言われている。しかし、このごたごたが起こったのは一五九一年であり、ソネットの創作年代としては早い。ソネットが書かれた可能性がもっと高いのは一五九五年[163]だが、この頃にはサウサンプトン伯とエリザベス・ヴァーノンとの悪名高い情事[164]がすでに始まっていた。

より適切な候補者は、のちにペンブルック伯となるウィリアム・ハーバートではないか。一五九五年には一五歳であり、サー・ジョージ・ケアリー[165]の娘との結婚を家族から迫られ、これを拒否している。シェイクスピアが初期のソネットを書いた動機はこの事件かもしれない。ウィリアム・ハーバートの父親はシェイクスピアの劇団のパトロンだったのだから、詩で何らかの説得をしてくれとシェイクスピアに頼むのも自然だろう。あるいはこの詩はウィリアム・ハーバートの母親である高名なメアリ・ハーバートの注文で書かれたのかもしれない。メアリ・ハーバートはサー・フィリップ・シドニーの妹であり、シェイクスピアも参加していた文学グループの中心人物だった。

一五九七年にはウィリアム・ハーバートのために家族がまた別の結婚計画を編み出し（実を結ぶことはなかったが）、こちらが執筆のきっかけとなった可能性もある。しかし、一五歳のハーバートが結婚を嫌がったというほうが、シェイクスピアの助言の文脈としては適切かもしれない。また、これはのちに出版者がソネット集を「W・H氏」に献呈していることに関する混乱を解消する助けにもなるかもしれない。「W・H氏」とはウィリアム・ハーバートをこっそりと名指しているのではないだろうか。これはベン・ジョンソンが一六一六年に『警句集』を出版するにあたってハーバートに宛てた次のような謎めいた献辞の説明にもなるだろう。「私が作品を書いたときには、暗号を使わなければ表現できないような良心の咎《とが》めはありませんでした」

ウィリアム・ハーバートはちょうどよいときにシェイクスピアの人生に現れたが、二人のつながりを解くには推理や推測によるほかはない。フォーリオ版シェイクスピア戯曲全集はハーバートと弟のモンゴメリー伯爵フィリップに献呈されており、献辞ではシェイクスピアはこの兄弟に対して「お二人の僕《しもべ》、シェイクスピア」と呼ばれている。芝居に関しては、ペンブルック兄弟は「芝居と生前の作者を大いにお引き立て頂きました」、「作者に対するのと同じ暖かい目で作品をもご覧頂けるでしょう」と書かれている。また、二人の貴族が「芝居が演じられたとき、いくつかの役をお好みになった」という言及もある。つまり、二人はシェイクスピアに深い愛情と敬意を持っていたということだ。ペンブルック兄弟のような高名な貴族が役者兼劇作家などに愛情を抱いたはずがないと言われることもあるが、これは正しくない。特にウィリアム・ハーバートは、一六一九年にリチャード・バーベッジの死を深く悲しみ、ホワイトホールからカーライル伯爵に宛てて次のように書いている。「今夜はここでフランス大使との晩餐会があり、誰もが芝居を観ているところですが、私は心が弱っており、旧友バーベッジの死後これほどすぐに芝居を観る気にはなれません」(Nungezer 73)。三年前のもう一人の旧友、ウィリアム・シェイクスピアの死もまた、同様の感情を呼び起こしたにちがいない。

シェイクスピアの連作ソネットから一貫した筋を作り出そうとする多くの試みが行われてきた。ソネット一番から一七番までは、詩人が詩を書き送っている美少年の差し迫った結婚問題に明らかに関わるものだが、その後、ソネットはより親密で打ち解けた雰囲気になっていく。若者は詩人の愛する人として呼びかけられ、そうした関係が起こしうるありとあらゆる相矛盾する感情が表れる。詩人は若者に永遠の命を与えようと約束したかと思えば、自らの力の足りなさを嘆く。若者を熱烈に褒めながらも、その冷酷さと無頓着を責める。若者が詩人の愛人を奪っても、詩人はそれを赦すのだ。

そのあとに続くソネットは、再び方向が変わり想いが変わって、最後の二七のソネットでは詩人が執着する「黒い女《ダーク・レイディ》」の背信行為を取り上げる。このソネット群は時代精神に捉えられてもいて、当時の政治や虚飾、密告者やおべっか使い、スパイや宮廷人などのイメージが、詩人から恋人への情熱的な言葉の背後に潜むエリザベス朝社会の諸相を思い起こさせる。

後年のウィリアム・ハーバート。
ハーバートの父ペンブルック伯爵は、
シェイクスピアが働いたことのある
劇団のパトロンであり、母親のメアリ・ハーバートは
文学サークルの中心的な存在だった。
ソネット集の「W.H.」とは
リズリーのことではないかとも言われてきたが、
もっと可能性の高い候補者は
若き日のウィリアム・ハーバートである。
（ロンドン、ヒストリカル・ポートレイツ有限会社
フィリップ・モウルド／ブリッジマン美術図書館）

物語というよりむしろ雰囲気や調子の面でつながっているソネットもあり、欠落があって解釈というより想像するしかないところもある。ソネットが全体を通して同じ人物に宛てられたものかどうかすら明らかではない。一四五番はかなり以前にアン・ハサウェイに宛てて書かれたようだし、ほかにも知られざる受取人がいたのかもしれない。そしてもちろん、多くのソネットは特に誰に向けられたものでもなかったのだろう。ある箇所では、ほかの詩人たちと張り合おうというのか、ソネット創作の伝統的なテーマ——たとえば、肉体と魂の永遠の葛藤、愛と理性の永遠の葛藤など——に挑戦しているようにも思える。「ダーク・レイディ」についての最後のソネット群は「反ソネット作り」の練習として読まれてきた。ソネット形式の伝統的な手法を使って、お決まりの主題を覆すのである。これらのソネットの独創性が完璧なまでに功を奏しているその見事さのなかに、最高に演劇的な遊び心が見え隠れしている。シェイクスピアはすでに演劇的独白を書く才能で知られ——『サー・トマス・モア』に加筆した部分にも独白があった——そうした心のなかの論争の形を連作詩に当てはめてみるのはいかにも自然なことだった。人間の感情の幅のさまざまな可能性を試してみることにしたのだ。言ってみれば、ソネットを書くということは、自分が描いているような状況に自ら身を置いたらどうなるかを想像することだったのである。最高の役者が詩を書いたとすれば、まさにこのような詩を書いただろう。

『ソネット集』と初期の劇作品のいくつかには非常に明

白なつながりがあるため、シェイクスピアがこの連作を一五九〇年代半ば（ソネット作りが流行の頂点にあった頃）に書き始めたことに疑問の余地はないように思われる。特につながりがあるのは、『まちがいの喜劇』、『ヴェローナの二紳士』、『恋の骨折り損』、それにシェイクスピア作かどうかが問題となってきた『エドワード三世』だ。傷ついた詩人が身分の高い若者の愛を求めるという『ソネット集』のシナリオの演劇版が、『終わりよければすべてよし』のバートラムとヘレナの関係にある。これはシェイクスピアの想像力が作り出したひとつのパターンの繰り返しだ。もちろん、『恋の骨折り損』のなかには完全なソネットがあり、シェイクスピアの創作力の互補性を示している。この劇にも色黒の美女、ロザラインが登場するが、『ソネット集』の不実な女と関係があるかどうかはわからない。確かに言えるのは、シェイクスピアが「色黒の恋人」が持つ演劇的な可能性を試していたということだけだ。また、『ヴェローナの二紳士』でも、ヴァレンタインはプロテウスとの友情のためにシルヴィアを諦めるが、これもまたソネットで繰り返される設定だ。ソネット九三番で、語り手が自分は「騙された夫のように」振る舞うと述べるのは、シェイクスピア劇に多く見られるパターンどおりにしているということである。

おそらく、『ソネット集』はある種のパフォーマンスとして捉えるのが一番よいだろう。全ソネットにそれを形作る意志がみなぎっており、ソネットという媒体に対する支配力と熟達はほとんど「私」というものを凌駕している。シェイクスピアは何の苦労もなく四行連の形で「思考し」、書くことができたようだが、それは非常に高レベルの詩的な知性があったということだ。自伝的な暴露話――これはソネットというジャンルとは相容れないものだった――を求めてこのような連作を読む者はいなかっただろうし、今日、個人的な感情や苦しみの吐露を探そうとするのは時代錯誤だろう。実際、ソネットが個人的な表現の手段と考えられるようになったのは、一九世紀初頭にロマン主義が詩的な自己を作りだしてからのことなのだ。ダンが自らの恋愛詩について言った次の言葉を思い出してみよう。「私の詩が最もよい状態にあった頃に、貴殿はその限界をご存じであったはずです。その頃ですら、私は主題に誠心を最も感じていない時に、最も優れた詩を書くことができました」[166]（Dutton, *Shakespeare* 42）。シェイクスピアが芝居のなかで詩と「ふりをすること」[167]を結びつけた箇所が五回あるのは興味深い。だから、ソネットに関しては『お気に召すまま』の道化とともにこう言っておこう。「真実の詩であればあるほど、ふりをしているものだ」（一五八二行〔第三幕第三場〕）。

おそらく当初はペンブルック家から依頼された内輪の詩作だったものが、継続的なプロジェクトとなった。ソネットは間隔をおいて追加され、一六〇三年という遅くに書かれたものもあり、最終的にはシェイクスピア自身が出版のためにソネットを並べ替えるに至った。[168] 実のところ、シェイクスピアが「私的な友人のあいだで読まれる甘いソネット」を書いているという最初の言及が見られるのは一五九八年のことである（*WS* i 559）。その後、このうちの数編が一五九九年に『W・シェイクスピア作　情熱の巡礼者』という題の詩集に収められて出版された。シェイクスピアはこの「自身のまったく与り知らぬところで、図々しくも自分の名を冠した」非公式版あるいは海賊版の出版に「ひどく怒った」のではないかとのちに言われている（Duncan-Jones, *Sonnets* 2）。シェイクスピアが特に怒ったのは、自分が書いたのではないほかの（明らかに劣った）作品も同じ詩集に収められていたことではなかっただろうか。

またシェイクスピアはのちにソネットを付け加えたり削ったりして、全体を通して演劇的な一貫性とも言うべきものを作り出している。改訂の跡があるソネットは少なくとも四つあり、これはのちに連作に統一性を持たせようという目的で行われたものである。また、学術的には「初期の稀な言葉」（early rare words）と「後期の稀な言葉」（late rare words）[169]と呼ばれるものが共存しており、この混合によって、シェイクスピアが最初にソネットを書いたのは一五九〇年代の初頭から中期であり、その後一七世紀初頭に改訂を行うために見直したとわかる。このあいだに散発的に加えられたソネットもあるようだ。このように執筆の間隔があいているため、連作のなかに一貫した愛と裏切りの物語があるという説はますます疑わしく思える。

一六〇九年に出版された『ソネット集』初版には、「恋人の嘆き」と題された長めの詩が附されている。スペンサーの『アモレッティ』に『エピサラミオン』が附され、ダニエルの『ディーリア』に『ロザモンドの嘆き』が附されているように、詩を組み合わせるのは標準的手法だった。たぶんそうしたことを含めてすべてのことが、自分が詩人であることを主張する便《よすが》となっていたのだろう。「シェイクスピアの詩は演劇的なレトリックの練習だったのか、それとも恋人への情熱的なメッセージなのか？」という何世代にもわたって学者たちを悩ませてきた問題は、それゆえ回答不能なのだ。ひょっとすると答えが出ないことこそ意義深いのかもしれない。シェイクスピア作品のどこであれ、意図だの、疑う余地のない意味だのを付与するのは不可能なのだ。

となればもちろん、シェイクスピアの私生活と詩の登場人物とのあいだの類似点を探してきた人々の顔をつぶすことになる。青年の寵愛を求めるライバル詩人の候補としてこれまで、サミュエル・ダニエル、クリストファー・マーロウ、バーナビ・バーンズ、ジョージ・チャップマン、そのほか種々雑多な詩人が挙げられてきた。詩人の熱情の対象である「愛らしい少年」は、サウサンプトン伯爵のことではないかと言われてきたが、若き伯爵にそんな呼びかけ方をするのは不適切だと一六世紀末にはわかりきっていたことだろう。シェイクスピアがこの詩を書き送った匿名の人物が伯爵だとしたら、あんなふうに伯爵の放埒さや不実を非難するなどということは考えられない。「ダーク・レイディ」は、メアリ・フィットン[170]か、エミリア・ラニア[171]か、はたまたクラークンウェルのターンミル街[172]の黒人娼婦かなどと、さまざまに取り沙汰され、挙句にエミリア・ラニアがシェイクスピアを捨ててサウサンプトン伯との情熱的な情事に走ったなどという凝った物語さえ書かれた。不実な女から性病をうつされたかもしれないという恐れが失意をさらに陰鬱なものにしたのではないかとも言われてきた。とてもドラマチックだが、それでは詩ではなくなってしまう。連作ソネットの約束事のひとつに、詩人が寛大にも愛人を親友に譲るという行為があるのを、これら密かな楽しみに耽る伝記作家たちは忘れてしまったようだ。シェイクスピアは自分なりの激情的なやり方で伝統を踏襲しているのである。ソネット集が一六〇九年に出版されたとき、ほとんど何の反応も見られなかったということからも、この詩集とつながりのある論争や私的なスキャンダルが一切なかったことがわかる。実際のところ、当時の読者にはいささか古臭いと思われたのではないか。

　エミリア・ラニアのことは、確かにシェイクスピアはよく知っていた。宮内大臣一座のパトロンだったハンズドン卿の若い愛人であり、シェイクスピアと何度か一緒に仕事をしたことがある音楽家ロバート・ジョンソン[173]の親戚でもあった。エミリアはまた詩人でもあり、のちにはペンブルック伯爵夫人に詩集を献呈してもいる。旧姓はバッサーノといい、ヴェニス（ヴェネツィア）から渡ってきて宮廷音楽家となったユダヤ人バプティスト・バッサーノの庶出の娘だった。バプティストは早世し、エミリアはケント伯爵夫人の後見を得て宮廷に出て、そこで「女王陛下と多くの貴族の寵愛を得た」。その貴族のなかに、エミリアより五〇歳年長の老ハンズドン卿がいたのだ。しかし、エミリアは妊娠すると、アルフォンス・ラニアという「音楽家」と「立場上」結婚させられてしまった（Trotter 68）。

　バッサーノ家の人々は、宮殿でのシェイクスピア作品上演の演奏を担当していた。浅黒い肌をしたヴェニス人であり、エミリアの親戚には「黒い人《ブラック・メン》」と呼ばれる者もいた。このため、シェイクスピアがヴェニスのユダヤ人一家に関する劇を書き、中心人物の一人がバサーニオという名前を持っているのはまったくの偶然ではないかもしれない。

　ここで、シェイクスピアの創作方法を見ておこう。バプティスト・バッサーノは分割されて二人の人物になっている。一人はヴェニスに住むユダヤ人商人シャイロックとなり、もう一人はヴェニス人バサーニオとなった。シェイクスピアは自己分割の過程《プロセス》を愛したのだ。もちろん、同じくヴェニスを舞台とする『オセロー』とも何らかの関係があるかもしれない。前述のとおり「黒檀のように黒い」（第四幕第三場）と描写される『恋の骨折り損』のロザラインとのつながりもある。

　エミリア・ラニア（旧姓バッサーノ）が最もはっきりとその姿を現す史料は、エリザベス朝の占星術師サイモン・フォーマンの日記である。その日記からはっきりとわかるのは、夫の運勢を相談しにやってきたエミリアをこの善良な博士が誘惑したことであり、言い寄る男はフォーマンが最初でも最後でもなかったということだ。エミリアがシェイクスピアの愛人だったことがあるかどうか、また、仮にそうだったとしてもソネットに登場する不実な女として作品に永遠に足跡を残したのかどうかは、窺い知ることができない。しかしながら、ひとつ気になる点がある。サイモン・フォーマンは、エミリア・ラニアの喉の下に黒子《ほくろ》があると指摘しているが、『シンベリン』においてシェイクスピアは、美しい（そして貞淑な）イモジェンの乳房の下にある黒子を描写しているのである。

第53章 俺の謎を解き明かしてやろう
〔『ハムレット』第三幕第二場〕

『ソネット集』が誰に向けて書かれたか推測をめぐらすよりも、語り手について推測するほうがよいだろう。絶対確実なことは、シェイクスピアが自分に向けてソネットを書いているということだ。母なる詩神から自然に詩が生まれるのではなく、このとき詩神は産婆役を務めているのだ。だからこそシェイクスピアは、人への愛を理念や本質への愛へと常に変えている。ソネットそのものは、非常に直接的な呼びかけの形で書かれており、統御されていて、説得力があり、流暢で鋭い雄弁さがある。そこには秩序だって申し分のない状況にある心の強さが見られる。大変な自信や、尋常ならざる悧巧さも見られる。語り手は地口のひどい中毒にかかっている。時には心にもない謙遜をしてみせる箇所もあるが、全体の調子は冒険的で大胆だ。自らの詩の書きっぷり（パフォーマンス）をかなり鼻にかけており、自分の詩が永遠の名声をもたらすと主張してやまない。語り手は、性に対して敏感で熱心だが、人を溺愛してのぼせ上がることもあれば、同じくらい極端な性的嫉妬に駆られることもある人物だ。これは、必ずしもウィリアム・シェイクスピアではない。詩人としてのウィリアム・シェイクスピアなのだ。

もちろん、詩の内容と類似した出来事があまりにも多すぎるからといって、どれも関係ないとするのは誤りだろう。シェイクスピアが経験した感情の諸要素が、芝居と同じように詩にも入り込んでいた可能性は確かにある。たとえば、詩人の気性として競争心が強いと言えよう。文学上の新たな試みに挑戦しようと発奮し、文学上のライバルの存在に煽《あお》られているようだ。つまり、ライバル詩人というアイデアは、自分の創作力を高めるために作り出した、あるいはでっち上げたということも十分ありうる。「自分より優れた人」を発想することで、己の限界を意識し、ひいてはそれを乗り越えようとしたのだ。

興味深いことに、シェイクスピアはその劇作家人生を通して、一度も仲間の劇作家を褒めたことがない。きわめて野心的で精力的な才人だった。あれほどの若さで壮大な歴史絵巻を劇に書こうなどと思いつく者がほかにいるだろうか。初期の劇では、マーロウやリリーといった流行の作家たちを茶化しまくったが、それはもちろんある種の攻撃と解釈できる。リチャード三世やイアーゴーのように、狡猾またはあからさまに攻撃的な登場人物を創るのが得意だった。劇の対話でもたいてい張り合ったり、機知合戦の形をとるのは興を呼ぶ。『ソネット集』にも嘲笑や苛立ち、怒りや腹立ちが多く見られる。シェイクスピアは先達《せんだつ》や「種本」に刺激されて、どんどん達人への道を歩み続けたのだ。付言すれば、シェイクスピアがロンドンで最も卓越した劇作家になったのは運や偶然のせいではない。積極的に望んでなったのである。

このことは、ソネット集に執拗に見られるもうひとつの調子——語り手が本当は独りぼっちに見えるということ——とも何らかの関連があるかもしれない。「愛する人」がもし実在するなら、一度もその名が呼ばれていないのは見逃せない——なにしろ、その人の名を不滅のものとすると約束しているのだから。シェイクスピアが世界の敬意とともに記憶にとどめたいと願ったものは、自らの愛情であってその対象ではなかったのだ。『ソネット集』でシェイクスピアが主に熟考しているのは、自己の真の性質についてである。題材は自分自身であり、その巧妙で機知に富んだ唯我論の世界では、他者は自分を愛してくれる限りにおいて愛すべき存在なのだ。

シェイクスピアはショアディッチで仲間との「悪い遊び」を拒んだというオーブリーの言葉をここで思い出してもいい。シェイクスピアは劇作家としての人生の大半を、家族と離れた下宿で過ごした。書簡は残っていない。ほとんど手紙を書かなかったのかもしれない。誰もシェイクスピアについて思い出話をすることがほとんどなく、もちろん本人は自分のことを堅く口を閉ざして語らない。内気だったのか、遠慮がちだったのか、それともよそよそしかったのか。そのうちどれかかもしれないし、全部であるかもしれない。ほかにも、多情で、才気煥発で、潔癖で、能弁だったという話もある。だからと言って矛盾しているわけではない。シェイクスピアはこの世の中で自分の役割をこの上もなく上手に演じていたことを思い出せばよい。シェイクスピアの作り上げた大いに陽気な人物は、フォルスタッフのように、どんな状況にも応じて変幻自在に自己を作り変えているではないか。

『ソネット集』のあらゆる主題や雰囲気が完全に「シェイクスピア独特」であるところも、シェイクスピアの強烈な存在感と支配力のあかしだ。これは当たり前のことを言っているにすぎないと思われるかもしれないが、考えてみる価値のある現象だ。シェイクスピアのように、喜劇でも悲劇でも韻文でも散文でもロマンス劇でも歴史劇でも、継続して一貫したアイデンティティーを持ち続ける作家はほかにいない。自分の書いたものを剽窃し、自分をパロディーの対象にする。愛や執着に関する『ソネット集』の物悲しい言葉は、投獄されたリチャード二世の言葉を思わせる。瞑想に耽ろうとするときはいつでも、シェイクスピアはこの「王を演じる役者」の言葉遣いに回帰する。また、『ソネット集』には『十二夜』と響き合う部分があまりに多いため、男でもあり女でもあるヴァイオラの強烈な姿は『ソネット集』の男でもあり女でもある恋人なのではないかと思えるほどだ。

ソネット一二一番には、シェイクスピア劇を通して響き渡るある言い回しが登場する。「私は私だ」というものだ。これはもちろん、ホレブ山で神がモーセに告げた言葉[174]の繰り返しだ。しかし、この言い回しは「俺は今の俺ではない」〔『オセロー』第一幕第一場〕というイアーゴーの言葉とも比較できる。シェイクスピアはすべてであり、無でもある。多くの人であり、誰でもない。これは、創作の原則そのものの定義とも言えそうだ。創作とは価値や理想を抜きにして何かを作り上げることなのだから。ヴァージニア・ウルフはシェイクスピアのことを「穏やかに、不在であると同時に存在している」と評したが（Gross 17）、その奇妙な平衡はシェイクスピア作品に見られる儚《はかな》いが偏在する天才の形を一言で言い表しているようだ。シェイクスピアの存在は不在によって際立つ。自己の不在が強烈であり、その負があまりにも大きいため、正に転じてしまうのだ。最初は本能的に、あるいは必然的にそうしていたかもしれないが、ある時点からわざとそうするようになっていったのである。

つまり、シェイクスピアには、姿が見えないという謎、自己を消去してしまうという謎、自己を軽視するという謎があるのだ。きっとどんな状況にもどんな人にも自分を合わせられたと想像がつく。因襲的な意味での「道徳心」など持ち合わせていなかっただろう、道徳とは嫌悪や反感によって生み出されるのだから。気取ってみせたり、独特な個性を発揮したりすることは、シェイクスピアには無縁なのだ。

『ソネット集』にも、自己卑下や自己嫌悪が見られるところがある。これは、『ソネット集』の意味の一面を考える際の重要な鍵となる。いけないとわかっていながら、詩人は自分を傷つけようとする人たちに惹かれてしまうのだ。それから、傷つけられて（たとえそれが相手にされなかったということであっても）打ちのめされ、物思いに耽ることで慰めを得ようとする。人生のほとんどを紳士ではなく役者として過ごしたシェイクスピアにとって、公衆劇場に関わっていたという汚点がすっかり消え去ることはなかった。ソネット一一〇番では、語り手は「自分を道化のまだら服として人目にさらしたことを後悔し、次のソネットでは職業のせいで「わが名に烙印を押される」と嘆いている。このため、シェイクスピアは演劇界に嫌悪を感じ、芝居を書いたり演じたりするのにうんざりしていたのではないかと考える批評家も多い。

人間の虚しさや見せかけを書くのに、シェイクスピアが最もよく使った比喩のひとつが劇場だ。登場人物を役者に擬《なぞら》えるときは、たいてい否定的な意味合いになる。特に後期の芝居ではそうである。これがどの程度当時の伝統で、どの程度が詩人の真情を表すものかは見きわめ難い。リズムに乗ったつぶやきにすぎず、真剣に受けとられるべきものではないかもしれない。本心からそう言っているなら、詩人の分裂した自己を示すことになろう。何かを軽蔑していたとしても、軽蔑されることがどういうことなのかも感じていたはずだ。

「黒い恋人」に向けて書かれた詩には、芝居にも見られるような性的嫌悪感と嫉妬心への言及がある。『ヴェニスの商人』、『十二夜』、『オセロー』などの作品には同性愛的な情熱がほのめかされており、これはお気に入りの少年に宛てたソネットに見られるものと似ている。また、「ダーク・レイディ」に関しては、性病に関するそれとない言及もある。シェイクスピアのソネットは性的なユーモアや性的あてこすりに満ちているのだ。詩の言葉そのものが性的で、すばやく、エネルギーに満ち、曖昧で、道徳的基準を持たない。芝居だけを見ても、シェイクスピアはあらゆる形のセクシュアリティーに夢中だったとわかるだろう。猥談や淫らな言葉を使いこなすことにかけては、チョーサーや一八世紀の小説家にもひけをとらない。シェイクスピアはエリザベス朝の劇作家のなかでも――すでに猛烈な競争が始まっていたが――最も猥褻だ。劇中には性的言及が一三〇〇カ所以上あり、性的な俗語も繰り返し使われる(Partridge参照)。女性器を表す言葉は「襞襟」、「しっぽ」、「割れ目」、「錠前」、「鮭の尾」、「蓋つき木皿」[175]など全部で六六種類も使われている。男性器を表す言葉もたくさんあり、男色、獣姦、フェラチオへのしつこい言及も見られる。『恋の骨折り損』では、アーマードーは、主人たる国王が「尊いお指をもってこうして」「私の外生物を……もてあそばれる」と宣言する(一七〇〇行〔第五幕第一場〕)。

シェイクスピアは性的な事柄を扱っているときにこそ、最も生き生きとして、鋭敏で、機知に富んでいた。性的言及があまりにも幅を利かせているので、たとえば『ヴェニスの商人』の最終幕では、最後の対話が猥褻な言葉遊びでいっぱいになり、話の終わりが霞んでしまうほどだ。英国の群衆はいつでも性的な笑劇と猥褻さを好み、シェイクスピアはこの種の喜劇が「高級」「低級」どちらの観客にもうけるとわかっていたのである。しかし、シェイクスピア劇における性的な言葉遊びやほのめかしは、単なる演劇的な仕掛けではない。シェイクスピアの言語を織り成す生地であり本質そのものなのだ。その作品は性的な意味を孕《はら》んで息づいているのである。

これは一部には独り暮らしの――あるいは留守をしているとしても愛妻家の――夫の性的感情の表れだとも言えるが、常識的に考えればそうではないだろう。同時代人たちによって出版された回想録(あるいは噂話)を見る限り、シェイクスピアには女漁りの評判があったらしい。[176] 性そのものが暗く危険な力だった世界において、シェイクスピアは自分でも言っているように、女たちの楽しみのために「選ばれた《プリック・アウト》」のかもしれない〔ソネット二〇番〕。『ソネット集』の作者は性病の恐怖におののいていたようであり、シェイクスピア本人の死因もこれに関連した性病だったのではないかとする伝記作家もいる。シェイクスピアの人生を見ても性格を見ても、この可能性を完全に否定することはできない。

エリザベス朝は、開けっ広げな乱交が横行していた時代だった。ロンドン女の気安さはヨーロッパ中に知れ渡っていたし、旅人は男女間の会話の自由さと卑俗さに対する驚きを表明している。しかし、性行為がありふれていたのは首都ロンドンだけではなかった。たとえば、エセックス郡では成人の人口四万人に対し、一五五八年から一六〇三年のあいだに何らかの性犯罪で宗教法廷に引き出された者の数は約一万五千人にのぼる(Stone 519)。これは驚くべき多数であり、さらに露骨な機会と魅力のあるロンドンでは事態はもっとひどかっただろうと考えざるをえない。

体に関する問題において、当時は(少なくとも現代の視点から見れば)必ずしも清潔で衛生的な時代とは言えず、性行為は泥レスリングと香水の香り漂う求愛のあいだを行ったり来たりしていた。不快な光景や悪臭を避けるため、男女はほぼ完全に着衣のまま性行為を行った。当時のセックスは多くの意味で人目を忍ぶ短い行為であり、単に精子を出すだけのことだった。そんな行為に恥や嫌悪を覚えることが、シェイクスピアのいくつかのソネットに記されている。

ハムレットは女嫌いだ。性行為への嫌悪感は、『尺には尺を』、『リア王』、『アテネのタイモン』、『トロイラスとクレシダ』といった作品に表れている。これはもちろん筋書き上の機能であって、シェイクスピアの性に関する意見（意見があったとしての話だが）を表すものと考えるべきではないが、シェイクスピアを取り巻く現実を反映しているものではあった。

『ソネット集』に登場する若者に向けられた詩人の情熱的な愛慕は、それが本物であれ見せかけであれ、シェイクスピアが男同士の献身的な友情を理解していたことを示している。このような友情が劇中に見られることはすでに述べた。シェイクスピアが「生まれながらの」役者だったことは確かであり、役者のセクシュアリティーが曖昧になりがちだということは時代の流れとともに明らかになってきた。偉大な役者はいつでも特に敏感かつ柔軟な性質を持ち、多数の異なる雰囲気を身にまとえなければならない。心理学者たちはしばしば、これは母親を愛し模倣することによって伝えられる「女性的」な性質だと考えてきた。心理学という脇道にそれずとも、この説は非常に理にかなった考察だと思われる。紀元前五世紀のギリシア演劇の時代から、役者は淫らな、あるいは女性的な存在とされてきた。一六世紀末のロンドンでは、説教師や道徳家たちが役者たちの曖昧なセクシュアリティーを痛烈に非難していた。演技もまた自然に反する行為、自然から逃れようとする行為、そして神に反する行為だと考えられていた。だからと言ってシェイクスピアについて特に何かがわかるわけではないが、シェイクスピアが仕事をしていた文脈と社会のありようを説明する役には立つ。

執筆の過程で、シェイクスピアはクレオパトラであると同時にアントニーであるという感覚を知っていた。ジュリエットとロミオに同時になるのだ。ロザリンドにもシーリアにも、ビアトリスにもクイックリー夫人にもなった。記憶に残る女性の役を作り上げることにかけては、同時代人の誰をも凌いでいた。これはシェイクスピアが何らかの形で同性愛者だったということではなく、むしろその性的アイデンティティーが確定されず浮遊していたということを示す。女性と同時に男性でもある能力を備えており、その芸術の幅の広さは実人生にも影響を与えたことだろう。

ここで、近年発見されたサウサンプトン伯爵の肖像画が、一見女性のような服装をして描かれていることを思い出そう。一六世紀末には、高貴な生まれの男性が自分の性質の女性的な部分を表に出すのは自然かつ適切なことだと考えられていた。「高貴《ジェントル》」な行動に不可欠だと考えられていたルネサンス人文主義《ヒューマニズム》ではそうだったのである。ルネサンスのプラトン主義者に影響されて広く流行するようになった教えのなかには、神のごとき両性具有という概念もあった。シェイクスピアの熱情の対象である「男であり女でもある恋人」への呼びかけを理解するのに適切な文脈であろう。シェイクスピアは男色を推奨しているのではない——一六世紀のイングランドでは、男色はまだ異端や魔術と並んで極刑に値する罪だったのだから。同性愛者だと言われているマーロウのような詩人でも、それを適切な古典の隠れ蓑に包んでほのめかすにとどめた。また、一六世紀のテクストからは、高貴で生まれのよい人々が「理論的同性愛」とでも呼ぶべきものを好んでいたこともわかる。このため、「ジェントル」なシェイクスピアがこの題材に詩的な言及をしても不思議はない。これは性愛ではなく、精神的な愛だったのだ。

　シェイクスピア劇の女性たちを『ソネット集』の「ダーク・レイディ」と比べてみると面白い。喜劇のヒロインたちは生き生きとして自信に満ちているが、これはまた性的な活力をも暗示しているのかもしれないではないか。ヒロインたちには桁外れの意志の力が備わっているが、当時の世界では「意志《ウィル》」という語は性的な能力をも意味した。ウィル・シェイクスピアはこれをはっきりと意識していたのだ。しかし、もっと無我夢中になっていて危険な力に衝き動かされる女性たちもいる。テッド・ヒューズ[177]は、シェイクスピア劇には好色な女性への嫌悪と「貞節に対する強迫観念」が見られると指摘している（Hughes 164）。これは後期の劇に関しては正しいかもしれない。ミランダもパーディタもイモジェンも、まったく官能的な存在ではない。だが、そう言ってしまうのは、批評家の先入観をシェイクスピアのものと混同しているのかもしれない。言い換えるなら、典型的なシェイクスピア劇の女性像というものは存在しないのであり、むしろ女性登場人物に対する男性の反応を研究する方がひょっとすると面白いのかもしれない。一番わかりやすく、よく見られる反応は、デズデモーナに対してオセローが、ハーマイオニーに対してレオンティーズが抱くような性的嫉妬である。『ソネット集』にも同じような劇的状況が見られる。裏切られているのではないかと強く疑い、時には本当に不実を働く。もちろん、シェイクスピアが別居中の妻の浮気を疑っていたという話は、シェイクスピアの伝記の常套になっている。ありえることだが、証明はできない。ただ言えるのは、不倫は——真実であろうとなかろうと——一連のソネットだけでなく、劇の筋でも大きな役割を果たしているということだけだ。

　もちろん、シェイクスピア劇の大半には愛の希望と愛の困惑があらゆる形で描かれているし、シェイクスピアこそ英語で最も深く愛を語った作家だということはまちがいない。このため、シェイクスピアが恋愛関係を織り成す性的関係に深い関心を抱くのは自然かつ当然のことだっただろう。しかし、それだけでは、なぜ性がしばしば恥や恐怖、嫌悪をもって扱われているのかは説明がつかない。シェイクスピアは恋愛について書くとき、しばしば戦争の比喩を用いる。幸せな結婚生活を送っているように見えるカップルは『ハムレット』のクローディアスとガートルードだけだ——もちろんマクベス夫妻に愛情がないわけでもないようだが。しかし、これらの幸運なカップルは、とても現代社会で「手本」と呼ばれるような存在ではない。不幸な恋愛や恋の争いは演劇に欠かせないものであり、演劇上都合がよいからといって、必ずしもシェイクスピアの個人的な懸念を示すとは限らない。そこに作者本人の痛切な響きがあるとする必要はないのだ。

第54章 要するに、すてきで幸せな暮らしってわけさ

〔『じゃじゃ馬馴らし』第五幕第二場〕

ジェイムズ・バーベッジは一五九七年一月の終わりに亡くなり、家族と役者たちが見守るなか、ショアディッチの小さな教会に埋葬された。ブラックフライアーズの大食堂を芝居小屋に改造する計画の失敗による失望や憂鬱が死因となったのではないかという意見もあるが、ジェイムズは経験豊かな豪腕の経営者であり、そんな小さなトラブルでまいってしまうことはなかっただろう。いずれにしても六〇代半ばを超えており、一六世紀の基準では老人の域に達していた。全財産は、父親の劇場経営業を継いだ二人の息子に遺された。シアター座は一座の株主ではあったものの役者ではなかったカスバート・バーベッジに譲られ、ブラックフライアーズの物件は役者兼株主のリチャード・バーベッジに譲られた。当時、どちらの物件も息子たちにとっては演劇的な「毒入り杯」と思われたかもしれない。特にカスバートは、依然としてシアター座の地主と満足のいく合意に達し得ていなかったのだから。

土地の貸借契約は一五九七年四月に切れることになっていた。ジャイルズ・アレンは契約延長に同意したが、リチャード・バーベッジが保証人の一人になることには反対した。そこで、一五九七年の晩春から初夏にかけて、今や無人となったシアター座をめぐる争議が続くなか、宮内大臣一座はカーテン座で公演を打っていたようだ。完成した『ヘンリー四世』第一部・第二部が上演されたのはカーテン座でのことだった。

実のところ、シェイクスピアは『ヘンリー四世』第二部の執筆を中断して『ウィンザーの陽気な女房たち』に集中しようとしていた。[178] この最新の喜劇は、一五九七年四月二三日にホワイトホールで催されたガーター勲爵士団の祝宴のために書かれたと一般に考えられている。この祝宴は、ハンズドン卿ジョージ・ケアリーがガーター勲爵士に選出されたことを祝うものだった。ケアリーはコバム卿の死後すぐ宮内大臣に任命され、宮内大臣一座のパトロンになったばかりだった。コバム卿の下での役者たちの冬の時代は、かつてのパトロンであり劇団の支持者だったハンズドン卿の息子の到来によって栄光の夏に変わったのである。[179] 初代ハンズドン卿はありがたいパトロンであったが、息子もその立派な伝統を継いでくれそうだった。すでに見たとおり、女王はフォルスタッフが恋をする芝居を所望したと伝えられており、またシェイクスピアはこの作品を二週間で書き上げたとも言われている。ハンズドン卿から女王の要請を伝えられたシェイクスピアは、すぐ仕事にかかったに違いない。宮廷での公演回数を見れば、宮内大臣一座が女王の関心を独占していたことは明らかだ。シェイクスピアは宮廷詩人ではなかったにせよ、確かに女王のお気に入りの劇作家だった。

第二代ハンズドン伯爵ジョージ・ケアリー(中央)。
ガーター騎士団の貴族仲間とともに、
「エリザベスの凱旋」と呼ばれる行列に
参加しているところ。
バーベッジ、シェイクスピアの両者は
初代ハンズドン卿ヘンリー・ケアリーに
「ヘッドハンティング」され、
宮内大臣一座という劇団に加わった。
ヘンリー・ケアリーの跡を継いで
宮内大臣となったのは
コバム卿、その後任がジョージ・ケアリーであった。
ロバート・ピーク作とされる油絵。
(個人蔵/ブリッジマン美術図書館)

『ウィンザーの陽気な女房たち』の舞台がウィンザーに設定されたのは、ウィンザー城のセント・ジョージ礼拝堂にて新しい勲爵士の就任式が執り行われたからにすぎない。このようなガーター叙勲の祝いの席で一本の芝居が丸ごと上演されたという記録はないが、劇の最後で滑稽にも妖精女王に扮したクイックリー夫人が一踊りする仮面劇の部分は、ウェストミンスター宮殿での祝宴ではなくウィンザー城で上演されたのではないだろうか。仮面劇とそれに付随するエピソードや会話を書き上げるのには、二週間あれば十分だっただろう。シェイクスピアはそのあとで、この祝祭的なクライマックスへと盛り上がっていく劇のほかの部分を書いたのだろう。

　フォルスタッフ、シャロー、ピストル、バードルフは、捨てるには惜しい登場人物であり、大衆の拍手の力で舞台に戻ってきた。初版本には、この劇の主な見所が明白に書き表されている。「サー・ジョン・フォルスタッフとウィンザーの陽気な女房たちの、すばらしく楽しい機知に富む喜劇」。シェイクスピアはまた、歴史劇本体では使うことのできなかった素材をこの劇に入れたかもしれない。こうしたことに関しては倹約家だったのだ。また、同時代的な言及も付け加えた。劇中、妻がフォルスタッフと浮気をしているのではないかと心配して苛立つ夫は、「ブルック」という変名を使用する。悪気はなかったとしても、家長のコバム卿を亡くしたばかりのブルック家[180]への明らかなあてこすりだったようだ。但し、シェイクスピア家が紋章を持つ権利に異論を唱えてい

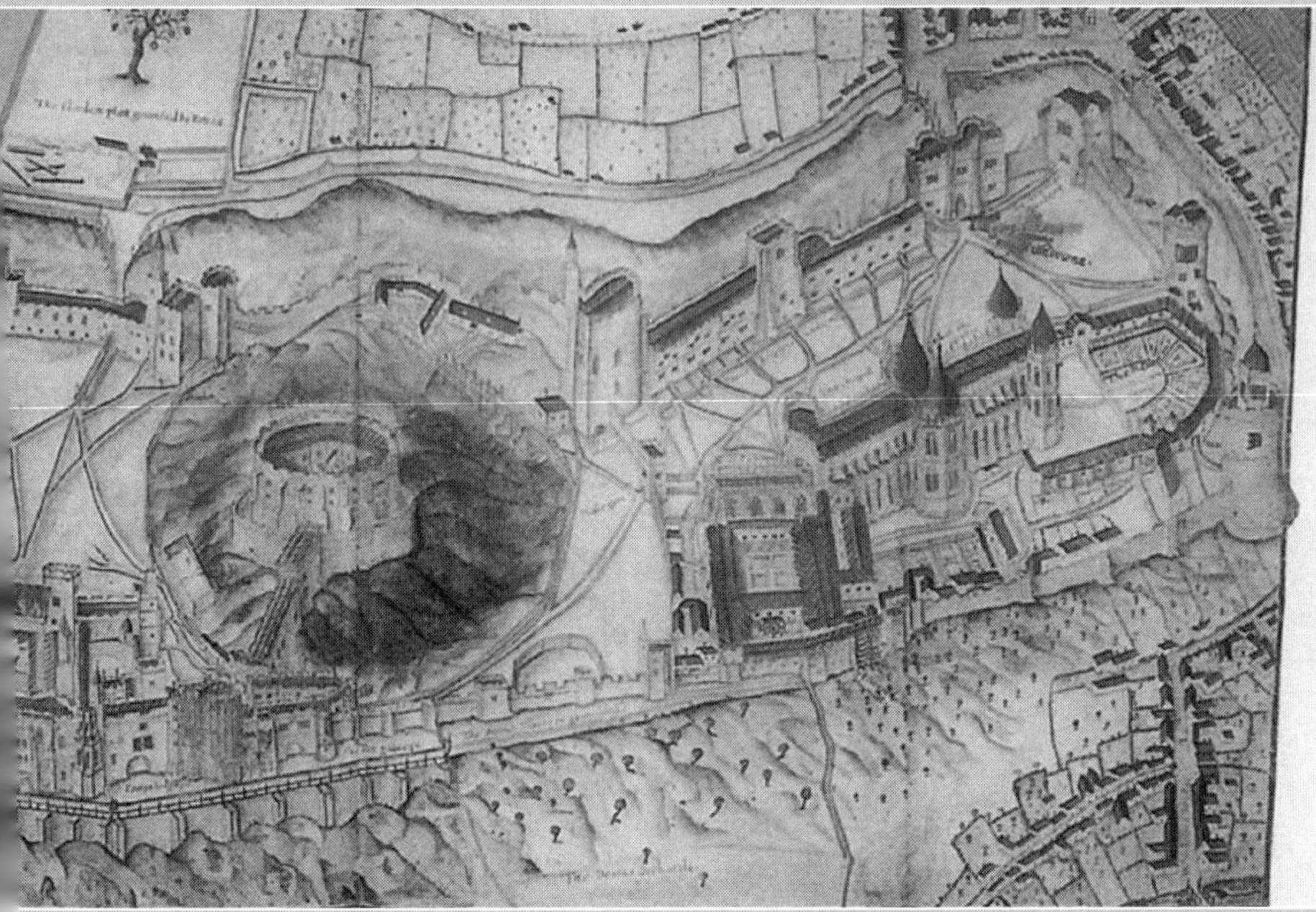

右……1560年代のウィンザー城。
『ウィンザーの陽気な女房たち』は、
第二代ハンズドン卿が
ガーター勲爵士に
選出されたことを祝う
ガーター騎士団の祝宴のために
書かれた。
劇の舞台がウィンザーに
設定されているのは、
騎士叙任の儀式がウィンザー城の
セント・ジョージ礼拝堂で
行われたためである。
（大英図書館Maps. G. 3603.）
左……フォルスタッフと女主人
（クイックリー夫人）の図。
エリザベス女王は
フォルスタッフに魅了され、
この喜劇的ならず者が
恋に落ちる劇を所望したという。
『知恵またはお楽しみの上に
お楽しみ』（1662）より。
（大英図書館C.71.h.23.）

1576年、ウィンザーで行われたガーター騎士団の行列。（大英博物館/ブリッジマン美術図書館）

たヨークの紋章官サー・ラルフ・ブルックにあてつけたものとも考えられる。真相はどうあれ、祝宴局長に命じられて「ブルック」を「ブルーム」に変更しなければならなかった。どちらにしてもこの冗談は後世には通じない。ほかにも、本人不在のまま騎士に叙せられたドイツ人の伯爵についての冗談(181)などがあり、シェイクスピアは同時代の事件に目を光らせていたことがわかる。

この劇がなめらかにシェイクスピアのペンから流れ出てきたという事実は、これがシェイクスピアの持って生まれた機知の所産だったことを示唆している。つまり、伝統的なイギリス的喜劇と考えられるということだ。ここにはイギリス的ユーモアのあらゆる材料がそろっている――とめどない卑猥さ、猥褻な語り、フォルスタッフがブレントフォードの太った女のふりをして正体を隠すときの茶番めいた「女装」など だ。また滑稽なフランス人も登場し、最後にはすこぶる民話的に突然超自然の世界になってしまう。たぶんもっと重要なのは、性的欲望がしょっちゅう茶番へと変わることだろう。これは何千ものイギリス喜劇で使われてきた手であり、ここでは性的なあてこすりや下品な冗談が名句となる。この劇では英語がフランス人やウェールズ人の口を通してさまざまなひねりを加えられていると指摘する声もあるが、これもシェイクスピアが絶好調で書いているときの文体の変わりやすさと多様さの一面にすぎないだろう。あり得ないことや場違いなものばかりが基準となる世界では、言葉そのものが茶番となるのだ。『ウィンザーの陽気な女房たち』は当時大流行していた「市民喜劇」に似ているところもあるが、もっと温和な雰囲気にあふれてる。ロンドン郊外の田舎町を舞台にすることで、ジョンソンやデカー(182)が手がけたような都市型諷刺劇になることを避けたのである。

取り違え騒ぎや筋の急転が強調されたこの喜劇は、一座の役者たちへの贈り物となったに違いない(183)。シェイクスピアは喜劇の筋書きをイタリア演劇から借用したとしばしば考えられてきたが、海を渡ってきたイタリア演劇は著しい変貌を遂げている。外国の手本を取り入れて改変するのがイギリス的な創作であり、その最大の模範がシェイクスピアなのである。

New Place

第6部

ニュー・プレイス

シェイクスピアの紋章のデザインを下書きしたもの(1602)。
「役者シェイクスピア」とある。
(フォルジャー・シェイクスピア図書館)

第55章 それゆえ俺はよい家柄なのだ

〔『ヘンリー六世』第二部第四幕第二場〕

一五九七年五月上旬、シェイクスピアはストラットフォードに町で二番目に大きな家を購入した。[1] 一五世紀末に、かつてのこの町の住人のなかで最も有名なサー・ヒュー・クロプトンが建てたニュー・プレイスという家だ。この家の所有者になったことで、シェイクスピアは生まれ卑しからぬ立派な市民として折り紙つきになったのである。

シェイクスピアの新しい家の正面は、幅が約一八メートル、奥行き約二一メートル、高さ約一一メートルだった。煉瓦造りで、土台は石造り。切妻があり、庭に面して東向きの出窓があった。地誌学者ジョン・リーランドは「煉瓦と木造のすてきな家」と呼び、地元の人たちには「偉大な家《グレイト・ハウス》」として知られていた（*Lives* 14）。少年の頃、シェイクスピアは毎日通学路にあったその家の前を通り、こんな家に住めたらなあという思いを胸に刻み込んでいただろう。子供心に立身出世の夢の象徴となっていたのだ。ちょうどチャールズ・ディケンズがケント州の屋敷ガズヒル・プレイスを購入したのと同じ気持ちだろう。あの家も、ディケンズが子供心に抱いた成功と名声への憧憬《しょうけい》の的となっていた。「一所懸命に働けば」とジョン・ディケンズは息子に語ったのだ、「いつかあんな家を持てるぞ」と。ひょっとすると、ジョン・シェイクスピアも同じことを言ったかもしれない。

チャペル・ストリートとチャペル・レインの角にあったこの家は、ゆったりした邸宅であり、正面の召し使い部屋からはチャペル・ストリートを見渡せた。裏手には、囲いのある裏庭と母屋があった。このあたりは栄えていた界隈であり、清閑というわけではなかった。チャペル・ストリートには立派な家が並んでいたが、チャペル・レインは汚く、悪臭を放っていた。豚小屋や肥溜《こえだ》めがあり、泥塀と萱葺《わらぶ》きの小屋が並んでいた。そのなかでニュー・プレイスは宿屋ファルコンの真向かいにあり、玄関のすぐ外で地元のチーズ市が開かれた。通りをさらに歩いて行くと、道の反対側に組合礼拝堂《ギルド・チャペル》があり、シェイクスピアが幼い時を過ごした教室があった。シェイクスピアはまさに幼少時代の場所に戻ってきたのである。

家とその土地のために支払ったのは「銀貨で六〇ポンド」――初めての大きな投資だった。仲間の演劇人たちはまずロンドンに自分や家族が住む家を買ったのに、シェイクスピアは違った。まだ故郷の町にふっと何気なく同化できたというあかしだろう。シェイクスピアはロンドンでは（ギリシア語由来の用語を使えば）「在住外国人」だったということだ。とはいえ、どこであれ、くつろげる場所が本当にあったのか疑わしい。[2]

購入前に、この家は「かなり崩壊が進んでおり、修繕もされず、修繕の見込みもない」と記されていた。要するに、値段が下がっていてお買い得品だったのだ。クロプトン家の末裔によれば、シェイクスピアは「この家を修繕し、好きなように造り替えた」（*Life* 178）という。そのために石材を注文している。つまり、大々的な工事を行ったのであり、工事のことはその当時書いていた戯曲に何気なく入り込んでいる。『ヘンリー四世』第二部に、家の建築について、設計図や模型や費用などへの三つの言及があるのだ。[3]

家には少なくとも一〇の部屋があり（のちに税金を課された一〇の暖炉があった）、庭が二つに納屋が二つあった。のちに二つの果樹園への言及があるのは、シェイクスピア一家が庭の一部を実益のために改造したのだろう。この家から二軒隣の似たような（やや小さめの）家には、広間と客間兼寝室、「大部屋」、そして台所と地下食糧庫のほかに二部屋あった。ニュー・プレイスには、一家の主人のための書斎や、ひょっとすると書庫があっただろうか。もちろんその点について公的記録は黙しているが、一部の人たちが考えているようにシェイクスピアが以前にも増してストラットフォードへ戻ってくるようになっていたなら、読み書きのための場所が必要だったことだろう。

シェイクスピアはさらに土地を買い足し、小屋を壊して、庭を広げている。庭には古い井戸が二つあって、現在は空き地となった場所に今でも残っている。ストラットフォードにどれほど頻繁に戻ってきたかはわからないが、こうした環境のなかで落ち着けたのだ。ニュー・プレイス購入の年に出版されたジョン・ジェラード著『草木誌あるいは植物概史』をきっと持っていたことだろう。この庭いじりの概説書には、ウェールズ人が「フルエリン」と呼ぶ青い花をつける鍬形草《くわがたそう》についての記載がある。フルエリンと言えば、『ヘンリー五世』に登場するウェールズ人将校の名前だ。また、シェイクスピアは庭に桑の木を植えたとされている。その木からのちの時代に文鎮やステッキのような「観光客用」の品を作る大量の木材が採れたという。本当に桑の木を植えたとしたら、家を購入してから一二年後だっただろう。一六〇九年にヴァートンという名のフランス人が、ジェイムズ一世の依頼に応じて、中部地方全体に桑の若木を配ったのだ。この庭にはよく実のなる葡萄の蔓《つる》もあった。シェイクスピアが死んで数年後、この地域の准男爵が、「去年の蔓の若枝についた新芽の一番よいのを二つ三つ」ニュー・プレイスからもらってくるように求めている。

二つの納屋には小麦と大麦が収められていたが、当時は不作や物資不足の時代であったため、そうしたものをため込んでいたのは違法だと思われていたかもしれない。家を購入した年は凶作四年目であり、穀物不足は深刻で、穀物の値段は四倍に跳ね上がっていた。シェイクスピアは常に目先の利く実業家だったのだ。シェイクスピアを新興の「市場経済」において現金でも掛けでも商売しようとする「ベンチャー企業家」の先駆けと呼ぶ歴史家もいるが、シェイクスピアにしてみれば先を見通して投資をしただけのことであるから、そこまで言うのは理屈にすぎるかもしれない。ニュー・プレイス購入の数ヶ月後、シェイクスピアは麦芽を一〇クォート、すなわち八〇ブッシェル〔二八一九リットル〕貯蔵していたと記

ジョン・ジェラード著、『草木誌あるいは植物概史』。
シェイクスピアが故郷ストラットフォードに
「ニュー・プレイス」という邸宅を購入した同じ年に出版された。
シェイクスピアには田舎育ちらしい草花の知識があった。
（大英図書館*449.K.4.*）

録されている。シェイクスピア夫人や娘たちがビール醸造に用いる麦芽だったのだろうが、非難を受けたのである。

この家をシェイクスピアへ売り渡したカトリックで国教忌避のアンダーヒル家について、奇妙な話がある。ウィリアム・アンダーヒルは熱心なカトリック信者であり、国教忌避の罪で罰金を科されたり「告訴《プレゼント》」されたりしていて、借金の末にニュー・プレイスを売らざるを得なかったようだ。このことからもシェイクスピアが発揮したのは宗教的な同情心ではなく、優れた商才だったことがわかる。ニュー・プレイスを手放してから二ヶ月後、アンダーヒルは謎の死を遂げる――跡継ぎ息子のフルク・アンダーヒルに毒殺されたことが明るみに出たのだ。息子はその後この犯罪のために死刑になっている。奇妙なめぐりあわせで、ニュー・プレイスの以前の所有者ウィリアム・ボットはこの家で娘を毒殺した廉で告発された。目撃者によれば、娘に殺鼠剤を与え、娘はそれを「飲んで死んだ」という（Honan 237）。シェイクスピアは不幸の起こった家を避けるような縁起担ぎではなかったと考えてよさそうだ。

この家そのものは、随分前になくなってしまった。シェイクスピアの生活環境を見せてほしいと家を訪れる不意の客にうんざりしたその後の所有者が更地にしてしまったのだ。しかし、一七世紀後半ストラットフォードに住んでいた幼い少年による描写が残っている――「玄関の前には周りを塀に囲まれた小さな緑の広場があり……正面は煉瓦造りで、当時よくあったように鉛の枠に普通のガラスをはめ込んだ簡単な窓がいくつかついていた」（*Life* 178）と少年は回想している。また、一八世紀初頭のスケッチもいくらかある。それを描いたジョージ・ヴァーチューは、シェイクスピアの妹の子孫の証言をもとにしたらしい。そのうち一番重要な絵には確かに「偉大な家《グレイト・ハウス》」と呼んでよさそうな家が描かれていた。なるほど、チャールズ一世の妻ヘンリエッタ・マライアが一六四三年の夏の三週間をここで過ごしたのも頷《うなず》けるほど壮大なものであった。この頃、そしてもちろんそれ以前にも、この家は王制派の拠点だったと見てよいだろう。シェイクスピアがこの豪華な不動産の所有者となったのは、ほんの三六歳のときだったことを思い出そう。実に迅速な出世だった。つまり、ニュー・プレイスは、シェイクスピア家の家紋認可との兼ね合いで見られるべきものであり、隣人たちにシェイクスピアの生まれのよさを示す方法となっていた。ロンドンの役者と言えば当時はあまりよろしくない評判が立つものだったが、そうしたものを一掃して、ストラットフォードでも指折りの金持ちとしての立場を決定的なものとしたのである。

第56章 海賊だってこんな略奪品は二束三文と思う

〔『ヘンリー六世』第二部第一幕第一場〕

　この年の夏、演劇界で起こったスキャンダルのせいで、役者はみな路頭に迷うことになりかねなかった。一五九七年七月、ペンブルック伯一座がパリス・ガーデンのスワン座で、『犬の島』(4)と題された諷刺劇を上演した。さまざまな政府の要人を愚弄したこの芝居が当局の怒りを買った。「扇動的で中傷的な内容」の「下品な芝居」と思われたのである（Nicholl, *Cup* 243）。作者の一人と出演者数人が逮捕され、三ヶ月間拘禁された。この作者こそ若きベン・ジョンソンだった。芝居に出演もしていたジョンソンは、直ちにマーシャルシー監獄に送られた。当時ジョンソンは二五歳で、芝居を書くのもその手伝いをするのも『犬の島』が初めてだった(5)。まさに荒っぽい洗礼を受けたわけである。ジョンソンはのちに、「判事たちがいくら尋問しても、俺から『はい』か『いいえ』以外の言葉を引き出すことができなかった」と「拘禁されていた時代」を回想している（ibid.）。シェイクスピアがこのような不快な状況にいるところは想像しにくいが、およそ扇動的・中傷的なことを書こうなどとは夢にも思わなかっただろう。シェイクスピアは反抗者でも扇動者でもなく、エリザベス朝国家の政治体制の内側にしっかりととどまっていたのである。

　その後、枢密院は「この夏、ロンドン市内での芝居の上演をすべて取りやめる」こと、さらに「芝居の上演のみを目的として建てられた劇場はすべて取り壊す」ことを要求した（Thomson, *Career* 120）。これは都市の現実と完全に矛盾した命令——まるで都市の成長そのものを止めろというお触れのようなもの——であり、きちんと施行されることはなかった。テューダー朝の布告はしばしば法的な要請というよりは、言葉の上のジェスチャーではないかという印象を与える。この布告は芝居の上演「のみ」を目的として建てられた劇場の取り壊しを要求しているので、標的はスワン座だったのかもしれない。たとえば、ローズ座のヘンズロウは、自分の劇場はほかの娯楽にも使われていると主張することもできただろう。いずれにしても、ヘンズロウは面倒など何もなかったかのように経営を続けている。ミドルセックス州とサリー州(6)の判事たちは、特にカーテン座の所有者たちに「舞台、客席、楽屋を完全に取り壊す」よう命じたが、ここでも命令が実行されることはなかった。宮内大臣一座は依然としてここで芝居を打っていたと思われるが、そうだとしても偉大なパトロンの庇護を受けられたのだろう。

　しかしながら、宮内大臣一座は地方巡業に出ることを決めた。八月には砂岩の丘に立つ港町ライに向かい、そこからドーヴァーへと旅した。さらに九月にはドーヴァーからモールバラ、ファヴァシャム、バース、ブリストルへと移動していった。シェイクスピアもまず間違いなく巡業中の一座と一緒にいたことであろう。

ロンドンにおける芝居の「禁止令」は一〇月に解除され、宮内大臣一座はカーテン座に戻ってきた。『ロミオとジュリエット』の公演で「カーテン座の大喝采」が聞こえたのはこのシーズンのことだったかもしれない（WS ii 196）。『ロミオとジュリエット』はこの年に本の形で出版された三つのシェイクスピア作品のうちのひとつだ。出版されたのは最も人気のあったシェイクスピアの三作品であり、どれも当時上演中だったかもしれない。だとすれば、舞台での成功を異なるマーケットでも活かそうとして出版されたのだろう。八月には『リチャード二世の悲劇』が書店に並んだ。これが大当たりとなり、次の年にはさらに二つの版が出た。一〇月には『リチャード三世の悲劇』が出版される。こちらはシェイクスピア存命中にさらに四回、版を重ねることになる。その翌月に『ロミオとジュリエット』が本の形で登場したのである。

しかしながら、これら三作品の出版の性質は異なっていた。『リチャード二世』や『リチャード三世』はアンドルー・ワイズが出版者、ヴァレンタイン・シムズが印刷者となっているが、ジョン・ダンター[7]が印刷した『ロミオとジュリエットのすばらしく機知に富む悲劇』には出版者の名がない。この年にはすでにダンターの印刷所は当局の強制捜査を受け、ダンターは『イエスの詩編』や「そのほかの出版物を、権限なく」出版した咎で告訴されている（Gibbons 3）。ダンターが出版した『ロミオとジュリエット』は、無許可で出版された作品のひとつだった。二年後、また別の版が『ロミオとジュリエットのすばらしく悲しい悲劇』というタイトルのもとに出版されたが、タイトルには「新たに訂正され加筆され修正された」と付け加えられている。この改良版には「ウィル・ケンプ」を名指したト書きがあって、劇場で使われていた台本をもとに印刷されたとわかるが、それはつまり、作者が自分自身の版を持っていなかったことを示しているのかもしれない。ダンターの印刷所が強制捜査を受けたのは一五九七年の春だが、その後、ほかにも出てくるかもしれない海賊版を阻止するために、宮内大臣一座が『リチャード二世』と『リチャード三世』をアンドルー・ワイズに渡した可能性が非常に高い。そののち、一座はジェイムズ・ロバーツという出版業者を雇って、書籍出版業組合に「出版阻止登録」をさせている。ロバーツは原稿を登録する際、「前もって宮内大臣閣下の許可を得ることなくして」印刷すべからずといったような条件をつけたのだった。

ダンターが使用した『ロミオとジュリエット』は誤植の多い不完全なテクストだったようだ。たとえばどこかの雇われ作家が、芝居をよく知っていて上演を何度も観たことのある人と一緒にでっちあげたものだったかもしれない。宮内大臣一座とも印刷業者ジョン・ダンターともつながりがあったトマス・ナッシュのような人物の仕業だったりするだろうか（Nicholl, *Cup* 242-3）。あるいは、ひどいテクストを生み出したのは、ヘンリー・チェトル[8]だったろうか。チェトルは短命だったが、四九本の戯曲の執筆に関わっている。飽くことを知らぬ公衆劇場のために絶え間なく働き続け、文字どおりその日暮らしをしていた多くのエリザベス朝作家の一人だった。ある同時代の旅行者は、「私が思うに、ロンドンで上演される芝居の数は世界のどこよりも多い」と指摘しているが(**Moryson 476**)、一五三八年から一六四二年のあいだには約三〇〇〇の芝居が書かれ、上演されたと推定されている。

シェイクスピア劇のうち、本文批評をする学者たちが「不良クォート」と呼ぶ版は六つある――『抗争劇』〔『ヘンリー六世』第二部と第三部の合本〕、『ヨーク公リチャードの実話悲劇』、『ヘンリー五世』、『ウィンザーの陽気な女房たち』、『ハムレット』第一クォート版、『ロミオとジュリエット』第一クォート版である。これらの版は、のちに死後出版されたフォーリオ版シェイクスピア作品集に収録されたものよりかなり短い。いずれも台詞が言い換えられ、登場人物がカットされ、場面の順序が違っていたりする。改作者が何らかの目的で短縮したのかもしれず、その改作者はシェイクスピア本人であった可能性もある。しかし、一般には、フォーリオ版がシェイクスピアの草稿を筆写したものであり、短いクォート版には実際の上演が反映されている(9)――ト書きが異様に詳しく、明確である――という点で学者たちの意見の一致を見ている。そうした上演の実際的見地から行われた短いクォート版におけるカットは、芝居のテンポを速め、筋を単純にし、不必要な複雑さを取り去り、上演がぎくしゃくしないようにしている。物語と密接な関係のない詩的な部分は消えて、本質的でない対話や性格描写も削除されている。

これらの改作を誰が行ったのかは皆目わかっていない。台本係《ブックキーパー》か(10)、シェイクスピア本人が編纂したものかもしれない。すでに見てきたように、最初の上演に関わった若干名の役者たちによる「記憶による再構成」かもしれないとも言われている。しかしながら、このような行動の性質や目的ははっきりしないままだ。これらの版は、海賊版を作ろうとして当時「短記法《ブラキグラフィー》」と呼ばれていた速記法によって台詞を書きとめた観客が作ったという説すらある。「速記で書かれ……正しい台詞は一言もない」海賊版について不平を漏らす劇作家もいた(**Thomson, *Career* 85**)。しかし、出版の条件が比較的厳しかったことを考えると、この仮説はありえそうもない。

もちろん、これらの六つの短い芝居を「不良」クォートと呼ぶ道理はない。単に異なる版というだけだ。しかし、シェイクスピアのテクストがいささか乱暴に扱われていたかもしれないということを示してはいる。最初の稽古や最初の公演で、独白がそっくり削られたり、話を効率よく進めるために台詞が別の役者に与えられたり場面が入れ替えられたりしたかもしれない。もし本当にそのように上演がなされていたのなら、シェイクスピアは変更に同意したことだろう。非常に実際的かつ実用的な演劇人としてのシェイクスピアの立場が、ここでも明らかになる。

第57章 どうかもう何も言わないでくれ

〔『コリオレイナス』第三幕第一場〕

シェイクスピアは、宮内大臣一座の座付き作家となることで、どんどん磨り減る機知を売り物にするフリーランスの劇作家たちの哀れな末路を避けることになった。劇作家は多くはなく、互いに顔見知りだった。そうした場合にはよくあることだが、今や尊敬に値する「ジェントルな」シェイクスピアが酒場で話題にのぼるときは、心の底では羨みながらも「シェイクスピアなんて」と軽蔑や嘲笑の的にされたことだろう。

作家を雇うのは役者たちか劇場経営者だった。成り行き次第で、独りで書くときもグループで書くときもあった。ローズ座のフィリップ・ヘンズロウの日記を見ると、監督をした八九作の戯曲のうち、三四作は単独の作家が書き、五五作は共同執筆だ。共同執筆というのは、戯曲を提供する最も重要な方法だった。一五九八年以前、戯曲について「作者」だの「劇作家」について語られないのはそれゆえでもある。もっと古い時代においては役者自身が戯曲を書いていたので、台本はスペクタクルや演技ほど重要ではなかった。『役者への懲らしめ』において、役者たちが町に到着して公演を宣伝すると、こう問われる――「芝居の題は何だい？　どこの劇団だい？」――作者が誰かは問題ではないのである。

作家ないし作家たちが話を提供することもあれば、役者や劇場経営者が作家たちに話を提案することもあり、その上で作家たちは筋書き、つまり話の流れを考え、それがうまくいけば、それを芝居に仕立てるのである。たいてい分割して書き、部分を渡すごとに報酬をもらっていた。海軍大臣一座の劇団員がヘンズロウに「芝居の五ページ分を聞かせてもらったが、とてもよい芝居になると思う」と書き送っている。但し、その劇作家は「思ったほどうまく書けなかった」と認めているのだけれども（WS i 95）。

何より重要なのは、こうした劇作家がこのとき初めて出現したということだ。決まりは何もなかった。それまでプロの作家などいなかった。つまり、芝居を当てて生活の糧にしようとする作家などいなかったのだ。チェトル、ナッシュ、シェイクスピアは――自分では意識していなかったかもしれないが――新しい文学的文化を担う先駆けだったのである。

劇作家たちは「ページ」をすばやく書き上げた。工場化した畜産農場の文学版のようなものであり、ジョンソンは一本の戯曲に五週間もかけたことを白状して馬鹿にされた。劇作家は、既存の戯曲を書き足したり、キャストなどの条件を変えて書き直す仕事も依頼された。新作劇は常に求められてはいたが、同様に大切なのは、新しい種類の劇も常に求められていたということだ。劇作に観劇というこの新しくできあがった世界では、たちどころに流行や好みが生まれた。一〇年ほど流行ったのは、歴史劇、復讐悲劇、牧歌的喜劇であったが、それから「気質」喜劇と市民喜劇に取って代わられ、市民喜劇にはますますセックスが絡んできて、諷刺もまた前面に出て来た。それから、ローマ劇が流行した。変装したお忍びの支配者が出てくる芝居も流行った。ロマンス劇や、仮面劇を含んだ芝居に人気があった時期もあった。シェイクスピア自身もこうした方向の変化を免れ得ず、その芝居がその時々の時代の要請に微妙に合わせているのは以下に見ていくとおりである。

だからこそ、劇作は、当時の作家にとっては最も儲かる商売とも考えられていた。新作劇の平均価格は約六ポンドであり、一番人気の売れっ子の劇作家なら年に少なくとも五本は書き上げられたと想定される。したがって、年収は、学校教師の二倍以上ということになる。しかし、それほど幸運でない連中もいて、酒代や小遣い銭を稼ぐために下賤な文筆業に身をやつしていた。鼻息が荒く、騒々しく、酒に酔い、時には乱暴沙汰となる文筆業界は、当然ながら演劇界へとなだれ込んできたのである。

つまり、劇場のために執筆しても大出世ができるわけではなく、こうした連中は、王族の庇護を受けたり貴族から経済的支えを受けたりしていたサミュエル・ダニエルやエドマンド・スペンサーのような功成り名を遂げた詩人とは違い、下働きの労働者だったのだ。シェイクスピアが自分をそのように考えていたかどうかはわからない。紋章をつけてよい身分を求めたことからシェイクスピアには野望があったことがわかるが、実際の仕事を見てみれば、当時の作家仲間と変わらぬ現実的な労働者であったことはまちがいない。

しかし、シェイクスピアの戯曲の印刷と出版には一大変化があった。一五九八年三月一〇日、『恋の骨折り損と いう痛快奇想喜劇』の一冊本が「W・シャクスペア」（W. Shakspere.）により新たに「訂正され加筆され」て出版された。作家として名前が出たのはこれが初めての戯曲であり、作品を世間に流布させるのにシェイクスピアという名前がこれから重要になっていくことを示していた。普通は戯作者の名を明かさない業界の流れに逆らって、シェイクスピアは「作家」として名前を獲得したのだ。同年、『リチャード二世』と『リチャード三世』の新しいクォート版が、それ以前の無記名の版とは違って、「ウィリアム・シェイクスピア」（William Shake-speare）単独執筆であることを宣言した。翌年、『情熱の巡礼者』という胡散臭い本がシェイクスピアの名前を使ったのは、明らかに一般読者の注意を惹くためだった。宮内大臣一座は、こうした戯曲を出版者に売って金欠をしのいだとも言われているが、それはきっと違うだろう。戯曲は、出版者の仕事量の大半を占めるわけでは決してなく、とりわけ高価で売れたわけではない。戯曲を出版したのは、それが舞台にかかっているときに宣伝するためだったのではないだろうか。

しかし、『恋の骨折り損』の出版は、作家というものの現代的概念を作り上げるのにきわめて重要な出来事として見ることができる。商業ベースに乗った作家の地位と名声を向上させたこと、いや、ひょっとするとゼロからそうしたものを作り上げたことは、シェイクスピアの業績のなかでも特に重要なものだ。一五九八年の春以後、シェイクスピアの名前を冠して出版された戯曲の数は増大する。このとき以降、劇作家たちは役者や出版者と同様、自らの役割や名声にもっと「積極的」になったという演劇史家らの指摘もある（Honigmann, *Stability* 188）。この話からすれば、劇場よりは印刷所から生まれたということになるかもしれないが、個々の作家の文学的・文化的アイデンティティーはもはや無視できなくなっていた。

同年の秋、シェイクスピアは詩人としてではなく劇作家として初めて公《おおやけ》に賞賛を受けた。『パラディス・タミア――知恵の宝庫』においてフランシス・ミアズが、「プラウトゥスとセネカがラテン語世界の喜劇と悲劇の最高峰と見なされているように、英語ではシェイクスピアが喜劇でも悲劇でも最も優れている」と述べたのだ。シェイクスピアの喜劇のうち、ミアズは「『夏の夜の夢』と『ヴェニスの商人』」を挙げ、悲劇では『ジョン王』と『ロミオとジュリエット』を挙げている。[11]「詩の女神たちが英語を話したら、シェイクスピアのきめ細かく磨き込まれた言葉を話しただろう」と賞賛を重ねている（**WS ii 194**）。さらに、シェイクスピアの名前にほかの五箇所で言及しているが、これは、ミアズの賛美全体にある過剰さを差し引いても、大絶賛である。シェイクスピアが劇作家として卓越し、作者として「フィリップ・シドニー、スペンサー、ダニエル、ドレイトン」などミアズが名を挙げる詩人たちと並ぶ名声を堂々と勝ち得たというわけだ。シェイクスピアは、劇作家の仕事を、つい二〇年前には想像もつかなかったほど文化的に尊敬に値するものとしたのである。

ミアズは、『神の算術』という説教本を出版したばかりであり、『パラディス・タミア』と同年に『グラナードーの信心』という宗教の本を出し、その後、ラトランドの教区牧師となった。つまり、シェイクスピアは、劇場の平土間を埋める「下賤の民」のみならず「聖職者」の心もつかんだということになる。ミアズは、マーロウ、ピール、グリーンの概して自堕落な生き方を厳しく非難したが、シェイクスピアを、シドニー、ダニエル、スペンサーといった輝かしい詩聖に列した。『パラディス・タミア』の出版は、シェイクスピアの文学的名声におけるきわめて重要な時期を示すものであり、これを皮切りとして、シェイクスピア劇の本格的な批評が始まるのである。

ミアズの賞賛には奇妙な付け足しがある。シェイクスピアの喜劇として『恋の骨折り甲斐《ラヴズ・レイバーズ・ワン》』と題された作品[12]を挙げているのだ。この名前は、のちに、ある出版者の目録にも挙がっているが、そんな戯曲は今に伝わっていない。これは『から騒ぎ』か何か現存する戯曲の別名ではないかとも言われるが、謎に包まれた戯曲『カルデーニオ』のように、時の深淵のなかに失われてしまったシェイクスピア劇だったのかもしれない。

ミアズがその批評を出版した直後、エドマンド・スペンサーの親友である学者ゲイブリエル・ハーヴィ[13]が、新たに購入したスペイト編纂のチョーサーの本に書き込みをした。「若い

16世紀の印刷所。（フォルジャー・シェイクスピア図書館）

人たちはシェイクスピアの『ヴィーナスとアドーニス』に大いに喜びを見出すが、シェイクスピアの『ルークリース』、その『デンマーク王子ハムレットの悲劇』は、もっと賢い人たちを楽しませる」と。それからハーヴィは、サミュエル・ダニエルや友エドマンド・スペンサーを含む「全盛をきわめている韻文作家」（WS ii 197-8）のなかにシェイクスピアを含めている。『ハムレット』執筆年代が明らかに早すぎるように思えることや、ハーヴィが戯曲を読み物と見なしているようであることはひとまず措くとしても、これは、いわば格調高いエリザベス朝詩学の第一人者からの重要な賞賛である。ハーヴィはすでに、当時片手間に劇作を手がける連中――とりわけトマス・ナッシュやロバート・グリーン――の生き方や作品を軽蔑していたが、このプライベートな覚え書きにおいて、自ら愛読しているスペンサーをも含むずっと上のグループにシェイクスピアを入れているのだ。

「若い人たち」にシェイクスピアがどう思われていたかを示す証拠がもうひとつある。当時、ケンブリッジ大学セント・ジョンズ学寮の学生たちが、当節の文学流行について『パルナッソス劇』として知られる諷刺劇三部作を作った。その第二部である『パルナッソスからの帰還・第二部』は、シェイクスピア研究者には大変興味深い。この劇には、ガリオという頼りない人物――サウサンプトン伯爵を諷刺したものかもしれないし、そうでないかもしれない――がシェイクスピアの賞賛を歌って、鋭敏なインジェニオーソを喜ばせるのだ。「僕らが欲しいのは、まじりっけなしのシェイクスピアだけ、そしてシェイクスピアが劇場で集めた詩の断片だけだ」と、インジェニオーソは、ガリオの迸《ほとばし》るような賞賛に対して断言する。ガリオの韻文を聴くはめになったインジェニオーソは皮肉を込めて叫ぶ、「すてきなシェイクスピア殿！」、そして「聞きたまえ、ロミオとジュリエットだ！　ああ、ひどい剽窃だ！」と。ガリオは、それから尋ねる――「シェイクスピア氏の調子を聴かせてくれ」――ということは、シェイクスピアの「調子」は大変よく知られているということになる。賞賛され、模倣され、時に非難されるほど知られているのだ。「この愚劣な世間にはスペンサーやチョーサーを尊敬させておこう」とガリオが続ける、「僕はすてきなシェイクスピア氏を崇拝し、敬意を払ってその『ヴィーナスとアドーニス』を枕の下に置こう」と（Leishman 参照）。つまり、シェイクスピアが本当に「流行」していたことはまちがいないのだ。『パルナッソス』三部作には、シェイクスピアその人のパロディーとして意図されたらしきステュディオーソなる人物が登場する。この人物は、劇作家でもあれば学校教師でもあり、自然な類推《アナロジー》や音楽的な奇想を豊富に用いてシェイクスピアのような口ぶりで話す。シェイクスピアの文体のパロディーとわかるおふざけをやってみせるわけだが、と言うことは、観客のほうもパロディーの対象をよく知っていたということになる。

一五九九年、ケンブリッジ大学の別の学寮であるクィーンズ学寮の一学生が[14]「蜜の舌を持つシェイクスピア」の賛辞を書き、そのなかで二つの長詩『ヴィーナスとアドーニス』と

『ルークリース凌辱』および『ロミオとジュリエット』を褒めている。この劇は、『パルナッソスからの帰還・第二部』でも言及されているから、ケンブリッジ大学の若い学生たちにはかなり人気があったことがわかる。シェイクスピアは「スイートである」ことで知られていたわけだが、『パルナッソス』劇の第三部は『リチャード三世』にも言及しているし、ゲイブリエル・ハーヴィが『ハムレット』をシェイクスピアの主要な作品としていることからも、多様なレベルでシェイクスピアが真剣に受け取られつつあったことが窺える。同年、ジョン・マーストンは、「まじりっけなしの『ジュリエットとロミオ』しか」口にしない同時代人を諷刺している（WS ii 195）。要するに、シェイクスピアは一世を風靡したのだ。

第58章 忠義、正義、廉直の紳士

〔『リチャード二世』第一幕第三場〕

ニュー・プレイスを購入して、シェイクスピアはストラットフォードにどっしりと腰を落ち着けることになった。新しい内装の家に引っ越した妻と娘たちは、これからは家長シェイクスピアともっと一緒に時間を過ごせると期待したかもしれない。家長はもちろん、一家の事実上の大黒柱だ。たとえば、一五九七年一一月、母方の故郷ウィルムコート村にあるアーデン家の所有財産をシェイクスピア家が取り戻すための訴状をウェストミンスター・ホールに再提出するにあたり、シェイクスピアも力を貸したに違いない。このときシェイクスピア家は、ウィルムコートの家屋の引き渡しを拒否する親類のランバート家を訴えていた。面倒でいささか専門的な法的申し立てであり、どうやら四〇ポンドの支払い（またはその約束）が問題となっていたようだ。供述書によれば、ジョンとメアリ・シェイクスピア夫妻は「財産も少なく、友人や仲間も非常に少ない」とされている(W. N. Knight, 199)。ジョン・シェイクスピアが同年、ヘンリー・ストリートの自宅の隣にある土地を五〇シリングで隣人に売却した[15]のは、この「少ない財産」のせいだったかもしれない。

ランバート家に対する訴訟で召喚された証人たちは、実のところジョンではなくウィリアム・シェイクスピアの同僚だった。と言うことは、この件には我らの劇作家が個人的に関わっていたことになりそうだ。このもつれた訴訟手続きのあいだ、シェイクスピア家は根気強く張り切って訴え続けたらしく、ジョン・ランバートはシェイクスピア家の人々にうるさくつきまとわれて困ると言って責めている。「不当な訴訟問題で被告を悩ませ、嫌がらせをしている」と言うのだ(W. N. Knight, 205)。「訴訟問題《スーツ》」という語が複数形になっているので、ランバートはほかの法廷でも訴えられていたのだろう。訴訟は二年と六ヶ月以上だらだらと続き、最終的にはランバートに有利な形で示談が成立したようだ。しかし、訴訟手続きのあいだに、シェイクスピア家の人々は「大法官府の時間を浪費している」と譴責されている(W. N. Knight, 216)。この事件は、シェイクスピアが家族の名誉を守るため、また家族の財産を追求するためなら何でもするつもりだったことを示している。こうしたことに関しては一歩も譲らなかったのかもしれない。ウィルムコートの物件を失って四〇エーカーの土地を手放しはしたが、程なくもっと多くのストラットフォードの物件を買い上げている。

一五九八年初頭、ストラットフォードの町長エイブラハム・スターリーが、有望な投資の話をシェイクスピアに持ちかけようとしていた。スターリーは近親である参事会員リチャード・クイニーに次のように知らせている。「我らの同郷人シェイクスピア（Shakspper）氏は、いくらかの金を投じてショタリーないしストラットフォード付近に一ヤードランド程度の土地を求めるご意向です。お父上〔エイドリアン・クイニー〕のお考えでは、氏を説得して我々の一〇分の一税徴収権を買い取ってもらうのが上策とのこと」。さらにスターリーは、「この件についてあなたが氏を手引してくだされば、あの土地は氏が狙うのにちょうどよい的となるでしょうし、打ち落とせなくもないと思います。もし購入できれば、氏はますます栄え、我々にとっても大いに利益になるでしょう」とも述べている（**Honigmann, *Impact* 8**）。

つまり、ニュー・プレイスの新しい所有者は、すでにストラットフォードでは経済的に有力な紳士だったということになる。ショタリーにある妻の継母ジョーン・ハサウェイ[16]の家屋と土地の購入を考えてみてくれともちかけられたかもしれない。この老婦人は翌一五九九年に亡くなり、二ヤードランド半（一ヤードランドは約三〇エーカー）の土地と、現在「アン・ハサウェイのコテージ」として知られる農家を遺した。シェイクスピアはまた、「一〇分の一税」の購入候補者と見なされてもいた。「一〇分の一税」とは、土地から収穫された穀物や家畜の割合に応じて地主が受けるお金のことである。かつては教会に支払われるべき税だったが、今では世俗の所有となっていた。

クイニーとスターリーがどの一〇分の一税のことを考えていたのかはわからない——ただ、二人とも「クロプトン家の一〇分の一税対象の干し草」を作る「農夫」ではあった——が、重要なのは、シェイクスピアが二人の提案を受け入れなかったことだ。実際、一六〇五年まで一〇分の一税を購入することはなく、これはシェイクスピアの慎重さを示している。一五九〇年代、ストラットフォードは経済的にも社会的にも不況のただなかにあったのだ。エイブラハム・スターリーは前述の手紙のなかで次のように指摘している。「穀物が手に入らず、欠乏を感じた隣人たちは不満を募らせています」。何年も続いた不作が町の経済力を弱らせ、広範囲に莫大な被害を及ぼした二件の火事がさらに物件の値段を下げた。シェイクスピアがニュー・プレイスをあれほど安く購入できたのには、こうした事情があった。事実、リチャード・クイニーはエイブラハム・スターリーからの手紙を受けとったとき、地元の緊急の問題でロンドンに滞在しており、参事会員として中央の政府にストラットフォードの問題を陳情する責任を負わされていた。町としてある種の税金免除を願い出た上、火災救済資金の支給の増額を求めていたのである。

その後、同年中にリチャード・クイニーはまた別の問題でシェイクスピアに接近した。ストラットフォード自治体への融資が必要だったのだ。今や町一番の金持ちの世帯主かもしれないシェイクスピア以外に、頼むべき人がいるだろうか。そこで、一五九八年一〇月、クイニーはロンドンでの投宿先だった荷車通り《カーターレイン》の鈴《ベル》亭から、「親愛なる同郷の士」に手紙を書き、「友人として僭越ながら、三〇ポンドのご援助をお願い申し上げる……ロンドンでの我が負債すべてを返済するご助力を頂ければ、ご厚情を神に感謝し、甚だ安堵致します」と述べた。それから、ストラットフォードの問題を解決すべくリッチモンドの「宮廷」[17]に出向くことを知らせ、こう約束する――「神の御心あれば、私のせいで金銭も信用も失うことはありません……またもしさらにお取引くださる場合は、お支払いくださる金額はそちらでお決めください」。リチャード・クイニーが必要とした金は、首都ロンドンにストラットフォードの問題を陳情するための資金だったのだろう。クイニーがシェイクスピアから金を借りようとしたという知らせはストラットフォードにも届き、一一日後（郵便はあまり速くなかったのだ）にエイブラハム・スターリーはクイニーに手紙を書いて、「我らの同郷人ウィリアム・シェイクスピア（Wm Shak.）氏が金を調達してくれるそうだ。時間や場所、方法がわかればありがたい」と述べている（Honigmann, *Impact* 8-9）。特に敏感な耳を持たずとも、スターリーの言葉に懐疑や用心の響きがあることはすぐわかる。シェイクスピアにはさもしく吝嗇だという評判でもあったのだろうか。考えられないことではない。少額の負債者でさえ法廷にしょっ引いているのだから。しかし、仮に金銭上の評判があったとしても、吝嗇《けち》というよりはむしろ財布の紐が固いといったものだっただろう。必要とされる金額をシェイクスピアが「調達してくれる」ということは、クイニーに代わってシェイクスピアが金貸しと交渉するつもりだったのかもしれない。父親ジョンのように、シェイクスピア自身も時々金貸し業に手を出していたという説すらある。銀行が存在しなかった当時の状況を考えると、金貸し業は裕福な人間が手を染めてもおかしくない仕事だった。そんなことはよろしくないと考えるのは、高名な作家に対して過度にロマンチックな意見を持つ者だけである。

シェイクスピアへの手紙は結局発送されないまま、のちにクイニーの書類のなかに見つかった。おそらくこの参事会員は同郷の士を直接訪問することにしたのだろう。しかし、どこに行けばシェイクスピアに会えたのだろうか。一五九七年一一月、シェイクスピアはビショップズゲイトのセント・ヘレンズ教区の徴収人に固定資産税五シリングを払っておらず、「教区内の死亡・転出者」の一人となっていた。すでにサザック地区に移り、ビショップズゲイトの徴収人の手の届かないところにいたのかもしれない。翌一五九八年には、一三シリング四ペンスの不払いのためシェイクスピアの名が再び教区当局によって挙げられている。一六〇〇年までにサザック地区に移っていたことは確実だ。この年に、未だに固定資産税を支払っていないとウィンチェスター主教の役人に通告されているからだ。ウィンチェスター主教は「クリンク」と呼ばれるサザック地区の一部を管轄していた。固定資産税未払いはよくある違反だったが、それでもなぜ裕福なシェイクスピアが基本的な税金の支払いを意図的に控えていたのかは理解し難い。怠けていたのか、それとも吝嗇だったのだろうか。あるいは、ストラットフォードで税金を払っているのだからロンドンで払う義務はないと考えたのだろうか。ロンドンに完全に「落ち着いて」いるとは思えなかったのだろうか。ロンドンに借りはない、または（こちらの方がありそうなことだが）世の中に借りはないと考えていたのだろうか。

第7部 The Globe

グローブ座

バンクサイドにあったグローブ座。ジェイムズ一世の時代の版画の複製。
(ブリッジマン美術図書館/個人蔵/ステイプルトン・コレクション)

第59章 うまい罠だ、よくぞ仕掛けた

〔『ヘンリー六世』第二部第一幕第四場〕

一五九八年の夏、相変わらず市当局のみならず枢密院議員たちは、劇場を「取り壊し」にすべしと要求していた。舞台は「風紀紊乱」を惹き起こすからだという（Kay 191）。こんな横槍は時たま入るものであり、劇場側は禁令を無視するだけのことだった。劇や劇場が確乎たる人気を博してくると、宮内大臣一座と海軍大臣一座の二大劇団に挑もうとする競争も陰に陽に起こってきた。ペンブルック伯一座は、前述のとおり、スワン座で『犬の島』を上演して解散していた。

フォーチュン座や新装ボアズ・ヘッド亭などの新しい劇場が、町なかや北の郊外に建ち始めた。そのうえ、少年劇団が活動を再開しようとしていた。翌一五九九年、室内劇場がセント・ポール・グラマースクールの敷地内にオープンし、セント・ポール少年劇団が「吼える諷刺家」と自称する新進作家ジョン・マーストンの劇二本を上演した。こうした競争はロンドンの演劇界の活況を示すものだが、既存の劇団にとっては迷惑なことであった。とは言え、宮内大臣一座はまだカーテン座で、海軍大臣一座は河向こうのローズ座で頑張っていた。この年巡業した役者の記録はないので、シェイクスピアとその一座は首都で演じていたと考えられるのだ。一五九八年秋にはベン・ジョンソンの新作『癖者ぞろい』を上演したことがわかっている。つまり、シェイクスピアは、のちにシェイクスピアの「ライバル」と見なされることになる男の書いた芝居に出演していたのだ。このようなライバル関係は、さまざまな僻見ゆえにかなり誇張されるものだが、そんな証言に対しては、シェイクスピアはジョンソンの子供の名づけ親になった[1]と指摘しておけば足りよう。

ベン・ジョンソンが気まぐれで、強情、短気だったことは広く知られているが、劇場通いをする大衆に向けて自分の書きたいように書くことで右に出る者のいない文学者だったことは忘れられがちだ。シェイクスピアと違って、ジョンソンは人を楽しませようという性分ではなかった。但し、自らの業績を純粋に信じ、誇りにしており、自分の戯曲集がきちんと出版されるよう配慮したのだ。シェイクスピア作品をジョンソンは賞賛したものの、あまりに流暢にすぎ、戯曲に「ばかげたところ」があるという懸念も抱いていたようだ。古典主義を好み、努めて古典主義を守っていたジョンソンにとって、シェイクスピアは天才だけれども、法外で非リアリズムに傾きがちに思えたのだ。「マクベスの大仰な台詞を読んでいると、理解し難く、ぞっとすると［ベン・ジョンソンは］よく言っていた」と、ジョン・ドライデンは記している（WS ii 211）。居酒屋マーメイド亭での二人の会話の記録も残っている[2]。居酒屋それ自体はブレッド・ストリートの裏手にあり、店の路地を行けばチープサイドかフライデイ・ストリートに出る。ジョンソンは口が軽いという評判があり、性的なあて

こすりや、猥談をするため、二人の対話はたぶん必ずしもためになるものではなかっただろうが、シェイクスピアも卑猥さを嫌っていたわけではないことはすでに見たとおりである。現代人が聞いたらきっとショックを受けたことだろう。トマス・フラーは『イングランドの名跡名士列伝』において、「シェイクスピアとベン・ジョンソンの機知合戦は盛んだった」として、こう続けている。

余輩が二人を見しところ、さながらスペインの大ガリオン船とイングランド人兵士と見ゆ。マスター・ジョンソンは（ガリオン船の如く）、学問を遙かに積み、堅固なれども動き遅し。かたや槍振り（シェイク＝スピア）のイングランド人兵士は、小柄なれども船足軽く、如何なる流れも自在に曲がり、才気煥発、創意工夫により、どんな風をも利用して右に左にすいすい進む（WS ii 245）。

実はこの文章自体が愉快な「創意工夫」である。二人の気質を捉えてみせたフラーは一六〇八年という遅い年に生まれているので、目撃者証言とはなりえないのだ。

この頃、サー・ウォルター・ローリーが「マーメイド・クラブ」を立ち上げた。毎月第一金曜日にマーメイド亭に集まる会だ。そのメンバーには、ベン・ジョンソンの初期の編者たちによれば、シェイクスピア、ボーモント、フレッチャー、ダン、そしてジョンソン自身がいたという。ボーモントはジョンソンにこんな詩を書き贈っている。

どんなことを見ただろう
「マーメイド亭」で？ 聞いた言葉は
実に機知に富み、鋭敏な炎に満ちていた……

（Wood 326）

この「言葉」にシェイクスピアの言葉が含まれていたか疑うのは自由だが、マーメイド・クラブのメンバーだったエドワード・ブラントは、シェイクスピアの第一フォーリオ版の出版者の一人だった。だから、つながりはある。当時ジョンソンは公然たるカトリック信者であり、マーメイド亭で仲間の信者に会っていた。マーメイド亭の以前の主人は、カトリックの印刷業者ジョン・ラステル(3)であり、ラステルはサー・トマス・モアの義理の弟でもあった。ある場所ゆえの縁や所縁《ゆかり》というものはあるものだ。のちにシェイクスピアはカトリックと結びつきのある家を購入したが、共同購入者の一人はマーメイド亭の地主ウィリアム・ジョンソンだった。

『癖者ぞろい』公演の直後、ジョンソンは、海軍大臣一座の役者でかつての同僚だったゲイブリエル・スペンサーとの議論に巻き込まれた。口論の種は、ジョンソンが最近宮内大臣一座に鞍替えをしたことだったかもしれないし、あるいはまったく個人的なことだったかもしれない。原因が何であれ、シアター座近くのショアディッチの野原で決闘が行われ、スペンサーはジョンソンの剣で殺された。ジョンソンが縛り首を免れたのは、聖職者特権を訴えた――すなわち、読むことができると証明した――からにほかならない。ジョンソンの親指にはタイバーン処刑場の頭文字「T」が烙印され、二度目の有罪判決を逃れることができないようにされた。

まさにこの頃、バーベッジとシェイクスピアは、仲間と一緒に、若きベン・ジョンソンにも重要な意味を持つことになるある重要な決断を下していた。シアター座の地主との土地貸借契約に関する交渉が行き詰っており、緊張の続く長い折衝の末に、現行の契約書をかなり丁寧に読み返すと、解決策が見えたのだ。地主はシアター座が建っていた土地を所有していたが、劇場自体を所有していたわけではなかった。だから、地主に土地を返して、劇場を取ってしまえばいいのだ。文字どおり、劇場の引越しだ。

一五九八年のクリスマスの三日後の豪雪の日、バーベッジ兄弟カスバートとリチャードとその母親は、一二人の労務者とその監督の大工ピーター・ストリートとともに、ショアディッチのシアター座前にやってきた。臍《ほぞ》を噛んだ地主ジャイルズ・アレンは、この異様な光景をありありと描写した記録を残している。[4]

バーベッジ一家とその軍団は「剣、短剣、矛、斧など」で武装して「騒々しく集まり」、「問題の劇場を取り壊そうとした」。いろいろな人たちが「この不法行為をやめさせようと」求めたとアレンは言うが、バーベッジ一家は問答無用とばかり、「言語道断の乱暴と騒々しさで問題の劇場を引き倒し、壊し始めた」。その作業のあいだ、ショアディッチの地元住民を「怯えさせ、多大な迷惑をかけた」(*Life* 153)。テューダー朝の煩瑣な法律の言葉ゆえに数奇な事件が生まれたのだから面白い。あらゆるレベルで劇的な社会だったのである。

このおぞましい大騒動――と呼んでよいか定かではないが――は、約四日続いた。そのあいだ、バーベッジ一家とその一党は劇場の古い材木を引き剝がし、荷車に積み込んだ。楽屋、骨組み、客席、すべてがばらされて、テムズ河を艀《はしけ》かロンドン橋を渡って運ばれた。建てるときに用いられた鉄製部品についての言及はないが、それほど貴重な資材をその場に残していったはずはない。ただ、急いで行わなければならなかったため、いろいろ捨てていかねばならなかった。

そのあとシアター座の材木は、バーベッジ家が三一年契約で借りたばかりのテムズ河南岸の土地に積まれた。その土地は、ローズ座の少し東、サザック地区の歓楽地帯にあったが、テムズ河からずっと離れていた。[5] ベン・ジョンソンは、この場所を「どぶがあり、沼地から這い上がってきたようなところ」と描写している(O'Connor 161)。満潮時には水に浸かり、泥だらけ、ごみだらけだったことだろう。宮内大臣一座が再開発に乗り出した頃、このあたりには庭園七つ、家一軒、一五人が住む長屋ひとつがあるばかりだった。

こうした水浸《みずびた》しの不健康な環境のなかにグローブ座は立ち上がった。それは大胆な冒険的決断だった。グローブ座が建てられた土地の地主ニコラス・ブレンド[6]は、実は女王の王室財務官の親類だったから、身元にまちがいのない人物だったが、交渉に関わった二人の管財人もまた、エリザベス朝社会のこみいった人物関係にちょっとした光を当ててくれる。その一人、トマス・サヴェッジ[7]と呼ばれる金細工商は、ランカシャー州の田舎町ラフォード出身だった——かつてシェイクスピア青年が教師兼役者としてサー・トマス・ヘスケスに雇われたと思しき町だ。サヴェッジの妻はヘスケス家の分家の出だった。比較的小さな社会にありがちな単なる偶然かもしれないが、意味がありそうだ。もう一人の管財人は、ウィリアム・レヴィソンという名の商人であり、サウサンプトン伯をも巻き込んだヴァージニア植民計画を企てた一人だった。ということは、シェイクスピアの初期のパトロンの二人が、劇作家人生の後半にも顔を覗かせていることになる。

ジャイルズ・アレンは、劇場が突然消えたことに明らかに仰天し、腹を立てた。バーベッジ家に八〇〇ポンドの損害賠償を求めて訴えたが、この訴訟はあちこちの法廷や裁判所を二転三転しながら二年間続くことになる。但し、バーベッジ家は、実のところ、法律の厳密な解釈の枠内で行動したのだから、アレンは何の賠償も受け取れなかった。

しかし、新しい劇場の工事は思ったほど順調に進まなかった。そこでバーベッジ一家は経済的責任を分散した。五人の「株主」を設けて、費用の半額を分担させる代わりに新しい劇場の「劇場主《ハウス・キーパー》」すなわち共同所有者になってもらうというわけである。そのうちの一人はウィリアム・シェイクスピアだった。今やシェイクスピアは、自ら演じもすれば書きもする活動本拠地である劇場の一〇分の一を所有するに至ったのだ。これは、劇作家と劇場の関係としてはまったくもって理

想的だった。ほかの株主は、宮内大臣一座の主要な役者たち、ウィリアム・ケンプ、トマス・ポープ、ジョン・ヘミングズ、オーガスティン・フィリップスだった。いずれも、役者業という新しい職業のおかげで、懐が温かくなっていたのである。

ピーター・ストリートは、二八週間でグローブ座の建築を終える契約を結んだが、これは大工ならではの楽観主義の例かもしれない。グローブ座は水気の多い土地に建てられたので、強力な土台を造らなければならなかった。サザック地区の大地に山のように木材を打ち込み、人が通れるように溝に橋を渡さなければならなかった。この作業に一六週間はかかったことだろう。

一五九九年五月までに、ある法律文書が、サザック地区のセント・セイヴィアーズ教会教区の付属庭園にある *domus*（家・建物）に言及している。*in occupatione Willielmi Shakespeare et aliorum*（ウィリアム・シェイクスピアとその他が所有する）とあるが、シェイクスピアの名だけが挙がっているのは、この計画における筆頭者だと考えられていたからではないだろうか。面白いことに、*domus* とは、劇場そのものを指すとも、劇場に付属した家を指すとも解釈できる。劇場のそばの家にシェイクスピアが住んでいたという図が想像できないわけではないのである。

ヴィッセルの「ロンドン景観図」。テムズ河北岸にセント・ポール大聖堂、南岸にはグローブ座と熊いじめ場、東にはサザックとロンドン橋が見える。
（フォルジャー・シェイクスピア図書館）

第60章 俺の宿は知っているな。インクと紙をもってこい

〔『ロミオとジュリエット』第五幕第一場〕

シェイクスピアがテムズ河の南岸に住んでいたことはまちがいないが、正確な住所は知られていない。一八世紀には、ジョン・ストウの本の編纂者たちがグローブ座の付近を次のように描写している。「細長く雑然とした場所で、両側には溝があり、家への入り口は小さな橋になっており、その前には小さな庭がついている」（Stow 154）。シェイクスピアがサザック地区に引っ越してきた頃にも、この地域は相変わらず不健康な場所だった。それでも、シェイクスピアにとっては、あらゆる活動の中心近くにいることが重要だったのだ。ここには、グローブ座での同僚トマス・ポープとオーガスティン・フィリップスも住んでいた。フィリップスは大家族とともに河近くに暮らしていた。実際、サザック地区は役者が多く暮らす地域であった。シェイクスピアの隣人にはほかにも、すでに近隣地域に広範囲にわたる物権を所有していたエドワード・アレンやフィリップ・ヘンズロウがいた。ヘンズロウの住所は「バンクサイド、クリンクの真向かい」だ（Foakes, *Diary* 277）。「クリンク」とは、テムズ河のそばにある主教用の小さな地下牢獄である。

シェイクスピア本人は、この地域にある三〇〇軒の宿屋のうちどれかひとつを寓居としていたかもしれない。たとえば、グローブ座からわずか数メートル先の馬蹄《ホースシュー》横町の角にはエレファント亭があった。シェイクスピアがサザック地区に引っ越してから一年か二年のあいだに書いた『十二夜』では、アントーニオが次のように言っている。

南の郊外にあるエレファント亭は
いい宿屋です……（一四六七－八行〔第三幕第三場〕）

しかし、これは単なる地元のジョークにすぎなかったかもしれない。もし固定資産税未払いの記録が示すように、シェイクスピアがクリンクの特別管区に住んでいたとすれば、ウィンチェスター・パレス公園のすぐ北に走るテムズ河沿いの長い通りに住んでいたのだろう。ヘンズロウが住んでいたのもこの通りだった。

一八世紀の学者エドマンド・マローンが引用している現存しない覚え書きによると、アレンはシェイクスピアが熊いじめ場の近くに住んでいたと記録しており、実にその距離はわずか数百メートル程度だったという。さらにマローンは、シェイクスピアが一六〇八年までほぼ一〇年にわたってこの地域に住んでいたと主張している。あちこち渡り歩くのが稼業の劇作家としては、ずいぶん長く逗留したものだ。「ストラットフォードの紳士」よりも「サザックの紳士」と呼ばれるほうが適当だったとすら言える。

サザック地区の歴史は、すでに何百年ものあいだ、公共の

娯楽と結びついてきた。剣闘士の使った三叉の矛がこの地域で発掘されているので、グローブ座の近くにはかつてローマ時代の闘技場があったと思われる。しかし、一六世紀末にさしかかる頃のこの地域は、牛いじめや熊いじめ、拳闘や軽業などの見せ物で知られていた。また、さまざまな形態の演劇もここで行われた。一五四七年、セント・メアリ・オーヴァリー教会（現在はサザック大聖堂の名で知られる）の司祭たちがヘンリー八世の魂のために挽歌を歌っていたところ、近隣で上演中だった役者たちの騒音に祈りの邪魔をされたという。三一年が経ってもまだ、枢密院はサリーの判事たちに対し、同地区における芝居の普及について不満を漏らしているのだ。パリス・ガーデンが中世の「伝統の祭り《フォーク・フェスティヴァル》」に使われていたらしいという証拠もあるが、「伝統の祭り」という奇妙な名前の裏には多数の野蛮な娯楽や、残酷で暴力的な遊びがあったと考えられる。

これらの娯楽のなかでも最大のものは、やはり動物いじめだ。これはイギリス人が偏愛した娯楽で、ヨーロッパからの訪問者を震え上がらせるほどの猛烈さで行われた。ヴェニスから来たある旅行者は、雄牛や野生の熊に飛びかかろうと身構える二〇〇匹の犬が「囲い《トラップ》」に入れられている様子を書きとめている。また、目をつぶされた熊が鞭を持った男たちになぶられるという娯楽もあった。時には狂ったようになった熊が鎖をちぎり、群衆のなかを走り回ることもあった。シェイクスピアが『冬物語』に「熊に追われて退場」（第三幕第三場）という有名なト書きを入れたとき、観客はその場面をはっきりと思い描くことができただろう。

遅くとも一五四二年にはサザック地区に闘牛場があり、一五五〇年代にはバンクサイドに新しい闘牛場の建設が進んでいた。クリンク監獄近くのシェイクスピアの住まいからその喧騒が聞こえただろう。入場料は一ペニーで、さらに一ペニーを追加すればギャラリー内のよい場所に坐ることができた。

一五九四年、エドワード・アレンはグローブ座近隣のパリス・ガーデンにある熊いじめ場の賃貸契約を二〇〇ポンドで締結した。数年後、アレンとヘンズロウは「女王陛下の牛いじめ熊いじめ場」の所有権を購入している。熊いじめ場は劇場の安っぽい代替物ではなく、劇場の付属施設だった。毎週木曜と日曜に劇場が閉まり、熊いじめ場が開いたのだ。少しあとに、アレンとヘンズロウはグローブ座の近くにホープ座を建設したが、この建物は劇場であると同時に熊いじめ場でもあった。ここでは熊いじめは火曜と木曜に行われ、芝居は（日曜を除く）一日おきに上演された。両者は経営と従業員を同じくするひとつの商売だったのである。動物の悪臭が役者たちの衣裳にも染みついたに違いない。空気中に漂う臭いのように、地域の雰囲気がどんよりしているというのが、ロンドン生活の現状だ。それゆえ、シェイクスピアが住み働いていた地域には暴力や日常化した残酷さがあふれていたと、ある程度確信をもって言えるだろう。ロンドン市内を除けば、サザック地区が国内でほかのどの地域よりも多くの兵士を輩出しているのも、おそらくはそれゆえかもしれない。世帯主の三分の一以上が船頭だったが、船頭の乱暴な振る舞いや汚い言葉遣いはイングランド中に知れ渡っていた。

　パリス・ガーデンには一五世紀以来の「聖域」があり、この地域は歴史的に犯罪の巣窟だった。また、オランダ人やフラマン人など「よそ者《エイリアン》」と呼ばれた多種多様な移民たちの避難所でもあった。となれば、パリス・ガーデンあたりの様子は想像がつくというものだろう。ヘンズロウやアレン（そしてひょっとするとシェイクスピアその人）といった高名な住民が住む大きな家や庭がある以外は、ぎゅう詰めになった家屋や、密集した街路、馬屋や横町などがある地域だった。「臭い商売」と呼ばれる醸造業や皮なめし業などもここに集まっていた。パリス・ガーデン・ステアーズ[8]では、乗客を向こう岸のブラックフライアーズに運ぶ渡し舟が忙しくしていたが、地域の悪い評判は舟にまで及んだ。一六世紀の市当局にある布告は、「盗人やそのほかのよからぬ輩」がサザック地区の売春宿や酒場に運ばれるのを防ぐため、渡し守は夜間は川の北岸に船を繋ぐよう命じたのだ（Ackroyd, *London* 100）。確かに売春宿の数は多く、神出鬼没のビジネスパートナーであったアレンとヘンズロウが経営するものもあった。ヘンズロウの劇場であるローズ座の名前は、近隣にあるよく知られた連れ込み宿の名前からとったものだ。アレンとヘンズロウは、あらゆる面で人を楽しませる人間だったと言えよう。そして、シェイクスピアはこの二人のことをよく知っていた。

　アレンとヘンズロウがどちらもセント・セイヴィアーズ教会の教区民であり、ヘンズロウは教区委員でもあったというのは、奇妙に思われるかもしれない。しかし、積極的に利益を追い求めることで成り立っていた若々しく進取的な社会においては、このような二重の忠誠は珍しいことではなかった。売春婦たちはウィンチェスター主教の屋敷で活動していたので、「ウィンチェスターの鵞鳥」と呼ばれていた。「枢機卿の帽子《カーディナルズ・ハット》」亭と呼ばれる宿屋兼売春宿もあったが、これは必ずしも教会とつながりがあったからではなく、枢機卿の帽子の色である紅がペニスの先端にふさわしい色とされていたからである。聖なるものと俗なるものは、未だ完全に混ざり合っていた。両者を分離しようという動きが始まるのは、イギリス革命後のことである。

　もちろん、テムズ河南岸の悪臭と恐怖を誇張しすぎないよう気をつけねばならない。雑踏から容易にたどり着ける距離に畑や森が広がり、薬草学者ジョン・ジェラードはこの地域の用水路に多くの花を発見して驚き喜んでいる。たとえばパリス・ガーデン通りには「ウォーター・ヴァイオレット」（房藻《ふさも》）や「数多《あまた》」の「水生の紫羅蘭花《アラセイトウ》」が見られたという（Ordish 129）。つまり、どこから見ても不快な地域というわけではなかったのだ。この地域の住民が大挙してよその地域に引っ越していったわけではないことは人口調査からもわかる。ほかの地域のロンドン市民と同じように、馴染みの地域に喜んでとどまっていた。つまり、サザック地区での生活は必ずしも耐え難いものではなかったのだ。ただいろいろと興味深い点があり、時には不便なこともあったというだけである。

　サザックは常に生き生きとした活動的な地域だった。そうでなければ、シェイクスピアがこれほど長くとどまったりするはずがない。二一世紀のロンドンっ子は、すすんでソーホーから引っ越そうとは思わない。それと同様に、サザックもまた本物の豊かな生活の中心だったのである。

第61章 この広い宇宙のような劇場

〔『お気に召すまま』第二幕第七場〕

こうして新たにグローブ座が建った。当時、ロンドン一豪華と言われた劇場だ。グローブ〔天体・地球〕という名は、まさに世界の劇場を示唆するものだが、『オセロー』、『リア王』、『マクベス』、『ジュリアス・シーザー』の初演が行われた劇場であってみれば、その名もふさわしいと言えよう。大工の棟梁ピーター・ストリートは、設計にあたってウィトルウィウスの教えを守ったという話もあるが、ウィトルウィウスの本『建築術』が当時英訳で入手可能であったとは言え、ストリートがそれを読んだとは思えない。直接のモデルとしたのは、おそらく、エリザベス朝人にお馴染みの動物いじめの競技場であろう。ただ、そのデザインは、古代ローマの円形劇場ないしは古代ブリテンのストーンヘンジを模したものだという説もある。円い形は子宮であるとか、母親が子供を抱きかかえる腕の形であるとも言われてきた。幻影がまざまざと見えてくる魔法使いの円陣に似ていなくもない。しかし、一六世紀の木造建築はどれひとつとして完全に円いものはなかった。グローブ座は、実際は約一四面の多角形であり、舞台と「平土間《ピット》」と呼ばれる開けた場所を、三階建ての客席(回廊席《ギャラリー》)がぐるりと囲んでいた。

グローブ座は木造であり、前もって組み立てられたオーク材の柱(なかには九メートルを越す長さのものもあった)に泥壁打ちを施し、白漆喰の外壁で仕上げていた。屋根は藁葺きだ。漆喰には石を模した模様をつけていたかもしれず、劇場の建物それ自体が劇的だったことだろう。

直径約三〇メートル。収容人数は約三三〇〇人とされる。一階と二階の回廊席《ギャラリー》にはそれぞれ一〇〇〇人が入った。言い換えれば、現代のロンドンの劇場の観客の二、三倍の数のエリザベス朝人がつめ込まれていたわけだ。実際のところ、劇場というよりサッカーのスタジアムといった雰囲気だったのだろう。お祭りのときに設置される遊園地(9)のようなところもあった。

グローブ座の舞台の上ないしはひょっとすると主たる入り口に、それとわかるようにきっと「看板」があった——あったとしても、エリザベス朝ロンドンでは珍しいことではなかった。看板があったとしたら、あちこちの資料から判断して、ヘラクレスが肩に天球を担いでいる図であったと思われる。シェイクスピア学者エドマンド・マローンは、劇場には入り口の上か劇場内に *Totus mundus agit histrionem*——訳せば「全世界が役者を演じる」——という標語が掲げられていたと言う。劇場内は、絵画や装飾によくある古典的な題材の絵や彫像で飾られて、けばけばしいとまではいかなくとも色鮮やかだったことだろう。サテュロスやヘルメス柱像、神々を描いた絵などで飾られた他の建物の室内を見ても、エリザベス朝人は明るい模様や入り組んだ彫刻が好みだったことがわかる。これでもかとばかりに意匠を凝らし、徹底的に手の込んだ装飾が施されていた。グローブ座の木材は大理石か碧玉に似せて彩色され、さまざまな掛け物や綴れ織りで擬古典主義的な贅沢感を出していた。色合いは鮮明で、金箔や金色を多用し、全体的に凝った豪華さを醸し出していた。結局のところ、劇場とは、すでにかなり演劇的で儀式的なエリザベス朝文化のなかで、さらに作り物の世界を示すものだった。儀式性があり、絢爛豪華である点で、宮廷といい勝負だった。まさに見せるための芸術の支点だったのである。

　舞台そのものは幅約一五メートル弱。午後の公演中は直射日光を受けず、日陰になるように設《しつら》えられていた。しかし、役者が舞台の前方へ出れば、その顔にはかなり光が当たったことだろう。出入り口は舞台奥の二ヶ所にあり、そのあいだに幕《カーテン》のついた「ディスカヴァリー・スペース」があって、幕を開けると、登場人物が眠っていたり、死んでいたり、密かに何かをしているところが見つかる仕掛けになっていた。この空間は墓場や書斎の場面にも用いることができた。舞台の上部に張り出した、二本の木の柱に支えられた天蓋は「ヘヴンズ」とも呼ばれ、星や惑星がちりばめられた青い天空の絵が天井に描かれていた。柱はまた「前舞台」と「奥舞台」の境の役割を果たすことにもなっていた。古典的な舞台のあり方を利用したきわめて単純な構造であり、役者の身体的存在を強調するようにできていた。舞台の上に二階舞台《バルコニー》があり、楽隊が入ったり、時には最も特権的な観客の貸切席となったりしたが、舞台の一部として用いることもできた。町の城壁の上に武将が現れたり、恋人が女の寝室によじ登ったりするとき、この二階舞台が用いられた。舞台下には「奈落」と呼ばれるところがあり、「小道具」を保管する場所ともなっていたが、迫《せり》で人が魔法のように現れたり消えたりした。但し、グローブ座には「宙吊り《フライング》」で飛び上がったり、舞台に降り立つ仕掛けの装置はなかったようだ。それがシェイクスピアを始めとする役者たちの手に入るのは、ブラックフライアーズの室内劇場を使い始めてからである。

　グローブ座の舞台では、役者はひとつのドアから入って他のドアへ抜ける。舞台から退場した登場人物は次の場面で真っ先に出てくることはない。これは劇的世界が動いているように見せるための重要な原則だ。劇はいわば「場面の背後」でも続いているのだ。流れるように想像世界が続いていく錯覚があり、その目に見えるしるしとして舞台上に役者たちが現れるのだ。それはまた、エリザベス朝演劇様式の流れのよさを示すものであり、絶妙に釣り合いの取れた力と力が対照《コントラスト》や線対称《シンメトリー》、均衡《バランス》や対位《オポジション》を成してゆくのである。広い空間ゆえ、筋の展開にスピードと自在性が出た。現代の公演よりも台詞がもっと早く言われていた可能性がある。幕場割りはなく——幕場割りは一六〇七年頃までは導入されなかった——役者の出入りで場面が変わることが示されるだけだった。たとえば、全員退場があると、(青い制服を着た)裏方が小道具や大道具を運び出してから[10]、ほかの登場人物たちが登場したのだ。エリザベス朝の舞台は、場面転換や舞台上の手順など意識していなかったし、もちろん戯曲それ自体にもそんなことは書かれていなかった。現代的な意味でのリアリズムや自然主義などまったくお呼びでなかったのである。
つまり、グローブ座での芝居は、もっぱら場面の連続で成り立っていたのだ。一連の場面の流れは、イギリス人の好みに合わせて相互に依存し合うまとまりを成し、ひとつの主題がさまざまに変奏されることで、一点集中でなく多種多様、一意専心でなく異種混合を促した。だからこそ、新たな登場が常に重要となり、ト書きで細かく強調されているのである。「カサンドラが髪の毛を耳の周りに下ろして登場……トロイア人が身支度ができておらず夜着姿で登場……ゴドフリーが今上陸したばかりの様子で半裸で登場……チャールズがずぶ濡れで剣を持って登場……エルコーレが手紙を持って登場……」[11]。こうしたときこそ、場面が生まれる決定的瞬間となる。こうしたト書きによって誰が何のために出てきたかわかり、アクションが展開する。役者の存在――「身体の力」として知られていたもの――こそが演劇の最重要要素だった。時には役者が平土間から登場することもあったかもしれず、ひょっとすると劇場の入り口から平土間を抜けて舞台に飛び乗ったかもしれない。

役者は舞台前へ出て、観客に台詞をかけることが多かった。舞台をある特定の場所と想定して登場するのではなく、ただ舞台に出て、観客やほかの役者に台詞をかけたのだ。劇空間では、台詞を言う役者は、台詞のない役者と一線を画していた。挨拶をしたり別れたりする場面には決まりがあり、跪《ひざまず》いたり抱擁したりするときの舞台上の約束事があった。傍白や独白にもお決まりの立ち方があったに違いなく、ひょっとすると特別な立ち方があったかもしれない。公演の最後には、最も身分の高い登場人物が舞台に残って締めの台詞を述べた。観客は行列や行進や黙劇に大喜びした。色鮮やかな見世物に歓喜したのだ。言い換えれば、この劇場には大きな様式性、儀式性があり、それが上演の際にも重要な要素となっていたのである。

役者と劇作家が想像力を完全に自由に羽ばたかせることのできる何もない空間――それが当時の一般的な舞台だった。場面設定を観客に伝えるために立札が立ったのではないかという演劇史家もいるが、それは説明しすぎというものだろう。役者が場所を告げればすむことだ。もちろん、衣裳を見れば、場所もわかったはずだ。森番の緑の服は森を表すし、牢番の鍵の束は牢屋を表した。衣裳は、重要な演劇的装置だった。視覚文化であったため、衣裳で社会のどの階層の人なのか、どの職業なのか、たちどころにわかったのだ。変装を使った取り違え騒ぎも大人気だった。衣裳代のほうが台本や役者への報酬よりも高くつき、劇団の衣裳係の目録には、外衣《ローブ》、外套《マント》、上着《ジャーキン》、胴着《ダブレット》、ズボン、チュニック、シャツ寝巻き《ナイトシャツ》などが含まれていた。もちろん、甲冑はいつだって必要だった。ヘンズロウは、もっと風変わりな衣裳をずらりと持っていたことを目録に記している――亡霊の服、古代ローマ元老院議員のガウン、ユダヤ王ヘロデの長上着《コート》、それに悪魔や魔女の服があった。有能な衣裳係は着古しや古着を集めていたが、時には貴族の着古した服や流行遅れとなった服を劇団がもらったと信じるに足る理由もある。

　登場人物が何者かということも、何を着ているかで決まった。ユダヤ人やイタリア人の服、医者や商人の服といったものが伝統的に定まっていた。粗布の服は水夫、青い上着は召し使いのしるしだった。処女は白をまとい、医者は緋色を着用した。女性登場人物は仮面をつけることがあったが、これは役者が本当は男性であることを隠す明らかに演劇的な仕掛けにもなった。その意味で、エリザベス朝演劇は、古典ギリシアや日本の演劇と共通性がある。

　背景といったものはなかったが、絵布が用いられることはあった。ヘンズロウの劇場運営記録に、「太陽と月の布」の記載がある。自然主義的なものではなく、主題の雰囲気を伝えるためのものだ。たとえば、ロマンス劇が上演されるときは、何人ものキューピッドの絵が描かれた絵が用いられた。悲劇が上演されるときは、黒い壁掛けが舞台上に吊るされた。

　どの公演でも大道具や小道具は少なく、ベッドやテーブルに椅子といった程度であった。台本に「木」への言及があるのは、たぶん天蓋を支える二本の柱のことを指すのだろう。この柱はいかようにも用いることができた。

　リアリズムは問題ではなかった。舞台に三脚椅子《スツール》が残されれば役者はそれに腰掛けたり、敵に向かって振り上げたりと、演技に役立てられた。櫓《やぐら》は記念碑にも説教壇にもなった。今に伝わる海軍大臣一座の道具目録があり、そこには、岩、洞穴、墓、ベッドの骨組み、月桂樹、猪の頭、ライオンの皮、黒犬、木の義足などが記されている。殺人や戦闘シーンでは、羊の血の入った膀胱[12]がよく用いられた。しかし、数えてみると、シェイクスピアがグローブ座用に書いた場面の八〇パーセントはまったく何の小道具も必要ない（Beckerman 106）。シェイクスピアは、劇的物語を作り出すのに何もない空間で満足していたのだ。そんなところに、シェイクスピアの躍動する想像力の迸《ほとばし》りがはっきりと見てとれる。

第62章 さあ、ラッパを吹き鳴らせ

〔『ヘンリー五世』第四幕第二場〕

演劇の場にあったのは言葉だけではない——大量の音楽もあった。バルコニーにいた六、七人から成る小さな楽団には、トランペット、ドラム、ホルン、リコーダー、オーボエ、リュートの奏者がいただろう。また、舞台の上で役者が楽器を演奏したという話もある。たとえばアレンはリュート奏者であり、オーガスティン・フィリップスは死に際してヴィオラ・ダ・ガンバ、バンドーラ、シターン、リュートを遺贈している。役者が舞台上で歌やバラッドを披露したのはまちがいなく、役に選ばれるのも部分的には声質によるところがあった。演劇というより「ミュージカル」に近い芝居もあった。舞台上で音楽は、眠りや癒し、愛や死を連想させた。超自然的な存在が現れる前触れとして音楽が使われることもあった。そしてもちろん、シェイクスピア劇中の多くのダンスの伴奏ともなった。音楽と動きが結びついたとき、天球の調べをかすかに感じとることができるのである。

シェイクスピアの芝居に含まれる歌の歌詞は、その多くが劇作家本人によって書かれたものであり、後半生にはトマス・モーリーやロバート・ジョンソンといった熟練の音楽家たちと共同作業をしていた証拠がある。モーリーはビショップズゲイトでシェイクスピアの近所に住んでおり、ペンブルック伯爵夫人を中心とする一派《サークル》のメンバーでもあったから、シェイクスピアとモーリーが出会う機会は多かっただろう。シェイクスピアの最も有名な歌のひとつである「それは恋人たち」（"It was a lover and his lass"）に節をつけたのはモーリーである。

前述のとおり、ロバート・ジョンソンはエミリア・ラニアの親戚であり、エミリアの影響力によってサー・ジョージ・ケアリーのもとに職を得ていた。ジョンソンはシェイクスピアの後期作品における音楽を多く手がけている。ジョンソンの名が現在に残っているのは主に『あらし』の劇中歌「父は五尋《いつひろ》海の底」（"Full fathom five"）、「蜜蜂の吸う蜜」（"Where the bee sucks"）の二曲によるものだが、当時は『シンベリン』や『冬物語』の舞台技法や特殊効果でもジョンソンは小さからぬ役割を演じた。[13] しかし、外部から歌を取り入れる場合には、シェイクスピアは大概、一六世紀イングランドの大衆的なバラッドを選んでいる——これは意義深い。子供時代に耳にしたことのあるバラッドを選んだのである。

劇中の言及からははっきりしていることだが、シェイクスピアには音楽や音楽用語に関する専門知識があった。演奏が社交に不可欠だった当時にあっては、まず当然の素養だった。楽譜が読める人も珍しくはなかった。シェイクスピアが鋭敏な耳の持ち主だったことは、あらゆる証拠が示している。いかなる不協和音も嫌っていた——とは言え、シェイクスピア劇はある種の調和のとれた不協和音の上に成り立っているが。いずれにしても、シェイクスピア自身舞台上で歌ったり、ひょっとすると楽器を演奏したりする必要があっただろう。シェイクスピア劇の登場人物はよく突然歌い出し――ハムレットやイアーゴーでさえ意外にも歌い出す[14]――音楽の力や甘美さについての劇中の言及は枚挙にいとまがない。オフィーリアやデズデモーナの歌は、悲劇の場面に不滅の和音（調和《ハーモニー》）をつけ加えるために用いられている。『冬物語』や『あらし』の音楽は、劇が持つ意味の重要な一翼を担っている。実に、中世の聖史劇における作者不詳の詠唱を除けば、シェイクスピアこそ音楽を芝居に必要不可欠な要素としたイギリス最初の劇作家であり、それゆえに音楽劇の生みの親だと言えるだろう。ほかの多くの問題と同じくこの点でも、シェイクスピアはイングランドの国民的才能の水脈を掘り当てるための占い棒の役割を果たしている。イギリス音楽史における最も偉大な作曲家のうち、ウィリアム・バード[15]とオーランド・ギボンズ[16]の二人がシェイクスピアと同時代に生きていたことも指摘に値する。シェイクスピアの時代は、奥深い音楽的完成の時代だったのだ。イングランドはかつて「歌う小鳥たちの巣」だったと言われており、外国からの訪問者たちはロンドンで観た演劇に音楽がしっかりと織り込まれていたことを特記している。

シェイクスピアの劇作家人生が終わりに近づく頃、「野外」劇場は「室内」劇場に取って代わられようとしていた。室内劇場という、より静かな環境では、新しく導入された「幕」のあいだに音楽が演奏されるようになった。実のところ、幕が考案されたのは音楽を演奏するためだけだったのかもしれない。芝居が始まる前にも音楽が演奏された。戸外で落ち着きのない観客の前で演じるというグローブ座の状況は、このような洗練された余興には向いていなかっただろう。

舞台自体にも音が満ちていた。芝居には馬の蹄《ひづめ》の音や鳥の鳴き声、鐘の音、大砲の音などを真似た音がつきものだった。戦闘シーンを盛り上げるために、舞台袖からは「殺せ、殺せ、殺せ」といった叫びや、大声や金切り声、雑多な喧噪が聞こえてきた。稲妻の代わりに花火を使うこともできたし、靄や霧を真似るために煙も使われていた。ト書きに「雷」と書かれていれば、舞台裏では薄い金属の板を勢いよく振り回し、爆竹を鳴らした。円筒型の容器に小石を入れたものが波の音の代わりとなり、キャンヴァス地の布を車輪に結びつけたものが風の音を真似た。金属板の上に乾いた豆を落とせば、雨音の代わりになった。

舞台効果には照明も一役買った。松明や蠟燭は、夜を表すために用いられた。夜宴や夜会だとわかるように、台詞のない端役たちが蠟燭を持って舞台に現れる場面もあった。時には、不吉さや超自然性を表す照明として、色水を入れた瓶の後ろに蠟燭を置くこともあった。一六世紀後半において、舞台こそ公衆を魅惑する中心だった。

第63章 そう、われらもまさにそう考えていた

〔『トロイラスとクレシダ』第二幕第二場〕

グローブ座での宮内大臣一座のレパートリーは広く、多岐にわたった。シェイクスピアの戯曲を別にしても、『布の半ズボンとベルベットの長靴下』[17]や『ストゥールヴァイセンベルグ』[18]から、『ロンドンの放蕩児』[19]、『ブリストルの美女』[20]に至るまで、およそ百もの台本を持っていたようだ。そのすべての芝居にシェイクスピアは出演したことだろう。再演にどれほどかかったかは定かではないが、新作上演には二、三週間あればよかった。毎年平均一五本の新作がかかったので、スケジュールはかなりきつかった。グローブ座の記録は残っていないが、ローズ座関連の資料からは、冬のシーズン一回だけで三〇本もの違った芝居で一五〇公演を打ったことが窺われる。どの週をとっても、日替わりで違った芝居が午後に上演されていたのだ。演劇という新しいメディアの活力と興奮を体現するものはほかになかった。常に新しさが求められていた。

新作上演にはお決まりの手続きがあった。単独か複数の作家が、前述のとおり、新作の梗概を持って劇場にやってくる。そのシナリオを読んで、劇場側は執筆を依頼し、分割払いで報酬を出し、満足のいく原稿（芝居の台本《ブック》）が届けられた時点で残りの支払いをした。最終稿が届いたところで、役者たちが集まって劇作家が台本全体を読み上げるのを聴いた[21]のである。フィリップ・ヘンズロウの日記には、一六〇二年五月、「劇団員がジェファの芝居を読んだときの酒場のワイン代」として二シリングの記録がある。台本係《ブック・キーパー》が、出演者の名前、必要な小道具、必須の効果音などを書き込んだ、芝居の大筋である「筋書き《プロット》」を用意したのはこの時点かこの直後だったかもしれない。だが、「筋書き」の最も重要な機能は、出入りの流れや場面のつながりを記している点だ。それは言い換えれば、劇団でできることや劇団員の数に芝居を合わせる方法でもあった。たとえば、役柄を個々の役者に注意深く割り振って「ダブリング」（一人の役者が二役演じること）が容易になるようにした。どんなにうまい役者でも、ひとつの舞台で同時に二ヶ所にはいられない。筋書きは、台詞のあいだに棒を一本引くだけで場面に分けられ、各場面は「登場」というト書きで始まる。これは厚紙に張られて舞台裏の楽屋に吊り下げられ、役者の備忘録となった。

劇団の誰か、ひょっとすると台本係自身が、それぞれの役者の台詞を巻紙《スクロール》に書きつけた。これを役者は持ち歩いて暗記したのだ。エドワード・アレンがロバート・グリーン作『狂乱のオルランドー』でオルランドー役を演じたときの巻紙が残っている。大判用紙を半分にしたものを一四枚、糊でつなぎあわせて、長さ約五メートル二〇センチ、幅一五センチぐらいの長い巻紙となっていた。直前に話す人の最後の言葉が「きっかけ」として書かれていて、時々ト書きが入っていた。

作家の元原稿は「台本」となり、「ブック」と呼ばれていた。上演用に直して用いられたわけだが、劇団の仕事は手早く、手際がよいので、実際にはほとんど直しはなかった。ト書きが単純化されたり、台詞がカットされたりといったことすらめったになく、よくあったのは舞台上の出入りについての書き込みだった。[22] 舞台の小道具や「舞台外から音」といった指示が加えられ、作家自身が書いたト書きが書き直されることもあった。たとえば、役者が舞台を横切る時間ができるように登場を早めに指示することがあった。作家が書いたト書きが残っていても、無視されることも多かった。作家のイメージはそれほど重要ではなく、共同で創り上げる世界になるのだ。

　台本係はまた、後見用の本《プロンプター》を手に持って芝居の稽古を監督したかもしれないし、稽古中にプロンプターを務めたかもしれない。台詞を忘れた役者に台詞をささやくという現代のプロンプターの仕事ではなく、登場のキュー（きっかけ）を出し、小道具や「舞台外の音」の扱いを仕切ったのだ。ベン・ジョンソンの『癖者ぞろい』に、「まるで役者が出とちりをしたときの劇場の台本係のように、象のように罵り、地団太を踏んで睨む（おおコワ）」短気な紳士が出てくる。つまり、台本係がプロンプターを務めることもあったということだ。しかし、役者自身は、プロンプターにも台本係にも助けられることはなかった。いったん舞台に出たら、自分の力を頼りに役者根性を見せるだけであり、台詞がとんだり、タイミングをまちがえたりしたときにはほかの役者たちがごまかして助けてくれた。

　どんな戯曲も上演前に、できあがった台本をクラークンウェルにある王室祝宴局長官のところへ届けて、書き直しを命じられることもある検閲を受けなければならなかった。七シリングから始まって数年のあいだに一ポンドまでじりじりと上がっていった検閲料をとって、長官は戯曲の公演を許可したのだ。長官が原稿に署名すると、それが認可済みの台本となり、イングランドのどこで上演してもよかった。これこそが最も重要な文書であり、劇団は通常の状況下では手放そうとするものではなかった。

　明らかに時事的な言及には、もちろん祝宴局長の注意深い目が光っていた。既存の権威への挑戦は、あからさまなものであれ、ほのめかされたものであれ、削除された。『犬の島』の作者や役者たちが身に沁みてわかったように、公的な不敬罪にも市当局は罰則を加えた。だからこそ、『リチャード二世』の君主廃位の場面はエリザベスの生存中はご法度となった。『サー・トマス・モア』の台本に、祝宴局長はこう書き加えた――「暴動をすっかり削り、その原因も削るべし」。こうした注意は、ロンドン市内で暴力沙汰が起こりかねない時代には欠かせなかった。もちろん、冒瀆は禁じられていた。ある原稿には「罵り、瀆神、下品な物言い」を取り除く命令が書き込まれている（Ioppolo 213）。しかし、これらの証拠からわかることは、劇団と祝宴局の関係は概《おおむ》ねよかったということだ。いわば、どちらも同じ業界にいたのだから。

あらゆる手続きやお決まりの舞台の仕事の片がついてしまえば、戯曲は劇団に渡されてから数週間のうちに舞台にかけることができた。すばやくプロの腕前を見せねばならなかった。稽古は、新作の場合も再演の場合も午前中に行われた。現代の意味での演出家はいなかったが、台本係がその役割を果たしたかもしれないという説もある。シェイクスピアも、自分の劇を稽古するときは、その務めを果たしたということは大いにありえる。ウィル・ケンプのような優れた踊り手は、振り付けの面倒を見ただろうし、オーガスティン・フィリップスのような音楽家は音楽を取り仕切っただろう。

あるドイツ人旅行者が、一六〇六年にロンドンを訪れ、役者たちは「毎日、学校の生徒のように教えを受けており、最も著名な役者でさえも甘んじて劇作家から自分たちの立ち位置を教わっていた」と記している（Southworth 113）。これは何かの誤解かもしれない。一六世紀のロンドンを訪れた外国人の報告に誤解はよくあった。著名な役者が若い駆け出しの劇作家から指示を受けるということはありそうにない。しかし、シェイクスピアなら話は違っただろう。そのことを示唆する証拠が、一六六四年出版のリチャード・フレックノー著『イギリス舞台概論』にある。シェイクスピアやジョンソンの時代には「当時の役者たちは、これらの詩人たちに指導され、当て書きをしてもらったのだから幸せなものだ。そしてこれほどの詩人たちもまた、フィールドやバービッジ[23]〔バーベッジ〕のような素直で優秀な役者たちに自分の劇を演じてもらったのだから幸せだった」と書かれている（ibid.）。役者は駄目出しを受けたわけではなく、「指導され」たのだ。

役者は自分の台詞の書かれた「巻紙」をもらったが、台本全体はもらえなかった。台詞を憶えたか、だいたい憶えたところで、立ち稽古となった。およそ一三人の主要な役者と少年が集まったと思われる。小さな役柄は稽古をするには及ばなかった。この段階で、ジョークが入れられたり、はずされたりし、難しいアクションの段取りをつけ、筋や対話の曖昧なところが整理された。この際に、「ダブリング」に関する問題が解決された。観客に気づかれないようなダブリングをすることも多かったが、エリザベス朝の役者たちは一人二役の不自然さを面白がることもあった。一人が何役もやれば、ミステリーや喜劇がわざとらしく引き立つのだ。また、役者としても、自分の演技の幅を見せ、七変化を披露できる機会ともなった。計算によれば、ちょうど二七行分の時間で早変わりができたという。まさにそれだけの時間をシェイクスピアはいくつかの芝居で早変わりに当てている。観客がダブリングを満喫するときもあった——役者が舞台上である人物として死にながら、別の人間として再登場するときには、観客から喝采があがったに違いない。

稽古場における役者や作家の振る舞いは、どうやら演出家の支配下に置かれていると思しき現代とは違っていた。逆に、エリザベス朝の役者は、台詞の言い換えや言い方を提案したり、筋の展開を助けるために新しい場面を考案する手伝いさえしたかもしれない。ボーモントとフレッチャーの戯曲の出版に添えられた「書簡」に、「これらの喜劇や悲劇が舞台で上演されたとき、役者たちは、その場の流れで、ある場面や台詞を(作者の同意を得て)省略した」とある(WS i 97)。シェイクスピアの戯曲が受けた扱いも似たようなものだっただろう。戯曲は、著作ではなく共同で作り上げるものであり、言い換えれば、完成形はなく、いつまでも否応なく変化していくものなのだ。但し、一六世紀には、皆の知っている舞台の約束事があって、稽古がしやすくなっていた。いい役者なら本能的にわかる動きや身振りの原則があった。たとえば面白いことに、台本にはめったに「退場」と書かれていない。有能な演者なら、いつ舞台を去ればよいのかはっきりわかるものだという前提に立っているのである。

新作はたいてい四週間から六週間、あいだをあけて上演されたが、もちろん必要に応じていつでも再演や作り直しがあった。一日の流れは、朝に稽古、午後に公演、夜に数え切れないほどの台詞を憶えるというものだっただろう。シェイクスピアの場合、それに加えて、どんどん芝居を書く必要もあった。常に際限なく忙しかった。J・M・W・ターナー[24]がかつて言ったことだが、天才の秘訣は「根をつめて働く」ことにあり、それにはシェイクスピアもきっと同意したことであろう。

第64章 ご覧、あの軽薄な群衆が指さすのを
（『ヘンリー六世』第二部第二幕第四場）

いつ劇場が開いているかは、誰もがわかっていた。劇場の屋根に開場を告げる旗が翻り、近隣の人々に知らせるためにトランペットが吹き鳴らされたのだ。これから始まる娯楽を宣伝するビラはすでに壁や柱に貼られていたし、[25]グローブ座そのものの扉にも貼られていた。これらの「番付《ビル》」には日時と場所、芝居の題と劇団名のほかに、大衆を惹きつけるための扇情的な詳細が書かれていた――「哀れむべき殺人……極度の残忍さ……当然の報いである死[26]」といった具合に。小規模なオーケストラが「ファンファーレ」を三度鳴らすと芝居が始まったが、[27]これにはまだ落ち着かない観客を静かにさせる目的もあっただろう。その後、長い黒ベルベットのマントに身を包み、付け髭をつけ、月桂冠を頭に載せた「序詞役《プロローグ》[28]」が舞台に上がる。芝居を紹介し、観客の注視を請うのがその役割だ。

芝居の最後にエピローグが終わると、次回上演予定が観客に告知される。それから君主のための祈りがあり、役者全員が舞台上に跪いて祈る。そのあとに来るのがジグ踊りだ。ジグという名前からは陽気なフォークダンスが予想されるが、その起源は幅広い。舞台でのジグは、役者数名ないし全員が参加する二〇分程度の喜劇的な軽い出し物で、踊りも含まれた。もちろん主に参加したのは一座の喜劇役者たちで、ウィル・ケンプのように即興ダンスで評判をとる者もいた。「ギグ」つまり独楽《こま》のように回転し、猥褻な歌や持ち歌を歌うのだ。喜劇役者や少年俳優による「フィギュアダンス」（と婉曲に呼ばれる踊り）のほかにも、ジグにはフォークダンスやバラッドが含まれていた。このダンスを特徴づけるのは猥褻さで、そのため「いやらしい猥褻なジグ」「卑猥で軽薄なジグ」など、さまざまな呼ばれ方をして批判された（WS i 116）。

シェイクスピアの喜劇は、結婚そのものではなく結婚式で終わることが多く（先行きが明るいことは珍しい）、ある意味でカップルは行くところまで行かずに終わる。この結婚の床入りがジグで描かれているのかもしれない。そして、シェイクスピア本人もこのジグに参加しただろう。多くの場合、ジグは劇が終わったあとで落ち着かない観客によって「要求され」、その日の娯楽の一番人気であることも多かったようだ。群衆はまた、「ケンプ氏の新作、台所女のジグ」や「カッティング・ジョージと女将《おかみ》のバラッド[29]」といったお気に入りのジグをやってくれと要求することもあった（Baskerville 108）。

グローブ座でのジグの上演が中止されたのはいつなのか、そもそも本当に中止されたのかどうかまったく明らかではない。一五九九年にウィル・ケンプが宮内大臣一座を去ると同時にジグも下火になったと推測されることもある。常連の芝居客だったトマス・プラターは同年、『ジュリアス・シーザー』の公演の終わりにジグがあったと述べているが、これはたぶ

ん消滅直前のジグを記録したものだろう。しかし、一六〇一年に執筆・初演[30]された『十二夜』では、最後に道化が舞台に残って歌う。歌のあるところには踊りもあるものだ。実のところ、バンクサイドの劇場でジグが突然、不名誉な終焉を迎えたという証拠は何もない。演劇が提供し得る最も人気のある娯楽のひとつを、捨ててしまう理由などあるだろうか。ベン・ジョンソンはジグに不平を鳴らしたかもしれないが、ジョンソンはどんな形であれ大衆演劇というものを嫌っていた。ジグがロンドン北部の郊外にある劇場で隆盛をきわめていたことは確かであって、似たような観客を持つ「南の」劇場がジグをやめてしまうとは思えない[31]。ジグが果たしていた大切な役割は、紀元前五世紀のアテネで三部作の演劇のあとに演じられたサテュロス劇[32]が果たした役割に近いかもしれない。ジグは演劇的祝祭の一部だったのだ。『リア王』や『オセロー』の終幕のあとには場違いに見えるかもしれないが、どんな芝居でも歌と踊りで締めくくることは、なぜか演劇的に適切なのである。ここから、演劇とは人間の喜びなのだとわかる。真似や模倣を意味する「ミメーシス」のもともとの意味は「ダンスによる表現」だ[33]。ダンスは人間の活動やゲームの原初の形態なのかもしれない。

　実際、演劇体験は、ある種の儀式体験だと言われてきた。祭壇に立つカトリックの司祭の身振りや動きにも似て、舞台は強調された現実を表象するのである。ヘンリー八世とエリザベス一世が英国国教会の首長となった宗教改革以降に花開いたエリザベス朝演劇が、古くからのイギリスの信仰の儀式の代替物として機能したと考えるのは、今ではほぼ当たり前となっている。意味深い動作や図像性のある形式を求める観客の渇望を、演劇が満たしたのだ。グローブ座が自らをミニチュアの宇宙であると宣言したのは、ミサの機能に似ている。教会の衣裳が聖性を失うと役者に売却されたことや、ピューリタンの道徳家がローマ・カトリックを「物真似の迷信」と糾弾したことはよく知られている（Greenblatt 112）。ヨークシャーの国教忌避者の家庭では、カトリックの旅役者の一団が『リア王』を上演した。特にシェイクスピア悲劇には、カトリックの礼拝やミサの聖餐体験と深く結びつくところがある。イギリスの俳優サイモン・キャロウ[34]は、現代の文脈において「カトリシズム（とそのイギリスにおける変種）もまた、立派な役者製造所である……」と示唆している（Callow 6）。つまり、つながりがあるのだ。しかし、歴史を論ずると行きすぎることもある。演劇は儀式的になりがちだったかもしれないが、シェイクスピアの活躍中、演劇はまた人間の性格や個人の葛藤を提示する場ともなったのである。

　芝居は冬期には二時、夏期には三時に始まった。平均的な長さは二時間だったが、これより三〇分から四〇分ほど長くなる芝居もあっただろう。『ハムレット』や『浮かれ縁日《バーソロミューフェア》』[35]は約四〇〇〇行の長さがあったので、このような芝居に出演する役者はかなりな速さで台詞を言ったに違いない。一般的な上演時間の二時間で終わるエリザベス朝の芝居の長さは平均二五〇〇行であった。シェイクスピア作品の平均は二六七一行である。いつものように、シェイクスピアは一般によしとされる演劇の慣習にきちんと従っている。あらゆる意味でプロフェッショナルだったのだ。

グローブ座は夏用の劇場だとしばしば考えられてきたが、記録によれば冬にも使用されている。エリザベス朝の観客は現代人よりも厚着だったし、いずれにしてもより頑強だったので、低い気温も障害にはならなかった。劇場の常連は、食うに困るほど稼ぎが少なかったり十分な物乞いができないような放浪者や最下層の貧民を除いて、あらゆる階級から集まっていた。常識的には（当時の表現を使うなら）下層階級よりも「並み」の人々が多かっただろうし、劇場で午後を過ごす暇や機会があったのは主に紳士階級とその配偶者たちだっただろう。この階級には「あらゆる軍人……文系と理系の学生、またイギリスの慣習に従い、法学院学生全員と法学教授たち」がいた（Rich 23）。このリストにさらに加えて、宮廷人や貴族がいた。ロンドンの商人とその妻や徒弟たちも、二時間から三時間のあいだ仕事を抜けてくる意志か能力があればこれに加わっただろう。重要なのは、一六世紀ロンドンのグローブ座を埋めたのは（よく言われるように）庶民だけではないということであり、つまりシェイクスピアが観客に合わせて「レベルを下げて」書く必要はなかったということである。

もちろん、観客のあいだには区別がひとつあった。土間に入るために一ペニー払う者と、回廊席《ギャラリー》に坐るためにもう一ペニー払う者とは別なのである。回廊席《ギャラリー》では「早く来た者から先に坐るので、何者であれてんでに席についていた」（Collier, *History* iii 145）。原則として、人夫や荷馬車屋や徒弟たちは平土間の立ち見席で満足していた。この人々は「平土間の客《アンダースタンダー》」と呼ばれていた。平土間は、灰や、鉱滓《こうさい》のような産業屑が敷かれた上からヘーゼルナッツの殻でたっぷりと覆われており、おそらくは舞台に向かって傾斜していた。紳士や裕福なロンドン市民（そしてそのご夫人方）は、そんなところに立つのではなく、比較的居心地のよい木のベンチに坐るほうがよかっただろう。入場料を払ったあと、右か左に進めば回廊席《ギャラリー》に入れた。しかし、現実はこのようなきちんとした手順が示すよりも行き当たりばったりで無計画だったに違いない。たとえば、土間客《グラウンドリング》は立ったりなどせず、土間に撒かれた藺草《いぐさ》の上に坐れたかもしれない。トマス・デカーの『愚者のための紳士学入門』によれば、「トライポス、すなわち三脚椅子」を持参する者もいたという（C. Eccles 31）。

また、「臭い連中」つまりロンドンの下層階級が、レッド・ブル座やフォーチュン座のような郊外の劇場に集《つど》ったとも言われている。だとすれば、それらの劇場は一九世紀末にイースト・エンドに出現するミュージック・ホールの先駆けとなる。しかし、そのような線引きができるのか非常に疑わしい。スティーヴン・ゴッソンが、劇場の観客は「仕立て屋、鋳掛け屋、靴屋、水夫、老人、若者、女、少年、少女など」のごった煮だと非難するとき（Hazlitt 184）、「など」の部分に幅広い階層の人々が含まれていることは明らかである。グローブ座はまさに社会全体、あるいは少なくとも一六世紀ロンドンにおける社会全体を包摂していたのだ。

第65章 ここで僕らは幻影のなかをさまようのだ

〔『まちがいの喜劇』第四幕第三場〕

劇場の群集はどちらかと言えば平等主義だった。紳士と雖《いえど》も、学生や商人と同じスペースをとり、同じ雰囲気を楽しんだのだ。当時の人はこう記している――「どんな下劣な者も（一ペニーを払ったからには）一番いい場所を占める権利があると思っていやがる」。つまり、「下劣な」連中が紳士方のなかに紛れ込むのはけしからぬというわけだ（Bradbrook, *Webster* 21）。デカーも同様のことを『愚者のための紳士学入門』のなかで、「荷車の御者も鋳掛け屋も、批評家連中のうち最も高慢な酷評家《モモス》と同じぐらい強い発言権があり、芝居のよしあしの判断が下せると思っている」と記している。こんなことは劇場以外では起こりえなかった。大都市につきものの差別撤廃の傾向が、ここで初めて最大限に表現されたのだ。当時、読み書きの能力が大幅に拡大し、男子教育が開花したことと演劇は無関係ではいられなかった。そうしたことがすべて作用し合ってシェイクスピアの劇が生まれたのだ。シェイクスピアの観客は熱心で注意深く、この新種の余興に興奮していた。

現代の観客ならわかるように、シェイクスピア劇にはかなり上演が面倒なところがあるが、一六世紀の観客は、韻文の調和や修辞の複雑さといったものをすぐに理解した。シェイクスピアの深遠な言い回しには、かなり教育を受けた現代の観客でも面食らうのだから、当時の観客にはちんぷんかんぷんだったかもしれないけれども、エリザベス朝人は筋を理解して、時事的言及を楽しむことができた。もちろん、シェイクスピア劇にはエリザベス朝の観客には理解できない微妙な主題や意図があったと分析する後代の学者もいるものの、そんなものは作者の与《あずか》り知らぬことであって学者が考えついたことなのではないかと問うてみることもできる。シェイクスピアは観客に依拠し、独白などの手法を用いて、観客へ芝居を開いたのだ。劇は、完全に独立した世界を内包するのではなく、大衆のさまざまな反応を受けて成立するものだった。

そうした反応にはかなりうるさいものもあった。一六〇一年、ジョン・マーストンは、「ニャー、ブラート、ハ、ハ、軽いしゃべくりだ[36]」（Gurr, *Playgoing* 47）という悪意ある評言を記し、フォーチュン座での騒音は「林檎売り女に煙突掃除少年といった烏合の衆」がたてるものであり、「耳をつんざく狂騒の響きがうるさい[37]」（Gurr, *Playgoing* 45）と言われた。シェイクスピア自身が、『ジュリアス・シーザー』のキャスカの言葉で芝居客の振る舞いを想起している。「あの有象無象の連中ときたら、あの男が気に入れば拍手し、気に入らなければ野次り倒す。まるで芝居小屋《シアター》の役者を相手にしたような騒ぎだ」（三三四―七行〔第一幕第二場〕）。『ジュリアス・シーザー』は、シアター座ではなくグローブ座で上演されたので、別にシアター座の観客を攻撃していたわけではない。

「ニャー」（Mew）とは、不快を表すのによく用いられた合図であり、現代の「騒々しい野次」や「野次るために用いる甲高い口笛」を意味するcat-callという語はここから来ている。特に興奮する決闘シーンや戦闘シーンでは、回廊席《ギャラリー》の観客も思わず立ち上がって応援したかもしれない。台詞ごとに拍手も起こっただろう。シューと言って野次ったり、叫んだり、泣いたり、拍手したりしたわけだが、そうした反応はすべて、芝居それ自体に激しく感情的に巻き込まれたがゆえのことだ。

初演当時の劇場体験を再現することはほとんど不可能だ。前代未聞の驚くべきリアルなものだったことだろう。街路で演じられた聖史劇《ミステリー・プレイ》や、広間で演じられたインタールードにはとうてい及びもつかなかった。現代風に言えば、一六世紀演劇は、テレビ、映画、街頭でのお祭りやサーカスが全部混ざったものだったのだ。

もちろん、公演中には飲み食いが盛んに行われ、売り子が、オレンジ、林檎、ナッツ、ジンジャーブレッド、瓶ビールなどを売って回った。自分の芝居の受けがいいか不安なあまり、「瓶ビールが開《あ》くたびに、誰かが野次ってシューと言っているのではないかと」怯える神経質な劇作家の話もある（Onions i 276）。グローブ座には、酒場（タップ・ルーム）がついていた。タバコ入りパイプが三ペンスで購入でき、当時の道徳家は心穏やかならぬ様子で、こうしたパイプが女性にも売られていたと記している。行きずりの売春やスリもあったことだろう。ロンドンで大勢の人が集まれば、泥棒やその道のプロのご婦人方が出没するものだ。それが都会というものである。もっと上品な話をすれば、グローブ座内で本が売られていたという噂もある。売り子は「新品の本を買いな！」と叫んだそうだ。途中休憩はもちろんなかったので、客は上演中に飲み食いしていたことになる。

劇場で喧嘩や騒動が起こったというのは基本的に一八世紀の話だ。一六世紀の芝居小屋で起こった最悪の騒ぎは、役者たちがなかなか芝居を始めなかったりしたときに、ときどき果物やナッツが舞台に投げつけられた程度だ。劇場そのものがまだものすごく新鮮で胸躍る経験であり、誰もが新奇の目を向けていたから、乱暴沙汰で邪魔が入るようなことをロンドンの大衆が許すはずがなかった。「実社会の正義」なるものがあり、芝居客の楽しみの邪魔をしようとする者には当然ながら制裁が加えられたのだ。シェイクスピアの芝居の上演時には、耳障りな事件も起こらなかったし、酔っ払った徒弟がくだを巻いて叫ぶようなこともなかった。一七世紀後半、劇場がもっとこじんまりとしたものとなり、明らかにずっと洗練された場所となったとき、イギリス演劇が急速に衰えたということは、ここで述べておくべきだろう。

『癖者そろわず』のなかで、ベン・ジョンソンは「注意深く聴く観客」のことを書いている。ジョンソンは自分が劇作家であると同時に詩人であると考え、理解してくれる、あるいは耳を傾けてくれる観客を求めていた。当時の芝居客が印刷物のなかで芝居のことを書いていることもあるが、劇場内にどれほどの感受性があったのかはあまりわからない。しかし、たいていの観客が説教を聴くのに慣れていたため、どう反応すればよいかわかったはずだ。だからこそ、登場人物一人ひとりや出来事について記すのみならず、時にはそこから引き出される道徳や教訓をも書いたのである。

　しかし、とても注意深い芝居客は「手帳」を持ってきて、重要な台詞を書きとめていた。詩は依然として書くものというより詠まれるものと考えられていたことを思い出すべきだろう。それゆえ、鋭いエリザベス朝人なら、話された言葉の幅やニュアンスに敏感に反応した。たとえば、シェイクスピアの複雑な台詞を理解するのもそれほど、あるいはまったく難しくなかっただろう。理解し難いとなれば、あのようには書かなかったはずだ。

　しかし、ジョンソンが『ニュース市場』で「耳のきかない物見高い胡桃《くるみ》割り連中」と嘲っている観客も大勢いた。エリザベス朝人がスペクタクルや見世物が大好きだったことを思い出そう。ヴォラムニアもコリオレイナスにこう忠告する（『コリオレイナス』一八五九―六〇行〔第三幕第二場〕）。

　　身振りは雄弁です。無知な連中の目は、
　　耳よりもよく利きます

　エリザベス朝演劇における視覚と聴覚のどちらが重要かについていろいろな推測がなされてきたが、知的な観客は耳を傾け、そうでない観客は目を見開いたと普通考えられている。ヴォラムニアの言葉は、古代ローマ貴族の言葉であるので、観客の野次を受けたかもしれず、シェイクスピア自身の意見と考えるわけにはいかない。確かに、後期の戯曲ではシェイクスピアが実際に劇中のスペクタクル性を強化しているのは明らかであるし、スペクタクルが舞台のイリュージョンの重要な要素であって、観客を興奮させ、満足させることはシェイクスピアにもよくわかっていたはずだ。観客をあっと言わせ、喜ばせようという欲望を失ったりはしなかった。ジョンソンのように大衆演劇を低く見ることはなかった。なにしろ、大衆演劇ができたのはシェイクスピアのおかげと言ってもいいくらいなのだ。

　但し、理解の手段として、視覚と聴覚ははっきりと区別されていなかったようだ。演劇というものは、その両方を混ぜ合わせ、ある芝居客の言葉を借りれば「台詞の巧みさ」と「演技の優雅さ」を結びつけた共感覚的な体験なのだ（Joseph 141）。演劇の命は、人物の性格と動きにあったのである。

　グローブ座の運営は着工前から注意深く計算されており、できるだけたくさんの観客を収容できるようにしてくれと、ピーター・ストリートは頼まれていたことだろう。グローブ座の柿落《こけら》としの日、新作初演ということもあって入場料は二倍になった。しかし、一般公演は定額どおりだ。一五八〇年から一六四二年のあいだにロンドンのいろいろな劇場に延べ五〇〇〇万人の客が入った計算になる。グローブ座は、制作側も観客も満足のゆく大事業となったのだ。役者全員で一五〇〇ポンドの年収があり、一人当たりの年収はおよそ七〇ポンドになった。そのうえ、グローブ座の所有者たちは、全員合わせて年に二八〇ポンドを稼いだ。それゆえ、シェイクスピアの死亡時には、グローブ座の一株で二五ポンドの収入となり、ブラックフライアーズ劇場からの収入は一人九〇ポンドにもなっていた。

　シェイクスピアは、作・出演をこなしたのみならず、「株主」としての立場もあり、また「劇場主《ハウス・キーパー》」つまりグローブ座の共同所有者という新しい身分ゆえに金も入っただろうから、総収入はどれほどだったのかといろいろ推測されてきた。劇作家は「大変な高収入ゆえに、年に一〇〇〇ポンドの割りで遣《つか》うと聞いたことがある」（*Life* 155）と一六六〇年初頭にジョン・ウォードがノートに書いたのにたぶん触発されて、金額もあれこれ言われてきたが、もちろん一〇〇〇ポンドというのはひどい誇張であり、さまざまな収入源を計算しても年収二五〇ポンドといったところと思われる。学校教師の平均賃金が年収二〇ポンドであり、日雇い労働者が八ポンドだった時代の話である。シェイクスピアはその遺書に、三五〇ポンド相当の動産と一二〇〇ポンド相当の不動産を遺している。一部の人たちが言うほど華々しく金持ちだったわけではないが、かなり裕福ではあったのだ。

第66章 素敵な修辞の煙幕

〔『恋の骨折り損』第三幕第一場〕

グローブ座の柿落としの日取りをきちんと決めるために、占星天宮図が使われた。このめでたい折に選ばれた芝居は『ジュリアス・シーザー』であり、テクスト自体のなかに見られる言及から、初演は一五九九年六月一二日の午後であったことがはっきりしている。この日は夏至であり、新月の日でもあった（Sohmer 11-13）。占星術師によれば、新月は「新しい家を開く」のに最適の日だったのである（Wood 227）。当日の午後早く、サザック近辺のテムズ河は満潮であり、川の北岸から劇場へやってくる客の足を助けたことだろう。夕方、日が落ちると、空には金星と木星が現れた。こんなことは迷信深い計算に思えるかもしれないが、一六世紀の役者や観客にとっては、非常に意味深いことだった。たとえば、グローブ座の地軸上での位置は真北から四八度東にずれているので、実に夏至の日の出とぴったり整合することになった。占星術の知識は、日常的に馴染み深く、生活上のあらゆる出来事を支配していた。これはまた、『ジュリアス・シーザー』の劇中で起こる超自然的存在の出現や予言の文脈ともなっている。

この芝居が夏に初演されたことを裏付ける証拠はほかにもある。新設のグローブ座の隣にあったフィリップ・ヘンズロウのローズ座の収入は、一五九九年六月に激しい落ち込みを記録している。新しい競争相手の出現の結果に違いない。記録によれば、ヘンズロウと役者兼支配人のアレンは早々に海軍大臣一座とともにローズ座から引き上げ、ロンドン北の郊外に新設されたフォーチュン座で興行を再開した。宮内大臣一座に近くに来られて、商売がふるわなくなってしまったのである。しかし、有能な支配人だったヘンズロウはローズ座という資産を失うに忍びず、ウスター伯一座に貸し出している。

『ジュリアス・シーザー』はシェイクスピア初のローマ史劇[38]であり、グローブ座のけばけばしい「古典的」な内装によく合っていた。大理石を模した柱が並ぶローマ風の舞台には、ローマ史劇が必要だったのだ。ト書きに指定された「雷」や「雷と稲妻」もまた、新劇場の音響効果を披露する好機となっただろう。しかし、劇場の贅沢さとは裏腹に、芝居自体は簡明な言葉遣いと簡素な修辞が大いに功を奏していた。まるで、シェイクスピアが何らかの方法でローマ的美徳を身につけ、ローマ様式を自分のものとすることができたかのようだ。シェイクスピアの弁論のうまさときたら、まるで古典時代の雄弁家が書いたかのように見事である。シェイクスピアには、立場の違う人間と自分を同化させる能力があった。まさに言葉のリズムや統語法において、シェイクスピアはシーザーとなったのだ。ブルータスの散文の几帳面さのなかにも、アントニーの韻文の手前勝手ななめらかさのなかにも、シェイクスピアがいるのである。

新劇場の物珍しさゆえにシェイクスピアの野心にも火がついたらしい。なにしろこの劇では、人物、動機、展開の機微が増え、出来事でなく人格が強調されているのだ。人物の行動があまりに絶妙なバランスで描かれているため、賞賛すべきなのか非難すべきなのかはっきりしなくなる。ブルータスは妄想に取り憑かれているのか、それとも名誉ある人物なのだろうか？ シーザーは傑物なのか、それとも根本的に欠陥を抱えた人間なのか？ シェイクスピアはどうやらわざと、観客にはすぐにはっきりと理解できない不透明な性格を持った新しい主人公像を作り上げたようである。

シェイクスピアは自分が最も共感するものを弁護することをいつも難しいと考えており、この劇では、新しいものに対する不信感に匹敵するのは古いものに対する懐疑でしかない。これは対立と対照の劇であり、最終的な解決はつかない。その意味で、この劇は歴史劇とも復讐悲劇とも、あるいはその両方が組み合わさったものとも考えられる。これは新種の演劇なのだ。

シェイクスピアはノース訳のプルタルコスを始めとする種本を熟知していたが、強調する点や方向性を変えている。シーザーが耳が遠いという設定や、ブルータスと仲間の陰謀者たちが殺されたシーザーの血に手を浸す場面は、シェイクスピアの独創である。当時、シェイクスピアの同時代人たちもローマ史劇を書いていたが、そうした劇は歴史物語に視覚的・演劇的な装飾を施すにとどまっていた。シェイクスピアは歴史の中心へと切り込んでいったのである。

ベン・ジョンソンは『ジュリアス・シーザー』の上演に憤然としたが、それは特にこの作品を書いたのが「少しのラテン語」しか知らない男だったためだ。ジョンソンの芝居『癖者そろわず』も同年内に上演されたが、そのなかには『ジュリアス・シーザー』への冗談とも諷刺ともとれる言及がある。ある箇所では、「おまえもか、ブルータス！」という死に際の台詞が諷刺されているが、まさにこのこと自体、元の言い回しが芝居の常連たちによく知られていたことを示している。一五九九年のシェイクスピアの観客には、裏切りとは何かをよく知る若者が二人いた。当時の書簡が明らかにするところによれば、「サウサンプトン卿もラトランド卿[39]も、宮廷には出てこない……二人とも連日劇場に通って、ロンドンで時間をつぶしている」という（Drake ii 2）。

数ヶ月後に執筆された『ヘンリー五世』にも、『ジュリアス・シーザー』への言及がある。『ヘンリー五世』にはまた、エセックス伯のアイルランド遠征への言及もあるが、この遠征は失敗したという噂がこの夏に広がっており、秋には不面目のうちに終わっていた。つまり、『ヘンリー五世』が書かれたのはそれ以前であろうということになる。しかしながら、執筆年代の如何によらず、『ジュリアス・シーザー』と『ヘンリー五世』は相互補完的な芝居である。英国史劇『ヘンリー五世』は、『ジュリアス・シーザー』と同様に、曖昧さや対立と対照を見事に展開したが、ここではさらに高度なひねりが加えられている。ヘンリーはいじめっ子のならず者なのか、それとも偉大な指導者なのか？　勇敢な男なのか、氷のように冷たい男なのか？　権威の体現なのか、それともあざ笑うべき存在なのか？　軍事力とその功績の場面の前後には、この英雄的な成功譚の出ばなを巧妙にくじくような喜劇的筋書きがある。「もう一度あの突破口へ、諸君……」（一〇三八行〔第三幕第一場〕）という王の台詞で始まる場面のすぐあとには、ほら吹きバードルフの「行け、行け、行け、行け、行け！　突破口へ」（一〇七三行〔第三幕第二場〕）という台詞が来る。この茶番劇は意図的なものではなかったかもしれない。シェイクスピアは立ち止まって考える必要はなかった。自然に、本能的に茶番を入れたのである。ピアニストが黒鍵と白鍵の両方を使いこなすのと同じように、当然のことだったのだ。

　国王の人物造形や動機が黒か白かについては、シェイクスピア自身も確信がなかったかもしれない。しかし、ヘンリー王のきらめく修辞のヴェールに包まれると、そのようなことはどうでもよくなる。シェイクスピアは偉大さの概念に夢中になっていたのであり、記憶に残る言葉や力強い場面を作り出すために権力の行使ほど効果的なものはない。ヘンリー王は批判を封じ、道徳の問題を超越または抹消する。ウィリアム・ハズリットが『コリオレイナス』を論じて言ったように、「詩的言語は権力の言語である」（Bate, *Romantics* 282）。権力が高潔な使い方をされるか、卑しい使い方をされるかはあまり重要ではない。想像力そのものがひとつの権力であり、共感すべき対象に向かってなびくのである。だからこそ、ヘンリー王の存在は喜劇的な場面においても常に想起されるのだ。また、ヘンリー王の台詞の響きはリチャード三世の台詞の響きに気味の悪いほど似ていることも指摘しておく価値があるだろう。

　シェイクスピアが主な種本であるホリンシェッドに従うときには退屈になる危険があるが、自らの本能に従っているときは荘厳だ。「炎の詩神ミューズ」[40]が宙へ舞い上がれば、飛翔のイメージが繰り広げられる。長台詞は言葉の綾が豊かであり、執拗に訴えかけてくる。だが、一層心に響く言い回しがひとつある。劇中、説明役[41]が観客に「まがいものをご覧になって、本物を想起して」舞台を見てほしいと願うところだ（一七八〇行〔第四幕プロローグ〕）。これこそシェイクスピアの想像力の感受性を示すものである。多くの職人は本物を知ることによって偽物を見分けるのだが、シェイクスピアは逆なのだ。

　実際、『ヘンリー五世』は、シェイクスピアの王権へのこだわりの頂点を成している。シェイクスピアは〈王を演じる役者〉という役を発明した。確かにシェイクスピアほど君主の役割を大衆化し、その役割の幅を無限に広げることに成功した劇作家はあとにも先にもいないが、〈王を演じる役者〉のイメージはシェイクスピアに特有なものだ[42]。君主の役割が舞台上で最も意味深く効果的なのはもちろん歴史劇だが、ほかにもリア、マクベス、ダンカン、クローディアス、ファーディナンド、シンベリン、レオンティーズなどの高貴な支配者がたくさんいる。シェイクスピアは「王冠」という言葉を三八〇回使用し、エドマンド・マローンは次のような鋭いコメントをしている。「シェイクスピアは、抜きん出て完全な心の特質を描こうとすると、その想像上の心の持ち主に王冠をかぶせる」(Hoeniger 146)。常套のイメージのひとつに「太陽としての王」があり、劇を盛り上げるために威厳あるものや高雅なものを愛用した。悲劇的な物語への関心は、身分の高い人々に関する場合にのみ限られ、同時代に書かれていた「下々《しもじも》」の悲劇には何の関心も示さなかった。但し、王はシェイクスピアの悲劇にだけでなく喜劇にも登場する。必ずしもいつも王様万歳という調子ではないものの、皆が王の味方をするようにシェイクスピアは描いている。悲劇の最後の台詞を発するのは最も身分の高い登場人物であり、後期の喜劇では、劇の結末に意見を述べるのは常に国王か中心となる貴族だという点は注目に値する。最終場面に君主がいるのは、一六作の喜劇のうち一三作である。

シェイクスピアは劇作家人生を通して宮廷の恩顧を受け続け、後半生においては国王の真の僕《しもべ》として王のお仕着せを着ていたことを忘れてはなるまい。もちろん、ルネサンス期には宮廷人を役者と考える伝統があり、ジョン・ダンは「芝居が宮廷に似ているというより、宮廷が芝居に似ているのだ」と書いている(Schmidgall 125)。逆に、シェイクスピアのソネットの調子や態度から判断して、ヴィクトリア朝後期の批評家にして伝記作家のフランク・ハリスは、シェイクスピアを俗物《スノッブ》だと言った。これは、人の心をどこまでも理解できる男を正しく言い表す言葉ではない。クイックリー夫人やドル・ティアシートを生み出す作家をスノッブとは言わない。但し、シェイクスピアが、支配される者よりもむしろ支配する者の内面に夢中になっていた、あるいは取り憑かれていたのは確かだ。君主の役はシェイクスピアの想像力から自然かつ本能的に生まれてくるらしく、シェイクスピアのイメージを詳細に研究したある学者は、「シェイクスピアがいかにしょっちゅう夢と王権を関連づけているか」を指摘している(Spurgeon 190)。シェイクスピアは権力の幻想や白昼夢を楽しんでいたのだろうか。確かに、王と役者のあいだには自然に一致するところがある。どちらも豪華絢爛な衣裳に身を包み、どちらも役割を演じねばならない。シェイクスピアがそもそも役者という職業に惹かれたのも、そこにひとつの理由があったのかもしれない。

同時代人のあいだでは、シェイクスピアは舞台上で王の役を演じたことで有名だった。一六一〇年、ジョン・デイヴィスは「我らがイングランドのテレンティウス、ウィル・シェイク＝スピア(Shake-speare)氏」に一連の韻文を書き、そこで次のように述べている。

> (善良なるウィルよ)、君の噂を私も戯れに歌おう、
> もし君が戯れに王の役を演じなければ、
> 君は王の仲間となっていただろう、と。(WS ii 214)

ここで言われているのは、シェイクスピアの振る舞いは優雅で「高貴《ジェントル》な」ものだったので、もし役者でさえなかったら

身分の高い人との親交を楽しむことができただろうということらしい。ディヴィスはまた別の詩で、「舞台は純粋な高貴の血を汚す」という考えを述べている。『尺には尺を』では、劇作家の力とウィーンの支配者の力とが、どちらも離れたところから人間の営為を導き、動かしていくものとして暗に比較されている。[43]

　長い歴史をもつ演劇界の伝説によれば、シェイクスピアは『ハムレット』で先王の亡霊を演じたかもしれないという。[44]シェイクスピアがそのような役を演じたのは、生まれ持った優雅さと威信が、演劇的な「厳粛さ」を身につけることで深められた結果であることはまちがいないが、何らかの生まれつきの好みがあるのかもしれない。シェイクスピアの振る舞いは高貴で、物腰は優雅だったというのだから。そうは言っても、シェイクスピアのなかのどこかに、王を嘲るバードルフの声が常に響いているのである。

　シェイクスピアが『ヘンリー五世』で国王を演じた可能性は低い。これはバーベッジのための役だった。シェイクスピアはきっと説明役を受け持ち、観客に「皆様」と呼びかけ、今まさに芝居が始まろうとしているグローブ座の「このO字型の木造小屋」に言及したのだろう。これはシェイクスピア自身によって語られるにふさわしい冒頭部分だ。たとえば、説明役は恭《うやうや》しいかと思えば自信たっぷりにもなる。この説明役の人物像は『ソネット集』の語り手に似ていると言われており、創作の功績に対する絶大なプライドと個人的な自己否定との強力な組み合わせには確かに何らかの類似が認められる。こうして説明役は、次のような国王にふさわしい言葉とともに舞台上を歩き回るのだ。

　　舞台を王国に変え、役者を王族に変え、
　　激しい一場をご覧になる皆様は君主たれ。

　もし『ジュリアス・シーザー』が『ヘンリー五世』へと続くという流れを受け入れるなら、この二つの芝居の特質にはシェイクスピアの偉大な悲劇群を予感させるものが認められるだろう。

第67章 どちらもよく戦った、見事な機知合戦だった

〔『恋の骨折り損』第五幕第二場〕

この頃書かれた二つの喜劇『から騒ぎ』と『お気に召すまま』のうち、『から騒ぎ』のほうが先に書かれた証拠がある。『から騒ぎ』は、宮内大臣一座がグローブ座へ引っ越す前に、不滅のドグベリー役にウィル・ケンプを配して、カーテン座で演じられたかもしれないのだ。グローブ座建築中にも、シェイクスピアの芝居は発表され、上演されていた。

『から騒ぎ』はいまだにシェイクスピアの人気作のひとつだが、それというのもビアトリスとベネディックの機知合戦のおかげだ。「ビアトリスとベネディックを登場させるだけでいい」と、ある韻文作家が一六四〇年に書いている、「そうすれば、平土間席も、回廊席も、ボックス席も皆満席にな[45]る」(Humphreys 33)。二人の機知合戦はのちのコングリーヴやワイルド[46]を思わせる高度なものであり、そこにドグベリーとその一党によるお笑いの影が微妙に差し込んでいる。

この芝居全体が、すばやい言葉の応酬、複雑な言葉遊び、贅沢な奇想、際限のない性的なほのめかし、憂鬱ゆえの無鉄砲としか言いようのないものから成っており、エリザベス朝喜劇の幅と質をしっかりと見せてくれる。エリザベス朝時代は、常に絶望や死の危険と隣り合わせになっていて、いずれ何もかも燃え果ててしまうとわかっているからこそ、立役者が大見得を切ったり派手な啖呵を切ったりしたのだ。

『から騒ぎ』という題名自体が筋を示しているが、主人公たちが一連の誤報や誤認に惑わされる話だ。「から」(nothing)というのは女性性器を指す俗語だったので、卑猥な意味合いもあっただろう。劇的効果のためなら何でもありと思っているふしのあるシェイクスピアによって、ありえないことも偶然の出来事も絶妙に受け容れられる。まるで、すばやさとパターンの繊細さが何よりも重要となる一六世紀のダンス、サンク・パ[47]や、スコットランドのジグ踊りといった、シェイクスピアもよく言及する軽い踊りに似ている。エリザベス朝人が巧妙なる手管を無条件に愛好したことを思い出そう。

『お気に召すまま』は、まちがいなくカーテン座ではなくグローブ座で上演された。ジェイクイズの「この世はすべて舞台」で始まる台詞が、世界中の人は役者だというグローブ座の標語に言及しているし、たぶんもっと重要なのは、タッチストーンという人物を宮内大臣一座に最近入ったばかりの新参が演じたことだ。この役は、ウィル・ケンプの後釜の喜劇役者で、音楽もできるロバート・アーミンのために書かれた[48]。ケンプは一五九九年のあるとき、機嫌を損ねて退団してしまった。グローブ座という新しい環境ではケンプの昔ながらの道化ぶりは少々時代遅れだと言われたのかもしれないし、自分のために書かれた役柄が変わりばえしないことを興ざめに思ったのかもしれない。いろいろな漠然とした言及から判断すると、シェイクスピアは、ケンプ自身のスター(の

みならず、場合によっては作家）気取りを本能的に嫌ったらしい。ケンプはあまりにも目立ちすぎ、思いもかけぬことをしすぎた。役を演じるべきときに、個性を出しすぎたのだ。逆に、ケンプとしても、作家などは単なる雇われ三文文士にすぎない古い世代の演劇に慣れていたから、シェイクスピアの作品の微妙さを理解しなかったのだろう。二つの異文化が衝突したのだ。いずれにせよ、ケンプ自身の言葉を借りれば、ケンプは「世界から」――つまりグローブ座から――「踊り出た」のである。

ケンプ脱退の理由が何であれ、宮内大臣一座は、その後継者として新しい喜劇役者を補充しようとした。アーミンは、ロンバード・ストリートの金細工師の徒弟として世に出たが、瞬く間に、劇作家兼小唄《バラッド》作家としてそこそこの評判を得ていた。『モアクラックの二人の乙女の物語』や『間抜《ニニーズ》けの巣』といった人気のある戯曲を書いていた。喜劇役者として表街道を歩くことにはなるが、作家の仕事を諦めたわけではなかった。それゆえ、ケンプとは違って、シェイクスピアへの本能的な共感を表明したのだ。ある演劇史家はアーミンのことを「知識人」とさえ呼んでいる（Wiles 136）。確かに、ラテン語もイタリア語も知っていた。チャンドス卿一座の一員となり、そのときに喜劇役者として、ないしは頓知者としての評判を得たに違いない。アーミンの出した本の一冊には Clonnico de Curtanio Snuffe という署名があるが、これは「カーテン座の道化スナッフ」という意味であり、その本ののちの版には Clonnico del Mondo Snuffe つまり「グローブ座の道化スナッフ」（Nungezer 17）となっている。ピンクという通り名もあった。

二つの可能性がある。宮内大臣一座にすでに雇われていたアーミンが単にウィル・ケンプの跡を継いだか、さもなければ、カーテン座のチャンドス卿一座にいたアーミンが、一五九九年末にケンプが出て行ったときに、その穴を埋めたかである。いずれにせよ、ある資料に「巡査閣下」（Nungezer 19）などと呼ばれているアーミンがのちにドグベリー役を演じたことはまちがいない。

シェイクスピアが「道化」[19]役を書き始めたのは、アーミンが劇団に入ってからだということは注目に値する。アーミンは歌がうまいことでも知られていたので、シェイクスピアはアーミンのためにたくさんの歌を作った。タッチストーン以降、突然歌い始める道化たちが現れる。[50]シェイクスピアがアーミンを念頭に新しい「道化」を作ったのか、アーミン演じる人柄がシェイクスピアによって形成されたのかは議論を呼ぶところだ。疑いなく、両方の要素が、タッチストーン、フェステ、『リア王』の道化、『ハムレット』の墓掘りといった人物を作る際に働いていただろう。物憂さと気まぐれ、歌と教養、物真似と言葉遊び、頓知と諺、諷刺と哲学といったものが混ざり合い、こうした道化たちに共通するはっきりとした特徴となった。衣裳はまだらの道化服、そして言葉もまだらとなったのである。

アーミンは「生まれつきの阿呆」と呼ばれるものを研究し、根っから物真似が上手なので、その真似ができるようになり、その上でケンプにはなかった自意識や内面性を道化役にもたらした。前任者のように「アドリブ」をしたり、即興のジョークを飛ばすことはなかった。それぞれの役を注意深く研究し、ひとつひとつを区別した。だからこそ、シェイクスピアの劇の流れのなかで重要な存在になったのだ。アーミンは『トロイラスとクレシダ』の口の悪い膿胞《のうほう》だらけのサーサイティーズの役も演じたので、のちの時代に「性格役《キャラクター・パート》」と呼ばれる性格の複雑な役も演じられたことは明らかだ。たとえば『ジュリアス・シーザー』のキャスカとか『あらし』のキャリバンなども演じたかもしれない。そうなってくると、シェイクスピア劇の解釈も変わってくる。『コリオレイナス』のメニーニアスは、良識と世知の代弁者と考えられることもあるが、もし一部の学者が言うように、それもアーミンが演じたのなら[51]、グロテスクな人物となったことだろう。

要するに、『お気に召すまま』のタッチストーンとして初登場して、「自然の生んだ生まれつきの阿呆」として賞賛されたアーミンは、昔ながらの田舎者《クラウン》の赤褐色の服を着ず、道化《フール》のまだら服を着たのだ。緑と黄色で織られた長いコートに、耳付きのフードがついていて、バトン型の道化棒を持っていた。シェイクスピアは、いつものようにあちこちの資料に頼ることなしに、アーミンのためにタッチストーンという人物を創造した。しかも大きな役であり、劇のなかでは三番目に大きく、三二〇行の台詞がある[52]。第三幕で「風よ、去れ」(“Wind away, Be gone, I say”)という歌の一節を歌ってから、オードリーとともに舞台を走り去っていく。たぶんアミアンズの役も兼ねて[53]、アーミン/アミアンズとして、自分のレパートリーにある叙情的なバラッドも歌ったのだろう。実際のところ、『お気に召すまま』には、シェイクスピアのほかのどの戯曲よりも多くの歌が入っており、そのことは明らかにカウンターテナーとしてのアーミンの起用と関係がある。その後[54]、アーミンが『十二夜』の道化を演じたとき、重要な賛辞を与えられている(二二四四―五行〔第三幕第一場〕)――

こいつは阿呆を演じられるほど賢いんだ。
上手にバカをやるには、ちょっとした知恵が要る。

当時は囲い込みが騒動になっていたし、森の住人は「無法者」で「強盗」だと一般に怖れられていたため、『お気に召すまま』を貪欲さと腐敗の諷刺的描写にしてしまうことは比較的容易なはずだったが、シェイクスピアは別の道を選んだ。トマス・ロッジの『ロザリンド』の筋を書き直しつつ、喜劇的な深みを与えるためにジェイクイズとタッチストーンという新たな登場人物を加えて、魅力的な牧歌諷刺劇を書いたのだ。シェイクスピアは現実よりもロマンスを好む文人だった。

森は人々を強奪や暴力沙汰ではなく、詩や歌へと誘った。そこは、精神の寛容さにあふれた憩いの場であり、沈思黙考し、恋愛が祝われ、確認される場だ。悪から善への改心や、超常現象を観客が目撃する場所であり、あらゆるものに魅惑の魔法がかかっているのである。

第68章 一方が勝ちそうになると、他方がそれを上回る

〔『ヘンリー六世』第三部第二幕第五場〕

そうは言っても、当時はさまざまな意味で厳しい幻滅の時代だった。諷刺的な空気が蔓延していた。死にゆく女王をとりまく不気味な雰囲気を考えれば無理からぬことである。旧体制《アンシャン・レジーム》の末期には、いつもブラックユーモアが生まれるものだ。ダンによる諷刺や、ロッジの『機知の悲惨とこの世の狂気』(55)といった本が読まれた時代だった。

一五九九年六月一日、カンタベリー大主教は韻文によるあらゆる諷刺を禁じた。枢密院は芝居の数を制限するよう命じた。しかし、諷刺の新たな流行のため、シェイクスピアは「詩人戦争」と呼ばれる騒動に巻き込まれていた。あらゆる内輪もめがそうであるように、詩人戦争の原因もはっきりとせず、そのため研究者たちは果てしない論争を続けてきた。しかし、ジョン・マーストンがミドル・テンプル法学院とつながり、セント・ポール大聖堂に併設された音楽学校で劇を演じていた聖歌隊の少年たちとつながっていたところに、その発端ないし元凶があるようだ。

ジョン・マーストンは早熟の諷刺家としての評判を獲得していたが、その諷刺はもっぱら成功した高名な年上の作家たちに向けられていた。最初に上演された作品のひとつ『ピグマリオンの像の変身』は、『ヴィーナスとアドーニス』を茶化したものだった。しかし、マーストンはシェイクスピアを諷刺しながらも、この年上の劇作家の作品から大幅な借用や剽窃をし続けていた。マーストンはよくあるタイプの作家だった。シェイクスピアとはすでに知り合いであり、ミドル・テンプル法学院の一員だったマーストンの父親は、シェイクスピアの従兄弟トマス・グリーンが同法学院に入学する際の証人だった。ミドル・テンプル法学院生のために、一五九八年末から一五九九年初頭にマーストンは諷刺劇『役者への懲らしめ』を書いて、シェイクスピアとジョンソンを槍玉に上げたのだ。

受けた侮辱を決してやり過ごしたり赦したりしないベン・ジョンソンは、そののち『癖者そろわず』(*Every Man Out of His Humour*)でマーストンを滑稽に模倣している(56)。ジョンソンはそれほど人好きのするユーモアの持ち主ではなかった。一六〇〇年、『シンシアの饗宴』では、マーストンのみならず劇作家仲間のトマス・デカーをも笑い者にし、マーストンは「軽薄で好色な遊び人」、デカーは「変哲で厚かましい大言壮語男」と呼ばれている。次の芝居『へぼ詩人』では、ジョンソンはマーストンを三文詩人で剽窃者だと嘲った。マーストンはのちに『ご随意に』でジョンソンを傲岸不遜な失敗者として諷刺することで逆襲を果たす。すると、攻撃的なジョンソンはマーストンに決闘を申し込んだ。すでに殺人罪で親指に焼き印を押されていたことを考えれば、これは無茶な作戦だった。しかし、ジョンソンはおそらく、マーストンは挑

戦を受けないと考えていたのだろう。ジョンソンはそれからロンドン中の居酒屋を探してマーストンを見つけ出した。マーストンがピストルを抜くと、ジョンソンは奪い取ってそのピストルで相手を殴りつけた。これがロンドンに流布した噂であり、ジョンソンものちに同じ話をしている。

デカーはすでに『諷刺家への懲らしめ』を書いて反撃を開始していた。この作品ではシェイクスピアも好色な劇作家サー・アダム・プリックシャフトとして穏やかに諷刺されているが、ジョンソンは出来損ないの宮廷劇作家としてさらに残酷な嘲笑を受けている。ところが、宮内大臣一座はデカーの『諷刺家への懲らしめ』の上演に同意した。ここに至って、この文学論争は「詩人戦争」ではなく「劇場戦争」の名で知られるようになったのである。

問題の元凶は少年劇団だった。マーストンもデカーも、すでにセント・ポール少年劇団のために冷笑的な諷刺劇を書いていた。少年劇団には長い歴史があり、エリザベス朝初期にはロンドン演劇界の主流だった。公衆劇場の隆盛によってその輝きは幾分薄れたが、一五九〇年代後半の諷刺の時代に再び人気を盛り返していた。少年劇団は多くの「毒舌芝居」を上演しており、「自分の苦々しい気持ちやあらゆる階級に対する慎みのない悪口雑言を子供の舌に載せ、年少者の言うことならどんなに乱暴な毒舌でも許されると思っている」輩を非難する同時代人もいた（Gurr, *Playgoing* 155）。

少年劇団と大人の諷刺とのつながりには、もっと大きな伝統がある。一世代前にジョン・リリーが古代史や伝説に材を採って書いた少年劇の遺産があったのだ。『シンシアの饗宴』や『へぼ詩人』など、〈詩人戦争〉の劇も同じような古典を背景にしている。また、少年劇団は宮廷や教会とつながりを持っており、私的な劇団という立場にあったために、ロンドン市当局や枢密院による通常の非難を比較的受けにくかったのだろう。子供が大人の役を演じるのを観るという体験は、いずれにせよ普通の演劇鑑賞とはかなり違っていた。子供は、いわば転調した調子《キー》で大人を真似てからかうことができたのだ。少年でありながら大人の熱情を演じると、その熱情がよりはっきりしたものになる。感情や妄執も、すっきりと定義される。このため、非現実性と人工性を推奨する演劇文化のなかで、少年俳優による模倣は二重の魅力を持つことになったのである。

しかし、なぜ宮内大臣一座は、ベン・ジョンソンを諷刺したデカー作『諷刺家への懲らしめ』を上演することに同意したのだろうか。直接的な原因の見当はつく。ジョンソンはブラックフライアーズのチャペル・ロイヤル少年劇団のために芝居を書き始めていたのだ。成人劇団の役者たちとのあいだに、『癖者ぞろい』と『癖者そろわず』の上演をめぐって何らかの論争か軋轢があったのかもしれない。もっとありそうなのは、ジョンソンが提出した新しい芝居を宮内大臣一座がボツにしたという説である。ジョンソンは『シンシアの饗宴』がグローブ座で上演されることを期待していたのではないか。ただ、いざこざの種はほかにもあった。少年劇団は何かと言えば「高貴な」人々とのつながりや私設劇場の客が富裕層に限られていることを主張しがちだった。少年劇団のために執筆する劇作家は、公衆劇場の「卑しい役者たち」を馬鹿にするのをいささか楽しんでいた。ジョンソンがやったのもまさにこれである。ブラックフライアーズ劇場での上演のために書いた芝居のなかで、ジョンソンは「卑しい役者たち」や「公衆劇場の古びたさえない壁掛け」、および「公衆劇場の舞台で仕事を続ける」人々を笑い者にしている。また、役者は「放蕩者、ごろつき、道楽者、まったくの道楽者」だと非難してもいる(Adams 325-6)。グローブ座の役者たちはジョンソンに復讐したのだ。

シェイクスピアが『諷刺家への懲らしめ』に一場面を寄稿した可能性すらある。ホラス、つまりジョンソンが頌歌を作ろうと滑稽に頭を悩ます場面がそれだ。『パルナッソス』三部作の作者は、「厄介な男」——すなわちベン・ジョンソン——に言及し、「我らが仲間シェイクスピアがあいつを懲らしめて、面目丸つぶれにしてやった」と述べている(Leishmann 59)。のちに『へぼ詩人』のために書かれたプロローグのなかで、ジョンソンは「ちゃんとした人」が「あのような汚い行い」に走らされたことを悲しげに非難している。

しかし、この時点で、ジョンソンはあまり健全ではなかった。『へぼ詩人』では、グローブ座は下品であり、役者たちは偽善者で愚鈍だと攻撃している。特に一人の役者が「偉そう」だと言われている——「金持ちになったってわけかい、それでご購入ときたもんだ」(*MA* ii 566)。この役者はまた、紋章を手に入れた——本当の家系は役者の活動を統制する「浮浪者取締法」に記載されているのに——と皮肉られている。シェイクスピア家が、貴族のアーデン家と自分たちの紋章を合体させようとしたのは、一五九九年秋のことだった。

シェイクスピアは直接応酬しなかった。そんなことをするのは、シェイクスピアらしくなかった。その代わり、『ハムレット』——演劇的構造が最も明確にできあがっている芝居——でこの論争全体に言及した。ローゼンクランツがハムレットに次のように語るのだ。「近頃、鷹の雛のような子供芝居の一座が現れ、きいきい声を張りあげ、嵐のような大喝采をさらっているのです。この少年隊は、今や売れっ子で、大人の芝居を大衆芝居と呼んで扱《こ》き下ろす」ので、その結果として「この論争で作者と役者が大喧嘩をしてみせなければ、芝居が売れないという時期もありました」(二二六九―八五行〔第二幕第二場〕)。ハムレットは、少年俳優もいつかは「大衆芝居」をするようになるのだから、大人の役者をそれほど見くびるべきではないのではないかと、珍しく理に適《かな》った反応をしている。

次第にこの論争はすっかり下火になり、いくらも経たないうちに主な仇同士も一緒に仕事をするようになっていった。そもそもブラックフライアーズ劇場をチャペル・ロイヤル少年劇団に貸し出したのはリチャード・バーベッジその人なのだから、この論争はある意味では「から騒ぎ」だったとも言える。このグローブ座所有者は、一見ライバルに見える劇団から賃料を得ていたわけなので、「戦争」には客寄せの宣伝効果があったのかもしれない。いずれにせよ、エリザベス朝社会の性質から見て、突然何かが「迸《ほとばし》り」、同じくらい突然融和することはよくあることだった。しかし、この論争が生んだ不満の声は、『十二夜』や『トロイラスとクレシダ』においてもまだかすかに聞こえている。

世紀末にはシェイクスピアの劇が印刷屋にどっと流れ込み、シェイクスピア人気が続いたことを示している。一五九九年秋には、『ロミオとジュリエット』新版および『ヘンリー四世』第一部の新版が出た。『ヴィーナスとアドーニス』も版を重ね、シェイクスピアの詩人としての名声が劇作家人気にまだ負けていないことを示している。事実、一六〇〇年初頭には書籍出版業組合記録に「J・Dによる『アムール』という本と、W・Sによるそのほかのソネット」の「出版阻止登録」が行われている。すでに見たように、前年には題された本に無断で収録されていたわけだから、シェイクスピアは自分の真の作品がきちんと登録され注目されることを望んだのかもしれない。

『ロミオとジュリエット』の新版には「新規の改訂、加筆、修正あり」と書かれ、『ヘンリー四世』の新版も「ウィリアム・シェイク＝スピアによる新改訂版」とされている。これは読者に新版の「新しさ」を訴える宣伝文句にすぎなかったのかもしれない。同時期に、新築のフォーチュン座に引っ越そうとしていた海軍大臣一座もまた、所有する作品を出版して自分たちの商品の宣伝をしていた。宮内大臣一座と海軍大臣一座の二劇団は、芝居そのものだけでなく戯曲のテクストに関してもほぼ独占状態にあった。しかし、「新改訂」という言葉には、少なくとも出版に先立ってシェイクスピアが芝居を改訂・改稿していたという含みがある。いずれにせよシェイクスピアの名前は値千金となり、大学や法学院といった通常の購買層を超えて人気を博した。一六〇〇年夏には『ヴェニスの商人』、『ヘンリー五世』、『から騒ぎ』、『お気に召すまま』の「出版阻止」が書籍出版業組合に登録されているので、最新の芝居が少なくとも理屈の上ではすぐに出版されることを意味した。宮内大臣一座が――たぶんシェイクスピア本人も含めて――文学としての価値が高まってきた芝居を守ろうとしていたのは確かだろう。これらの記録に続いて『夏の夜の夢』と『ヘンリー四世』第二部が登録され、「シェイクスピア氏作」とされている。不思議なことに『ジュリアス・シーザー』はまったく登録されていない。これは、この芝居が劇場で人気がなかったことを示唆すると言えなくもないが、もっとしっくりくる説明がある。エリザベス朝が終焉に近づくにつれて、支配者が宮廷人たちによって暗殺される芝居を出版するのは賢明とも適切とも言えなくなっていたのである。

一五九九年から一六〇〇年にかけて出版されたシェイクスピア劇が多いことは、戯曲本が、小冊子や説教本と同様にロンドンで流通する書物の定番になってきたことをも示唆している。一世代前には、戯曲はきわもの的な珍品にすぎなかったが、今では、本屋の棚にいつでも並ぶものになったのである。シェイクスピアは皆の関心の的だった。サウサンプトン伯爵夫人が冗談めかしてフォルスタッフに言及した[57]のと同じ年に、シェイクスピアの崇拝者は「ウィリアム・シェイクスピアへ」という詩を書いて劇作家を「蜜の舌を持つ[58]」と賞賛している（**WS** ii 199）。

しかし、当時は劇団にとって楽な時代ではなかった。一六〇〇年六月、枢密院は芝居の上演回数を週二回に制限した。この命令にはもちろん宮廷での公演は含まれていなかったので、宮内大臣一座はクリスマスのシーズンに女王の前で二回公演を行った。しかしながら、一座はまもなく女王の不興を買うことになる。

第69章 私は夜の衣を借りなければならない

〔『マクベス』第三幕第一場〕

事件の公式書類によれば、話はこうだ。「エセックス伯は、大逆罪で――すなわち、ローマ教皇とスペイン王と策謀して、アイルランド王国の王座ともどもイングランド王位を廃して自らのものとしようとしたとして――告訴された」とある。ある起訴状には、「ヘンリー四世に関する例の大逆の本の印刷と出版を許可し……伯爵自らその公演を何度も観に行き、大いに拍手をして是認し、愛好した」（WS ii 323）罪で告訴されたとある。例の大逆の本というのは、リチャード二世の退位と殺害についてジョン・ヘイワード[59]が記述した本だ。エセックス伯が大いに拍手をして観劇したのは同名のシェイクスピアの芝居である。したがって、シェイクスピアはエセックス伯の謀叛と陰謀に何らかの形で関わっていたのではないかと思われる。エセックス伯は、女王陛下をその取り巻き連中からお守りするという名目で宮廷に殴り込みをかける前に、ロンドン街頭で蜂起する計画を立てていた。しかし、叛乱の主たる目的は、アイルランド侵攻に失敗したのち、自宅監禁され、さらにひどい仕打ちを受けるのではないかと恐れた自分自身を守ることにあった。

シェイクスピアがエセックス伯の「サークル」と関係があったことはよく知られている。サウサンプトン伯、ストレインジ卿、ペンブルック伯爵夫人、サミュエル・ダニエル、サー・ジョン・ハリングトンほかの人々との今昔の付き合いを見れば、明らかなことだ。しかし、一六〇一年初頭の出来事で、シェイクスピアは本当に危険な立場に立っていたかもしれない。

エセックス伯は、サー・ロバート・セシルが画策した多方面にわたる宮廷陰謀の犠牲者にされたと思い込み、やられるより先に打って出ようと考えた。そこで、サウサンプトン伯らの仲間や支持者とともに、宮廷そのものを掌握しようとしたのだ。それから女王陛下を顧問官たちから救出し、やがてはジェイムズ一世のご即位を守る。その計画を公表すれば、ロンドンの大衆も立ち上がり味方となってくれようと愚かにも信じていた。大衆を焚きつけるひとつの方法は、蜂起の前日にグローブ座で芝居を打つことだった。

その日、一六〇一年二月七日土曜日、エセックス伯の支持者数名――モントイーグル卿[60]、サー・クリストファー・ブラント[61]、サー・チャールズ・パーシー[62]ほか――は、テンプル法学院近くのガンターの料理屋で食事をしていた。モントイーグル卿は筋金入りのローマ・カトリック信者だったが、のちに「火薬陰謀事件《ガンパウダー・プロット》」を暴露する手助けをした王党派であった。サー・クリストファー・ブラントは、かつてレスター伯の騎兵隊長だった男で、エセックス伯の義理の父だった。サー・チャールズ・パーシーは、イングランド北部出身の有名なカトリック一家の末裔だ。食事後、一同はテムズ河を艀《はしけ》で渡り、その午後の芝居が始まる前にグローブ座に歩いて入った。そ

エセックス伯爵ロバート・デヴルー。
シェイクスピアとエセックスには
「つながり」があった。
1601年、芝居好きのエセックスが
女王に反旗を翻すと、宮内大臣一座は窮地に陥った。
エセックスは処刑され、
シェイクスピアが詩を献呈した
サウサンプトン伯爵も投獄された。
(西サセックス州ブルボロー近くパーハム館/
ブリッジマン美術図書館)

ロンドン塔でのサウサンプトン伯と飼い猫。
エリザベスの死後、
新王はサウサンプトン伯を獄から解放した。
1603年作の油絵。
(ノーサンプトンシャー州ブロートン館/
ブリッジマン美術図書館)

れは特別に上演依頼をした公演だった。前日に、何人かのメンバーがグローブ座を訪れ、リチャード二世を廃位した君主「ヘンリー四世の芝居をやるよう役者たちに命じた」のだ（WS ii 324）。のちにフランシス・ベイコンが書いたエセックス伯叛乱の説明では、その芝居は「リチャード二世を廃位する芝居」（WS ii 326）とされていた。言い換えれば、この芝居には、印刷された版には出てこない退位強制の場面があったのだ。エセックス伯支持者たちの意図は明白だった。演劇の力を用いれば、エリザベス女王を廃位させることすら正当化できるだろう。自分たちの決意を強めるためにも演劇は役に立つ。のちにエセックス伯がどんなに言い訳し、言い逃れをしようとも、君主の死を「想像した」罪は明らかだった。

役者の一人、オーガスティン・フィリップスは、のちに、「自分たちは何かほかの芝居を演じるつもりだったし、リチャード王の芝居はかなり古く、もうずいぶんやっていないので、上演してもお客はあまり、いやほとんど来ないと思った」（WS ii 325）とのちに証言している。これは単に、恐怖ゆえの言い訳にすぎない。『リチャード二世』より前に書かれた戯曲である『恋の骨折り損』と『まちがいの喜劇』は、いずれもずっとのちになってからも上演された。どうやらエセックス伯の一味であるサー・ギリー・メイリック[63]がこの特別依頼公演に四〇シリングの袖の下をつかませたらしい。役者たちは黙って申し出を受けた。あとから考えてみれば、そのおかげで謀叛の嫌疑に巻き込まれそうになったのだから、賢明な判断ではなかった。エセックス伯の計画のことは前もって知らされていなかったので何も知らずに公演に参加したと主張することもできたが、内容の食い違った噂が町中を飛びまわっていた当時のかなり緊迫した空気のなかでは、それですむはずがなかった。みな怖かったのだ。四〇シリングをつかまされたからというそれだけで上演したとは思えない。貴族たちになだめすかされ、ひょっとしたら脅迫されたりしたのだろう。貴族たちは宮内大臣一座にその芝居を上演するように「命じた」のであって、頼んだのではないのだ。それにしても、かなり長いあいだ棚上げにしていた芝居を記憶だけで再現できるということは、役者たちがすぐに芝居をしてみせられるプロであるあかしである。六年前に書かれて初演された『リチャード二世』は、それまでに疑いなく再演もされただろうが、急な要請ですぐに再演ができるというのはたいしたものだ。

結局、エセックス伯の蜂起は惨憺たる失敗に終わった。人々は伯爵の旗印のもとに——伯爵の期待とは違って——集まらず、伯爵は（サウサンプトン伯ほか一党とともに）ストランドの自宅で包囲された。伯爵は降伏し、裁判にかけられ、やがて処刑された。サウサンプトン伯も、伯の母親が女王に嘆願することがなければ、断頭台へとエセックス伯のあとを追っていたところだった。代わりに若き貴人はロンドン塔で無期懲役となった。それが、エリザベス女王の敵とその逆賊の仲間たちの末路だった。

もちろん、芝居の上演を、当局側が知らなかったわけがなかった。劇団のプロデューサーのようなことをしていたと思われるオーガスティン・フィリップスは、三人の首席裁判官から成る諮問委員会に出頭するよう命じられた。そこで事情を説明し、四〇シリングを受け取った話をしたのだ。四年前、『犬の島』の作者も役者もあっさりと投獄され、「反動的」劇を上演した廉でひょっとしたら拷問さえ受けていたかもしれないことを思い出すべきであろう。しかし、そのときよりさらに危険と思われるこの件では、宮内大臣一座は罰金も処罰も何も受けずにすんだ。たぶん戒告を受けた程度でまんまと「放免」されたのだ。

この寛大な処置には多くの演劇史家が首をかしげている。だが、宮内大臣一座が本当に陰謀者らに脅迫され、教唆されていたならば、委員会としても寛大にならざるを得なかっただろう。テューダー朝の法律は一貫性がなく過酷だと思われることも多いけれど、それでも公平さや常識的判断といったものは働いていたのである。役者たちにしても、宮内大臣という頼りになるパトロンがいた。大臣は、女王陛下の忠実にして信頼厚い僕であるのみならず、陛下の近親でもある。劇団員に謀叛の罪が着せられれば、どんなに不当なものであれ、宮内大臣にも疑いがかかることにならないか。それはありえなかった。劇団員らの友人であるフランシス・ベイコンがうまく報告して劇団を救ったという説もある。エリザベス女王自身が宮内大臣一座を特にご寵愛なさっていたということもはっきりしている——とりわけシェイクスピア作品をお気に召していたからとも考えられる。だから、神の恩寵と女王陛下の恩寵とにより、シェイクスピアと仲間たちは牢獄送りや絞首台送りを避けることができたのだ。実際のところ、フィリップスの尋問があって一週間後、宮内大臣一座は再び陛下の御前で上演を行っている。その公演の翌日、エセックス伯の首が刎《は》ねられた。

第70章 ふん、やつらの腹は読めている

〔『ジュリアス・シーザー』第五幕第一場〕

シェイクスピアはストラットフォードでの仕事にも注意を向けていた。一瞬、妻のアンが小さな役で歴史的な記録の世界に再登場する。近隣のショタリー村のトマス・ウィッティントンという農夫が、「ウィリアム・シェイクスピア氏の妻アン・シェイクスピア（Shaxpere）の手にある、私に支払われるべき」四〇シリングをストラットフォードの貧民たちに遺贈したのである（WS ii 42）。アン・シェイクスピアが幼馴染みのウィッティントンに借金をしなければならなかったのは、夫がきちんと生活の面倒を見ていなかったからではないかという説もあるが、そうではあるまい。アンは町中で最高級の物件であるニュー・プレイスに落ち着いていたのだ。もし家庭を維持し、町での体面を保つだけの財力を与えられていなければ、シェイクスピア家全体の家名と評判に傷をつけることになったはずだ。あらゆる証拠から判断するところ、シェイクスピアは夫として怠慢だったり吝嗇だったりするどころか、むしろ家族に定期的に比較的高額の送金をしていたと思われる。そうでなければ、一六世紀の紳士に必要不可欠な体面をどうして保つことができようか。実際、ウィッティントンの遺書が意味するのは、アン・シェイクスピアがウィッティントンに文字どおり四〇シリングを借りていたということだけだ[64]。アンにこの金を預かってもらっていたという可能性もあり、だとすればしっかりした信頼できる主婦というアンの印象を補強することになる。

この時期には、注目に値する小さなエピソードがもうひとつある。少しのちに、ウィリアム・シェイクスピアは、ストラットフォードの薬屋フィリップ・ロジャーズを[65]、委託販売したモルトの代金不払いの廉で訴えたのだ。シェイクスピアは二〇ブッシェル〔約七二リットル〕を掛売りで売り[66]、さらにロジャーズに二シリングを貸した。ロジャーズは全額のうち六シリングしか払わなかったため、シェイクスピアは残りの額の返済と一〇シリングの損害賠償金の支払いを求めて裁判所に訴え出た。この件についてはこれ以上何も知られていないため、ロジャーズは賠償に応じたのだろう。これは少なくとも、シェイクスピアが金銭についてははっきりと筋を通そうとする人だった証拠となる。また、家事を一手に引き受けていたアン・シェイクスピアが、ストラットフォードでちょっとした内職のようなものをしていたこともわかる。

実は、ストラットフォードの町には、シェイクスピアが今しも書き始めようとしている劇と奇妙な一致を見せる大騒ぎが起こっていた。一六〇一年初頭、ストラットフォードの荘園領主サー・エドワード・グレヴィルが共有地の一部を囲い込んで、自治都市の権利に挑戦状を突きつけたのである。すると、シェイクスピアの知人リチャード・クイニーを含むストラットフォードの参事会員六名が囲い地の境界線となる生

け垣を壊してしまったので、グレヴィルは参事会員たちが暴動を起こしたと訴えた。クイニーはシェイクスピアの従兄弟トマス・グリーンとともにロンドンにのぼり、法務大臣の助言と力添えを求めた。町の権利に関する文書に署名した人のなかには、ジョン・シェイクスピアがいた。しかし、すみやかな救援は得られそうになかった。グレヴィルの思惑とは裏腹にクイニーは同年の秋に町長に選ばれ、両陣営は牙を剝いて対立するようになっていった。「脅迫」や「喧嘩騒ぎ」があったとの報告があり（M. Eccles 99）、一六〇二年春にはクイニーが乱闘で攻撃を受け負傷した。クイニーはこのすぐあとに死亡した。これは、地元の人々と強欲な領主の対立という胸の悪くなる逸話である。囲い込みが問題となったほかの町でも似たようなことがあったが、この事件にはシェイクスピアの親しい人々が関係していた。民衆の代弁者が傲慢で権柄ずくの貴族と対立する『コリオレイナス』に、このような地元の出来事の影を見ようとしても、単純すぎるということにはならないだろう（R. Wilson, *Power* 104-17）。しかし、ここでも、シェイクスピアがどちらかの「味方」をしているとはいえない。シェイクスピアは想像世界のドラマに多量のエネルギーをつぎ込むために、身の回りに起こる出来事から乖離する必要があったのである。

第71章 こうして死の淵にありながら汝は生きる

〔『ヴィーナスとアドーニス』一七三行〕

一六〇一年九月八日、ジョン・シェイクスピアはストラットフォードの古い教会墓地に埋められた。息子は疑いなくそこにいて、新任の市長リチャード・クイニーとともに葬列について歩いただろう。ジョン・シェイクスピアは七〇歳を越していたが、遺書は残していなかったようだ。それゆえ、当然の権利としてシェイクスピアが、父のものであった農地やヘンリー・ストリートの二世帯住宅を継いだ。ジョン・シェイクスピアは実は一般に思われている以上に裕福であった。ウェストミンスターの裁判所では小金しか持っていないふりをしたかもしれないが、現実はかなり違った。翌年、シェイクスピアは総額約五〇〇ポンドに及ぶ巨額の金を投資し始めている。

シェイクスピアは家を手放さず、後家となった母親を妹ジョーン・ハートの家族とともにそこに住まわせた。ジョーンは地元の帽子屋ウィリアム・ハート(67)と結婚したが、家に残って母メアリ・シェイクスピアの面倒を見た。メアリの死後はハート家がその不動産を七年後まで管理したことから考えると、シェイクスピアは母のことをジョーンに任せていたようだ。

ジョン・シェイクスピア自身の死は、その息子の創作にとって重要な出来事だったと考えられている。たとえば、服喪の最中に執筆された劇『ハムレット』の内容と関連があると言われてきた。冒頭の場面でハムレットの父親の亡霊は、カトリックでしか信じられていない「煉獄の炎」を逃れてこの世をさまよっている。残っている証拠からシェイクスピア自身が死んだ父親の役を演じたと信じられており(68)、劇の題名がシェイクスピアの死んだ息子ハムネットを思わせるという事実もあるので、意味深い配役だ。

この頃、父と息子の問題がシェイクスピアの想像力のなかに深く入り込んできていた。この劇でも、父から息子への系譜が裂かれ、攪乱されている。これはまたシェイクスピアの最長の劇であり、計算してみると上演に四時間半かかる――あまりにも長すぎて、一六世紀には仮に上演時間をぎりぎりまで引き延ばしたとしても、そのまま演じられたとは考えられない長さだ。ということは、シェイクスピアはあらゆる関係性や連想を書き込みたかった、ないしは書き込もうとしていたのだろう。この点について強迫観念とか衝動強迫といった時代錯誤の心理学用語を用いてはならない。ただ確実に言えるのは、シェイクスピアには劇化するものがたくさんあったということだ。

ハムレットを演じたのはリチャード・バーベッジだった。バーベッジの腕の見せどころの役であり、エリザベス朝演劇が人物造形の芸術であることをほとんど過剰なばかりに見せつけることになった。一六〇四年の詩に、バーベッジがハムレットを演じたことに言及したものがあり、ペンをまるでパイプのようにくわえ、ビール瓶のようにインク壺をらっぱ呑みにして、王子の佯狂を演じたと書いてある。(69)これは記憶に残る舞台所作だったようだ。しかし、ハムレットの変貌する感情をごちゃごちゃのままに分析するなら、こんなふうになるだろう——ハムレットは入れ代わり立ち代わり、皮肉屋になり、誠実になり、従順になり、絶望し、嫌悪し、歓迎し、疑懼し、嫌悪し、思索にふけり、向こう見ずになり、怒り、学者的になり、ふざけ、陽気になり、芝居がかり、絶望し、人の真似をし、嫌味を言い、歓迎し、思索し、絶望し、熱狂的になり、自虐的になり、(かなり)気まぐれになり、混乱し、軽蔑し、芝居がかり、礼儀正しくなり、冗談を言い、脅し、躊躇し、険しくなり、軽蔑し、修辞的になり、困惑し、内省し、不気味になり、激怒し、嘲笑し、ストイックになり、茶化し、あきらめる。ハムレットが役者冥利につきる役であることはよく知られている。うまく演じるには、誰もが認めるとおり、自分がなくしたと思っていた個性をなんとか明るみに出さなければならないのだ。

『ハムレット』よりずっと以前から、シェイクスピアが独白を使いこなせることは知られていた。独白は、『サー・トマス・モア』のような劇を補修するために必要な「力技」であったが、『ハムレット』では、どんどん展開していく意識を次々に示すように思えるまでその技が磨かれている。もはや「私はこれこれだ」ということを簡潔に述べるのではなく、「私はこれこれになっていく」ということを述べるのだ。当時は、識字率の増加によって手紙や個人的な日記が大いに書かれるようになり、書くこと自体が「内省と思索」(Wrightson 197)を促したと言われている。このことは、よく話題にされる『ハムレット』のなかの書物への言及に新たな光明を投げかけてくれる。

しかし、あれやこれやの演劇的約束事によって舞台技法や演技が決定されるエリザベス朝演劇において、内省のことなど云々できるのだろうか。それが初めてできるようになったのは、たぶん『ハムレット』からだろう。ハムレットの「人格」なるものがまったく謎めいていようと——当のハムレット本人にとってもわけがわからないとしても——その「人格」を論じることが初めて時代錯誤ではなくなったのだ。ジュリアス・シーザーやヘンリー五世は、いわば現実世界に住んでいた。ところが、ハムレットは、めぐり合わせや成り行きの世界に生きており、ハムレットの現実は逆にほとんどすっかり自分で作り出したものなのだ。その独白は、筋の流れにどう関係するのかわからないことがよくあるが、だからこそ、この戯曲の異本で独白が加えられたりカットされたりしても、話が途切れてしまったように感じられない。それでも、ハムレットは物語のまさに軸であり続ける。作者と同様、ハムレットという円の中心は定まっておらず、その円周はどこまでも広がっているのだ。

ハムレットは、シェイクスピアから投影されたものとしてしか存在理由を持たない。あらゆる気分を持ちながら、どの気分にも支配されない。極度に精神的な敏捷さと活力に満ちあふれ、多くの声を持つが、核となる本当の声はわからない。これほど言葉巧みな者はいないのに、自分についてこれほど寡黙な者もいない。洒落や言葉遊びばかりしているが、その卑猥さは、ジークムント・フロイトが言う「性的冷淡さ」(Gross 162)と同じようなものだ。この劇は、自分でないものになるという二重性、二元性のテーマに貫かれる。だからこそ、遊びの精神にも満ちあふれているのだ。『ハムレット』は至高の役者にしか書けなかったと言っても過言ではなかろう。

　この劇は、やがてシェイクスピアの最も有名な劇となった。シェイクスピアの存命中にオックスフォード大学とケンブリッジ大学の両方で上演された唯一の劇という点でも特筆されよう。当代の一般庶民の言葉(つまりラテン語でなく英語)で書かれた劇を軽蔑していたはずの学者たちの反応が激変したのだ。以前は、英語で書かれた劇など真剣に取り上げる価値などないと思われていた。サー・トマス・ボドリーは、オックスフォード大学に新設した自分の図書館に戯曲を入れることを禁じ、「非常につまらない事柄」を扱ったものであるから、図書館長および副館長は「戯曲を選ぼうとしてはならない……。たまたま保管に値する戯曲があるかもしれないが、四〇冊に一冊もあればよいほうだ」(Onions i 42)と述べている。この比率はおそらく正しいのだろうが、『ハムレット』は確かに「値する」と思われたのだ。一六〇四年に、「まったく、ハムレット王子のように、どなた様もご満足させるってわけだ」[70](Halliwell-Phillips i 314)という言葉も残っている。その三年後、シエラレオネの海岸沖で水夫たちが『ハムレット』を上演した。『ハムレット』は、個人的な手紙でも、外交文書でも言及された。若きジョン・マーストンは、『アントーニオの復讐』と題した酷似した復讐悲劇を書いて真似をすることで『ハムレット』に最大の賛辞を送った。実際、執筆の順番が逆で、シェイクスピアがマーストンの劇を真似たのだという説さえある。巧みに書かれた戯曲に触発されて、シェイクスピアが独自のすばらしい傑作を生み出したとしてもおかしくはない。シェイクスピアはいつだってそうしていたのだから。

　だが、『ハムレット』の源泉は遥かに複雑である。一五八九年にナッシュが『ハムレット』に触れているので、その年には公の舞台で本当の「原型となる」『ハムレット』が上演されていたことがわかる。一五九四年夏にニューイントン・バッツで宮内大臣一座と海軍大臣一座の合同劇団によって上演された『ハムレット』もあった。この公演はフィリップ・ヘンズロウの記録により確認される。一五九八年と一六〇一年のあいだのどこかで、ゲイブリエル・ハーヴィがある本に個人的に書き込んだメモ書きに、シェイクスピアと「そのデンマーク王子ハムレットの悲劇」(WS ii 197)のことが書かれていた。

　複雑な事情は、この劇が一六〇三年にクォート版で出版されてさらに込み入ってくる。これは一般に「不良《バッド》」クォートと呼ばれてきたが、二五〇〇行の長さがあり、不適切な文体で損なわれているものの、実際は長い劇の上演台本として問題なく使えるのである。この本を出版したニコラス・リングとジョン・トランデルは、シェイクスピアの戯曲を何冊も出し、宮内大臣一座とも結びつきがあったことが知られており、これが「海賊版」だったはずはない。その表紙には「ウィリアム・シェイクスピア作」と記されている。

翌年、二つ目の版が出版され、これまでになかった一二〇〇行が付け加えられて、「真正で完全な写し」に従って「新たに印刷され増補された」ものと宣伝された。最初の版では、ハムレットが若く、何人かの登場人物の名前が違っており、たとえばポローニアスがコランビスとなっている。たぶんもっと重要なのは、ガートルードが二度目の夫の罪を確信して息子と結託するところだろう。最初の短い劇は、血沸き肉踊る作品であり、上演台本として第二版に決してひけをとらない。第二版は、テクストそれ自体に遥かに大きな注意が払われ、より修辞的で入念な書き方になっている。

これらの異本についての最もありえそうな説明として、シェイクスピアは『ハムレット』という古い劇を取り上げて、一五九四年にニューイントン・バッツでの上演のために新たに驚くべき形に焼き直したということが考えられる。[71] これが第一クォートとして印刷された版だ。それから、のちに一六〇一年のグローブ座での新たな公演のために改訂した。これが第二クォート版だ。どうやらシェイクスピアはもう一度『ハムレット』を改訂したらしく、内容を削ったり足したりして、一六二三年に出版されたフォーリオ版となった。

文体にこだわる学者は、とても完全なテクストと言えない第一版は、役者たちが伝えたか、不備のある速記で伝えられたために「損なわれた」ものだと主張する。そして、第二版こそ、不細工な形で出版された版に取って代わろうとしてシェイクスピアが出したものだと言う。ほかの学者の意見では、最初のテクストがシェイクスピアの草稿段階のものであり、よくあることだが急いで書き上げた若書きのものであって、第二版はシェイクスピアに改訂をする習慣があったことの証拠となるという。一方は、シェイクスピアを完全主義者として捉え、「よい」クォート版として印刷されたものが戯曲の〈正統な〉正典だと考える説であり、他方は、シェイクスピアが常に変化を遂げていて、草稿から改訂版へ、短い版から長い版へと動いていたとするものである。後者のほうが納得がいくように思われる。[72]

一六〇一年に出てきたもうひとつの文学作品がある。「真の気高い騎士サー・ジョン・ソールズベリーの愛と功績」を寿ぐ本[73]に付された「最高の代表的現代作家たち」によって書かれた詩である。サー・ジョン・ソールズベリーとは、エセックス伯叛乱を鎮圧した功績により一六〇一年夏に騎士の爵位を受けた人物だ。これらの韻文のなかに、今では「不死鳥と雉鳩」として知られるシェイクスピアの詩があり、『ハムレット』のなかに出てくる詩のように複雑で謎めいている。浮世に生きていくために、シェイクスピアは、『リチャード二世』によって不幸にも巻き添えを食ってしまったエセックス伯事件から自分を切り離したいと思ったのかもしれない。しかし、この詩がもともと書かれたのは、ソールズベリーが、ストレインジ卿の異母妹であるアーシュラ・スタンリー(74)と結婚した一五八六年だったということも考えられる。

但し、詩それ自体は、その詩が書かれたそのときの事情を超えており、恋人たちの分かちがたさと恋愛の真正な結びつきを歌った哀歌となっている。

世にも稀なる美と真実、
　素朴さに宿る優雅な心、
すべてがここに灰となる。

これは寓意的な作品であるとされてきた。あるいは、もっと現代的な言い方をして、シェイクスピアの存在の深淵から自然に立ち昇ってきたままの「純粋な」詩を試みたものであり、経験と苦悩によって本能的に形作られた大変価値のある真珠だと言われてきた。その謎かけのような複雑さは、ジョン・ダンがその頃書いていた詩とかなりよく似たところがある。シェイクスピアはあれこれと詩を書き、古いイギリスの小唄にも惹かれていたようではあるが、ダンの詩の手書き原稿を読んだり、聴いたりしたことがなかったとは考えられない。ダンはペンブルック伯爵夫人の知己だった。リンカーンズ・イン法学院の院生であり、エセックス伯にも仕えたことがある。シェイクスピアと同じロンドン社交界で活躍したと言えるのだ。そこは、ダンの詩が原稿のまま回覧された場であり、『リア王』や『二人の貴公子』にダンの影響があるようにも思える。シェイクスピアの世界には、今ではわからなくなってしまっている人間関係があるのだ。

第72章 彼は言った、「友人たちが待っている」
〔『ヴィーナスとアドーニス』七一八行〕

父親の死後、妻子のみならず、寡婦となった母親をも見舞うため、シェイクスピアはストラットフォードをより頻繁に訪れるようになったことだろう。家族の死という現実にゆっくりと向き合う（あるいは新たな生き方を模索する）過程を経て、シェイクスピアは故郷の町で長い時間を過ごすようになった。つまり、帰郷だ。実に人間らしい人生の送り方であり、シェイクスピアは後期の芝居でも、家族の再会や古くから仲違いしていた人々の和解を祝っている。この帰郷にもうひとつの事実を付け加えねばならない。それは、オックスフォードの町でのことだ。

シェイクスピアとオックスフォードの町との関連はあまりよくわかっていない――シェイクスピアが一六〇二年に建てられたボドリー図書館を利用したのではないかといういささか信頼性の薄い説はある――が、ロンドンとストラットフォードを往復する途中でオックスフォードに立ち寄る習慣があったことは明らかだ。これがわかるのは、三つの異なる情報源からである。ひとつはオックスフォードの古物研究家トマス・ハーン(75)の日記だ。ハーンはシェイクスピアが「オックスフォードのダヴェナントなる人物が経営するクラウン亭という居酒屋でいつも時を過ごしていた」と書いている。三〇年後、ハーンの日記のことなど知る由もないアレグザンダー・ポープが、次のように同様の話を書いた。

> シェイクスピアはしばしばロンドンの行き帰りに、オックスフォードのクラウンという宿屋か居酒屋で休息をとった。女主人は非常に美しく、陽気で機知に富んだ女性だった。夫のジョン・ダヴェナント（後のオックスフォード市長）は謹厳かつ憂鬱な人物だったが、妻と同じようにシェイクスピアとの気持ちのよい付き合いを楽しんだ。（*Life* 165）

オーブリーによる「シェイクスピアは旅の途中、オックスフォードでしばしばこの宿に泊まり、非常な尊敬を受けていた」という覚え書きが、この話を完成する（Honan 320）。

ジョンとジェネットのダヴェナント夫妻は、ロンドン出身で――ダヴェナントはメイデン・レーンに住むワイン輸入業者だった――何らかの形でシェイクスピアと知り合っていた。ある同時代人は、ダヴェナントは「芝居と劇作家が大好きで、ことにシェイクスピアの崇拝者」だったと述べている（Honan 319）。六人の子供を死産したり乳児期に亡くしたりしたのち、ダヴェナント夫妻は一六〇一年にもっと健康的な環境を求めてオックスフォードに移り住むことにした。この町で二人は、コーンマーケットの東側にある四階建ての建物で居酒屋を経営した（当初は「居酒屋《タヴァーン》」というそのものずばりの屋号だった)。これは旅人を泊める宿屋ではなく、宴会を開いて酒を飲む場所だった。もしシェイクスピアが本当にダヴェナント夫妻のもとに宿泊していたのなら(その可能性は高い)、顧客ではなく私的な客人としての滞在だったということになる。オックスフォードの空気がよかったのか、ダヴェナント夫妻は七人の健康な子供たちに恵まれた。長男ロバートは、シェイクスピアが自分に「百回ものキス」をしてくれたと回想している(**Honan 320**)。次男ウィリアム――おそらくはシェイクスピアから名をもらった名づけ子だったのだろう――が残したのは、もっと微妙な話だった。

ウィリアム・ダヴェナントがシェイクスピアの名づけ子であるのみならず庶子でもあると主張していたのは、ハーンとポープの両人が認めるところである。ハーンは「十中八九、ダヴェナントの父はあの人[シェイクスピア]であろう」と括弧付きで書いている。ハーンとポープは、どちらも次のような逸話を語っている。少年ダヴェナントが町の老人になぜ家に走って帰るのかと聞かれ、「名づけ親《ゴッドファーザー》のシェイクスピアさんに会うためです」と答えると、老紳士は次のように返事した。「よい子だ。だが、神《ゴッド》の名をみだりに口にしないようにな」(**WS ii 177**)。

この話の出所が怪しいことはまちがいないし、シェイクスピア以外の人物の話とされたこともあった。しかし、この話は、シェイクスピアはいささか女好きだったという当時の一般的な考えを補強することになった。後生、ウィリアム・ダヴェナントは、自分がシェイクスピアの庶子だという説をぬぐい去ろうとはせず、むしろ誇りを持ってこれを主張したのである。オーブリーが言うように「サー・ウィリアムがシェイクスピアの詩的な子供以上のものだという噂は、町でよく知られていた」のだった(*Life* 165)。ウィリアム・ダヴェナント本人も詩人であり劇作家だったので、母親の名誉を汚してまでこのような立派な血統を誇るのにもある程度申し訳が立つかもしれない。実際、ダヴェナントはシェイクスピアの役に立っている。ジョン・ドライデンの助けを得て『マクベス』と『あらし』を改作し、シェイクスピア劇上演の継続に一役買ったのである。また、一六六〇年の王政復古以降はシェイクスピアの九作品を復活させる手助けもしている。

クラウン亭の一六世紀の壁面が発掘された[76]が、そこにはキリストを表すカトリックの記号「IHS」の文字があった。のちにウィリアム・ダヴェナントはカトリックの王党派となった。つまり、シェイクスピアは同じ考えの仲間たちと一緒にいたことになる。ダヴェナントはまたシェイクスピアの「開放的な顔つき」を受け継いでいたとも言われるが、その類似ははっきりしたものではありえなかった。梅毒の治療で使った水銀の副作用で、ダヴェナントは鼻を失っていたのである。ある同時代人が指摘しているように、「鼻が欠けていると、奇妙な顔立ちになる」(*Life* 166)。ダヴェナントがシェイクスピアの天才を受け継いでいなかったことは確かだ。

それにしても、当時四〇代半ばだったシェイクスピアの風貌を推測してみるのは興味深い。若い頃の活力は失われてい

ホーリー・トリニティー教会にある
シェイクスピアの墓の上にある
シェイクスピア記念碑。
（ブリッジマン美術図書館）

フォーリオ版全集（1623年）の
タイトルページに見られる銅版画
（マーティン・ドルーシャウト作）。
（大英図書館／ブリッジマン美術図書館）

ないにしても、最初のほっそりした体つきは疾《と》うになかっただろう。オーブリーの記録によればシェイクスピアはハンサムでスタイルのよい男だったが、この頃までには少し恰幅がよくなっていたに違いない。実際、どちらかと言えば太っていたというのも考えられないことではない。赤褐色または栗色の髪は枯れ、すでにフォーリオ版全集の口絵を飾るドルーシャウトの版画に見られるのと同じくらい頭が禿《は》げ始めていた可能性もある。ドルーシャウトの版画からは、シェイクスピアの厚い唇、まっすぐで繊細な鼻、油断のない目も見てとれる。若い頃に生やしていた顎鬚《あごひげ》はなくなり、ちょっとした口髭《くちひげ》だけが残っている。骨相学の専門家が頭の恰好から結論づけるところによれば、シェイクスピアは「理想、驚嘆する心、機知、模倣の才、善良さ、崇敬の心」と「ちょっとした破壊衝動と貪欲さ」を持っていたらしい。シェイクスピアの頭部はまた、「すばらしい感受性、活動性、すばやさ、行動好き」をも示しているという（Nolen 164）。

　シェイクスピアがよい身なりをしていたことはまちがいない。几帳面で全般にきれい好きだったことは、作品からもよくわかる。エリザベス朝の紳士の基本的な服装には宝石がついた絹のキルトのダブレットがあり、正式の折には襞襟《ラフ》も着用された。ダブレットの上にはおそらく上質の革か高価な布で作られたジャーキン（袖無しの短い胴着）を着た。エリザベス朝における短ズボンである「ブリーチ」も履いただろう。これはダブレットの位置で固定され、膝に結びつけられていた。硬い詰め物でふくらませた股袋《コッドピース》は、一六世紀末には流行遅れになっていた。ダブレットの下に着るシャツはキャンブリック地かローン地のものだっただろう。紐で結ぶことも、前を開けたまま着ることもできた。正規のものでないシェイクスピアの肖像画には、シャツの広い襟がダブレットの上で優美な襞を作っているものもある。シャツの裾は下着の一種として使われていた。絹の靴下と、さまざまな色の革製でコルクの踵《かかと》と底のついた「パンプス」つまり靴を履いていただろう。外套も持っていただろうが、これはウエスト丈から足首丈までさまざまな長さがあり、片方の肩から掛けるのが特徴だった。そしてシェイクスピアは、紳士のあかしとして帯剣していた。丈の高い帽子も持っていたが、帽子は高ければ高いほど社会的地位が高いということになった。服装はテューダー朝後期の社会に必要不可欠な要素だった。いかに紳士たるべきかを教えるある人物の言葉によれば、「今日では、一〇〇ポンドでも一人の紳士の服装にかける金額としてはたいしたことはない」という（Onions, ii 20）。シェイクスピアの服装が悪趣味だったり仰々しいものだったりしたはずはない。それどころか、同時代の最高の人たちに負けず劣らずエレガントだったはずだ。

ドルーシャウトの肖像画は、シェイクスピアの死後に同僚たちが戯曲全集を飾るのにふさわしいと判断したものなのだから、おそらく本人に最も似た肖像なのだろう。マーティン・ドルーシャウトはシェイクスピアが死んだとき弱冠一五歳だったので、生前のシェイクスピアをモデルとして肖像を描いたはずはない。しかし、ドルーシャウトはロンドン在住の何代にもわたるフランドルの芸術家の家系の出身だった。父のミヒェル・ドルーシャウトは彫刻師であり、叔父のマーティン・ドルーシャウトは画家だった。ということは、若きマーティン・ドルーシャウトが以前に描かれた現存しない似顔絵をもとに肖像画を描いた可能性もある。また、ドルーシャウトの肖像は、ストラットフォードの教会に眠るシェイクスピアの墓の上にある記念碑の像とも比較的似ている。この胸像のシェイクスピアには鬚《ひげ》があるので、シェイクスピアは気分によって鬚を伸ばしたり剃ったりしていたのだろう。

あるシェイクスピア学者は、教会内のシェイクスピア像はまるで「自己満足に浸る豚肉屋」だと描写した（Duncan-Jones, *Ungentle* 197）。しかし、この像がシェイクスピアに似ていることは疑う余地がない。シェイクスピアのストラットフォードについて書いた初期の年代記作者が「この胸像はデスマスクをモデルに作られたらしい」と考えているためだ（Fripp, *Stratford* 75）。胸像は、注文者であるシェイクスピアの近親にも受け入れられるものだった。作者はサザックのグローブ座近くに住んでいたオランダ人芸術家ヘラルト・ヤンセンである。ヤンセンにはモデルであるシェイクスピアを観察する時間がたっぷりあっただろう。偉大な作家が（満足していようといまいと）豚肉屋に似ていてはならないという法はないし、後世の記録がシェイクスピアが肉屋の徒弟だったとしているのは少なくとも皮肉ではある。シェイクスピアはイギリスの肉屋の特徴らしい、太っててらてらした赤ら顔の持ち主だっ

上……「チャンドス・ポートレート」
耳輪をつけたシェイクスピアは、まるでシャイロックを演じているようにも見える。
他の後代の肖像画と同様、ドルーシャウトの肖像画をもとに描かれたものなのだろう。
（ロンドン、ナショナル・ポートレイト・ギャラリー）

左から
「ヤンセン・ポートレート」、
「フェルトン・ポートレート」、
「フラワー・ポートレート」

たのかもしれない。そして、シェイクスピアが満足しているように見えない理由などあるだろうか。

シェイクスピアの顔を追い求めていく旅には終わりがなく、後代の我々が注意を向けるべき肖像画はほかにもある。どの肖像画も、それなりの類似を示している。現在では「チャンドス・ポートレート」(一六一〇年頃)と呼ばれる肖像画には、四〇代初めの男性が黒い絹のダブレットを着た姿で描かれている。顔色が悪いか色が浅黒いように見え、黒い巻き毛がジプシー的または大陸的な印象を与えている。また、片耳に金の耳飾りをつけている。以前にはこれはシャイロックの衣裳をまとったシェイクスピアの肖像なのだと半ば本気で言われてきた。この絵にも長く込み入った歴史があるが、それはつまり、その来歴が明らかでないということにほかならない。

「ヤンセン・ポートレート」(一六一〇年頃)と呼ばれる絵には、より洗練されて高貴な姿が描かれている。感受性豊かな顔の下には、見事なダブレットが見える。「フェルトン・ポートレート」(一八世紀頃)は小さな木のパネルに描かれたもので、額が非常に秀でた三〇代の男性を描いているが、ほかに立派または顕著な特徴はない。「フラワー・ポートレート」はドルーシャウトの版画に似ており、フォーリオ版戯曲全集に収められた版画の失われた原本ではないかと考える学者もいる。この絵が描かれたのは一六〇九年で、一五世紀の聖母像の上に描かれている。但し、この制作年代が正しいか論争もあった。そして今もって決着はつかない。これらの絵はすべて似通っているが、どれもドルーシャウトの版画から派生したものかもしれないのだ。

ひとつだけ目立った例外があるとすれば、シェイクスピア本人の人生に関連してすでに見てきた「グラフトン・ポートレート」(一五八八年頃)であろう(一七一ページ)。ここに描かれているのは二〇代前半の若く洒落た服装をした男だが、若きシェイクスピアがこのような早い段階でそれほど裕福であったはずがないという理由で贋物と片付けられてきた。前述のように、これは妥当な推測とは言えず、この絵の真価は検討に値する。ドルーシャウトの版画の隣に並べてみると、青年期と中年期のあいだの調和が現れてくる。これらの肖像はすべて、不確実性と推測の世界を漂っており、絵面以上の意味においてシェイクスピアに似ていると言える。この世におけるシェイクスピアの捉え難さのしるしなのだ。また、シェイクスピアの外見が現在存在する心的・文化的シェイクスピア像とかなり異なっていたかもしれないこともわかる。シェイクスピアは色黒だったかもしれないし、耳輪をつけていたかもしれない。後半生においては太ってさえいたかもしれないのだ。

第73章 閣下、これは芝居にすぎません。おふざけでしかないのです

〔作者不明『ジャジャ馬ナラシ』一二三行〕

別のシェイクスピアの姿も見える。一六〇二年二月二日、シェイクスピアは、テムズ河の浮き桟橋から数メートル北にあるミドル・テンプル法学院の広間へ向かって歩いていた。そこで新作『十二夜』が宮内大臣一座によって法学院生たちの前で演じられることになっていた。法学生ジョン・マニンガムの日記にこんな記録がある――「宴会のときに『十二夜あるいはお好きなまま』という芝居があった。『まちがいの喜劇』やプラウトゥスの『メナエクムス兄弟』によく似ていたが、イタリア語の『だましあい《インガンニ》』という喜劇に一番よく似ていた」（WS ii 328）。それからマルヴォーリオ騙しの話が書かれており、短いが興味深い書き付けとなっていて、出典探しのゲームが昔からあったことがわかる。シェイクスピアが自分の劇の出典が知識豊富な観客にはわかることを期待し、そうした出典から逸脱することが劇の見せどころになっていたのかもしれないとさえ考えさせられる。

マニンガムが言及した作品は、クルツィオ・ゴンザーガ作『騙された人々《リンガンニ》』というイタリアの劇で、まだ英語には訳されていなかった。ということは、シェイクスピアはイタリア語が少しはできたということになる。読書をするときは劇作を意識していたようであり、本を開けたら必ずどこか抜き出そうと思っていたのではないだろうか。いずれにせよ、必要に応じて出典から逸脱するのが常であり、それを練り上げて、伝奇物語《ロマンス》や奇想天外な話に仕立て上げたのだ。

マニンガムが『十二夜』を『まちがいの喜劇』と比べたことからも察せられるように、シェイクスピア劇にかなり馴染んでいた芝居客がいた。そのこと自体、シェイクスピアの評判の高さをはっきりと示すものだ。しかし、多くはなかったかもしれない。ミドル・テンプル法学院の広間にいた観客は、おそらくは騒いでいて、ひょっとすると泥酔していたかもしれない。卑猥なユーモアや下卑た笑劇がお望みなら、『十二夜』に満足したことだろう。その題名が意味するものは、大騒ぎでよく知られたクリスマス「十二日目」の祭りであり、この祭りには一度たりとて落ち込むことのない果てしない陽気で快活な雰囲気があった。

サー・トービー・ベルチとサー・アンドルー・エイギュチーク、マルヴォーリオとフェステの物語には、ほのめかしやら当てこすりが充満していた。ヴァイオラが男の子の恰好をして、男の子によって演じられたのだから、性的興奮の要素が加わって法学院生をぞくぞくさせたであろう。少年俳優が女役を演じるという約束事は実際のところ、書かれたテクストには表れない猥褻さや思わせぶりを感じさせたかもしれない。求愛シーンの言葉にはいずれにせよエロティックな意味がつまっており、「淫らな」身振りで補われていたかもしれない。奇妙な両刀使い的な恋愛の多層性をシェイクスピア

は楽しんだのだ。

『十二夜』にある多くの法学上の洒落や言葉遊びに反応した客も多かっただろう。題名を文字どおりに解釈すれば、もちろん、一六〇二年一月六日の午後に初演されたことを示唆するため[77]、ミドル・テンプル法学院の公演が初演だったということはありそうもない。グローブ座での初演がふさわしく、かなり少ない小道具で上演されたはずだ。

アーミンがフェステを演じたはずであり、それゆえ、フェステは四つの歌を与えられ、そのうちの三つ――「おお、わが恋人よ、どこへ行く?」(“O Mistress mine where are you roaming?”)、「来るがよい、来るがよい、死よ」(“Come away, come away, death”)と「おいらが小さな小僧だった頃」(“When that I was and a little tiny boy”)――は、イギリスのレパートリーとなった[78]。『十二夜』には音楽がつまっている。音楽で始まり、音楽で終わるのだ。シェイクスピアはアーミンの到来を利用し、おそらくはグローブ座の音響効果を利用して、新たな劇的効果を模索した。シェイクスピア自身がマルヴォーリオを演じたのではないだろうか[79]。これまでに指摘されたように、マルヴォーリオの十字の靴下止めは、シェイクスピア自身の家紋を茶化したものだったかもしれない(Duncan-Jones, *Ungentle* 157-8)。『十二夜』には多くの時事的言及があるが、最も目立つのはまちがいなくフェステとマルヴォーリオの場面に関するものだ。たとえば、フェステは、祭りと娯楽の代表者だが、悪意あるマルヴォーリオは清教徒《ピューリタン》と呼ばれる。二人の葛藤は、ずっと昔からあった葛藤であり、当時最も軋轢を起こした論争にもなった。ピューリタン側が、劇や劇場は悪魔の手先だとして攻撃したのだ。

ピューリタンは何かにつけて劇場を攻撃した。劇場は、大衆指導の点で教会の説教壇と争い、ある道徳家が言ったとおり、「芝居小屋が満員御礼なら、教会はからっぽ」(Cargill 5)なのだ。演劇は暇をもてあましている人の余興とみなされ、ぽかんと口を開けて見物したりしていないで、その午後、きちんと仕事をしているべきだと言われた。役者たちは安易に感情を煽るとされた。女装した可愛らしい少年が淫らな欲情をそそるときは特にそうだが、性衝動や性的暗示を駆使し、ある場面では王族の扮装をしたかと思えば別の場面では平民の扮装をして権力階層を覆すところがあった。いずれにせよ、演技をするということは、神の似姿を真似るということだから、一種の原始的な偶像崇拝のようなものであり、そんなことはローマ・カトリック信者だけが淫することだという。

何事も細かく見ていくことはできるものであり、マルヴォーリオには「実在の」[80]モデル――王室会計検査官サー・ウィリアムズ・ノウルズという男――がいたという説もあったが、そうした言及はもはやわからなくなっている。しかし、シェイクスピアが人物を作るとき、当時の誰かを想定したことは往々にしてあっただろうし、役者たちもわざとモデルそっくりに演じてみせたことだろう。面白いネタがあるというのに、それをロンドン大衆のために活用しないようなシェイクスピアではなかった。

ミドル・テンプル法学院の大広間。
ここで『十二夜』が上演された。
(A・F・カースティング撮影)

大衆に受けたということは、シェイクスピアが比較的裕福な男になったということだ。近頃父親が亡くなったことで財布がふくらんだかもしれないが、資金の出所がどこであれ、三二〇ポンドもの大金を払ってストラットフォードに土地を買い増した。一六〇二年五月一日、ウィリアム・クームとその甥ジョンから小村ビショップトンとウェルコームにまたがった耕地一〇七エーカー及び牧草地二〇エーカーを購入している。クーム家のことも、購入した土地のこともシェイクスピアには馴染みのものだった。今や、ハムレットの言うように、「広大な土の塊を身に負って肥えた体をしている」のである（三三五六―七行〔第五幕第二場〕）。ただ、ハムレットが言うほど自分の財産に皮肉な態度を取ったかは疑わしい。三年後、もっと土地を買っているのだ。『ハムレット』のデンマーク王子がしゃれこうべを手にして「こいつ、昔は、抵当証書だの、借金証書だの、でっちあげの証文や証人だの、法律の抜け道だのを使って、土地の買いつけに奔走したかもしれない」（三三七二―四行〔第五幕第一場〕）と言うところから、シェイクスピアの土地への関心がわかる。一六世紀後半において土地を買いつけるのは、確かに面倒で複雑な仕事だった。シェイクスピアが、憂鬱なデンマーク王子の口を借りて、その苛立ちを表明するのも無理はなかった。

一六〇二年秋には、ニュー・プレイスの豪邸のちょうど裏手にあるチャペル・レインの小屋と庭付きの土地半エーカーも購入した(81)。小屋は召し使いの家族たちか庭師に住まわせるものだったかもしれない。それとも自分が独りになりたいときのためのものだっただろうか。

シェイクスピアは羽振りをよくしようというのみならず、明らかに地元の人から尊敬されたいと望んでいた。しかし、ストラットフォード町当局は、シェイクスピアの収入源に必ずしも同情的ではなかった。一六〇二年末、町当局は、ギルドホールでの劇やインタールードの上演を公的に禁じた。イギリスの他の地域にも影響を及ぼしていた地元のピューリタニズムのせいである。シェイクスピアがストラットフォードに時間と金を以前より注ぎ込むようになってきたということは、そうしたことをあまり気にしていなかったということなのだろう。劇作家としての人生と、町民としての人生は、別々であって、混同してはならなかったのだ。

第8部

国王一座

The King's Men

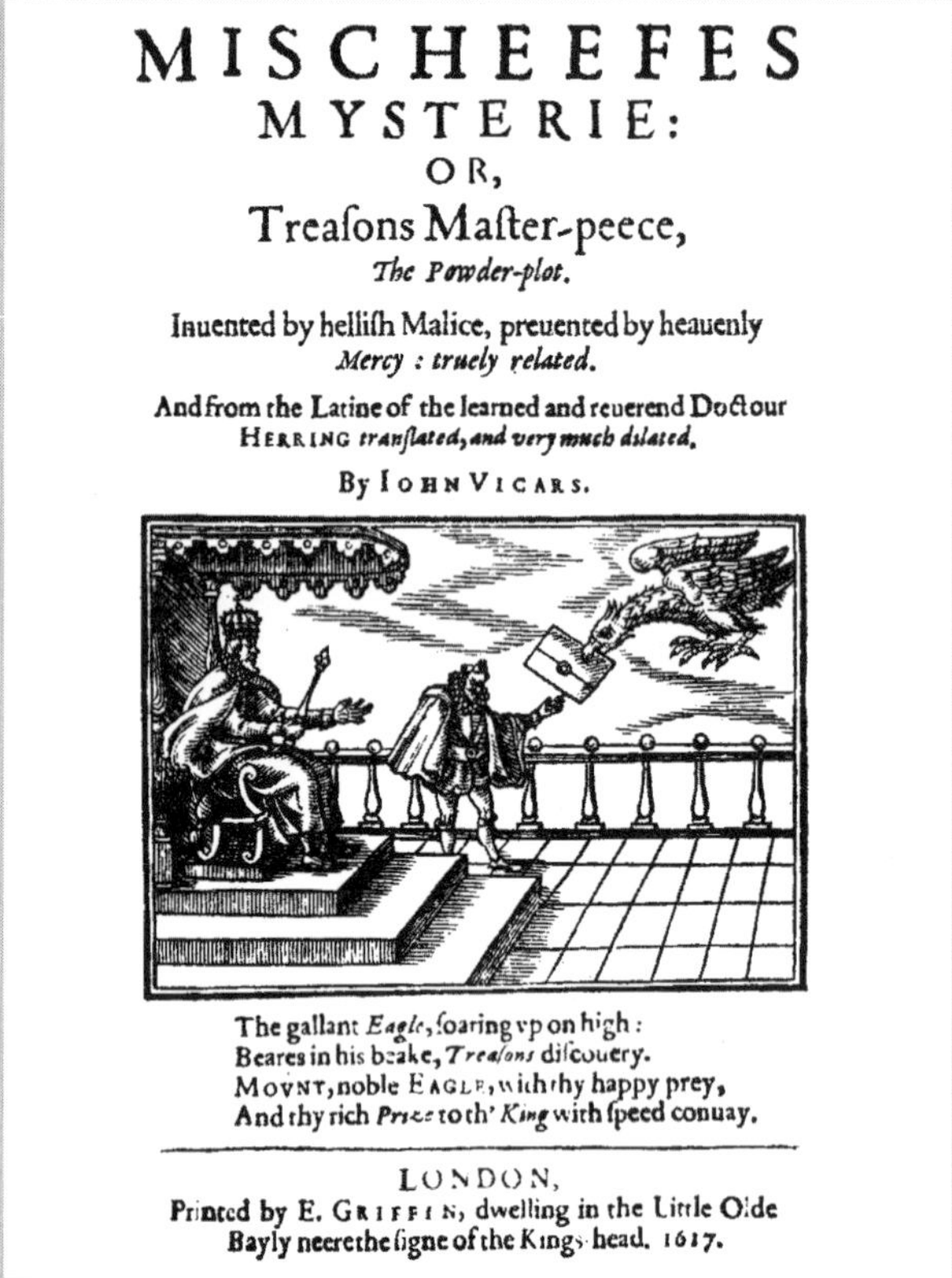
MISCHEEFES
MYSTERIE:
OR,
Treaſons Maſter-peece,
The Powder-plot.
Inuented by helliſh Malice, preuented by heauenly
Mercy : truely related.
And from the Latine of the learned and reuerend Doctour
HERRING *tranſlated, and very much dilated.*
By IOHN VICARS.

The gallant *Eagle*, ſoaring vp on high :
Beares in his beake, *Treaſons* diſcouery.
MOVNT, noble EAGLE, with thy happy prey,
And thy rich *Prize* to th' *King* with ſpeed conuay.

LONDON,
Printed by E. GRIFFIN, dwelling in the Little Olde
Bayly neere the ſigne of the Kings head. 1617.

『災いの謎あるいは謀叛の傑作・火薬事件』の表紙に描かれた
ジェイムズ一世。
シェイクスピアの『マクベス』は、
ロバート・ケイツビーがガイ・フォークスその他の共謀者と謀って
国王と国会を爆破しようとした未遂事件の直後に書かれた。
（ブリッジマン美術図書館/個人蔵）

第74章 それもちょっと凝りすぎなのだけれど

〔『ウィンザーの陽気な女房たち』第一幕第四場〕

宮内大臣一座が齢《よわい》を重ねた女王の前で最後の公演を行ったとき、シェイクスピアは舞台に立っていた。公演はホワイトホールで一六〇二年一二月二六日と、リッチモンドで一六〇三年二月七日に行われた。エリザベスは六週間後、年齢と権力に疲れきって死んだ。人生の最後には、エリザベスは横になって休むことを拒否し、何日も立ち続けていた。指をくわえながら、君主の運命について瞑想していたのだ。女王逝去に先立つ五日間、劇場は閉鎖された。死を迎える時に芝居はふさわしくなかったからである。

投獄されたサウサンプトン伯を含め、多くの人々が女王は権力の座に長くつきすぎた暴君だと考えていた。当時、シェイクスピアは亡くなった女王を賞賛する言葉を書いていない――国を挙げて喪に服しているのに、その「蜜のように甘い詩神《ミューズ》」が一滴の「喪の涙」も流さない――と批判された。シェイクスピアは以前に書いた『ルークリース凌辱』にちなみ、「あの死神のタークィン」によるエリザベスの「凌辱」を歌うよう依頼されていたが（WS ii 189）、この栄誉を辞退したのである。この時期、「君たち、すべての詩人」に女王の死を嘆くように説くバラッドがあった（Duncan-Jones, *Ungentle* 165）。バラッドに挙げられた詩人のリスト（ベン・ジョンソンの名も見られる）の筆頭にシェイクスピアの名前があるが、シェイクスピアはこれに応えることはなかった。実は、シェイクスピアには女王の死を嘆くべき真の理由はなかったのである。エリザベスはエセックス伯や、シェイクスピアがよく知っていたエセックス伯の友人数名を斬首刑に処していたのだから。

しかし、シェイクスピアは完全に沈黙を守ったわけではない。この時期に執筆されたある作品には、死にゆく女王の宮廷のいささか不快で恐怖に満ちた雰囲気がしかるべく反映されている。と言っても葬式ではなく、『トロイラスとクレシダ』という芝居だ。宮廷生活における確かさや敬虔さが冗談とブラックユーモアの種として扱われた。この芝居に満ちている陰鬱と挫折の雰囲気は、一六〇一年のエセックスの叛乱の失敗が生み出したと推測されてきた。テクストのなかにエセックス伯への言及があるとすら言われたのだが、この説によればテントのなかでふてくされているアキレスがエセックス伯のことなのだという。ほかのギリシア人の登場人物と、セシルやウォルシンガムといったエリザベスの旧体制《アンシャン・レジーム》の構成員との類似も多く指摘されてきた――しかし、偽善的で利己的な宮廷人などというものは、どれも似たり寄ったりなものである。

いずれにせよ、この芝居は検閲により出版を禁じられたりはしなかっただろう。トロイの陥落をめぐる古代神話の時代を舞台としているためである。これはエリザベス朝の詩人や劇作家が好んだ時代であり、ホメロスの『イーリアス』全七巻のジョージ・チャップマンによる翻訳が出版されたのはつい四年前のことだった。しかし、『トロイラスとクレシダ』の書籍出版業組合記録によれば、出版者ジェイムズ・ロバーツは「十分な権限を得次第」この作品を出版する権利を与えられるという。これは変な言い回しであり、認可をめぐって何らかの問題があったのではないかと考えられる。

トロイ伝説は、エリザベス朝イングランドで流通していた最も人気のある古典物語のひとつだった。ホメロスもウェルギリウスも、トロイ伝説を素材として使用している。多くの古物研究家たちはロンドンそのものが、陥落したトロイからの難民の子孫が築いた新しいトロイ《トロイノヴァント》だと考えていた。だが、『トロイラスとクレシダ』においてシェイクスピアはわざとこの伝説をひっくり返そうと目論んでいる。これは、トロイ的勇気やギリシア的剛勇という正統的な信念がすっかり覆され、両陣営の言動の裏にある、無情で残酷かつ偽善的な現実の姿が露《あらわ》にされる劇なのだ。時代や流行によって交換取引される価値以外の価値は存在しない。何もかも「交換取引《トレード》」されるのだ。あらゆる価値は市場で売り買いできる商品なのだから。これは、場所の設定を変えて示した愛国心だったのかもしれない。シェイクスピアはロンドンの舞台で自国の状況を嘆くことはできなかったが、古代世界を舞台にすれば検閲官はかなり寛容になった。シェイクスピアが保守的な立場から感じていた憤りを、より安全な文脈に移す以上に自然なことがあろうか。

『トロイラスとクレシダ』は、愛と戦争というテーマをどちらも偽りで気まぐれなものとして扱う残酷な諷刺喜劇である。トロイラスとクレシダの恋は、クレシダがギリシアの軍人に誘惑されるに至って、偽物または一時的なものだと暴露される。チョーサーの詩『トロイルスとクリセイデ』をシェイクスピアが改訂したものという側面もあって、シェイクスピアは中世的な優美さや陽気さを、厳しく不安定な時代の言葉に置き換えている。言葉遣い自体がかなりラテン語風で、奇異で難解な語法や「硬い」言葉が多い。『ジュリアス・シーザー』と同じように、シェイクスピアは言葉によって異質で古典的な世界の印象を与えようとしており、『トロイラスとクレシダ』では、ギリシア語の感じに英語を近づけようとしたと推測することもできよう。また、チャップマンによるホメロスの翻訳に対抗しようとしていたのかもしれない。シェイクスピアの詩神は嫉妬深いと指摘されてきた。チャップマンのみならずチョーサーをも超えねばならない、ギリシア・ローマの英雄神話を書き換えなければならないと思ったのだ。

しかし、『トロイラスとクレシダ』には、諷刺と皮肉、冷やかしや道化が似合っていることは疑う余地がない。この作品が女王の前で上演された可能性は低いが、グローブ座では上演されている。書籍出版業組合記録には、この芝居は「宮内大臣一座が演じたとおり」であると記録され、約六年後に出版された戯曲本では「国王一座がグローブ座で演じたとおり」であると謳われている。つまり、『トロイラスとクレシダ』

はエリザベスの治世にも、続くジェイムズ一世の治世にも、上演されていたことになる。それだけこの芝居に人気があったということだ。たぶんトロイ人を自らの先祖と考えてギリシア人に反感を持っていたロンドン市民の感情にしっくり来たのだろう。

『トロイラスとクレシダ』は法学院で上演されたことがあるのではないかと言われているが（Coghill 78ff）、その際に書き加えられたのが、プロローグと、尾籠な雰囲気のあるエピローグだろう。だとすれば、クォート版に附された「書簡」で、この芝居は「新しい芝居であり、舞台にかかって古臭くなってもいなければ、大衆の手のひら」や「群衆の臭い息」で「傷つけられたこともない」と述べられているのも納得がいく。法曹関係の観客を喜ばせるためにこの芝居を書き直したのなら、便宜上「新しい芝居」ということで通用したのだろう。

それでも、『トロイラスとクレシダ』は、おそらく『アテネのタイモン』を除けば、シェイクスピアの最も残酷な劇であり、このためシェイクスピアが執筆途中に何らかの「神経衰弱」に陥っていたのではないかと考える夢見がちな伝記作家もいた。しかし、そんなことは決してない。シェイクスピアの眼がこれほど鋭かったことはかつてない。

だが、出版者の方は少々混乱に陥っている。クォート版ではこの芝居は「歴史劇」とされているが、添えられた「書簡」には「喜劇」と書かれており、のちのフォーリオ版全集では「悲劇」とされているのだ。これは、この作品の最後の、あるいは最終的な調子がいささかはっきりしていなかったためだ。

だからこそ、シェイクスピアがある題材を選んだのには何らかの個人的な動機があったとするのは誤りなのだ。あるテーマや物語を選ぶのに、面白いものを書こうという以外に何らかの目的があったとは、シェイクスピアの人生を見ても仕事振りを見ても考えられない。「メッセージ」があったわけではないのだ。トロイ戦争を選んだのは、演劇界で勝とうとしたからだろう。一五九六年、ヘンズロウが素朴に「トロイ」（Foakes, *Diary* 47）と呼んだ作品が海軍大臣一座によって上演されており、三年後トマス・デカーとヘンリー・チェトルが『アガメムノン』（最初は『トロイレスとクレセダ』とされている）[1]という芝居と、しばらくして『トロイレスとクレスデイ』という芝居に対する報酬を受けている。つまり、不幸なトロイの二人の恋人たちの運命は、新しい演劇界の題材だったのである。だから、宮内大臣一座がシェイクスピアに同じテーマで芝居を書いてくれと頼んだことは大いにありえる。ところが、シェイクスピアが書き始めるや否や、天才の力が時代の要請と結託し、完璧な表現となったのだ。その言葉には磁力があった。滅びゆく宮廷文化――個人の英雄性や高貴さの崩壊の世界――のあらゆる粒子が、シェイクスピアの言葉に引き寄せられたのである。

第75章 そう、だが、事態は変わったのだ

〔『ヘンリー六世』第三部第四幕第三場〕

女王崩御。国王万歳！　一六〇三年三月二四日午前二時、エリザベスが死に、その九時間後、チープサイドのハイ・クロスの西側に集まった宮廷人や貴人の群れが、セシルの布告を聞いて叫んだ――「ジェイムズ王万歳！」

ある宮廷人が旧約聖書の詩編を引用して言ったように、「夜の重さはあれど、朝の喜びあり[2]」。知らせはロンドン塔の囚人たちにももたらされ、その一人サウサンプトン伯は歓喜した。サウサンプトン伯は、失敗に終わったエセックス伯の蜂起に手を貸した廉で終身刑を受けていたのだが、新王のおかげで直ちに釈放となったのだ。

ジェイムズ王はスコットランドからゆっくりと行列を行い、五月一三日になるまでグリニッジの宮殿に到着しなかった。それから六日後、*pro Laurentio Fletcher et Willielmo Shakespeare...*（ローレンス・フレッチャーとウィリアム・シェイクスピアに）「グローブ座と呼ばれる今や常打ちとなりし小屋」及び王国じゅうの町や都市にて「親愛なる国民の娯楽のため、また朕が観劇を求めるとき朕の慰めと喜びのため」上演することを許可する勅許状が発行された。劇団はもはや宮内大臣一座ではなく、国王一座となったのである。数ヶ月後、劇団員は「御寝所係官」に任命され、その社会的立場は大いに上昇した。王室の仕着せである赤い上着にタイツとマントを着用する権利、いや義務を与えられたのだ。シェイクスピアは名簿の筆頭に名前が挙がり、制服のための緋色の生地四ヤード半を王室衣裳係より授与された。

儀式の際に行列に付き従う国王の僕《しもべ》としてのシェイクスピアを想像するのはひょっとすると難しいかもしれないが、その特権を疑問に感じたと考える理由は何もない。シェイクスピアは文字どおり社会的な出世の高みに登りつめたのだ。役者が、徘徊する浮浪者と同列に見なされ、さまざまな町の参事議員から追い出されたりした時代は過ぎ去った。役者たちがロンドンで歓迎されるどころか存在を許されていただけの時代も、また過去となったのだ。新しい王は、統治のかなり早い段階から劇団に愛顧を与えた。以前は、グローブ座の役者たちは毎年約三度宮廷に招かれて上演していたが、ジェイムズ王の時代の最初の一〇年、毎年一四回も呼ばれるようになった。こうして国王一座にとって宮廷は庇護のみならず収入の源ともなったのである。

もちろん、嫉妬の目もあった。フランシス・ボーモントは、社会的上昇のテーマを扱った『女嫌い[3]』で、「手袋商の跡継ぎだった別の二本の足もある。この足はまもなく高貴になろうと望んでいる」と述べて、シェイクスピアの出世に横槍を入れている。シェイクスピアのつつましい出自はもはやよく知られていたのだ。

ウィリアム・シェイクスピアとローレンス・フレッチャー

が勅許状の筆頭に挙げられていたのには意味がある。これまでグローブ座の役者として名が挙がっていなかったフレッチャーは、実のところ、それまでジェイムズがスコットランドのジェイムズ六世だったときに愛顧を受け、歓迎されていたスコットランドの劇団のリーダーだった。ジェイムズは、劇団がスコットランド教会から壊滅的な攻撃を受けたときさえ守ってやった。フレッチャーは「陛下の喜劇役者」として知られており、それゆえ、新たなイングランド王ジェイムズとともに南下し、陛下の真の忠臣として、新生の国王一座に加わったのだ。シェイクスピアより先に勅許状に名が挙がっているが、逆に言えば、シェイクスピアがグローブ座の役者たちのリーダーないしは代表者であることを誰もが認めていたということになる。

シェイクスピアの初期の劇の多くは、御前上演のために新たに再演された。国王一座は『まちがいの喜劇』、『ハムレット』、『ウィンザーの陽気な女房たち』、『恋の骨折り損』、『ヘンリー五世』、『ヴェニスの商人』を改めて上演した。ジェイムズがそれまでシェイクスピア作品に馴染んでいなかったとしても、今や見逃すということはなくなった。とりわけ『ヴェニスの商人』がお気に召したようであり、ポーシャとシャイロックの法廷の場面が議論好きな国王の趣味に合ったのか、再度演じるように命じている。しかし、シェイクスピアの新作——つまり、一六〇三年以降に書かれた作品——のすべてが少なくとも一度は御前上演されたことのほうが重要だ。何度も再演されたものもある。報酬の記録から、国王一座が宮廷で上演したときはいつも国王自らがご覧になっていたことがわかる。

新しい君主の存在は、シェイクスピアの創作に影響を与えた。与えないはずはなかった。ロンドンの演劇は、常に権力を笠に着て保護を求めざるをえなかった。君主といえば見世物の最たるものだ。だから、ジェイムズ王即位ののち、シェイクスピアが劇の構成のどこかで国王の姿を示そうとしたとわかっても驚くことではない。『マクベス』がそうであり、ある程度は『尺には尺を』もそうだ。たとえば、ジェイムズが魔法——殊に国王を狙った魔法——を恐れていることはよく知られていたが、この二つの劇はそのことを反映している。国王が群集を恐れ、ピューリタンを始終嫌っていたことを映し出しているのだ。国王一家が仮面劇を大いに好んでいたことも、音楽と踊りで締めくくられるシェイクスピアの晩年の劇に出てくるタブローや黙劇の舞台に影響を与えた。

しかし、国王一座はロンドンにとどまって特権のある立場を堪能するわけにはいかなかった。疫病が再び町を襲ったのだ。約二〇万の人口のうち三万八〇〇〇人ほどが死んだと、ジョン・ストウはのちに算定している。この時以降、シェイクスピアの劇のなかでの疫病への言及は、以前よりもずっと陰鬱な響きを持ち、死の前兆や、疫病が残した痛みが描かれている。たまたまどこかで起こった問題ではなく、切羽つまったおぞましい現実だった。控えめに見積もってもシェイクスピアの生涯のうち七年ほどが「死」と呼ばれた疫病の影響を受けた。当時のロンドンっ子らは、疫病は星のめぐり合わせで起こり、大気に熱を籠もらせるのだと信じていた。だが、もちろん、ロンドンっ子は知る由もなかったが、鼠と鼠にたかった蚤が戻ってきていたのである。

国王はやがて、疫病のあいだ、「扶養と救援」費として三〇ポンドほどを国王一座の役者たちに与えたが、それでも一座は巡業に出なければならなかった。一六〇三年五月末に出発して、モールドン、イプスウィッチ、コヴェントリー、シュルーズベリー、バース、そしてオックスフォードといった、疫病の及ばぬ地方をまわり、シェイクスピア劇のなかでも特に『ハムレット』を演じた。『ハムレット』の第一クォート版が出版されたのもこの年だ。比較的短いために、まさにこの巡業のために用意された版だったかもしれない。モールドンとイプスウィッチへの旅は、海路をとっただろう。何百キロも旅をし、公的記録に残っているより以上の町々をまわり、五〇以上の公演を打ったことだろう。シェイクスピアがコヴェントリーから三〇キロもないストラットフォードを訪れた可能性もある。いずれにせよ、ロンドンにとどまる気がなかったことだけは確かだ。

疫病はとりわけサザック地区に広がっていた。シェイクスピアのいた教区では、たった六ヶ月のあいだに二五〇〇人が死んだ。シェイクスピアの古くからの仲間二人、ウィリアム・ケンプとトマス・ポープが逝去した。二人ともサザック地区に住んでいた。こうして、疫病の煽りを受けて、シェイクスピアは逃げ出した。この頃、バンクサイドの河岸を去り、ロンドンの別の場所へ引っ越している。サザック地区を出て、クリプルゲイトとチープサイドのあいだにある当世風で裕福なシルヴァー・ストリートへ住所を変えたのだ。シルヴァー・ストリートとマグル（モンクウェル）・ストリートの角にある、マウントジョイというユグノーの家族の家に住み込み、今一度下宿人となったのである。クリストファー・マウントジョイは、鬘《かつら》や「頭飾り」など装飾的かぶり物を作る職人だった。個人的な客をとるのみならず演劇業界でも働いていて、国王一座と仕事をしていたことはまちがいない。

その家は、三階建ての大きな広々とした家であり、二階が張り出し、屋根裏部屋があった。一五六〇年に作成された、エイガス(4)によるロンドンの地図にその姿が描かれており、縮尺が小さくてもかなり立派に見える。マウントジョイの店は一階にあり、「ペンティス」と呼ばれる屋根によって雨風をしのぎ、二階と三階に人が住んでいた。シルヴァー・ストリート自体、その名前が示すとおり、金持ちの通りだった。「さまざまな美しい家」があるとジョン・ストウは記している。マウントジョイのような鬘職人が集まっていたことでも有名だった。『もの言わぬ女《エピシーン》』では、妻の髪がシルヴァー・ストリートで「作られた」と言われている。

ここで、シェイクスピアは、マウントジョイとその妻と娘、そして三人の徒弟とジョーンという名の召し使いとひとつ屋根の下に住んだ。ひょっとすると、ヘンリー・ストリートの店の二階にやはり徒弟たちと一緒に住んでいた頃を思い出したかもしれない。

当時の基準から言うと、これは比較的少人数で静かな家だったということになるが、内輪もめがなかったわけではない。マウントジョイ夫人は近くの商人と浮気をしていて、妊娠していないかと医師サイモン・フォーマンに相談していた。娘は徒弟の一人に追い回され、[5]シェイクスピア自身がそれを積極的に助けていた。

サザックでの住まいは劇場に近かったので、仕事仲間や友達が不意に訪れることが多かったが、シルヴァー・ストリートでもシェイクスピアは決して独りきりではなかった。ストラットフォードの旧友である出版者リチャード・フィールドが近くに住んでいた。フィールド夫人自身がユグノーであり、マウントジョイ夫人と同じフランスの教会に通っていた。ある意味で、一六世紀後半のロンドンは、まだ小さな町か村に似ていた。セント・ポール大聖堂の構内にある本屋からも数メートルの距離であり、そこで自分の戯曲が六ペンスで売られていたのを目にしたことだろう。フリート・ストリートのセント・ポール大聖堂西側近くのセント・ダンスタン教会前のニコラス・リングの新しい店で『デンマーク王子ハムレットの悲劇的物語』の短い版を手にすることもできただろう。

本屋は、シェイクスピアにとって身近な問題だった。執筆をするために、たいてい高価だったが、本が必要だったのだ。一六〇〇年までに、約一〇〇人の出版者がおり、二〇人の印刷屋がいて、無数の本屋がいた。一人の本屋ないし店が、出版・印刷・小売の二つないしはすべてを兼ねることもあったから、数は概算でしかない。たとえば、印刷屋はすべて、ある程度は出版者でもあったが、出版者が印刷屋とは限らなかった。本屋の多くは、本屋がひしめくセント・ポール大聖堂の裏手のパタノスター・ストリートに店を構えており、セント・ポール大聖堂の構内には少なくとも一七の本屋があった。この地域は、第二次世界大戦の猛火ですっかり壊滅してしまうまで出版業界の中心地であった。ブリュッヘやアントワープといった大陸の印刷出版の中心地と比べれば小規模であったが、立派な定評のある、組織だった産業であった。ロンドンの出版者には、比較的高い水準の植字、校正、印刷の専門技術があったのだ。戯曲の出版などは、シェイクスピア劇も含めて、出版界全体のごくわずかの部分しか占めなかった。説教や瞑想録の本や、歴史本、家庭的作法の本のほうが遥かに売れた。売れたとは言っても、販売数は客観的に捉えなければならない。最も人気のある本でも印刷されたのは約一二五〇部程度だった。

パタノスター・ストリートの近くには、出版者・印刷屋・本屋の組合のセンターである書籍出版業組合事務所があり、ロンドンで出版され認可された本の登録がなされた。国家や宗教に対する攻撃がないか検閲され、六ペンスの費用を受けてしかるべく登録されたのである。登録されなかった本も多いが、登録された本は出版者の権利下に置かれた。この出版権を侵すと厳しい罰則が科され、罰金、没収のみならず、印刷機を壊すまでの過激な罰もあった。そこで、これまで言われてきたようにシェイクスピアの劇の多くが「海賊版」で出てきたというのは考えにくい。但し、そうした戯曲の場合、出版者から出版者へと受け渡されるという長い歴史があった。たとえば、ジョン・バズビーは、『ウィンザーの陽気な女房たち』を登録したその日に、それをアーサー・ジョンソンに譲り、ジョンソンはそれを即座に出版した。アンドルー・ワイズは、一五九〇年代後半に歴史劇三本を登録して出版したが、五年後にその権利をマシュー・ローへ移している。ほかにもシェイクスピアのテクストの伝播に関係した出版者には、ニコラス・リング、ジョン・ダンター、トマス・ミリントン、ジェイムズ・ロバーツ、エドワード・ブラントといった人たちがいる。いずれも金儲けを狙う商人であり、いかなる意味でもシェイクスピアの庇護者《パトロン》ではなかった。

シェイクスピアの新しい住まいの近くには、ジョン・ヘミングズもいた。ヘミングズがアデル・ストリートに借りていた家の家主は、グローブ座の管財人でもある金細工師トマス・サヴェッジだった。劇場のもう一人の仕事仲間ヘンリー・コンデルも、ヘミングズと同じ教区に住んでいた。その意味で、この地域はシェイクスピアの演劇一家の縄張りだった。一六〇三年の秋、シルヴァー・ストリートから数メートルのところにあるセント・メアリ・オルダーマンベリー教会で洗礼を受けたジョン・ヘミングズの息子ウィリアムの名づけ親がシェイクスピアだったということは大いに考えられる。この三人の友人がグローブ座までときどき一緒に出かけたとして、ほんの数百メートルも歩けば、テムズ河を渡す艀のあるところに着いたのだ。

しかし、シェイクスピアがサザック地区から引っ越したのは、劇場生活から段々と離れてきた兆候でもあるのではないかとも言われることがある——しかも、この頃、劇作をやめることはないにしろ、役者はやめたのではないかとされる。一六〇三年のベン・ジョンソン作『セジェイナス、その没落』の出演者としてシェイクスピアの名前が挙がっているのに、一六〇五年のジョンソン作『古ぎつね《ヴォルポーネ》』の公演に出演した記録がないのだ。その間に舞台をやめようと決断したのだとすれば、名前が消えたのには大きな意味があることになる。ストラットフォードの土地にかなり投資をしていたから、役者としての収入は必要なくなっていたのだ。グローブ座の持ち株からも稼ぎはあったし、戯曲からもあった。

もう四〇歳。エリザベス朝では中年であり、休みなく舞台を務めることに疲れたのかもしれない。土地を持つ紳士がまだ舞台に上がるのはよいことだろうか。一六〇三年からもシェイクスピアが巡業をしたいはずがなかった。旅をするならロンドンとストラットフォードの往復だけとし、シルヴァー・ストリートからニュー・プレイスへと、役者の仕事に縛られずに旅したかったかもしれない。

シルヴァー・ストリートにしてみても疫病を免れたわけではない。病気が蔓延するあいだに、王室付きの楽士ヘンリー・サンドンが娘とともに亡くなった。画家ウィリアム・リンレイは妻とともに斃れた。モンクウェル・ストリートにいた、近くのバーバー・サージョンズ・ホールの門番もまた歿した。

それゆえ、一六〇三年の夏と秋には、シェイクスピアはストラットフォードに住んでいたか、最後の地方巡業公演に参加していたのではないかと思われる。

ロンドンの劇場の扉は、もちろんこの年の大半閉められたままだった。疫病による死者が週に三〇人に達すると即座に劇場が閉鎖されたが、一六〇三年の猛威はその数を遥かに超えていた。一〇月までに劇団は巡業から戻り、劇場を再開できないかと待ち望んでいた。エドワード・アレンの妻は、バンクサイドの自宅から、ベックスヒルにいる夫へこう書き送っている――「私（あなた自身）も母も家じゅうの者も皆元気で、まわりの病気も終息に向かい、神のご加護により、どんどんよくなるでしょう。皆様お戻りになり、たぶんお健やかなことと思います……」[6]（*MA* ii 588）。

だが、すべてが健やかだったはずはない。なにしろ国王一座はそのとき、疫病を免れて、テムズ河近くのモートレイクにあるオーガスティン・フィリップスの屋敷に疎開していたのだから。この小さな河辺の町には、一六世紀後半に予言や偉業によって有名になった魔術師にして科学者であるジョン・ディーも住んでいた。エリザベス女王直々の相談さえ受けた男である。役者たちがモートレイク滞在中に悪名高いディー博士に出会った可能性もある。少なくとも、シェイクスピアがプロスペローの造形にあたって当時の魔法使いをモデルにしたと執拗に言われるのも無理からぬことだ。

ロンドンから離れていたのにフィリップスは死んでしまった。一六〇四年春、モートレイクで、「わが友ウィリアム・シェイクスピアに金貨三〇シリング」を遺して死んだのだ。かつての徒弟には紫のマント、剣、それに短剣を遺していた。新しいほうの徒弟には楽器を遺した。だが、シェイクスピアは遺書に挙げられた仲間やグローブ座所有者たちの筆頭になっており、フィリップスがいかにシェイクスピアを大事に思っていたかが窺える。


フィリップスは、一六〇三年末頃、国王一座が新しい庇護者の前で初めて上演したとき舞台に立ったかもしれない。モートレイクから旅を続け、ウィルトシャーの町ソールズベリー近くにあるペンブルック伯の地所ウィルトンまで来て、そこで一二月二日に国王のために上演をしたのだ。ジョン・ヘミングズは「劇団員らとともにサリー州のモートレイクから前記の宮廷まで来て、国王陛下御前で一本の劇をお目にかけた苦労と出費のために」三〇ポンドを支払われた（Honan 301）。ウィルトン・ハウスからペンブルック伯爵夫人が書き送った手紙がかつて存在していたと数多くの話が伝えている。『お気に召すまま』の公演を観に、ソールズベリーから「例の国王と一緒にいらっしゃい」と息子に勧めたというのだ。「例のシェイクスピアという男がこちらにいます」とも夫人は述べたとされる。その手紙は無くなったが、話は消えない。必ずしも典拠の疑わしいものではなく、ノブレス・オブリージュ［高い身分に伴う義務］の適切な響きがある。だが今となっては確かめようがない。ジェイムズ王自らがシェイクスピアに「親しみを籠めた」手紙を書いたなどという話さえあったが、これは眉唾だ。ただ、宮内大臣一座に国王の庇護を与えるように勧めたのはペンブルック伯だったかもしれない。前述のとおり、シェイクスピアやバーベッジと親交があり、新しい王の腹心となったのだから。

　ウィルトンから、国王とその供回りは、ハンプトン・コートへと移った。国王一座も一緒だ。一座は早春までロンドンに戻ることはなかった。ハンプトン・コートでは、「大広間で毎晩一般公開の劇があり、国王もいつもいらして、お気に召したり、召さなかったりしたが、並外れてお芝居がお好きというわけではないらしい。王妃と王子は役者たちと親しくなさり、何晩か個人的にお招きになった」（Honan 299）。つまり、国王は、ひょっとすると演劇愛好家ではなかったのかもしれないということだ。自ら芝居がかったところがあり、自分の統治権をわざわざ演劇的で象徴的なやり方で告知することがあった。国王のかなり遅れたロンドン「入城」は、ローマの凱旋門を模した巨大な凱旋門を通って行われた。つまり、国王は、演劇的表象を、権力や権威の本物のスペクタクルの影としてしか見ていなかったのだろう。しかし、ジェイムズ王になって御前上演がずっと増えたことも事実だ。この時期にも、「喜劇役者は馬に乗り、悲劇役者は爪先立ち」して「皆様を喜ばせる」ようにと劇を書くシェイクスピアは、「親しみやすい《フレンドリー》シェイクスピア」と呼ばれていた（WS ii 214-15）。「皆様」のなかには新国王も含まれていたわけだ。

第76章 すっかり、ありのままにお話ししましょう

〔『オセロー』第一幕第三場〕

ロンドンへ、そして自らの王国へと国王が入城したのは、一六〇四年三月一五日のことだった。それが輝かしい祝典となったのは、流行していた疫病がついにロンドンを去ったためでもあった。シェイクスピアと仲間たちはこの行事のために緋色の布を四ヤード半支給されているので、ウェストミンスター塔からロンドンの街路を通る行列に参加したことだろう。シェイクスピアにとっては、自分を育ててくれた都市を通るという歴史的な道行きだったはずだ。シェイクスピアか仲間の誰かが、どこかの凱旋門で演説をした可能性もある。エドワード・アレンはロンドンを導く「善霊」に扮して演説している。アレンは同年、役者業を引退しているので、これが最後の演技だったかもしれない。ビショップスゲイトとフェンチャーチ・ストリートでの野外劇《パジェント》は、それぞれトマス・デカーとベン・ジョンソンが考案したものだった。デカーは王への呼びかけの言葉を、シェイクスピアから借用しているように思える。[7]

この人間社会の縮図、ヨーロッパを飾る
この貴い宝石……

この行事に見合った韻文を書くため、トマス・ミドルトンも仲間に引き入れられているところを見ると、この国王の称賛者のリストにシェイクスピアの名がないのはどうしたわけだろうか。シェイクスピアがこの栄誉を辞退したはずはないが、そういう作家ではないという暗黙の了解があったのかもしれない。凱旋門は七つあったが、スティーヴン・ハリソン[8]によってローマの凱旋門風に作られ、噴水や炎、人が演じる彫像がついていた。シェイクスピア本人も、のちに『冬物語』で彫像が生き返るという趣向を取り入れている。この戴冠式は徹底的に演劇的な行事であり、新しい国王が嫌った群衆と騒音に満ちあふれていた。

新国王の治世の最初の一年、国王一座はほかにも国王のために奉仕するよう始終命じられていた。一六〇四年夏には、一座のうち一二名が「御寝所係」に任命された。八月に平和条約締結の交渉をするためにロンドンにやって来たスペインの特命大使と二三四名のお付きの紳士一行のための余興を演じるよう命じられた際のことである。一二人は、王妃の居城となったサマセット・ハウスに一八日間滞在した。シェイクスピアと仲間たちの義務は明記されておらず、シェイクスピア本人は出席していなかった可能性すらある。仮にもう役者でなかったとすれば、シェイクスピアがいる必要はなかったかもしれない。しかし、役者たちが出席していたのは、花を添えるためと宮廷人としての務めを果たすためだった。演じるよう依頼されることすらあったかもしれないが、芝居が上

演されたという記録はなく、各自が支給されたのは一日当たり二シリングという、必要最低限と思える金額だった。

国王一座は一六〇四年の春から夏にかけて地方巡業を行った。たとえば、五月から六月にはオックスフォードを訪れた。前述のとおり、シェイクスピアは一座と一緒に出かけなかっただろう。この時期、二つの芝居『オセロー』と『尺には尺を』が完成し、一六〇四年のそれぞれ一一月と一二月に宮廷で上演された。四月には公衆劇場の再開が許されていたので、二作品のうちどちらか、あるいは両方とも、まずはグローブ座で上演されただろう。これは国王一座にとって、ハンプトン・コートから戻って初めての公演だった。『オセロー』も『尺には尺を』も、疫病や女王の死を背景とした暗い時代のための暗い芝居であると言われてきた。オセローとデズデモーナの悲劇ののちには、アンジェロとイザベラの苦く絶望的な物語が続くというわけだ。しかし、実際にはこの二作品が書かれたのは、新しい国王の即位を皆が喜び、シェイクスピアが社会的地位の頂点に達した時期のようである。

「ムーア人」のオセローが創造されているまさにその頃、国王一座はスペインの特命大使のために宮廷人としての役目を果たしていた。「ムーア人」もスペイン出身の設定になっているが、ほかにも劇中の二人の登場人物ロダリーゴーとイアーゴーが、明らかにスペイン風の名前をつけられている。シェイクスピアが執筆している最中にも、スペインでは多数のムーア人を国外に追放しようという国を挙げての動きがあった。ムーア人はユダヤ人と同様、ヨーロッパにおける人種差別の犠牲者だった。ロンドンにも、スペインでの迫害を逃れたムーア人の大規模な居留地があった。エリザベス一世は「女王陛下とスペイン王のあいだに問題が生じてから国内に入り込んだ大勢の黒人やムーア人」を取り締まる勅令を発布している。

一六〇〇年には、バーバリー国王に遣わされたムーア人の大使がエリザベスの宮廷にやって来て、熱狂的な関心の的となった。シェイクスピアが大使の姿を見、言葉さえ交わしたと考える根拠は十分にある。[9] このムーア人は滞在中に肖像画のモデルにもなっており、いささか内気そうだとはいえ威厳あるその姿は、シェイクスピアのオセローの着想にも影響を与えたに違いない。四二歳の大使は何かに憑かれたように、決して警戒を解くことがないかのように見える。現代の上演でよくあるように、オセローをアフリカ人や西インド人と考えるのはまちがいだ。オセローはオリーブ色の肌のムーア人であり、シェイクスピアがオセローを「黒人」として描くのは、演劇的な意味を強めるためと象徴的効果のためだ。

シェイクスピアはすでにシャイロックにおいて、かなり複雑な人物を作り出している。オセローに取りかかる頃には、贖罪の山羊《スケープゴート》の役割や性質になおさら興味を抱くようになっていただろう。しかし、シェイクスピアが明白に人道的な目的意識を持っていたと考えてはなるまい。むしろ、シェイクスピアは演劇の筋立てに対する鋭い目と耳を持っていたと言うべきだろう。

『オセロー』の文脈として考えねばならない同時代の問題はほかにもあり、それは初演を観た観客なら誰でも知っていたような問題だった。ジェイムズ王は明らかにスペインに同情的だったのだ。だからこそ、シェイクスピアと仲間たちはスペイン特命大使をサマセット・ハウスで饗応した。(10) キプロスが『オセロー』の悲劇の場となっていることも、同様にして説明可能である。キプロスはかつてヴェニスの保護領であったが、三〇年以上前からトルコ軍に占領されており、ヴェニスのみならずスペインのこの地域における権益をも脅かしていた。ジェイムズ王自ら、この問題に関する詩を作っている。つまり、シェイクスピアは君主の関心やこだわりを意図的に反映していたのだ。当時のフェリペ三世の治世下においても、スペインはヴェニス共和国と対立していた。ある評論家たちのように、オセローがスペインを「表し」、デズデモーナはヴェニスを「表し」ていると主張するのはやりすぎだが、いわばスペインの磁場に引き寄せられたシェイクスピアの想像力が、すべてを吸い寄せていることはまちがいなく真実である。この芝居のために、シェイクスピアはスペインに関するものなら何でも取り込んでいるのだ。

だから、シェイクスピアが同時代についての芝居を一切書かなかったとするのは誤りだろう。『オセロー』は非常に現代的な劇であり、当時のあらゆる状況が姿を変えて映し出されていた。シェイクスピアは自分の目的に合わせて、『アフリカ地理史』やプリニウスの『博物誌』といった、出版されたばかりの翻訳本を読んでいたようである。また、サー・ルイス・ルークナー(11)の『ヴェニス共和国とその統治』も読んでいた。これらの本はそれぞれ一六〇〇年、一六〇一年、一五九九年に出版されているので、シェイクスピアが本屋をうろつき、創作力に拍車をかけてくれるのではないかと新刊を手に取っているところも十分想像できる。本屋の主人は最近入荷した本を教えてくれ、貴族のパトロンたちも最新流行の一冊を教えてくれたことだろう。しかし、シェイクスピアの読書にはパターンがある。『オセロー』を証拠とすれば、シェイクスピアはテーマを見つけると、それに直接関係のある本を開いたようだ。舞台とする場所の「地方色」を探すだけでなく、細かい状況設定や意味深い言い回しも探し求めていた。

シェイクスピアの学問の問題は、多くの批評家を悩ませてきた。どれだけ勉強したかといえば、たぶん「必要なだけ学んだ」という単純な言い方をすればよいだろう。シェイクスピアには無駄や余分な知識はなかったのだ。すでに見たように、学校で習った古典には精通しており、オウィディウス、ウェルギリウス、テレンティウス、プラウトゥスを演劇的な目的のために用いた。ラテン語と、おそらくはちょっとしたギリシア語も読むことができたが、可能な限り翻訳版を使いたかったようだ。たとえばプルタルコスの原典ではなくノースの翻訳を、またオウィディウスの『変身物語』の偉大な原典ではなくゴールディングによる翻訳を読んでいた。しかし、プラウトゥスやオウィディウスの『祭暦』はラテン語で読むほかなかっただろう。これらのテクストに興味を持ったのは、面白そうだから読んでみようというのではなく、執筆のきっかけを求めていただけだ。もちろん自分が題材にした話は、それがプルタルコスにあろうがホリンシェッドにあろうが、すっかり自家薬籠中の物としていた。これもまた、実用的な学問の部類に入るかもしれない。シェイクスピアは学者でも古物研究家でも哲学者でもなく、劇作家だったのだ。実のところ、哲学や理性的な言説、あらゆる教訓主義には不信感を抱いていたようだ。シェイクスピアは抽象的言語を忌み嫌っていた。行動と性格、時と場所に裏打ちされた言葉のみを信じていたのである。

シェイクスピアはフランス語もイタリア語も読めた可能性があるが、可能な限り翻訳版を使うことを好んだ。怠け者だったからというより、効率を求めたためだろう。また、外国の物語の英語版を好んで使ったということは、異文化の「他者性」に特に関心を持っていたわけではないのだろう。新旧の本を渉猟し、創作に役立つものを探すのがシェイクスピアの習慣だった。時には本文ではなく、余白に書かれた要約部分を読むこともあったようだ。通俗的な植物学、医学、占星術、天文学などの知識は、深いというより幅広い。シェイクスピアに特有の注意力と吸収力のおかげで、同時代人よりも知識が「多い」ように見えるのだ。シェイクスピアは何でも取り上げた。

シェイクスピアが自分のものとした本については、情報に基づいた推測が可能である。そのなかにはウィリアム・ペインターの『快楽の宮殿』、ジェフリー・フェントンの『悲劇物語集[12]』、バンデッロの『物語集』、チンティオ[13]の『百物語』、ジョージ・ウェットストーン[14]の『ヘプタメロン』、アーサー・ブルックの『ロミウスとジュリエットの悲劇的物語』、作者不詳の『陽気な百物語』がある。これらの本は、同時代のいわゆる「軽い」読み物と言えるだろう。シェイクスピアは特にロマンス物語集や新しいイタリアの小説を好んだようであり、シェイクスピア作品が当時人気のあった伝奇物語《ロマンス》の型に忠実に従っていることもすでに指摘されている。しかし、シェイクスピアはまた、エドマンド・スペンサーやジェフリー・チョーサーを始めとするイギリスの詩人の作品も読んでいた。これらの詩人こそ真の先輩だと、もっともなことだが、気づいていたようだ。さらに、『優美な意匠の楽園[15]』や『粋な創意の華麗なる陳列室[16]』といった詩集も読んでいたらしい。ダンやサウスウェルといった同時代の詩人の草稿も読んでいたのではないかと思わせるところもある。同時代の劇作家の芝居が出版されたときには読んでいたかもしれないが、舞台で観るほうを好んだ可能性ももちろんある。モンテーニュやマキアヴェッリも知っていたが、このような知識は当時普通のものだった。シェイクスピアが大きな関心をもってこの二人を研究したとは思えない。

書庫を持っていたかもしれないし、本箱に入れて本を持ち歩いていたかもしれない。出版された作品のなかで書庫に言及したのは二度だけである。しかし、サウサンプトン伯やペンブルック伯といったパトロンの蔵書を利用したかもしれないし、もちろんリチャード・フィールドの書店に長居して立ち読みをしたかもしれない。だが、プルタルコスやホリンシェッドから、時には長い文章をほぼ一言一句そのままに引用しているところを見ると、一冊や二冊の本はいつも身近に置いていたと思われる。シェイクスピアの署名を持つさまざまな本が一八世紀以降も出現したが、でっちあげやいかさまの可能性が高い。しかし、シェイクスピアが持っていただろうと思われる一番の本は、前述のランバードの『古期法令集』である。オウィディウスやプルタルコスの作品とは違って、こんな本で偽造するとは思えず、シェイクスピアの若き日の法律への関心とも確かに一致している。それゆえ、本当にシェイクスピアが持っていたのかもしれない。

シェイクスピアは『オセロー』の主な種本であるチンティオ（ジラルディ）の『百物語』を読み、その第一行に強い印象――むしろ霊感と言うべきか――を受けたに違いない。*Fu gia in Venezia un Moro.*――「ヴェニスにムーア人がいた」。ヴェニスはシェイクスピアの最初のよそ者、シャイロックがいた場所であった。オセローもまた、追い散らされた者、放逐された者、地上を彷徨う者の一例である。

ヴェニスにムーア人がいた。チンティオの物語は散文だが、そのなかにある何かが、人の気持ちを思い描くシェイクスピアの想像力をすっかり掻き立てた。物語に限りない深みと幅を加えたため、とりわけ最初の二幕はどの種本とも全然似ていなくなった。デズデモーナ以外の登場人物の名前は皆シェイクスピアが創ったという点にも、独創性が表れている。[17]

「シャクスバード」（Shaxberd）による『ヴェニスのムーア人』と題された芝居が、一六〇四年一一月一日にホワイトホールの饗宴館《バンケティング・ハウス》において国王と宮廷の前で上演された。もちろん私的な公演のために書かれたものではなく、すでにグローブ座と、巡業先の各地のギルドホールで上演されていたものと同じだ。オセローを演じたリチャード・バーベッジは「黒塗り」姿だっただろう。細かな色の濃さを区別している場合ではなかった。ある韻文作家は、のちにバーベッジの役を「悲しみのムーア人」と呼んだ。

オセローの役にはひとつ気にかかる点がある。ベン・ジョンソンはシェイクスピア本人の性格について、「実に正直で、あけっぴろげで、自由闊達な性格だった」と述べている（WS ii 210）のだが、これはイアーゴーがオセローを評する言葉のほぼそのままの引用になっているのだ。

ムーア人は、自由闊達のあけっぴろげな性格だ。
外見が正直なら、正直だと思う男だ。
（六七七―八行〔第一幕第三場〕）

ジョンソンが何気なく記憶していただけなのかもしれないが、これはシェイクスピアがある意味ではオセローに「似ていた」ということなのだろうか。性的嫉妬というテーマはシェイクスピア劇に通底している。シェイクスピアはストラットフォードにいる妻を疑っていて、ジョンソンはそれを知っていたのだろうか。ジェイムズ・ジョイスやアンソニー・バージェスを始めとする人々が広めたおかげで、この説はよく知られるところとなったが、これは完全に仮説のはずだ。ジュリアス・シーザーもオセローも癲癇を患っているのだから、シェイクスピア自身もこの病気を持っていたと言うのと同じようなものだ。

少年俳優がデズデモーナを演じたとすれば、芸達者で抜きん出た役者だったに違いない。デズデモーナの無邪気さのなかに、ある種のエロティシズムを匂わせねばならないのだから。ドイツの哲学者ハインリッヒ・ハイネは、「ほとんどいつも私が嫌悪感を覚えるのは、オセローが妻の湿った手に言及する箇所である」と述べている（Gross 216）。また、この少年俳優はよい声の持ち主で、大衆的なバラッドを歌えたはずだ。だが、デズデモーナの「柳の歌」は最初に出版された戯曲には含まれていないため、この役者がその役を演じられなかった公演もあったのかもしれない(18)。

イアーゴーは喜劇の流儀に従い、秘密を打ち明けるような独白で観客に話しかけている。一七世紀末、劇作家チャールズ・ギルドン(19)は次のように告白している。

> 信頼できる筋からの情報によれば、イアーゴーを演じた人物は喜劇役者として名高く、このためシェイクスピアは（おそらくイアーゴーの性格にあまり合わない）言葉や言い回しを書き加えて、劇中ずっと深刻にしているのに耐えられない観客を笑わせようとしたという（WS ii 261）。

コメディアンとしてのイアーゴーの役割は、劇自体の本質的には喜劇的な構造にも合っている。もちろんギルドンが言っているのはイアーゴーがデズデモーナと楽しむ猥談や性的ほのめかしのことだが、この言葉はシェイクスピアに対して公正とは言えない。劇作家シェイクスピアは性的な俗語が大好きなのであって、これを書くのは観客に合わせて「レベルを下げる」ことだとは考えなかっただろう。それもまたシェイクスピアの創作力の一部だったのだ。「劇中ずっと」「深刻でいる」ことに関して言えば、シェイクスピア作品のなかでそのように統一された雰囲気や調子を持つ芝居はただのひとつもない。喜劇も悲劇もシェイクスピアは同じようにこなしたのである。

腰巾着《ザニ》の奇人や、スペイン風ほら吹き兵士《カピターノ》でもある寝取られ亭主が登場するこの劇には、ローマの新喜劇やイタリアの戯曲中心の喜劇《コメディア・エルディータ》の要素が見られる。しかし、やはり質は限りなく向上している。シェイクスピアは当たり前のように「類型《タイプ》」を利用したが、それはただ、それをもとに人物を創り上げる土台にすぎない。また、『オセロー』が喜劇的な様式で創られた悲劇であるという特異性も注目に値する。これは、シェイクスピアが自分自身に課した挑戦ですらあったかもしれない。シェイクスピアはまず、喜劇的枠組みを設定する――そのなかではヴェニスやキプロスという場所の設定は話の筋とあまり関係しない――のだが、それから何もかもずれ始める。そのとき、登場人物に固有のリズムをその世界にうまい具合に響かせる。このリズムは、登場人物の言葉遣いや語彙や響きにまで深く埋めこまれているので、いわばシェイクスピアが登場人物と息をそろえて生きて呼吸しているのを聞いているように思える。これは転移という奇跡だ。そして、想像力による推進力も感じられる。ある登場人物が「大荒れの海」（enchafed flood）と言えば、「港か湾にあれば」（ensheltered and embayed）と即答される（『オセロー』第二幕第一場）。音の響きによって、新しい思考の道が開けていくのだ。

イアーゴーは、ある意味ではシェイクスピアの一面が変貌したものであり、あらゆる良心の働きを凌駕する鋭敏な知性を備えた、何者にも動かされずに他者を操る人物だと言われてきた。しかし、実際にはイアーゴーに近いのは、観客にいつのまにか黙認されつつ悪事を働く中世演劇の「悪徳《ヴァイス》」だろう。それにしても、劇作家のように犠牲者を操り、同時にあらゆる機会を捉えて自分が正直かつ同情的であると主張する悪役を作り出すのをシェイクスピアが楽しんだことはまちがいない。

第77章 なぜだ、どういう意味だ?

〔『じゃじゃ馬馴らし』第四幕第三場〕

迎賓館《バンケティング・ハウス》で『オセロー』を上演した三日後、同じ舞台で『ウィンザーの陽気な女房たち』が上演された。国王が観劇した様子が記録されている。国王が入場すると――

その数一五から二〇ものコルネットとトランペットが、一種のレチタティーヴォをとても上手に吹奏し始め、それから陛下が天蓋の下にお一人で着座なさった……。ご自分の下の段の二つの三脚椅子に大使たちを坐らせ、王室や裁判所の高官たちはベンチに坐った(*ES* iv 257)。

しかし、「人々が立てるように一〇段の段差が」(*MA* ii 629)つけられた広間は、広すぎて快適とは言えないと誰もが感じていたようだ。奥行きは三〇メートルあり、二九二のガラス窓があった。一三年前にエリザベス女王が建てた広間であり、ジェイムズ王は「古ぼけて朽ちた掘っ立て小屋」(Weinreb 37)と呼んだ。その年のシェイクスピアの新作二本目『尺には尺を』の公演の際には、代わりに宮廷の大広間が準備された。

だが、その前に、国王一座から別の劇が現れ、あっという間に消えていった。『ガウリ』[20]と題され、四年前にジェイムズ王を狙った「ガウリの陰謀」を劇化したものだとされる。新王の勇気と美徳を褒め称える芝居には違いないが、愛国主義を振りかざしたにもかかわらず、一般公開にはふさわしくないと見なされた。ある宮廷人が〔一六〇四年〕一二月一八日にこう記している――

ガウリの悲劇は、国王の役者たちによって二度、筋も登場人物も一切省略せず演じられ、あらゆる種類の人々がひしめく前で演じられたが、題材が悪いのか、演じ方が悪いのか、王族が存命中に舞台で演じられるのはふさわしくないと思われたのか、ある偉い参事官方の大変なご不興を買ったそうで、上演禁止にすべしと考えられている。(*MA* ii 629)

ふさわしからぬと見なされたのは確かであり、二度と再演されることなく消え去った。この宮廷人は正しい説明を思いついていた。どのような情況であれ、公の舞台で現在の君主を描くのは不敬罪に当たると見なされたのだ。そんなことをしたら、王の役割を演じるという演劇性を強調してしまうだけだ。禁じられた戯曲の作家はいまだにわかっていないが、シェイクスピアが手を貸したと推測することもできなくはない。

一週間後『尺には尺を』の御前上演があったことから察すれば、ジェイムズ王は国王一座に腹を立ててはいなかったらしい。この劇では、ヴィンセンシオ公爵という統治者が、「拍手したり、万歳と熱狂する」〔第一幕第一場七〇行〕群集を嫌い、国をじっくりと監視するために国を留守にするふりをする。その留守中、ピューリタンのように厳格な代理人のアンジェロが、公爵の信頼に値しない男だとわかってしまう。ここには、当時の情況への言及がたっぷりあり、大量の批評が書かれることになったが、なかでも公爵とジェイムズ王その人との類似への言及は多い。ジェイムズ王がこの架空の統治者と同じくらい「万歳」と叫ぶ群衆を嫌っていたことは有名だった。当時のピューリタンを淡々と描いた姿としてのアンジェロは、新王国の当時の宗派論争との関連で捉えられなければならない。少なくとも、当時の観客はそう観たはずだ。たとえば、同年早くに、イギリスの急進派ピューリタンたちから「千の請願」が国王に提示されたが、そこに書かれた教義や儀式についての提案を国王ははねのけた。そうした国王の特権をめぐる当時の議論を反映しているのが、有罪の判決を受けた人たちを公爵が救うという『尺には尺を』の幕切れだとも言える。ジェイムズ王は、議会など王の恩寵次第であると信じており、『尺には尺を』の終わり方は神授の王権を維持するものとも解釈できる。劇の題名それ自体、ジェイムズ王が自ら書いた神授の王権についての論文『バジリコン・ドーロン』[21]の一文から引いてきたともとれる――「そして、何よりも、万人への汝の愛の尺が、万人の美徳の尺に合うようにすべし」。国王一座はまさに、国王の召し使いであり、パトロンの美徳を喧伝するのが仕事でもあった。この劇はカトリックのウィーンを舞台にしており、ヒロインはカトリックの修道女であり、公爵もカトリックの修道士に変装する――どうやら旧教信仰を公言した者に対する寛容の度合いが当時増してきたことがこの劇に反映されているように思える。ひょっとすると、『ロミオとジュリエット』や『から騒ぎ』のように、修道士が大義のために虚偽や隠蔽をするように勧めるのは適切なのかもしれない。シェイクスピアはいつも、時代の支配的な空気に並外れて敏感だったようだ。何もかも映し出さずにはいられないほど、あまりに過敏にこの世を見すえていた。

シェイクスピアは『オセロー』と同じ出典から『尺には尺を』の物語を引き出した。ということは、使えそうな筋を探してチンティオの『百物語』をぱらぱらと読んでいたのだろう。この手の物語集は宝の山だった。『尺には尺を』の元の話が面白いと知ると、すでにそれを劇化したもの――一五七八年に執筆されたジョージ・ウェットストーン作『プロモスとカサンドラ』――を調べて、使えそうな新たな場面や登場人物はないかチェックした。お忍びの支配者というテーマはロンドンの劇場では人気のあるものだったので、モデルはごろごろしていた。

シェイクスピアのインスピレーションの即時性を理解しておくのが大切だ。何らかの筋や登場人物を用いた二、三の芝居が人気を博せば、たいていシェイクスピアはそれを使っている。『尺には尺を』は表向きはウィーンを舞台にしているが、真の設定は、売春宿の女将やポン引きのいるいかがわしい界隈や郊外のある一七世紀初頭のロンドンだ。これこそ、サザック地区とグローブ座の世界だった。

『尺には尺を』から、『リア王』や『あらし』が生まれ出てくる。『尺には尺を』では公爵が公国の支配から身を引くが、この劇から『リア王』へのあいだには、喜劇から悲劇への転換がある。最初の数場面が劇中で最も独創的であることも目を惹く。シェイクスピアの作劇法には往々にしてあることだが、出だしのところが最も生き生きして元気があることが多いのだ。

宮廷では、『尺には尺を』の公演の翌日、ペンブルック伯が、『女神ユーノーと結婚神ハイメン』という音楽付き仮面劇を構成して上演するのに手を貸した。台本は残っていないが、ペンブルック伯は国王の筆頭劇作家たるシェイクスピアの援助を得たかもしれない。そして、翌日、『まちがいの喜劇』が上演された。そのあと、一月七日に『ヘンリー五世』が続いた。一種のシェイクスピア祭のようなものであり、八日にサウサンプトン伯のロンドン邸における『恋の骨折り損』特別公演で締めくくられた。この劇は、それまでの数年間国王の最も熱烈な支持者たちを含んでいたサウサンプトン伯一派《サークル》へ言及しているように思える。大蔵大臣サー・ウォルター・コウプ(22)は、その月、上演前に、ロバート・セシルにこう書き送っている。

> 今朝はずっと、役者や軽業師といった手合いを探して使いを出していたのですが、なかなか見つからず、私のもとへ来るようにと伝言を残しておいたところ、バーベッジが来て、お妃様がご覧になっていない新作はありませんが、『恋の骨折り損』という旧作を再演しましょう、機知と陽気さに富んでいるので、きっとお妃様のお気に召すだろうと申します。そこでこの劇が明晩、サウサンプトン伯邸で上演される手はずとなりました……。バーベッジが閣下のご意向を伺うわが使者となります（WS ii 332）。

ここにある「バーベッジ」は、リチャード・バーベッジではなく、カスバート・バーベッジだろう。当代一の悲劇役者が二人の役人のあいだの「使者」として雇われるなどまずありえない。もちろん、役者は「軽業師といった手合い」と同列なのだから、演劇人の社会的立場などへ敬意が払われるようなことはなかったが。

この逸話は、シェイクスピアの「旧作」が数え上げられうるはっきりとした機会があったことを示していて興味深い。この二年間にシェイクスピアは『オセロー』と『尺には尺を』を書き、次の九年間にさらに一二作の劇を書こうとしていた。歳なのか衰えなのか、新作執筆が次第に減ってきたと言われることもあるが、劇作を始めたのが一五八六年ないし一五八七年とするなら(23)、執筆の頻度は生涯を通してほぼ変わりない。これから書かれることになる劇に『リア王』、『マクベス』、『あらし』があるという事実は、力が失われていないことのはっきりした証拠になる。

一月の第二週の『恋の骨折り損』上演について、ダドリー・カールトン[24]はこう記している――「どうやら一年中クリスマスとなるらしく、私は退屈することはなさそうだ。昨晩の宴会はクランボーン卿邸で行われ……同じように二晩、サウサンプトン卿邸で催された。」(WS ii 332)そして、翌月には『ヴェニスの商人』の公演が二度あった。支配階級の家庭でこれだけの引き立てを受けた劇作家は当時ほかにいなかった。また、この年、『リチャード三世』の第四クォート版が出版された。初演から一五年近く経ってもまだ人気の作品だったのだ。

もうひとつの、奇妙な構成と雰囲気を持った劇『終わりよければすべてよし』が、この頃書かれたようだ。これは、たいてい喜劇と考えられているが、陰気な色合いの喜劇だ。

恋する孤児ヘレナが愚かで尊大なバートラム伯爵を追うという筋は、あまり感心させられるものではない。まるで、『ソネット集』のなかで示された愛する者と愛される者の関係を不愉快に劇化したかのようであり、「好色な」バートラムは、詩集の受け手である「好色な閣下」と重なる。ヘレナが手紙を書くと、ソネット形式になる。しかし、この劇にはジョージ・バーナード・ショーが「これまで書かれたなかで最も美しい老婦人の役」と呼んだロシリオン伯爵老夫人という救済者がいる。執筆の調子がどこか乱れているため、コールリッジは、この劇は「シェイクスピアの人生のなかの二つの時期、それもかなり違った時期に書かれた」[25](Hunter, *All's Well* xix)と推察するほどだった。しかも、シェイクスピア作とされていた初期の劇『恋の骨折り甲斐』の焼き直しだと信じられていたときもかつてあった。だが、この劇はこの劇としてひとつのまとまった一貫性のある作品として受け容れるのがよいだろう。

シェイクスピアは、ウィリアム・ペインターの物語集『快楽の宮殿』から筋を採ったが、おおもとの話はボッカチオの『十日物語《デカメロン》』にある。この本からはチョーサーもまた筋を盗んで書き上げたが、シェイクスピアはアクションを強めると同時に謎めいた複雑さを持ち込んでおり、根っから創作好きであることがわかる。

平行して進む主筋と副筋を用意し、互いが互いのパロディーとなるようにしたところもある。紙のレース模様が壁に落とす影のようなイメージのパターンを作り出すのだ。ほら吹き軍人パローレスという人物も新たに創造したが、これは意味のない言葉を次々に繰り出す人物であって、今やシェイクスピアの「タイプ」としてはっきりと認識されている。言葉の荒野の住人をシェイクスピアは愛したのだ。

民話と現実的な喜劇が張り合い、寓意の要素が笑劇の要素と共存するといったように、異質な要素がシェイクスピア流に結びついてしまう難しい劇だ。韻文自体もかなり難解なことがあり、意味が文の構成やリズムと格闘することがある。たとえば、ヘレナは「生まれの劣る」ことを嘆く(一八二―五行〔第一幕第一場〕)――

その卑しい星は我らを望みに閉じ込める。
望みの力が友を追い、
我らが独り思うことを示してくれればよいが、決して
感謝されることはない。

これは再びシェイクスピアの同時代人ジョン・ダンを想起させる、要求のきつい詩だ。この頃、難しい詩が流行っていたのかもしれず、シェイクスピアはいろいろな形式の詩を自分のものとしたように、難解な詩も自分のものとしたのかもしれない。難しい劇だが、喜劇形式を試みて果たせなかった無味乾燥な劇でもある。一部の伝記作家たちが示唆するように、このように力を失ったことを説明するために、シェイクスピアの創造力や生涯に何らかの危機があったなどと考える必要はない。暗い思いが暗い谷へ飛び立ったのであり、そこをすっかり検分してみたが、得るものはなくつまらなかった。それだけのことである。(26)

第78章 世知辛い時の運
〔『トロイラスとクレシダ』第四幕第一場〕

一六〇五年七月二四日、シェイクスピアは一〇分の一税、すなわち公式の書類によれば「旧ストラットフォード、ビショップトン、ウェルコームの町、村、畑から生じる穀物の一〇分の一税の半分」および「羊毛と子羊肉の一〇分の一税の半分と、その他もろもろの小額一〇分の一税の半分」に、四四〇ポンドを投資している（WS ii 123）。一〇分の一税とは、もともと農夫や小作人が教会に支払う農地収入の一〇分の一のことだった。この古くからの納税法は、そののち宗教改革の際にストラットフォードの自治体へと譲り渡された。シェイクスピアは三一年間、一〇分の一税を徴収する権利を自治体から借りたのである。これは現在では複雑な問題に聞こえるが、当時は適当な額の収入を確保するためによく行われたありふれた方法だった。シェイクスピアが申し出た投資額はかなりの高額であったため、一度に全額を調達することはできなかった。一年後になっても、まだ商人レイフ・ヒューボードに二〇ポンドの借金があったのである。この投資による年間収益は約六〇ポンドと見込まれたが、それだけでもかなりの収入だ。ただ、これに伴う出費もひとつふたつあった。一〇分の一税を徴収する権利を得たものの、この特権のために毎年一七ポンドをストラットフォード自治体に支払わねばならなかったのだ。それにしても、収入は莫大だった。

一〇分の一税の貸借契約が三一年分あったということは、シェイクスピアが自分の死後も家族の将来を保障しようとしていたということだ。それは経済のみならず社会的立場の問題だった。一〇分の一税徴収権の持ち主となったことで、シェイクスピアは「俗人教区長」になり、ストラットフォード教会の内陣を囲う柵の内側に埋葬される権利を得た。本人が依頼したのか、あるいは本人のためになされたかわからないが、この権利はいずれ行使されることになる。同時に、ニュー・プレイスの購入によって、シェイクスピアは教会内に指定席を持つ権利をも得ていた。シェイクスピアは常に、故郷の町でのきちんとした社会的立場を考慮していたようだ。ヘンリー・ストリートの家の東側の一部をヒコックスという名の醸造業者に貸し出したのもこの頃のことである。

一〇分の一税徴収権譲渡の証人となったのは、のちにシェイクスピアの遺書に名前が挙がることになる二人の友人、ウェルコームのアンソニー・ナッシュ(27)と弁護士フランシス・コリンズ(28)だった。劇作家の経済問題において近しい友の役割を演じたこの二人の紳士についてほとんど知られていないことも、ストラットフォードでのシェイクスピアの姿が見えないことを示している。二人は役者や演劇愛好家とは別世界に暮らしていたのに、シェイクスピアはそうした人間とも同じように気楽につきあっていたわけである。

シェイクスピアの裕福さは注目を惹いた。悪名高い追い剝ぎガメイリアル・ラツィ[29]を題材としてこの年に出版されたフィクションの「伝記」には、「金持ちになり、爵位を持つか少なくとも同等の権力を持って、身分ある人々と同席したいと願う」役者への言及がある。「倹約して、……金を使わないようにしなさい……そして財布がふくれるのを感じたら、田舎で地所か貴族の身分を買いなさい。演技に飽きたときにも、金が威厳と名声をもたらしてくれるように」（*MA* ii 633-4）。匿名の筆者は次のように続けるが、これは明らかにシェイクスピアへの言及である――「ひどく貧乏でロンドンに行った者が、かなり金持ちになって帰ってくると、実際に聞いたことがある」。これはシェイクスピアにぴたりと当てはまる。この小冊子はシェイクスピアの周辺を知る人物によって書かれたようであり、劇作家シェイクスピアの成功のみならず、その明らかな倹約ぶりも強調しているのは興味深い。

　裕福になった役者は「演技に飽きた」とも言われており、シェイクスピアは一六〇三年から一六〇四年には舞台から引退していたという証拠を補強してくれる。すでに見たように、一〇分の一税徴収権の購入によって、役者の収入よりも高額の別個の年収が保障された。つまり、この年の秋から冬にシェイクスピアが国王一座とともに巡業に出ていた可能性は二重の意味で低いのだ。一〇月中旬から一二月中旬にかけて新たな疫病の襲来により劇場が閉鎖されたため、一座は再び必要に迫られて巡業に出ていた。巡業に持っていった芝居には、『オセロー』、『尺には尺を』、さらにジョンソンの『古ぎつね《ヴォルポーネ》』があった。一座はオックスフォードとサフロン・ウォルデンを通ってバーンスタプル[30]まで足を伸ばしたようであり、実のところ一二月一五日にグローブ座が再開されるまで地方にとどまっていたかもしれない。グローブ座再開のわずか一一日後には、国王の御前で公演を行っている。

　一座が公演していたのは不安定な時代であり、しかも警戒心を募らせ不安に苛《さいな》まれていると言われる国王の前で演じていた。一一月初頭には、一般に「火薬陰謀事件《ガンパウダー・プロット》」という名で知られる陰謀が暴かれた。これは国王と議会を爆破しようとする野心的にして前代未聞の試みだった。もちろん、火薬陰謀事件はローマ・カトリックに対する新たな疑いと迫害につながったが、それが最も激しかったのはストラットフォードとウォリックシャーであった。陰謀の首謀者であるロバート・ケイツビー[31]はウォリックシャーの出身だった。陰謀者たちはウォリックシャーで会合を開き、一人は仲間の近くにいられるようにストラットフォードのすぐ近くのクロプトン・ハウスを借りさえした。一一月五日に陰謀が発覚するとすぐに、ストラットフォードの町長は「大外衣《コープ》、祭服、十字架、磔刑像、カリスなどのミサの道具がつまった」旅行鞄を押収した。これは「ジョージ・バジャーなる人物に届けられるはずだった」（*MA* ii 640）。ジョージ・バジャーとは、ヘンリー・ストリートでシェイクスピア一家の隣に住んでいた毛織物商である。シェイクスピアはバジャーとは懇意にしており、家族はバジャーの身にふりかかった災難をすぐにシェイクスピアに伝えただろう。

カトリックの国教忌避者に対する新法が議会を通過し、ヴェニス大使の言葉によれば、国王自身が次のように語ったという。「自らの意志に明らかに反しつつ、私はカトリック信者の血でこの手を汚さねばなるまい……」（Dures 44）。ストラットフォードのシェイクスピア一族にとって、不安な時代だった。翌年の春、復活祭に聖体を受けなかったという理由でスザンナ・シェイクスピアの名前が挙げられている。シェイクスピアの旧友ハムネット・サドラー――シェイクスピアの死んだ息子の名づけ親――を始め、町のよく知られた国教忌避者たちとともにリストに名前が載っているのである。スザンナの立場の危うさを誰かが本人に説いたに違いない。のちにその名前の横には「取り消し」（*dismissa*）という言葉が書かれている。スザンナは聖体拝領をして、外面的には国教に従ったのだろう。しかし、三年後には、劇作家の弟リチャード・シェイクスピアが、はっきりしない何らかの罪でストラットフォードの姦淫問題を裁く法廷に出頭させられている。ストラットフォードの貧民のために一二ペンスの寄付を命じられているところを見ると、安息日を破ったことで有罪とされたらしい。

一六〇五年の騒動に対するシェイクスピアの対応は、一見保守的でオーソドックスな芝居を書くことだった。『マクベス』は、神に任じられた君主を殺すとどのような恐ろしい結果になるかを描いている。劇中には、一六〇六年春に執り行われた陰謀者たちの裁判への言及さえ見られる。「二枚舌」（equivocation）への言及もあるが、これはイエズス会司祭ヘンリー・ガーネットが処刑される直前の裁判で用いた言葉である。マクダフ夫人が背信について「そんなことをするのはみんな謀叛人。縛り首になるのよ」（一五一二行〔第四幕第二場〕）と言ったときには、グローブ座の観客から拍手と歓声が上がったかもしれない。また、『マクベス』ではステュアート王朝も引き合いに出され、スコットランドのみならずイングランドをも支配する王たちへの言及がある。この芝居は国王ジェイムズ一世お気に入りの問題である魔術にどっぷり浸かっているので、新しい君主の興味を惹こうと意図的に作られた芝居であることはまちがいない。『マクベス』における魔女たちはマクベスの偉大さをほのめかして正当な王に反逆を企てたと言えるが、スコットランドの魔女たちがジェイムズ王その人に陰謀を企てた罪で裁判にかけられたのはつい一五年前のことだった。類似は明らかだ。前年にも、ジェイムズ王はオックスフォードのとある学寮の門前で三人の女預言者に迎えられ、バンクォーの真の子孫と呼ばれた[32]。シェイクスピアが種本に真っ向から逆らって、ダンカン王を打ち倒そうとするマクベスの陰謀からバンクォーを切り離した理由は明白だ。シェイクスピアはジェイムズ王自身の思い込みや信念を、記憶に残る演劇へと改作したのである。ある意味ではそれを正当化し、神話へ変えたとも言える。

だが、シェイクスピアが注意を向けたのは国王だけではない。『マクベス』はまた、王以外の人々にも楽しんでもらおうと作られた芝居でもあり、流血沙汰や魔法に加えて、亡霊が舞台に登場する。王の権威と不思議な出来事との組み合わせ以上に、一七世紀初期の観客を喜ばせるものがあっただろうか。バンクォーの亡霊がマクベスを訪れる宴会の場面は、シェイクスピアの同時代人たちに強い印象を残した。『マクベス』は、ほとんどケルト的とも言える終末観と超自然の感覚を持った芝居である。役者たちが『マクベス』という名を呼ぶのを避け、今日に至るまで「スコットランドの劇」と呼び続けているのはこのためだ。(33)まるでスコットランドの原話にどっぷり浸かったシェイクスピアが、新種の想像力に取り憑かれたかのようであり、シェイクスピアの常人離れした感受性と無意識な吸収力を記念している。

『マクベス』はシェイクスピアが書いた最短の作品のひとつであり――実際、これよりも短いのは『まちがいの喜劇』のみだ――上演時間は約二時間である。また罵りの言葉や冒瀆的な言葉も目立って少ないが、これは一六〇三年三月に議会を通過した法案のせいだ。「役者たちの悪弊を制限する」ために議会で制定された法律は、公衆劇場の舞台における不敬や冒瀆を禁じたのである。この劇が比較的短いのは国王の集中力が短時間しか続かなかったという証拠だと言われてきたが、そうではあるまい。祝宴局長による削除の結果だったかもしれないが、むしろ芝居それ自体にこの短さが必要だったのだろう。取り返しのつかぬ行為の激しさと集中とが、ずっと鳴り続く太鼓の音を必要とするような緊迫した芝居なのだ。マクベスとマクベス夫人の役割が少々曖昧であるため、書き始めたときどちらが王を殺すか決めていなかったかもしれないが、緊迫した効果には一貫性がある。韻文は互いに響き合って無駄がない。ペースの速さはほとんど容赦なしであり、終始一貫大急ぎのイメージがある。「時間」への言及は四四回あり、駄洒落はなく、「喜劇的」な場面と言えば門を叩く音に応える門番の場面しかない。しかし、この場面もあまり喜劇的なものとは言えない。門番は地獄の門を守る悪魔に擬《なぞら》えられているし、最近の陰謀事件のあれこれを独り言で言うところは、背筋が寒くなるようなブラックユーモアでしかないのだから。

『マクベス』の門番は、実のところ聖史劇における地獄の門番にそっくりであり、劇中の宴会の場は「ヘロデ王の死」と題された聖史劇サイクルの宴会の場面に関係があるとよく指摘されてきた。(34)大昔の芝居における死や悲運はシェイクスピアの作劇に生きており、さらなる暗闇の層となり、超自然的なものへの恐れとなっている。天空に表れる前兆などではなく、大地が持つ太古の力を描いているのだ。

『マクベス』は夜を歌った詩である。但し、主人公マクベスを考えるにあたっては、闇の概念は必要ない。マクベスは劇中で最も生き生きと活力に満ちた人物であり、慣習的な善悪の概念を超えた自然の力なのだ。崇高なところもある。多くのシェイクスピア悲劇の主人公がそうであるように、マクベスもまた積極的に自らの運命を切り拓いていくように思われる。

一六〇六年七月初頭にはセント・ポール少年劇団の公演に『マクベス』への言及が見られるので、この劇はそれ以前

スコットランドのジェイムズ六世
（イングランドのジェイムズ一世）。
ジェイムズは魔術を迷信的に恐れる一方、
演劇への関心も持っていた。
国王一座の一員として
ジェイムズに仕えたシェイクスピアは、
火薬陰謀事件の直後に『マクベス』を書いた。
（ロンドン、ナショナル・ポートレイト・ギャラリー）

にグローブ座で上演されていたはずである。つまり、『マクベス』が初演されたのは、四月二一日の復活祭から七月半ばに疫病によって再び劇場が閉鎖されるまでのシーズンであった。だが、劇場が閉鎖されても国王一座はしばらくのあいだロンドン近郊にとどまっていた。ジェイムズ王の義弟であるデンマーク王クリスチャンの饗応のためである。クリスチャンは七月一五日から八月一一日にかけてイングランドに滞在し、ヘミングズは「グリニッジおよびハンプトン・コートで、国王陛下とデンマーク王のために上演された芝居三つ」に対して支払いを受けている。この三つの芝居のうちひとつが『マクベス』であり、八月初頭に王家の前で上演されたという説は妥当と思われる。

　しかし、クリスチャン王とジェイムズ王の一行がこの大悲劇に注意を払ったかどうかははっきりしない。デンマーク国王は大酒呑みで、ある晩には余興のあいだに意識を失って運び出されてしまうこともあったほどだ。サー・ジョン・ハリングトンによれば皆がクリスチャン王の範に倣っていたようで、イギリスの貴族たちは「獣のような快楽に溺れ」、貴婦人たちは「泥酔して転げ回って」いたという。加えてハリングトンは、「秩序も分別も節制も、これまで見たことがないほど失われていた。我々は皆、火薬陰謀事件の恐怖を忘れてしまったのだ……」とも述べている（***MA*** ii 654）。昏倒する男たちや吐き気を催す女たちの姿は、エリザベス女王の治世のあとに起こった変化を適切に示していた。これが新しい社会だとしても、必ずしも気品の増した社会とは言えなかっただろう。

宮廷での公演の後、国王一座はケントに巡業に出かけ、ドーヴァー、メイドストーン、ファヴァシャムで公演した。また、サフロン・ウォルデン、レスター、オックスフォード、モールバラにも巡業した。一〇月初頭に一座がドーヴァーを訪れたときにはシェイクスピアも一緒にいたと考えたい誘惑に駆られるが、これはシェイクスピアが次に書く芝居でドーヴァーが重要な役割を持つためである。しかし、そのようにはっきり結びつけてしまうのは危険だ。シェイクスピアが一座とともに巡業したと考える理由はなく、ほかの場所で忙しくしていたと考える方が理に適っている。実際、年内にシェイクスピアは『リア王』を書き上げていた。

第79章 ああ、それは言いすぎだ

〔『ヘンリー八世』第一幕第一場〕

一六〇六年一二月二六日、宮廷で『リア王』の初演がなされたことについては十分な証拠がある。第一クォート版の表紙には、「クリスマス休暇の聖ステファノの日〔一二月二六日〕の夜に、ホワイトホールにて国王陛下御前で上演された」と告知されている。この表紙には一風変わったところもあり、「ウィリアム・シェイクスピア氏」と他の活字より大きな字で一番上に記されていた。シェイクスピアが有名になって、のちの時代に言ういわゆる「ネームバリュー」を得た明白なしるしである。それはまた、この劇が一六〇五年に出版された古い『レア王』と違う点でもあった。

直前に書かれた『マクベス』とは明らかな結びつきがあった。どちらの劇もブリテンの神話的歴史とでも言うべきものを扱っているが、どちらも当時ならではの意味合いを持っていた。ジェイムズ王がスコットランドとイングランドを大英帝国のひとつの領土として統一しようと努めていた時代に、リアの王国分割の愚かさは十分わかっていたことだった。第三幕で、「イングランドの」という言葉は「ブリテンの」という言葉に置き換えられていた。ジェイムズ王は、『バジリコーン・ドーロン』のなかで、息子に「王国を分割すれば、末裔に派閥と不和の種を残すことになる」と警告している。このテーマを熟考したのが『リア王』だと言うこともできよう。政治的判断に今再び劇的な次元、いや神話的でさえある次元が加えられているのだ。『リア王』には『マクベス』と同様、中世の聖史劇を思わせるものがある。リアは聖者となり、聖者として嘲られ殴打される。ブリテン神話を用いたことで、シェイクスピアは再び古い劇の力を呼び起こした。狙いは、完全なる劇的効果だ。リアの王権が舞台上で、おそらく王冠を戴くことで強調されたとすれば、リアが持って生まれた威厳は、ジェイムズ自身の王権神授説によって支えられたことだろう。それゆえ、当時の観客にとって、リアの没落は一層恐ろしいものになる。聖なる王権という概念に没頭していないと、この劇を完全に味わうことはできない。

配役は部分的にはわかっている。リチャード・バーベッジはリアとして優れ、老王が「バーベッジのなかに生きていた」とさえ噂された。ロバート・アーミンは道化を演じ、ひょっとするとコーディーリアも演じたかもしれない。[35] 奇妙な「ダブリング」に思えるかもしれないが、第三幕で道化が不可思議にも消え去り、コーディーリアが現れるというつながりを説明してくれる。だが、コーディーリアを喜劇役者が演じるという発想は、現代の趣味にはそぐわない。むしろ少年俳優を想定するほうがたやすい。バーベッジとアーミンが舞台の上で、嵐と闘って――というよりは、ティンパニー、爆竹、金属製浅箱のなかで転がされる大砲の弾の出す音と闘って――いるのを想像してもよい。

若きシェイクスピアは、古い劇『レア王』の初期の公演に出演していたかもしれない。『レア王』は、シェイクスピア自身の若書きの作品ではないかとも言われるが、若かりし頃にその公演に加わったことを思い出して、国王一座のためにすっかり書き直したのではないだろうか。準備のために、ホリンシェッドを読み、サー・フィリップ・シドニーの『アーケイディア』を読んだ。フローリオ訳のモンテーニュからの一〇〇もの新語が『リア王』に繰り返し現れているところを見ると、それも読んでいたに違いない。言葉の音やリズムには大変敏感だったシェイクスピアは、いったん言葉に出会えば、やすやすと繰り返すことができたのだ。

シェイクスピアは、サミュエル・ハースネット(36)の『名うてのローマ・カトリックのぺてんの訴状』に描かれたイエズス会士らの霊を用いた悪行の説明も読んでいた。これは、火薬陰謀事件《ガンパウダー・プロット》の発覚ののちに反響のあった話であるが、シェイクスピアにとってはとりわけ興味を掻き立てられるものだった。

感じやすい小間使いに悪魔祓いの儀式の真似事をしたと訴えられたイエズス会の司祭のなかに、トマス・コタムとロバート・デブデイルがいた。コタムとは、何年も前、おそらくシェイクスピアをランカスター州のホートン・タワーとラフォード・ホール在住の国教忌避の家々に紹介してくれたストラットフォードの学校教師ジョン・コタムの弟だった。ロバート・デブデイルは、ショタリー在住ハサウェイ家の隣人であり、シェイクスピアと同い年(37)で、ストラットフォードの学校へは一緒に通ったかもしれない。だから、シェイクスピアは、自分と同時代の人たちについてハースネットが書いた記事を読んでいるとき、まったく偶然に、あるいは間接的に『リア王』で使えることになる題材を発見したのではないだろうか。

シェイクスピアの心と想像力は広大な吸収装置のようなものであり、つまらないものも取り上げて、光り輝くまで磨きこむ。かなり多くの違った要素を巻き込み、実に多くの相容れない種本を結びつけるので、『リア王』のドラマに対してシェイクスピアがどのような態度を取っているのか計り難い。シェイクスピアは手近にある事柄に熱中するあまり、歴然たる演劇的判断以外の判断を下す機会がないのだ。この劇には究極的な「意味」などないのである。怒りと死に満ちた劇において、意味の不在は何よりも厳しい教訓となろう。だが、救済もあるかもしれない。『リア王』を観ることは、確かに人生には意味などなく、人間の理解には限界があるという認識に近づくことだ。こうして、人は肩の荷を降ろして、己の小ささを感じるのだ。シェイクスピア悲劇が教えてくれることはそういうことだ。

ここで垣間見えるのは、教訓めかさず説教を垂れようとしないシェイクスピアの想像力の執拗にして直感的なパターンだ。まず、響き合う言葉や主題、呼応し合う言い回しや状況を用いてすばやく前進し、登場人物や出来事を対比させ、その運命を展開させる。そして即興に入り、自分の作った人物に驚かされる。題材はありとあらゆるところから採ってくる。たとえば、「哀れなトム」の佯狂は、悪魔に憑かれたとされる人の様子をサミュエル・ハースネットが書いた文章を参照することで増幅されている。大群衆の前でイエズス会の司祭たちは、女たちの肉体からさまざまな不浄の精霊たちを呼び出してみせた。そのとき呪文で呼び出された悪魔の名前をシェイクスピアは用いているのだ。憑依された女たちの言葉も借りていて、トムの狂気が嘘であることをほのめかす方法となっている。というのも、イエズス会司祭らは――ハースネットに言わせれば――「インチキ奇蹟によって人々を手玉に取り、騙す芸当」をしていたからだ。

しかし、演劇にしろ悪魔祓いの儀式にしろ、畏怖し驚愕した大衆を前に行われるのであるから、両者には何かもっと深いつながりがあるのではないだろうか。まるでローマ・カトリック信者たちの「模倣の迷信」[38]が劇場のイリュージョンによって何らかの形で再現され、補完されているかのようだ。ローマ・カトリックの迷信を呼び起こすことは、トムの愚行を暴くどころか、どういうわけかリアの恐怖の神聖さを増す。そしてまた、それによってシェイクスピアもイリュージョンの性質それ自体を考えるようになっているのだ。イエズス会司祭の神通力などでっちあげだとしても、どうやら効き目があるらしい。

だからこそ、多くの学者は、『リア王』を聖史劇と呼ばれない聖史劇だと見なしてきた。カトリックの儀式に似て、旧教を信じる人々が礼拝や図像に対して抱く渇望を満たしてくれるのだ。儀式を求める心は、最初に儀式を用いた信仰が消えても消えることはない。実際、儀式それ自体に恩寵や救済があるかもしれない。一六〇九年と一六一〇年にカトリックの役者たちがヨークシャーのカトリック支持の家々で『リア王』を演じたのは、確かな事実だ。そんなことをシェイクスピアが意図的に狙っていたなどと言うのは馬鹿げている。それよりはむしろ、シェイクスピアの自然の力が、世俗の現実性のみならず聖なる現実性を内包したのであり、このように古いイメージに逆戻りしたのは完全に本能的だったのだろう。

この劇にはもうひとつ別の「出典」がある。かつて「儀仗《ぎじょう》の衛士」[39]を務め、今は老いたる宮廷人ブライアン・アンズリーは耄碌《もうろく》していた。娘のうち二人は父を、頭がおかしくなっているので「自分の面倒も見られず、財産管理もできない」(Bullough v 270)と公に認めてもらおうとしていた。しかし、三番目の娘――その名はコーデル、もしくはコーディーリア――は、父のためにセシル卿に訴え出た。一六〇四年夏に父親が死ぬと、実際、コーデルは父の財産をほとんど相続した。

コーデル・アンズリーはそれから、サウサンプトン伯の継父サー・ウィリアム・ハーヴィと結婚した。[40]この事件は、サウサンプトン伯一派の内輪のみならず、一般に広く知られ、一六〇五年に古い劇の『レア王』が再演されるきっかけとなったかもしれなかった。話題の事件が舞台にかかるのはよくあることだ。この事件は、たとえば女王一座によってレッド・ブル座で演じられたかもしれないが、この劇場はトマス・デカーが「門番や荷車引きといった無学の」(Gurr, *Playgoing* 64)観客と呼んだ連中を対象とし、まさにそうした大衆演劇のために一六〇五年に建てられた劇場だった。

しかし、『リア王』はその種本よりずっと先まで進んでいる。シェイクスピアは、『レア王』にあったキリスト教的色合いを取り除き、すっかり異教的な雰囲気にしているのだ。これは、神々が沈黙した劇だ。シェイクスピアは伝奇物語《ロマンス》の要素も取り払い、不忠と忘恩の筋にする。たとえば、もともとの『レア王』のめでたい終わり方は捨てられ、主人公たちの荘厳で悲劇的終結に差し替えられる。父の腕に赤子のように抱かれたコーディーリアの死という、どの種本にもない場面を作り上げたのだ。その結末の強烈な恐怖ゆえ、著名な批評家フランク・カーモードは、この劇に「無慈悲な残酷さ」と「観客に対するほとんどサド的態度」(Kermode 193)があるとした。確かに、コーディーリアの死は、古い『レア王』しか知らない人には悲しい驚きとなるだろう。『リア王』は、そのオリジナルと考えられるどんなものよりも、より深く、陰鬱であり、作品のどこかで神の見えない手が働いているのである。

劇のあらゆるところに、壊され、痛めつけられた人間の体のイメージがあるが、まるでシェイクスピアがちぎられてばらばらになった「聖なる人間」のイメージを呼び起こしているかのようだ。ゆっくりと運命の女神の紡ぎ車は回り、すべては苦悩と混乱のなかへと投げ込まれる。この劇はまた、シェイクスピアが最も長く考え続けてきた問題、特に父と娘の問題を引き出す。家族、および家族間の葛藤は、この芝居それ自体の土台となっている。確かに、家族はシェイクスピアの劇作法の根幹を成している。ほかのどの当時の劇作家よりも、家族間の争いに心を砕いているのだ。『リア王』の物語それ自体が、家庭内の敵意や怒りという文脈のなかだけで展開する。リアとコーディーリアは、必ずしも和解しないかもしれないが、再会を果たし、晩年の劇における家族再会を予期させる。そこでは、特にペリクリーズとマリーナ、レオンティーズとパーディタ、プロスペローとミランダ、シンベリンとイモジェンのように、父と娘が生きたまま打ち解けあう。娘たちの名前のラテン語風の響きもまた、孝心を表す形式的または原初的人物であることをほのめかしている。逆に初期の劇では、父と娘は対立する——キャピュレットとジュリエット、シャイロックとジェシカ、レオナートーとヒアロウ、ブランバンショーとデズデモーナ、イージーアスとハーミア、バプティスタとカタリーナが最も目立った例として挙げられる。あまりに何度も繰り返されるパターンである以上、すっかり無視するわけにはいかない。シェイクスピア自身が人生の終焉にたどり着いたときに書かれた後期の劇では、老いた父親がずっと不在だった娘と再会する。その不在には罪や恥の感情があったかもしれないが、今やすべて赦される。シェイクスピアの劇には母娘はめったに出てこない。基本的な絆は父娘なのだ。自らの人生とは違ったかもしれないが、明らかに想像力が織り成したのは娘との絆だった。

シェイクスピアの劇作法には、たいてい見過ごされてしまうもうひとつの側面がある。現代演劇では自然主義が前提となっており、それをさらに様式的ないし儀式的なものへと変えていく劇作家がいるけれども、一七世紀初頭に前提となっていたのは儀式性と様式性であり、そこにシェイクスピアは少しばかりリアリズムないし自然主義を付け加えることがあったのだ。したがって、『リア王』をきちんと理解するためには、現代人が期待してしまうことを逆転しなければならないのである。

『リア王』のクォート版とフォーリオ版には多くの違いがあり、権威あるオックスフォード版シェイクスピア全集では、二つの版が違った劇であるかのように別々に印刷されているほどだ。クォート版は『リア王の物語』(*The History of King Lear*)と題され、フォーリオ版は『リア王の悲劇』(*The Tragedy of King Lear*)と題されている。先に出たクォート版は、上演後五年ほどしてから改訂されたらしく、その段階で、新しい流行となっていた幕場割りが導入された。のちのフォーリオ版は、クォート版にある三〇〇行を省略し、一〇〇行の「新たな」行を加えている。クォート版では、コーディーリアがイングランドの国土にフランス軍を率いていることがはっきり示されているが、フォーリオ版では、外国との紛糾よりはむしろ内紛に重きが置かれている。コーディーリアは、フォーリオ版よりもクォート版のほうで強い存在感を持っている。

省略された行には、イングランド領土におけるフランス軍の存在を明らかにするものがあったため、祝典局長官の命令に応じて取り除かれたかもしれない。しかし、それよりはたぶんシェイクスピアが劇的必然性に応じて削除したというのが真相だろう。クォート版では、リアの人物像が十分に孤立して明確に打ち出されてはいなかった。あちこちに興味が飛び、効果が散漫になっていたので、リア一人に集中させたほうがよかった。ひょっとすると、それがそれぞれの表紙にある「物語」と「悲劇」の違いなのかもしれない。のちのフォーリオ版はもっと簡潔で、ひきしまった劇となっており、物語の進むテンポのよさにずっと大きな注意が払われている。フォーリオ版には何百もの小さな変更があるが、仕事に没頭する劇作家がどんどん書き直している感じがあり、完全な劇的効果を熟考する演劇的想像力が機能している様子がわかる。こうして、シェイクスピアが必要に応じて全面改訂をし、書き直しをすることを厭《いと》わなかったということが寸毫の疑いもなくはっきりする。シェイクスピアの仕事はいつも生産過程の途中だったのだ。

第80章 私の人生はこの詩のなかにある〔ソネット七四番〕

シェイクスピアは遅くとも一六〇七年の夏にはストラットフォードに帰郷していただろう。長女の結婚式に出席するためだ。スザンナ・シェイクスピアは、前年には国教忌避者として名指されていたが、今では表向きには国教に帰依していた。そのほうが滞りなく結婚できたからかもしれない。いずれにせよ、結婚相手はピューリタンの信仰を持つジョン・ホールという人物だったのだから、シェイクスピア家はあまり宗教を色眼鏡で見ていなかったことになる。

六月五日、ウィリアム・シェイクスピアは家族とともに教会へ向かい、祭壇の前で儀式ばって娘を新郎に手渡した。結婚に伴う不動産譲渡の証書のなかでは、五年前にクーム家より購入した一二七エーカーのオールド・ストラットフォードの土地を若夫婦に贈ると約束しておいた。スザンナが父親のお気に入りの子だったと考える理由は大いにある。シェイクスピアの遺言状でも、スザンナが名指しされ特別扱いをされているのは確かだ。実際、スザンナは父親の気性を少々受け継いでいたかもしれない。墓石には「女らしからぬ機知」と「救《すくい》に至らしむる智慧」[41]があると書かれている。墓碑銘の作者が「そこにはシェイクスピアらしいところがあった」と付け加えているところから見ても、当時スザンナには父親似のところがあると思われていたに違いない。スザンナは自分の名を署名することができたが、妹のジューディスはできなかった。

夫のジョン・ホールは医者だった。シェイクスピアは後期の劇作品で医者たちに最高の敬意を示しているので、この結婚にも祝福を与えたことは疑いない。新郎はシェイクスピアよりわずか一一歳年下なだけであったので、スザンナの結婚相手は、威厳のある、どこか父親似の人物だったことになる。ホールはベッドフォードシャーの生まれで、ケンブリッジ大学のクイーンズ学寮で学士号および修士号を取得している。一時はフランスに旅行したこともあり、婚約の数年前にストラットフォードで開業していた。新婚夫婦は結婚後しばらくニュー・プレイスに暮らしたが、そこから数百メートル離れた、地図上では「旧市街」と書かれた地域にやがて家を購入したかもしれない。当時の木骨造りの家がまだ残っており、「ホールの小農園《ホールズ・クロフト》」と呼ばれている。但し、夫妻はシェイクスピアの死後にはニュー・プレイスに戻ってきた。

ホールはシェイクスピアの相談相手となり、時折一緒にロンドンへ上京したり、義父の遺言状を「検認」したりした。ホールは医学的な日誌（症例集）をつけていたが、これは作者の死後に『イギリス人の肉体観察所見選』といういささか奇抜なタイトルで出版された。この本には、ホール医師が家族の健康に気をつけていた証拠が見られる。たとえば、スザンナが疝痛に苦しんでいたときには、「私は熱いサック酒を一パイント〔喉から〕注入することにした。すると直ちにガスが多量に出て、痛みはすっかり治まった」。ホールの娘エリザベスは幼少の頃、深刻な痙攣性の痛みを訴えていた。父親は娘の背中に香辛料を塗り、「死の手から救われる」まで扁桃油で頭をマッサージした。言い換えればホールは薬草による治療を信奉していたということであり、真珠や金粉などの貴金属を患者に処方することもあった。吐剤や下剤を使っても効き目があった。ある幸せな患者は、次のように書いている。「自分の経験から言って、ホール先生はすばらしい医者です」(M. Eccles 115)。シェイクスピアの晩年にはホールは義父の治療もしたと思われるが、その処置の記録は発見されていない。

しかし興味深いのは、初期の芝居では苦艾《にがよもぎ》や猫いらず、シロップや香膏《バルサム》などのいわゆる民間療法の用語を使っていたシェイクスピアが、義理の息子と知り合った頃から「毒汁《ヘボナ》」、「古魯聖篤《コロシント》」、「銭葵《ぜにあおい》」、「曼陀羅華《まんだらけ》」といった珍しい薬を劇中で使うようになったことである。『終わりよければすべてよし』では「瘻《ろう》」について書き、ガレノスやパラケルススに言及している(42)。『ペリクリーズ』では医者のセリモンが「植物、鉱物、石にある神聖な力」(二二三九―四〇行〔第三幕第二場〕)を用いてセイーサを蘇生させる。義理の息子の名治療によって、医術への関心が高まったと結論せざるをえない。『トロイラスとクレシダ』ではサーサイティーズが中風や坐骨神経痛などの病気を列挙しているが、これはホール医師の症例集から来ているのかもしれない。

また、この症例集には、ホールが過激なピューリタンとは決して言えなかったことも表れている。ホールはあるカトリック司祭の治療に成功して「このカトリックは予想を遥かに超えた回復を見せた」と述べ、ラテン語で「神に感謝」と書き添えている。ホールは国教忌避者と結婚した穏健なピューリタンであったため、宗教的な差異に目をつぶるのにやぶさかではなかったのだろう。

ほかにもシェイクスピアの近親者の誕生や死があった。一六〇七年七月一二日、ショアディッチのセント・レナード教会には次のような誕生記録がある。「エドワード・シェイクスビー(Shaksbye)の息子、エドワード・シェイクスビー。同日に洗礼――モアフィールズ」。誕生当日に洗礼を受けたということは何か緊急の事情があったのではないかと思われるが、事実、赤ん坊は一ヶ月後に死亡している。八月一二日、赤子はクリプルゲイトの聖ジャイルズ教会に埋葬され、「役者エドワード・シャックスピーア(Shackspeere)の息子エドワード、庶子」と正式に登録されている。この新生児はシェイクスピアの弟エドマンドの息子だった。教会の教区簿冊にある「エドワード」という名前は「エドマンド」の書きまちがいであり、当時の書類にはよくある取り違えだった(43)。不幸な子供の名前に引きずられて起こったまちがいだろう。

つまり、エドマンド・シェイクスピアはロンドンに上京し、高名な兄の職業を真似て「役者《プレイヤー》」になったと推察できる。役者業を始めるにあたって兄の助言があったのか、それともただ兄の範に倣っただけなのかは知られていない。息子がショアディッチで洗礼を受け、クリプルゲイトに埋葬されたということは、エドマンドは北の郊外に住んでいて、おそらくはカーテン座の役者だったということになる。実のところ、シルヴァー・ストリートのシェイクスピアの宿のすぐ近くに住んでいたわけで、兄と同居していた可能性すらある。エドマンドが結婚したという公式の記録はないので、庶子を認知したわけだ。一七世紀初頭のロンドンでは珍しいことではなかったが、二〇代半ばになるエドマンド・シェイクスピアが役者としていささか乱れた生活を送っていたことがわかる。

　家庭内の出来事の記録はほかにもある。一六〇七年一〇月一四日、リチャード・タイラー[44]の息子が洗礼を受け、「ウィリアム」と名づけられた。ウィリアム・シェイクスピアが名づけ親だった可能性がある。シェイクスピアより二歳年下のタイラーは、シェイクスピアの友人であり隣人でもあった。一緒に学校に通ったことはまちがいないだろう。シェイクスピアの遺書の第一稿では、タイラーに指輪が遺贈されている。リチャード・タイラーはシープ・ストリートに住む裕福な自作農兼紳士であった。公職に就いたこともあり、教区委員にも選ばれていた。ある公式の書類では、タイラーは「隣人にも、またどんな人に対しても、正直な話しぶりと静かで穏やかな物腰の人物」と描写されている（M. Eccles 124）。タイラーについてほかに知られていることは少ないが、ストラットフォードにおけるシェイクスピアの知人の代表的人物と言えるかもしれない。知人は全般に裕福で、商売人もいればタイラーのような「紳士」もいた。「正直」で「静か」で「穏やか」な、当時のイングランドの町人のお手本のような人たちだった。そしてシェイクスピアは生涯を通じて、この人たちと親しく交わり続けたのである。活気に満ちて激しやすいロンドンの雰囲気のあとでは、このような人たちとの付き合いは気楽でありがたかっただろうと容易に推測できる。演劇界の絶え間ない忙しさを離れて、シェイクスピアは同郷人とともにくつろぎ、ともに会話をし、ともに酒を酌み交わしたのだ。幼きウィリアム・タイラーが教区の教会で洗礼を受けた四日後には、シェイクスピアの甥であるパン屋のリチャード・ハサウェイが同じ祭壇で結婚式を挙げた。家族生活の決まりというものがシェイクスピア一族にもあてはまるとすれば、我らが劇作家はこの祝い事にも参加しただろう。

　これらの儀式が執り行われていたのは、地元に大きな騒動があった直後だった。「中部地方《ミッドランド》暴動」は、大地主たちに対する残酷な暴力沙汰が目立った囲い込み反対運動だ。問題はアーデンの森で特に深刻であり、森では囲い込み推進者たちが「ほかの郡に供給する穀物を作るために、多くの森林を耕作地に変えてしまっていた」。地元の製鉄業もまた「莫大な広さの森林を破壊」しており（R. Wilson 81）、かつての共有地は私有の牧草地に変わっていた。土地が地主の物であることを否定する者はいなかったが、暴動者たちは何世紀にもわたる伝統的な使用権をうやむやにされたことに対して抗議していたのだ。この食糧不足が、民衆の頭のなかでは急速に進む囲い込みと結びつけられたのである。

五月祭の前夜に始まった暴動は急速にミッドランドの諸郡へと広まり、叛乱の夏となった。国王は「近来、最も卑しい者たちが徒党を組んで暴動を起こす」ことを嘆く声明を発布した（Kermode 243）。叛乱が止まったのは、当局が容赦ない弾圧を行ったあとだった。軍隊は数十人の抗議者を殺し、捕らえられた者の多くは絞首刑のうえ八つ裂きになった。この問題は、ほとんど文字どおりシェイクスピア家の門口まで迫っており、シェイクスピアがその後執筆した作品のなかに少なくとも一度は登場している。[45]

一六〇七年一二月から一六〇八年二月まで続いたその年の冬のシーズンに、国王一座は王家のために宮廷で一三本の芝居を上演した。これらの芝居の題は記録に残っていないが、このなかのひとつが『アントニーとクレオパトラの悲劇』と題された劇だったと想像してもあながち的外れではないだろう。同年に再出版されたサミュエル・ダニエルの韻文劇『クレオパトラ』には、死にゆくアントニーの体がクレオパトラの「彫像」の上に担ぎ上げられる様子が詳しく表現力豊かに描写されている。この部分は一五九四年に出版された初版には見られないため、ダニエルはシェイクスピアの芝居の公演を観て、ト書きにある「アントニーがクレオパトラのもとへと引き上げられる」場面を目にしたのではないかと思われる。ここには言語ではなく視覚による記憶のあらゆる徴候が見られる。七月以降、劇場は疫病のため封鎖されていたので、ダニエルがグローブ座で芝居を観たのは一六〇七年晩春から初夏にかけてということになるだろう。同年のクリスマスには、この劇は君主のために再演された。

しかし、当時の観客が『アントニーとクレオパトラ』に感動しなかった可能性もある。サミュエル・ダニエルによる暗示のほかには、この作品の上演に関して記録に残る論評は存在しない。シェイクスピア存命中に戯曲が出版されることもなかった――もうひとつのローマ史劇『コリオレイナス』も同様である。もしこの二作品がフォーリオ版シェイクスピア作品集に収録されなかったら、テクストは失われてしまっていただろう。

『アントニーとクレオパトラ』を書くにあたり、シェイクスピアはプルタルコス、ホラティウス、モンテーニュ、プリニウス[46]から借用した。アントニー（アントニウス）とクレオパトラの不運な恋が、ジュリアス・シーザー（ユリウス・カエサル）の暗殺事件とともにローマ史上最も有名なエピソードとなったということは、演劇の力の大きさと演劇的記憶の永続性を物語っている。とりわけ『アントニーとクレオパトラ』の豪語慢言の韻文を使って、シェイクスピアは共和制ローマが終わりを告げようとする最後の数年間を再創造したのだ。情熱と熱望の言葉が、この劇を支配している。すべての価値が決定され、エジプト人の怒濤のレトリックが、高邁なローマ人の時間と義務のレトリックと対比される。それは詩として書かれた演説だ。またシェイクスピアは的確な直感によって、主人公たちの本質的な特徴を見抜いていた。オクテイヴィアス・シーザー（オクタウィウス）は、ここではのちに初代ローマ皇帝アウグストゥスとなる支配者の偉大さと残酷さの萌芽を余すところなく持ち合わせている。

シェイクスピアは、自分が行おうとしている事業の大きさに刺激されて想像力をふくらませたようだ。世界のイメージがあり、広大さのイメージが見られ、主人公たちは今にも神になりそうだ。アントニーとクレオパトラは、ウェスパシアヌス帝[47]が死に際に言った次のような言葉をなぞってもおかしくない。「残念ながら、私は神になりつつあるようだ」。しかし、二人はこの運命を受け入れ、変身を望む。『アントニーとクレオパトラ』ほど広い舞台と多くの場面を持ち、世界の果ての彼方から多数の使者がやってくるような芝居はほかにない――ただ、果ても際《きわ》もないぐらい、この劇は広大であるのだが。それはパジェントであり、動く活人画であり、行列なのだ。だからこそアントニーとクレオパトラは強烈に演劇的に創られた存在なのであり、まるでどこかの魔術師が白いスクリーンに投影したかのような自分たちのイメージを、二人はうっとりと眺めているのである。

第81章 その旋律をもう一度。消え入るような調べだった

〔『十二夜』第一幕第一場〕

一六〇七年の大晦日、エドマンド・シェイクスピアが埋葬された。耐え難いまでに酷寒の冬だった。一二月も半ばを過ぎると、テムズ河はかちこちに凍り、「多くの人がテムズ河の氷の上を歩いて半ばまで進み、一二月三〇日までには大群集が……テムズ河を渡ってあちこちへ行った」(Barroll 159)。小さなテントが氷上に林立して町のようになり、レスリングやフットボールの試合だの、床屋だの料理屋だのが、清閑とした不動の河という珍しさを売りに商売していた。

一二月三一日、エドマンド・シェイクスピアはテムズ河南岸の教会へ運ばれた。セント・セイヴィアーズ教会の埋葬記録には「一六〇七年一二月三一日、役者エドマンド・シェイクスピア、当教会にて」とある。それから、寺男が書いた覚書には「一六〇七年一二月三一日、役者エドマンド・シェイクスピア、大鐘の午前の鐘とともに当教会に埋葬、二〇シリング」とある。埋葬代は、疑いなく、兄の財布から出たのだろう。兄もまた、凍てつく寒さのなか、棺につき従って埋葬地まで足を運んだはずだ。エドマンドの死因はひょっとすると、いや、たぶん疫病であろう。幼い息子のあとを六ヶ月も経たぬうちに追ったのだ。

それから、一六〇八年の春、出版書籍登録に、『アントニーとクレオパトラ』とは違って、シェイクスピアの生存中に大変人気のあった劇が記載された。『ペリクリーズ』である。一六〇九年に出版された本には「バンクサイドのグローブ座にて国王陛下の従僕らによりこれまで何度も上演された」とある。ということは、前年の春にグローブ座にて上演されたに違いない。劇場はその後一八ヶ月間も閉鎖されていたのだから。ヴェニスの大使がフランスの大使を公演に連れて行き、当時のヴェニス人が「イングランドに来た大使はみな観劇したことがある」(Kay 304)と記した。ある韻文作家は、「下郎も紳士も一緒くた」(Duncan-Jones, *Ungentle* 204)のロンドンの大群衆を、『ペリクリーズ』を観に押し寄せた人集《ひとだか》りと比べてみせた。クォート版は五回再版された。ひっきりなしに引用され、わざわざベン・ジョンソンが「古ぼけた話」(Duncan-Jones, *Ungentle* 205)と切り捨ててみせたほど人気作だった。もちろん、ジョンソン自身が書いたどんなものよりも成功を収めたのだ。

『ペリクリーズ』には、形式と内容にそぐわないところがあり、常に音楽とスペクタクルが目を惹く。これはそのほかの後期の劇も同じであり、いずれもロマンス劇と呼ばれる。この時期、ブームと言ってよいほど、伝奇物語《ロマンス》が復興したのである。国王の長男ヘンリーは伝説のアーサー王に擬えられていたが、そのため逆に、マロリーやスペンサー風の騎士道物語や冒険伝説が新たに流行した。もちろん、それだけで『ペリクリーズ』が生まれたわけではないが、そのおかげもあっ

た。中世韻文物語に題材を採った舞台劇の伝統もあったが、『ペリクリーズ』の中世的な枠組みは騎士だの戦闘だのにとどまらなかった。

シェイクスピアは『ペリクリーズ』を始めとするロマンス劇で「実験的な」段階に入ったのだと言われることもあるが、「実験」などという言葉はシェイクスピア自身、なんのことやら理解できなかったことだろう。後代の人間が「審美的」と呼ぶような主義や基準をシェイクスピアに押しつけるのもまちがいだ。シェイクスピアは、演劇を美的基準で見ていたのではなく、実際的な、体験的なものとして見ていた。『ペリクリーズ』がよい例だ。窮境の劇であり、きれい《フェア》と汚い《ファウル》がしっかり結びついた劇だ。実に卑猥で淫らな散文が、シェイクスピアの最も重く鳴り響く韻文の隣に置かれており、すべてがまとまっているのは魔法のおかげとしか言いようがない。海底への偉大なる挽歌が、「やりすぎてぼろぼろ」（一五三二―三行〔第四幕第二場〕）の娼婦のイメージへと換わるのだ。

子供時代に観た宗教劇をシェイクスピアがいつまでも愛していたことが、この劇から特にわかる。最後の聖史劇はコヴェントリーで一五七九年という遅い時期に上演され、シェイクスピア少年も観たかもしれない。聖史劇を観ていなければならないというわけではない――ストラットフォードで少年時代を過ごせばまずは観ただろうが――ただ、聖史劇が重要な役割を果たした文化に馴染んでいたということだ。それは、その土地の魂のようなものだった。

「キリストの苦悶」とか「ユダの裏切り」といった大きな枠組み《パラダイム》を成す出来事は、シェイクスピア劇の多くで再利用されている。特に『ペリクリーズ』の世界は幻視と超常現象の世界であり、そこでは、世俗を脱した主人公は祝福を受ける前に多大な苦しみを経なければならない。よくある処女マリアの御出現に代わって女神ダイアナが訪れるが、意味は同じだ。確かに、ディグビー手稿[48]にあるマグダラの聖マリアの劇には、シェイクスピア劇と多くの類似点があり、嵐の最中に子供が生まれたり、不幸な母親が奇跡的に蘇ったりする。ヨークシャーの国教忌避の家々で演じたカトリックの役者たちが『ペリクリーズ』をレパートリーに入れており、この劇がフランスのサントメールにあるイングランドのイエズス会カレッジの蔵書一覧にも挙がっていたことは特筆に価する（Wood 310）。旧教を堅く守ろうとする人には大変馴染みやすい劇であったに違いない。

シェイクスピアは、初期の中世の伝奇物語《ロマンス》の調子や雰囲気もわざと再生しようとしているように思えるが、確かにまだ観客を驚かせる効果[49]があるのだからそれももっとも実際的なことだ。ロンギノスは『オデュッセイア』について「天才の潮が引くとき、年をとってくると伝奇物語が好きになってくるものだとホメロスは示した」と語っている（Rabkin 213）。シェイクスピア作の伝奇物語も、年をとったことを示すかもしれないが、インスピレーションが枯れてきたわけではない。

後期の劇は、エリザベス朝演劇史においてユニークなものである。音楽とスペクタクルと幻想とを混ぜ合わせて古い劇の条件をすべて満たしているにもかかわらず、同時代人が大いに興味を抱いていた語りや冒険譚を提供している。『ペリクリーズ』の中世的雰囲気は、実のところ、一四世紀の詩人ジョン・ガワー[50]を各幕の冒頭にコロスとして登場させることで意図的に作り出されている。ガワーのコロスは、この劇に儀式的形式を与えているが、それこそ狙った効果なのだ。儀式は、伝奇物語の魅惑的雰囲気を醸し出すもうひとつの要素となっている。

シェイクスピアの死後、仲間の役者たちは一六二三年のフォーリオ版シェイクスピア全集から『ペリクリーズ』を除外した。この劇は部分的に合作であるために、ウィリアム・シェイクスピア作とするにふさわしくないと思ったのだろう。ほとんどの歴史家や書誌学者たちは、この劇のほとんどがもう一人の劇作家によって書かれたと同意しているが、まちがいなく正真正銘シェイクスピアが書いた場面や台詞もある。合作者の正体は推測の的となってきたが、一人の候補が誰よりも突出している。一六〇八年のどこかの時点で、三〇代半ばの劇作家ジョージ・ウィルキンズが『タイアの領主ペリクリーズ苦難の冒険』と題した劇の小説化を出版した。この小説は、『ペリクリーズ』と構造から何から大変よく似ているので、ウィルキンズ自身が劇の執筆もシェイクスピアと共同でやったのだと今では一般に認められるようになった。ウィルキンズの「草稿」は国王一座が所有していたため、記憶に頼りながらの小説執筆となったが、一六〇八年の春の数ヶ月に劇が大人気となったため、劇場が再び閉鎖された時期に急いで小説を出版したのであろう。

一六〇四年から一六〇八年のあいだの数年間に、ウィルキンズは劇や散文物語など一般向けの作品をほかにも書いている。国王一座はウィルキンズ作『強いられた結婚の悲惨』を一年前に上演しているので、ウィルキンズとシェイクスピアの関係はすでにそのときできていた。ウィルキンズとシェイクスピアが残りを書いたのだろう。『ペリクリーズ』の冒頭部分や他の幕の一部を書き、シェイクスピアの劇だとよく言われるが、ウィルキンズ自身が旧教を相変わらず信奉していたこともここに記しておくべきだろう。『ペリクリーズ』は「カトリック」

年上の、ずっと有名な劇作家がなぜ身を屈して初心者と一緒に仕事をしたのかは不思議なところだ。だが、シェイクスピアは演劇人だった。有能で実際的で、劇団のためになるなら誰とでも一緒に仕事をしただろう。と言っても、ガワーの『恋人の告解』やロレンス・トワイン[51]の『苦難の冒険の典型』といった主たる出典を前に開きながら二人が一緒に机に向かって、『ペリクリーズ』の筋を分け合ったわけではあるまい。ウィルキンズが劇のアイデアを提供し、シェイクスピア自身が筋を考えたのだろう。それまで国王一座に上演してもらった戯曲が比較的成功を収めていたウィルキンズは、今度は散文伝奇物語に手を染めようとしていた。将来有望な劇作家だと劇団は思っていたかもしれない。しかし、『ペリクリーズ』の第一稿を書き上げてみると、自分の腕の悪さに気づいたのか、それとも権力側と問題を起こして一時期投獄されたのか、あるいは単に創作力が枯れたのか、とにかく作品はシェイクスピアに渡されて完成された。シェイクスピアは、ひとつの物語のさまざまなテーマや脈絡をひとまとめにする優れた「台本監修者《プレイ・ドクター》」を時折務めていたりしたかもしれない。実のところ、シェイクスピアの想像力は『ペリクリーズ』の最後の部分で活気づいているように思える。行方不明のマリーナが発見され、家族の喪失が解消されるという重要なモチーフがある場面だ。そうした場面にしっかりと筆を加え、前の方の流れはどちらかというとそのままにしておいたのだろう。この劇は異常な人気を博したのだから、シェイクスピアの判断は正しかったわけだ。

ウィルキンズが逮捕されたとか投獄されたというのは、単なる想像ではない。ジョージ・ウィルキンズは、ターンミル・ストリートとカウ・クロス・ストリートの角に宿屋と売春宿を経営していた。二一世紀初頭の今、この場所にはやはり居酒屋があって栄えている。ウィルキンズは乱暴者という風評があり、とりわけ、雇った若い売春婦への暴行容疑でミドルセックス治安判事裁判所の議事録に何度も書き込まれている。たとえば「妊娠していた女性の腹を蹴った」（Prior 144）ことで告訴されている。このときのウィルキンズの身元保証人は、セント・ロレンス・パウントニー在住のヘンリー・ゴッソンだった。『ペリクリーズ』の劇をクォート版で出版したのはゴッソンだった。ウィルキンズが国王一座から劇を入手してゴッソンに渡したのかもしれない。ほとんどを書いたのだから、自分のものだとでも思っていたのだろう。のちになって、ウィルキンズが泥棒を働いたことと自分の宿屋に犯罪者を泊めたことで有罪判決を受けたことも言い添えておこう。

シェイクスピアはウィルキンズの父親と知り合いだったかもしれない。詩人で、よく知られたロンドンっ子であり、五年前に疫病で亡くなっていた。しかし、たぶんシェイクスピアはマウントジョイ一家を通してウィルキンズと出会ったのであろう。その家の娘が徒弟の一人スティーヴン・ベロットと結婚したとき、若夫婦はターンミル・ストリートの角にあるウィルキンズの宿屋に住んだのだ。ベロット自身が夙《つと》にウィルキンズをよく知っていて、ウィルキンズの店で食事をしたりしていた。売春宿だの安酒屋だのがひしめくロンドン一悪名高い地域だったが、最高に面白い場所でもあった。そんなところでシェイクスピアは共同執筆者と出会ったのだ。「下層階級」とでも呼ぶべき連中とシェイクスピアが一緒にいるのは珍しいことではないし、驚くべきことでさえなかった――喧嘩騒ぎのときサザックの女将と一緒にいるところを発見されている。裕福になり、成功を収めても、どんな連中とも付き合ったのである。

第9部

ブラックフライアーズ

Blackfriars

ベン・ジョンソンの『妖精の王オーベロン』(1611)のための
イニゴー・ジョーンズのデザイン画。
芝居の上演様式は、ブラックフライアーズ劇場のような
「室内」劇場へと移っていった。
(コートールド研究所/デヴォンシャー・コレクション、チャツワース)

第82章 ちょうど劇場で、人の目が

〔『リチャード二世』第五幕第二場〕

一六〇八年夏から一八ヶ月のあいだ、劇場の扉は閉ざされたままだったので、この時期に国王一座が劇場に巨額の投資をしていたことは奇異に思えるかもしれない。にもかかわらず、一六〇八年八月、ちょうど劇場閉鎖の時期に、シェイクスピアと六人の仲間は二一年の契約でブラックフライアーズ劇場を借りた。チャペル・ロイヤル少年劇団はフランス大使を中傷した公演で問題を起こして解散していたため、劇場が貸しに出ていたのである。

国王一座の「株主」はそれぞれ、四〇ポンドの賃貸料の七分の一をカスバート・バーベッジに支払った。また、必要な改修にも金がかかった。少年劇団が使用していた最後の数年間というもの、劇場の手入れはほとんどされておらず、「補修されないためひどく老朽化していた」のだ（I. Smith 247-8）。劇場そのものにも魅力的な展望があったのだろうが、国王一座は長期的なロンドン演劇界の経済的安定を強く信じていたに違いない。また、「私設」劇場を使うことによって、疫病発生時の公共の場での上演禁止を回避しようとしたのかもしれない。一六〇九年一月には、国王が「伝染病の時期の私的公演に対して」報酬を与えたという記録が残っている（Beckerman xii）。つまり、クリスマス・シーズンに宮廷で行う公演のための稽古という名目の下に、一座は実際には芝居を上演していたと考えられるのである。

いずれにしても、この買い物は国王一座がロンドン演劇界を牛耳っていたことを示す。屋内の劇場を成人劇団が借りたことも、ロンドン市の城壁内で成人劇団が公演を行ったこともこれまでなかった。また、ブラックフライアーズ劇場は裕福で品のよい区域にあり、近隣の法学院には芝居好きの学生たちがいた。ベン・ジョンソンや、シェイクスピアの友人リチャード・フィールドもこの地域に住んでいた。また、画家のアトリエや羽根飾り職人の工房が集まっている場所でもあった。注目に値するのは、これまでほかのどんな劇団もふたつの劇場を持ったことがなかったし、ましてや「冬用」の屋内劇場と「夏用」の屋外劇場を購入するなど前例がなかったことだ。結果的には「株主」たちの新たな賭けは成功し、ブラックフライアーズ劇場における収益は、グローブ座のほぼ二倍となった。

グローブ座の入場料が一ペニーか二ペンスだったのに対し、ブラックフライアーズ劇場ではギャラリー席が六ペンスだった。一シリング払えば舞台の高さに近い平土間のベンチ席に坐ることができ、半クラウン〔二シリング六ペンス〕でボックス席が買えた。洒落者や熱心な客は二シリングで椅子《スツール》を借りて舞台上に坐ることができた。これは当然ながら役者には嫌われた習慣であったが、劇団の懐を潤《うるお》しはした。立ち見はできなかった。

ただ、ブラックフライアーズ劇場には独特の魅力があった。閉じた空間では、より手の込んだ音楽の使い方ができたし、室内照明もあったので、蠟燭や松明《たいまつ》を使って儀式張った感じの仮面劇のような雰囲気を出すのにはずっと適していた。華麗な枝状の燭台に何本もの蠟燭を載せて天井から吊り下げ、芯を切る「手入れ」のときに燭台を下ろすこともできたが、午後の公演では窓からの自然光で舞台の進行が観られた。幕や「フットライト」はなく、客席も舞台と同じくらい明るく照らされていた。

ブラックフライアーズ劇場への移動後、シェイクスピアの作劇術は変わり、劇中の視覚的・儀式的要素が増えたとしばしば言われてきた。これは興味深い仮説ではあるが、もちろんブラックフライアーズ劇場を使い始めたのは、きわめて儀式的な『ペリクリーズ』のあとのことであり、この芝居はグローブ座で上演されたのだ。後年、シェイクスピアの芝居はブラックフライアーズ劇場とグローブ座の両方で観られるようになったことも覚えておくべきだろう。シェイクスピアの技術が突然、あるいは完全に変化することはなかったのである。但し、腕利きのプロの演劇人であるから、自作を室内劇場で上演するにあたっていくつかの変更を加えている。『マクベス』のような古くからの「十八番《おはこ》」の演目に歌や音楽を加えた可能性すらある。また、何千人も収容したグローブ座とは異なり、七〇〇人程度の観客が入る新劇場の親密な空気ゆえ、動きや対話に変更を加えたくなったかもしれない。そうした変更の多くは出版された戯曲に記されているわけではないため、今となってはわからない。

国王一座はまた、ブラックフライアーズ劇場の小さな空間に適した芝居をほかの劇作家にも注文していた。たとえば、これ以降ベン・ジョンソンの芝居はほとんど国王一座のために書かれることになる。宮廷での仮面劇の作者として成功し、かつて少年劇団のために芝居を書いていたキャリアを持つジョンソンは、室内劇場の洗練された観客にまさにぴったりだった。ジョンソンはブラックフライアーズ劇場の観客のために『錬金術師』[1]を書き、『カティリナ、その陰謀』[2]や『磁石夫人』[3]といった作品がこれに続いた。

また、この転換期にあたって、国王一座はフランシス・ボーモントとジョン・フレッチャーの劇作の腕前を利用した。それまで私設劇場のためだけに芝居を書いていた二人は、当然ブラックフライアーズの舞台のために書いてくれそうだった。フレッチャーは先輩に当たるシェイクスピアの最後の数作品を共同執筆した。実際、フレッチャーの才能を認め、雇い入れるようにと仲間たちに働きかけたのは、シェイクスピアだったのかもしれない。

ボーモントとフレッチャーの『フィラスター』[4]とシェイクスピアの『シンベリン』にははっきりした類似が見られるが、どちらが最初に書かれたのかはわかっていない[5]。しかし、重要なのは、どちらも新しい劇場の状況下で書かれたということだ。実際、のちに国王一座の主な活動拠点として、劇団の名前と結びつけられ同一視されるのはブラックフライアーズ劇場なのである。

室内劇場の使用とともに起こった変化はもうひとつあった。一六〇九年以降、国王一座の芝居は幕と幕間に分かれるようになる。以前の芝居も、これ以降出版される場合は無理やり幕に分割されている。幕間に演奏される音楽が重要になる室内劇場という新しい状況では、幕間を入れるのが新しい慣習となったのだ。蠟燭の芯を切る必要もあったから、幕間があるのはちょうどよかった。いずれにせよ、宮廷や法学院での公演ではすでに幕間が導入されていた。幕間があるということは、観劇体験がずっと「上品」だという目じるしとなっていた。それが流行だったのだ。

この演劇的革新をシェイクスピア自ら最後の作品群で受け容れ、しかも熟練の技で対処してみせたのは当然であろう。『夏の夜の夢』や『リア王』といった過去の作品何本かの構造を変えて、五幕構成の幕の区切りを導入することすらした。[6] 特に『リア王』では、新演出の機会を捉えて劇そのものを大幅に改定している。但し、はっきりとした変化があったわけでも、がらりと変わったわけでもない。シェイクスピアがこのあとに書いた芝居はどれも、グローブ座でもブラックフライアーズ劇場でも上演できたものだった。

『コリオレイナス』はこの好例かもしれない。これは自然に幕に分かれているように見える芝居であり、コルネットの音が二カ所で必要とされている。コルネットはふつう私設劇場に常備されていた。だが、『コリオレイナス』ではまた、グローブ座につきもののトランペットも必要であり、この劇の上演の一部は公衆劇場の広い空間に合ったものではないかと思われる。つまり、シェイクスピアは両方の舞台を念頭に置いてこの作品を書いたのだ。『セジェイナス、その没落』や『カティリナ、その陰謀』など、ローマ史劇は当時ほかにもあったが、民衆と協力することを拒んで追放され、敵軍とともに戻ってきたローマ貴族コリオレイナスの物語を扱った劇作家はこれまでにいなかった。[7] シェイクスピアはこの話を学校時代に読んで知っており、初期の劇『タイタス・アンドロニカス』でもコリオレイナスの名を引き合いに出している。

コリオレイナスはシェイクスピアの想像世界に棲みついた人物の一人だった。話の骨格をノース訳によるプルタルコスの『英雄列伝』から採っているが、『英雄列伝』はシェイクスピアが最も頻繁に使用し、多くの作品を生み出した種本である。奇妙な偶然によって、ファーディナンドー・スタンリーの図書室からノース訳が貸し出されたことを示す書類が残っている。この本はファーディナンドーの妻アリスによって「ウィルヘルムス」〔ウィリアムのドイツ語表記〕なる人物に貸し出され、一六一一年に返却されているのだ。

シェイクスピアはプルタルコスが物語る中心人物たちのドラマを強化していった。言葉が控えめなのは、やはり偉大な人物が持ち上げられて破滅するローマ史劇『ジュリアス・シーザー』を思わせる。ただ、韻文にするか散文にするかを決めかねているかのような箇所があり、創作という大釜のなかで混ぜ合わさっている。また、登場人物のある特定の欠点や弱点——アントニーの多情さやコリオレイナスの高慢さといったもの——が演劇的にどんな可能性を秘めているかについて興味を強めていた。それでも、シェイクスピアの主要登場人物が皆そうであるように、コリオレイナスは曖昧だ。解釈の法則や基準が明らかになることはなく、最終的な判断を下すことはまったく不可能である。創造主シェイクスピアと同じように、コリオレイナスは不透明であり続ける。コリオレイナスは生き、高らかに歌い上げ、そして死ぬだけだ。

ただ、この劇は時代の緊張感を反映している。前年にミッドランドで起こった大暴動は流血をもって鎮圧されたが、一六〇八年の夏を特徴づけたのは凶作と飢饉だった。六月二日、国王は「穀物及びそのほかの食糧の欠乏の防止・救済宣言」を発布したが、効果はあまりなかった。人民はパンがなくて飢えていた。『コリオレイナス』の最初の場面が「みんな飢えて死ぬより戦って死ぬ覚悟」のローマ市民たちの窮状に関するものであるのもまったく驚くにはあたらない。市民一は次のように宣言する。「やりきれない思いに無理やり耐えてガリガリになる前に、槍をふりかざして復讐しよう。神々もご存じだ、こんなことを言うのも、血に飢えているからではない、パンに飢えているからだ」(一九–二〇行〔第一幕第一場〕)。

しかし、シェイクスピアが蜂起の主張に根本的に共感していると考えるのは誤りだろう。『コリオレイナス』では大衆は移り気で変わりやすいもの、風と同じように軽くて気まぐれなものとして描かれている。このような態度を無意識に表しているかのように、シェイクスピアはト書きに次のように記す。「平民の烏《う》合《ごう》の衆登場」(第三幕第一場)。平民たちは、シェイクスピアが時代錯誤的に「紳士たち」と呼ぶローマ貴族たちと対比されている。シェイクスピアは護民官たちさえあまり敬意を持って扱ってはいない。シェイクスピアはジェイムズ王と意見を一にしていた。国王の必要経費を議会に通せなかった議員たちを、国王は「口に戸を立てられない民衆の護民官」だと批判している(Honan 346)。国王の臣下としても、シェイクスピアは蜂起や叛乱を大目に見ていると思われるわけにはいかなかった。いずれにしてもシェイクスピアは本能的に蜂起や叛乱に反対しただろう。シェイクスピアはパンのない貧民たちの窮状に注意を惹きつけながらも、同時に暴力的な運動に同意することはきっぱりと避けたのだ。『コリオレイナス』で起こっているのは、そういうことである。

この芝居の時事性には、ほかにも意味深い側面がある。市民一は、食糧独占に対して直接攻撃を始める——「俺たちに飢え死にさせといて、倉に穀物をたんまりつめこんでいやがる」(七六–七七行〔第一幕第一場〕)。前述のとおり、ちょうどシェイクスピアはニュー・プレイスで八〇ブッシェルのモルトを蓄えて注目されており、そのまま大量の穀物やモルトをしまい込み、占有し続けようとしていたことは疑いようがない。つまり、市民一の怒りの声を通して、シェイクスピアは自分のことを言っていたのである。ここまで劇的に自分を消してしまうとは驚くべきであり、シェイクスピアの想像力がいかなる感傷をも受けつけなかったことを強烈に示している。自分自身さえ冷めた目で見ることができたわけだ。それに、ミッドランドの暴徒に向けられた批判がここで貴族コリオレイナスへの批判として繰り返されているのを見ると、大変な創作上の努力を払って当時の出来事を移し並べ替えていることがわかる。何もかも変えられている。公平であるとか、依怙《えこ》贔屓《ひいき》をしないといった問題ではない。想像力が自然に本能的に働いているだけのことだ。シェイクスピアは誰に共感していたのか、民衆と議会制貴族政治とではどちらがより望ましいと考えていたのか、答えを出すべき問題ではないのだ。シェイクスピアは誰かに同情することなどまったくない。「一方の側につく」ということは登場人物たちが代わりにやってくれているのだから、シェイクスピア自らする必要はないのだ。

これはつまり、シェイクスピアが何かに心を寄せるということがあるとしたら、それは劇の展開に対してだと言うのと同じことである。劇の冒頭での食糧を求めての暴動（種本には暴動はなく、ローマの大衆が高利貸しに反対するざわめきを描写するにとどまっている）は、シェイクスピアが観客の注意を惹きつけるための方法にすぎなかったのではないかとすら言われている。こうすることによって、観客を古代ローマの世界に引き入れることができたというのである。時事的でよく知っている事柄を提示することで、観客に想像世界を認めてもらおうというわけだ。確かに、劇が進むと飢饉の話は消えていく。目的を達したあとは忘れられるのだ。これはシェイクスピアが世界に対して本当はどのように反応していたかを示す重要な手がかりとなる。その反応は完璧に冷静な、無関心とさえ言えるものでさえあったかもしれない。

シェイクスピアはコリオレイナスその人を、称賛の念に近いほどの尊敬を持って描いているのではないかと言われてきた。コリオレイナスの愚行に気づきながら、この人物が観客に示す性格ゆえに赦している。そして、それこそが重要な点だ。シェイクスピアは何とかして力ある人物を提示しようとしている。個人の力は演劇的だ。誤用され濫用された力もまた劇的だ。コリオレイナスは力なのだ。力であることをやめるときは、コリオレイナスが存在をやめるときだ。シェイクスピアがプルタルコスからこの人物を選んできたのは、ただそれだけの理由なのである。ウィリアム・ハズリットは『コリオレイナス』についての興味深いエッセイのなかで次のように主張している。「想像力とは、誇張し、余計な物を排除する能力であり……不均衡や歪みによって最大の興奮を味わおうとするものだ」。このため、詩は「数えきれないほどたくさんの人々よりたった一人の人物を、正義より力を」優先するというのである（Bate, *Romantics* 282-3）。だから、民衆に罵られてローマを追放され、恐ろしい復讐を誓うコリオレイナスは限りなく演劇的であり、シェイクスピアから最高の詩を引き出したのである。

第83章 そして悲しみは言葉という風に吹き飛ばされておさまる

〔詩篇『ルークリース凌辱』一三三〇行〕

『コリオレイナス』中の最強の人物として一、二を争う人に、主人公の母親ヴォラムニアがいる。シェイクスピア自身の母親を描いたものではないかと言われた人物である。ゲオルグ・ブランデスというオランダ人批評家は、ヴォラムニアを「崇高な母親像」（Brockbank 159）と評した。奇妙な偶然だが、シェイクスピアがまさに『コリオレイナス』を書いていた一六〇八年晩夏に、母メアリ・アーデンは逝去し、九月九日に地元の教会に埋葬された。夫と四人の子供に先立たれていたメアリにとって、長男の歴然たる成功が他の子たちを亡くした慰めとなったかどうかは知る由もない。長男が役者として作家として二重の成功を収め、町一番の豪邸を購入するのを目の当たりにし、もちろんその業績を誇りに思っただろうが、ひょっとすると少々畏怖を感じていたかもしれない。ここでコリオレイナス自身による自戒の言葉を思い出そう。

自分で自分を創った男だ。
一切の血のつながりを無視して、立つ

という言葉である（二九四六―七行〔第五幕第三場〕）。これを書いたとき、母が死んだのだ。母は、シェイクスピアの妹ジョーン・ハートと一緒にヘンリー・ストリートの古い家に住んでいた。その家には、シェイクスピア自身の死後も妹が住み続けた。

シェイクスピアはその家に生前の母を訪ねたに違いない。『コリオレイナス』は、出版されたテキストに大量のト書きがあることからストラットフォードで書かれたとも言われている。「この暴動のうちに、護民官たち、警保官たち、民衆は舞台外へ叩き出される」とか、「マーシャスは敵のあとを追って門内へ入り、扉を閉じられる」といった具合である。その説によれば、初演の稽古に立ち会うつもりがなかったために役者への指示をいつもより明確にしなければならなかったという。そういうこともあったのかもしれない。

母親の死の直前、シェイクスピアはストラットフォードの隣人ジョン・アデンブルックを金の貸し借りのことで町の法廷に訴えている。貸した六ポンドが未返済だったため、シェイクスピアはアデンブルックの「担保」を求めたのだ。裁判が一〇ヶ月に及んだのは、こうしたことへのシェイクスピアのこだわりをはっきりと示している。

同一六〇八年一〇月、シェイクスピアは参事会員ヘンリー・ウォーカーの男児の名づけ親となり、ウィリアムという名を与えている。[8] この子供にシェイクスピアは遺書で遺贈をしている。表向き国教に改宗さえすればシェイクスピアも名づけ親となれたということは重要な点だ。名づけ親には特にその子の宗教面での教育に責任があったため、はっきりとした規則があった。まず、非国教徒や国教忌避者は名づけ親になれなかった。名づけの儀式の前に、シェイクスピアは自らの正統な信仰のしるしとして聖体拝領もしなければならなかったはずである。古いカトリック信仰を保守しつつ新教の規則に従う国教忌避者の家の子供として、シェイクスピアは根深い疑念とともに成長したことだろう。だからこそ、曖昧さがシェイクスピアの作品に充満しているのだ。とすれば、シェイクスピアの世間での振る舞いもまた曖昧でなかったはずがなかろう。

このことは、何世紀にもわたって喧々囂々《けんけんごうごう》と論じられてきたシェイクスピアの信仰という難問につながる。劇のなかで旧教の言葉や考え方を用いているのは確かだが、だからといってカトリックを信奉していたことにはならない。両親は旧教を信じていただろうが、シェイクスピアがそれを大人になるまで守ったとは限らない。旧教はシェイクスピアの想像力が羽ばたく心象風景の一部となっていたのであり、信心とは関係ない。トマス・カーライル[9]が述べたように、「シェイクスピアをも輩出した、この輝けるエリザベス朝は、それまでにあったものがすべて花開き、実を結んだ時代であり、その原点は中世のカトリック信仰にある」(Bate, *Romantics* 247) のだ。

カトリックと演劇それ自体との結びつきについて多くの研究がなされてきた。当時は「今日のイギリスの役者のほとんどが——確かな筋から聞いた話では——ローマ・カトリック信者である」(Mutschmann 103) という時代だったが、当時のピューリタンの活動家ウィリアム・プリンがどう断言しようと、シェイクスピアの個人的信仰の問題が解けるわけではなく、せいぜい役者や劇作家は旧教に何らかの同情を禁じえなかったらしいとわかる程度である。ただ、当時の作家たちは修道僧や尼僧を軽蔑や誹謗の目で見がちだったのに対し、シェイクスピア劇では、多くの修道僧や尼僧が優しい慎重さをもって描かれているということは言っておかなければならない。

また、カトリックの儀式、礼拝、信仰について時折言及があり、シェイクスピアはそうしたものに馴染んでいたとわかる。煉獄への言及もあれば、聖水、告解、聖母などへの言及もある。若きシェイクスピアが旧教を信奉した家で育ったとわかれば、すっかり納得のいくものばかりだ。しかし、演劇に興味を抱く者なら、儀式や聖餐式に関心を寄せるのは当然だ。神聖であるか宗教的であるかによらず、儀式にはもったいぶって力を演出する側面があり、シェイクスピアはその点に心を惹かれたのだ。だからたとえば、シェイクスピアはキリスト教の神に呼びかけるものの、それと同じくらい頻繁に異教の神々を喚起するのである。

成人してからのシェイクスピアの信仰はなおさらわかりづらい。当時「国教カトリック《チャーチ・パピスト》」と呼ばれていたものだったかもしれない。洗礼式でそうであったように、表向きは国教会信者なのだが、密かにカトリック信者であったということだ。これは当時としては完璧に普通の立場だった。シェイクスピアは「カトリック信者として死んだ」というコヴェントリー教会大執事《アーチディーコン》リチャード・デイヴィスの発言もある（WS ii 255）。この大執事は熱烈な国教会信者であったから、こんな報告をあまり喜んでしたはずがない。どうやってこの情報を入手したのかはわからないが、ガセネタとは限らないだろう。シェイクスピアは死に際に病者の塗油の秘蹟を受けたということかもしれない。しかし、そうだとしてもそれは国教忌避者である家族が唆したのかもしれないし、家族の強い希望であってシェイクスピア自身はあまりに衰弱していて内容を理解していなかったかもしれない。ただ、元カトリック信者やカトリックの信仰を捨てたはずの者が、死に及んで救済の可能性を受け容れたということも大いにありうる。

　つまり、証拠といえば、国教会信徒だった証拠がないということだけなのだ。国教会の礼拝への参加を避けたようであるし、聖体拝領をしたことを証明する記帳に記載がないし、サザック教区総会の議事録にも載っていない。マウントジョイ一家のもとに引っ越してきたのも、ユグノー〔フランス新教〕のマウントジョイ家は国教会の礼拝に参加する義務を負わなかったためかもしれない。だが、その一方で、国教会礼拝への参加を忌避したカトリック信者の膨大な記録のどこにもシェイクスピアの名前は出てこない。反対の声を上げたわけでも、罰金を科せられたわけでもない。やはり得体が知れないのだ。この得体の知れなさ、曖昧さは、作品それ自体に反映されている。旧教への無数の言及にもかかわらず、シェイクスピアは自分の考えを決して述べることがない。たとえば、悲劇のなかに、神を敬う心とか慰めといった宗教上絶対欠かせない事柄が出てこない。シェイクスピアの悲劇世界には神がいないのだ。当時の演劇界にいた諷刺作家のように、ある特定の宗教論争に関心を向けることもなかった。そもそもエリザベス朝演劇全体に宗教的感性がほとんどなかったことも付言しておくべきであろう。寺院や教会から追放された劇作家が信仰に憤然と背を向けて、世俗という外界の土地に自らの寺院を打ち立てたようなものだ。しかしながら、本当のところはどうなのかと言えば、まずまちがいなく、シェイクスピアは幾重にもカトリックのつながりを持ちながらも、特定の信仰を信奉してはいなかったのだろう。教会の鐘が鳴っても礼拝に行ったりはしなかったのだ。鐘の音を聞いて思い出すのは、腐敗と過去のみだった。意見を持たぬように、信仰も持たぬ男だったのだ。自分を抑えて、劇のなかで遭遇するどんなものにも己を合わせたのだ。その意味では、信仰を超越していたのである。

　しかしながら、シェイクスピアは、この年、ストラットフォード教会の洗礼盤で洗礼されたもう一人のウィリアム君の名づけ親となった[10]。ウィリアム・グリーンは、実はこの時期ニュー・プレイスに住んでいたトマスとレティーシャ・グリーン夫妻の子であった。トマス・グリーンは、シェイクスピアがとてもよく知っていた学校であるミドル・テンプル法学院で教育を受けた地方弁護士であり、一六〇一年にストラットフォードへ越してきた。そのうち夫婦そろってニュー・プレイスに借家人として引越してきて、アン・シェイクスピアとその娘たちと同居したのだ。シェイクスピアにしてみれば、出費の負担を減らそうという方便であったかもしれない。夫婦が息子をウィリアムと名づけた事実は、いずれにせよ、家主とうまくやっていたしるしであった。

一六〇八年の夏と秋に疫病が続くと、国王一座は新作劇を持って地方を巡業せざるを得なくなった。一〇月末にはコヴェントリーにいて、モールバラ[11]にもいたが、それ以外の旅程は知られていない。しかし、その年の宮廷公演のためにロンドンに戻っている。ホワイトホールの宮廷にて一二作を上演したが、その題名は記録されていない。

このとき宮廷で演じられたものに、シェイクスピアの最新作『ペリクリーズ』と『コリオレイナス』が含まれていたはずだ。だが、この時期上演されたと思しき作品がもうひとつある。異様な喧騒と威厳を描いた芝居『アテネのタイモン』である。気前のよさが報われず、その結果、激しい人間嫌いに陥ってしまう主人公タイモンは、人物というよりは類型《タイプ》として描かれ、寓話か道徳劇に近いと言われるが、それではシェイクスピアの繊細さを誤解することになる。ここには善と悪の葛藤はなく、さまざまに混ざり合った人格の葛藤があるのみだ。

この劇の執筆年代は特定できない。時事的な言及がほとんどなく、当時の上演記録もない根無し草の劇のひとつであり、一七世紀初頭のどこにでも位置づけられる。未完か、途中で筆を投げた作品かもしれない。改訂が必要な対話があり、筋が中途半端なままになっているところもある。シェイクスピアの書いたものはどれも流動的で不完全な状態にあるが——『動物農場』〔ジョージ・オーウェル作〕にある有名な言葉「すべての動物は平等だが、一部の動物は他の動物よりもっと平等だ」を言い換えるならば——一部の作品は他の作品よりもっと不完全なのだ。シェイクスピアの「初稿」なのかもしれず、その時点で放棄したということもありうる。創作の諸段階の痕跡がある——ある場面は「下書き」のままだが、ほぼ書き上げた場面もある——とする説もある。もしそうであれば、これはきわめて興味深いシェイクスピア文書ということになる。いわば、シェイクスピアの想像力という絵筆の「筆さばき」が読み取れるというわけだ。この場合、構成を決め、主筋と副筋の釣り合いをざっと見積もり、出来事や細部を加えたものの、脇役の役割にはあまり注意を払わなかったことになる。だからといって、この劇が上演されなかったことにはならない。不完全な状態ではあるが、それでも流暢で力強い戯曲となっている。当時の上演記録はないが、それだけで何も断言できない。

この劇の直接の種本は、やはりプルタルコス著『英雄伝』のノース訳であり、シェイクスピアが連想を働かせる過程を間接的に見ることができる。タイモンの物語は、シェイクスピアが『アントニーとクレオパトラ』を書く際に取材したプルタルコスの「アントニー伝」に語られている。プルタルコスの本では、アルシバイアディーズは、シェイクスピアが以前書いた劇の主人公コリオレイナスの同時代人だ。このアルシバイアディーズが『アテネのタイモン』で大きな役割を果たす。つまり、そこにシェイクスピアを推し進めているつながりがあるのだ。ある古典的人物から別の古典的人物へ関心が移っているものの、いずれもシェイクスピアの想像力が直接捉えた土俵内にいる。また、法学院で上演されたかもしれない『タイモン』と題された学問劇にも影響を受けている。この劇は、『リア王』執筆にも何らかの影響を与えたかもしれず、シェイクスピアの想像力への強烈な拍車となっていた。

『アテネのタイモン』は、若い劇作家トマス・ミドルトンと共同執筆したところもあるとも言われている。ミドルトンは、二〇代半ばで早くも韻文の巧みさと、都会を舞台にした諷刺喜劇によって名を成していた。ミドルトンとの共同執筆は、シェイクスピアが『ペリクリーズ』をたぶんジョージ・ウィルキンズと共同執筆したのと似ており、シェイクスピアは喜んでいくつかの場面ないし幕全体を書きはしたのだが、共同執筆者の幾分未熟な仕事はそのままにしたのであろう。上演できる限りは、作品のできばえにはあまり関心がなかったようだ。この点で、シェイクスピアは現代で言う意味での「芸術家」ではなく、プロの演劇人として働いていることになる。それぞれの劇作家が自分の場面を独力で書き、稽古の段階で初めて一緒にまとめたのかもしれない。それゆえシェイクスピアの役者仲間は、『アテネのタイモン』をフォーリオ版シェイクスピア全集に当初は入れないつもりだった。『トロイラスとクレシダ』の出版をめぐる問題の結果突然あいてしまった穴を埋めなければならなくなって、初めて『アテネのタイモン』が収められることになったのだ。国王一座は、この劇を本当の意味でシェイクスピア作とは考えていなかった。しかし、フォーリオ版に収められたことで、永遠にシェイクスピア作品群のなかにとどまることになった。最高に傑出した作家の遺産と名声は、ときに偶然によって保たれることがあるわけだ。

第84章 美が古い歌を美しくする

〔ソネット一〇六番〕

一六〇九年のあいだじゅう、疫病はロンドンで猛威を振るった。デカーは「喜びそのものでさえ、今では時勢の悲惨さに溜め息をついたり嘆いたりするほかに喜びを見いだせない」と、この時期の状況を嘆いている。デカーの記録によれば、「劇場は、主人を失った酒場のように扉に鍵をかけられ、旗も酒場の看板のように下ろされている。いや、むしろ疫病に感染したばかりの家のようだ。脅えた住人たちは、田舎でのよりよい生活を求めて逃げ出してしまった」。さらにデカーは、「劇場閉鎖というものは、北部人の悪疾やフランス人の梅毒みたいなもので、役者がよくかかる質《たち》の悪い病気だ」と付け加えている(Southworth 245)。首都の瘴気を避けようと、国王一座は再び地方巡業に出かけていた。訪れた場所にはイプスウィッチ、ニュー・ロムニー、ハイズ[12]などがある。この旅程はほとんど沿岸を船で回るものだった。

こうなると、おそらく役者としての義務を免除されていたシェイクスピアは、ストラットフォードに恒久的に引っ越すことを考えていたに違いない。借家人または客人であったトマス・グリーンが、一六一〇年春までに新しい家が準備できるかどうかをしきりに尋ねている。これは、シェイクスピアの帰還の日程が決まったということだと思われる。しかし、シェイクスピアにはストラットフォードで既決、未決の仕事がいろいろあった。たとえば一六〇九年六月には、ジョン・アデンブルックとの借金に関する係争を片づけている。ストラットフォードの法廷の記録では、シェイクスピアその人は *generosus, nuper in curia domini Jacobi, nunc Regis Anglie*——訳すなら「現イングランド国王ジェイムズの宮廷に最近までいた紳士」——と描写されている(WS ii 115)。国王の従僕としてのシェイクスピアの地位は、ストラットフォードで広く知られるところとなっていたのだ。地元の名士のような存在だったのだろう。シェイクスピアに与えられたストラットフォードの一〇分の一税徴収権に関する問題について、トマス・グリーンとともに大法官に宛てた申し立てをしているのもこの年のことだ。さらに同年には、弟のギルバートが何らかの不明な罪で法廷に出なければならなくなった。一緒に召喚された顔ぶれから見て、ギルバートには近所に何人かの乱暴な仲間がいたらしい。

近隣の土地の獲得も終わっていなかった。翌年、シェイクスピアは八年前に購入した一二七エーカーに加え、クーム家からさらに二〇エーカーの土地を一〇〇ポンドで買っている。この頃、義弟のバーソロミュー・ハサウェイは、アン・ハサウェイが育ったショタリーの農場と農家を買うために二〇〇ポンドを支払った。まさにハサウェイ家の大切な家だった。親戚がこの大金を集める手助けをシェイクスピアがした可能性もある。シェイクスピアの心象風景《イミジャリー》を研究する鋭敏な学者は、当時執筆していた『シンベリン』には「売り買い、価値と交換、あらゆる種類の支払い」への継続的な言及が見られると指摘している（Spurgeon 296）。まるでシェイクスピアは、自分で気づかないうちに、こうした問題に頭を働かせていたかのようだ。

シェイクスピアがニュー・プレイスでの隠遁生活を必要としたのには、これまで書き散らしてきたソネットを並べ替えて形にする目的もあったかもしれない。母親が亡くなった今、いささか外聞の悪い内容を公にしてもよいと感じたのかもしれない。妻の感情を考慮したかどうかはわからない。しかし──多くの学者たちが考えてきたように──シェイクスピアはソネットの内容が明白なフィクションだとわかってもらえると信じていたので、その必要もなかったのだろう。劇場閉鎖によって収入が失われた今こそ、草稿を出版者に売る好機だと考えたのかもしれない。

『ソネット集』は一六〇九年、「シェイク＝スピアのソネット、これまで印刷されたことなし」という題のもとにきちんと出版された。印刷業者はジョージ・エルドであり、ニューゲイト・ストリートのクライスト・チャーチ門にあるジョン・ライトの店で一冊五ペンスで売られることになっていた。献辞にはシェイクスピア本人ではなく、出版者のトマス・ソープの名前がある。この献辞は多くの論争を引き起こしてきた謎めいた文章から成っており、文学史上最も有名な献辞である。

ここに収められたソネットの唯一の生みの親であるW・H氏に、すべての幸福と、われらが永遠の詩人が約したる永劫がありますよう、善意により冒険に乗り出すT・Tは願い奉ります

これがいかなる意味なのかは一切明らかになっていない。「生みの親」とは誰、または何のことなのか。ソネットを書くきっかけを与えた人物か、それとも出版者にソネットを渡した作者のことなのか。そして「W・H氏」とは誰なのか。サウサンプトン伯ヘンリー・リズリー（Henry Wriothesley）のことだろうか。だが、それならなぜイニシャルが逆になっているのか。初期のソネットで呼びかけられている人かもしれないペンブルック伯ウィリアム・ハーバート（William Herbert）のことだろうか。貴族が「氏」（Master）をつけて呼ばれる可能性は薄いのだが。では、ウィリアム・ハサウェイ（William Hathaway）だろうか。あるいは、サウサンプトン伯爵夫人のかつての結婚相手、サー・ウィリアム・ハーヴィ（William Harvey）のことなのだろうか。ひょっとして「W・SH氏」の印刷まちがいか。また、シェイクスピアがもともと「W・H」と書いた献辞をソープが誤解して、後から「氏」を付け加えたという可能性もある。歴史上のあらゆる面白い謎がそうであるように、解釈の可能性は無限にあり、果てしなく興味をそそる。「冒険に乗り出」す者とは誰で、どのような暗く危険な世界の片隅に「乗り出す」というのだろうか。

これもまた、同年の春に王立ヴァージニア会社と呼ばれる事業体の一員となったペンブルック伯ウィリアム・ハーバートへの言及なのだろうか。

トマス・ソープは、シェイクスピアの詩をこっそり手に入れて許可なく出版した「海賊版」出版者ではないかと言われることもある。しかし、シェイクスピアが抗議した記録はなく、本が店頭から引き上げられたり、公式版を作るために「改訂」されたりした様子もない。シェイクスピア自身がソネットの収集と出版に関わっていた可能性の方が高い。詩の並べ方は専門家らしいものだし、シェイクスピア以外にこれほど完全にソネットの草稿を集めている人がいただろうか。『ソネット集』は数年にわたって継続した息の長い事業だったのだ。出版の三年後、一六一二年には、トマス・ヘイウッドが、シェイクスピアはソネットを実際に「自分自身の名で」出版したと報告している（Duncan-Jones, *Sonnets* 35）。さらに二年後にウィリアム・ドラモンドは、シェイクスピアが恋愛についての著作を「最近出版した」と記録している（Duncan-Jones, *Sonnets* 36）。

この同時代の証言を疑う道理はない。トマス・ソープ自身は、ジョンソンやマーストンの作品を出版したこともあるきちんとした出版業者であり、演劇界とも密接な関わりがあった。近年では『東行きだよ』や、国王一座が上演した『セジェイナス、その没落』と『古ぎつね《ヴォルポーネ》』の公式版を出版していた。ソープが当代一の高名な劇作家の詩の海賊版を出版しようとするなど、ありそうもない。そんなことをすれば、書籍出版業組合の仲間たちの目には深刻な義務不履行と映り、ソープは厳しい非難を受けることになっただろう。

一六〇九年までには連作ソネットの流行は終わっていたのだから、いかに当代最高の劇作家の情熱的な表現であっても、これほど遅くなっては人気を得られなかったのではないかという意見が、ある程度の権威をもって語られてきた。一七世紀初頭の世界が突然の熱狂や流行を糧として動いていたことは確かだ。常に新しいものや工夫に富んだものが現れ、古い様式や古いテーマの入りこむ余地はなかった。しかし、ジェイムズ王の治世の初めには新種のソネット作りが始まっていた。特にいたずらっぽい、または警句的な「反詩」が生まれ、「黒い女」のソネットはこの好例である。ソネットを出版するには必ずしも悪い時期ではなかったのだ。

エドワード・アレンは一六〇九年夏にシェイクスピアの『ソネット集』を一部購入している（もしこの言及が後の時代に捏造されたものでなければ）。だが、この小冊子は圧倒的な人気を得たわけではなかったようだ。詩人が死んでからかなり経った一六四〇年まで、版を重ねることはなかった。これに対して、マイケル・ドレイトンの連作ソネットは九度にわたって再版されている。しかし、シェイクスピアの本に対する反応がなかったわけではない。若き日のジョージ・ハーバートはシェイクスピアの『ソネット集』を猥褻だと非難し、ある初期の読者は自分が持っていた初版本に「何というあさましき不信心なたわごとの山か」と書き加えている（Duncan-Jones, *Sonnets* 49）。この文句が後世の人々に支持されることはなかったが、当時このような反応を惹き起こしたのは、「黒い女」に対するあからさまな言及かもしれないし、前半のいくつかのソネットに見られる男同士のエロティックな雰囲気かもしれない。

シェイクスピアがどれだけ長くストラットフォードに滞在したとしても、宮廷でのクリスマス公演のためにロンドンに戻っていたはずだ。すでに役者ではなかったが、国王の前で演じられる芝居の改訂と全体的な監督の責任はまだあった。ホワイトホール宮殿の記録には、国王一座が一三回も公演を行ったと書かれている。これらの芝居のひとつが、新作『シンベリン』だった。

『シンベリン』は、購入したばかりのブラックフライアーズ劇場のために書かれた芝居かもしれない。疫病が小康状態に入ったため、ブラックフライアーズ劇場は数週間後の一六一〇年二月に再開されることになる。『シンベリン』には、「雷鳴と稲妻のなか、鷲にまたがって」ジュピターが空から登場し、「雷電を投げる。亡霊たちは跪《ひざまず》く」(第五幕第四場)――などといった舞台上の仕掛けが数多く含まれている。グローブ座にはこのような効果のための機構はなかったので、私設劇場で上演されたと考えてよい。このような派手な登場があるのを見れば、シェイクスピアが新しい上演環境に合わせていかに注意深く熟慮しながら芝居を上演したかよくわかる。「荘重な音楽」もあれば、精霊たちの軽快なパレードもあり、これらはすべてブラックフライアーズ劇場ならではの親密なスペクタクルの雰囲気を盛り上げている。また、この劇にはイモジェンが頭部のない死体の隣で目を覚まし、自分の夫の死体だと勘違いする箇所もある。かなりお伽芝居《パントマイム》的なこの芝居では、わざとらしい技巧も芝居じみた目くらましも許される。シェイクスピアは悲劇にもなりうる物語をメロドラマのレベルに高めたのだ。劇作家人生の有終の美を飾ろうというシェイクスピアは、抜群のショーマンだったのである。

サミュエル・ジョンソンは『シンベリン』にはあまり感心しなかった。

> 作り話のばかばかしさ、行動の非合理性、さまざまな時代の名前や風俗のごった煮、どんな社会であっても起こりえない出来事は語るに落ちる。どうしようもない愚かさ、あまりにも明白で腹を立てるまでもないひどい欠点を無駄に批評するが如し。

ジョンソンのいう「ばかばかしさ」を奇想、「非合理性」を意図的な笑劇と言い換えれば、この一八世紀の批評家よりも『シンベリン』をうまく理解することができるだろう。「起こりえない」ことを楽しめたのは、シェイクスピアが書いていたのが部分的には仮面劇でもロマンスでもある芝居だったからだ。これは作品が書かれた年代にぴたりと合っていた。当時、ジェイムズ朝のスペクタクルは新たな人工性の極みに達していたのである。『シンベリン』は、劇そのものが持つ複雑性以外にはテーマを持たない芝居だった。

シェイクスピアはブリテン島に伝わる歴史物語に回帰し、幼少時に観た芝居、さらに若い頃に役者として演じた芝居へ立ち返り、古きロマンスの精神を呼び起こしている。劇の終わりに向かって続く一連のスペクタクルや幻影のなかで、古びた様式を茶化すのではなく、むしろ敬意すらもって使用しているのだ。この種の芝居はロンドンで大変な人気を博していた。ボーモントとフレッチャーの最近の『フィラスター』や、大人気の『ミュセドーラス』[13]の再演などもこの類いである。しかし、シェイクスピアの『シンベリン』は、創意に富んだ気まぐれや途方もなさという点でこれらすべてを凌駕している。

また、ブリテン史についての芝居も流行していた。おそらくは新王ジェイムズのブリテン統一への関心を反映したものだろう。実際、『シンベリン』には、全体を通してジェイムズの王権の圧力が、ちょっとした言及や細部に見出せる。ほかにも、気になる細部がひとつある。少年に変装したイモジェンが、自分の主人は「リチャード・デュ・シャンプ」だと宣言するのだ（第四幕第二場）。これはもちろん、フランス風の姿をしたリチャード・フィールドのことだろう。フィールドは『ルークリース凌辱』および『ヴィーナスとアドーニス』の出版者だ（これらの物語詩が持つ音楽的な荘厳さは『シンベリン』にも満ちている）。シェイクスピアはここで、古くからの友人におどけて言及しているのだ。

イモジェンの存在は、『シンベリン』が〈魅力的な少年に変装する少女〉という仕掛けを使う最後の芝居だということを思い出させてくれる。実際には少女を演じているのは少年俳優であって、ここには性的な猥談やあてこすりの雰囲気がつきまとう。この変身はシェイクスピア劇とかなり関連が深いので、ある程度の正当性をもって「シェイクスピア的」なものと呼んでもよいだろう。[14]シェイクスピアがなぜ異性装に夢中になっていたのかは明らかだ。異性装はなかなかうまい仕掛けで、変でもあり、かなり微妙な遊びや暗示を可能にしてくれる。豊かな喜劇的可能性を与えてくれる一方で、性的に自由な精神を呼び起こす。傍若無人にして縦横無尽、シェイクスピアの破格なまでの自由な想像力を体現しているのだ。

『シンベリン』にはこれまでのシェイクスピア劇との呼応や言及がほかにも見られ、この作品のどこかしらでシェイクスピアの創造力が本領を発揮しているようだ。『オセロー』や『タイタス・アンドロニカス』が最も強く想起されるが、ほかにも『マクベス』や『リア王』への言及も見られる。劇中には、『ソネット集』[15]のひとつの詩と密接に呼応する台詞もある。

これら最後の作品群（シェイクスピアが「最後」だと認識していたかどうかはわからないが）において、シェイクスピアは歯止めをはずしていた。『シンベリン』で大切なのは、感情の持続である。これはハズリットが「自然に連想していく力、ひとつの支配的な感情がさまざまに変化していく様子を示す考えの流れ」（Bate, *Romantics* 301）と呼んだものであり、執筆中のシェイクスピアが興奮状態にあり続けたという証拠である。シェイクスピアは多くの傍白や口語表現、話の飛躍や省略を使い、情熱や親密な感情を乱れた言葉遣いで表現している。まるで、思考そのものが表現へと変わる瞬間の言葉をそのまま書き取っているかのようだ。言葉は果てしなく上昇していき、響きの高まりが感情の高揚やこぼれんばかりの流麗さと重なる。ジェイムズ朝の観客はこの芝居に魅惑された。贅沢な言葉を甘味のように吸い取ったのである。

『シンベリン』の劇中音楽を特別に作曲したのは、宮廷リュート奏者のロバート・ジョンソンだった。ジョンソンはブラックフライアーズ劇場で上演される芝居用の背景音楽を編曲するために国王一座に雇われていた。劇中の歌のひとつ「聞いて、聞いて、雲雀《ひばり》を」（“Hark, hark, the lark”）の楽譜の原稿が現存しているが、これはジョンソン本人の手になるものかもしれない。

二人の兄弟が挽歌（称賛されるのも当然の名曲「恐るるなかれ夏の暑さも」“Fear no more the heat o'th'sun”）を歌おうとすると き、一人が「僕らの声は、大人になりかけてひび割れているけど」と釈明している（二一八八行〔第四幕第二場〕）。ちなみに、もう一人は次のように付け加えている。「僕は歌えない。泣きながら歌詞を言うよ」（二一九一行〔第四幕第二場〕）。二人の少年俳優が突然声変わりをして、代役も見つからなかったため、稽古の最終段階でこの弁明が書き加えられたことは明らかだ。シェイクスピアは土壇場での改訂に慣れていた。この音楽にならぬ音楽から当時の状況を聞き取ることができるわけだ。

第85章 なぞなぞです、死んでいるのに生きている

〔『終わりよければすべてよし』第五幕第三場〕

一六一一年春、エリザベス朝の医者にして占星術師のサイモン・フォーマンは、最近観た公演の記録をつけていた。『マクベス』、『シンベリン』、そして『冬物語』という新作芝居の上演を観に行った数千人のなかにいたのだ。『マクベス』に関しては、フォーマンは主に超自然的な怪奇現象のことを記している。その文章から察するに、最も突飛で効果的な場面は、バンクォーの亡霊が宴会の席に現れるところだったようだ。もちろん、魔女にもセンセーショナルな効果があったが、フォーマンの書きぶりからは、魔女は「三人の女の妖精か乙女の精霊《ニンフ》」(WS ii 337) として演じられたことがはっきりしている。たぶん少年俳優が演じたのだろう。フォーマンは、「また、マクベスの妃が夜に起き上がり、眠ったまま歩き、話し、すべてを告白し、医者がその言葉を書きとめた」(WS ii 338) のを、いかにも医者らしく記録している。フォーマンは『シンベリン』も観劇し、粗筋を書いている。「洞穴」の見せ場が印象的だったらしく、舞台の「ディスカヴァリー・スペース」[16]のどこかですばらしい効果を上げていたに違いない。フォーマンは『冬物語』については言葉を控えているが、一番面白かった登場人物は「小鬼のようにぼろぼろの恰好でやってきた悪党」オートリカスだったことがはっきりしている。フォーマンに「なれなれしい嘘つき乞食や、こびへつらう奴には気をつけるべし」(WS ii 341) と注をつけさせたこの役は、まちがいなくロバート・アーミンが巧みに演じたのだろう。

シェイクスピアが『冬物語』を書いたのは前年の一六一〇年であり、かなり牧歌的な舞台設定になっているのはストラットフォードのニュー・プレイスで書いたからではないかと考える批評家もいる。その段でいくと、『あらし』は地中海の島に滞在して執筆したことになろう。

『冬物語』は、グローブ座でもブラックフライアーズ劇場でも上演可能な芝居である。この年一六一一年にはどちらの劇場も一〇ヶ月間営業していたから、室内劇場と屋外劇場の両方で上演されたのだろう。この念入りに仕組まれた劇のクライマックスは、ハーマイオニの像と思われていたものが、驚く夫や娘の目の前で奇跡的にも生き返るという究極の場面である。心躍る演劇的瞬間だ。シェイクスピアはそれまでに、この趣向を宮廷の催しで二度観たことがあったかもしれない。一六〇四年の国王のロンドン入城の際と、一六〇九年の新取引所の開幕の際にも、像がやはり生き返って話したのだ。実際、新取引所でこの妙技を見せたのは国王一座の少年俳優だったかもしれない。だが、一度観てしまったからには、シェイクスピアは使わずにはいられなかったのだ。

『冬物語』は、シェイクスピア劇がこれまで書いてきた作品の中で最も音楽喜劇に近い。劇中歌が六曲あり、うち五曲

はオートリカス役のアーミンが歌った。作曲は当然ロバート・ジョンソンだったろう。三重唱を必要とする曲もひとつあった。サテュロスの踊りと羊飼いたちの踊りという凝ったダンスも二つあり、これは民族舞踏よりは仮面劇の踊りに近かった。魔法をかけられた像が動き出すときにも、音楽が演奏されたことだろう。この劇が宮廷で六回も――前代未聞の数だ――上演されたことからも、この劇の魅力がわかる。仮面劇よりよかったのである。演劇と儀式がひとつになった完璧な余興だった。しかも、フォーマンがほのめかすように、グローブ座の大群衆も大喜びだった。話の内容だけでなくスペクタクルで見せる場面が多く、ある長い場面では――シェイクスピアの全作品中最長の場面のひとつだが――羊毛刈りの祭りが描かれ、時間を超越した民族的儀式のイメージとなっている。そして、第三幕にはあの有名なト書きがある（一三〇九―一〇行〔第三幕第三場〕）。

手負いの熊だ、
俺はおしまいだ。（熊に追われて退場）

熊はもちろんバンクサイドではよく見かける動物であり、踊ったり演じたりする熊もまたロンドンの町ではありふれたものだった。だが、国王一座が熊いじめを手がける仲間から本物の動物を借りて使ったかどうかは疑わしい。役者が着ぐるみを着たほうが喜劇的だったろう。それにしても、突然、一見行き当たりばったりに動物を使うというのは、シェイクスピアが舞台の動きをすばらしく理解していたあかしだ。熊が登場することで、劇は凄惨な悲劇から何とも気まぐれな喜劇へと移り変わっていく。まさにこうした気分転換によって、観客のほうもペースや調子の変化に対する心の準備ができるのだ。もちろん、老人が熊に追われるのは悲惨なことだが、滑稽なことでもある。この場面は、まさにこの劇全体のシンボルとなっている。

ロマンス劇や音楽的喜劇が皆そうであるように、『冬物語』における情熱はどぎつく、隠しようもない。主たるテーマは狂ったような嫉妬で、そののちに罪悪感と後悔が続く。不幸で孤独になった主人公たちは再会し、究極の赦しと和解がもたらされる。観客を幸せにし、希望を与える芝居だ。この劇が火薬陰謀事件の記念日に上演され、のちにはジェイムズ王の嫡男の死という悲劇のあとに再演されたのも、おそらく偶然ではないだろう。『冬物語』は公の慈善事業のような作品であり、喪の悲しみを取り除いてくれるのだ。この劇では、生命そのものの止めどない大きな流れのなかで、人間と自然が一体となる。台詞の詩は、思考それ自体の自然な流れやとまどいに従い、精神の息吹に満ちている。

この劇の主たる種本はロバート・グリーンの散文物語『パンドスト』であり、シェイクスピアは最初の三幕のほとんどをこの本から採っている。グリーンとは、死の直前に『三文の知恵』で「シェイク＝シーン」を攻撃した作家であることを思い出そう。さまざまな攻撃があったが、なかでも「シェイク＝シーン」が盗作をしたと非難している。[17]それから一八年が経った今、シェイクスピアはこの故人の最も人気のあった作品から筋を引き出してきて、もっと面白く、もっとありえないものにしているのだ。しかもシェイクスピアはそれを、くだらぬ話、古い逸話、炉辺で語る滑稽譚を意味する「冬物語」と呼んだのである。(18)

この年には、三つもの戯曲――『タイタス・アンドロニカス』、『ハムレット』、『ペリクリーズ』――の第三版が出ている。この三作は、最初期の『タイタス』、最盛期の『ハムレット』、最晩年の『ペリクリーズ』と、シェイクスピアの作家人生のあらゆる段階に書かれたものだ。今やシェイクスピアは、業績全体を認められ評価される作家となっていた。王室を喜ばせ、オックスフォード大学の観客を楽しませ、グローブ座の大群衆を面白がらせる売れっ子だ。少なくともあとから考えてみれば、シェイクスピアがこの時点で生涯の頂点に到達したことは明らかなように思える。そして今や、誰もがシェイクスピアの名を口にするようになっていた。ある作家は「真の創作」の基準について書くとき、シェイクスピアを「最も正当と認められる英語を学べる」一人として挙げている（Honigmann, *Impact* 141）。(19)一六一三年の手紙に、シェイクスピアの遺言執行者の義理の息子レオナード・ディッグズは、「イングランドに我らがウィル・シェイクスピアありと言えば、スペインには彼らがロペ・デ・ベガありと言われるベガのソネット集」（Honigmann, *Impact* 143）のことを書いている。「我らが」シェイクスピアとなっていることに注意されたい。シェイクスピアはすでに国民的文豪として扱われているのである。

一六一一年末の冬のシーズン、シェイクスピアは新作二本を引っさげて宮廷に帰ってきた。祝典局の記録に、一一月五日、「冬物語という芝居」への言及があり、その四日前には「万聖節の夜、ホワイトホールの国王陛下の御前で、あらしという芝居が演じられた」（**WS ii 342**）とある。貧民がソウル・ケーキを求めて歌う一一月一日の万聖節という日付には特に意味を見出せないが、シェイクスピアの最後の劇には、どこか憂鬱な、魔法の雰囲気が残っている。(20)その後の公演では他の劇作家と共同で執筆し、自らの技術と経験を分け与えることになるが、『あらし』は単独で書いた最後の作品として際立っている。

『ペリクリーズ』や『冬物語』と同様、『あらし』にも仮面劇や音楽の要素がふんだんにある。この劇はブラックフライアーズ室内劇場で上演するために書かれたのだろう。幕間に休憩をとるようにと、かなり明確に指示されている。特に第四幕と第五幕のあいだ、音楽が演奏されるところがそれだ。エアリアルとプロスペローは第四幕の最後で一緒に舞台を去り、第五幕の冒頭でも一緒に登場する。演技が途切れることなく連続するグローブ座では、こんなことはありえなかった。

シェイクスピアの想像力は、常に海によって掻き立てられてきた。それゆえ、当時出版されたばかりの植民地への航海日誌に興味を惹かれたのも偶然ではない。二年前、ヴァージニアのジェイムズタウンへ向かった植民者たちが、ひどい嵐によってバーミューダ諸島に漂着していた。シェイクスピアはその冒険譚を読んでいた。また、『ヴァージニア植民地実情報告』という本も、シルヴェスター・ジュアデインの『バーミューダ諸島、またの名を悪魔の島の発見』という本も読んでいた（どちらも一六一〇年刊行）。ペンブルック伯らヴァージニア会社の主要メンバーと夙《つと》に知り合いであったし、植民者たちの叛乱や不服従についての直接の情報も容易に得ていた。モンテーニュの「食人種について」というエッセイをフローリオの訳で読み、マーロウのフォースタス博士のことを覚えていたし、学校時代に読んだオウィディウスや、ウェルギリウスの『アエネーイス』のなかの嵐の話も記憶にあった。ロンドンにはプロスペローという名の乗馬の教師がいた。こうして、大嵐の報告をきっかけにして、すべてが結びついたのである。

『あらし』は「雷鳴の恐ろしい騒音」が聞こえて船がひどい遭難をし、水夫たちが「濡れて」登場するところから始まる。この最初の場面から最後の場面まで、シェイクスピアは室内の舞台のあらゆる可能性を完全に実際的な見地から追及している。これは、ほとんどスペクタクルの連続と言ってよい劇なのだ。またもやロバート・ジョンソンが作曲した音楽が伴奏についたこの劇には、「荘厳にして奇妙な音楽」や歌がある。晩年の劇はどれも「シェイクスピアとロバート・ジョンソン作」と言ってよいものばかりだ。魔法と超自然の凝った効果にも、楽器演奏が伴っていた。たとえば、精霊たちが「それぞれ違った奇抜な姿をして、テーブルとご馳走を持って登場。優しい身振りで挨拶の踊りを踊る」場面がその一例だ。もちろん、今や仮面劇は欠かせないものとなっており、またもや音楽がその先触れとなって、女神ジューノーが舞台の上へ降り立つのである。それから「（きちんとした服を着た）収穫者たちが精霊《ニンフ》たちと一緒になり、優雅な踊りを踊る」――それをやめさせるプロスペローの言葉は、シェイクスピアのなかでも特に有名な台詞である。

私たちは、夢を織り成す
糸のようなものだ。そのささやかな一生は、
眠りによって締めくくられる。
（一六一二―一四行〔第四幕第一場〕）

シェイクスピアはあらゆる劇のなかで最も人工的な作品を創り、この劇それ自体が人工性についての瞑想となっている。『あらし』は、完璧に非古典的な――つまり魔法の――効果を伝えるために、時間と場所の統一を含む古典的形式に則っている点も特徴的である。あたかもシェイクスピアがプロスペローのように、演劇的魔法の作り方を書き記しているかのようだ。成功した演劇的生涯の末に「力強い技」を捨ててしまうプロスペローはシェイクスピア自身のイメージだと言われることがあるが、この考えには根拠がないように思われる。シェイクスピアが自分の演劇人生が終わりに来ていると見なしたと信じる理由はない。どちらにしても、プロスペローのモデルは、（シェイクスピアがかつて滞在したことのある）

モートレイクの魔術師ジョン・ディー博士だったかもしれない。魔法の書物を焼き捨ててしまったと宣言した人物である。

シェイクスピアはここにきて演劇から距離を取りはじめていたのだとか、演劇に魅力を感じなくなってきたのだとか言われることもあるが、『あらし』の注意深い構成を見れば、演劇のあらゆる側面にまだ深く関わっていたことがわかる。終焉はまだ感じられない。

第86章 女に惚れる男を笑い、首をかしげた俺だったのに

〔『尺には尺を』第二幕第二場〕

一六一二年の初頭、シェイクスピアは弟のギルバートを古い教会に埋葬するべくストラットフォードに帰郷した。ギルバート・シェイクスピアは兄より二歳半年下で、独身だった。ヘンリー・ストリートのシェイクスピア家に妹夫婦とともに住み、おそらくは父親の手袋製造業を継いでいたと思われる。読み書きができ、兄がストラットフォードの土地を購入する際の代理を務める程度には商売の知識もあった。今や残った弟は、同じく独身でヘンリー・ストリートに住むリチャード・シェイクスピアだけとなったが、このリチャードもシェイクスピアに先立つことになる。このような状況下で、自身の生命の限界に思いをめぐらさないとすれば奇妙なことだろう。シェイクスピア家は縮小しつつあり、シェイクスピアに直接にも間接にも男子の子孫がいないという事実もこれを強調していた。

三ヶ月後、シェイクスピアはロンドンに戻っていた。下宿先のシルヴァー・ストリートのマウントジョイ一家に関する訴訟問題で証人になってくれと頼まれていたのだ。訴訟を起こしたのはマウントジョイの徒弟の一人スティーヴン・ベロットだった。メアリ・マウントジョイと結婚したのに、約束の持参金をマウントジョイから受けとっていないと言うのである。そこでベロットは、シェイクスピアに証言してくれと声をかけたのだ。この訴訟の審理は、五月一一日にウェストミンスターの請願裁判所で行われた。記録に残る「ストラットフォードの」シェイクスピアという記述から見て、この時期シェイクスピアはロンドンに居住していなかったのだろう。証人として呼ばれたのは、結婚と持参金の問題でベロットとマウントジョイ家の仲人役を務めたことが明らかになったからだった。

ジョーン・ジョンソンという名の女中が、マウントジョイ家は「原告〔ベロット〕と、被告〔マウントジョイ〕の娘メアリのあいだの好意の表現」を助長したと証言した。ジョーンはまた、シェイクスピアがこの件で果たした役割をも回想している。「証人が記憶するところ、被告は自宅に寄宿するシェイクスピア氏なる人物を呼び、結婚の件について原告を説得してくれるようにと依頼した」。ということは、シェイクスピアは恋愛問題について人を「説得」する才に長けていたようだ。その後、一家の友人であるダニエル・ニコラスが、次のような証言によってシェイクスピアの姿をよりはっきりと描き出している。

シェイクスピアはこの証人〔ニコラス〕に、被告が自分〔シェイクスピア〕に次のように語ったと述べた。すなわち、もし原告が被告の娘である前述のメアリと結婚するなら、被告は原告に結婚の持参金として花嫁とともにいくらか

の金額を与える。しかし、もし原告とメアリとが結婚しなければ、父親たる被告は一銭も払わないと。そして、父親から持参金がもらえるはずであるとシェイクスピア氏が二人に伝えたため、二人は結婚に同意し、シェイクスピア氏によって確認された。

これがシェイクスピアがニコラスに当時語ったそのままの言葉かどうかははっきりしない。あいだに八年の月日が流れていることを考えれば、その可能性は低い。しかし、シェイクスピアが持参金の取り決めに深く関わり、それどころか自ら縁結び役を買って出たことは明らかだ。「確認」とは婚約を行い、お互いに結婚を誓うことだった。

裁判所で口述筆記されたシェイクスピア本人の証言は、当たり障りのないものである。シェイクスピアがまだマウントジョイその人の信頼を得ていたと考えれば、これは特に微妙な瞬間だったに違いない。実のところ、マウントジョイに不利な証言をするように依頼されているのだ。伝えられているシェイクスピアの証言に一定の警戒感があるのはこのためだろう。しかし、この記録はシェイクスピアの声を書きとめた唯一のものであり、非常に興味深い。劇作家シェイクスピアは、「原告と被告を知っており、両者の知己を得てから一〇年ほどになると思われる」と証言した。スティーヴン・ベロットは「立派で正直な人物」であり、「前述の奉公先では、善良で働き者の奉公人であった」が、シェイクスピアはベロットが「奉公によって大きな利益や便宜を得た」と聞いたことはないという。おそらくこれは、マウントジョイからベロットへの補償があったかという質問に対する返答だったのだろう。結婚問題でシェイクスピアの助力を求めたのはマウントジョイ夫人であり、スティーヴン・ベロットの心を「動かし、説得する」ようにと「嘆願した」のだという。シェイクスピアは、マウントジョイ夫妻が「原告はとても正直な男だと何度も口にした」と証言している。

その後どこかの時点で、ベロットは、メアリとの結婚にあたってマウントジョイが「いくら、また何を」約束してくれるのか、シェイクスピアからはっきりした答えを聞き出すようスティーヴン・ニコラスに頼んだらしい。ニコラスによれば、シェイクスピアは次のように答えたという。「もし原告がメアリと結婚するなら、……被告は原告に花嫁とともに五〇ポンド程度の金と、ある種の家財を与えると約束したと記憶している」。しかし、これに続く尋問では、シェイクスピアの言葉は非常に曖昧だ。何らかの持参金の約束があったことは覚えているが、ニコラスの証言とは異なり、金額も「いつ支払われるのかも」記憶していないと述べたのだ。また、マウントジョイが「自分が死ねば、娘の持参金として原告に二〇〇ポンドを与える」と約束したことも記憶にないという。マウントジョイが娘とともに与えたのが「家庭のどのような必需品や道具」だったのかを描写することもできなかった（WS ii 90-5）。実のところ、ベロットと妻が受けとったのは一〇ポンドと古い家具のみだった。マウントジョイ夫人は夫にもっと気前よくするよう頼んだらしいが、一六〇六年に亡くなっている。ベロットにしてみれば、すべてが不満だった。そしてシェイクスピアも全然助けになってくれなかった。会話の細かい内容をまったく思い出すことができなかったのである。シェイクスピアが曖昧で忘れっぽくなっていたのは、マウントジョイとの古くからの友情ゆえの意図的なものだったと結論づけることすら可能であろう。

六月一九日には二度目の審理が行われ、シェイクスピアの記憶がさらなる追及を受けるかと思われたが、シェイクスピアは出廷しなかった。このような訴訟の多くがそうであるように、訴訟は確たる結論に至らないまま不満たらたらで続いていった。調停の手続きが取られ、ベロットには六ポンド少々が与えられることになったが、マウントジョイがこれを支払った記録はない。この古い訴訟問題の詳細はすでに意味を失っているが、シェイクスピアが日常の世界をどう生きていたかを明らかにしてくれて意義深い。シェイクスピアが微妙な結婚の交渉において「仲立ち」を買って出たのは、まちがいなくこの種の問題における手腕が有名だったためだろう。明らかに、シェイクスピアは人を寄せつけなかったり近づき難いような人物ではなく、むしろその逆だったのだ。しかし、自らの行動を説明せよと言われると、シェイクスピアは当たり障りのない、あるいは公明正大な態度をとり、故意に中立を保った。そしてシェイクスピアは引き下がり、その姿はほとんど見えなくなってしまう。

第87章 時がまとめ、そして終わる

〔『ヘンリー四世』第二部第三幕第二場〕

一六一二年六月八日、ホワイトホール宮殿にてサヴォイ公爵の大使の前で芝居が演じられたという奇妙な記録がある。『カルデンナ』という題だ。それからまた翌年、『カルデンノ』という題で宮廷で上演された。奇妙というのは、のちに、「フレッチャー氏とシェイクスピア作『カルデーニオ』」という題で出版登録された戯曲があるからだ。この頃、シェイクスピアとフレッチャーが確かに国王一座のための劇を共同執筆していたことはよく知られている。二人の合作には、『すべて真実』〔『ヘンリー八世』〕[21]と『二人の貴公子』がある。シェイクスピアが半ば引退しかかって、フレッチャーが劇団の看板作家として事実上シェイクスピアの跡を継いでいたのかもしれない。となると、『カルデーニオ』は、現在シェイクスピア作品群として正式に認められている二作と同様、シェイクスピア作とされるべきものになる。しかし、『カルデーニオ』は今日に伝わっていない。失われた戯曲なのだ。カルデーニオという人物が登場するセルヴァンテスの『ドン・キホーテ』の第一部に由来する作品かもしれない。シェイクスピア全集編者として名高いルイス・シボルド[22]は、カルデーニオの物語に基づく戯曲を一七二八年に出版して、自分が所有していた「W・シェイクスピア原作」の原稿を「改訂、翻案」したものだと主張した。その原稿がどうなったのか、わかっていない。

シェイクスピアが本当に一六一二年に『カルデーニオ』執筆に手を貸したのなら、この年シェイクスピアが関係した唯一の戯曲ということになる。そのあと書かれた戯曲〔『ヘンリー八世』と『二人の貴公子』〕はいずれも合作だ。つまり、執筆活動が弱まったことは明らかであるが、その理由は不明だ。健康状態が悪化していたのかもしれないし、引退してストラットフォード暮らしを楽しんでいたのかもしれない。単にインスピレーションが枯渇し、失われたのかもしれない。書きたければ書けばいいだけのことだった。作家人生の最後の数年、あるいは最後の数ヶ月に書けなくなることは珍しいことではない。三年もしないうちに死ぬなどと「わかって」いなかったかもしれないが、想像力が衰えた頃に、死が自然にやってきたのだろう。

但し、この年、迷惑で不当な出版があった。印刷屋ウィリアム・ジャガードがシェイクスピアの詩五篇を収めた『情熱の巡礼』の第三版を出したのだ。五篇の詩は出版のために盗まれたものであり、劣悪な詩篇と一緒にされて本全体が「W・シェイクスピア作」と広告された。この海賊出版の詩集に断りなく詩を収められた作家の一人トマス・ヘイウッドは、当時「明らかな不正」をされたと抗議した上こう付け加えた。「作者」とされたシェイクスピア自身は「まったく知らぬ人物であるジャガード氏が名前を勝手に使ったとかなり怒っていることを私は知っている」と（Prince, *Poems* xxii）。シェイクスピアの抗議が功を奏したらしく、シェイクスピア作としない別の表紙が付けられた。文士シェイクスピアの名声の高さを示す小さな出来事である。

この年出版された『白い悪魔』の序文で、ジョン・ウェブスターは「シェイクスピア氏、デカー氏、ヘイウッド氏の実にすばらしい膨大な仕事」（Honigmann, *Impact* 100）に触れている。一六一二年にもなってシェイクスピアをそのように明らかに劣る作家たちと一緒くたにするのは変に思えるかもしれないが、当時の人たちはシェイクスピアを別格に考えていなかった。後代の人々には微妙な差が認められても、当時の人には見えなかったのだ。ウェブスターは、この三人の劇作家が次々と矢継ぎ早に作品を書いていることを強調している。ベン・ジョンソンも同年同じことを、『錬金術師』に付した読者への言葉として述べており、「多作」——つまり、すらすらと書く——「という世評を得ようとして」（ibid.）、書いたものの推敲をしない劇作家を非難している。ジョンソンの文句に隠された真意は、シェイクスピアは書きすぎだということである。当時の観客にしてみれば、そんな文句を言う筋合いではなかったはずだが。

一六一二年のクリスマスから一六一三年五月二〇日まで、国王一座はブラックフライアーズ劇場とグローブ座のみならず宮廷でも上演を続けていた。宮廷上演には、『から騒ぎ』、『あらし』、『冬物語』、『オセロー』、『カルデーニオ』が含まれていた。ジェイムズ王の娘であるエリザベス王女の婚約と結婚式典のために、国王一座は一四回にもわたって上演をした。それらの上演の報酬として、一五三ポンド六シリング八ペンスもの大金を受け取ったのである。

シェイクスピアの書きっぷりが鈍ってきたからといって、演劇それ自体に興味を失ったとか、熱が冷めたという兆《きざ》しはなかった。たとえば、一六一三年三月、シェイクスピアはブラックフライアーズの門楼《ゲイトハウス》を購入する交渉を完了している。「大門《グレイト・ゲイト》」の上にかかって建てられた「住居ないし宿舎」と言われるものだ。西側は国王衣裳管理部として知られる建物に面しており、東側はパドル・ドックへと続く街路だ。購入代金には、土地と壁も含まれていた。以前、雑貨小間物商が一角に店を構えていたことがある。ここならブラックフライアーズ劇場にも至近であり、パドル・ドックから艀《はしけ》に乗れば川の向かい側にあるグローブ座にもすぐ行けた。シェイクスピアはこの不動産に一四〇ポンドを払ったが、うち八〇ポンドは現金で、残り六〇ポンドには一種の抵当がからんでいた。

この購入は、純粋にシェイクスピアが思い立った資産運営なのかもしれないが、なぜ生涯にわたって続けてきた習慣を破って、ストラットフォードではなくロンドンの不動産を買ったのだろう。あちこちの芝居小屋に近くて便利だから買おうと思ったのか。まだ自分が演劇人だと思っていたということか。このときはフレッチャーと合作をしており、ストラットフォードにいては合作はほぼ不可能だっただろう。間借り暮らしが嫌になって、首都に永住地が欲しかっただけかもしれない。まだ四〇代であり、弟二人は死んだけれども、自分も長くないのではないかと疑う理由は何もなかった。

法律上の面倒があった。一七世紀の法律はかなり厄介だ。シェイクスピアは自分の利益を守るために三人の共同購入者ないし管財人を連れてきている。一人は、国王一座の同僚であるヘミングズ、もう一人はマーメイド亭の亭主ウィリアム・ジョンソン。このことからも、シェイクスピアがこの有名な居酒屋のちょっとした馴染み客だったことがわかる。三人目の管財人は、やはりマーメイド亭の馴染み客であるジョン・ジャクソン——その義理の兄弟であるイライアス・ジェイムズはパドル・ドック・ヒル近くにビール醸造所を持っていた。この界隈ではかなり名の通った三人であり、シェイクスピアが慣れ親しんだ社会を名実ともに代表していた。この三人の管財人を選んだのは、財産の三分の一が「寡婦」権によって自動的に妻のものとならないようにとの配慮からであり、死後この不動産をどうするかについての同意書が（もはや現存しないが）あったとも言われている。なるほど、シェイクスピア逝去から二年経った一六一八年に、管財人たちはこの門楼を「上記ストラットフォード紳士、故ウィリアム・シェイクスピアより託された信任を実行すべく……上記ウィリアム・シェイクスピアの遺言書の真の意図と意味に従」[23]って、クレメンツ・イン法学院のジョン・グリーンとストラットフォードのマシュー・モリスの手に渡しているのである（*Life* 244）。

モリスとグリーンはシェイクスピアの外戚だった。モリスは、シェイクスピアの義理の息子ジョン・ホールの父親ウィリアム・ホールの個人秘書をしており、ウィリアム・ホールから錬金術、占星術、天文学の本を預かって、これら学問の深奥についてジョン・ホールを教えたのである。グリーンは親しい友人であり、隣人であり、しばらくニュー・プレイスに住んでいたトマス・グリーンの弟だった。この二人の男はジョン・ホールとその妻スザンナ・シェイクスピアの代行をしていたように見える。門楼はシェイクスピア家がロンドンに持っていた唯一の財産であり、受益者としては上手に運用したかったことだろう。つまり、もってまわったやり方で、シェイクスピアはこの家が妻ではなく長女のものとなるように取り計らったのだ。それをどう解釈するかはさまざまであるが、おそらくアン・シェイクスピアはロンドンの家など要らなかったのであろう。知られている限り、ロンドンを実際に訪れたこともないし、夫の死後もロンドンに出てきたとは思えない。あるいは、ただ単に罰金を科されずに即座に抵当に入れて金を調達する法的な工面にすぎなかったのかもしれない。古い文書にはつい余計な意味を読み込みたくなるものである。

だが、この門楼にはとても奇妙な話がある。混乱期にカトリックの「隠れ家」となったというのだ。かつて僧院解体以前に黒僧侶《ブラックフライアーズ》〔ドミニコ会修道士〕の住処として、ここには古い土地柄があった。一五八六年に近隣の者が、この家には「いろいろな裏口や抜け道、多くの秘密の地下納骨所や人目につかぬところがあり、昔はカトリック信者が潜んでいるとされ、捜査された」(WS ii 166) と不平を述べている。ランカシャーのホートン家の親戚であるキャサリン・カラスはここで「堂々とカトリック信者として」(R. Wilson, *Secret* 260) 死んだ。そののちも、国教忌避の司祭たちの隠れ場所となり、何度も捜査を受けている。一五九八年には、ここには「川に抜ける秘密の通路」や「多くの秘密の通り道」があると報告されている (R. Wilson, *Secret* 166-7)。カトリックとの関係は単なる偶然であって、シェイクスピアはまったく別の理由でこの家を買ったのだろうが、ある種の愛着というか懐かしさがあったかもしれない。

　また、この家の数部屋をジョン・ロビンソンという男に貸していたようだが、この男は、ブラックフライアーズに司祭たちを住まわせていたカトリックの国教忌避者の息子であり、ローマのイングリッシュ・カレッジ[24]に滞在していた司祭の兄弟だった。ジョン・ロビンソンは疑いなくカトリックであり、実際サントメールにあるイエズス会のイングリッシュ・カレッジへの「入学勧誘員」(R. Wilson, *Secret* 260) として働いたかもしれない。シェイクスピアの遺書には、「ジョン・ロビンソンなる人物が居住している」門楼に対する言及がある。ロビンソンはシェイクスピアの間借り人ではなく召し使いだったと指摘する伝記作家もいるが、いずれにせよ、カトリックとのつながりは強い。ロビンソンはストラットフォードを訪れ、シェイクスピアの臨終の頃にニュー・プレイスを見舞った一人だった。シェイクスピアの遺書に署名をした立会人なのである。それ以外のことは知られていない。シェイクスピアならではの姿をくらますマントが、身近な人々の姿も覆い隠しているのだ。

　シェイクスピアが国教忌避者ないしその疑いをかけられた人たちとどんな付き合いをしていたのか、まったくもってわからない。知人のなかには、カトリックの信仰に殉じた六人がいた。一六一一年にジョン・スピードは、シェイクスピアとイエズス会宣教師ロバート・パーソンズをはっきり結び付け、「せっかちな詩人」および謀叛を企てようとする「悪意あるカトリック信者[25]」(R. Wilson, *Secret* 206) と呼んでいる。当時の人たちには結びつきが垣間見られていたのだが、今もってはっきりとしない。

　シェイクスピアの新たな隣人に、ブラックフライアーズにかなりの所有権を持っていたリチャード・バーベッジがいた。実のところ、門楼購入直後、シェイクスピアはこの友とともに驚くべき冒険に乗り出している。ラトランド伯爵の盾につける紋章《インプレーザ》の図案をデザインしたのだ。これは三月二四日の国王即位記念馬上槍試合の際にこの若き伯爵が身につけるものだった。インプレーザとは、それを身につける者の徳性を暗示する記章《バッジ》ないし徽章であった。厚紙の上に寓意画《エンブレム》と金言《モットー》が描かれるのが普通だった。シェイクスピアがラトランド伯爵のために考えた金言は、伯爵にふさわしく謎めいていた。そのときのある宮廷人は、金言にはあまりにも曖昧なものがあって、「その意味は依然としてわからず、ひょっとすると、理解されるものにあらずというのがその意味だったのかもしれない」(Kay 328) と記している。シェイクスピアはこの図案のデザインに四四シリング分の金塊を支払われ、その作成と彩色を担当したバーベッジも同じだけ受け取っている。肝心の物は現代に伝わらないが、明らかに若き伯爵はシェイクスピアとバーベッジを宮廷風作者として最も傑出した二人と考えていたようだ。バーベッジはまた、画家を副業としてかなりな評判を得ていた。ラトランド伯爵は、『ペリクリーズ』の騎士競技大会でシェイクスピアが考案したインプレーザを見ていて、文字どおり感心《インプレス》したのかもしれない[26]。

作家人生も最後となったこの頃になって、シェイクスピアが比較的小さな仕事の依頼を受けたのは意外なことではない。なにしろ若い頃は「なんでも屋《ヨハネス・ファクトータム》」と呼ばれた男だ。小さな仕事も喜んでやったかもしれない。たとえば、友人や同僚のために墓碑銘を作ってやったのではないかと考えられた時期もあった——時にふざけて、時には真剣に。パドル・ドック・ヒルに住んでいたビール醸造者イライアス・ジェイムズの墓碑銘が残っているが、シェイクスピア作ではないかとも言われている詩「死んでみようか?《シャル・アイ・ダイ》」が書き込まれた原稿のなかに、墓碑銘の文句が書かれていたのだ。精確さにかけては定評のある一七世紀の古物研究家サー・ウィリアム・ダグデイルは、トング教会にあるサー・トマス・スタンリーとサー・エドワード・スタンリーの墓に刻まれた墓碑銘は「今は亡き有名な悲劇作家ウィリアム・シェイクスピアが書いたもの」と述べている（Collier, *Works* ccxliv）。このことによって、シェイクスピアとスタンリー家とのつながりが強まり、「ジェントルな」シェイクスピアの知己についての我々の理解も深まる。シェイクスピアはまた、ストラットフォードの親しい隣人であるジョン・クームにも墓碑銘を書いたようである[27]。シェイクスピアは墓や墓碑には特別の関心を寄せ、愛着を抱いており、まちがいなくクーム家は埋葬をシェイクスピアの手に委ねたようだ。シェイクスピア自身の墓碑銘——「わが骨を動かす者に呪いあれ」という有名な文句があるもの——も、埋葬された本人が書いたと言われている[28]。

第88章 こんなことをされる覚えはありません
〔『オセロー』第四幕第一場〕

一六一三年六月二九日火曜日の午後に起こった事件によって、シェイクスピアのあらゆる計画はめちゃくちゃになってしまった。国王一座はグローブ座で『すべて真実』を上演していた。ヘンリー八世の結婚問題を題材としてシェイクスピアとフレッチャーが一緒に書いた芝居である。それまで二、三度しか上演されていない新作だ。宮廷人サー・ヘンリー・ウォットン[29]が、この日起こった災難の完全な記録を残している。ウォットンの記録によれば、

> ヘンリー王がウルジー枢機卿の家で仮面劇を上演する場面で、王の入場にあたって大砲が発射されると、大砲のひとつに詰まっていた紙か何かから、茅葺き屋根に火がついた。最初は単なる煙だと思われ、観客の目は芝居に向けられていたが、屋根のなかで火が熾《おこ》り、導火線のように燃え広がった。一時間もしないうちに、劇場全体が灰燼に帰した。これがあのすばらしい建物の最期となったが、なかにあるもので燃えたのは木材と藁、いくつかの見捨てられた外套だけだった。一人の男だけがズボンに火がつき、もし一瓶のエール酒で火を消すという機転が利かなかったら丸焼けになっていただろう。(*WS* ii 344)

それほど皮肉でない別の観察者は、次のように記録している。「劇場の茅葺き屋根に火が回り、二時間と経たないうちに劇場全体を燃やしてしまうまで激しく燃え続けた（人々は身を守ることができた）」(Levi 330)。三つ目の記録は、「あやうく焼け死ぬところだった子供を助けるためになかに入っていった一人の男がやけどをしたほかは」観客は怪我をせずに脱出できたと確認している(Wells, *Life* 375)。

これは国王一座にとって災難だった。一度のあっという間の出来事で、公演の場所も投資先も失ってしまったのだから。「巨大な地球《グローブ》そのもの」が「溶け去って」、「あとには一片の浮き雲も残しはしない」というプロスペローの台詞が現実になってしまったようだ（第四幕第一場）。

もちろん、劇場を早急に再建しなければならないという問題があった。シェイクスピアは劇場の株の一四分の一を所有していたので、再建費用の一四分の一を負担しなければならなかった。五〇ポンドから六〇ポンド程度にはなっただろう。シェイクスピアにはまだブラックフライアーズの門楼の費用として六〇ポンドの借金があり、六ヶ月以内に支払うことになっていた。裕福な田舎の地主であっても、これはすぐに用立てる金額としては高額だった。シェイクスピアの遺言にはグローブ座の株のことは書かれていないため、火事の後で株を売却した可能性がある。グローブ座は一年以内に再

建されたが、シェイクスピアはもはや共同所有者ではなかった。この時か、あるいはのちに、ブラックフライアーズ劇場の株も売却してしまったのだ。演劇界との経済的な利害関係は終わったのである。シェイクスピアは株を手放すと同時に劇作も止めたかもしれないが、これは終始実際的だった劇作家人生にふさわしい実際的な終幕だと言えるだろう。

さらに、娘のスザンナをめぐる個人的な心配事もあった。スザンナはこの年の夏、「水の出る病気になり、レイフ・スミス[30]と不貞を働いていた」――つまり、レイフ・スミスと性的関係を持って淋病にかかった――と公言した近隣のジョン・レイン[31]を名誉毀損で訴えていたのである。ストラットフォードのような小さく閉じた共同体では、立派な医者の妻であり地元の名士の娘に対してこのような申し立てをすることには問題が多かった。この訴訟はウスター大聖堂の主教の宗教法廷で審理を受けた――この問題が真剣に受けとられたというしるしである――が、ジョン・レインは尋問に現れなかった。スザンナ・シェイクスピアの申し立ては認められ、ジョン・レインは破門された。

一六一三年の後半、グローブ座もなく、七月から一二月にはブラックフライアーズ劇場もほぼお決まりの閉鎖状態にあったため、国王一座は晩夏から秋にかけてフォークストン[32]、オックスフォード、シュローズベリー[33]、そしてストラットフォードを巡業した。宮廷では一四回の公演を行い、そのなかにはウィリアム・シェイクスピアとジョン・フレッチャーの共作による芝居が二つあった。『すべて真実』と『二人の貴公子』はシェイクスピアと国王一座との関係が生み出した最後の果実であり、そのためあらゆる最後のものが持つ奇妙な地位を保持している。シェイクスピアは自ら宮廷に出向いて、君主の祝福と感謝の言葉を受けたかもしれない。『すべて真実』のグローブ座での上演は不幸な結果に終わったが、この芝居は宮廷での公演という私的な状況にも、また特にブラックフライアーズの室内劇場にも同じように適応可能であった。演劇にごく稀に起こる魔法と言えるだろうが、劇中で描かれる事件のいくつかは、実際に公演が行われたブラックフライアーズの大広間で起こったのだった。芝居が歴史上の事実を驚くほど完璧に再現したので、公演には全体としていささか不気味な歴史的既視感があったに違いない。問題の場面とは、ヘンリー八世とアラゴンのキャサリン王妃が、二人の婚姻が正当かどうかを決するために教皇特使が開いた宗教法廷に姿を現す場面である。これは離婚裁判だとする説もあるが、そうではない。もし結婚が成立していなかったのなら、離婚はあり得ないのだから。それでもなお、これは厳粛かつ神聖な出来事であり、『すべて真実』では劇的スペクタクルとレトリックの重みをもって描かれている。

この描き方は、つい先頃終わった過去の時代への歴史的言及に満ちて堂々たる威厳を持つ歴史劇にふさわしい。サー・ヘンリー・ウォットンはグローブ座の火災を報告した文章のなかで、この芝居では「多くの驚くべき豪華さや威厳のある場面が描かれていた」と書いている。ウォットンは演劇のこのような要素を好まなかった。これではまるで、劇場が第二の宮廷に見えてしまうと思ったのだ。劇中にはスペクタクルや仮面劇、行列やトランペットの演奏があり、ある場面の入念なト書きには「短い銀の杖……国璽……銀の十字架……銀の職杖……二本の大きな銀の柱」の使用が指示されている。少なくとも二三名の役者が舞台に乗らねばならない場面もあった。プロローグで約束された「短い二時間」に収まるためには、劇全体が高速で進行しなければならなかっただろう。

この劇のうちどれだけがシェイクスピアの考案になるもので、どの程度がフレッチャーのものなのかは推測するしかない。しかし、過剰な大仰さは年少のフレッチャーのものだとする前に、シェイクスピアも初期の劇作品ではスペクタクルに対するはっきりした嗜好を見せていたことを思い出すべきだろう。当時は、英国史劇が再び人気を集め出した時代であり、シェイクスピアは常に流行に気を配っていた。

『すべて真実』はまた、シェイクスピアにウルジー枢機卿という人物の性質と性格を探究する機会を与えてくれた。ウルジーの内面を描くことで、あからさまな派閥問題や偏見を避けたことも驚くには当たらない。シェイクスピアはウルジーの威厳に驚嘆するが、その没落を憐れみもする。ジェイムズ王がスペインとの和平を求めていた当時、スペイン人の王妃である傷つけられたキャサリンが、悩める美徳の権化として造形されているのも当然だっただろう。

宮廷で陰謀が渦巻くなか、国王と枢機卿が最初に登場する第一幕の最初の二つの場面を書いたのがシェイクスピアであるという点では、意見が一致している。[34] また、宗教法廷の大掛かりな舞台を書く一方で、アン・ブリンと「老婦人」との親密で下《しも》がかった会話も手がけている。これらはいわばシェイクスピアの「十八番」だったのだ。実際には、法廷の場面は主要な種本であるホリンシェッドの『年代記』から大部分書き写しており、ひょっとしたら初期のシェイクスピアの錬金術——借りてきたものをさっと変えてしまう技——が働いていないかもしれない。しかし、韻文には力があってしなやかなので、演劇的な力はいささかも衰えていないように思われる。ウルジーが自らの没落に思いをめぐらす場面も書いているが、この有為転変もシェイクスピアが初期の歴史劇で会得したものだ。挫折する者がいるといつでも、シェイクスピアは同情でその人物を包むのだ。また、最終幕の最初の場面を書いて大詰めに向かう流れを定めたのもシェイクスピアだ。シェイクスピアが劇全体の構成とトーンを作っているのだ。また、完成稿に目を通し、あちこちに言い回しやイメージを付け加えたかもしれない。あのとらえどころのないボーモントが第三の共作者だったかもしれないが、そこまで推測しても仕方がないだろう。[35]

ウィリアム・シェイクスピアとジョン・フレッチャーの次の共同作品が『二人の貴公子』だったことには疑いの余地はなさそうだ。一六三四年の初版本クォート版の表紙には、「国王一座によりブラックフライアーズで上演され、大喝采を受けた。当代の名士たちであるジョン・フレッチャー氏および紳士ウィリアム・シェイクスピア氏の作」と書かれている。

フレッチャーの名が先に来ていることは注目に値するだろう。

シェイクスピアはここでも再び、第一幕の全体とそのあとの三つの幕[36]のそれぞれ一部を書いて劇の基本的な構成を形作っている。また、完成した作品に目を通して、必要に応じて言葉遣いを変えたり加筆したりしたかもしれない。

『二人の貴公子』はチョーサーの『カンタベリー物語』にある「騎士の物語」を基にした話である。よくあることだが、種本に対してシェイクスピアはより儀礼的、フレッチャーはより自然主義的な態度をとっている。この作品がフォーリオ版シェイクスピア全集に収められていないという事実は、『二人の貴公子』は個人の作品というより劇団のものと考えられていたことを示すものかもしれない。『すべて真実』がこのような運命を免れたのは、すでにシェイクスピアのものとされている長い連作歴史劇の到達点だったためだろう。

しかし、きわめて鋭敏な二人のシェイクスピア解釈者が、『二人の貴公子』にほとんど圧倒的なまでのシェイクスピアの存在を感じていた。チャールズ・ラムはこの作品中シェイクスピアの書いた部分について、「何もかも混ざっている。行が行に重なり、文章も隠喩も戸惑っている。ひとつの考えが殻を破る前にまた別の考えが生まれ、声を求めて叫んでいる」と書きとめた（Bate, *Romantics* 556）。シュレーゲルもまたこの劇について、「思いは簡潔にして豊潤であり、ほとんど不明瞭さと隣り合わせである」と考えた（Bate, *Romantics* 557）。意味が作者から逃げ去り、過剰にある豊かな言い回しのなかに見失われてしまうときもあれば、言葉が究極まで酷使されるときもある。

膝が地面に触れるのは、ほんのわずか、
首を抜かれた鳩が震えるほどでよいのです。
お伝えください。もし陛下が血糊滴《したた》る戦場で
骸《むくろ》となり、太陽を恨み、月を嘲り、倒れていたら
あなたならどうなさるかを。[37]

（第一幕第一場一二九―三一行）

一人の王妃が自分の慎《つつ》ましい願いについて語る次の台詞のように、まさにシェイクスピアそのものと思える部分もある。

涙で洗ったわれらが願い、
とくとご理解いただいたとは。

（第一幕第一場一八四―五行）

実際、言葉遣いが非常に複雑で、「困難」という概念そのものを表現しているのではないかと思えるときもある。また、シェイクスピアが自分自身の歪んだ冗漫さを戒めているような場面もある。シェイクスピアが作り出した媒体は非常に柔軟かつ巧緻だったので、事実上これを好きなように使うことができたのである。このため、おそらくこの劇の最後の数行を引用する価値はあるだろう。慣例どおり、劇の最後の言葉は舞台上に残った人物のうち最も身分の高い者が口にすることになる。これはアテネ大公テーセウスの言葉であり、

シェイクスピアが舞台のために書いた最後の言葉だったと言われている。

ああ、不思議な魔法を使う神々よ、
人間をどうなさろうというのです！　人は
手にできぬものを笑い、手にしたものを悲しむ。
一喜一憂してどこか子供じみている。現在のありように
感謝しよう。そしてわれら人間にはかなわぬ問題は
天に任せるのだ。さあ、行こう。
時に応じた態度を示すのだ。

（二七八〇—六行〔第五幕第四場〕）

この決意に満ち、ストイックで、抑えた快活さと無常観のある言葉は、振り返って考えればシェイクスピアのキャリアにふさわしい墓碑銘だといえるかもしれない。

第89章 私自身は寄る年波を重ねました

〔『じゃじゃ馬馴らし』第二幕第一場〕

一六一四年春、ある説教師がニュー・プレイスに一晩滞在した。シェイクスピアの家の隣にある組合《ギルド》礼拝堂《チャペル》で説教をすることになっており、教会はこの牧師をもてなすために「酒二パイントとクラレット・ワイン二パイント」(*Life* 230)代としてシェイクスピア家に二〇ペンスを支払った。このとき家の主人が在宅だったのかわからないが、ブラックフライアーズの門楼よりはストラットフォードで過ごす時間のほうが多かったであろう。もはや芝居を書きもしなければ、共同執筆もしなかったという明らかな事実からして、どうやら引退か半ば隠居を決め込んだようだ。しかし、ロンドンへは依然として行き来をしていた。

シェイクスピアの最初の伝記を書いたニコラス・ロウは、こう記す。

晩年は、良識ある人なら誰もが望むように、楽隠居をして友達とおしゃべりをして過ごした。チャンスをつかみ、願いもかなない、一財産を成すほどの幸運に恵まれたわけであり、死ぬ前の数年は故郷ストラットフォードで過ごしたと言われる(WS ii 268)。

この話の本質的なところを疑うべき理由は何もないが、ただ、どうやらブラックフライアーズの門楼購入を度外視しているようだ。引退の理由はさまざまに推測されてきた。疲れたからだとか、病気になったからとか、死期を悟ったからとか、これまでの戯曲に手を入れて出版に備えようとしていたとか。どれも当てはまったかもしれないし、みな的はずれだったかもしれない。

ニコラス・ロウは、さらに、「シェイクスピアの愉快な機知と人柄のよさは人付き合いを増やし、近隣の紳士たちと親しくすることになった」(WS ii 268)と言う。「紳士たち」には、もちろん、小さい頃から何人も知っていた町のお偉いさんたちも含まれているのだろう。そのうち何人かは、遺書で名前を挙げている。たとえば、クーム家の人々――ストラットフォード一大きい家に住み、ウォリックシャーでも指折りの大富豪だ。大地主のナッシュ家の人々――ニュー・プレイスのお隣さんだ。かなり羽振りのいい羊毛業者で町長だったジュリアス・ショー(38)――ニュー・プレイスから二軒先に住んでいた。そのほかにももちろん多くの隣人が――自分の家族も――近隣に住んでいた。そうした人たちに毎日会い、挨拶を交わしたり、おしゃべりをしたのだ。シェイクスピアは、子供の頃以来初めて家族と打ち解け、生まれ故郷に溶け込んでいた。いわば、出発点に戻ってきたのだ。シェイクスピア後期の劇に何度も出てくる回復と再生のテーマが、人生そのものに当てはまったのである。

地元のお偉いさんとも、友誼とまではいかなくとも、知己を得ただろう。そのなかには、ストラットフォードに近接するクリフォード・チェインバーズに住んでいたサー・ヘンリーとレイディ・レインズフォード[39]夫妻がいた。シェイクスピアの義理の息子ジョン・ホールは夫妻のかかりつけの医者だった。また、夫妻は高名なウォリックシャーの詩人マイケル・ドレイトンとも昵懇《じっこん》にしていた。ジョン・ホールは、ドレイトンに「スミレのシロップ」という調合物を処方したことがある。ドレイトンは、シェイクスピアのように、ウォリックシャーの名もない田舎者からイギリス文学の名士にまでなった男だが、ひょっとしてもっと重要なのは、紳士階級にまで成り上がったことかもしれない。二人のたどった道は違う。ドレイトンは、劇作家として名を成してから、文学と詩の領域で燦然と輝き、イギリスの「桂冠詩人」となるに至り、ウェストミンスター寺院に記念碑まで建ててもらったが、シェイクスピアのほうは田舎の教会で我慢しなければならなかった。シェイクスピアは劇中、ドレイトンの作品に言及し、ドレイトン自身もシェイクスピアを称える詩を発表している。[40]ドレイトンはまた、しばらくニュー・プレイスに住んでいたトマス・グリーンの親友でもあった。ストラットフォードの司祭は、シェイクスピアが死んだのは、ドレイトンとシェイクスピアとベン・ジョンソンがストラットフォードで「陽気な宴会」をしたからだとしている。確かに三人とも知り合いで、故郷で会うということはあっただろう。

それから、ブルック男爵フルク・グレヴィルがいた。ストラットフォードのため大活躍をしたビーチャム・コートのフルク・グレヴィルの嫡男だ。詩人・劇作家として、グレヴィルはシェイクスピアを大変よく知っていて、ある意味でシェイクスピアの「先生」だったという謎めいた逸話を残している。

もっと広く、ウォリックシャー「組」というのもあり、そのなかには、フルク・グレヴィルやトマス・グリーンのような、互いに強い結びつきを感じていたミドル・テンプル法学院出身者がいた。土地柄、お国柄の結びつきは一七世紀初期のイングランドではかなり強く、ロンドンの仕事を辞めたシェイクスピアがストラットフォードに帰るのは当然であり、それ以外は考えられなかった。

ところが、一六一四年の初夏〔七月九日〕、「突然の猛火」がストラットフォードの一角を呑み込んだ。炎の力は「ものすごく——強風が町に吹きつけていた——あちらこちらに飛び火して、町中すっかり焼け落ちてしまう危険にさらされた」（*Life* 230）。総額八〇〇〇ポンドの被害となった。こんな大火事は、これまでにもシェイクスピアが生まれてから二度あった。犠牲者のために慈善寄付が集められた。シェイクスピア自身の家も、納屋や離れ家や厩《うまや》など、あちこちにある物件も、被害を免れた。

しかし、この年、近隣の共同地の囲い込みについての論争にシェイクスピアは巻き込まれた。たいてい地元の問題からは距離を置いていたようだ。三年前、ストラットフォードの裕福な自由土地保持者たちが「本街道が通行しやすくなるように」国会に議案を通そうとして資金を調達した（M. Eccles 133）ことがあり、資金提供者の名簿には七一人の名前があったが、シェイクスピアの名前はあとでトマス・グリーンが右側の欄外に書き加えたものだった。どうやらシェイクスピアは最後の最後になって資金を出したらしい。

だが、一六一四年秋、シェイクスピアが土地を所有していたウェルコームの小さな村で揉め事があった。シェイクスピアが懇意にしていた家族の息子ウィリアム・クームが、その近隣にあった叔父〔ジョン・クーム〕の土地を受け継いだ。すると、クームは、大法官エルズミアの執事アーサー・マナリングと手を結んで、オールド・ストラットフォードとウェルコームの土地を囲い込む計画を立てた。これにより土地利用の効率はよくなるが、土地は作物ではなく羊に取られることになる。その結果、穀物は値上がりし、共同地に放牧する権利は制限される。新しいことをやってみようとする地主が、共同体の権利を守ろうとする人たちと対立するという昔からよくある話である。この場合は、ウィリアム・クームとマナリングがストラットフォードの町議会の抗議を受けたのだが、誰よりもうるさく喚きたてたのはトマス・グリーンだった。つまり、シェイクスピアの従兄弟が、シェイクスピアの友達と対立したのだ。

シェイクスピアはそのあいだに、計画された囲い込みの結果、シェイクスピアの一〇分の一税徴収権が受ける「あらゆる損失や支障」（*Life* 231）の代償を受けるという取り決めをマナリングと別に交わしていた。シェイクスピアは、この論争のどちらにも味方するつもりはなく、ただ自分の経済的利益を守ったのだ。トマス・グリーンは、ロンドンまで旅して、町の事情をウェストミンスターへ訴え出て、一一月中旬には従兄弟を訪れ、「ご機嫌伺い」（ibid.）をしている。つまり、シェイクスピアはロンドンに戻っていたわけであり、その年の自分の芝居の宮廷上演を監督するためにブラックフライアーズに滞在していたと思われる。グリーンはシェイクスピアに、囲い込みの計画について問い、

〔シェイクスピアが〕私に語ってくれたところでは、囲い込むのはゴスペルの小森からこちら側だけであり、そこからまっすぐ（渓谷の一端と野原を除いて）クロプトンの生垣の門まで、ソールズベリーの土地を囲うのだと連中は請け合ったという。四月に土地の検分をして、執行はそれからであって、それ以前ではないと言ったそうだ。

つまり、シェイクスピアは、囲い込むところを細かく知っているほどクームとマナリングの計画によく通じていたのだ。その領域の地勢も幼い頃から知っていたのだから当然すっかり馴染んでいた場所だったはずだ。だが、この場合も、自分にごく親しい人たちが関わる紛争で、どちらかの味方をすることはなかった。シェイクスピアはグリーンに、囲い込みはされないだろうと言って慰め、義理の息子ジョン・ホールもそう思うと唱和した。ホールはシェイクスピアにつき従ってブラックフライアーズに来ており、この会談に立ち

会っていたのだ。ホールが来ていたのは、親戚としてなのか医者としてなのかはわからない。

しかし、二人の慰めとは裏腹に、囲い込みが始まってしまった。その年の末までにクームとマナリングは囲い込みの準備として、生垣を植え、堀を掘り始め、トマス・グリーンはその土地のお偉いさんたちが勢ぞろいする会合に出た。グリーンは「従兄弟のシェイクスピアに、その会合で我々が行った宣誓の写しと、囲い込みによって増える不利益の説明を」送ったと記している。反対運動をするにあたり、シェイクスピアの支援と忠告が重要だと考えられていたのは明らかだ。生垣と堀の作業が進む一方、ストラットフォード町議会は堀を埋め、この時点で両者の間に乱闘事件が起こった。クームはストラットフォード町議会のメンバーを「ピューリタンの悪党め！」と呼んだが、それから町議会によってストラットフォードの女子供らが駆り出されて堀を埋めたのである。

このまま事態は春まで凍結し、春になってウォリックの巡回裁判により、クームとマナリングは正当な理由のない限り計画を進めてはならないと禁じられた。クームはそれに耳を貸さず、ウェルコームの村から村人全員を追い出そうとさえした。シェイクスピアは再びトマス・グリーンの日記にこう登場する――「W・シェイクスピアは、私がウェルコームの囲い込みを我慢できなかったとJ・グリーンに語る」。「J」とは、グリーンの兄のことだ。「我慢」（beare）というのは「妨害」（bar）に思えるが、それならシェイクスピアの発言の意味がはっきりする。囲い込みの作業が進んでしまうということだ。それを妨害できないと考えたシェイクスピアはまちがっていた。最終的に王座裁判所の裁判長はクームに計画中止を命じたのだ。

囲い込みの危険に対するシェイクスピアの対応を批判した歴史家もいた。土地紛争において「民衆」の味方をしなかったと責めたのだ。しかし、シェイクスピアは囲い込みを進めたほうが結局はためになると単純に信じていたのかもしれない。しかし、おそらく本当のところは、何も「信じ」たりはしなかったのだろう。論争において一方の肩を持つことはできない人であり、自分に深く関わる問題においても慎重に公平であり続けたのだ。シェイクスピアが怒ったり、人を軽蔑したり、敵意をむき出しにしたりするのを想像するのは難しい。もっぱらの関心事は自分の財産を守ることにあったようだ。いずれにせよ、囲い込みに対するシェイクスピアの感情は、世事から一歩身を引いて見つめる諦観のようなものを感じさせるが、これはシェイクスピアの最後の芝居の最後の台詞とも響き合う。

さあ、行こう。
時に応じた態度を示すのだ。

〔『二人の貴公子』第五幕第四場〕

第90章 運命の糸車はひとまわりし、因果応報、俺はこのざまだ

〔『リア王』第五幕第三場〕

一一月からクリスマスの後まで、シェイクスピアはロンドンに滞在していた。これだけ長くブラックフライアーズにいたということは、演劇関係の仕事で忙しくしていたのであり、（ジョン・ホールが付き添っていたからといって）健康状態が特に悪いわけでもなかったのだろう。ここにいてくれと国王一座に引き止められたのかもしれない——シェイクスピアが劇作家業から引退したことで国王一座の収入だけでなく評判にすら大きな影響が出ていたために。この年の冬のシーズンのあいだ、国王一座は八回の宮廷公演を行ったが、宮内大臣は次のように不満を述べている。「詩人たちの脳と創作力は干上がってしまったらしい。新作五本のうちよいものはひとつとしてなかった。このため旧作を発表するしかなかったが、これが劇団にとっては多くの収入をもたらす最上の手である」（*MA* ii 816）。ここで宮内大臣が（少なくとも部分的に）述べているのは、シェイクスピアの芝居などの「古い」レパートリーのほうが「新しい」芝居よりもかなり高い評価を得ていたということである。シェイクスピアはかつてないほどの人気を博していたのだ。

前述のように、演劇界に伝わる伝承によれば、『すべて真実』におけるヘンリー八世の役をシェイクスピアが直接演技指導をしたという。一七世紀後半には、「国王の役はベタートン氏によって適切かつ正当に演じられた。ベタートン氏はサー・ウィリアム〔・ダヴェナント〕の指導を受け、ダヴェナントはあのローウィン氏から、そしてローウィンはシェイクスピア氏本人から指導を受けたのである」と言われていた（Duncan-Jones, *Ungentle* 259）。つまり演技指導の系図はジョン・ローウィンまでつながっていたわけだが、ローウィンは実際にシェイクスピアの晩年に国王一座の一員であった。シェイクスピア[41]は若かりし日のこの役者に、自らの最後から二番目の作品を演じる指導をしたらしい。

また、一六一五年春にもロンドンに戻っていたかもしれない。当時、シェイクスピアとほか六名が、ブラックフライアーズにある資産の譲渡証書を渡すようにとグレイズ・イン法学院のマシュー・ベイコンに対して訴状を提出しているのだ。しかし、シェイクスピアがロンドンに滞在した可能性のある機会は記録上これが最後となる。ストラットフォードに戻り、二度とそこを離れることはなかったのである。

一六一六年の年明け最初の数週間には、シェイクスピアは遺書をまとめるための指示を出しているので、何か深刻な病気に苦しみ始めていたのだろう。遺言作成の指示を出したのは一月一八日であり、数日後には執行されるように手配しているが、何らかの理由によってこの予定は延期されている（Halliwell-Phillips, i 391）。当時、遺言状の作成は死の二週間ほど前に行われるのが普通だったと推測されている。病状に

ある種の緩解や回復が見られたのかもしれない。

シェイクスピアの体調不良、あるいは病気がどのような性質のものだったのかについては、終わりのない議論が繰り広げられてきた。シェイクスピアは第三期梅毒にかかっていたのだという説がある。梅毒は当時珍しくない病気であり、シェイクスピアもその危険にさらされていたことはまちがいない。シェイクスピアの晩年の署名の分析によると、多作の作家がかかる病気の一種である「書痙」と呼ばれる病に冒されていたのではないかとも言われている。だとすればまとまった長さのものを書くことはできなかっただろうから、劇作家業からの引退の説明もつく。ほかには、アルコール中毒で死んだのだという説がある。シェイクスピア、マイケル・ドレイトン、ベン・ジョンソンの「愉快な集まり」についてはすでに言及した。ストラットフォードの牧師によれば、三人は「飲みすぎており、シェイクスピアはこの場で感染した熱病によって死亡した」のだという（WS ii 250）。もちろん、これがアルコール中毒によるものとする必要はない。

しかし、長患いでは全くなかったかもしれない。突然の病が暴力的に襲いかかり、一度は退却したものの、そののちさらに強い毒をもって体に入り込んだのかもしれない。ある一七世紀の医師は、熱病が「特にストラットフォードで猛威を振るい」、一六一六年は特に病気が流行った年だったと書いている（C. Elton 306）。一六一五年から一六一六年の冬には、インフルエンザが流行した。冬の気候そのものが「暖かく、荒れ」ており、熱病の温床だった。また、ニュー・プレイスのそばには小川が流れていたが、このような小川は発疹チフス菌を運ぶことがのちに証明されている。つまり、シェイクスピアは腸チフスによって死亡したのではないかという推測ができる。葬儀は死後すぐに行われているため、シェイクスピアの命を奪った病気は伝染性のものと思われたのではないかと考えられる。

しかし、遺言の執行が延期された原因のひとつは、まだ家に残っていた娘の婚儀だったのかもしれない。ジューディス・シェイクスピアの婚約者は、家族ぐるみの友人であるトマス・クイニーであったが、翌月には二人は特別の許可を得ずに四旬節に結婚式を挙げた罪で破門されている。二人は結婚を急いでいたのかもしれない。罪は地元の牧師にあったようだが、罰を受けたのは結婚した二人だった。悪い知らせはさらに続いた。クイニーが地元の娘と不法な性交渉をもったとして、姦淫法廷の場に引き出されたのである。相手の娘マーガレット・ホイーラーは子供を死産して亡くなっていた。母と子が埋葬されたのは三月一五日で、クイニーとジューディス・シェイクスピアの結婚式からわずか一ヶ月後のことだった。結婚時に、クイニーが妊娠させた女性がまだ町で生活しており、お腹の子の父親が誰であるかを公言していて、皆が知っている地元の噂になっていたに違いない。これは地元の恥であり、シェイクスピア一家にも関わる不面目であった。この結果、シェイクスピアは遺言状に変更を加え、トマス・クイニーの名を削っている。

遺言状が完成したのは一六一六年三月二五日だった。遺言はシェイクスピア自身の手によって執行されたとする説もあるが、その可能性はかなり低い。遺言状を書いた（あるいは書き取った）のはシェイクスピアの弁護士フランシス・コリンズかその書記だっただろう。下書きは一月にできていたが、その後変更が加えられていた。冒頭の一ページが取り替えられ、二ページ目と三ページ目にも多くの変更が見られる。遺言状は慣習に則り、「神の御名において、アーメン。我ウィリアム・シェイクスピアは完全な健康と記憶において（神に賛美あれ）、この最後の遺言を書き定める」という信心深い宣言とともに始まる。シェイクスピアが完全な健康と記憶を保持していたかどうかは定かでない。文末の署名は、体力がなく衰弱した人物のもののように思える。

最初に扱われているのは、トマス・クイニーと結婚してしまった娘ジューディスの問題だ。「義理の息子」への言及は取り消され、その代わりに「娘ジューディス」という一節が加えられている。シェイクスピアはジューディスに、ニュー・プレイスの近くのチャペル・レインにある田舎家の所有権を主張しないことを条件に一五〇ポンドを遺贈している。これはつまり、ジューディスと夫がこの田舎家に住んでいたということなのだろう。また、ジューディスまたはその子孫が三年後にも生存していた場合、さらに一五〇ポンドが与えられることとした。トマス・クイニーがこの金額を手にできるのは、妻ジューディスに同額の価値のある土地を与えた場合に限られた。これは、少なくともジューディスの姉スザンナに与えられた気前のよい贈り物に比べれば高額の遺贈とは言えない。衡平法によれば、この三倍から四倍はもらえるはずだ。つまり、シェイクスピアはある点では下の娘に対して厳しく断乎とした態度をとったことがわかる。

その後、シェイクスピアは妹ジョーン・ハートに三〇ポンドと衣類を遺贈している。ジョーンはまた、名目のみの家賃でヘンリー・ストリートに滞在することを許され、三人の息子たちもそれぞれ五ポンドを受け取っている。残念ながらシェイクスピアは甥の一人の名前を忘れてしまっている。妻への言及はほとんどないが、アン・シェイクスピアはシェイクスピアの遺産の三分の一を自動的に受け取っていたはずなので、公式の書類でアンの名を出す必要はなかった。しかし、シェイクスピアはひとつだけ但し書きをしている。遺言状の第二稿に次のように付け加えているのだ。「一、わが妻に二番目によいベッドと家具を与える」。これは多くの推測――特に、シェイクスピアはなぜ「一番よい」ベッドを妻に与えなかったのだろうかという強烈な疑問――のもとになってきた。実際には、家庭内の「一番よい」ベッドはそもそも客が使うものであった。「二番目によいベッド」とは夫婦のためのベッドのことであり、それゆえに二人の結びつきの証拠と考えるべきであろう。(42) ある文化史家が言うように、結婚のベッドは「結婚、貞節、アイデンティティーそのもの」を表象する「家庭内で唯一無二の重要な所有物」であった（Gent 325）。このベッドは、実のところショタリーのハサウェイ家の農家から受け継いだものだったのかもしれない。シェイクスピアが横たわっているベッドもこれだったのかもしれない。シェイクスピアがこの贈与を追加として書き加えていることから、その意図が善良なものだったことが窺われる。最後の瞬間に妻を冷遇しようと思ったわけではないだろう。しかしながら、いささか興味深いのは、シェイクスピアが自分の妻を遺言状によく見られる「いとしい」、「愛する」といった言い回しで呼ぶ必要をまったく感じなかったことだ。シェイクスピアは慣習的な感傷を必要としなかった、あるいは好まなかったのである。またシェイクスピアは妻を遺言の執行者として指名せず、代わりにすべてをもっと頼りになる娘スザンナの手にゆだねている。つまり、アン・シェイクスピアには遺言を執行できない事情があったのかもしれない。

事実、遺贈の半分以上は長女スザンナとその夫に宛てられている。シェイクスピアはこの二人を自分の財産の管理者に指名し、夫妻に「わが所有物、動産、貸借物件、宝石、家財道具の残りすべて」を譲っている。「貸借物件」にはグローブ座とブラックフライアーズ劇場の株も含まれていたかもしれない(もしシェイクスピアがまだ株を保持していたとすれば)。シェイクスピアはスザンナにニュー・プレイスと、ヘンリー・ストリートの二軒の家、およびブラックフライアーズの門楼をも遺した。これに加えて、過去数年にわたって少しずつ購入してきた土地もすべてスザンナに遺贈されている。この遺贈は分割してはならず、そのままホール夫妻の長男、または次男の息子へと、シェイクスピア家の系図の想定上の男系に継承されていくものとされていた。シェイクスピアが当然のように男系を重んじていたことは明らかだった。だが、その意図に反して男系は途絶えてしまうことになる。

親類や隣人への贈り物や、国王一座の仲間たち――リチャード・バーベッジ、ジョン・ヘミングズ、ヘンリー・コンデル――へは、金の指輪が贈与されていた。ヘミングズとコンデルはその後、シェイクスピアのフォーリオ版戯曲全集の生みの親となるので、金の指輪は「私を忘れないで」という意味の記念品かもしれない。そうだとすると、ストラットフォードでシェイクスピアが今後の出版に備えて自作を見直していたということもありえそうな話になってくる。

シェイクスピアはストラットフォードの貧者救済に一〇ポンドを遺贈しており(太っ腹な額とはとても言えない)、儀礼用の剣をトマス・クームに遺した。シェイクスピアの遺言状に蔵書や芝居の脚本に関する言及が見られないのは奇妙あるいは異常だと考えられてきたが、これらは主にホール夫妻が継承した「物品」に含まれていたのだろう。現代に伝わらない目録に含まれていたのかもしれない。ジョン・ホールはのちに自らの遺言状のなかで、完全に失われてしまった「書斎」に言及している。また、シェイクスピアの孫娘(男子の子孫はいなかった)が「祖父の書いたものの多くをストラットフォードから持ち去ってしまった」とも言われているが(*Life* 249-50)、今となっては確認することはできない。

シェイクスピアの遺言状は常識的でビジネスライクな文書であり、シェイクスピアの目立って実際的な気性を表している。一七世紀初頭のほかの遺言者たちは家族や友人に対してもっと多くの言葉を使っていたことは確かだが、この人々はシェイクスピアとは違って、一生を劇作に費やしたわけではないのだ。ある一八世紀の古物研究家は、シェイクスピアの遺言状には「偉大な詩人を動かした精神の最小の一粒すら見当たらない」と嘆いているが（*Life* 246）、遺言状は芸術作品ではなく法的文書だということを忘れてしまっている。シェイクスピアはこの違いを忘れることはなかっただろう。遺言状の最初の二枚には「シャクスピア」（Shakspere）と署名され、最後のページは「我、ウィリアム・シェイクスピア（William Shakspeare）によって」という言葉で終わっている。「シェイクスピア」の字は引きずられるように終わっており、まるでペンを持って動かすのもやっとだったかのようだ。これが、シェイクスピアが書いた最後の言葉となった。

シェイクスピアはその後、三月から四月にかけて持ちこたえていた。もし本当に腸チフスが死因だとすれば、時期もぴったり合う。不眠と疲れ、さらにどんなに水分をとっても鎮まることのない圧倒的な渇きに苦しんだのだろう。あまり信頼できる筋の報告ではないが、「シェイクスピアが死んだのは、病中に友人が訪ねてきたためにベッドを離れたのが原因だった」と言われている（*Lives* 78）。「カトリック信者として死んだ」という説は気にとめておく必要がある。これは、古いカトリックの典礼に従って臨終の秘蹟を受けたということかもしれない。死が近づくと、ストラットフォードの教会の弔鐘が鳴らされた。死んだのは生まれたのと同じ四月二三日で、五三歳になったばかりだった。

遺体は防腐保蔵処置を施され、「ワインディング」と呼ばれる方法で花や薬草に包まれてベッドに横たえられた(43)。友人や隣人たちは遺体を見にニュー・プレイスまで荘重な面持ちで歩いてきた。家中の主要な部屋や階段には黒い布が掛けられた。その後、遺体は埋葬のときまで「見張られ」ていた。シェイクスピアは亜麻布の経帷子に包まれ、二日後には多くの人がたどった「埋葬の道」を通って教会へと運ばれた。ときには葬列に音楽が伴う慣習もあった。シェイクスピアは五メートル程度の深さに埋葬されたと言われている。これは実に深い穴のように思えるが、チフスの感染を恐れて深く掘ったのかもしれない。シェイクスピアは俗人教区長かつ一〇分の一税徴収者という地位にふさわしく、内陣の床の下、北側の壁のそばに葬られた。墓碑銘を書いたのはシェイクスピア自身だったのだろう。

> イエスのために、友よ、やめたまえ、
> ここに眠る塵を掘り返すことを。
> この石をそのままにしておく者に祝福あれ。
> わが骨を動かす者に呪いあれ。

この世に遺したのは作品であり仲間意識であって、遺体でも名前でもなかったのだ。

会葬者たちは、持参したローズマリーや月桂樹の枝の束を墓に投げ入れた。今日に至るまで、多くの崇拝者や巡礼者がこの墓を訪れている。

第91章 あなたの身の上話を聞く

〔『あらし』第五幕第一場〕

その人生同様、あまり世間の注目を浴びることなくシェイクスピアは逝った。ベン・ジョンソンが他界したとき、その葬列には「そのときロンドンにいた貴族や紳士階級全員」(Duncan-Jones, *Ungentle* 309) が出席したが、シェイクスピアの場合、棺を墓まで追ったのは遺族とごく近しい友人のみだった。追悼文を認《したた》めるような劇作家もほとんどおらず、ジョンソンやフレッチャーといった他の人気作家の死に際して寄せられた韻文書簡の膨大さに比べたら、一六二三年の第一フォーリオ版に収められた称賛詩は微々たるものだった。ジョンソンの書斎にシェイクスピアの本はなかった。シェイクスピアには、若い「弟子たち」のようなものはいなかったのだ。

　最初の伝記が書かれたのは半世紀もしてからのことであり、学者も批評家もシェイクスピアのことを友人か誰かと語ろうとすらしなかった。エマソンの言うとおり、「シェイクスピアの伝記を書けるのはシェイクスピアだけ」ということなのかもしれない (*Lives* 182)。とりわけ重要で影響力のある作品を書いたにもかかわらず、その人となりについてはまったく関心を呼ばないといった珍しいタイプの作家なのだ。誰もシェイクスピアのことを書こうと思わないほどあまりに漠然として、はっきりしない人だった。[44]

　だが、シェイクスピアの影響が広範囲に及んだことははっきりしていた。存命中に出版された作品の刷や版は七〇を超えており、一六二二年までに戯曲が一九本も出版され、[45]一六八〇年までに全集が三種出ている。演劇界の噂によれば、国王一座は不況のときにシェイクスピアの「古い」劇を再演して切り抜けたという。マッシンジャーにミドルトン、フォードにウェブスター、ボーモントにフレッチャーといったほかの劇作家たちは、何気なくシェイクスピアの模倣をした。とりわけ『オセロー』と『ロミオとジュリエット』は若い劇作家に影響があり、ハムレットやフォルスタッフといった人物は、もともとの劇から飛び出して別の劇の人物となって存在し続けた。シェイクスピアはまた、ほぼ独力で、復讐悲劇とロマンス劇のジャンルを花咲かせたように思える。とても無視できない作家だった。

　一七六九年夏のシェイクスピア記念祭において、シェイクスピアが生まれたとされる部屋の窓辺に一枚の絵が掛けられた。雲を突き破る太陽の絵だ。誕生の見事な象徴であるが、再生と復活をも示していた。のちにヘンリー・ストリートにあるシェイクスピア生家の別の窓からその太陽が差し込んでいたら、二〇近くのさまざまな名前が照らし出されたことだろう。窓ガラスには、一九世紀の著名な客人たちが自分の名前を刻み込んでいたのだ。そこには、サー・ウォルター・スコット、[46]トマス・カーライル、ウィリアム・メイクピース・サッカレー、[47]チャールズ・ディケンズらの名前があり、いずれもほかならぬシェイクスピアという光を受けて輝いていることを認めているのである。

フォーリオ版戯曲全集は、死後七年ほど経って世に出た。編纂に当たったのは、シェイクスピアの芝居仲間のジョン・ヘミングズとヘンリー・コンデルの二人であり、ペンブルック伯爵家の兄弟二人に捧げられた。ペンブルック伯爵は宮内大臣であり、祝典局長官の直属の上司だった。出版の目的は大いに果たされ、（のちに正典《キャノン》に加えられた）『ペリクリーズ』や『二人の貴公子』のような共同執筆作が落ちていることを別とすれば、シェイクスピアの正典三六作を表すものと三世紀ものあいだ信じられてきた。[48]冒頭に役者一覧表が加えられていることから、この本は文学的のみならず演劇的な祝賀であるとわかる。シェイクスピアはこんな本を出そうと死ぬ前に仲間たちと語らっていたのかもしれないし、シェイクスピア自身が推敲を加えた原稿から印刷された戯曲もあったかもしれない。しかし、多くは、いろいろな劇団によく雇われていたプロの写筆屋ラルフ・クレインが書き写したものだった。本は、ドルーシャウトによるシェイクスピアの版画によって飾られている。これぞまさに唯一、ウィリアム・シェイクスピアの面影を伝えるものとして広く受け容れられてきたものである。

訳注

訳注は各部ごとに通し番号で示した。以下、行頭の数字はページ数を示し、「上」とあるのはそのページの上欄、「下」とあるのは下欄を指す。

訳注において言及した書評は以下の通りである。

アン・バートン　Anne Barton, "The One and Only," *New York Review of Books*, 11 May 2006 〈http://www.nybooks.com/articles/18972〉.

コリン・マッケイブ　Colin MacCabe, "The King of Infinite Space," *Independent*, 23 September 2005 〈http://www.independent.co.uk/arts-entertainment/books/reviews/shakespeare-the-biography-by-peter-ackroyd-507897.html〉.

ジョナサン・ベイト　Jonathan Bate, "A Dickensian Shakespeare," *Telegraph*, 27 September 2005 〈http://www.telegraph.co.uk/arts/main.jhtml?xml=/arts/2005/09/25/boack25.xml〉.

スタンリー・ウェルズ　Stanley Wells, "A Lot of Good Will," *Observer*, 11 September 2005 〈http://books.guardian.co.uk/reviews/biography/0,,1567062,00.html〉.

ピーター・ホランド　Peter Holland, "An Unplucked Heart," *Times Literary Supplement*, 28 October 2005 〈http://www.tls.timesonline.co.uk/article /0,,25336-1885689,00.html〉.

著者による注意書き

011

（1）**ベン・ジョンソン**（Ben Jonson, 1572-1637）　シェイクスピアの後輩劇作家。役者出身。代表的戯曲に『癖者ぞろい』（一五九八）、『古ぎつね（ヴォルポーネ）』（一六〇六）、『錬金術師』（一六一〇）など。

（2）**『ティンバー、あるいは人間と事物についての発見』**（*Timber, or Discoveries Made upon Men and Matter*）　ベン・ジョンソンは次のように記している。「役者連中がシェイクスピアの名誉のために、シェイクスピアが書くときは（何を書こうと）一行も消さなかったと言っていたのを思い出す。私に言わせれば、千行も消してくれたらよかったのだ。連中はあれがすばらしい台詞だと思っていやがる。私が後世の人々にこんなことを言うのも、友人の最大の欠点をもって友人を褒めるような愚を犯さないようにと思うからだ。そして私自身が率直であることを良しとするからだ（なにしろ、私はあの男が大好きだったし、その思い出は――偶像崇拝さながら――何よりも大切にしている）。あの人は実に正直で、あけっぴろげで、自由闊達な性格だった。すばらしい想像力、見事な考え、上品な表現力を持っていた。あのような流暢さで溢れんばかりに書くとき、時には筆を止めるのも必要だったのだ」（lines 646-659, in C. H. Herford Percy and Evelyn Simpson, eds, *Ben Jonson*（Oxford: Clarendon Press, 1947）, vol. 8.）

（3）**サミュエル・アイアランド**（Samuel Ireland, 1744-

1800） アクロイドは本書を書く前年の二〇〇四年に、メアリとチャールズのラム姉弟とアイアランド事件とを絡めた小説 *The Lambs of London* を書いている。サミュエル・アイアランドが息子（William Henry Ireland, 1777-1835）のシェイクスピア贋造を真正と信じて出版した事件については、パトリシア・ピアス著、高儀進訳『シェイクスピア贋作事件――ウィリアム・ヘンリー・アイアランドの数奇な人生』（白水社、二〇〇五）に詳しい。

第1部

第1章

015上 （1）**四月二三日** 誕生から三日ほどして洗礼を受ける慣習があったため、洗礼を受けた四月二六日の三日前を想定し、亡くなったのが一六一六年四月二三日であることと重ね合わせて、この日をシェイクスピアの誕生日と考えるようになった。なお、聖ジョージ（St. George）は、イングランドの守護聖人。悪竜退治の聖ジョージの図案がよく知られている。

015下 （2）**付き添っていたことだろう。** 原文にはこのあと「このときの代父（ゴッドファーザー）は、ヘンリー・ストリートで雑貨小間物を商う隣人ウィリアム・スミスだった」とあるが、その根拠はない。スタンリー・ウェルズは本書の書評（四七九ページ参照）で、「ストラットフォードの住人ウィリアム・スミスがシェイクスピアの名づけ親だったと最初のページに書いてあるが、エリザベス朝時代に最もありふれた名前の一つであるウィリアムという名前を二人が共有していること以外に何の証拠もない」と指摘しており、ピーター・ホランドも書評で同じ点を指摘している。

（3）**英語の説教……信仰宣言と主の祈りを英語で習わせるように** 一六世紀の宗教改革により生まれた新しいキリスト教の考え方であるプロテスタント（新教）は、それまでのカトリック（旧教）がラテン語を用いて教会の権威を強調していたのに対し、聖書中心の福音主義を唱え、それまで聖職者が独占していた聖書を世俗語へ翻訳する運動を推し進め、誰もが聖書を読めるようにした。新教のひとつである英国国教会（Church of England）も、聖書のみならず説教や主の祈りにおいても英語を用いることで、旧教と一線を画した。

（4）**エリザベス女王**（Elizabeth I, 1533-1603） ヘンリー八世の娘。一五五八年即位。文芸復興の時代を築き、英国を発展させた。

（5）**使徒像のついた銀の匙** カトリックの教えは一般信徒に使徒像やマリア像などの偶像を拝ませておいて、難しい言葉で聖書を講じて一般信徒から聖書を遠ざけたとプロテスタントは批判した。プロテスタントは偶像崇拝を嫌ったので、「使徒像のついた銀の匙」はカトリック的なのである。

016上 （6）**平均寿命をたった五年上回った** 原文では「六年」とあるが、シェイクスピアは享年五二歳であり、平均寿命の四七歳より五年上回っている。

016下 （7）**ウィルムコート村** ストラットフォードの北西約五キロ

にある村。母親メアリ・アーデンの実家があった。

（8）**娘をすでに二人も亡くしていたのだ**　第一子である女児ジョーンは一五五八年九月一五日に受洗し、一五五九／六〇年頃死亡。第二子マーガレットは一五六二年一二月二日受洗し、数ヵ月後の一五六三年死亡。ウィリアムは第三子で長男だった。

第2章

017上　（9）**ウィリアム・ハリソン**（William Harrison, 1534-93）伝記作家・国教会聖職者。『英国描写』（*Descriptions of England*, 1577）の著者。

017下　（10）**ジョン・スピード**（John Speed, 1552?-1629）歴史家・地図製作者。一六〇八～一〇年にイギリスの地図を作成、一六一一年に『大ブリテン帝国の劇場』として上梓した。

（11）**ホイッカス**（Hwiccas）ディーンの森を除くグロスターシャー、北西部を除くウスターシャーそしてウォリックシャー南西部を占拠した西サクソン人部族。六世紀にセヴァーン川やエイヴォン谷に沿って広がった。六七九年に王国を樹立。その国の領域をホイッカスと呼ぶこともある。Hwiccas のほかに Hwicce とも綴られ、現在、ホイッカー、ホイッチャー、ヒウィチーなどとも発音される。

（12）**ウォリックのガイ**（Guy of Warwick）一三世紀から一七世紀に英仏で人気のあった伝説上のイングランドの英雄。フェリス姫と結ばれるために、竜や巨人退治などの冒険を繰り広げる騎士。結婚や聖地巡礼の末に、アーデンの森へ帰り、エイヴォン川に臨む洞穴に隠者として暮らした。ジョン・リドゲイトやジョン・ミルトンが詩に歌い、サミュエル・ロウランドが本（一六〇七年頃）を書き、ジョン・デイとトマス・デカーが芝居にした。

（13）**デーン人**（Dane）九世紀から英国を侵略したスカンジナビア人。今日のデンマーク諸地方へ進出したのち、八三〇年代からイングランドへ侵入を始め、一〇一三年イングランド王となった征服者の子カヌート（大王）とその子孫がイングランドにデーン朝を開いた（一〇一八～四二）。

018上　（14）**サクストン**（Christopher Saxton, 1543?-1610?）初期の地図製作者。

（15）**ウィリアム・キャムデン**（William Camden, 1551-1623）イギリス各地で取材した地誌資料『ブリタニア』（ラテン語版一五八六年初版、英訳一六一〇年）を編纂した歴史家。

（16）**エッジヒル**（Edgehill）ウォリック州南部の山。ここでチャールズ一世の国王軍と議会軍が一六四二年に初めて交戦し、ピューリタン革命の第一戦となった。

018下　（17）**セヴァーン**（Severn）イングランド西部とウェールズを流れる英国最長の河。全長約二九〇キロ。エイヴォン川はその支流。

019下　（18）**ウェストミンスター・スクール**　イギリスの九大パブリックスクールのひとつ。ウェストミンスター大聖堂の付属学校として始まり、一五四〇年にヘンリー八世によって世俗化された。

（19）**ソーホー**（Soho）ロンドン中心部の歓楽街。ナイトクラブや風俗店もある一方、ファッションや音楽業界の中心地でもある。

第3章

020上 （20）**エセルレッド**（Aethelred [Ethelred, Aethelard] of Mercia, ?- after 704） マーシア王ペンダの息子。六七五年、兄ウルフヘレの跡を継いで、中世イングランド七王国のひとつマーシア国の王となる。多くの教会を建てたことで知られる。

（21）**ウスター司教エグウィン**（Egwin, Bishop of Worcester, ?-717） エセルレッド王統治時代にウスターに生まれ、六九三年に同市の司教となる。ローマ巡礼の際、自らの罪を罰するために自分の足に枷をはめ、その鍵をエイヴォン川に投げ込んだが、マルセイユから船に乗ってイタリアに近づいたとき、甲板に飛び込んできた魚を開いたところ、魚の腹のなかに鍵があり、神の赦しと考えて枷をはずしたという伝説がある。聖人として一〇月三〇日に祭られる。魚はテベレ河で捕らえられたものという説もある。

020下 （22）**征服王ウィリアム一世**（William the Conqueror, 1027-87） 一〇六六年に「ノルマン征服」を達成したノルマン朝初代イングランド王。一〇八七年に没するまで王座にいた。ノルマン朝（一〇六六〜一一五四）の始祖。ローマ教皇権の介入を排除し、全国的な『土地台帳』作成によって画期的な中央集権を確立した。

（23）**毒人参と種つけ花、華鬘草と毒麦** いずれも『リア王』第四幕第四場四〜五行、コーディーリアの台詞のなかにある植物。

021上 （24）**「我が骨を動かす者」に対する厳粛な呪い** シェイクスピアの墓碑銘の全文は第90章参照。

021下 （25）**「ぶっきらぼうで陰気な鐘」** ソネット七一番より。

第4章

022上 （26）**五年五ヶ月後** 原文では「五年後」。

022下 （27）**リーランド**（John Leland, 1506-52） 一五四〇年頃ストラットフォードを訪れた王室図書管理官（ヘンリー八世の司書）にして古物収集家。ケンブリッジ、オックスフォード、パリ各大学で学び、『旅行記』（*Itinerary*, 1710-12）を著した。

（28）**サー・ヒュー・クロプトン**（Sir Hugh Clopton, ?-1496） ストラットフォード出身の実業家で、一四九一年から一年間ロンドン市長となった人物。ロンドンで織物商として莫大な財を成し、故郷にのちにシェイクスピアが住むことになる屋敷ニュー・プレイスを建てた。ギルドチャペルの改造も行った。

（29）**人口は推定約一九〇〇人** ストラットフォード・アポン・エイヴォンは、二〇〇八年現在では人口約二五〇〇〇人。

024下 （30）**ダッキング・スツール** 社会的規範を逸脱した者（じゃじゃ馬など）を坐らせて吊り下げ、池や川に沈めて罰するための椅子。

（31）**市場の十字架** 市場に立てられた十字架ないし十字架の形をした建物。ここで一般の告示がなされた。

026下 （32）**シリング** 一九七一年まで用いられたイギリスの硬貨の単位。一二ペンスで一シリング、二〇シリングで一ポンドだった。現在は一〇〇ペンスで一ポンド。

（33）**クォーター（八ブッシェル）** 穀物や果実に用いる重量単位。イギリスでは一ブッシェルで三六・三七リットル。

第5章

028上

（34）**ヘンリー八世**（Henry VIII, 1491-1547）　エリザベス女王の父。一五〇九年四月に即位して同年九月に一八歳で亡兄の寡婦（アラゴンの）キャサリンと結婚。一五一六年に女児（メアリ一世）を儲けたが、一五三三年に王妃を離縁して王妃付き女官アン・ブリンと結婚したために離婚を禁じるローマ教会と対立。翌年に国王至上法による英国国教会を制定して宗教的に独立。一五三三年にアンとのあいだに女児（エリザベス一世）誕生。その後アンを処刑し、ジェイン・シーモアと結婚、一五三七年に念願の男子（エドワード六世）が誕生したが、出産一二日後にシーモアが死去。その後、アン・オヴ・クリーヴス、キャサリン・ハワード、キャサリン・パーと次々と娶った。妻は計六人。一五四七年没し、エドワード六世が即位したが一六歳で早世し、メアリ一世の治世のあと、エリザベス一世の時代となった。シェイクスピアは『ヘンリー八世』と『サー・トマス・モア』でこの王を描いている。

（35）**英国国教会**（the Church of England）　イギリス国教会、イングランド教会とも。「教義的にはプロテスタント、教会政治と礼拝様式上はカトリック」と言われる。

（36）**ヨシア**　旧約聖書「列王記」下に登場するユダの王（在位紀元前六四〇頃～六〇九頃）。偶像やそのための祭壇などを破壊し、宗教改革を行った。英語発音は「ジョサイア」。

（37）**メアリ一世**（Mary I, 1516-58）　ヘンリー八世の娘。エリザベス一世の異母姉。一五五三年のエドワード六世逝去により同年即位。翌年スペイン皇太子（フェリペ二世）と結婚。父の政策を廃してカトリック復活を図り、プロテスタントを激しく弾圧したため「血腥いメアリ」（bloody Mary）と呼ばれた（ウォッカとトマトジュースのカクテルの名にもなっている）。一五五八年病死。

028下

（38）**国王至上法**（Act of Supremacy）　一五三四年にヘンリー八世が定めた法律。イギリス国王を国教会首長と定める。一五五九年にエリザベス一世が改めて制定。

（39）**礼拝統一法**（Act of Uniformity）　一五四九年と五二年にエドワード六世が定めたのが最初だが、一五五九年にエリザベスが定めたものが有名。国教会の礼拝の方式を定めた。

030上

（40）**ノルマン人**　もとデンマークに住んだバイキングで、「北方人」の意。フランス北西部に九世紀に定住し、九一一年にノルマンディー公国という西欧最強の封建国家を建設。

（41）**ノルマンディー**　フランス北西部の地方。一〇六六年にノルマンディー公ウィリアム征服王がイングランドを征服してノルマン朝を開いて以降、ノルマンディーはイングランド領となった。

（42）**『クーシの城主』***Le Châtelain de Couci*　一三世紀後半のロマンス。編者は、Jakemon Sakesep（ジャクモン・サクゼップ）とも言われる。十字軍に参加して詩を遺し、一一八六～一二〇三年にクーシの城主となったフランス人騎士ガイの活躍を描く。一二世紀のフランスの詩 *Le Châtelain de Coucy* とは違うものである。

030下

（43）**ひょっとすると露出狂を意味する卑語**　「槍」（spear や lance）は、男性性器を意味する隠語にもなった。

（44）**ヒューゴー・シェイクスピア**（Hugo Shakspere）

オックスフォード大学マートン学寮所属の学者であり、一四八七年にSawndareという名に改名したという。

036下 （45）**ディケンズの名前にも似たような誹謗中傷**　ディック（dick）が男性性器を意味する隠語であるため。なお、小説家ディケンズ（Charles Dickens, 1812-70）は、シェイクスピア劇に親しみ、自ら上演に携わったこともあった。

（46）**ジョンは署名の代わりに記号を用いたから、字が書けなかった**　同様に署名の代わりに記号を用いたストラットフォード町長エイドリアン・クイニー（その孫はウィルの次女ジューディスの夫）が書いた手紙が残っていることから、印を用いたからといって必ずしも文字が書けなかったとは限らないとわかる。なお、「クイニー」（Quiney）は現代では「クワイニー」と発音されるが、当時の綴りにQueenyという異綴りもあるため、本書では「クイニー」と表記する。たとえば、一六一六年二月一〇日にシェイクスピアの次女ジューディスと結婚したのは、結婚登録簿に拠ればTho[mas] Queenyであり、一五八九年二月二六日の洗礼記録ではThomas sonne to Richard Queenyと記されている。またトマスとジューディスの三男トマスの一六二〇年一月二三日付け洗礼記録は*Thomas, filius Thomas Queeny*となっている。

037上 （47）**エドマンド・キャンピオン**（Edmund Campion, 1540-81）　イエズス会修道士。一五八〇年から翌年にかけてイングランドでカトリック布教活動を行って逮捕され、一五八一年一二月一日処刑。ロンドン生まれ、オックスフォード卒で、若い頃は国教会の聖職につき、ウィリアム・セシルやレスター伯に庇護されたが、のちにカトリックに転じ、大陸のドゥエで教育を受けた。イヴリン・ウォーによる伝記（一九三五）がある。

038上 （48）**「聖ウィニフレッド」**　七世紀初頭のウェールズの聖女。美しい貴族の娘ウィニフレッドは、キリストの花嫁として生涯処女のまま生きることを誓い、近隣の領主の誘惑を拒絶して斬首されたが、その首は奇跡により元に戻ったという。首が落ちた場所から泉が湧き出したという伝説があり、「聖ウィニフレッドの井戸」または「ホリウェル」（聖なる井戸）と呼ばれる。この井戸の水には治癒力があると言われ、巡礼の対象となった。

038下 （49）**宗教画を石灰で塗りつぶす作業**　礼拝堂をプロテスタント様式に改めるため、宗教画を石灰（漆喰）で塗り潰し、内陣桟敷を壊す作業の命令を、ジョンは一五六四年一月一〇日、翌年三月二一日、一五六六年二月一五日の書類に署名して行っている。

039上 （50）**メアリ・アーデンと結婚したのは、翌五七年の春か夏**　ジョンがメアリと結婚したのがいつか実ははっきりしない。一五五六年一一月にメアリの父ロバート・アーデンが遺言状を作成したときはまだ結婚しておらず、一五五八年九月に最初の娘ジョーンが生まれたときには結婚していた。したがって五七年の春か夏という推測は妥当と言える。

039下 （51）**あと五年**　原文には「あと六年」とあるが、町会議員になったのが一五五九年とすれば一五六四年のシェイクスピア誕生まであと五年。町会議員となったのがいつかはっきりしておらず、一五五八年という説もあるため混同したと思われる。

（52）**記録裁判所**（Court of Record）　訴訟手続きや判決等を

記録保管し、法廷侮辱罪処罰の権能を持つ裁判所。

040上 (53) **一五八七年に**　原文では「八〇歳代で」(in his eighties)。叔父ヘンリーの生年は不明だが、没年は一五九六年。本書ではジョン・シェイクスピアの生年を一五二九年としているので、弟であるヘンリーはどんなに長生きしても八〇歳になることはない。一〇分の一税をめぐる事件は一五八七年に起きているので、八〇年代の意と解釈した。

(54) **縁なし帽をあえてかぶらなかったのである**　一五八三年、ヘンリー・シェイクスピアは、縁なし帽でなく縁と山のある帽子をかぶって教会へ行ったため、罰金刑に処せられた。

第6章

041上 (55) **「これは疑いようのない事実だ」**　チャールズ・ディケンズ作『憑かれた男』(一八四八年)より。

041下 (56) **シドニー一族**　詩人フィリップ・シドニーを輩出した貴族・政治家の一族。

(57) **ネヴィル一族**　ネヴィル一族で有名なのは、「国王製造人」ウォリック伯リチャード・ネヴィル(一四二八〜七一)およびシェイクスピア別人候補ともなった当時の外交官ヘンリー・ネヴィル(一五六四?〜一六一五)。アーデン一族と親戚関係にあった。

042下 (58) **七人もの姉**　原文では「六人」となっているが、七人の姉がいたと考えるのが通説。八人姉妹は、アグネス(?〜一五七五)、ジョーン(?〜一五九三)、キャサリン(?〜一五七七?)、エリザベス(?〜一五八一、二)、マーガレット(?〜一六一四)、ジョイス(?〜一五五七)、アリス(?〜一五八〇)。そしてシェイクスピアの母となる末子メアリ(?〜一六〇八)。このうちジョイスとアリスは未婚のまま、若くして死んだらしい。

044下 (59) **〈ライオンの洞穴のダニエル〉**　旧約聖書中の預言者ダニエルがライオンの洞穴に入れられた故事に基づくもので、「非常に危険な状態」を表す英語表現にもなっている。

(60) **パイ生地を「ぎゅっと締めつける」**　『終わりよければすべてよし』第四幕第三場でパローレスが言う台詞。ほかに、「閉じた竈」は『タイタス・アンドロニカス』第二幕第四場三六行、『ヴィーナスとアドーニス』三三一行、焼き串の兎は『恋の骨折り損』第三幕第一場一九行で言及されている。

045上 (61) **オフィーリアが摘んでいた「カラスの足」**　『ハムレット』第四幕第七場で王妃がオフィーリア溺死を語る台詞にある。「カラスの足」(crow-flowers)は、葉がカラスの足に似ている植物のことで、金鳳花(キンポウゲ)などを指す。

(62) **リア王が花冠にしていた「郭公花」**　『リア王』第四幕第四場でコーディーリアが狂乱のリアの様子を語る台詞にある。「郭公花」(cuckoo-flowers)が何を指すかは諸説あり、タネツケバナ(cardamine pratensis)とする説もある。

045下 (63) **チョーサー**　(Geoffrey Chaucer, c. 1340-1400)　『カンタベリー物語』や『トロイルスとクリセイデ』などを著した中世最大の詩人。

第7章

047下 (64) **シェイクスピアの名づけ親**　スミスが名づけ親であった

かどうか確証はない。015下の注2を参照のこと。

048下 (65) **「バーバー氏の利権」を守ろうとして気を揉んだ**　ストラットフォードの町長を三度務めたトマス・バーバーは一六一五年八月一五日「紳士」として埋葬された。同年九月五日（木）にシェイクスピアはジェイムズという名の使者（おそらくはトマス・グリーンの書記官ピーター・ジェイムズ）をバーバーの遺言執行者たちのもとへ送り、クーム家から「バーバー氏の利権」を守るためにどうすべきか話し合い「同意」しようとした（Edgar I. Fripp, *Shakespeare's Stratford*, Oxford University Press, 1928, p. 9）。

(66) **トマス・ハサウェイ**（Thomas Hathaway, 1569-?）　アン・ハサウェイの弟。アンは長女。トマスは次男。76下の注156を参照。

049上 (67) **ジョン・クームの墓石に金貸しについて書かれた狂詩**　次の四行詩がそれである。

　一〇〇分の一〇氏、ここに眠る。
　一〇〇に一〇の見込みでその魂は救われない。
　この墓に眠るは誰かと人問えば
　ホウ、ホウと悪魔いわく、わがジョン・クームさ。

（一〇〇分の一〇は、法律で認められた金貸しの利率一割にあたる。）

(68) **立会人を務めた**　一六〇二年にシェイクスピアがオールド・ストラットフォードの自由保有不動産を購入した際にナッシュは立会人となった。

049下 (69) **ウィリアム・ウォーカー**　当時七歳。一六〇八年一〇月一六日、シェイクスピアを名づけ親として洗礼を受けた。

050上 (70) **ウッド・ストリートのカトリックの仕立屋**　ニコラスの兄弟のジョン・レインは洒落者で、一五九三年一一月五日にこの仕立屋ウィリアム・ヒコックスから、緑レースつきズボン（ホーズ）、黒レースつきズボン、青レースのついたヴェネチアンズボン、フリーズ製上着（ジャーキン）を一括注文、前の月には絹を用いた袖なし外套（クローク）を注文するなど贅沢をしていた（Fripp, *Stratford* 31）。

050下 (71) **エドマンドとモドウィーナ**　聖エドマンド（Saint Edmund, 841?-870）は東アングリアの王。デーン人との戦に破れて捕虜になり、棄教を拒否したため拷問の上斬首された。聖モドウィーナ（モドウェンナ Modwenna）は九世紀の聖女。マーシア王から土地を拝領し、現在のバートン・アポン・トレントに修道院を創設したと言われる。

第8章

053上 (72) **病気を治す宝石を頭に宿した蛙**　『お気に召すまま』第二幕第一場の公爵の台詞より。

(73) **山査子の束を持った月の男**　『夏の夜の夢』でスターヴリングが扮する月の男。

053下 (74) **懺悔火曜日**　告解火曜日、マルディ・グラ、パンケーキ・デーとも。聖灰水曜日（灰の水曜日）から復活祭前日まで断食や贖罪を行う四〇日間の四旬節（レント）が始まるその前日。謝肉祭最終日であり、お祭り騒ぎをした。

(75) **受苦日**　カトリックでは聖金曜日、一般に受難日と呼び、イエス・キリストの十字架の受難を記念する日。復活祭前の金曜日。

(76) **復活祭**　キリストの復活を記念する祭日。春分後の満月の次の日曜日。クリスマスと並ぶ大きな祭日。

(77) **聖霊降臨祭**　キリストの昇天後、弟子たちに聖霊が降臨したことを記念する祭日。復活祭から五〇日目であることから、ペンテコステ（ギリシア語で「五〇」の意）とも。

（78）**モリス・ダンス**　イギリスの民族舞踊。足に鈴をつけ、両手にハンカチなどを持った男性のグループによって踊られる。

（79）**シェイクスピアの伯母**　エドマンド・ランバート（↓78下の注163参照）に嫁いだ伯母ジョーン・アーデン。

054上

（80）**“fap”という語を……“third-borough”を……“aroynt”を使っている**　fapは『ウィンザーの陽気な女房たち』第一幕第一場一七八行、third-boroughは『じゃじゃ馬ならし』序幕一〇行、aroyntは『マクベス』第一幕第三場五行と『リア王』第三幕第四場一二四行にて用いられている。いずれもウォリックシャー州の言葉と考えられているが、third-boroughはベン・ジョンソンの『タブの物語』第一幕第一場四二行でも使われている。なお、このあと原文では次のように書かれている。

「発音だってそうだ。シェイクスピアが出身地で話していた言葉の音は、ノルマン系フランス語よりもサクソン語に近く、まるでもともとあったサクソン文化が征服者であるノルマン文化をはねのけたかのようであった。“blewe”“deawe”“emonges”“ouglie”“togyther”“woork”といったように発音される単語には、これらの語のサクソン的な出自を聞き取ることができただろう。また、“chardge”“mariadge”“priviledge”“pidgeon”“sutch”“druncke”といった単語には、より強い語勢を与えるために余分な子音が付け加えられた。“whote”“womand”“dogge”“dinne”“drumme”“sinne”といった語もそうである。シェイクスピアの地元の言葉はロンドン方言よりも訛っていて響きが豊かだった。たとえば“hond”“husbond”“tyme”“wyde”“fairnesse”“wantonesse”のように母音は長く伸ばされていた。また“marrie”“wittie”“dutious”“outragious”“heretique”“reumatique”といった語にも、同じような多様性と豊かさを見ることができる。」

このアクロイドの記述には大いに問題がある。これらは「シェイクスピアの地元の言葉」ではないからである。しかも、ここに挙げられた綴りを調べてみると、シェイクスピアが一度も採用していないものも多い。これは、あえて古い綴りに「直した」ことで批判を受けたオックスフォード古綴り版をアクロイドが用いたために起こった誤解であろう。また、dogge, dinne, drumme, sinneやmarrie, wittie, dutious, outragious, heretiqueは逆に当時の誰もが（シェイクスピアも、ロンドンっ子も）用いていたものであり、「シェイクスピアに特有の」ものではない。

054下

（81）**“shaddowe”… “kockowe”**　原文にはshaddowwe及びkuckowとあるが、こんな綴りはエリザベス朝においてありえないので正しい古綴りに差し替えた。まるでウィリアム・ヘンリー・アイアランドが考えるような馬鹿げた綴りだ。当然*OED*にも記載はない。なお、shaddoweという語は『サー・トマス・モア』九九六行と一三八一行に出てくる。また、kuckowという綴りも妙である。*OED*が掲げる近似の綴りはkockowe及びkukkoweであるが、実際にエリザベス朝劇作家が用いたのは、cuckow(e)ないしcuckoeであり、シェイクスピアは常にcuckowを用いた（例外として『ヘンリー四世』第一部第二幕第四場三四九行でcuckoe、同第五幕第一場六〇行で cuckowes がある）。

（82）**エイヴォン川の氾濫からあちこちへ流れ出る水流、雨のあとに巣穴から出てくる兎たち、もろい桑の実、そして「店先で鼻歌を歌う商人たち」** 順に『リア王』第一幕第四場二八三行、『コリオレイナス』第四幕第五場二一八行、第三幕第二場七九行、第四幕第六場八行への言及。

第9章

056上

（83）**「ダッド」という言葉もシェイクスピアの戯曲に出てくる** 原文では「シェイクスピアの戯曲の一つに」とあるが、実際は『十二夜』第四幕第二場一三〇行、『ジョン王』第二幕第一場四六七行、『ヘンリー六世』第三部第一幕第四場七七行の三つの戯曲に出てくる。

（84）**「恐れられるより嘲られる」** 『尺には尺を』第一幕第三場二八行より。

056下

（85）**ペニー・プリック（銭落とし）** 棒を地面に刺し、その上に一ペニー硬貨を置き、各自ナイフを投げて、硬貨を落とすか、一番近いところに刺した人の勝ちという遊び。

（86）**シャベル・ボード（おはじき）** 一五三二年にイングランドで行われた記録があり、最初は王侯貴族の遊びだったが、一般に広まった。もともとはショーヴボードと呼ばれていたもので、現在でもシャッフルボードとして残っている。長さ六〜九メートル、幅一メートル弱のテーブルの端から二人がそれぞれ四枚のおはじき（オセロゲームの駒のような平たいもの）を順番に一枚ずつはじいていく。はじくときに相手のおはじきをはじき落としつつ、自分のおはじきをよい位置に置くようにするのがコツ。全部で八枚のおはじきをはじき終えたところで点数計算をする。テーブルの真ん中あたりに線がひかれており、ここに達しなかったり、テーブルから落ちた場合は〇点。テーブルの反対側から一〇センチのところに線があり、この線にかかるか超えるかすれば二点。それに達しなければ一点。テーブルの反対側まで達し、おはじきがテーブルから突き出した形でふみとどまれば三点。先に一一点取ったほうが勝ち。

（87）**バーリーブレイク（目隠し鬼）** ロバート・ヘリックら一七、一八世紀の詩人たちが詩に歌った古い田舎の遊び。男女三人ずつ六人で遊ぶ。まず地面に四角を描き、これを地獄（hell）と呼ぶ。男の子と女の子が手をつないでここに入り、空いた手で他の子供を捕まえる。他の子供も男の子と女の子で手をつないで逃げるが、危ないときは手を放して（break）もよく、別の異性と手をつなぎ直してもいい。捕まったら鬼と交代する。スコットランドでの遊び方では人数や男女は関係ない。鬼が一人「地獄」に入り、他の子は鬼に捕まらないように地獄に踏み込む。鬼に捕まった子は鬼と手をつなぎ、空いている手で他の子を捕まえる。誰かが捕まるたびに手つなぎが伸びて、鬼の片手と新しく捕まった子の片手で残った子を捕まえることになる。まんなかで両手をつないだ子たちは狙った子を網にかけるように取り巻く。

057上

（88）**マス** 地面に投げられた小物を奪い合う遊び。

（89）**ダン・イン・ザ・マイア** 棒を沼に落ちた人に見立てて救い、ほかの人がそれを邪魔する遊び。

（90）**ローン・ボウリング** 日本ではローン・ボウリングないしローン・ボウルズと呼ばれているが、欧米では単にボウルズ（bowls）と呼ぶ。現在イギリスでテレビ中継されるほど人気の続いているスポーツであり、日本にもローン・ボウルズ連盟がある。『十二夜』最終幕で言及されるような重心の偏った球（偏心球）をゆっくりと転がして、弧を描いて目標球（ジャック）にできるだけ近づけるという遊び。競技では相手の球をぶつけてどかしたり、ジャックを動かしたりという駆け引きが生まれる。一三世紀のイギリスで芝生の上で始まったが、一五世紀には室内ゲームとなり、一六世紀にはスポーツとして定着した。フランシス・ドレイク（118上の注9参照）も熱心なボウラーだったと言われている。それとは別に、棒や柱を倒すボウリングも古くから行われており、一六世紀ドイツで宗教改革で有名なマルティン・ルターが棒を九本としてダイヤモンド型に並べて以来ナインピン・ボウリングが普及。それを禁じられていたアメリカで、ナインピンでなければよかろうということでピンを一本増やして現在のテンピン・ボウリングが一八六五年に始められた。

（91）**プリズナーズ・ベイス（陣取り）**　Prisoners' bars とも呼ばれる。いろいろな遊びがあるが、基本は二チームに分かれ、それぞれの基地（base）を決める（地面に四角を描く）。相手側の子がその基地から離れたときにその子をさわればその子はアウト。ある遊び方によれば、まず隣接する二つの四角を地面に描き、これをそれぞれのチームの基地とする。それぞれの背後六〜九メートルあたりに大きな四角（牢屋）を描き、各チームは足の速い子を捕虜として相手側に差し出し、その子は牢屋のなかに立つ。ゲーム開始で、それぞれ相手の基地を突破して、牢屋にいる子を助けに行く。突破する際に捕まったら、捕虜になる。突破しても捕虜を連れて基地に戻ってこなければならない。牢屋は安全地帯。救出したり敵を捕まえたりと忙しいのが面白く、最後に捕虜の多いチームを勝ちとする。

（92）**子供時代に本に埋もれていなかった偉大な作家など、いただろうか**　ピーター・ホランドは書評でこの箇所を取り上げ、シェイクスピアが確実に子供時代に触れたと言える本は学校で習ったオウィディウスと教会で聴いた聖書くらいであり、多くの種本は、子供時代ではなく成長してから（執筆時に）読んだのであろうと指摘する。

（93）**マロリー著『アーサー王の死』**　一五世紀最大の散文作家サー・トマス・マロリー（Sir Thomas Malory, 1408?-71）がアーサー王伝説を一四六九年か七〇年に纏め上げた大作。一四八五年にキャクストンによって *Le Morte d'Arthur* として出版された。

（94）**騎士ドゥゴアや、騎士エグラモアや、サウサンプトン伯爵ベヴィスら**　サー・ドゥゴアは、アーサー王の二四人の円卓の騎士の一人。サー・エグラモアは、一五〇〇年に印刷された『アルトワのサー・エグラモア』の主人公であり、『ヴェローナの二紳士』では逆説的に、山賊に襲われて姫を残して逃げる情けない騎士として登場する。ベヴィスはハンプトン公爵とも言われ、アルメニア王女を救い、父の敵を討つ英雄である。

（95）**『笑話百選』**　一五二六年にジョン・ラステルが印刷した卑俗なジョーク集。エリザベス女王が晩年に楽しんで読んだという。

（96）**ウィリアム・ペインター著『快楽の宮殿』**（*The Palace*

of Pleasure）　シェイクスピアの種本のひとつ。ウィリアム・ペインター（William Painter, *c.* 1540-94）はケンブリッジ卒の著述家。『快楽の宮殿』は、ボッカチオ、バンデッロを主として、英語で初めてイタリア小説を紹介し、ほかにもギリシア、ラテン、フランス各国語から多くの原話を提供。一五六六年に第一巻、翌年に第二巻、一五七五年に修正版が発刊された。『終わりよければすべてよし』、『ロミオとジュリエット』、『アテネのタイモン』、『エドワード三世』、『ルークリース凌辱』で利用されている。

（97）**『ゲスタ・ロマノールム』**（*Gesta Romanorum*）　中世の騎士道・聖者伝説などをラテン語で綴った教訓物語集。表題は「ローマ人の業績」の意。作者不詳。一四世紀にイギリスで初めて編まれ、一四七二年頃ユトレヒトで出版された。英訳は一五世紀初頭で一五一〇年頃印刷。チョーサー、ガワーにも影響を与えた。『ペリクリーズ』や『ヴェニスの商人』で利用されている。

（98）**『テュロスのアポロニオス』**（*Apollonius of Tyre*）　英語発音どおり「タイアのアポロニウス」と呼ばれることもある。古英語で書かれた唯一の散文ロマンスであり、五世紀頃書かれたラテン語からの翻訳。ジョン・ガワーが『恋人の告解』第八巻所収の散文物語として再生させ、シェイクスピアが『ペリクリーズ』の種本に使った。『ゲスタ・ロマノールム』にも所収。

（99）**ホーズ**（Stephen Hawes, *c.* 1475-1511）ヘンリー七世に仕えた宮廷詩人。寓意詩『楽しい気晴らし』（*The Pass Tyme of Pleasure*, 1506, printed 1515）は、詩人リドゲイトの英詩の伝統を守った重要な作品。他に『美徳の鑑』（*Example of Virtue*, 1504）がある。

（100）**ボカス**（John Bochas）　ボッカチオ（Giovanni Boccaccio）の英語名。『地位を失った君主たちの悲劇』（*The Tragedies of all such Princes as fell from theyr Estates*）は、ボッカチオの『著名な人々の没落について』（*De casibuls virorum illustrium*）の韻文訳であり、ジョン・ウェイランドによって一五五五年頃印刷された。なお、ジョン・リドゲイトの英訳『王侯衰亡記』（*The Falls of Princes*, printed 1494）を踏まえて、ウィリアム・ボールドウィンやトマス・サックヴィルらが高貴な英国人たちの没落を韻文一九篇で綴った『為政者の鑑』（*The Mirror for Magistrates*, printed 1559）は、一六世紀後半の詩に多大な影響を与えた。

058上　（101）**カインによる弟アベル殺し**　旧約聖書「創世記」第四章に語られる人類最初の殺人の挿話。アダムとイヴの長男カインは、自分よりも弟アベルの捧げものが神に選ばれたことに嫉妬して弟を殺し、追放の罰を受ける。

第10章

060下　（102）**『機知と知恵の結婚』**（*Marriage between Wit and Wisdom*, 1571-9）　フランセス・マーベリー作の道徳劇。父〈厳格〉と母〈甘やかし〉の息子〈機知〉Witが、〈知恵〉Wisdom嬢との結婚を勧められ、悪党のヴァイス〈怠慢〉やその兄弟である怪物〈厄介〉のほか、娼婦〈ふしだら〉や女〈気まぐれ〉の罠に苦しめられながら、〈善良〉と〈知恵〉嬢に助けられて最後にはめでたく〈知恵〉嬢と結婚する話。道徳劇の構造は踏襲しているが、騎士道物語のパロディあり、掛合漫才あり（ヴァイスを探す警官が鼠取り屋に変装したヴァイスに「俺の言う通りに言え」と言うと、ヴァイスは「俺の言う通りに言え」と繰り返す。これは『長生きするほど馬鹿になり』から流用したもの）、騙し合いありの多彩さで、台詞の面白さのみならず構造としても大いに機知に富み、のちの喜劇に影響を与えた。ヴァイスの連続変装（〈正直な気晴らし〉、医者、鼠取り屋、乞食、神父）もこの時期では特に注目すべき趣向であり、最後に神父に変装する辺り、結末のめでたさに影を差し込ませて、面白い効果を生んでいる。『サー・トマス・モア』でも賞賛されている人気作。

（103）**『キャンバイシーズ』**（*Cambises, c.*1558-69）トマス・プレストン作の悲劇。『ヘンリー四世』第一部やジョン・リリーの*Pappe with an Hatchet*にも言及がある人気作。ペルシャ王キャンバイシーズの暴虐を描くもので、王は飲酒を諫めた忠実な臣下に腹をたて、酔っていれば弓を射ることも出来ぬはずと言って、臣下の子供の心臓を射抜いてしまう。ヴァイスのアンビデクスター（「両手使い」の意）が、王の弟が王位を狙っていると囁くと、王は怒りに任せて弟を殺してしまい、さらに従妹を妃にしながら、妃が王の残虐さに涙すると、また怒りに任せて妃に死刑を命じる。アンビデクスターの唆す悪に、王のみならず執政官も道を誤り、その結果、執政官の息子は生皮を剥がれる。生皮剥ぎや血を吹き出しての殺害など、見せ物の効果は抜群で、「首を殴って死を表す」、「羊の血袋を刺す」、「偽の皮を使って男の皮を剥ぐ」など興味深いト書きもある。残酷さで息を飲ませる一方、ハフ、ラフ、スナッフとアンビデクスターとの喧嘩、娼婦とのからみ、さらに田舎者ホブ、ロブや女房マリアンら箒を振り回しての喧嘩騒ぎなどの滑稽があり、表題の「愉快な楽しさいっぱいの嘆きの悲劇」の文句どおり。道徳劇の要素を残しながら、のちの英国歴史劇の嚆矢となっている。登場人物三八名を八人で演じられることを示した分類表が表紙にある。

（104）**『ホレステス』**（*Horestes*, 1567）ジョン・ピカリング作の寓意劇。おそらく少年劇団により宮廷で上演。一五六七年の初版では二五人の登場人物が六人の役者で演じ分けられることの説明がある。父アガメムノンを殺して愛人アイギストスと一緒になった母クリュタイムネストラに復讐すべく、息子ホレステス（オレステス）がクレタの王の援助を得る。ホレステスは父の死に復讐すべきか悩み、〈自然〉から母殺しを制止されるのも聞かずに出陣し、母の城を破り、アガメムノンと戦い、これを首吊りにする。この母殺しに伯父のメネラウス王は憤慨するが、ネスター王らの取りなしでホレステスはメネラウスの娘と結婚してミカエネ王となり、〈義務〉と〈真実〉に冠を与えられ、〈貴族〉と〈平民〉にかしづかれる。表題は「ホレステス物語を含むヴァイスの新インタールード」となっており、不和を好むヴァイスが〈忍耐〉、〈勇気〉、〈復讐〉と名前を変えて大変身し、主筋と副筋の両方を縦横無尽に動き回る。副筋は連続しない寸劇であり、ヴァイスと二人の田舎者ラスティカスとホッジの殴り合いや、歌や掛け合い、戦場で兵士に手ごめにされそうになる女が逆に兵士を従える滑稽などがある。

（105）**『腹八分目はごちそうも同然』**（*Enough is as Good as a Feast, c.*1559-*c.*1570）ウィリアム・ウェイジャー作のプロテスタント道徳劇。初演不詳。初版本に日付がないが、一五六五年頃から七〇年までに出版されたと考えられる。登場人物一八名を八人で演じる分類表が表紙にある。陽気で恰幅のよい金持ち〈世人〉は、〈聖者〉と〈満足〉の説教を受け入れ、物欲を去り、浄心に努めようとするが、ヴァイスの〈貪欲〉ほか、〈厚顔〉、〈無思慮〉、〈軽率〉の悪徳らが皆で〈世人〉を自分たちの仲間に引き戻そうと相談する。貧相な〈腹八分目〉を連れていた〈世人〉は、ヴァイスらの影響を受けて、店子の老人や召し使いにつらくあたり、最後にはサタンに担がれて退場する。典型的な道徳劇。

（106）**『デイモンとピシアス』**（*Damon and Pithias*, 1564） リチャード・エドワーズ作の悲喜劇。太宰治の『走れメロス』の題材となった友情物語の劇化。デイモンが暴君ディオニソスに死を命じられ、デイモンが国に帰って用事を済ませるあいだ、親友のピシアスが人質となる。約束の二カ月が過ぎ去って処刑が行われようとする直前、デイモンが駆け込んできて、ふり降ろされた刃を止め、死ぬのは自分だと主張する。互いに身代わりになろうとする真の友情に、暴君が感動して二人を宮廷に迎え入れるというもの。『走れメロス』の場合と違って、デイモンが遅れそうになったりピシアスが心配したりして人間的弱さを見せるということはなく、無味乾燥な教訓劇でしかないが、副筋に、元哲学者で宮廷人のアリスティパスと、王のお抱えの泥棒カリソファスが友人同士のふりをしたりする滑稽があり、主筋の主題と対照を成す。小僧ウィルとジャックが、床屋に扮装して、客の髭をあたりながら盗みを働く滑稽などもある。アン・バートンは、本作は世界を舞台と捉えるイメージ（メタ・シアター）を一貫した構造として使っている最初の作品として重要であるとし、主筋の二人の友情の試練は劇中劇のようになっていると指摘する。一五六四年クリスマスにチャペル少年劇団によりホワイトホールにてエリザベス一世御前上演。翌年リンカーンズ・イン法学院、六八年オックスフォード再演。ウィルとジャックがダブダブの大きなズボンをはいて滑稽を演じた。一五七一年初版。

（107）**『長生きするほど馬鹿になり』**（*The Longer Thou Livest the More Fool Thou Art*, c.1559） ウィリアム・ウェイジャー作のプロテスタント道徳劇。上演不詳。馬鹿な少年モロース（道化）は、〈規律〉、〈敬虔〉らに勤勉を教えられて本を読むが、〈娯楽〉、〈快楽〉、〈人間〉と名乗る〈怠惰〉、〈淫乱〉、〈怒り〉に誘惑される。道化は成人して鬚をつけ、運命の女神から送られてきた〈不敬〉、〈残忍〉、〈無知〉の三人と遊ぶ。やがて年をとり白鬚をつけた道化は〈神の裁き〉に倒される。道徳劇でありながら最後に救われることもなく、主人公が滑稽を繰り返す点や、名前をわざと混乱させる面白さなど、ユニークな点が多い。

061上

（108）**デイヴィー・ジョーンズ**（Davy Jones, fl. 1577-83） ストラットフォードの住人。一五七七年にエイドリアン・クイニーの娘エリザベスと結婚、七九年に妻が死亡すると同年にハサウェイ家の娘フランセスと再婚した。一五八三年に町から一三シリング四ペンスを受け取って聖霊降臨祭の「余興」を組織した。

（109）**『帰郷』**（*The Return of the Native*, 1878） 『ダーバービル家のテス』や『日陰者ジュード』で知られるトマス・ハーディ（Thomas Hardy, 1840-1928）の小説。パリの青年宝石商が故郷イギリスの荒野エグドン・ヒースに戻り、母の反対を押し切って結婚するが、母を失ったうえ、離縁した妻は以前の恋人と結婚したのち投身自殺する。荒涼たる自然を背景とした荒涼たる作品。

（110）**聖史劇 mystery play** 聖書から題材を得て物語を綴る宗教劇。原語の「ミステリー」は、同業者組合（ギルド）を指す古い英語であり、職人組合が分担して上演したためにこの名がついた。現代用法と混乱して mystery play を「神秘劇」や「奇跡劇」と呼ぶのは誤り。一連の劇がつながっていく形式をとる場合はサイクル劇（cycle play）とも呼ばれる。

061下（111）**五歩格**（pentameter） 詩の一行に五つの歩（foot）がある詩のリズム（韻律）。歩とは、詩脚とも呼ばれ、強勢のある音節と強勢のない音節の組み合わせを一単位とする。「弱＋強」という順番の組み合わせであれば、これをアイアンビック（iambic）と呼ぶ。弱強五歩格はブランク・ヴァース（無韻詩）の韻律。

062上（112）**奇跡劇 miracles**（miracle plays） 聖徒の奇跡や生涯に関する伝説を題材とした劇。最古の奇跡劇は一三世紀中頃の『黄泉降下』（*The Harrowing of Hell*）。一五〜一六世紀に最盛期を迎えた。

第11章

063上（113）**ジョン・オーブリー**（John Aubrey, 1626-97） 好古家。死後出版の『名士列伝』（*Lives of Eminent Men*, 1813; *Brief Lives*, 1898, 1949）にシェイクスピアについての逸話が掲載されている。

063下（114）**若き日のモリエールーシェイクスピアに酷似** ピーター・ホランドはモリエールとシェイクスピアは違うと指摘する。フランスの劇作家モリエール（Molière, 1622-73）は、劇団経営の傍ら『タルチュフ』、『人間嫌い』、『スカパンの悪巧み』など多くの喜劇を書き、イギリス王政復古期喜劇に多大な影響を与えた。229上の注26参照。

064下（115）**ジュネーブ聖書と、のちに作られた主教聖書** ジュネーブ聖書は、一五六〇年ジュネーブで出版されたプロテスタント聖書であり、主教聖書は、一五六八年に出版され、一六一一年欽定訳聖書が出るまで英国公認の聖書となった。

（116）**オウィディウス**（Publius Ovidius Naso, 43 B.C.-A.D.18） ローマの詩人（英名 Ovid）。『変身物語』（*Metamorphoses*）、『愛の技術』（*Ars Amatoria*）、『祭暦』（*Fasti*）などを著し、想像力豊かで潑剌とした文体によって後代に影響を与えた。

066上（117）**必要とするものを素早く集めるご都合主義の読者だったのである** ピーター・ホランドは書評でこの箇所を取り上げ、これは子供時代から読書に耽溺していたという第9章での推測と矛盾すると批判している。

（118）**ヨブ記と「放蕩息子」の喩え話** ヨブ記は旧約聖書中の逸話。義人ヨブがさまざまな不幸に見舞われても神への信仰を失わずに正しく生きたことを語る。「放蕩息子」の喩え話は新約聖書のルカ福音書でイエスが語る喩えのひとつ。親の財産を食いつぶした放蕩息子が改心して戻ってくると父親が優しく迎えるという筋で、悔い改める人間への神の寛大さを語ったもの。

第12章

067上 (119) **ニコラス・ロウ**（Nicholas Rowe, 1674-1718） フォーリオ以降最初のシェイクスピア全集の編者。一七〇九年に六巻、一七一四年に詩を加えて九巻で刊行した。初めての本格的なシェイクスピアの伝記を書き、全集の初版に附した。劇作家、詩人でもあった。

(120) **〈少しのラテン語〉** ベン・ジョンソンがシェイクスピアのファースト・フォーリオに附した詩で、「君は少しのラテン語と、もっと少しのギリシア語しか知らなかったけれど」（And though thou hadst small Latin and less Greek）と述べた有名な言葉による。

068上 (121) **エール酒** 現在のエール酒ではなく、アルコール度のかなり低いビール。ビール粕を洗った水などから作る。子供も飲んだ。

(122) **対格と奪格** ラテン語の名詞には主格、属格、与格、対格、奪格、呼格があり、この格と性（男性、女性、中性）および数（単数または複数）にしたがって活用される。このうち対格は主に「〜を」という意味、また奪格は「〜から」「〜で」という意味で使用される。現代英語では名詞は数のみに従って活用するため、格変化はラテン語初学者がぶつかる最初の壁である。

(123) **言葉の順序を変えてもよい** 現代英語では語順によって文の意味が決定されるのに対し、ラテン語では名詞にも格変化があるため、英語ほど語順が重要でない。

068下 (124) **ラテン語の八品詞** ラテン語の品詞は次の八つである。名詞、形容詞、代名詞、動詞、副詞、前置詞、接続詞、間投詞。

(125) **ウィリアム・リリー**（William Lilly, 1468?-1522） 文法学者。セント・ポールズ・スクール校長。その著書『文法入門』（*Short Introduction of Grammar*）は一五四〇年に初版されて以来、勅命により英国中のグラマー・スクールで用いられることになり、エリザベス朝以降も改訂を重ねてヴィクトリア朝まで用いられた。リリーはエラスムスやトマス・モアの友人でもある。

(126) **カトー**（Marcus Porcius Cato, 234-149 B.C.） 大カトーとも呼ばれた著述家にして政治家（英語発音ケイトー）。主著に歴史書『ローマ起源論』、現存する古代ローマ最古の散文作品『農業論』がある。その曾孫の小カトー（95-46 B.C.）はシーザーに敗れてアフリカのウチカで自害した政治家・哲学者。

(127) **キケロ**（Marcus Tullius Cicero, 106-43 B.C.） 古代ローマの政治家にしてラテン散文の第一人者。雄弁家。『国家論』、『法律論』、『義務論』、『神々の本性』、『弁論家論』など多数の著作がある。

(128) **テレンティウス**（Publius Terentius Afer, 195?-159 B.C.） プラウトゥスと肩を並べる古代ローマの喜劇作家。代表作に『アンドロス出身の娘たち』、『ポルミオ』など。

(129) **対格は『ヒング、ハング、ホッグ』** ラテン語の指示代名詞 hic の活用。hic の対格（これを）は hunc（男性）、hanc（女性）、hoc（中性）。劇中の教師はラテン語の発音がきちんとできておらず、これがジョークの種になっている。

(130) **かたつむりのようにのろのろと学校へ向かう、愚痴を言う生徒** 『お気に召すまま』第二幕第七場一四六行より。

069上 (131) **プラウトゥス** (Titus Maccius Plautus, 3 cent.-2 cent. B.C.) 古代ローマの喜劇作家。『アンフィトルオ』、『メナエクムス兄弟』、『ほら吹き軍人』など、シェイクスピアに多大な影響を与えた。

069下 (132) **エラスムス** (Desiderius Erasmus, 1469?-1536) ルネサンスの先駆者、オランダの人文主義者・神学者。代表作に友人サー・トマス・モアの家で一五〇九年に執筆した『痴愚神礼賛』(一五一一年刊)。聖職者の愚劣を暴き、宗教改革運動を促進したこの本は、ローマ教会から五七年に禁書処分を受けた。聖書の福音主義と寛容を説き、ヨーロッパ思想界に影響を与えた。

(133) **ヴィヴェス** (Juan Luis Vives, 1492-1540) スペインの哲学者・古典文学教授。ヘンリー八世の王女メアリの家庭教師として一五二三年に来英。王とキャサリン王妃との離婚に反対して投獄される。

070上 (134) **ウェルギリウス** (Publius Vergilius Maro, 70-19 B.C.) ローマの叙事詩人(英名 Virgil)。英雄叙事詩『アエネーイス』などを著し、友人ホラティウスと共にラテン文学黄金時代を築いた。

(135) **ホラティウス** (Quintus Horatius Flaccus, 65-8 B.C.) ローマの詩人(英名 Horace)。『諷刺詩』『歌章』などを著し、特に『詩論』(*Ars Poetica*) は一七、八世紀の古典主義時代の規範とされた。

070下 (136) **イアーソーンとメデイア** ギリシア神話の人物。イアーソーン (Jason) は、アルゴ船隊を率いて遠征し、コルキス王女メディア (Medea) に惚れられて魔術で援助してもらって金の羊毛(Golden Fleece)を獲得した勇士。なお、エウリピデス作悲劇『メデイア』では、イアーソーンがメデイアを捨ててコリントス王女と結婚しようとしたため、メデイアは復讐のため王女のみならず自分とイアーソーンとの間の二人の子供も殺してしまう。

(137) **アイアスとオデュッセウス** ギリシア神話の人物。いずれも英語発音のままエイジャックス、ユリシーズと訳されることが多く、シェイクスピアの『トロイラスとクレシダ』に登場する(「ウリッセース」はオデュッセウスのラテン語名)。大アイアス (Ajax) は、トロイ戦争においてアキレウスに次ぐギリシア軍の英雄。ホメロスの『イーリアス』で描かれるほか、ソポクレスに悲劇『アイアス』がある。英雄オデュッセウスは、ギリシア軍総大将アガメムノンの参謀となり、ギリシア軍を勝利に導いた。こののち一〇年間遍歴を重ね、イタカの王の地位を取り戻すまでの冒険譚がホメロスの叙事詩『オデュッセイア』である。

(138) **ヴィーナスとアドーニス** ヴィーナス (Venus) はローマ神話の人物ウェヌスであり、ギリシア神話の愛と美の女神アフロディーテーに相当する。アドーニス (Adonis) はアフロディーテーの愛人としてギリシア神話に取り入れられたフェニキアの神であり、青年のイメージ。シェイクスピアの物語詩『ヴィーナスとアドーニス』(一五九三年刊)で歌われている。

(139) **ピュラモス** (Pyramus) **とティスベ** (Thisbe) ギリシア神話の人物。オウィディウスの『変身物語』中の悲恋の主人公。シェイクスピアの『夏の夜の夢』の劇中劇で描かれる。従来「ピラマスとシスビー」と訳されたが、英語発音は「シズビー」。

（140）**クリストファー・マーロウ**（Christopher Marlowe, 1564-93） シェイクスピアと同い年だが、先に活躍し、『マルタ島のユダヤ人』（一五八九）や『フォースタス博士の悲劇』（一五九二～三）などの壮大な劇を書き、ブランク・ヴァースを活用してシェイクスピアに影響を与えた劇作家・詩人。ケンブリッジ大学在籍中から政府の諜報活動に関与し、二九歳で刺殺される。無神論者で急進的な考えの持主だった。

（141）**トマス・ナッシュ**（Thomas Nashe, 1567-1601） 辛辣な評論が得意の作家・詩人・劇作家。写実的な悪漢小説『不運な旅人』（一五九四）はイギリス小説の先駆とされる。ケンブリッジ大卒で「大学出の才人」のひとり。『文なしピアスの悪魔礼賛』（一五九二）で世相を諷刺した。

（142）**サルスティウス**（Gaius Sallustius Crispus, 86-34 B.C.） 『ユグルタ戦記』や『カティリナ戦記』を著したローマの歴史家・政治家（英名 Sallust）。

（143）**カエサル**（Gaius Julius Caesar, 100-44 B.C.） 『ガリア戦記』や『内乱記』を著し、ローマで独裁権力を握った後にブルータスに殺された将軍（英名 Caesar からシーザーとも呼ばれる）。

（144）**セネカ**（Lucius Annaeus Seneca, 4 B.C.- A.D.65） 古代ローマの後期ストア派の哲学者・詩人で、皇帝ネロの執政官。『自然論』など多数の著書があり、ギリシア悲劇を下敷きとした悲劇一〇編を遺し、エリザベス朝悲劇に大きな影響を与えた。

（145）**ユウェナリス**（Decimus Junius Juvenalis, 60- 128?） 古代ローマの諷刺詩人（英名 Juvenal）。ネロとドミティアヌス時代の首都ローマの旧悪を暴いた『諷刺詩』は英詩に多大な影響を与えた。

（146）**ハムレットはユウェナリスの諷刺詩第一〇編を読んでいるところを目撃されている** 『ハムレット』魚屋の場（第二幕第二場）でハムレットが読んでいる本は、年寄りの体の不自由さを嘲る点でユウェナリスの諷刺詩第一〇編と共通するが、それ以外にこの本を特定する手がかりはない。

071上

（147）**「断続する不幸」**（intermissive miseries） 『ヘンリー六世』第一部第一幕第一場八八行より。

（148）**「憎むべき幽閉」**（loathsome sequestration） 『ヘンリー六世』第一部第二幕第五場二五行より。

（149）**サミュエル・ジョンソン**（Samuel Johnson, 1709-84） 『英語辞典』（一七五五）の編纂で知られる文人。シェイクスピア研究にも多大な功績を残した。一七六五年に『シェイクスピア戯曲全集』全八巻を刊行、その序文は後のシェイクスピア論の指針となった。

（150）**「自然な、野生のままの森の調べ」** ジョン・ミルトンが牧歌詩「快活な人」（*L'Allegro*）において sweetest Shakespeare, Fancy's child, / Warble his native wood-notes wild と詠っている表現を引用したもの。

（151）**フランシス・ベイコン**（Francis Bacon, 1561- 1626） 近代イギリス経験論を創始した哲学者・政治家。『学問の進歩』（一六〇五）、帰納法を提唱した『新機関』（一六二〇）、ユートピア物語『新アトランティス』（一六二七）などの著作がある。

（152）**フィリップ・シドニー**（Sir Philip Sidney, 1554-86） エリザベス一世の寵臣であった軍人・政治家・詩人。小説

『アーケイディア』（一五九〇年刊）、イギリス史上初の文学論『詩の弁護』（九五年刊）、ソネット詩『アストロフェルとステラ』（九八年刊）などを著した。一五八六年、戦場で瀕死の兵士に自分の水を与えた美談がある。

072上 （153）**クウィンティリアヌス**（Marcus Fabius Quintilianus, 35?-100?）ローマの修辞学者（英名 Quintilian）。その『弁論術教程』（*Institutio Oratoria*）一二巻は雄弁術の入門書。

（154）**ヤヌス神**（Janus）前向きとうしろ向きの二つの顔を持つ古代ローマの神。正月や門などを司る始まりの神であり、一月をJanuaryというのは、この神にちなむ。

072下 （155）**キーツ**（John Keats, 1795-1821）詩『エンディミオン』（一八一八）などを書いたロマン派の詩人。二三歳のとき、子猫をいじめている大男を相手に四時間の喧嘩をしたという逸話がある。肺結核で二五歳の短命でイタリアで客死。

第13章

076下 （156）**リチャード・ハサウェイ**（Richard Hathaway, ?-1581）アン・ハサウェイの父。ショタリーの有力な地主ジョン・ハサウェイの息子。長女アン、次女キャサリン、三女マーガレット、長男バーソロミュー、次男トマス、三男ジョン、四男ウィリアムがいた。

077上 （157）**経済的な問題を抱えていたわけではないだろう** ジョン・シェイクスピアが経済的な問題を抱えていたことはこれまでの通説。

077下 （158）**ジョン・ホイットギフト**（John Whitgift, *c.* 1530-1604）ケンブリッジ大学神学教授。一五七七年にウスター主教、一五八三年にカンタベリー主教。晩年のエリザベス女王の補佐役として活躍。

（159）**エドワード・アーデン**（Edward Arden, 1542?-83）パーク・ホールに住んでいたカトリック殉教者。シェイクスピアの母メアリ・アーデンの遠縁であろうと言われている。カトリック司祭ヒュー・ホールを庭師に変装させて自邸に匿っていた。義理の息子ジョン・サマヴィルがエリザベス女王殺害計画を吹聴したため、身に覚えのないアーデンも逮捕、処刑された。これはエドワードに反感を持っていたレスター伯の策謀ではないかと一七世紀の考古家ウィリアム・ダグデイルは考えている。

078下 （160）**七〇エーカーの土地** シェーンボームの『シェイクスピアの生涯』では、牧草地と放牧地一六エーカーも加えて八六エーカー。

（161）**トマス・ウェッブ**（Thomas Webbe, fl. 1578）シェイクスピアの母メアリの姉マーガレットの最初の夫アレグザンダー・ウェッブ（Alexander Webbe, ?-1573）の親族であろう。

（162）**二一年後** 正確には、この土地はジョンとメアリ・シェイクスピアとジョージ・ギッブスがトマス・ウェッブとハンフリー・フーパーに譲渡したものだが、一五八〇年の聖ミカエル祭（九月二九日）から二一年間ギッブスに貸与されたのち、ジョンとメアリに返還されることになっていた。

（163）**エドマンド・ランバート**（Edmund Lambert, ?-1587）シェイクスピアの母メアリの姉ジョーン・アーデン（Joan Arden, ?-1593）の夫。その息子ジョンに対して、ジョン・シェイクスピアはウィルムコートの土地を取り戻そうとして一五八八年に訴訟を起こした。

079上 （164）**甥に売却**　アレグザンダー・ウェッブに賃貸していたスニッターフィールドの家二軒と土地一〇〇エーカーをアレグザンダーの息子ロバートにわずか四ポンドで売却した。

079下 （165）**D・H・ロレンスの例**　イギリスの小説家・詩人ロレンス（David Herbert Lawrence, 1885-1930）の炭鉱夫の父と中産階級の母のあいだの緊張関係は、ロレンス初期作品に大きな影響を与えた。

第14章

080上 （166）**ノース**（Thomas North, 1523?-1601）　イギリスの翻訳家。一五七九年にプルタルコスの『英雄列伝』を、ジャック・アミヨ（Jacques Amyot, 1513-19）のフランス語訳（一五五九）から重訳した。シェイクスピアの多くの作品の種本となった。

（167）**プルタルコス**（Plutarchos, 46?-120）　帝政ローマ時代のギリシア人哲学者・伝記作者。英語読みはプルターク（Plutarch）。代表作『英雄列伝』（*Parallel Lives*）はギリシアとローマの偉人を五〇組選んで対比した列伝であり、たとえばアレクサンドロス大王（アレクサンダー）とカエサル（シーザー）、雄弁で有名なデモステネスとキケロのように、ギリシア人とローマ人の伝記が対となって対比されている。シェイクスピアの種本である。

（168）**リリー**（John Lyly, 1554?-1606）　美文体「ユーフュイズム」を生んだ小説『ユーフュイーズ』二部作（一五七八、八〇）や、少年劇団のために劇『エンディミオン』、『キャンパスピ』、『ミダス王』などを書き、シェイクスピアに影響を与えた劇作家。大学出の才人。

（169）**エドマンド・スペンサー**（Edmund Spenser, 1552-1599）　詩集『羊飼いの暦』（一五七九）や大作『神仙女王』（一五九〇～一六〇九）などを書いた詩人。スペンサリアン・スタンザの創始者。

081上 （170）**トマス・ルーシー**（Thomas Lucy, 1532-1600）　チャールコートの荘園主。一五六五年ナイト爵に叙せられ、下院議員、ウォリックシャー州長官、治安判事を歴任。カトリック取締りに熱意を燃やした。

（171）**トマス・ベタートン**（Thomas Betterton, 1635?-1710）　王政復古期の俳優。一六六〇年にウィリアム・ダヴェナント主宰の公爵一座の代表的存在として活躍。自ら劇作、改作も行った。

081下 （172）**二つの関係のない話がほぼ同じ事実を使って語られている**　サミュエル・シェーンボームは「おそらくはどれも十七世紀末のストラトフォードの噂話から出ているものと思われる」と記している（『シェイクスピアの生涯』一二〇ページ）。

082下 （173）**ジョン・フォックス**（John Foxe, 1516-87）　プロテスタントの著述家。『迫害の記録 *Acts and Monuments of These Latter Perilous Days*』（通称『殉教者の書 *The Book of Martyrs*』）を一五五四年ラテン語で著した。一五六三年にその英語版が出版された。

083下 （174）**「染物屋の手」**　ソネット一一一番に「染物屋の手のように、僕の性質は仕事の色に染まってしまう」とある。

084上 （175）**同時代のほかの劇作家の作品にはほとんど見られない**　アクロイドはこの表現をあちこちで繰り返しているが、その度に同時代のほかの劇作家の作品をほとんど読んでいないことを露呈している。鷹狩りはエリザベス朝では紳士のスポーツとして大変人気があり、ベン・ジョンソンの『癖者ぞろい』第一幕第一場では、「鷹狩の言葉を知らないような奴はだめだ」と言われているほどである。フレッチャーなどもよく用いている。

085上 （176）**クラブアップル**　小粒で酸味の強い野生の林檎。

第15章

086上 （177）**クリストファー・ビーストン**（Christopher Beeston, ?-1638）　一五九八年にシェイクスピアとともに宮内大臣一座の『癖者ぞろい』公演に出演した役者。一六〇二年にウスター伯一座へ移籍、一六一七年にフェニックス座（コックピット座）を開場して以来、重要な演劇人となる。

（178）**『パルナッソスへの巡礼』**（*The Pilgrimage to Parnassus*）　一五九八年から一六〇二年にケンブリッジ大学のセント・ジョンズ学寮で上演された三部作の諷刺喜劇のひとつ。原文には *The Return to Parnassus*（『パルナッソスへの帰還』）とあるが誤り。他の二作品 *The Return from Parnassus*（『パルナッソスからの帰還』第一部・第二部）と混同したのであろう。なお、三部作が一六〇六年に出版されたかのような書き方がなされているが、一六〇六年に出版されたのは最後の *The Second Part of The Return from Parnassus, or The Scourge of Simony*（別名 *The Progress to Parnassus*）のみであり、他の二部は当時未出版。

086下 （179）**バークレー城**　シェイクスピアの『夏の夜の夢』が初演された場所ではないかとされる。

（180）**ティッチフィールド**（Titchfield）　シェイクスピアのパトロンであるサウサンプトン伯ヘンリー・リズリーの領地。『恋の骨折り損』や『エドワード三世』がここで書かれたという説もある。

（181）**サー・フルク・グレヴィル**（Fulke Greville, 1538?-1606）　第四代ウィロビー・ド・ブルック卿。同名の息子サー・フルク・グレヴィル（一五五四〜一六二八）は初代ブルック男爵で、政治のみならず詩人としても活躍し、『シドニー伝』（一六五二）、ソネット集『シーリカ』（一六三三）、悲劇『ムスタファ』（一六〇九）や『アラーハム』（一六三三）などを著した。

087下 （182）**スタンリー卿**　原文では「サー・ウィリアム・スタンリー」となっているが、これは『ヘンリー六世』第三部の登場人物であり、『リチャード三世』のスタンリー卿はトマス・スタンリー（Thomas Stanley, 1433?-1504）である。トマスはリチャードの頭からもぎとったという王冠をリッチモンド伯ヘンリー・テューダー（のちのヘンリー七世）に授ける重要な役を演じるが、史実では、王冠はダービー伯がリチャードからもぎとったのではない。サンザシの茂みに落ちていたのがダービー伯に届けられたにすぎない。「歴史的事実に逆らってまで強調」とはそのことを指す。

（183）**一族の二人のために墓碑銘を書いた**　第四代ダービー伯爵ヘンリーの弟トマス・スタンリー（?〜一五七六）の墓（サロップ州トング教会）に刻まれたトマスとエドワードのための墓碑銘。一六六四年にウィリアム・ダグデイルが主張した説だが、エドワードはトマスの弟（?〜一六〇九）ではなく、トマスの息子（一五六二〜一六三二）であるという説もあり、そうであれば、この墓碑銘は一六一六年没のシェイクスピアの作でないことになりそうだが、息子が父トマスのために作ったという説もある。墓碑銘は以下のとおり。墓の東側にこうある。

Ask who lyes here but do not weep
He is not dead he doth but sleep
This stoney register is for his bones
His fame is more perpetual than these stones
And his own goodness with himself being gone
Shall lyve when earthlie monument is none.

墓の西側にはこうある。

Not monumental stone preserves our Fame
Nor sky aspiring pyramids our name
The memory of Him for whom this stands
Shall out live marble and defacers' hands
When all to tyme's consumption shall be geaven
Standley for whom this stands shall stand in Heaven

（184）**ストレインジ卿**（Lord Strange） ダービー伯爵（Earl of Derby）の次期後継者に与えられる称号。ストレインジ卿一座のパトロンとなったのは、ファーディナンドー・スタンリー（Ferdinando Stanley, 1559-94）。一五九三年九月二五日に第五代ダービー伯爵となるが、半年後の一五九四年四月一六日に急死。

090上

（185）**ラフォード出身の人間をグローブ座の管財人の一人として選ぶのに手を貸していた** 金細工師トマス・サヴェッジ（一五五二頃～一六一一）のこと。ヘスケス家と姻戚関係にあり、遺書でラフォード在住の親戚トマス・ヘスケス未亡人に二〇シリングを遺している。ストレインジ卿ファーディナンドー・スタンリーの遺産執行人の一人トマス・サヴェッジと同一人物か。

090下

（186）**若書きの戯曲を少なくとも二作** 『ヘンリー六世』第二部と第三部のこと。

（187）**一五九二年にシェイクスピアが満を持してロンドン劇壇に登場し、「優れた腕前」と言われる** シェイクスピアがロンドン劇壇に登場した時期は実はわかっていない。「優れた腕前」とは、ヘンリー・チェトルの『優しき心の夢』（一五九二年）からの引用であり、シェイクスピアに言及したものと誤解されている箇所である。「誰もが同意している」との記述も誤りと言わざるを得ない。

（188）**アラン・キーンとロジャー・ルボックという二人** 原文には「二人のシェイクスピア学者」とあるが、キーンはロンドンの古書商、ルボックは出版者であり、シェイクスピア学者ではない。

第16章

092上

（189）**家族の人数は増えていたが** 一五八〇年五月にウィリアム・シェイクスピアの末の弟エドマンドが誕生。

092下

（190）**コーラム・レジナ記録**（Coram Regina Roll）王座裁判所（King's Bench）の記録のこと。Coram Regina とは「女王の前で」の意。国王が男性の場合は Coram Rege Rolls と言う。

093上

（191）**単純不動産権**（fee-simple）無条件相続地権などとも言う。土地所有権とほぼ同じ不動産権。相続人が娘の産んだ男子に限定される限嗣不動産権と違い、相続人に条件がない。

（192）**和解譲渡**（fine）形式上の（擬制的）訴訟を起こし、和解の形式をとって土地譲渡を行うこと。

093下 （193）**財産回復**（recovery） これも法律用語。

（194）**毀損**（waste） 借地人による永久的な土地・建物の毀損。

（195）**残余権**（remainders） 不動産権をある者に譲渡し、その者の死後に別の人に譲渡するよう設定した場合、その別の人の不動産権。

（196）**限嗣相続予定者**（entail）**を切ってしまう** つまり、一度譲った不動産を取り戻すことをしないという意味。

（197）**法律の代書人と呼ばれている古い文書があるのだ** 第28章に引用されているナッシュが『メナフォン』に寄せた序文のこと。

094上 （198）**〈花輪になる雑草〉**（coronet weeds） ガートルードがオフィーリアの死を伝える第四幕第七場の台詞のなかに出て来る表現。J・ドーヴァー・ウィルソンは crownet weeds と校訂した。

第17章

096上 （199）**「アン・ハサウェイのコテージ」**（Anne Hathaway's Cottage） 現在もストラットフォードの観光名所のひとつ。アン・ハサウェイの義母（リチャードの後妻）ジョーンの死（一五九九年）後、長男バーソロミュー（?～一六二四）、その息子ジョンと受け継がれ、一七四六年に男系が途絶えたあとは、ジョン・ハサウェイの妹スザンナ、その甥、その息子ウィリアム・テイラーと受け継がれ、一八九二年、シェイクスピア生誕地記念財団（The Shakespeare Birthplace Trust）が購入したとき、テイラーの娘メアリ（ジョージ・ベイカー夫人）が住んでおり、最初の管理人となった。

098上 （200）**ワイアット**（Thomas Wyatt, 1503?-42） イタリアのソネット形式をサリー伯と並んで最初に英詩に取り入れた抒情詩人。ケンブリッジ卒。ヘンリー八世に仕え、イタリア大使、フランス大使、スペイン大使を歴任。王妃アン・ブリンの元情夫。著作は、主にイギリス初の詩華集 *Songs and Sonnets*（一五五七年）、通称『トッテル詞華集』（*Tottel's Miscellany*）に収められた。

（201）**サリー**（Henry Howard, Earl of Surrey, 1517-47） ワイアットと並んで初めて英詩にソネット形式を取り入れたのみならず、ウェルギリウスの英雄叙事詩『アエネーイス』翻訳（一五五七年）に際し、イギリスで初めてブランク・ヴァースを用いた功績者。勇猛な第三代ノーフォーク公トマス・ハワード（一四七三～一五五四）の息子。フランス戦役の司令官として活躍したが、謀叛の嫌疑を受けて処刑された。

（202）**トマス・ウォトソン**（Thomas Watson, 1557?-92） 詩人。その連作ソネット『恋愛詩百篇』（*Hekatompathia, or Passionate Centurie of Love*, 1582）をシェイクスピアが綿密に研究した。クリストファー・マーロウの親友。

100上 （203）**待降節**（Advent） クリスマス前の四週間。待降節の第一日曜から一月六日の主顕節（Epiphany）の八日目まで婚姻予告が禁じられていた。一五八二年では、一二月二日から一月一三日までがそれにあたる。

（204）**もうひとつの結婚禁止期間** 聖灰水曜日（四旬節初日）から復活祭（Easter）後の最初の日曜日まで。しかし計算によると一五八三年は二月二三日から四月一七日であり、原文で「一月二七日から四月七日」となっている理由は不明。

100下 （205）**同日にウェイトリーという人物** アンの結婚許可を出し

た二七日にこの役人は四〇件もの案件を処理しており、そのなかにクラウル教区牧師ウィリアム・ウェイトリーが起こした訴訟があった。

第2部

第18章

105下　（1）**旧約聖書の外典**　スザンナの挿話は旧約聖書『ダニエル書補遺』に含まれる。旧約聖書のギリシア語訳「七〇人訳」には見られるが、現存するヘブライ語版には対応する箇所がないため、プロテスタント教会は現在でも『ダニエル書』のこの部分を聖書の正典と認めていない。（カトリック、プロテスタントが共同で翻訳した『新共同訳聖書』には、『旧約聖書続編』として収録されている。）預言者ダニエルの名裁判を描いたこの挿話では、美しく貞淑な人妻スザンナが長老の誘惑を拒んだために無実の罪で訴えられ、ダニエルがスザンナの潔白を証明する。

第19章

108下　（2）**エドワード・アレン**（Edward Alleyn, 1566-1626）　のちに海軍大臣一座の看板役者となる。『タンバレイン大王』や『フォースタス博士』などマーロウ劇の主役で名を馳せた。フィリップ・ヘンズロウの女婿として、ローズ座経営にも携わった。演劇界の大物として人望は厚く、ダリッジ・カレッジの前身の学校を設立。

（3）**ウィリアム・ケンプ**（William Kempe, fl.1600）　宮内大臣一座の道化役者。ドグベリーやピーターを演じたが、シェイクスピアと仲違いをしたらしく、一五九九年に劇団を脱退、ロンドンからノリッジまでモリス・ダンスを続けるというパフォーマンスで話題をさらった。戯曲『悪党を見分けるコツ』などの執筆を手伝ったとされる。

（4）**ロバート・ウィルソン**（Robert Wilson, fl.1572-1600）　劇作も手がけた役者。『ロンドンの三貴婦人』（一五八一年上演）、『ロンドンの三紳士と三貴婦人』（八八年上演）、『靴屋の予言』（九〇年上演）などを書いた。共同執筆作品もある。

（5）**リチャード・タールトン**（Richard Tarlton, ?-1588）　女王一座の道化役者として一世を風靡した。僻目で醜男で、変な顔をして笑わせる一方、当意即妙の冗談に通じ、音楽的センスもあったらしい。シェイクスピアと一緒に仕事をする機会はなかっただろう。

109上　（6）**ストウ**（John Stow, 1525-1605）　年代史家。ロンドン生まれ。一五六一年チョーサーの作品を編纂し、一五八〇年『イングランド年代史』などを著したが、七〇年前から当時に及ぶロンドンの様子を綴った『ロンドン概観』（*Survey of London*）（一五九八年と一六〇三年）が有名。

110上　（7）**ベル亭**（The Bell）　旅籠屋で、劇場ではない。グレイシャス通りのクロス・キーズ亭近く。タールトンの拠点として一五七〇年代に盛んに芝居がかかった。

（8）**ブル亭**（The Bull）　これも旅籠屋。ここもタールトンの拠点。一五八三年一一月に女王一座はブル亭とベル亭に限って上演を市当局より許可された。160下の注97も参照。

110下　（9）**『レア王』**（*King Leir*）『リア王』の原型。第29章を見よ。

第3部

第20章

113上 (1) **リチャード・フィールド** (Richard Field, 1561-1624) ストラットフォード・アポン・エイヴォン出身のロンドンの印刷業者。シェイクスピアの『ヴィーナスとアドーニス』(一五九三)、『ルークリース凌辱』(一五九四)、シェイクスピアの粉本であるノース訳プルタルコス『英雄列伝』再版(一五九五)、「不死鳥と雉鳩」所収の『愛の殉教者』(一六〇一)などを出版した。

(2) **「どん臭い田舎の家に」** 『お気に召すまま』第一幕第一場七行。

113下 (3) **「才能は……作られる」** ゲーテ作『トルクァート・タッソー』(一七九〇)第一幕第二場より。

114上 (4) **ジェイムズ・ジョイスは……と注釈している** ジェイムズ・ジョイス (James Joyce, 1882-1941) の『ユリシーズ』(一九三九)第九挿話に、主人公の一人スティーヴン・ディーダラスがダブリンの図書館で学者たちを相手にシェイクスピア論をぶつ場面があり、「《ヴェローナの二紳士》にはじまり、プロスペローが魔法の杖を折って地中数尋の深さに埋め、魔法の書を水中に投ずるまで、追放の調べが、愛情からの追放、家庭からの追放という調べが、絶えることなく鳴りつづける」と述べる。(丸谷才一ほか訳『ユリシーズ II』集英社文庫、二〇〇三年、八一ページ)

114下 (5) **ブローン** イギリスの料理。豚や子牛の首や脚を香料と共に煮込み、ゼリー状に固めて壺に詰めたもの。スライスして食べる。

116上 (6) **シャーロット・ブロンテ** (Charlotte Brontë, 1816-55) イギリスの小説家。ヨークシャーの寒村ハワースに家族とともに暮らして執筆したが、代表作『ジェイン・エア』(一八四七)の成功後はたびたびロンドンを訪れた。

117上 (7) **「修道院の解散」** ヘンリー八世による宗教改革の一環として行われた政策。一五三四年、国王至上法によってイングランド国王が国教会の最高権威者として認められたことにより、一五三八年からイングランド国内の修道院は解散を命じられ、財産は没収された。

118上 (8) **マーティン・フロービシャー** (Sir Martin Frobisher, 1535?-94) カナダ北東部を探検したイギリスの航海士・探検家。

(9) **フランシス・ドレイク** (Sir Francis Drake, 1540? -96) 一五七七〜八〇年に世界航海を成し遂げ、一五八八年にスペインのアルマダ艦隊を撃破した海軍大将。

第21章

119下 (10) **トマス・デカー** (Thomas Dekker, 1572-1632) 喜劇『靴屋の休日』(一六〇〇)などを書いた劇作家。『伊達男いろは帖』(一六〇九)などの小冊子も多数書いた。

120上 (11) **青い洗濯糊** 娼婦たちは青い洗濯糊で大きな襟飾り(ラフ)を青く染めた。これを不快に思ったエリザベス女王は、一五九五年に青い洗濯糊の使用を国民に禁じた。

120下 (12) **上級騎士** 自分の旗印(バナー)のもとに臣下を従え

て戦場に赴くことを許されたバナレット騎士（knight banneret）のこと。平騎士（knight bachelor）のすぐ上の階級。

121上
（13）**ジョン・ダン**（John Donne, 1572-1631）一七世紀形而上詩人の代表者。奇想（conceit）を用いた詩法は、二〇世紀詩壇に衝撃を与え、T・S・エリオットらに高く評価された。代表作に「おはよう」（"The Good Morrow"）などの恋愛詩、「流れ星をつかまえに行け」（"Go, and catch a falling star"）などの抒情詩、異端の魂が転生を重ねて女体に宿るという諷刺的長詩『魂の歩み』（*The Progress of the Soul*, 1601）、死を瞑想した『周忌』（*Anniversaries*, 1611, '12）など。一六一五年より国教会の聖職につき、聖ポール大聖堂の首席司祭（一五二一～三一）を務めた。

（14）**エドワード・シャーファム**（Edward Sharpham, 1576-1608）劇作家。代表作に女王祝典少年劇団上演の『フレア』（*The Fleire*, 1607）、アルトゥール・シュニッツラーの戯曲『ラ・ロンド』を思わせる国王祝典少年劇団旗揚げ作品『キューピッドの回転木馬』（*Cupid's Whirligig*, 1607）がある。

121下
（15）**ロバート・ウィルソン作『ロンドンの三貴婦人』**（Robert Wilson's *The Three Ladies of London*）〈愛〉と〈良心〉と〈利潤〉の三貴婦人を主人公とした寓意劇。アクロイドはこの劇が「ロンドンの街を舞台とする芝居」の嚆矢のような書き方をしているが、一四二七～三〇年ロンドンで上演されたジョン・リドゲイトの『ロンドン仮装劇』（*A Mumming at London*）のほうが古い。この劇にも〈慎重〉など四人の貴婦人が登場する。

（16）**ウェブスター**（John Webster, 1678?-1632?）『白い悪魔』（*The White Devil*, 1612）や『モルフィ公爵夫人』（*The Duchess of Malfi*, c. 1614, printed 1623）などの凄惨な悲劇に秀でた劇作家。シェイクスピアの『マクベス』に加筆したとされる。モルフィ公爵夫人は夫亡きあと密かに執事アントーニオと再婚し、財産を狙う兄たちとその手下ボゾラに迫害される。

122上
（17）**ヴォルテール**（Voltaire, 1694-1778）フランスの作家・啓蒙思想家（本名François-Marie Arouet）。著書に『哲学書簡』、『カンディード』など。明快で機知に富む一八世紀散文の創始者。

（18）**ウォルト・ホイットマン**（Walt Whitman, 1819-92）アメリカの詩人。詩集『草の葉』（*Leaves of Glass*, 1855）で、躍動する自由詩形を発表した。

（19）**ハズリット**（William Hazlitt, 1778-1830）イギリスの批評家。コールリッジと共にロマン主義批評の代表者。『シェイクスピア劇の登場人物』などの評論や、『テーブル・トーク』などのエッセイがある。

第22章

123上
（20）**ヘンズロウ**（Philip Henslowe, 1550-1616）エリザベス朝の劇場経営者。ローズ座、スワン座、フォーチュン座、ホープ座などを所有。女婿にエドワード・アレン。一五九二年から一六〇三年までの劇場の収支などを書き残した貴重な資料『ヘンズロウの日記』が残っている。

123下
（21）**「ソドムの罪」**男色のこと。ソドムは、聖書に記されたヨルダンの古代都市。男色などの道徳的退廃のために、ゴモラの町とともに天からの火によって滅ぼされた。

（22）**栗粒熱**（sweating sickness）　一五～六世紀に発生した伝染性熱病。高熱で大量の汗をかいてあっという間に死んでしまう。

124下（23）**細身の剣か広刃の刀を帯びていただろう**　紳士が身につけなければならないものが三つあった。剣と帽子とマントである。一五九六年に紳士となってから、シェイクスピアは外出時には必ず帯剣したはずである。

第23章

127上（24）**バーナード・ショー**（George Bernard Shaw, 1856-1950）　アイルランド出身の劇作家。代表作に『ピグマリオン』（一九一三）など。『ジュリアス・シーザー』に対抗して『シーザーとクレオパトラ』（一八九九）を書くなどシェイクスピアを強く意識しつづけ、シェイクスピア評論も多い。シェイクスピア崇拝の風潮を「バードラトリー」と呼んで揶揄したことでも知られる。

（25）**カスティリオーネ**（Baldassare Castiglione, 1478-1529）　イタリアの宮廷人、外交官、人文学者。宮廷人としていかにあるべきかを論じた『廷臣論』は一五二九年に出版され、一五六一年にはトマス・ホービーによる英訳版も出て絶大な影響力を持った。

128上（26）**J・B・イェイツ**（John Butler Yeats, 1839-1922）　アイルランドの画家。肖像画を得意とした。息子に、詩人のウィリアム・バトラー・イェイツと画家のジャック・バトラー・イェイツがいる。

（27）**W・B・イェイツ**（William Butler Yeats, 1865-1939）　アイルランドの詩人、劇作家。日本の能に影響を受けたことでも知られる。

128下（28）**「あけっぴろげで自由闊達な性質」**　『ティンバー、あるいは人間と事物についての発見』六五六行。

129上（29）**ヘンリー・ジェイムズ**（Henry James, 1843-1916）　アメリカの小説家。代表作に『ねじの回転』（一八九八）、『大使たち』（一九〇三）など。なお、ジェイムズについて「あまりに卓越した頭脳の持ち主なので、どんな思想にも侵されない」と述べたのはT・S・エリオット（文芸誌「エゴイスト」一九一八年一月）である。

（30）**二五年で三六本もの戯曲**　シェイクスピアの戯曲は、坪内逍遙や小田島雄志が「全訳」した三七本に『二人の貴公子』、『エドワード三世』、『サー・トマス・モア』を加えた四〇本であるのみならず、アクロイドは『エドマンド剛勇王』も加えるべきだと考えている。ここでなぜ三六本となっているのか不明。

（31）**チャップマン**（George Chapman, 1559-1634）　劇作家・詩人であり、マーロウの未完の詩『ヒアロウとリアンダー』を一五九八年に完成させ、ジョンソンらと喜劇『東行きだよ』（一六〇四）を書き、単独では悲劇『ビュッシィ・ダンボワ』（一六〇七）を作り、『イーリアス』と『オデュッセイア』の英訳を収めた『ホメロス全詩集』を一六一六年に刊行するなど広範囲に活躍した。

（32）**グリーン**（Robert Greene, 1558-92）　シェイクスピアの『冬物語』の種本となる『パンドスト』（一五八八）などの伝奇物語や、『修道士ベイコンと修道士バンゲイ』（一五八九頃）などの戯曲、『三文の知恵』（一五九二）などの小冊子を多数書いた作家。

129下 （33）**ターナー**（Joseph Mallord William Turner, 1775-1851） イギリスの画家。風景画を得意とし、イギリスの国民的画家となった。

（34）**トマス・モア**（Thomas More, 1478-1535） イギリスの政治家・人文学者。ヘンリー八世のもとで大法官を務めたが、王の離婚・再婚に反対したため処刑された。著書に『ユートピア』（一五一六）他。

第24章

132上 （35）**シェイクスピア自身も言及されている『コリン・クラウト故郷へ帰る』という詩** この詩のなかに「ジェントルな羊飼い」とあるのがシェイクスピアだという説があるが、これは明らかに第六代ダービー伯爵ウィリアム・スタンリー（一五六一～一六四二）を指す。詳しくは河合祥一郎『謎ときシェイクスピア』新潮選書、六二ページを参照のこと。

（36）**サー・ウォルター・ローリー**（Sir Walter Raleigh, 1552?-1618） ルネサンスを代表する軍人・文人・騎士。エリザベス女王の寵臣。ぬかるみにマントを広げて女王を通した伝説がある。イギリスにタバコをもたらした人物としても知られる。一五八四～五年に北米を探検し、大西洋岸を処女女王にちなんでヴァージニアと名づけて植民地としたが、自身はこの地を踏んだことはなかった。九二年に女王の寵を失い、一時投獄。その後も探検を試みた。ジェイムズ一世治下においてロンドン塔幽閉中に『世界史』第一巻（一六一四）を執筆。刑死。

132下 （37）**ノーサンバランド伯爵**（Henry Percy, 9th Earl of Northumberland, 1564-1632） 『ヘンリー四世』に登場するヘンリー・パーシーの末裔。科学に興味を持ち、魔法使い伯爵の異名を持つ。火薬陰謀事件に加担して一六年間ロンドン塔に幽閉されたが、二〇〇冊あまりの本を運び込ませて優雅に過ごした。

（38）**ジョージ・ピール**（George Peele, 1556?-96） オックスフォード卒の劇作家・詩人。『パリスの審判』（一五八一年女王御前上演、一五八四年出版）や、歴史劇『アルカサルの戦い』、諷刺喜劇『おばあちゃんの物語』などの戯曲のほか、サー・シドニー・リーの退職記念の『ポリュヒュムニア』（一五九〇）などの詩を書いた。貴族との交友もあり、ナッシュが「最高の言葉の使い手」と絶賛し、当時の評価は高かったにもかかわらず、現在不当な誤解を受けている。「激しい放蕩生活を送った」という風説は作者不明の冗談本『ジョージ・ピールの愉快で冴えてる戯話』によるところが多い。役者でもあったという説は、エドワード・アレンに宛てられた演技の腕比べの賭け事に応じて欲しいという一通の手紙の誤読によるものと思われる。

（39）**トマス・ヘリオット**（Sir Thomas Herriot, 1560-1621） 一五八六年一二月三日イギリスにジャガイモを持ち込んだ人物として知られる。オックスフォード生まれ。W・ローリーの部下として、一五八八年二月ローリーとともにヴァージニアへ行き、帰国後、三月に『新発見の土地ヴァージニアの簡潔な真の報告』（*A Brief and True Report of the New-found Land of Virginia*, 1588）を公刊。イギリス人地理学者リチャード・ハクルートがこれを一五九〇年と一六〇〇年に再版した。のちにノーサンバランド伯の庇護を受け、伯爵のロンドン塔幽閉時にも忠実に仕えた。代数学にも貢献があり、ケプラーと連絡を取り合った。

（40）**ジョン・ディー**（John Dee, 1527-1608）　エリザベス女王に仕えた占星術師・数学者・錬金術師。『あらし』のプロスペローのモデルと言われる。ケンブリッジ卒。パリで数学を講義し、帰国後ペンブルック伯の屋敷に仕え、ノーサンバランド伯の子供たちやのちのレスター伯の家庭教師をした。晩年は自称霊媒師エドワード・ケリーに騙され、貧困に陥る。

（41）**トマス・キッド**（Thomas Kyd, 1558-1594）　セネカの影響を受けて復讐悲劇『スペインの悲劇』などを書いた劇作家。『原ハムレット』の作者とされる。マーロウの友人で、一五九三年五月一二日にマーロウが起こした外国人誹謗事件に巻き込まれ、逮捕・拷問を受け、翌年死亡。

（42）**『スペインの悲劇』**（*The Spanish Tragedy*）　キッドの悲劇。一五八七年初演か。一五九二年ストレインジ卿一座によりローズ座上演。一五九二年初版。一五九七、一六〇一年海軍大臣一座再演。第四版（一六〇二）と第五版（一六〇三）にベン・ジョンソンが加筆。第一〇版（一六三三）まで出た大人気作。『ヒエロニモ』第一部の続編の形を取る。復讐の霊に導かれたドン・アンドレアの亡霊が、仇であるポルトガル王子ドン・バルサザー（太守の弟ペドロの息子）が自分の恋人ベル・インペリアの手にかかって死ぬ様を見るという復讐劇だが、更なる復讐が重なる。すなわち、アンドレアの親友ホレイシオがベル・インペリアの新たな恋人となるが、悪党ロレンゾー（スペイン王の甥）がバルサザーと謀ってホレイシオを殺し、ホレイシオの父の司法官ヒエロニモが復讐を誓って、佯狂の末、ついに仮面劇の中で思いを遂げる。また、アンドレアの召し使いだったペドリンガーノを中心とした滑稽な脇筋がある。

133下　（43）**リチャード・ヘスケス**（Richard Hesketh, 1553-93）　ランカシャー州の名門ヘスケス家の一人。第五代ダービー伯爵ファーディナンドー・スタンリーに、海外のカトリック信者の支援を受けて王位継承者として名乗りをあげるよう要望する手紙を届けた。罠かもしれないと思ったファーディナンドーは、女王に手紙を渡したため、リチャード・ヘスケスは処刑されてしまった。

第25章

136上　（44）**赤獅子座** The Red Lion Inn　ジョン・ブレインが一五六七年に農家を改造して作った劇場。かつては宿屋劇場のひとつと見なされていたが、最近の研究により、舞台とそれを取り囲む座敷席があって恐らく演劇専用の劇場であると判明。そうであれば、イギリス初の劇場は、シアター座ではなく、赤獅子座となる。

136下　（45）**「バルドゥクツム」Balductum**　原意は「酒で固まらせた牛乳」で、「意味のない言葉の羅列」を意味する。トマス・デカーの戯曲『ウェールズ人大使』第四幕で **I can creepe into opinion by balductum rymes** などと使われている。

137上　（46）**シアター座** The Theatre　一五七六年ジェイムズ・バーベッジがショアディッチに建設した劇場。かつてはイギリス初の劇場と目されていた（赤獅子座の項を参照）。一五九〇〜一年に海軍大臣一座の拠点、一五九四年から宮内大臣一座の拠点となり、初期シェイクスピア作品が初演された。地主と揉め、一五九七年四月に土地借用の契約が切れて劇場が閉鎖されてからは、隣のカーテン座を使用した。劇団は、一五九八年一二月二八日に劇場を解体し、その木材を用いてグローブ座を建てた。

（47）**ロンドン初の聖史劇**　「聖史劇」と訳したが、原書には「奇跡劇」（miracle plays）とある。奇跡劇は厳密には聖書の逸話ではなく聖人の伝説を扱う劇であるため、聖史劇（mystery plays）とは違うのだが、アクロイドのように混同する人が多い。

（48）**クラークンウェル**　一四世紀に近くで教区教会の庶務係（書記、クラーク）が毎年聖史劇を上演したという「クラークの井戸（ウェル）」は、現在ファリングドン・レインという通りに位置する。この通りはホルボーンにあるグレイズ・イン法学院から東に伸びるクラークンウェル・ロードと、ファリングドン・ロードが交差する角にある。その以北一帯をクラークンウェルと呼ぶ。

138上
（49）**『鍛冶屋の娘』、『カティリナの陰謀』**（*The Blacksmith's Daughter, Catiline's Cospiracies*）　一五七九年にスティーヴン・ゴッソンが『悪口学校』のなかで、この二作品がシアター座によくかかると述べている。前者は、トルコ人たちの裏切り、気高い心による恩恵、苦境に光る美徳を描いた作品と説明されているが、現存しない。後者は、ゴッソンの自作であり、ベン・ジョンソンの類似作（*Catiline His Cospiracy*）とは別物。なお、ゴッソンのタイトルは正しくはConspiracies と複数形であり、アクロイドのミスで単数形になっていたのを訂正した。この戯曲も現存しない。

（50）**『カエサルとポンペイの物語』、『芝居のなかの芝居』**（*The History of Caesar and Pompey, The Play of Plays*）　ゴッソンが一五八二年に『五つのアクションで芝居を論破する』のなかで、改訂の例として挙げた二作品（どちらも現存しない）。後者（トマス・ロッジ作？）はシアター座上演作品であるが、前者もそうであるかは不詳。『カエサルとポンペイ』の題でいくつか戯曲が残っているが、一五八二年頃の作品については不詳。

（51）**スペクタクルやメロドラマを見せるものだった**　四作品とも現存しないため、この断定は無責任な当て推量である。

（52）**『ハムレット、復讐だ！』と叫ぶ亡霊の仮面**　『ハムレット』をシアター座で観た作家トマス・ロッジが、一五九六年出版の本（『機知の悲惨とこの世の狂気』）に記した。

138下
（53）**カーテン座**（The Curtain）は、一五七七年創立の劇場。シアター座のすぐ南、ショアディッチのカーテン通りの近くに建ったのがその名の由来であり、カーテン通りにはアクロイドの言うとおり、カーテンのような壁があったのであろう。『ロミオとジュリエット』などシェイクスピア作品の初演が行われた。

139上
（54）**『ヘンリー五世』の序詞役が「この木でできたオー（O）」に言及するときには、カーテン座のことを言っている**　コリン・マッケイブの書評が指摘するように、ここで言われているのはカーテン座ではなくグローブ座と考えるのが一般的。ただし、『ヘンリー五世』初演の時期を考えるとどちらの可能性もある（T・W・クレイク編纂アーデン版第三シリーズ序文、三〜五ページを参照）。

139下 (55) **ニューイントン・バッツ座** ニューイントン・バッツは現在もエレファント&カースルから南西へ伸びる道の名前となっている。

140下 (56) **ドルーリー・レインの王立劇場の収容人数が九〇〇人以下である** スタンリー・ウェルズが書評で指摘するように、正しくは二二〇五人である。

第26章

142下 (57) **ゲイブリエル・ハーヴィ**（Gabriel Harvey, 1550?-1630） 一五七四年よりケンブリッジ大学修辞学教授。エドマンド・スペンサーの友人であり、『羊飼いの暦』のなかで「ホビノル」として言及されている。好戦的清教徒であり、グリーンとナッシュを激しく攻撃した。一六〇一年にシェイクスピアについて「若い連中は『ヴィーナスとアドーニス』を好むが、『ルークリース』と『ハムレット』はより賢い連中を喜ばせる」と記した。

143上 (58) **リチャード・ファラント**（Richard Farrant, c.1530-80） イギリスの作曲家、劇作家。ウィンザー少年劇団の座長を務めたのち、一五六九年にチャペル・ロイヤルの聖歌隊指揮者、一五七六年にはチャペル・ロイヤル少年劇団副座長を歴任。劇作家としては『エイジャックスとユリシーズ』など古典に題材を採った劇を書いたようだが、現存しない。

143下 (59) **エリザベス女王自身がリリーの考案になる古典寓意劇を楽しんだ** リリーの喜劇はほとんど宮廷で上演されている。エリザベス女王への阿諛追従を行うリリー劇の特徴については David Bevington, "John Lyly and Queen Elizabeth: Royal Flattery in *Campaspe* and *Sapho and Phao*", *Renaissance Papers* (1966), 57-67 参照。

144下 (60) **『ジョージ・ピールの愉快で冴えてる戯話』**（*Merrie Conceited Iests, of George Peele Gentleman*） 作者、出版年とも未詳。一六〇五年頃と推定される。内容はでたらめであり、多くの誤解を生んだ。

(61) **妻と幼い娘は夕食用に雲雀を料理** ピールには一〇歳の賢い娘がおり、お父さんが死んでしまったと大声で泣き騒ぎ、紳士の同情を得て金をせしめたが、紳士がピール宅を訪れてみると、妻が雲雀の羽をむしり、嘘泣き娘が焼き串を回す一方、ピールが毛布に包まって翻訳をしていたという話。雲雀を食べることは別に珍しいことではなかった。

(62) **「金がなくなる前に書く気が失せるという詩人気質の持ち主」** ジョージ・ピールがギリシア語の本を英訳したとき、翻訳料を前払いで少しもらってしまうとピールは仕事をせず、金がなくなるとまた無心するのだが仕事は進まないため、ついに翻訳を依頼した紳士はピールの鬚と頭髪を剃って、ピールが自宅にこもって仕事をするように仕向けたという話。

145上 (63) **最後の一人は死人の骨を持っている」** 原文にはこのあと「シェイクスピアが『タイタス・アンドロニカス』の第一幕をピールから引き継ぎ、年長の作家の扇情的な効果をさらに練り上げて劇を完成させたことはよく知られている。ピールの劇世界をシェイクスピアが受け継いだのである」とある。しかし、ジョナサン・ベイト編纂のアーデン版第三シリーズ『タイタス・アンドロニカス』では、この説を否定している。

(64) **ジョージ・ギッシング**（George Gissing, 1857-1903）の『三

文文士』『三文文士』（*New Grub Street*）は、イギリスの小説家ギッシングが、売れない作家の生活を写実的に描いて文壇の注目を集めた話題作。ほかに『流謫の地に生まれて』（*Born in Exile*, 1892）、『余計者の女たち』（*The Odd Women*, 1893）などの作がある。

145下 （65）**安定を必要としていたとも言える**　原文にはこのあと「ピールがこの一見無教育な田舎役者との共同作業にどのように反応したかは知られていないが、この田舎者がしゃしゃり出てきたことで少なくとも一人の大学出の才人の怒りと軽蔑を招くことになる」とあるが、「共同作業」をしたか疑わしく、またシェイクスピアの出現が「一人の大学出の才人の怒りと軽蔑を招」いたことも疑わしい。

148上 （66）**モーセ**（Moses）　旧約聖書に描かれるイスラエルの指導者。エジプトで奴隷の境遇にあったエジプト人を約束の地カナンへ導いた。イスラム教でも偉大な預言者として崇敬されている。

150上 （67）**ボウ教会**　ロンドン市内のセントメアリ・ル・ボウ教会。その鐘の音で知られ、この鐘の音が聞こえる範囲で生まれた者が生粋のロンドンっ子と言われていた。

（68）**太鼓を打つような一〇音節**　マーロウが大々的に使用し、シェイクスピアものちに用いたブランク・ヴァース（無韻詩）は弱強五歩格（アイアンビック・ペンタミター）という「弱い・強い」が五回繰り返される韻律（リズム）から成っている。「弱い・強い」で二音節であり、それが五回繰り返されるので、一行は一〇音節になる。なお、ブランク・ヴァースとは、弱強五歩格の韻律（リズム）を持ちながら、行末に韻を踏まない（ライムがない）ものを言う。

150下 （69）**まちがいなく『マルタ島のユダヤ人』および『パリの虐殺』に出演しただろう**　前者は一五九二年二月二六日から翌年二月一日まで、後者は一五九三年一月二六日、いずれもストレインジ卿一座によりローズ座にて上演された記録があり、この時期にシェイクスピアが一座に属していたとすれば、出演しただろう。

（70）**「狂っていて、悪くて、知り合いになるのは危険」**（mad, bad, and dangerous to know）　ロマン派の詩人バイロン卿について、その恋人レイディ・キャロライン・ラムが述べた有名な言葉。

（71）**プロセルピナ**（Proserpina）　ギリシア神話のペルセポネと同一視されるローマ神話の女神。ゼウスの娘で、冥府の女王となった。マーロウの『タンバレイン大王』第二部第四幕、ピールの『アルカサルの戦い』第二幕に言及がある。

第27章

152上 （72）**ベヴァリー**（Beverley）　ヨーク市の南東、東海岸に近い都市。

152下 （73）**アエソプス**（Claudius Aesopus）　紀元前一世紀のローマの偉大な悲劇俳優。キケロの友人。ローマの偉大な喜劇俳優ロスキウスに匹敵するとホラティウスに評された。プルタルコスが書いた伝記によれば、復讐者アトレウスを演じているとき、我を忘れて相手役を殺してしまったという。

（74）**「舞台上で猫を八つ裂きにする」**　『夏の夜の夢』第一幕第二場のボトムの台詞にある表現。大仰な物言いでふんぞり返って怒鳴り散らすという意味。

153下 （75）**オーガスティン・フィリップス**（Augustine Philips,

?-1605)　ファースト・フォーリオに記載された二六人の「主要役者」のリストで四番目に名前が挙がっている役者。一五九四年の宮内大臣一座の旗揚げ当初からの劇団員であり、株主でもあった。

(76)**ウィル・スライ**(William Sly, ?-1608)　同リスト(前項)の九番目に名前がある役者。宮内大臣一座の創立メンバーと思われる。一六〇五年にはグローブ座の株主にもなった。不敵な面構えの肖像画が残っている。

(77)**トマス・ポープ**(Thomas Pope, ?-1603)　同リスト(前項)の六番目に名前がある宮内大臣一座創立メンバー。滑稽な敵役などを巨体で演じたと思われ、初代フォルスタッフ役者と推察される。

(78)**ジョージ・ブライアン**(George Bryan ?-?)　同リスト(前項)の七番目に名前がある宮内大臣一座創立メンバー。一五九七年の夏の終わりごろ、劇団をやめて宮廷で職に就いたらしい。

(79)**リチャード・カウリー**(Richard Cowley, ?-1619)　同リスト(前項)の一〇番目に名前がある宮内大臣一座創立メンバー。『から騒ぎ』でヴァージス役を演じた。

(80)**『七つの大罪』**(*The Seven Deadly Sins*)　おそらくリチャード・タールトンが作ったと推察される寓意劇。第一部は失われたが、第二部については、いわゆる「プロット」と呼ばれる役者登場のきっかけを記した原稿が役者エドワード・アレンの所有となってダリッジ・カレッジに残っている(アレンの名はプロットにない)。一五九〇年頃の海軍大臣一座とストレインジ卿一座の合同上演のときのもの。〈嫉妬〉、〈プライド〉、〈大食〉、〈怒り〉、〈貪欲〉、〈怠惰〉、〈好色〉の七大罪が、王ヘンリー六世の睡眠中に登場する。眠りから覚めた王は、牢番や詩人リドゲイトらに辺りを探させるが七大罪は見あたらない。〈嫉妬〉がそっと舞台を横切ると、〈嫉妬〉の芝居が始まる。リチャード・バーベッジが演じるゴーボダック王の二人の息子フェレックスとポレックスは嫉妬から対立し、戦争となり、フェレックスは死ぬ。悲しみに沈むポレックスを、王妃やニック・ソーンダー演じる淑女、リチャード・カウリーやブライアン演じる諸侯が登場して慰める。芝居を見守るヘンリー王とリドゲイトは評を加え、次に〈怠惰〉が舞台を横切ると、オーガスティン・フィリップス演じる軍人サーダナパラスらの貪欲な無法ぶりを描く劇中劇が始まる。トマス・ポープの演じるアーバクタス隊長が登場し、騒ぎの後に、女たちは逃げ、サーダナパラスは持てる限りの金銀財宝を持って去り、隊長が勝利する。再びヘンリー王とリドゲイトの評。〈好色〉が舞台を横切る。女形ロバート・ゴフが演じるフィロメラがジューリオを誘惑する……と芝居は続く。当時ストレインジ卿一座にいたはずのシェイクスピアとヘミングズの名前が記されていないが、シェイクスピアはヘンリー六世を、ヘミングズはリドゲイトを演じたのだろうという意見もある。失われた第一部は序幕、プライド、大食、怒り、貪欲の五つの部分からなり、第二部は嫉妬、怠惰、好色の三つの部分からなるため、タールトン所属の女王一座により宮廷で上演される予定だったが女王不在のため上演されなかった劇 *Five Plays in One*(一五八五年一月六日上演予定)と *Three Plays in One*(同年二月二一日上演予定)と同一であろうと推測されている。なお、*Five Plays in One* は一五九七年四月七日新作上演として同年七月二七日まで海軍大臣一座によりローズ座上演一〇回の記録がある。

154上 （81）**『悪党を見分けるコツ』**（*A Knack to Know a Knave*）　作者不明の喜劇。一五九二年六月新作上演としてストレインジ卿一座によりローズ座にて翌年一月迄七回上演。一五九四年の初版の表題から、エドワード・アレンの一座が何度も上演したこと、ウィリアム・ケンプが王を迎える愚者のひとりを滑稽に演じて喝采を受けたことがわかる。悪党の見分け方を知っているという〈正直〉が、王エドガーから悪党退治を任せられて、忠臣ダンストン司教や騎士らの援助を受けて、ヘクサムの悪徳代官の4人の息子（坊主ジョン、宮廷人ペリン、詐欺師カットバート・カットパース、百姓ウォルター）を捕まえるという主筋に、王の花嫁としてオズリックの娘アルフリダを口説きに言ったコーンウォール伯エセンウォルドが、娘に惚れて自分の妻としてしまい、王の目をごまかすために彼女を台所女に変装させるという副筋が平行する。エセンウォルドの罪を王は赦すが、王の側近にいた悪党たちは次々に正体を暴かれ、死罪を言い渡される。芝居の作りは荒いが、その場その場の調子はよい痛快喜劇となっている。タイタス・アンドロニカスにも言及があり、タイタスの話が当時よく知られていたことが窺われる（シェイクスピア作は一五九三年）。

（82）**『修道士ベイコン』**（*Friar Bacon*）　正式な題名は *The Honorable Historie of Friar Bacon and Friar Bungay.* ロバート・グリーンの痛快喜劇。英国演劇史初の成功したロマンス喜劇であり、真のダブル・プロットが利用された作品とされる。構造の酷似するマーロウの『フォースタス博士』に先行する。当時の〈魔術もの〉が〈変装もの〉と一緒に長期間海軍大臣一座のレパートリーを賑わしたことから見ても、本作がその嚆矢として果たした重要性は大きい。幾つもの逸話が次々に展開される。国王ヘンリー三世の皇太子エドワードが森番の娘マーガレットを恋し、修道僧バンゲイの協力を得た恋敵リンカーン伯ネッド・レイシーを、修道僧ベイコンの力を借りて排除しようとするが、結局マーガレットをネッドに譲る。皇太子が道化ラルフ・シムネルを自分に扮させる滑稽や、英国に城壁を巡らせるための謎を解き明かすべく真鍮の首が語る時を待っていたベイコンが、愚かな弟子マイルズのために七年の労苦をふいにしてしまうなどの滑稽もある。マイルズは悪魔の背に乗って退場し、ベイコンがめでたい予言をして終わる。一五八九年頃初演。一五九二〜三年ストレインジ卿一座が、一五九四年女王一座・サセックス伯一座（合同）が、いずれもローズ座上演。一六〇二年海軍大臣一座宮廷上演のためにミドルトンが序詞・終詞執筆。一五九四年初版。『ボルドーのジョン』（一五九二）は続編。

（83）**『狂乱のオルランドー』**（*Orlando Furioso*）　ロバート・グリーンの喜劇。一五九一年夏初演か。翌年ストレインジ卿一座ローズ座再演。一五九四年の初版には女王御前上演と記されている。アリオストーの叙事詩の脚色。アフリカ皇帝マーシリアスは、大勢の王族貴族の中から皇女アンジェリカの夫として武勇の誉れ高いオルランドーを選ぶが、悪党サクレパントの計略により、皇女がムーア人の手に落ちたと信じたオルランドーは発狂する。一方、皇女は羊飼いに身をやつして逃亡するが、国乱を引き起こした張本人と誤解され処刑されようとする。そのときオルランドーが変装して現れ、彼女を救う。貴族らは戦いぶりからその正体を知り、最後にオルランドーは皇帝から王位を譲られる。アンジェリカに女装する道化や小姓の滑稽が副筋にある。

（84）**『頑固なモロッコ』**（*Muly Mollocco*）　一五九二年ストレインジ卿一座が繰り返し上演した人気作。失われた作品と思われるが、『アルカサルの戦い』と同一作との説もある。

（85）**「不死鳥と雉鳩」**（"The Phoenix and the Turtle"）　シェイクスピアの短詩。貴族ジョン・ソールズベリー（John Salisbury, 1566?-1612）に捧げられた一六〇一年出版ロバート・チェスター編著『愛の殉教者――ロザリンの嘆き』（*Love's Martyr: Rosalins Complaint*）に無題で所収。本の前半部はチェスターの詩だが、後半部にマーストン、チャップマン、ジョンソンらの詩的エッセイに交じって、この詩が収められている。不死鳥と雉鳩が互いに燃え尽きて死んだ今、愛と貞節は死んだと歌い、この二羽の鳥の葬儀参列を呼びかける内容であるために、一八〇七年にボストンで出された版になって「不死鳥と雉鳩」の題がつけられた。強弱四歩格（トロウケイイック・テトラメター）の四行連が一三回続いたのち、〈理性〉が三行連×五回の挽歌を歌うという六七行構成。不死鳥をエリザベス一世、雉鳩をエセックス伯と解したり、不死鳥を詩人のパトロン第三代ベッドフォード伯爵夫人ないしジョン・ソールズベリー夫人としたり、寓意性を読み込まずに形而上詩と解釈したりするなど諸説ある。

（86）**一五八六年のストレインジ卿の妹の結婚**　ストレインジ卿の父、第四代ダービー伯ヘンリー・スタンリーが愛人ジェイン・ハルサルに生ませ、庶子ではあるが認知したアーシュラ・スタンリー（ストレインジ卿の腹違いの妹）。一五八六年にサー・ジョン・ソールズベリーと結婚した。

154下
（87）**『ヘンリー六世』三部作で活躍するスタンリー家**　原文には「『ヘンリー六世』三部作のすべてで活躍するスタンリー家とダービー家」とあるが、ダービー伯は『リチャード三世』まで登場しない。また、スタンリー家の人間は『ヘンリー六世』第一部には登場しない。

（88）**リッチモンド**　原文には「ヘンリー・ボリンブルック」とあるが、誤り。リッチモンド伯ヘンリー・テューダーがダービー伯トマス・スタンリーに戴冠されてヘンリー七世となるのは歴史書が伝えるとおり。087下の「スタンリー卿」の注も参照のこと。

155上
（89）**『エドマンド剛勇王』**（*Edmund Ironside*）　エリック・サムズやE・B・エヴェレットはシェイクスピア作とみなすが、支持する学者は少ない。一〇一六～三五年にイングランド王を兼任することになるデンマーク王カヌートによって殺されたイングランド王エドマンド二世（一〇一六年に七ヶ月間在位、故イングランド王エセルレッドの王子）を描く史劇。おべっかと二枚舌を使うマーシア公エドリカスは卑しい素性を隠して、両王のあいだを巧みに立ち回って出世を図るが、最後に両王の一騎打ちを提案したことから思惑と裏腹に和平が成ってしまう。チェスター伯レオフリック及びサフォークとノーフォーク公爵ターキラスがエドマンド側へ寝返ったため、カヌートが人質にした子供の手や鼻を切り落としたりする残虐な場面もあり、幕切れの和平は、子を虐殺された伯爵と公爵の復讐の誓いやエドリカスの呪いのために不安定なものとなる。他にカヌートが味方のサウサンプトン伯の娘エジーナを妃とする喜びの宴の場面や、エセルレッドの妃エマ（エドマンドの義母）が、幼い二人の王子アルフレッドとエドワード（のちのエドワード懺悔王）を戦火を逃れてノルマンディーへ避難させるために涙で別れる場面、出世したエドリカスが貧乏な両親と靴屋スティッチを追い返そうとする滑稽や、エドリカスがスティッチと服を交換して変装する滑稽などがある。全般にエドマンド剛勇王の武勇をめぐる史劇的側面のほかに、小悪党エドリカスの滑稽な立ち回りが強調される。本作にはエリック・サムズが指摘しているようにシェイクスピアの『タイタス・アンドロニカス』と興味深い類似があることは特筆すべきであろう。カヌートは残虐さの点で『ソリマンとパーセダ』のソリマンなどに類似するが、舞台の上で鼻を切り落とすなどの殺傷には他にG・ピールの『エドワード一世』（一五九一?）など多数の例があって、この残虐性は時代の一つの特徴を示している。写筆屋の筆になる原稿の形で残り、改訂の後が見える。初演は一五九五年頃か。

（90）**『エドワード三世』**（*Edward III*）　一九九七年リヴァーサイド・シェイクスピア全集一巻本第二版に収められ、翌年新ケンブリッジ版単行本として出され、オックスフォード第二版シェイクスピア全集（二〇〇五）にもシェイクスピア作として所収。詳しくは河合訳『エドワード三世』（白水社、二〇〇四）解説を参照のこと。

156上
（91）**ホリンシェッドの『年代記』の第二版**　シェイクスピアが種本として利用したのは一五八七年に出版された第二版であることがわかっている。

（92）**名前を伏せたある劇作家**　正しくは「名前を伏せたある役者」。グリーンが攻撃したのは、「我らが言ったとおりの言葉を言い、我らが色彩に身を飾るあの道化師ども」としての役者である。

第28章

157上
（93）**グリーンが最初にシェイクスピアを公然と攻撃したのは一五九二年のことである**　グリーンが攻撃したのはシェイクスピアではないのではないか。河合『謎ときシェイクスピア』新潮選書の第三部を参照されたい。

157下
（94）**ローストフト**（Lowestoft）　イギリスの最も東に突き出た部分にある漁業の町。内陸の都市ノリッジまで四〇キロほどの近さ。

158上
（95）**免罪詩**（neck-verse）　ラテン語の聖書の詩編第五一の冒頭の一節のこと。これを読み上げることができると「聖職者の特権」が適用されて絞首刑を免れることができた。

第29章

160上
（96）**『レア王実録年代記』**（*The True Chronicle History of King Leir*）　作者不明の悲劇。『リア王』の種本。一五九〇年頃におそらく女王一座によって初演されたと推定される。ヘンズロウの日記に一五九四年女王一座とサセックス伯一座によりローズ座上演の記事あり。現存最古版一六〇五年。勘当されたコーデラ（コーディーリアに相当）が変装のフランス王に惚れられるなどの違いはあるが、最終幕を除いて、ほぼ筋は『リア王』と同じである。最後は、リーガンからレア王殺害を命じられた部下の哀れみにより、王とペリラス（ケントに相当）はフランスへ逃げることができ、変装したコーデラらと出会い、フランス王とともにイングランドに上陸して勝利するという筋である。詩情には乏しいが、逆に理屈にこだわる物語性の高さが、例えばコーデラに燃えるような恋のできる肉体を、姉達に父をうるさがる正当性を、与えている。シェイクスピアの作品よりも良くも悪くも遥かに理の勝った一七世紀的な面があり、当時の新しさを備えたロマンス作品である。コーデラとフランス王の愛の世界が強調され、フランス王の忠臣マムフォードが道化的役割を担うが、リア王の道化に相当する人物はいない。

160下　（97）**ブル亭**　シティ内のビショップスゲイト・ストリートにある劇場（一三五ページの地図を参照）。一六〇四年にロンドン郊外のクラークンウェルに建設された劇場レッド・ブル座と混同してはならない。アクロイドは「ブル亭というのはレッド・ブル座のことだ」と書いているが誤解であるため、訂正した。ブル亭は、ベル亭とともに、一五八三年一一月二六日タールトンらが所属する女王一座に上演許可が下りた旅籠屋である。タールトンはこの年に一座の団員となり一五八八年に死亡しているが、その間、ブル亭が劇団の本拠地となった。『ヘンリー五世の有名な勝利』は女王一座によりここで初演されたと考えられる。一五九四年にはまだ使用されていた。110上の注8も参照。

161上　（98）**『ヘンリー五世の有名な勝利』**（*The Famous Victories of Henry V, Containing the Honorable Battell of Agincourt*）作者不明の史劇。一五八六年頃女王一座によりブル亭にて初演。初版（一五九八年）の表題に女王一座公演が記されている。シェイクスピアの『ヘンリー四世』と『ヘンリー五世』の粉本。王子（ヘンリー五世）が、悪友ネッド、トム、そしてサー・ジョン・オールドカースル（フォルスタッフに相当）とともに、父王の管財人を襲って一千ポンドを奪ったり、チープサイドの酒場で騒いだりするのはシェイクスピアと同じだが、酒場で喧嘩騒ぎを起こして一旦カウンター牢獄へ送られた王子が、裁判の席で高等法院長を殴って今度はフリート監獄へ連行されたり、道化デリックの滑稽があったりする点で、この作品のほうが単純な冒険活劇となっている。病床の王を王子が訪れて許しを乞い、眠っている王が死んだと誤解して王子が王冠を持ち去ってしまうなどの場面もある。やがて王が死に、即位した新王は昔の仲間に一〇マイル以内に近づくなと命じて追い払うが、この場の展開は早く、直ちに対仏戦に移り、カンタベリー大司教によりサリカ法が論じられ、仏王位の権利の説明がある。仏王シャルル七世の王子より嘲笑のテニスボールとカーペットが贈られた末、アジンコートの戦いで勝利し、道化ら滑稽な仲間たちも靴や服などの戦利品を持ち帰り、フランス王女キャサリンへの求愛と結婚、有利な和平締結で終わる。

（99）**『ジャジャ馬ナラシ』**（*The Taming of a Shrew*）『じゃじゃ馬馴らし』（*The Taming of the Shrew*）と酷似する作者不明の喜劇。一五九二年頃女王一座上演か。初版一五九四年の表題にはペンブルック伯一座公演が謳われている。一五九六、一六〇七年と版を重ねた。ケンブリッジ版（一九九八）で読むことができる。

161下　（100）**『じゃじゃ馬馴らし』は、駆け出しの頃に書いて成功を**

収めた作品を改訂して再上演したものだと考えられる　スタンリー・ウェルズは書評でこの説を「信憑性の薄い学説をあまりにも単純に鵜呑みにした」ものとして批判している（この後にアクロイドが展開する、『エドマンド剛勇王』をシェイクスピア作とする説についても同様）。266下の注111も参照のこと。

（101）**同一の版権**　当時の出版業界において『ジャジャ馬ナラシ』と『じゃじゃ馬馴らし』の区別がつけられていなかったらしいことを指す。なお、『ジャジャ馬ナラシ』を一五九四年五月二日に出版登録した印刷業者ピーター・ショートは、初版（一五九四）と第二版（一五九六）を印刷したほか、『ヘンリー六世』第三部初版（一五九五）、『リチャード三世』初版（一五九七）、『ルークリース凌辱』第二版（一五九八）、『ヘンリー四世』第一部の初版と第二版（いずれも一五九八）、『ヴィーナスとアドーニス』第五版（一五九九）も印刷した。

162上
（102）**『タンバレイン大王』二部作の似たような場面**　『タンバレイン大王』第一部でタンバレイン大王が eat, sir, take it from my sword's point, or I'll thrust it to thy heart (4.4.40) と言うのを受ける。

162下
（103）**マーロウからあまりにたくさん引用したようだ**　スタンリー・ウェルズは書評において、シェイクスピアがマーロウから借用したのではなく、伝聞によってつぎはぎされたテクストである可能性が高いと指摘している。

163上
（104）**多くの学術的論争を惹き起こしたのは『エドマンド剛勇王』だ**　この作品をシェイクスピア作と主張するのはエリック・サムズとE・B・エヴェリットぐらいであり、二人だけでは「多くの学術的論争」とは言えない。

（105）**アガメムノンのマスク**　一八七六年にハインリッヒ・シュリーマンがミケーネで発見した遺物。黄金でできた葬儀用の仮面。アガメムノンの活動期よりも早い紀元前一五〇〇年から一五五〇年のものと判明したが、今でも「アガメムノンのマスク」と呼ばれてアテネ国立考古学博物館に展示されている。

（106）**トリノの聖骸布**　トリノの聖ヨハネ大聖堂に保管された聖遺物で、イエス・キリストの遺体を包んだとされる亜麻布。遺骸の全身像が写っているように見える。

163下
（107）**マーティン・マープレレット**　一五八八年から翌年にかけて英国国教会を攻撃する小冊子を多数出版した清教徒の筆名。「高位聖職者」（prelate）を「傷つける」（mar）の意。この痛烈な諷刺文書に対して、政府は職業作家を動員して反マープレレット文書を書かせて論争させた。ジョン・リリーやトマス・ナッシュが協力したとされる。

（108）**シェイクスピア的悪役の最初の登場**　かりに『エドマンド剛勇王』がシェイクスピアの作品であったと仮定しても、エドリカスは「シェイクスピア的悪役」とは言い難い。小悪党エドリカスは自分はアンビデクスター（『キャンバイシーズ』のヴァイス）役だと言い、劇世界を支配しようとする点ではヴァイス的だが、実際にはそれに失敗する。シェイクスピアのアーロン、リチャード三世、イアーゴーといった悪党とは全く趣を異にし、むしろ史劇『ウッドストック』のトレジリアンやニンブルなどの小悪党に類似し、インタールード的狂言廻しという性格が強い。

（109）**真にシェイクスピア的な響き**　どこが「真にシェイクスピア的な響き」なのか理解不能。原文は以下の通り。

They cannot so dissemble as I can
Cloak, cozen, cog and flatter with the king
Crouch and seem courteous, promise and protest...

むしろジョン・スケルトンの『壮麗』（*Magnificence*）のような道徳劇に登場するヴァイスが言いそうな台詞である。比較されたし。

164上（110）**これぞまさしくシェイクスピア劇の印**　万歳（all hail）という言葉をふざけて「すべてあられ」と読むのはシェイクスピアの専売特許ではなく、ロバート・ウィルソンが寓意劇『ロンドンの三紳士と三貴婦人』（一五八八頃）において、All haile, all raine, all frost, & all snow, be to you three Lords of London などと使っている。エリック・サムズは自ら編纂した本（*Shakespeare's "Edmund Ironside": The Lost Play*, 1986）において、『エドマンド剛勇王』一六四〇行の注に次のように記している――「このあとに続く対話が示すように、エドマンド（つまり劇作家）は、「万歳」（all hail）という言葉をユダが裏切りの際にイエスに言った言葉としているが、実際は、聖書では立ち上がったキリストが弟子たちにこのように挨拶する（「マタイ伝」二八章九節）。〔中略〕これと同じ間違いが『恋の骨折り損』第五幕第二場三三九行、『ヘンリー六世』第三部第五幕第七場三三～四行、『リチャード二世』第四幕第二場一六九～七〇行でも起こっている。」しかし、アクロイド自身が六〇ページに記しているように、「聖史劇ではユダがキリストを裏切るときの挨拶の言葉」である以上、聖史劇を見たことのある人なら誰でも同じ間違いをしてもおかしくないことになる。

165上（111）**行末止め**（end-stopped）　行の終わりで意味が完結し、次の行にまたがらない。またがるものを追い込み（run-on）と呼ぶ。

第30章

167上（112）**流血と暴力の芝居である**　原文にはこのあと、「第一幕はほぼ確実にジョージ・ピールが書いたものであり、シェイクスピアは作品を完成させるために連れてこられたのであって、この作品もまた初期の共同執筆作品ということになる。儀礼めいて行列で歌うようなピールの様式を模倣しようと決めて、シェイクスピアが劇全体を書いたという可能性もなくはない。その動機ははっきりしないが」とある。ジョナサン・ベイトはアーデン版第三シリーズの序文でピール説を否定、シェイクスピアが単独の作者であるとしている（七九～八三ページ）。145上の訳注63も参照。

168上（113）**『乱世』からの一行をそのまま使う**　「悪いことをしなかった日がない」という表現（『乱世』第二部第八場、『タイタス』第五幕第一場）を指すと思われるが、day … not some notorious ill の語句が共通するのみである。ほかに、「葬式の儀式もなく、遺体は獣や鳥の餌食となる」という表現（『乱世』第二部第一場、『タイタス』第五幕第三場）も共通するが、これは当時のよくある言い回しである。

168下（114）**『タイタスとヴェスパシア』**（*titus & vespacia*）　『ヘンズロウの日記』一五九二年四月一一日から翌年一月二五日まで、ストレインジ卿一座上演関係の記録がある劇の名前。タイタスの話は一五五八年から一般に流布していたこと、ヘンズロウの書き癖で『タイタス・アンドロニカス』なら「アンドロニカス」と省略されることから、本作は『タイタス・アンドロニカス』ではないだろうとプラウドフットは指摘する（G. R. Proudfoot, "A Note on 'Titus and Vespasian'," *N&Q*, 15 (1968), 131）。ドーヴァー・ウィルソンを始め、違う劇であると考える学者は多い。

（115）**ヘンリー・ピーチャム**（Henry Peacham, 1576?-1643?）　ケンブリッジ卒の作家、画家。紳士が身に着けるべき教養を網羅した『完全なる紳士』（*The Complete Gentleman*, 1622）や、最初の絵画技法入門書（*The Art of Drawing*, 1606）などで知られる。バース侯爵邸所蔵の「ロングリート手稿」にある舞台スケッチの下に『タイタス・アンドロニカス』から台詞の引用があり、その左側に「ヘンリー・ピーチャム」の名が記されている。最近の研究（June Schlueter, "Rereading the Peacham Drawing," *ShQ* 50 (1999), 171-84）によれば、これはシェイクスピアの『タイタス・アンドロニカス』の舞台ではなく、イギリス人によって演じられたドイツの劇（*Eine sehr klägliche Tragoedia von Tito Andronico und der hoffertigen Käyserin*, 1620）であり、この劇ではタイタスの息子ヴェスパシアンが活躍するので、『ヘンズロウの日記』にある『タイタスとヴェスパシア』の翻訳かもしれないという。描かれている場面が『タイタス・アンドロニカス』に見当たらないことはドーヴァー・ウィルソン以下多くの学者が疑問視してきたことでもあり、この新説は支持を得ている。あのジェイムズ王の『バジリコーン・ドーロン』に挿絵を描いたピーチャムがこんなスケッチを本当に描いたのかを疑う諸説も出たが、現在では肯定説が強い。

170上 （116）**登場人物の新たな面を明らかにする一場面をまるごと付け加えすらした**　これはあくまでも推測でしかない。

第31章

172上 （117）**すでに難しい役柄を演じていた**　これも推測である。シェイクスピアが演じたことがわかっている役柄はひとつもない。

（118）**宗教論争を扱った笑劇**　一五八九年一一月の市内での上演禁止の原因はマーティン・マープレレット論争のためであり、具体的な笑劇があったわけではなかろう。

172下 （119）**一一月六日付けの市長の書簡**　この手紙はE. K. Chambers, *The Elizabethan Stage*, 4 vols (Oxford: Clarendon Press, 1923), vol. 4, pp. 305-6 所収。

（120）**幸運にも空いていた**　このあと原文では「一五九〇年明けて最初の数ヶ月、劇団は『ヴェトゥス・コメディア』（*Vetus Comoedia*）などの娯楽作品を上演した」とあるが、『ヴェトゥス・コメディア』（ラテン語で「古い喜劇」の意味）という劇は実在しない。ベン・ジョンソンが『癖者そろわず』序幕二三二行とドラモンドとの会話四一〇行において、古い喜劇を指す普通名詞として用いている。フリップ（*Man and Artist* 235）は、一五八九年にカーテン座でケンプ作の『ヴェトゥス・コメディア』を劇団が上演したというが、根拠は不詳。

173下 （121）**『トマス・ナッシュの懲らしめ』**（*The Trimming of Thomas Nashe Gentleman*）　ナッシュが『犬の島』ゆえに投獄された一五九七年春直後の一五九七年初版。著者はケンブリッジ大学付き床屋医者リチャード・リチフィールド。ナッシュが前年一〇月にハーヴィを攻撃する本 *Have With You To Saffron-Walden* を出したときにふざけて olde Dick of Lichfield に巻頭書簡を捧げたところ、これを受けて書いた冗談本。

（122）**『死者の運命』**（*The Dead Man's Fortune*） 作者不明のロマンス劇。一五九〇年頃海軍大臣一座が上演したと思われる。「プロット」のみが残っており、バーベッジを始めとする四人の出演者がわかっている。

174上

（123）**口論になったのだ** リチャード・バーベッジの母エレンは、ジョン・ブライアンの妹ゆえ、この喧嘩は親族間の争いであった。

（124）**この喧嘩の存在をシェイクスピアの『ジョン王』改訂のなかに発見** ホニグマン（E. A. J. Honigmann, "Shakespeare's Self-Repetitions and *King John*," *Shakespeare Survey 53* (2000), 175-183 (p. 179)）は、フォルコンブリッジが未亡人コンスタンスを支持するオーストリア公を罵るやり方は、リチャード・バーベッジがブライアン未亡人を支持する男たちを罵るやり方と呼応すると指摘する。

174下

（125）**ジョン・シンクラー**（John Sinckler, Sincklo[we], ?-?） 『ヘンリー四世』第二部第五幕第四場で警吏を演じたガリガリ役者。『ヘンリー六世』第三部で第一の看守、『じゃじゃ馬ならし』序幕で第一の役者を演じた。

（126）**ヘンリー・コンデル**（Henry Condell, ?-1627） ジョン・ヘミングズとともにシェイクスピアのファースト・フォーリオを編んだ宮内大臣一座・国王一座の役者。『錬金術師』のサーリ、『モルフィ公爵夫人』の枢機卿、『古ぎつね』再演のモスカを演じたことが知られる。晩年にフルハムに家を購入し、そこで貧しい旅回りの役者たちにもてなしをする気前のよさを示した。

（127）**ニコラス・トゥーリー**（Nicholas Tooley, 1575-1623） 『錬金術師』のアナニアス、『マルフィ公爵夫人』のフォロボスコや狂人など、国王一座（一六〇三年末か一六〇四年入団）でちょっと滑稽な面白味のある脇役を演じた。四八歳の若さで師匠バーベッジの兄カスバートの家で亡くなった。その遺書に残された署名を見ると、「ニコラス・ウィルキンソン、別名トゥーリー」とある。

（128）**『ジョン王』を改訂……興味深い** 『ジョン王』の改訂については、A・R・ブラウンミューラー編オックスフォード版『ジョン王』（一九八九）の序論三六～三七ページ参照。なお、数行前に「リチャード・バーベッジはおそらく準英雄的な私生児フォークンブリッジを演じた」としながら、ここで「最も英雄的な役」としたのはご愛嬌。

175上

（129）**ペンブルック伯一座として知られるようになった** シェイクスピアの『ヘンリー六世』第二・第三部はペンブルック伯一座が上演したことが、一五九五年版の表紙から知られるが、劇団の実態についてはあまり知られていない。ストレインジ卿一座の残党がすべてペンブルック伯一座になったのではなく、ペンブルック伯一座とも融合したというのが真相であろう。

175下

（130）**「ブルータス、お前もか、お前もシーザーを刺そうというのか?」という台詞** この台詞の初出は『リチャードの実話悲劇』（一五九一年頃）である。敵方の陣中にオックスフォード、サマセット、モンタギューに続いて弟クラレンスも入っていくのを見たエドワード王が言う台詞（『ヘンリー六世』にも同じ場面がある）。『ジュリアス・シーザー』（一五九九年）で再び用いられて有名となる。

第4部

第32章

181下　（1）**イギリス特有のジャンルだと述べている**　ペンシルヴァニア大学の教授ポストにその名を残す碩学シェリング教授の本 Felix E. Schelling, *The English Chronicle Play: A Study in the Popular Historical Literature Environing Shakespeare* (New York: Macmillan, 1902) への言及。ドイツのロマン派哲学者のシェリングではない。

（2）**シェイクスピアが歴史劇を書き続けたあいだだけだったのである**　このあと原文では以下のように続く。

「一五九一年、エドマンド・スペンサーがシェイクスピアに与えた讃辞から、この時点でのシェイクスピア人気のほどが窺い知れる。この詩人がたまさかにロンドンや宮廷に出てきたときに若き劇作家シェイクスピアに出会った可能性は十分にある。社交上の交際はすべて、狭い世界で行われていたのだ。スペンサーはストレインジ卿夫人と知り合いであり（かつて、二人は「親族」だと言われたこともあった）、スタンリー家やダービー家を通してシェイクスピアに紹介されたかもしれない。一五九一年、スペンサーは『詩神の涙』をストレインジ卿夫人に献呈し、その献辞のなかで夫人の「お認めになっていらっしゃる私的な友人の一団」に触れている。『詩神の涙』で、スペンサーは「色彩あざやかな劇場」で上演され、「聞き手」を喜ばせる教養豊かな喜劇のことを書いている。一五九〇年のクリスマスのシーズンにウェストミンスターにやってきたとき、宮廷でシェイクスピアの芝居を一、二本観ていたかもしれない。スペンサーは実際、『抗争』や『実話悲劇』を観ていたかもしれない。そうだとすれば、スペンサーの詩『コリン・クラウト故郷へ帰る』のある箇所を説明する助けとなる。ここでスペンサーはイーシャン——「鷲のような」という意味のギリシア語に由来する名前——という登場人物の姿を借りて、シェイクスピアのことを語っているのではないだろうか。

　この男ほどジェントルな羊飼いはどこにもいない。
　そのミューズは、高邁な考えの創意に満ちて、
　その名と同じように勇ましく響く。

「シェイク・スピア」（槍をふるう）という名前以外に「勇ましく響く」名前があるだろうか。この言葉はまた、『ジョン王の乱世』、『抗争』第一部、『実話悲劇』を書いた人物にぴったりだ。実際、この言葉は同時代のほかのどの書き手にもあてはまらない。『コリン・クラウト』は一五九一年の末までには草稿の形で書かれており、このなかにはストレインジ卿夫人が「アマリリス」の名で、ストレインジ卿は「アミンタス」の名でそれぞれ登場する。つまり、若きシェイクスピアは暗に高貴な人々と交ざり合い、それによって高貴な社会の一員とされていたのかもしれない。この時点では若きシェイクスピアは重要な作品をほとんど何

も書いていないではないかという反論もある。しかし、この物語詩は、逆にシェイクスピアが人気のある成功作をたくさん書いていたと示唆しているのだ。同じ文化の一員であり、国民としてのアイデンティティーと救済を扱った叙事詩『神仙女王』がまさに出版されようとしていた詩人が、シェイクスピアを礼遇すること以上に自然なことがあるだろうか。また、同じく一五九一年には、スペンサーの詩『詩神の涙』も出版されており、ここには「感じのよいウィリー」に対する言及がある。この詩人は「高貴な精神」に満たされ、そのペンからは「蜜と甘い美酒が大きな流れとなってほとばしる」という。これはのちに、シェイクスピアの甘い韻文を描写するときの決まり文句となる言葉である。」

アクロイドは以上のように述べているが、『コリン・クラウト故郷へ帰る』を丁寧に読んでみると、亡くなったばかりのストレインジ卿ファーディナンドー・スタンリー（第六代ダービー伯爵ウィリアム・スタンリーの兄）を「アミンタス」と呼び、その死を嘆き悲しむ未亡人を「アマリリス」と呼んだ直後に、「最後になったが最小ではない鷲の男」が言及される。ダービー伯の家紋が鷲であることを踏まえれば、「イーシャン」（鷲の男）と呼ばれる「ジェントルな羊飼い」は第六代ダービー伯爵ウィリアム・スタンリーを指すと考えられる。また、『詩神の涙』で言及される「感じのよいウィリー」については、サー・シドニー・リーの『シェイクスピア伝』によれば、「ウィリー」という呼称はここでは特定の人物を指さないという。問題の箇所は次のとおり——Our pleasant Willy, Ah! is dead of late; / with whom all joy and jolly merriment / Is also deaded and in doleur drent. これが執筆された一五九一年時点でウィリアム・シェイクスピアもウィリアム・スタンリーも死んではいない。なお、ストレインジ卿夫人とは、詩人たちのパトロンであったアリス・スペンサー（Alice Spencer, 1556?-1637）。詩人スペンサーは、自分が貴族スペンサー家との血縁にあると主張していた。また、ストレインジ卿亡きあと、夫人はトマス・エガートンと再婚した。

184上 （3）**「ウィル」という記載がある**　ペンブルック伯一座が所有した台本のト書きには、「トム」、「サンダー」、「ウィル」などの名が繰り返し出てくるが、「サンダー」は「アレクサンダー・クック」かもしれないとしても、それ以外については手がかりがない。

第33章

186上 （4）**カーライル、ニューカッスル・アポン・タイン**　スコットランドに隣接するイングランド最北の二つの州、カンブリア州とノーサンバランド州にある大きな港町。

（5）**プリマス、エクセター**　イングランド最西の州コーンウォールの隣のデヴォンシャー州の港町二つ。エクセターは州都。

（6）**ウィンチェスター、サウサンプトン**　イングランド南部のハンプシャー州の州都とその近くにある港町。

（7）**ロバート・グリーンの激しい攻撃を受けたということにある**　グリーンが激しく攻撃したのはシェイクスピアではないのではないか。河合『謎ときシェイクスピア』新潮選書を参照されたい。

188上 （8）**ヘンリー・チェトル**（Henry Chettle, c. 1560-c. 1607）

劇作家。印刷屋の丁稚から始め、悲劇『ホフマン』など劇作も手がけた。グリーンの『三文の知恵』を出版し、『優しき心の夢』で謝罪。

（9）**チェトルに抗議した**　その事実はない。あくまで推測である。

（10）**シェイクスピアについて**　これはシェイクスピアではなく、ジョージ・ピールのことと考えられる。

189上 （11）**「パデュアへようこそ！」と言う**　『ヴェローナの二紳士』第二幕第五場二行より。アレグザンダー・ポープ以降、現代版では「ミラノ」に校訂されることが多い。

189下 （12）**有名なケンプのジグ踊り**　219下の注10参照のこと。

（13）**アーサー・ブルック**（Arthur Brooke, ?-1563）　詩人。『ロミオとジュリエット』の粉本となった物語詩（*Tragical Historye of Romeus and Juliet*, 1562）の著者。バンデッロのフランス語訳を基にしている。

（14）**ジョージ・パトナム**（George Puttenham, 1530?-90）　宮廷人。一五八九年に匿名で出版された『英詩の技法』（*The Arte of English Poesie*）の著者とされる。

190上 （15）**『ヒアロウとリアンダー』の草稿を読んでいた証拠すらあるのだ**　『ヒアロウとリアンダー』は一五九八年に出版されたが、出版前に草稿でその一節（bordered with a grove, / Where Venus in her naked glory strove / To please the careless and disdainful eyes / Of proud Adonis, that before her lies）を読んだシェイクスピアが『ヴィーナスとアドーニス』を書いたのではないかという説がある。二つの詩の類似については多く論じられてきたが、ローガン（Robert A. Logan）は著書 *Shakespeare's Marlowe: The Influence of Christopher Marlowe on Shakespeare's Artistry*（London: Ashgate, 2006）の第二章をこの問題に割き、『ヒアロウとリアンダー』を読んでから『ヴィーナスとアドーニス』を書いたとする説に否定的な結論を出している。なお、一五九八年以降であれば、シェイクスピアが『ヒアロウとリアンダー』を読んでいたことは確実であり、一五九九年の『お気に召すまま』で、ロザリンドが「死んだ羊飼いよ、おまえの言うとおりだと今わかった。『一目惚れせぬ恋などあるか』」と言うのは、『ヒアロウとリアンダー』の詩の一行を引用している。

190下 （16）**『まちがいの喜劇』には二つの劇の人物の名前が混同されているところがある**　第三幕第二場のト書きに「ルシアーナ登場」とあるべきところに「ジューリア登場」とある。台所女ネルの名前は第三幕第一場ではジューリアの侍女ルーセッタの愛称ルースとなっている。

191上 （17）**「笑劇の哲学的原則と性質に正確に一致している」**　コールリッジが一八一八年に行った講演（*Lectures and Notes on Shakspere*）より。ここでシェイクスピアを myriad-minded と呼んだ。

（18）**ランビナス**（Dionyius Lambinus, 1520-72）　フランス人古典学者 Denis Lambin のラテン語名。一五六一年にホラティウス、六四年ルクレティウス、六六年キケロ、六九年ネポス、七〇年デモステネス、七六年にプラウトゥスの版を出版した。

191下 （19）**かつてT・S・エリオットが、下手な詩人は借用し、うまい詩人は盗むと述べたが**　Bad poets borrow; good poets steal（Bad poets imitate; good poets steal とか Good poets borrow; great poets steal とも）は、T・S・エリオットの有名な言葉として流通しているが、エリオットの言葉は正しくは「未熟な詩人は人真似をする（imitate）が、成熟した詩人は盗む（steal）。下手な詩人（bad poets）はとってきたものを駄目にするが、うまい詩人（good poets）はそれをもっとよいものに、少なくとも別のものにする」（『聖なる森』所収論文「フィリップ・マッシンジャー」より）というもの。

第34章

196上 （20）**ジョン・マニンガム**（John Manningham, 1576?-1622）　一五九六年オックスフォード卒、一五九八年ミドル・テンプル法学院入学。在籍中の一六〇二〜三年の日記が当時の演劇事情を伝える。一六〇二年二月二日に同法学院にて『十二夜』観劇記録あり。

196下 （21）**腐った百合は、雑草よりひどい臭いがする**　訳は河合訳『エドワード三世』（白水社）より。

197上 （22）**フレッチャー**（John Fletcher, 1579-1625）　シェイクスピアの後を継いで国王一座座付き作家となった後輩劇作家。シェイクスピアと『二人の貴公子』、『ヘンリー八世』、そして現存しない『カルデーニオ』を共同執筆。他の劇作家との共同執筆も多く、フランシス・ボーモントとは『フィラスター』や『乙女の悲劇』など一三作を書いて人気を博した。単独作は一五作。

（23）**マンディ**（Anthony Mundy, 1560-1633）　劇作家。一六歳で書籍商の丁稚となったが、役者業を経て、物書きとなり、二一歳のときには国境忌避者攻撃の文を書いていた。喜劇『ジョン・ア・ケントとジョン・ア・カンバー』、ロビン・フッドものの劇、『サー・ジョン・オールドカースル』などのほか、シェイクスピアも一部執筆した『サー・トマス・モア』を手がけた。

（24）**ミドルトン**（Thomas Middleton, 1580-1627）　劇作家。「煉瓦職人の息子」という伝説があったが誤りであり、ロンドンの富裕な家の生まれ。オックスフォード卒。『チープサイドの貞女』、『取替えっ子』、『女よ、女に心せよ』、『チェス・ゲーム』などの戯曲を書き、特に『魔女』の歌との類似から、シェイクスピアの『マクベス』のヘカテの場はミドルトンが書いたと言われる。

198上 （25）**『サー・トマス・モア』**　シェイクスピアの自筆原稿とされる三枚の原稿が残る戯曲。二〇〇五年に出版されたオックスフォード第二版シェイクスピア全集には、シェイクスピアが一部を執筆した作品として所収されている。

（26）**せっかちな性格だったりしたことによるものだ**　古文書学への無知ゆえの誤解である。たとえばpの下に線を引くことでperの意味になるといった省略法があった。

第35章

199上 （27）**バースやビュードリー**　昔から温泉地として有名な南西部の都市バース（Bath）から一〇〇キロ強ほど北上するとバーミンガムの西にあるビュードリー（Bewdley）に着く。

（28）**ラドロウ**（Ludlow）　ビュードリーから西へ三〇キロの市場町。

200下 （29）**シェイクスピアは失業中だったのだ**　シェイクスピアが巡業の役者たちとあちこち旅しながら執筆を始めたと考え

るよりは、最初は役者業に携わらず、詩人志望だったと考えるほうが筋が通る。最初の詩を「わが創作の最初の子」と呼ぶのもそのほうが腑に落ちる。

202上 （30）**サウサンプトン伯は当時一九歳**　原文には「二〇歳」とあるが、サウサンプトン伯は一五七三年一〇月六日生まれなので、『ヴィーナスとアドーニス』の購入記録が残る一五九三年六月一二日にはまだ一九歳。

203上 （31）**ロッジ**（Thomas Lodge, 1558?-1625）『お気に召すまま』の種本となった伝奇物語『ロザリンド』（一五九〇）や戯曲『ロンドンとイングランドの鏡』（一五九〇）などを書いた物語作家・劇作家・詩人。大学出の才人。

（32）**ドレイトン**（Michael Drayton, 1563-1631）　多くのパトロンを得た詩人・劇作家。ソネット集や叙事詩『多幸の国』（*Poly-Olbion*, 1612, 1622）などのほか、海軍大臣一座に戯曲を書いた。

203下 （33）**『聖なる週と仕事』からほぼ一言一句くすねてきたものである**　『ヴィーナスとアドーニス』二九八行目にある「薄いたてがみ、厚い尾、大きな尻（broad buttock）、柔らかな皮」は、フランスの叙事詩人バルタス（Guillaume de Salluste Du Bartas, 1544-90）の『聖なる週と仕事』（*The Divine Weeks and Works*）のシルヴェスター（Joshua Sylvester, *c.* 1563-1618）による英訳（一六〇五）とそっくりであり、バルタスでは「薄い」となっていないたてがみがシルヴェスター訳では「薄い」となっており、シルヴェスターが「太った尻」（fat buttocks）と書いているものに相当する箇所がバルタスの原典にないことから、シェイクスピアは原典ではなくシルヴェスター訳を読んだのではないかという示唆があった（Sidney Lee, *The French Renaissance in England* [Oxford: Clarendon, 1910]）。それに対してシルヴェスターを原典とすることはできないと直ちに反論（Neil Dodge, "A Sermon on Source-hunting," *Modern Philology*, vol. 9, no. 2 [October, 1911], 211-23）があり、ブラウンは、Thomas Blundevill, *The Art of Ryding* (1561) など当時の豊富な乗馬関係の文献の別の資料を提示しつつ、シルヴェスター訳が『ヴィーナスとアドーニス』執筆よりあとに出版されたことを鑑みて、シルヴェスターが「薄い」という原典にない言葉を加えたのはひょっとすると『ヴィーナスとアドーニス』の影響かもしれないと指摘した（Charleton Brown, "Shakespeare and the Horse," *The Library* [April, 1912], 152-80, p. 178）。

（34）**お伽芝居**（pantomime）　無言で行われる茶番劇。いわゆる「パントマイム」とは違う。イギリスではクリスマス・パント（マイム）として残っており、これはお伽噺をベースとした子供向けの芝居（台詞あり）である。

204上 （35）**ジョン・デイヴィス**（John Davies, 1565?-1618）　詩人。『愚行の懲らしめ』（*The Scourge of Folly*）において『ヴィーナスとアドーニス』を非難した。瞑想的な詩 *Nosce Teipsum* を書いた詩人・法律家のサー・ジョン・デイヴィス（Sir John Davies, 1569-1626）と区別してヘレフォードのジョン・デイヴィスと呼ばれる。

（36）**淫らな好色家の真のお手本だ**　トマス・フリーマン（Thomas Freeman）の寸鉄詩（*Runne and a Great Cast*, 1614）より。

（37）**トマス・マン**（Paul Thomas Mann, 1875-1955）　ド

イツの小説家。代表作に『ブッデンブローク家の人びと』（一九〇一）、『ヴェニスに死す』（一九一二）、『魔の山』（一九二四）など。

204下 （38）**『だんまり騎士』**（*The Dumb Knight*）　ジャーヴェス・マーカムとルイス・メイチンの喜劇。一六〇八年頃国王祝典少年劇団によりホワイトフライアーズ劇場にて初演。初版一六〇八年。副筋は *Every Woman in Her Humour* からの借用が多い。

第36章

205下 （39）**サウスウェル**（Robert Southwell, 1561-95）　サザルとも。詩人。ローマでイエズス会士となり、一五九二年帰国して逮捕され、三年後処刑された。ベン・ジョンソンが激賞した叙情詩「燃える赤子」を収めた詩集（*Maeoniae*, 1595）ほか多くの詩を遺した。

（40）**ジョン・フローリオ**（John Florio, 1545-1625）　オックスフォード卒。サウサンプトン伯の家庭教師。『恋の骨折り損』のホロファニーズのモデルとも言われる。一五九八年に伊英辞典『言葉の世界』を出版。シェイクスピアがモンテーニュのフローリオ訳をその出版（一六〇三）以前に草稿で読んで影響を受けたのは確実である。

（41）**モンテーニュ**（Michael Eyquem de Montaigne, 1533-92）　フランスの随筆家。その『エセー』（随想録）は、シェイクスピアの『あらし』、『リア王』、『ハムレット』などに多大な影響を与えた。

209上 （42）**詩が書かれている**　ランカシャー出身の詩人ジョン・ウィーヴァー（John Weever, 1576-1632）の『寸鉄詩集』（*Epigrams, c.* 1599）。

210上 （43）**スカウル・オヴ・ナイト**　クォートもフォーリオも schoole となっているが、シボルドが scowl と校訂した。

211上 （44）**削除されるはずの台詞と差し替えの台詞とが続けて印刷されているのはこのためだ**　アーデン第三シリーズ『恋の骨折り損』の補遺IIに明記されているとおり、第四幕第三場二九一行〜と第五幕第二場八一〇行〜は削除されるはずのものと考えられる。

第5部

第37章

215上 （1）**サセックス伯一座に加わっていたのではないかと考えられる**　シェイクスピアがサセックス伯一座に加わったというのは通説ではない。また、シェイクスピアがその巡業に参加したうえに執筆もしたという推測を支持する声はあまり聞かない。

216上 （2）**書籍**　シェイクスピアの蔵書について手がかりはない。

（3）**サー・ジョン・クロスビー**（Sir John Crosby,?-1476）　貿易商、外交官。ロンドンのビショップズゲイト・ストリートに豪邸クロスビー・プレイス（クロスビー・ホール）を建てたことで知られる。

216下 （4）**サー・トマス・グレシャム**（Sir Thomas Gresham, 1519?-79）　貿易商、財務官。王立取引所の創設者。「悪貨は良貨を駆逐する」というグレシャムの法則でも知られる。

（5）トマス・モーリー（Thomas Morley, 1558-1603）　一五八八年オックスフォード大学で音楽の学士号取得。五冊の歌の本を出版。『お気に召すまま』の劇中歌 "It was a lover and a lass" や『十二夜』の劇中歌 "O Mistress Mine" の作曲をした。

217下 **（6）その婿である海軍大臣チャールズ・ハワード**（Charles Howard, Lord Admiral of England, 1536-1624）　第二代ノーフォーク公の孫。女王の母アン・ブリンの従兄弟。海軍大臣ウィリアム・ハワードの息子。ハンズドン卿の娘キャサリン・ケアリーを娶り、一五八五年に海軍大臣となった。一五八八年の対スペイン海戦で敵を遠ざける策略を駆使した。一五七六年からハワード卿一座と呼ばれる劇団を持ち、これが海軍大臣一座となった。

第38章

219上 **（7）ウィル・ケンプがいた**　当時の役者については河合『ハムレットは太っていた！』（白水社）に附した「役者小事典」を参照されたい。

219下 **（8）ヘミングズはポローニアス**　ポローニアスを演じたのはトマス・ポープであると思われる。

（9）キャシアスやクローディオ　キャシアスはフィリップスの役と考えられるが、『から騒ぎ』のクローディオであれ、『尺には尺を』のクローディオであれ、フィリップスの役ではないかもしれない。ボールドウィン（T. W. Baldwin, *The Organization and Personnel of the Shakespearean Company* (Princeton, N.J.: Princeton University Press, 1927)）は、当時のレパートリー制においてバーベッジが連続して台詞の多い役ばかり続けるのは劇団の継続性としては非現実的であると考えて、『から騒ぎ』のクローディオをバーベッジの役、主役ベネディックをトマス・ポープの役と推測する。確かにバーベッジがクローディオを演じて観客の同情を惹くことができれば、クローディオの身勝手さを意識せずにすむかもしれない。また、バーベッジの主に対してポープの副というパターンもここに当てはまる。なお、ボールドウィンは、『尺には尺を』（一六〇四）のクローディオ役をウィリアム・スライと推測し、翌年に死亡するフィリップスを外している。

（10）「ジグ」とは、音楽とダンスに喜劇的なやりとりを加えた寸劇のことである　「ジグ踊り」と訳されることから単なる踊りと誤解されることがあるが、アクロイドの言うとおり、ちょっとした漫才かコントのようになっている。たとえば、一五九五年以降におそらくウィリアム・ケンプが作ったとされるジグに「歌う田吾作」（*Singing Simpkin*）がある。一五九五年一〇月二一日に「兵士とケチと道化シムが繰り広げる、ケンプの新しいジグと呼ばれるバラッド」として登録されているものがそれと思われる。題材は『デカメロン』第六話第七日に出て来る話で、妻は一人の情夫を押入に隠し、別の情夫を迎えるが、夫が突然帰ってきたために妻は後からきた情夫に悪党を追って部屋に飛び込んで来たふりをさせ、最初の情夫を追われている男として逃がして、夫の目をごまかすという話。このジグでは、夫である老人を騙して喧嘩好きの情夫が家を去った後、若いハンサムな男である道化のシム（田吾作）に妻はこっそり金を渡し、シムはその金を老人に渡して酒を買いに行かせる。

老人とその召し使いが聞き耳を立てるあいだ、妻はシムを抱擁し、老人はシムをたたき出すというもの。このジグはさまざまな形で大陸でも歌われているが、特にケンプのジグとして有名になったものである。また、一五九〇年代の作者不明のジグ、『ナンを口説く』(*The Wooing of Nan*)では、ローランドという男が恋人ナンシーを踊りのうまい農夫の息子に奪われたと友人に嘆き、ナンの友人がナンにどうしてローランドを捨てるのかと聞くと、ナンはローランドが踊りがうまければもとのさやに戻ると言う。そこで一番踊りのうまい男が彼女をものにできるということになり、ダンスコンテストとなって、結局飛び入りした通りがかりの紳士が優勝するという展開になるが、道化がやってくるとナンは「これが私の旦那」と言って一緒に去ってしまい、みな騙されたことに気づくという話。道化の登場とともに音楽は軽快なものにかわる。バスカヴィルは紳士と道化の踊り比べがあるのかもしれないと指摘する(G. R. Baskerville, ed. *The Elizabethan Jig*, 1929)。バスカヴィルによれば、このジグは童歌遊びに基づくもので、童歌では子どもの一人が恋人が来るまで独りですわり、別の子どもが「なんで独りでいるの」と寄ってくるというパタンがあり、これが『空騒ぎ』第二幕第一場のビアトリスの台詞「あたしは角に坐って、ああ夫がほしいよぉと泣くのよ」にも表れている遊びであるという指摘は興味深い。

(11) **クラウン**　初代フォルスタッフ役者と思しきポープは、シェイクスピアの賢い道化のような「道化師」ではない。具体的には、『恋の骨折り損』の自慢家アーマードー、『十二夜』の陽気なサー・トービー・ベルチ、『癖者そろわず』のカルロ・バフーン、『終わりよければ』のほらふき兵士ペーローレス、『ジョン王』の私生児フィリップなどを演じたと推定される。

(12) **『まちがいの喜劇』のピンチや『ヘンリー四世』第二部のシャロー判事**　やせた役者はシンクロー以外にもおり、シンクローの役とわかっているものにはあまり台詞がないことからピンチやシャロー判事は別の役者のものだっただろうとアリソン・ガウは指摘する。詳細は河合『ハムレットは太っていた!』第三章「肩身の狭いやせっぽち」注の三番参照のこと。

220下
(13) **詩的正義**(poetic justice)　作品が持つ規範に従い、登場人物が自らの行為の報いを受けること。英和辞典に「勧善懲悪」などと定義されることがあるが、倫理的正義とは必ずしも一致しない。判断の基準は道徳的ではなく詩的である。

(14) **ケンプの決まり文句**　第二クォート版やフォーリオ版では、ハムレットが「道化に勝手なことをしゃべらせるな」と言う箇所で、第一クォート版ではハムレットが道化の言葉を引用する。

221上
(15) **ドグベリーを演じた**　原文にはこのあと次のように続く。

「『ヘンリー四世』二部作ではフォルスタッフを演じた。『ヘンリー四世』第二部には、フォルスタッフが「アーサー王が即位して」というバラッドを歌い始める数行前に「ウィル登場」というト書きがある。つまり、ケンプは歌を始める数分前に(まちがいなく、お客を楽しませるために)登場するきっかけを与えられていたということになる。劇の最後に、ケンプはフォルスタッフの恰好をしたまま舞台に登場し、次のように観客に問いかける。「もし私の舌だけではお許し願えないなら、この脚を使ってみせましょうか?」。この台詞はジグの始まるきっかけであり、ほかの役者たちも踊りに加わっただろう。シェイクスピアもケンプと一緒に踊ったはずであり、この（エリザベス朝の表現を使えば）「陽気な瞬間」に、エリザベス朝の劇場の真の姿を垣間見ることができるのである。

同じエピローグで、シェイクスピアは「サー・ジョンの物語」のさらなるエピソードを約束している。しかし、続編の『ヘンリー五世』では、不思議なことにフォルスタッフは姿を消しており、その舞台裏での死は言葉で描写されるだけだ。このフォルスタッフの不在については多くの批評的・芸術的解釈がなされてきたが、本当の原因はさほど面白いものではないかもしれない。『ヘンリー四世』第二部と『ヘンリー五世』のあいだに、ウィル・ケンプは劇団を去ってしまったのだ。この喜劇スターなしでは、フォルスタッフを復活させても意味がない。演じる役者がいないのだから。シェイクスピア劇は劇場の状況に依存していたことを忘れないほうがよい。ダンスができ、即興で軽口も叩ける完全に喜劇的な登場人物としてフォルスタッフを見るのは現在の解釈の潮流に逆らうことかもしれないが、それでもこれはエリザベス朝演劇のどぎつさの一部だったのだ。フォルスタッフが持つ木の棒や、赤ら顔や太鼓腹は、観客に道化というお決まりの役柄をすぐに思い出させただろう。これは時代錯誤的なことだが、フォルスタッフにはパンチを思わせる要素が少なからずある。しかし、道化とは「無礼講の王」（Lord of Misrule）の演劇版でもあったのだから、フォルスタッフ本人以上にこれをうまく表現する存在がありえただろうか。」

以上のようにアクロイドは記すが、ケンプが初代フォルスタッフ役者だったというのはデイヴィッド・ヴァイルズ（David Wiles, *Shakespeare's Clown: Actor and Text in the Elizabethan Playhouse* (Cambridge: Cambridge University Press, 1987)）が広めた誤解である。クォート版第二幕第四場一二、一八行目に記された「ウィル」とは三番目の給仕であることは明らかであり、オックスフォード版では三番目の給仕に「ウィリアム」という名前を与えている。ウィリアム・ケンプが三番目の給仕を演じたのかもしれない。そのあとでフォルスタッフが歌を歌うのであり、給仕とフォルスタッフは別人である。ケンプがエピローグを務めた可能性はあるが、「劇の最後に、ケンプはフォルスタッフの恰好をしたまま舞台に登場」するという想像に何ら根拠はない。シェイクスピアが『ヘンリー五世』でフォルスタッフを復活させなかったのは芝居の内容ゆえであるとアン・バートンは論じている。初代フォルスタッフ役者がトマス・ポープであったことについては河合『ハムレットは太っていた!』第四章「フォルスタッフ役者はだれだったのか?」を参照されたい。

(16) **シオンからサリー山**　ケンプの小冊子の欄外中にシオンは「ブレインフォード（現在のブレントフォード）の近く」とあり、ロンドン西郊のキュー国立植物公園の隣の「シオン公園」辺りを指すと思われる。イエルサレム旧市東南のシオン山とかけたのであろう。「サリー山」とは、ノリッジ市の東にある聖レオナードの丘（現在のギャス・ヒル）の頂上に第三代ノーフォーク公の息子のサリー伯が一五四四年に建てた屋敷を指す。

222上（17）**背が高く金髪の少年俳優と背が低く黒髪の少年俳優がいたことがわかっている**　シェイクスピアは背の高い女性と背の低い女性のペアを何度も登場人物として利用している。前者はfairと呼ばれたが、これは金髪ではなく、化粧をしていて色が白いという意味であり、後者が「黒い」と呼ばれたのは、おしろいをつけていなかったからであろう。詳細については河合『ハムレットは太っていた！』第一章「少年俳優、ノッポとチビ」を参照されたい。

223下（18）**「まじめで……隣人たちの評価も高い人々」**　スティーヴン・ゴッソン『悪口学校』(*The School of Abuse*, 1579)より。

（19）**『イギリス劇壇雑録』**　James Wright, *Historia Histrionica: An Historical Account of the English Stage* (1699), B3.

第39章

226上（20）**リチャード・フレックノー**（Richard Flecknoe, *c.* 1620-c.1678）アイルランドの詩人・劇作家。戯曲『愛の王国』（一六六四）など。

226下（21）**ハムレットの独白では、「生きるべきか」で右手を伸ばし……両手を合わせたはずである**　確かに手のジェスチャーを解説する図版が残っているが、ハムレットの独白がこのように演じられたと判断する根拠はない。

第40章

228上（22）**単旋聖歌**　単旋聖歌（プレーンソング、プレーンチャントとも）とは、単一のメロディーを持つ聖歌のこと。中世のキリスト教会において、ミサなどの典礼で使用された。いわゆるグレゴリオ聖歌も単旋聖歌の一種である。

228下（23）**シェイクスピアほど戦闘を多用し、劇的効果をあげた劇作家はほかにいない**　何を根拠にこう言い切れるのか不明。トマス・ヘイウッドは多くの史劇で戦闘シーンを用いているし、マーロウの描く戦闘シーンもかなり劇的である。

（24）**シェイクスピアがどの役を演じたかについては果てしない推測がされてきた**　原文ではこのあとこう続く――「シェイクスピアが演じたと推測される役は『ジュリアス・シーザー』のシーザーから『ロミオとジュリエット』の修道士、『トロイラスとクレシダ』のパンダラスから『十二夜』のオーシーノに至るまでさまざまである。『ロミオとジュリエット』では修道士だけでなくコーラス役もシェイクスピアが演じ、『まちがいの喜劇』ではイージオンを演じたのではないかとほのめかされてきた。『オセロー』ではブラバンショー、『リア王』ではオールバニー公を演じたとも言われている」――これらは一般に受け容れられている推測ではない。ボールドウィンの推測では、シェイクスピアが演じたのは『ジュリアス・シーザー』の詩人シナとキケロ（シーザーはトマス・ポープの役）、『ロミオとジュリエット』のエスカラス公爵（修道士はジョージ・ブライアン）、『十二夜』の船長（オーシーノはバーベッジ）、『まちがいの喜劇』の公爵（イージオンはヘミングズ）、『オセロー』の公爵（ブラバンショーはヘミングズ）である。

（25）**「王のような」役を楽しんで演じたとも考えられている**

ピーター・ホランドはこのような推測に根拠はないと批判している。

229上
（26）**シェイクスピアがこれらの役割を務めたのではないだろうか**　このあと原文ではこう続く。

「この意味で、シェイクスピアはフランス人が言うところの劇団の「弁士」であり、役者全員を代表して劇の初めか終わりに舞台に登場したのだった。これは、シェイクスピアに最も類似した劇作家兼役者であるモリエールが、パレ・ロワイヤル劇場で務めた役割であった。モリエールは「頭のてっぺんから爪先まで役者だった。まるでいくつもの声を持っているかのようだった。あらゆるものを通して語りかけてきた。その一歩の歩み、微笑み、ちらりと投げかける視線、頭の振り方で、最高の話し手が一時間かけて語るよりも多くを語った」と言われている（Matthews 39）。国と文化の違いを考慮に入れれば、これはシェイクスピア自身の描写に近いように思われる。」

ピーター・ホランドは、シェイクスピアとモリエールは全然違うと指摘している。063下の注114も参照のこと。

230上
（27）**テイラー氏**（Joseph Taylor, 1586-1652）リチャード・バーベッジの後継者。一六一九年から二八年まで国王一座の看板役者。シェイクスピアのファースト・フォーリオに記載された二六人の「主要役者」の二六番目。『モルフィ公爵夫人』再演でファーディナンド、『ローマの俳優』の俳優パリス、『信じるは勝手』（一六三一）の主人公アンタイオカス、『いたちごっこ』（一六三二）の主人公ミラベルなど、二枚目の主役を演じた。

（28）**役者としてより詩人としての方が遥かに優れていた」と言われている**　このあと原文ではこう続く――

「それでも、シェイクスピアはその世代で最も重要な劇団に完全に役者として雇用され、二〇年以上にわたって大小の役を演じ続けたのだ。どう低く見積もっても機略縦横の役者であったに違いない。同時代人ヘンリー・チェトルの証言が、おそらくは最も正確なものだろう」

シェイクスピアが大小の役を演じ続けたかどうか一切の手がかりがない。シェイクスピアが特定の舞台に出演した証拠は、一五九八年のベン・ジョンソン作『癖者ぞろい』宮内大臣一座カーテン座初演と、一六〇三年のベン・ジョンソン作『セジェイナス、その没落』国王一座宮廷初演への出演者表二つだけしかない。チェトルの証言とは『優しき心の夢』にあるとされているもの（090下の注187参照）。

第41章

233上
（29）**コラティヌス**（Lucius Tarquinius Collatinus, ?）前六世紀の政治家。妻ルクレティア（ルークリース）をローマ王タルクゥニウス・スペルブスの息子セクストゥスに凌辱され、妻が復讐を訴えて自害したのを契機に、群集を蜂起させたブルータスとともに国王一家を追放し、前五〇九年にローマ共和政を創設した。

（30）**『祭暦』**（*Fasti*）オウィディウスの六巻、約五千行に及ぶ未完のエレゲイア（六歩格と五歩格を交互に繰り返す）詩。ギリシアの詩人カリマコスの『アイティア』に倣ってローマの祭礼縁起や伝説を集成した。

（31）**リウィウス**（Titus Livius, B.C.59-A.D.17）古代ローマの歴史家。『ローマ史』全一四二巻（現存三五巻）でローマ建国からアウグストスによる統一までを描いた。

234上（32）**パステルナーク**（Boris Ljeonidvič Pastjernak, 1890-1960）　ロシアの詩人・小説家。代表作に『ドクトル・ジバゴ』（一九五七）など。翻訳も多数手がけ、グレゴリー・コージンツェフ監督による映画版『ハムレット』（一九六四）および『リア王』（一九七一）でもパステルナーク訳が使われている。

234下（33）**戯曲の所有権を宮内大臣一座に与えたのかもしれない**　エリザベス朝時代、劇団が上演する戯曲の所有権は劇団にあるのが普通であった。シェイクスピアの戯曲は、本人ではなく劇団の管理下に置かれたと考えられる。

235上（34）**メアリ・ハーバート**（Countess of Pembroke, Mary Herbert, 1561-1621）　旧姓シドニー。詩人フィリップ・シドニーの妹。第二代ペンブルック伯ヘンリー・ハーバート夫人。シェイクスピアのファースト・フォーリオを献じられた第三代ペンブルック伯ウィリアム・ハーバートとモンゴメリー伯（のちに第四代ペンブルック伯）フィリップ・ハーバートの母。文学のパトロン。

（35）**クレオパトラやコルネリア**　メアリ自身がロベール・ギャルニエの『アントワンヌ』を英訳した『アントニーの悲劇』（一五九五）でクレオパトラを描き、トマス・キッドがやはりギャルニエより『コルネリアの悲劇』を英訳（一五九四）した。サミュエル・ダニエルは『クレオパトラの悲劇』（一五九四）を書いた。

（36）**サミュエル・ダニエル**（Samuel Daniel, 1562-1619）　桂冠詩人・劇作家。オックスフォード大学卒業後ペンブルック伯ウィリアム・ハーバートの家庭教師となり、その母メアリに捧げたソネット集『ディーリア』（一五九二）が代表作。詩『ロザモンドの嘆き』をペンブルック伯爵夫人に献呈した。

（37）**「ライム・ロイヤル」**（rhyme royal）　ａｂａｂｂｃｃと押韻する七行（弱強五歩格）で一連を成す詩型。チョーサーが英語に導入してエリザベス朝時代に広まった。

235下（38）**ウィリアム・コヴェル**（William Covell, ?-1613）　作家・聖職者。一五八八年にケンブリッジ大学修士号取得。イギリス国教会がどれほど過去の礼拝法を捨てるべきかという議論に参加し、一五九五年に反ピューリタン的な『ポリマンティア』（*Polimanteia*）を第三代エセックス伯に献じ、そのなかでナッシュ、ダニエル、シェイクスピアらの作家に言及した。

（39）**レイディ・ヘレン・ブランチ**（Lady Helen Branch, 150?-1594）　一五八〇～一年にロンドン市長を務めたサー・ジョン・ブランチの妻。一五九四年四月一〇日に九〇歳代の高齢で死亡し、ロンドンのセント・メアリ教会に埋葬された。問題の哀歌は、“W. Har., *Epicedium.* A funerall Song vpon lady Helen Branch. London, printed by Thomas Creede, 1594” (A2r) と題された詩であり、これは従来サー・ウィリアム・ハーバートの作とされてきたが、Lucas Erne, *Beyond The Spanish Tragedy: A Study of the Works of Thomas Kyd* (Manchester: Manchester University Press, 2001), p. 216では、ハーバートは当時一一歳であるので、ハーバートの作ではありえないと指摘されている。

第42章

238上

（40）**『せむしのリチャード』**（*Richard Crookback*）　ヘンズロウの日記、一六〇二年六月二二日のところに、「『せむしのリチャード』と題する本と、『ジェロニモ』の新たな加筆料として、一〇ポンド……ベンジェミー・ジョンソンへ」とある。E・K・チェインバーズは未完成の戯曲であろうとしている（*ES* ii 179）

（41）**独自の『ヘンリー五世』**（*Henry the Fifth*）　一五九五年一二月二八日に海軍大臣一座が上演して三ポンド六シリングの収益を上げた作品。現存せず。ヘンズロウが日記に記した一五九八年の衣装一覧表に、ヘンリー五世のダブレットとヴェルヴェットのガウンが、紛失分として掲載されている。女王一座が一五八六年頃上演した『ヘンリー五世の有名な勝利』や、宮内大臣一座が一五九九年に初演した『ヘンリー五世』とは別物。

（42）**『ヘンリー一世の有名な戦い』**（*The Famous Wars of Henry the First*）　チェトル、デカー、ドレイトンの失われた歴史劇。ヘンズロウの日記に以下の記載がある。一五九八年三月一三日書きかけの本の代金として四〇シリング支払い。二〇日までに仕上げると約束。支払い完了分として三人に四ポンド五シリング支払い。

（43）**『サー・ジョン・オールドカースル』**（*The First Part of the True and Honourable History of the Life of Sir John Oldcastle, the Good Lord Cobham*）　シェイクスピア外典のひとつ。ドレイトン、マンディ、リチャード・ハサウェイ、ロバート・ウィルソン共作の史劇。初版一六〇〇年。第二クォート（一六〇〇）に「シェイクスピア作」とある。シェイクスピア・フォーリオ第三版（一六六三、六四）と第四版（一六八五）に*The History of Sir John Oldcastle, The Good Lord Cobham*として所収。一五九九年一〇月一六日ヘンズロウは本作の代金を上記四人に支払っている。一一月から海軍大臣一座によりローズ座にて初演。「ケンプのだぶだぶズボン」の記録があり、宮内大臣一座を脱退したケンプがウスター伯一座の一員となって道化ハープールを演じたことを物語る。宮内大臣一座が成功させたフォルスタッフ劇への応酬として上演されたものと考えられる。もともとオールドカースルと呼ばれていたフォルスタッフの人物像は本作の下敷となっており、フォルスタッフの名前も言及される。冒頭、宗教上の争いから幕が開き、ロラード派の指導者オールドカースルが危険人物とされるが、王ヘンリー五世はオールドカースルと親しく、その忠節・善良を知っており耳を貸そうとしない。善良なオールドカースルの家には貧民が集まり、従者ハープールは文句を言いつつ主人の命令通り施しをしたり、ロチェスター司教の使者が持ってきた教区法院の召喚状を使者を脅して食べさせてしまったりする。一方、ケンブリッジ伯は妻の家系を考えれば自分こそ王なのだとスクループ卿やグレイ卿に説明し、フランスと共謀して挙兵し、オールドカースルに味方になることを要請する。また、可愛い娼婦ドルを連れた生臭坊主サー・ジョン（オールドカースルとは別人であり、ピール作『エドワード一世』の生臭坊主デイヴィッドやマーストン作『オランダ人娼婦』のコカルドモイのタイプ）が、変装した王から金を奪ったり、王の旧悪に免じて許されても一向に改心しなかったりの滑稽がある。主筋では王がいったんオールドカースルの逮捕を命じるものの、本人がやってきて身の潔白を証明すると同時にケンブリッジ伯らの謀叛を伝え、嫌疑が晴れるが、私怨のあるロチェスター司教はオールドカースルを逮捕する（『クロムウェル卿』でガーディナーが主人公に私怨を抱くのと類似する）。ところがロンドン塔にやってきた司教をハープールは捕らえ、司教の上着を主人に着せて芝居をうって主人を逃がしてしまう（『クロムウェル卿』と類似。訪問者を身代わりにして服を換えて脱獄するという筋はプラウトゥスの『奴隷』、さらにはアリストファネスの『蛙』にまで遡る）。オールドカースルは妻とハープールを連れて逃亡途中、人殺しのアイルランド人と間違われたりする騒動もあり、裁判の席で真犯人が引き出され、再び潔白が証明される。海軍大臣一座が上演した『トマス・ストゥークリー隊長』（一五九六）や『クロムウェル卿』（一六〇〇）などの一連の伝記劇の一つである。

（44）**『エステルとアハシュエロス』**（*Hester and Ahasuerus*）

一五八〇〜九四年頃海軍大臣一座または宮内大臣一座が上演した失われた聖史劇。

238下

（45）**『トロイラスとクレシダ』**（*Troilus and Cressida*）　チェトルとデカー作の古典伝説劇。一五九九年四月七〜一六日海軍大臣一座によりローズ座上演の為の支払い記録がある。プロットと呼ばれる役者登場表の原稿のみが残る。一六、七人で上演できる。

（46）**アビントンの女房に関する芝居**　ヘンリー・ポーターの喜劇『アビントンの怒れる女二人』第一部（*The Pleasant Historie of the two angrie women of Abington*）。一五九八年頃海軍大臣一座上演。初版一五九九年。第二部は失われた。夫の浮気を疑ったバーンズ夫人がグアジー夫人と喧嘩をしたため、喧嘩を治めようと、バーンズは娘モールとグアジーの息子フランクの結婚を考える。この喧嘩と結婚を巡る騒動に、召し使いたちの滑稽も加わる。縁談に気づいた妻たちは、夜の闇に逃げ出した娘息子を追いかけ、間違え騒ぎが起こる。暗闇の取り違えは『夏の夜の夢』のような意味深さはなく、入れ替わり立ち代わりテンポよく混乱する面白さがあり、ちょうど同年の海軍大臣一座のローズ座上演作品『金は出すからイングランド人を』（*Englishmen for My Money*）の暗闇騒ぎと似ている。スピードの速い展開はこの時期の海軍大臣一座上演作品の一つの特徴である。

（47）**『優しさで殺された女』**（*A Woman Killed with Kindness*）　トマス・ヘイウッド作の家庭悲劇。一六〇三年二月一二日〜三月六日ウスター伯一座によりローズ座上演のため支払い記録あり。初版一六〇七年。一六一七年出版のクォート版に「上演頻繁」とある人気作。粉本はペインターの『快楽の宮殿』（一五六六）。田舎紳士ジョン・フランクフォードは、無骨だが忠実な召し使いニコラスの通報で妻アンの裏切りと不貞を知り、浮気の現場を捕らえると、妻に別荘で謹慎させ、自分とも子供たちとも面会することを禁じる。妻は後悔の果てに衰弱して死ぬが、最期に夫と和解をする。副筋では、鷹狩りでの喧嘩からサー・フランシス・アクトン（アンの兄）の家来を二人殺してしまったサー・チャールズ・マウントフォードが投獄され、親族からも見放され、貧困に苦しんだ挙げ句、妹スーザンに欲情したアクトンに救われて釈放される。チャールズは妹に貞操を失う前に死ぬ決意をさせ、アクトンは感じてスーザンを妻として迎え入れる。劇中にあるDo not you know that comparisons are odiousという台詞は『から騒ぎ』の台詞への言及であろう。一九九一～二年ケイティ・ミッチェル演出によるRSC公演があった。

（48）**ロビン・フッドに関する二本の劇**　『ハンティングトン伯ロバートの没落』（*The Downfall of Robert, Earle of Huntington*）と『ハンティングトン伯ロバートの死』（*The Death of Robert, Earle of Huntington*）マンディとチェトル作の喜劇。前者は一五九八年二月一五日、後者は同月二〇日–三月八日にヘンズロウの支払い記録があり、いずれも海軍大臣一座によりローズ座にて初演。どちらも初版は一六〇一年。ロビン・フッドと呼ばれるハンティングトン伯を主人公とし、恋人マリアン、精悍な大男で弓の名人のリトル・ジョン、陽気で喧嘩早い巨漢タック坊主、粉屋の小倅マッチらが、緑服を着てシャーウッドの森で活躍する。変装を駆使して人助けをしたり、騙し合ったりする滑稽な勧善懲悪劇。獅子心王リチャードは絶対的な善として描かれるが、マリアンに恋する王子ジョンと、ロバートに横恋慕する皇太后エレノアは敵役。悪役として、ロビンの財産を狙う叔父のヨーク修道院長ギルバートやノッティンガム州長官ウォーマンらがいる。続編では州長官を上回る悪党サー・ダンカスターが登場し、王を毒殺しようとする。ダンカスターとヨーク修道院長は処刑されるが、王の代わりに毒を飲んだロビンは、マチルダに抱かれて死ぬ。そのあと獅子心王が死に、ジョン王子が王となり、誓いも忘れてマチルダを追い求め、シェイクスピアの『ジョン王』をパロディ化するように、コンスタンスと幼いアーサーを蹴り殺すなど話が続き、最後にマチルダも自害する。ジョン王の乱れた治世を描いている。

（49）**『ホフマン、または父のための復讐』**（*Hoffman, or A Revenge for a Father*）ヘンリー・チェトルの悲劇。一六〇二年一二月二九日ヘンズロウ支払い五シリングの記録あり、海軍大臣一座によりフォーチュン座上演。初版一六三一年。海軍中将でありながらルーニングベルク公爵の差し金のために海賊に身を落とした末に殺された父ハンスのために復讐を行なうクロイス・ホフマンの物語。彼はまず公爵の嫡男チャールズを殺し、チャールズになりすまし、公爵の弟ファーディナンドとその嫡男を毒殺するなど次々と復讐を果たして行く。なかなか復讐が行なわれない宮内大臣一座の『ハムレット』に苛立ちを感じたようなテンポの速い復讐劇であり、オフィーリアとガートルードを想起させる女性が作品の核となる。すなわち、仇の一人オーストリア公の娘ルーシベッラが狂い、オフィーリアの狂気を想起させる（その父オーストリア公もホフマンが殺してしまう）。また、ルーニングベルク公爵夫人マーサに心を寄せるホフマンは、夫人を説得して自分がそのままチャールズであり続けることを認めてもらう。ところが、それまで狂気を演じていたルーシベッラは実は正気であり、チャールズの悪事の証拠を見つける。ホフマンは、マーサの色気にひかれて敵の待機する場所へおびき出され、殺される。

（50）**『無神論者の悲劇、または正直者の復讐』**（*The Atheist's Tragedy, or The Honest Man's Revenge*）シリル・ターナーの悲喜劇。一六一一年頃国王一座により初演か。初版一六一一年ないし一六一二年。ベルフォレスト男爵の財産を狙う悪党ダンビル（悪意の意、表題の無神論者）は、男爵の娘キャスタベッラ（貞美の意）を自分の長男と結婚させ、さらに兄のモンフェレーズ男爵が弟の自分を財産相続者とするや、兄を事故死に見せかけて殺してしまう。父モンフェレーズの亡霊に復讐を命じられた息子チャールモントは、帰国して父と自分の葬式を目にし、恋人キャスタベッラが結婚したと知って驚く。命を狙われたチャールモントは逆にダンビルの手下を殺し、殺人罪で捕らえられ死刑を宣告されるが、自ら死刑執行人となったダンビルが誤って自分の頭をかち割ってしまい、悪事を白状して死ぬ。きわめて陰惨な悲劇と評されることがあるが、ドタバタ復讐劇と言うべきか。別筋があり、ベルフォレストの多情な後妻が、淫売宿女将の召し使いを誘惑し、愛人をも部屋に入れているところへ、夫が帰って来るので、愛人に怒り狂って剣を振り回させて部屋から出ていかせ、召し使いも追われて隠れていたというふりをさせて逃がしてやるという滑稽がある。これは『十日物語』六の七からの話だが、一五九五年流行したジグ（*Singing Simpkin*）で使われたものでもある（シャーファムの喜劇『キューピッドの回転車』第四幕第五場、フレッチャーの喜劇『喜ぶ女たち』第二幕第六場でも使用）。このほか、シーツを被って亡霊騒ぎだの、キスしようとしたら死体とわかって大騒ぎだの、ドタバタ喜劇の展開がある。本作はチャップマン作『ビュシー・ダンボア』とその続編のパロディとしても読め、ダンビルはダンボアを、チャールモントは『ビュシー・ダンボアの復讐』のクラーモントをそれぞれ反映している。

240上
（51）**女王陛下の御前で演じられた二つの喜劇**　アクロイドは for "two comedies showed before Her Majesty" としているが、正しくは for twoe seuerall comedies or Enterludes shewed by them before her Majesty である。

（52）**シェイクスピアが舞台と関わっていたことを示す最初の公式書類**　原文では「唯一の公式書類」となっていたが、一六〇三年五月の国王一座を認可する書類と、翌年の国王の行列参加のための真紅の布を役者に与える書類にシェイクスピアの名前があるため「唯一」とは言えない。また、一五九八年の『癖者ぞろい』と一六〇三年の『セジェイナス』の主たる役者一覧にもシェイクスピアの名前がある。

240下
（53）**法学生たちに当然人気を博した**　原文ではこのあと、「また、法学院のためにシェイクスピアは『まちがいの喜劇』を改訂もした。より多くの法律用語と、二つの法廷の場面を挿入したのだ」とある。確かに改訂説（Allison Gaw, "The Evolution of *The Comedy of Errors*," *PMLA* 41.3 (Sept. 1926), 620-66）もあるものの、法学院のために改訂したという根拠はない。

（54）**『ゲスタ・グレイオールム』**　一五九四年のグレイズ・イン法学院クリスマス祝宴の法学院生による記録。一六八八年初版。

241上
（55）**『ゴーボダック』**（*The Tragedie of Gorboduc*）　トマス・ノートンとトマス・サックヴィルの悲劇。別題『フェレックスとポレックス』。初版一五六五年の表紙に、一五六一〔二〕年一月一八日イナー・テンプル法学院生による女王陛下御前ホワイトホール宮殿上演があったことが謳われている。ブリテン王ゴーボダックは王国を二人の息子フェレックス

〔兄〕とポレックス〔弟〕に分割するが、兄弟は争い、弟が兄を殺してしまう。長男を溺愛していた母ヴィデナは怒って次男を殺し、跡継ぎのいなくなった王国は大混乱となる。食客ハーモンやティンダーらが活躍する。

242上　（56）**ウィリアム・プリン**（William Prynne, 1600-69）　ピューリタンの小冊子作者。オックスフォード大卒、リンカーンズ・イン法学院卒。その演劇批判書（*Histrio-mastix, The Players Scourge*, 1633）が、宮廷仮面劇に出演したチャールズ国王の王妃への誹謗を含むとして、両耳切断の刑を受けるが、その後も活動を続けた。

第43章

243上　（57）**強みがあった**　このあと原文には「シェイクスピアが『まちがいの喜劇』を改訂したことは明らかであり、すでに書いたほかの作品を「改良した」可能性も高い」とあるが、明らかとは言いがたい。

243下　（58）**年上の役者が演じただろう**　このあと原文には「すでに見たようにシェイクスピアは修道士か序詞役を演じたと一般に考えられているが」とあるが、一般にそのように考えられてはいない。シェイクスピアは大公エスカラスを演じたとするボールドウィン説もある。

（59）**マキューシオ役**　ボールドウィン説では、マキューシオを演じたのは、常にバーベッジの相手役を務めたトマス・ポープである。

244上　（60）**『エドワード二世』**（*The troublesome reigne and lamentable death of Edward the second, King of England, with the Tragical Fall of Proud Mortimer*）マーロウの史劇。一五九二年一二月～翌年一月ペンブルック伯一座初演。初版一五九四年。第四版（一六二二年）表紙にレッド・ブル座にてアン王妃一座再演と記載あり。粉本はホリンシェッドの『年代記』。父王が死に、エドワード二世となった新王は、親友ゲイヴストンを呼び寄せ、宮内大臣、第一書記官、コーンウォール伯、マン島領主の地位を与えるなど破格の扱いをし、叛乱が起こっても「彼氏」のことしか頭にない。叛乱の首謀者モーティマー、ウォリック伯、ランカスター伯はゲイヴストンを捕まえ、王を無理やり退位させ、王の愛を失った王妃イザベル（仏王の妹）を味方につけて王の死を謀り、エドワード王子（後のエドワード三世）を即位させる。様々な紆余曲折を経た後、王はモーティマーの手下に焼き串で突き刺されて殺される一方、幼い王がモーティマーを謀反人として処刑し、母をロンドン塔へ送る。一九九〇～一年ジェラルド・マーフィー演出によるRSC公演で、サイモン・ラッセル・ビールが痙攣的なエドワード王を迫力で演じた。デレク・ジャーマン監督の映画（一九九一）がある。

245上　（61）**五日間に短縮**　『ロミオとジュリエット』の日数の数え方については、河合祥一郎『恋におちる演劇術――「ロミオとジュリエット」』（みすず書房）冒頭の説明を参照のこと。

245下　（62）**「本を持たない」序詞役が「しどろもどろに」話すという**　『ロミオとジュリエット』第一幕第四場六行目参照。

（63）**散文の付け足しと誤解したらしい**　第一クォートにはない三行――「車体はヘーゼルナッツの殻。作った大工は、昔から妖精の馬車造りを引き受けてきた栗鼠か甲虫だ」（第一幕第四場五九行～六一行）――が、第二クォートでは、「だらしない女の指先から湧くという丸い蛆の半分の大きさもない」の直後に付け足され、しかもマキューシオの台詞全体が散文に直されている。アーデン版第二シリーズ（ブライアン・ギボンズ編）『ロミオとジュリエット』（一九八〇）やケンブリッジ版（G・ブレイクモア・エバンズ編）『ロミオとジュリエット』（一九八四）など従来の版では、追加は余白に書き込まれたためにどこに追加されるべきか指示が明確ではなかったのではないかと考え、車体の細部を語り出す前に置かれるべき意味内容であるため、「眠っている人間どもの鼻先かすめて通って行く」の直後に置く慣例があった。しかし、ジル・レヴェンソン編オックスフォード版『ロミオとジュリエット』（二〇〇〇）は、挿入箇所は第二クォートどおりとする。

246上

（64）**サイモン・フォーマン**（Simon Forman, 1552-1611）医者・占星術師。一五九二～四年の疫病の際、他の医者のように疎開せずにロンドンに留まって医療を続け、病気を治して評判を得た。一六一一年四～五月にグローブ座で『マクベス』、『シンベリン』、『冬物語』、『リチャード二世』を観劇し、日記に記録した。

（65）**ウィリアム・スタンリー**（William Stanley, 1561-1642）　ストレインジ卿ファーディナンドー・スタンリーの弟。第六代ダービー伯爵。シェイクスピア別人説の候補の一人でもある。

（66）**レイディ・エリザベス・ド・ヴィア**（Lady Elizabeth de Vere, 1575-1627）　第一七代オックスフォード伯爵エドワード・ド・ヴィアの娘。バーリー卿ウィリアム・セシルの孫娘。一五九〇年セシルによってサウサンプトン伯ヘンリー・リズリーとの縁組が進められたが、伯が断ったため、一五九四年に第六代ダービー伯に嫁ぐ。

246下

（67）**トマス・バークリー**（Thomas Berkeley, 1575-1611）　バークリー卿ハワードの息子。オックスフォード卒。グレイズ・イン法学院卒。一五九六年二月一九日サー・ジョージ・ケアリーの娘エリザベスとの結婚を祝賀して『夏の夜の夢』が書かれたという説がある。浪費癖があり、多大な借財を残した。

（68）**エリザベス・ケアリー**（Elizabeth Carey, 1576-1635）　サー・ジョージ・ケアリーとその妻エリザベス（旧姓スペンサー）の娘。一五九五年に第三代ペンブルック伯ウィリアム・ハーバートとの縁談がもちあがったが、伯の気が進まず、翌年サー・トマス・バークリーと結ばれ、娘一人息子一人を生んだ。持参金千ポンドと同額の土地は夫の浪費癖で失われたが、夫の死後、経済を立て直し、息子に立派な縁組をさせた。ナッシュのパトロンでもある。

（69）**ウィリアム・ハーバート**（William Herbert, 1580-1630）　第三代ペンブルック伯爵。『ソネット集』が献じられた「W・H氏」のことではないかとも言われる。フィリップ・シドニーの甥。母はシドニーの妹。弟モンゴメリー伯フィリップ・ハーバートとともにシェイクスピアのファースト・フォーリオを捧げられた。女王の女官メアリ・フィットンを愛人として妊娠させたため、大陸に追放されたが、ジェイムズ一世の寵臣となった。ベン・ジョンソンら詩人たちのパトロンとなった。

248上

（70）**想像力に関する台詞が……書き加えられたものだとわかると**　ジョン・ドーヴァー・ウィルソンが自ら編纂した旧

ケンブリッジ版『夏の夜の夢』（一九二四）で発表した説。第五幕第一場の三〇行ほどが第一クォートで行分けに乱れがあることから、それらはあとから余白に書き込まれたために植字工が改行を間違えたのであろうと推察した。詳しくは、アーデン版第二シリーズ（ハロルド・ブルックス編）『夏の夜の夢』（一九七九）第五幕第一場五～八行の注、序論、補遺Ⅲを参照。

第44章

249下 （71）**アーサー・ゴールディング（Arthur Golding, c. 1536-c.1605）** 翻訳家。オウィディウスの『変身物語』の翻訳（一五六五～七）によりシェイクスピアに大きな影響を与えた。第一六代オックスフォード伯爵の義弟であり、第一七代オックスフォード伯爵エドワード・ド・ヴィア（一五五〇～一六〇四）の叔父。

（72）**最後の一語"thentent"は姿を変え……入り込んだ** アーデン版第三シリーズ（ジョナサン・ベイト編）『タイタス・アンドロニカス』（一九九五）第一幕第一場一三九～四一行の注に基づく。問題の too thentent（現代英語の to the intent に同じ）という表現は、アーサー・ゴールディング訳の『変身物語』に全部で一八箇所で用いられており（第一巻五六一行目、第三巻一〇二行目、第九巻五一七行目、第一〇巻五五六、五九三行目、第一一巻六七七行目、第一二巻二二五、六五〇、六八六行目、第一三巻三五一、五一八、五三四、五五七、六六一行目、第一四巻一五五、七九七行目、第一五巻六〇一、八五二行目）、第一三巻六六一行目にある desyrde his presence too thentent という表現からテントを想起したというベイト説はやや説得力に欠ける。

250上 （73）**頭韻がそのきっかけとなっている** 原文にはこのあと次のようにある。「つながりは意味よりもむしろ音によることが多かった。鵞鳥（geese）はしばしば病（disease）と、鷲（eagle）はイタチ（weasel）と関連づけられている。奇妙な接続の飛躍はほかにも見られる。七面鳥とピストルはしばしば関連づけられているが、これはまちがいなくどちらもcock（雄鶏または撃鉄）と関係があるためだろう。シェイクスピアはなぜか孔雀（peacock）、魚（fish）、虱（lice）を同じイメージを持つグループとして捉えている」

『トロイラスとクレシダ』第五幕第一〇場で鵞鳥（娼婦）と病が関連づけられ、『ヘンリー五世』第一幕第二場で鷲とイタチが関連づけられているが、いずれも「しばしば……関連づけられている」とは言い難い。ピストルと七面鳥についても、『ヘンリー五世』第五幕第一場で登場人物ピストルが七面鳥のようだと言われたり、『十二夜』第二幕第五場でマルヴォーリオが七面鳥に例えられて「ピストルで撃ってしまえ」と言われたりするのみ。孔雀、魚、虱についても、関連性があるとは言えそうにない。

251上 （74）**菫を盗みと、本を恋愛と結びつけている** 『十二夜』第一幕第一場で、オーシーノ公爵が「音楽は菫の花咲く土手を吹く風のように匂いを盗んで与える」と言い、『ロミオとジュリエット』第一幕第三場で、キャピュレット夫人がパリス伯爵を恋の本に喩えるなどの例があるが、いずれも定まった連想ではない。

251下 （75）**『ピックウィック・ペーパーズ』** チャールズ・ディケンズの『ピックウィック・ペーパーズ（ピクウィック倶楽部）』は、

出版当時売れていなかったが、四冊めの物語に登場した下町っ子サム・ウェラーの気風の良さが人気を呼んで売れるようになり、ディケンズは文才を認められた。ピックウィック氏の召し使いサムは、ドン・キホーテとサンチョ・パンサを髣髴とさせる。

第45章

252上 (76) **ジョン・キーツに言わせれば**　一八一八年一〇月二七日付けリチャード・ウッドハウス氏宛てのキーツの手紙より。詩作をやめるかもしれないと告げたキーツを励ますウッドハウスの手紙への返答として書かれ、キーツ本人を含む詩人の性格が説明されている。(訳は拙訳。先行訳に佐藤清選訳『キーツ書簡集』、岩波文庫、昭和二七年、一六三〜六六ページがある)

252下 (77) **ハーフ・ライン half line**　弱強五歩格で一行を成す場合、弱強が五回繰り返されて詩の一行ができるが、そのうちのたとえば二回分をオセローが言い、三回分を別の人物が言うという具合に、一行を二人の人物で分けて言うことがある。そのように分けられた台詞をそれぞれハーフ・ラインと呼ぶ。ハーフ・ラインは一行のリズムを壊さぬよう、あいだに間を入れないように畳み掛けるようにして言うため、緊迫感を生む。

254下 (78) **「名前」とは役者の役名を書いて胸につけた紙のことだった**　これは何かの誤解と思われる。

(79) **「影」が役者を表す専門用語だと誰が思うだろうか**　誰も思わない。「影」は役者を表す専門用語ではなかった。ロビン・グッドフェローことパックが「もしも我ら影法師がお気に召さずば」と言うとき、「影(法師)」とは、劇中でオーベロンを「影の王様」と呼ぶように「妖精」のことを指している。

255上 (80) **あらゆる同時代の劇作家のなかで、シェイクスピアが最も舞台技法を確実に操れた**　アクロイドが本当に「あらゆる同時代の劇作家」と比較をしたうえでこのようなことを述べているのか甚だ疑問である。舞台技法について言えば、ヘイウッドやマッシンジャーに注目すべきであろう。

255下 (81) **動きが雄弁に物語る**　『コリオレイナス』第三幕第二場七六行にある台詞(Action is eloquence)への言及。

256上 (82) **もしバーベッジ本人が汗かきでなければ〔太っていなければ〕**　アクロイドは、ガートルードの台詞「太ったのかしら、息なんか切らして」(fat and scant of breath)における fat という言葉を「汗かき」の意味に誤解している。この点については河合『ハムレットは太っていた!』を参照されたい。

(83) **チャールズ・ギルドン**(Charles Gildon, 1665-1724)ポープの『愚物列伝』(*The Dunciad*, 1728)に名を挙げられた劇作家。エリザベス一世が恋するフォルスタッフを観たいと望んだために『ウィンザーの陽気な女房たち』が書かれたという伝説を書き伝えた。404上の注19も参照のこと。

256下 (84) **イアーゴーを演じた人物**　ジョン・ローウィンである。河合『ハムレットは太っていた!』の第五章「初代イアーゴー役者の素顔」、および Kawai, "John Lowin as Iago," *Shakespeare Studies*, 30 (1996), 17-34 参照のこと。

(85) **『リア王』でのコーディーリアと道化とのダブリング**　これは可能性はあるが、通説ではない。そもそも道化を演じたのがアーミンだったか、それとも「小僧」と呼ばれるとおり少年だった（ゆえに女役とのダブリングが可能だった）かで議論がわかれている。後者を支持する学者にはクィラー・クーチ、E・シットウェル、ハンティングトン・ブラウン、スティーヴン・ブース、リチャード・アダムズらがおり、アーミン説には、G・E・ベントリー、C・S・フェルヴァー、R・H・ゴールドスミス、ジェイムズ・ブラック、H・F・リピンコットらがいる。私見では道化はアーミンであり、コーディーリアとのダブリングはなかった。

257上

（86）**どの芝居にも自分で演じるつもりだった役がある**　シェイクスピアが毎回自作に出演するつもりだったかは不明である。

（87）**エドマンド・キーン**（Edmund Kean, 1787?-1833）一八一四年にシャイロックを悲劇的に演じて話題となった俳優。その後シェイクスピア悲劇の主人公を激情的に演じて、ロマン派の詩人たちに圧倒的に支持された。『オセロー』上演中に倒れて二ヵ月後死亡。

（88）**プロとしてこれほど高度に使いこなした作家はほかにいなかった**　またもや「シェイクスピアが一番」という繰言だが、沈黙についてはフレッチャーやシャーリーのほうが劇的に用いているところもある。

257下

（89）**バーナビ・バーンズ**（Barnabe Barnes, 1569?-1609）詩人・劇作家。フィリップ・シドニーの影響を受け、『アストロフェルとステラ』以後最初のソネット集である『パーシーノフィルとパーシーノフィ』（*Parthenophil and Parthenophe*, 1593）を著した。

（90）**『悪魔の特許状』**（*The Devil's Charter, or The Tragedy of Pope Alexander VI*）　バーンズの悲劇。初版一六〇七年の表紙には一六〇六〔七〕年二月二日国王一座による国王御前宮廷上演が唱われており、上演台本に作者が訂正加筆を加えて出版したことが明記されている。一六〇七年一〇月一六日登録。悪魔と契約を交わしてアレクサンドル六世となったロドリゴ・ボルジア（Rodrigo Borgia）とその息子チェーザレ（Cesare = Caesar）の悪事の数々を描く。狡猾に自殺に見せかけて夫を刺し殺す娘ルクレーツィアさえも父が毒殺するなど、毒を用いた姦計が横行する。チェーザレに攻められたファーリィ国の女王キャサリンが二人の王子に名誉のために死を選ぶように命じ、幼い王子がおびえる筋は、フレッチャーの『ボンデューカ』（一六一三）第四幕第四場で利用されている。また、カーテンを開くと、死んだと思われた二人の王子がトランプをしているのが発見される第四幕第四場は、『あらし』最終場を想起させる。毒入りワインが二人の枢機卿を殺すために用意されるが、悪魔によりその瓶が替えられ、チェーザレたちが毒を飲む。やがて現れた悪魔は、契約の時間が切れたと宣告し、アレクサンドルは苦しんで死ぬ。最後に語り手がチェーザレが後に殺されたことを告げる。『シンベリン』や『マクベス』との類似が指摘される。

（91）**『王室森林保護官の喜劇』**（*The Ranger's Comedy*）　これはシェイクスピアの劇団の戯曲ではない。一五九四年四月二日に女王一座とサセックス伯一座によりローズ座上演、同年五月一五日より翌年一月一九日迄海軍大臣一座によりローズ座上演一〇回の記録が残るのみの、失われた作者不明の喜劇である。

（92）**自分の選んだ職業に対する不満を時々漏らした**　ソネッ

ト一一〇番〜一一二番にその不満が表されていると考えられている。

258上 （93）**トルストイは『リア王』の……不平をこぼした**　トルストイの小冊子（*Shakespeare and the Drama*, 1906）への言及。ジョージ・オーウェルがその分析（"Lear, Tolstoy and the Fool," 1947）を行っている。

第46章

259下 （94）**「言いたいことが何もなかった」というトルストイの言葉**　一九〇〇年、トルストイが七五歳の年に発表された「シェイクスピア論」による。主にドイツロマン主義に端を発するシェイクスピア崇拝の傾向を批判したこの論文で、トルストイは「劇を書くことができるのは、人々に向かって言うべきこと、それも人々にとってもっとも重要な、なにか言うべきこと――神や、世界や、あらゆる永遠、無窮なものに対する人間の態度といった――のある者だけ」であるのに、シェイクスピアは「心のなかに、時代に即応した宗教的信念ももたず、なんらの確信さえなく、ただその劇中にありとあらゆる事件や、恐怖や、ふざけた行為や、論議や、効果をやたらと盛り込んだ作者」にすぎないと批判した（中村融訳、トルストイ全集一七『芸術論・教育論』河出書房新社、一九六一年、一七二ページ）。

261下 （95）**おそらくジョンソンを除けば、これほど作品が残っている劇作家はほかにいないのである**　シェイクスピアの戯曲四〇本に対して、フレッチャーの戯曲五二本が現存する。ジョンソンの現存戯曲は二二作、仮面劇を含めれば四八作。

第47章

262上 （96）**あとから正確な金額を書き加えるつもりだったに違いない**　問題の台詞はタイモンが借金を申し入れたらしいという噂の一部分（第三幕第二場）であり、必ずしも正確な金額が明示される必要はない。

（97）**ルートヴィヒ・ヴィトゲンシュタイン**（Ludwig Wittgenstein, 1889-1951）　オーストリア生まれの英国の哲学者。『文化と価値』（*Culture and Value*, ed. G. H. Von Wright, trans. Peter Winch [Oxford: Blackwell, 1980], p. 86）よりの引用。

262下 （98）**休息のことなど気を失うまで考えもしなかった**　*Timber, or Discoveries*, lines 826-28 より。

263上 （99）**役者たちがよく、……伝えはしなかったのだが**　*Timber, or Discoveries*, lines 647-53 より。

（100）**ハテリウス**（Quintus Haterius, ?-27）　紀元前五年にローマ帝国執政官を務めた元老院議員。流暢な熱弁をふるう雄弁家。二二年に執政官を務めたデキムス・ハテリウス・アグリッパの父。五三年に執政官を務めたクィントゥス・ハテリウス・アントニヌスの祖父。

（101）**トマス・ヘイウッドは単独作・共作を合わせて約二二〇の作品を書いたそうだ**　ヘイウッドは『イングランドの旅行者』（一六三三）のなかでそう述べているが、現存するのは三三作。

263下 （102）**「デスクボックス」**　エリザベス朝とジェイムズ朝時代に用いられた箱型家具。当時まだ書き物机がなかったため、いわば今日のライティング・デスクの上部に相当するデスクボックスをテーブルの上に置いて用いた。上部の蓋が途中から手前のほうへ低く傾斜しており、その部分に紙を置いて使用した。蓋は奥の蝶番で上部全体が大きく開き、箱の中には筆記用具や紙や本が収められ、携帯できた。側面に精巧な彫刻が施された。

264上 (103) **ルペルカリア祭**　古代ローマにおいて二月一五日に豊穣の神ルペルクスを祝い、豊年を祈願する祭り。

265上 (104) **『尺には尺を』では、一九年間だったものが次の場面では突然一四年間に短縮されている**　姦通を罰するウィーンの法律は「星座が一九回巡るあいだ」使われていなかったと第一幕第二場でクローディオが言うが、第一幕第三場では公爵が「この一四年間」見過ごされてきたと言っている。

265下 (105) **父親の亡霊に出会ったことを忘れているようだ**　原文ではこのあと、『生きるべきか、死ぬべきか』の独白は、たぶんテクストにあとから差し挟まれた部分なのだろう。『ハムレット』の若書きの版か、あるいはまったく別の芝居のために作った台詞なのかもしれない。または、いつか何かに使おうと手帳に書きとどめておいた台詞なのかもしれない。いずれにしても捨てるには惜しい台詞だったので、『ハムレット』のこの版に入れたのだろう」とあるが、スタンリー・ウェルズは、本書の書評で、この推測には根拠がないとして批判している。

(106) **行き当たりばったりに略記されたり省略されたりしており**　シェイクスピアのト書きの書き方はエリザベス朝では普通である。読み物として書かれていないため、舞台の現場でわかればよい書き方になっている。登場のト書きの位置が本来あるべきところより早いところに書かれることがあるのは、その役者をスタンバイさせるための時間的余裕を考えてのことである。

(107) **『ジョン王』ではフランス王の名がフィリップだったりルイだったりする**　こうした混乱は現代版や翻訳では訂正され、そうした問題があったことが認識されなくなっているが、『ジョン王』第二幕でフランス王フィリップの名が皇太子のルイと混同されている。ホリンシェッドの『年代記』でも一箇所、フランス王「ルイ」となっているところがある（Hol., 161, i）。

(108) **レオナートーにはイノジェンという名の妻がいる**　クォート版とフォーリオ版の第一幕第一場と第二幕第一場でレオナートーは妻イノジェン（Innogen）とともに登場するが、台詞がないという理由だけで現代版や翻訳では妻の存在そのものが削除されている。『シンベリン』の底本Fでは一貫して「イモジェン」（Imogen）となっているが、『シンベリン』の種本であるホリンシェッドの『年代記』ではInnogen、および当時この劇を観たサイモン・フォーマンの観劇記録でもJnnogen（JはIと同じ）となっているため、「イモジェン」は「イノジェン」の誤植と考えられる。

266上 (109) **モリエールにはこのようなことはまずなかった**　モリエールはフランス古典主義劇作家であり、比較する対象としてふさわしくないが、エリザベス朝劇作家と比べてもシェイクスピアの書き方は細部にこだわらない奔放なものだったと言ってよい。

266下 (110) **綴りにミスが多い**　当時はまだ綴りは定まっていなかった。シェイクスピアは自分の名前すらShakespear, Shakspere, Shakspeare, Shakespeare と四種類の綴りで署名しているが、それは決してミスではない。「郡代」（sheriff）という単語にしても、一六世紀にschyrriff(e)など六六種類の綴りがあったことは『オックスフォード英語辞典』（OED）で確認できる。それをシェイクスピアの特殊性のように書き立てるのは誤りである。

(111)『リア王』の二つの版をそのまま別々に出版している

原文はこのあと次のように続く。

「『じゃじゃ馬馴らし』や『ジョン王』といった作品が、以前に書いた完成度の低い作品を書き直したものだということは、あらゆる証拠が示している。『オセロー』が書き直されたのは、エミリアの役柄を補完するためだった。エミリアがイアーゴーにハンカチを渡してしまうことで観客が抱く不満を避けるため、より同情的な人物にする必要があったのである。イアーゴーが劇中唯一の悪の立案者でなければならないのだ。シェイクスピアはおそらく、エミリアの役柄に対する初演の観客の反応に気づき、それに合わせてテクストを変えたのだろう。」

アクロイドはこのように書いているが、まず、一五九四年出版の作者不明の『ジャジャ馬ナラシ』（*The Taming of a Shrew*）と同年上演・出版されたシェイクスピアの『じゃじゃ馬馴らし』（*The Taming of the Shrew*）の関係、および一五九一年出版の作者不明の『ジョン王の乱世』（*The Troublesome Raigne of John King of England*）と上演年不詳のシェイクスピアの『ジョン王』の関係については諸説あって定まらない。『ジャジャ馬』や『乱世』もシェイクスピアが書いたものであるとするアクロイドの考え方は少数派であり、誰かほかの人の作品をシェイクスピアが作り直したと考える学者が多い。ただし、『乱世』は『ジョン王』よりもあとに書かれたものかもしれず、その場合『乱世』は模倣作だということになる。

次に、『オセロー』改訂についても諸説あって定まらず、エミリアの役柄を補完するために改訂されたとするのは問題がある。

『オセロー』には初版一六二二年Qと翌年のFの二種類のテクストがあり、FはQにない約一六〇行を含み、QはFにない一〇数行を含む。Qを書き直してFになったと考えるならば、たとえば、Qにはなかった第四幕第三場最後のエミリアの長台詞一八行（「でも、妻が身を誤るとしたら／夫が悪いんですよ。夫の務めをなおざりにして／……／やられたとおりにやりかえしてやればいいんだわ」）が書き加えられたことになる。ただし、『ハムレット』や『リア王』の改訂説と違い、『オセロー』ではQからFに改訂されたと考えにくい。というのも、上演時間を考えて短く改訂するのが当然と考えられるのだが、QよりFのほうが一五〇行ほど短くなっている『ハムレット』や、QよりFのほうが二〇〇行ほど短い『リア王』とは違って、『オセロー』ではFのほうが逆に一五〇行近く行数が増えているのである。E・A・J・ホニグマンは、『「オセロー」のテキストとシェイクスピアの改訂』（*The Text of "Othello" and Shakespearian Revision* [London and New York: Routledge, 1996]）の著者及び第三アーデン版『オセロー』編者としてこの問題を論じ、QからFへの改訂ではなく、二つのヴァージョンがあると考える。時間的にQがFに先行すると考えはするものの、作者が思い直してFに書き換えたのか、誤記が混じってFになってしまったのかわからないところがあるという。これは純粋にFのほうがQよりよくなったとは思えないところが多々あるために出てきた結論であろう。最終場の重要ないくつものト書きがFにはなくQにはあることや、Fでキャシオーが言うestimationがQではキーワードのreputationとなっていることを考えると、むしろFからQに改訂したのであるという説（Pervez Rizvi, "Evidence of Revision in *Othello*," *Notes and Queries* 45 (1998), 338-43）にも説得力がある。F印刷時に、Qのもとになった清書ではなく草稿を用いた可能性があるという説である。従来どおりFを底本とするオックスフォード版『オセロー』の補遺Bに編者マイケル・ニールによる詳細な議論がある。

エミリアのFのみの台詞はフェミニズム的テーマには貢献するが、劇的発展には貢献しない。観客の反応を考えるなら、むしろカットしてQができあがったと考えるほうが自然であろう。

267上

（112）**大人の芝居が流行らないという話になるのはその一例だ** 大修館双書『ハムレット』の解説二一〜二六ページに記したとおり、第二幕第二場にある「人気上昇中の少年劇団」への言及が一六〇一年に活躍したチャペル少年劇団のことであるなら、その部分は加筆だと考えられるが、一五九九年に再編成されたセント・ポール少年劇団を指すとすればその限りではない。

（113）**ロミオの台詞だったものがロレンス修道士に移り** 『ロミオとジュリエット』第二クォート（一五九九）の第二幕第二場相当部分の最後で、ロミオが「青く薄らぐ目をした朝が、しかめっ面の夜に微笑みながら、／東の雲を光の筋で染め抜き始めた。／斑にほころぶ暗闇は、まだ酔いどれ足で／日に追われて、光の道から逃げていく」という四行を言ってから「さあ、神父さまのところに。／この幸せをお知らせし、お力を借してもらおう」と言って場面を終えると、次の場面でロレンス修道士が同じ四行を繰り返す（ロミオがdarkness fleckedと言うのにロレンスがflecked darknessと言い、ロミオがpathway, made by Tyrants wheelesと言うのにロレンスがpath, and Titans burning wheelsと言う以外はまったく同じ）。第一クォート（一五九七）ではこの四行はロレンス修道士の台詞にしかない。この四行をロレンス修道士のみの台詞としたオックスフォード版とケンブリッジ版編者によれば、もともとロミオの台詞だったものをシェイクスピアが削除し、ロレンス修道士の台詞に変えたのであって、第二クォートの植字工が削除記号がわからずに消すべきロミオの台詞を印刷してしまったのではないかと考える。これに対し、アーデン版とペンギン版は、ロミオの言葉のほうがオウィディウス『変身物語』ゴールディング訳一七二〜五行に近いということもあって、ロミオの台詞としている。

（114）**ビローンの長台詞に二パターンあり** ビローンの二パターンの長台詞とは、第四幕第三場二九二〜三一四行と同じ内容がその直後に書き直されていることを示すのであろう。

（115）**「飢えた」を取り去れば、意味がはっきりするのだ** 実際、現代版の編者はQFにある「飢えた」を削除している。ここは、ロミオがティボルトを殺したことを聞いて動揺したジュリエットが、「人殺し」と「すてきな人」を結びつけるべく、矛盾した表現（オクシモロン）を展開するところ。「飢えた」＋「鳩」というオクシモロンと、「鳩」＋「鴉」というオクシモロンが一行のなかに重ねられてしまったのだというのがアクロイドの議論。

268下

（116）**ロレンゾーとバサーニオのあいだにどんな約束があったのかわからないままだ**　ロレンゾーはバサーニオに「昼食時には待ち合わせの場所をお忘れにならないように」と言うが、それが何のことだったのかは明らかにされない。

第48章

270上

（117）**「ジョン・ペラット」から「本一冊」を遺贈されている**　原文では『本一冊』を購入している」となっているが、ジョナサン・ベイトの書評での指摘のとおり、これは購入ではなく遺贈の記録である。アクロイドが根拠としているシェーンボームは、「シャクスペア氏は本一冊の恩義をジョン・ペラットより受けていた（indebted）」という表現をしている（*Lives* 462）。ベイトは、本を受けとったのもおそらくウィリアムではなく父ジョン・シェイクスピアであろうと推察している。

（118）**エドワード・ホウビー**（Edward Hoby, 1560-1617）　カスティリオーネ著『廷臣論』の翻訳者サー・トマス・ホウビーの息子。母エリザベスが、ロバート・セシルの母ミルドレッドの妹。外交官、国会議員、ジェイムズ王の寵臣として活躍し、宮内大臣ハンズドン卿の娘と結婚。役者のパトロンで、自ら翻訳も行った。

（119）**ロバート・セシル**（Robert Cecil, 1563-1612）　エリザベス女王の右腕として宰相として絶大な政治権力を握っていたバーリー卿ウィリアム・セシルの息子。エセックス伯と対立。国務相を務め、父親同様の絶大な権力を握った。母ミルドレッドは、エドワード六世（在位一五四七〜五三）の個人教師サー・アンソニー・クックの長女。クックの次女がエリザベス（前項参照）。三女アンは哲学者フランシス・ベイコンの母、四女キャサリンは外交官ヘンリー・ネヴィル（シェイクスピア別人説候補の一人）の妻の母。

270下

（120）**記号論理**（symbolic logic）　AならばBといったように、概念を記号化して扱う数理論理学。『リチャード二世』第二幕第五場で獄中のリチャードが展開する論理的思考は特に記号論理的。

271上

（121）**立証したのである**　このあと原文では、「滅びゆく王リチャードをシェイクスピア自身が演じ、ボリングブルックをバーベッジが演じたということもありうる」とあるが、シェイクスピア自身が主役を張ったということはないであろう。ボールドウィン説では、王リチャードはバーベッジ、ボリングブルックを演じたのはフィリップスである。

271下

（122）**『ウッドストックのトマス』**（*The First Part of the Reign of King Richard the Second: or Thomas of Woodstock*）、通称『ウッドストック』。エドワード三世の末子でグロスター公としても知られるトマス・オヴ・ウッドストック（Thomas of Woodstock, 1355-97）を主人公とした作者不明の史劇。上演不詳だが、一五九二〜五年頃宮内大臣一座が上演したかもしれない。未出版。無題の原稿（最終ページ紛失）の形で残る。原稿にはいくつかの加筆があり、何度か再演されたこと、政治的介入があったことを物語っている。寵臣たちに騙されて堕落するリチャード二世を叔父のウッドストックが諫めるが、叔父は暗殺されてしまう。シェイクスピアが第一部と題された本作の存在を前提にして、第二部として『リチャード二世』を書いたとも考えられる。自分の取り巻きばかり大事にして悪政を行う若い王リチャード二世は、摂政を務める叔父グロスター公トマス・オヴ・ウッドストックを退け、取り巻きのトリシリアンを高等法院長に昇格させ、グリーンを大法官、バゴットを国璽尚書と昇格させ（四人目の取り巻きにスクループがいるが影が薄い）、白紙委任という無謀な徴税などの案を採用したり、取り巻きに権力を濫用させて国を崩壊させる。やがて、王妃は死に、王がその死を悲しむ一方、取り巻きらはウッドストック暗殺を狙う。仮面劇を用いた策略で暗殺が行われた末、叔父らが挙兵し、やがて叔父ジョン・オヴ・ゴーントとヨーク公が勝利する。

272上 （123） **同じ題材を扱うダニエルの韻文劇**　一五九三年執筆、翌年出版のレーゼドラマ『クレオパトラ』のこと。一六〇七年改訂。

（124） **グリニッジ宮殿を訪れた者**　ロンドン塔の記録保管役ウィリアム・ランバード（William Lambarde, 1536-1601）のこと。一六〇一年八月四日に女王に古文書を届けに行ったときの話。法律家として執筆した『古期法令集』については、九五ページの図版参照。

272下 （125） **サー・ジョン・ハリングトン**（John Harington, 1561-1612）　ケンブリッジ大卒の宮廷人、翻訳家。エリザベス女王が即位前に投獄されていたとき両親が一緒に獄にいた関係から、女王はハリングトンの名づけ親となり、その後ずっと寵愛した。アリオストーの『狂乱のオルランドー』を翻訳し、『空騒ぎ』に影響を与えた。エセックス伯に仕えたが、叛乱には組しなかった。水洗便所を発明した才人。「エイジャックスの変身」という卑猥な詩を書いて一時女王から宮廷を追放された逸話もある。ジェイムズ一世と会話し、「王が知識をひけらかすので、ケンブリッジでの試験官を思い出させた」と記した。

（126） **スパイとして派遣されていた**　エセックス伯が「フランス人紳士」と呼んでいるこの人物は、バーリー卿やアンソニー・ベイコンらのスパイとしても活躍したらしい。

（127） **アンソニー・ベイコン**（Anthony Bacon, 1558-1601）　哲学者フランシス・ベイコンの兄。ケンブリッジ大とグレイズ・イン法学院に学んだ。ナヴァール王アンリと親交を結ぶ。

（128） **『タイタス・アンドロニカス』公演の模様を綴った手紙を書いたのはこのプティだった**　一五九六年元旦にラトランドのハリングトン邸にてロンドンの役者たちが『タイタス・アンドロニカス』を上演した様子を、プティは主人のアンソニー・ベイコンに書き送った。Gustav Ungerer, "An Unrecorded Elizabethan Performance of *Titus Andronicus*," *Shakespeare Survey 14* (1961), 102-9 参照。

273上 （129） **ホウビーの母方の伯父**　ホウビーの母エリザベス（旧姓クック）の実の姉ミルドレッドがバーリー卿ウィリアム・セシル夫人である。

第49章

274上 （130） **ジャイルズ・アレン**（Giles Alleyn, fl. 1555-1601）

一五七六年からジェイムズ・バーベッジに土地を貸し付けた地主。

275上
(131) **ヘンリー・パーシーの妻**　原文では「ノーサンバランドの妻」となっているが、ノーサンバランドを責めるのは、死んだ息子ヘンリー・パーシーの妻であるので訂正した。

(132) **マミリアス役を演じた少年は、過ちを犯した父親のもとへ終幕になって戻ってくる娘パーディタをダブリングで演じたのだろう**　当時、子供の演技力では子供にダブリングをさせたとは考えられない。子供の演技力ではダブリングは難しいし、子役が足りないことはありえなかったし、弟子として抱えていたので出演料も要らなかった。ボールドウィンは、パーディタ役にリチャード・ロビンソン、マミリアス役にアーミンの弟子を想定している。

276下
(133) **アントーニオの役を、シェイクスピアが演じたのではないかと推測されることが多い**　多くはない。ボールドウィン説ではコンデルがアントーニオ役、シェイクスピアは公爵役。

(134) **古い芝居『ユダヤ人』**(*The Jew*) 一五七八年頃ブル亭で上演された現存しない芝居。

277上
(135) **バラバス**　一五八九年頃初演されたマーロウの悲劇『マルタ島のユダヤ人』の主人公のユダヤ人。ヴォルポーネのような滑稽な悪党英雄。序幕にマキアヴェリが登場。マルタ島の総督は、トルコへの朝貢のためにユダヤ人より徴金し、これを拒絶した富豪バラバスの財産を没収、その屋敷を尼僧院にしてしまうが、バラバスは娘アビゲイルを尼にして屋敷に隠してあった財宝を持ち出させる。権謀術数を駆使するバラバスは、その後、娘さえも殺し、トルコ皇子に密通してマルタ島を征服させ、自ら総督となった後、今度は元総督と謀って皇子暗殺を謀るが、裏切られて自ら用意した罠に落ち、大釜にゆでられて死んでしまう。一五九二年のストレインジ卿一座公演以下、一五九四年サセックス伯一座および女王一座公演、一五九四～六年海軍大臣一座公演と、いずれもローズ座での上演記録がある。一六〇一年には海軍大臣一座によりフォーチュン座上演。初版一六三三年にはトマス・ヘイウッドによる宮廷及びコックピット上演時の序詞等が含まれており、人気作であったことがわかる。

(136) **『イル・ペコローネ』**(*Il Pecorone*)　フィレンツェ人セル・ジョヴァンニが一四世紀後半に著した「愚か者」という意味の題の説話集。一五五八年出版。四日目の第一話ジャンネットの物語（ベルモンテという国を支配する美しい未亡人のもとへジャンネットという男が出向いて、紆余曲折の末、最後には結婚するという話）が『ヴェニスの商人』で利用されている。

(137) **フェイギン氏**　ディケンズ作『オリヴァー・ツイスト』に登場するスリの親分。

(138) **サフロンヒル**　フェイギン一味が根城とするロンドンの街区。

277下
(139) **パンタローネ、ドットーレ**　いずれもコメディア・デラルテに登場する類型的な人物。パンタローネは嫉妬深くてけちな老人の商人。娘コロンビーナの父親であり、道化の下男（ザンニ）にからかわれ、若者たちの敵対者。娘ジェシカの父親で道化の下男ゴボーに嫌われるシャイロックと類似点が多い。ドットーレは衒学的な法律学者か医者で、学者の場合はしばしばグラツィアーノの名前で登場する。

278上（140）**ロドリーゴ・ロペス**（Roderigo Lopez, fl. 1559-1594）　英語読みではロウペズ。ポルトガル生まれのユダヤ人医者。一五八六年に女王の主治医に任じられ、敵対したエセックス伯によって一五九四年一月女王暗殺未遂の嫌疑を受けて逮捕、六月処刑された。

278下（141）**この事件への言及が見られる**　裁判の場でグラシアーノが「貴様の犬のような魂は、かつては狼に宿っていたに違いない。人間様を嚙み殺して縛り首になり、絞首台で体から離れたその残忍な魂が……」と言うのは、狼（ロペス）との洒落も合わせて、ロペスの絞首刑への言及だという説がある。

第50章

280下（142）**ウィリアム・デシック**（William Dethick, 1543-1612）　紋章官。一五八六〜一六〇六年にガーター紋章官を務め、シェイクスピアに紋章を許可した。

281上（143）**『癖者そろわず』**（*Every Man Out of His Humour*）『気質なおし』とも。一五九九年宮内大臣一座により恐らく新築グローブ座にて初演されたジョンソンの喜劇。同年クリスマスに宮廷で上演され、ジョンソンは女王に直接話しかける特別の納め口上を書いた。前編の『癖者ぞろい』（*Every Man In His Humour*――『気質くらべ』とも訳される）よりも一年早く一六〇〇年に初版が出て、年内に増版された。印刷には演じられた以上の台詞が含まれていると明記されている。諷刺劇流行の嚆矢（ほかにジョンソンが「喜劇的諷刺」と称した作品に『シンシアの饗宴』と『へぼ詩人』がある）。序幕に現れる作者の代弁者アスパーが、学者マシレンテとなって、その嫉妬の気質を発揮する。芝居の筋である「気質抜け」が始まるのは、悪天候を願っていた悪徳農夫ソーディードが第三幕で自殺を試みて農民に救われ改心する以外は、第五幕からである。乙に澄ました宮廷の淑女サヴィオリーナは、宮廷人志願の愚かな田舎者ソリアード（ソーディードの弟）を紳士と思って笑われ、ソリアードは、見かけ倒しの臆病な伊達男のタバコ師シフトに騙され、シフトは虚栄の騎士パンタヴォーロに震え上がらせられ、パンタヴォーロはトルコ旅行から無事に戻ってきたら保険金を五倍にして返してもらうという賭を宮廷人ファスティディアス・ブリスクと行うが、旅行に同伴するはずだった犬をマシレンテに殺されて気力を失い、極辛の道化カルロ・バフーンは酒に酔って言いたい放題を言うが、怒ったパンタヴォーロに文字どおり叩きのめされ、その酒場での乱闘騒ぎで誤認逮捕されたブリスクは市民デリロの借金返済要求で更に逮捕が重なることになり、ブリスクのファッションに憧れて真似をして服を新調する法学生ファンゴーソ（ソーディードの息子）は宮廷人につきあって逮捕されることになって改心し、ブリスクに惚れ込んだわがままな人妻ファラス（ソーディードの娘）は浮気を夫デリロに見つけられ立場を失い、妻にぞっこんの余りその尻に敷かれていたデリロも、ようやく自分の愚かさに気がつくという具合に、筋とは言えぬさまざまな出来事が起こる。最後に策士を演じたマシレンテ自身も嫉妬の気質を失って幕となる。マシレンテは『癖者ぞろい』のブレインワームに匹敵する狂言廻しで、芝居の重要な役であるが、不満の士であるのが特徴で、この点でマーストンの『不満の士』（一六〇四）にアイデアを与えたと言える。

281下 (144) **辛子はまた、シェイクスピア家の紋章が明るい金色だったことへの当てこすりなのかもしれない** 紋章において黄色が金色の代わりに用いられることがあった。

(145) **マルヴォーリオは言い放つ** 原文ではこのあと「もし、ありそうなことだが、シェイクスピアがマルヴォーリオ役だったとすれば、この冗談はこれ以上ないほどわかりやすいものになっただろう」とあるが、これは「ありそう」ではない。ボールドウィン説では、マルヴォーリオ役はオーガスティン・フィリップスが演じたと推察されている。

第51章

282上 (146) **フランシス・ラングリー** (Francis Langley, 1550-1601) 金細工師・劇場経営者。一五九四〜五年にパリス・ガーデンにスワン座を建設。

284下 (147) **エリザベスはこの喜劇的ならず者に魅了され、フォルスタッフが恋に落ちる話を書くよう要請したという** これは一七〇二年に劇作家ジョン・デニスが自作の翻案『滑稽な伊達男あるいはサー・ジョン・フォルスタッフの恋』に附した文に「この喜劇は女王の命令と指示によって書かれたものであり、早く観たくてたまらないから一四日で書き終えるよう命じた」と記したことから端を発する伝説である。七年後にニコラス・ロウが『ヘンリー四世』二部作のフォルスタッフの人好きのするキャラクターにすっかりお喜びになった女王陛下は、もう一本芝居を、今度は恋をしているのを観たいとお命じになった」と記した。どちらの記述の根拠も不詳であり、史実ではなく伝説である。

285上 (148) **ロラード派** (Lollards) ジョン・ウィクリフの教説を信奉し、聖書主義を説いたキリスト教の一派。一四世紀末にイギリスを中心に起こり、ワット・タイラーの乱の一因とも言われる。一五世紀初頭にオールドカースル (John Oldcastle, c. 1378-1417) を指導者として叛乱を起こしてヘンリー五世に鎮圧された。一五世紀後半に下火となったが、後のルターの宗教改革に影響を及ぼした。

(149) **エドマンド・ティルニー** (Edmund Tilney, ?-1610) 祝宴局長(一五七九〜一六〇九年)。一五八一年から次第に権限を強化し、上演前の全戯曲を検閲する権限を持った。一五八三年に役者を集めて女王一座を結成。一五九〇年代に『サー・トマス・モア』を検閲した実例が残る。一六〇三年以降はジョージ・バックが代行した。

285下 (150) **トマス・フラー** (Thomas Fuller, 1608-61) 王党派の聖職者。『教会史』(一六五五)、『イングランドの名士名跡列伝』(一六六二) ほか多くの著作があり、その散文はロマン派詩人に影響を与えた。

(151) **第二部のエピローグは、次のように述べる** 原文には「第二部のエピローグでは、シェイクスピア本人が舞台に登場し、次のように述べる」とあるが、シェイクスピアがエピローグを務めた証拠はない。戯曲には「踊り手の一人」とあるのみ。

(152) **サー・ジョン・フォルスタッフと結婚する** 一五九八年二月末、エセックス伯はフランスにいる国務相セシルに「アレグザンダー・ラトクリフによろしく、妹御がサー・ジョン・フォルスタッフと結婚するとお伝えください」と書いた。「ある貴婦人」ことマーガレット・ラトクリフは女王の女官であり、一五九七年にコバム卿に求愛されたが、結局受けなかった。そして、一五九九年兄アレグザンダーがアイルランドで死ぬと、マーガレットは悲しみと絶食の末に同年死亡してしまい、ウエストミンスター寺院に埋葬され、女王の女官全員が葬儀に参列した。ジョンソンがマーガレットの名前を織り込んだ碑銘を書いた。

286上 (153) **グリーン・マン**　ジャック・イン・ザ・グリーンとも。五月祭（メイ・デイ）で木の葉や枝でおおった大きな木組でできた大男。なかに男性が入って動く。

286下 (154) **最も頻繁に再版されている**　一六二二年に第六クォート版が出ている。第一クォートとされる版の前に、断片が残る初版本がある。次に最も再版されているのは『ペリクリーズ』。

(155) **喜劇をその限界まで推し進めたのだ**　原文ではここに「フォルスタッフを演じたのはイングランド一の道化役者ウィリアム・ケンプだった」という一文が入るが、これが誤りであることは221上の注15を参照のこと。

(156) **イニゴー・ジョーンズ**（Inigo Jones, 1573-1652）　ロンドン生まれの建築家・舞台美術家。ジョンソンの『黒の仮面劇』（一六〇五）を皮切りに宮廷仮面劇の舞台美術を担当し、書割を導入した。建築では、セント・ポール大聖堂やコヴェント・ガーデン広場などを手がけた。

287上 (157) **つまり、フォルスタッフは**　アクロイドの原文ではこのあと「あらゆる点で大きく、ケンプは滑稽な太った男の完璧な規範を示したのだ。ケンプはまたジグ踊りでも有名だったから、フォルスタッフを舞台上で歌い踊らせたことだろう」とある。

287下 (158) **エネルギーを宿しているからこそである**　アクロイドの原文ではこのあとこう続いている――

「また、『ヘンリー四世』第一部にはウォリックシャーの方言が見られることも注目に値する。たとえば“a micher”（ふてくされて家出する者）、“dowlas”と“God save the mark”（「マーク」とは古代のマーシア王国のことで、ウォリックシャーもこの一部だった。「おやまあ」、「失敬」などの意。）などである。父親や父親像に関する芝居において、シェイクスピアは本能的に先祖の言葉に還っているようだ。」

ところが、これらはいずれもウォリックシャーの方言ではない。**a micher** は、OEDの用例では一五五〇年頃ノーフォーク州出身の詩人ジョン・スケルトンや一六一九年サセックス州出身の劇作家ジョン・フレッチャーの使用例が挙がっており、方言であることの注記は一切ない。一六・一七世紀北英で用いられた太糸の亜麻（綿）織物を意味する **dowlas** は、フランスのブリトニーの地名 **Daoulas** が語源であり、方言ではない。**God save the mark** については、OEDによれば、生まれた赤ん坊にあざ（mark）があると産婆がこの台詞を言って驚いたので、これが語源かもしれないが、別の可能性として「しるし」か「前兆」の意味かもしれないとしており、シュルーズベリー出身のトマス・チャーチヤードやジョン・フレッチャーの使用例が挙がっている。アクロイドの語釈は誤りと言わざるをえない。

第52章

288下 (159) **ウィリアム・パーシー**（William Percy, 1575-1648）　詩人。第八代ノーサンバランド伯爵ヘンリー・パーシーの三男。一五歳でオックスフォード大に入学し、そこでバーナビ・バーンズと親交を結ぶ。*Sonnets to the Fairest Coelia* (1594) や *Madrigal* (1606) などの詩作品を出版。戯曲はポールズ少年劇団や成人劇団のために喜劇五本と *The Fairy Pastoral* を執筆、いずれも未出版で原稿のまま残る。火薬陰謀事件に連座した第九代ノーサンバランド伯爵ヘンリー・パーシーは長兄。

(160) **バーソロミュー・グリフィン** (Bartholomew Griffin, ?-1602) 詩人。一五九六年に六二のソネット連作 *Fidessa, More Chaste Than Kind* を出版。三番目の「ヴィーナスと若きアドーニス」で始まるソネットはウィリアム・ジャガードが『情熱の巡礼』に収めてシェイクスピア作としたもの。

(161) **ヘンリー・コンスタブル** (Henry Constable, 1562-1613) 詩人。ケンブリッジ卒。フィリップ・シドニーの友人。フランシス・ウォルシンガムの部下だったが、一五九一年までにカトリックとなる。一五九二年にソネット *Diana* を出版。

289上

(162) **ジャイルズ・フレッチャー** (Giles Fletcher the Elder, 1546-1611) 詩人、学者、外交官。イートンとケンブリッジに学ぶ。一五八四年に国会議員。モスクワに駐在。一五九三年出版の *Licia, or Poems of Love* の「読者へ」のなかに引用箇所がある。劇作家ジョン・フレッチャーの叔父であり、詩人兄弟ジャイルズ・フレッチャーとフィニアス・フレッチャーの父。

289下

(163) **ソネットが書かれた可能性がもっと高いのは一五九五年** 普通、一五九二〜五年頃書かれたと考えられている。

(164) **エリザベス・ヴァーノンとの悪名高い情事** 女王の女官でエセックス伯のいとこエリザベス・ヴァーノン (Elizabeth Vernon, 1573-1655/6?) を伯爵が一五九八年に妊娠させ秘密裡に結婚。これが発覚して、伯爵は一時投獄され、エリザベスはエセックス伯の姉ペネロペ・リッチ宅へ逃れてそこで女児を出産した。

(165) **ジョージ・ケアリー** (George Carey, 1547-1603) 初代ハンズドン男爵ヘンリー・ケアリー (1524-96) の長男。一五九六年より第二代ハンズドン男爵となり、翌年宮内大臣となってシェイクスピアの劇団のパトロンとなる。妻はエドマンド・スペンサーと縁戚のエリザベス・スペンサー。夫妻の娘エリザベス (1576-1635) は、一五九五年にウィリアム・ハーバートに縁談を断られたのち、翌年サー・トマス・バークリーと結婚。

292下

(166) **「私の詩が最も……優れた詩を書くことができました」** ジョン・ダンの「聖者たちと、ハミルトン侯爵に捧げる賛美の歌」に附された「ロバート・カー卿への献辞」より。訳は湯浅信之訳『ジョン・ダン全詩集』(名古屋大学出版会、一九九六) 五一八ページより引用した。

(167) **「ふりをすること」** (feigning) フィリップ・シドニーは『詩の弁護』において、詩の本質は虚構 (feigning) にあると言う。なお、feigning の語源 fingere には「創り出す、創造する」という意味がある。

(168) **シェイクスピア自身が出版のためにソネットを並べ替えるに至った** そのような確証がないばかりか、「各ソネットの配列に恣意的と思われる部分があるので、シェイクスピアの了解を得ないままに出版されたのかもしれない」(『研究社シェイクスピア辞典』の『ソネット集』の項目より引用）とも言われている。

293上 （169）**(late rare words)**　原文には "early late words" とあるが誤り。「初期の稀な言葉」「後期の稀な言葉」とは、A・ケント・ハイアットらがソネットの創作年代を測定するのに用いたカテゴリーである。ソネットに使われた全単語のうち、戯曲三作品以上七作品以下で使われている単語（「稀な言葉」rare words）を選び、これを初期の戯曲（『ヘンリー六世』第一部から『お気に召すまま』まで）にのみ見られる語（「初期の稀な言葉」）と後期戯曲（『ハムレット』から『二人の貴公子』まで）にのみ見られる語（「後期の稀な言葉」）に分類する。その結果、『ソネット集』では「初期の稀な言葉」に混ざって「後期の稀な言葉」も使われていることがわかり、シェイクスピアが一五九〇年代に書いたソネットに後に手を入れて一六〇九年に出版したという有力な証拠となった。詳しくは A. Kent Hieatt, Charles W. Hieatt, and Anne Lake Prescott, "When Did Shakespeare Write Sonnets 1609?", *Studies in Philology* 88.1 [1991], 69-109 および M.P. Jackson, "Vocabulary and Chronology: the Case of Shakespeare's Sonnets," *The Review of English Studies* 52 (2001), 59-75 などを参照。

293下 （170）**メアリ・フィットン**（Mary Fitton, 1578-1647）　一五九六年に女王の女官となる。ペンブルック伯ウィリアム・ハーバートの愛人。男装して逢引をし、伯爵の子を産むが、子供はやがて死に、伯爵は結婚を拒み、女王は伯爵をフリート監獄に投獄した。男性遍歴の多さで知られる女性。

（171）**エミリア・ラニア**（Emilia Lanier, 1570-1654）　一〇代のときにハンズドン卿ヘンリー・ケアリーの愛人となり、一六一一年に教養豊かな宗教詩を刊行した。

（172）**ターンミル街**（Turnmill Street）　泥棒や娼婦のたむろした通り。Turnbull Street（*Anything for a Quiet Life*, III.ii; *A Chaste Maid in Cheapside*, II.ii）、Turnball Street（*A Cure for a Cuckold*, IV.i）、Townbull Street（*No Wit, No Help Like a Woman's*, II. I）などとも呼ばれた。

294上 （173）**ロバート・ジョンソン**（Robert Johnson, 1582-1633）　一五九五年に宮内大臣に仕え、一六〇四年宮廷リュート奏者となり、宮廷仮面劇などの作曲を担当。一六〇九年には国王一座に参加し、『あらし』の劇中歌（"Full fathom five," "Where the bee sucks"）ほか、『シンベリン』や『冬物語』の劇中歌の作曲をした。

第53章

297下 （174）**ホレブ山で神がモーセに告げた言葉**　「神モーセにいひ給ひけるは我は有りて在る者なり」（旧約聖書「出エジプト記」第三章第一四節）。

299上 （175）**「蓋つき木皿」**（clack dish）『尺には尺を』第三幕第二場一二三行（版によっては第三幕第一場三八八行）のみに出てくる。clap-dish の異形。乞食が持ち歩き、施しを受ける容器。

299下 （176）**シェイクスピアには女漁りの評判があったらしい**　本書一九六ページにあるマニンガムの噂話などをもとにした空想であり、「評判があった」とは言えない。

301上 （177）**テッド・ヒューズ**（Ted Hughes, 1930-98）　詩人。詩集『雨中の鷹』（一九五七）が高く評価され、戦後イギリスの詩壇を代表する存在となる。一九八四年には史上最年少で桂冠詩人となった。

第54章

302下 （178）**『ヘンリー四世』第二部の執筆を中断して『ウィンザーの陽気な女房たち』に集中しようとしていた**　『ウィンザーの陽気な女房たち』が書かれたのが『ヘンリー四世』第二部の前かあとか議論が定まっていない。

（179）**息子の到来によって栄光の夏に変わったのである**　『リチャード三世』冒頭の台詞、「今や、我らが不満の冬も、このヨークの太陽輝く栄光の夏となった」のもじり。

303下 （180）**家長のコバム卿を亡くしたばかりのブルック家**　ブルック家は、ロラード派の謀叛人として処刑され、ピューリタンたちからプロテスタント殉教者として崇められたサー・ジョン・オールドカースル（別名「善良なるコバム卿」）の末裔。シェイクスピアが『ヘンリー四世』第一部でフォルスタッフにオールドカースルという名を与えたことに抗議し、これがためフォルスタッフと改名された経緯がある。ここで「家長のコバム卿」とされているのは、一五九六年七月～翌年四月に宮内大臣を務めた第一〇代コバム卿ウィリアム・ブルック（Lord Cobham, William Brooke, 1527-97）。宮内大臣一座はその間、宮内大臣ではなく元宮内大臣の嫡男第二代ハンズドン卿ジョージ・ケアリーをパトロンとしてハンズドン卿一座と呼ばれ、ジョージ・ケアリーが九七年四月に宮内大臣となって再び宮内大臣一座に戻った。コバム卿ウィリアムの長男ヘンリー（一五六四～一六一九）は第一一代コバム卿となり、姉エリザベス・ブルック（一五六二～九七）と結婚したロバート・セシルの影響下に、エセックス伯と対立した。一六〇三年夏に弟ジョージ・ブルック（一五六八～一六〇三）が計画した陰謀が発覚し、ヘンリーも逮捕され、尋問の末、ジェイムズ一世の従妹のアラベラ・ステュアート（一五七五～一六一五）をジェイムズの代わりに王座につける計画をスペイン大使やウォルター・ローリーと話したことを認めた。兄弟共に死刑が宣告され、弟は処刑されたが、ヘンリーは一四年間ロンドン塔に幽閉された。因みに、アラベラ・ステュアートは、ヘンリー八世の姉マーガレット・テューダーが再婚して産んだ娘マーガレット・ダグラスの孫であり、ジェイムズ一世と同様の王位継承権があった。アラベラの父レノックス伯チャールズ・ステュアートの兄ダーンリー卿ヘンリー・ステュアートがスコットランド女王メアリの夫であり、ジェイムズ一世の父である。

306上 （181）**本人不在のまま騎士に叙せられたドイツ人の伯爵についての冗談**　第四幕第五場八一行でキーズが言う「ドイツの公爵」のこと。一五九二年八月九日より九月五日までイングランドを訪問したヴュルテンベルグ公爵フレデリック一世（元モンベリアル伯爵）。エリザベス女王によりウィンザーに招待された。イングランドを旅行中、オックスフォードで遅れをとったドイツ人公爵とその一行は、早馬を手に入れる令状を不正に用い、『ウィンザーの陽気な女房たち』と同様に、駅馬を管理する宿屋の主人を悔しがらせたという。公爵はガーター勲章授与を要望したが、なかなか果たされず、一五九七年四月二三日に本人不在で代理授与された。A・S・ケアンクロスが『ハムレットの問題』で指摘するとおり、『ウィンザーの陽気な女房たち』は一五九二年直後に書かれたものと考えるのが自然であるとする根拠となる。

306下（182）**ジョンソンやデカーが手がけたような都市型諷刺劇になることを避けたのである**　ピーター・ホランドが書評で指摘するように、ジョンソンやデカーの市民喜劇はこの当時まだ書かれていない。たとえばジョンソンの『癖者ぞろい』は一五九八年、デカーの『靴屋の祭日』は一五九九年にそれぞれ初演された。

（183）**贈り物となったに違いない**　原文ではこのあと「もしケンプが引き続きフォルスタッフを演じていたとすれば、ブレントフォードの太った女の扮装で無類の「当たり」をとったに違いない。スレンダー〔「痩せ」という意味〕を演じたのは痩せぎすのシンクローだったろう」とあるが、どちらの配役も誤り。フォルスタッフについては221上の注15参照。シンクローの手がけた役は、『ヘンリー四世』第二部の警吏など、台詞の少ない小さな役ばかりであり、ボケ役として重要なスレンダー（一五六行も台詞がある）を演じたとは思われない。ボールドウィンはリチャード・カウリーの役だったと推測する。219下の注12参照。

第6部

第55章

309上（1）**二番目に大きな家**　一番立派な家は、一五九六年にトマス・クームに貸与された王室所有になる旧修道院だった。

309下（2）**くつろげる場所が本当にあったのか疑わしい**　このあと原文には「不動産譲渡証書には六〇ポンドとあるが、エリザベス朝時代の不動産売買の手続きは煩瑣だったから、実際の費用はおそらく二倍はかかったことだろう」とあるが、この記述の信憑性は非常に疑わしい。

310上（3）**設計図や模型や費用などへの三つの言及があるのだ**　第一幕第三場四一行～五八行参照。

第56章

313上（4）**『犬の島』**（*The Isle of Dogs*）　トマス・ナッシュの失われた諷刺劇。一五九七年七月ペンブルック伯一座がスワン座で上演し、そのあからさまな諷刺に女王も怒りを表し、枢密院は七月二八日にロンドン内外の上演を一一月一日まで禁じた上、劇場はすべて取り壊すように命じた。ナッシュは逃げたが、その住居は捜索を受け、劇団幹部のロバート・ショーとゲイブリエル・スペンサー及び執筆に加わったベン・ジョンソンの計三名が投獄された。それ以外の劇団員は田舎へ逃れ、七月末にはブリストルで演じていた。この事件でスワン座にもペンブルック伯一座にも終止符が打たれた。一座の有力メンバーは、海軍大臣一座に加わった。

（5）**『犬の島』が初めてだった**　『犬の島』の前年に『桶物語』を書いたと思われる（後に改訂）。また一五九七年には『事情が変わった』を書いており、『犬の島』とどちらが先かわからない。

313下（6）**ミドルセックス州とサリー州**　ミドルセックス州はシティ（旧ロンドン）の西と北に接する州。サリー州はシティの南に接する。現在のロンドン（Greater London）は、一九六五年にシティとミドルセックス州ほぼ全域、それにサリー、エセックス、ケント、ハーフォードシャー各州の一部を合併して成立した。

314上（7）**ジョン・ダンター**（John Danter, ?-1599）　印刷屋。徒弟時代にも独立してからも不法印刷を咎められ制裁を受けた。一五九四年に『タイタス・アンドロニカス』初版、一五九七年に『ロミオとジュリエット』海賊版を出版した。

314下（8）**ヘンリー・チェトルだったろうか**　このあと原文には「グリーンの「成り上がり者のカラス」発言でシェイクスピアと対立した人物だ」とあるが、二八章の注参照。なお、ダンターは独立する前、チェトルとパートナーを組んでいたことがある。

315上（9）**フォーリオ版がシェイクスピアの草稿を筆写したものであり、短いクォート版には実際の上演が反映されている**　クォート版がシェイクスピアの草稿を写し、フォーリオ版に実際の上演が反映されている『ハムレット』の例もある。

315下（10）**ブックキーパー**　上演台本（ブック）をいつも持っていて、舞台監督の役目を担った。役者たちには台本は渡されなかった。

第57章

318上（11）**ミアズは……挙げている**　喜劇では『ヴェローナの二紳士』、『まちがい』、『恋の骨折り損』、『恋の骨折り甲斐』、『夏の夜の夢』、『ヴェニスの商人』、悲劇では『リチャード二世』、『リチャード三世』、『ヘンリー四世』、『ジョン王』、『タイタス・アンドロニカス』、『ロミオとジュリエット』を挙げている。

318下（12）**ある出版者の目録**　一九五三年に発見された、エリザベス朝時代のエクセター州の書籍商クリストファー・ハント（Christopher Hunt）が一六〇三年八月の日付で出した目録。ボールドウィンが指摘するとおり、「ヴェニスの商人、ジャジャ馬ナラシ、恋の骨折り損、恋の骨折り甲斐」と並んでいたため、『恋の骨折り甲斐』は『じゃじゃ馬馴らし』の別名ではないかとするE・K・チェインバーズ説はほぼ否定された（T. W. Baldwin, *Shakespeare's "Love's Labor's Won": New Evidence from the Account Book of an Elizabethan Bookseller* (Carbondale, Ill.: Southern Illinois University Press, 1957), pp. vii, 11-15, 30-31）。ボールドウィン説は、『から騒ぎ』の別名ではないかとするが、第二代コンウェイ公爵エドワード・コンウェイ（Edward Conway, 1594-1655）の一六四〇年の書斎目録に一五九七年の日付の入った『恋の骨折り甲斐』が挙がっていた（Arthur Freeman and Paul Grinke, "Four New Shakespeare quartos? Viscount Conway's lost English Plays," *Times Literary Supplement*, 5 April 2002, 17-18）ということを考えると、実際にあった作品とも思える。失われた劇だとしても、何かの劇の「不良クォート」だったかもしれないとする説もある（H. R. Woudhuysen, "The Foundations of Shakespeare's Text", *The Proceedings of the British Academy*, vol. 125 (British Academy, 2005), 69-100 (pp. 72-3)）。

（13）**新たに購入したスペイト編纂のチョーサーの本**　一五九八年に出版されたトマス・スペイト（Thomas

Speght）編纂のチョーサーの本に一六〇〇年以後に書き込んだらしい。

320下（14）**クィーンズ学寮の一学生**　ジョン・ウィーヴァー（John Weever, 1576-1632）のこと。『寸鉄詩集』（*Epigrams*, c. 1599）に収められた「ウィリアム・シェイクスピアへ」と題されたソネットを指す。リチャード（恐らく『リチャード三世』）への言及もある。

第58章

322上（15）**土地を五〇シリングで隣人に売却した**　幅約五〇センチ、長さ約二五メートルの細長い土地を反物商ジョージ・バジャーにわずか二ポンド半で譲った。バジャーはそこに塀を作ろうとしていたらしい。

323上（16）**妻の継母ジョーン・ハサウェイ**　リチャードは最初の妻とのあいだにアンを含む三人を儲け、後妻ジョーンとのあいだに五人を儲けた。

323下（17）**リッチモンドの「宮廷」に出向く**　枢密院に出向いたのである。その日、枢密院は三回開廷した。なお、アクロイドの原文には「出向いた」と過去完了形になっているが、史料では「これから出向く」と現在形である。

第7部

第59章

327下（1）**シェイクスピアはジョンソンの子供の名づけ親になった**　この逸話の真偽のほどは不明。この逸話は、チェインバーズが紹介しているとおり（*William Shakespeare*, vol. 2, p. 243）、一七世紀にニコラス・レストレインジ（Nicholas L'Estrange, 1629-1655）が記録し、現在は『滑稽話・冗談話集』（*Merry Passages and Jests*）に所収され、大英博物館に保存されている。ジョンソンの子供の名づけ親になったシェイクスピアは、悩んだ末にお祝いに合金（lattin）のスプーンを贈ることに決め、ジョンソンに向かって、「君が貴金属に変えて（translate）くれ」と言ったという。『錬金術師』の作者であるジョンソンなら錬金術と、古典語の知識を誇るジョンソンならラテン語（Latin）を翻訳（translate）してくれるだろうという意味をかけた駄洒落である。

（2）**居酒屋マーメイド亭での二人の会話の記録も残っている**　マーメイド亭でのシェイクスピアに関してはさまざまな伝説が残っているものの、「記録」と言えるほどの証拠ではなく、シェーンボーム以下多くの伝記作家はこれを認めない。

328下（3）**マーメイド亭の以前の主人は、カトリックの印刷業者ジョン・ラステル**　スタンリー・ウェルズは書評において、ラステルは一五三六年に死亡しているのだからシェイクスピア時代のマーメイド亭の主人ではあり得ないと述べているが、アクロイドは「以前の」主人と書いているのでこの指摘は適切ではない。サー・トマス・モアの義兄ジョン・ラステルは、一五二〇年からチープサイドの「マーメイド」の看板のもとに住み、そこで印刷していた。Henry R. Plomer, *A Short History of English Printing, 1476-1898*

(London: Kegan Paul, 1927), pp. 52-54, 74-76が明記するように、それはセント・ポール大聖堂付属墓地の南側、ポールズ・ゲイト近くにあった「マーメイド」という名の家であり、同じチープサイドにあっても、ボウ教会の近くにあった居酒屋マーメイドとは別である。

329上 (4) **ありありと描写した記録を残している** このときジャイルズ・アレンはエセックス州ヘイズリーの邸にいたので、すべては伝聞と推測に基づくものと思われる。

329下 (5) **テムズ河からずっと離れていた** 現在のグローブ座は通りを挟んでテムズ河に接しているが、これはもともとの位置ではない。本来の位置は一九八九年にパーク・ストリート(旧メイデン・レイン)にある一九世紀の歴史的建造物アンカー・テラスの駐車場の下から土台が見つかって確認された。一三五ページの地図参照。

(6) **ニコラス・ブレンド** (Sir Nicholas Brend, ?-1600) 弁護士・紳士。西モウルズィのサー・トマス・ブレンドの嫡男として、バンクサイドやメイデン・レイン以南の土地の地主。原文には「義理の兄弟」とあったが、一五九六～一六一六年に王室財務官 (Treasurer of the Chamber) を務めた人物 (Sir John Stanhope, 1st Lord of Harrington, c. 1545-1621) の父方の叔母 (Anne Strelley) の父方の叔父 (Sir Nicholas Strelly, 1450-91) の玄孫 (Margaret Strelly Zinzan, fl. 1595-1624) がニコラス・ブレンド (Nicholas Brend, c. 1561-1601) の妻であるため「親類」とした。当時の王室財務官スタンホープの兄弟姉妹 (Sir Thomas, Sir Micahel, Sir Edward及びJane) の配偶者にも、ブレンド家やその妻のストレーリー家の者はいない。

330上 (7) **トマス・サヴェッジ** (Thomas Savage, c. 1552-1611) グローブ座管財人であったのみならず、ロンドンに五軒の家を所有し、そのうちの一軒はジョン・ヘミングズから買い受けたものであり、ヘミングズはそこを借家した。また シルヴァー・ストリートのシェイクスピアが間借りしていた家の近くにあった一軒は、サヴェッジの死後ヘミングズが買い取った。

第60章

334上 (8) **パリス・ガーデン・ステアーズ** パリス・ガーデン地区から舟に乗るためテムズ河に降りる土手についた階段。グラヴェル・レインという道が河につきあたったところにあり、北岸にあるブラックフライアーズのほぼ対岸に位置した。これは大きな渡し場であるが、小さな渡し場はあちこちにあった。

第61章

336下 (9) **お祭りのときに設置される遊園地** (funfair) 大型トラックで可動設備を運び込み、広場にメリーゴランド、回転ブランコ、コーヒーカップ、観覧車などを設置して作る遊園地。

337下 (10) **(青い制服を着た) 裏方が小道具や大道具を運び出してから** 青い仕着せは召し使いの服だが、そうした服の裏方がいたと考えるよりは、役者たちが自分で道具を動かしたと考えるべきであろう。

338上 (11) **カサンドラが……トロイア人が……ゴドフリーが……チャールズが……エルコーレが手紙を持って登場……」**

順にシェイクスピア『トロイラスとクレシダ』とトマス・ヘイウッド『鉄の時代』第一部（完全に同じト書き）、『鉄の時代』第二部、ヘイウッド『ロンドンの四徒弟』、同、ジョン・ウェブスター『悪魔の訴訟』より。

第62章

339下（12）**羊の血の入った膀胱**　これを潰すことで流血を表す。

340下（13）**ジョンソンは小さからぬ役割を演じた**　『シンベリン』の"Hark, hark, the lark"と『冬物語』のオートリカスが歌う"Get you hence"などはジョンソン作曲とされる。

341上（14）**ハムレットやイアーゴーでさえ意外にも歌い出す**　ハムレットは劇中劇で王が席を立ったあと、「いやさ、泣いて逃げろや、手負いの牡鹿」と歌い出し、イアーゴーはキャシオーに酒を飲ませる場面で歌を披露する。

（15）**ウィリアム・バード**（William Byrd, *c.* 1543-1623）親カトリックであったが、慎重に行動して女王に認められた作曲家。一五八八年に『賛美歌、ソネット、悲しみと敬虔の歌』を出版。以後多数の作品を発表し、音楽界におけるシェイクスピアのような人物と言われる。

（16）**オーランド・ギボンズ**（Orlando Gibbons, 1583-1625）
一三歳でケンブリッジのキングズ・カレッジの合唱隊に加わり、一六〇四年には王室礼拝堂のオルガン奏者に任じられ、国王に寵愛される。バードの後継者。

第63章

342上（17）**『布の半ズボンとベルベットの長靴下』**（*Cloth Breeches and Velvet Hose*）　作者不明の戯曲。「宮内大臣一座によって上演された」として一六〇〇年五月二七日書籍出版業組合に登録されたが、現在に伝わっていない。

（18）**『ストゥールヴァイセンベルグ』**（*The Capture of Stuhlweissenburg*）　一六〇二年九月一三日に訪英中のシュチェチン・ポメラニア公爵の秘書が観劇記録を残しているが、現在に伝わっていない。グローブ座での上演ではないかという説がある。

（19）**『ロンドンの放蕩児』**（*The London Prodigal*）
一六〇四年頃国王一座で初演された作者不明の喜劇。一六〇五年の初版本の表題に「ウィリアム・シェイクスピア作」とあり、シェイクスピアのフォーリオ第三版（一六六四）と第四版（一六八五）に収録されたシェイクスピア外典の一つ。デカーの筋や手法に極似する。老フラワーデイルはロンドンに住む放蕩者の息子マシュー・フラワーデイルの様子を見にヴェニスからやって来て、船乗りに変装して息子の召し使いになる。息子は金持ちの娘ルースを騙して財産目当てで結婚するが、自分の正体がばれると妻を捨てて立ち去り、強盗や乞食になる。ルースはオランダ娘に変装して夫を捜し求め、夫に近づき、妻を殺した嫌疑をかけられて逮捕されそうになる夫を助けようと正体を明かして貞節をつくすので、非道の夫もついに感じて改心する。父も正体を現し、大団円となる一方、ルースの妹ディーリアは求婚を断り、独身を通す決意をする。オランダ娘に変装して家に戻ってきた姉の正体を妹ディーリアが見破る場面はシャーリーの『ナイト・ウォーカー』でウェールズ娘に変装して戻ってきた娘の正体を母が見破る場面の台詞にほぼそのまま利用されている。乱暴な夫に耐える妻のパターンは『忍耐のグリセル』（一六〇〇）、『よい妻と悪い妻の見分け方』（一六〇二）、『貞節な娼婦』第二部（一六〇五）などに見られる。デカーの『貞節な娼婦』第二部は特に本作と細かな類似が多く、本作が下敷になっていると考えてよい。父の変装のパターンは一六〇〇〜一〇年に多くみられ、マーストンの『不満の士』（一六〇四）、ミドルトンの『ミクルマス・ターム』（一六〇四）、エドワード・シャーファムの『フレア』（一六〇六）などがその例である。デイの『法律トリック』は本作に特に類似し、デイは『息切れ気質』でも変装する父のパターンを利用している。本作は変装が舞台で流行した時代の典型的な作品である。

（20）**『ブリストルの美女』**（*The Fair Maid of Bristol*）

一六〇三〜四年クリスマス期に国王一座が宮廷で上演した作者不明の喜劇。一六〇四年元日にジェイムズ一世とヘンリー王子の御前で上演、同年二月一九日に王御前で再演か。一六〇五年の初版本には「ハンプトン宮殿にて王と王妃御前上演」と謳われている。海軍大臣一座上演の『正直者を見分けるコツ』（一五九四）にやや類似した話であり、変装も多用されている。死んだはずの男が最後の裁判の席に登場して大団円となるというお決まりのパタンであり、この直後に演じられた『尺には尺を』に影響を与えたことは十分考えられる。ブリストル在住のサー・ゴッドフリの一人娘アナベルには恋人チャリナーがいたが、彼の親友ヴァレンジャーはゴッドフリ家の宴会で初めて彼女を見て一目惚れしてしまい、二人の若者は『二人の貴公子』風に剣を抜いて戦う。ヴァレンジャーはチャリナーに傷を負わされて倒れるが、助けてくれたサー・ゴッドフリにチャリナーは悪党だと嘘を言い、行方をくらましたチャリナーの代わりにアナベルの花婿におさまってしまう。ロンドンにいたチャリナーは知らせを聞いて急ぎブリストルに戻ってきて、医者に変装して正体を隠す。これとは別の話で、親友セントローが娼婦フロレンスに熱をあげているのを心配したハーバートという男が、変装してブラントと名乗って親友の召し使いになりすます。アナベルと結婚したばかりのヴァレンジャーは今度はこの娼婦に惚れてしまい、セントローとアナベルを殺すための毒薬を医者に求める。娼婦もヴァレンジャーと親しくなって、ブラントにセントローを殺せと金を与える。医者はヴァレンジャーの悪だくみを彼の父やサー・ゴッドフリに話し、二人の老人は彼に一切の金を与えないことにする。一文無しとなったヴァレンジャーは娼婦からも嫌われ、自分の愚かさを知ることになる。娼婦はセントロー殺しの罪をヴァレンジャーに着せてしまえとブラントに命じ、ブラントはセントローとヴァレンジャーが眠っているところに血を塗ってヴァレンジャーが殺人を行なったように見えるように細工する。この結果ヴァレンジャーは逮捕され、王リチャード、レスター伯、リッチモンド伯臨席の裁判に引き出される。彼はすっかり後悔して死罪を受け入れようとするが、王が「彼の代わりに命を投げ出そうとする男が出てこない限り救いはない」と——『走れメロス』風に、すなわち一五六四年初演のリチャード・エドワーズ作『デイモンとピシアス』風、およびその粉本 Elyot の *The Governor* 風に——言った言葉のために、男装のアナベルとチャリナーがそれぞれ自分の命を投げ出そうとする。チャリナーは裏切った友のためではなくアナベルへの愛のために命を差し出すと言う。一同が和解したところでブラントはセントローが生きていると告げ、それまで僧侶に変装していたセントローが正体を明かして大団円となる。他にサー・ゴッドフリの滑稽な召し使いフロッグやその女などが活躍する。最盛期のエリザベス朝喜劇の典型的作品。

342下 （21）**役者たちが集まって劇作家が台本全体を読み上げるのを聴いた**　劇作家による「本読み」が行われたと解するのは、ベントリーの説に基づく（G. E. Bentley, *The Professions of Dramatist and Player in Shakespeare's Time, 1590-1642*）。だが、アクロイドが引用しているとおり、ヘンズロウの日誌に「劇団員が酒場で読んだ」という表現があり、劇団員皆で読んだのだと解される。「ニュー・フィッシュ通りの太陽亭で本を読んだときの費用として劇団へ貸し、五シリング」という日誌の記載からも、劇作家が読み上げたとは思えない。

343上 （22）**舞台上の出入りについての書き込みだった**　原文ではこのあと「たとえば、作者が書いた登場人物一覧は、個々の役者の名前に差し替えられた」とあるが、その根拠はない。そもそも作者は登場人物一覧など書かなかった。現代版にある人物一覧は、後代の編者による加筆である。個々の役者の名前が原稿に紛れ込むことはあるが、それは当初から作者が特定の役者を想定して書いている場合である。

344上 （23）**フィールド**（Nathan Field, 1587-1619/20）　シェイクスピアのファースト・フォーリオに記載された二六人の主要役者の一人。一四歳の頃チャペル少年劇団員として『シンシアの饗宴』や『へぼ詩人』に出演してジョンソンに可愛がられた。王妃祝典少年劇団では、ビュシー・ダンボアの名演技で一世を風靡。エリザベス王女一座の看板役者を経て、一六一五年頃国王一座に入り、『錬金術師』再演で主役のフェイスを演じるなど、二枚目役者として活躍した。劇作家として『女は風見鶏』（一六〇九）、『ご婦人方への償い』（一六一〇〜一一）などを書いた。

345上 （24）**J・M・W・ターナー**（Joseph Mallord William Turner, 1775-1851）　イギリスの風景画家。ラスキンが『現代画家論』で賛美した。

第64章

346上 （25）**ビラはすでに壁や柱に貼られていた**　当時の芝居のビラ（プレイビル）は一枚も残っていないが、一五九九年頃宮内大臣一座が上演した作者不明の家庭悲劇『美女への警告』の序幕に「どの柱にも貼られたプレイビル」という表現がある。

（26）**「哀れむべき殺人……極度の残忍さ……当然の報いである死」**　「哀れむべき殺人」（the pittiefull murther）と「当然の報いである死」（the most deserued death）は『リチャード三世』初版の表紙にある言葉であり、「極度の残忍さ」（the extreame crueltie）は『ヴェニスの商人』初版の表紙にある言葉。

（27）**「ファンファーレ」を三度鳴らすと芝居が始まった**　シドニー・リー著『ウィリアム・シェイクスピアの生涯』（一八八八）にある記述に基づくが、リーの根拠は不明。

（28）**長い黒ベルベットのマントに身を包み、付け髭をつけ、月桂冠を頭に載せた「序詞役」**　フレッチャーの『女嫌い』

（一六〇六）で散文を語るプロローグは、「紳士諸君、序幕はもはや時代遅れです。そして韻文を語るプロローグは、黒いベルベットのマントや月桂冠と同様古臭いものです」と語り出す。シャーリーの『戴冠式』（一六三五）の女性プロローグも、古い伝統としてプロローグ役が「ちょび髭をつけ、長い黒いマントに身を包んだ」と語る。Douglas Bruster and Robert Weimann, *Prologues to Shakespeare's Theatre* (Routledge, 2004), pp.24-25 参照。

346下

（29）**「ケンプ氏の新作、台所女のジグ」や「カッティング・ジョージと女将のバラッド」**　前者は一五九二年五月二日、後者は同年二月一七日に登録されたもの。現存せず、内容は不詳。

347上

（30）**一六〇一年に執筆・初演**　レズリー・ホットソン『「十二夜」の最初の夜』（一九五四）をいまだに支持して、『十二夜』の初演を一六〇一年一月六日とするシェイクスピア学者は多いが、執筆・初演は一五九九年の可能性があるとするベビントン説を無視すべきではない（David Bevington, ed., *The Complete Works of Shakespeare*, updated 4th ed. (New York: Longman, 1997), p. 326)。『まわりにご用心』(*Look About You*, 1599) との類似を考えると一五九九年と結論せざるを得ない。Shoichiro Kawai, "The Date of *Twelfth Night*," *Shakespeare Studies*, 38 (2001), 1-16 参照。

（31）**ジグをやめてしまうとは思えない**　アンドルー・ガーは南と北では観客層が違い、南の劇場で流行らなくなったあとも北の劇場でジグは続いたと考える（Andrew Gurr, *The Shakespearean Stage*, 3rd ed. [Cambridge: Cambridge University Press, 1992], p. 176 及び青池仁史訳『演劇の都、ロンドン――シェイクスピア時代を生きる』北星堂書店、一九九五、二七八ページ）。

（32）**サテュロス劇**（Satyr plays）　古代ギリシアで悲劇のあとに演じられた猥雑な喜劇。サテュロス（酒神バッカスに仕える半人半獣の好色な怪物）に扮したコロスが演じる。完全な形で現存するサテュロス劇はソポクレスの『キュクロプス』一作品のみ。

（33）**「ミメーシス」のもともとの意味は「ダンスによる表現」だ**　Hermann Koller, *Die Mimesis in der Antike* (Bern: Francke, 1954) の議論――ミメーシスはもともと音楽やダンスによる表現を意味しており、模倣というよりは表象や表現を意味していたのが、プラトンにより誤解され、模倣として芸術に当てはめられるようになった――に基づくと思われる。

347下

（34）**サイモン・キャロウ**（Simon Philip Hugh Callow, CBE, 1949-）　カロウとも。カトリックとして育ったイギリス人俳優・演出家。映画『恋におちたシェイクスピア』では祝典局長ティルニー長官を演じた。

（35）**『浮かれ縁日』**（*Bartholomew Fair*）　ベン・ジョンソンの喜劇。一六一四年一〇月三一日エリザベス王女一座によりホープ座にて初演された際に、代表で一〇ポンドを受領したネイサン・フィールドがリトルウィットを演じたと推測される。翌日一一月一日同劇団宮廷国王御前上演。初版一六三一年フォーリオ版。八月二四日聖バーソロミューの日にスミスフィールドで開催される祭りが舞台。様々な筋が絡み合って店をひろげたような賑やかな展開となる。たとえば、一九歳の馬鹿な富豪郷士バーソロミュー・コークスが、喧嘩早い従者や婚約者や姉（判事夫人）と一緒に祭りに出かけ、スリに財布をすられ、その仲間の小唄売りに上着や剣や帽子を盗られ、皆とはぐれるが、婚約者のことも忘れて人形芝居に夢中になり、婚約者を紳士ウィンワイフにとられてしまう。その人形芝居を用意した聖職代議員リトルウッドは、清教徒の偽善者ビジーを人形によって言い負かす。愚かな判事は賢いつもりで変装して、祭りで悪事を発見しようとし、スリに間違えられて足かせをはめられる。その他、威勢のよい豚屋の女将アーシュラの大喧嘩、等々様々な展開がある。

第65章

349下 （36）**ニャー、ブラート……軽いしゃべくりだ**　マーストンの『ご随意に』（*What You Will*）より。猫の鳴き声も「ブラート」も軽蔑の叫び。

（37）**響きがうるさい**　ジョン・テイサム（John Tatham）の『幻想劇場』（*The Fancies Theater*, 1640）所収の文章より。

第66章

353下 （38）**『ジュリアス・シーザー』はシェイクスピア初のローマ史劇**　スタンリー・ウェルズが書評で指摘するように、今日一般的にシェイクスピア初のローマ史劇とされるのは『タイタス・アンドロニカス』である。ただし、『タイタス・アンドロニカス』が史実に基づいていないことを理由にローマ史劇のジャンルから除外する学者もいるので、その場合はアクロイドが言うように『ジュリアス・シーザー』が初のローマ史劇となる。

354下 （39）**ラトランド卿**（Roger Manners, Earl of Rutland, 1576-1612）　第五代ラトランド伯。バーリー卿の保護を受け、バーリー卿の屋敷かケンブリッジ大学コーパス・クリスティ・カレッジにおいて、同じバーリー卿の被保護者のサウサンプトン伯と仲良くなる。グレイズ・イン法学院卒。一五九七年のエセックス伯アイルランド遠征に従軍し、二年後サー・フィリップ・シドニーの一人娘エリザベスと結婚してシドニー未亡人の二度目の夫であるエセックス伯の義理の息子となった。パドヴァ大学在学中デンマーク人の友人ローゼンクランツとギルデンスターンがいたことなどからシェイクスピア別人説候補とされる。河合『謎ときシェイクスピア』新潮選書七八～九ページを参照されたい。

（40）**「炎の詩神《ミューズ》」**　プロローグの第一行目の表現。

355下 （41）**説明役**　原文ではここに「たいていシェイクスピア本人が演じた」と書き加えられているが、そのような証拠は一切ない。

（42）**シェイクスピアに特有なものだ**　そう断言することは難しい。たとえば『ヘンリー五世』に一年ほど先行したマーストンの『役者への懲らしめ』（*Histrio-mastix*）では素人役者が「僕が征服者の王様を演じよう」（Ile play the conquering King）と言い、一六〇一年のデカーの『諷刺家への懲らしめ』ではヒロインの父が「ああ、そう、私が王を演じる」と言う。ボーモントとフレッチャーの『王であり王でない』、ジョン・フォードの『パーキン・ウォーベック』などにおける〈王としてのアイデンティティー〉という問題の劇化を見ても、あるいはシェイクスピアの『リチャード二世』が作者不明の史劇『ウッドストック』の続編的性格を持っていることを考えても、アクロイドの断定はエリザベス朝演劇の実態を知らぬがゆえのものに思える。

357上 (43) **動かしていくものとして暗に比較されている**　原文ではこのあと「シェイクスピアは実際〈王の役〉を演じていた。『ヘンリー六世』三部作ではヘンリー六世王を、『リチャード二世』ではバーベッジのボリングブルックに対してリチャード二世王を演じたと推測されている」とある。そのような推測は一般にされていない。シェイクスピアが王の役を演じたという推測はここで引用されている「もし君が戯れに王の役を演じなければ」という一行だけが根拠だが、ピーター・ホランドが本書書評で指摘するとおり、この一行はシェイクスピアの舞台での配役についての証拠にはならない。なお、ボールドウィン説では、ヘンリー六世王を演じたのはヘンリー・コンデル、リチャード二世を演じたのはバーベッジ（ボリングブルックはオーガスティン・フィリップス）となっている。

(44) **先王の亡霊を演じたかもしれないという**　原文には、「先王の亡霊を演じ、簒奪者である現王の役も一人二役で演じたかもしれないという」とある。クローディアスと亡霊を一人二役で演じたなどということは伝説においても言われていない。

第67章

358上 (45) **コングリーヴ**（William Congreve, 1670-1729）　王政復古期の喜劇作家。上流社会の風俗を取り入れた風習喜劇（comedy of manners）を得意とした。代表作に『世の習い』（*The Way of the World*, 1700）など。

(46) **ワイルド**（Oscar Wilde, 1856-1900）　アイルランド出身の作家。童話「幸福の王子」や小説『ドリアン・グレイの肖像』のほか、『ウィンダミア夫人の扇』、『真面目が肝心』などの喜劇を著した。

358下 (47) **サンク・パ**（cinque pace）　五つのステップを基本とした一六世紀のテンポの速いダンス。

(48) **アーミンのために書かれた**　タッチストーンをアーミンが演じたという事実があるわけではなく、アーミンのために書かれたとは断言できない。『お気に召すまま』がケンプ退団後、アーミン入団後の一五九九年後半に書かれた可能性を吟味するケンブリッジ版『お気に召すまま』（二〇〇〇）編者マイケル・ハタウェイ（六三ページ）もいるが、この劇をケンプ退団前・アーミン入団前の一五九九年二月初演と想定する第三アーデン版『お気に召すまま』（二〇〇六）編者ジュリエット・デュッシンベール（三六五～七ページ）もいる。アーミンはケンプ退団前に入団していた可能性もあり、一曲も歌わない道化はケンプの役、歌うエイミアンズがアーミンの役と考えた第二アーデン版（一九七五）編者アグネス・レイサムの説も傾聴に値する。もし、アクロイドの言うとおり、タッチストーンがアーミンのために書かれたのなら、タッチストーンはフェステのように歌ったことだろう。

359下 (49) **「道化」**（fools）　それまでのケンプが演じていた田舎者タイプ（clowns）とは異なる、宮廷道化師タイプの道化を指す。

360上 (50) **タッチストーン以降、突然歌い始める道化たちが現れる**　タッチストーンは第三幕で歌の一節を口ずさむ程度（三六〇ページ参照）。

(51) **もし一部の学者が言うように、それもアーミンが演じた**　リー・ブリス編纂ケンブリッジ版『コリオレイナス』第一ページの注六に、ブリス本人を含め三人がメニーニアスをアーミンの役と考えるとしているが、その根拠は示されていない。

(52) **三番目に大きく、三二〇行の台詞がある**　ロザリンドが七四七行、オーランドが三三〇行。四番目はシーリアの三〇一行。

360下 (53) **たぶんアミアンズの役も兼ねて**　この説はフェルヴァーが提案したもので、第二アーデン版『お気に召すまま』（Agnes Latham, ed., p. liv）に紹介されている。ただし、最終場にはアミアンズ登場がト書きに指定された上で、タッチストーン登場となっている。

(54) **その後**　原文には「一年後」とあるが、『十二夜』の執筆年代については347上の注30参照。

第68章

361上 (55) **『機知の悲惨とこの世の狂気』**（*Wits Miserie and the Worlds Madnses, Discovering the Devils Incarnat of This Age*）　一五九六年出版のトマス・ロッジの小冊子。

361下 (56) **マーストンを滑稽に模倣している**　原文にはこのあと次のようにある。

「ジョンソンには過敏になるだけの理由があった。すでにシェイクスピアに感情を害されていたのである。『ヘンリー五世』ではニムという登場人物がしきりに「そういう気分（humour）なのだ」と繰り返すが、これはジョンソンが好んだ演劇的手法である「気質」を直接踏まえている。『お気に召すまま』のジェイクイズという登場人物は、憂鬱で「気まぐれな（humorous）悲しみ」（第四幕第一場）に浸りながら滔々と話し続けるので、ジョンソンその人を（面白がってだとしても）諷刺的に描いたのではないかとしばしば言われている。」

アクロイドはこのように書いているが、「気質」はジョンソンの専売特許ではなく、当時当たり前に流布していた概念であるため、ここにジョンソンへの揶揄を読み込むことはできない。なお、『お気に召すまま』の「気まぐれな悲しみ」については、次の論文を参照。Dale G. Priest, "Oratio and Negotium: Manipulative Modes in *As You Like It*," *Studies in English Literature, 1500-1900*, vol. 28, no. 2 (Spring, 1988), 273-86.

365上 (57) **サウサンプトン伯爵夫人が冗談めかしてフォルスタッフに言及した**　サウサンプトン伯爵夫人が「七月八日チャートリーにて」と記した夫宛ての手紙の追伸にこうある。「あなたを陽気にできるお知らせと言えば、ロンドンから来た手紙で読んだのですが、サー・ジョン・フォルスタッフが彼のミセズ・デイム・パイントポットによって、杜父魚（かじか）のお父さんになったそうです。頭でっかちでちんちくりんの男の子の。でも、これは秘密です」――「杜父魚」（Miller's thumb）は頭部が大きな小魚。「パイントポット」は、『ヘンリー四世』第一部でフォルスタッフがクイックリー夫人に対して、「黙れ、パイント・ポット（Pint-pot）」

と叫ぶことから、クイックリー夫人を指す。手紙で言及されているフォルスタッフとクイックリー夫人が誰のことかは不詳。手紙は一五九九年に書かれたという推測にアクロイドは従っているが、これも不詳。

(58) **「蜜の舌を持つ」**(honie-tongued) ランカシャー出身の詩人ジョン・ウィーヴァーが『寸鉄詩集』(*Epigrammes*, 1599)に発表した詩("*Ad Gulielmum Shakespeare*")より。

第69章

366上 (59) **ジョン・ヘイワード** (John Hayward, 1564?-1627) サフォーク出身、ケンブリッジ大卒の歴史家。一五九九年に出版した『ヘンリー四世の生涯と治世の第一部』にはエセックス伯への献辞があり、リチャード二世廃位を肯定する点が伯爵に女王廃位を促すものと受け取られて逮捕、投獄された。ヘイワードは、ジェイムズ一世の宮廷では重用された。

366下 (60) **モントイーグル卿** (William Parker, Lord Monteagle, 1576-1622) 国教忌避者。エセックス伯の指揮下でアイルランド遠征に出て、エセックス伯により騎士に叙され、叛乱直前の『リチャード二世』公演を観た一人。叛乱参加のため八ヶ月ロンドン塔に監禁。ジェイムズ一世に認められ、国会議員となる。

(61) **サー・クリストファー・ブラント** (Sir Christopher Blount, 1556-1601) 国教忌避者。オックスフォード卒。レスター伯に仕えていたが、一五八八年に伯爵が死んで数週間もしないうちに、伯爵夫人レティスと結婚。エセックス伯を最初の夫としていたレティスにとっては三度目の結婚であり、ブラントは第二代エセックス伯の義父となった。叛乱時に処刑された。

(62) **サー・チャールズ・パーシー** (Sir Charles Percy, ?-1628) のちに火薬陰謀事件に連座する第九代ノーサンバランド伯ヘンリー・パーシーの弟。

368上 (63) **ギリー・メイリック** (Gilly or Gelly Meyrick, 1556?-1601) エセックス伯のウェールズ人執事。エセックス伯の海外遠征に付き従い、一五八八年よりウェールズの南州カーマンゼンシャー代表の国会議員。伯爵よりヘレフォードシャー州のウィグモア城などの領地も与えられた。叛乱時に処刑された。

第70章

370下 (64) **四〇シリングを借りていたということだけだ** シェイクスピア家から未払いの金があったということかもしれないとも言われている。

(65) **フィリップ・ロジャーズ** (Philip Rogers, fl. 1603-4) ニュー・プレイスの近所のチャペル・ストリートに住んでいた薬屋。一六〇三年にエール酒販売の許可を取った。

(66) **掛売りで売り** 原文には「三八シリングで売り」とあるが、正しくは「三九シリング一〇ペンスで売り」。一六〇四年の春にシェイクスピアは薬屋に麦芽二〇ブッシェルを売ったが代金を受け取らず、六月二五日に二シリングを貸し、その時点で借金は総額四一シリング一〇ペンスとなったという。

第71章

372上 (67) **ウィリアム・ハート** (William Hart, ?–1616) シェイ

クスピアより一週間早く死亡。ジョーンとのあいだに四人の子をもうけ、うち次男トマスの家系が現在まで続いている。

372下 (68) **残っている証拠からシェイクスピア自身が死んだ父親の役を演じたと信じられており** 「証拠」とされるのは、一七〇九年にニコラス・ロウが自ら編んだシェイクスピア全集に付した解説にある次の一文のみ――「〔シェイクスピアが何の役を演じたかという点については〕調べてみたが、一番上手に演じたのは自作『ハムレット』の亡霊の役だったということ以外わからなかった」。シェイクスピアが活躍を終えて一世紀近く経ってからの証言ではあるが、大いにありえることだとして信じられている。ただし、「証拠」があるとは言いがたい。

373上 (69) **王子の佯狂を演じたと書いてある** これはAn. Sc.（おそらくAntony Scoloker）著の詩 *Daiphantus, or The Passions of Love* (1604), E4vにある。

374上 (70) **ハムレット王子のように……ご満足させるってわけだ** これは前述の*Daiphantus*の冒頭の「読者への書簡」にある。

375上 (71) **一五九四年……の上演のために新たに驚くべき形に焼き直したということが考えられる** これは通説とは違う。普通は一五九四年版を『原ハムレット』と呼び、トマス・キッドがその作者だったのではないかと推測する。

375下 (72) **後者のほうが納得がいくように思われる** 問題は『ハムレット』初版が草稿と言えるほど「第二版に決してひけをとらない」と本当に断言できるかという点にある。多くのシェイクスピア学者は初版の上演台本としての価値は認め、その復活上演にも意義を認めるが、それがシェイクスピアの認知していた台本であったかどうかについては疑念を呈している。

376上 (73) **「真の気高い騎士サー・ジョン・ソールズベリーの愛と功績」を寿ぐ本** ロバート・チェスターの詩集『愛の殉教者』(*Love's Martyr: Rosalins Complaint*, 1601) のこと。

(74) **アーシュラ・スタンリー** (Ursula Stanley, ? -1636) 第四代ダービー伯ヘンリー・スタンリーと後妻ジェイン・ハルサルの娘。最初は庶子だったが認知された。ストレインジ卿は、第四代ダービー伯と先妻レイディ・マーガレット・クリフォードの二男ファーディナンドー・スタンリー。

第72章

377上 (75) **トマス・ハーン** (Thomas Hearne, 1678-1735) 古物研究家であり、多くの伝記の編者。オックスフォード大卒。

378下 (76) **キリストを表すカトリックの記号「IHS」** イエスの名前をギリシア語で表記する際の最初の三文字Iησ（イオータ・エータ・シグマ）のラテン語表記。*Iesus Hominum Salvator*（人類の救い主イエス）という意味が後から付与された。

第73章

384上 (77) **初演されたことを示唆する** 『十二夜』初演については347上の注30を参照のこと。

(78) **イギリスのレパートリーとなった** たとえば「おお、わが恋人よ」は、ロジャー・クィルター（一八七七〜

一九五三)、ヴォーン・ウィリアムス(一八七二〜一九五八)、ピーター・ウォーロック(一八九四〜一九三〇)、ジェラルド・フィンジ(一九〇一〜五六)といったイギリス人作曲家が作曲した。

384下 (79) **シェイクスピア自身がマルヴォーリオを演じたのではないだろうか**　ボールドウィン説ではフィリップスが演じた。シェイクスピアは船長役。

384下 (80) **ウィリアム・ノウルズ** (William Knollys, 1547?-1632)　レスター伯爵夫人レィテス・ノウルズの弟。清教徒の家庭教師に教育された。レスター伯のもとでオランダ遠征に参加し、レスター伯によって騎士に叙された。既婚であったにもかかわらず、友人の娘メアリ・フィトンに恋慕し、宮廷の物笑いの種になる。妻の死後、六八歳のとき、一八歳の娘エリザベス・ハワードと再婚。一六一六年にウォリングフォード子爵、一六二六年にバンベリー伯爵となる。文学探偵レズリー・ホットソンにより、マルヴォーリオのモデル候補とされた。

386上 (81) **土地半エーカーも購入した**　シェーンボーム(『シェイクスピアの生涯』二九二ページ)およびグリーンブラット『シェイクスピアの驚異の成功物語』(白水社、五一三ページ)によれば半エーカーではなく四分の一エーカー。

第8部

第74章

391下 (1) **(最初は『トロイレスとクレセダ』とされている)**　ヘンズロウの日記の一五九九年五月三〇日の記載に、まずtroylles & creseda とあったのが消されて、the tragede of Agamemnon と挿入され、その台本の手付金として三〇シリングをトマス・デカーとヘンリー・チェトルに貸すとある。デカーとチェトルの『トロイラスとクレシダ』へは、同年四月七日に三ポンド支払い(Troyeles & creassedaye と綴られている)、四月一六日に二〇シリング支払い(Troylles & Cresseda と綴られている)の記録がある。どちらの戯曲も現存しないが、『アガメムノン』は、デカーらの『トロイラスとクレシダ』の続編であろうという意見がある(David Farley-Hills, *Shakespeare and the Rival Playwrights 1600-1606* [Routledge, 1990], p. 41)

第75章

392上 (2) **「夜の重さはあれど、朝の喜びあり」**　詩編三〇、第五節。新共同訳聖書の訳は「泣きながら夜を過ごす人にも／喜びの歌と共に朝を迎えさせてくださる」。

392下 (3) **『女嫌い』** (*The Woman Hater*)　ボーモントとジョン・フレッチャー共作の喜劇(ベントリーが指摘する通り、一六〇七年の初版の序詞が作者を単数扱いしているように、ボーモントが実質的な作者と見なされる)。一六〇六年女王祝典少年劇団(ポールズ少年劇団)により初演。主筋は女嫌いゴンダリーノと淑女オリアーナの対立を描き、副筋には珍魚を喰うために必死に走り回るラザレッロのドンキホーテ的滑稽がある。

394下 (4) **エイガス** (Ralph Agas, *c.* 1540-1621)　イギリスの土地測量技師。手がけた地図のうち、オックスフォード、ケンブリッジ、ロンドンのものが現存している。

395上（5）**娘は徒弟の一人に追い回され**　のちのベロット＝マウントジョイ訴訟の記録によれば、徒弟のスティーヴン・ベロットは、親方のマウントジョイに説得されて娘の婿となったのであり、ベロットが娘を追い回したのではない。娘と結婚したら持参金をつけると約束したのに、約束が果たされなかったためにベロットは親方を訴え、あいだに立ってベロットに結婚を勧めたシェイクスピアを証人に呼んだのである。シェイクスピアは約束された持参金の内容を覚えていないと証言した。

397上（6）**お健やかなことと思います……**　一六〇三年一〇月二一日付けジョーン・アレンの書簡。

第76章

399上（7）**シェイクスピアから借用しているように思える**　『リチャード二世』第二幕第一場でジョン・オブ・ゴーントがイングランドを称える台詞に似ているため。

399下（8）**スティーヴン・ハリソン**（Stephen Harrison）　ロンドンの建具屋。国王入城の七つの凱旋門をデザインしたことで知られる。

400下（9）**言葉さえ交わしたと考える根拠は十分にある**　原文にはこのあと「シェイクスピアはクリスマスのシーズン中に、宮廷の大使の前で演じている」とあるが、これはまったくの推測である。

401上（10）**スペイン特命大使をサマセット・ハウスで饗応した**　原文にはこのあと次のようにある――「だが、スペインの前王フェリペ二世は狂ったように嫉妬深い夫であり、妻をベッドで絞殺したというかなり根拠のある話がヨーロッパじゅうに流れていた。その上、フェリペ二世が妻を疑い始めたのは、王妃がうっかりハンカチーフを落としたときだという。この話はあまりに類似しすぎており、とても偶然とは思えない。」

アクロイドがここに記している噂が立ったのは、スペイン王フェリペ二世（Philip II, 1527-98）の三度目の王妃エリザベスと息子カルロスが一五六八年に数週間とおかず立て続けに死んだためであるが、噂が「ヨーロッパじゅうに流れていた」証拠もなければ、ハンカチーフ云々のくだりも怪しい。シェイクスピア学者たちは、オセローのモデルとしてこの噂を考えることはない。

なお、フェリペ二世は四度結婚しており、最初の王妃マリアは息子ドン・カルロスを生んだ産褥で一五四五年死亡。二度目はイングランド女王メアリ（Mary I, 1516-58）と。三度目は息子の嫁にと考えていたフランス王アンリ二世の王女エリザベス・オヴ・ヴァロワであり、四度目は姪アナである。アナとのあいだに生まれた四人の息子のうち唯一生き残った子が一五七八年にフェリペ三世となった。

401下（11）**サー・ルイス・ルークナー**（Sir Lewis Lewkenor, c. 1556-1626）　イギリスの政治家・翻訳家。一六〇五年より式部官。『ヴェニス共和国とその統治』（一五九九）は、基本的にガスパロ・コンタリーニ枢機卿によるラテン語論文をルークナーが英訳したものである。

402上（12）**『悲劇物語集』**（*Certaine Tragicall Discourses written out of Frenche and Latine*, 1567）　マッテオ・バンデッ

ロの『物語集』のベルフォレによるフランス語訳を、さらに翻訳家フェントン（Geoffrey Fenton）が英語に訳したもの。

（13）**チンティオ**（Cinthio） 原文には「ジラルディ・チンティオ」とあるが誤り。チンティオは筆名。本名ジョヴァンニ・バッティスタ・ジラルディ（Giovanni Battista Giraldi, 1504-73）。イタリアのフェラーラ生まれの詩人で、一五六五年頃に散文による物語集『百物語』（*Hecatommithi*）を著した。

402下 （14）**ジョージ・ウェットストーン**（George Whetstone, 1544?-87?）。詩人、作家。『尺には尺を』の粉本である悲喜劇『プロモスとカサンドラ』を書いた。

（15）**『優美な意匠の楽園』**（*The Paradyse of Daynty Devises*, 1576）『トッテル詞華集』（*Tottel's Miscellany*）に続く詞華集。ほとんどがリチャード・エドワーズが書いた詩である。

（16）**『粋な創意の華麗なる陳列室』**（*A Gorgious Gallery of Gallant Inventions*, 1578） 前項の詞華集に続くもの。トマス・プロクター編纂。

403上 （17）**独創性が表れている** 原文にはこのあとこう書かれている――「また自作に改訂を加えて、デズデモーナを一層哀れで信じられる人物にしている。また、イアーゴーの妻エミリアがあまりに無情な役になってしまったことに上演の過程で気づいたのだろう、改訂版ではより同情的な人物にするためにデズデモーナとの対話を増やしている」。『オセロー』改作についてのこの説明にはかなり問題がある。266下の注11を参照のこと。

404上 （18）**公演もあったのかもしれない** 原文にはこのあとこうある。「現代の上演では悪の典型として描かれることの多いイアーゴーを最初に演じたのが一座の道化役ロバート・アーミンだったと言うと、現代の観客は驚くかもしれない」。確かに驚く。256下の注84参照。

（19）**チャールズ・ギルドン**（Charles Gildon, *c.* 1665-1724） シェイクスピアの『尺には尺を』を改作した（一七〇〇）ことでも知られるイギリスの劇作家。256上の注83も参照のこと。

第77章

406下 （20）**『ガウリ』**（Gowry） 一六〇四年に上演された現存しない悲劇。ガウリ伯爵（John Ruthven, 3rd Earl of Gowrie, *c.* 1577-1600）とその弟アレグザンダーの手になる国王暗殺未遂事件を描いたとされる。一六〇〇年八月五日、当時スコットランド王ジェイムズ六世（のちのイングランド王ジェイムズ一世）をガウリ邸で誘拐ないし暗殺しようとした廉で伯爵と弟は殺害された。多くの謎がある。

407上 （21）**『バジリコーン・ドーロン』**（*Basilikon Doron*） 国王ジェイムズ一世が出版した論文。一五九九年にエジンバラで印刷され、一六〇三年にロンドンで印刷された。題名はギリシア語で「王の贈り物」の意。一五九四年生まれの国王の嫡男ヘンリーに当てた私信の形で書かれている。王権神授説を強く説いている。

408上 （22）**大蔵大臣サー・ウォルター・コウプ**（Walter Cope the Chamberlian of the Exchequer, ?-1614） 一五八八年国会議員となり、バーリー卿の下で働き、その息子ロバート・

セシルの腹心となった。一六一〇年に騎士に叙せられ、大蔵大臣となった。一六〇七年にケンジントンにコウプ城を築き、娘がホランド伯ヘンリー・リッチと結婚したとき、娘夫婦に与えた。

408下 (23) **劇作を始めたのが一五八六年ないし一五八七年とするなら**　一五八九～一五六〇年に劇作を開始したと考えるのが普通。

409上 (24) **ダドリー・カールトン** (Dudley Carlton, 1573-1632)　外交官。オックスフォードを一五九五年に卒業、外遊したのち、一六〇二～三年パリ大使の第一書記となり、一六〇四年国会議員。その年、宮廷のクリスマス余興に出席したとき「女王とその侍女たちの服があまりにも軽く、これほど立派な人たちにしては娼婦のようだ」と記した。一六一〇年に騎士に叙せられ、ヴェニス大使となり、ジョン・チェンバレンに英国事情を書き送ってもらったのが当時の貴重な資料となって残っている。最後は国務大臣にまでのぼりつめた。

409下 (25) **「シェイクスピアの……違った時期に書かれた」**　一八一三年に（一八一八年に再び）行われたコールリッジのシェイクスピア講義より。

410上 (26) **それだけのことである**　スタンリー・ウェルズは、書評において、アクロイドが『終わりよければすべてよし』を「無味乾燥な劇」と決め付け、評価しなかった点を残念だと述べている。

第78章

411下 (27) **アンソニー・ナッシュ** (Anthony Nash, ?-1622)　シェイクスピアの地元の友人。一六〇二、一六〇三、一六一四年のシェイクスピアの契約書の証人となっている。シェイクスピアは遺書でナッシュのために指輪代として二マルク遺した。裕福であり、千ポンド以上の遺産を息子トマス（シェイクスピアの孫娘エリザベス・ホールと一六二六年に結婚）に遺した。

(28) **フランシス・コリンズ** (Francis Collins, ?-1617)　ストラットフォードの弁護士。一六〇五年のシェイクスピアの一〇分の一税徴収権譲渡の証書を作成。一六一六年三月二五日付けのシェイクスピアの遺書はコリンズの筆跡。シェイクスピアは遺書の二人の証人のひとりとしてコリンズを指名し、二〇マルクを遺した。

412上 (29) **ガメイリアル・ラツィ** (Gamaliel Ratsey, ?-1605)　一七世紀初頭に有名だった追剝強盗。一六〇〇年に軍隊に入り、数年間アイルランド遠征に参加したあと、イングランドに戻って盗みで捕まり、絞首刑となるところを脱獄。スネルとショートホーズという泥棒とチームを組み、悪事を働いたが、義賊的な活躍で庶民の英雄となり、多くの小唄や小冊子で話題となった。ここで引用されているのは *Ratsey's Ghost* (1605)——(Andrew Gurr, *The Shakespearean Stage*, 3rd ed., pp.80-83 にも詳しい)。

412下 (30) **バーンスタプル** (Barnstaple)　イングランド南西部デヴォン州トー川河口にある町。

(31) **ロバート・ケイツビー** (Robert Catesby, 1573-1605)　カトリック信者。ストラットフォードから一六キロ北のラプワース生まれ。七歳のとき、イエズス会士エドマンド・キャンピオンを密かに歓待した咎で父親サー・ウィリアム・ケイツビーが投獄された。オックスフォード大に入ったがカトリックのため学位を取れなかった。一六〇一年にエセックス伯を支援した廉で投獄された。一六〇五年、親戚のトマス・ウィンターが発案した火薬によって国王と国会を爆破する計画を支持したが発覚、ガイ・フォークス逮捕後はウィンターとともにスタフォードシャーに逃れたが、そこで一六〇五年一一月八日逮捕に抵抗して射殺された。

413下 （32）**前年にも、ジェイムズ王は……バンクォーの真の子孫と呼ばれた**　一六〇五年八月二七日、オックスフォード大学セント・ジョンズ学寮を訪問した国王を歓迎して学者マシュー・グウィンが考案した芝居での出来事（Geoffrey Bullough, ed., *Narrative and Dramatic Sources of Shakespeare*, 8 vols, 1957-75, vii, 470-2; Kenneth Muir, *The Sources of Shakespeare's Plays*, 1977, p.208）。

414上 （33）**「スコットランドの劇」と呼び続けているのはこのためだ**　同じイギリス人でも、学者は『マクベス』と呼ぶが、役者・演出家は that play とか the Scottish play と呼ぶ。

414下 （34）**指摘されてきた**　どちらの宴会の場でも亡霊が登場する。Emrys Jones, *The Origins of Shakespeare*（Oxford: Clarendon, 1977）参照。

第79章

417下 （35）**ロバート・アーミンは道化を演じ、ひょっとするとコーディーリアも演じたかもしれない**　256下の注85を参照のこと。

418上 （36）**サミュエル・ハースネット**（Samuel Harsnet, 1561-1631）司教。ケンブリッジ卒。ヘイワードがエセックス伯に捧げたヘンリー四世の歴史書の出版を許可したことでコークや星室庁と対立した。シェイクスピアがハースネットの本を読んでいたことは、『リア王』でかなり利用していることからもわかる。ヨーク大司教にまでのぼりつめた。Kenneth Muir, "Samuel Harsnet and *King Lear*," *Review of English Studies*, n.s., no. 2 (1951) 参照。

419上 （37）**同い年**　シェイクスピアより年上という説もある。

（38）**「模倣の迷信」**（mimic superstition）　ハースネットの『名うてのローマ・カトリックのぺてんの訴状』（*A Declaration of egregious Popish Impostures*, 1603）二〇ページにある表現。カトリックの信仰を指す。カトリックと演劇の類似性については、Jonas Barish, *The Antitheatrical Prejudice* (Berkeley: University of California Press, 1981), pp. 66-131 参照。

419下 （39）**「儀仗の衛士」**　祝典の際に国王に侍した四〇名の衛兵。

（40）**サー・ウィリアム・ハーヴィと結婚した**　ハーヴィは第二代サウサンプトン伯の未亡人メアリ・ブラウンと結婚するが、一六〇七年死別。翌年に若いコーデルを妻とした。ハーヴィはコーデルの父の遺言執行人であった。

第80章

422上 （41）**「救に至らしむる智慧」**　新約聖書「テモテへの第二の手紙」第三章一五節からの引用。

423上 （42）**ガレノスやパラケルスス**　ガレノスは古代ギリシアの医学者。パラケルスス（Paracelsus, 1493-1541）はスイスの医者、錬金術師。

423下 （43）**当時の書類にはよくある取り違えだった**　この教会の教会書記は、ジョーンとジョアナ、エドマンドとエドワードといった類似した名前をきちんと区別する気がないことが他の登録より判明している。

424上 (44) **リチャード・タイラー** (Richard Tyler, 1566-1636) シェイクスピアの同郷の旧友。遺書の草稿では指輪を遺贈することにしていたが、結局その名前は削除された。

425上 (45) **少なくとも一度は登場している** 『コリオレイナス』を指す。

425下 (46) **プリニウス** (Gaius Plinius Secundus, 23-79) 古代ローマの博物学者・将軍。知識の宝庫『博物誌』(三七巻)の著者。

426上 (47) **ウェスパシアヌス帝** (Titus Flavius Vespasianus, 9-79) ネロを継いでローマ皇帝(在位六九～七九年)となり、乱れた秩序を回復、コロセウムや神殿を建築した。

第81章

428下 (48) **ディグビー手稿** オックスフォード大学ボドレアン図書館が所蔵する初期中英語の手稿。このなかのマグダラのマリアの劇は一四六〇年から一五二〇年頃のもの。

(49) **ロンギノス** (Longinus, ?) 古代ギリシアの修辞学者。『崇高について』の著者。

429上 (50) **ジョン・ガワー** (John Gower, 1330?-1408) イギリスの詩人。チョーサーの友人。ダービー伯に仕えた。物語詩集『恋人の告解』、寓意詩『瞑想者の鏡』、『呼ばわる者の声』などを著した。

429下 (51) **ロレンス・トワイン** (Laurence Twine, 1540?-?) イギリスの詩人。オックスフォード卒。タイアのポローニアスの物語を語った『苦難の冒険の典型』は、『ペリクリーズ』の粉本となった。

第9部

第82章

434下 (1) **『錬金術師』** (*The Alchemist*) ベン・ジョンソンの喜劇。最初の上演記録は、一六一〇年九月、国王一座によるオックスフォードにおける上演。一六一二年初版。同年クリスマス期に国王一座が宮廷で国王御前上演をした六作の一つ。主人ラヴウィットのブラックフライアーズの留守宅を預かる執事ジェレミーことフェイスが、錬金術師や占星術師に扮装するサトルとその娼婦ドル・コモンと企んで、家を利用して詐欺を働く。早変わりや、テンポのよい展開が、観客を最後まで飽きさせない。

(2) **『カティリナ、その陰謀』** (*Catiline His Conspiracy*) ベン・ジョンソンの悲劇。一六一一年国王一座により初演。同年初版。紀元前六三年、ローマに革命を起こそうとするルシアス・カティリナ一派の陰謀と失敗を描く。

(3) **『磁石夫人』** (*The Magnetic Lady, or Humours Reconciled*) ベン・ジョンソンの最後の喜劇。一六三二年国王一座初演。一六四一年初版。美徳の未亡人ロードストーンの姪に様々な気質の求婚者が集まる。未亡人の今は亡き夫の友人コンパスと恋仲の侍女が実は未亡人の本当の娘であることが判明し、コンパスと娘が結ばれ、未亡人はコンパスが連れてきた軍人と結ばれる。大勢の登場人物と夥しい話が錯綜する。

(4)**『フィラスター』**(*Philaster, or Love Lies a-Bleeding*) ボーモントとフレッチャーの悲喜劇。一六〇九年五月頃国王一座初演。一六二〇年初版。一六八七年第九版まで出版された人気作。シシリー王位を奪われた王子フィラスターは簒奪者キャラブリア王の娘アレスーザと恋に陥るが、讒言や虚言を信じて王女が自分の侍童ベラーリオと姦通したと信じ、王女を傷つけ、更に逃亡途中ベラーリオまで傷つける。結局、王子は市民の人気により王国を取り戻すものの、最後まで Phil-aster (poor lover) ぶりを発揮するその諷刺的な筆致の部分はボーモントによる。終幕にベラーリオは家臣ダイオンの娘ユーフレイジアであることを明かし、誤解が解ける。また、淫蕩で卑劣なスペイン王子ファラモンドが、反乱の市民らに捕まり震え上がる滑稽もある。

(5)**どちらが最初に書かれたのかはわかっていない**　『フィラスター』は一六〇九年五月頃初演。『シンベリン』は一六〇八〜一〇年に書かれたとされるが、おそらく一六一〇年頃執筆。

435上 (6)**五幕構成の幕の区切りを導入することすらした**　『夏の夜の夢』や『リア王』のクォート版では幕場割りがなかったのに、フォーリオ版では幕の区切りが付いているが、これはシェイクスピアが作品の構成を変えたわけではない。

435下 (7)**コリオレイナスの物語を扱った劇作家はこれまでにいなかった**　一四五三年ミラノ公がミラノの広場で上演させたパジェント *Coriolan* に始まって、ドイツでは一五九九年にヘルマン・キルヒナー (Hermann Kirchner) が書いた劇 *Coriolanus tragicomica* や、一六二五年に出版されたがシェイクスピアの『コリオレイナス』より先に書かれたフランス人劇作家アレクサンドル・アルディ (Alexandre Hardy) の劇 *Coriolan* があったため、アクロイドの記述は誤り。

第83章

438下 (8)**ヘンリー・ウォーカーの男児の名づけ親となり、ウィリアムという名を与えている**　シェイクスピアの遺書の第二枚目に「わが名づけ子たるウィリアム・ウォーカーに金貨二〇シリング」という記載があることから、このことが確かめられる。

439上 (9)**トマス・カーライル** (Thomas Carlyle, 1795-1881) スコットランド出身の歴史家・評論家。「英雄および英雄崇拝論」(一八四〇)で「インドを失うともシェイクスピアを失うなかれ!」と喝破。

440下 (10)**もう一人のウィリアム君の名づけ親となった**　これについては確証があるわけではないが、トマス・グリーンが自分の子供をアンとウィリアムと名づけており、自らをシェイクスピアの従兄弟と呼び、シェイクスピアと近しくしていたことからシェイクスピアに名づけ親を頼んだであろうと推察される。

441上 (11)**モールバラ** (Marlborough) 英国南部、バースの少し東にある町。

第84章

443上 (12)**ニュー・ロムニー** (New Romney)、**ハイズ** (Hythe) いずれも英国南東部、ドーヴァーの近くの港町。

447上 (13)**『ミュセドーラス』**(*Mucedorus*) 国王一座の大ヒット喜劇。一五九〇年頃初演。作者不明。一六〇五年クリスマス期に国王一座がホワイトホールにて国王御前上演。初版一五九八年。一六三九年までに一三版の出た(その後も重版された)人気作。チャールズ二世の蔵書中の「シェイクスピア」と題された一冊本の中に含まれていたシェイクスピア外典。羊飼いに変装したヴァレンシア王子ミュセドーラスが、森で熊に襲われたアラゴン王女を助け、二人は恋に落ちる。王女の許婚者セガストは羊飼いの命を狙ったり、追放させようとするので、王女は羊飼いと駆け落ちをする。その間にいろいろな冒険があり、最後に羊飼いが王子としての身分を明かし、セガストが引き下がって幕となる。道化マウスが滑稽を演じる。痛快ロマンティック喜劇。

447下 (14)**「シェイクスピア的」なものと呼んでもよいだろう** この直後アクロイドは「異性装という仕掛けをこれほど頻繁に、また公然と使用した劇作家はシェイクスピアのほかにいない」と記しているが、シェイクスピアよりもフレッチャーやシャーリーのほうが異性装を活用している。この点については、河合の東京大学大学院博士論文(*Disguise in Renaissance Drama*)参照。

(15)**『ソネット集』** アクロイドは「当時シェイクスピアが出版のための改訂作業を行っていたソネット」と書いているが、出版のために改訂をしたか定かではない。

第85章

449上 (16)**「ディスカヴァリー・スペース」** 舞台奥のスペース。カーテンなどで仕切られ、カーテンが開けられるとジュリエットの眠る納骨堂やフォルスタッフが眠るベッドなどが発見される仕組み。『あらし』ではミランダとファーディナンドーがチェスをしているところが発見される。

450下 (17)**「シェイク＝シーン」が盗作をしたと非難している** 多くのシェイクスピア学者は、シェイク＝シーンが盗作をしたと非難されているとは考えていない。これは「カラス」という言葉をどう解釈するかという問題だが、盗作者と考えたジョン・ドーヴァー・ウィルソンの説は反駁され、第二アーデン版『ヘンリー六世』の編者ケアンクロスは、テクストを検証してもシェイクスピアがグリーンから盗んだと思われるものはほとんどないと述べている。詳細は河合『謎ときシェイクスピア』を参照のこと。

451上 (18)**「冬物語」と呼んだのである** この文の前後にアクロイドはこう記している。「ちょっとした満足感も感じていたかもしれない」、「シェイクスピアという人は、情にもろいタイプではなかった」——いずれも根拠のない推察である。

(19)**「最も正当と認められる英語を学べる」一人** サー・トマス・モア、サー・フィリップ・シドニー、エリザベス女王……と続くリストのうち、シェイクスピアの名前が出てくるのは一六番目(全部で二四人)。この原稿(Bodleian Ralinson MSS., Misc. I. p.13)は、エドマンド・ボルトン(Edmund Bolton, 1585?-c. 1633?)の著作*Hypercritica*(一六一八頃)の一部。

451下 (20)**ソウル・ケーキ** 万霊節用に作られた、干しぶどうなどの果実が入ったパンないしショートブレッド(四角く切り分ける)。貧者が戸を叩いて、これを求め、くれた人の家の故人のために祈る。このとき a soul cake, a soul cake, have mercy on all Christian souls for a soul cake などと歌った。

第87章

457上 (21)**『すべて真実』〔『ヘンリー八世』〕** 今日では初版一六二三年フォーリオにある『ヘンリー八世』の名で知られるが、当時は『すべて真実』(*All is True*)とも呼ばれた。

(22)**ルイス・シボルド** (Lewis Theobald, 1688-1744) 一七三三年にシェイクスピア全集を出した学者。アレグザンダー・ポープにティボルドと呼ばれて揶揄された(*The Dunciad*)ため、それが本来の発音のように誤解されることがある。『カルデーニオ』に基づくと称して自作 *Double Falsehood* を発表した。アクロイドはその初版年を一七五七年と誤記したが、正しくは一七二七年。

459上 (23)**ジョン・グリーン** (John Greene, c.1575-1640) 弁護士。シェイクスピアの従兄弟トマス・グリーンの兄。一五九九年にハムネット・サドラーの弁護士を務めた。

460上 (24)**ローマのイングリッシュ・カレッジ** エリザベス朝にイングランドでカトリックが禁じられたため、ローマやドゥエーなどにカトリック司祭を育てるカレッジが建てられた。一般のイングランド人学生にカトリックの教育を授けるために建てられたのが、フランダース(フランス、アルトワ)のサントメールにあるイングリッシュ・カレッジであり、一五九四年から一七九三年までイエズス会の教育を行った。

460下 (25)**「せっかちな詩人」および謀叛を企てようとする「悪意あるカトリック信者」** サー・ジョン・フォルスタッフのモデルとなったコバム卿サー・ジョン・オールドカースルは生粋のプロテスタントとして殉教し、ジョン・フォックスの『殉教者の書』に加えられた人物であるのに、舞台で道化役にされたことに基づいて、イエズス会士パーソンズは『新教徒聖人録の吟味』のなかで「サー・ジョン・オールドカースルはイングランド中に知られるように、与太者の騎士で、役者たちがよく舞台にのせる」と記した。これに対してスピードは、『大ブリテン史』のなかで「オールドカースルを悪党で追剝ぎ、かつ反逆者に仕立てた」のは、真実を歪める悪意あるカトリックのパーソンズと虚構をつくるせっかちな劇作家の所業だと非難したのである。

461上 (26)**文字どおり感心したのかもしれない** 問題の馬上槍試合に実際に出席したサー・ヘンリー・ウォットンが書き残した文によれば、「ペンブルック伯爵とその弟の銘文と図案以外、全部だめ」だったそうだ。シェイクスピアの考案したラトランド伯爵の銘文に誰かが感心したという話は伝わっていない。

461下 (27)**書いたようである** 原文ではこのあと「実のところ、クームの墓は、ギャレットとジョンソンによってバンクサイドのグローブ座近くに建てられた」とあるが、ジョン・クームの墓は、ストラットフォードのホーリー・トリニティー教会にあり、それを作成したのは同教会にあるシェイクスピアの胸像の作者ヘラルト・ヤンセンだと知られている。ヘラルト・ヤンセンのことをギャレットとジョンソンの二人の人物と誤記した本があり(一九五七年刊の *Great Soviet Encyclopedia* の「シェイクスピア」の項目)、その誤りが踏襲されたと思われる。

(28)**埋葬された本人が書いたと言われている** 本人が書いた

とは思われないとも言われている。

第88章

462上 （29）**サー・ヘンリー・ウォットン**（Sir Henry Wotton, 1568-1639） 外交官・詩人。オックスフォード大卒、ミドル・テンプル法学院卒。エセックス伯と親しかったため、エセックス逮捕の際に国外に逃亡。ジェイムズ一世の即位時に帰国、叙勲され、一六〇四年に駐ヴェニス大使に任じられる。一六二四年まで主にヴェニスで過ごすが、グローブ座の火災が起こった一六一三年にはロンドンにいた。大使職を退いたのちはイートン校の学長を務めた。

463上 （30）**レイフ・スミス**（Ralph Smith, 1577-1621） ストラットフォードの帽子屋・雑貨小間物屋。ハムネット・サドラーの甥。一六〇五年以前に結婚し、陪審長をよく務めた。一六一三年にスザンナ・ホールと不義を働いたとジョン・レインに訴えられた。

（31）**ジョン・レイン**（John Lane, 1590-1640） 一五八七年にシェイクスピアの父を訴えたストラットフォードの金持ち、ニコラス・レインの孫。一六一一年にシェイクスピアとともに一〇分の一税徴収権をめぐって訴訟を起こしたリチャード・レインの甥。一六一九年には暴動と誹謗の罪で星室庁で訴えられている。ストラットフォードの教会法廷において泥酔の罪で訴えられてもいる。

（32）**フォークストン**（Folkestone） ドーヴァーのすぐ西側の港町。

（33）**シュローズベリー**（Shrewsbury） バーミンガムの北西の町。

464下 （34）**第一幕の最初の二つの場面を書いたのがシェイクスピアであるという点では、意見が一致している** この点は確かだが、そのあとアクロイドは次の問題発言をしている――「シェイクスピアはその後、第二幕第一、二場と第三幕第一、二場を書き、共作者（ないし共作者たち）があとを続けられるように物語の概略を描き出している」。最も信頼できるこの戯曲の文体分析によれば、第二幕第一、二場にはフレッチャーとシェイクスピアの両方の筆の特徴があり、第二幕第三、四場がシェイクスピアの担当と思われ、第三幕第一場にはフレッチャーの筆の特徴が見られる（Cyrus Hoy, "The Shares of Fletcher and his Collaborators in the Beaumont and Fletcher Canon (VII)", *Studies in Bibliography*, XVI (1962), p. 76）。

（35）**推測しても仕方がないだろう** 前記注を参照のこと。「シェイクスピアが劇全体の構成とトーンを作っている」か疑わしい。また、『ヘンリー八世』へのマッシンジャー加筆説はあるが、ボーモント共作者説は聞いたことがない。

465上 （36）**そのあとの三つの幕** 原文では「最後の三つの幕」となっているが、前述のホイによれば、シェイクスピアは第四幕を担当していない。第一幕全体のほか「第二幕、第三幕、第五幕の最初のほうを担当」とすれば正しいので、修正した。

465下 （37）**あなたならどうなさるかを** 『二人の貴公子』からの引用は河合訳『二人の貴公子』（白水社、二〇〇四）より。

第89章

467下 （38）**町長だったジュリアス・ショー**（Julius Shaw, 1571-

1629）　ストラットフォードのチャペル・ストリートに住んでいた富裕な羊毛商人。教区委員や会計係を経て、一六一三年に参事会員、一六一六年に町長としてシェイクスピアの遺書の証人となった。アレクザンダー・アスピナルの義理の息子。第7章に出てきた「羊毛商人レイフ・ショー」はジュリアスが二〇歳ぐらいのときに亡くなった父であり、その家業を継いだのである。

468上　（39）**レイディ・レインズフォード（Lady Anne Rainsford, 1570/1- post 1633）**　ウォリックシャー州ポウルズワースにあるグッデア家の末娘。一五九五年に父を失い、クリフォード・チェインバーズの郷士ヘンリー・レインズフォードと結婚。グッデア家で育てられた詩人ドレイトンはアンを慕い、その初期の詩で「イデア」として讃えた。一六三三年にアンがジョン・ホールの診察を受けた記録がある。

（40）**ドレイトン自身もシェイクスピアを称える詩を発表している**　たとえば、『まちがいの喜劇』第四幕第一場の最後で台所女ネルがダウザベルと呼ばれるのは、ドレイトンの「アーデンのダウザベル」への言及かもしれないといったことはあるがはっきりしない。また、ドレイトンの一六二七年の詩「アジンコートの戦い」に附されたヘンリー・レノルズ宛ての称賛詩にイギリスの詩人の称賛が書かれており、シェイクスピアのスタンザには「シェイクスピア、汝はそのもって生まれた脳に、喜劇にふさわしい滑らかな喜劇的調子を持っていたので、舞台を行き来するどんな者にも負けぬ強力な発想と明確な怒りを表現できた」と褒めている。

第90章

471下　（41）**最後から二番目の作品**　最後の作品は『二人の貴公子』。

473下　（42）**「二番目によいベッド」とは夫婦のためのベッドのことであり、それゆえに二人の結びつきの証拠と考えるべきであろう**　これはこれまで多くの伝記が採用してきた解釈であるが、グリーンブラット『シェイクスピアの驚異の成功物語』（白水社）では、そう解釈していない。

475下　（43）**遺体は防腐保蔵処置を施され、「ワインディング」と呼ばれる方法で花や薬草に包まれてベッドに横たえられた**　これ以降の埋葬の描写は空想によるものであり、証拠はない。

第91章

476下　（44）**はっきりしない人だった**　この一般に流布した誤解をアクロイドが書いているのは興味深い。『謎ときシェイクスピア』新潮選書を参照のこと。

（45）**一六二二年までに戯曲が一九本も出版され**　原文には「一六六〇年まで」とあるが、一六二三年に三六本を収めた全集が出版される以前に出版された戯曲が一般に一九本とされていることから、「一六二二年まで」の誤植と判断して訂正した。なお、この一九本には『エドワード三世』や『ジャジャ馬ナラシ』を含まず、『ヘンリー六世』第二部・第三部の異本と見なされる『ヨーク、ランカスター両名家の抗争』第一部と『ヨーク公リチャードの実話悲劇』を含む。

477上　（46）**サー・ウォルター・スコット（Walter Scott, 1771-1832）**　スコットランドの作家。『アイヴァンホー』

（一八一九）などの歴史小説を多数書いた。『ケニルワース』（一八二一）では、エリザベス一世とレスター伯の関係と、伯爵夫人殺害事件を描いた。

（47）**ウィリアム・メイクピース・サッカレー**（William Makepeace Thackeray, 1811-63）ヴィクトリア朝の英国社会を諷刺をこめて写実的に描いた小説家。代表作に『虚栄の市』（一八四七〜八）。

（48）**信じられてきた**　現在ではフォーリオ所収の三六作に『ペリクリーズ』、『二人の貴公子』のみならず、『エドワード三世』、『サー・トマス・モア』をも含めた四〇作が、二〇〇五年に出版されたオックスフォード第二版シェイクスピア全集に所収されているように、シェイクスピアの「正典」となっている。

訳者あとがき

本書は、*Peter Ackroyd, Shakespeare: The Biography*（London: Chatto & Windus; New York: Talese, 2005）の全訳である。

ポスト・セオリーの時代となって、伝記に注目が集まり、英米ではシェイクスピアの伝記が最近驚くほど大量に書かれている。溢れ続けるシェイクスピア伝の洪水を押しとどめようとするかのように高名な伝記作家ピーター・アクロイドが出したのが本書だ。そのタイトル「シェイクスピア——ザ・伝記」における定冠詞の「ザ」は、「随一の」や「最も重要な」を意味し、「決定版」という意味合いになる。ゆえに、一部のシェイクスピア学者たちから、「何を偉そうに」と批判を受けた。

批判はあったが、英米の一般読者の反応はかなりよかったようだ。酷評もあったが、好評も博した。エクセター大学のコリン・マッケイブ教授（英文学・映画論）などは、インディペンデント紙の書評で、「シェイクスピアについてこれほどいい本は他にない」と絶賛し、「これぞまさに我らが最大の作家をその時代と場所に位置づける初めての本当に信じられる記述だ」と述べている（以下、各書評の出典については本書四七九ページ参照）。シェイクスピア学者の中堅層の筆頭株で、二〇〇六年には早くもCBE大英勲章を受章したウォリック大学教授ジョナサン・ベイトは、本書を高く評価した。二次資料に頼りすぎて誤解が多いという欠点が本書にあることを指摘しながらも、「徹底的で、よく調べ上げた新しい伝記」と褒め上げ、こう記す。

> シェイクスピアの精神面は、伝記作家が自分自身のイメージを描くことのできる真っ白なキャンバスである。ピーター・アクロイドの頭にこびりついているのはロンドンの都だ。その活気ある雑踏のせいで創造の活力が流れ出てくる作家たち——T・S・エリオット、ウィリアム・ブレイク、チャールズ・ラム、そしてとりわけチャールズ・ディケンズ——にアクロイドは最も関心を寄せる。

ロンドンのアウトサイダーであり続けたシェイクスピアをアクロイドは巧みに捉えた、とベイトは評価したのである。

但し、シェイクスピア学者の多くは本書に批判的である。なるほど原著に問題点が多々あることはきちんと認識すべきであるし、そのことは後述するが、誰もがよしとするシェイクスピアの伝記がこれまでに書かれたことがなかったことも同時に認識しておかねばならない。

これまでシェイクスピアの伝記の決定版というものは存在しなかった。誰が伝記を書こうと、必ず意見を異にするシェイクスピア学者が出てきて、別のシェイクスピア伝が書かれ、さらにまた別のシェイクスピア伝が書かれ、ということが繰り返されてきた。ここで、本書の立場を明らかにするためにも、ごく大雑把にこれまでのシェイクスピアの伝記の流れを振り返っておくことにしよう。

＊

シェイクスピアの伝記の嚆矢とされているのは、ニコラス・ロウ編『シェイクスピア全集』に編者が序としてつけた「ウィリアム・シェイクスピアの生涯についての記述」（一七〇九）である。その後、画期的なシェイクスピアの伝記が出たのは一八九八年だった。のちにサーの称号を受けるシェイクスピア学者シドニー・リーが、一八九七年に『英国人名辞典』（*The Dictionary of National Biography*）にシェイクスピアの項目を初めて執筆し、翌九八年に『ウィリアム・シェイクスピアの生涯』という七二〇ページにも及ぶ伝記を上梓したのである。このリーの伝記は、その後しばらくシェイクスピア伝記の標準版と見なされた。

ところが、『ハックルベリー・フィンの冒険』で知られるアメリカの小説家マーク・トウェインが、七四歳のときに「シェイクスピアは死んでいるか」（一九〇九）というエッセイを書き、このリーの本を痛烈におちょくった。トウェインは、六〇年以上も前に、〈地獄に堕ちたサタン〉の伝記を書こうとしたが、サタンについてわかっている事実が少なすぎて諦めたと語る。「事実なんて五つか六つしかない」とがっかりしていたとき、日曜学校の先生が励ましてくれて、「大丈夫、それでも伝記は書けるよ」と、次のようなアドヴァイスをくれたという――。

わかっている五つの事実を一枚の紙に書きつけ、「第一ページ」とする。それから千五百枚の紙に書き込めばいいのだ。「推測」と「想定」と「たぶん」と「ひょっとすると」と「疑いなく」と「噂」と「憶測」と「だろう」と「思われる」と「と考えてもよい」と「と信じてかまわない」と「だったかもしれない」と「ということもありえた」と「だったにちがいない」と「まちがいない」と「一点の疑いもなく」を書きつければ――ほら、できあがり！資料だって？　シェイクスピアの伝記を書きあげるに十分なほどあったじゃないか！

Mark Twain, 'Is Shakespeare Dead?' (1909), in *The Complete Essays of Mark Twain*, ed. by Charles Neider (New York: Da Capo Press, 2000), pp. 413-14.

確かに「シェイクスピアの生涯はわからないことだらけ」などといった風評は現在でもよく耳にするが、この点については、スタンリー・ウェルズがオックスフォード版シェイクスピア全集の序論で「我々は、ベン・ジョンソンを除けば、当時の他のどんな劇作家よりもシェイクスピアについて多くのことを知っている」と述べている意味をよく吟味すべきであろう。エリザベス朝の劇作家の中では、シェイクスピアについてわかっている事実はむしろ多いのだ。そのことは、学者のあいだでは、ずっと前から認識されており——たとえば一九四九年のシェイクスピア伝記（Marchette Chute, *Shakespeare of London*）にも書かれていることであり——一般の認識と温度差があるかもしれない。

なるほど、記録よりも想像力に頼ったリーの伝記の書き方は奔放に過ぎていた。だからこそ、二十世紀におけるシェイクスピア伝記の最高権威サミュエル・シェーンボームは、一九七五年に上梓した自らのシェイクスピアの伝記の中でリーの伝記を批判し、自らは徹底的な実証主義に基づく伝記を書くように努めた。リーの伝記ののちも、シェイクスピア伝は何冊も書かれたが、一九七五年以降このシェーンボームの本が標準版としての地位を占め、その邦訳『シェイクスピアの生涯——記録を中心とする』（小津次郎他訳、紀伊國屋書店、一九八二年）も出て、伝記研究は行くところまで行った感があった。

しかし、新たな時代となってシェーンボームの本は過去のものとなり、邦訳も絶版になって久しい。シェーンボームの本は、これまでの学者や伝記の解釈を多数紹介するばかりで自分の答えを出さないため、読者としては情報を整理できないまま混乱してしまうところもあった。

本書は、シェーンボームの本に取って代わるものと考えるが、具体的にどう違うのかを確認するために、シェーンボームの本の一節をここに引用してみよう。シェイクスピアとアン・ハサウェイとの結婚証書の日付の前日に当たる一五八二年一一月二七日に、アン・ハサウェイならぬ「アン・ウェイトリー」なる女性がシェイクスピアの結婚相手として結婚許可書に記録されていたという問題をどう扱うかを見てみよう——シェーンボームはこう記す（翻訳書九五〜九八ページより）。

この女〔アン・ウェイトリー〕は何者なのだろうか？　どんな事実もいっさい存在しないのに、伝記作者たちはこのテンプル・グラフトンの謎の娘に肉付きを与え、情熱に燃えるウィルが愛と義務の板挟みになるというロマンチックでもあればメロドラマ的、また教訓的でもある三角関係の主役のひとりに仕立てあげた。

その筋立てを念入りに展開したもののひとつがアントニー・バージェスの通俗伝記の中に見られる――

ウィルはアン・ウェイトリーという名の娘と結婚したかったのだと考えるのは理にかなっている……彼女の父親はジョン・シェイクスピアの知人であったのかもしれない。彼は仔山羊の皮を安く売ってやったのかもしれないし、シェイクスピア家とウェイトリー家の人々、彼らの年ごろの子供同士が親しくなった理由はいろいろ考えられる。ウィルはテンプル・グラフトンに皮を買いにやらされ、そこで五月のように愛らしく、子鹿のように内気な美しい娘さんにぞっこん参ってしまったのかもしれぬ。ウィルは十八歳の感じやすい年ごろだ。女の子を見る目が多少ともあれば、この娘こそ本物だということが分ったであろう。たぶん、ショタリーのハサウェイ嬢とは別人種だと思ったのだろう。

だが、ウィルはアン・ウェイトリーと結婚しようとしながら、なぜ、もうひとりのアンと結婚せねばならぬ破目になったのだろうか？　私の推測では、昔の女性雑誌によくある教訓話の俗っぽいが便利な用語を用いさせてもらうと、ウィルは前者には恋を、後者には情欲を感じたのである……

ウィルは赤茶色の髪、うるんだ目、よくまわる口をもち、ラテン語の詩句なども言える美少年であったろうが、彼は春にハサウェイの体を味わいながら、初夏のあいだはそれをくり返しにショタリーにもどらなかったのではないかと思う。おそらく彼女は、牛の糞がころがっていたり、麦の切株に体を痛めたりするような野原でなく、ちゃんと正式に結ばれた床の中で愛し合うほうがいいというようなことをすでに言い、若い男ならだれしもそうだが、ウィルは「結婚」という言葉におびえてしまったのではなかろうか。ところが皮肉にも、ウィルはもっと若いもうひとりのアンを恋するようになり、こんどは自分が結婚を口にするようになったのだ。このアンは積極的でもはすっぱでもなく、清純だったし、彼女の親たちも婚約中に肉体関係を許すようなうわついたところはなかった……

そこで欲求不満に陥ったウィルは――欲望の「おさまりがつかなくなり」――ショタリーのアンのところへもどり、「八月の野でひとしきり情欲を発散させ」、その結果、彼女はみごもった。そこでサンデルズとリチャードソンがその「骨ばったこぶしを掠りあげて威嚇」した。交接の興奮がおさまったウィルに、強制的な婚姻が待っていた。

特別許可とは、婚姻予告を通例のように三度でなく二度だけ読みあげることを意味した。アンは、筋骨たくましい強い友人を通して、自分がやり方を心得ていることを示そうとしている。
もうひとりのアンは、双方の親とともに、このことに気づいたにちがいない。ウィルは娘（いや、娘といえるかどうか）をみごもらせ、その報いから逃れようとした。しかし恨めしく思いながらも締めて屈服し、婚姻の床という屠所へ引かれていった。名誉あるキリスト教徒の紳士たるものが果すべき役割をむりやりにおしつけられようとしていたのだ。記録にある事実の解釈として、これは一応まともなものではなかろうか。もちろんシェイクスピアの愛好者は必ずしもこういう解釈を受け入れる必要はないが。

この「まともな解釈」は、少し安っぽいにしても、なるほど、はなやかではある。しかしこれは伝記というよりはむしろ想像力豊かな思いつきであり、バージェス氏が以前『太陽に比すべくもなく』で示してくれたような小説にこそふさわしいものである。同様に眉つばなのは、その十一月の注目すべき日にウスターで第二のアンと結婚する許可を与えられたのは、別人のウイリアム・シェイクスピア――親戚でもない――だったと推測するサー・シドニー・リーの説である。アン・ウェイトリーについては、バージェス氏はご承知のはずだが、登記簿の例の記入という一個の事実以外、「記録にある事実」というのは何も存在しない。だから彼女が「積極的でもはすっぱでもなく、清純だった」かどうか、「五月のように愛らしく、子鹿のように内気」だったかどうか、我々にはわからない。それどころか、その女性が実在したとさえ、十分な確信をもっては言えないのである。

ウスター主教区の書記はかなり不注意だったらしい。彼は登記簿に記入する際名前をしばしば取り違えている、あるいは少なくとも、証書に記された名とちがう名を記入している例がいくつかある。「バーバー」を、「ベイカー」、「プラドリー」を「ダービー」、「エルコック」を「エドゴック」と書いているのである。だがなぜ「ハサウェイ」(Hathaway)を「ウェイトリー」(Whateley)と書いたのだろう？　この二つは、ごく漠然としか、たがいに似てはいない。主教区の記録によると、ハサウェイの許可が記録された二十七日には、法廷は四十件の事件を処理しており、そのひとつはクラウルの教区牧師ウイリアム・ウェイトリー（William Whateley）がアーノルド・ライトなる人物に対して十分の一教区税を払わないかどでおこした訴訟に関する件であった。このウェイトリーは裁判所でよく知られた人物であったにちがいない。彼の名は一五八二年と八三年のいくつかの記録に現われるからである。例の書記は、思うに、急いで走り書きしたメモか、あるいは申立書にある読みなれない筆蹟の字を書き写そうとしていた、ちょうど上記ウェイトリーの件を処理したばかりであったので、無意識の連想でその名をハサウェイの代りに記してしまったのではなかろうか。これは、いかにもこの記録についての散文的で推測的な解釈である。それにロマンティックな夢をこわすような読みである。だが、年ごろで恥かしがりやの清純さを持ったとされるアン・ウェイトリーなる女性が存在するのは、もったいぶった書記の不注意のおかげであるというのも、それなりに面白い話ではないか。

以上がシェーンボームからの引用である。確かにアントニー・バージェスの小説仕立ての通俗伝記は面白いし、それが「伝記というよりはむしろ想像力豊かな思いつき」であって「小説にこそふさわしい」という議論も納得できるが、であるならば、シェーンボームはそれを自らの伝記にわざわざ取り込む必要はなかったのではないだろうか。むしろ、アクロイドのように「アン・ウェイトリーという名前の身元不明の若い女性に関して要らぬ取り沙汰がされてきたが、役人は単に名前を聞きまちがえたか、読みまちがえたかしたのだろう。同日にウェイトリーという人物が裁判所に出頭しているので、役人が混乱したのも無理もない」（本書一〇〇ページ）と事実関係をのみ明記すればよかったのではなかったか。シェイクスピアの生涯について語るべきことが多くある以上、風説や憶測に振り回されすぎると混乱してしまう。結果として、独自のシェイクスピア像を打ち立て得なかったシェーンボームは、二〇世紀末の批評の新たな流れの中で淘汰されざるを得なかった。

ちなみに、ここで批判されているアントニー・バージェスは、一九七〇年に別の伝記『シェイクスピア』を出し、カラー図版が魅力的な大型本として邦訳（小津次郎・金子雄司訳、早川書房、一九八三年）も出ているが、アン・ウェイトリーに求婚中のシェイクスピアが欲情に駆られてアン・ハサウェイを妊娠させてしまって結婚させられたというくだりの記述は変わらない。

やがて、「解釈」に拘泥していた時代から、「文化」に注目する時代へと移り、シェイクスピアをエリザベス朝の時代に戻して、その文化のなかで生きた作者の生涯をもっとよく知るべきだという風潮が強まっていった。一九九六年以降シェイクスピアの伝記が出版されない年はなく、一九九八年には、シェーンボームに取って代わろうとするかのような本二冊――リーズ大学教授パーク・ホーナン著『シェイクスピア――生涯』とハロルド・ブルーム著『シェイクスピア――人間の発明』――が出た。しかし、どちらも二一世紀の澎湃たる伝記の波に呑まれてしまった。

今世紀に入ってからの伝記出版の勢いは凄まじい。枚挙に暇がないので、各年の代表的な一、二のみを記せば、二〇〇一年には、キャサリン・ダンカン＝ジョーンズの『アンジェントル・シェイクスピア――その生涯からの数場面』

が、これまでの伝統的なシェイクスピアのイメージをひっくり返してみせた。二〇〇二年には、アンソニー・ホールデン著『ウィリアム・シェイクスピア――挿絵入り伝記』が出版され、二〇〇三年にはBBCテレビ番組となったマイケル・ウッド著『シェイクスピアを探して』やスタンリー・ウェルズ著『シェイクスピア――すべての季節の』などが出た。

二〇〇四年には衝撃的な事件が起こった。新歴史主義の領袖であったスティーヴン・グリーンブラットが、想像力と洞察力に富んだ伝記を書いたのだ。その意義については、その邦訳『シェイクスピアの驚異の成功物語』(河合祥一郎訳、白水社、二〇〇六)の解説を参照されたい。歴史的な大きなページがめくられた感がある。また、リーが『英国人名辞典』に書いたシェイクスピアの項目が、ようやく百七年ぶりにピーター・ホランドによって書き換えられ、新版『オックスフォード英国人名辞典』と改名、発売されたのもこの二〇〇四年であった。これも、ひとつの時代の変わり目を示している。この年には、八五歳になるケンブリッジ大学の大御所フランク・カーモードが、『シェイクスピアの時代』――邦題『シェイクスピアと大英帝国の幕開け』(河合祥一郎監訳、ランダムハウス講談社、二〇〇八)――を発表して時代と作家の関係へ視線を投げており、新しい流れの中に古い世代の声もあったことは記憶にとどめたい。

翌二〇〇五年にもシェイクスピア関係の本は多数出版された。特に注目すべきものは、本書のほかにもう一冊ある。コロンビア大学教授ジェイムズ・シャピロの『ウィリアム・シェイクスピアの生涯における一年――一五九九年』だ。一五九九年のみに絞り込んで当時の社会背景を浮き彫りにした示唆に富む本であり、「伝記」という概念に当てはまるか疑問は残るものの、文化研究と人物研究をつなぐ新たな面を切り拓いた(詳細は *Shakespeare Studies* 44 (2006) 掲載の河合の書評参照)。

その後も新たな伝記が続々登場したが、作者の誕生から死までを順を追って丁寧に記述した本としては、今のところアクロイドの本を超えるものは出ていない。次にアクロイドについて述べておこう。

＊

一九四九年、ロンドンに生まれ、一九七一年にケンブリッジ大学を卒業、イエール大学留学後、『スペクテイター』文芸部編集者(一九七三〜七年)、同誌共同編集長(七八〜八二年)を経て、一九八六年以降『タイムズ』書評の主筆を続けている。一九八四年より王立文学協会会員となり、二〇〇三年にCBE大英帝国勲章を受章した。

伝記作家としては、ベストセラーとなったサウス・バンク文学賞受賞作『ロンドン――ザ・伝記』(二〇〇〇年)が最もよく知られている。本書の『シェイクスピア――ザ・伝記』の題のもとはここからきている。ほかの伝記を執筆順に並べれば、ウィットブレッド賞(伝記部門)やハイネマン賞(ノンフィクション部門)を受賞した『T・S・エリオット』(原著一九八四年、邦訳＝武谷紀久雄訳、みすず書房、一九八八年）、『トマス・モアの生涯』（一九八八年）、『エズラ・パウンドとその世界』（一九八九年）、『ディケンズ』（一九九〇年、改定版二〇〇二年）、『ブレイク伝』（原著一九九五年、邦訳＝池田雅之監訳、みすず書房、二〇〇二年）、『チョーサー』（二〇〇五年）、『ターナー』（二〇〇六年）、『ニュートン』（二〇〇七年）、『テムズ河――聖なる河』（二〇〇七年）、『ポー――短き人生』（二〇〇八年）などがある。

日本では、『チャタトン偽書』（原著一九八七年、邦訳＝真野明裕訳、文藝春秋、一九九〇年）、ＳＦ小説『原初の光』（原著一九八九年、邦訳＝井出弘之訳、新潮社、二〇〇〇年）、犯罪小説『切り裂き魔ゴーレム』（原著一九九四年、邦訳＝池田栄一訳、白水社、二〇〇一年）などにより、ＳＦミステリー小説家として名が通っている。

小説家としてのデビュー作は一九八二年の『ロンドン大火』であり、翌年、オスカー・ワイルドが死に至るまで四ヶ月間つけた日記という架空の設定で書いた小説『オスカー・ワイルドの遺言』（原著一九八三年、邦訳＝三国宣子訳、晶文社、一九九〇年）でサマセット・モーム賞を受賞し、その後『魔の聖堂』（原著一九八五年、邦訳＝矢野浩三郎訳、新潮社、一九九七年）でウィットブレッド小説賞やガーディアン・フィクション賞を受賞した。エリザベス朝時代の学者ジョン・ディーを扱った小説（一九九三年）もある。二〇〇八年には『ヴィクター・フランケンシュタインのケースブック』を発表した。

そのほか、批評家として『エズラ・パウンドとその世界』（一九八〇年）なども書き、劇作も手がけ、初めての戯曲『チャールズ・ディケンズの謎』は、二〇〇〇年に上演された。八面六臂の活躍ぶりで、次々と繰り出す作品群は、プロの書き手としての腕前の確かさを証明するものだ。

＊

だが、本書に欠点があることも認識しておこう。まず、誰もが指摘することだが、著者がシェイクスピア研究者ではない弱みが覿面《てきめん》に出てしまった。自ら研究をせず、研究書をリサーチしただけで書いている本であるため、原注は孫引きばかり。本来引証すべき資料ではなく、たまたま読んだ研究書を引証するなど、学術論文なら決して許されないことが繰り返されている。根拠が怪しいところが散見され、誤解を発展させてしまっているところもある。原注の付け方や、文献一覧にもひどい間違いが多い。著者のイニシャルの誤記や、Antitheatrical が Antithetical になり、Recovering が Rediscovering になっているといった不注意も多い。極めつきは Chambers, E. K., *The Elizabethan and Caroline Stage*, 7 vols（Oxford, 1941）なる代物だ。何度も繰り返されるこの誤りを見て何と何の混同かわからないシェイクスピア学者がいたらもぐりである。こんな原注のために巻末に何ページも割くのは意味がないので、できるだけ簡潔な形に直して本文中に組み込むことにした。使い方については一〇ページの凡例を参照していただきたい。文献一覧も、気がついた誤りはすべて訂正して書き直した。

エリザベス朝演劇についての知見を持っていないという致命的欠陥もある。雑誌『ネーション』二〇〇六年三月一三日号でダニエル・スウィフトは次のように鋭く指摘する――アクロイドは特にロンドンに強く、その「カラー」を示してくれるので、シェイクスピアの世界の特殊性がわかるが、シェイクスピアが他の劇作家とどう違うのかわからない、と。アクロイドはなるほどシェイクスピア作品は全部読んだであろうが、果たしてベン・ジョンソンの、ジョン・フレッチャーの、トマス・ミドルトンの、トマス・ヘイウッドの、その他大勢のエリザベス朝劇作家の作品を一体どれほど読んだのであろうか――ほとんど読んでいないとわかってしまう箇所があちこちにある。エリザベス朝演劇の全体像を理解しないままシェイクスピアを語っているために、何の根拠もなく「シェイクスピアほど……した劇作家はいない」といった乱暴な最上級の記述が繰り返され、その無責任な発言には驚くばかりだ。好意的な書評を書いたジョナサン・ベイトも、そうした記述を「とても耐え難い」としている。

確かにアクロイドはシェイクスピア学者なら犯さないような誤りをあまりにも犯しすぎている。ケンブリッジ大学教授アン・バートンとシェイクスピア研究所前所長ピーター・ホランドが激怒したのも無理はない。バートンはこんな本は語るに足らぬとけんもほろろに斬って捨てたが、ホランドはTLS紙上で痛烈にこきおろした。その非難はいちいちもっともである。その二人がたまたまケンブリッジ時代の私の師であったからというわけではないが、そうした批判を取り込んで翻訳に生かせないかと私は考えた。即ち、明らかに問題のある箇所はそのまま本文中に訳出せず、場所を移して訳注でその問題点を指摘しつつ訳出すればよいのではないか。そうすれば、安心して本文を通読できる。問題点を訳注というフィルターにかけて漉すことで、和書として純度の高い決定版ができるだろう。

そこまでしてあえてこの本を訳そうというのは、やはりこの本には伝記作家が紡ぎだす語りの面白さがあるからだ。伝記の洪水の中で、重要なのは「いかに語るか」というパフォーマンスにあるだろう。伝記に何を求めるべきかを考えるとき、参考になるのはジューディス・アンダーソンが『伝記的真実』（一九八四）で指摘するように、エリザベス朝時代の伝記作家は客観的事実ではなく主観的真実を描こうとしたという点だ。ただ無味乾燥な事実の羅列ではなく、イメージを明確にするのが何よりも肝要だということである。

その点、二〇〇五年一〇月二三日付けニューヨーク・タイムズ紙でジョン・サイモンがこう記しているのは的を射ている――『シェイクスピア――ザ・伝記』に一貫した発想があるとすれば、それはこの芸術家の人物像をはっきりさせようということだ」。

そこで、一流の伝記作家としてのアクロイド氏の語りの巧みさを味わいつつ、学術的内容の問題については訳者が責任を負って手を入れて、安心して読めるシェイクスピア伝記を作ることにした。詳細な訳注を書くのみならず、原著にない年表や図版も加え、索引も充実させるなど新たな工夫を重ねて、読んで面白く、調べて便利な決定版のシェイクスピア伝記を目指した。たとえば、本書の索引では、詳細な記述や解説のあるページ数を太字にしたので、シェイクスピア辞典として用いることができる。大いに利用して頂きたい。

翻訳作業は、東京大学大学院総合文化研究科超域文化科学専攻で私の指導を受け、現在は聖心女子大学非常勤講師をしている酒井もえと共同で行った。分担するのではなく、二倍の労力を注ぎ、何度も原稿を交換し合って互いに手を入れ直し、徹底的に推敲し合った。索引作成は酒井が担当した。校正刷りの校閲では彼女の後輩で博士課程在籍中・日本学術振興会特別研究員の北村沙衣にも協力してもらった。記して感謝する。

原稿を大変長い間、辛抱強く待ってくださった編集者和久田頼男氏に深謝。

本書が、末永く、多くのシェイクスピア愛好者や研究者の益となることを祈って――

二〇〇八年七月

訳者を代表して　河合祥一郎

年表（訳者作成）

一五五三　九月一五日、父ジョンと母メアリ・シェイクスピアの第一子、長女ジョーン受洗（二ヶ月で死亡）。

一五五六　一一月一七日、エリザベス女王即位。

一五六一　一〇月二日、父ジョン、ストラットフォードのヘンリー・ストリートに家を購入する。

一五六二　父ジョン、町の会計係になる。

　　　　一二月二日、次女マーガレット受洗（翌年死亡）。

一五六四（〇歳）　四月二六日水曜日、長男ウィリアム・シェイクスピア受洗、四月二三日が誕生日とされる。夏、疫病のためストラットフォードで約二三七名死亡。

一五六五（一歳）　父、会計係から参事会員へ昇進。

一五六六（二歳）　一〇月一三日、弟ギルバート受洗。

一五六八（四歳）　父、町長に就任する（翌年まで）。

一五六九（五歳）　町長の息子として女王一座を初観劇か。

　　　　四月一五日、妹ジョーン受洗（一六四六年まで長生き）。

一五七一（七歳）　キングズ・ニュー・スクール入学か。同校に教師サイモン・ハント赴任。

　　　　父、首席参事会員就任。

一五七二（八歳）　九月二八日、妹アン受洗（七歳で死亡）。

一五七四（一〇歳）　三月一一日、弟リチャード受洗。

一五七五（一一歳）　サイモン・ハントはドゥエへ渡り、後任教師トマス・ジェンキンズ赴任。

　　　　父は自宅に隣接する家屋を購入。

　　　　七月、ケニルワース城祝典を観に行ったか。

一五七六（一二歳）　ジェイムズ・バーベッジとジョン・ブレインがシアター座開場。

　　　　父が紋章を申請するが完了せず。

一五七七（一三歳）　父の町議会への欠席が続く。

一五七八（一四歳）　父はウィルムコート村の土地家屋を担保にエドマンド・ランバートから四〇ポンドの借金をする。

一五七九（一五歳）　四月四日、七歳の妹アン埋葬。

　　　　ウィリアム、学校卒業か。

　　　　教師ジェンキンズ退職。後任教師にジョン・コタム。

一五八〇（一六歳）　五月三日、末弟エドマンド受洗。

　　　　ウィリアムがランカシャーで教師となったという説あり。

　　　　六月、ジョン・コタムの弟の司祭トマス逮捕。

　　　　一二月一〇日、ウィリアムと同い年のクリストファー・マーロウがケンブリッジ大学コーパス・クリスティ学寮入学。


一五八一（一七歳）　七月一六日、エドマンド・キャンピオン逮捕。

八月、ランカシャーのアレグザンダー・ホートンの遺言に「ウィリアム・シェイクシャフト」への言及あり。


一五八二（一八歳）　教師ジョン・コタム退職。

五月三〇日、トマス・コタム処刑。

一一月二七日、**八歳年上のアン・ハサウェイと結婚**。

一一月、教師アレグザンダー・アスピノル就任。


一五八三（一九歳）　女王一座結成。

五月二六日、**長女スザンナ受洗**。

一〇月、親戚のエドワード・アーデンとその甥ジョン・サマヴィル逮捕。

一二月三〇日、エドワード・アーデン処刑。


一五八五（二一歳）　二月二日、**双子ハムネットとジューディス受洗。このあとウィリアムの消息不明。**

一〇月八日、ウィリアムの知人ロバート・デブデイル処刑。

一〇月一二日、第三代サウサンプトン伯、一二歳でケンブリッジ大学セント・ジョンズ学寮入学。


一五八六（二二歳）　父、罷免。フィリップ・シドニー戦死。


一五八七（二三歳）　ホリンシェッドの年代記刊行。

ヘンズロウ、ローズ座建設。

二月八日、スコットランド女王メアリ処刑、同日シドニー国葬。

ウィリアム、夏頃ストラットフォードに来た女王一座ないしレスター伯一座に入団か。


一五八八（二四歳）　八月、スペインの無敵艦隊を英国海軍が撃退。

九月、レスター伯と道化役者リチャード・タールトン死亡。


一五八九（二五歳）　一一月、ロンドンでの上演禁止命令を無視してストレインジ卿一座がクロス・キーズ亭で上演し、投獄される。ウィリアムも連座した可能性あり。


一五九〇（二六歳）　ストレインジ卿一座と海軍大臣一座合併。

一一月、シアター座の収入の分け前を求めるジョン・ブレイン夫人をバーベッジ家が撃退。

この頃『**ヘンリー六世**』執筆か。


一五九一（二七歳）　春、シアター座で活躍していたエドワード・アレンがジェイムズ・バーベッジと口論になり、海軍大臣一座はヘンズロウのローズ座へ移動。


一五九二（二八歳）　ヘンズロウの三月三日付け日記に『ヘンリー六世』の記載あり。

ペンブルック伯一座結成。

三月、父ジョン、国教忌避者リストに載る。

六月、徒弟暴動、三ヶ月間全劇場閉鎖。

夏頃ソネット執筆開始。

八月、疫病流行。

九月、『グリーンの三文の知恵』発刊。

この頃**『リチャード三世』**、**『エドワード三世』**執筆か。

一五九三（二九歳）

一月、ペンブルック伯一座がシアター座で**『タイタス・アンドロニカス』**、『ジャジャ馬ナラシ』上演。

一月二一日、劇場閉鎖。

四月一八日、**『ヴィーナスとアドーニス』**出版登録。

五月五日、外国人排斥運動。

五月三〇日、マーロウ死す。

初夏の疫病で一万五千人のロンドン市民死亡。

八月、ペンブルック伯一座解散。

この頃、**『サー・トマス・モア』**、**『ヴェローナの二紳士』**執筆か。

一五九四（三〇歳）
四月一六日、第五代ダービー伯ファーディナンドー怪死。
五月二日、サウサンプトン伯の母メアリがサー・トマス・ヘネッジと再婚（『夏の夜の夢』上演の可能性薄し）。
五月九日、**『ルークリース凌辱』**出版登録。
六月、**宮内大臣一座結成、ウィリアムは株主となる。**地方巡業後、
一二月、宮廷上演、女王は**『ロミオとジュリエット』**と**『恋の骨折り損』**を観劇か。
一二月二八日、**『まちがいの喜劇』**グレイズ・イン法学院にて上演。

この頃、**『じゃじゃ馬馴らし』**執筆か。

一五九五（三一歳）

前年の宮廷上演につき、ウィリアム、バーベッジ、ケンプの三名が王室財務官の文書に記載される。

六月、ロンドン徒弟暴動。

宮内大臣一座は夏に地方巡業。

八月末にロンドン公演再開。

この頃**『リチャード二世』**執筆か。

一五九六（三二歳）

二月一九日、宮内大臣ハンズドン卿の孫娘エリザベス・ケアリーとトマス・バークリーの結婚式で**『夏の夜の夢』**上演か。

七月二三日、宮内大臣死亡。新大臣コバム卿はサー・ジョン・オールドカースルの末裔。

八月一一日、**息子ハムネット埋葬。**

一〇月二〇日、**紋章再申請、認可される。**

この頃、**『ヴェニスの商人』**、**『ジョン王』**執筆か。

一五九七（三三歳）

一月ジェイムズ・バーベッジ死亡。

『ヘンリー四世』第一部、カーテン座上演か。

四月二三日、ガーター勲爵士団のホワイトホール祝宴で**『ウィンザーの陽気な女房たち』**上演か。

五月四日、**故郷にニュー・プレイスを購入、妻子を住まわせる。**

晩春から初夏、**『ヘンリー四世』**第二部をカーテン座で上演か。

一五九八（三四歳）
三月一〇日『恋の骨折り損』初版に初めてシェイクスピアの名前が記載される。

ベン・ジョンソン作『癖者ぞろい』に出演。

九月、ベン・ジョンソン殺人罪で投獄。

九月七日、フランシス・ミアズ『パラディス・タミア』出版登録。

一〇月、ストラットフォード自治体役員リチャード・クイニーがロンドンから同郷のウィリアムに借金依頼の手紙執筆。

一二月二八日、シアター座解体、材木をテムズ河を渡って運び、翌年のグローブ座の建設開始。


一五九九（三五歳）　二月二一日、**グローブ座の株主となる。**

六月一二日、**『ジュリアス・シーザー』**によりグローブ座柿落し。数ヵ月後**『ヘンリー五世』**、グローブ座上演。

九月二八日、エセックス伯投獄。ケンプ退団。

この頃**『から騒ぎ』**、**『お気に召すまま』**、**『十二夜』**執筆か。


一六〇〇（三六歳）　『シェイクスピア作、情熱の巡礼者』出版。

『ハムレット』執筆。

秋フォーチュン座落成。


一六〇一（三七歳）　二月七日、エセックス伯一派の依頼を受け『リチャード二世』上演。翌日エセックス伯逮捕。

二月二五日、エセックス伯処刑。

九月八日、父埋葬。

『トロイラスとクレシダ』執筆か。


一六〇二（三八歳）　二月二日、宮内大臣一座が『十二夜』をミドル・テンプル法学院にて上演、法学生ジョン・マニンガムが日記に記録。

五月一日、ウィリアム・クームとその甥ジョンから小村ビショップストーンとウェルコームの耕地一〇七エーカー及び牧草地二〇エーカーを購入。

この頃**『終わりよければすべてよし』**執筆か。


一六〇三（三九歳）　三月二四日、エリザベス女王崩御。

ジェイムズ一世即位。

劇団は国王一座となり、五月一九日の特許状に二番目に名前が挙がる。

夏疫病流行。


一六〇四（四〇歳）　三月一五日、ジェイムズ一世式典。

四月、オーガスティン・フィリップス死亡。

一一月、ホワイトホールにて**『オセロー』**上演。

一二月、ホワイトホールにて**『尺には尺を』**上演。


一六〇五（四一歳）　七月二四日、一〇分の一税に四四〇ポンド投資。

一一月、火薬陰謀事件。


一六〇六（四二歳）　一二月二六日、ホワイトホールにて**『リア王』**初演。

『マクベス』執筆。


一六〇七（四三歳）　六月五日、長女スザンナ、医師ホールと結婚。

七月一二日、末弟の役者エドマンドの庶子埋葬。

酷寒の冬でテムズ河が凍る。

一二月三一日、末弟死亡、享年二七歳。

一六〇八（四四歳）　一二月から翌年二月の冬のシーズンに『**アントニーとクレオパトラ**』宮廷上演か。

二月二一日、**初孫誕生**、長女の娘エリザベス受洗。

春『**ペリクリーズ**』が大人気。

夏劇場閉鎖。凶作と飢饉。

『**コリオレイナス**』、『**アテネのタイモン**』執筆か。

八月九日、ブラックフライアーズ劇場開場、七分の一株を所有。

九月九日、**母メアリ埋葬**。


一六〇九（四五歳）　五月二〇日、『**ソネット集**』出版登録。

六月、ジョン・アデンブルックとの借金に関する一〇ヶ月に及ぶ係争終結。

役者として引退か。


一六一〇（四六歳）　冬のシーズンに『**シンベリン**』宮廷上演。

夏、『**冬物語**』をグローブ座上演。


一六一一（四七歳）　一一月一日、『**あらし**』宮廷上演。

この頃帰郷か。


一六一二（四八歳）　二月三日、弟ギルバート死亡、享年四六歳。

五月一一日、ベロット＝マウントジョイ訴訟の商人として出廷。


一六一三（四九歳）　二月四日、弟リチャード死亡、享年三九歳。

三月一〇日、ロンドンで最後の不動産投資、ブラックフライアーズの門楼購入。

六月二九日、『**すべて真実（ヘンリー八世）**』上演中にグローブ座炎上。


一六一四（五〇歳）　この頃『**二人の貴公子**』、『**カルデーニオ**』執筆。

一一月～一二月、娘婿ジョン・ホール医師とともにロンドン滞在。


一六一六（五二歳）　一月、遺言状執筆。

二月一〇日、娘ジューディスがトマス・クイニーと結婚。

三月二五日、遺書に署名、翌日クイニー姦通罪で起訴。

四月二五日、**シェイクスピア埋葬**。


一六一九（――）　三月一九日、リチャード・バーベッジ死去。


一六二三（――）　八月六日、ウィルの妻アン死亡。

一一月、フォーリオ版戯曲全集出版。

索引

太字で示したページは、内容を最も中心的に説明している箇所である。

ページ数の表記に関しては、連続したページでその話題が続いている場合のみハイフンを使用した。

原著の索引にない項目も加え、原著にあった誤りや表記の不統一には訂正を加えた。

原則として作者名を見出し語とし、作品名を小項目として作者名の下に表記した。

ただし、シェイクスピア作品および一部の外典については独立した項目としている。

英語の綴りは現代において一般的なものを使用した。

ア

『アーケイディア』 →シドニー，サー・フィリップ
アーディーン，トゥルキルス・デ Eardene, Turchillus de 41
アーデン，エドワード Arden, Edward 77, 106, **497**, 590
アーデン，マーガレット Arden, Margaret 106
アーデン，メアリ（パーク・ホール） Arden, Mary 106
アーデン，メアリ（シェイクスピアの母） Arden, Mary →シェイクスピア，メアリ
アーデン，ロバート Arden, Robert 32, 41, 42-43, 79, 484
アーデン家（アーデン一族） Arden family 41, 42, 57, 77, 78, 79, 82, 86, 106-07, 205, 280, 281, 322, 363
アーデンの森 Arden, Forest of **17-19**, 53, 96, 114, 424, 481
アーデン版シェイクスピア Arden Shakespeare editions 509, 517, 538, 563, 564, 574
アーミン，ロバート Armin, Robert **358-60**, 384, 417, 449, 450, 539-40, 563, 564, 569
　『間抜けの巣』 *A Nest of Ninnies* 359
　『モアクラックの二人の乙女の物語』 *The History of the Two Maids of Moreclacke* 359
アイアランド，ウィリアム・ヘンリー Ireland, William Henry 480, 487
アイアランド，サミュエル Ireland, Samuel 11, **479-80**
アイソーポス →イソップ
アイチヴァー，ジョン Ichiver, John 47
『愛の殉教者』 *Love's Martyr* 503, 513, 566
アエソプス Aesopus（Aesop） 152, 510
『アエネーイス』 →ウェルギリウス
赤獅子座 →レッド・ライオン座
『悪党を見分けるコツ』 *A Knack to Know a Knave* 153-54, 162, 502, **512**
『悪魔の特許状』 →バーンズ，バーナビ
『アコラストゥス』 *Acolastus* 73
アスピノル，アレグザンダー Aspinall, Alexander 75, 590
『アテネのタイモン』（シェイクスピア作） *Timon of Athens* 78, 255, 262, 264, 265, 266, 300, 391, **441-42**, 490, 593
アデンブルック，ジョン Addenbrooke, John 438, 443, 593
アトウッド，トマス Atwood, Thomas 33
アフタヌーンズ・メン（午後の人々） "Afternoon's Men" 242
『アフリカ地理史』 *A Geographical History of Africa* 401
アミヨ，ジャック Amyot, Jaques 498
『あらし』（シェイクスピア作） *The Tempest* 78, 168, 205, 232, 247, 340-41, 360, 378, 408, 449, **451-53**, 458, 476, 506, 524, 540, 552, 574, 593
アリオストー，ルドヴィーコ Ariosto, Ludovico 158, 512, 546
　『取り違え』 *I Suppositi* 158
アルマダ →無敵艦隊
アレン，エドワード Alleyn, Edward 108, 123, **152-53**, 163, 173, 174-75, 182, 199, 200, 217, 221, 238, 284, 332-34, 340, 342, 353, 397, 399, 445, **502**, 504, 506, 511, 512, 590
アレン，ジャイルズ Alleyn, Giles **274**, 302, 329-30, **546-47**, 556
アレン夫人，エドワード Alleyn, Mrs. Edward 123, 199, 221, 397

アンズリー，コーデル →ハーヴィ，レイディ・コーデル
アンズリー，ブライアン Annesley, Brian 419
アンダーソン，ジューディス Anderson, Judith 587
アンダーヒル，ウィリアム Underhill, William 50, 312
アンダーヒル，フルク Underhill, Fulke 312
アンダーヒル家 Underhill family 312
アントーニオ（『ヴェニスの商人』） Antonio 268, 276, 546
アントーニオ（『十二夜』） Antonio 332
『アントーニオの復讐』 →マーストン，ジョン
『アントニーとクレオパトラ』（シェイクスピア作） *Antony and Cleopatra* 78, 126, 152, 193, 199, 221, 255, 260, 272, 300, **425-26**, 427, 441, 593
アンドリューズ，ランスロット（ウィンチェスター主教） Andrewes, Lancelot, Bishop of Winchester 324, 334
アン・ハサウェイのコテージ "Anne Hathaway's Cottage" →ショタリー

イ

イアーゴー（『オセロー』） Iago 110, 128, 256, 260, 296, 341, 400, 403, 404-05, 516, 538, 543, 558, 569
イートン校 Eaton College 551, 576
イェイツ，ウィリアム・バトラー Yeats, William Butler 128, **505**
イェイツ，ジョン・バトラー Yeats, John Butler 128, **505**
イエズス会士（イエズス会司祭） Jesuits 37, 74, 418, 419, 428, 460
『粋な創意の華麗なる陳列室』 *A Gorgeous Gallery of Gallant Inventions* 402, 569
『イギリス劇壇雑録』 *Historia Histrionica* 223, 529
『為政者の鑑』 *The Mirror for Magistrates* 490
イソップ（アイソーポス） Aesop 69, 159
『犬の島』 →ジョンソン，ベン
『イル・ペコローネ』（セル・ジョヴァンニ著） *Il Pecorone* (Ser Giovanni) 277, **547**
『イングランド，スコットランド，アイルランドの年代記』 →ホリンシェッド，ラファエル
『イングランドのパルナッソス』 *England's Parnassus* 236
インプレーザ *impresa* 460-61

ウ

ヴァージニア会社 Virginia Company 330, 445, 452
『ヴァージニア植民地実情報告』 *True and Sincere Declaration of the Purpose and Ends of the Plantation Begun in Virginia* 452
ヴァーチュー，ジョージ Vertue, George 312
ヴァーノン，エリザベス Vernon, Elizabeth 289, **551**
ヴァイオラ（『十二夜』） Viola 222, 250, 297, 383
ヴァイス Vice 109-10, 194, 490-91, 492, 516-17
『ヴィーナスとアドーニス』（シェイクスピア作） *Venus and Adonis* 84, 92, **201-04**, 205, 228, 230, 234-37, 320, 361, 364, 372, 377, 447, **495**, 503, 509, 516, 522, 524, 591
ウィーヴァー，ジョン Weever, John 525, 556, 565
ヴィヴェス，ファン・ルイス Vives, Juan Luis 69, **495**
ヴィザー，ジョージ Vizer, George 54
ヴィッカーズ，ジョン →『災いの謎あるいは謀叛の傑作・火薬事件』
ヴィッセル，クラース・ヤンソン・ド（「ロンドン景観図」） Visscher, Claes Janszoon de ("View of London") 112
ウィッティントン，トマス Whittington, Thomas 370
ヴィトゲンシュタイン，ルートヴィッヒ Wittgenstein, Ludwig 262, **541**
ウィトルウィウス（『建築術』） Vitruvius (*De Architectura*) 336
ウィニフレッド（聖女） Winifred, St 38, 484
ウィリアム一世（征服王） William I (the Conquerer) 20, **482**, 483
ウィルキンズ，ジョージ Wilkins, George 429-30, 442
　『強いられた結婚の悲惨』 *The Miseries of Enforced Marriage* 429
　『タイアの領主ペリクリーズ苦難の冒険』 *The Painful Adventures of Pericles, Prince of Tyre* 429
ウィルクス，トマス Wilkes, Thomas 196
ウィルソン，ジョン・ドーヴァー Wilson, John Dover 501, 518, 537-38, 574
ウィルソン，ロバート Wilson, Robert 108, 121, **502**, 504, 517
　『ロンドンの三貴婦人』 *The Three Ladies of London* 121, 502, 504
ウィルトン・ハウス（ウィルトシャー） Wilton House, Wiltshire 397
ウィルムコート Wilmcote 16, 24, 41, 42, 43, 54,

78, 79, 181, 322, **480-81**, 498, 589
ウィロビー，ヘンリー（『ウィロビーのアヴィーサ』） Willobie, Henry（*Willobie His Avisa*） 231
『ウィンザーの陽気な女房たち』（シェイクスピア作） *The Merry Wives of Windsor* 34, 47, 57, 68, 82, 93, 238, 260, 280, 284, 287, 288, **302-06**, 315, 389, 393, 396, 406, 487, 539, 553-54, 591
ウィンチェスターの鵞鳥 "Winchester Geese" 334
ウェイト，ウィリアム Wayte, William 282
ウェイトリー，ジョージ Whateley, George 47
ウェストミンスター・スクール Westminster School 19, 71, **481**
ウェスパシアヌス帝 Vespasian, Emperor 426, **572**
ウェッジウッド，ウィリアム Wedgewood, William 46-47
ウェットストーン，ジョージ Whetstone, George 402, 407, **569**
　『プロモスとカサンドラ』*Promos and Cassandra* 407, 569
　『ヘプタメロン』*Heptameron* 402
ウェッブ，トマス Webbe, Robert 78, 497
ウェッブ，ロバート Webbe, Thomas 78, 498
ヴェニス（ヴェネツィア）共和国 Venice, Republic of 401, 403, 427, 559, 570, 577
『ヴェニスの商人』（シェイクスピア作） *The Merchant of Venice* 72, 181, 210, 222, 224, 232, 242, 268, **276-78**, 284, 298, 299, 318, 364, 393, 409, 490, 547, 555, 560, 591
ウェブスター，ジョン Webster, John 121-22, 458, 476, **504**, 558
　『白い悪魔』 *The White Devil* 458
　『モルフィ公爵夫人』 *The Duchess of Malfi* 121-22, 504
ウェルカム →ウェルコーム
ウェルギリウス Virgil 70, 167, 390, 401, 452, **495**, 501
　『アエネーイス』 *Aeneid* 452, 501
ウェルコーム Welcombe 76, 386, 411, 469, 470, 592
ウェルズ，スタンリー Wells, Stanley 71, 99, 462, 479, 480, 509, 516, 542, 556, 562, 570, 581
『ヴェローナの二紳士』（シェイクスピア作） *The Two Gentlemen of Verona* 17, 28, 47, 113, 125, 126, 141, 154, 158, **188-90**, 232, 292, 489, 503, 522, 555, 591
ウォーカー，ウィリアム Walker, William 49, 438, **486**, 573
ウォーカー，ヘンリー Walker, Henry 49, 438
ウォード，ジョン Ward, John 352
ウォットン，サー・ヘンリー Wotton, Sir Henry 462, 463, 575, **576**
ウォトソン，トマス Watson, Thomas 98, 148, 173, **501**
　『恋愛詩百篇』 *Hekatompathia* 98, 501
ウォリックのガイ Guy of Warwick 17, 230, 481
ウォリック伯爵，ジョン・ダドリー Warwick, John Dudley, Earl of 25, 76
ウォリック伯一座 Warwick's Men 60, 139, 142
ウォルシンガム，サー・フランシス Walsingham, Sir Francis 389, 551
ヴォルテール（フランソワ・マリー・アルエ） Voltaire（François Marie Arouet） 122, **504**
『ヴォルポーネ（古ぎつね）』 →ジョンソン，ベン
牛いじめ →熊いじめ，牛いじめ
ウスター Worcester 20, 25, 50, 77, 100, 101, 463, 482, 496, 583
　セント・マーティン教会 St Martin's Church 101
ウスター伯一座 Worcester's Men 60, 108, 136, 353, 499, 532, 533
歌 →音楽と歌
ウッド，アンソニー・ア Wood, Anthony à 81
ウッド，マイケル Wood, Michael 230, 328, 353, 428, 585
『ウッドストックのトマス』 *Thomas of Woodstock* 271, **545-46**
ウッドマンコート Woodmancote 54
ウルジー枢機卿，トマス（『すべて真実』） Wolsey, Cardinal Thomas 78, 238, 462, 464
ウルフ，ヴァージニア Woolf, Virginia 190, 297

エ

エイヴォン川 Avon, River 22-23, 54, 82, 84, 94, 481, 482
エイガス，ラルフ Agas, Ralph 394, **567-68**
疫病 plague 16, 123, 183, 185, 199, 200, 201, 215, 217, 393-94, 396-97, 433, 441, 443, 537, 589, 590, 591, 592
エグウィン，ウスター司教 Egwin, Bishop of Worcester 20, **482**
『エステルとアハシュエロス』 *Hester and Ahasuerus* 238, **533**
エセックス伯爵（第二代），ロバート・デヴルー Essex, Robert Devereux, 2nd Earl of 208, 211, 270, 272-73, 278, 285, 354, **366-67**, 369, 376, 389, 512, 545, 546, 548, 549, 551, 553, 562, 565, 570, 576, 592

エセックス伯一座　Essex's Men　60, 108, 142
エセルレッド　Aethelred　20, **482**, 513-14
エッジヒル　Edgehill　18, **481**
エドガー（『リア王』）　Edgar　54, 58
『エドマンド剛勇王』　*Edmund Ironside*　94, 155, **163-64**, 170, 176, 178, 505, **513-14**, 516, 517
エドワーズ，リチャード　Edwards, Richard　492, 559, 569
『エドワード一世』　→ピール，ジョージ
『エドワード三世』（シェイクスピア作）　*Edward the Third*　155, 188, **196-97**, 206, 292, 490, 499, 504, **514**, 522, 577, 578, 591
『エドワード二世』　→マーロウ，クリストファー
エドワード六世　Edward VI　28, 483, 544
エマソン，ラルフ・ウォルドー　Emerson, Ralph Waldo　476
エラスムス，デシデリウス　Erasmus, Desiderius　69, 123, 494, **495**
エリオット，T・S　Eliot, T. S.　191, 504, 505, 522-23, 578
エリザベス一世　Elizabeth I　15, 22, 26, **28-29**, 38, 52, 64, 76, 88, 106, 108, 118, 120, 133, 134, 143-44, 153, 154, 208, 211, 217, 231, 239-40, 270, 272, 278, 284, 302, 304, 343, 347, 364, 365, 366-69, 389, 391, 392, 397, 400, 406, 415, **480**, 482, 489, 492, 496, 497, 503, 506, 507, 508, 512, 538, 545, 546, 552, 574, 578, 589, 592
　→女王一座
エリザベス王女　Elizabeth, Princess　458
エルズミア大法官，トマス・エガートン　Ellesmere, Thomas Egerton, Lord Chancellor　469, 521
エルド，ジョージ　Eld, George　444

オ

オウィディウス　Ovid　64, 74, 150, 158, 164, 165, 201, 246, 277, 401, 452, 489, **493**
　『祭暦』　*Fasti*　233, 401, 493, **530**
　『変身物語』（アーサー・ゴールディング英訳）　*Metamorphoses*　64, 70, 167, 203, 249, 401, 493, 538, 545
雄牛亭　→ブル亭
王立劇場（ドルーリー・レイン）　Theatre Royal, Drury Lane　140, 509
王立取引所（ロンドン）　Royal / New Exchange, London　125, 449, 524
オーシーノー公爵（『十二夜』）　97
オードリー，ジョン　Audley, John　92
オーブリー，ジョン　Aubrey, John　11, 63, 80, 86, 105, 107, 114, 126, 128, 172-73, 230, 270, 377, 378, 379, **493**
オーベロン（『夏の夜の夢』）　Oberon　76, 247
オーマール公（『リチャード二世』）　Duke of Aumerle　253
オールドカースル，サー・ジョン　Oldcastle, Sir John　267, 274, 285-86, 549, 553, 574, 591
『お気に召すまま』（シェイクスピア作）　*As You Like It*　17-18, 96, 121, 211, 222, 228, 232, 238, 292, 336, **358-60**, 364, 397, 486, 494, 502, 522, 524, 526, 552, 563, 564, 592
オセロー（『オセロー』）　Othello　58, 193, 194, 252, 255, 277, 301, 400-01, 403-04, 568
『オセロー』（シェイクスピア作）　*Othello*　47, 62, 76, 123, 157, 197, 225-26, 238, 250, 252, 255, 256, 260, 262, 264, 277, 294, 297, 298, 336, 347, 399, **400-01**, **403-05**, 406, 407, 408, 412, 447, 458, 462, 476, 529, 540, 543-44, 569, 592
オックスフォード　Oxford　377-78, 492, 506, 552, 566, 572
　→オックスフォード大学
オックスフォード伯爵（第一七代），エドワード・ド・ヴィア　Oxford, Edward de Vere, 17th Earl of　41, 143, 208, 537, 538
　→オックスフォード伯一座
オックスフォード大学　Oxford University　74, 245, 374, 377, 413, 482, 484, 506, 522, 523, 525, 526, 531, 536, 537, 551, 565, 566, 570, 571, 576
　セント・ジョンズ学寮　St John's College　74, 571
　ボドリー図書館　Bodleian Library　374, 377, 572
オックスフォード伯一座　Oxford's Men 60, 108, 139
オックスフォード版シェイクスピア　The Oxford Shakespeare　519, 528, 537, 544, 578, 581
オフィーリア（『ハムレット』）　Ophelia　45, 95, 253, 341, 484, 501, 534
オリヴィア（『十二夜』）　Olivia　98, 222
『終わりよければすべてよし』（シェイクスピア作）　*All's Well That Ends Well*　93, 268, 292, **409-10**, 423, 449, 484, 490, 526, 570, 592
音楽と歌　music and songs　89-90, 190, 216, 239, **340-41**, 344, 404, 427, 428, 434, 435, 446, 448, 450, 452

カ

ガーディナー，ウィリアム　Gardiner, William　82, 284
ガーディナー，フランセス（旧姓ルーシー）

Gardiner, Frances (née Lucy) 82
『カーディニオー』 →『カルデーニオ』
カーテン座（ショアディッチ） Curtain Theatre, Shoreditch 110, 131, **138**, 139, 142, 152, 153, 172, 173, 239, 270, 274, 302, 313, 327, 358, 359, 424, **508**, 518, 530, 591
ガートルード（『ハムレット』） Gertrude 256, 301, 501, 534, 539
ガーネット神父，ヘンリー Garnet, Father Henry 413
カーモード，フランク Kermode, Frank 420, 585
カーライル，トマス Carlyle, Thomas 439, 477, **573**
カールトン，ダドリー Carleton, Dudley 409, **570**
海軍卿一座 Lord Admiral's Men →海軍大臣一座
海軍大臣一座（海軍卿一座） Admiral's Men / Lord Admiral's Men 142, 152, 153, 172, 173, 174, 217, 238, 240, 327, 339, 353, 364, 374, 391, 502, 507, 511, 512, 519, 524, 526, 532, 533, 534, 540, 546, 554, 559, 590
『ガウリ』 *Gowry* 406, **569**
カウリー，リチャード Cowley, Richard 153, 219, 256, **511**, 554
カエサル，ユリウス（シーザー，ジュリアス） Caesar, Julius 70, **496**, 498
隔行対話（スティコミシア） stichomythia 226
囲い込み enclosures 26, 370-71, 424-25, 469-70
カスティリオーネ，バルダッサーレ Castiglione, Baldassare 127, 505
　『廷臣論』 *The Courtier* 127, 505
『カティリナ，その隠謀』 →ジョンソン，ベン
カトリック／カトリック信者 Catholicism / Catholics **28**, 37-39, 41, 47-52, 53, 82, 87, 101, 132, 177, 285, 419, 423, 439-40, 459-60
　国教忌避者（リクーザント） 28, 38, 50-52, 77, 79, 87-89, 101, 182, 211, 312, 347, 413, 418, 422, 460
　→イエズス会士
株主 →劇場株主
火薬隠謀事件 "Gunpowder Plot" 412, 415, 418, 450, 506, 551, 565, 571, 592
『から騒ぎ』（シェイクスピア作） *Much Ado About Nothing* 15, 69, 96, 221, 222, 265, 318, **358**, 364, 407, 458, 511, 534, 555
カラス，キャサリン Carus, Katherine 460
ガル，フランツ・ヨーゼフ Gall, Franz Joseph 231
『カルデーニオ』（シェイクスピア，フレッチャー共作，消失） *Cardenio* 211, 318, 457, 458, 523, 575, 593
ガレノス Galen 226, 423, **571**
ガワー，ジョン Gower, John 429, 490, **572**
　『恋人の告解』 *Confessio Amantis* 429, 490, 572
『頑固なモロッコ』 *Muly Mollocco* 154, **513**

キ

キーツ，ジョン Keats, John 72, 252, **497**, 539
キーン，アラン Keen, Alan 90, 500
キーン，エドマンド Kean, Edmund 257, **540**
記憶による再構成 "memorial reconstructions" 175-76
キケロ（シセロ） Cicero 68, 72, 159, 188, **494**, 498, 510, 522
ギッシング，ジョージ（『三文文士』） Gissing, George (*New Grub Street*) 145, **509-10**
キッド，トマス Kyd, Thomas 132, 142, **146**, 147, 153, 157, 189, 200, 208, 257, **507**, 531, 566
　『スペインの悲劇』 *The Spanish Tragedy* 132-33, **145-47**, 156, 163, 167, 238, **507**
ギボンズ，オーランド Gibbons, Orlando 341, **558**
キャクストン，ウィリアム Caxton, William 489
キャスカ（『ジュリアス・シーザー』） Casca 349, 360
キャムデン，ウィリアム Camden, William 18, 481
キャロウ，サイモン Callow, Simon 347
キャンピオン，エドマンド Campion, Edmund **37-38**, 74, 88, 91, **484**, 570, 590
宮廷祝典局長 →祝宴局長
教区税 →10分の1税
『狂乱のオルランドー』 →グリーン，ロバート
ギラム（ギョーム），フルク Gillam, Fulke 87, 89
キルケゴール，セーレン Kierkegaard, Søren 257-58
ギルド・チャペル →ストラットフォード・アポン・エイヴォンと周辺地域
ギルドン，チャールズ Gildon, Charles 256, 404, **539**, **569**
キングズ・スクール（カンタベリー） King's School, Canterbury 73
キングズ・ニュー・スクール King's New School →ストラットフォード・アポン・エイヴォンと周辺地域

ク

クイニー，ウィリアム　Quiney, William　48
クイニー，エイドリアン　Quiney, Adrian　48, 76, 484, 492
クイニー，ジューディス（旧姓シェイクスピア）Quiney, Judith (née Shakespeare)　48, 97, 107, 276, 422, **472-73**, 484, 590, 593
クイニー，トマス　Quiney, Thomas　**472-73**, 484, 593
クイニー，バーソロミュー　Quiney, Bartholomew　130
クイニー，リチャード　Quiney, Richard　48, 113, 322-24, 370-71, 372, 592
クイニー家　Quiney family　48, 130
クウィンティリアヌス　Quintilian　72, **497**
クーム，ウィリアム　Combe, William　386, 422, 443, 467, 596
クーム，ウィリアム（甥）Combe, William　469-70, 592
クーム，ジョン　Combe, John　49, 386, 422, 443, 461, 467, 486, 575, 592
クーム，トマス　Combe, Thomas　474, 554
クォート　quartos　11, 124, 211, 267, 270, 286, 315, 317, 374-75, 391, 394, 409, 417, 421, 427, 430, 464, 525, 527, 528, 532, 533, 536-37, 538, 542, 544, 550, 555, 573
『愚者のための紳士学入門』→デカー，トマス
『癖者ぞろい』→ジョンソン，ベン
『癖者そろわず』→ジョンソン，ベン
クック，アレクサンダー　Cooke, Alexander　521
『靴屋の祭日』→デカー，トマス
宮内大臣一座　Lord Chamberlain's Men　153, 184, 185, 215, **217-18**, **219-23**, 224-27, 233, 234, 238-39, 239-42, 243, 255-56, 269, 270, 272, 274, 284, 302-03, 313-14, 316, 327, 342, 343, 346-48, 353, 358-60, 362-63, 364, 365, 366-69, 374, 383-84, 389, 390-91, 498, 502, 507-08, 511, 519, 530, 532, 533, 534, 545, 548, 553, 558, 560, 591
→国王一座
『苦難の冒険の典型』→トワイン，ロレンス
熊いじめ，牛いじめ　bear-baiting, bull-baiting　136, 138, 140, 333, 450
クラークンウェル（ロンドン）Clerkenwell, London 137, 239, **508**, 515
クラウン亭（オックスフォード）The Crown, Oxford　377
グラフトン・ポートレート　"Grafton portrait" of Shakespeare　170-71, 382
グランディッソン，ジョン・ド（エクセター主教）Grandisson, John de, Bishop of Exeter　141
グリーナウェイ，ウィリアム　Greenaway, William　114, 130
グリーン，ウィリアム　Greene, William　440, 573
グリーン，ジョン　Greene, John　459, **575**
グリーン，トマス　Greene, Thomas　361, 371, 440-41, 443, 459, 468, 469-70, 486, 573, 575
グリーン，レティーシャ　Greene, Laetitia　440
グリーン，ロバート　Greene, Robert　129, 145, 147, 150, 156, 157, 159, 162, 170, 173, 176, 186-88, 189, 203, 230, 286, 320, **505-06**, 509, 512-13, 514, 521, 522, 555, 574, 590
『遅すぎることはなし』*Never Too Late*　159
『お人よしのだまし方，その二』*Second Cony-Catching*　249
『狂乱のオルランドー』*Orlando Furioso*　154, 157, 342, **512-13**
『三文の知恵』*Groats-worth of Wit*　180, 186-88, 198, 450, 506, 522, 590
『修道士ベイコンと修道士バンゲイ』*Friar Bacon and Friar Bungay*　154, 157, 505-06, 512
『パンドスト』*Pandosto*　505, 450-51
『メナフォン』（ナッシュによる序文つき）*Menaphon*　157, 158, 162, 501
クリスチャン，デンマーク王　Christian, King of Denmark　415
グリニッジでの公演　Greenwich, performances at　239, 240, 415
グリフィン，バーソロミュー　Griffin, Bartholomew　288, **551**
『フィデッサ』*Fidessa*　288, 551
クリンク　→サザック
グリーンブラット，スティーヴン　Greenblatt, Stephen　347, 567, 577, 585
クレイン，ラルフ　Crane, Ralph　477
グレヴィル，サー・エドワード　Greville, Sir Edward　370-71
グレヴィル，サー・フルク（父）Greville, Sir Fulke　86, 468, 499
グレヴィル，サー・フルク（息子）Greville, Sir Fulke　86, 468, **499**
『シーリカ』*Caelica*　288-89, 499
グレヴィル家　Greville family　82
グレシャム，サー・トマス　Gresham, Sir Thomas　216, **525**
グレンドン・アンダーウッド　Grendon Underwood　114

クローディアス（『ハムレット』） Claudius 84, 301, 563
グローブ座（サザック） Globe Theatre, Southwark 90, 222, 226, 238, 326, 329-31, 332, 336-39, 341, 342, **346-53**, 362-63, 366-68, 375, 390, 396, 400, 412, 427, 433, 449, 451, 462-63, 474, 508, 511, 537, 548, 557, 558, 575, 576, 592
クロス・キーズ（**十字鍵**）**亭**（グレイスチャーチ・ストリート） Cross Keys Inn, Gracechurch Street 134, 142, 152, 172, 239, 502, 590
クロスビー，サー・ジョン Crosby, Sir John 216, 525
クロプトン Clopton 30
クロプトン，サー・ヒュー Clopton, Sir Hugh 22, 309, **482**
クロプトン・ハウス，ウォリックシャー Clopton House, Warwickshire 412
クロプトン家 Clopton family 50

ケ

ケアリー，エリザベス →バークリー，エリザベス
ケアリー，サー・ジョージ →ハンズドン卿（第二代）
『警句集』 →ジョンソン，ベン
ケイツビー，ロバート Catesby, Robert 412, **570-71**
ケイツビー家 Catesby family 82
ケイド，ジャック Cade, Jack 177, 178
ゲーテ，ヨハン・ヴォルフガンク・フォン Goethe, Johann Wolfgang von 80, 113, 503
劇場株主 “sharers” 217, **222-23**, 234, 330-31, 352, 433, 551
劇場戦争 “War of the Theatres” 361-64
『ゲスタ・グレイオールム』 *Gesta Grayorum* 240, **535**
『ゲスタ・ロマノールム』 *Gesta Romanorum* 57, **490**
『血縁の二公子』 →『二人の貴公子』
ケニルワース Kenilworth 76, 589
ケント伯爵夫人，エリザベス・グレイ Kent, Elizabeth Grey, Countess of 294
ケント州の叛乱（1450年） “Kentish Rebellion” 177
ケンプ，ウィリアム Kempe, William 108, 153, 178, 189, 210, 219, **220-21**, 240, 243, 244-45, 256, 331, 344, 346-47, 358-59, 360, 394, **502**, 512, 518, 526-27, 527-28, 532, 550, 554, 561, 563, 592
　『九日間の驚異』 *Nine Days Wonder* 214
ケンブリッジ大学 Cambridge University 269, 374, 482, 490, 496, 497, 499, 501, 507, 509, 518, 531, 546, 551, 558, 562, 565, 571, 590
　クイーンズ学寮 Queens’ College 320-21, 422
　セント・ジョンズ学寮 St. John’s College 202, 320, 499
ケンブリッジ版シェイクスピア The Cambridge Shakespeare editions 514, 515, 537-38, 544, 562, 564

コ

『恋の骨折り甲斐』（シェイクスピア作?，消失） *Love’s Labour’s Won* 211, 318, 409, 555
『恋の骨折り損』（シェイクスピア作） *Love’s Labour’s Lost* 64, 69, 80, 126, 128, 132, 144, 200, 205, 206, **208-11**, 233, 240, 243, 247, 249, 267, 268, 292, 294, 299, 317, 353, 358, 368, 393, 408-09, 485, 499, 517, 525, 527, 555, 591
コヴェル，ウィリアム（『ポリマンテイア』） Covell, William (*Polimanteia*) 235, **531**
コヴェントリーの聖史劇 Coventry mystery cycle 61, 428
『抗争劇』 →『ヨーク，ランカスター両名家の抗争・第一部』
コウプ，サー・ウォルター Cope, Sir Walter 408, **569-70**
コーディーリア（『リア王』） Cordelia 256, 417, 420, 421, 482, 485, 514, 538-39
コート，アリス Court, Alice 98
コート，ウィリアム Court, William 92, 182
コードリー，レイフ Cawdrey, Ralph 100
コードリー家 Cawdrey family 47
『ゴーボダック』 *Gorboduc* 241, **535-36**
コーラム・レジナ記録 Coram Regina Roll 92, **500**
ゴールディング，アーサー Golding, Arthur 249, **538**, 544
コールリッジ，サミュエル・テイラー Coleridge, Samuel Taylor 191, 250, 504, 522, 570
国王一座 King’s Men **392-93**, 397, 399-400, 406, 412, 416, 425, 433-35, 441, 442, 443, 449-50, 451, 457, 458, 463-64, 471, 519, 522, 530, 534, 535, 540, 552, 558, 559, 560, 572, 573, 574, 592
国王至上法 Act of Supremacy 28, **483**, 503
午後の人々 →アフタヌーンズ・メン
国教忌避者（リクーザント） →カトリック／カトリック信者
コタム，ジョン Cottam, John 74, 75, 88, 418, 589, 590
コタム神父，トマス Cottam, Father Thomas

74, 88, 418, 589, 590
コックス，ジョン Cox, John 48
ゴッソン，スティーヴン Gosson, Stephen 348, 508, 529
ゴッソン，ヘンリー Gosson, Henry 430
コップランド，ロバート（『テュロスのアポロニオス』） Copland, Robert (*King Appolyn of Tyre*) 57
『子どものための箴言集（センテンチアエ・プエリーリス）』 *Sententiae Pueriles* 69
コバム卿（第一〇代），ウィリアム・ブルック Cobham, William Brooke, Lord 274, 285-86, 303, 548-49, **553**, 591
コメディア・デラルテ commedia dell'arte 243, 256, 277, 547
『コリオレイナス』（シェイクスピア作） *Coriolanus* 27, 43, 62, 78, 124, 168, 193, 265, 268, 279, 281, 316, 351, 355, 360, 371, 425, **435-37**, 438, 441, 442, 488, 539, 564, 572, 573, 593
コリンズ，フランシス Collins, Francis 411, 473, **570**
ゴンザーガ，クルツィオ（『騙された人々』） Gonzaga, Curzio (*Gl'Inganni*) 383
コンスタブル，ヘンリー Constable, Henry 288, **551**
『ダイアナ』 *Diana* 288, 551
コンデル，ヘンリー Condell, Henry 11, 174, 262, 396, 474, 477, **519**, 547, 563 →フォーリオ版シェイクスピア戯曲全集

サ

『サー・ジョン・オールドカースル』（海軍大臣一座） *Sir John Oldcastle* 238, 523, **532-33**
『サー・ジョン・オールドカースル』（宮内大臣一座） *Sir John Oldcastle* 286
『サー・トマス・モア』（シェイクスピアほか作） *Sir Thomas More* **197-98**, 262, 264, 266, 291, 343, 373, **523**, 549, 578, 591
サイモン，ジョン Simon, John 587
サヴェッジ，トマス Savage, Thomas 330, 500, **557**
サウサンプトン伯爵（第三代），ヘンリー・リズリー Southampton, Henry Wriothesley, 3rd Earl of 157, **201-03**, **206-08**, 209, 211, 215, 231, 233, 234-35, 240, 279, 289, 294, 300, 330, 354, 366, 367, 389, 392, 402, 409, 419, 444, 449, 524, 525, 537, 562, 590, 591
サウサンプトン伯爵夫人，エリザベス・リズリー →ヴァーノン，エリザベス
サウサンプトン伯爵夫人，メアリ Southampton, Mary, Countess of 205, 246, 365, 368, 564-65, 571, 591
サウサンプトン・ハウス（ロンドン） Southampton House, London 106, 208, 409
サウスウェル，ロバート Southwell, Robert 205, 402, 525
「聖ペトロの嘆き」 "Saint Peter's Complaint" 206
サクストン，クリストファー Saxton, Christopher 18, **481**
サクスピア，ウィリアム Sakspeer, William 30
サクゼップ，ジャケーム（『クーシの城主』） Sakesep, Jakemes (*Le Châtelain de Couci*) 30, 483
サザック Southwark 124-25, 140-41, 269, 284, 329-31, **332-35**, 394, 395
オリファント亭 The Oliphant 125
カーディナルズ・ハット亭 The Cardinal's Hat 334
クリンク The Clink 124, 324, 332
セント・セイヴィアーズ教会 St Saviour's Church 334
パリス・ガーデン Paris Garden 284, 333, 334, 549, **557**
→グローブ座，ローズ座
サセックス伯爵（第四代），ヘンリー・ラドクリフ Sussex, Henry Radclyffe, 4th Earl of 208
サセックス伯一座 Sussex's Men 110, 142, 215, 216, 217, 513, 514, 525, 540, 547
サッカレー，ウィリアム・メイクピース Thackeray, William Makepeace 477, **578**
サックヴィル，トマス Sackville, Thomas 490, 535
サドラー，ウィリアム Sadler, William 107
サドラー，ジューディス Sadler, Judith 107
サドラー，ジョン Sadler, John 48, 99, 113
サドラー，ハムネット（「ハムレット」） Sadler, Hamnet ("Hamlett") 49, 107, 413, 575, 576
サドラー，ロジャー Sadler, Roger 48
サドラー家 Sadler family 130
サドラーズ・ウェルズ劇場 Sadler's Wells Theatre 137
サマヴィル，ジョン Somerville, John 106, 497, 590
サマヴィル家 Somerville family 82
サマセット・ハウス，ロンドン Somerset House, London 274, 399, 401
サリー伯爵，ヘンリー・ハワード Surrey, Henry Howard, Earl of 98, **501**, 528-29
サルスティウス Sallust 70, **496**
サルトル，ジャン＝ポール Sartre, Jean-Paul

VI） 208, 310, 366, 388, 391, **392-93**, 397-98, 401, 406-07, 412, 413, 414, 415, 416, 417, 436, 506, 518, 537, 545, 546, 553, 559, 565, 569, 571, 576, 592
『バジリコーン・ドーロン』 *Basilikon Doron* 407, 417, 518, **569**
シェーンボーム，サミュエル Schoenbaum, Samuel 10, 497, 498, 556, 567, 580-84
Life 34, 40, 41, 58, 81, 101, 116, 139, 234, 282, 310, 312, 329, 352, 377, 378, 459, 467, 468, 474
Lives 30, 270, 309, 475, 476, 545
ジェラード，ジョン（『草木誌』） Gerard, John（*The Herbal*） 310-11, 334
シェリング，フェリックス・E Schelling, Felix E. 181, 520
ジェンキンズ，トマス Jenkins, Thomas 73, 74, 589
『詞華集（フローレス・ポエタールム）』 *Flores Poetarum* 70
ジグ jigs 109, 346-47, **526-27**, 528, 535, 550, **561**
『磁石夫人』 →ジョンソン，ベン
『死者の運命』 *Dead Man's Fortune* 173, 519
詩人戦争 "Poet's War" 361
シセロ →キケロ
シドニー，サー・フィリップ Sidney, Sir Philip 71, 108, 235, 288, 485, **496-97**, 530, 537, 540, 551, 562, 574, 590
『アーケイディア』 *Arcadia* 189, 418, 496-97
『アストロフェルとステラ』 *Astrophil and Stella* 208, 288, 497, 540
『五月祭』 *May-Day* 82
『詩の弁護』 *An Apology for Poetry* 497, 551
シボルド，ルイス Theobald, Lewis 457, 525, **575**
シムズ，ヴァレンタイン Simms, Valentine 166, 314
シャーファム，エドワード Sharpham, Edward 121, **504**, 535, 559
シャーリー，ジェイムズ Shirley, James 540, 558, 561, 574
シャイロック（『ヴェニスの商人』） Shylock 226, 242, 268, 277, 278, 294, 393, 403, 540, 547
ジャガード，ウィリアム Jaggard, William 457-58, 551
ジャクソン，ジョン Jackson, John 459
『尺には尺を』（シェイクスピア作） *Measure for Measure* 53, 98, 265, 300, 357, 393, 400, **406-08**, 412, 454, 488, 526, 542, 552, 559, 569, 592
『ジャジャ馬ナラシ』 *The Taming of a Shrew* **161-62**, 167, 170, 175, 178, 185, 186, 188, 199, 218, 383, **515**, 516, 543, 555, 577, 591
『じゃじゃ馬馴らし』（シェイクスピア作） *The Taming of the Shrew* 20, 41, 47, 53, 54, 83, 84, 88-89, 126, 158, 159, **161-63**, 185, 193, 211, 220, 232, 257, 279-80, 302, 406, 467, 487, 515-16, 519, 543, 555, 591
シャピロ，ジェイムズ Shapiro, James 585
ジュアデイン，シルヴェスター →『バーミューダ諸島の発見』
宗教改革 Reformation 15, 28, 50, 53, 66, 82, 106, 181, 285, 347, 411, 480, 489, 495, 503, 549
修辞 rhetoric 71-72
十字鍵亭 →クロス・キーズ亭
『修道士ベイコンと修道士バンゲイ』 →グリーン，ロバート
『十二夜』（シェイクスピア作） *Twelfth Night* 64, 76, 107, 222, 276, 297, 332, 347, 360, 364, **383-85**, 427, 488, 489, 523, 526, 527, 528, 538, 561, 565, 566, 592
10分の1税（教区税） tithe 40, 49, **323**, **411**, 412, 469, 475, 485, 570, 592
主教聖書 The Bishops' Bible 14, 64, 493
祝宴局長 Masters of the Revels 94, 108, 144, 153, 215, 223, 239, 261, 268, 306, 343, 414, 421
祝典少年劇団 →チャペル・ロイヤル少年劇団
出版阻止登録 blocking entry 314, 364
ジュネーブ聖書 Geneva Bible 64, 493
『ジュリアス・シーザー』（シェイクスピア作） *Julius Caesar* 62, 72, 83, 176, 178, 257, 260, 264, 265, 336, 346, 349, **353-54**, 357, 360, 364, 370, 390, 435, 505, 520, 529, 562, 592
ジュリエット（『ロミオとジュリエット』） Juliet 21, 101, 243, 244, 245, 544-45, 574
シュルーズベリー・グラマー・スクール Shrewsbury grammar school 73
シュレーゲル，A・W Schlegel, A. W. 168, 465
『殉教者の書』 →フォックス，ジョン
ショアディッチ Shoreditch 109, 124, 137, 138, 148, 173, 185, 216, 217, 230, 240, 302, 507, 508
セント・レナード教会 St. Leonard's 173, 423
→カーテン座，シアター座
ジョイス，ジェイムズ Joyce, James 114, 275-76, 403, **503**
『ユリシーズ』 *Ulysses* 275-76, 503

ジョヴァンニ，セル →『イル・ペコローネ』
肖像画 →シェイクスピア，ウィリアム
『情熱の巡礼者』 *The Passionate Pilgrim* 210, 293, 317, 364, 592
少年劇団 →チャペル・ロイヤル少年劇団，セント・ポール少年劇団
少年俳優 boy actors 143, 144, **221-22**, 225, 241, 243, 346, 362-63, 383, 404, 417, 447, 448, 449, 529, 539-40, 547 →チャペル・ロイヤル少年劇団，セント・ポール少年劇団
ショー，アリス Shaw, Alice 98
ショー，ジュリアス（ジュライ） Shaw, Julius or July 49, 467, **576-77**
ショー，ジョージ・バーナード Shaw, George Bernard 127, 409, 505
ショー，レイフ Shaw, Rafe 48, 577
女王一座 The Queen's Men 60, 108, 109, 110, 131, 142, 146, 152, 160, 161, 166, 184, 216, 419, 502, 511, 512, 514, 515, 532, 540, 547, 549, 590
『ジョージ・ピールの愉快で冴えてる戯話』 *The Merry Conceited Jests of George Peele* 144, 204, 506, 509
ショート，ピーター Short, Peter 516
ジョーンズ，イニゴー Jones, Inigo 286-87, 432, **550**
ジョーンズ，ウィリアム Jones, William 200
ジョーンズ，デイヴィー Jones, Davy 61, 63, **492**
書籍出版業組合 The Stationers' Company 165, **395**, 445
書籍出版業組合記録 Stationers' Hall / Register 215, 219, 364, 390, **395-96**, 558
ショタリー Shottery 74, 96, 100, 322-23, 370, 418, 443, 473, 497
アン・ハサウェイのコテージ "Anne Hathaway's Cottage" 96, 99, 323, 443, 473, 501
書店 booksellers / bookshops 124, 201, 364, **395-96**, 401
『ジョン王』（シェイクスピア作） *King John* 34, 46, 47, 86, 119, 134, 158, 159, **165**, **166**, 174, 228, 252, 265, 274-75, 284, 488, 519, 527, 534, 542, 543, 555, 591
→『ジョン王の乱世』
『ジョン王の乱世』 *The Troublesome Reign of King John* 110, 155, 158, 163, 165-66, 170, 176, 520, 543
ジョンソン，アーサー Johnson, Arthur 396
ジョンソン，ウィリアム Johnson, William 109, 328, 459
ジョンソン，サミュエル（『シェイクスピア全集』） Johnson, Samuel（*The Plays of William Shakespeare*） 71, 130-31, 262, 446, **496**
ジョンソン，ジョーン Johnson, Joan 394, 454
ジョンソン，ベン Jonson, Ben 19, 71, 73, 128, 147, 152, 158, 173, 206, 223, 238, 256, 261, 290, 313, **327-29**, 343, 347, 350, 354, 361-63, 389, 396, 399, 403, 427, 432, 433, 434, 458, 468, 472, 476, **479**, 487, 494, 499, 505, 507, 508, 513, 518, 525, 530, 536, 541, 548, 550, 554, 556, 560, 561, 564, 572, 592
『犬の島』（ナッシュとの共作） *The Isle of Dogs* 313, 327, 343, 369, 518, **554**
『ヴォルポーネ（古ぎつね）』 *Volpone* 206, 396, 412, 445, 479, 519
『カティリナ，その隠謀』 *Catiline His Conspiracy* 434, 435, 508, **572**
『癖者ぞろい』 *Every Man in His Humour* 223, 327, 328, 343, 362, 479, 498, 499, 530, 535, 548, 554, 592
『癖者そろわず』 *Every Man Out of His Humour* 280, 350, 354, 361, 362, 518, 527, 548
『警句集』 *Epigrams* 290
『磁石夫人』 *The Magnetic Lady* 434, **572-73**
『シンシアの饗宴』 *Cynthia's Revels* 229, 361, 548, 560
『セジェイナス，その没落』 *Sejanus His Fall* 396, 435, 445, 530, 535
『ティンバー，あるいは人間と事物についての発見』 *Timber: or, Discoveries Made upon Men and Matter* 11, 152, 262-63, 479, 505
『バーソロミューフェア（浮かれ縁日）』 *Bartholomew Fair* 347, **561-62**
『東行きだよ』（チャップマン，マーストンと合作） *Eastward Ho!* 194, 445, 505
『へぼ詩人』 *The Poetaster* 236, 361, 362, 548, 560
『錬金術師』 *The Alchemist* 434, 458, 479, 519, 556, 560, **572**
ジョンソン，ロバート Johnson, Robert 294, 340, 448, 450, **552**, 558
ジラルディ，ジョヴァンニ・バッティスタ →チンティオ
シルヴェスター，ジョシュア →『聖なる週と勤め』
シルヴァー・ストリート（ロンドン） Silver Street, London 216, 394, 395, 396, 424, 454, 557
『白い悪魔』 →ウェブスター，ジョン
シンクラー（シンクロー），ジョン Sincler, John

(Sinklo) 174, 178, 217, 219-20, 256, **519**
『シンシアの饗宴』 →ジョンソン，ベン
『神仙女王』 →スペンサー，エドマンド
身体の雄弁 “eloquence of the body” 226
「死んでみようか」 →シェイクスピア，ウィリアム：作品
『シンベリン』(シェイクスピア作) *Cymbeline* 17, 18, 45, 228, 250, 262, 264, 295, 340, 355, 420, 434, 444, **446-48**, 449, 537, 540, 542, 552, 558, 573, 593

ス

スィフト，ダニエル Swift, Daniel 587
枢密院 Privy Council 64, 77, 91, 184, 199, 200, 219, 269, 270, 313, 327, 333, 361, 362, 365, 554, 556
スコット，サー・ウォルター Scott, Sir Walter 476-77, **577-78**
鈴亭 →ベル亭
スターリー，エイブラハム Sturley, Abraham 322-23
スタンリー，アーシュラ →ソールズベリー，レイディ・アーシュラ
スタンリー，ウィリアム →ダービー伯爵（第六代）
スタンリー，サー・エドワード Stanley, Sir Edward 461, 499-500
スタンリー，サー・トマス Stanley, Sir Thomas 461, **499**-500
スタンリー，ファーディナンドー →ダービー伯爵（第五代）
ストウ，ジョン（『ロンドン概観』） Stow, John (*Survey of London*) 109, 116, 117, 216, 217, 332, 393, 394, **502**
ストラットフォード・アポン・エイヴォンと周辺地域 Stratford-upon-Avon and environs 15, 16, 17, 19, **20-21**, **22-27**, 30, 31, 32, 33, 34, 37, 39, 40, 44, 46, 48, 49, 50, 51, 52, 53, 54-55, 57, 58, 60, 61, 63, 64, 67, 68, 71, 73, 74, 76, 77, 79, 81, 86, 88, 91, 92, 94, 96, 98, 99, 101, 105, 107, 108, 110, 113, 114, 115, 119, 123, 130, 147, 173, 182, 201, 205, 230, 234, 263, 268-69, 274-75, 280, 309, 310, 311, 312, 322-24, 332, 370, 372, 377, 380, 386, 394, 395, 396-97, 403, 411, 412, 413, 418, 422, 424, 428, 438, 440, 443, 449, 454, 457, 459, 460, 461, 463, 467-68, 469-70, 471, 472, 474, 475, 480, 482, 484, 486, 492, 501, 503, 570, 576, 577, 589, 590, 592
　ウッド・ストリート Wood Street 22, 46, 50, 92, 486
　キングズ・ニュー・スクール King's New School 39, **67-75**, 113, 589
　グリーンヒル・ストリートの家 Greenhill Street house 36, 39
　シープ・ストリート Sheep Street 22, 47
　シェイクスピアの生家（ヘンリー・ストリートの家） Shakespeare's house, Henley Street 15, 34, 37, 39, **42-45**, 57, 76, 105, 106, 107, 372, 411, 438, 454, 473, 474, 476-77, 589
　聖十字架ギルド，ギルド・チャペル Guild of the Holy Cross and chapel 22, 25, 50-52, 482
　ニュー・プレイス New Place **309-12**, 323, 370, 386, 396, 411, 422, 436, 440-41, 444, 449, 459, 460, 467, 468, 472, 474, 475, 482, 565, 591
　ブリッジ・ストリート Bridge Street 22, 24, 33, 46
　ベア亭 Bear Inn 46, 48
　ヘンリー・ストリート Henley Street **46-48**, 114, 322, 412, 480
　ホーリー・トリニティー教会 Holy Trinity Church 15, 21, 22, 39, 64, 379, 575
　ホールズ・クロフト Hall's Croft 422
ストリート，ピーター Streete, Peter 274, 329, 331, 336, 351
ストレインジ，レイディ・アリス Strange, Lady Alice →ダービー伯爵夫人
ストレインジ卿，ファーディナンドー →ダービー伯爵（第五代）
ストレインジ卿一座 Lord Strange's Men 87-88, 90, 108, 131-33, 142, 146-47, 151, 152, 153, 172, 173, 174, 182, 184, 215, 217, 500, 506, 510, 511, 512, 513, 517, 519, 547, 590
スニッターフィールド Snitterfield 32-33, 34, 40, 42, 53, 79, 498
スピード，ジョン Speed, John 17, 460, **481**, 575
スペイト，トマス Speght, Thomas 318, 554-56
スペイン Spain 328, 366, 399, 400-01, 464, 483, 495, 501, 503, 526, 552, 568
『スペインの悲劇』 →キッド，トマス
『すべて真実（ヘンリー八世）』（シェイクスピア，フレッチャー共作） *All Is True* (*Henry VIII*) 33, 78, 229, 238, 254, 416, 457, 462, **463-64**, 465, 471, 482, 523, **575**, 576, 593
スペンサー，エドマンド Spencer, Edmund 80, 132, 142, 164, 203, 208, 236, 247, 272, 293, 317, 318, 320, 402, 427, **498**, 509, 520-21, 551
　『アモレッティ』 *Amoretti* 292
　『コリン・クラウト故郷へ帰る』 *Colin Clout's*

Come Home Again 132, 506, 520-21
『神仙女王』 *The Faerie Queene* 156, 203, 498, 521
『羊飼いの暦』 *The Shepheardes Calender* 80, 498, 509
スペンサー，ゲイブリエル Spenser, Gabriel 173, 328, 554
スマート，ピーター Smart, Peter 48
スミス，ウィリアム Smith, William 47, 480, 485-86
スミス，レイフ Smith, Rafe 463, **576**
スライ，ウィリアム Sly, William 153, 154, 219, **511**, 526
スリブリング "thribbling" 225
スワン座（バンクサイド） Swan Theatre, Bankside 282-84, 313, 316, 327, 504, 549, 554

セ

清教徒 →ピューリタン
聖史劇 mystery plays **61-62**, 89, 121, 131-32, 137, 220, 239, 278, 341, 414, 417, 419, 428, **493**, 508, 517, 533
聖十字架ギルド →ストラットフォード・アポン・エイヴォンと周辺地域
『聖なる週と仕事』（ギヨーム・デュ・バルタス著，ジョシュア・シルヴェスター訳） *Divine Weeks and Works* (Guillaume du Bartas, trans. Joshua Sylvester) 203, 524
セヴァーン Severn 18, **481**
『セジェイナス，その没落』 →ジョンソン，ベン
セシル，ウィリアム →バーリー卿
セシル，サー・ロバート（エッセンダインのセシル卿） Cecil, Sir Robert (Lord Cecil of Essendine) 270, 273, 285, 366, 389, 392, 408, 419, **545**, 553, 569-70
『説教集』 *Book of Homilies* 64
セネカ Seneca 70, 158, 165, 167, 195, 246, 318, **496**, 507
『せむしのリチャード』 *Richard Crookback* 238, 532
セルバンテス，ミゲル・デ（『ドン・キホーテ』） Cervantes, Miguel de (*Don Quixote*) 457, 539, 567
セント・ヘレンズ教区 St Helen's Parish 324
セント・ポール少年劇団 Children of St. Paul's 143, 241, 327, 361, 362, 414, 544
セント・ポール・グラマー・スクール St. Paul's Grammar School 327, 494
セント・ポール大聖堂 St. Paul's Cathedral 121, 130, 145, 331, 550, 557
セント・ポール大聖堂境内 St. Paul's Churchyard 124, 201, 395

ソ

ソーアー，ドロシー Soer, Dorothy 282-84
ソープ，トマス Thorpe, Thomas 444-45
ソールズベリー，サー・ジョン Salisbury, Sir John 375-76, 513, 566
ソールズベリー，レイディ・アーシュラ（旧姓スタンリー） Salisbury, Lady Ursula (née Stanley) 376, 513, 566
即興 improvisation 225
ソネット（シェイクスピア作） sonnets, Shakespeare's 236, 244, 246, **288-94**, **296-301**, 364, 444-46, 537, 540-41, 551-52, 574, 590, 593
20番 299
30番 63
71番 482
74番 422
93番 292
94番 196
106番 443
110番 298, 541
111番 498
112番 541
121番 297
145番 97-98, 291
「黒い女（ダーク・レイディ）」 211-12, 231, 291, 292, **293-95**, 301, 445
→サウサンプトン伯爵（第三代），ペンブルック伯爵（第三代）

タ

ダーク・レイディ →ソネット
ターナー，J・M・W Turner, J. M. W. 129, 345, **560**
ターナー，シリル Tourneur, Cyril 534-35
『無神論者の悲劇』 *The Atheist's Tragedy* 238, **534-35**
ダービー伯爵（第五代），ファーディナンドー・スタンリー（ストレインジ卿） Derby, Ferdinando Stanley, 5th Earl of (Lord Strange) 87, **131-33**, 154, 205, 209-10, 211, 217, 246, 366, **500**, 507, 521, 591
ダービー伯爵（第六代），ウィリアム・スタンリー Derby, William Stanley, 6th Earl of 41, 246, 506, 521, 537
ダービー伯爵夫人（ストレインジ卿夫人），アリス・スタンリー（旧姓スペンサー） Derby, Alice Stanley

(née Spencer), Countess of (Lady Strange) 217, 435, 521
ダービー伯爵夫人，エリザベス・スタンリー（旧姓ド・ヴィア） Derby, Elizabeth, Countess of (née de Vere) 246, 289, **537**
ダービー伯爵夫人，マーガレット・スタンリー（旧姓クリフォード） Derby, Margaret Stanley (née Clifford), Countess of 154, 566
タールトン，リチャード Tarlton, Richard 104, **108-10**, 153, 160, 173, **502**, 511, 515, 590
『タールトンの煉獄からの便り』 *Tarlton's News Out of Purgatory* 137
『七つの大罪』 *The Seven Deadly Sins* 109, 153, 511-12
『タールトンの冗談』（作品集） *Tarlton's Jests* 109, 160
『タイアの領主ペリクリーズ苦難の冒険』 →ウィルキンズ，ジョージ
大学出の才人 university wits 145, 147, 148, 150, 157, 159, 496, 498, 510, 524
『タイタス・アンドロニカス』（シェイクスピア作） *Titus Andronicus* 17, 70, 83, 146, 152, 154, 157, 158, 159, **167-70**, 175, 186, 190, 199, 215, 218, 249, 272, 273, 435, 447, 451, 485, 509, 512, 514, 517-18, 538, 546, 555, 562, 591
台本係 →ブックキーパー
タイラー，ウィリアム Tyler, William 424
タイラー，リチャード Tyler, Richard 424, **572**
ダヴェナント，サー・ウィリアム Davenant, Sir William 229, 378, 471, 498
ダヴェナント，ジェネット Davenant, Jennet 377-78
ダヴェナント，ジョン Davenant, John 377-78
ダヴェナント，ロバート Davenant, Robert 378
ダウデン，エドワード（『シェイクスピア——その心と芸術の評論的研究』） Dowden, Edward (*Shakespere: A Critical Study of His Mind and Art*) 11
ダグデイル，サー・ウィリアム Dugdale, Sir William 461, 497, 499
ダドリー家 Dudley family 82
ダニエル，サミュエル Daniel, Samuel 235, 271, 293, 317, 320, 366, **531**, 546
『クレオパトラ』 *Cleopatra* 425, 531, 546
『ディーリア』 *Delia* 271, 288, 293, 531
『ランカスター，ヨーク両家の内戦』 *The Civil Wars between the Two Houses of Lancaster and York* 271
『ロザモンドの嘆き』 *The Complaint of Rosamond* 235, 531
ダブリング doubling **256-57**, 275, 342, 344, 417, 539-40, 547
ダン，ジョン Donne, John 121, 236, 291, 356, 361, 376, 402, 410, **504**, 551
ダンカン＝ジョーンズ，キャサリン Duncan-Jones, Katherine 12, 80, 123, 281, 293, 380, 384, 389, 427, 445, 471, 477, 584-85
ダンター，ジョン Danter, John 215, 314, 396, **555**
『タンバレイン大王』 →マーロウ，クリストファー
『だんまり騎士』 *The Dumb Knight* 204, **525**

チ

チェインバーズ，E・K Chambers, E. K. 10, 87, 518, 532, 555, 556
ES 136, 270, 406, 532
WS 30, 63, 67, 71, 80, 81, 105, 127, 130-31, 137, 172, 229, 231, 235, 293, 314, 316, 318, 320, 327, 328, 345, 346, 356, 365, 366, 368, 370, 374, 378, 383, 389, 398, 403, 404, 408, 409, 411, 440, 443, 449, 451, 455, 460, 462, 467, 472
チェスター，ロバート Chester, Robert 513, 566
チェスター聖史劇サイクル Chester mystery cycle 89, 131-32
チェトル，ヘンリー Chettle, Henry 188, 198, 230, 238, 314-15, 316, 391, 500, **521-22**, 530, 532, 533, 534, 555, 567
『ホフマン、または父のための復讐』 *Hoffman, or a Revenge for a Father* 238, 522, 534
チェンバレン，ジョン Chamberlain, John 570
チャップマン，ジョージ Chapman, George 129, 132, 208, 261, 293, **505**, 513, 535
『イーリアス』（翻訳） *Illiad* 390
『ビュシー・ダンボア』 *Bussy D'Ambois* 535, 560
チャペル・ロイヤル少年劇団 Children of the Chapel Royal 143, 362, 433, 509
チャンドス・ポートレート "Chandos portrait" of Shakespeare 381-82
チャンドス卿一座 Lord Chandos's Men 108, 359
チョーサー，ジェフリー Chaucer, Geoffrey 45, 129, 182, 203, 236, 245-46, 251, 298, 318, 320, 390, 402, 409, **485**, 490, 502, 531, 555-56, 572
『カンタベリー物語』 *The Canterbury Tales* 251, 465, 485
『トロイルスとクリセイデ』 *Troilus and Criseyde* 390, 485
チンティオ（『百物語』） Cinthio (*Gli Hecatommithi*) 402, 403, 407, **569**

ツ

角本 →ホーンブック

テ

ディー，ジョン Dee, John 132, 397, 453, **507**
デイヴィス，ジョン Davies, John 204, 356-57, **524**
デイヴィス，リチャード（コヴェントリーの大執事） Davies, Richard, Archdeacon of Coventry 81, 440
デイヴィス家 Davies family 48
ディクソン，トマス Dixon, Thomas 33
ディケンズ，ジョン Dickens, John 309
ディケンズ，チャールズ Dickens, Charles 30, 41, 63, 255, 277, 309, 477, 484, 485, 538-39, 547
『オリヴァー・ツイスト』 *Oliver Twist* 277, 547
『ピックウィック・ペーパーズ』 *The Pickwick Papers* 251, 538-39
『廷臣論』 →カスティリオーネ，バルダッサーレ
ティターニア（『夏の夜の夢』） Titania 246, 247
ディッグズ，レオナード Digges, Leonard 451
ティッチフィールド・ハウス（ハンプシャー） Titchfield House, Hampshire 86, 206, 208, 232, **499**
ティディントン Tiddington 94
ティボルド，ルイス →シボルド，ルイス
テイラー，ジョーゼフ Taylor, Joseph 230, **530**
ティルニー，エドマンド Tilney, Edmund 153, 239, 285, **549**
『ティンバー，あるいは人間と事物についての発見』 →ジョンソン，ベン
デ・ウィット，ヨハネス de Witt, Johannes 282, 283
テーセウス（シーシュース）（『夏の夜の夢』） Theseus 83, 228, 247-48, 254
デカー，トマス Dekker, Thomas 119, 306, 361, 391, 399, 419, 443, 458, 481, **503**, 507, 532, 533, 554, 558, 559, 563, 567
『愚者のための紳士学入門』 *The Gull's Hornbook* 348, 349
『靴屋の祭日』 *The Shoemaker's Holiday* 503, 554
『貞節な娼婦』 *The Honest Whore* 119, 559
『諷刺家への懲らしめ』 *Satiromastix* 284, 362, 563
『ロンドンの七つの大罪』 *The Seven Deadly Sins of London* 123
『デカメロン』 →ボッカチオ，ジョヴァンニ
デシック，サー・ウィリアム Dethick, Sir William 280, 548
デズデモーナ（『オセロー』） Desdemona 258, 301, 401, 403, 404, 569
デブデイル神父，ロバート Debdale, Father Robert 74, 418, 590
テムズ河 Thames, River 112, 116, 117, 125, 143, 174, 217, 239, 282, 283, 329, 331, 332, 334, 353, 366, 383, 396, 397, 427, 557
デューク，ジョン Duke, John 219
テレンティウス Terentius (Terence) 68, 69, 73, 89, 356, 401, **494**
テンプル・グラフトン Temple Grafton 96, 99, 100
『テンペスト』 →『あらし』

ト

ド・ヴィア，エリザベス de Vere, Elizabeth →ダービー伯爵夫人，エリザベス・スタンリー
『ドゥームズデイ・ブック（土地台帳）』 *Domesday Book* 20, 41, 482
トゥーリー，ニコラス Tooley, Nicholas 174, 519
トウェイン，マーク Twain, Mark 580-81
道化（『リア王』） Fool 256-57, 260, 359, 417, 515, 539-40, 571
同性愛 homosexuality 299, 300-01
特別管区 liberty 117, 274, 332
ドグベリー（『から騒ぎ』） Dogberry 114, 221, 358, 502
『土地台帳』 →『ドゥームズデイ・ブック』
『トッテル詞華集』 *Tottel's Miscellany* 98, 501, 569
『トマス・ナッシュの懲らしめ』 *The Trimming of Thomas Nashe* 173, 518-19
ドライデン，ジョン Dryden, John 327, 378
「エピローグの擁護」（『グラナダ征服』） "Defence of the Epilogue" (*The Conquest of Granada*) 243
ドラモンド，ウィリアム Drummond, William 445
トランデル，ジョン Trundell, John 375
ドルーシャウト，マーティン Droeshout, Martin 379-80
シェイクスピアの肖像画 portrait of Shakespeare 379-80, 381, 476-77
ドルーシャウト，マーティン（おじ） Droeshout, Martin 380
ドルーシャウト，ミヒェル Droeshout, Michael

380
トルストイ，レフ・ニコラエヴィチ　Tolstoy, Lev Nikolaevich　256, 258, 259, 541
ドレイク，サー・フランシス　Drake, Sir Francis　118, 489, **503**
ドレイトン，マイケル　Drayton, Michael　203, 237, 319, 468, 472, **524**, 532, 577
『イデアの鏡』 *Idea's Mirror*　288, 445
『エンディミオンとフィービー』 *Endimion and Phoebe*　203
『トロイラスとクレシダ』（シェイクスピア作） *Troilus and Cressida*　63, 98, 238, 259, 267, 300, 342, 360, 364, **389-91**, 411, 423, 442, 495, 529, 538, 558, 592
トワイン，ロレンス（『苦難の冒険の典型』）　Twine, Laurence (*The Pattern of Painful Adventures*)　429, **572**
トンソン，ジェイコブ　Tonson, Jacob　11

ナ

ナヴァール宮廷　Navarre, court of　209
ナッシュ，アンソニー　Nash, Anthony　49, 411, **570**
ナッシュ，エリザベス　→ホール，エリザベス
ナッシュ，ジョン　Nash, John　49, 486
ナッシュ，トマス　Nashe, Thomas　70, 132, 145, 147, 150, 152, **157-59**, 160, 162, 166, 186, 188, 197, 202, 208, 209, 215, 224, 274, 286, 288, 314, 316, 320, 374, **496**, 501, 506, 509, 516, 518-19, 531, 537, 554
『悲運の旅人』 *The Unfortunate Traveller*　139, 496
『文無しピアス』 *Pierce Penniless*　132, 496
→グリーン，ロバート
ナッシュ家　Nash family　48, 467
『夏の夜の夢』（シェイクスピア作） *A Midsummer Night's Dream*　17, 53, 76, 83, 97, 141, 144, 200, 221, 222, 228, 232, 243, **246-48**, 251, 254, 259, 269, 270, 318, 364, 435, 486, 495, 499, 510, 533, 537-38, 555, 573, 591

ニ

ニコラス，ダニエル　Nicholas, Daniel　454-55
ニューイントン・バッツ座　Newington Butts, playhouse at　139, 215, 238, 239, 375, **509**
ニュー・プレイス　→ストラットフォード・アポン・エイヴォンと周辺地域

ノ

ノウル　Knowle　32, 33
ノウルズ，サー・ウィリアム　Knollys, Sir William　384, **567**
ノーサンバランド伯爵（第九代），ヘンリー・パーシー　Northumberland, Henry Percy, 9th Earl of　132, **506**, 507, 551, 565
ノース，サー・トマス　→プルタルコス
ノートン，トマス　Norton, Thomas　535
ノールズ，サー・ウィリアム　→ノウルズ，サー・ウィリアム

ハ

ハーヴィ，ゲイブリエル　Harvey, Gabriel　142, 204, 209, 235, 318-20, 321, 374, **509**, 519
ハーヴィ，サー・ウィリアム　Harvey, Sir William　419, 444, 571
ハーヴィ，レイディ・コーデル（コーディーリア）（旧姓アンズリー）　Harvey, Lady Cordell (Cordelia) (née Annesley)　419, 571
パーク・ホール（ウォリックシャー）　Park Hall, Warwickshire　41, 106-07, 497
バークリー，エリザベス（旧姓ケアリー）　Berkeley, Elizabeth (née Carey)　246, 289, 537, 551, 591
バークリー，トマス　Berkeley, Thomas　246, **537**, 551, 591
バークリー卿一座　Lord Berkeley's Men　108
パーシー，ウィリアム（『シーリア』）　Percy, William (*Coelia*)　288, **550-51**
パーシー，サー・チャールズ　Percy, Sir Charles　366, **565**
バージェス，アントニー　Burgess, Anthony　403, 582-84
ハースネット，サミュエル（『名うてのローマ・カトリックのぺてんの訴状』）　Harsnett, Samuel (*A Declaration of Egregious Popish Impostures*)　418-19, **571**
『バーソロミューフェア（浮かれ縁日）』　→ジョンソン，ベン
パーソンズ，ロバート　Parsons, Robert　460, 575
ハーディ，トマス　Hardy, Thomas　61, 492-93
ハート，ウィリアム　Hart, William　372, **565-66**
バード，ウィリアム　Byrd, William　341, **558**
ハート，ジョーン（旧姓シェイクスピア）　Hart, Joan (née Shakespeare)　57, 105, 130, 372, 438, 473, 566, 589
バードルフ，ジョージ　Bardolph, George　54
バートン，アン　Barton, Anne　479, 492, 528, 587
バートン・オン・ザ・ヒース　Barton-on-the-Heath　53-54
バーバー，トマス　Barber, Thomas　48, **486**

ハーバート，ウィリアム　→ペンブルック伯爵（第三代）
ハーバート，ジョージ　Herbert, George　446
ハーバート，フィリップ　→モンゴメリー伯爵
ハーバート，ヘンリー　→ペンブルック伯爵（第二代）
ハーバート，メアリ　→ペンブルック伯爵夫人
バーベッジ，アン　Burbage, Anne　193
バーベッジ，ウィリアム（ジョン・シェイクスピアの店子）　Burbage, William　36, 76, 182
バーベッジ，ウィリアム（リチャード・バーベッジの息子）　Burbage, William　193
バーベッジ，カスバート　Burbage, Cuthbert　173, 302, 329, 408, 433, 519
バーベッジ，ジェイムズ　Burbage, James　134, 136-37, 143, 153, 174, 217, 274, 282, 302, 507, 547, 589, 590, 591
バーベッジ，ジュリエット　Burbage, Juliet　193
バーベッジ，リチャード　Burbage, Richard　150, 153, 154, 173-75, 182, 184, 185, 186, **193-94**, 217, 219, 224, 226, 238, 240, 243, 256, 290, 302, 329, 344, 357, 363, 372-73, 398, 403, 408, 417, 460-61, 474, 511, 519, 526, 529, 530, 536, 539, 545, 563, 593
ハーミア（『夏の夜の夢』）　Hermia　97, 222
『バーミューダ諸島の発見』（シルヴェスター・ジュアデイン著）　*A Discovery of the Bermudas*（Silvester Jourdain）　452
バーリー・オン・ザ・ヒル（ラットランド）　Burley-on-the-Hill, Rutland　272
バーリー卿，ウィリアム・セシル　Burghley, William Cecil, Lord　202, 205, 241, 537, 545, 546, 562, 568
ハーン，トマス　Hearne, Thomas　377, 378, **566**
バーンズ，バーナビ　Barnes, Barnaby　257, 293, 540, 551
　『悪魔の特許状』　*The Devil's Charter*　257, 540
　『パーシーノフィルとパーシーノフィ』　*Parthenophil and Parthenophe*　287, 540
売春宿と売春　brothels and prostitution　123, 139, 140, 173, 216, 284, 334, 430
ハイネ，ハインリッヒ　Heine, Heinrich　404
バイロン，ジョージ・ゴードン　Byron, George Gordon　510
墓掘り（『ハムレット』）　The Gravedigger　220, 260, 359
ハクルート，リチャード　Hakluyt, Richard　506
バサーニオ（『ヴェニスの商人』）　Bassanio　268, 276, 294, 545
ハサウェイ，アン　Hathaway, Anne　→シェイクスピア，アン
ハサウェイ，ウィリアム　Hathaway, William　444
ハサウェイ，ジョーン　Hathaway, Joan　323, 501, **556**
ハサウェイ，ジョン　Hathaway, John　96, 497
ハサウェイ，トマス　Hathaway, Thomas　48, **486**, 497
ハサウェイ，バーソロミュー　Hathaway, Bartholomew　443, 497, 501
ハサウェイ，リチャード（シェイクスピアの甥）　Hathaway, Richard　424
ハサウェイ，リチャード（シェイクスピアの舅）　Hathaway, Richard　76, 96, 99, 100, **497**, 501, 556
ハサウェイ家　Hathaway family　48, 96
パジェント（練物）　pageants　62, 120, 241, 426, 573
バジャー，ジョージ　Badger, George　47, 49, 98, 412, 556
パステルナーク，ボリス　Pasternak, Boris　114, 234, **531**
バズビー，ジョン　Busby, John　396
ハズリット，ウィリアム　Hazlitt, William　122, 253, 287, 355, 437, 447, **504**
パタノスター・ストリート（ロンドン）　Paternoster Street, London　124, 395
バッサーノ家　Bassano family　294
バデズリー・クリントン　Baddesley Clinton　32
パトナム，ジョージ（『英詩の技法』）　Puttenham, George（*The Art of English Poesy*）　189, 201, **522**
ハム（下手な演技）　"ham" acting　224
ハムレット（『ハムレット』）　Hamlet　33, 70, 78, 80, 109, 141, 152-53, 182, 193, 220, 226, 230, 258, 263, 265, 266, 275-76, 300, 341, 363, **372-74**, 386, 476, 496, 527, 529, 558
『ハムレット』（シェイクスピア作）　*Hamlet*　38, 79, 84, 146, 152-53, 155, 158, 159, 160, 170, 178, 194, 218, 220, 228, 230, 238, 253, 256, 258, 259, 260, 265, 266, 267, 275-76, 284, 296, 301, 315, 320, 321, 347, 357, 359, 363, **372-75**, 386, 393, 394, 451, 485, 496, 509, 525, 527, 529, 534, 539, 542, 543, 544, 552, 555, 566, 592
ハムレット，キャサリン　Hamlett, Katharine　95
パラケルスス　Paracelsus　423, **571**
『パラディス・タミア――知恵の宝庫』　→ミアズ，フランシス
ハリス，フランク　Harris, Frank　356
パリス・ガーデン　→サザック

ハリソン，ウィリアム　Harrison, William　17, 36, 42, **481**
ハリソン，スティーヴン　Harrison, Stephen　399, **568**
『パリの虐殺』　→マーロウ，クリストファー
ハリングトン，ジョン　Harington, Sir John　272, 366, 415, **546**
バルタス，ギヨーム・デュ　→『聖なる週と仕事』
『パルナッソスからの帰還』　*The Return from Parnassus*　→パルナッソス劇（三部作）
『パルナッソスからの帰還・第二部』　*The Second Return from Parnassus*　→パルナッソス劇（三部作）
パルナッソス劇（三部作）　Parnassus Plays　86, 150, 320, **499**
ハワード，チャールズ（海軍大臣）　Howard, Charles, Lord Admiral　208, 217, **526**
ハンズドン卿（第二代），ジョージ・ケアリー　Hunsdon, George Carey, 2nd Lord　289, 302, 305, 340, 537, **551**, 553
ハンズドン卿（初代），ヘンリー・ケアリー　Hunsdon, Henry Carey, 1st Lord　217, 239, 246, 274, 294, 302, 526, 545, 552
ハンズドン卿一座　Lord Hunsdon's Men　553
バンデッロ，マッテオ（『物語集』）　Bandello, Matteo（*Novelle*）　402, 490, 522, 568-69
ハント，サイモン　Hunt, Simon　74, 589
『パンドスト』　→グリーン，ロバート
ハンプトン・コート　Hampton Court　398, 400, 415, 558

ヒ

『ヒアロウとリアンダー』　→マーロウ，クリストファー
ビーストン，ウィリアム　Beeston, William　86
ビーストン，クリストファー　Beeston, Christopher　86, 174, **499**
ビーストン家　Beeston family　126, 173
ピーチャム，ヘンリー　Peacham, Henry　168, **518**
ビーチャム（ボーシャン）・コート（ウォリックシャー）　Beauchamps Court, Warwickshire　86
ピール，ジョージ　Peele, George　132, 142, 144-45, 156, 197, 318, **506**, 509, 510, 514, 517, 522, 532
　『アルカサルの戦い』　*The Battle of Alcazar*　142, 510
　『エドワード一世』　*Edward I*　514, 532
『東行きだよ』　→ジョンソン，ベン
ヒコックス，ウィリアム　Hiccox, William　486
ビショップズゲイト（ロンドン）　Bishopsgate, London　124, 216-17, 324, 525　→ブル亭，レッド・ブル座
ビショップトン　Bishopton　76, 386, 411
ビッドフォード　Bidford　85
『百物語』　→チンティオ
ヒューズ，テッド　Hughes, Ted　301, **552-53**
ヒューボード，レイフ　Hubaud, Ralph　411
ピューリタン（清教徒）　Puritans　28, 52, 106, 121, 227, 347, 384, 393, 407, 422, 423, 439, 470, 481, 509, 516, 531, 536, 553, 562, 567
『ビュシー・ダンボア』　→チャップマン，ジョージ

フ

ファーディナンド（ナヴァール国王）（『恋の骨折り損』）　Ferdinand, King of Navarre　126, 209-11
ファラント，リチャード　Farrant, Richard　143, **509**
フィールド，ネイサン　Field, Nathan　344, **560**, 561
フィールド，マージャリー　Field, Margery　98
フィールド，リチャード　Field, Richard　113, 130, 201, 395, 402, 433, 447, **503**
フィールド夫人，リチャード　Field, Mrs. Richard　395
フィッツスティーブン，ウィリアム　Fitzstephen, William　141
フィットン，メアリ　Fitton, Mary　293, 537, **552**
『フィラスター』　→ボーモント，フランシス
フィリップス，オーガスティン　Phillips, Augustine　153, 154, 219, 331, 332, 340, 344, 368, 369, 397, **510-11**, 526, 545, 549, 563, 567, 592
『諷刺家への懲らしめ』　→デカー，トマス
フェステ（『十二夜』）　Feste　359, 383, 384, 563
フェニックス座　The Phoenix　499
フェリペ三世（スペイン王）　Philip III, of Spain　401, 568
フェリペ二世（スペイン王）　Philip II, of Spain　400, 483, 568
フェルトン・ポートレート　The Felton Portrait　381-82
フェントン，ジェフリー　Fenton, Geoffrey　402, 569
『フォースタス博士』　→マーロウ，クリストファー
フォーチュン座（ロンドン）　Fortune Theatre, London　327, 348, 349, 353, 504, 534, 547, 592
フォード，ジョン　Ford, John　476, 562
フォーマン，サイモン　Forman, Simon　83, 246,

294-95, 395, 449, 450, **537**, 542
フォーリオ版シェイクスピア戯曲全集（ファースト・フォーリオ）（1623年） Folio edition of Shakespeare **11**, 153, 170, 245, 255, 261, 290, 315, 328, 375, 379, 380, 382, 391, 421, 425, 429, 442, 465, 474, 476, **477**, 494, 511, 519, 525, 527, 530, 531, 537, 542, 555, 560, 573, 575, 576, 577, 593
→ドルーシャウト，マーティン
フォックス，ジョン Foxe, John 82, **498**, 575
『殉教者の書』 *Book of Martyrs* 82, 498, 575
武器の携帯 weapons, wearing of 124
復讐劇 revenge plays 146, 167, 507, 534, 535
「不死鳥と雉鳩」 →シェイクスピア，ウィリアム：作品
舞台照明 lighting, stage 225, 255, 341, 434
二つ折本 →フォーリオ版シェイクスピア戯曲全集
『二人の貴公子』（シェイクスピア，フレッチャー共作） *The Two Noble Kinsmen* 376, 457, 463, **464-66**, 470, 477, 505, 523, 552, 559, 576, 577, 578, 593
ブックキーパー（台本係） "book-keepers" 315, 342-43, 555
プティ，ジャック Petit, Jaques 272, 546
『冬の夜ばなし』 →『冬物語』
『冬物語』（シェイクスピア作） *The Winter's Tale* 34, 53, 80, 249, 275, 333, 340, 341, 399, **449-51**, 458, 505, 537, 552, 558, 593
フラー，トマス Fuller, Thomas 285, 328, **549**
『イングランドの名跡名士列伝』 *Worthies of England* 328, 549
『教会史』 *Church History* 285, 549
ブライアン，ジョージ Bryan, George 153, 219, **511**, 528
プライス，トマス・ア Pryce, Thomas a 48
プラウトゥス Plautus 69, 73, 89, 188, 191, 318, 383, 401, 494, **495**, 522, 533
『メナエクムス兄弟』 383, 495
ブラウニング，ロバート Browning, Robert 165
プラター，トマス Platter, Thomas 346
ブラックフライアーズ Blackfriars 124, 143, 228, 245, 273, 281, 334, 556, 575
劇場 143, 230, 240, 273, 277, 281, 302, 337, 352, 362, 363, **433-35**, 446, 448, 449, 451, 458, 463, 474, 593
門楼 109, **458-60**, 467, 469, 471, 474, 593
ブラッドレー，ギルバート Bradley, Gilbert 47
フラワー・ポートレート "Flower portrait" of Shakespeare 381-82
ブランク・ヴァース（無韻詩） blank verse 158, 159, 180, 493, 496, 501, 510
ブラント，エドワード Blount, Edward 328, 396
ブラント，サー・クリストファー Blount, Sir Christopher 366, **565**
フリーマン，トマス Freeman, Thomas 524
プリニウス（大）（『博物誌』） Pliny the Elder（*Naturalia Historia*） 401, 425, **572**
不良クォート →クォート
プリン，ウィリアム Prynne, William 242, 439, **536**
ブルータス（『ジュリアス・シーザー』） Brutus 78, 265, 353, 354
ブルーム，ハロルド Bloom, Harold 584
フルエレン，ウィリアム Fluellen, William 54
プルターク →プルタルコス
ブル（雄牛）亭（ビショップズゲイト） The Bull, Bishopsgate 110, 134, 142, 160, 217, **502**, 515, 547
プルタルコス Plutarch 80, 158, 164, 201, 354, 401, 402, 425, 435, 437, 441-42, **498**, 503, 511
『英雄列伝』（サー・トマス・ノース訳） *Lives of the Noble Grecians and Romans*（trans. Sir Thomas North） 80, 201, 354, 401, 435, 441-42, **498**, 503
ブルック，アーサー →『ロミウスとジュリエットの悲劇的物語』
ブルック，サー・ラルフ Brooke, Sir Ralph 280
フルブルック・パーク（ウォリックシャー） Fullbrooke Park, Warwickshire 82
ブレイク，ウィリアム Blake, William 19, 182
ブレイン，ジョン Brayne, John 136, 138, 506, 589
ブレイン夫人，ジョン Brayne, Mrs. John 174, 590
プレストン，トマス Preston, Thomas 60, **491**
フレックノー，リチャード Flecknoe, Richard 226, 344, **529**
ブレッチガードル，ジョン Bretchgirdle, John 37
フレッチャー，ジャイルズ Fletcher, Giles 289, **551**
フレッチャー，ジョン Fletcher, John 328, 434, 476, 499, **523**, 535, 540, 541, 550, 551, 560-61, 562, 567, 573, 574, 576
シェイクスピアとの共作 197, 457, 458, 462, 464, 576 →『すべて真実』，『カルデーニオ』，『二人の貴公子』
ボーモントとの共作 →ボーモント，フランシス
フレッチャー，ローレンス Fletcher, Laurence 392-93

ブレンド，ニコラス　Brend, Nicholas　329, **557**
フロイト，ジークムント　Freud, Sigmund　374
フローリオ，ジョン　Florio, John　205-06, 208, 209, 418, **525**
　『言葉の世界』 *A World of Words*　206, 209, 525
　『第二の実り』 *Second Fruits*　206
フロービシャー，サー・マーティン　Frobisher, Sir Martin　118, **503**
『プロモスとカサンドラ』　→ウェットストーン，ジョージ
ブロンテ，シャーロット　Brontë, Charlotte　116, **503**

へ

ヘイウッド，トマス　Heywood, Thomas　208, 238, 263, 445, 457, 458, 529, 533, 539, 541, 547, 557-58
　『優しさで殺された女』 *A Woman Killed with Kindness*　238, **533-34**
ベイコン，アンソニー　Bacon, Anthony　272, **546**
ベイコン，フランシス　Bacon, Francis　71, 240, 368, 369, **496**, 545, 546
ベイコン，マシュー　Bacon, Matthew　471
ベイト，ジョナサン　Bate, Jonathan　80, 168, 191, 253, 273, 287, 355, 437, 439, 447, 465, 479, 509, 517, 538, 545, 579, 587
ヘイワード，ジョン　Hayward, John　366, **565**, 571
ペインター，ウィリアム（『快楽の宮殿』）　Painter, William（*The Palace of Pleasure*）　57, 402, 409, **489-90**, 533
ヘーゲル，ゲオルク・ウィルヘルム・フリードリッヒ　Hegel, Georg Wilhelm Friedrich　287
ページェント　→パジェント
ヘスケス，サー・トマス　Hesketh, Sir Thomas　87, 89, 90, 91, 108, 330, 500
ヘスケス，リチャード　Hesketh, Richard　133, **507**
ヘスケス家　Hesketh family　87, 132, 500, 507
ペスト　→疫病
ベタートン，トマス　Betterton, Thomas　81, 229-30, 471, **498**
ヘネッジ，サー・トマス　Heneage, Sir Thomas　246, 591
『へぼ詩人』　→ジョンソン，ベン
ヘミング，ジョン　→ヘミングズ，ジョン
ヘミングズ，ウィリアム　Heminges, William　396
ヘミングズ，ジョン　Heminges, John　**11**, **219**, 222, 223, 262, 330, 396, 397, 415, 459, 474, 477, 511, 519, 526, 529, 557
　→フォーリオ版シェイクスピア戯曲全集
ヘリオット，トマス　Heriot, Thomas　132, 149, **506-07**
『ペリクリーズ』（シェイクスピア作）　*Pericles*　53, 62, 155, 420, 423, **427-30**, 434, 441, 442, 451, 461, 477, 490, 550, 578, 593
ベル（鈴）亭　The Bell Inn　110, 134, **502**, 515
ベルサヴェッジ亭　The Bel Savage Inn　134
ベルフォレ，フランソワ・ド　Belleforest, François de　569
ヘレナ（『夏の夜の夢』）　Helena　222
ベロット，スティーヴン　Belott, Stephen　430, 454-56, 568
ベロット，メアリ（旧姓マウントジョイ）　Belott, Mary（née Mountjoy）　395, 430, 454-56
ベロット＝マウントジョイ訴訟　Belott-Mountjoy suit　454-56, 568, 597
「ヘロデ王の死」　“The Death of Herod”　414
ペンギン版シェイクスピア　The Penguin Shakespeare　544
『変身物語』　→オウィディウス
ヘンズロウ，フィリップ　Henslowe, Philip　123, **139-40**, 157, 172, 174, 200, 215, 217, 222, 313, 316, 332, **333-34**, 338, 339, 342, 353, 374, 391, 502, **504**, 514, 516-17, 532, 534, 560, 567, 590
ペンブルック伯爵（第三代），ウィリアム・ハーバート　Pembroke, William Herbert, 3rd Earl of　246, **289-91**, 397-98, 402, 408, 444-45, 452, 477, 531, **537**, 551, 552, 574
ペンブルック伯爵（第二代），ヘンリー・ハーバート　Pembroke, Henry Herbert, 2nd Earl of　175, 184, 185, 199, 208, 531
　→ペンブルック伯一座
ペンブルック伯爵夫人，メアリ・ハーバート　Pembroke, Mary Herbert, Countess of　**235**, 237, 271, 294, 340, 366, 376, 397, **531**, 537
ペンブルック伯一座　Pembroke's Men　169, 175, 184, 185, 186, 193, 196, 199, 200, 215, 313, 327, 514, **519**, 521, 536, 554, 590, 591
『ヘンリー一世の有名な戦い』　*The Famous Wars of Henry the First*　238, **532**
ヘンリー五世　Henry V　285, 549
『ヘンリー五世』（シェイクスピア作）　*Henry V*　139, 161, 182, 219, 238, 259, 260, 282, 287, 310, 315, 340, **354-57**, 357, 364, 393, 408, 508, 516, 528, 532, 538, 562, 564, 592
『ヘンリー五世』（海軍大臣一座）　*Henry the Fifth*　238, 532

『ヘンリー五世の有名な勝利』 *The Famous Victories of Henry the Fifth* 110, 161, 170, 285, **515**, 532
ヘンリー七世 Henry VII 30, 131, 279, 280, 490, 499, 513
ヘンリー八世 Henry VIII 28, 117, 333, 347, 462, 480, 481, 482, **483**, 494, 501, 503, 506, 553
『ヘンリー八世』 →『すべて真実』
『ヘンリー四世』(シェイクスピア作) *Henry IV* 161, 228, 238, 251, 267, 302, 506, 515, 555
第一部 Part One 42, 124, 161, 269, 274, **284-86**, 364, 487, 491, 516, 550, 553, 564, 591
第二部 Part Two 25, 54, 68, 219, 249, 264, 275, **285**, 302, 310, 364, 457, 519, 527-28, 553, 554, 591
ヘンリー六世 Henry VI 177
『ヘンリー六世』(シェイクスピア作) *Henry VI* 64, 150, 154, 172, **175-78**, 228, 267, 513, 520, 563, 574, 590
第一部 Part One 82, 152, 215, 496, 552
第二部 Part Two 22, 60, 67, 84, 108, 113, 130, 167, 175, 176, 186, 220, 309, 313, 315, 327, 346, 500, 519, 577
第三部 Part Three 56, 105, 107, 160, 172, 175, 176, 186, 238, 243, 274, 315, 361, 392, 488, 499, 500, 516, 517, 519, 577
ヘンリエッタ・マライア，王妃 Henrietta Maria, Queen 312

ホ

ボアズ・ヘッド亭（ホワイトチャペル・ストリート） Boar's Head, Whitechapel Street 136, 327
ホイーラー，ジョン Wheeler, John 48
ホイーラー，マーガレット Wheeler, Margaret 472
ホイットギフト，ジョン，ウスター主教（のちにカンタベリー大主教） Whitgift, John, Bishop of Worcester 50, 77, 79, 361, **497**
ホイットマン，ウォルト Whitman, Walt 122, **504**
法学院 Inns of Court 60, 73, 93, 119, 124, 204, **240-42**, 288, 348, 364, 366, 391, 433, 435, 442, 535
イナー・テンプル Inner Temple 241, 535
グレイズ・イン Gray's Inn 202, 240-41, 242, 471, 508, 535, 536, 546, 562
ミドル・テンプル Middle Temple 241, 361, 383, 384, 385, 440, 468, 522, 576, 592
リンカーンズ・イン Lincoln's Inn 94, 241, 376, 492, 536
ホウビー，トマス Hoby, Thomas 545
ホウビー，サー・エドワード Hoby, Sir Edward 270, 272, 273, **545**, 546
亡霊（『ハムレット』） The Ghost 38, 357, 372, 563, 566
ボーサル Balsall 33
ポーシャ（『ヴェニスの商人』） Portia 72, 222, 242, 277, 393
ホーズ，スティーヴン（『楽しい気晴らし』） Hawes, Stephen (*Pastime of Pleasure*) 57, **490**
ポーター，ヘンリー Porter, Henry 533
ホートン，アレグザンダー Hoghton, Alexander 86, 88, 89, 91, 590
ホートン，トマス Hoghton, Thomas 87, 90
ホートン，リチャード Hoghton, Richard 88
ホートン・タワー（ランカシャー） Hoghton Tower, Lancashire 86, 87, 89, 96, 418
ホートン家 Hoghton Family 86-87, 88, 132, 460
ホーナン，パーク Honan, Park 287, 312, 377, 378, 397, 398, 436, 584
ポープ，アレグザンダー Pope, Alexander 19, 377, 378, 522, 539, 575
ポープ，トマス Pope, Thomas 153, 154, **219**, 331, 332, 394, **511**, 526, 527, 528, 529, 536
ホープ座（サザック） Hope Playhouse, Southwark 333, 504, 561
ボーモント，フランシス Beaumont, Francis 266, 328, 344, 434, 464, 476, 523, 562, 567, 573, 576
『乙女の悲劇』（フレッチャーと共作） *The Maid's Tragedy* 523
『女嫌い』 *The Woman Hater* 392, **567**
『フィラスター』（フレッチャーと共作） *Philaster* 434, 447, 523, **573**
ホーリー・トリニティー教会 →ストラットフォード・アポン・エイヴォンと周辺地域
ホール，ウィリアム Hall, William 459
ホール，エドワード（『ランカスター，ヨーク両名家の和合（年代記）』） Hall, Edward (*The Union of the Two Noble and Illustre Families of Lancaster and York*) 90, 181, 271
ボール，エム Ball, Em 173
ホール，エリザベス Hall, Elizabeth 423, 570, 593
ホール，ジョン Hall, John 422-23, 459, 468, 469-70, 471, 474, 577, 592, 593
ホール，スザンナ（旧姓シェイクスピア） Hall, Susannah (née Shakespeare) 52, 97, 105-06,

413, 422, 459, 463, 473, 474, 576, 590, 592
ポールズ・クロス Paul's Cross 121
ホールズ・クロフト →ストラットフォード・アポン・エイヴォンと周辺地域
ホールダー, ウィリアム Holder, William 98
ホールデン, アンソニー Holden, Anthony 585
ボールドウィン, T・W Baldwin, T. W. 86, 526, 529, 536, 545, 547, 549, 554, 555, 563, 567
ホーンビー, リチャード Hornby, Richard 46-47
ホーンブック（角本） hornbook 64, 65
ボカス, ジョン →ボッカチオ, ジョヴァンニ
ボッカチオ, ジョヴァンニ（ボカス） Boccaccio, Giovanni (Bochas) 57, **490**
『地位を失った君主たちの悲劇』 *The Tragedies of All Such Princes as Fell from Their Estates* 57, 490
『デカメロン（十日物語）』 *Decameron* 409, 526
ボット, ウィリアム Bott, William 312
ホットソン, レズリー Hotson, Leslie 561, 567
ボトム（『夏の夜の夢』） Bottom 141, 221, 247, 256, 268, 510
ボドリー, サー・トマス Bodley, Sir Thomas 374
ボネッティ, ロッコ Bonetti, Rocco 228
墓碑銘 →シェイクスピア, ウィリアム：作品
『ホフマン, または父のための復讐』 →チェトル, ヘンリー
ホメロス Homer 390, 428, 495, 505
『イーリアス』 *Illiad* 390, 495, 505
『オデュッセイア』 *Odyssey* 428, 495
ホラティウス Horace 70, 425, **495**, 510, 522
ホランド, ピーター Holland, Peter 479, 480, 489, 493, 530, 554, 563, 585, 587
ホリウェル（フリントシャー） Holywell, Flintshire 38, 484
ホリンシェッド, ラファエル（『イングランド, スコットランド, アイルランドの年代記』） Holinshed, Raphael (*The Chronicles of England, Scotland and Ireland*) 156, 164, 181, 194, 271, 355, 402-03, 418, 464, 514, 536, 542, 590
ホレイシオ（『ハムレット』） Horatio 33, 79
ホロファニーズ（衒学者）（『恋の骨折り損』） Holofernes 64, 75, 86, 209, 525
ホワイター, ウォルター Whiter, Walter 250
ホワイト, サー・トマス White, Sir Thomas 74
ホワイトフライアーズ劇場 The Whitefriars 525
ホワイトホール宮殿 Whitehall Palace 290, 302, 389, 403, 417, 441, 446, 451, 457, 492, 535, 574, 592

マ

マーカム, ジャーヴェス Markham, Gervase 525
マーク・アントニー（『ジュリアス・シーザー』） Mark Antony 72, 353
マーストン, ジョン Marston, John 327, 349, 361-62, 374, 445, 513, 532, 548, 559, 562
『悪行の鞭』 *Scourge of Villany* 194
『アントーニオの復讐』 *Antonio's Revenge* 374
『ご随意に』 *What You Will* 361, 562
『食客』 *Parasitaster* 194
『ピグマリオンの像の変身』 *The Metamorphoses of Pygmalion's Image* 361
『役者への懲らしめ』 *Histriomastix* 316, 361, 562
マーチャント・テイラーズ・スクール Merchant Taylors' School 73, 74
マーティン・マープレレット論争 "Martin Marprelate Controversy" 163, **516**, 518
マーメイド・クラブ "Mermaid Club" 328
マーメイド亭（ロンドン） Mermaid Tavern, London 327-28, 459, **556-57**
マーロウ, クリストファー Marlowe, Christopher 70, 73, 129, 132, 138, 141, 142, 145, **146-51**, 152, 153, 156, 157, 159, 161-62, 164, 166, 167, 173, 176, 186, 187, 191, 194, 200, 202, 217, 231, 246, 253, 257, 273, 289, 293, 296, 301, 318, **496**, 501, 502, 505, 507, 510, 512, 516, 529, 536, 547, 589-90, 591
『エドワード二世』 *Edward II* 150, 194, 244, **536**
『タンバレイン大王』 *Tamburlaine* 146, 147, **148-50**, 152, 156, 162, 163, 166, 194, 502, 510, 516
『パリの虐殺』 *The Massacre at Paris* 132, 146, 150, 510
『ヒアロウとリアンダー』 *Hero and Leander* 190, 203, 504, **522**
『フォースタス博士』 *Doctor Faustus* 138, 152, 162, 163, 452, 496, 502, 512
『マルタ島のユダヤ人』 *The Jew of Malta* 132, 146, 150, 152, 166, 194, 277, 278, 496, 510, 547
マウントジョイ夫妻, クリストファー Mountjoy, Christopher and Mme **394-95**, 430, 440, 454-56, 568
→ベロット＝マウントジョイ訴訟

マキアヴェッリ，ニコロ　Machiavelli, Niccolò　402
マキューシオ（『ロミオとジュリエット』）　Mercutio　243, 245, 536, 537
『マグダラの聖マリア』（ディグビー手稿）　St. Mary Magdalene（*Digby Manuscript*）　428, **572**
幕場割り　act-and-scene division　337, 421, 435, 573
マクベス（『マクベス』）　Macbeth　127, 169, 193, 194, 253, 254-55, 257, 301, 327, 355
『マクベス』（シェイクスピア作）　*Macbeth*　27, 42, 53, 62, 84, 93, 197, 221, 257, 260, 336, 366, 378, 388, 393, 408, **413-16**, 417, 434, 447, 449, 487, 504, 522, 537, 540, 571, 592
魔女（『マクベス』）　Three Witches　53, 413
『まちがいの喜劇』（シェイクスピア作）　*The Comedy of Errors*　47, 107, 188, **190-91**, 203, 219, 228, 240-41, 292, 349, 367, 383, 393, 408, 414, 522, 527, 529, 535, 536, 555, 577, 591
マッケイブ，コリン　MacCabe, Collin　479, 508, 579
マッシンジャー，フィリップ　Massinger, Philip　476, 523, 539, 576
マドリガル　madrigal　216
マナリング，アーサー　Mainwaring, Arthur　469-70
マニンガム，ジョン　Manningham, John　196, 383, **523**, 552, 592
マラーノ　Marranos　278
マルカスター，リチャード　Mulcaster, Richard　73
『マルタ島のユダヤ人』　→マーロウ，クリストファー
マルヴォーリオ（『十二夜』）　Malvolio　280, 384, 538, 549, 567
マローン，エドマンド　Malone, Edmond　11, 93, 131, 284, 332, 336, 356
マロリー，トマス（『アーサー王の死』）　Malory, Thomas（*Le Morte d'Arthur*）　57, 427, **489**
マン，トマス　Mann, Thomas　204, 210, **524-25**
　『ヴェニスに死す』　*Death in Venice*　204, 524-25
　『ファウストゥス博士』　*Doctor Faustus*　210
マンディ，アンソニー　Mundy, Anthony　197, 238, **523**, 532, 534

ミ

ミアズ，フランシス　Meres, Francis　318, 555
　『神の算術』　*God's Arithmetic*　318
　『グラナードーの信心』　*Granado's Devotion*　318
　『パラディス・タミア——知恵の宝庫』　*Palladis Tamia: Wit's Treasury*　318, 555, 592
ミッドランド暴動（1607年）　"Midlands Rising"　425-26, 436
ミドルトン，トマス　Middleton, Thomas　197, 204, 399, 442, 476, 512, **523**, 559
『ミュセドーラス』　*Mucedorus*　447, **574**
ミリントン，トマス　Millington, Thomas　396
ミルトン，ジョン　Milton, John　18, 68, 481, 496

ム

無韻詩　→ブランク・ヴァース
無言劇　mummers' plays　53, 61
『無神論者の悲劇』　→ターナー，シリル
無敵艦隊　Armada　29, 503, 590

メ

メアリ，スコットランド女王　Mary Queen of Scots　120-21, 553, 590
メアリー世　Mary I　28, **483**, 495, 568
メイリック，サー・ギリー　Meyrick, Sir Gilly　368, **565**
『メナエクムス兄弟』　→プラウトゥス
『メナフォン』　→グリーン，ロバート

モ

モア，サー・トマス　More, Sir Thomas　129, 216, 328, 494, 495, **506**, 556, 574
モーツァルト，ウォルフガング・アマデウス　Mozart, Wolfgang Amadeus　220
モートレイク　Mortlake　397, 453-54
モーリー，トマス　Morley, Thomas　216, 340, **526**
モス（『恋の骨折り損』）　Moth　128, 209
モリエール（ジャン＝バティスト・ポクラン）　Molière（Jean-Baptiste Poquelin）　63, 229, 254, 266, 493, 530, 542
モリス，マシュー　Morrys, Matthew　459
モリス・ダンス　morris dance　53, 178, 214, 220-21, **487**, 502
『モルフィ公爵夫人』　→ウェブスター，ジョン
モンゴメリー伯爵，フィリップ・ハーバート　Montgomery, Philip Herbert, Earl of　290, 531, 537, 575
紋章　→シェイクスピア，ウィリアム
モントイーグル男爵（第四代），ウィリアム・パーカー　Monteagle, William Parker, 4th Baron　366, **565**
モンテーニュ，ミシェル・エーケム・ド　Montaigne, Michel Eyquem de　205, 253, 254,

402, 418, 425, 452, **525**
「食人種について」 "Of the Cannibals" 452
『文無しピアス』 →ナッシュ，トマス
門番（『マクベス』） Porter 62, 415

ヤ

『役者への懲らしめ』 →マーストン，ジョン
『優しさで殺された女』 →ヘイウッド，トマス
雇いの劇団員 "hired men" 130, 172, 217, 222, 255
ヤング，ジョン，ロチェスター主教 Young, John, Bishop of Rochester 208
ヤング，ロバート Young, Robert 98
ヤンセン，ヘラルト Janssen, Gheerart 381, 575
ヤンセン・ポートレート "Janssen portrait" of Shakespeare 381-82

ユ

ユウェナリス Juvenal 70, 209, **496**
『優美な意匠の楽園』 *The Paradise of Dainty Devices* 402, 569
ユーフュイズム "euphuism" 143, 498
ユグノー Huguenots 216, 394-95, 440
『ユダヤ人』 *The Jew* 276, 547
『ユリシーズ』 →ジョイス，ジェイムズ

ヨ

『陽気な百物語』 *A Hundred Merry Tales* 402
『ヨーク，ランカスター両名家の抗争・第一部』 *First Part of the Contention of the Two Famous Houses of York and Lancaster* **175-76**, 177, 178, 197, 199, 315, 520, 577
『ヨーク公リチャードの実話悲劇』 *The True Tragedy of Richard Duke of York* **175**, 176, 177, 178, 186, 193, 199, 315, 519, 520, 577
四つ折本 →クォート
夜の学派 "school of the night" 132, 208, 210

ラ

ライト，ジョン Wright, John 444
ラステル，ジョン Rastell, John 328, 489, 556
ラツィ，ガメイリアル Ratsey, Gamaliel 412, **570**
ラッセル，サー・トマス Russell, Sir Thomas 231
ラティマー，ヒュー（ウスター主教） Latimer, Hugh, Bishop of Worcester 50
ラディントン Luddington 101
ラトランド伯爵（第五代），ロジャー・マナーズ Rutland, Roger Manners, 5th Earl of 354, 460-61, **562**, 575
ラニア，アルフォンス Lanier, Alphonse 294
ラニア，エミリア（旧姓バッサーノ） Lanier, Emilia (née Bassano) **293-95**, 340, **552**
ラフォード・ホール（ランカシャー） Rufford Hall, Lancashire 89, 90, 418
ラム，チャールズ Lamb, Charles 127, 465, 480
ラングリー，フランシス Langley, Francis 282-84, **549**
ランバード，ウィリアム（『古期法令集』） Lambarde, William (*Archaionomia*) 94-95, 403, 546
ランバート，エドマンド Lambert, Edmund 78-79, 181, 487, **497**, 589
ランバート，ジョン Lambert, John 322, 497

リ

リア（『リア王』） Lear 45, 127, 168, 193, 225, 355, 417, 420, 421, 485
『リア王』（シェイクスピア作） *King Lear* 27, 54, 62, 126, 160, 205, 232, 256, 257, 258, 259, 260, 266, 300, 336, 347, 359, 376, 408, 416, **417-21**, 435, 442, 447, 471, 482, 485, 487, 488, 502, 514-15, 525, 529, 530, 539-40, 543, 571, 573, 592
リー，アン Lee, Anne 282
リー，シドニー Lee, Sidney 506, 521, 525, 560, 580-81
リー，ジェラルド（『紋章学の継承』） Legh, Gerard (*Accedence of Armory*) 280
リーランド，ジョン Leland, John 22, 309, **482**
リヴァーサイド版シェイクスピア Riverside Shakespeare 514
リウィウス（『ローマ史』） Livy (*Roman History*) 233, **530-31**
リクーザント →カトリック／カトリック信者
リズリー，エリザベス →ヴァーノン，エリザベス
リチャード三世 Richard III 117, 216
リチャード三世（『リチャード三世』） Richard III 58, 110, 163, 193, 196, 234, 253, 296, 355, 498
『リチャード三世の悲劇』（シェイクスピア作） *The Tragedy of Richard III* 43, 56, 71, 87, 121, 124, 142, 154, 177, 188, **193-96**, 216, 238, 270, 314, 317, 321, 409, 498, 512, 516, 553, 555, 556, 560, 591
リチャードソン，ジョン Richardson, John 100, 101
リチャード二世 Richard II 90, 366, 368, 565
リチャード二世（『リチャード二世』） 78, 270-71, 272, 297, 368, 545, 563

『リチャード二世の悲劇』（シェイクスピア作） *The Tragedy of Richard II* 78, 121, 200, 243, 253, 255, 263, **270-71**, 272, 279, 297, 314, 317, 322, 343, 368, 375, 433, 517, 537, 545, 546, 555, 562-63, 565, 568, 591
リッチ，バーナビ Rich, Barnaby 138
リドゲイト，ジョン Lydgate, John 481, 490, 504
リリー，ウィリアム（『文法入門』） Lilly, William (*Short Introduction of Grammar*) 68, **494**
リリー，ジョン Lyly, John 80, 129, 132, 142, **143-44**, 145, 156, 189, 191, 208, 246, 296, 362, 491, **498**, 509, 516
『エンディミオン』 *Endimion* 144, 498
『キャンパスピ』 *Campaspe* 143, 498
『サフォーとファオ』 *Sapho and Phao* 143
『ユーフュイーズ——知恵の解剖』 *Euphues: The Anatomy of Wit* 80, 143, 498
『ユーフュイーズとイングランド』 *Euphues and His England* 143, 498
『リリーの文法』 →リリー，ウィリアム
リング，ニコラス Ling, Nicholas 374, 395, 396
リンレイ，ウィリアム Linley, William 396

ル

ル・ドゥー，ムッシュー Le Doux, Monsieur 272-73
ルークナー，サー・ルイス（『ヴェニス共和国とその統治』） Lewkenor, Sir Lewis (*The Commonwealth and Government of Venice*) 401, **568**
『ルークリース凌辱』（シェイクスピア作） *The Rape of Lucrece* 22, 90, 93, 161, 206, 208, **233-37**, 320, 321, 389, 438, 447, 490, 503, 509, 516, 591
ルーシー，ウィリアム Lucy, William 82
ルーシー，サー・トマス Lucy, Sir Thomas 81-82, 106, **498**
ルボック，ロジャー Lubbock, Roger 90, 500

レ

『レア王実録年代記』 *The True Chronicle History of King Leir* 110, 160, 161, 164, 216, 218, 418, 419, 420, 502, **514-15**
レイナム，ヘンリー Laneham, Henry 138
礼拝統一法 Act of Uniformity 28, **483**
レイン，ジョン Lane, John 113, 463, 486, **576**
レイン，ニコラス Lane, Nicholas 50, 576
『レインジャー（王室森林保護官）の喜劇』 *The Ranger's Comedy* 257, 540-41
レインズフォード，サー・ヘンリーとレイディ Rainsford, Sir Henry and Lady 468, **577**
レヴィソン，ウィリアム Leveson, William 330
レスター伯爵，ロバート・ダドリー Leicester, Robert Dudley, Earl of 77, 109, 134, 152, 484, 497, 507, 565, 567, 578, 590
レスター伯一座 Leicester's Men 76, 108, 152, 590
レストレインジ，ニコラス L'Estrange, Nicholas 556
レッド・ブル座 The Red Bull 348, 419, 515, 536
レッド・ライオン（赤獅子）座（マイル・エンド） The Red Lion Inn, Mile End 136, 507
レノルズ，ウィリアム Reynolds, William 49
『錬金術師』 →ジョンソン，ベン

ロ

ロウ，ニコラス（『ウィリアム・シェイクスピアの生涯についての記述』） Rowe, Nicholas (*Some Account etc. of the Life of Mr. William Shakespeare*) 11, 67, 78, 80, 127, 223, 230, 234, 467, **494**, 549, 566, 580
ロー，マシュー Law, Matthew 396
ローウィン，ジョン Lowin, John 230, 471, 539
ローズ座（サザック） Rose Theatre, Southwark **139-41**, 142, 157, 174, 182, 184, 216, 217, 238, 313, 327, 329, 334, 342, 353, 502, 504, 507, 510, 512, 514, 532, 533, 534, 540, 547, 590
ローリー，サー・ウォルター Raleigh, Sir Walter 132, 148, 208, 210, 270, 328, **506**, 553
ロックスオール Wroxall 32, 38
『ロザリンド』 →ロッジ，トマス
ロジャーズ，フィリップ Rogers, Philip 370, **565**
ロジャーズ，ヘンリー Rogers, Henry 92, 95
ロック，ジョン Lock, John 113
ロック，ロジャー Lock, Roger 113
ロッジ，トマス Lodge, Thomas 203, 360, 361, 508, **524**, 564
『機知の悲惨とこの世の狂気』 *Wit's Misery and the World's Madness* 361, 508, 564
『グラウクスとシラ』 *Glaucus and Scilla* 203
『ロザリンド』 *Rosalynde* 360, 524
ロッシュ，ウォルター Roche, Walter 73-74, 92
ロバーツ，ジェイムズ Roberts, James 314, 390, 396
ロビンソン，ジョン Robinson, John 460
ロビンソン，リチャード Robinson, Richard 57, 547
ロペス，ロドリーゴ Lopez, Roderigo 278, **548**

『ロミウスとジュリエットの悲劇的物語』（アーサー・ブルック著） *The Tragical History of Romeus and Juliet*（Arthur Brooke） 189, 245, 402, 522
ロミオ（『ロミオとジュリエット』） Romeo 193, 243-45, 255, 258, 267, 300, 544
『ロミオとジュリエット』（シェイクスピア作） *Romeo and Juliet* 21, 33, 39, 44-45, 47, 53, 126, 139, 190, 200, 220, 232, 240, **243-46**, 255, 264, 267, 270, 275, 314-15, 318, 320, 321, 332, 364, 407, 476, 490, 508, 522, 529, 536, 537, 538, 544-45, 555, 591
ロラード派 Lollards 285, 532, **549**, 552
ロレンス，D・H Lawrence, D. H. 79, **498**
ロレンス修道士（『ロミオとジュリエット』） Friar Lawrence 267, 407, 544
ロングリート手稿 Longleat Manuscript 518
ロンギノス Longinus 428, **572**
『ロンドンの放蕩児』 *The London Prodigal* 342, **558-59**

ワ

ワイアット，サー・トマス Wyatt, Sir Thomas 98, **501**
ワイズ，アンドルー Wise, Andrew 314, 396
ワイルド，オスカー Wilde, Oscar 165, 358, **563**
『災いの謎あるいは謀叛の傑作・火薬事件』（ジョン・ヴィッカーズ著） *Mischief's Mystery or Treason's Masterpiece, the Powder-plot*（John Vicars） 388
ワトソン，トマス →ウォトソン，トマス

文献一覧

アクロイドによる注意書き——私は専門家としてではなく愛好者としてシェイクスピアについて調べたため、当然ながら先行研究にかなりを負っている。最近の伝記については、特に次の書から多くを得た。

Katherine Duncan-Jones, *Ungentle Shakespeare.*
Stephen Greenblatt, *Will in the World.*
Anthony Holden, *William Shakespeare.*
Park Honan, *Shakespeare: A life.*
Eric Sams, *The Real Shakespeare.*
Stanley Wells, *Shakespeare: A Dramatic Life.*
Michael Wood, *In Search of Shakespeare.*
以上の学者や伝記作家たちに謝意を表する。以下の一覧に掲げた文献への謝意とともに。

訳者による注意書き——本文中（　）内で引証されている文献には * 印をつけた。また、原著にあった誤記や書式上の表記の不備につき適宜訂正を加えた。

Ackroyd, Peter, *Albion* (London, 2002).*
—, *London* (London, 2000).*
Adams, Joseph Quincy, *A Life of William Shakespeare* (London, 1923).*
Akrigg, G. P. V., *Shakespeare and the Earl of Southampton* (London, 1968).*
Anon., *Tarleton's Jests* (London, 1844).
Archer, Ian W., *The Pursuit of Stability: Social Relations in Elizabethan London* (Cambridge, 1991).*
Armin, Robert, *The Italian Taylor and His Boy* (London, 1609).
—, *Nest of Ninnies* (London, 1608; 1842).
Armstrong, Edward A., *Shakespeare's Imagination: A Study of the Psychology of Association and Inspiration* (London, 1946).
Armstrong, William A., "Actors and Theatres," *Shakespeare Survey 17* (1964), 191-204.*
Baines, Barbara J., *Thomas Heywood*, Twayne's English Authors Series (Boston, 1984).
Baker, Oliver, *In Shakespeare's Warwickshire and the Unknown Years* (London, 1937).
Baldwin, Thomas Whitfield, *The Organization and Personnel of the Shakespearean Company* (Princeton, 1927).
—, *William Shakespeare Adapts a Hanging* (Princeton, 1931).
—, *William Shakespeare's Five Act Structure* (Urbana, 1947).
—, *William Shakespeare's Petty School* (Urbana, 1943).
—, *William Shakespeare's Small Latine and Lesse Greeke* (Urbana, 1944).*
Barber, C. L., and R. P. Wheller, *The Whole Journey: Shakespeare's Power of Development* (Berkeley, 1981).
Barish, Jonas, *The Antitheatrical Prejudice* (Berkeley, 1981).
Barroll, Leeds, *Politics, Plague and Shakespeare's Theatre* (Ithaca and London, 1991).*
Barton, Dunbar Plunket, Links Between Shakespeare and the Law (London, 1929).
Barton, John, *Playing Shakespeare: An Actor's Guide* (London, 1984).
Baskerville, Charles Read, *The Elizabethan Jig and Related Song Drama* (Chicago, 1929).*
Bate, Jonathan, *The Genius of Shakespeare* (Basingstoke and London, 1997).
— (ed.), *The Romantics on Shakespeare* (London, 1992).*
—, *Shakespeare and Ovid* (Oxford, 1993).
— (ed.), *Titus Andronicus*, Arden Shakespeare, 4th series (London, 1995).*
Bayley, John, *Shakespeare and Tragedy* (London, 1981).

Bayne, Rev. Ronald, "Lesser Jacobean and Caroline Dramatists," *The Cambridge History of English Literature*, ed. A. W. Ward and A. R. Waller, vol 6 (Cambridge, 1910), 210–40.

Bearman, Robert (ed.), *The History of an English Borough: Stratford-upon-Avon* (Stroud, 1997).*

Beckerman, Bernard, *Shakespeare at the Globe, 1599–1609* (New York, 1962).*

Bednatz, James P., *Shakespeare and the Poet's War* (New York, 2001).

Bentley, Gerald Eades, *The Jacobean and Caroline Stage*, 7 vols (Oxford, 1941–68).

—, *Shakespeare: A Biographical Handbook* (New Haven, 1961).

Bevington, David, *From "Mankind" to Marlowe: Growth of Structure in the Popular Drama of Tudor England* (Cambridge, MA, 1962).

—, *Shakespeare: The Seven Ages of Human Experience* (Oxford, 2002).

Binns, J. W., *Intellectual Culture in Elizabethan and Jacobean England: The Latin Writings of the Age* (Leeds, 1990).

Bloom, Harold, *Shakespeare: The Invention of the Human* (London, 1999).

Bloom, J. Harvey, *Folk-Lore, Old Customs and Superstitions in Shakespeare's Land* (London, 1930).

Boas, Frederick Samuel, *Christopher Marlowe: A Biographical and Critical Study* (Oxford, 1940).*

Bolt, Rodney, *History Play: The Lives and Afterlife of Christopher Marlowe* (London, 2004).

Bradbrook, Muriel Clare, *John Webster: Citizen and Dramatist* (London, 1980).*

—, *The Rise of the Common Player: A Study of Actor and Society in Shakespeare's England* (London, 1962).*

—, *Shakespeare: The Poet in His World* (London, 1978).

Bradley, A. C., *Shakespearean Tragedy: Lectures on 'Hamlet', 'Othello', 'King Lear', 'Macbeth'* (1904; Basingstoke and London, 1974).

Bradley, David, *From Text to Performance in the Elizabethan Theatre: Preparing the Play for the Stage* (Cambridge, 1992).

Braunmuller, A. R., *George Peele*, Twayne's English Authors Series (Boston, 1983).

Bray, Alan, *Homosexuality in Renaissance England* (London, 1982).

Brennan, Michael G., *Literary Patronage in the English Renaissance: The Pembroke Family* (London and New York, 1988).

Brinkworth, E. R. C., *Shakespeare and the Bawdy Court of Stratford* (Chichester, 1972).

Brockbank, Philip (ed.), *Coriolanus*, Arden Shakespeare, 2nd series (London, 1976).*

Brooks, Douglas A., *From Playhouse to Printing House: Drama and Authorship in Early Modern England* (Cambridge, 2000).

Brown, Ivor, *How Shakespeare Spent the Day* (London, 1963).*

—, *Shakespeare and the Actors* (London, 1970).*

Brown, John Russell, *Shakespeare's Plays in Performance* (London, 1966).

Bullough, Geoffrey (ed.), *Narrative and Dramatic Sources of Shakespeare*, 8 vols (London, 1957-75).*

Burgess, Anthony, *Shakespeare* (London, 1970).

Burns, Edward (ed.), *King Henry VI, Part One*, Arden Shakespeare, 3rd series (London, 2000).*

Buxton, John (ed.), *The Poems of Michael Drayton*, 2 vols (London, 1953).

Callow, Simon, *Being an Actor* (London, 1984).

—, *Charles Laughton: A Difficult Actor* (London, 1987).*

Cargill, Alexander, *Shakespeare the Player and Other Papers Illustrative of Shakespeare's Individuality* (London, 1916).*

Carlin, Martin, *Medieval Southwark* (London and Rio Grande, 1996).

Carlisle, Carol Jones, *Shakespeare from the Greenroom: Actors' Criticisms of Four Major Tragedies* (Chapel Hill, 1969).

Carson, Neil, *A Companion to Henslowe's Diary* (Cambridge, 1988).

Castiglione, Baldassare, *The Courtyer* (1528; London, 1928).*

Chambers, E. K., *The Elizabethan Stage* [*ES*], 4 vols (Oxford, 1923).*

—, *Shakespearean Gleanings* (Oxford, 1944).*

—, *Sources for a Biography of Shakespeare* (Oxford, 1946).
—, *William Shakespeare: A Study of Facts and Problems* [*WS*], 2 vols (Oxford, 1930).
Chute, Marchette, *Shakespeare of London* (London, 1951).*
Clemen, Wolfgang [W. H. Clemens], *English Tragedy before Shakespeare: The Development of Dramatic Speech*, trans. T. S. Dorsch (London, 1961).
—, *The Development of Shakespeare's Imagery* (London, 1951).
Coghill, Nevill, *Shakespeare's Professional Skills* (Cambridge, 1964).*
Collier, J., Payne (ed.), *The Alleyn Papers* (London, 1843).
— (ed.), *The History of English Dramatic Poetry to the Time of Shakespeare,* 3 vols (London, 1931).*
— (ed.), *Memoirs of Edward Alleyn* (London, 1841).
— (ed.), *The Works of William Shakespeare* (London, 1858).*
Collinson, Patrick, "William Shakespeare's Religious Inheritance and Environment," *Elizabethan Essays*, ed. Patrick Collinson (London, 1994), pp. 219–59.*
—, and J. Craig (eds), *The Reformation in English Towns 1500–1640* (Basingstoke, 1998).
Cook, Ann Jennalie, *The Privileged Playgoers of Shakespeare's London 1576–1642* (Princeton, 1981).
Craig, Hardin, *A New Look at Shakespeare's Quartos* (Stratford, 1961).
Cressy, David, *Birth, Marriage and Death: Ritual, Religion and the Life-cycle in Tudor and Stuart England* (Oxford, 1997).*
Crompton Rhodes, R., *The Stagery of Shakespeare* (Birmingham, 1922).
De Banke, Cécil, *Shakespearean Stage Production: Then and Now* (London, 1954).
De Grazia, Margareta, and Stanley Wells, *The Cambridge Companion to Shakespeare* (Cambridge, 2001).
De Groot, John Henry, *The Shakespeares and "the Old Faith"* (New York, 1946).
Dessen, Alan C., *Elizabethan Stage Conventions and Modern Interpreters* (Cambridge, 1984).
—, *Recovering Shakespeare's Theatrical Vocabulary* (Cambridge, 1995).
Dobson, Michael, and Stanley Wells, *The Oxford Companion to Shakespeare* (Oxford, 2001).
Donne, John, *Letters to Severall Persons of Honour* (London, 1651).
Dowden, Edward, *Shakespeare: His Mind and Art* (London, 1875).
Drake, Nathan, *Shakespeare and His Times: Including the Biography of the Poet, Criticisms on His Genius and Writings, a New Chronology of His Plays*, 2 vols (London, 1817).*
Duncan-Jones, Katherine (ed.), *Shakespeare's Sonnets*, Arden Shakespeare (London, 1997).*
—, *Ungentle Shakespeare: Scenes from His Life* (London, 2001).*
Dures, Alan, *English Catholicism, 1558–1642* (Harlow, 1984).*
Dutton, Richard, "The Birth of the Author," Parker and Zitner (eds), *Elizabethan Theater*, pp. 71-92.*
—, *Mastering the Revels: The Regulation and Censorship of English Renaissance Drama* (Basingstoke and London, 1991).
—, *William Shakespeare: A Literary Life* (Basingstoke and London, 1989).*
—, Alison Gail Findlay, and Richard Wilson, *Theatre and Religion: Lancastrian Shakespeare* (Manchester, 2003).
Eccles, Christine, *The Rose Theatre* (London, 1990).*
Eccles, Mark, *Christopher Marlowe in London* (Cambridge, MA, 1934).
—, *Shakespeare in Warwickshire* (Madison, 1963).*
Edelman, C., *Sword-Fighting in Shakespeare's Plays* (Manchester, 1992).
Edwards, Philip, *Shakespeare: A Writer's Progress* (Oxford, 1986).
Elizabethan Theatre, The, vols 1–15 (Toronto, 1969–2002).
Elton, Charles Issac, *William Shakespeare: His Family and Friends* (London, 1904).*
Elton, William R., and W. B. Long (eds), *Shakespeare and Dramatic Tradition: Essays in Honor of S. F. Johnson* (London, 1989).
Engle, Lars, *Shakespearean Pragmatism: Market of His Time* (Chicago and London, 1993).
Everitt, E. B., *The Young Shakespeare: Studies in Documentary Evidence* (Copenhagen, 1954).*
—, and R. L. Armstrong, *Six Early Plays Related to the Shakespeare Canon* (Copenhagen, 1965).

Farey, Peter, "Deception in Deptford," on the internet <www.users.globalnet.co.uk/~hadland/tvp/tvpintro.htm>*

Felver, Charles Stanley, "Robert Armin, Shakespeare's Fool: A Bibliographical Essay," *Kent State University Bulletin* 49 (1961).

Fernie, Ewan, *Shame in Shakespeare* (London and New York, 2002).

Foakes, R. A. (ed.), *The Comedy of Errors,* Arden Shakespeare, 2nd series (London, 1962).*

—, *Henslowe's Diary,* 2nd ed. (Cambridge, 2002).*

—, "The Player's Passion: Some Notes on Elizabethan Psychology and Acting," *Essays and Studies,* n.s. 7 (1954), 62-77.

Forrest, H. E., *Old Houses of Stratford-upon-Avon* (London, 1925).

Fox, Levi, *The Borough Town of Stratford-upon-Avon* (Stratford, 1953).

—, *The Early History of King Edward VI School Stratford-upon-Avon* (Oxford, 1984).

Fraser, Russel A., *Shakespeare: The Later Years* (New York, 1992).*

Freeman, Arthur, *Thomas Kyd: Facts and Problems* (Oxford, 1967).*

Fripp, Edgar I., *Shakespeare: Man and Artist* [*MA*], 2 vols (Oxford, 1938).*

—, *Shakespeare's Haunts near Stratford* (Oxford, 1929).

—, *Shakespeare's Stratford* (Oxford, 1928).*

Frost, David L., *The School of Shakespeare: The Influence of Shakespeare on English Drama, 1600–42* (Cambridge, 1968).

Gent, Lucy, *Albion's Classicism* (London, 1995).*

George, David, "Shakespeare and Pembroke's Men," *Shakespeare Quarterly* 32 (1981), 305-23.*

Gibbons, Brian (ed.), *Romeo and Juliet*, Arden Shakespeare, 2nd series (London, 1980).*

Goldberg, Jonathan, *James I and the Politics of Literature* (Stanford, 1989).

Goldsmith, Robert Hillis, *Wise Fools in Shakespeare* (Michigan, 1955).

Gosson, Stephen, *The School of Abuse* (London, 1579; 1841).

Grady, Hugh, *Shakespeare, Machiavelli and Montaigne: Power and Subjectivity from Richard II to Hamlet* (Oxford, 2002).

Gray, Arthur, *A Chapter in the Early Life of Shakespeare* (Cambridge, 1926).

Gray, J. C. (ed.), *Mirror up to Shakespeare: Essays in Honour of G. R. Hibbard* (Toronto, 1984).

Gray, Joseph William, *Shakespeare's Marriage* (London, 1905).

Greenblatt, Stephen, *Shakespearean Negotiations* (Berkeley and Los Angeles, 1988).*

—, *Will in the World: How Shakespeare Became Shakespeare* (London, 2004).

Greer, Germaine, *Shakespeare* (Oxford, 1986).

Gross, John (ed.), *After Shakespeare: Writing Inspired by the World's Greatest Author* (Oxford, 2002).*

Gurr, Andrew, *Playgoing in Shakespeare's London*, 2nd ed. (Cambridge, 1987).*

—, *The Shakespearean Playing Companies* (Oxford, 1996).*

—, *The Shakespearean Stage 1574–1642*, 3rd ed. (Cambridge, 1992).

Haigh, Christopher (ed.), *The English Reformation Revised* (Cambridge, 1987).

— (ed.), *The Reign of Elizabeth* (London, 1984).

—, *Reformation and Resistance in Tudor Lancashire* (Cambridge, 1975).

Halio, Jay L. (ed.), *The First Quarto of King Lear*, The New Cambridge Shakespeare (Cambridge, 1994).

Halliday, Frank Ernest, *The Life of Shakespeare* (London, 1961).

Halliwell-Phillips, J. O., *Outlines of the Life of Shakespeare,* 2 vols (London, 1887).*

Hankins, John Erskine, *Backgrounds of Shakespeare's Thought* (Hassocks, 1978).

Hanks, Patrick, and Flavia A. Hodges, *A Dictionary of Surnames* (London, 1988).*

Hannay, Margaret Patterson, *Phillip's Phoenix: Mary Sidney Countess of Pembroke* (Oxford, 1990).

Happé, Peter, *English Drama Before Shakespeare* (Harlow, 1999).

Harbage, Alfred, "Elizabethan Acting," *PMLA* 54 (1939), 685-708.

Harris, Frank, *The Man Shakespeare and His Tragic Life-Story* (London, 1911).

Hartwig, Joan, *Shakespeare's Analogical Scene* (Lincoln and London, 1983).

Hattaway, Michael, *Elizabethan Popular Theatre* (London, 1982).*
—, and A. R. Braunmuller (eds), *The Cambridge Companion to English Renaissance Drama* (Cambridge, 1990).
Hazlitt, William Carew (ed.), *The English Drama and Stage Under the Tudor and Stuart Princes 1543-1664* (London, 1869).*
—, *Shakespeare's Jest Books* (London, 1864; 1881).
Henn, Thomas Rice, *The Living Image: Shakespearean Essays* (London, 1972).
Herford, C. H. and Percy Simpson, *Ben Jonson: The Man and His Work* (Oxford, 1925).
Heywood, Thomas, *An Apology for Actors* (London, 1612; 1841).
Hibbard, George Richard (ed.), *The Elizabethan Theatre* (London, 1975).
Hoeniger, F. D. (ed.), *Pericles*, Arden Shakespeare, 2nd series (London, 1962).*
Holden, Anthony, *William Shakespeare: His Life and Work* (London, 1999).
Holland, Norman, Sidney Homan, and Bernard J. Paris (eds), *Shakespeare's Personality* (Berkeley, 1989).
Holmes, Martin, *Shakespeare and His Players* (London, 1972).
Honan, Park, *Shakespeare: A Life* (Oxford, 1998).*
Honigmann, E. A. J., (ed.), *King John*, Arden Shakespeare, 2nd series (London, 1954).*
—, *Myriad-Minded Shakespeare* (Basingstoke and London, 1989).
—, *Shakespeare: Seven Tragedies Revisited* (London, 2002).
—, *Shakespeare's Impact on His Contemporaries* (Basingstoke and London, 1982).*
—, *Shakespeare: The "Lost Years"* (Manchester, 1985).*
—, *The Stability of Shakespeare's Texts* (London, 1965).*
—, and S. Brock, *An Edition of Wills by Shakespeare and His Contemporaries in the London Theatre* (Manchester, 1993).
Hosking, George L., *The Life and Times of Edward Alleyn* (London, 1952).*
Hosley, Richard (ed.), *Essays on Shakespeare and Elizabethan Drama in Honor of Hardin Craig* (London, 1963).
Hotson, Leslie, *I, William Shakespeare* (London, 1937).
—, *Shakespeare versus Shallow* (London, 1931).*
—, *Shakespeare's Motley* (London, 1952).
Howard, Jean E., *Shakespeare's Art of Orchestration* (Urbana, 1984).
Hughes, Ted, *Shakespeare and the Goddess of Complete Being* (London, 1992).*
Humphreys, A. R. (ed.), *Much Ado About Nothing*, Arden Shakespeare, 2nd series (London, 1981).*
Hunter, G. K. (ed.), *All's Well That Ends Well*, Arden Shakespeare, 2nd series (London, 1959).*
—, *John Lyly: The Humanist as Courtier* (London, 1962).*
Ingram, R. W., *John Marston* (Boston, 1978).
Ingram, William, *The Business of Playing: The Beginning of the Adult Professional Theater in Elizabethan London* (Ithaca, NY, 1992).
Ioppolo, Grace, *Revising Shakespeare* (London, 1991).*
Irace, Kathleen O., *Reforming the "Bad" Quartos* (Newark, 1994).
Jenkins, Harold, *The Life and Work of Henry Chettle* (London, 1934).
Jones, Emrys, *The Origins of Shakespeare* (Oxford, 1977).
—, *Scenic Form in Shakespeare* (Oxford, 1971).*
Jones, John, *Shakespeare at Work* (Oxford, 1995).
Jones, Jeanne, *Family Life in Shakespeare's England, Stratford-upon-Avon 1570–1630* (Stroud, 1996).*
Joseph, Bertram Leon, *Elizabethan Acting* (London, 1951).*
—, *The Tragic Actor* (London, 1959).
Kastan, David Scott (ed.), *A Companion to Shakespeare* (Oxford, 2000).*
Kay, Dennis, *Shakespeare: His Life, Work and Era* (London, 1992).*
Keen, Alan, and Roger Lubbock, *The Annotator: The Pursuit of an Elizabethan Reader of Halle's Chronicle Involving Some Surmises about the Early Life of William Shakespeare* (London, 1954).*

Kempe, Will, *Kempe's Nine Dayes Wonder* (1600; Dereham, 1997).
Kenny, Thomas, *The Life and Genius of Shakespeare* (London, 1864).
Kermode, Frank, *The Age of Shakespeare* (London, 2004).
—, *Shakespeare's Language* (London, 2000).*
Kernan, Alvin B., *Shakespeare, the King's Playwright: Theater in the Stuart Court, 1603-1613* (New Haven and London, 1995).
King, T. J., *Casting Shakespeare's Plays: London Actors and Their Roles, 1590-1642* (Cambridge, 1992).
—, *Shakespearean Staging 1599–1642* (Cambridge, MA, 1971).
Kinney, A. F., *Humanist Poetics* (Amherst, 1986).
Knight, Charles S., *William Shakespeare: A Biography* (London, 1843).*
Knight, W. Nicholas, *Shakespeare's Hidden Life: Shakespeare at the Law 1585–1595* (New York, 1973).*
Kokeritz, Helge, *Shakespearean Pronunciation* (New Haven, 1953).
Kristeva, Julia, *Tales of Love*, trans. L. S. Roudiez (New York, 1987).*
Lake, Peter, and Michael Questier (eds), *Conformity and Orthodoxy in the English Church 1560–1660* (Woodbridge, 2000).
Laroque, François, *Shakespeare's Festive World* (Cambridge, 1991).
Lowe-Parker, H. T., trans., Thomas Mann, *Doctor Faustus: The Life of the German Composer Adrian Leverkuhn, As Told by a Friend,* Penguin Modern Classics (Harmondsworth, 1968)*
Lee, Sidney, *Stratford-upon-Avon from the Earliest Times to the Death of Shakespeare* (London, 1907).
Leishman, J. B. (ed.), *The Three Parnassus Plays* (London, 1949).*
Lever, Tresham, *The Herberts of Wilton* (London, 1967).
Levi, Peter, *The Life and Times of William Shakespeare* (Basingstoke and London, 1988).*
Lynch, S. J., *Shakespearean Intertextuality* (Westport, CT, 1998).
Maguire, L. E., *Shakespearean Suspect Texts* (Cambridge, 1996).
Mahood, M. M., *Shakespeare's Word-Play* (London, 1957).
Malone, Edmond, *The Plays and Poems of William Shakespeare*, 2 vols (London, 1821).*
Manley, Lawrence, *Literature and Culture in Early Modern London* (Cambridge, 1995).*
— (ed.), *London in the Age of Shakespeare* (London, 1986).*
Mann, David, *The Elizabethan Player: Contemporary Stage Representation* (London and New York, 1991).
Maropodi, Mapalankanya (ed.), *Shakespeare and Intertextuality* (Rome, 2000).
Matthews, James Brander, *Molière: His Life and Works* (London, 1910).*
McGann, Jerome, K. (ed.), *Textual Criticism and Literary Interpretation* (London, 1985).
McKerrow, R. B. (ed.), *The Works of Thomas Nashe* (Oxford, 1958).
Medieval and Renaissance Drama in England, all vols (New York, 1984–).
Mehl, Dieter, *The Elizabethan Dumb Show: The History of a Dramatic Convention* (London, 1965).
Miles, Rosalind, *Ben Jonson: His Life and Work* (London, 1986).
Miller, S. R. (ed.), *The Taming of a Shrew, 1594 Quarto*, The New Cambridge Shakespeare (Cambridge, 1998).
Milward, Peter, SJ, *The Catholicism of Shakespeare's Plays* (Southampton, 1997).
—, *The Plays and the Exercises: A Hidden Source of Inspiration?* (Tokyo, 2002).
—, *Shakespeare's Religious Background* (London, 1973).
Minutes and Accounts of the Corporation of Stratford-upon-Avon, see Savage
Miola, Robert S., *Shakespeare's Reading* (Oxford, 2000).
Mitchell, John, *Who Wrote Shakespeare?* (London, 1996).
Montrose, Louis, *The Purpose of Playing: Shakespeare and the Cultural Politics of the Elizabethan Theatre* (Chicago, 1996).
Morris, Brian (ed.), *The Taming of the Shrew,* Arden Shakespeare, 3rd series (London, 1981).*
Moryson, Fynes, *Itinerary* (London, 1617).*
Mowl, Timothy, *Elizabethan and Jacobean Style* (London, 1993).*

Muir, Kenneth (ed.), *Interpretations of Shakespeare* (Oxford, 1985).
—, *The Sources of Shakespeare's Plays* (London, 1977).
Mulryne, J. R. and Margaret Shewring (eds), *Shakespeare's Globe Rebuilt* (Cambridge, 1997).
Mutschmann, H., and K. Wentersdorf, *Shakespeare and Catholicism* (New York, 1952).*
Newdigate, B. H., *Michael Drayton and His Circle* (Oxford, 1941).
Nicholl, Charles, *A Cup of News: The Life of Thomas Nashe* (London, 1984).*
—, *The Reckoning: The Murder of Christopher Marlowe,* revised ed. (London, 2002).*
Noble, Richmond, *Shakespeare's Use of Song* (London, 1923).
Nolen, Stephanie, *Shakespeare's Face* (London, 2003).*
Nungezer, Edwin, *A Dictionary of Actors* (New York, 1971).*
Nye, Robert, *The Late Mr. Shakespeare: A Novel* (London, 1998).
O'Connor, Garry, *William Shakespeare: A Popular Life* (New York and London, 2000).*
Onions, C. T., and Sidney Lee (eds), *Shakespeare's England: An Account of the Life & Manners of His Age,* 2 vols (Oxford, 1916).*
Ordish, T. F., *Shakespeare's London* (London, 2004).*
Orgel, Stephen, *Imagining Shakespeare* (Basingstoke, 2003).
Ornstein, Robert, *A Kingdom for a Stage: The Achievement of Shakespeare's History Plays* (Cambridge, MA, 1972).
Orrell, John, *The Quest for Shakespeare's Globe* (Cambridge, 1983).
Palmer, John, *Molière, His Life and Works* (London, 1930).*
Parker, R. B., and S. P. Zitner (eds), *Elizabethan Theater: Essays in Honor of S. Schoenbaum* (Newark, 1996).
Partridge, Eric, *Shakespears's Bawdry* (London, 1968).*
Patterson, Annabel M., *Shakespeare and the Popular Voice* (London, 1989).
Pearson, H., *A Life of Shakespeare* (Harmondsworth, 1942).
Perry, William (ed.), *The Plays of Nathan Field* (Austin, 1950).
Picard, Liza, *Elizabeth's London: Everyday Life in Elilzabethan London* (London, 2003).*
Pitcher, S. M., *The Case for Shakespeare's Authorship of "The Family Histories"* (New York, 1961).
Poel, William, *Shakespeare in the Theatre* (London, 1913).
Pollard, A.W., and John Dover Wilson, *Shakespeare's Hand in the Play of "Sir Thomas More"* (Cambridge, 1923).
Pollock, L. A., *Parent-Child Relations from 1500–1900* (Cambridge, 1988).
Price, G. R., *Thomas Dekker* (New York, 1969).
Praetorius, Charles (ed.), *The Troublesome Raigne of John, King of England* (London, 1886).
Prince, F. T., *The Poems,* Arden Shakespeare, 2nd series (London, 1960).*
Pringle, Roger, *The Shakespeare Houses* (Norwich, n.d.).
Prior, Roger, "The Life of George Wilkins," *Shakespeare Survey 25* (1972), 137-52.*
Rabkin, Norman, *Shakespeare and the Common Understanding* (Chicago and London, 1984).*
Raleigh, Walter, *Shakespeare* (London, 1907).
Reay, Barry, *Popular Culture in Seventeenth-Century London* (London, 1985).
Rees, Joan, *Samuel Daniel: A Critical and Biographical Study* (Liverpool, 1964).
Reese, M. M., *Shakespeare: His World and His Work* (London, 1953).
Reynolds, G. F., *On Shakespeare's Stage* (Boulder, 1967).
—, *The Staging of Elizabethan Plays at the Red Bull Theatre 1605–1625* (London, 1940).
Ribner, Irving, *The English History Plays* (Princeton, NJ, 1957).
Rich, Barnaby, *Roome for a Gentleman* (London, 1609).
Riewald, J. G., "Some Later Elizabethan and Early Stuart Actors and Musicians," *English Studies* 40: 1 (1959), 33-41.
Righter, Anne, *Shakespeare and the Idea of Play* (London, 1962).
Roach, Joseph R., *The Player's Passion: Studies in the Science of Acting* (Newark, 1985).

Robertson Davies, W., *Shakespeare's Boy Actors* (London, 1939).
Rolfe, W. J., *Shakespeare's Early Life* (London, 1897).
Rowe, Nicholas, *Some Account of the Life of Mr. William Shakespeare* (London, 1848).*
Rowse, A. L., *Shakespeare's Southampton* (London, 1965).
—, *Shakespeare the Man* (Basingstoke and London, 1973).
Salgãdo, Gãmini, *Eyewitnesses of Shakespeare: First Hand Accounts of Performances 1590-1890* (Sussex, 1975).
—, *The Elizabethan Underworld* (London, 1977).
Salingar, Leo, *Dramatic Form in Shakespeare and the Jacobeans* (Cambridge, 1986).
—, *Shakespeare and the Traditions of Comedy* (Cambridge, 1974).
Sams, Eric, *The Real Shakespeare* (New Haven, CT and London, 1995).*
— (ed.), *Shakespeare's "Edward III"* (London, 1996).
— (ed.), *Shakespeare's Lost Play: Edmund Ironside* (London, 1985).
Savage, Richard (ed.), *Minutes and Accounts of the Corporation of Stratford-Upon-Avon, 1553–1620,* 5 vols (London, Oxford and Hertford, 1921–90).*
Scott, E. J. L. (ed.), *Letter Book of Gabriel Harvey* (London, 1884).*
Schmidgall, Gary, *Shakespeare and the Poet's Life* (Lexington, 1996).*
Schoenbaum, Samuel, *Shakespeare's Lives* [*Lives*], new ed. (Oxford, 1991).*
—, *William Shakespeare: A Documentary Life* [*Life*] (Oxford, 1975).*
Seltzer, Daniel, "Elizabethan Acting in *Othello*," *Shakespeare Quarterly*, 10 (1959), 201-210.
Shaheen, Naseeb, *Biblical References in Shakespeare's Comedies* (Newark, 1993).
—, *Biblical References in Shakespeare's History Plays* (Newark, 1989).
—, *Biblical References in Shakespeare's Tragedies* (Newark, 1987).
Skura, H. A., *Shakespeare the Actor* (London, 1993).
Slater, A. D., *Shakespeare the Director* (Brighton, 1982).
Smart, J. S., *Shakespeare: Truth and Tradition* (London, 1928).
Smidt, Kristian, *Unconformities in Shakespeare's Early Comedies* (London and Basingstoke, 1986).
—, *Unconformities in Shakespeare's History Plays* (London and Basingstoke, 1982).
—, *Unconformities in Shakespeare's Tragedies* (London and Basingstoke, 1989).
Smith, B. R., *Homosexual Desire in Shakespeare's England* (Chicago, 1991).
Smith, Irwin, *Shakespeare's Blackfriars Playhouse* (London, 1966).*
Smith, L. T. (ed.), *The Itinerary of John Leland* (London, 1907).
Smith, D. Nichol (ed.), *Eighteenth-Century Essays on Shakespeare* (Oxford, 1963).
Soellner, Rolf, "Shakespeare's Lucrece and the Garnier-Pembroke Connection," *Shakespeare Studies*, 15 (1982), 1-20.*
Sohmer, Steve, *The Opening of the Globe Theatre 1599* (New York, 1999).*
—, *Shakespeare's Mystery Play* (Manchester, 1999).
Southworth, John, *Shakespeare the Player: A Life in the Theatre* (Stroud, 2000).*
Spurgeon, Caroline, *Shakespeare's Imagery* (Cambridge, 1935).*
Steggle, Matthew, *Wars of the Theatres* (Victoria, BC, 1998).
Sternfield, F. W., *Music in Shakespearean Tragedy* (London, 1963).
Stevenson, Robert, *Shakespeare's Religious Frontier* (The Hague, 1958).
Stone, Lawrence, *The Crisis of the Aristocracy 1558–1641* (Oxford, 1965).
—, *The Family, Sex and Marriage in England, 1500–1800* (London, 1977).*
Stopes, C. C., *The Life of Henry, 3rd Earl of Southampton* (Cambridge, 1922).*
—, *Shakespeare's Family* (London, 1901).
—, *Shakespeare's Warwickshire Contemporaries* (Stratford, 1897).*
Stow, John, *The Survey of London* (London, 1598; 1912).*
Styan, J. L., *Shakespeare's Stagecraft* (Cambridge, 1967).
Styles, Philip, *The Borough of Stratford-upon-Avon* (Oxford, 1946).

Taylor Gary, *Reinventing Shakespeare* (London, 1989).
—, and J. Jowett, *Shakespeare Reshaped 1606–1623* (Oxford, 1993).
Taylor, Michael, *Shakespeare Criticism in the Twentieth Century* (Oxford, 2001).
The Elizabethan Theatre, see *Elizabethan Theatre, The*
Thistleton-Dyer, Rev. T. F., *Folk-Lore of Shakespeare* (New York, 1966).
Thomson, Peter, *On Actors and Acting* (Exeter, 2000).
—, *Shakespeare's Professional Career* (Cambridge, 1992).*
—, *Shakespeare's Theatre* (London, 1983).*
Trotter, Stewart, *Love's Labour's Found: Shakespeare's Criminal Passions* (Ashford, 2002).
Tucker Brooke, C. F. (ed.), *The Shakespeare Apocrypha* (Oxford, 1929).
Turner, R. Y., *Shakespeare's Apprenticeship* (Chicago and London, 1974).
Urkowitz, Steven, *Shakespeare's Revision of "King Lear"* (Princeton, NJ, 1980).
Van Laan, T. F., *Role-Playing in Shakespeare* (London, 1978).
Vendler, Helen, *The Art of Shakespeare's Sonnets* (London, 1997).
Vickers, Brian, *The Artistry of Shakespeare's Prose* (London, 1968; 1979).
—, *Shakespeare, Co-Author* (Oxford, 2002).
— (ed.), *Shakespeare: The Critical Heritage*, 6 vols (London, 1974–81).
Videbæk, Bente A., *The Stage Clown in Shakespeare's Theatre*, Contributions in Drama and Theatre Studies, 69 (Westport, CT, and London, 1996).
Waller, Gary, *Edmund Spenser: A Literary Life* (Basingstoke, 1994).
Walsham, Alexandra, *Church Papists: Catholicism, Conformity, and Confessional Polemic in Early Modern England* (Woodbridge, 1993).*
Walton, J. K., *Lancashire, A Social History 1558–1939* (Manchester, 1987).
Weinmann, Robert, *Author's Pen and Actor's Voice* (Cambridge, 2000).
—, *Shakespeare and the Popular Tradition in the Theatre*, trans. by Robert Schwartz (Baltimore, MD, 1978).
Wells, Stanley (ed.), *The Cambridge Companion to Shakespeare Studies* (Cambridge, 1986).
—, *Re-editing Shakespeare for the Modern Reader* (London, 1984).
—, *Shakespeare: A Dramatic Life* (London, 1994).*
—, *Shakespeare For all Time* (London, 2002).*
—, and Gary Taylor (with John Jowett and William Montgomery), *William Shakespeare: A Textual Companion* (London and New York, 1997).
Weinreb, Ben, and Christopher Hibbert (eds), *The London Encyclopaedia* (London, 1983).*
Wheeler, R. B., *History and Antiquities of Stratford-Upon-Avon* (Stratford, 1806).
White, Martin, *Renaissance Drama in Action* (London, 1998).*
White, Paul Whitfield, *Theatre and Reformation* (London, 1992).
Wiles, David, *Shakespeare's Clown: Actor and Text in the Elizabethan Playhouse* (Cambridge, 1987).*
Wilson, F. P., *Marlowe and the Early Shakespeare* (Oxford, 1953).
Wilson, Ian, *Shakespeare: The Evidence: Unlocking the Mysteries of the Man and His Work* (London, 1993).
Wilson, Jean, *The Archaeology of Shakespeare: The Material Legacy of Shakespeare's Theatre* (Stroud, 1995).
Wilson, Richard, *Secret Shakespeare: Studies in Theatre, Religion and Resistance* (Manchester, 2004).*
—, *Will Power: Essays on Shakespearean Authority* (Detroit, MI, 1993).*
Winstanley, Lilian, *Hamlet and the Scottish Succession* (Cambridge, 1921).
—, *Macbeth, King Lear and Contemporary History* (Cambridge, 1922).
—, *"Othello" as the Tragedy of Italy* (London, 1924).
Wood, Michael, *In Search of Shakespeare* (London, 2003).*
Worthen, W. B., *The Idea of the Actor* (Princeton, NJ, 1984).
Wraight, A. D., *Christopher Marlowe and Edward Alleyn* (Chichester, 1993).

Wright, L. B., *Middle-Class Culture in Elizabethan England* (Richmond, VA, 1935).
Wrightson, Keith, *English Society 1580–1680* (London, 1982).*
Yates, Frances, *John Florio: The Life of an Italian in Shakespeare's England* (Cambridge, 1934).*
Young, Francis Berkeley, *Mary Sidney: Countess of Pembroke* (London, 1912).

著者略歴
ピーター・アクロイド
訳者あとがき参照。

訳者略歴
河合祥一郎（かわい・しょういちろう）
東京大学英文科卒。東京大学大学院人文社会系研究科修士課程およびケンブリッジ大学修士課程（M. Phil. in Medieval and Renaissance Literature）を経て、両大学より博士号取得。東京大学大学院総合文化研究科准教授。著書に『謎解き「ハムレット」』（三陸書房）、『ハムレットは太っていた！』（白水社、サントリー学芸賞受賞）、『シェイクスピアは誘う』（小学館）、『「ロミオとジュリエット」——恋におちる演劇術』（みすず書房）、『シェイクスピアの男と女』（中公叢書）、『謎ときシェイクスピア』（新潮選書）など。シェイクスピア新訳や戯曲の作も手がける。

酒井もえ（さかい・もえ）
聖心女子大学文学部卒。東京大学大学院総合文化研究科修士課程およびケンブリッジ大学修士課程（M. Phil. in Medieval and Renaissance Literature）を経て、東京大学大学院総合文化研究科博士課程単位取得退学。現在、聖心女子大学文学部英語英文学科非常勤講師。

シェイクスピア伝
二〇〇八年九月一五日 印刷
二〇〇八年一〇月一〇日 発行
訳　者© 河合祥一郎
　　　　酒井もえ
発行者 川村雅之
印刷所 株式会社 三陽社
発行所 株式会社 白水社
東京都千代田区神田小川町三の二四
電話 営業部〇三（三二九一）七八一一
　　 編集部〇三（三二九一）七八二一
振替 〇〇一九〇-五-三三二二八
郵便番号 一〇一-〇〇五二
http://www.hakusuisha.co.jp
乱丁・落丁本は、送料小社負担にてお取り替えいたします。

松岳社（株）青木製本所

ISBN978-4-560-09214-9

Printed in Japan